知青

[全3册] 1
ZHI QING

梁晓声

著

CNS
PUBLISHING & MEDIA
中央出版方阵

湖南文艺出版社
HUNAN LITERATURE AND ART PUBLISHING HOUSE

博集天卷
CS-BOOKY

人不但无法选择家庭出身，

更无法选择所处的时代。

但无论这两点对人多么不利，

人仍有选择自己人性坐标的可能，哪怕选择余地很小很小。

于是，后人会从史性文化中发现，

即使在寒冬般的时代，竟也有人性的温暖存在，

而那，正是社会终究要进步的希望。

CONTENTS

目录 ————

CONTENTS

第1章

夕阳如血。

列车奔驰在秋季的松嫩平原。夕阳悬在车头前方，似乎在勾引列车吻到它。而对于列车，那是不可能的，尽管看起来车头与夕阳的距离近在咫尺；这情形使人联想到"夸父追日"的神话。车头气急败坏地喷吐浓烟，混沌了天地。而于那混沌之中，夕阳将车身映成平原上一道长长的剪影。

夕阳无可奈何地沉落……

列车亢奋地追逐……

迷雾渐散。一缕青烟，从一只斑驳了红色铁锈的灰铁皮烟囱里冒出。这只旧烟囱属于一栋被漆成果绿色的小房子。亮晶晶的铁轨从这小房子前铺过。那是只有北大荒才有的窄轨铁路，将林区丰产的木材一车车运到原野以外的地方。仓库整齐地排列在小房子后边，小房子旁竖着一块牌子，上写"白桦林站——黑龙江生产建设兵团竖——1969年"。

已是傍晚时分，天空中大朵大朵的乌云逐渐堆积成团，从远处茂密的白桦林那方压过来。

杨秉奎的手在一盘残棋上缓缓移动，他在小房子里跟自己下棋。窗上，贴着红纸剪的"忠"字和"公"字，除了一张没刷油漆的单人木床，还有桌子、椅子、箱子、柜子，都没刷油漆，木质已被岁月涂得黑亮。床上挂着蚊帐；

1

炉子上的水壶吱吱作响，突突地冒出水汽；一条大狼狗懒洋洋地卧在炉旁。

杨秉奎五十多岁了，一脸该刮未刮的黑胡楂，一身旧铁路服，脚上是双"解放"鞋。

桌上的电话骤然响了。杨秉奎抓起听筒："对，是我，'养病亏'站长……放心，我知道……哎，你说话客气点儿嘛……我不管你是谁，给老子记着！"

他"啪"地放下电话，从墙上摘下铁路信号灯，把与铁路服配套的蓝帽子按在头上，开门出去，大狼狗溜溜地跟着。

天已快黑。

杨秉奎仰脸看天，雨点儿落在他脸上。

"早不下晚不下，非赶这个时候下。老天爷，你他妈成心找人别扭啊！"杨秉奎扭动着布满胡楂的嘴，喃喃地咕哝着。天仿佛就是要跟杨秉奎找别扭似的，霎时间雷声大作，暴雨倾盆。

"老伴儿，都说谁也惹不起老天爷，看来此话真不假呢！""老伴儿"就是那条大狼狗。杨秉奎无奈地退回小房子，将雨衣从墙上取了下来。

闪电劈开雷雨交加的黑夜，瞬间照亮站在铁轨中间的杨秉奎。他左右摆动着手中的信号灯。一列封闭的货车缓缓驶来，车灯橘黄色的光透过密集的雨点儿，照在杨秉奎身上。

司机探出身喊道："老站长，对不起啊，让您在雨中为我举信号灯了！"

杨秉奎："甭客气，应该的。再说也不是你对不起我，是老天爷对不起我。"

列车停稳，一节节车厢的门被依次打开，有人从上面跳下来。顿时，哨声此起彼伏。

一个粗声大嗓的人喊："全体下车！整队集合！各带队注意，哪一车厢少了一个，军纪处分！"

可是知青们却没有应声从车厢里跳下来，而是犹豫地聚在车门口，谁也不愿意先行一步。一名女知青用上海话抱怨，意思是这么大的雨，淋湿了我衣服和行李怎么办？也没有个站台，也没人准备好雨衣和伞。

张平原连长分开聚集在一起的知青，指着那名女知青问一名男知青：
"她嘟囔什么？"

那男知青也是上海人，绰号"小黄浦"，他用带上海口音的普通话将女
知青的话向他解说了一遍。

张连长："那也不许赖在车上！"

他跳下车，指着"小黄浦"命令："你，给我下来！"

这时，团里的曲干事走了过来，把手拢在嘴边，冲车厢大声喊："男知
青先下，接一下女知青，不要让女知青们摔伤了！各带队注意，要保证安全，
保证安全！"

刚才已经跳了下来的"小黄浦"张着双手要接女知青，却被一个体态
圆墩墩的女知青给压了个屁股着地。

曲干事赶紧上前扶起他们，关心地问："摔伤哪儿没有？"

报数声在滂沱大雨中此起彼伏，像是溅落到金属上弹起的雨点儿。闪
电的光耀下，大雨冲刷着知青们一张张年轻的脸。他们浑身都已经湿透了。
有些知青眼泪和淋脸的雨水汇流而下，如此这般地来到北大荒是他们万没
想到的。

杨秉奎打开仓库的大门，冲着知青们大喊："都到仓库里来躲躲雨！"

刚才还整齐列着的队伍一下子散乱开来，大家拥进仓库。张连长望着
知青们奔向仓库的背影，束手无策地自语："这老爷子，真添乱！"

"不许往那儿跑，列队！"张连长拦住一些知青，被拦住的知青不情
愿地向仓库的方向张望着，张连长生气地吼道，"都聋了吗？我再说一遍，
列队！"

被拦下来的知青敢怒不敢言，怨恨地瞪着张连长，不情愿地站成队形。

"都没见过下雨吗！"张连长吼声如雷。

无人接言。

"回答我！"

一名女知青小声说："见过……"

曲干事走来，在张连长耳边低语："老张，我看是不是暂时……"

张连长看也不看他一眼，恼火地说："你别管！"

曲干事欲言又止，只好退到一边，习惯性地从兜里掏出一支已经被雨淋湿的烟，刚举到唇边，又想起了什么，将烟揣回兜里。

张连长脸板得像块湿木头："下雨只不过是下雨，下再大的雨也还是下雨，不是下刀子！你们不是那些插队知青！他们一插队，不想当农民那也是农民了！你们叫兵团战士！是战士就得有点儿战士的样子！没有口令擅自行动，不是好战士！跑到仓库去的，都要受处分！"

曲干事又说："老张，还是听我的……"

"不听你的！这时候非听我的不可！"张连长打断他的话，继续训，"我们这个团的团长，是朝鲜战场上的英雄！当年跟随团长转业到北大荒的，号称三个百分之九十五——百分之九十五的党团员！百分之九十五的正副班长！百分之九十五的五好战士！这是我们团的政治血统，这个政治血统必须永远保持下去，保持住了就等于保持住了我们团的光荣！所以，剥削阶级家庭出身的，家庭有严重历史问题的，我一个也没从城市里往一团接！哭鼻子抹眼泪也不要！写血书也不要！你们已经成为一团的战士！你们也应该感到光荣！感到自豪！挨点儿淋就不要纪律了？不是都发誓要炼一颗红心吗？那就给我从现在炼起！"

张连长的训话还没有结束就被打断了，一个知青惊慌地跑过来："带队，那边打起来了。"

"谁跟谁打起来了？"

"北京的和哈尔滨的，啊不！是哈尔滨的和北京的、上海的打罗圈架！"

张连长和曲干事连忙向事发地赶去。

在列车的尾部，几十名知青打成一团，有女知青在尖叫："别打了！"

"砰！"

一声枪响使打架的知青都停止了。杨秉奎冲到打架的知青中间，扯开嗓子喊："谁再打我崩了他！都到仓库避雨去！"

张连长和曲干事赶过来的时候，知青们早已悻悻地散开了。

张连长看着四散离去的知青说道："就这么完了？"

"不完还怎么着！"杨秉奎甩下一句话，也转身走开了。

仓库的一摞麻袋上横七竖八地摊着些湿透了的衣服，男知青们把身上能脱下来的衣服都脱下来拧干。上海知青徐进步连裤衩也脱下来拧，被一穗不知道从哪里飞过来的干苞米击中面门。

"谁？谁他妈打我？！"他鼻子被打出了血，眼镜片上也开了朵蜘蛛网似的花。

哈尔滨女知青孙曼玲双手叉腰，操着地道的东北腔指着他："你要不要脸啊！当我们女知青不存在啊！"

孙曼玲背后那些浑身淋得湿漉漉的女知青都不好意思地转过身去，背对着他。

徐进步恰与孙曼玲面对面，赶紧用湿裤衩捂住下身，红着脸嘟囔："哎哟妈呀，直勾勾地看着我，是我不要脸还是她不要脸啊！"

孙曼玲听到了，生气地发动女知青："姐妹们，他出言不逊，打他！"

一时间，苞米、葵花盘长了翅膀似的飞向徐进步，徐进步顾上顾不了下，狼狈地窜到了几个箩筐后面。无辜挨打的男知青们也跟着东躲西藏。

"你们就这么糟蹋我留的良种？"拎着枪的杨秉奎大喊一声，闹成一团的知青顿时安静了。

知青赵天亮赔罪道："对不起老爷子，刚才发生了一点儿小摩擦，您千万别生气，我们保证归放原处。"说着，将地上的谷物一样一样拾起，其他知青也纷纷帮他。

"以这几个箩筐为界，今晚，筐那边是女知青的地盘，筐这边是男知青的地盘。都听明白没有？"杨秉奎看着一边收拾地上的谷物一边点头的知青们，扬手示意了一下赵天亮，"你过来一下。"

赵天亮放下手里的东西，走到杨秉奎近前。

杨秉奎问："你叫什么名字？"

"赵天亮。"

杨秉奎点点头："我授权你，今晚要是有哪个男知青胆敢犯女知青的界，就把他拖出去，让他喂蚊子。"

哈尔滨知青孙敬文插嘴道："下雨天蚊子不叮人。"

杨秉奎摇摇头："这雨不会下一整夜。雨后的蚊子以一当十，以十当百，以百当千当万。不相信的就让他领教领教北大荒的蚊子，哼！"

赵天亮有些迟疑："可我一个人，势单力薄，恐怕做不好你交代的事儿，授权也白授权。"

"那就挑一个助手吧。谁愿意？"

孙敬文油腔滑调地凑上来："我！我！谁也甭争，就是我了！我可爱干把人拖出去喂蚊子的事儿了！"

杨秉奎问赵天亮："还有问题吗？"

赵天亮摇头。

杨秉奎一转身走了。

孙敬文学着样板戏里刁德一的样子拖腔拉调地唱："这个老头——不寻常……"

赵天亮碰了碰孙敬文，问："哪儿的，叫什么？"

"哈尔滨的，孙敬文。以后你叫我'小地包'就行。"

"我是北京的。"赵天亮指了指正由孙曼玲指挥着，在仓库里拉草绳子的女知青们，"你认为她们想干什么？"

孙敬文抓了抓脑袋："猜不准。搭衣服吧？"

孙曼玲们却往草绳上搭草帘子和麻袋，搭成了一道"隔墙"。

赵天亮轻轻地嗤了一声："多此一举。"

孙敬文拍拍他肩膀："别多说了啊，她可是我老姐。"

阳光从仓库上方的一排长方形窗户里照了进来，驱散了仓库里的阴暗。

赵天亮醒了，他身上盖着麻袋，仰面躺在草帘子上——仓库里所有的知青，都是这么睡了一夜。赵天亮把头向左扭去，只见徐进步、孙敬文以及周边的几个男知青全都趴着，双手托腮，跷着脚丫子，兴致高涨地向草帘子对面张望；他右边的王凯、沈力、杨一凡三名北京知青也同样，一心一意地向对面伸着脑袋观看什么。

赵天亮对他们的专注有些奇怪，一翻身也朝对面看去——对面的草帘子和麻袋下端暴露着一双双女知青的裸腿和光脚丫，她们的腿呈现着各种各样的姿态，有的在走动，有的跳芭蕾舞似的跷着脚尖，有的将一只裸臂搭在草帘子上，单腿着地"金鸡独立"着。一副胸罩掉在地上，一只修长的手臂垂下，把它捡起。

沈力在往小本上画速写。

"你们……""下流""可耻"之类的话还没说出来，赵天亮的嘴被孙敬文捂住了。一只麻袋从天而降，蒙住了赵天亮的头。

徐进步轻声地鼓励道："对！还没看够啊！别让他出声……"说着，便扑在了赵天亮的身上。

沈力："你们可别闷死他。"

孙敬文："闭上你的臭嘴，别得着便宜还卖乖。"

女知青那边忽然发出尖叫声，一阵骚乱。

王凯眼尖："黄鼠狼！"

"钻咱们这儿了！那儿！那那儿！"杨一凡指着嚷嚷。

黄鼠狼窜到了男知青这边，大家的注意力转移到了黄鼠狼身上，没有人再搭理赵天亮，他这才从麻袋底下钻出来，大大地喘了几口气。还没等他定下神来，哨声从仓库外传了进来。

杨秉奎走进仓库，仓库已经没人了，麻袋乱扔一地，柳条筐也倒在地上，草帘子却还在草绳上耷拉着。

杨秉奎边收拾地上的狼藉，边嘟囔着："这些孩子……"

一阵隐约的哭声从草帘子另一边传来。

"谁还在那儿？"

哭声呜呜依旧。

杨秉奎提高声音："我过去了啊！"说着，便扯下一条麻袋，走到"隔墙"那边，见上海女知青周萍缩在一个角落，双手捂脸，继续哭着。

"哭什么？谁给你气受了？"杨秉奎走上前去问道。

周萍摇头。

杨秉奎努力让自己的声音更温和些："挨淋了，就受不了啦？"

周萍还是摇头。

杨秉奎有点儿生气，火气一顶，把刚才的温和顶走了："那你哭什么！没听见吹哨子呀？别人都集合了！"

周萍绝望地说："他们不要我！"说完，放声大哭。

杨秉奎蹲了下来："谁们不要你？"

周萍："带队们，因为我父亲是资本家……可我写了三次血书……"

杨秉奎注意到周萍右手的食指包扎着，皱眉问："手指怎么了？写血书刺破的？"

周萍抽抽搭搭地说："不是刺破的，是咬破的。别人说，写血书一定得自己咬破自己的手指……"

"教条嘛。所以你就咬破三次？"

周萍痴痴地点头。

"发炎了？"

"嗯。"

"这还能不发炎？说说，你父亲是民族式的，还是买办式的？"

周萍用手抹了抹眼泪："我也不太清楚，好像档案里写的是民族资本家。"

杨秉奎郑重地点了点头："要是民族资本家，倒还有点儿商量了。政治上的事儿，我是懂些的——可既然他们不要你，你怎么还是来到这儿了呢？"

"我从上海偷偷混上了知青专列……"

杨秉奎吃惊道："上海？那得经过北京、哈尔滨、北安，一地一点名，你就能一路混过来了？"

周萍点了点头。

杨秉奎被感动了："姑娘，北大荒其实是个很有人情味儿的地方。冲你这一份诚心诚意，我帮你。起来，跟着我。我一定会帮你到底！"

周萍顺从地起身，跟随杨秉奎走出仓库。

张连长瞪着眼前整齐地列成队的知青，训道："你看你们，啊，麻袋扔得哪儿哪儿都是！那可都是新的！今后你们要记住，在北大荒，麻袋也是宝贵的东西！"

徐进步眨眨眼睛，强词夺理："北大荒三件宝，人参貂皮乌拉草，从没听说过还有麻袋！"

张连长瞪着徐进步："现在你不听说了？都记住没有？"

知青们回答："记住了！"

赵天亮不服地说："我有意见！"

张连长："给你半分钟，说！"

"天有不测风云，这是常识。既然是常识，就应该为我们的到来考虑得周到些，提前做好防雨措施。"

张连长反问："也就是说，应提前准备好足够用的雨衣、雨伞、雨靴，最好再搭好十几顶临时帐篷？"

"按理应该那样。"赵天亮一板一眼地回答。

"你出列。"

赵天亮向前跨了一步。张连长走到他身边，上下打量他，仿佛在研究一样稀罕的物件。

"叫什么名字？"

"北京知青赵天亮，'赵子龙'的'赵'！"

张连长哼了一声："赵子龙是条龙，冲你刚才说的话，我看你像一条虫！雨衣、雨伞、雨靴、帐篷，想得倒美！在北大荒，在目前，想到了也白想，因为那是做不到的。天有不测风云，在北大荒的意思那就是，老天爷给人气受，是常事儿，人得受着！你的想法是歪理，我讲的才是正理，北大荒的理！"

赵天亮说："我对你动不动就训我们也有意见！"

张连长："还有意见以后再提，给你的半分钟过了！第一排听我口令，向前一步——走！向右——转！你们都跟着他，把麻袋收集到仓库去！"

赵天亮低声对徐进步嘟囔："半分钟里，我说的没他说的多！"

徐进步瞟了一眼张连长的背影，说道："这就叫，官不大，僚不小。"

张连长猛地回头，瞪着他俩："说什么呢？"

徐进步赶紧朝赵天亮一指："不是我说的，是他说的！"说完，便朝一条麻袋跑去了。

赵天亮转头望着徐进步，生气地说："这不是陷害我嘛！"

杨秉奎和周萍一前一后朝这边走过来。张连长看到他们，想转身走开。

杨秉奎："张连长，站住。"

张连长站住了，掏出烟和打火机。

"我跟你说话，你不许吸烟。"杨秉奎将张连长手里的烟夺了过去，叼自己嘴上，又指了指张连长手中的打火机。张连长只得按着打火机，伸到杨秉奎嘴边，同时狠狠瞪了周萍一眼。

杨秉奎缓缓吐出一口烟，对张连长说："旁边说几句话。"

张连长只好跟着杨秉奎踱向一旁。

杨秉奎："你不拿好眼色瞪人家姑娘干什么？"

张连长："我没瞪她。"

杨秉奎："瞪了就是瞪了，事实那否认得了吗？我觉得人家姑娘挺不容易。归在你们连了。"

张连长："老爷子，她是硬跟来的。我没那么大权力呀。"

"她的情况我了解过了，我的话你照办就是了，算给我个面子。"

"不是我不给您面子，可她父亲是资本家，不符合咱们兵团的成分要求。"张连长一本正经地说。

"民族资本家！"杨秉奎正色纠正。

"资本家就是资本家，哪还有什么区别？"张连长铁面无私地说。在他眼里，不管是什么类型的资本家，都是反动派。

杨秉奎："资本家和资本家，当然有区别！我看你政治水平不怎么样！"

周萍紧张地盯着他俩，列着队的知青则用同情的眼神看着周萍。

张连长有些为难："老爷子，您的批评我虚心接受，可这件事儿，我真的……"

"说来说去，我看你是成心不想给我面子！"杨秉奎有点儿生气，转身对周萍说，"咱不跟他瞎耽误工夫了，我给你找个更好的连队！"

卡车和马车的声音从远处传来。有的知青方阵已经上了车，没有上车的知青方阵正准备上车。周萍急得又快哭了。

曲干事走过来，对杨秉奎"啪"地敬了一个军礼："站长同志，我们团长嘱咐我一定替他向您问好！我马上要坐卡车回团部去了，您有什么要捎给团长的话没有？"

杨秉奎："小曲，你来得正好！这上海的女学生，我劝张连长收到他的连，张大连长不给我面子。你看怎么办吧。"

曲干事早就认识周萍了，揣着明白装糊涂："张连长，这你就不对了。你怎么能连站长同志的面子都不给呢？"

张连长有些急了："哎，曲干事，话不能这么说啊！她的情况，你又不是不清楚。同情归同情，感动归感动，事情归事情，不是连你都没权力……"

曲干事摆了摆手："得了得了，别说那么多了，什么权力不权力的，我代表团长做决定，她就归在你们连了！"

张连长还想争辩，曲干事把他扯到一旁，低声说："我不是装好人，明摆着，只能先收在你们连了！这老爷子要不高兴起来，团长也会不高兴，师长也会不高兴，这点事儿你都不懂？"

曲干事跟张连长说完，又笑着对杨秉奎说："老站长，张连长同意了，您放心吧。"

杨秉奎转头对周萍说："听到了吧，你也放心吧。"

周萍抹抹眼泪，破涕为笑。

杨秉奎走到张连长跟前，严肃地说："以后不许你叫我老爷子，我有那么老吗？我还打算找个伴儿哪！都像你那么叫，我不只有找老太婆了？你给我记住！"

仓库里，赵天亮把麻袋一条条码好，刚要喘口气擦擦汗，见徐进步和几名知青抱着麻袋也走了进来。徐进步刚放下麻袋，被赵天亮一把揪住了衣领。

赵天亮恨恨地说："刚才明明是你说的话，为什么往我身上赖？！"

徐进步挣扎道："侬这等样不来赛不来赛，阿拉上海泥胆子小的赖，阿拉视侬的胆子大的赖……侬不是虫，阿拉是虫，好哦？"

赵天亮狠狠将他推开："哼，我胆子大，就该什么不利的事儿都往我身上推吗？"

徐进步还没来得及把狡辩的话说出口，仓库外传来一片"呜啦"之声。他们一齐跑到仓库门口，朝七连那边看去，只见队形已经散乱开了，女知青们围成一团，男知青们往空中抛帽子。

孙敬文："准是那名混来的女生混成功了，大家为她高兴。功夫不负铁了心的人啊！"

张连长带着知青们走在山脚下的公路上。而所谓公路，其实只不过是包括拖拉机在内的各种大大小小的车辆轧出来的一条土路。

张连长不知把哪个知青的行李扛在肩头，手拎网兜。尽管如此，他的步速还是比知青们快许多。徐进步、王凯和孙敬文拖着各自的大包小包走在最后边。徐进步的军绿色大书包背在身后。王凯尽量让自己的步速跟他保持一致，边走边从徐进步背包的缝隙里掏糖，边掏边往自己兜里揣，徐进步浑然不觉。

冷不丁地冒出来一个声音："人不能太贪，差不多就行了。"

徐进步猛然转身，见是孙敬文，问："你说什么？"

孙敬文看一眼王凯，对徐进步说："没说你，自言自语呢。"

徐进步往前边看了看，说："咱们三个不能走在最后，让女知青笑话！"说着，便加快了脚步。

王凯拍拍孙敬文的肩："哈尔滨的，没出卖我，够义气！"

孙敬文伸出一只手："我够义气，你也得够意思吧！"

王凯从兜里掏出块糖，剥去糖纸，塞在孙敬文嘴里："我低血糖。"

孙敬文嚼着糖："酒心儿的——我也低血糖！"说完，便紧跑几步，也追上徐进步，从背包里往外掏糖。

张连长把肩膀上的行李往地上一撂，站在路边等知青们的大队伍跟上来。

徐进步跑了过来："连长，允许提个问题吗？"

张连长点点头："可以。"

徐进步："就没有一条好走点儿的路了吗？哪怕一条要多走几里的路。"

"我带你们走的正是最好走的路，起码在这一带是这样。这里本没路，拖拉机一过，路就出现了。"说完，便又扛起行李往前走。

徐进步回头看赵天亮一眼，说："他这最后一句怎么听着像谁说过的话？"

"套用鲁迅的话。"赵天亮马上说出了出处。

徐进步一拍脑袋："啊，想起来了，'世上本无路'那一句，难怪听着有印象。可就他，八成没读过鲁迅的什么书吧？"

"你怎么知道我没读过鲁迅的书！"张连长回过头，瞪着他厉问。

徐进步被他瞪得一哆嗦，赶紧摆手道："不是我说的，是他！我从不背后说领导的怪话。"他又企图往赵天亮身上赖，赖人仿佛也有惯性。

赵天亮一晃拳头："我揍你！"

"你犯不着揍他。这一次我听得清清楚楚，明明是他说的！"张连长给了他个公道，接着，又大声说，"都站住吧，原地休息休息！"

知青们如逢大赦，把行李当成坐椅就地坐下。

张连长掏出烟来，点上。

赵天亮："连长，我有问题。"

张连长呷吧着烟："提。"

"在小火车站那儿，别的知青都有卡车送、马车接，为什么单单我们，非得自己带着行李走这么远的路？"

"就是，起码也该来辆马车接接我们吧！"王凯揉着脚踝附和。

杨一凡也插嘴道："难道你们连队连一辆马车都没有吗？"

"重说一遍，谁们连队？"张连长眼睛一瞪。

杨一凡忙不迭地纠正道："说错了，说错了，咱们连队……"

上海女知青薛艳："我们的箱子到哪儿去了？不会丢了吧？"

上海女知青谢菲："要是丢了，我连手纸都没的用了！"

哈尔滨女知青高洁跟林丽咬耳朵："但愿别和上海女知青分在一起，事儿多！"

孙曼玲听到了她们的话，摇着头冲她俩使眼色。

张连长弹了下烟灰，慢条斯理地说："第一，你们的箱子绝对不会丢。一路上，团里派了专人负责，估计不久就会用卡车送到连队……"

徐进步："不久是多久？"

"最晚半个月吧。"

知青们不由得你看我，我看你。

张连长继续说："第二，用卡车送的知青，他们的连队比我们七连更远。

用马车接的，他们的连队比我们近些。我们七连距离小火车站不远不近……"

赵天亮："多少里？"

"三十七公里。"

"三十七公里？！"

知青们全都愣住了。

张连长安慰道："不要急嘛，我也很内疚啊！实际情况是，连里是派了爬犁来接我们的，但接连下了几天雨，路被水淹了，爬犁只能在半道迎我们了。我们呢，再走过塔头甸，就能与连队的爬犁会合了。"

高洁有些纳闷："又不是冬天，怎么用爬犁接我们？"

张连长刚想给她解释，一直在默默点名的孙曼玲突然向他发作起来："带队的，你干什么吃的！少了一个人！"

张连长赶紧起身清点人数。

"还点什么呀你，我点两遍了！"孙曼玲凶巴巴地打断他，"少了那个上海的小可怜儿周萍。这下不知她又哭成什么样儿了——你还吸烟！"

张连长这才把手中的烟扔到地上踩灭："刚才走在后边的举手。"

一旁几名正在休息闲聊的知青怯怯地举起手。

张连长瞪着眼睛："混账！走在最后的人掉队了，你们都不报告！"

王凯委屈地说："我们也没注意到啊！"

"还顶嘴！你应该注意到！"

正说着，一个瘦小的人影一摇三晃地从远处走来。

赵天亮向远处一指："看，她来了！我去接接她！"

张连长伸手拦住赵天亮："别去接，让她锻炼锻炼！"

赵天亮冷冷地看了张连长一眼，拨开拦住他的胳膊向周萍跑去。

满面泪痕的周萍，双手各拎一只皮鞋，赤着脚一瘸一拐地走着。

赵天亮迎上去："脚打泡了？"

周萍无力地点点头，鼻子一酸，眼泪又噙满了眼眶。

赵天亮转过身背向她，蹲了下去："背你。"

15

"我不用你背。"周萍倔强地说着，绕过他，蹒跚着朝前走。

赵天亮站起来，跑到她前边，又蹲下去。

周萍站住了："我说了，我不用你背。"

"你也不能白让我蹲两次啊，让大家都等你太久，不好吧。"赵天亮劝着。

"我怎么这么没出息啊！"周萍哭了，将两只鞋掷在地上。

赵天亮默默捡起鞋，拎着，第三次蹲在她跟前："我可第三次为你蹲下了，我从没这么求人让我背过。"

赵天亮背着周萍从远处走来。

张连长看着赵天亮放下周萍，大声训斥："不许哭！我就受不了你们动不动哭鼻子抹泪的！是你自己死乞白赖跟来的！"

"你浑蛋！"赵天亮瞪着张连长。

"你！"

赵天亮将手中的两只鞋一前一后地扔向张连长，被张连长躲了过去。紧接着赵天亮向张连长扑过去，被张连长一下子甩出老远。

王凯和杨一凡将赵天亮扶了起来。赵天亮向后一甩胳膊，把二人甩开，接着又向张连长扑去，却被沈力一把拽住了胳膊："干什么你！"

赵天亮挣扎着："你别管！我早就忍着他了！"

孙曼玲伸开双臂，拦在赵天亮跟前："你不累是不是！"

张连长："别拦他！谁也别拦他！我看他想怎么样！路上我是你们的带队，到了连队我是你们连长！想跟连长打架，反教了！"

大家七手八脚地把赵天亮推到一旁，把他和张连长隔离开来。

周萍捡起自己的鞋，一边抽搭着眼泪，一边穿鞋："连长，都是我不好，我一步不落就是了。"

孙曼玲对张连长说："连长，大家早上没吃饭，又走了这么久，都累叽歪了，您既然是连长，有火也应该压着点儿，不能跟我们战士一般见识。"

张连长发狠地说："都起来！谁也别装草鸡，继续往前走！"说着，他走到周萍跟前，将周萍拽起来，扛麻袋似的，扛在肩上。

大家跳跃着，经过一片闪着水光的塔头甸。

还趴在张连长背上的周萍不好意思地小声说："连长，求求你，让我自己走吧。"

张连长："你脚上磨出了这么多泡，自己怎么走？这塔头甸子里的水，是各种细菌的大本营。五八年，我们那批转业兵来的时候，一个战友脚上的泡也破了，可他偏要强……结果得了败血症，死啦。我不能忽视那种教训，尽管我背的是资本家的女儿。"

周萍小声说："如果我能以兵团战士的身份死，就是死了也值。"

"别废话！资本家女儿的命，那也是一条人命。"

赵天亮蹚着水走在张连长旁边。周萍扭头看赵天亮，泪汪汪的眼睛带着询问：我该怎么办啊？

张连长停在塔头上喘着气，流着汗。

赵天亮有点儿不好意思："连长，刚才是我不好，让我背她一会儿吧。"

徐进步站在一个塔头上，一点儿也不知道身后背包里一长截手纸垂下来了。上海女知青谢菲站在另一个塔头上，用上海话朝他喊："你把你那尾巴卷起来行不行，拖那么长尾巴，演大老鼠啊！"

徐进步将书包移到身前，往书包里塞手纸，忽然觉得有点儿不对劲儿，伸手从书包里掏出一个塑料袋来一看，发现糖只剩几颗了。他快要哭出来，忘记自己是在塔头上，一跺脚，失足滑下了塔头。

"我的画夹！谁帮我捡！"北京知青沈力看着自己的画夹被水流漂走。

上海女知青薛艳弯腰想帮他捡起，却被另一个塔头上的张连长喝止："不许捡！大家注意，这里水深！也许水下还有沼泽坑，都小心点儿，过了这一片就安全了。"

远处，有人用长树枝挑着红背心在向他们摇摆。

知青们终于坐上了三辆拖拉机牵引的爬犁。暖日当头，疲惫的青年们互相靠着打起盹来。

徐进步和孙敬文闭着眼睛说话。

徐进步："咱们之中有扒手。"

孙敬文："不会吧,连长不是说了嘛,能来的都是大大的良民。"

王凯："哎,孙敬文,'小地包'不就是地面上隆起的一个小土包包吗?你这个绰号太低级了吧。还是咱们上海来的这位兄弟的绰号有文化——'小黄浦'!让人联想到黄浦江,黄埔军校,再加一个小字,受尊敬,又招人疼。起绰号也要起得高级。"

孙敬文："好歹我的绰号是别人送给我的,我不接受都没办法。而他的绰号是自己送给自己的,见人就推销,别人想不接受都难!"

"小弟,说话别带刺儿!"孙曼玲教诲弟弟,转脸又对徐进步说,"'地包'是我们哈尔滨市的一个区,我家住那区。"

孙敬文："哈尔滨的贫民区!"

一名叫吴敏的哈尔滨女知青道:"哈尔滨没有贫民区,不许污蔑社会主义。"

孙敬文也猛地睁开了眼睛,瞪着吴敏,较真地说:"你敢说没有?!"

孙曼玲打断他:"小弟!不许再抬些不三不四的杠!"

周萍坐在赵天亮身旁,悄悄地往他手里塞东西,他低头一看,是两块糖纸亮晶晶的糖。

周萍："谢谢你背我。只有两块了,酒心巧克力。"

徐进步将眼睛睁开一条缝,刚好看到了那两块糖,他皱了皱眉头,觉得有点儿纳闷。

爬犁颠颠簸簸地行驶着,目之所及尽是莽原荒野山廓水支。不知什么地方传来了悠悠的号子声:

兄弟们使把劲儿哟!

嘿哟!

咱们就往前悠呀!

嗨哟！

谁要是藏点儿劲儿哟！

嘿哟！

他也就不能够呀！

嗨哟！

…………

知青们睁开眼睛，寻找声音的来处。

灌木丛遮掩的河湾那儿，拐出一些人来。几名老战士和两名知青样子的青年——他俩一个叫张靖严，一个叫齐勇。他们二人一组，用显然是临时砍下的树段当作杠子，用柳条和野草编成的绳子，抬着一只大柴油桶。桶在河水中半沉半浮，河水没过了他们的腰。

大家看呆了。

张连长从爬犁上站起来，一摆手，两辆爬犁停了。河里的老战士也停止了前进，为首的机务排尹排长问张连长："连长，你怎么才把这些知青接回来呀？"

张连长："路上不顺。你们怎么回事儿啊？"

尹排长叹了口气："我们更不顺，拖拉机陷住了，只好顺河往下抬。眼瞅要麦秋了，机械没油喝那还行！这样抬才抬得动，要不咋办啊。"

另一名老战士："连长，有烟没有啊？"

"有！有！"张连长连声应和着，跳下爬犁，蹚着水大步走向河边。

一名老战士连忙阻止他："别下河，扔给我们就行！"

张连长却已举着烟和打火机下了河，走到老战士们跟前，将烟一一送到他们唇边，并替他们点燃。

张靖严和齐勇抬最后一杠。齐勇："还有我俩呢！"

张连长："没了！有也不能给你俩知青吸！小齐，你上去，我来！"

齐勇一指张靖严："我顶得住，你还是替他吧！"

张靖严："你顶得住我就顶不住了？我是班长，连长当然得替你！"

话音刚落，起绳子作用的柳条突然断了，桶猛地往下一沉。三人仰倒河中，扑腾起片片水花。

在岸上的赵天亮看到这一幕，迅速解开自己的行李，拿着行李绳飞快地跑到河边，不管不顾地下了河，抬起最后一杠。

一双手在往顶棚糊一张报纸，却怎么也糊不上。

这是一间有着对面炕的知青宿舍。尽管是对面炕，但每铺炕仅能睡五六个人而已。

糊报纸的是黄伟，傅正双手高举糨糊盆。他俩也是哈尔滨知青。他们与齐勇、魏明都是老高二，并且都是同学。而张靖严是和他们同校的老高三，在校时就入党了。

傅正："临时宿舍，别太认真，差不多就行。"

黄伟："那也得糊上去啊！"

只听"砰"的一声，宿舍门被撞开了，孙敬文、赵天亮等新来的知青，扛着行李从外面闯了进来。但听"嘭通"一声，黄伟被他们的突然闯入吓了一跳，从椅子上跌了下来，倒在地上，糨糊盆扣在炕上，糨糊溅得四处都是。

傅正抹去脸上的糨糊，拉起黄伟，呆望着一炕狼藉。

孙敬文连忙道歉。

傅正缓过神来，摆摆手："没什么，小事儿一桩！"

黄伟眼睛到处寻摸擦糨糊的东西，看了一圈也没找到，便脱下上衣去擦炕上的糨糊。

"我去打盆水。"孙敬文从网兜里取出脸盆往外边走，不料与正要进宿舍的齐勇撞了个头碰头。孙敬文又连声道歉，可是这次换来的不是原谅，而是狠狠的一记耳光。

"凭什么打人?！"赵天亮几步跨过来，护在孙敬文身前，瞪着齐勇。

其他几个知青也跨过来，站在赵天亮左右。

王凯指斥齐勇："'小地包'又不是故意的！"

杨一凡："欺负我们新来的？！"

"我去打水，我去打水。"徐进步从地上捡起盆，溜了出去。

黄伟一把将齐勇扯开："你发什么神经？！"

齐勇一掌推开赵天亮，横着膀子撞开新来的知青们，扬长而去。

赵天亮瞪着齐勇的背影说道："这件事儿，不能就这么算完了！这可是我们新知青来到连队的第一天，我一定要代表新知青向连里抗议这件事儿！"

大家也七嘴八舌地附和着。

"对，不能就这么完了！"

"打人者必须公开道歉！"

"只道歉不行，连里必须给他处分！"

黄伟语气和缓地说："你们当然有抗议的权利，不过呢，这会儿先认识一下行不？我叫黄伟，哈尔滨知青，老高二，他叫傅正，也是我们哈尔滨那旮旯的，和我一样，老高二。"说完，向赵天亮伸出一只手。

赵天亮没握黄伟伸过来的手，也没说话，他朝炕上望一眼，也脱下上衣去擦起来。

傅正轻笑道："还挺有性格，我喜欢有性格的人。"

黄伟走到两眼发直的孙敬文跟前，拍拍他肩膀："放心，我们都是见证人，会替你主持公道的。你喜欢睡有窗那边还是没窗那边？"说罢，拎起了孙敬文的行李。

孙敬文夺过行李："不用你管！"

一阵哨音打断屋里的争执。

"连长叫放下行李就集合。"孙曼玲探进头来通知，发现她弟弟脸上挂着眼泪，便走进来，问，"小弟，谁欺负你了？"

黄伟赔笑着说："刚才发生了点儿不愉快，不过已经过去了。"

孙敬文气鼓鼓地说："没过去！"

徐进步端着盆水进来了，见赵天亮还在擦炕上的糨糊，赶紧声明道："我可不睡这儿。"

赵天亮："是糨糊，又不是别的东西。"

徐进步："糨糊扣炕上了，那能擦干净吗？还不进到席缝里啦？以后还不招苍蝇？"

赵天亮默默将自己的行李和网兜摆到擦过的炕面儿上，又替徐进步将行李和网兜摆在自己腾出来的地方，问："这样行了吧？"

徐进步没再吭声。

"快去集合吧！"傅正向窗外看了看，催促大家。大家搁下手里还没整理完的行李，皆匆匆而去。

黄伟想对孙敬文说什么，傅正悄悄扯了他一下，对他使眼色，意思是，没事儿，他姐哄哄他就好了。黄伟没再说什么，跟着傅正离去。

孙曼玲用手绢替弟弟擦眼泪："告诉姐，刚才究竟怎么回事儿？究竟谁欺负你了？"

"姐，咱俩要求调到别的连队去吧！"孙敬文推开姐姐的手，冲出了宿舍。

一队拖拉机开了过来。张连长的口令声被拖拉机声盖住。拖拉机总共十二台，每两台一纵列，由新到旧纵向列开。不过，即使是旧拖拉机，也擦洗得干干净净。拖拉机的纵列后，是八挂大车一字排开，套在车上的马匹精神抖擞，佩戴红花、铃铛。

大车后边是两排老战士。其实他们年纪并不老，平均年龄也就三十二三岁。尹排长站在第一排老战士排头，响亮地喊了一句"敬礼"。于是，新来的知青们脸上挂着庄重，接受了老战士们齐刷刷的敬礼。

韩指导员走过来，亲切地说："大家请稍息吧。我叫韩经泰，是咱们七连的指导员。我是江苏人，毕业于中国人民解放军海军学院……"

徐进步突然冒出了一句："海军学院的，到北大荒来干什么？"

　　韩指导员轻轻一笑："我听到你们中有人感到奇怪了。关于我的经历，以后再告诉你们。"他用手指着后面的拖拉机和大车说道："在咱们兵团，一般连队只有七八台拖拉机，可咱们七连却有十二台！不久后，师里还要奖给我们一台，七十五马力的，因为我们是最早在这里开垦、播种、收获的连队。拖拉机是咱们的宝贵财富，人更是。你们来了，我们七连更加人强马壮了。也许你们中有谁还想问——明明是一个常见的农村嘛，为什么非叫'连队'呢？这个'农村'和普通的农村有不同吗？有，那就是军号声！它意味着连队在下达命令——小李，吹一遍！"

　　年龄最小的哈尔滨知青——只有十五岁的李鸣演示起了各种军号："起床号""午休号""集合号""熄灯号"。新来的知青们以后就要在这些长长短短的号声中作息操练，蹉跎自己年轻的岁月。而北大荒的每个黎明、日出、黄昏、日落和夜晚，也就要如同这些号声一般，萦绕在每个知青茫然的青春记忆里。

　　迎接新知青的联欢会在天色擦黑的时候开始了。篝火燃起处，传来手风琴和二胡的声音，有人唱样板戏，笑声使北大荒的原野显得更加空旷。

——第 2 章——

马灯摆在桌子正中，韩指导员、张连长、尹排长、张靖严等四位支委在开会。

韩指导员："现在，咱们已经定下了两件事儿。小张你作为男知青排排长，这事儿你就不要再说什么了。孙曼玲作为女排一班班长，大家也都认可了……"

门外，通讯员李鸣只着短裤，隔门偷听。

张连长说："孙曼玲是个好姑娘，懂事。我看人，基本上，那是不会错的。"

尹排长："我们仨不是都同意了嘛。"

指导员："那么，齐勇和赵天亮，谁做男一班班长？咱们来进行决定性的表态。"

张连长说："小齐干活儿那还是很实在的，做人也实在，表里如一。人无完人嘛。他扇了新知青一耳光，该检讨检讨，如果不让先来一年的他当班长，后来的赵天亮倒当了班长，我怕他心里会闹别扭。"

张靖严："他闹别扭是肯定的。但他扇了孙敬文耳光这件事儿，也肯定会在新一批知青中造成很坏的影响。与其使许多知青心里都别扭，莫如只使他一个人心里别扭。他的思想工作，我来做。我还是推荐赵天亮做一班班长。这么决定，证明我们支部对早来的知青、晚来的知青，是一视同仁的。"

尹洪波："靖严说得有道理，我同意赵天亮。"

张连长看着指导员问："你呢？"

韩指导员："我也觉得小张说得有道理。我初步了解了一下，都说赵天亮比较正直。在齐勇扇孙敬文耳光这件事儿上，确实证明了他的正直。我也同意赵天亮当一班班长。"

张连长一拍桌子："我坚决反对！那是个桀骜不驯的小子！路上他还拉开架势，想跟我试巴试巴！"

尹洪波："你还记仇啊？"

指导员："比齐勇还桀骜不驯吗？"

张连长霍地站起，一掌推开了门。门扇刚好撞到了李鸣的额头，张连长瞪了他一眼，跨出门去，从门旁的墙上扯下一大张纸。

张连长回到屋里，将那张大纸"啪"地拍在桌上，生气地说："还贴大字报！不就是扇了谁一耳光吗！这么鸡毛蒜皮的事儿，值得强烈抗议吗？此风绝不可长！"

韩指导员一声不响，指指椅子。

张连长气不顺地坐了下去。

韩指导员："三比一，少数服从多数。班长都宣布为暂时的。都让他们先当半年看看。现在讨论第三件事儿：谁当女排排长？"

尹洪波："我听说有的连队，指导员亲自兼任女排排长，体现对女知青的特别关怀，还作为一条经验介绍过。"

张连长："这我更反对了！女知青事儿多，哪能让指导员整天操她们的心？"

尹洪波："我不过一说嘛！"

张靖严："我想到了一个人，方大姐。在女知青还没有产生排长之时，我认为她是最佳人选。"

韩指导员："有一点是肯定的，咱们不搞指导员兼任，不管那在别的连队是多好的经验。"

张连长挠挠腮帮子："如果方大姐肯的话，那当然再好不过。可她是当过农场时期副场长的人，要不是有人整她，她也不会沦落到咱们连来当什么妇女队长……"说到这儿，朝门看一眼，大声地："李鸣！滚炕上睡！捂上耳朵！不许再偷听！"

门外的李鸣发现手电筒的光，赶紧跳上外间屋的炕，钻入被子装睡。

门一开，方婉之脚步轻轻地走了进来。她二十八九岁，有一张典型的南方女子那种秀丽的脸，气质极好，但眉目中隐含着淡淡忧伤。

"嫂子，正说到你。"张连长见她进来，急忙起身让座。韩指导员、尹洪波、张靖严也都纷纷起身让座。

方婉之："都起来干什么呀，我哪儿还不能坐啊！"

她想往窗台上坐，尹洪波把椅子放在她跟前，自己坐窗台上了。

韩指导员："嫂子，片子照了？"

方婉之："照了，医生说我肾脏没什么大问题。见连部亮着灯，估计你们在开会。怕你们遇到什么分歧，四个人难表决，我这个支委就拐过来凑凑数。"

韩指导员："该决定的，我们都决定了，我明天再向嫂子汇报。现在只剩一件事儿了，关键看嫂子的态度。"

方婉之："什么事儿把你们难住了？"

韩指导员："我们四个都主张，先由你当一段时期女知青排的排长。"

方婉之："我？"

四人望着她点头。

方婉之沉吟片刻，笑道："这事儿就把你们难住了呀？还关键看我！既然你们都那么主张，我就先当呗！"

四人如释重负地笑了。

女一班宿舍炕上，女知青们睡得很沉。

与孙曼玲合盖一床被子的周萍说起梦话来："妈，别哭嘛！不用为我担心，他们最终会要我的……"

孙曼玲醒了，看到周萍脖子底下是空的，没枕着什么，便轻轻翻身起来，往地上看。一卷报纸和周萍的衣服掉在了地上。她探身捡起，用衣服包好报纸卷，看看周萍，心里有些不忍，轻轻地托起周萍的头，把自己的枕头塞到周萍头下，再把自己的被子往周萍那儿盖盖，自己枕着周萍的"枕头"仰面又躺下去。

孙曼玲大睁双眼，忧虑重重的回忆压在心头。那是哈尔滨监狱高墙内的探视室，孙曼玲和孙敬文隔着探视室厚厚的玻璃同他们的哥哥告别。姐弟二人依依不舍地站起来，正要转身，哥哥从后面叫住他们："我还有话……"

姐弟二人站住，都回头看着哥哥。

"妹妹，弟弟，我对不起你们，更对不起爸妈！"

孙曼玲："你还有罪于人家齐家！"

"将来我出狱了，我一定要用实际行动向齐家赎罪……"

"哥！"孙敬文扑向哥哥，兄弟二人抱头哭泣。孙曼玲双手捂面，跑出探视室……

想起这一幕，孙曼玲眼角淌下泪来。

旭日升上北大荒的晴空。起床号嘹亮地响起。十几名女知青在河边蹲成一溜儿洗脸、漱口。周萍已经穿上了一双平底布鞋。蹲在她旁边的孙曼玲问："鞋子大小合适吗？"

周萍感激地看着她："合适，谢谢班长！"

孙曼玲笑笑："不用谢我，不是我的鞋，我脚比你脚大。是林丽送给你的。"

号声再次响起，打断了她们的谈话。她们先后站起，循声张望。

高洁的手向不远的地方一指："在那儿！"

通讯员兼号手李鸣站在不远处的圆木堆上，两脚前后迈开呈弓字步，一手叉腰，一手持号，英姿飒爽。

"真美啊！"周萍情不自禁地赞叹道。

"美哉少年郎——"林丽有腔有调地学一句京剧念白。

"可耻！"吴敏冷冷地抛出一句，大家都愣住了。

周萍怯怯地问孙曼玲："她说谁？"

吴敏眼睛一瞪："说的就是你！资本家的女儿，就肯定会打上资产阶级思想的烙印！"

"我……我怎么了呀？"

"你怎么了还用我说吗？你刚才自己不是说出来了吗？你思想复杂、庸俗，甚至下流！"

周萍快被气哭了，抗议道："我……我也没想什么呀！"

"吴敏，你怎么可以随随便便侮辱同一个宿舍的知青姐妹呢？"孙曼玲替周萍鸣不平。其他的女孩也都你一言我一语地声援周萍。

"就是！人家周萍没招你，没惹你，你忽然拿人家出身说事儿干什么呀？"

"出身那是没法儿选择的，这个政治道理你也应该明白！"

"人家只不过说了句'真美啊'，怎么就像捅了你气管子了呢？"

"今后都是住在一个屋顶下的人了，你何必非把大家的关系搞得这么紧张啊！"

吴敏没想到大家倒针对起她来了，争辩道："都住在一个屋顶下，不等于头脑里的思想就都是同一阶级的了！"

孙曼玲厉声道："你以为你父亲是个小小的造反派干部，你政治上就高人一等啦？"说罢，便双手拢在嘴边，大声喊起来："真美啊！"喊完，又双手叉腰，挑衅地瞪着吴敏。

大家都学孙曼玲的样子，喊完"真美啊"之后，皆双手叉腰瞪着吴敏。

"你们……你们都可耻！"吴敏恼羞成怒地指点着大家，端起盆，悻悻而去。

站在圆木堆上的李鸣吹罢号，倾听着"真美啊"的回声，无邪地笑着，向河边的女知青们招手。

她们也用招手回应他。

李鸣用红绸布擦擦号嘴，正欲跃下，却见赵天亮登上了圆木堆。赵天亮请求道："别急着走，让我吹吹！"

李鸣将号往身后一背："那可不行！昨天你没听指导员说吗？号是部队和战士之间的规定语言，不能随便什么人都乱吹的。"

"那，叫我比试比试总可以吧？"

李鸣这才将号递给他。

赵天亮学李鸣的样子，比试了一下，欣赏地看着号说："其实，我家也有一把军号。解放军渡长江的时候，我父亲那个连的小号手牺牲了，那把号就成了我父亲的纪念物。我和我哥哥，从小就看着那军号挂在墙上，我父亲经常摘下来擦，却不许我和哥哥碰一下。"

李鸣立刻对他刮目相看："这么说，你也是军人的儿子喽？"

赵天亮不无自豪地点头，又说："后来，我父亲参加抗美援朝，是运输团团长。有一次，我父亲亲自驾驶吉普车，送军长到前线去。那是夜晚，天空有敌人的飞机，不敢开车灯，怕成为轰炸目标。又是山路，一边悬崖深谷的，我父亲大睁双眼，一眨不眨地开了五个多小时。后来，眼睛就闭不上了，视力降低到了比瞎子强不了多少的地步。回国后，医生说治不好，也解释不太清楚原因。眼睛虽然能闭上了，但还是闭不严，睡觉时也睁一条缝。就那样，医生还向我父亲祝贺，说他太幸运了。否则，他会活活困死的。"

"我父亲也是军人，也参加过抗美援朝。"李鸣自豪地说道。

"哦？"赵天亮也对李鸣刮目相看起来。

"我母亲要把我送到正规部队去当文艺兵，我父亲坚决抵制她为我利用特权，说反正我再待在城里也上不了学了，就让人把我带到北大荒来了。"

赵天亮将号还给李鸣："你十几？"

"差一个多月十五。"

赵天亮恍然明白了什么，表情严肃起来："明白了，你是军干子弟。说不定，我父亲当年就是因为你父亲，双眼才那样的。我们能到兵团来，是经过政审的。政审不通过，想来还来不了，只能去插队。而你，才十五，父亲一句话，说来就来了。归根结底还是靠的特权，太他妈不公平了！"

李鸣反驳道："就算你父亲当年开的那辆吉普上坐的真是我父亲，你也不能说你父亲的双眼是因为我父亲才那样的吧！"

赵天亮被问得一愣，反问："我猜，你在连队里，什么劳动也不必参加，只一天吹几遍号吧？"

李鸣有点儿急了："你这叫门缝里看人！要是那样我还不来了呢！平日里别的知青干什么活儿，我也干什么活儿！不跟你说了，你这人不友好。"

赵天亮忽然笑了，搂了一下李鸣的肩，亲昵地说："别生气，我收回刚才的话。"

李鸣看了看他，也笑了。

"赵天亮！赵天亮！"徐进步气喘吁吁地跑过来，赵天亮和李鸣从圆木堆上跳了下去。

徐进步喘着粗气说："我看见……在河边，昨天那个凶巴巴的老知青，又欺负'小地包'了！虽然我是上海来的，可咱们是同一批，我明明看见了就不能装成什么都没看见，是不是？到处找你，告诉你，因为我觉得你……"

"别说了！"赵天亮不等他把话说完，拔腿就跑。

李鸣犹豫了一下，也追他而去。

徐进步留在原地，自言自语道："一个人总得有点儿起码的正义感。看来，我是有的。"

赵天亮跑到河边，看见齐勇和孙敬文在河边灌木丛后面对面站着。齐勇憎恨地瞪着孙敬文："你要是跪下，我们两家的事儿，在我这儿，就一笔勾销了！"

"说话算话？"

"起码，我可以对你视而不见，当成七连根本没有你这么一个人！"

孙敬文看着齐勇，对他的话有点儿半信半疑。他犹豫了一下，刚要下跪，却被一个声音叫住了。

"'小地包'！别跪！"

赵天亮一把拉开孙敬文，横身于齐勇和孙敬文之间。

齐勇轻蔑地看着赵天亮："这是我们哈尔滨知青之间的旧账，没你北京知青什么事儿，一边去！"

赵天亮："我不管你们有什么旧账，现在的事实是，你明明在欺负人。而我这个北京知青见不得欺负人的事儿发生在眼前！"

齐勇猛不丁地当胸一拳，打得赵天亮倒退数步，跌坐在地上。

赵天亮双手撑地，猫腰而起，顺势冲向齐勇，抱住齐勇的双腿，将齐勇掀翻在地。二人在地上翻滚，忽而我上，忽而你上。

孙敬文在一边插不上手，干着急："别打了，我跪还不行吗？！"

赵天亮边打边喊："你敢！"

二人同时落入河中才分开。

李鸣也跑过来喊道："齐勇，你太过分了！你再没完，我吹紧急集合号，把全连的人都吹来，看你落什么结果！"

齐勇爬上了岸，抹把脸，看见了孙敬文放着牙具的脸盆，一脚把脸盆踢进河里，悻悻而去。

李鸣不知就里，纳闷道："这家伙以前挺好的呀，怎么变成这样了！"

赵天亮在连部的里外间门旁边拧湿衣服。韩指导员则站在屋内，看着眼前的孙敬文："为什么转连队？"

"我不想说。"

"是暂时不想说，还是永远也不想说？"

孙敬文低头不语。

"人永远也不想说的事儿其实很少，多半是暂时不想说的事儿。不想说，肯定有不想说的原因。所以，人这个时候特别需要别人理解。我理解你。现在还不想说，那就等以后愿意说的时候再说。"韩指导员走到孙敬文跟前，拍拍他肩，"你们这批知青，昨天下午才到七连，今天上午——"他看一眼手表，"这才八点多，有一个知青却要求姐弟俩一块儿调到别的连去，我这指导员也太没面子了吧？"

孙敬文低声说道："调走是我和我姐唯一的选择。"

"有那么严重吗？"

不待孙敬文回答，赵天亮大声说："不要调走！偏要在七连，看他还敢怎么样！"

韩指导员笑了笑："证人可以进来了。"

赵天亮大步走进里间，理直气壮地说道："我代表……"

韩指导员竖起手掌做了个暂停的手势，赵天亮收住了嘴里的话。

"别人推选你了？"

赵天亮摇头。

"那你就仅能代表你自己，其他谁也代表不了。"

赵天亮眼睛直愣愣地发窘。

韩指导员又问孙敬文："跟你姐商议了？"

孙敬文摇头。

"我猜也没商议过。一会儿的全体知青大会上，我还要宣布你姐为女排一班班长呢！"

韩指导员将脸转向了赵天亮："同时要宣布，你来当男排一班班长——一班班长，不同于另外几班的班长。在特殊情况下，一班长是可以行使排长职权的。"

"怎么是我？为什么是我？"赵天亮感到很意外。

韩指导员："反正你没事先讨好过我，所以不存在偏向的问题，对吧？"

张靖严走进来，将几页纸交给韩指导员，说："指导员，《连队知青纪律》

起草好了，请您过目。"

韩指导员："不要叫《连队知青纪律》，叫《七连战士纪律》吧。因为你们不仅是知青，还是兵团战士嘛！——关禁闭？怎么会来这么一条？"

"连长让一定加上的。"

韩指导员笑了："这家伙！你们都还没有像样的宿舍住呢，总不能先盖禁闭室吧！"说着，他从上衣兜取下钢笔，将关禁闭那一条从纸上画掉。

赵天亮还问："为什么？"

韩指导员将几页纸放在桌上，指着张靖严说："你以后问他吧。"他转头又对孙敬文说："亲爱的同志，你看这样行不行？我命令排长也住到你们班去，有排长和一班班长时时处处监视着，谅那齐勇再不敢随便欺负你。那么，你照顾我的情绪，先别要求调走，啊？"

孙敬文终于点了点头。

韩指导员又问张靖严和赵天亮："你们听明白了？"

二人异口同声道："明白！"

韩指导员向门外叫道："李鸣！"

"到！"门外的李鸣随声出现在韩指导员面前。

韩指导员："再不改改你那喜欢偷听的毛病，就别当通讯员了。"

李鸣嘿嘿一笑，不好意思地挠头。

"通知齐勇，全体大会以后，到连部来见我！"

"是！"

简陋的平房一字排开，房子的墙壁看起来十分单薄。对开的双扇木板门关着，门上的木板没刷油漆，树皮和节子仍然完好地保留在上面。门上挂了一块同质的木板，上面用黑油漆写着"食堂"，仔细看去，字体还颇具风骨，应该是出自有书法功底者之手。

新老知青共聚食堂。韩指导员坐第一排，在小本上写着什么。张连长则站在正中央，慷慨激昂地演讲着："什么'天派''地派''炮轰派''捍联总'，用你们的话说，通通见他妈鬼去！在这儿，在北大荒，只有一个派，那就是'北大荒派'！北京来的、哈尔滨来的、上海来的、天津来的，以后都只能是'北大荒派'！'北大荒派'是什么派？'北大荒派'就是以粮为纲的派！"

指导员站起身来："老张，我先插你两句。"

张连长停了下来。韩指导员说："刚才张连长的话，无非就是在强调，收获粮食，对我们黑龙江生产建设兵团，是极其重要的任务之一。我们如果丰收了，中国七亿五千万人口，至少有一亿人的吃饭问题就好解决了。我们北大荒人，心里时时刻刻都要想到这一亿多人口……"

两个孩子手拉手朝食堂跑来，刚跑到食堂门口，门开了，知青们拥出来。两个孩子分别是张连长和尹排长的儿子，他们好奇地看着新来的知青。大家正向赵天亮围拢过来，祝贺他被任命为班长。有人拍赵天亮的肩，有人拧他耳朵。

孙敬文和徐进步齐声叫道："班长！"赵天亮笑了，亲昵地搂搂他俩。

王凯笑着说："好好干，我们哥仨今后靠你罩着了！"

也有人对赵天亮不怎么服气。

"一天活儿都没干呢，是骡子是马总得驾几次辕试试吧，凭什么就指定谁谁当班长啊？"

"别人我不知道凭什么，反正我看二班长凭的是人高马大！"

"不服啊？谁叫你们长得猴瘦猴瘦的！"二班长俞德健憨笑道，他转过脸望着赵天亮又说，"一班长，如果我们二班以后事事撂着你们一班，多包涵啊！"

赵天亮笑笑。

食堂里，只有齐勇还呆坐原地。一只手拍在他肩上，他扭头一看，见是张靖严："走，有话跟你说。"

齐勇将他的手往下一扒拉："有什么好说的！"

望着他俩的韩指导员和张连长交换了一下眼色。

张连长："齐勇，那么和排长说话不好吧？"

齐勇顶撞："怎么说好？"

"以后跟你谈。"张靖严走了。

韩指导员和张连长走到齐勇跟前，齐勇不理他俩，也猛起身便走。走到门口那儿，使劲儿朝墙上踹了一脚，结果踹出个大窟窿——那墙只不过是用草辫子编成的，里外抹了层泥巴而已。

张连长厉声喝住他："你给我站住！"

一脚门里一脚门外的齐勇犹豫一下，退了回来。

张连长："那墙招你了？"

齐勇将头一扭。

张连长绕到他身子那边："惹你了？"

齐勇又将头扭向另一边。

张连长指着被踢坏的墙："限你天黑以前给老子补上！"

齐勇不看他："我眼里没什么'老子'不'老子'的，只知道你是我连长。"

张连长被噎住了，张了张嘴，没说出话来。

"算了，别戗着来。"韩指导员小声对张连长说。接着，朝齐勇挥挥手。

知青们渐渐散去，食堂外边，只剩下孙曼玲和赵天亮了。

"以后，可要替我多关心我弟。"

"当然！"

"互相帮助！"孙曼玲友好地伸出右手。

赵天亮刚握住她的手，齐勇从食堂冲出来，成心从二人之间横着身子穿过去。二人不禁都望向齐勇背影，孙曼玲揉手腕。

赵天亮关心地问："没事儿吧？"

孙曼玲摇头。

"我奇怪，他为什么对你弟那样？"

"我也奇怪。"

　　两个班的女知青都集中在女一班的宿舍里了，二十多人，炕里炕外，坐满了对面炕。

　　北京女知青汤洋洋对侯秀议论："听通讯员李鸣说，老战士都叫她嫂子，指导员和张连长也不例外。"

　　侯秀朝窗外看一眼，小声说："嘘，来了！"

　　林丽也朝窗外看，困惑地嘀咕："怎么还带着铺的盖的？要和咱们同吃同住啊？"

　　孙曼玲赶紧去抱一截木墩，想把它移到屋子中央，没抱动。

　　吴敏嘟囔："溜须！"

　　"别移了，我坐那儿就行。"话音未落，方婉之走进了宿舍。孙曼玲不好意思地退回原处。

　　方婉之亲切地问："谁叫周萍呀？"

　　坐在炕头的周萍小声说："我。"

　　方婉之笑了笑："听说你的被褥在路上丢了，我家有多余的一套，接着。"

　　周萍一时感动得忘了接，愣愣地待在原地没动。

　　孙曼玲："接着呀，跟排长还客气什么！"

　　坐在旁边的谢飞替周萍接了过去："红绸被面，绣花枕头，周萍，新娘子盖的枕的也不过如此！"

　　姑娘们皆笑了。

　　方婉之："你家在上海哪一区？"

　　"以前在黄浦，现在迁到嘉定了。"周萍的语调和表情有点儿酸楚了。

　　方婉之："以后咱俩争取一块儿请探亲假，结伴儿回上海！"

　　周萍点点头，又笑了。

　　方婉之看着孙曼玲说："一班长，你刚才的话说得很对。以后你们遇到了什么困难，或者发愁的事儿，但愿都能跟我说，战士跟排长还客气什么呀？"

她的话使大家安静了。

方婉之："我的姓名不太大众化,'方方正正'的'方','婉'呢,是'温婉'的'婉'。在我的姓名中,最脱离群众的就是'之'字。'之乎者也'的'之'。'文革'一开始,我想把'之'字加个草头,但又一想,毛主席的原名还叫毛润之呢,就没改。扯远了,不说我名字了。有幸能当大家的排长,我很高兴。指导员已经在会上讲了,今天任命的各班班长都有考验期,短则三个月,长则半年,不称职的,大家可以提意见,另选别人。指导员没说我这个排长有没有考验期,但我自己给自己规定了考验期,也是短则三个月,长则半年……"

韩指导员在连部里和齐勇谈话。

韩指导员："你为什么欺负新来的战友孙敬文?"

齐勇反驳:"那不算欺负!"

"扇人家耳光,逼人家下跪,踹人家脸盆,都不算欺负,那要怎样才算欺负?"

齐勇倔强地仰着头:"凡事必有因果!"

韩指导员轻轻一笑:"还振振有词。那么,请道来原因,也就是你的理由吧!"

齐勇将脸一扭:"不想说。"

"奇怪。那孙敬文嘛,因为被你欺负要求调走。问他为什么被你欺负,他回答不想说。现在,问你为什么欺负他,你也回答不想说。"

韩指导员用虎口卡住下巴,研究地看着齐勇,自言自语似的说:"真耐人寻味!"

齐勇硬邦邦地问:"我可以走了吗?"

"想得也太简单了吧? 我就这么让你走了,还配当指导员吗?"韩指导员话锋一转,反问,"喜欢看小说和电影吗?"

"看过一些。"

　　韩指导员慢慢地说道："在小说和电影中，包括在戏剧中，经常是怎么描写咱们这些情况的？询问的一方往往会说，'虽然我对你的回答不满意，不过我欣赏你的个性'，对吧？"

　　齐勇迷惑地看他，猜不透他的意思。

　　韩指导员："但那都是在文艺作品中。文艺高于生活。生活是生活。我的现实主义台词是——我对你的回答很不满意，对你的个性一点儿都不欣赏！"

　　"我从来也没有企图获得你的欣赏！"齐勇满不在乎。

　　韩指导员："问题根本不在这儿！在有的情况下，有些事儿，那是一定要开诚布公地告诉对方的。开诚布公，意味着坦诚相见。坦诚相见，是化解矛盾的积极态度。反之，不说而又耿耿于怀，那是会使矛盾的性质发生变化的。好吧，我也不逼着你非现在说不可。限你三天，写成书面汇报交给我！"

　　齐勇顽固地坚持道："如果我还是不呢？"

　　"那我就把你调到离七连最远的连队去！"

　　齐勇愣住了。

　　"为了保护弱者，将你调走肯定是正确的。"韩指导员补充道。

　　齐勇口气终于软了下来："指导员，虽然我只不过来到七连一年多，但您清楚我对您和张连长是多么地心怀敬意。"

　　韩指导员也满不在乎："我从来也没有企图获得你的敬意，张连长也是这样。"

　　齐勇又愣住了，不知道该说什么好。

　　韩指导员顿了顿："去吧，是在三天之内交来汇报还是在三天之后调离七连，自己做出决定。"

　　齐勇默默走了。

　　门帘一挑，张连长从最里间闪出，二人从窗口默默望着齐勇背影。

　　韩指导员："我的谈话方式不算太强硬吧？"

张连长："我们亲爱的指导员多会说话啊，软中有硬，硬中有软的。今后还真的要向你学习呢。"

韩指导员笑道："该向别人学习，就得向别人学习。"

孙曼玲和三名战士各占一角，在女一班宿舍后面挖坑；另外的战士，有的在以柳条做针线，连接草帘子；有的在搭晾衣架。正在搭晾衣架的北京女知青汤洋洋突然喊了一声："班长，过来一下！"

孙曼玲将手中的铁锹一插，走了过去。

"看！"汤洋洋将手里的绳子一拉，盖在晾衣架上的一部分草帘子就卷起来了，"晴天卷起，雨天放下，这样的晾衣架不错吧？"

孙曼玲也挺高兴："好极了，表扬你们！"

在连接草帘子的吴敏嘟囔："不怎么样！"

因刚受到表扬而高兴的战士听她这么一说，互相看看，心里都不太痛快。

汤洋洋："吴敏，你别说刺耳的话！"

侯秀应声道："她没说你们搭的晾衣架，她在说排长！"

孙曼玲也说："吴敏，排长怎么让你不高兴了？"

吴敏翻了翻眼睛："难道你们对她当排长就没有意见吗？"

大家互相看看，异口同声道："没有！"

吴敏霍地站起："你们没有，我可有！我从不隐瞒自己对人对事儿的看法，哪怕是在我是绝对少数的情况下！我对她印象就是不怎么样！第一次全排会，一不讲阶级斗争、思想斗争的必要性，二不谈与天奋斗与地奋斗其乐无穷，却一开始就讲了一通自己的名字！她的名字就是有股子资产阶级小姐自我欣赏的意味！接着呢，说衣服不该晾在宿舍里，说当务之急是厕所问题！我就不明白了，厕所问题怎么就成了当务之急？！"

大家七嘴八舌起来：

"我觉得排长讲得很具体！"

"胸罩、内裤，嘀里嘟噜地挂一宿舍，就是不雅嘛！"

"吴敏，我问你，你夜里起来了几次，干什么去了？"

吴敏："你管我！我受凉闹肚子了！"

"所以，排长还告诉我们避免受凉应该注意哪些事情！"

"我认为排长讲得很实在！"

吴敏不服气："实在不等于突出政治！不突出政治的实在话，还不如……"

孙曼玲冷冷地挖苦道："还不如突出政治的假话、废话、空话？"

吴敏音量也降了下来："我没那么说，你说的！"

"吴敏，天在上边，地在脚下，没人阻止你，你想怎么斗就斗吧！"

"还没到斗的时候，等到了……"吴敏突然双手捂肚子，表情骤变，猫着腰往草丛后面跑去了。

"哎，你干什么去呀？"有人装糊涂地追问。

大家哄笑起来。

孙曼玲："她这人有点儿……那个，咱们大家呢，以后再听到她说什么反感的话，不要太认真，装没听见就是了，更不要和她争论。刚才我就认真了一句，我做检讨。"

两个战士还在议论：

"真是林子大了，什么鸟都有！在城里搞阶级斗争还没搞够似的！"

"咱们班这个小林子也不大呀，偏偏就摊上了她那么一只鸟，真是咱们一班的晦气！"

不料吴敏已解手回来，听到了，勃然大怒："我这只鸟怎么了？怎么就成了一班的晦气？！"

被她指着的那一名女战士也霍地站起来："你这只鸟很让人心里腻歪！"

"你！"吴敏向对方扑去。

孙曼玲伸展双臂，横在二人之间："都给我住口！还想打架呀？二班的在望着我们呢！丢不丢人啊！"

周萍默默地将那名不甘示弱的女知青扯开，拉她重新坐在自己身旁。

孙曼玲："吴敏，既然你闹肚子，我批准你今天休病假。你应该去卫生所开点儿药。如果吃了药明天还不好，我还批准你休息。"

孙曼玲的话使吴敏备感意外。她愣愣地看了孙曼玲一会儿，"哼"一声，扬长而去……

齐勇在院子里和草揉泥，他将一团泥狠狠地摔在盆里，然后像朝鲜族人似的，头顶着盆向食堂走去。离食堂还有几十米，站住了。他发现，有人正蹲在被他踹出洞的地方用泥抹墙，是排长张靖严！

头顶着盆的齐勇呆在原地。

张靖严抹好墙，听到身后有响声，转身看，齐勇已闪在一棵树后，原本顶在头上的泥盆落在地上。

张靖严走过来，四处张望，不见齐勇。他猜到了刚才齐勇在这儿，将盆中泥倒在地上，随手扯了一把青草，开始细细地擦盆。

齐勇一直闪在树后张望，见张靖严拿着擦干净了的盆正要离开，却遇到了孙曼玲姐弟俩，他们说了一阵话之后，张靖严便将齐勇的盆交给了孙敬文，各自散去了。

又是黄昏。

连部里外间坐满了支委、老战士和老职工，他们在听小喇叭箱里传出的团长做的"麦收动员报告"。

"连续三年的自然灾害虽然度过去了，但去年，我国的部分农村，又遇到了不同程度的旱灾、涝灾。国家粮库快空了。同志们，这是不得了的事情！今年，国家向我们要更多的粮食！为了使国家粮库重新装满粮食，我们北大荒人，人人有责……"

老马夫耿大爷突然急三火四地冲了进来："指导员！"

韩指导员起身走到外间："老耿，什么事儿？"

"齐勇那小子趁我一个没注意，把'乌云'牵出马棚，骑上跑了！"

韩指导员没动声色："哦？他骑马的水平怎么样？"

"骑得倒是不赖。自打他们到了七连，他有空就往马棚里跑，逮着机会就骑，可以当骑兵了。"

"那，那这时候，马经得住他骑着猛跑？"

"我倒不担心'乌云'，那马今天没出多少力，吃夜草前跑跑有好处。"

张靖严："连长、指导员，那就不必担心齐勇，他也不是一个太小心眼儿的人，我了解他……"

马蹄翻飞。齐勇骑着乌云狂奔在两大片金色麦海之间——一片麦海连到远山脚下；一片麦海直接连到地平线。人和马的背影，在两片金黄中向远处奔去，天边悬着红彤彤的火烧云。

齐勇勒住马，从马背上一跃而下，深情地望着眼前的麦海。他捋了一把麦粒，搓搓，吹一口，放口中嚼，夹着一丝青涩的麦香充满了他的口腔。他又折了一束麦穗喂马，马也津津有味地咀嚼着，和他一起分享这沁心的味道。

齐勇搂住马脖子，与马头顶头，轻轻地唤着："'乌云''乌云'，叫我怎么舍得离开你，又叫我怎么舍得离开这一片麦海！我在这块肥沃的土地上洒下过汗水呀……"

风起，黑绸般的马匹和身着绿衣的青年在金黄的麦海中时隐时现。天边那红彤彤的火烧云也应和着麦海的起落，变化万端……

天黑了，齐勇牵着"乌云"回到马棚，正在喂马的老耿头对他说："骑过瘾了？魏明等你呢。"

齐勇拴好"乌云"，走进老耿头睡觉的小屋，见魏明坐在炕边吸烟。魏明掏出烟盒，抛给齐勇一支烟。齐勇接过来，叼在嘴上，魏明将自己吸了半截的烟递给他。

齐勇把手里的烟点着后，把半截烟还给了魏明，在魏明旁边坐下，问："忙完食堂那摊子事儿了？"

"一会儿还得回去忙。呼啦一下多了五六十人，我这炊事班长有点儿招架不了啦。唉，你没当上一班长，心气儿不顺是不是？"

齐勇狐疑地看着他："是靖严派你来的吧？"

魏明皱皱眉："什么话！咱们哥儿几个谁派谁？靖严说你自尊心强，不让我来，怕我火上浇油，我是自己非来劝劝你的。"

齐勇放松了警惕："当然心气儿不顺，就算我不配当一班长，黄伟配不配？傅正配不配？我们早来一年多！我们几个都是老高二！他却找天亮个初二的小崽子。初来乍到，凭什么当一班班长？"

"靖严让我告诉你，连里也是这么考虑的——正因为新来这一批知青普遍年龄小，才要由他们之中的人来当班长。要是排长、班长都由我们哈尔滨的老高中知青来当，估计他们会产生对抗心理。"

齐勇猛地站起，来回走动，挥舞手臂大声道："我不在乎当不当班长！当班长、当排长、就是以后当连长，那不也还是知青吗？不还是挣知青那份工资吗？我在乎的是，连里对我齐勇的看法。难道因为我扇了孙敬文一耳光，就一错百错了吗？"

"谁说你一错百错了？靖严让我告诉你，连长替你说了不少好话。"

齐勇反问道："那他张靖严呢？关键时刻他更应该替我说好话！他说了吗？"

魏明摇头："他也不同意你当一班长。"

"他……他……他还好意思让你告诉我？！"

魏明也猛地站起来，生气地说："你嚷嚷什么！你还有理了？你那一耳光，等于往咱们几个哈尔滨高中知青的脸上抹黑你知道不？靖严他虽然是咱们哥儿们，但他也是七连的一名支委，他能护你的短？能包庇你？他是那种只讲哥儿们义气，毫无原则的人吗？你简直岂有此理！"说完，将烟往地上一丢，狠踩一脚，走了。

齐勇发呆，老耿头站在门口，不动声色地说："明明自己做错了事儿，却想靠朋友护短，那叫没出息！你要这么没出息，以后别到马号来了，我

43

再也不许你骑马了！"

夜深了，男一班宿舍静悄悄的，只有齐勇鼾声大作，忽高忽低，变调多端。别的知青在他的鼾声中，一个个翻过来掉过去。有人用被子蒙头，有人用被子蒙头还是无法忍受，再用双手隔被捂耳。

孙敬文倒一动未动，仰躺着，但一眨不眨地大睁着双眼。徐进步捅捅他，小声说："他成心的！"

孙敬文："听出来了，那有什么办法。"

睡在齐勇左右的赵天亮和王凯猛地掀开被子坐起，同时瞪齐勇，接着无奈对视。

黄伟的铺位挨着傅正，傅正小声对黄伟说："你管管他。"

黄伟也小声说："忍忍，看他能装多久。"

张靖严的身影闪了进来，向赵天亮指指自己休息的地方。赵天亮会意，轻手轻脚地转移了过去。张靖严又示意王凯躺下，他钻进了赵天亮的被窝，用被角挡住光，点烟深吸一口，鼓腮憋住。

齐勇依然鼾声如雷，张靖严趁他吸气之际，将一大口烟朝他鼻孔喷去。齐勇被烟呛得干咳不止，猛地坐起来。

张靖严若无其事地仰面躺着，优哉游哉地吸着烟。

齐勇怒不可遏："你干什么？！"

张靖严没事人似的："你那史无前例的鼾声叫人睡不着——怎么，呛着你了？对不起，对不起！"

齐勇硬邦邦地说："把烟掐了！"

"同志，不能掐，我哪知道你一躺下，是不是又鼾声如雷呀！"

齐勇狠狠地瞪着他："你明明不吸烟！"

"我以前是不吸烟，但从现在起，也许要一直吸下去了。而且呢，怕是还要养成半夜吸烟的坏毛病。"

"哼。"齐勇冷哼一声，躺下了。

宿舍里终于安静了。

用被蒙头的知青，也将脑袋露了出来……

北大荒的清晨，小河也显得格外清澈。孙曼玲半蹲在河边，用脸盆一次次往桶里加水。

赵天亮也挑着两只桶走来："这地方的井水可真凉，刷牙漱口像含冰。比起来，河水洗脸舒服多了！你别用盆了……"

说着，他取下自己扁担上的一只桶，用扁担钩住另一只桶，甩入河中，拖钓住的大鱼似的，拎上岸一桶水，倒入孙曼玲的桶里。

孙曼玲称赞他："看不出你还有这么一手。"

赵天亮得意地一笑："小意思。"又拎上一桶水，将孙曼玲的两只桶里都加满了。

孙曼玲刚要挑起桶，孙敬文夹着盆来了："姐，你挑水干什么？"

"为我们班挑的，已经挑回去两桶了，不是免得她们都来河边洗漱，节省她们早晨的时间嘛。"

"当班长不是当用人，有这必要吗？"

"有还是没有，不全在我怎么认为的嘛。哎，你眼睛咋肿了？昨晚哭过对吧？告诉姐实话，是不是那个齐勇又欺负你？"

孙敬文抬手揉揉眼："你瞎猜什么呀！昨晚没睡好。"

"为什么没睡好，又想家里那愁事儿了？"孙曼玲意识到自己失口，看了赵天亮一眼，接着说，"家里的什么事儿都不用你操心，有姐呢！"

"你还瞎猜！我说姐，从现在起我是大人了，你别……"

孙曼玲打断地："你大什么大！你还不满十八岁，是未成年人！在哪儿我也得拿你当小弟那么关心着，我当姐的有这义务！"

"你烦不烦人啊！"孙敬文赌气地蹲下，含口河水，使劲儿刷牙。

孙曼玲嗔怪道："你想把满口牙刷掉呀？横着刷不正确，要竖着刷。要有耐心，一下一下地，轻缓地刷。"

嘴边尽是牙膏沫的孙敬文，扭回头不拿好眼色瞪他姐。

赵天亮笑道："确实没谁欺负他，他也没哭过。夜里我们宿舍有人鼾声太响，害得大家都没睡好。"

"你的话我信。"孙曼玲朝她弟弟一撇嘴，担起桶走了。

满满两大桶水，对孙曼玲来说，显然太重了，她双手使劲儿平衡扁担，还是走得摇摇晃晃。

赵天亮赶紧上前说："别双手扶扁担！用一只手！步子别太大，走小快步！"

孙敬文："别管她！"

赵天亮羡慕地说："有姐真好啊。"

孙敬文不以为然："有了你就体会到烦人的一面了。"

"被姐烦的时候，心里的感觉其实也蛮好的吧？"

"没那个！心里的感觉其实是欲说还休！"

"那我也还是希望有一个姐姐，可惜我只有一个哥哥。但我哥对我特好。"赵天亮边说，边钩上岸一桶水。

"我也有一个哥哥，也对我特好，可我现在最不愿意对别人提起的就是我哥。"孙敬文说着，往河中丢了一块石子。

赵天亮一边钩上第二桶水，一边若有所思地看"小地包"。孙敬文又往河中丢了第二块石子，之后沉默了。

"我先走了。"赵天亮担起扁担刚迈了两步，孙敬文叫了他一声"班长"。他扭回头，见孙敬文也正扭头看他，目光是那么忧愁。

"班长，我想跟你说说心事。"

"这会儿？"

孙敬文点头："我再也憋不住了，非得跟一个人说说不可了。"

"行。这会儿就这会儿。"赵天亮放下桶，走到孙敬文身旁，搂了他一下，坐在一块石头上。

孙敬文却仍蹲着："我哥现在成了监狱里的一名人命犯，被判了十六年徒刑。因为我哥哥而死的，是齐勇的弟弟。"

赵天亮怎么也没想到孙敬文和齐勇两家居然有这么大的过节，他张张嘴，没说出话，吃惊地看着孙敬文。

孙敬文手掂一颗石子，凝视水面，忧郁地说："我父亲和齐勇的父亲都是'哈一机'的工人，但不是一派的，我父亲参加了'捍联总'，他父亲参加了'炮轰派'，这么一来，两派的孩子见了面，也像仇人似的，动不动就打架……"

鸽哨声在孙敬文的回忆中响起。几只在空中盘旋的鸽子，落在二层老楼的楼顶上，一张从天而降的网将其中一只鸽子套住，齐勇的弟弟从网中抓住鸽子，如获至宝。

"把鸽子给我们！"孙敬文与他的哥哥应声出现在二楼的露天阳台。

齐勇的弟弟："我干吗给你们？"

孙敬文理直气壮："是我们的鸽子引来的！"

齐勇的弟弟："那，还落在我家的屋顶上了呢，还是我套住的呢！"

孙敬文的哥哥："那是你家屋顶吗？是几家共同的屋顶！你给不给？"

孙敬文："哥，算了，咱别硬要了。"

"硬要？我还硬不给呢！"齐勇的弟弟自顾自地唱起来：

炮派一小撮，本性不能变，日夜在磨刀，妄图反夺权。呸呸呸！办不到！

孙敬文的哥哥来气了，与之争夺，鸽子在争抢中飞了。齐勇的弟弟朝孙敬文的哥哥脸上打了一拳，而孙敬文的哥哥双手将齐勇的弟弟往护栏处一推，哪知那二层老楼露天阳台的木头护栏早已朽坏。齐勇的弟弟一个没站稳，撞断阳台护栏，从阳台上跌了下去……

又一颗石子被狠狠地掷入河中。

赵天亮叹了口气："按情况，应该轻判呀！"

孙敬文面无表情："已经是从轻判决了。无论轻重，人家齐勇的爸妈失

47

去了小儿子，人家齐勇失去了弟弟。"

"是啊。你和齐勇在哈尔滨就见过了？"

"我哥被从家里带走那天，齐勇在我家门口站着，瞪着我。"

"那，你姐怎么不认识齐勇？"

"我姐那天不在家。"

赵天亮同情地说："我很难过，为你们一家，更为齐勇一家。"

孙敬文认真地盯着他："你发誓，不告诉任何人。包括指导员、连长、排长。"

"也包括你姐。"赵天亮补充道。

"也包括我姐。"

"那，你为什么还要告诉我呢？"

孙敬文低下头："我刚才已经说了，不告诉一个人，我会憋出病来的。"

"那，我一定会做一个你信任的人的。"

"班长，你搞什么名堂啊！"随着话声，一班的知青几乎全来了。

一名战士："我们说要来嘛，你班长说你为我们把水挑回去。可害得我们左等右等，你俩却猫这儿嘀咕起来了！"

"对不起大家，对不起大家……"赵天亮站起来，重新挑起扁担。

徐进步："我们都来了，你还往回挑两桶水干什么呀？"

赵天亮苦笑："可也是。"

孙敬文也站了起来，看看赵天亮说："班长，别忘了你对我的保证。"

徐进步："你们听听，他俩还神秘兮兮的！"

连队那方传来了大喇叭的广播声："全连注意，全连注意！我是连长，九点钟，全连准时在食堂开会，开麦收誓师大会！机务排尤其要做好准备，今天下午十二台拖拉机全部出动，开始试割，开始试割！……"

麦海。金黄的一望无际的麦海。只有黑龙江生产建设兵团和新疆生产建设兵团才有的麦海。

第 3 章

　　十二台牵引着收割机的拖拉机，在麦海边上一字排开。排长尹洪波端正地坐在第一台拖拉机上，神情肃穆。男女两个排的知青，以及韩指导员、张连长、方婉之和张靖严，也都齐聚麦海边。

　　张连长捋了一把麦粒，放口中嚼嚼，将剩下的麦粒给了韩指导员。韩指导员也将麦粒放入口中嚼，并向张连长跷起大拇指。

　　"真想就地给老天爷磕仨响头，赐咱们这么好的收成，太够意思了！"张连长往掌心啐唾沫，捋胳膊挽袖子，预备大显身手的样子。

　　知青们也捋麦粒，也放入口中嚼。

　　"小地包"问"小黄浦"："有什么感觉？"

　　"小黄浦"品咂着嘴："没什么特殊的感觉，越嚼越黏，像嚼口香糖。"

　　赵天亮："麦粒嚼出口香糖的感觉来，那还不叫特殊感觉？"

　　张靖严将一柄系了红绸的镰刀递给韩指导员："指导员，机务排有点儿迫不及待了。"

　　韩指导员望一眼驾驶室里的尹排长，再看一眼张连长，笑道："别年年都是我，今年你来吧。"

　　张连长摇头摆手，向后退了两步："别，别，第一镰等于剪彩嘛，当然非你指导员不可！"

"那，我就恭敬不如从命了！"韩指导员弯腰揽起一把麦子，将镰刀挥下去。

"等等！"张连长把韩指导员叫住，对赵天亮说，"把你的镰刀给我。"

赵天亮将镰刀往身后一背："那我一会儿用什么，班长手里没镰刀成什么样子！"

"我先用一下嘛！"张连长拿过镰刀，试了试锋，自言自语，"好像我在战场上要你的枪！"

大家都笑了。

韩指导员也笑了："瞧你意思，是想和我比试比试？"

张连长："指导员肯赏脸不？"

"成心让我下不来台是不是？"

"十分钟结束，我让你四分钟，敢不敢？"

韩指导员转身望大家："这我要是再不敢,也太熊了呀！比就比！"说着，也往掌心啐了一口。

张靖严看了一眼腕上的表，举起手臂："预备，开始！"

韩指导员一弯下腰去就不再抬起，快速向前割去。

方婉之对女排说："姑娘们，给指导员鼓鼓劲儿！"

女排异口同声："指导员，加油！指导员，加油！"

张靖严："四分钟到！"

张连长也弯下腰去，速度更是快得仿佛一台小型收割机，但见一行行麦子多米诺骨牌似的倒下。

赵天亮情不自禁："一班，给连长加油！"

一班异口同声："连长，加油！连长，加油！"

韩指导员和张连长之间的距离，在男女知青的加油声中，渐渐缩短。

张靖严喊："十分钟到！"

欢呼声中，韩指导员和张连长直起腰来。

张连长扬扬自得："服不服？"

韩指导员："我从来都是甘拜下风的呀！我嗓子快冒烟了，你嗓门大，还不下令啊！"

"老尹，看我手势！"张连长喊着，将手臂举起，猛地劈下。

十二台拖拉机齐声轰鸣，牵引着十二台收割机，舰队般驶入麦海，情形颇为壮观。知青们肃然又神往地看着。

"小黄浦"说出了大家的心里话："唉，熬到他们退休，咱们开上，那得哪一年啊！"

"小地包"："那时咱们也快老了！"

王凯："咱们在北大荒待不了那么久吧？不是说短则三年，长则五年，就会一批批再把我们抽回城市去吗？"

黄伟对傅正悄语："听到了吗？刚来几天，就开始想返城的美事儿了。"

傅正："很正常。年龄小，头脑简单嘛。"

齐勇大声说："王凯，老战士们比我们知青早来五六年、十多年，要论什么时候离开，是不是也该先来的先走啊？他们都没急呢，我们都没急呢，你急个什么劲儿？等北大荒欢送我们走了，你们再盼着走也不迟！"

傅正批评道："你这么说何必呢？"

张连长走了过来，大声说："走？来得不容易，想走没门！我们老战士都是决心把一生献给北大荒的，你们也要和我们一样！我最不爱听的，就是谁说离开北大荒的话！"

拖拉机牵引着收割机，已经驶在麦海深处了。知青们用镰刀收割过的麦地，一片狼藉。没割倒的麦子触目皆是，连根拔下的也不少。而且，倒下的麦子根本不成行，根梢错置，东一堆西一片，乱七八糟。

虽然麦子割得不算利落，知青们却已都累得东倒西歪，有的摊开四肢仰面朝天。大家吭唧着，说着腰酸腿疼之类的牢骚话。

方婉之、张靖严以及齐勇等几名老知青，在默默地割没倒下的麦子，或将倒下的麦子归整成行。

"起来！"呵斥声中，"小地包"睁开双眼，见齐勇正站在跟前瞪着他。他的第一反应是一把抓起砍在土中的镰刀，接着滚身而起，防范地瞪着齐勇。

齐勇用镰刀一指："自己看，看得过去吗？"

"小地包"："那几棵麦子才会少收多点儿粮食。"

齐勇："问题是你还不会用镰刀收割。不会用镰刀收割的人，就不是合格的北大荒人！"

"小地包"："到我们学校做动员报告的人，说兵团已经实现了全部的机械化。"

齐勇严厉地说："同样的话我在来之前也听过，但那不是谁现在劳动能力低下的理由！"

"小地包"终于无言以对，只好去割自己未割倒的麦子。赵天亮走过来帮他。

"赵天亮！"齐勇厉色道，"我不认为你帮他是班长正确的做法。"

赵天亮反驳："难道不帮，倒是好班长了？"

齐勇："现在对你们后来的，等于是实习。对实习者最好的做法是指教，而不是代劳。"

赵天亮看看"小地包"的身影，觉得齐勇的话似乎也有一定道理，一时不知接下来该怎么做。齐勇从腰间取下磨石，朝赵天亮一递："我认为你倒是应该让他磨磨镰刀，捎带也磨磨自己的！"

赵天亮沉吟片刻，接过磨石……

黄昏时分，本该打水洗脸，可男一班的所有人都坐在宿舍门前的横板上，谁都懒得动一下。

赵天亮挑起了桶，却被"小地包"叫住："班长，要不……我去？"

"还是我去吧。"赵天亮笑笑，拎着桶走开了。

"小黄浦"学"小地包"的话："'要不，我去？'班长一看你那样子，就知道你诚意不够。"

"小地包"拖长了声音,疲惫地说:"起码,我还有那么一句话。不像你们,大眼瞪小眼地看着,连声都不吭一声!"

这时,有人突然说:"看那边。"

大家看着齐勇一瘸一拐地走回来,议论纷纷。

"在地里倒挺神气的,这不也累得一副惨歪样儿嘛!"

"按说,比我们来得早,不该像我们似的。"

"有的人啊,耍霸道好样的,干起活儿来,草鸡一只!"

沈力打断他们:"大家别这么背后贬损他吧。都忘了我们来的时候,在马车上看到的情形吗?"

大家不出声了。齐勇走过来,目中无人地拿起自己的盆,转身去往河边……

赵天亮从河里钩上两桶水,洗完脸,用衣襟擦干,皱眉看着自己的手,双手都起水泡了。他犹豫一下,用牙把水泡咬破,疼痛使他的脸颊一阵抽动。他吮了吮手掌,啐一口,担起水,正要离开,遇到齐勇。齐勇愣了愣,闪向一旁。

赵天亮叫住他,放下担子:"还你磨石。"

齐勇停下脚步,转身默默接过磨石,一声未吭,沉脸又走。

赵天亮:"谢谢。"

齐勇第二次站住,没回头,冷冷地说:"你应该为一班准备几块磨刀石,有备无患。"

"哪儿找去?"

"借。每户老战士老职工家里都有不止一块。"

"你腿怎么了?"赵天亮问。

"没怎么,好好儿的。"齐勇被他一问,努力正常地往前走了。可赵天亮一离开,齐勇就走到河边,双手捂着内胯,龇牙咧嘴。他衣服也不脱,一头扎入河中,扑扑腾腾地游了一阵。上岸后,三下两下脱了裤子,踏在大石上,查看伤处。两边的大腿根,被铲得血红两片——骑无鞍马的结果。

雷声隐隐。齐勇抬头望天，乌云如潮，从天际涌将过来……

大雨滂沱，天地浑然一体，但见四面八方亮着拖拉机的双灯，在雨中看去模模糊糊，轰鸣声远近呼应。还在宿舍里做着好梦的知青们并不知道，这突如其来的大雨，使老战士们不得不冒雨加夜班。

尹排长在拖拉机的驾驶室里歪头打盹，旁边的老刘驾驶拖拉机。老刘发现了什么，瞪大眼，将脸凑向玻璃——大雨中，前方有手电筒光……

"排长……"

尹排长一激灵。

老刘说："连里送饭来了。"

尹排长也凑窗看看，说："用车灯通知大家，过来一块儿吃夜班饭。"

四台拖拉机之间，扯起了一大块帆布，大家围着一桶汤一桶馒头狼吞虎咽。韩指导员和张连长也在其中，都将裤腿卷在膝盖以上，一腿泥。

尹排长："你们何必亲自来呢。"

韩指导员："不亲自来放心不下呀。"

张连长："一会儿哪两位顶不住了，我和指导员可以替替。"

老刘："看，那又是谁来了？"

来的是方婉之，也挑着两只桶，也将裤腿卷到了膝盖以上。

张连长："嫂子，你来干什么？"

方婉之："怎么，还不欢迎啊？"

"欢迎欢迎！但是我更欢迎嫂子带来的东西！"老刘掀去一只桶上的席盖，惊呼，"包子！"说着，他便将手中一小块馒头塞入口，空出手来抓了一个包子。

众人也纷纷抢抓包子。一名老战士将另一只桶上的席盖也掀去了："还有腊八醋！还有辣酱！"

方婉之微笑地看着大家享用自己带来的夜班饭。

韩指导员对张连长说："看到了吗？都不理咱俩了，这帮见利忘义的家伙！"

张连长嗔怪大家："哎，我说你们，嫂子冒着这么大的雨给你们送好吃的来，你们还不给嫂子让个坐的地方啊？"

大家经这一提醒，纷纷给方婉之让坐的地方……

一班的窗子亮了，赵天亮被"沙沙"声搅醒，睁眼一看，齐勇的被窝空了。他悄悄下地，趿着鞋走到门口，探头向外看去。只见齐勇和张靖严不顾雨淋，蹲在外边屋檐下磨镰刀。不仅磨他们自己的，而且磨全班的。没磨的放一边，磨过的放一边。

张靖严一边用磨石沾水洼中的水，一边说："学我，磨刀下沾沾水，声音就小。让大家多睡会儿。"

赵天亮缩回头，转身看去，大家睡得正香，他终于下了决心，一一轻推，小声说："醒醒，醒醒……"

一名穿雨衣的人闯入男二班宿舍，将雨衣一脱，竟只着短裤："都起来！"

熟睡着的知青全都被惊醒。

"班长，有情况！刚才我出去撒尿，望见一班的人进进出出，我奇怪，溜过去侦察，发现他们全起来了。"

二班长也纳闷："还没吹号呢，他们起这么早干什么？"

"他们都在宿舍里磨镰刀！"

二班长："抽风！北大荒的麦收，那主要得靠收割机！都再睡会儿！列宁说，不懂得休息，就等于不会工作。睡好回笼觉……"

屋外传来的号声打断了二班长的话，二班长指着那名知青数落："你呀你呀！宝贵的回笼觉让你给断送了！"

那名知青："才半分钟。"

二班长："关键的半分钟！"

知青男排的，知青女排的，老战士的，老职工的，妇女们的队列，先后离开连队，会聚在通往麦海的泥泞土路上。老战士和老职工们的工具，不是镰刀，而是钐刀，看去像是古代出征的武士们。必须尽快完成收割，因为省气象部门通知，这场雨至少要下十几天，而收割机两三天后就派不上用场了。

走在知青队列旁的张靖严、齐勇等几名老知青，扛的也是钐刀，与众不同。

吴敏的粉红雨衣，在这一支麦收杂牌军中显得格外惹眼。除了她，谁都没穿戴任何挡雨之物。吴敏脚下一滑，摔倒了，孙曼玲伸手把她扯起来。吴敏赶紧用镰刀背刮雨衣上的泥，孙曼玲对她摇头："别弄了，那有什么意义呢，快跟上吧！"

麦收队伍排成长长的横列，站在麦海的边缘。麦海中，拖拉机牵引收割机，还在进行收割。乌云厚重，压迫着麦海。远处传来隐隐的雷声。

韩指导员扛着钐刀从队列一端走到正中间停下，望着远处的拖拉机，抹一把脸上的雨水，抡开了钐刀。

其他人也都开始收割。使钐刀的，都抡开了钐刀，使镰刀的，都弯下腰去。"嚓嚓"声顿时响成一片。麦子在钐刀和镰刀的舞蹈处一片片倒下。那些抡钐刀的身影始终保持一字形，他们的动作那么整齐，仿佛正参与着一种古老而庄严的仪式。

知青们握着镰刀的嫩手上包扎着手绢。手绢解开了，手心的泡破了；手绢翻折了一下，又将手包上了。缠在镰刀把儿上的手绢，也被血染红了；手绢解下来，用牙咬着，重新包扎在手上。

包扎着手绢的手越来越多，就连衬衣的边缘也被撕下来，当作手绢，包扎在手心上。

吴敏落在了最后，孙曼玲过来帮她："叫你不要穿雨衣来的嘛！"

吴敏支支吾吾："我……来了……"

"来了？那事儿？"

"我一来那事儿，就发低烧，还浑身没劲儿……"泪水合着雨水从她脸上流下来，"不信你摸摸我额头……"

孙曼玲："不用摸，我信。那你回去休息吧。给自己冲碗糖水喝，再用热水泡泡脚，好好睡一觉。"

方婉之走来，问："她怎么了？"

孙曼玲："她来例假了，我叫她回去。"

方婉之："那就听班长的话，回去吧。"

吴敏没动。

"多你一个人少你一个人，其实都不影响什么，不要犯拧，我接替你了。"方婉之说罢，弯下腰飞快朝前割去。

孙曼玲还想对吴敏说什么，却只张了张嘴，什么话也没出口，转身走了。吴敏望着眼前许多弯腰的身影，一屁股坐在地上，双手捂脸无声地哭了。

一把钐刀插在河边。齐勇的裤子搭在灌木丛上。这会儿，齐勇正在撕扯衬衣，包扎自己双腿的大腿根。

"小地包"走来解手，扭头看到了齐勇的钐刀，他系好裤子，忍不住伸手拔出钐刀，试着抡了几下。这时，只听河中"扑通"一声，"小地包"持钐刀走到河边，发现水中有大鱼。他举起钐刀柄，打算用钐刀柄插鱼。

齐勇从灌木丛后走出，见状大惊："孙敬文！"

"小地包"高举钐刀回头看他。

齐勇大喊："别动，千万别动，你身后有条蛇！"

"小地包"果然高举钐刀一动不动。

齐勇一步步走到他跟前，从他手中取过去钐刀，插在几步外，接着走到"小地包"跟前，凶狠地瞪他。

"小地包"："我不知道是你的钐刀，要是知道，连碰也不碰。"

齐勇抡圆了胳膊，狠狠地扇他一记耳光。

"小地包"的头被扇得一偏，接着恢复到正常位置，梗着脖子，也狠狠地瞪着齐勇。

齐勇："知道我为什么又扇你吗？"

"小地包"响亮地说："知道！"

"你他妈不知道！"齐勇一指河，"看见鱼了是不是？"

"小地包"喊叫般地说："是！我看见了鱼，没看见蛇！"

"想用钐刀把儿插鱼是不是？！"

"对！"

"你不要脑袋啦？！别的连的，和我同一批的一名知青，就因为想用钐刀把儿插鱼，把自己脑袋削到了河里！"

"小地包"张口结舌。

"你要给我牢牢记住刚才那一耳光！还要把我讲给你的事儿，多讲给别人听！"齐勇说罢，转身拔起钐刀，步子古怪地走远了。

"小地包"往河里看去，感觉河水似乎红了，自己无头的身体伏在河岸……

他头晕了，身子一晃险些摔倒，被刚好路过的孙曼玲一把扶住："小弟！小弟你怎么了？"

"太可怕了！""小地包"心有余悸。

"我遇见齐勇了，他还欺负你？"

"他刚刚救了我一命。"

"他？救你一命？"孙曼玲伸手摸弟弟的头。

"小地包"将她的手推开："我没发烧！"

孙曼玲："那你胡言乱语！你到这儿来干什么？"

"撒尿！哎，姐，我跟你说过多少次了？你不要一看不见我，就到处找我！"

"让姐看你手。"

"看什么看！不就磨出泡了嘛！哪个手上没磨出泡啊！"

"姐这儿还有条手绢，没用过的。"孙曼玲将手绢强塞入"小地包"兜里。

　　大家弯着腰、低着头在麦海加紧收割，只有齐勇和张连长面对面站在陷进泥里的拖拉机旁。

　　张连长："听说，你在县城里对上了一个象？"

　　齐勇生气地说："听谁说的？张靖严说的吧？"

　　"谁说的不重要。她是百货公司的一名售货组组长，对吧？"

　　"只是我们几个到县城去看电影那次，我和她的座位挨着而已。"

　　张连长笑了笑："给你个任务，到县城去，找她买二百双线手套。限你明天早上去，晚上回来。反正你赶车已经是把式级的人物了，我不担心安全问题。套一匹马，还是两匹马、三匹马，随你便。"

　　齐勇盯着张连长："为什么派我？"

　　"废话！别人有你那么一种特殊关系吗？线手套是控制销售的劳保物资，没种特殊关系，谁一次能买出二百双来？"

　　"那，我想立刻回连队，套好车就出发，争取明天中午以前回来，让大家下午就能戴上手套。"

　　张连长沉吟片刻，拍拍齐勇脸颊……

　　一班的男知青回到宿舍。洗脸的横架上，有的脸盆里已盛满水，但大家看也不看，一个个径直进入屋里。有两个男孩抬着水走来，看着辛苦抬回来的水没人动过，满脸失望。

　　张靖严和赵天亮走过来。赵天亮摸一个男孩的头："谢谢你们。他们一会儿就会洗的，不要再抬了，啊？"

　　两个男孩懂事地点头离去。

　　张靖严对赵天亮说："大一点儿的是机务排尹排长的儿子，小点儿的是张连长的儿子。张连长的妻子和他离婚了，把儿子也甩给他了。张连长早出晚归的，顾不上儿子，只得让儿子住到尹排长家去。两个小家伙关系可好了，像亲兄弟。"

　　赵天亮问："排长，北大荒年年麦收的时候下雨？"

"那倒也不。去年是大丰收，从咱们连开出的十辆运粮卡车，昼夜不停地运了两个来月，想想那该打了多少粮食吧！前年，大前年，连续五六年都是大丰收……"

"我们这一批，怎么这么倒霉啊！"赵天亮抱怨道。

"当班长的，是不该说这种话的。当成考验吧。"

"我也只是跟你说说。"

"二班的情绪更低落，今晚我要睡到他们班去。这边有了什么为难的事儿，你及时去找我。"张靖严拍拍赵天亮的肩，走了。

赵天亮扭头看看一溜水盆，进入宿舍，见大家全都躺在炕上，全都将双腿垂着，全都一动不动。再看墙角，镰刀压叉着扔在一起……

夜晚的食堂里静悄悄的。赵天亮身旁摆着三四块磨石，他在磨全班的镰刀。

门"嘎吱"一声打开了，赵天亮抬头看去，只见孙曼玲两条胳膊上都挎着柳条篮子。一个篮子里是镰刀，另一个篮子里是白被罩——那是她昨天夜里从被子上撕下来的。她放下篮子，冲赵天亮笑笑，也不说什么，开始撕被罩。

赵天亮停止磨镰刀，奇怪地看着她。

孙曼玲从被罩上撕下几条，又开始用布条缠镰刀把儿。

赵天亮一拍脑袋："我怎么就没想到呢？"

"我这被罩用不完。你帮我磨我们班的刀头，我为你缠你们班的刀把儿，行不？"

"行！"

于是二人分头忙起来。

赵天亮忍不住又问："你在学校里，就是班干部吧？"

孙曼玲："当然，劳动委员。你呢？"

赵天亮："一天也没当过。在学校里，我属于调皮捣蛋的学生。"

"那，当班长了，可得改改啊，别把我弟带坏了。"

"我不是已经改了嘛！奇怪，我怎么就变了呢？哎，你说，咱俩这种班长，当着来劲儿吗？"

孙曼玲瞥了他一眼："来不来劲儿，都得好好当啊！要是三个月后，说你当得不行，不让你当了，你脸上挂得住？"

赵天亮叹道："是啊。早知道这么个当法，任命那一天我就坚决让贤了。"

"别发牢骚了。哎，我的被罩还剩下好大一块儿呢。干脆，我去女二班，把她们的镰刀也偷来，也给缠上，磨磨。你去偷男二班的，怎么样？"

赵天亮瞪着她，很不情愿，却又不好说什么反对的话。

"那我夫了啊！"孙曼玲小跑着离开。

赵天亮嘟囔："当得还真来劲儿！"

天亮了。男女四个班的知青，在张靖严的带领下，一个个脚步轻轻地进入食堂。他们面前的情形是，五十几把镰刀，把把的刀把儿都用床单缠白了，刀刃也都磨得锃亮。赵天亮背靠一根木柱睡着，发出轻微的鼾声。孙曼玲则伏在他膝上，睡得悄无声息。

二班长："这，这不是扇我的大嘴巴子嘛！"

一名二班知青看看他："你连块磨石也没给咱们二班弄到，应该自己扇自己的嘴巴子！"

赵天亮和孙曼玲同时醒了，立刻不好意思地分开。

张靖严摸了赵天亮的头一下："你们俩，上午在宿舍补一觉，这是命令！"

太阳暖暖地照在北方某县城的街上。正是上午八点多钟。一家百货商店门外的人行道边上，停着齐勇赶来的那辆马车。套在车上的三匹马正安静地吃着地上的麦子。

商店还没开门，门前已经有三五个人在等候着了。他们中有人好奇地看着睡在马车上的齐勇。

齐勇侧眠，虾似的躬着身，蜷着腿，盖着湿漉漉的麻袋，头下也枕着卷成卷的麻袋——看上去他睡得似乎并不舒服。一名老交通警察一边绕着马车走，一边研究地看齐勇。

小县城形形色色的人从马车旁边走过，一个小贩走过时大声吆喝："馒头！馒头！……"

齐勇被吆喝声叫醒了，伸了个懒腰，翻身仰面躺着。雨已经停了，几束阳光从乌云的缝隙间射下来。齐勇一跃而起，向上伸双臂，在马车上蹦着高大喊大叫："天晴啦！天晴啦！太阳万岁！"

他发现老交警和好奇的人们在看他，不喊叫了。

老交警向齐勇指着说："下来下来！"

齐勇乖乖下了马车。

"这儿不许停车，尤其不许停马车，知道不？"

"不知道。真不知道！"

老交警又一指："那是什么？"

齐勇这才发现，跟前就竖着禁止停车的牌子，挠挠头："没看见。真没看见！"

"眼睛是干什么用的？"

齐勇替自己辩解："我把车停这儿时，天还黑着呢。"

老交警："我有来言，你就有去语，还挺能对付的。哪儿的？"

"兵团的。"

"哦？几团几连的？"

"一师一团，七连的。"

"指导员连长都姓什么呀？"

"指导员姓韩，连长姓张。您认识他们？"

老交警摇摇头："不认识。不认识才问嘛！一个人，赶辆三套马车，来到我们县城干什么呀？"

齐勇："连里派我来买线手套，要买二三百双！老同志，是这样的，你们县城不也下雨了吗？我们那儿雨更大……"

说着，商店开门了。

"明白了？"齐勇边说，边急急地往广告杆上拴马缰。

老交警制止道："不许拴那儿！也不许走，我还什么都没明白呢！"

齐勇急了："老同志！我们那儿地泞了！收割机发挥不了作用！只能用镰刀、钐刀来抢收了！要不大片大片的麦子就会沤烂在地里，那就颗粒无收了！而我们连新来的一批知青，第一天手上就全都磨起了泡！"

老交警听闻，急忙说："那你还啰唆什么！快进去买手套呀！"

"是你不许我走嘛！"齐勇将马缰往马背上一搭，冲向商店。在门口，他回望马车，不放心。

老交警冲他挥手："去吧去吧，我替你看着！"

齐勇在商店里用目光四处搜寻。

一个卖衣服的姑娘在擦柜台，齐勇喜出望外·"嗨！"

"你？"姑娘见齐勇歪戴帽子，衣服裤子都很脏，疑惑地问："你到这儿来干什么？"

"找你。"

姑娘左顾右盼："没见我在上班吗？今天我可没工夫陪你看电影！再说那次也不是我陪你看，是咱俩的票碰巧挨着，我跟你可没什么特殊的关系！"

齐勇笑笑："我也并没说你跟我有特殊的关系。我是来找你帮忙的，我要买许多双袜子。"

"这忙我能帮上！我们这儿库里压了一批线袜，纯棉的。现在大夏天的，卖不动。你买得多，我做主就可以打折！"

"错了错了！"齐勇一拍脑门，"我怎么说成袜子了呢！我是要买手套，那种棉线织的，起码二百副，再多更好。"

"这我可帮不上忙了！我们这儿什么手套都没了。昨天一天，都被你们兵团来的人给买光了！"

齐勇失望："那，我只好到别处去碰运气了。"

"连我们这儿都被买光了，别处更没有了！"

齐勇没耐心听她的话，已经转过身去，准备离开。

姑娘嘟囔道："这人，不听别人把话说完就走，真不可交！"

齐勇站住，寻思一下，返回来，又说："让我看看你说的那种袜子！"

姑娘不悦地找出双袜子，扔在柜台上。

齐勇拿起一只，抻，看。

姑娘阻止他："你还没买，先别那么抻呀！"

齐勇问："有剪刀没有？"

姑娘将一把剪刀递给他，齐勇二话没说，"咔嚓"一剪刀将袜头剪掉。

姑娘急了："哎，你这人怎么这样啊，你赔啊！"

齐勇已将手伸入，正手反手看看，决断地伸出两根指头："二百双！"

齐勇肩上扛着一个大包，与姑娘合拎一大包，走出店门，将两大包袜子放上马车，一副大功告成的样子。

老交警走过来："你们兵团的马，真棒！"

齐勇："谢谢了啊，人情后补！"

老交警摆摆手："不就替你看了会儿马车嘛，还说什么人情不人情的呢！要论谢，我们全县都得谢兵团。你们的麦子越收越多，我们就近沾光，每月粮本上多了好几斤白面呢！"

"老同志，后会有期！"齐勇喝一声"驾"，赶着马车离去。

"哎，怎么连句告别的话都不跟我说啊！"姑娘转而对老交警抱怨，"他对你还说人情后补呢，这王八蛋！"

马车在来路上疾驰，马蹄踏过同一条浅河，水花四溅。乌云之隙合严了，天色又阴下来。马车通过团部，在邮局门前，被一名邮递员拦了下来。

邮递员问齐勇："哪连的？"

"七连。"

"别走啊！"邮递员说着，转身返回邮局。

齐勇用麻袋将两大包袜子盖上。没过多久，邮递员拎着两只绿色的大袋子出来了，放在马车上，说："八连、九连，包括你们七连的信件、邮包，你一块儿捎回去。八连、九连的，通知他们就近到你们连取。这个大信封别丢了，里边有几封电报！"

齐勇接过大信封，压在袜子包底下。

大雨又下了起来，马车在雨中疾驰。七连的麦地，由于狂风和暴雨，大片大片的麦子倒伏了。而麦子一倒伏，就是拖拉机不被陷住，收割机也收割不了。持钐刀的收割者们，横列还是那么整齐，挥钐刀的动作还是那么一致；持镰刀的收割者们，则分散一片，皆是面朝黄土背朝天的状态。所有的收割者，似乎都对淋在身上的大雨没了感觉。

赵天亮忽然发现有人在帮自己割，他一手撑着后腰挺直了身子，见是齐勇站在面前。

赵天亮："买回来了？"

齐勇未回答他的话，只将一封电报递给他："我经过团里时，邮局叫我捎回来的。"

赵天亮刚接过电报，齐勇便转身离去。

傍晚的时候，张连长在连部里对齐勇大发脾气："我叫你买手套，你买回两大包袜子干什么？你猪脑子啊？"

方婉之："老张，你先别急。我想，小齐自有小齐的解释。小齐，是吧？"

韩指导员从外面走了进来，问："小齐，任务完成得怎么样啊？"

齐勇什么也不说，从兜里掏出一只剪掉了袜头，还剪出一个洞的袜子，套在手上，大拇指恰可从那洞里伸出，袜底护住了手心，袜腰也能护住半截手臂。他默默将那只手伸给张连长他们看。

知青们从食堂前走过，赵天亮把张靖严叫住："排长！我有事儿跟你说。"说完走进食堂。张靖严疑惑地跟了进去。

赵天亮语气决断地说："排长，我必须请假离开连队！"

张靖严有些吃惊，问："离开连队？哪儿去？"

"陕北。"

张靖严表情严肃了，他望着赵天亮，缓缓在长凳上坐下。赵天亮从兜里掏出电报递给张靖严："齐勇在地里给我的。"

张靖严接过，只见上面写着：

天亮吾弟，兄遭重大事件，速来，迟恐兄有不测。

赵天亮很坚决："我非去不可！"

张靖严有些犹豫："我怎么觉得，这一封电报，不像是你哥哥拍给你的呢？"

"那还有假吗？！"

"我不是说电报假，是说电文，太不像你哥哥的语气了。"

赵天亮反问："你又不认识我哥哥，凭什么……"

"别激动，遇事儿要沉住点儿气。你也坐下。"

赵天亮未坐，张靖严劝道："坐下啊！"

赵天亮这才坐下。

张靖严："我虽然不认识你哥哥，但多少了解他一些。六四年，北京有一批最早来到北大荒的知青，就是赫赫有名的'北京知识青年支队'，是一路举着团中央的授旗来的。在最初的名单上，有位副队长叫赵曙光，就是你哥哥，对吧？"

赵天亮讶然："你怎么知道？"

张靖严没有解释，继续说道："但是你哥当时并没有随队来到北大荒，因为那一年你父亲大病一场。你父亲是抗美援朝战争中的一级战斗英雄，有关方面劝阻你哥先别来……"

赵天亮重复地问："你怎么知道？"

"我认识'北京知识青年支队'的队长张敢峰，他一直在支队当指导员，我们一起在师部参加过政治理论学习班，他多次对我讲到他和你哥哥的友谊。你可不可以先告诉我，为什么三年后，你哥哥还是没来北大荒，你反而来了呢？"

"我告诉了你，你就帮我向连里请假？"

"你先告诉我再说。"

"我父亲一病就是两年，结果两年后'文革'开始了。因为我哥哥和你一样，是高中党员学生，学校不批准他离校了。等到了今年可以来的时候，他又面临新的难题了……"

张靖严："已经决定告诉我了，就别吞吞吐吐的啦！"

赵天亮："我父亲的老首长，是位曾为共和国出生入死的将军，受到了　我不说你也明白。将军的独生女儿，就成了我们家临时的一口人。有些人勒令她到农村去接受改造，我们全家对她以后的命运都不放心，所以，我哥哥决定放弃成为兵团战士的初衷，陪她到陕北去插队。"

张靖严："明白了。天亮，你现在当班长了，有的事儿，我也可以告诉你了——据我所知，在'北京知青支队'中，除了队长张敢峰，大部分人对你哥还挺有看法的呢，认为你哥哥说大话，说空话，不履行当初的誓言。张敢峰已经替你哥哥做了不少解释，以后有机会，我也要替你哥哥多做解释……"

赵天亮感激地说："那我先替我哥谢谢你了，排长。其实，我哥哥是极想来北大荒履行他的誓言的，他来不了，我就自告奋勇地来了，也算替我哥哥履行了他当年的誓言。而我，本可以去参军，成为一名真正的解放军战士的。"

张靖严用一只手攥攥赵天亮放在桌上的一只手："你是一个好弟弟。"

"那，你什么时候替我请假？"

"你哥哥曾是一位校园诗人，你觉得，这封电报的电文，像是一位喜欢写诗的人的行文风格吗？按你哥哥的性格，他如果真遇到了麻烦，似乎会在电文中写明白的。这封电报的内容不清不楚，不明不白……"

赵天亮气恼地站起来："你又来这一套！"

张靖严解释道："麦收时期，连队批假特别严格。仅凭这一封电报，连里是不会批你假的。我倒是有权批你一天假，到县城去打次长途电话。"

"我哥插队那小村子没电话！"

张靖严耐心地说："别发火。你看这样行不行，我同意你明天到县城去回一封电报，问问清楚。"

"等我再接到我哥的第二封电报，那不最快也得六七天吗？你当是从这个城市往那个城市拍电报啊？！"赵天亮从张靖严手中一把将电报掠回去，气呼呼地走了。

魏明扎着围裙从食堂里出来了，坐在张靖严对面，递给他一个报纸包。

张靖严看了看纸包："什么？"

"为你和尹排长炒了点儿麦子。你俩胃都不好，常饮大麦茶健胃。"

张靖严："这可是占公家便宜啊！"

魏明："少来！你就是喝上一年，那也顶不上只小田鼠一冬吃的多！你忘了？去年麦收，傅正一脚踩塌了一个鼠洞，咱们几个从洞里掏出小半麻袋麦粒来！"

张靖严笑了，拿起纸包掂掂，又说："这也有二斤。不谢了。就怕有那怎么也没法团结的知青，哪天画一幅漫画，把我这知青排长画成只田鼠，旁边再来几句埋汰我的歪诗贴在食堂里……"

魏明："敢！那可真是找修理了。黑龙江生产建设兵团在黑龙江的地面上，咱们哈尔滨知青是老大，别的地方来的，那得敬着咱们。尤其咱们几个高中的，更是老大！"

张靖严："哎哎哎，你要克服'老大'思想啊，要自觉自愿地当'老大哥'。"

魏明："那也得看他们懂事不懂事。你和赵天亮的话刚才我都听到了，我觉得你应该向连里汇报！"

张靖严有些迟疑："那不好吧？我作为知青排长，动不动就向连里汇报知青的事儿，以后他们还不和我隔心了？"

"你不及时汇报，万一他不声不响地偷偷离开连队呢？万一路上再出个三长两短呢？那你这排长责任可就大了！"

"他已经是一班长了，不至于那么没有纪律性吧？"

正说着，食堂里传来一个女知青的喊声："班长，面发得从缸里淌出来了！"

"反正我提醒你了，听不听由你吧！"魏明说完，便转身朝厨房走去了。

"小地包""小黄浦"和王凯、杨一凡几个人只着短裤,在一班宿舍里擦身。门"砰"的一声开了，赵天亮迁怒地喊："停下！"

四人愣愣看他。

赵天亮："当宿舍是澡堂子啊？弄得满地水，谁来垫？还不是我当班长的来垫吗？！"

四人又相互看看，都端起盆，乖乖从宿舍里溜了出去。

门外传来"小黄浦"的声音："咱们也没说非让他垫啊！"

赵天亮瞥了一眼墙角横七竖八的镰刀，更来气了："镰刀就这么放啊？我告诉你们，以后没人再替你们半夜起来磨镰刀！东家西家给你们借来磨刀石就不错了！"

沈力抱着满怀袜子进来，往赵天亮的铺位一放，不识相地说："班长，这是发给咱们班的袜子，可以当手套护手。方排长说得锁锁边，要不秃噜线！"

赵天亮："都放我那儿干什么？！"

沈力嘿嘿一笑："弟兄们不是都不擅长针线活儿嘛！"

"全都让我代劳？我就擅长针线活儿了吗？！休想！我是来给你们当用人的吗？！"赵天亮跨过去，抱起那堆袜子，扬得到处都是，"怕手疼的，那就得自己弄！哼！"

沈力噤若寒蝉，躲远，屏声敛气地坐到炕沿。赵天亮一脚踢开门，悻悻而去……

赵天亮一宿没合眼。天一亮，他就把被褥卷了起来，还用行李绳捆了两道。大家醒来后看到他的被褥卷，都很纳闷。当众人走到外边时，才发现放在横木架上的洗脸盆里并没有水。

"小地包"嘀咕道："他没去河边挑水。"

张靖严走来，问："你们还在这儿磨蹭什么？该洗脸，该吃饭，赶快呀！一会儿就出发了！"

"小黄浦"抢着说："我们班长不见了，他的被褥也捆起来了！"

张靖严一愣，随即感到问题严重，大步往宿舍里走，和正从宿舍里往外走的黄伟撞了个满怀。黄伟交给他一个信封："这封信塞在我枕头下了……"

张靖严夺过信打开看，表情骤变，猛转身匆匆去往连部。

"啪！"张连长的手重重地拍在桌上："龙口夺粮的日子里，这是临阵脱逃！"

韩指导员："偏偏我们刚任命他为一班长，坏影响是避免不了啦。得立刻向团里汇报。"

张靖严："指导员，连长，我是男排排长，我应负直接责任，该受到处分！"

张连长瞪了他一眼："你当然有责任！支委会上，是你力荐他当你的一班班长的！"

方婉之劝解道："老张！别冲靖严发火，谁都有看人看不准的时候嘛！"

白桦林火车站的铁路小屋里，赵天亮狼吞虎咽地吃着馒头、蒜茄子，大口喝着西红柿汤。此前，他跌跌撞撞地走出白桦林，晕倒在铁路小屋门口，"老伴儿"发现了他，叫来了主人杨秉奎。

杨秉奎问赵天亮："几连的？"

"七连的。"赵天亮边吃边答。

杨秉奎有些不解："既然是母亲病重，连里准假，那连里就该派车送你一下嘛。"

赵天亮搪塞："也送了一段。路不好走，又是抢收的时候，我也没带什么东西，就让连里送我的马车半道回去了。"

杨秉奎赞许地点点头："这么懂事，是班长吧？"

"嗯，嗯，是一班班长。大爷，您应该记得我嘛！您忘了？我们在仓库避雨那天晚上，您给过我一个任务……"

杨秉奎端详他："噢，是你呀，想起来了。你当上了一班班长，证明我这人看人，基本上不走眼！我信你了。一会儿就有趟运木材的车经过，我把你送上车……"

运木材的列车的驾驶室里，赵天亮坐在副驾驶的位置，视野开阔，北大荒晴天里的原野景色尽收眼底。

列车司机跟赵天亮闲聊："北大荒的天气就是怪，某地阴雨连绵，七八十里外却可能是大好晴天。"

赵天亮："大雨天抢收麦子，那简直不是人干的活儿。"

"那也不能就不抢收了呀，是吧？"

"对，对。"赵天亮应和着。

列车司机接着说："站长老爷子跟你说清楚了吧？我这种车，开不到有正规铁路的地方去。下了我的车，你还得走十几里，到县城去乘长途公共汽车。长途公共汽车会把你送到有正规列车站的地方。"

"明白。"赵天亮心事重重地望着窗外。

几经辗转，赵天亮终于来到了陕北。

当他走在黄土高坡的沟壑之间时，天已黄昏，晚霞映红了几处崖头。沟壑深处，忽然响起悲凉而高亢的信天游，是一个老汉的声音：

天阴你就把雨下，

人难活不要叫心难活。

白灵灵叫唤翅翅抖，
心里头难活唱出声。
…………

赵天亮循声望去，见半坡上，头扎白毛巾的老汉在赶羊下坡。羊儿咩咩，老汉站住，又唱道：

一对对鸭子一对对鹅，
一对对狸猫守锅台。
一对对花鸡草垛上卧，
一对对羊羔相依着活。
…………

赵天亮伫立着，听呆了。一个少女脆生生、甜亮亮的歌声忽又响起：

一对对红山雀窑顶上落，
一对对喜鹊鹊黄土坡上来搭窝。
一对对鸽喽喽抖翅膀，
一对对情人坐在窑前前笑。
…………

赵天亮循声望去，见与老汉相对的崖上，少女的身姿被一片绚丽晚霞衬成剪影，她体形优美，两条短辫依稀可见。但由于是剪影，看不清穿的是什么颜色的衣服。

赵天亮又望呆了。

他一步三回头地走着，遇见一个青年和一辆驴车停在路旁。那显然是一辆拉水的车，立在旁边的青年二十七八岁，穿旧坎肩，敞着怀，胳膊和胸膛被晒成古铜色。他在用瓢饮驴，并疼爱地抚摸驴颈。驴不喝了，青年自己捧瓢喝起来。瓢中的水分明已剩很少，也分明地，青年不愿浪费那点儿水。

赵天亮等他喝完，问："这位大哥，坡底大队怎么走啊？"

青年上下打量他，朝远处指了指。

赵天亮继续迷惘地独自走着，发现一个背书包的少女出现在下方小路上。他三蹦两跳地拦在少女跟前。少女吓一跳，吃惊地看他。

赵天亮："小妹妹，别怕。"

"我没怕你。"穿花衣的少女背着书包，十四五岁的样子。

"这儿是坡底大队吗？"赵天亮问。

少女点头。

"那，这儿有知青吗？"

少女点头。

"北京来的？"

少女点头。

"你认识一个叫赵曙光的吗？"

"他不在大队里，到山西去了。"

赵天亮大失所望："到山西？干什么去了？"

"大队派他带一伙知青，去矿上挖煤，好给大队挣点儿公基金。"

"那，你认不认识一个叫冯晓兰的呢？女知青。"

"认识。她就住俺家。"

赵天亮急切地说："我是来找她的，能带我到你家去吗？"

少女点头。

由于土路很窄，赵天亮只得跟在少女后边。

"等等。"赵天亮将少女叫住。

"我要找的冯晓兰，可是一个漂亮的北京女知青。住你家的那个漂亮吗？"

少女头也不回："漂亮。"

赵天亮想了想又问："你刚才在崖上唱歌了吧？"

"唱了。"

"你唱得真好听。"赵天亮称赞道。

"我自己知道。"少女挺自信，"你从什么地方来的？"

"北大荒。"

少女转身，再次打量他："你是逃荒的？"

赵天亮苦笑："不是。我来的那地方叫北大荒。"

少女眨眨眼："北大荒？那是什么地方？"

"不好说。"

"你就说那是城市还是农村嘛！"

"肯定是接近农村……这么说吧，肯定不是城市……"

"那地方离我们这儿远吧？"

赵天亮点点头："远。可真够远的！"

"离北京呢？"

"也够远的。"

"我还以为就在北京北边呢。"

"这么以为当然并没错。"

少女带着赵天亮到了她家。她家居然有院墙，有坯门，不大不小的院子收拾得井然有序，干干净净。一面院墙爬满藤蔓，喇叭花在绿叶中开得正热闹。

赵天亮暗想："在这么贫穷的地方，晓兰姐能住在这么一户像模像样的人家里，够幸运的啊！"

少女清亮地喊："娘，来客啦！找晓兰姐的，从北……"

她回头问赵天亮："北什么来着？"

"北大荒。"

少女接着喊道："从北大荒来的！"说着，已进了窑洞。

没过多久，她又走了出来："我家没人。晓兰姐也不在，她俩肯定下地收庄稼去了。你是进屋歇会儿，还是就在院子里歇会儿？"

"就在院子里吧，给我碗水喝行不行？"

"行！"

赵天亮见有一个草编的墩儿，走过去往下一坐，不想是空心的，几乎被他坐扁，里边咯咯嘎嘎蹿出一只惊慌的母鸡，心有余悸地满院子扑飞；赵天亮跌坐在地上。

少女端一碗水出来，见状"扑哧"笑了。

赵天亮有些狼狈："我没看出是鸡窝，对不起，对不起……"

他将鸡窝弄回原状，接过碗，刚喝一口，又"噗"地吐出来。低头看去，只见碗里的水是黄的。

赵天亮举着碗："你给我喝的这……这什么水呀？"

少女不以为意："还能是下了毒的水呀？方圆一二百里，村村喝同样的水！"

不喝实在是渴，喝又难以下喉，赵天亮皱着眉又饮一小口，在口中漱漱，喷吐到地上。

少女有些不悦："你不喝别糟践！没人非逼你喝。"

赵天亮将碗放在碾盘上了，不好意思地说："其实，我也不是太渴……"

少女这时从鸡窝里摸出一个蛋，用小手抚着，心疼地说："你看，一个蛋差点儿被你坐碎了！"

"值多少钱？我赔！"赵天亮往身上一摸，呆住了，书包不知哪儿去了！

"谁要你赔！"少女用小手指将压裂的蛋壳挑破，伏下头欲吸吮。

"哎，小妹……"

少女抬头看他。

赵天亮慌张道："你第一眼见到我时，我身上背书包没有？"

少女摇头，问："书包丢了？"

"别问了！"赵天亮心烦意乱地摆摆手。

少女托着鸡蛋走到他跟前，将那只手朝他一伸："那你喝了吧。"

赵天亮一跺脚："我书包都丢了，我还喝你一个碎鸡蛋干什么！"

"生鸡蛋去火。我们这儿的人，遇上什么着急上火的事儿，别人都给他喝一个生鸡蛋。急猛火大，那还得喝两个呢！"

赵天亮一转身一挥手："去去去，别烦我！"

少女绕到他对面，真诚地："不认不识的，你半道跟到我家来，坐扁了我家鸡窝，糟践我家的水，我不嫌你烦，你倒嫌我烦，证明你现在就急猛火大。喝了吧！"

赵天亮看看她，看看她手心的鸡蛋，一时不知如何是好。

少女又说："你既然来到我家了，又是找晓兰姐的，那你就是客。你不喝，我这个主人好意思当你面儿把它喝了吗？"

赵天亮不好意思起来："我这个客人更不好意思当你面儿把它喝了！"

"那我转过脸去。"少女照样伸着手，脸转了，又说，"我连眼也闭上。碎了，留又留不住，炒又不够炒，你这个客人一屁股给坐碎的，你不喝谁喝？"

赵天亮双手往身后一背，终于伏下头，哧溜有声地将鸡蛋吸空。

"这就对了！"少女将蛋壳撕巴着扔给了母鸡。

赵天亮抹抹嘴："你叫什么名字？"

少女歪着头："春梅。王春梅。春天的梅花。这时候才想起问人家名字！"

"哎，春梅，我找冯晓兰有要紧的事儿，你能不能现在就带我去地里见她呀？"

"那，你又姓什么，叫什么名字呢？"

"我姓赵。赵天亮。就是'天亮了'那两个字。"

"她姓冯，你姓赵，你们……什么关系呀？"

"我们……"赵天亮有些支吾，"她也在我家住过，就像现在住你家一样。她像是我亲姐姐，我像是她亲弟弟……哎，你别问了行不行啊？"

"我得问明白嘛！"她看着赵天亮，寻思，犹豫。

"现在就带我去，我把军帽给你！你看，还挺新的呢！"赵天亮从头上摘下了军帽，戴在春梅头上，"你戴着真好看！"

"等会儿！"春梅笑了，跑入窑洞，对着一面破镜子照了照，拿上两把镰刀跑了出来。

春梅将一把镰刀递给赵天亮："走！"

二人各持镰刀走在村外，四周是层层的梯田。男人女人的身影，在金色梯田中忙着收割。

春梅说："大家一直要割到天黑才收工呢，有时月亮好，夜里也抢收，怕下雨。你就是见了晓兰姐，她也不会陪你回我家的。所以莫如咱们也带上镰刀。你那要紧事儿，一边帮着割，不就一边跟她说了吗？"

赵天亮显然不情愿，拖长了音调回答："可以——"

春梅双手拢在嘴边，朝一片梯田喊："晓兰姐！"

那片梯田中，有一个背草帽，穿白衣，挽着袖子的女性身影直起了腰。

春梅大声喊着："有人找！从北……从老北边老北边的地方来的！"

赵天亮终于在梯田土埂上见到了冯晓兰。冯晓兰晒得很黑，根本看不出是从小在北京长大的将军的女儿，完全像是地道的西北农村姑娘了。

冯晓兰吃惊地说："我的上帝，你怎么会来？！"

第 4 章

王家院子里,王大娘将手伸入那个被赵天亮坐扁过的鸡窝,却一无所获。她纳闷地看看老母鸡,老母鸡无辜地咯咯叫着讨食吃。

"今天该下一个呀。"王大娘奇怪地问鸡,"蛋呢?你把蛋下哪儿去了?"

先前那唱歌的老汉——王大伯走进院子,接言道:"八成黄鼠狼叼去了吧?"

"这一年多,也没见黄鼠狼的影儿啊!"王大娘进了窑洞,用竿子取下高处的篮子,数半篮子鸡蛋。

王大伯嗔怪道:"又数!再数,该是几个还是几个,数八百遍也多不出一个来!"

"唉,这年景!家里来了客人,都不知道该做点儿啥吃的招待招待!"王大娘叹着气道,"我说话你听到没有啊?家里来客了,我这个愁!"

"来客了?"王大伯抬头纳闷地问。他正坐在土坯墩儿上缠鞭杆儿。将土坯外抹上泥、稳定在地上的土坯墩儿,是这家人吃饭的小凳。

王大娘解释:"晓兰她弟来了。"

王大伯停下手中的活儿:"她弟?她不是她家独生女吗?"

"是赵曙光的亲弟,那还不是跟她弟一样啊?我和晓兰正在地里割麦,春梅带着个青稞涩枣的大小子找去了。小伙子倒挺实在,只跟晓兰说了几句话，就一弯腰帮着割起麦子来。我呢，找了个借口，颠颠往家跑。一路寻思着晚上这顿饭该怎么做，到这会儿也没寻思出个结果！"

王大伯接着问："从北京来？"

"不是，在北京的北边儿……春梅说那地方叫北什么来着？"

"河北？"

"不是。"

"那一准儿是东北了。"

"也不是……对了，老北老北的地方！也是下乡去到那地方的。"

王大伯起身挂鞭子："你啰唆了半天，也没说清楚他究竟是从哪儿来的。"

王大娘急了："你个老东西要知道那么细干什么呀？去，用这五个鸡蛋，到供销社换一斤挂面回来。捎带着，再换瓶酱油，换瓶醋。"

王大伯没好气地说："咱家鸡生的蛋与众不同啊？五个鸡蛋能换回那么多东西吗？"

王大娘拍脑门儿："可也是。总共十二个蛋，你连篮子也拎去吧！"

冯晓兰和赵天亮回来了。

冯晓兰："大伯，这是我弟天亮。也没通个信儿，突然就来了！"

赵天亮道："大伯好，给你们家添麻烦了。"

王大伯摆摆手："添不了什么麻烦。我们家几年没来过客人了，你来了我们高兴。"

冯晓兰发现了碾盘上放着的那半碗水，双手捧起，一饮而尽。喝完之后抹抹嘴，仿佛那水既不苦也不咸，而是琼浆玉液。

赵天亮又看得发呆。

"娃们，你们聊，我得去办点儿事儿。"王大伯将篮子背身后，侧着身，向院门外迂回。

冯晓兰却看出了名堂，抢前几步，拦在院门口，问："大爷，篮子里是鸡蛋，对不？"

王大伯嘿嘿一笑："我这，是要去换点儿东西……"

冯晓兰看了一眼赵天亮。赵天亮不明所以，反小声责怪冯晓兰："晓兰姐，你这是干什么呀？"

冯晓兰将他推得连连后退，生气地指道："你呀你呀，都是因为你来！"

王大娘从窑洞里出来，叫道："晓兰，你看大娘指上是不是扎了个刺，怎么这么疼呢！"

冯晓兰望向王大娘时，王大伯趁机出了院门。

王大娘劝道："晓兰呀，别心疼那几个鸡蛋，啊？攒着，可不就是为了换点儿别的东西嘛！"

冯晓兰情知上当，快急哭了，跺了下脚，又数落赵天亮："你知道不知道？一户只许养一只母鸡！自留粮年年不够吃，鸡也没口好食吃，隔两天才下一个蛋！大娘攒下点儿鸡蛋，容易吗？春梅和大伯生病的时候，大娘只用一个鸡蛋给他们冲碗蛋花儿，那一个鸡蛋还舍不得磕破，拿在手里摩挲来摩挲去的！"

冯晓兰说着说着，脸上流下泪来。她一扭身，跑进窑里去了。

"晓兰，好闺女，你别哭嘛！"王大娘跟着走进窑洞。

赵天亮正愣在院子里，春梅走了进来，对他说："天亮哥，帮我拎水去！"说着，她拎上一只桶，跑出院子。赵天亮缓过神儿来，也跑了出去。

运水的驴车停在坡下。春梅指着驴车旁的青年，对赵天亮说："他是我哥，你叫他'囤子'就行！"

赵天亮走过去："囤子哥，想不到来时遇见的是你！"

囤子矜持地点点头，一言未发，解开皮管儿，往桶里注水。才注到半桶，他将管子系起来了。

春梅央求地说："哥，再多放点儿嘛，我都好多天没洗脚了！"

囤子摇头，指指坡下。赵天亮顺他指的方向看去，那儿还有一户窑里人家。他收回目光时，囤子和驴车已不在跟前了。

春梅一跺脚："死性人，气死我了！"

"半桶水，我一个人也行。"赵天亮拎起桶大步向王家走，春梅噘嘴跟在后边。

"你哥这人，话真少啊。"

"他是哑巴。"

"难怪。"

"他去年才哑的。"

赵天亮不由得停下脚步，询问地看着春梅。

春梅仿佛意识到说了不该说的话，低下头，掩饰地也伸出一只手拎桶。二人默默走了几步，春梅提醒他："你可千万别在我家唱歌啊，我哥听不得别人唱歌。"

二人拎水进入王家院子，春梅大声说："娘，你看我哥，只给咱家放半桶水！"

王大娘一边在围裙上擦手，一边从窑洞走出来，望一眼桶，叹道："还是半桶水底子。"

"我央求他多给咱家放点儿，他就是不肯！"

"春梅呀，你也不能太生你哥的气。今年天旱，咱们大队那口老井，快干了呀。坡下还有两户人家呢，你哥是为全大队运水的人，不能偏向咱们自家，是不是呀？"

春梅抬头望天，天际晚霞仍在，看来明日又是一个大晴天。

春梅祈祷道："老天爷，求你行行好，快下场雨吧，要不那口老井就真的干了呀！"

王大娘责备道："不许这么说！真要是明天就连日下雨，地里的庄稼不完了吗？"

看着母亲进屋去了，春梅吐了一下舌头。

冯晓兰在窑内叫春梅："春梅，回屋来！你的作文有错字！"

"就来！"春梅转头问赵天亮，"她怎么不陪你说话？"

"谁知道。"

"你俩闹别扭了？"

"没有啊。"赵天亮掏出电报，递给春梅，"替我给她。"

春梅将双手一背："我已经替曙光哥传过那种信了，不能再替第二人传了，不然那我就不对了。"

赵天亮又一愣，说："不是信，是电报。"

春梅接过电报，赵天亮转身就朝院外走。

春梅在后面叫他："你哪儿去呀？"

"四处走走，散散心。"

月亮升起来了，又大又圆又明亮。星斗满天，北斗七星在天穹一目了然。西北的夜晚天高地静。赵天亮双手搂膝，一动不动地坐在一处崖头，一脸的郁闷不快。

"生我气了？"冯晓兰走来，坐在他身旁，也双手搂膝，温柔而又内疚地说，"别生我气。你在地里没太说清楚，我也没太听明白……"

"我已经说得很清楚了！当着那么多陌生人，我还能说得多清楚？"

"现在我知道了，你是因为不放心你哥哥和我……"

"我对我哥根本没有什么不放心的！"

冯晓兰沉默了。

赵天亮朝她一转脸，激动地说："你还没来我家的时候，我父亲就要求我们哥俩向他发誓，在任何情况下都要尽量保护你！为了使你远离迫害，我们赵家家破人亡也在所不惜，无怨无悔！因为你父亲当年是我父亲的革命引路人，入党介绍人！"

"别说了！"冯晓兰打断他。

赵天亮发现她脸上有泪光，也内疚道："对不起……"

"父辈们之间的那一种情和义，我从小就耳濡目染，习以为常了。但转移到我们身上，太沉重了……"

"我……我不是因为觉得沉重……"赵天亮的脸上也淌下泪来。

冯晓兰掏出手绢，替他擦泪，接着擦了擦自己的脸颊："那封电报，当然不是我，也不是你哥拍的。我们在坡底大队，境况还过得去。你也亲眼看到了，春梅一家，一点儿也不拿我们当外人。"

"我们排长看出了那封电报有疑点，他劝我冷静对待，我却没听他的。"

"你没被准假就来了？"

赵天亮点点头。

冯晓兰担心地说："那，你回去后，会不会受处分？"

"受处分是一定的了。也得把我这班长给撸了！我到连队的第二天，就被任命为一班长。他们说按部队惯例，一班长在特殊情况下可以代替排长的……多大的信任啊！可我……做出了逃兵似的事儿，电报又果然不属实，叫我还怎么有脸回去呢！"

"都是为了我！"冯晓兰忍不住哭了。

赵天亮不知所措："晓兰姐，别哭嘛。不用反过来为我担心，我保证能扛住许多事儿……"

冯晓兰止住眼泪："天亮，既然事情已经这样了，结果注定是那么个结果了，那就索性在坡底大队住上几天吧，啊？你哥每半月回大队一次，三天后准回来，你怎么也得和他见上一面啊！"

"我听姐的。要是让我知道了谁给我拍的那封电报，我和他拼了！"

冯晓兰劝他："天亮，千万不能那样。依我看，拍电报的人，也不见得就一定是出于坏心。"

"还不坏？！把我骗惨了！"

"你哥他，还真遭遇了一场险事儿……"

赵天亮一愕。

冯晓兰解释道："你哥在山西那边，遇到了矿难……"

赵天亮着急起来："我哥现在怎么样了？"

"别急，你哥现在没事儿了，我不骗你，真的。否则，我还有心情坐在这儿跟你说话吗？"冯晓兰宽慰他，"矿难发生时，你哥和坡底大队的人已经上了矿井，正在食堂吃夜班饭。警报一响，你哥第一个冲下了矿井，不料第二次塌方紧接着发生了，你哥也被堵在矿井里了。但是幸而你哥一个人带了好几把锹下去，而且也没慌。他找到被堵在井下的一些山西人和插队知青，鼓励大家自救。多亏有那几把锹，里应外合的，所有人都得救了，你哥因此也交下了些生死朋友……"

这时，不远处传来春梅的呼唤声："晓兰姐！天亮哥！回家吃饭啦！……"

知青点，武红兵和三个人玩着扑克，另外三人边看边支招。听到春梅的呼唤声，互相看。

刘江酸溜溜地说："叫得还真够亲的！"

另一名知青接茬道："红兵，你说让冯晓兰住到他们老王家，岂不是特殊化吗？"

"坡底大队就冯晓兰和李君婷两名女知青，不特殊怎么办啊？总不能让她们和咱们住一起吧？"

"和咱们住一起有什么不行的？拉个帘儿，给她俩隔出一小块儿地方不就得了？那也能叫她俩给咱们洗洗衣服做做饭啊！"

"不玩了。"武红兵将手中牌往桌上一抛，躺到炕上去了。

"我也不玩了，没劲儿。"刘江也将牌一抛。

于是大家都收了手，抛了牌，躺上炕去。

一名知青双手上伸，大声说："空虚呀！寂寞呀！无聊呀！"

另一名知青："不是在空虚中爆发，就是在空虚中毁灭！"

刘江坐起来问："李君婷从县里回来没有？"

一名知青应答："回来了，我看见她了。"

"把李君婷和冯晓兰都找来，再如法炮制一次？"刘江建议道。

武红兵也猛地坐起："不许！"

刘江反驳他："那你能想出点儿使大家不空虚的事儿吗？"

武红兵反问："我怎么就不那么空虚？"

"你？"刘江冷哼了一声，"我看你是装的，我们不善于装罢了。"

武红兵举起拳头："我揍你！"

刘江跳到地上，连说："别这样别这样，都听你的还不行吗？"说罢，朝大家使眼色，摆手。

武红兵又躺下了："吹灯！都给我睡觉！"

"好好好，吹灯！睡觉！"刘江将油灯吹灭。

黑暗中有人大叫："还是空虚！睡不着！"

武红兵的身影又猛地坐起："谁喊的？哪个再喊，我拎着他脚把他扔出去！"

冯晓兰、赵天亮和春梅一家围坐着土墩儿吃饭，土墩儿中间是一盆稀汤寡水的面条，浮面上连油腥都看不见，只漂着葱白葱叶。盆边立着酱油瓶、醋瓶。人人手里端着泡了面条汤的小米干饭。

王大娘有些抱歉："就十二个蛋，换得了酱油和醋，就换不成一斤挂面了。"

"还换了几盒火柴呢。"王大伯插嘴。

王大娘接着说："可不，所以才换了半斤面。都当汤喝吧！"

"大娘大伯，太让你们费心了！"冯晓兰满含歉意。

赵天亮也说："下次我可不敢来了！"

"以后还是常来着点儿才对嘛！"王大伯嚼着小米饭道，"再来，事先写封信，我们接信也有个准备。总而言之，保证让你下次来吃上待客的饭！"

春梅吃得特香，一个劲儿地往碗里兑酱油。王大伯看到了，说道："那是怎么个吃法！"

"酱油味儿真香啊！"春梅咂咂嘴。

王大娘笑着说："这闺女！以后把你嫁给个做酱油的！"

"光做酱油不行，还得连菜油一块儿做！"春梅补充道。

囤子用筷子一指春梅，再敲敲碗边儿。春梅立刻低下头一声不吭地吃饭。

王家住了三孔窑洞。中间的是灶间，左边大娘大伯住，右边春梅和冯晓兰住。自从冯晓兰住在王家了，囤子就住五保户韩奶奶家了。

横坐窗台上的赵天亮和坐在炕上的王大娘、冯晓兰聊天，春梅双手捧腮趴在炕上听着。窗敞开着，月亮很好，屋里虽然没点油灯，他们彼此也都能看清对方的脸。

赵天亮看看窗外："会进蚊子吧？要不我下来，关上窗？"

"开着吧，凉快。"王大娘道，"坡底大队就这点好，树木少，水少，蚊子也少。"

春梅调皮地指着赵天亮："天亮哥的坐法真好笑，女人才那么坐！"

"尽瞎说！"王大娘拍了春梅一下，又对赵天亮说，"刚才你不是问你满囤哥怎么哑的吗？提起那事儿，我就伤心。都是你大伯的错儿……"

春梅打断她："娘，你伤心就别自己说了，我替你说。我爹他从二十几岁起，就成了方圆百里的歌王。我哥刚能说句囫囵话儿起，他就教我哥唱。等我哥也二十几岁了，唱得比他还好。我哥那嗓子，喉咙一天浸过三遍油似的，比唢呐还亮！可我爹还不称心，非想让我哥和他当年一样，也成方圆百里的歌王。去年县里成立'革委会'，些个夺了权的造反派，为了显示人气，把爱唱的召集在一块儿，比着唱，评什么'红色歌王'。别人都唱造反啊、夺权啊、斗争啊，就我哥，偏不唱那些，一气儿唱了几支情歌。结果呢，人们还一致推他为歌王。那还了得呀？ 造反派们就当场给他挂牌子，戴高帽，批斗他，定他是什么'黄色歌王'。我哥的脾气，咽不下那一口气，就喝了农药了。人倒是救过来了，捡了一条命，但成了哑巴。"

王大娘以襟拭泪："就要过门的对象也吹了。这屋当初就是要做他们的新房的……"

冯晓兰起身移坐王大娘身旁，抚慰道："大娘，咱不想那些伤心事儿了。"

赵天亮担忧地说："那，社员们不敢就随便欺负咱家吧？"

王大娘吸吸鼻子："那不会。全大队的人心里都明镜似的，知道咱们王家是仁义人家。再说，你大伯参加过抗战，当年那也算是英雄人物。他还是大队里十来个孩子的救命恩人呢……"

春梅又争着说："娘，这也我讲，我讲！我六七岁那年，咱们这儿闹饥荒。我和大队里十来个孩子，吃野菜中了毒。县医院说没救了，等死吧。我爹哪舍得眼瞅我瞪着不愿死的大眼，不想法子救呢？那年头，也不许我们种粮户养禽畜，搞副业。幸而我爹偷偷养了一只奶羊子。那羊也饿得精瘦啊，一天产不了多少奶的。我爹就每天到县里去背不苦不咸的自来水。天一亮就去，天黑了才回。自来水烧开了，兑上奶，天天一勺勺喂我喝，也喂那十来个孩子喝。羊子再也产不下奶了，我爹一狠心，把它杀了，熬羊肉羊骨头汤，天天喂我们。就这么着，我们一个没死，全活了下来……"

王大娘叹息道："也不只是你大伯，更是那只羊，用自己一条命，救了大队里十来个娃的命。可怜那只羊，简直是对它敲骨吸髓啊！"

冯晓兰补充说："那羊就葬在大队里一棵老树下，春梅他们，一到杀羊那天，还去祭。"

"我们不那样，心里就悲戚戚的。"春梅伤感地说。

王大娘抚摸着春梅的头说："都说咱陕北，羊肉泡馍最好吃，可怜春梅他们些个娃，再也不忍吃一口羊肉了！"

"偶尔到县里，一看见那烤羊肉串儿的，卖羊杂的，尤其是卖羊头肉的，我立刻就想哭。"春梅眼圈红了。

夜深了。为了能让赵天亮睡好，王大伯让囤子和他睡他们老两口的屋，而老两口到五保户韩大娘那儿睡去了。

赵天亮大睁双眼仰躺着，胡思乱想："赵天亮，赵天亮，你虽然不该冒冒失失地来到这里，可你却正因为来到这里，看到了、听到了多少在北京从不知道的事情啊！受处分，那也值了！"

囤子双唇张合，喉间发出轻微而古怪的声音。

赵天亮奇怪，坐起来看他，低声问："囤子哥，你怎么了？……你是不是想唱歌啊？"

月辉下，囤子脸上淌下泪来。

赵天亮说："你要是想唱，那就唱吧。不论你唱出什么声来，我赵天亮都爱听！"

囤子却一翻身，背对他了。

赵天亮躺下，仍大瞪双眼想："排长，不知咱们北大荒的雨停了没有？我真对不起你的友情。'小地包''小黄浦'，一班的弟兄们，你们一定瞧不起我了……"

高亢响亮的鸡鸣啼破陕北清晨的寂静。一只雄伟的锦羽大公鸡立在坯垛上，一次次引颈长鸣。陕北的日出与北大荒的日出相比，是那么不同的壮丽画面，几乎所有的黄土高坡，都被旭日的光芒照红了。而那些沟沟壑壑，似乎也因此显得更神秘了。陕北的农民，正是在那些沟沟壑壑里，一代又一代劳作，繁衍，生生不息。

赵天亮醒了，囤子已不在炕上了。他站在春梅和晓兰住的那屋门外，低声地："晓兰姐，春梅，你们醒没醒？"

屋里无人应声，他挑帘往里一看，屋里也没人了。

他一转身，发现桌子上罩着的纱罩上放着张纸条，春梅稚气的笔迹写着：

我们下地了。

他揭开纱罩，见罩下是一碗小米粥、一个窝头、一块咸菜。他掀开缸盖，见缸水已很浅，舀半瓢，走到院里，站喇叭花那儿，含一口，再使水从口中细细流出，就那么洗手、洗脸、漱口。

早饭之后，赵天亮拿着镰刀，在村中走着。

"天亮！"一个极亲切的女性的声音唤他。

赵天亮回头，见眼前站着一名穿着干净齐整的女知青。她不算漂亮，却是个白白净净的人儿，显然很少下地干活儿。她脸上有种既单纯又高傲的神情。她头上戴的草帽和颈上围的白毛巾，都是新的。

"你是？"

女知青自我介绍："我叫李君婷，你不认识我。"

"那你怎么知道我是谁？"

"我当然知道喽，我是你哥的亲密战友嘛！"

"噢？"赵天亮越听越糊涂。

李君婷解释道："以前我爸是市委宣传部的干部。我小学五年级的时候，我爸带我看了一场北京重点中学的文艺会演，你哥在台上演保尔·柯察金。我坐在台下就想，我一定要考上这个大男生所在的中学，一定也要演冬妮娅！后来我如愿以偿考上了你哥那所中学，也如愿演上了冬妮娅。可惜只演了两次。三年后，'文革'就开始了……"

赵天亮左右看看，走近她，小声问："你知道谁背着我哥给我拍了一封电报吗？"

李君婷一愣，旋即说："电报？什么电报？不知道。"

"不知谁给我拍了一封电报，说我哥出事儿了，害得我从东北跑到陕北来……"

"也许是武红兵他们吧！不管谁拍的，出发点肯定都是好的。所以你也不要太生气，看问题要看主观动机是怎样的嘛，是不是？"

赵天亮有意将话题岔开："大队里有照相的地方？"

"这鬼地方，哪儿会有什么照相的地方！"

"那你这是……"赵天亮指了指李君婷一身体面的衣服。

"到县里开会去。党内路线斗争觉悟学习班。不学不知道，一学吓一跳，党内路线斗争真是太严峻了，太复杂了，太尖锐了，太……"

"对不起，我得先走了！"赵天亮说完，转身便走。

"天亮！"

赵天亮不情愿地站住，一副不胜其烦的表情。

李君婷对他后背说："你要是想照相，等你哥回来，我带你们哥俩到西安去照。我在学习班上认识了好多人，还有一位西安'革命委员会'的委员，照几张相那是一句话的事儿……"

"谢谢，等我哥回来再说吧！"赵天亮逃也似的走掉了。

一片梯田中，尽是女人收割的身影，只赵天亮一个男性。他仿佛英雄有了大显身手的机会，割得飞快，自己的垄割完，又猫着腰帮别人割。直到割完了那一片地里的麦子，赵天亮才和女人们坐在一起休息。

赵天亮看看手中的镰刀："在你们这儿收割，太幸福了！"

一名妇女道："这话说得，好像我们身在福中不知福！那你就讲讲吧，怎么个幸福法啊？"

另一名妇女接过话头："还用听他讲啊！是个男的，可不都喜欢在女人堆儿里干活儿呗！"

"我不是因为我晓兰姐和你们在一起嘛！"

春梅笑道："天亮哥脸红喽！"

赵天亮羞涩地微笑了，将脸转向一旁。

王大娘嗔道："你们呀，没个正形。别逗这娃行不？"

"我的意思是，你们这儿，地块儿太小了。割会儿就到地头了，眼有个盼头，所以就不觉得累了。"赵天亮替自己解释。

一名妇女道："那你们那儿，地块儿有多大呀？"

赵天亮站起，四周望望，说："我们那儿，最小的地块儿，比你们这儿最大的地块儿大上千倍吧！"

妇女们发出一片惊讶之声。

"那不好比的，你不是说你们那儿机械化吗？"

赵天亮叹道："一下雨，麦海倒伏，收割机就下不了地了，还不是得用镰刀收割。"

"难怪他们那儿叫麦海！"

"那，收割这活儿可怎么干呀！"

"冯晓兰！"刘江不知何时走来，冯晓兰不卑不亢地仰脸看他。气氛顿时变了，包括赵天亮在内，所有的目光都望向冯晓兰。

"听到没有？"

冯晓兰点头。

刘江蛮横道："听到了要答应一声！"

赵天亮猛地站起，大声地说："她听到了！"

一名妇女对王大娘说："晚上你别让晓兰去！晓兰住你家，你该庇护，那就得庇护点儿她。些个牛猛小子，总是计人家晓兰这么文文静静的姑娘，晚上到他们那猪圈似的集体宿舍去开什么会！"

其他妇女也帮衬道："还呼来喝去的，像旧社会的地主老财主对待丫鬟！"

"不就因为人家晓兰她爸那个了嘛！"

"龙困沙滩有人欺，虎落平川有人骑呀！"

冯晓兰早已听不得，独自起身割麦。

王大娘满脸无奈，欲言又止，终于憋出句话："干活儿吧！"

于是女人们干起活儿来。

"冯晓兰，不许迟到啊！"刘江说完，转身走了。

赵天亮站在原地未动，忽然拿起镰刀，跃了几跃，跃到武红兵们那地块儿，从另一头割起来。武红兵他们不禁直起身看他。赵天亮却一直在割，不直腰。

武红兵终于不好意思看了，对其他人说："有什么可看的！"

于是他们又弯下腰割……

双方会合了。

赵天亮问："谁是武红兵？"

武红兵："我。"

"你为什么要那么干？"

"莫名其妙。我干什么惹着你的事儿了？"

"你别揣着明白装糊涂！"赵天亮环指其他人又说，"都给我听着！冯晓兰虽然姓冯，但对我哥赵曙光来说，她是妹妹！对我赵天亮来说，她是姐姐！"

刘江顶道："你们姐啦妹啦的，关我们什么屁事儿？！"

"我尤其要警告你！"赵天亮瞪着他，"你要敢欺负我晓兰姐，即使我远在天涯海角，也会突然出现在你面前，跟你算账！"

刘江得了理似的："大家都看到了吧？咱们大思想家赵曙光的亲弟弟，怎么像街头小流氓啊！"

赵天亮一拳将他打倒。刘江爬起来，扑向赵天亮，又被赵天亮一个大背摔倒。刘江第二次爬起，脱下了上衣，仿佛要大干一场。春梅赶了过来，伸展双臂，横在二人之间："天亮哥，我娘找你问事儿！"说着，便将赵天亮拖走了。

刘江恨恨道："龟儿子才又拿工资又算知青！"

赵天亮站住，要回头去找刘江，却被春梅拽走了。

天黑了，王大娘在刷碗。冯晓兰走出屋，轻声说："大娘，我去开会了啊！"

王大娘小声道："别去。进屋帮春梅学习！"

"大娘，我不去不好。同是北京来的知青，经常在一起开会也是正常的。"

春梅探头屋外："才不正常呢！你忘了上次，他们也说开会，结果却一块儿批判你这个，批判你那个！我看他们这次也没安好心！"

院子里，王大伯和赵天亮正在编篮子。冯晓兰的话，他们都听到了。王大伯一副无动于衷的样子，赵天亮却将篮子往地上一摔。

王大伯道："你看你，摔它干什么呢。自己编的东西，自己是不能摔的。"

正在这时，门外传来李君婷的咳嗽声。她走了进来，彬彬有礼地说："天亮，在跟大伯学编筐呀？"

赵天亮将头一扭。

王大伯纠正她："这不叫筐，这叫篮子。"

王大娘悄声对冯晓兰说："别出去，让你大伯对付。"

李君婷仍彬彬有礼地说："白天刘江他们通知冯晓兰了，七点开会。现在快七点半了，她没去，我亲自来请她。"

赵天亮猛地向李君婷转过脸，欲开口说话，被王大伯竖起一掌制止："你是我家的客，娃你别开口。"王大伯又对李君婷说："我不让她去。"

李君婷一笑，不愠不火地说："大伯，这你可不对吧？"

王大伯也笑："我对，你们不对。我是什么人？贫下中农。你们是什么人？知识青年。毛主席咋说？知识青年要接受贫下中农的再教育。那好，我现在教育教育你们——收麦大忙时节，白天都干一天活儿，晚上不早点儿歇息，也不许别人早点儿歇息，有啥会好开的？"

李君婷一本正经："不开会，人要变修的。"

"不吃饭，人要死的！没有粮食，哪儿来的饭？不收庄稼，哪儿来的粮食？前晚不睡足觉，第二天哈欠连天的，又哪儿来的精气神儿收庄稼？你们那整人来劲儿的屁蛋会，我看不开也罢！"

李君婷张张嘴，说不出话来。

赵天亮赞道："老贫农说得真好！"

冯晓兰从窑洞走出，快步过来，息事宁人地："大伯，别为难君婷了，我跟她去开会就是了。"

李君婷哼一声，猛转身离去。冯晓兰追了出去。赵天亮站起身来喊住冯晓兰："晓兰姐！"

冯晓兰站住，回头看看他，又看李君婷背影，左右为难，最后还是追向李君婷……

知青宿舍里，武红兵仰躺床上，发出轻微而均匀的鼾声。李君婷和刘江坐在一张旧桌子后，刘江面前摆着翻开的小本。冯晓兰站在他们面前，其他知青一溜坐在炕沿，一个个手拿红宝书，煞有介事地板着脸。

李君婷拉着脸："冯晓兰，你要是不交代些你父亲他们的动向，那就别想回去睡觉了。"

冯晓兰不屑地说："你们也要学疲劳战术那一套？"

刘江一本正经地说："我们不是也都在奉陪吗？"

冯晓兰冷冷一笑："那我还得谢谢你们喽？"

李君婷轻轻一拍桌子："你别扭转话题！"

冯晓兰平静地说："自从'文革'一开始，我就没再见到过我父母，不知道他们现在是什么情况，甚至不知道他们的死活。"

"回答另一个问题——你的信仰是什么？"刘江瞪着眼。

"很惭愧，我和我父母他们最大差别就在于，他们都是有坚定信仰的人，而我，比他们差远了。"

刘江颇感意外："你，你怎么能说这种话？！你连马克思主义也不信仰吗？！"

"我对马克思主义其实所知甚少，没有资格自诩是马克思主义的信徒。"

"老天爷，她说了些什么，你们可都亲耳听到了！"李君婷又命令刘江，"快记下来。一字不落地记下来！"

一名知青走到冯晓兰面前，指斥道："你有信仰！"

冯晓兰轻蔑地看了他一眼："既然我自己不知道，你却知道我的信仰是什么，那么请说吧。"

"我的上帝！——是谁一吃惊就这么说？是你！只有资产阶级才信仰上帝，这就证明，你满脑子资产阶级思想！"

李君婷双手一拍："老天爷，揭发得对！这么重要的事实差点儿忽略了！"

冯晓兰不慌不忙地说："那只不过是我的口头语。君婷，你动不动就'老天爷'，难道能说'老天爷'也是你的信仰吗？"

李君婷哑口无言。另一名知青接腔："起码证明你看外国小说看得太多了，中毒啦！"

"如果说外国的全是资产阶级的，中国从前的全是封建的，连苏联的也都是修正主义的，那我们还拥有什么呢？毛主席教导我们：没有文化的军队，是愚蠢的军队。"

刘江道："不谈文化，只谈政治！汇报汇报你目前的思想吧。"

"目前我头脑里，只有一种思想。"

李君婷跟进地问："什么思想？"

"谁知盘中餐，粒粒皆辛苦。"

只听得"砰"的一声。门扇倒了下来，赵天亮出现在门外，他踩着门扇走了进来。众人皆征。

赵天亮环指着李君婷们说："戏演完了没有？演完了没有？还想演下去那就自己接着演。晓兰姐，走！"

他抓住冯晓兰腕子，往外便走。

一名知青叫道："他踢倒了门，不能让他就这么走了！"

于是他们围住赵天亮和冯晓兰。

冯晓兰将赵天亮掩在身后，忐忑地说："天亮，你快走，别管我！"

这时，窗子又忽然开了，窗外出现了春梅的半截身子。

"我不进！"春梅一闪身，囤子撑窗台轻巧敏捷地跃入屋内。囤子指指冯晓兰，指指自己张开的口，又指指赵天亮，接着手指绕自己脸画了个圈，最后那手握成拳，对刘江他们威慑地晃晃。

一屋子知青征愣地瞪着他。

春梅胳膊肘支窗台上，双手捧腮，不慌不忙，大大方方地说："我哥他的意思是，晓兰姐既然住我家，那就算我家一口人，欺负她等于欺负我们老王家。赵天亮现在是我家客人，我们贫下中农老王家是要脸面的人，绝不允许谁对我家客人无礼。谁要是偏和我家作对，那我哥可就对他不客气了！"说完，打了个大大的哈欠："哥，人家困死啦！"

囤子一手抓赵天亮腕子，一手抓冯晓兰腕子，带领他俩，踏着地上的门扇，走了出去。刘江、李君婷他们，一时你看看我，我看看他。

"也许，咱们今天的戏演过头了？"刘江自言自语。

李君婷生气地说道："谁跟你们演戏了？！没过！一点儿没过！今天的会开得很及时，很重要！我明天要向县里汇报！"

武红兵翻了次身，吧嗒吧嗒嘴，仍然继续酣睡……

天气晴好。集市上，一个梳髻的媳妇正用红纸剪李君婷戴草帽的侧影。李君婷仍穿着昨天的衣裳。她的白袜子和黑扣绊鞋看起来特别显眼。

媳妇剪好，拿给李君婷看。李君婷满意地点点头："还真像。"

媳妇笑了："你觉得像，那我就高兴。"

李君婷明明自我欣赏，却又假言假语地说："我有这么好看吗？"

媳妇也虚与应酬道："你本人比我剪的好看！北京来的女知青我也见过些了，顶数你好看！"

"你怎么知道我是北京的？"

"那听口音还听不出来呀？"应承的话还没讲完，那媳妇突然瞪大眼睛，"哎，你！"

李君婷已将自己的剪影揉了，庄重地说："只有伟大领袖毛主席的像才能用红纸剪，我哪儿配用红纸剪呢。"

"那我……那，那张纸……"

"算我的。"李君婷从五彩纸中选了一张紫色的，又说，"给我用紫色的重剪一张吧，我喜欢紫色。"说罢，重新摆好典型的红卫兵姿势。这时，恰好过来一个挑担子的老汉，把她刚摆好的姿势撞歪了。

李君婷怒道："看着点儿人！"

随后经过的一个男人大声接了一句："这儿不是戏台子！"

周围摆摊的人笑了起来。

李君婷有些羞恼，再加上摆出的是那么一种姿势，看去真的很好笑了。

连媳妇也忍不住笑道："得了，你别那样了，怪碍别人事儿的。左不过就是刚才那么一种样子，我闭着眼也剪得出来。"

虽然是"文革"时期，陕北小县城的集市却还相当热闹。农副产品、手工织物在这里买卖着，人们在这里自由地交换着需要的生活必需品。

一个样子有二十二三岁、身材颀长、相貌俊朗的青年也在集市上转着。他没戴草帽，头发挺长挺乱，脸上衣上还有些煤灰。他东瞧西看地寻找着什么。直到看见挂着"寄卖店"招牌的小店，才眼睛一亮，走了进去。

寄卖店的老师傅望着窗外，手指点拍子，在哼唱"穿林海跨雪原"，看见青年进来才停止哼唱。

"老师傅，我想卖件东西。"

老师傅不言语，点点头。

青年从腕上撸下手表，用衣襟里子擦擦，递给老师傅，又说："我差不多找遍了县城，才找到这么一家寄卖店。"

老师傅已戴上眼镜，边看表边说："以前是有好几家的，不许开了。革命群众强烈要求，才保留了这一处，要不我就没事儿干了。你这是块'上海'……"

"对。"

"去年的表，还算新的。"

"起码也算九成新啊，蒙子上划了一道儿。"

"注意到了。划后，用牙膏磨过是吧？"

青年笑了："对。"

"你倒挺诚实，不细看还真看不出来。打算要多少？"

青年鼓起勇气："一百行吗？"

老师傅摇头。

青年接着说："原价一百二。'上海'表，可不好买。"

老师傅点头道："知道，知道，自己往下降降。"

"那，八十呢？"

"你也别二十二十地往下降嘛！"

青年摸后脖颈："不是怕降少了，您一翻脸干脆不收了嘛！老师傅，实不相瞒，我是北京知青，下乡在坡底大队……"

"抽到山西那边帮着挖煤去了，对不？"

"对对。我刚才已经说了，我不是寄卖，是卖了！再不赎回它了，所以请您……"

老师傅叹口气："我也实不相瞒，现而今的寄卖店，可是公家开的。如果照以前，是我自己开的，你说一百，我会还你个九十五。现而今不行，收高了，卖不出去，我要受批评。九十，怎么样？"

"行，行！比我自己二次出的价还多十元呢！"

"那成交了。我再给你个别针儿，千万把钱揣好，小心一出门丢了。"

"谢谢！"

老师傅一边将表摆柜台里，一边说："甭谢，谁不喜欢实诚人啊！"

从寄卖店出来，青年买了一碗羊肉泡馍，等不及把馍在汤里泡好，就狼吞虎咽地啃起馍、喝起汤来，全无半点儿斯文之气。同桌的人笑他吃得没有样子。

青年笑道："从山西那边搭运煤卡车回到咱陕北这边来，一路没吃东西，饿坏了！"

吃完泡馍，青年又在集市上买了一双粉色的半高腰雨靴和一只网兜。他正寻思着还要再买点儿什么，突然有人撞了他一肩膀。青年站住。撞他的是个和他年龄差不多的陕北青年，戴眼镜，样子挺文气的。

青年一愣："你……"

"跟我走。"

青年略一犹豫，不由自主地跟在陕北青年身后。

二人来到一处卖小农具的地方，这儿相对于集市中心，人少些。陕北青年从筐堆中拖出一只旧拎包，对青年说："都是。"

青年有点儿惊慌："你怎么敢带到这种地方来？太……冒失了！"

"我知道有点儿冒失。可上次你说，要想再见到你，还是在集上。"

"上次你是卖我一本儿,而且是高尔基的。对不起,这么多,我怕惹麻烦。"

"我也是从废品站买的。天知地知,你知我知,保证你惹不上什么麻烦!"

青年看着他,摇头,一脸怀疑,倒退,刚一转身,听到陕北青年说:"可都是世界名著。以后在中国,再难见到这些书了!"

青年迈不动脚了,他转过了身。

陕北青年有些伤感道:"九月份一开学,我弟我妹就都得交学费,等钱用。要不,我舍不得卖。"

青年走回拎包跟前。陕北青年蹲下,缓缓拉开拉链,露出一本本纸页发黄的书。青年也立刻蹲下,唰地将拉链拉上。

"多少钱?"

"十元,你连包拎走。"

他二话不说,当即掏出钱,快速地点了十元交给陕北青年。

陕北青年瞥了一眼他手里的钱:"你那么多钱,再给我几元嘛!"

青年没说话,又点给了陕北青年五元。

陕北青年感激地说:"谢谢,谢谢。青山不改,谊水长流。我会记住今天这事儿,记住你这个人的!"

青年叮嘱道:"下不为例,以后你可千万别这么冒失了!"

二人刚站起,一阵哨声。二人循声望去,见有些戴红袖标的人,封锁了这一端的街头。

陕北青年惊呆了。

青年低声道:"快走!"

陕北青年这才缓过神,匆匆迎着戴红袖标的人们走去。因为他空着手,所以没受阻拦。青年想将那一拎包书仍藏回筐堆,可分明又怕失去,孤注一掷地拎起了包。他发现那陕北青年隔着"封锁线"在不安地望他……

他转身朝相反的方向走,集市的那头也响起了哨声。有人拿着扩音器喊道:"大家不要乱!不要乱!该买的买,该卖的卖!有人在集市上兜售封资修的书,我们是要抓买卖坏书的人!揭发的有功!替我们抓住的有奖!"

　　青年别无选择，只能继续往前走。他脸上淌下汗来，将脸上的煤灰，淌出了一道道汗痕。正在这时，突然有人叫他："赵曙光！"

　　他定睛一看，跟前站着李君婷。此时的二人，反差太大了，然而他像遇见了救星。

　　赵曙光暗舒一口气："君婷，你来集上干什么？"

　　李君婷嗔道："怎么，许你逛集，就不许我逛集了？我想来买点儿土特产什么的给我爸妈寄回去。可一逛起来，眼花了，拿不定主意了，结果到现在什么也没买。正巧赶上县'革委'派人执行任务，我就向他们要了一个袖标，成了他们的一员。"

　　赵曙光这才发现李君婷臂上也戴着袖标，没话找话："原来……如此啊！"

　　李君婷由于意外地碰到了赵曙光，别提有多高兴，眼睛明亮，一脸阳光，一直微笑："你不是要后天才回来吗？怎么会也在集上？"

　　"山西下达了红头文件，不允许插队知青下矿井，尤其不允许陕北过去的知青下矿井，所以我提前一天回来了。饿了，就到集上来吃点儿东西。"

　　李君婷伸手接过包："我帮你拎！"

　　"好啊。"赵曙光放开一个拎手，让李君婷拎。

　　二人向前走了几步，李君婷忍不住问："包里什么呀，这么沉。"

　　赵曙光小声地说："书。"

　　李君婷站住了："他们正查的那类？"

　　赵曙光点头。

　　李君婷惊慌地说："你……这要让他们查个正着，那可怎么办？"

　　"是啊，我就太划不来了。君婷，你得帮我蒙混过去。别站下，接着走。"

　　二人继续往前走，李君婷快哭了："我可是'红线'干部子女，我可扛不住这样的事儿！要是包里有一本反动的书,咱俩都成'现行反革命'了！"

　　赵曙光实话实说："包里究竟是些什么书，我也不清楚。你放心，今天真要摊上了,我一人做事一人担,绝不连累你。如果被他们拦住了，我怎么说，你顺着说就行。"

"曙光，你可得说话算话！"

二人果然被一个戴红袖标的人拦住。看来那人是个头儿，袖标上写着"文化纠察队"。那人问李君婷："小李，碰上熟人了？"

"是和我同一批来的同学，也分在坡底大队。我往前查着查着，碰上了他。"

赵曙光朝对方笑笑，说："我一早刚从山西那边儿的矿上回来，饿了，到集上来吃了两碗羊肉泡馍。"

那人看他俩手里的包儿："包里什么啊？用不用找个人替你们拎啊？"

赵曙光忙说："不用不用，集外就有大队里的马车来接。山西那边赠送的一批知青思想学习材料，带回去发给大队里的知青看看。"

对方目光转向了李君婷："小李，怎么好像哭过呀？"

赵曙光笑道："嫌我见了面，对她不够亲热。"

李君婷娇嗔地说："他，他老气我！"

"噢，明白了。"那人点点头，到底还是叫住了一个"红袖标"吩咐道，"陪他俩走。传我的话，谁也不许拦，更不许乱翻人家包儿！"

那人望着赵曙光和李君婷的背影，嘟囔着："妈的，原来是个有主儿的！"

赵曙光和李君婷离开了集，在一处较僻静的地方站住。李君婷手抚胸口："吓死我啦！"

赵曙光很感激地说："君婷，你真好！"

"可你坏。利用我！"李君婷双拳擂鼓似的打赵曙光胸膛。

"我哪是利用你呢，当时，只有你能帮助我蒙混过去嘛！这不没事儿了吗？"

"可我还有事儿！我的心到现在还怦怦乱跳呢！反正我不高兴了，你得好好哄我，不哄就不行！"说着，李君婷搂住赵曙光的腰，偎在他怀里，撒娇地佯哭起来。此时的李君婷，与批判冯晓兰时的李君婷判若两人。对赵曙光强烈的单恋，使她逮着个机会就不放过，就要黏住他似的。

"好了好了。这会儿你怎么不像你了呢？说吧，要我怎么哄你？"

李君婷冲他仰起脸。

赵曙光没反应过来："这什么意思？"

李君婷闭上了眼睛："装傻！"

赵曙光明白了，不情愿地说："快放开我，让人看见多不好！"

"不管！"

"我一身煤灰，弄脏了你衣服！"

"脏就脏！"

赵曙光无奈，低头轻吻李君婷前额。李君婷却顺势搂住他脖子，反过来口对口一阵热吻。赵曙光理智地、轻轻地将她推开，表情很是无奈。

李君婷大获满足地看着他笑。

而赵曙光却忽然呆住了。他的目光越过李君婷，停留在对面街上。只见一家"大众浴堂"门前，并排站着冯晓兰、赵天亮和春梅。他们也正呆呆地看着他和李君婷。

李君婷见赵曙光发呆，扭头一看，正中下怀，笑得更欢心了。她又在赵曙光颊上吻了一下，说："那我到县里开会去了啊，晚上见。"说完，精神抖擞地走了。

马路那边，冯晓兰将脸转开。

赵曙光拎着那包书走到了街对面，放下包，问："你们怎么会在县城里？"

冯晓兰的脸并没转向他。春梅瞪着他，像瞪着一个不再值得信任的人。

赵天亮冷冷地说："春梅早就想到县城来洗一次澡，她还从没在这种地方洗过澡。昨天大队里的麦子割完了，今天放假，晓兰姐就带她来了。我自己，也早该洗一次澡了。"

赵曙光心里窝火，没好气地说："别说了！一会儿我再好好问你！你要敢撒谎，我就修理你！"

冯晓兰终于面对着赵曙光了，毫无表情语调平静地说："就是天亮说的那样。春梅，咱们先进去吧。"

赵曙光眼睁睁看着她俩进了大众浴堂，之后将脸缓缓转向赵天亮。

赵天亮："审问吧。"

赵曙光没接茬："拎着包儿，跟我走。"

赵天亮看一眼浴堂的门："可我想洗澡！"

"我还想呢！省下那两角钱吧！"

赵曙光说罢，拔腿便走。赵天亮气哼哼地愣一会儿，将包往肩上一扛，跟上他走了。

虽然没在县城的浴室里洗澡，赵曙光兄弟二人却在县城郊外一条河中痛痛快快地游了一次泳。赵天亮已先上了岸，他将衣服洗了，往灌木丛上搭。赵曙光也举着洗好的衣服上了岸，一声不吭地朝弟弟一递。赵天亮默默接过，一边抖、晾，一边偷眼看哥哥。

赵曙光拔了一些草铺在地上，拉开拎包，将书一本本取出，放在草上——果然都是世界名著：《悲惨世界》《战争与和平》《红与黑》《红字》《苔丝》《忏悔录》《牛虻》《伏尔泰文集》……赵天亮走过来，蹲下翻看着这些书，惊奇地问："哪儿搞的？"

赵曙光拿起一本书珍惜地翻翻，将封面撕下，并说："帮我都撕下来。"

赵天亮就也开始撕书的封面。赵曙光将撕下来的封面撕碎，抛入河中。赵天亮也照办。他边撕着书的封面边说："想不到这儿还有这么清澈的一条河。"

赵曙光微笑："归根结底，大自然对人类还是悲悯的。它使凡有人类生存的地方，就必有人心眷恋和怀想的事物。它使沙漠有湖泊，使海洋有岛屿，使荒山有矿藏，使陕北这片黄土地……"

正说着，赵曙光见赵天亮手拿一本《安徒生童话集》正要往下撕封面，连忙制止。他从弟弟手中要过那本书，注视着封面上卖火柴的小女孩，说："这一本的封面，保留吧。"赵天亮默默将书全都装入包里。

兄弟俩都只着短裤，坐在河边。

赵曙光看了看弟弟："交代吧，你怎么就来到陕北了？"

"审讯开始了？"

"回答我的问题。"

"兵团派了一支学大寨代表团，我是成员之一。全国农业都要学大寨，是不是？既然到了陕西，我当然就近请假来看看你。我想你了。"

"这种假话一点儿都不高级。但是我敢肯定，这已经是你能编出的最有水平的谎言了。所以接下来你就说真话吧。"

赵天亮愣了愣，从鞋里取出那封电报递给哥哥。赵曙光看罢，像撕书皮一样，撕碎，抛入河中。

赵天亮问："如果你是我，能不来？"

"来都来了，就别表白了。"

"凭这么一封电报，连里能批我假吗？我回去非受处分不可，一班长也得给撸了！还得看你的脸色，听你的训斥！"赵天亮说得伤感起来。赵曙光不禁搂了搂他。

赵天亮扭头看着他："哥，晓兰姐断定是武红兵干的。等我走了，你一有机会，要教训教训他！"

"怎么教训啊？"

"以其人之道，还治其人之身！也要让他哑巴吃黄连，有苦说不出来！最好让他丢人现眼，背个大黑锅，跳进黄河也洗不清！"

赵曙光苦笑："要是在北京，往黄河里跳那得坐火车来。在陕北，倒近便多了。可你说的那套整人的法子我也不擅长呀。教教你哥。"

"生活是老师，还用我教呀？"

"嗯？"赵曙光侧脸凝视了弟弟片刻，严肃地说，"人的内心是什么状态的，他看生活就是什么状态的。有时现实一团糟，有些人随波逐流了，有些人并不。那是生活将希望播种在后者的心里了，所以现实也就又有了希望。这是书籍教给我的，也等于是生活教给我的……"

"对不起。"赵天亮打断他，"可惜我不像你那么爱读书。我只知道，人不犯我，我不犯人，人若犯我，我必犯人。武红兵他犯了我了，使我付出了惨重的代价，那我就得让他付出同样的代价！"说罢，他看也不看哥哥一眼，站起身来，又扑通跃入河中。

赵曙光望着水中的弟弟，陷入沉思……

赵曙光扛着拎包进入知青们的宿舍窑洞，包儿撞了门一下，门上端的合页又掉下来了。他将包儿放在破桌上，转身看门。武红兵几个也跟着进来，冷淡地看着他。

他问："红兵，门怎么了？"

武红兵冷冷的："掉下来一次。"

"又对付上了？就没谁好好修一下？"

一名知青插嘴："你弟一脚把门踹倒的，当然得由你来好好修一下。"

赵曙光问武红兵："你们打过架了？"

"差点儿。他忽然出现在坡底大队，一看见我们就劲儿劲儿的，好像我们都是他仇人似的，莫名其妙。你可要好好教育他，他再那样，我可不客气了！"

"放心，我保证他不会对你那样了。他最多再待两天就必须走！"赵曙光说罢，便出了门。

赵曙光拎着工具箱从马婶家出来，回到知青点，也不进屋，在门口修起门来。等他修好门进了屋，才发现桌上的拎包快空了。他一步跨到桌前，伸手向包中猛掏，只掏出了那本唯一没被扯掉封面的《安徒生童话集》。

他生气地把书往桌上一摔，扫视武红兵他们——有的坐着，有的躺着，都若无其事地望着他。

赵曙光愤怒地低吼："包里的书呢？"

躺着的纷纷坐了起来，大眼瞪小眼。

"哪个包里有书？"

"咱们全屋人看见那包时，那包就那样来，对不对？"

"对对，起先就那样来！"

有一名知青走到桌边，拿着《安徒生童话集》，"友邦惊诧"地说："哎，真有本书哎，《安徒生童话集》，可惜咱们都不是儿童了！"

赵曙光斥道："你给我放下！"

对方乖乖放下，嘟囔："放下就放下吧，这么凶干吗啊。"

赵曙光的怒声中带着颤抖："雨果的书呢？司汤达的书呢？霍桑的书呢？托尔斯泰屠格涅夫契诃夫的书呢？！"

另一名知青装模作样地说："伙计们，他说的都是谁跟谁呀？我怎么越听越糊涂啊？"

"少装相！还有一本伏尔泰文集！那样的书是会带来麻烦的！"他转向武红兵，"红兵，你也跟我装糊涂是不是？！"

武红兵起身，默默走到赵曙光身旁，默默将他推到外边，掏出烟递给他。

"不吸！"赵曙光推开他的手。

武红兵劝道："压压火儿。"

赵曙光这才接过一口接一口吸起来——他是真生气了。

"认了吧。"武红兵不急不慢地说道。

赵曙光不拿好眼色瞪他。

武红兵几乎是幸灾乐祸："那都是些狼。"

赵曙光困惑地看着他。

武红兵指点自己太阳穴："我指的是这方面。他们饿极了。想想吧，从六六年到六九年，整整三年，全中国找不到什么文学书了。你就当被他们吃了吧。你就当你是祥林嫂吧。"

赵曙光瞪他："你也参加瓜分了？"

武红兵点点头："对，参加了。"

"你也不想还给我？"

"对。不想还给你。"

赵曙光很激动："可我为了那些书，今天在县集上，差点儿被'文化纠察队'逮个正着！我冒了那么大政治风险，你们可倒好，白捡似的就瓜分了，只给我留下本《安徒生童话集》！"

武红兵笑道："那还是在我的劝阻下给你留下的！我们一致认为那些书你肯定早已看过了，其实对你没有特别的意义。倒是《安徒生童话》，你可能没全看过。"

赵曙光张张嘴，一时说不出话来。

武红兵继续说道："没听说过这么一句格言吗——金钱对于最需要的人才有价值，书对于最想读它的人才有意义。"

赵曙光恨恨的："不跟你说了！"

"秀才遇到兵，有理说不清嘛。"

赵曙光将烟头往地上一扔，狠踏一脚，接着就要往屋里进。

武红兵抢前一步，拦在门口，说："我先进。"

他进了屋，拍手，煞有介事地说："起来起来，别躺着歪着的！瓜分了人家宝贵的东西，还一个个若无其事的样子，太过分了！都注意听着，曙光有话要跟咱们说！"

赵曙光环视大家，指点大家，终于说出话来："那可都是些禁书，我本打算秘密收藏的。既然我一大意，被你们这几个我未加防备的强盗给瓜分了，我认倒霉了。但我可丑话说在前边，哪天因为谁手里那本书惹出什么麻烦来，别怪我没提醒过。都属于我的时候，我的原则是一人做事一人担。现在，分别属于你们了，你们也得保证不惹出麻烦来！"

武红兵插言道："谁要是不但惹出了麻烦，而且还出卖了别人，那他可就不配再住在这个屋里了！都听清楚了没有！"

大家默默地点头。

五保户韩奶奶的破窑前，赵天亮和囤子在挖坑，已经挖了半人深。赵曙光挎着书包走来，囤子看见他，友好地笑。

赵曙光蹲在炕边，问囤子："囤子哥，韩奶奶还好吧？我从县里给她买回些药，还有两听罐头。"

囤子拍拍赵曙光手背，表示他们都是一样关爱韩奶奶的，接着继续挖。

窑屋里传出春梅的声音："曙光哥，韩奶奶听到你说话声了，她想你了，让你快进来！"

赵曙光走进窑屋，只见韩奶奶伸腿坐在炕上，冯晓兰跪在她身后，为她按肩，春梅在为她按腿。

冯晓兰一抬头，目光恰好和他相对。赵曙光脸上不无尴尬，冯晓兰的表情却是那么地恬静，半点儿也看不出心里有什么不快。

赵曙光经不住冯晓兰那一种注视，低头走到炕边坐下，说："韩奶奶，您今天精神真好。"

韩奶奶双手将他的一只手握住，咧开没牙的嘴笑道："那能不好嘛！你看，一个给我捏肩，一个给我捏腿，我倒是凭什么享的这般福啊。"

"就凭您是五保户！"春梅扭头又对赵曙光说，"晓兰姐教我按摩法，她说她还会针灸，以后也教我。晓兰姐，是吧？"

冯晓兰冲她点头一笑。

春梅说："将来我要争取当赤脚医生，那是我的人生理想。"

赵曙光摸了一下春梅的头，从书包里取出中药、罐头和两个纸包，一一摆炕上。

韩奶奶大不过意地说："曙光啊，你可再也不许为奶奶花钱了！我还能活多久呢，有今天没明天的！连你们下乡的知青也常来看我，我就知足得很啊！"

"您别这么说。您长寿，坡底大队的人和我们知青都高兴啊！如果下半年雨水多，蓄下了，脱够坯了，我们一定为您将这窑屋翻修翻修！"赵曙光边说，边掏出雨靴给春梅，"春梅，好看吗？"

"真好看。我可喜欢粉色了，粉色让人心里舒贴。"春梅说完，又犹豫了一下，将雨靴放炕上，推远，"我不要，怕娘他们训我。"

"我给的，你家人谁也不会训你。这本书也是给你的……"

春梅立刻接过去，双手捧胸前道："书我要！可以借给同学看吗？"

赵曙光道："问问你晓兰姐的意见。"

冯晓兰微笑着说："那是一本好书，适合你看，但有时候好书也只能自己看，啊？"

春梅懂事地点头。

韩奶奶问赵曙光："曙光，你弟弟，他还走吗？"

"他后天就得走，他属于别的地方的下乡知青。"

"别走得了。兄弟俩在一起多好哇！如果奶奶真长寿，三年后，春梅满十八了，我跟春梅她娘说，让春梅当他媳妇！"

春梅嗔怪道："奶奶！看你说的什么呀！"

韩奶奶笑着说，"你不早晚得嫁人啊？我看你天亮可，实实在在的一个人，又勤快，又有文化，相貌又好，眉是眉眼是眼的，将来嫁你天亮哥还委屈你啦？"

"不给你按腿了！"春梅双手捂脸，跑开到窗口那儿去了——从那儿正可以看到囤子和天亮，他俩已脱去了上衣。夕阳的余晖照在他俩身上，像为他俩的皮肤镀了铀。

春梅忍不住从指缝偷看赵天亮。她听到韩奶奶说："曙光，先跟你弟说好啊，别让他心里装进了别的姑娘。他实在来不了也行，那将来就让春梅跟他去！曙光，我能做得了春梅的主，你更能做得了你弟的主吧？"

她听到赵曙光说："也……能吧……"

韩奶奶的话："这我就放心了。"

赵曙光和冯晓兰先后走出窑屋。

赵曙光："囤子哥，我和晓兰要说点儿事儿，先不帮你们挖了啊！"

囤子憨厚地笑笑，挥手让他俩快走。

赵曙光走在冯晓兰后边，背上挨泥团打了一下。他一回头，见赵天亮指指心口，指指冯晓兰背影。赵曙光似乎还没会意。赵天亮忽唱道："只要哥哥你耐心地等待哟，你心上的人儿……"

他猛地意识到自己在囤子跟前犯了禁忌，戛然而止。再看囤子，仿佛根本没听到，头也不抬地挖坑不止……

　　赵曙光和冯晓兰走到了一孔废弃的窑洞前。冯晓兰低声说："每次跟你到这儿来，心里都有种罪过感。"

　　赵曙光问："为什么？"

　　冯晓兰反问："你就没有？"

　　赵曙光摇头。

　　"一点儿没有？"

　　"一点儿没有。为什么要有罪过感？我和你，我们之间发生了爱情。普天下相爱的人都需要不被别人看见的地方。在这里我第一次吻了你，这里将是我终生难忘的地方……"

　　冯晓兰用一只手掩住了他的口。

　　他俩手牵手走入窑洞，在一片被他们坐过许多次的麦秸上坐下。

　　"一想到我父母下落不明，我还是有种罪过感……"冯晓兰将头抵在膝上，悲伤起来。

　　"我父母上次来信说，他们一探听到你父母的可靠消息，就会立刻写信告诉咱们。"

　　冯晓兰抬起了头，噙泪问："曙光，你说我们究竟是什么关系？"

　　赵曙光真挚地说："我爱上你了。究竟是什么关系，得由你来决定。"

　　"那你和李君婷又是什么关系？"

　　"知青和知青的关系。"

　　"就这么单纯？"

　　"还是同校的关系。"

　　冯晓兰怒瞪着他："所以，你们想亲吻，就可以亲吻了？"

　　赵曙光急忙解释："晓兰，我理解你此刻的心情。可是你误会了……"

　　"你是说我亲眼看到的事儿，不是真的？"冯晓兰打断他。

　　"我不是也没那么说嘛。我上午在县集买了一手拎包书，都是世界名著。

刚偷偷交易成，'文化纠察队'就从街两头封锁了县集，他们正是冲着那种书出现的。要不是碰到了君婷，我这会儿就不知道在什么地方了。君婷那人，你又不是不了解……"

冯晓兰不高兴地将头一扭："说李君婷行不行？"

"君婷，李君婷，不同的叫法，有什么区别呢？"

"有区别！"

"晓兰，你我毕竟都是老高三学生，她呢，名义上是初二，实际没上过几天中学。无论她做了多么使我们反感的事儿，我们都得原谅她点儿是不是？哪怕她伤害了我们，我们也不能因而就恨她呀。生逢这么一个是非颠倒的时代，许许多多似乎很成熟的人，都放弃了独立人格，随波逐流，明哲保身了。而她比天亮还小一岁，我们又能要求她些什么呢？"

冯晓兰声音冷冷地："你是说，你有理由感谢她，所以也就同时有理由吻她？"

"我是想要使你明白，我爱你，但也不能不爱护她。你亲眼看到了我们在那样，但并不等于……"

冯晓兰又用一只手掩住赵曙光的口："别再表白了，我是成心气你呢。我猜到了，准是她又逮着了个机会跟你撒娇。十七八的女孩子，需要有个像情人似的大哥哥，好经常跟他撒撒娇，何况又是只身来到这么荒僻又人生地不熟的地方，这我很理解。如果连这一点也不能接受，冯晓兰还值得你赵曙光爱吗？"

赵曙光释怀地笑了，将她轻轻一揽，让她横仰在自己臂上。

冯晓兰幽幽地看着他："曙光，知道我为什么也会爱上你吗？"

"想听你亲口告诉我。"

"主要就是你的善良和宽容。还有一点是，你是耻于随波逐流的，只不过有时装出和某些人一样头脑简单的样子罢了。"

赵曙光轻轻地叮嘱："别把你看出的秘密告诉别人。"

冯晓兰郑重地点点头："记住你刚才的话，爱的是我，爱护的是她。希望你一直这样，别反过来。某一天你如果真想反过来，那也要让我预先……"

赵曙光不待她说完，俯头深深地吻她。

远处隐隐传来武红兵的歌唱：

三岁岁牛犊开荒地，
妹妹有情我有意。
房片上芦苇不出穗，
守住妹妹不瞌睡。
天边边打闪不响雷，
千里路上想妹妹。
…………

第 5 章

老支书一家正围着一张黑不溜秋的小炕桌吃晚饭。老支书六十来岁，比王大伯小十几岁。他膝下虽没有儿子，却有一个女儿，前些年招赘了个女婿，是生产大队的会计。

老支书突然将筷子往桌上一放："听！听！"

老伴儿也停下筷子，问道："放筷子干啥？听啥？"

"都听嘛，听到没有？"

窗外很远的地方，传来武红兵的歌声：

要穿白来一身白，
叫一声妹妹挨将来。
要穿蓝来一身蓝，
走路好比蝴蝶翻。
要穿红来一身红，
好比莲花出水中。
…………

老支书道："他又唱这！"

老支书的女儿不以为意："唱这咋啦？当初凭啥对人家囤子又批又斗的？我要是王大伯，我也偏唱这！"

女婿头也不抬："不是王大伯的声。"

"别人唱也是他教的，那更是个问题。"老支书一磨脚，下炕出了门。

老伴儿翻翻眼睛："这个老东西，耳朵倒好使。"

女婿像个乖乖仔似的说："娘、翠花，我吃好了。"说完，也放下碗走了。

看着女婿的背影，当娘的埋怨当女儿的："翠花，你以后不兴那样。当着你丈夫的面，你别总'囤子囤子'的！"

"那咋啦？我喜欢囤子！城里来的知青我这样，敢爱敢恨！"

当娘的也将筷子"啪"地一拍："越说越离谱，给我闭嘴！"

大队路上尘土飞扬，武红兵赶羊群往前走，王大伯跟在后头。老支书背着双手，叉着腿，斜叼半尺长的烟锅，像拦路的响马似的把他们拦住："刚才你唱来着？"

"是啊！"武红兵回头又对王大伯扬扬自得地说，"师傅，那么远支书都听到了！"

王大伯挥手："把羊赶圈里去吧。"

武红兵将羊赶走后，王大伯说："你别在我面前扎那架势，也不怕知青笑话！"

"王老哥同志，我要代表党和你谈谈话，请！"老支书一手前一手后，如同舞台上的山大王。

"哪儿去？"

"我家。"

"我还没吃饭！"

"我家替你备下了！"

到了老支书家，王大伯把炕桌一占，盘腿大坐，吸溜吸溜地喝了两大海碗菜粥。吃完饭，两人对着脸吧嗒吧嗒地抽起了旱烟。

支书语重心长道："老哥，你不能再唱那些了，更不能还教一个知青唱。

咱吃一堑，得长一智。"

王大伯满不在乎地说："我唱了，还教了，谁想把我咋样？"

"在坡底大队，只要我是支书，谁也不敢把你咋样，更没谁想把你咋样。"

"那不得了？我又没到别的大队唱去，更没到县里唱去。"

"那倒是。可你唱那些，它不是听着不那么进步嘛！"

王大伯冷冷一笑，反问道："你听我唱过一句荤的吗？"

支书摇摇头："没有。"

"那我唱过反动的？"

"更没有！"

王大伯往桌上一敲烟袋锅："那不得了？我唱的，都是咱陕北人祖祖辈辈传唱下来的。我教晚辈们唱的，也是那些。不教，早晚还不失传？不就是唱了几句哥啦、妹啦、爱了情了的吗？咱俩还不是打小听着唱着活过来的吗？不是当年也暗暗地入了共产党了吗？打起日本鬼子来不也不含糊吗？日子过得这么不容易，不唱唱不把人憋闷死了？日头一落山，咱这坡底大队还有点子生气吗……"

支书看他越说越激动，便赶紧打断他："打住打住，你再说下去，我听的人犯错误了。老哥同志，我不是不许你唱，我是希望你，往后多唱那革命的，应时的……"

"怎么唱是革命的？怎么唱又是应时的？"

支书愣了愣，干咳两声道："要唱，唱这样的——阶级那个斗争是个呀是纲，纲一举来哎嗨目呀么目呀么呀么呀么张来！……"

王大伯也打断他："你也给我打住！想当年，我介绍你入党，为的是今天听你教导我？方圆百里，我是二十几年的歌王，用得着你教我怎么唱信天游？嗯？"

支书有些为难："我也是不得不劝你……"

王大伯用烟锅指点支书："你呀你呀，你变了！你哪还像当年的你？树上掉下个软柿子都怕砸破你的头！这两年，你不好好带领乡亲们搞生产，整天价跟着搞运动！坡底大队有阶级敌人？"

支书摇头。

王大伯生气地说："没有你运的什么动嘛！鬼迷心窍？打从'解放'前，坡底大队就连个富农都没有，谁家不是早年逃荒的穷人在此落脚扎根？靠运动，你要是能运动出个把富农的，我倒也佩服你！"

支书给自己辩解道："快别这么说快别这么说。搞运动，就是防止出那些人！再说我也不是只带头搞运动啊！我不是也带领咱大队的青壮年去山西那边上过矿吗？"

"你那是在人家赵曙光那娃三番五次的说服下才去了的！可你才去了十来天，就把人家曙光一个北京娃调去接替你！万一人家娃在矿上出了事儿……"

支书满腹委屈："老哥，我可不是怕自己摊上矿难！天地良心，我是想要锻炼他，培养他！老哥我也六十出头的人了呀！得有个党员接我的班呀，要不咱坡底大队咋办啊！"

老哥俩突然没了话，各自沉默着吧嗒烟嘴。正在这时，赵曙光进入："支书，是您找我吗？王大伯也在啊。"

支书招呼赵曙光脱鞋上炕，问他："曙光啊，咱大队那二十几号人，在矿上表现得怎么样啊？"

赵曙光认真地说："支书，王大伯，你们就放心吧。大家很团结，也很遵守矿上的纪律。对一半工资归个人、一半归集体，也都挺想得开，没什么意见。大家都了解咱大队底子太薄，没有公基金就改变不了面貌，都愿意为积累公基金做出自己一份贡献。我认为咱们坡底大队社员，集体主义觉悟很高。"

"那，你走了，谁团结他们呢？"

"我临走，和大家开了一个会。谁负责定期写信，和大队里通报情况；谁负责平时常提醒大家注意生产安全；对矿上有什么意见，谁代表大家反映；和当地的矿工发生了摩擦，谁出面化解——都做了分工。我说，咱们来到矿上的，那都是坡底大队的精锐子弟，坡底大队本就穷，经不起再败坏名声，大家都赞同我的话。"

支书点点头："这就好，这就好。幸亏山西那边缺矿工，要不咱们的小伙子大男人们，上哪儿去挣点儿现钱呢？曙光啊，我听说，你在学校的时候，已经是党员了？"

赵曙光点头："预备党员。"

"那，你怎么没把组织关系转过来呢？"

"他们认为我不配入党，宣布取消了我的预备党员资格。"

"谁们？"

"学校里夺权掌权的造反派们。"

"这事儿，不好办了。"

"支书，大伯，如果是因为我，有什么事儿使你们为难的话，你们尽管直说。怎么才能使你们不为难，我就怎么做。"

"曙光，你误会了。事情是这样的。咱坡底大队，原本也有五名党员的，可七八年内没再发展。三年前走了两个岁数大的，两年前病死了一个中年的，到今天就剩我和你王大伯了。我要是哪天再突然一走，支部就得合并到别的大队了，坡底大队的支部那就没了！我倒不在乎是不是支书，可坡底大队，不能没有党支部啊！那人心就散了，就更没有变好的指望了！"

"那，依你们，我该怎么做呢？"

王大伯与支书默契地对视一眼，道："曙光啊，你本来就已经是预备党员了，支部发展你的条件比发展谁都成熟。为了坡底大队，你再写份入党申请书吧。"

赵曙光："我写思想汇报可以，入党申请书我不能写。因为我早已经是预备党员了，那些造反派根本没权力取消我的预备资格！"

支书与王大伯又互看了一眼，对赵曙光说："只要你肯写，我和你王大伯，就尽快以坡底大队支部的名义恢复你的预备资格。你好好考虑考虑，考虑考虑。"支书话锋一转，又说："咱大队麦子已收完了。有块地的谷子也熟了，明天就可以收了。一收完谷子，就没什么农活儿了。往年呢，老的少的，男的女的，一溜溜蹲在窑根前晒太阳，年年如此。这不行！曙光，依你的话，入冬几个月，咱大队应该干点儿什么正经事儿？"

赵曙光想都没想："水！解决吃水的问题，用水的问题。"

王大伯一拍腿："对！一个粮食，一个水，这两件事儿，把咱坡底大队社员们的志气快耗尽了！赶上个好年头，吃饱了肚子还不愁。可这水的问题，饿的时候愁，饱的时候也愁！"

见王大伯这样说，赵曙光便将自己早已想好的办法说了出来："支书，大伯，我具体是这样想的……"

夜幕降临，坡底大队只有一户人家的窑窗还泛着橘黄——那是支书家的窑窗，窗子里的谈话在继续着……

赵曙光踏着月色回到知青们住的窑洞。窑窗纸微微透着些光，但门却从里面插上了。他抬手敲了敲门，窗立刻黑了，里面传出武红兵的声音："谁？"

"我，曙光。"

门无声地开了一道缝，赵曙光刚一进去，武红兵立刻将门插上。

赵曙光问："你们在搞什么勾当？"

有人移开罩在带罩油灯上的衣服，屋里顿时亮了许多。原来，武红兵他们刚才都围着饭桌坐着，在油灯昏暗的光线下，看自己瓜分到的书。

赵曙光不以为然地说："有书读时不读书，无书读时抢来读，说的就是你们！"

刘汀咧嘴一笑："言讨其实了，我们可没动手抢。"

武红兵也一本正经地帮腔："失去了才觉宝贵嘛，符合人和事物的关系，所以你也不必大加嘲讽。"

赵曙光冷冷地说："各位都睡吧！明天妇女们扬麦子，咱们知青收谷子。"

知青们在谷地里忙碌着，有的在割，有的在扎捆起来。手持镰刀的李君婷割谷子的动作总不得法，忽见赵曙光走来，停下不割了，走到赵曙光跟前，娇娇地叫了一声"曙光"。

赵曙光看着她笑笑。

"咱俩换换镰刀。"李君婷说着，把镰刀递到赵曙光面前。

赵曙光看了一眼她递过来的镰刀："怎么，不快？红兵那儿有磨刀石，让他替你磨磨。"

李君婷轻轻一笑："不是不快，是太快了，我怕割了腿。"

旁边一名知青嘟曦道："跟镰刀快不快有什么关系啊，只要是把镰刀，割腿上就惨啦！"

"那，你帮晓兰扎捆去吧。"赵曙光说着，弯腰割起来。

李君婷扭头看看正在一旁扎捆的冯晓兰——动作熟练，麻利，像能干的农妇。她又看看赵曙光，左右为难。

冯晓兰对她说："君婷，过来，我正需要个帮手。"

"我又不是专给人当帮手的。"李君婷挑理地嘟曦着，不情不愿地朝冯晓兰走去。

赵曙光对武红兵低语："你也去和她俩扎捆，教教君婷。要是她什么地里的活儿都不会干，将来怎么办？"

武红兵将镰刀往地埂上一砍，走了过去。赵曙光又低下头飞快地收割。

武红兵教练般地指导李君婷扎谷捆："要少抓一把，多了能起到绳子的作用吗？谷穗要顺齐。哎，我说你怎么这么笨啊？叫你谷穗朝上你偏朝下，听不明白我的话是怎么的？！"

李君婷赌气将谷捆往地上一摔，还踢了一脚。

冯晓兰见状道："红兵，你不能耐心点儿？"

武红兵不耐烦地将冯晓兰扎的谷捆往李君婷跟前一扔："行行行，我耐心点儿。你看人家晓兰是怎么捆的！"

李君婷清高地说："有人适合当农民，一教一学，就会了。有人天生不适合当农民，那就怎么教怎么学也白搭。"

武红兵来气了："难道我们就是天生适合当农民的了？下乡前谁干过这些农活儿了？为什么一块儿来的，别人早都会干了的活儿，只有你还笨手笨脚的！"

李君婷不甘示弱："你才笨手笨脚的呢！我是来接受贫下中农再教育的，用不着你教训我！"

"哼，我看你就是天生的口头革命行！谁爱教你谁教你吧，我还不教你了呢！"武红兵一甩手，转身便走。李君婷气得一屁股坐在谷捆上，看着冯晓兰又说："哎，我刚才的话可不是成心说给你听的啊！"

冯晓兰停止干活儿，问："什么话啊？"

"就是我说有些人适合当农民，有些人天生不适合的话……真不是成心说给你听的……"

冯晓兰用颈上的毛巾擦擦汗，一笑："我没听到，光顾干活儿了。别坐着，别人看了多不像话！起来，我教你。"

李君婷发窘地站了起来，冯晓兰走到她身边，耐心地教她扎谷捆……

赵曙光和武红兵几乎同时割到了地头，他们看到李君婷也扎捆扎得挺麻利了。武红兵哼了一声："不虚心，还跟我扯什么天生不天生！"

赵曙光看了他一眼："我叫你教人家，没叫你去训人家。你怎么不反省你缺乏耐心呢？"

"哥！哥！"

二人循声望去，只见赵天亮气喘吁吁地跑了过来。赵曙光不安地迎上去，谷地里其他知青也都围了过来。

赵天亮上气不接下气地："水！出水了！"

赵曙光有些惊喜："水？哪儿出水了？"

赵天亮咽了一口唾沫："韩奶奶家！我和囤子哥挖着挖着，那个坑里出水了！"

"大家接着把那一小块地割完，之后休息！"赵曙光转脸对武红兵又说，"走，看看去。"

韩奶奶拄着拐棍，站在自家平场上的一个大坑边，急切地向坑里张望："囤子，你俩是挖出水来了吗？"

囤子站在一人多深的坑里，冲韩奶奶又是点头，又是摇手。

"你说话呀！"韩奶奶急切地自言自语，"嗨，我倒忘了，你说不出话来了……"

支书和妇女们急急风般走来，围在坑边。支书探头朝坑里看去："水呢？"

赵天亮挤上前，将囤子从坑里拽上来。囤子摊开一只手给支书看，里面有一团湿泥，

支书有些不耐烦了："你给我看那干吗，我问水呢？"

囤子耸肩。

赵天亮一急，跳下坑，在坑底东挖西挖。一锨锨泥飞上坑边，支书和妇女们忙向后退开。

赵曙光和武红兵也夹在围观的人群里，蹲坑边，研究坑里的湿泥。

武红兵用手捻了一把那团湿泥："明摆着，肯定见水了。"

赵天亮在坑里仰脸道："当然见水了，我骗你们干吗呀！"

"你上来！"武红兵伸出一只手，将赵天亮拽上坑，自己跳了下去。坑底的泥土稀泞。他往手心唾一口，使劲儿一踏，锨头深入泥里。

赵天亮向围在坑边的人们解释着："我一锨下去，咕嘟一下，冒出一股水来，那叫清！我心里一喜，又一锨下去，又冒出一股水来！不信你们看我的鞋！"说着，他将一只脚高抬着伸向人们，让人们看他鞋上的湿泥。

"你们再看囤子哥的鞋！"他将抱头蹲着的囤子扯站起来，指囤子的鞋。

赵曙光制止他："天亮，别说了。"

赵天亮缄口了。他从人们的表情看出，大家不是不相信他，而是大喜过望又大失所望。

支书指指赵天亮问赵曙光："他是谁？"

"我弟弟，来看我的。"

支书将赵曙光扯到一旁，语气坚决地："坑里肯定是见水了！见水就证明有水！你们几个知青不割谷子啦！都来给我轮番挖！我就不信，明明见水了还挖不出水来！一定要在这儿给我挖出一口出水的井！那我放你们三天假！哎，我跟你说话，你倒是认真听着呀！"

赵曙光的确没认真听，他在看不远处的一株老枯树。那枯树几乎只剩下腰围般粗、两米来高的树干了。那儿比坑这儿地势低。赵曙光走了过去，研究似的绕着树转了几圈。

赵曙光一伸手："拿个家把式来。"

站在一旁的囤子将铁锨递给了他。赵曙光用锨把儿敲敲树干，里面发出了空洞的声音。他又用锨头砍树的根部，朽根暴露了，根部被砍透，一小股清水从树根的地方涌出，转眼流完。

众人都围拢到枯树这里来，愣愣地看着被那一小股水浇湿了的地皮。

赵曙光向大家解释道："这树干早空了，每次下雨，树干里都会储住些雨水，再慢慢往地下渗。日久天长，地底下渗出了水层。挖到了水层，坑里自然会冒出水来。但那点儿水太有限了，也就将够洗把脸吧！这儿地势这么高，怎么挖也难挖成一口出水的井。"

支书张张嘴，没说出话来。

韩奶奶问春梅："你曙光哥说些啥？我一句也没听清楚。"

所有失望的人中，数春梅最失望："奶奶，咱进屋去吧。"

韩奶奶："怎么都愣着，没人挖了？"

"我曙光哥说，这儿根本挖不出井来。"春梅失望得眼圈有点儿泛红。

知青们的窑屋里，赵曙光在搅一锅菜粥，武红兵们依次在一只桶里洗毛巾，擦脸擦身。

赵曙光一边搅着手里的勺子，一边说："来点儿水。"

武红兵说："水不能往锅里添了。"

赵曙光转身向水桶里一看，皱起眉头："你们太过分了吧，那可是小半桶水呀！晚上喝什么？"

"顾不了那么多了，晚上再说晚上的吧！"

赵曙光无奈地摇头，接着往锅里撒盐。

正说着，门口传来了李君婷的声音："能进吗？"

"等会儿等会儿。"武红兵应声，急忙抓起背心往身上套。

一名知青忙道："请进吧！"

李君婷慢慢地走了进来，手里拿着她那条白毛巾，不得已地说道："马婶家没水了，我也不能一整天都拿干毛巾擦脸呀！"

武红兵一言不发，从她手中抽过去毛巾，在桶里洗了几洗，拧干，递还给她。

李君婷看着变黄了的毛巾，有点儿傻眼。

武红兵道："不要看电影里的陕北人围白毛巾，你就买白毛巾。电影是电影，现实是现实。以后要买深色的，最好买黄色的。"

李君婷掠去毛巾，一转身跨出了门，她在门外擦脸，擦颈，回头瞥一眼，将拿毛巾的手探入衣下擦前胸。

门内响起赵曙光的咳嗽声，李君婷立刻将手从衣服底下抽出。赵曙光走到她近前，又递给她一条湿毛巾，说："我的。"

李君婷手接毛巾，眼却脉脉含情地望着赵曙光，问："你弟哪天走？"她又擦一遍脸和脖子，擦时眼睛仍望着赵曙光。

"明天一早就得走。"

"既然来了，怎么不让他多待几天？"

"他不是无业游民，他是兵团战士了。他来到这里是付出了代价的。"

李君婷一愣，一边递还毛巾，一边问："是吗？什么代价？"

赵曙光一笑："不说那些了。进来一块儿吃吧。"

李君婷心情低落地："不了。"

"已经为你盛上一碗了，玉米面菜粥，我煮的，挺好喝的。"

李君婷脸上又有了笑意："你煮的，那我喝一碗。"随赵曙光进屋坐下，默默捧碗喝起粥来。

赵曙光问她："还行吧？"

"好喝。在马婶家，这几天光喝小米粥了，喝得我都有点儿烧心了。你们哪儿来的玉米面啊？"

"哪儿来的？"武红兵有些得意道，"还能偷的抢的？我用一双半新皮鞋换的！"

话音刚落，门被撞开，一高一矮两名公安人员闯了进来。高个子公安用警棍指大家："都别动！谁动谁倒霉！"

大家都惊呆了，一动不敢动。

矮个子公安："坡底大队的知青，都在这儿了？"

赵曙光镇定地说："除了一名女知青，都在这儿了，我是知青队长。"

"一会儿有话问你。"高个子公安朝矮个子公安努努嘴，矮个子倒背手，老练地这里那里用目光寻查起来。

支书赶来。他身后跟着赵天亮、冯晓兰、春梅和一些妇女。支书不慌不忙地说："怎么回事儿？我是支书，两位公安同志，不管什么事儿，那也得先跟我支书打声招呼吧？"

高个子公安"啪"地一个立正："老支书同志，是这么回事儿。县里封了封条的一个图书馆近日被盗了，损失了大批有毒的书籍。有迹象表明，其中一批在咱们县的集市上出现过。又有迹象表明，一批中的一些，可能转移到你们大队知青的手中了。"

支书转眼看知青们，大家一个个故作镇定。他问赵曙光："曙光，你知道点儿什么情况不？"

赵曙光摇头。

支书又对高个公安说："有毒的书嘛，那一定是阶级敌人们盗的。他们盗了，他们看了，那中毒的是他们，中毒活该，谈得上什么损失不损失的呢？您看我们这些知青中有像阶级敌人的吗？"

高个公安一板一眼道："那是当然没有了。可是作为一件盗窃案，我们县公安局，接到举报还是争取把它破了的好，是不是？"

支书也板起脸来："那就破到我们坡底大队来了？我们坡底大队虽然穷，却一向是路不拾遗、夜不闭户的一个大队。经你们这么一来，不等于扇我们全大队社员大嘴巴子吗？你们要是一本书都搜不出来怎么办？怎么弥补我们坡底大队名誉受到的严重的……那个损失呢？"

妇女们七言八语开了：

"就是！"

"我们大队的知青可都是好知青，他们绝不会干那种事儿！"

"正农忙的日子，我们的男知青这几天都没离开过人队！"

"女知青就她，就她，她俩哪点儿像干那种事儿的样儿啊？"

武红兵忽然从桌旁站起，大律师似的说："妇女同志们，亲爱的妇女同志们，少安毋躁，少安毋躁！两位公安的同志既然来了，那我们就有义务配合他们办案。我发现两位同志的目光，一次次往炕上瞟。说明什么呢，说明他们怀疑赃物藏在我们的被褥里。现在我请求大家，帮我将被褥抱到外边去，搭开在绳上，以便于公安同志检查！"

于是妇女们蜂拥而上，枕头一溜儿摆在炕上了，被褥都搭在了绳上。矮个公安在外边双手拍被褥，高个公安在屋里捏按枕头。矮个公安进入屋里，二人交换一无所获的眼神。屋里看起来再也没有什么可藏东西的地方了，一切一目了然。包括冯晓兰和李君婷在内的知青们围坐桌旁，姿态各异。有一名男知青伏在桌上，发出鼾声，其他人清白无辜地望着两名公安。支书盘腿坐在炕上，吧嗒吧嗒地吸着烟。

赵曙光缓解地说："支书，我理解，两位公安同志的行动，其实也不是专冲着我们几名知青来的。"

高个公安打蛇随竿上："对对！上边交代下任务了，我们也不过是执行一下公干嘛。"

支书点点头："我不送二位了。曙光，替我送送两位同志。"

125

赵曙光和两个公安刚一出屋,知青们都暗松一口气。

支书让妇女们散去,自己却留下来,倒背双手,也用大侦探似的目光在屋里寻查起来。他从窗口向外看了一眼,两个公安和赵曙光已经走远。他踱到桌旁,扫视知青们,猛一掌拍在桌上:"当我白长了一双眼?什么古怪都看不出来?告诉你们,我眼里最藏不住沙子!在哪儿?"

知青们都被他吓了一跳。

武红兵不自然地笑问:"什么在哪儿啊?事儿不都结束了吗?您怎么又审我们?"

冯晓兰劝他:"红兵,支书既然看出来了,那就如实招了吧,别惹支书生这么大气。"

武红兵把身子一扭,不肯招。

"好,我先不审那惹事的,我先审出那告密的!揭发那也该首先向我揭发,却先把公安的引到大队里来了!眼里还有没有我这个当支书的!"支书说着,转头瞪着李君婷。

李君婷急道:"您干吗瞪着我呀?"

"伸出双手!"

李君婷乖乖伸出了双手。

"'滚一身泥巴',身上泥巴在哪儿呢?'磨一手老茧',手上怎么没有?三天两头跑县里去开会,会比我这支书还多!你给我听明白了,北京来的也罢,多大官儿的子女也罢,既然是我坡底大队的插队知青了,那我就有权力教育他,改造他!"

"冲我发的什么火呀!"李君婷委屈得要哭。

"支书!"赵曙光走进来说,"刚才的事儿和她一点儿关系都没有,完全是由于我引起的。但是我绝对没偷盗图书馆!我只不过花十元钱买了一些书带回来了。我发誓,那些书我在学生时代就读过,都是对人心变好变善有帮助的书。在集市上,要不是君婷帮助了我,我就被纠察队带走了,所以绝不是她……"

"还怀疑我是出卖者！"李君婷哭出声，冲了出去。

窑屋里一时肃静。

支书对赵曙光说："那你，那你去哄她呀！"

赵曙光转身刚走一步，站住，回头望冯晓兰。冯晓兰会意，立刻起身从屋里跑了出去。

"藏哪儿了？"支书四处翻找着那些惹祸的书。武红兵默默拍了几下桌子。那桌面是由几块木板拼成的，里面是个空膛，抽掉桌面上的一块木板，那些书就呈现了。

支书瞪了瞪眼："取出来。"

武红兵默默将书一本本取出。支书将书捧到灶口那儿，将书放在地上，拿起一本，看了会儿，要往灶口里扔，却被赵曙光拦住："支书！"

武红兵突然大叫："烧吧！烧吧！可你别忘了，我们是知、识、青、年！我们没有书看，就像陕北人不能唱信天游！那总有一天，我们会疯的！要不就会傻！"

支书看看身边的这些年轻人，每个知青都在默默望着他，有人脸上淌着泪。支书没把书扔进灶口，而是把它们搁在了地上。他想站起来，但也许腿酸了，趔趄了一下。赵曙光上前扶他，却被他一甩胳膊搡开。

支书盘腿坐炕上，用力地吸着烟，屋子里只能听见哑烟斗的吧嗒吧嗒声。他磕磕烟锅，下了炕，皱着眉头环视知青们："你们以为我当支书当得容易当得自在呀？往后少让我操点儿心行不行啊？！"说完，他脱下自己的褂子，铺在桌子上，弯腰将地上的书一本本捡起，放到褂子上，包成个包袱，拎着走了出去。

赵曙光跟出去："支书！"

支书头也没回。

冯晓兰追上李君婷，拦在她面前。李君婷左走，冯晓兰左拦；李君婷右走，冯晓兰右拦。

李君婷瞪着她："我掩护赵曙光还掩护出错了呀？我到底也是知青吧？

我能明里掩护暗里再出卖吗？我有那么卑鄙吗？"

冯晓兰耐心劝道："君婷，别生气。他一个人的猜疑并不代表大家。曙光一回到大队里，就把你俩在县集上遇到的情况如实告诉我了。他对你很感激，说你其实是好姑娘，在咱们几个知青中年龄又最小，让我要带头关爱你……"

"其实是？"

冯晓兰赶紧道歉："对不起，我用词不当。"

李君婷一挑眉毛："我猜他不是要跟你说我好不好，而是急于向你解释什么吧？"

冯晓兰表情有些尴尬："你看你，是曙光让我来劝你的。你反倒这么问，让我该怎么回答呢？"

李君婷冷冷一笑："他真那么关爱我，那他何不自己来劝我？我虽然年龄最小，但并不是可怜虫！请你闪开，别拦着我！"

"你！"冯晓兰没想到她这样无礼，火气也上来了，"你以为你年龄小，别人就得都拿你当宝贝啊？真不识好歹！"

李君婷反倒更加不客气："闪开！"

冯晓兰一闪身，李君婷从她身旁傲然而过。冯晓兰望着她背影，生气地自语道："有你自作自受那一天！"

武红兵跟在赵曙光身后，经过坡底大队的晒场，走到粮囤后面。武红兵有些不耐烦："什么事儿，还非得到这地方来说？"

赵曙光一转身，揪住了武红兵的衣领。武红兵看了一眼抓在自己领口上的手："有必要动这么大肝火吗？事情不是过去了吗？"

赵曙光低声吼："我不是因为书的事儿！"

武红兵一脸无辜："那还因为什么事儿？"

"在我不在坡底大队的日子里，你为什么一次又一次地欺辱冯晓兰？！"

面对赵曙光的质问，武红兵竟笑了。他突然伸出手抓住赵曙光腕子，顺势扭身将赵曙光一背，毫无防备的赵曙光被摔在地上。

武红兵正正衣领："人贵有自知之明，论打架，你还得学两招！"

赵曙光从地上爬起来，双手抱武红兵腰，将武红兵拱倒在草垛上。二人厮打起来，将那垛草打散了。赵曙光终于占了上风，用胳膊肘压住武红兵脖子。武红兵挣扎道："别来真的，我喘不上气儿了！"

赵曙光越发把胳膊压紧了："我当然来真的！说！为什么？！"

"因为……空虚……"

赵曙光咬着牙："因为空虚就……你浑蛋！"

"不是我空虚，是他们几个！你先放开我！要不我可什么都不回答你，糊涂死你！"

赵曙光放开了他，武红兵狼狈地从塌了的草垛上站起来，辩解道："第一次是刘江出的点子，我只不过没有反对而已。"

"你还'而已'！"

武红兵翻翻眼睛："那有什么？冯晓兰她还在乎那事儿吗？对于她，在北京时，不早就是稀松平常的事儿了吗？那几个小知青空虚、无聊、寂寞！其实批判你那位冯晓兰是假，拿李君婷开开心才是真！她以为大家和她一样，而大家只不过是在假装，觉得像是在演戏！"

赵曙光听得发愣。

"当然，我承认，有时候我也内心空虚。可我不像他们几个小知青空虚得那么厉害！所以，他们想第二次那么做时，我是明确表示反对的。可几个小子，吃晚饭时在我的粥里放了安眠药片儿……"

"谁？谁有安眠药片儿？哪儿来的？！"

"刘江有，听说他让家里夹在信中给他寄来的。"

"我不在时，小知青们有安眠药片你都不管吗？你对他们还有没有半点儿责任感？！"

武红兵语塞，还没等他反应过来，一记耳光在他的脸上扇响了。

"亏你还是个老高三！"赵曙光说完，转身便走。

第二天，冯晓兰和王大伯一家人送赵天亮走，赵曙光已等在院外。王大娘将两个鸡蛋往赵天亮兜里揣，赵天亮赶紧躲闪："大娘，不行，不行的！家里刚刚攒了两个鸡蛋……"

"怎么不行呢，都煮熟了！"

"你看你这娃，拉拉扯扯的多不好。"王大伯在一边帮腔。

赵曙光："是大娘大伯的一片心意，揣上吧。"

春梅："也是我的心意。"

赵天亮笑着摸摸春梅的头，对冯晓兰说："晓兰姐，别忘了你说的，每月至少带春梅到县里洗一次澡。"

"忘不了。"冯晓兰笑着，也摸了春梅的头一下。

赵天亮转过脸看站在一边的囤子，情不自禁地抱了他一下："囤子哥，抱歉了，不能帮你脱坯，为韩奶奶修窑屋了。"

囤子伸出他的大手，轻轻地拍了拍他的背。

春梅："天亮哥哥，你还来吗？"

赵天亮："一定争取。"

春梅低下头："一定争取，就是再也不会来了？"

赵天亮不知如何回答为好。春梅凝望着他，眼泪从脸上淌了下来。冯晓兰替春梅擦泪，温柔地说："一定争取，就是一定会来。"

赵曙光："他敢不来，我去北大荒把他揪来！"

王家人望着赵天亮在冯晓兰和赵曙光的陪伴下，渐渐走远。

走出老远，赵曙光将一封信交给弟弟，叮嘱他："如果有机会，你一定要替我去看看'北京知青支队'的知青们，当面把这封信交给张敢峰队长。要记住，这是一封绝对不可以邮寄，也绝对不能让别人转交的信。连你也不可以拆开看，更不能弄丢了！"

赵天亮见信的封口已经给封了，揣入内衣兜，向哥哥保证："不见到张敢峰，这封信不离开我身。"

冯晓兰嘱咐："回到家，可以和伯母说实话，但千万别跟伯父说实话。他那脾气，你的实话会把他气坏的。"

赵天亮默默地点了点头。

赵曙光拥抱了弟弟一下，拍着弟弟的肩说："人要对自己的行为负责任。怎么做了，就得将那后果怎么承担了。哪怕那后果是惩罚，也不能抱怨什么。"

赵天亮点头，说："哥，炕角还剩下了一本《泰戈尔诗集》，我带走了，啊？"

"走吧！"

赵天亮一步三回头地向黄土高原更茫茫之处走去。忽然，远处传来春梅脆亮的歌声：

山丹丹开花崖畔畔红，
陕北人爱唱信天游。
花开花落那个不由人，
遇上个中意的人儿不容易！
…………

赵天亮循声望去，依稀看到春梅好看的身影沐浴着朝霞，伫立在远处的崖畔。

沟沟壑壑回荡着"不容易"……

北京某军事学院卫生院里，一位年近中旬的女医生正仔细地为一位老年患者听诊。听了一会儿，女医生放下手中的听诊器，一边坐着写药签，一边说道："放心吧，您老心脏正常，肺有轻微炎症。还吸烟吧？实在戒不了，尽量少吸点儿。有空儿散散步。我们卫生院办了太极拳义务培训班，能跟着学学更好。"

一名护士将门推开一道缝，探进头小声说："秦医生，有人找。"

女医生没抬头："请他等会儿。"

"是您儿子。"

女医生一愣。

赵天亮在卫生院走廊里来回走动，分明等得有些心急，见母亲走出门诊室，立刻迎上去："妈！"

女医生惊讶道："天亮？你……你怎么……"

赵天亮没回答母亲的问题，只是问："妈，我爸在家吗？"

"这会儿应该还没回家。"

"太好了，那您肯定知道咱家存折放哪儿了吧？"

赵母表情严肃起来："你怎么回事儿？突然出现在妈面前，东一句西一句问得没头没脑的！"

赵天亮有些着急："一句话说不清楚，您到底知道不知道啊！"

赵母打断他："别在这儿说起来没完！"

母子二人走出医院，站在门旁，赵母疑问重重地看着赵天亮。

赵天亮面带愧疚："妈，我跟您说实话，你可别犯急。我在连队当班长当得好好的，却收到我哥拍给我的一封电报，说他在陕北那边遇到了严峻的事儿，要我尽快去他那儿。我能不去吗？"

赵母似乎猜到了什么，追问："请假没有？"

"请了，没批。结果到了他那儿，才知道他根本没给我拍电报。我只待了三天就……"

"那你还待三天！"

"妈，您别老打断我的话啊！让你别急，你还非急！我到的第一天没见到我哥，他和大队里的一些年轻人到山西挖煤去了，我能千里迢迢地去了，却不见他一面吗？"

"那究竟是谁给你拍的电报？"

"当然是对我哥心怀敌意的人！朋友能干那种缺德的事儿吗！"

"怎么还会有对他心怀敌意的人？你哥在那儿好吗？你晓兰姐在那儿好吗？"

"好，好，都还行。"

赵母有些着急："怎么叫还行？！"

"妈，你让不让我先把话说完啊？都还行那不就是，那不就是没什么太不开心的嘛！"赵天亮也急躁了，说最后一句话时，想用手掌拍墙；见面对的不是墙，而是窗，那手在空中僵了一下才落下，窗内的医生和病人吃惊地看他。

赵母扯了他一下，和他闪到了窗内人看不到的地方，之后忧心忡忡地紧抿双唇。

赵天亮急切地问："家里有多少存款？"

赵母犹豫地说："两千多元。"

"就两千多元？"这个数字远远低于赵天亮的预想。

"那你以为我和你爸还会攒下多少钱？"

赵天亮解释道："我离开那地方时，我哥嘱咐我，替他向家里借一笔钱。他插队那个大队太穷了！而且严重缺水。他需要一笔钱组织乡亲们打机井。不是为了替他办妥这件事儿，我根本就不回家这一趟！我今天把钱寄给他，在家住一晚上，明天就走。"

"那得多少钱啊？"赵母有些迟疑。

"我也不知道。妈，怎么也得给他寄一千吧？寄少了，不是等于没寄吗？"

赵母迟疑道："可存折，一向是你爸收着。"

"给我钥匙！趁我爸还没回家，我先回家找找。"

"就没必要让我们当父母的商量商量了？"

赵天亮又急躁了："还商量什么呀！儿子朝父母借钱，父母有什么好商量的？再商量还能商量出个不借呀？"他向母亲伸出了一只手，一副不达目的誓不罢休的表情。赵母默默从兜里掏出钥匙，放在他手里。赵天亮接过钥匙，转身就跑。

一套简朴整洁的三居室，被赵天亮翻了个乱七八糟。他身后传来开门声，有人走了进来。

赵天亮头也不回地说：“妈，我跟您说的那些，你可不能跟我爸说，还得替我编谎话骗骗他——我爸会把存折放哪儿呢？”

“真是外盗易挡，家贼难防！”熟悉的声音从背后响起，赵天亮噤若寒蝉。

回到家里的不是母亲，而是父亲。他拄杖站在客厅，侧耳听着赵天亮翻找东西的声音。他其实等于是个盲人，无论家里外头，都戴着墨镜。

赵天亮想贴墙边溜出那间被自己翻乱的屋子，赵父却横跨一步，挡在了家门口，断了赵天亮的逃路。

“爸。”赵天亮怯怯地叫了一声。

赵父一语中的：“开小差儿回来的？”

“不是。特殊任务。”赵天亮小声争辩。

赵父冷冷一笑：“偷自家存折？什么人给你的任务？”

“爸，您误会了，您听我慢慢解释……”

“跪下！”赵父厉声喝道。

“好好好，我跪，我跪。”赵天亮轻轻搬起一把椅子，摆父亲对面，悄无声息地坐下。谁知，赵父却举手杖探过来，手杖头一敲，探到了赵天亮的腿，也探到了椅子腿。赵父猛地举起手杖：“你开小差儿！溜回家偷存折！居然还敢坐在老子面前！”

见椅子暴露了自己的位置，赵天亮迅速起身，并将椅子移开。赵父的手杖横扫过来，却扫了个空。赵父咬着牙狠狠地说道：“好小子，欺负老子眼瞎！”

“爸，您听我解释！”

“你还有什么可解释的！”赵父的手杖寻着赵天亮的声音又举了起来，没等劈下，手腕被一只年轻有力的手给擒住了。赵父想甩开儿子的手，却没有成功，父子二人就这么僵持着，较起劲儿来。

“爸，我不想对您这样，可您……”

“住口！你已经跟我动手了！”

正巧这时，赵母回到了家里，被父子二人的架势吓了一跳：“老赵！你们这是干什么呀?!"

赵天亮趁机一推,不料竟将父亲推得后退两步,跌坐在沙发上。

"爸,对不起……"

赵母赶紧上前扶起赵父,却被赵父推开了,他怒声吼道:"你怎么可以帮助他骗我!"

"我妈不是还什么话都没替我说吗?"赵天亮刚一替母亲打抱不平,赵父的拐杖又落了下来。赵天亮闪身躲开,身后的暖瓶却被打碎。

"妈,我一晚上都没法儿在家住了!我哥那事儿,您看着办吧!"说完,赵天亮逃也似的夺门而出。

下了火车,赵天亮在白桦林车站杨秉奎那儿住了一宿,第二天傍晚时分,回到了连队。连队静悄悄的,不见一个人影。他疑惑地向宿舍走去。在宿舍门外,张连长的儿子和尹排长的儿子合力抬了一桶水走来。两个孩子见了他,像看陌生人似的。

赵天亮笑着说:"不认识我了?"

连长的儿子点点头:"认识。"

尹排长的儿子也大声地说:"赵天亮。"

赵天亮想起自己走了这么多日子,不知地里的麦子怎样了,问:"天晴了,麦子好割了吧?"

连长的儿子说:"麦子全完了。现在不割麦子,割豆子。"

赵天亮还想问什么,却从敞开的窗口看到了"小地包"。只穿短裤的"小地包"正站在炕上,手持木锨,呆呆地看他。

赵天亮更觉纳闷。他大步走入宿舍,宿舍里变了样子——对面炕的被褥集中到一面炕上了,很挤,每个人的铺位也就两尺宽。另一面炕上,铺满厚厚一层麦子。"小地包"浑身是汗,分明刚才在用木锨翻麦子。而"小黄浦"蹲在炕洞那儿,正往里塞劈柴。火势很旺,湿麦子散发着水汽。

赵天亮指了指炕上铺着的麦子问:"这……怎么回事儿?"

"小地包"叹口气:"地里的麦子,在麦棵上就发芽了。现在的麦海,已经不是金黄的了,是蒜苗绿的了。抢收回来的麦子,不这么烘干,很快也会发芽,霉烂。那全连白辛苦了不说,还得向别的师团伸手要粮吃了!"

"小黄浦"补充:"现在全连的情况是,两三户人家挤到一家去住,腾出炕来烘麦子。"

赵天亮吃惊地:"怎么会这样,怎么会这样,我才走了几天!"

"几天? 算今天,你离开连队十三天了! 昨天天才放晴……"

赵天亮四下瞅瞅:"我……我的镰刀呢?"

"我一直替你收着。""小黄浦"从屋子一个角落里找出镰刀,交给赵天亮,"许多人都认为你是自己设计了一个借口,逃回北京,再也不会回来了!"

赵天亮低头看那把熟悉的镰刀,缠了白布条的把儿上,有他自己写的名字,布条上有自己变成褐色的血迹。他愣了一下,转身就要往外跑。

"班长!""小地包"把他叫住,递给他一双黑袜子改的手套,说,"割豆子比割麦子更苦,因为豆秧比麦秆儿矮,还扎手,不戴手套是不行的。"

"班长,我俩也就这会儿还能背着人叫你一声班长了。现在齐勇已经是一班长了。""小黄浦"说得很无奈。

"小地包"又说:"班长,你既然回来了,那一切就面对现实吧。咱们排长已经因为你受处分,被撤职了。指导员连长苦苦保了他几次,还被团里狠狠批评了一通。麦收期间,未经准假逃离连队的,全团仅你一例。团里认为咱们排长有难以推卸的责任,听说还要把他调离咱们连队。班长,趁这会儿只咱们三个人,把我俩知道的情况全告诉你,是希望你及早有些心理准备……"

赵天亮也不接"手套",一转身冲出了宿舍。

在连队的路上,他又碰上了那两个抬水的孩子,问他们:"豆地在哪边?"

张连长的孩子抬手一指:"麦地往东五六里,挺远呢!"

赵天亮拔腿就跑,他跑过麦地,麦地果然一片绿! 他站住了。远远的,连里割豆子的人们在往回走,走在前边的是女知青和妇女们。孙曼玲并没看到他，是林丽指了指，她才看到的。她想站住和他说句话，但显然不知说什么好，犹豫了一下，低头跟上队伍走了。从她们行走的步态可以看出，每一个人都是那么地疲惫。

男知青们走过来了。齐勇走到他跟前，冷冷地看了他一眼："如果排长真的调走了，我跟你没完。"

赵天亮只有一言不发。

韩指导员、张连长、尹排长、方婉之和张靖严以及老职工们也走过来了。他们发现了他，都站住了。

赵天亮鼓起勇气，主动走过去，大声道："报告，我回来了！"

张连长冷哼了一声．"你回来了我们还得开欢迎会吗？｜七连宁可要一个张靖严，不要十个赵天亮！"

"老张！"韩指导员止住了连长的话，转脸对赵天亮说，"你回来了，七连当然还是欢迎的。明天起，先跟着割豆子吧。"

张靖严说："指导员，连长，你们先走一步，我和天亮说几句话。"

众人走后，赵天亮默默望着张靖严，内疚地："排长，对不起。"

张靖严故作严肃地问："带回点儿什么好吃的没有？"

"事情果然像你推测的那样，我真后悔没听你的话。"赵天亮低着头，心里很难受。

张靖严一笑，搂着他的肩膀，边走边问："你哥还好吧？"

"他是个乐观主义者。"

"你那位晓兰姐呢？"

"她是个理性主义者。"

"你等于什么都没回答我嘛。再问一句，可要正面回答——他们插队那地方怎么样？"

"穷。严重缺水。知青也和农民一样,挣工分。一年到头挣不了多少工分。"

张靖严站住了，自言自语道："和插队知青比起来，我们兵团知青幸运啊！每月三十二元的工资，尤其我们这个团，再加上每月九元多的寒带补贴，将近四十二元了。这四十二元，使我们和那些去往贫困地区的农村插队的知青相比，简直可以说，一些在天上，一些在地上啊！"说着，将脸缓缓转向赵天亮，沉思地凝视着他。

赵天亮发自内心地说："排长，你要是想骂我，那就骂吧！无论你怎么骂，我都承受得住。也没有理由承受不住。"

张靖严却依旧自顾自地说着："要让我们兵团知青知道！对。一定要让大家知道！知道我们是何等地幸运！"

"排长，你是主动来到北大荒的吗？"

张靖严点头："当然。我是为理想而来的。你说你哥哥是一个乐观主义者，你那位晓兰姐是一位理性主义者，那么我就是理想主义者了！"

"相信自己足以改天换地？"

"不，我从来也没那么以为过。高一的时候，我成为学校最早的几名学生党员之一。高二的时候，我被审定为即将派往法国的公费留学生。那时我的理想是科技强国，为国争光。那时我的理想很大……"

"现在呢？"

"现在我的理想很小，很具体，很现实。我的母亲是家庭妇女，文盲。我的父亲是铁路上的搬运工，靠力气挣钱的人，扫盲时认识了几个字。我家孩子多，我是老大。父母能供我读到高三，那也实在不容易啊！既然大理想破灭了，那就让我实现小理想吧。让父母脸上愁云少一些，笑容多一些，让弟弟妹妹过年过节有件新衣服或新鞋穿，这就是我现在的小理想。共产党员也首先是儿女，体恤父母也是热爱劳动人民。"

赵天亮低声道："排长，你这么说，有些人听到了会批判你的。"

"我知道该对什么人说，不该对什么人说。"

从连队的方向隐隐传来号声。张靖严拍了拍赵天亮的肩："咱俩别站在这儿说起来没完了，我可饿了。"

于是他们向连队的方向走去。他们的身影，在广袤的土地上，显得那么渺小。他们的对话，却在广袤的土地上继续着，就像在巨大的录音棚里一样清晰：

"排长，为什么你一点儿都不怨恨我？"

"怎么没怨恨过你？从发现你离开连队那一天早上起，我内心里就开始怨恨你。我太清楚我将因你而承担什么后果了。可是方婉之大姐的一席话，改变了我的想法。"

"她怎么说？"

"她说，将来，你们知青一定会成为中国的一种历史现象。这段历史将主要靠你们自己来写。多写下一些谅解和友爱，那样的历史才更值得回忆，也更有意义。怨恨太多的历史是令人讨厌的历史。不仅经历过的人讨厌，连没经历过的人也会讨厌。"

连队食堂里人已不多，卖饭的是魏明。

"两个馒头，一份菜。"

魏明冷着脸给了他两个馒头。

赵天亮："菜。"

魏明："没了。卖完了。"

"那不是吗？"赵天亮向卖饭窗口里一指，案子上的大盆中，明明还有半盆菜。

"我说没了就没了！"魏明看都没看他，"啪"地关上了小窗。

赵天亮默默转身，对面墙上一条黑布上贴着的白纸剪的字让他呆住了——"沉痛哀悼张敢峰烈士"。

馒头和饭盒从他手中掉到地上。

赵天亮狂奔到河边，气喘吁吁，胸膛起伏，脸上已淌着泪水。他从内衣兜里掏出信，犹豫一下，还是将它拆开看了：

敢峰，我最亲爱的同学，我最信任的朋友，我尊敬的思想交流者：

如果说，你离开北京时，北京只不过有"山雨欲来风满楼"的迹象，那么现在我不能不告诉你我真实的感觉——它使我想到契诃夫的小说《第六病室》，想到他那句忧伤而又无奈的话："俄罗斯病了！"我认为现在到处可见许许多多形形色色的中国病人……因而我的心情也像当年的契诃夫那般忧伤而又无奈。我还想到闻一多的诗句——"我双手擂着大地的赤胸，眼中迸出血泪：这不是我的中华，不是不是！"可是，已经来到陕北一个贫穷的小村的我，却也只有装出头脑简单的样子，尽量以阿凡提式的智慧，保护某些我或能保护得了的人。朋友啊，我心愀然，我心愀然！我唯一感到安慰的是，毕竟真的和人民打成一片了！

…………

赵天亮听到脚步声，赶紧将信揣入兜里，回头一看，是端着盆的周萍。

周萍说："你能回来，我替你高兴。"

赵天亮没说话，起身走了。

晚上，赵天亮回到宿舍，见知青们像罐头里的沙丁鱼一样，挤了一炕，根本没有他睡觉的地方。正在他发愣的时候，一只手拍在他肩上，他回头看，是张靖严。

"我知道一个可以打着滚睡觉的地方，咱俩一块儿睡那儿去。"

马棚的地上铺开着麦草，张靖严和赵天亮仰面朝天躺在草上。

张靖严仰视着马棚稻草的棚顶，幽幽地说："知道我为什么受你牵连了，也还是对你很友好吗？"

"你说过了，因为方排长的一番话。"

"那是一方面原因。另一方面原因是，你们全家对你那位晓兰姐的情怀，说明你们全家人都是正直的。正直，这一种人性品质，在今天的中国，太弥足珍贵了。连长指导员他们，也是这样看问题的。所以，你要记住，你没有权力再做使一个正直的家庭蒙羞的事儿。"

张靖严的话让赵天亮感到更加内疚了："排长，感谢你对我说这些话，真的。你和我哥哥一样，有时说出的话，好像写在书里的。能经常听到有人对自己说那样的话，心里暖暖的。"

张靖严一笑，轻轻地朗诵起来：

我像一片秋天的残云，
无主地在空中飘荡。
呵，你那光芒四射的太阳，
你还没有蒸发掉我的水汽。
假如这是你的愿望，
假如这是你的游戏，
假如你愿意在夜晚结束这一场游戏，
我就在黑暗中，或在净化的晨光中，
甘愿自行融化、消失。
…………

赵天亮欠起了身："泰戈尔的诗！"

张靖严转头看他："你也喜欢泰戈尔的诗？"

"我要送给你一本他的诗集！"

人们在钻天杨下休息，韩指导员在讲话。

"趁大家休息这会儿，宣布几件事情。第一，明天休息一天……"

并没引起什么高兴的情绪。所有的人都低垂着头，摆弄着镰刀。大家已因疲惫而懒得抬头，懒得相互说话，也懒得应答。

"第二，宣布团里的，当然也是连里的处分决定——鉴于赵天亮的行为，作为知青排长的张靖严没有及时汇报，因而有推卸不掉的责任，团里建议连里，免去其排长职务，并给予党内警告处分……"

人们同样没有什么反应，仿佛都麻木了。

"以后，将由机务排尹排长，担任知青男排排长。对于赵天亮本人，给予记大过处分，两年内，不得参与五好战士等先进个人评选。赵天亮，你有什么意见吗？"

无人抬头，无人应声。

齐勇猛地站起，四下看看，大步走向一人，将那人揪着衣领拽起来了："你怎么还一声不吭？！"

齐勇揪错人了，被揪的并不是赵天亮，是"小黄浦"。"小黄浦"懒洋洋地举起一只手，朝豆地里指去——指导员和齐勇扭头往地里看。

豆地里，赵天亮的身影在收割。但与其说是在收割，莫如说是在以慢镜头的速度进行类似收割的表演……

第6章

秋风乍起，杨树的叶子变黄了，黄叶在枝上舞蹈，像金色的鳞片闪动。赵天亮独自坐在马号里写信：

哥：

我的情况，不出我自己所料。但是我能扛住。有时候我会和晓兰姐比。一比，觉得自己面临的事儿简直不算件事儿了，我是指心理压力方面。回到连队的两个月里，天天割豆子。大丰收原本是喜人的，但疲劳将喜悦抵消了。我挺佩服我们连的女知青的，她们表现出的韧劲儿让我暗暗吃惊，也让我自愧不如、五体投地……

此时，女知青宿舍里，孙曼玲又撕起了床单。女知青们都呆呆地看着。高洁忽然打开箱子，找出一条床单，往炕上一扔，谁也不看，说："不够撕我的。"

"够。起码够今年用了。"孙曼玲动作熟练，双手扯着床单的两边，果断地从中间一扯，"嘶"的一声，床单就一撕到底了。

"那明年撕我的！"高洁补充说。

在撕床单发出的声音中，沉默的气氛打破了，女知青们七嘴八舌地说：

"后年我贡献一条床单。"

"大后年我……"

"大后年？怎么也没个人明确地告诉我们，我们到底要在北大荒待多少年？"

"不是说三五年轮换一批吗？"

"要是三年就轮换，我的床单省下了！"

"三年，想得倒美，那也太便宜咱们了吧？"

吴敏左手一只鞋，右手一只鞋，没好气地相互拍打。大家停止了议论，目光都转向她。吴敏将鞋往地上一摔："我就不明白了，既然能收割黄豆的农机具还没造出来，还只能用镰刀割，春天为什么要向那么一大片土地上播种黄豆？"

"为了多出口。"方婉之从门外走了进来。

吴敏见是她，便把鞋穿上了："那也得量力而行吧？秋天有多大的收割能力，春天就应该播种多大的地块儿！"

方婉之已经在缠镰刀把儿了，一边缠一边说："多出口是为了能使国家多赚些外汇，多赚些外汇是为了多买些国外先进的东西，包括先进的农机具。另外，国家每年还用我们北大荒收获的黄豆，无偿地援助给予我们关系友好的兄弟国家，我们也同样需要他们在国际舞台上的支持。"

没有人再说什么了。包括吴敏在内，都纷纷从孙曼玲手中接过布条缠镰刀把儿。

方婉之叮嘱大家："不要缠得太厚。厚了，刀把儿就变粗了。手握不紧，用起来反而累。我知道大家都在坚持着。再苦干几天，我们今年最艰苦的劳动就结束了。有一个情况大家不太知道，年初的时候，团里估计，今年分到咱们七连的知青大约有二百人，所以咱们连播种的黄豆地块儿很大。但是没料到，各师各团一争，分到咱们七连的，才你们五十几个人。"

有人听闻，小声地嘟囔："闹了半天五十几个人顶二百多人用！"

另一个人帮腔："这要是战斗，咱们更惨了！"

方婉之没回应他们，转头叫道："吴敏。"

正梳头的吴敏看她，准备挨训。

方婉之将镰刀递给吴敏："你的。你刚才的话有道理。能收多少，才种多少，现代农业生产，需要这种客观理性的计划，我会把你的意见向连里、团里反映的。"

吴敏赶紧说："向连里反映反映我同意，您可千万别向团里反映，万一惹得谁不高兴，我担待不起。"

方婉之笑了。

谢菲突然失声尖叫。大家都吃惊地望过去，只见她指着自己的被褥，抖着声音说："耗子，咬破我枕头，在里边下崽了！"

孙曼玲手捂心窝："那你也别叫得那么恐怖啊，差点儿把我的魂儿吓出来！"

"哎，你魂儿啥样儿？什么时候让大伙儿见识见识？"

谢菲急了，抱怨道："你们都袖手旁观呀！没人帮我处理耗子崽呀？！"

正缠着镰刀把儿的周萍放下镰刀，默默走过去，翻看了一下她的枕头说："不能枕了。"

薛艳不以为然道："她两只枕头，一只是枕着的，那一只是搂着的。"

"从小养成的习惯，有啥法子呢？"谢菲满腹委屈地替自己辩护着。

周萍问她："我替你扔了？"

谢菲连连点头。周萍双手捧起枕头，在大家的注视下走了出去。孙曼玲望着她的背影感慨道："看不出，她还真够胆大的！"

高洁点点头："人不可貌相嘛。"

周萍捧着枕头站在宿舍外四望，不知该把那只枕头扔到哪儿去。她忽然看到了一棵大树，走了过去。正好赵天亮扛着一把锨，锨把儿上挂着个篮子，走在大队路上。他看见周萍，觉得奇怪，便朝她走去。周萍正在大树下发愣，那只被老鼠做了窝的枕头放在地上。

赵天亮走到她身边，歉意地说："那天在河边，我心情特别不好，不是成心不理你，别生我气啊。"

周萍一笑："我理解。"

"没人逼你离开七连吧？"

周萍点头。

"那就好。"赵天亮朝枕头扬了扬下巴，"这什么意思？"

"耗子在谢菲这只枕头里下崽了，我替她捧出来，可又不知再该怎么办才好。"

"这还有什么犹豫的？"说着，赵天亮便抬起一只脚，朝枕头踏下去。

"别……"周萍见阻止不及，便伸手推了他一把。单脚立着的赵天亮站不稳，摔了个趔趄。篮子里的百合根滚了出来。

"对不起！"周萍拉起赵天亮，帮他把散落地上的百合根捡起。

赵天亮也和她一道捡那些百合根："我父亲脾气不好，别人告诉我野百合根去燥败火。"

周萍补充："还舒肝明目。"

捡完百合根，二人都直起腰。赵天亮看着枕头又问："不让我踩，你还想养着呀？"

周萍："踩死心太狠了。"

赵天亮笑道："我倒落了个心狠，依你怎么办？"

"挖个洞，把它们埋了吧。"

"埋了就不心狠了？等于活埋！"

"为这棵树增加点儿肥料，也算死得其所。"

赵天亮拖长着音调说："好，听你这心不狠的。"说罢，他便动手挖坑，将那枕头填进坑里埋了，又用脚在平坑的土上踩了踩。正在这时，突然有人说了一句："干什么呢？"

两人吓了一跳，回头一看，张连长不知什么时候出现在他俩身后。

赵天亮停下脚："没干什么，埋了只枕头。"

"埋枕头？"张连长狐疑地看看他。

周萍赶紧纠正："不是，是耗子……"

"一个人说！到底是埋枕头，还是埋耗子？！"

周萍："耗子在枕头里下崽了，我俩刚才连枕头埋了。"

张连长指赵天亮，又指周萍："你、你，你俩别老往一块儿凑，谁知道你俩凑一块儿又给连里惹什么麻烦！听明白了？"

周萍小声地："明白了。"

连长转身走了。

赵天亮望着连长的背影嘟囔："咱俩也没老往一块儿凑啊！"

周萍道："咱俩以后注意就是了。"

尹排长手握镰刀，背手站在男知青宿舍前。一、二两班知青懒懒散散地走出宿舍，分班站在尹排长面前。二班的人个个头缠白布条，其上写着"坚持！""忍耐！""咬紧牙关！""不成功便成仁""男儿有泪不轻弹"，等等。

尹排长一一看着，不动声色地："都取下来。"

二班长带头，默默取下。

"揣兜里，留着，需要时缠刀把儿，包手。人家孙曼玲班长贡献了自己的床单，不是让你们男知青用来出洋相的。决心决心，心里有就行了。都吃早饭了？"

大家齐声地："吃了！"

尹排长目光转向赵天亮："赵天亮，你呢？"

赵天亮应道："我也吃了。"

尹排长点点头："我听说，有的人，为了多睡那一小会儿，连早饭都不吃，空着肚子就下地了。人是铁，饭是钢，不吃早饭不允许。不是'不行'，是'不允许'。你们两位当班长的，每天早上心里要有数，谁没吃早饭，要如实向我汇报。那，咱们就全排在这儿等他去吃完早饭……"

这时，齐勇突然站出来，说道："报告排长……"张靖严在旁边悄悄扯了他一下。

尹排长看在眼里，命令地："一班长，有话就说。"

齐勇扭头看看张靖严，犹豫了一下说："一班战士赵天亮撒谎，他没吃早饭！"

赵天亮怒视齐勇。

尹排长嗔责道："没吃就是没吃，有必要撒谎吗？没听到起床号？"

"听到了。起了几起，没起来，迷迷糊糊又睡过去了。"

尹排长大声地说："一班长，陪他去吃早饭。狼吞虎咽不行，成心耽误大家的时间也不行。立刻去吧。"

齐勇犹豫着，不太情愿。尹排长把脸一板："听到没有！"

张靖严想为他俩解围，便说："排长，请允许我陪赵天亮去吃早饭！"

"不行！一班长，赵天亮，出列！"

齐勇和赵天亮从队列里跨步出来。

"你们两个听口令！向右转！目标食堂，跑步走！"

齐勇和赵天亮遵命向食堂跑去。这时，二班长也报告二班的两名知青没吃饭，尹排长命令他们快去，于是，二班长也学齐勇，点出两名战士，跟着跑去……

食堂里，汤洋洋伏在卖饭的小窗口那儿，饶有兴趣地看着赵天亮和二班的两名知青大口大口地吃馒头，馒头还没咽下去就喝汤。

二班长看他们吃得这么急，便说："慢点儿慢点儿！别太急，不是代表一班二班在比赛嘛！是不是，一班长？"

齐勇瞪着狼吞虎咽的赵天亮："赵天亮，我可不是你阿姨，如果你再有第二次……"

赵天亮将汤碗使劲儿往桌上一顿，碗里的汤溅了出来，溅齐勇一脸。齐勇霍地一下子站了起来。赵天亮也站了起来，虎视眈眈地瞪着他。

二班长不想他们生事，劝道："哎哎哎，二位，你们这是干什么呢！别忘了全排都在等着！"

汤洋洋一转身，冲着正在忙活的魏明喊道："老魏，一班长要跟他的战士打架！"

魏明立刻放下手里东西，从厨房里走出。见齐勇先坐下了，接着赵天亮也坐下了，他又退了回去。

指导员和连长各拿镰刀走出连部的里间屋。见号手李鸣一手握着号，又在炕上睡着了。连长想叫醒李鸣，却被指导员制止了，指导员低声说："这孩子，每天起得比谁都早，让他睡吧。"

连长问他："团里要把咱们连的马车都调到水利工地去，你有什么招对付？"

指导员两手一摊："我也没招，拖吧。"

男知青宿舍门前，男知青们已经都坐在两挂大车上了，只有尹排长还在车下踱来踱去。

一车老板："老尹，别等了！让他们吸取次教训，走到地里去！"

尹排长瞪了对方一眼，意思是，我还没急呢，你急个什么劲儿！

赵天亮等跑来……

马车来到豆地地头，停在钻天杨下。豆地里，女知青们已在收割了。尹排长下了马车，二话不说，弯下腰就开始收割，男知青们也跟着割起来。

收割缓慢地进行着。尹排长紧割几下，割到了张靖严身旁。他靠近张靖严道："靖严，多包涵啊！"

张靖严抬头问："哪方面？"

"在宿舍门前的时候，我那也是想要树立一下我排长的权威。"

张靖严淡淡笑了笑："我猜到了，效果挺好。"

尹排长继续解释道："些个小知青我倒不怕镇不住他们，怕就怕齐勇犯起倔来不服我管。训他吧，他是老高二，得考虑他的面子；不训他吧，我排长没面子。"

"我认为，该训，那就得训！"

　　知青们先后割到地头，坐下休息。赵天亮找到了张靖严，走过去坐他身旁，惭愧地说："又使你受我牵连，挨了训。"

　　张靖严笑笑："如果你知道我和尹排长什么关系，就不会说这种话了。"

　　"什么关系？"赵天亮不解地问。

　　"他救过我的命。我刚来那一年，不慎被沼泽陷过一次，眼看要没顶了，他用他的皮带救了我……"

　　赵天亮尴尬起来："我还以为你们关系不好呢。"

　　张靖严搂了他的肩一下，兄长般地说："记住，只有当你特别了解一个人的时候，才有资格通过他的言行，这样以为或那样以为。尹排长是一个值得你多加了解的人。"

　　割倒豆棵的豆地面积越来越大，豆棵未被割倒的面积越来越小。日升日落之间，钻天杨的叶子一片片飘落了，连部墙上的日历被一页页扯下。马车来去的辚辚声里，日子就这样一天天过去了。冬天不约而至。

　　马车行驶在大雪中，车上人人身披雪花。

　　赵天亮在呆呆地想着心事。

　　"小黄浦"双手接雪花，问："这真是雪吗？"

　　"小地包"翻了翻白眼："不是雪是什么？"

　　"我不是没见过雪嘛！""小黄浦"将接了雪花的双手往脸上一捂，情不自禁地"啊"了一声。他忽然想起了什么，放下双手，受了骗似的又说："不对呀！这个月是几月？"

　　"还有两天过'十一'，你说是几月？"

　　"小黄浦"挠挠头，"我都快忘了有'十一'这一回事儿了！可北大荒九月末就下这么大雪，太早了吧？"

　　齐勇接过话头："是太早了点儿。往年怎么也得等到十月中旬才下雪，耿大爷，是吧？"

　　"可不！"赶车的老耿头点点头，"这是老天爷先打个招呼，告诉咱们今年肯定冷得早。这雪存不住的，别看下得挺厚，待会儿太阳一出来，一时半刻就化光了。"

大家来到豆地边上，再看那些豆子：割倒的也罢，没割倒的也罢，都被大雪结结实实地盖住了。

赵天亮担心地问老耿头："大爷，这不会使豆子也完了吧？"

老耿头："不会。凡是熟了的庄稼，都怕雨，不怕冻。雨一下起来没完，几天就长芽了。可冻在地里问题不大，像存在冰窖里，一冬天呢，慢慢往连里倒腾呗！"

指导员和连长也走了过来。

连长："就剩 小片豆棵还站着了，今天咱们争取全把它放倒！早割完，早收工！指导员，是不是这意思？"

指导员："对。还有两天过'十一'，今天割完了，明天就悄悄放你们假！算上'十一'两天假，总共四天假。两个月来，大家都造得不像人样儿了！大家的辛苦，我和连长天天都看在眼里。只不过由于形势逼人……"

不待指导员把话说完，二班长高喊："弟兄们，冲啊！"

"冲啊！"男知青们呐喊着，一齐向地里冲去。女知青们也跟在他们后面，不甘落后。虽然大家的热情很高，可事实上，在雪中割豆子，比平时更加困难，收割的速度更慢了。因为先得将雪拨开，使豆棵显现出来。

"小黄浦"对一旁的"小地包"说："我怎么觉得这不像是割豆子啊？"

"那像干什么？"

"像起地雷。"

后边有人接言道："像雪中起雷。"

"小地包"笑道："看来你们还是没累熊，干这种活儿还这么多话！"

"九月的雪怎么也这么冻手啊！""小黄浦"双手冻得通红，他放下镰刀，一边哈着气，一边搓手，又抬头望了望天，诅咒道，"太阳还他妈不出来！"

"小地包"警告他："哎，不许骂太阳啊！听老北大荒人说，天、地、山、河、太阳、月亮、一年四季，都是人不许咒的。咒了会有更不好的结果。"

"那叫迷信！就是迷迷糊糊地相信了！""小黄浦"回头看看，又悄声说，"后边没人，咱俩'打狼'了，咱俩歇会儿怎么样？反正也没人看到。"

"小地包"："那不好吧？"

"你这人，有什么不好的！""小黄浦"起身看一下，又蹲下相劝，"剩不多了，现在是围点打圆的战术，再有个把钟头，快的慢的就胜利大会师了。会师的时候，成心靠后，那也是可敬的风格嘛！"

"小地包"："你这是什么鬼逻辑！这样吧，你偷偷歇会儿，我不揭发你就是。"

"够意思！过会儿往回割，接接我！""小黄浦"说完，见"小地包"往前割去，便放了心。他仰面朝天一躺，将手伸入兜里掏，半天掏出块锡纸包着的东西，打开，是块巧克力，塞入口中。单手将锡纸揉成一个小团儿，按入雪中，显然是怕留下吃独食的蛛丝马迹。他闭上了眼睛，有滋有味地嚼着。

可没躺多会儿，他就感到脊梁冰凉冰凉的，好像上了冻。他赶紧坐起来，而屁股也和脊梁一样不禁冻，只好重新站了起来，一口咽下巧克力，睁眼望天，诅咒："这场讨厌的雪，让人想偷会儿懒都偷不成！"

偷懒不成，他索性拿起镰刀，又往前割去……

赵天亮和孙曼玲割了个碰头。在他们之间，只剩一棵豆秧了，罩着雪，像大白蘑。他俩几乎同时伸出了手和镰刀，又几乎同时缩回去了，反而谦让起来。

赵天亮："你割。"

孙曼玲："还是请你割。"

赵天亮拂去豆秧上的雪，再拨开豆秧根部的雪，默默作请的手势。孙曼玲不再谦让，轻轻一割，豆秧倒下。二人往地上一坐，互相看着。赵天亮被孙曼玲看得不好意思，将脸转向别处。

过了一会儿，孙曼玲突然说道："谢谢啊！"

赵天亮有些纳闷："谢什么？"

"我弟告诉我，你当班长那几天，对他确实很好。"

"好也不过才几天的事儿，那有什么可谢的。"

"我弟说，要不是那几天你对他好，即使我不调离七连，他自己也要坚决调离七连。所以，你当然值得我谢你。"

赵天亮顿了一下，问："齐勇现在对他怎么样？"

"反正我弟现在不闹着非调走不可了，大概说明齐勇不再欺负他了吧。但现在男一班的班长不是你了，是齐勇了，我有时候还是挺替我弟担心的。"

二人同时发现齐勇朝这里走来，齐勇也发现了他俩。双方互相不卑不亢地看着，仿佛在用目光进行较量。

集合的喊声打破了他们之间不和谐的气氛："集合啦！回连队啦！"

齐勇一转身走了。赵天亮也拉着孙曼玲站了起来，望着齐勇背影说："虽然现在我不是班长了，但我还是可以替你保护你弟弟。"

孙曼玲对他这样讲义气很感激："这我相信。我还相信，我自己也有能力保护得了我小弟。甚至，包括保护你。这你信吗？"

赵天亮笑了一下："信。"

"这是兵团，不是没有正义可言的地方，我才不怕他那种人。我只不过现在当了班长，得注意形象和影响。否则，哼！"

二人一边向地边走，一边继续说着。

"你知道齐勇他为什么欺负你弟弟了吗？"

"不知道。有些人天生就爱以强欺弱，我认为齐勇就是那么一个家伙。要不是你受处分了，轮不到他当班长。"

"齐勇……倒也未必就是你说的那一种人。"

孙曼玲不由得站住，似乎隐约感觉到了什么，问："你是不是知道些什么啊？"

赵天亮支吾着："这……我什么都不知道，真的。"

"你要是知道，不许瞒我们姐弟俩，那可就太辜负我们对你的友好了！"

赵天亮只好继续装下去："我确实不知道。"

孙曼玲忽然发现几名男知青把"小地包"围在中间，往他领子里塞雪，赶紧跑过去，推打那几名男知青："干什么你们！干什么你！"

"小黄浦"解释道："我们和他闹着玩儿。"

"有你们这么闹着玩儿的吗？我和你这么闹行不行？"孙曼玲也抓起一把雪，要往"小黄浦"领子里塞。"小黄浦"跑开，她不断抓起雪，揉成团，将那几名男知青打跑了，一转身，见弟弟在瞪她。她恨铁不成钢地："你呀你呀，怎么总是受气包似的，时时处处受人欺负？你让我操心操到什么时候为止啊！"

"小地包"非但没有感谢她，反而责备道："我怎么和别人闹着玩儿，还非得征得你的同意吗！你看你刚才那样子，简直像个疯婆子！真给我丢人！"

"小地包"悻悻而去。孙曼玲呆愣在原地。

方婉之走来，见孙曼玲脸上在流泪，诧异道："怎么了，一班长？"

孙曼玲委屈地说："我弟骂我是疯婆子，还嫌我给他丢人！"

方婉之故作严肃："这还行！连里能任命一个疯婆子当女一班班长吗？这不仅是对你一个人的侮辱，也是对所有女知青的侮辱，还是对连党支部的间接侮辱！我建议连里明天开他的全连批判大会，好好给你出气！"

孙曼玲被她唬住了，赶紧说："排长，那还是原谅我弟一次吧。"

方婉之"扑哧"一声笑了。孙曼玲这才明白方婉之在跟她开玩笑，也破涕为笑了。

食堂里，男女知青分两个窗口打饭。

"小地包"用筷子敲饭盒，唱：

两个馒头，两个馒头，叫一声掌柜的你听见了没有？哎欧欧欧……

女知青们笑起来。一名女知青对孙曼玲悄语："班长，你看你弟也挺能耍活宝的！"

孙曼玲极为欣赏地看着弟弟，有点儿骄傲地说道："他那可不是耍活宝，他那是乐观活泼。其实我弟可有幽默感了！"

"小地包"一发现姐姐在以那么一种小母亲喜欢孩子般的目光看自己，顿时大为索然。将身子一转，翻着白眼，悄悄祷告般地说："我这可是什么命啊！"

男知青们一律用筷子串着馒头，每人买到的都是绿色的馒头。

王凯瞅着手里的馒头自言自语："生平第一次吃自己割下的麦子，磨成的面粉，做成的馒头，却想不到是这颜色的！"

沈力安慰道："就当绿豆糕吃吧。"

杨一凡皱着眉，嚼着馒头："绿豆糕也不酸啊。"

"那就当成绿豆酸糕。"

食堂安静了，只剩赵天亮一个人了，他还没买饭，而是站在黑板前，在看黑板报，其上内容是关于张敢峰舍生救战友的事迹。

男一班知青宿舍里。大家都三五成群地聚在一起，吃着、喝着。"小黄浦"却背对大家，将饭盒放在窗台上，悄没声地吃。他偷偷从被子里取出阔口瓶，往饭盒盖上倒了些什么，又将瓶子塞入被子里。

杨一凡眼尖，把他的小动作看在眼里："哎，有人吃独食欻。"

"小黄浦"心虚地说："说我呢吧？我可什么好吃的也没独享，只不过往饭盒盖上倒了点儿盐，这汤太淡嘛！"

趁他转身说话之际，王凯溜过来，将他的饭盒盖拿走了。

"我饭盒盖呢？我饭盒盖呢？""小黄浦"一转头，见几个人在争抢着用馒头蘸他饭盒盖上的"盐"，他急了，"哎，你们干什么呀？！"说着，夺饭盒盖。

"我们也嫌汤太淡嘛！"

"上海带来的盐不也是盐嘛，一点儿盐面儿你也舍不得贡献啊？"

"这小子，真抠门儿！"

"小黄浦"看着一点儿"盐"也不剩的饭盒盖,损失巨大地嚷嚷着:"强盗,真是一伙强盗!"又将手伸入被中,这次却没摸出瓶子来。这一急非同小可,将被子掀开了,瓶子不知哪儿去了。

"小黄浦"急得冲齐勇嚷嚷:"班长,你管不管他们了?他们把我半瓶子……"他张口结舌,不知再往下怎么说。

"小地包"接口道:"半瓶子盐?这儿呢。"说着,扬了扬手里的"盐"瓶。

齐勇看了一眼"盐"瓶:"你想齁死呀?"

"班长,你也尝尝嘛,这上海的盐就是特别!""小地包"不管齐勇愿意不愿意,往齐勇的饭盒盖上倒了许多。

齐勇被"小地包"那一声"班长"叫得一愣,用舌尖舔了一下,连道:"好东西!好东西!"接着用馒头蘸了,大口大口地吃。其他知青一拥而上夺瓶子。

"小黄浦"急得直跺脚:"我抗议!我强烈抗议你们这种强盗行为!"

赵天亮一直坐在一个炕洞那儿烤自己的两个馒头,仿佛是聋子、瞎子,因而对周围的争夺吵闹不可能有反应似的。他站起来,一手馒头,一手饭盒,出入无人之境似的走了。他以为没有人注意他,可是他的举动却全被齐勇看在眼里。

赵天亮坐在马棚的麦草上——是他和张靖严睡过的那一片麦草,面前几块砖上摆着他的饭盒。他安安静静地吃着,旁边的马们也在安安静静地吃料。

饲养员老耿头一边拌料,一边劝道:"小赵啊,你长住这儿可不行。那会儿你们宿舍的一铺炕被麦子占了,你住这儿是没法子。现在你还不回宿舍去住,就不是那么回事儿了嘛!"

赵天亮咽下一口馒头说:"大爷,我只不过是喜欢静。"

"喜欢静?你当班长那时候怎么不这么喜欢静?你说你对处分你没什么

意见，可你住在这儿不回宿舍去，你班里人会怎么看你？你班长心里会怎么想？排长和连里知道了那也肯定又要批评你呀。再说，天快冷了，不睡火炕会生病的！"

赵天亮不再说什么，默默起身刷饭盒，一转身，见齐勇不知何时站在身后。

齐勇问："吃完了？"

赵天亮没理他，走向那片麦草。齐勇抢前一步，将他的被子褥子一卷，夹起。

赵天亮冷冷地说："你放下！"

齐勇反问："如果你还是班长，我还是你班里的战士，你会允许我一直住在这儿吗？"

赵天亮无言以对。齐勇拔腿便走。

老耿头："还愣着干什么？你班长说的明明在理嘛，有台阶就得下呀！"

赵天亮住回了宿舍，齐勇让他睡在自己旁边。两人都睡得挺别扭。天亮时分，齐勇早早地起了床，其他的人还都躺着。

外边传来孙曼玲的叫声："孙敬文，小弟！"

"小地包"跟大伙说："就说我不在！"

王凯喊："别叫了，孙敬文不在！"

"那替我告诉他，让他把脏衣服、脏袜子，还有该换的被单、褥单、枕巾什么的归拢在一块，我过会儿来取，好替他洗！"

"小地包"一听，立刻翻身起来叫道："姐，我在！这就给你送出来！"说完就动手撤褥单、拆被面。

傅正："谁替他说不在来着？被实用主义者出卖了吧？"

沈力酸溜溜地说："王八蛋才有这么好一个姐！"

还有知青伸着懒腰打着哈欠表示不满："睡够了的出去，还有没睡够的呢！"

二班长走进来，捅捅赵天亮，小声说："有人在河边等你，让你去见他。"

赵天亮疑惑地："谁?"

"你们班长。我在河边碰到他，他让我来告诉你。"

赵天亮揉揉眼睛，有些犹豫。

二班长："我把话可捎到了。去不去，在你自己了啊!"

"去。"

赵天亮在河边找到了齐勇，不远处有女知青们东一句西一句的唱歌声、笑声。

"离她们远点儿。"齐勇说罢，径自往前走。赵天亮犹豫一下，相跟着。二人来到一处地方，除了流水声、鸟叫声，再也听不到别的声音了。赵天亮在离齐勇几步远处，毫不示弱地瞪着齐勇。

"你那么瞪着我干什么?"

"开始吧。"

齐勇问："开的什么始?"

"你不是一心想要教训我吗?"

"你这是想和我打架的意思。"

"我这是再一次告诉你，我不怕你。既然非打一架不可，晚打不如早打。"

"好小子，扇我的火儿!"齐勇逼向赵天亮，赵天亮首先出拳，却上了齐勇的圈套，被齐勇顺势摔在地上。赵天亮爬起来，扑向齐勇，又被摔倒。如是三次。赵天亮咬着牙，将衣服往下一脱。

齐勇看着他，冷冷地说："你够了! 我找你来，不是和你打架的!"

赵天亮吼道："我就是不服你!"

"不服你也给我坐下!"齐勇首先在沙滩上坐下。

赵天亮犹豫一下，捡起上衣，往肩上一搭，与齐勇保持距离地坐下。灌木丛后，孙曼玲的身影一现，又迅速隐蔽起来。

齐勇问："知道我为什么对'小地包'那么凶吗?"

"他告诉我了。"

齐勇不由得扭头看他："你告诉别人没有？"

"他要求我别告诉别人，包括他姐姐。"

"那么，正是他说的那样。我们两家，是结下了仇的两家。我弟弟，由于他哥哥而死。他哥哥，因而被判了刑。我一看到他，就想念我弟弟，就恨他。即使看到他姐姐，也气不打一处来！自从他们姐弟俩来到七连，我还想要调走过呢！"

赵天亮打断他："为什么，你也告诉我这些？"

"因为张靖严告诉了我你擅自离开连队的原因！我和靖严是发小的朋友！发小你懂吗？就是从光着腚的时候就一起玩儿，一起长大的朋友。他那么喜欢你，那我拿你怎么办！我也要告诉你，我才不稀罕当什么班长！"

"我也不在乎。"

"错！大错特错！两年以后，对你的处分解除了，你还是得当一班长！还要争取当排长！凝聚知青的人，那当然得由知青中正直的、义气的、有同情心的、敢替知青说话的人来担当！这也是张靖严让我转告你的话！所以，你他妈别受了一次处分，就从此把自己看低了！"

二人片刻的沉默后，赵天亮小声问："那，你呢？"

齐勇站起，看着赵天亮说："我的心在马号。我太喜欢马了，超过别的知青喜欢开拖拉机！我的愿望是，有一天能接老耿头的班，做咱们七连的弼马温，将咱们七连的马，都养得膘肥体壮，生下许多小马驹儿！"

齐勇一说完，起身便走。

灌木丛后，孙曼玲坐在地上，呆了。

女一班宿舍的房子虽然歪歪斜斜的，墙泥也剥落了，但窗子却擦得明亮；上海女知青薛艳和谢菲正在擦她俩的铺位所临的那两扇窗。

一个敞开的窗口的窗台上，摆着插在罐头瓶里的野花——主要是北大荒的秋季特有的野百合花，红得像火；配以其他蓝、黄、白色的野花，看上去烂漫绚丽。周萍在面对窗口的地方写信。她坐着宿舍里那个木墩儿，将炕面当桌面。炕席和几页信纸之间，垫着一块从纸箱上剪下的纸板。

亲爱的爸爸妈妈：

你们好吗？

女儿萍萍在北大荒给你们写信。现在，女儿终于可以幸福地告诉你们，我已经是一名黑龙江生产建设兵团的战士了！爸爸妈妈，从现在起，你们可以骄傲地告诉别人，你们的女儿，她可不是一般的下乡知青，是兵团战士了。而且是边境团的兵团战士！冬季以后，要发给我们棉军装，还要发给我们枪的。这意味着，我们这一个家庭里，终于有一个人在政治上被信任了。这是我内心里最大的喜悦！女儿千里迢迢，不顾一切，死缠烂磨地跟着兵团的人们，现在看来是多么地值得啊！

爸爸妈妈，你们千万不要因为离开了我们在上海那个舒适的家而难过，更不要因为被遣送到了乡下而沮丧。上海有许多人家三代同堂挤在小小的房子里，我们一家三口住那么大的房子是可耻的。我们兵团战士有工资，以后，我每月至少可以寄给你们二十几元钱。比起姐姐来，我从小受到了爸爸妈妈更多的疼爱。现在，是你们的萍萍报答父母恩的时候了……

周萍抬起了头，她满脸幸福的表情，仿佛沉浸在美好的爱情中。

薛艳咳了一声，向谢菲示意，让谢菲注意周萍。周萍朝她俩转过脸去。薛艳用上海话问："周萍，在写情书吧？"

周萍："才不是呢，我在给爸爸妈妈写信。"

谢菲："给爸爸妈妈写信，样子那么幸福？"

周萍拿着信纸起身，走到她俩那儿，隔炕抻着信纸给她俩看："看是不是给爸妈写的信？"

薛艳谢菲对视一眼，都笑了。

谢菲把周萍拿着信的手推回去："跟你开玩笑嘛，这么认真劲儿的！"

薛艳有所触动地说："擦完窗，我也要给爸爸妈妈写信……"

孙曼玲突然从外面冲了进来，跑到自己的铺位那儿，双手反抱头，脸朝下趴在褥子上。周萍等三人吃惊地看着她。

周萍不由得走到孙曼玲的铺位那儿，小声问："班长，你怎么了？"

孙曼玲猛一翻身，大瞪双眼仰躺着。忽然，又猛地坐起来，大瞪双眼看她们三人。

谢菲小心翼翼地问："班长，你弟把你气成这样？"

薛艳也劝："班长，要我说，你当姐也当得太周到、太操心了。其实你不必……"

孙曼玲以手势制止她说下去："你们凭良心说，我对你们怎么样？"

谢菲赶紧表白："班长，我们三名上海女知青都在这儿了，我们可从来没在背后议论你对我们不好。"

薛艳也说："就是！我们来之前就听说，哈尔滨知青对我们上海知青印象很不好，挺排斥我们的。所以你当了班长以后，我们确实都担心你对我们也那样。但你没那样，对班里的哈尔滨知青、北京知青和我们三个上海知青，一碗水端平。甚至对我们的关心还更多一些……"

周萍和谢菲点头。

孙曼玲的目光落到周萍手中的信纸上："写信？"

周萍："是给爸爸妈妈写的，不信你看！"

"我可没权力看别人的信。"孙曼玲苦笑着站了起来，自感欣慰地说，"能听到你们三名上海女知青当面对我说，我这个班长当得还行，我心里太满足了。"看着周萍又说，"我弟要不是那样一个永远也长不大似的弟弟，是你这么一个性格温良的妹妹，那多好！"

她深深地拥抱周萍、薛艳和谢菲。

她们被拥抱得莫名其妙。孙曼玲动情地解释道："我不能当你们的班长了，我要申请调到别的连队去。我弟弟也必须和我一块儿调离七连。"

听她这样说，三名女知青不安了：

"班长，谁惹你生这么大气啊？"

"班长，你是个大度的人，别为一点儿小事儿置气嘛！"

"班长，求求你别调走，我们舍不得你！"

孙曼玲摇摇头："不是小事儿。换了别人是我，那也只有调走。你们三个，以后可要互相关心啊！尤其你们两个，要爱护周萍。谁要是拿她的家庭问题说事儿，欺负她，你们要敢于挺身而出！如果你们能这样……我……我就放心了！"

孙曼玲哽咽着说完最后一句话，噙泪冲出了宿舍。

周萍三人一时你看我，我看她。薛艳一屁股坐在炕沿，忧虑地说："要是吴敏当了班长，那我可就惨了！"

几名男知青在篮球场地上锄草。"小地包"和王凯、沈力拉着碾子碾压场地。

"敬文！小弟你过来一下！""小地包"闻声看去，见姐姐站在不远处。

"小地包"甩了绳套，不情愿地走向姐姐。

他走到姐姐跟前，脸不是脸鼻子不是鼻子地说："该洗的已经全都给你了，又有什么指示？"

孙曼玲拉着他："跟姐到别处说去。"

"小地包"回头朝篮球场地那儿看一眼，见王凯们都停止了干活儿，站在一起交头接耳地看着他们姐弟俩。

"小地包"："哪儿也不去，你有什么指示就在这儿下达吧，他们听不到。"

"别犯拧啊，跟我走。"孙曼玲将"小地包"拽到了僻静处才松手。

"小地包"揉着手腕，无奈又振振有词地："姐，有一点你好像一直没明白过来，我也是最近才替你想明白你的问题出在哪儿。"

"我有什么问题？！"

"小地包"："姐你认真听我说啊，你一直没搞明白这么一点——我已经不是小孩子了，我和你一样，是兵团战士了。你呢，只不过比我大一岁。你不是爸，不是妈，只不过是我的姐。你替我洗衣服什么的，那完全是你应该做的。但你不能……"

孙曼玲打断他："别说了！在北大荒，我就是爸！我就是妈！现在你听我说，咱俩必须调离七连！调到离七连越远的连队越好！"

"小地包"愣住了。

"你听明白没有啊？"

"小地包"摇头。

孙曼玲一反常态地说："你摇什么头！你不是刚一来就闹着要调走的吗？"

"小地包"反问："那会儿你不是不想调走的吗？"

"那会儿是那会儿，现在是现在，现在我改变想法了！"

"我也改变了。"

"我不管你改变没改变！我调走，你也得调走！我到哪儿，你也得跟我到哪儿！走，跟我去连部！"孙曼玲又上前拽"小地包"。

"小地包"一甩胳膊："跟你去连部干什么啊！"

"你说干什么啊！找指导员、找连长！跟他们声明，我们坚决要求调走！"

"我不是已经跟你声明了吗？我改变想法了！不想调走了！"

"你就愿意和齐勇一个连队啊？"话一出口，她立刻后悔了。

"小地包"低声地说："姐，你知道了？"

"你早知道了？"

"我在哈尔滨见过他，我一到连队，他一眼就认出了我……"

"可是你却一直让姐蒙在鼓里！你还当我是你姐吗？"孙曼玲又着急又伤心，一时失控，哭了起来。

"小地包"轻轻地拍了拍姐姐的背："姐，现在我已经喜欢上七连了！我和七连的知青、七连的老战士都熟了！再让我陪你调到别的连队去，那一切一切，不是又都陌生了嘛！七连不光是他齐勇的七连，也是我孙敬文的七连！更是你孙曼玲的七连！因为你孙曼玲不仅仅是一般的七连战士，还是女排第一班班长！"

孙曼玲静了一下，哭得反而更伤心了："你居然不叫我姐了，开始叫我的名了！小弟，不管你怎么说，你也非得跟我去连部不可！不是你陪我调到别的连去，是我陪你调到别的连去！跟他齐勇在一个连队太不安全了！哪一天他如果又犯混，姐不在场，他对你下起毒手来怎么办？今天我就代表父亲、代表母亲！我的话你听也得听，不听也得听！调走不调走依不得你！"说着，上前拽"小地包"。

"小地包"也急了，一推，孙曼玲跌坐在地。"小地包"欲上前扶起姐姐，可只往前走了一步就停住了。

姐弟二人互不妥协地对视着。

"小地包"猛转身跑了。孙曼玲眼睁睁望着弟弟的背影，坐在地上伤心极了。

方婉之正在连部织毛衣，忽听到门外有人喊"报告"，一抬头，见是孙曼玲，问："小孙啊，有事儿？"

"排长，我要找指导员和连长。"

"指导员在连长家睡觉。自从麦收以来，他俩和大家一样，都没踏踏实实睡过一个整觉。肯定都喝了点儿酒，一块儿补觉呢。有什么事儿跟我说也行，我在替他俩值班。"

"排长，我的事儿，你肯定做不了主。"

方婉之停止了织毛衣，说："先坐下嘛。做得了主做不了主的，你说说看，啊？"

孙曼玲坐在方婉之对面，吞吐地："排长，我得调走。我弟也得调走。随便把我们调到哪个连队去都成。总之我们姐弟俩必须调走，离七连越远越好！"

方婉之试探地问："跟班里的战士闹矛盾了？"

孙曼玲摇头。

方婉之恍然大悟："那，我明白了。"

孙曼玲眼圈红了："排长，你不明白。"

"带手绢了吗？"

孙曼玲点头。

方婉之柔声地："掏出来。一会儿想怎么哭，就怎么哭。流泪是咱们女人的特权，我跟你一样年龄的时候，动不动就哭。"

孙曼玲用手绢一角缠绕手指，低着头说："排长，我的要求，你做不了主吧？"

"我确实做不了主。不过呢，有一天你也许会要求调走，我、指导员、连长、尹排长、张靖严，我们支部五个人都是有思想准备的。你才当了两个多月班长就要求调走，这倒是我没有想到的。"

孙曼玲疑惑地望着方婉之。

"因为齐勇在七连，所以你弟弟曾要求调走，现在你又要求调走，对不对？"

孙曼玲张了张嘴，一时诧异得说不出话。

"你弟弟要求调走，指导员问他原因，他不肯说。齐勇打了你弟弟，指导员问他原因，他也不肯说。指导员生气了，限他三天，要么书面说明原因，要么把他调走。他是舍不得离开七连的，所以交来了书面说明。于是呢，我们也就知道了你们两家之间的事情。"

"排长，他弟弟已经死了，我哥哥也在服刑了。万一哪一天他看着我弟不顺眼，万一我弟也有个三长两短……我们两家，不是就结下深仇大恨了吗？那我们的父母……那不太可怕了嘛！……"孙曼玲几乎不敢想下去，到底忍不住，又泪汪汪的了。

方婉之语调和缓地劝解："小孙啊，齐勇在给支部的信中保证，他再也不会故意找碴子欺负你弟了。他当了一班长后，又主动向指导员表示，在任何一种危险的情况之下，他都会不顾个人安危地保护你弟弟，像正规部队的班长保护任何一名战士一样。他这种表态，使支委们都很受感动。我是女排排长，支部将和你沟通这一情况的任务交给了我。我呢，也一直想找一个适当的机会和你沟通。我认为今天就是一个适当的机会。我个人的做人原则是：在同志关系中，在战友关系中，如果相信多一些，怀疑少一些，某些事儿就会朝好的方面发展。反过来，往往会朝更坏的方面发展。即使你和你弟调走了，那不也还是在一团的某一个连队吗？即使你和你弟调离了一团一师，那不也还是在北大荒吗？纸是包不住火的。你们调走的原因，肯定会引起种种流言蜚语。那对你们姐弟俩和齐勇双方面，不都很不利吗？那样你们双方就永远不会再见面了？万一在探家路上见到了呢？万一在哈尔滨见到了呢？是不是更会像仇人一样呢？"

孙曼玲听着听着，情绪渐渐平静。

方婉之开了办公桌抽屉的锁，翻出几页折着的纸，问："这就是齐勇写给支部的书面说明，你想不想看一下？"孙曼玲朝那几页纸瞄一眼，摇了摇头。

"我也认为，你不看也罢。什么时候又想看了，我可以随时让你看。"方婉之将几页纸重新锁入抽屉，又说，"小孙，我可以很负责任地告诉你，其实齐勇是一个不错的青年。他很正直，也很善良。据我们了解，他戴过红卫兵袖标，可是从来没有做过伤害别人的事情。更没有做过伤害师长的事情。他在学生时代结识了一位大学老师，有人来到北大荒，来到连队，想要从他口中收集关于那位大学老师的罪证。询问就是在这里进行的，他一听全是不实之词，起身就走，无论对方们威胁也罢，劝诱也罢，他就是不在对方们带来的材料上署名。连里的黑马'乌云'早产了一头小马驹，请来的兽医都说活不成了，他也还是日夜照料。小马驹最终没活成。他在埋小马驹的地方，呆呆坐了几个小时。这样的一个人，你认为你们姐弟俩和他在一个连队，真的会那么不安全吗？"

孙曼玲低着头，不说话了。

男知青们都在院子里打篮球。男一班宿舍里，只有赵天亮一个人。他将枕头拆开一条缝，左右看看，从内衣兜里掏出哥哥赵曙光交给他的那一封信，塞入枕头内。

"赵天亮！"

他一抬头，"小地包"已经叉着腰站在他面前了。

"小地包"质问："赵天亮，我对你究竟怎么样？"

赵天亮有些诧异："你什么意思？"

"小地包"追问："正面回答，我对你究竟怎么样？"

"你对我很好，很信任我。可我对你也很好啊，也很信任你啊。"

"小地包"咬着牙，愤愤地说："你却出卖我！原来你根本不值得我信任！"

赵天亮站了起来："我要求你把话说清楚！"

"那件事儿你为什么要告诉我姐？！"

"关于齐勇的事儿？我没告诉你姐！"

"那我姐怎么会知道？！"

"那你应该问你姐！"

"小地包"挥拳打向赵天亮，却被赵天亮一把擒住了手腕。正在这时，齐勇走了进来，见状一愣。赵天亮和"小地包"这才都放下了手。

"掰腕子呢？"齐勇装傻问道，他转身坐在炕沿，边脱鞋边又说，"明天，连里派我赶马车去县城为食堂采购，想去县城逛逛的，都可以向我报告，当然也包括你俩。"

坐在河边的赵天亮手拿一根长长的柳条，用柳条梢钓鱼似的轻轻击点水面，若有所思。河的上游，吴敏漂完最后一件衣服，起身拧时，望见了赵天亮。她再朝连队的方向望望，见来路无人，低头略一寻思，笑了。

"可以吗？"

赵天亮一回头，吴敏妩媚地冲他笑——起码她自认为笑得一定妩媚。赵天亮面无反应，怔怔地看着她。

吴敏淑女般彬彬有礼："我的意思是，我可以坐在这儿洗衣服吗？"

赵天亮点点头。

吴敏蹲下，从盆里拿起刚才拧干了的一件衣服，在河中表演似的漂呀漂的。赵天亮手中的柳条梢仍轻轻击点水面，也仍盯着柳条梢发呆。

吴敏瞄他一眼，哼唱：

九九那个艳阳天那哎嗨哟，
十八岁的哥哥坐在小河旁；
风车呀吹得滴溜溜地转呀，
蚕豆的花儿鲜，麦苗儿新。
…………

吴敏停止哼唱时，赵天亮说："你嗓子挺好。"说时，并未朝吴敏看。吴敏的嗓子确实不错，然而在赵天亮，只不过是随口一说。

"谢谢你的夸奖！"吴敏的脸转向了赵天亮，又妩媚地一笑。却白笑了，因为赵天亮还是不看她。

吴敏声音柔柔地说："天亮……"

赵天亮终于朝她转过脸，因为她的声音，还因为她叫他"天亮"而不是"赵天亮"。但他仍是一种面无表情的样子，只不过奇怪罢了。

吴敏问："陷入了少年维特的烦恼吗？"

赵天亮："维特是谁？"

"外国小说中的人物。"

"我没看过外国小说，只看过一部中国的。"

"哪一部？"

"《水浒传》，看的还是连环画。我没烦恼，只不过在想些心事。"

"我们知青的心事，起初往往跟家庭有关。你家几口人？"

"四口。"赵天亮如实答道。

接下来的对话，审讯似的一问一答。在吴敏，是迫切想要了解的欲望使然。在赵天亮，仍是信口一答而已。只不过吴敏的语调是柔柔的。

"都什么人？"

"父母，哥哥和我。"

"父母什么工作？"

"父亲是军人，母亲是军医。"

"哥哥呢？"

"在陕北农村插队。"

"怎么没跟你到兵团来？"

"因为……某种特殊的原因。"

"对你的将来，你爸妈怎么考虑的？"

"他们没跟我说过，我也没问过。"

"那你自己怎么考虑的呢？"

赵天亮又一次向吴敏转过了脸："考虑什么？"

"人总得考虑自己的明天、后天呀，比如恋爱、结婚、小家庭安在哪儿这类事儿……"

赵天亮用柳条抽了一下水面："说点儿别的行不行？"

吴敏知趣地沉默了。她又瞄赵天亮一眼，手一松，让衣服漂走了："哎呀，我的衣服！"

衣服已漂到河中央了，赵天亮连鞋也没脱，赶紧下河，他捞到衣服，拧几拧抛给吴敏。

"谢谢！"吴敏妖媚地笑，还无邪地眨了眨眼。

赵天亮背转身脱下上衣，拧干水。

吴敏甜蜜地笑着说："我们……真像保尔和冬妮娅刚认识的情形……"

赵天亮也想了一下："那电影我看过。保尔我也崇拜。但我觉得不像。保尔在电影里没为冬妮娅下河捞衣服。"

"我刚才说'可以吗'？冬妮娅在电影里和小说里都是这么说的。"

"小说我没看过，冬妮娅在电影里怎么说的，我也不记得了。"赵天亮的语调始终淡淡的，却也说不上故意地冷。他只不过对吴敏的话一概不感兴趣而已。还有一点很重要，显然的，吴敏的形象对他完全没有吸引力，这是连上帝都没辙的。

吴敏试探地问："我以后，能经常找你吗？"

赵天亮转过了身，不解地："找我干什么？"

"聊聊天，交流交流思想呗。"

"那可不行。我刚受处分，再有个女知青经常在宿舍外叫我名字，那成什么事儿？再说我头脑里也没有什么思想好和别人交流的。"

吴敏的脸色难看起来。这时，有人笑着走过来。二人同时扭头看去，见是周萍夹着盆也来洗衣服。吴敏白了周萍一眼。周萍心怯，顿时收敛了笑容。吴敏夹起盆，怏怏地走了。

周萍看着吴敏的背影："她生我气了。"

赵天亮有些奇怪："是吗？我没注意。她嗓子挺好的。会游泳吗？"

周萍摇了摇头。

"河中央水可深啊！不会游泳，要是衣服漂走了，千万别下水捞。"赵天亮的话听来像是大人在对孩子说，周萍也孩子似的点头。

赵天亮刚要转身走，周萍叫他："哎！"

赵天亮站住，回头看她。

周萍一笑："猜我刚才看见什么了？"

"什么？"

"水獭！"

赵天亮萎靡的精神为之一振："真的？"

"不骗你，两只！仰在水面上互相闹着玩儿。可机灵啦，我脚步稍微一动，它们就感觉到了，'吱溜'钻进水里去了。"

"想不到咱们这儿还有那东西！水獭皮可太值钱了。"赵天亮兴奋起来。

"我打听过了，供销社就收，一张水獭皮能卖八十多元呢！夜里，它们肯定都猫在窝里睡觉……"

"我也听说，那东西有几个洞口呢，一般人是逮不着的。"

"要是咱俩联手呢？"周萍建议道，"不管逮着两只还是一只，卖了钱咱俩平分！"

赵天亮沉吟半晌："对耗子崽你都那么慈悲，怎么对水獭反而不了？"

周萍见他这样问，只得以实相告："一码说一码。我离开上海的时候，只带了五元钱，幸亏班里的战友都肯借给我。我太缺钱了，我爸妈也太缺钱了……"

赵天亮想了想："这样吧，如果两只都逮着了，我那只不卖。我要求老职工做成皮帽子，寄回家给我父亲戴。如果只逮着 只，我一分钱也不要，算帮你。"

"那不行！"

"那还不行？为什么？"

"占别人便宜的事儿我不做。如果只逮着一只，卖了钱咱俩平分！要不，这件事儿咱们不说了。"

"你还真有原则。好，听你的。"

周萍伸出了小手指："拉钩！"

赵天亮犹豫一下，笑了："这是小孩子的做法！"

但他也伸出了小手指……

夜色深沉，月光淡淡地照着流淌不息的河水，有两个人影在河边的草丛里晃来晃去。

周萍趴在一个洞口，吹冒烟的草，赵天亮攒一把干草走来，递给蹲在地上的周萍，然后自己也蹲下身。周萍接过干草，赵天亮划了根火柴，把干草点着。

赵天亮往黑乎乎的洞里张望："奇怪，咱们把另外两个洞口堵住了呀，怎么熏不出来呢？"

"会不会有第四个洞口？"周萍猜测道。

"不会吧？狡兔也不过才三窟呀！你自己都熏出眼泪了，我来吹一会儿。"

周萍从洞口让开，一手抹泪，一手接过电筒，照着赵天亮吹草。过了一会儿，她忽然省悟道："别吹了！"

赵天亮也被熏出了泪，抬头看周萍。

"咱们真傻！不该把两个洞口都堵住，应该留一个洞口，有一个人守在那儿！"

赵天亮一拍脑门："对，对！谁去扒开一个洞口？"

"还是你去吧！这儿是熏，那儿是逮，你逮比我逮把握大！"周萍说罢，用嘴叼电筒，把上衣脱了下来。

赵天亮一愣："你……"

"你也得把上衣脱下来呀！要不用手逮呀？逮住一只，就用衣袖把它扎在衣服里。"周萍说着，已脱下了上衣，上身只着一件红色的无袖小衬衣。

赵天亮正脱上衣，几支手电光忽然照向他俩，照得他用手挡眼——不知什么时候，一些人已经悄悄包围了他俩。

连长厉声喝道："什么人？站起来！"

"我……赵天亮，她是周萍……"赵天亮边说边站了起来，匆忙地将上衣穿上。周萍也站起来，一边扣衣扣，一边侧转身。

连长哼了一声："又是你俩！深更半夜的，你俩跑这儿干什么勾当？！"

赵天亮有些不悦："说话别这么难听啊！连长也没权力对别人想说什么就说什么！"

除了吴敏，其他人都将手中的电筒关了——她成心用手电筒继续照周萍。

周萍一边躲避着手电光一边说："我们……我们想逮住两只水獭……"

吴敏冷笑道："逮水獭你俩脱衣服干什么？"

"想用衣服逮……"周萍小声辩解。

"那也用不着两个人都脱衣服吧？"

"发现了两只水獭……"

"咱们都来过河边，怎么谁也没发现过水獭，这种谎话大家信吗？还预先弄个坑，点把草，跟真事儿似的……"

赵天亮瞪了她一眼："我扇你！"

吴敏一笑："怎么，恼羞成怒啦？"

"住口！我还没问什么呢，轮不到你说这么多！"张连长喝止她，"水獭究竟在不在洞里啊？"

不远处传来扑扑通通两声，似乎是什么活物落水的声音。孙曼玲等几名女知青跑到岸边，用手电照河面，孙曼玲大声叫道："连长，是水獭，爬对面岸上去了！"

张连长看了赵天亮和周萍一眼："哼，就你俩，还想空手逮着水獭！都给我回连队去！"

回到女知青宿舍，吴敏脱下脚上的湿鞋湿袜子，往地上一摔，对周萍蛮横地说："你给我洗啊！"

周萍看了一眼地上的鞋袜："你凭什么让我洗？"

"因为找你弄湿的！"

"我求你找我了吗？"

吴敏理亏："你！你还有理啦？"

"雷锋日记怎么说的？对同志要像春天般温暖。虽然我让大家都糊里糊涂地往河边跑了一次，那你也应该向雷锋学习。"

吴敏竟往炕上一站，指着周萍冷笑："你不要搞错！你算我哪门子同志？到北大荒来你还穿双皮鞋！你浑身散发着资产阶级臭小姐的气味儿！"

周萍冷冷一笑："那是因为一些像你这样的人，把我家抄得底朝天，连一双鞋都没给我留下。那双皮鞋，是和你完全不同的人送给我的。幸亏有那双皮鞋，否则，光着脚我还跟不到北大荒呢！"

其他的女知青默默地看着她俩争吵，对周萍敢于顶撞吴敏，内心里都是支持而且佩服的。

"抄你的家，是像我这样的人的革命行动！送给你皮鞋的，是阶级阵线不清的人！"

薛艳插嘴道："你有完没完啊？你想把周萍打翻在地，再踏上一只脚啊？"

谢菲也说："就是！林丽还送给周萍一双鞋呢，难道林丽也阶级阵线不清？"

林丽不服气地瞥了吴敏一眼："她敢这么说我！"

看到这么多人帮周萍说话，吴敏不但没有示弱，反而振振有词起来："你们结帮结伙，互相包庇！毛主席教导我们说——千万不要忘记阶级斗争！又教导我们说——资产阶级是不会自行退出历史舞台的，好比一个人死了，尸体却仍留在我们之间，在我们之间腐烂，发臭，毒害我们的健康……"

孙曼玲洗罢脚，走到吴敏跟前，双手叉腰，听吴敏背完后，冷冷地说："那不是毛主席的话，那是列宁的话。毛主席语录第一百零二页第二条是一段什么话？背！"

吴敏被突然的发问给问蒙了，她眨巴眼睛张口结舌。

孙曼玲继续问道："第五十二页第一条又是一段什么话？背！你不是挺能背的吗？"

刚才还神气十足的吴敏这下子可呆如木鸡了。

"伟大领袖毛主席教导我们说……"孙曼玲一口气背了若干段语录，越背越快。背到最后一段，简直像背绕口令。包括吴敏，每一个人都听呆了。

孙曼玲指着吴敏说："我告诉你吴敏，以后还少来你那一套！论背语录，我能从第一页背到最后一页！我还要告诉你，你有一个靠造反当上了芝麻官的爸没什么了不起！"

吴敏恶狠狠地说："不许你污蔑我父亲，他是响当当的造反派！"

"我爸还是苦大仇深的工人阶级一员呢！我爷爷也是！我爷的爸是雇

农！我爷的爸的爸也是雇农！打从清朝那会儿就闯关东了，那时哈尔滨还只不过是个小屯子！不是穷人能背井离乡闯关东吗？一物降一物这句话你听到过没有？我就凭我这种一红到底的出身，吴敏我要降住你！不许你在我当班长的女一班动不动就来刚才那一套！"孙曼玲的话说得像机关枪扫射一样快，嘎巴溜脆。

吴敏被威慑住了，无言以对，只好一声不吭地坐下了。

────第 7 章────

夜晚的男一班宿舍，鼾声此起彼伏。赵天亮和齐勇在低声悄悄说话。

齐勇面朝赵天亮躺着："我要求你，明天必须去。"

赵天亮仰面躺着："不去。"

"为什么不去？"

"你没权力要求我非得跟大家一块儿去玩儿。明天是假日，我想怎么过就怎么过。假日里我是自由的。"

齐勇："那，就算我请求你。一块儿去县城玩一天，可以增进团结。"

赵天亮："明天再说吧。"他一翻身，背对着齐勇了。

齐勇也一赌气翻过身去，嘟囔："来这套！"

其实，赵天亮并不是因为齐勇当了一班长而成心和他闹别扭，搞对立。他也不得不承认，原来齐勇比他会当班长。他只不过是在牵挂着陕北那个叫坡底大队的地方，牵挂着在那里插队的哥哥和晓兰姐，牵挂着那么亲热那么实在地对待他的王大娘 家，牵挂着那个叫春梅的可爱的女孩儿。长这么大，他头一回体会到了牵挂的滋味，那好比一个人被一劈两半儿，另一半儿留在某个地方了。

而且，长这么大，赵天亮头一回拿眼看到了，中国居然有那么贫穷的地方，居然有连口清水都喝不上的地方。他也不知自己的父母给哥哥寄去钱没有。如果没寄，哥哥不是每天都在空盼吗？他是那么地理解哥哥，哥哥不自己写信向父母借钱，却让他捎话给父母，那是因为哥哥心里觉得惭愧啊！可没有钱，哥哥又怎么能为坡底大队解决水的难题呢！

除了牵挂，还有一种巨大的不安开始笼罩着他。那就是哥哥交给他的那封信。

他很后悔拆看了那封信，也有点儿庆幸他拆看了那封信，他庆幸毕竟知道了那个信封里的信，有炸弹一样的可怕威力。知道总比不知道好！他想干脆把那封信撕了，但又清楚哥哥是多么希望张敢峰能看到他的信，所以不忍把张敢峰牺牲的事儿告诉他。他终于明白了，为什么有些人认为哥哥是一个有思想的青年。也终于明白了，原来一个人头脑里有思想也会是件可怕的事情。尽管他已经将那封信缝在枕头里了，但内心里还是因为它的存在而忐忑不安。他真希望哥哥并没有什么思想，那他就不必为他担惊受怕了。

陕北，坡底大队，崖畔上的春梅，信天游的歌唱，"俄罗斯病了、俄罗斯病了"的字句……赵天亮的脑海在猛烈激荡。

"不！"赵天亮猛地坐起，大叫。

灯亮了。每个人都欠身看着赵天亮。

赵天亮将衣服裤子叠了叠，卷了卷，当枕头，搂着他的枕头又躺下了。

"小黄浦"："我刚要睡着，吓我这一大跳！"

杨一凡："枕衣服，搂枕头，什么毛病！"

天亮了。

"小地包"醒来，发现自己手背上有字，吃惊地："谁在我手背上写字了？"

"小黄浦"："鬼！"

黄伟："女鬼。漂亮的吊死鬼。"

王凯："夜里做花梦了吧？"

"小地包"："见你们的鬼去！"他看手背，不仅一只手背上写了字，两只手背上都写了字。

沈力一边起身穿衣服一边说："咱们想见鬼还见不着呢，她对咱们的手也没兴趣啊！"

杨一凡："哎，'小地包'，鬼在你手上写的什么呀？"

魏明："曾经沧海难为水，除却巫山不是云是吧？"

"小地包"："穷贱什么呀！逗你们玩儿呢，还都当真了！"

胡思乱想了一整夜，赵天亮还是不想去。但齐勇放下了话，赵天亮不去，谁也别想去。赵天亮不想扫大家的兴，只好跟着大家上了马车。

马车不快不慢地行驶在路上，车上坐着男一班全体战士。

"小黄浦"："二班的人对咱们一班的人眼气死了！"

王凯："眼气也白眼气。咱们的班长是谁，他们的班长是谁啊？那好比的吗？"

沈力用胳膊肘拐了他一下，朝赵天亮努了努下巴。赵天亮反坐车上，双手揽膝，凝望远处。

齐勇："沈力说的吧？这话我爱听。从你们北京知青口中说出来，我这个当班长的哈尔滨知青尤其爱听！"

赵天亮脸上毫无反应，不知是真没听到，还是假没听到。

杨一凡见"小地包"袖着双手，奇怪地："怎么，你冷呀？"

"小地包"搪塞："习惯。习惯而已。"

杨一凡："还而已？伙计们，他手背上肯定真的有字！"

"小地包"慌了："没有没有！我说没有就没有……"

王凯："有还是没有，咱们看看不就真相大白了？"

于是几个北京知青一拥而上，将"小地包"按住，要把他双手从袖子里拽出来。

黄伟对傅正说："咱们不干预。"

傅正："干脆腾地方吧。"

于是他俩跳下马车，跟着车走，事不关己高高挂起地看着车上的人闹成一团。

"小黄浦"明哲保身地说："我也别碍事。"

他也跳下了车。

赵天亮也跳下了车。

"小地包"的双手终于被从袖子里拽了出来，他双手竟戴着那种用袜子改成的"手套"，而且一黑一白……魏明："看来昨天半夜，宿舍里还真闹鬼了！"

傅正："那么，得成立红色打鬼队了。"

"小黄浦"："看，那是谁？"

"小地包"手上的"手套"虽没被扒下来，车上的几个却顿时安静了——前方路边上，匆匆走着一名女知青。

齐勇喊了一声"驾"，马儿们撒开四蹄跑了起来，铃声哗哗作响。走在前面的女知青听到后面的马蹄声和车铃声，停住脚步，转过身来。是周萍。

"吁！"齐勇把马车停在周萍身旁，"哪儿去？"

"团部。"

"路过，上来。"

周萍向车上满满坐着的男知青看了看，有些犹豫。

齐勇催促道："上来呀。"

"行吗？"

"这有什么行不行的啊，快上。"

周萍还是犹豫："我怕……他们讨厌我。"

齐勇回头问："有异议吗？"

车上众人异口同声道："没有！"

齐勇："敢有！谁有我让他下去！"

王凯伸出手，将周萍拽上马车。

马车继续向前，一班知青都已坐在了车上。"小黄浦"和赵天亮恰坐于周萍左右。由于多了周萍，小伙子们都庄重了，矜持了。

"小黄浦"不停地用手拢他的分头，问："周萍，上团部干什么呀？"

周萍："寄信。"

"小黄浦"惊讶地："来回七十多里呀，交给通讯员不就行了吗？"

周萍："通讯员三天才去一次团部呢，我希望爸爸妈妈早点儿收到我的信。"

"小地包"："乖乖，什么重要的信啊，值得来回走七十里？"

周萍："也不是太重要的信，就是封一般的家信。"

"信"这个字，使赵天亮下意识地按自己的上衣兜，衣兜瘪瘪的，没东西。他赶紧又掏别的衣兜，神色慌张起来，冲着齐勇喊："停一下！"

齐勇勒住马，回头看他。

"我一封信没有了，你们谁看见一封信了？"

大家互相看看，都摇头。

王凯："会不会掉在路上了啊？"

齐勇不高兴地说："实在不想和大家一块儿去，干脆直说啊，别一惊一乍的，像演戏似的！"

赵天亮一拍额："想起来了，没丢没丢！"

马车驶进县城，在一家饭馆前停下来。上次齐勇遇见的那位老交警走过来，绕马车转。

齐勇笑着对他说："我一说您这人多么多么好，我班里战士都特感动，都想来认识认识您老人家。"

"别老人家老人家的，我才四十多。也别套近乎。"老交警板起脸，公事公办地说，"这儿也不许停马车。"

齐勇："就停一会儿。大中午的，我们总得吃顿饭啊。"

老交警："没人不许你们吃饭。街口往左拐，有处大车店，停那儿去。那儿还负责喂马，饮马。"

"那什么，我们还给您带了点儿木耳猴头什么的……"

老交警不客气地一伸手："拿来。"

齐勇挠头："是想着给您带，可……来得一急，忘了……"

老交警白了他一眼，不再说什么，板着脸，朝街口晃大拇指。

周萍"扑哧"笑了。

停好马车，大家又走回饭馆。

"小黄浦"和"小地包"一边一个开着门，齐勇率先走进去。

饭馆迎门墙上贴着大红纸，上写"高高兴兴，迎接国庆"。

饭馆里没什么客人。老板娘看上去三十几岁，笑着迎上来，殷勤热情地说："这不明天'十一'了嘛，下午县城就放假，所以没人在外吃了，我们也要关门了。"她一边说着，一边打量夹在男知青中间的周萍。周萍不好意思起来，直往赵天亮身后闪。

齐勇问："有什么吃的？"

老板娘："包子、馒头、糖三角，什么干粮都有。汤可以现做，快得很。想吃面条也行，有挂面。"目光仍然停在周萍身上。

齐勇："都上点儿。再炒几盘菜。"

黄伟："不用做汤了，煮点儿挂面，连汤带水儿的。"

其他人都已分两桌坐下，周萍坐在赵天亮和傅正之间。"小黄浦"从另一桌走过来，对赵天亮说："咱俩换换地儿。"

赵天亮刚欲起身，周萍暗中扯了他一下，他又坐下了。

周萍对"小黄浦"说："我还有事儿问他呢。"

"小黄浦"又对傅正说："那咱俩换换。"

傅正："你什么毛病？"

"小黄浦"讪讪一笑："我也有事儿跟她说。"傅正只好起身跟他换了座位。

齐勇将一些钱点给老板娘，说："剩下的钱，找给他们谁都行。"

老板娘还伸着一只手："粮票。"

齐勇一愣："糟了，还真把这事儿给忘了！"

沈力："看来这顿饭要吃不成。"

"我想到了。"赵天亮掏出钱包，低头说，"北京粮票。"

老板娘摇摇头。

周萍问："上海的呢？"

老板娘："更不行了。要么黑龙江的，要么全国的。上级规定，其他省市的地方粮票一律不收。"

齐勇："大嫂，我们可是兵团的。"

老板娘："一进门就看出来了，兵团的下馆子也得付粮票呀，党中央毛主席又没发文件说你们可以例外！"

齐勇："大嫂，您看这么着行不行，我呢，多付些钱，您好歹让我们吃上这顿午饭。"

老板娘："让我犯错误啊？每月进了多少斤粮，收了多少斤粮票，月底得对上账，差半斤八两的都是个事儿。"

大家面面相觑。

赵天亮："这样吧大嫂，您呢，好歹先让我们把饭吃上，我们呢，保证给您个满意。如果您不满意，那可以把我们这位女战友扣下。"

全体意外。周萍脸上表情更是愕然。

齐勇用手指朝赵天亮钩了几钩。赵天亮随齐勇走到门外。

齐勇小声但严肃地说："打的什么主意？"

赵天亮："你安心吃就是了。"

"可我不能陪你们吃，我还有点儿急事儿要去办。"

"那你就办你的事儿去，这儿交给我了。"

齐勇担心地："你可别给咱们一班惹麻烦！"

赵天亮："我是那种麻烦不断的人吗？不就受了一次处分嘛！"

齐勇拍赵天亮的肩："好，我信任你。"

赵天亮伸出一只手："钱留下。"

"饭钱我都交了，还多呢。"

"不是饭钱。你昨晚说的，谁来，还发两元零花钱。"

齐勇："我那是随口一说，那是策略。"

赵天亮："可大家都是当真的。你作为班长，郑重其事说的话，不兑现不好吧？"

齐勇："这……我也没带那么多钱呀！"

赵天亮的手仍伸着："那就有多少算多少吧，我替你解释。"

"我这班长当的！"齐勇无奈地掏出钱包看了看，抽出几元揣自己兜里，将钱包拍赵天亮手里了。

"这就对了。"

"对什么对呀！"齐勇从赵天亮头上扯下军帽，戴自己头上，转身便走。走几步，回头喊，"替我纠正我的话啊，我说是借给，不是发给！周萍例外。"

赵天亮："哎，你哪儿去？"

齐勇："回大车店！"

大家在饭馆里狼吞虎咽，吃得盘碗精光。

赵天亮忽然起身走出饭馆。大家不知道他要去做什么，彼此交换疑惑的目光。

老板娘在窗口内使劲儿咳嗽了一声，从灶间闪出一个壮大汉子，戴着脏兮兮的白帽子，白套袖。他搬条长凳挡在门口，横着坐下，两脚蹬着另一边的门框，背起语录来："人不犯我，我不犯人。人若犯我，我必犯人！"

周萍口中缓缓嚼着，目光惶惶。

沈力小声问杨一凡："天亮这家伙，到底搞什么名堂啊？"

王凯："他把班长支走了，如果再要弄咱们，那可就太损了。"

傅正："八成正是这样。"

黄伟："有些事儿可以原谅，有些事儿很难原谅的。"

齐勇站在县城百货商店门旁，他身上穿着洗得发白的黄色上衣，洗得褪色的绿裤子，脚上蹬一双新的"解放"鞋，头上戴着的赵天亮那顶崭新的军帽，使他看去挺像退伍兵。尤其他脸上那一种坚定果敢的意味，肯定是县城姑娘们喜欢的。但是他肩挎的书包太大了，里边塞的东西也太多了，鼓得像球。而且，他后边还背着一个狍皮卷儿，用麻绳系在胸前，这就使他的样子有些古怪，身份也有些可疑，像是个冒充兵团战士的倒卖山货的人了。

商店里一个胖胖的售货员姑娘站在门另一边，只许人出，不许人入。有两名县城百姓要进入，却被她拦住："对不起，明天'十一'，今天提前半天下班，马上关门。"

那两名顾客急了："我们好几种副食票还没买呢，家里除了粮食啥啥没有，过节吃什么呀？"

"自家人倒好对付，万一来客人呢？"

"就是！要都过期作废了你们负责呀？"

胖姑娘客气又耐心地说："大爷大娘大叔大婶们，都别急。后边开了个临时窗口，专卖过节那些凭票的东西。"

"这还差不多。"顾客这才放心地离去。

几名售货员姑娘从商店里出来，友好地和胖姑娘打招呼：

"走了啊！"

"上我家串门啊！"

"别忘了明天一块儿看电影！"

门口安静下来以后，齐勇由衷地说："你这人真好。"

胖姑娘笑了笑："人长得不怎么样，性格再不练得好点儿，更愁嫁不出去了。"

齐勇："搞对象，那得靠缘分。别愁，没听说这么一句话吗，剩男不剩女。"

胖姑娘："看你这人挺可靠的，要不你帮我找一个？我喜欢你们兵团的小伙子，一个个吃苦耐劳的！我条件不高，一般人儿就行。县城里的好小伙子也都被动员下乡了，就近插队，不像你们有那么高的工资。我们这些姑娘虽然侥幸留下了，工作也有了，可找不到一个好对象，谁心里不猴急猴急的呀？"一说到搞对象，胖姑娘的话匣子打开了，听来满腹苦水。

齐勇同情地："理解，理解。"

胖姑娘："你别光说理解呀，到底肯不肯帮小妹子一个忙儿？"

齐勇："肯，肯。包我身上了！我是一班之长，手下十一二个小伙子呢，北京的上海的哈尔滨的都有，哪天我把他们全带来，命令他们立正站在你面前，任你挑。"

胖姑娘："也不用非得立正，稍息就行。那我就挑个北京的，婆家在北京，这辈子也能有机会去几次北京不是？到时候你可得给找做主啊！"

齐勇满口应承："一定，一定。"

"要不是你和小蔡已经对上了，我非反过来追你不可！追你个五迷三道我才幸福！"胖姑娘又小声地说，"现在我要追你就太不道德了吧？"

齐勇大窘："那不好。那肯定不好。"

"要不我让你进去找她吧？你都等了这么半天了。"

齐勇："没事儿，我能等，证明我心诚。"

胖姑娘向里面瞧了一眼："她来了！"

齐勇立刻一挺腰板儿。

小蔡出现在门口，对胖姑娘说："节后见。"

胖姑娘一指齐勇："你看那是谁？"

小蔡一转身，齐勇满脸堆笑，温柔地说："蔡儿……"

小蔡又猛一转身，半高跟的鞋踏得人行道发出响声。齐勇赶紧追上去："蔡儿！"

小蔡："没听见！"

齐勇："这就证明你听见了嘛。"

"听见了也不想搭理你！"

"那你可就不对了。"

小蔡猛一转身："你就对啊？上次我帮你那么大忙，你连个'谢'字都不说，赶上马车就开溜！你对啊你对啊？！"

齐勇："说'谢'不就显得见外了嘛！其实当时，我心里想说的是甜蜜的话，只有甜蜜的话才能表达我当时的心情。可当时看着那个老交通警察，我不是不好意思说嘛！"

小蔡："骗人！当我们县城姑娘好骗啊？想错啦！"说完转身继续往前走。

齐勇步步紧随。

"再跟着，我喊警察了啊！"

"我给你带来了蘑菇木耳猴头，还有黄花。"

"不稀罕！"小蔡头也不回。

"没看见我背的什么啊？两张狍皮。特大，毛色特好。一张给你爸的，一张给你妈的……"小蔡不由得站住了，往齐勇身后瞧。

齐勇笑着："原谅我了吧？"

"没门儿！"

"那我可当街叫卖啦！"

"随便！"

齐勇果然站住，冲对面人行道上下棋观棋的人们喊："卖蘑菇木耳猴头啦！卖黄花啦！卖大张狍皮啦！卖北大荒的正宗特产啦！便宜贱卖啦！"

他一边嚷，一边放下书包，从身上解下狍皮，一手一张拎着。

下棋的观棋的纷纷跑过来，围着他问价。

"不许卖！"小蔡横眉竖目地返回来了。

齐勇："有何见教？"

小蔡："你卖，就是挖社会主义商业的墙角！"说着，她又指着人们说："谁买，就是和他勾结着一块儿挖，那我就向工商执法部门揭发！我可是百货商店的，我有这责任！"

人们纷纷离开了。

齐勇："白给你吧，你不稀罕要；我想卖了，你又断我财路，这么绝情绝义啊？"

小蔡"扑哧"笑了："成心气你！卷好，陪我到家门口。我换身衣服，咱俩一块儿看电影——样板戏《奇袭白虎团》。"

齐勇笑了，赶紧卷好狍皮……

赵天亮还没回来。小饭馆里气氛紧张。

"小黄浦"掏出怀表看，嘟囔："过了半点钟。"

沈力没好气地："又过了半点钟的时候，别再说出来啊！"

杨一凡把头凑近"小黄浦"．"让我看看。"

"小黄浦"把表往怀里一藏："同志们，他干吗总缠着我啊！"

傅正小声地："咱们就这么干坐着也不是个事儿吧，总得想个办法。"

周萍反而显得特镇定，大义凛然地说："如果有个人留下陪我，我也可以当人质。"

王凯看她一眼，气愤地说："赵天亮这王八蛋！"

老板娘："姑娘说那办法，也是个解决问题的好办法。因为四五斤粮票，把你们都扣在这儿，我们也怪过意不去的。"

横挡在门口那条大汉也插话道："你们走了的那个也太阴损了，他这不是把咱们双方面都给耍了嘛！"

他的话音刚落，赵天亮回来了，肩上扛着一袋面。

没等大家反应过来，赵天亮吩咐："拿盆来。"

老板娘拿来一个盆。

赵天亮看了看："小了，大的。"

汉子拿来一个大和面盆摆在地上。

赵天亮："刀。"

老板娘递给他一把剔肉尖刀。

赵天亮："钱已经付了，只差粮票了是不是？我们用面粉顶粮票，这总可以了吧？我们兵团的面粉，可是国家的一等标准粉，成火车皮出口的！咱们也别动秤了，我往你盆里倒，你看着够了，说一声，我停止。你不说我不停止，我们兵团人可不占地方的小便宜。"

他一刀插入面口袋，划出一道口子，提起面口袋就往盆里倒。

在场的人都没想到他来这么一招，都看傻了眼。

白花花的面粉快要倒满了盆，周萍忍不住叫起来："够啦！"

汉子也说："对对对，够了。真不好意思，忘说了。"

赵天亮这才收住手："我们的人可以走了吗？"

老板娘："走吧走吧，刚才也没成心扣住他们嘛！"

于是大家纷纷往外走。周萍走在最后边，老板娘叫住她："姑娘你留一下啊，还得找你们钱呢。你们兵团人大方，那我们地方人也不能占你们的便宜呀。"

男知青都走出去了，只剩下周萍一人了。老板娘看着半页油渍麻花的纸，一边拨算盘，一边闲聊似的问："多大了？"

"十八。"

"虚岁周岁？"

"刚过周岁。"

"处朋友了吗？"

"才十八，不想处。"

老板娘拉开抽屉，点数了些钱，递给周萍，说："该找给你们这么多，放心，一分不少。"

周萍接钱时，老板娘顺势抓住了她另一只手："瞧你这小手，多白，多秀气，都磨出茧子来了，叫人心疼劲儿的！"

周萍更加难为情，抽了一下手，没抽出。

老板娘往窗外看一眼，机密地说："别害羞，十八岁也该处朋友了。我告诉你啊姑娘，我们县'革委会'的头头脑脑，无论他们自己还是他们的儿子，可愿意和上海女知青对上象啦！像你这么好的模样，只要肯嫁给他们，户口转到县城里来，再安排个风吹不着，雨淋不着，毒日头晒不着的好工作，那不是件难事儿……"

周萍觉得受到了侮辱，大声说："放开我！"

赵天亮一步跨了进来，周萍借机抽出了手，从饭馆里跑了出去。

老板娘讪讪地说："那什么，我夸她手白，模样好看，她不好意思了……"

王凯拎着半袋子面，边走边说："这面是尹排长让班长捎给他朋友的，一会儿见了班长怎么说？"

赵天亮："实话实说。"

"小黄浦"："谁说啊？"

赵天亮："当然我说。"

"小地包"："他准生气。"

赵天亮："他生气我也没办法。他说走就走了，那咱们该怎么办？总不能都饿一顿吧？"

杨一凡："就是，在连队不来，起码还有那种绿馒头吃呢！"

黄伟拍拍赵天亮肩："你就实话实说，他生气活该，我俩对付他。"傅正也在一边点头。

他们走到了公共浴堂前，牌匾上写着"工农兵大澡堂"。

周萍走到赵天亮身边，把手里的钱往天亮手里一递："天亮，这是找的钱。"

"小黄浦"："哎，班长不是说，每人还给两元零花钱吗？"

"差点儿忘这茬儿了。"赵天亮掏出钱包，"他让我纠正一下，他说的是'借给'，不是'给'。"

杨一凡："弟兄们，大家可都有耳朵啊，他昨晚说的是'借给'吗？"

"小地包"嘟囔："他要是那么说，我还不来了呢！这么小一个县城，有什么可逛的！"

赵天亮看看钱包说："钱包里这点儿钱，每人借给两元也不够。一人一元钱还差不多。"

沈力："一人才一元钱？那够干什么的？"

"洗次澡，看场电影，再吃两根奶油冰棍儿，也算不白来。"赵天亮开始向每人分一元钱。男知青人人嫌少，一个个皱眉撇嘴的，却又不得不接。

"小地包"用戴"手套"的手接过一元钱时，赵天亮说："得有人先把食堂需要的东西搬车上。不知班长去哪儿了，什么时候回来，我怕耽误了。你得先跟我去干那些活儿。"

"小地包"顶撞赵天亮："你成了班长了吗？"

赵天亮："你偏要这么认为也可以。反正那些活儿也不必大家都去干，却又必须有人干。"

黄伟："他不去拉倒，我和傅正跟你去。"

赵天亮："两个人就够。我让他去，自有我的道理。"

黄伟看看"小地包"说："那我提议，作为大家共同的决定，你就辛苦一下吧。"

"小地包"不快地将头一扭，却也没有什么借口推辞。

赵天亮发钱发到周萍时，给了她三元钱，说："班长有话在先，对你例外，你可以不还给他。"

周萍认真地说："我发了工资一定还给他。"

"那就是你俩之间的事儿了。"赵天亮向大家亮了亮已经空了的钱包，"班长交代给我的事儿，我基本完成了。"

周萍问："那你自己呢？"

"我不想洗澡，也不想看电影。你们谁大方，请我一支冰棍或者一瓶汽水，我就心满意足了。"

周萍："看你说得可怜劲儿的！你也得有一元钱！"

二人正一给一拒之际，有三个姑娘从浴堂里出来了。她们是三个在县城附近的山东屯插队的上海女知青，其中一个发现了周萍，意外地说："周萍！"

周萍也惊喜地叫出她们的名字："徐燕燕、刘芳、赫昕，是你们呀！"

她们不顾旁边有不少男知青，相互亲昵地搂抱在一起，又是笑，又是蹦，用上海话说些"你瘦了""你胖了""你黑了""好想你"之类的话。

一旁的男知青们识趣地默默退开几步，望着她们，也受到她们情绪的感染。

迢迢数千里外，老乡见老乡自然格外激动。兴奋过后，徐燕燕她们连珠炮似的用上海话向周萍发问，而周萍则用普通话回答。

"周萍，你到底成了兵团战士了，是吗？"

"是啊，最近我们就要发服装，发工资了。"

"你们的服装是军装吗？"

"听说是，只不过没有领章帽徽。还发军大衣。"

"工资呢？工资多少？"

"三十二元，加上九元多的寒带津贴，每月差不多四十二元。"

"四十二元？！"

"吃的呢？"

"天天白面，没有粗粮。"

"周萍，你的命可真好！我们当时要是和你一样，死跟着兵团的带队就好了！"

"我们一个分儿才八九分钱！像我们三个，一天挣不了几个分儿。"

"大家都是家庭有问题的，兵团凭什么要你，就不要我们呢？太不公平了！"

"周萍，我们以后可怎么办啊？"

"我们带来的钱都花光了，明天是'十一'，今天把钱凑一块儿，才够我们进县城来洗次澡的。"

"想买卫生纸都没钱了！"

话一说到这份儿上，刚才的兴奋一扫而光，变成老乡见老乡，两眼泪汪汪了。三个上海插队女知青与周萍抱头而泣了。

周萍想将自己手中的三元钱递给她们，她们说什么也不肯接受。区区三元钱，既解决不了什么实际困难，也很伤自尊心。

沈力："我都有种罪过感了。"

"小黄浦"："千万别说我也是上海的啊！"

黄伟："闭上你的鸟嘴！"

赵天亮将王凯拉到一旁，小声说了几句。王凯点头，走回来，将几名北京知青手中的一元钱掠去，一总交给赵天亮。

大家明白了赵天亮的意思，纷纷将手里的钱交给赵天亮。

赵天亮将所有的钱都交给周萍，示意她交给三个插队女知青。她们起初还是不接，周萍急了，说了一句："嫌我是资本家女儿呀！"她们这才愣了愣，由刘芳将钱接了。

王凯将半袋子面也拎过来，放到刘芳脚旁，嗫嚅地说："别不稀罕要啊，我们可是诚心诚意的！"

徐燕燕吸着鼻子："面我们可要，这一向尽吃粗粮了！"

郝昕立刻将面袋子拎起。

大家望着三个插队女知青走远。

刘芳回头喊："将来一定还你们！"

黄伟对周萍说："告诉她们，不用还。"

脸上有泪的周萍张张嘴，没说出话来。

"小黄浦"急了："说呀！"

周萍："不用还……"她的声音小得几乎只有她自己才听得到。

黄伟："你大点儿声嘛！"

周萍又张张嘴："我喊不出来嘛！"说着转过身去哭起来。

县供销社院子里，赵天亮和"小地包"在往马车上装东西，无非锅碗瓢勺酱醋盐之类。

赵天亮："我知道你手背上写的什么字。"

"小地包"不理他。

"左手背上是'你姐让我告诉你',右手背上是'她不调走了'。"

"小地包"隐忍地瞪他。

"因为是我写的。"

"小地包"火了:"你他妈又跟我姐说什么了?!"

"嘴干净点儿啊!你给我听着,我赵天亮也许别的优点都没有,但值得信任这一条我有!我们全家都是值得信任的人!你再拿这一点攻击我,我对你不客气了!"

"不是你难道会是齐勇?你俩敢当我面对质吗?"

仓库里出来一老汉,大声地说:"告诉你们炊事班长啊,让他下次亲自来把账结了!"

待老汉进入办公室,赵天亮又说:"我才不和他对质!你有什么权力让我们对质?按我的性格,本想永远不跟你这号人说话了,所以才宁肯往你手背上写字!但我们在一个班里,永远不说话那做得到吗?你又为什么不问问你姐姐她怎么知道的?"

齐勇忽然大步腾腾地走来。

赵天亮:"有你这样的吗?究竟你是班长我是班长?"

齐勇笑道:"我封你为班副!这不一切顺顺利利的嘛!"说着一屁股坐在车上,从头上撸下帽子扇着,"我先回大车店去了,见咱们的车不在,人也不在,估计你们准来这儿了。他们呢?洗澡去了还是看电影去了?"

赵天亮一把将帽子夺去,戴自己头上。

齐勇四周看了看问:"都照相去了?"

"小地包"没好气地说:"屁!有钱吗?!"

齐勇不解地看赵天亮。赵天亮紧了紧固定货物的绳子:"待会儿再说吧!"

忽然,两个男人闯入院子。一个五十多岁,一个三十多岁。

五十多岁的男人冲他们仨喊:"你们谁叫齐勇?"

齐勇略一紧张,蹦下车,答道:"我。"

三十多岁的男人一言不发，从车上操起鞭子就向齐勇抽去。

齐勇绕马车躲："哎哎哎，怎么一句话不说就打人啊！"

三十多岁的男人："谁叫你到县城来勾引我妹的！你个农业户口的，癞蛤蟆想吃天鹅肉！"

五十多岁的男人："儿子，替我好好修理他！"

鞭子带着风抽向齐勇，被齐勇闪过。鞭梢落在赵天亮脸上，他一摸脸，手上有血。

赵天亮从马车上纵身一跃，将三十多岁的男人扑倒，两人在地上翻滚起来。"小地包"却往马车上一坐，冷眼旁观。

齐勇一步跨到五十多岁的男人跟前，指斥地说："你女儿喜欢我，我也挺喜欢她，我们这叫自由恋爱，合法的，你明白吗？"

"合法的？在我这儿就不合法！"五十多岁的男人搬起一箱子酱油摔在地上。

齐勇劈手给了他一耳光。

五十多岁的男人用手捂着脸："你，你敢动手打老丈人？！"

齐勇吼道："你刚才怎么不说你是老丈人！"

地上翻滚着的两个都站了起来，鞭子被赵天亮夺在手里了，轮到赵天亮抽对方，对方绕着马车躲了。

赵天亮一鞭子抽在马身上，马受了惊，拉着马车向前跑。

"小地包"和一车锅碗勺盆被颠到了地上……

天黑了。男一班的知青们回到宿舍。宿舍里又变样了，两铺炕上的铺盖又合到一铺炕上了，另一铺炕的炕面抹了层新泥，正冒着水汽。

赵天亮："我的被褥呢？我的被褥呢？"他用手绢捂着脸颊的手垂下了，脸上一道鞭痕，手绢掉在地上。

他终于发现了自己的被子，扯过来抖开，枕头不见了！

赵天亮大惊："我枕头呢？！我枕头呢？！"

他穿着鞋跳上炕，在别人的被褥上踏来踏去，将炕上的被褥掀得乱七八糟。

"小黄浦"："你脱了鞋行不行？！枕头里藏着金条呀？"

赵天亮狠狠瞪"小黄浦"一眼。

王凯："他病了。"

赵天亮又向王凯瞪去。

杨一凡："看来真的病了。"

赵天亮："我要是找不到枕头，你们今晚谁也别想睡觉！"

在大家的注视下，他又乱掀乱扬起来。

第二日上午——确切地说，是一九六九年的十月一日，男一班的知青们还在睡着懒觉，而阳光已经洒满宿舍。新抹的炕面，也不再冒水汽了，半干不干的了。

尹排长走入宿舍，沿着大家所睡的那炕的炕头走到炕尾，看小伙子们睡相各异、横七竖八地躺在床上，为他们的不雅无奈地摇头，时而一笑。他又踱到空炕前，拿起炕面上的抹子，将这儿那儿干裂的缝隙抹平。然后又在炕沿上坐下，看一眼手表，拍了拍手。

王凯："谁呀，这么讨厌！"

尹排长："讨厌也得叫醒你们啊！"

齐勇反应迅速地翻身坐起，大声地："都起来都起来，排长来了。"

于是大家纷纷坐起，皆有些不安地望着尹排长。

齐勇："排长，有指示？"

尹排长："哪儿那么多指示？有几句话，随便问问。"

齐勇："都穿衣服！半分钟后下地，站一横排。"

尹排长："免了。就这么坐着听我问吧，几句话的事儿。"说罢掏出烟，吸着一支。

大家互相看看，彼此心照不宣。

尹排长看着齐勇问："我让你捎给朋友那一袋子面，送去了吗？"

齐勇支吾地说："丢……丢了。"

尹排长显然对他这么一种回答早有心理准备，但还是追问了一句："丢了？怎么就丢了？"

齐勇："到了县城一看，车上没有了。估计掉半道了……"

尹排长："也没谁发现掉下去了？"

齐勇："发现不就丢不了了嘛……排长，对不起。"

尹排长："对不起的话就别说啦，你们又不是成心的。只不过确实让人心疼，那是一袋子精粉，我求团加工厂为我多筛了一遍。我那县城里的朋友，交往好多年了，也是转业兵，在林业局工作。妻子病故了，一个人带着三个孩子，日子过得挺不容易。原指望你们昨天捎到，今天'十一'，能表明我一片心意……"

大家都低下头去。

尹排长盯着齐勇猝不及防地说："你一班长在县城里不也有朋友吗？"

齐勇大窘："我那个，一般般的关系，和你们那种朋友关系没法儿比。"

尹排长盯着赵天亮又问："你脸怎么了？"

"我脸……"

齐勇："见义勇为。遇到小流氓欺负人，我和他挺身制止，结果……他就被伤着了一下……"

"小地包"突然大笑："哈！哈！哈！哈！"

尹排长："孙敬文，发什么怪声啊？"

"小地包"："受感动，太受感动了！情不自禁。"

"那县城可好几年没小流氓了。"尹排长话锋突然一转，"酱油又是怎么回事儿？盘子和碗又是怎么回事儿？别光你们班长一个人告诉我了，徐进步你告诉我吧。"

"小黄浦"："这……面的事儿我知道，就是我们班长说的那么回事儿。酱油，还有盘子和碗的事儿嘛，排长，我还真不太清楚……"

尹排长："王凯，那你告诉我。"

齐勇暗捅赵天亮。赵天亮忙说："排长，王凯也不太清楚。它，它是这么回事儿……我和班长刚都装车上，马受惊了。全掉下来了。已经装在咱们车上了，损失只能咱们认了。"

"对，对，就是那样！"齐勇连声附和。

尹排长将烟头丢地上，踏一脚，踢入火炕的火口，站起来说："昨天，你们还没回来，县城里有人把电话打到了连部，告你们中两个人的状。知道接电话的是谁吗？巧了，偏偏是我。"

他又沿着炕沿走，一一看着大家，不动声色地说："班长带头撒谎，有人替班长圆谎。这样的风气，必须改正！不改正就等于助长，以后是要捅娄子的！"

"小黄浦"："排长，我可没撒谎。"

杨一凡："我们也没撒谎啊，再说我们也确实没在县城里做什么坏事儿啊。"

尹排长制止地竖起一只手，严肃地对齐勇说："一班长，你要把昨天的情况，写两份报告。一份给事务长，一份给我。给事务长那份，我不看，你能自圆其说就行。给我那份，不许再瞎编！"说罢，拍拍赵天亮的肩，意味深长地说："别当他的高参，啊？"

尹排长刚一走出去，大家忍不住互相问起来。

黄伟问齐勇："老齐，有事儿连我和傅正都开始瞒着了？"

齐勇心烦意乱地："别问了！有什么好问的！"

王凯他们却还在炕的那一端问"小地包"：

"哎，你知道些什么？说说，说说！"

"你刚才那一怪笑，证明你一清二楚。"

齐勇对"小地包"大吼一声："你敢！"

"小地包"往起一站，双手叉腰，蛮厉害地："想保留点儿班长的面子，那你就别威胁我。"

沈力看着窗说：“嘘，排长又回来了！”

“小地包”赶紧坐下。

尹排长走进来，说：“刚才忘讲一件事儿了。昨天，团里把你们新战士的冬季服装送来了。今天又是‘十一’，团里决定连你们新战士的工资一块儿发给你们。由于些特殊情况，压了你们两个月的，每人不少的一笔钱呢。不要钱一到手就乱花。多往家里寄些，让爸妈高兴高兴……”

王凯忽然在炕上打着滚儿喊：“有钱喽！有钱喽！”

而此时此刻，女一班宿舍也都在为发工资的事儿高兴。林丽和薛艳围在谢菲左右，看着谢菲在纸上算，急切地说：

“算出来没有？总共多少钱？”

“我也不太知道该怎么算，大概一百多元吧。”

“乖乖，我老爸工作了一辈子，退休金才五十几元！”

连部里，方婉之和周萍二人面对面坐着谈话。

方婉之：“班里战友们对你还好吧？”

周萍：“挺好的。尤其班长对我好，我心里很感激她，也要求自己处处向她学习。学习她吃苦耐劳，先人后己，先公后私。”

方婉之：“小周啊，有个情况我必须现在就告诉你。那就是，那就是……一会儿发服装，没有你的……”

周萍一愣，随即克制地说：“这我理解。我的出身那样，我能成为兵团战士已经很幸运了……”

“可是……连工资也没有你的……”

周萍眼中顿时充满泪光，嘴唇颤抖着：“排长，为什么？”

方婉之艰难地说：“因为团里告诉我们，你人虽跟到了兵团，可档案户口关系却根本没在兵团系统，在别处……”

周萍眼中淌下泪来：“在哪儿？”

“分到地方农村人民公社了，公社又分到一个叫山东屯的大队里去了……"

周萍低下头，双手捂面，无声地哭了。无声胜有声，方婉之也难过起来。

"小周，其实指导员、连长、包括我，你给我们的印象都挺好的。你虽然看起来娇娇弱弱的，干起活儿来却一点儿也不娇气……"

周萍一起身就要向外跑。

方婉之扯住了她："小周，你听我把话说完。事情变成这样，谁也想不到。连长当时收下你，是有那么点儿勉强。可你来到七连以后的实际表现，早已使连长转变了态度。他一急，打电话和团里的人大吵了一架。不知该怎么面对你，回家生闷气去了。但这一件事儿，现在再扭转相当麻烦。急也没用，气也没用。指导员一大早专为你的事儿骑自行车去团里了，也许他能带回来好结果。我认为你是个心理承受力挺强的姑娘，暂时要理智地面对你的处境，啊？"

周萍流着泪点头，扑在方婉之怀里哭了。

李鸣在连部外间屋里听到了她们的谈话。在去往食堂的路上，李鸣遇到赵天亮等几个北京知青，忍不住感慨："周萍真可怜。"

赵天亮一愣："怎么了？吴敏又找她碴儿了？"

"发服装发工资都没她的份儿，可能最终还是成不了兵团的人。"

赵天亮等人呆了。

发给知青们的服装不仅是一套棉衣棉裤，还有棉大衣，羊剪绒的棉帽子，里边有毛的大头鞋。当别的知青在食堂里喜形于色地领工资、领服装的时候，周萍一个人默默地待在宿舍里。

然而她并没有得到安宁。

吴敏捧着服装往宿舍里进，刚好撞上出门打水的周萍。吴敏的鞋和帽子掉到了地上。

"对不起。"周萍赶紧蹲下捡起帽子，放在吴敏捧着的大衣上。

吴敏冷冷地瞪她："刚才是鞋在中间，帽子在鞋上边。谁也不会将自己的鞋往自己的帽子上边放，那叫摆错了位置。"

周萍第二次蹲下捡大头鞋，吴敏又故意将帽子弄到地上。周萍只得一手拎两只鞋，一手拿帽子站起来。她默默地将一双大头鞋放在大衣上边。

吴敏："摆正。我喜欢一切都在正确的位置。"

周萍将大头鞋摆正，将帽子放到大头鞋上，然后退一步，闪在门边。

吴敏昂然而入，阴阳怪气地说："有的人啊，非不认命。明明注定了是反面人物，却偏要试图演正面角色。也许起初能蒙蒙人，但最终还是会演砸的。结果呢，到头来自讨苦吃。"

周萍面无表情地听着，却又仿佛根本没听到，待吴敏没话了，这才离开宿舍。

路过食堂，周萍闪在食堂门外羡慕地往里看。二班长及一些男知青已穿上了棉大衣，戴上了棉帽子，连唱带比画："穿林海，跨雪原……"

而一些女知青，则在点数她们手中厚厚的一沓钞票。

赵天亮们捧着服装出来，看见周萍。周萍先是表现得很不自然，接着凄楚地也是诚心诚意地说："祝贺你们……"

赵天亮张张嘴，没说出话来。

沈力真诚地说："周萍，我们都很同情你。"

周萍张了张嘴，也没说出话来。

男一班宿舍气氛凝重。

黄伟："到团部去抗议？"

傅正："谁的想法？"

齐勇："我的。周萍她一路怎么来到七连的，来了之后表现得又怎么样，我不说，相信大家也都会有一致的、公平的结论。我和班长，我俩并不想拖所有的人下水，家里有什么问题的，声明一下，可以不参与。绝对'红五类'出身的，这时候为一个好姑娘冒一点点儿险，我认为，是正义的表现。"

一阵沉默。

"小黄浦"："班长，我……我属于冒不起那一点点儿险的。我父亲是造船厂工人。主要不是家庭问题，主要是，我天生胆小怕事……"

杨一凡坦率地："我父母都是'臭老九'，也被批斗过。但我已经习惯了，我可以参加这件事儿。"

沈力："我爸妈是普通美术工作者，一凡都敢参加，我也敢。"

齐勇转回头看一直没吭声的赵天亮："你呢？"

赵天亮干脆地说："不参加。"

齐勇仿佛听错了："不参加？"

"对，不参加。"

齐勇讽刺地说："你也有家庭顾忌了？"

赵天亮："我觉得你们的想法是添乱，反而会害了周萍！"

齐勇："你说想表达同情和正义的想法反而会害人？"

赵天亮："你好好想想吧！还高二的！"说完从屋里冲了出去。

女一班宿舍的姑娘们也聚在一起。周萍侧身坐在自己的铺位那儿，望着窗外。而吴敏等人，都在数手中的钞票。

高洁将手中的钱往胸中一揣，激动地说："没想到我生平第一次开工资，一下子就开了这么多钱！"

余莎莎："明天我就给家里寄钱，寄六十！"

林丽："你俩小声点儿。"说着朝周萍那儿使了个眼色。

高洁："周萍，我不必往家里寄那么多，我先借给你二十元钱吧？"

周萍扭头报以凄楚又感激的一笑："暂时还不用。用的时候，一定朝你借。"

吴敏冷笑一声："借钱也要借给有偿还能力的人。我可无论如何也不会把钱借给就要靠挣工分养活自己的人。"

高洁："我没跟你说话！"

吴敏："我也没跟你说话！"

周萍默默又将脸转向窗外，她望见赵天亮在宿舍外面，正跟谢菲她们说着什么。

谢菲等三人走入宿舍，各自怀抱着从供销社买的吃的用的。

谢菲："这下可好，供销社的东西快被买光了。再不赶紧上货，就剩空货架了。"

薛艳："周萍，晚上打牙祭，一块儿吃罐头，啊？"

谢菲："我们仨在门前碰到赵天亮了，他让我还你三十元钱。"

周萍发愣，心情复杂。

吴敏也想到了是怎么回事儿，心情同样复杂地望着周萍和谢菲。

谢菲把钱往周萍手里塞："我们三个还都想借给你呢，接过去呀。"

周萍百感交集地接过钱。再望窗外时，只看见赵天亮的背影了。

白桦林火车站的铁路小屋。门外停着辆旧自行车。

屋里，韩指导员和杨秉奎在说话。杨秉奎吸烟，韩指导员在用杨秉奎的大瓷缸子喝茶。

韩指导员："我在团里处处碰钉子，实在是没招了，不得已才来找您。"

杨秉奎："不就是档案、户口，弄到别的地方去了吗？那就麻烦地方帮着查找查找嘛。在县里，那就让团里派人去县里取回来嘛！在公社，咱就去公社取，在哪个大队，咱就去大队里取，不就这么回事儿吗？"

韩指导员："我的站长同志，没你想的这么容易！团里各个方面都跟我打官腔。说要是把一个档案、户口都已经归在农村了的资本家的女儿硬要到兵团来，怕引起插队知青的不满情绪……"

杨秉奎："政委最能解决复杂的事儿了，找政委嘛。"

韩指导员："我的老站长欸！我看您是躲在这么一个幽静的地方当站长快当成神仙了！您忘了？政委调走了，新政委还没派来。现在，咱们团长兼着政委呢！找政委，那也是找他。找团长，他又不见我。您说叫我咋办？人家周萍那姑娘，在我们七连表现得不错。人家抢收麦子抢收豆子都参加了，辛辛苦苦干了两个多月，手上的泡还没消，咱们总不能一句话就把人家开了吧？那咱们兵团办事儿，也显得太没人味了吧？当初七连留下她，可是冲您的面子！"

杨秉奎："别拿话激我。你的意思是，得我亲自出马？"

韩指导员："非您亲自出马不可了呀！周萍要是不能继续留在七连，您的面子丢大了！"

"嗯？！"杨秉奎瞪他一眼。

"我不是成心激您，事情就是这么回事儿嘛！"

杨秉奎起身看黑板上写的"列车往来纪要"，自言自语："今明两天还真没车过。"回头又问韩指导员："你那辆自行车，气足吗？"

"足，足！带您，那是绝无问题！"

自行车在半路爆了胎，两人傍晚时分才到团里。

韩指导员去修自行车了。杨秉奎走进团长办公室。

警卫员小龚正在擦桌子，见来的人是杨秉奎，便笑着迎上来："哎呀老爷子，什么风把您给吹来了？"

杨秉奎冷着脸："团长呢？"

小龚："是七连指导员把您搬来的吧？"

杨秉奎："我问你团长呢！"

"这……我也不太清楚。"

"你是团长警卫员，不知道团长去哪儿了？我揍你！"杨秉奎狠狠地瞪着小龚。

小龚赔笑："老爷子，别发火儿别发火儿。好，我说实话，团长去山东屯了。"

"他去山东屯干什么？"

"这……这我可就真不清楚了。"

"带我去。"

"老爷子，您开玩笑吧？三十几里地呀。团长那辆吉普他亲自开走了，咱俩走着去啊？"

"我腿走酸了，我可不走了。你弄辆别的车，我知道你小子除了飞机什么都会开。"

"老爷子，你这不难为我嘛！都下班了，这时候我哪儿去弄辆车啊！"

"你说难为你，那就是难为你了。我就不信，偌大个团部，找不到个带轱辘的。"杨秉奎从小龚手中夺下抹布，往桌上一抛，"现在就给我去找！"

小龚弄了辆前轮小、后轮大的轮胎式拖拉机。杨秉奎和小龚两人到达山东屯时，天已经黑了。

一幢泥草房的山墙那儿停着辆吉普车。几名插队男女知青猫在窗户左右，往屋里偷窥。杨秉奎一咳嗽，知青们识相地散去。

屋里，团长吕山东与一个四十五六岁的女子盘腿对坐。小炕桌架在他俩中间，桌上摆着咸菜、大饼子、大葱、酱，还有半瓶酒，两个酒盅。那女子叫梁喜喜，是山东屯的支书，本人也是山东人。

团长把手里的一段大葱蘸上酱："就爱吃你贴的大饼子。也只有在你这儿，才能吃到咱老家正宗的虾酱、大酱。"

梁喜喜拿起酒瓶斟酒："虾酱是年初咱老家来人捎给我的。嫂子怎么不托人给你捎点儿？"

团长："她倒也托人捎。每次一捎到，我还没尝几口呢，就被机关那些馋猫给分了。再说，老家往我那儿去的乡亲，怎么能比得上往你这山东屯来的人多呢。来来来，陪我一盅。"

梁喜喜："我看啊，你是想把我这儿变成你团长的私人酒馆儿。"

"在团里，喝酒不总得找个理由嘛，在你这儿就不需要什么理由了！"

二人刚一碰酒盅，门外响起杨秉奎的咳嗽声。

"找你的，与我无关。我这一盅，不能白斟了！"团长将杯中酒一饮而尽。

梁喜喜没饮，放下酒盅，问："谁呀？"

"我。杨秉奎。"说着，杨秉奎打开门走进来。

团长赶紧穿上鞋，神色不免狼狈："咦，老哥，你怎么到这儿来了？"

杨秉奎看了看梁喜喜，对团长说："找你嘛。"

"找我你倒是到团部去找呀！准是小龚那小子带你来的，看我不训他！"团长站在地上，尴尬地介绍，"这位是梁喜喜，山东屯的支书。他就是我常跟你说的杨秉奎杨站长。"

杨秉奎："你常跟她说我干什么呢？"

梁喜喜："他跟我没话可说的时候就说你。上炕坐，喝两盅？"

杨秉奎冷冷地说："你省省吧。"

梁喜喜："省也不是省我的，省他的。"

杨秉奎看着团长说："既然挺自觉的，把鞋穿上了，那就跟我回团里吧。"

团长看表，嘟囔："这才几点钟啊！"

杨秉奎："你想喝躺下，在这儿过夜呀？"

梁喜喜严肃起来："别胡说八道啊！他可从没在我这儿喝躺下过，更没在我这儿过过夜。你们兵团的人，说话要负点儿责任。"

杨秉奎："正是冲着'责任'两个字，我才到这儿来找他的。走走走，跟我回团部！"说着，扯起团长往外便走。

团长被扯到外边，挣开手，大为不满地说："你这算干什么你！"

团长又大步回到屋里，对梁喜喜说："连人你都见着了，印象怎么样？我也往你这儿跑了几次了，好歹你得给我个态度了，我跟你嫂子也有个交代嘛！"

梁喜喜："太不怎么样了！胡子拉碴的，又老，又倔，对女人一点儿没个亲劲儿，还那么没礼貌！对女人不亲，干脆自己过拉倒嘛。这事儿到此为止，再也不许跟我提一个字！"

团长和杨秉奎回到了团部。团长摘下帽子，往桌上一摔，接着冲杨秉奎一拍桌子："你怎么也不刮刮胡子！"

杨秉奎坐下，摸了摸脸，不温不火地说："你和那么一个女人凑一块儿喝酒，我收拾我的脸干什么？"

团长："你打算一辈子光棍啊？让你结成婚，那是师长师政委给我的特殊任务！我到人家那儿去，不光是为了找个清净地方喝几盅酒！你那儿不是比一个屯子里更清净嘛！我每次去她那里，窗外都有人偷看，你当我就一点儿不知道啊？我那主要是为你在蹚路子！可你……人家对你印象差极了！"

杨秉奎："我对她印象还差极了呢！见着个男人就说'上炕坐,喝两盅'，这号女人我敢娶吗？你趁早少替我操那份儿心！"

"你不让我操心，我就不操心了吗？"团长坐下，平静了一下情绪，"说吧，什么事儿？"

"为七连一个知青的事儿，她叫周萍……"

"等等,等等。"团长打断他，"是不是从上海一直跟到北大荒的那个……那个……民族资本家的女儿？"

"你还真没白当团长，说对了。"

团长："她的问题不早就解决了吗？你不是给七连写去了一个条子吗？那不就行了吗？"

杨秉奎："出岔儿了。她人是跟到咱兵团来了，可档案、户口关系什么的，都到县里什么地方去了……"

"县知青办。"

杨秉奎："所以嘛，发服装，没她份儿。发工资，也没人家份儿。可人家抢收麦子，抢收豆子，一天没落，都参加了。如果就让人家那么走了，显得咱们兵团人太不仁义了吧？"

团长："老哥，现在不是讲仁义的时代，是讲出身的时代。"

杨秉奎也拍起桌子来："胡说！不讲仁义，革命能成功吗？不讲仁义，当初那么多有钱人家的子女，跟着咱们这些穷鬼干革命？"

团长："那时是那时，现在是现在。到哪时说哪时。"

杨秉奎："你跟我抬杠是不是？那就抬！我倒也要问问你，天下那么多女人，你干吗非找一个地主的女儿做老婆呢？你老婆家，'解放'前可是山东淄博的大地主吧？"

团长不吭声了，只是低头吸烟。

"痛快一句话，帮忙，还是不帮？不帮我也不跟你磨嘴皮子了，现在就走人！"

团长仿佛没听到。

"还真卷我面子！那好，改日去师部，求师长和师政委去。"杨秉奎起身往外便走。

团长叫住他："哎哎哎，别走别走！你急什么呀？我说不管了吗？我不是在考虑怎么个管法嘛！"

杨秉奎这才又坐了下去。

团长："老哥，有希望了。你要是跟梁喜喜成了，你俩枕头边儿一谈判，她那头一放，咱们这头正式一收，不就办成了吗？你说呢？"

杨秉奎："别把这事儿和那女人往一块儿扯。两码事儿。我杨秉奎喜欢帮助人不假，帮成了，图的是那份儿高兴，但可从来不把自己的人格搭上。"

"你这什么话？！人家也是'解放'前就入了党的人！和你往一块儿扯扯就降低你人格了？"

"我还是那句话，要帮就帮，不帮拉倒。"

赵天亮在七连食堂里写信。他把手电筒拧去了盖儿，立在信纸旁边在信纸上写道：

哥：

小的时候，我从来没想到过，有一天我们会离得这么远，而且又都离开了父母，离开了北京。现在我最觉得内疚的是，我返回连队的途中白回了一趟家，你嘱咐我办的事儿我却办砸了。而你让我找机会当面交给张敢峰的信，至今还被我缝在枕头里。哥，我觉得在那一封信中，你流露出一种非常危险的思想。不但对你自己是非常危险的，对爸爸妈妈和我也是非常危险的。

对有些事儿，我也非常看不惯。对有些人，我也非常同情。该表现出一个人起码的正义感的时候，我也绝不会做一个无动于衷麻木不仁的旁观者。但我可从来也没有怀疑过，我们中国是不是"病了"。我们是社会主义国家。社会主义国家不继续革命那还能叫社会主义国家吗？继续革命那不就是要不断地搞运动吗？搞运动不就是一些人改造另一些人吗？连我们这种革命军人家庭的子弟现在都要接受贫下中农的再教育，你又怎么可以根据一些个人感受就认为我们中国"病了"呢？哥，听我的劝，那封信不要给张敢峰了吧！说来说去，我最想说的一句话其实是，我可只有你一个哥，我经不住某一天失去你这个哥的打击！

至于我自己的情况，我没有太多可以告诉你的，无非就是预料之中的那样而已。"十一"一过，我们就要盖宿舍了。

…………

赵天亮放下笔，回想起小时候——

他和哥哥兄弟二人在胡同里抓蟋蟀，哥哥终于抓住了一只，双手拢着，蟋蟀从指缝间露出须子，他看着笑了……

兄弟二人逛庙会，赵天亮看着一串串诱人的糖葫芦，显出馋相。赵曙光掏兜，点数钢镚儿，买了一串糖葫芦给弟弟。弟弟咬下一颗，也让他吃。他摇了摇头，大人般地摸了摸弟弟的头……

春节，赵曙光为弟弟糊好了一只纸灯，替弟弟点燃蜡烛，交给弟弟拎出去玩儿。弟弟为了谢哥哥，剥了一块糖塞入哥哥口中……

胸戴红花的赵曙光在与父母告别，趁父母和冯晓兰说话的当儿，兄弟二人依依不舍地互相拥抱……

赵天亮沉浸在回忆里的时候，张靖严、齐勇、黄伟、傅正、魏明五个高中知青却聚在马号里。

张靖严训斥齐勇："赵天亮说得对，亏你还是老高二！不但要组织班里的战士到团里去抗议，还要成立什么知青权力维护委员会！你当你是谁啊？你当你还是在学校里啊？"

齐勇："我那不是一时冲动嘛！"

张靖严："幸亏只不过是你的冲动想法，不是轻举妄动！否则你会把周萍害惨了！也会把傅正害惨了！全班人都得受连累，我、黄伟、魏明，我们三个肯定要进学习班，肯定要被迫揭发你，和你划清界限。"

黄伟："之后，咱们五个，肯定被调得东一个西一个，再见上一面都难了！"

张靖严又训傅正："你傅正，平时稳稳当当的一个人，怎么也当着些个小知青的面表那种态？！你父亲今天被打倒，明天被结合，后天又被打倒，这情况你自己不清楚啊？"

傅正："有时候，我心情太压抑了，想找机会释放一下。"

"你这是释的什么放？！啊？我已经受处分了，你和齐勇再被打入知青名册，黄伟和魏明会是什么心情？！"

黄伟："那我肯定再也高兴不起来了！我的乐观主义主要靠两个支点，一个是工资，另一个就是哥儿几个之间的友谊。"

魏明问道："靖严说了这半天，你俩倒是听进去了没有啊？"

齐勇："我俩不是没反驳嘛！"

"靖严，吸支烟，消消气。"魏明掏出烟，走到张靖严跟前，递给张靖严一支，为他点上。

张靖严吸烟时，魏明又说："靖严，你看这样行不行，咱们几个，每月至少像今天这样坐一块儿一次，互相交交心，展开批评与自我批评。"

张靖严："曲干事向我透露，团里可能要把我调走。"

大家都愣住了。

傅正问："调哪儿去？"

张靖严："他不告诉我。就是我离开七连了，也希望你们几个能像魏明说的那样。那样很有必要……"

正午的太阳下，周萍两手抓着叉子，吃力地从泥堆上叉起一大坨泥。也许是那坨泥太重了，也许是她太累了，汗水将她衣服的前胸后背都浸湿了。男女知青们都挽着裤腿，赤着脚。房子已经初具规模，男知青们在架子上抹墙，女知青为他们运泥，一对一组合，赵天亮和二班长站在一起。

过了"十一"没几天，连队里就连绿馒头也实行配给制了，一天两个，一个二两。早晚各半个，中午一个，由食堂统一控制卖给。饭量大的，每顿饭允许买一两清水煮黄豆。但即使这样，一干起活儿来，大家还是不由得摽劲儿，比赛。

二班长用抹子敲泥板，催促周萍："加快速度，加快速度，周萍，你别供不应求啊！"

赵天亮看周萍一眼，认输地说："不比了，不比了，算你比我快行了吧？"

二人所抹的墙面，其实高低进度差不多。

二班长："什么叫'算我比你快'呀，明明马上就要超过你了嘛！"

周萍举叉递泥时，"咔嚓"一声，叉柄断了，泥砸了周萍一肩。她脚下一滑，扑倒了。

二班长急忙跳下踏板，自己也滑倒了。他扶起周萍，二人衣服上都粘满稀泥，泥猴似的。

二班长歉意地说："对不起，我不该催你。"

"是我太笨！"周萍跺脚，生自己的气，"我怎么这么笨啊！"

赵天亮提醒："还不把叉头扔一边儿去！再滑倒，不是会扎着吗？"

二班长将叉头扔到了一边儿。

正在泥堆里双脚踩泥的孙曼玲走了过来，对周萍说："周萍，别干了，回去休息。"

"我不。"周萍倔强地操起另一把叉子。

孙曼玲从她手中夺下叉子："听话……谁把她押回去？"

北京女知青汤洋洋自告奋勇："我，我。"

路上，汤洋洋数落周萍："你傻呀？服装没你的份儿，工资没你的份儿，不定哪天就赶你走，你又来例假了，还那么使出吃奶的劲儿干给谁看啊？也许新宿舍盖起来你一天也住不上呢！"

周萍："如果能看着你们早点儿住上新宿舍，我心里也高兴啊！"

汤洋洋站住，研究地看周萍，良久才说："我明白了。"

"明白什么了？"

"难怪有不少人明里暗里同情你，护着你，你太纯了你！老大爷竟然便你成为资本家的女儿，真是瞎眼了！他怎么就不让吴敏那号人是资本家的女儿呢？"

周萍突然朝汤洋洋身后一指："吴敏！"

汤洋洋吃惊地回头，身后什么人也没有。

周萍咯咯地笑。

汤洋洋手抚心口窝，嗔道："你这家伙，吓我一跳！刚夸你几句，你就这么坏，真不经夸，打你！"说着，就要打周萍。周萍跑了，汤洋洋追上去，二人咯咯地笑着。

二人回到宿舍，很享受地吃一听罐头。

汤洋洋："对不起啊，我得收起来了。艰苦的日子里，好吃的东西得细水长流。"

周萍："再给我吃一口，就一口。"

汤洋洋将一筷子罐头肉伸向周萍，周萍吃入口中后，汤洋洋将罐头放到小箱里，锁上。

周萍："洋洋，你快回去干活儿吧。"

汤洋洋："什么？班长让我陪你回来的，我，还给你罐头吃，我还没坐够呢，你倒催我赶快回去干活儿！真像资本家的女儿！周扒皮，周扒皮！"

周萍苦笑："我是怕你回去晚了，别人说闲话。"

宿舍里只剩周萍一人了，她站在铺位前，呆呆地看方婉之借给她的绸面花被，忽然扯过去，用牙咬断线头，拆起被来……

周萍在河边洗被面。洗好的枕套已晾在灌木丛上。赵天亮夹着盆走来，看到周萍背影，站住，犹豫了一下，转身悄悄向别处走去。

周萍拧被面，一个人拧不动，把衣服裤子都弄湿了。她无意中发现了正转身离开的赵天亮，把他给叫住了："赵天亮！"

赵天亮转身，见周萍向他招手，便又走回她身旁。

周萍："也中午洗衣服啊？怎么不睡午觉？"

赵天亮："傍晚河边太热闹了，那时我不用来洗了，一个人待在宿舍图清静，想睡就早点儿躺下，还不是一样？"

"我也这么想的。帮我拧拧。"

于是，赵天亮帮周萍拧干被子，帮她晾好。然后就坐在河边，望着河水发呆。

周萍见赵天亮把盆丢在一边，没有洗衣服的意思，问："怎么又不洗了？"

"坐会儿再洗。"

"要是实在懒得洗，我帮你洗了晾上，你回去还能睡一个多小时呢。"

"不困。"

"那，我先走了。"周萍拿起盆，看看独自坐在河边的赵天亮，转身走开了。

赵天亮头也不回地说："周萍……"

周萍没转身，也没回头，却收住脚步。

赵天亮："你……困吗？"

"不。"

"回去有事儿？"

"没有。"

"那，坐下，说会儿话，行吗？"

周萍终于转身，走回去，坐赵天亮身旁。

周萍："谢谢你及时借给了我三十元钱，还对别人说是还给我的。当时我真的连买饭票的钱都没有了。"

赵天亮："要不是两个多月的工资一块儿补发，我也不能给你那么多钱。"

周萍："别说给，大家的工资都是汗水换来的，我不能随便要任何人的钱。一旦我能还了，一定还你。"

赵天亮："你的事儿，我很替你不平，可又不知该怎么帮你。我说的是心里话，你信吗？"赵天亮转过脸去看周萍，周萍也正看他。

周萍欲言又止。

赵天亮："我知道你想说什么。"

"说什么？"

"你想说，你不需要同情。"

周萍凄婉一笑："你猜错了。人在命运可悲的情况下，没有不需要同情的。那样的人说那样的话，其实是骗人的。我需要同情，对每一份同情都心存感激。如果没有了同情，那这个世界不是太冷了吗？"

"你经常很伤心，又经常强装笑脸是不是？"

"我经常很伤心，这是真的，但我有时候的笑脸却不是装给谁看的，而是由于感到幸运。"

赵天亮有些吃惊："幸运？"

周萍点点头："我一个资本家的女儿，硬跟到兵团，还有不少人同情我，比比别的'黑五类'子女，我实在是太幸运了啊！"

赵天亮张张嘴，没说出话来。

周萍："我要主动离开七连了。"

"去……哪儿？"

"一个农村大队，山东屯。那才是我该去的地方。在县城里，你见过了三个在那里插队的上海姑娘，她们也是由于家庭原因才成不了兵团战士的。

我本应是她们中的一个，如果我还赖在七连，也许同情就会变成轻蔑了。人心是常变的，这一点我明白。"

赵天亮缓缓站起，周萍也站起，二人默默对视。

赵天亮："那……那我会常去看你！"

周萍："其实，有时候我又觉得好孤独，这会儿就是。决心是下了，但是心里想哭……分别前，抱抱我吧……"

赵天亮不知所措。

周萍："就抱一下。"

赵天亮笨拙地抱住了周萍。

周萍偎在他怀里，闭上了眼睛，喃喃地说："我长到十岁以后，除了我妈妈，再也没有亲人这么抱过我了，是我不肯再让他们这么抱我了。"

赵天亮愣愣地说："'一下'，是多久？"

"随你。"周萍轻轻地说，"在县城，知道饭馆里那个女人对我说了些什么吗？"

"不知道。"

"她说要给我介绍一个在县城里、现在有权势的男人，或者他们的儿子。说如果我肯嫁给他们，我的命运就大大改变了，起码在那个县城里是那样。回来后我也认真想过，认为那也许是值得考虑的……"

赵天亮："别！周萍，千万别！"

周萍："后边的话，是逗你呢。"

"那女人不是个好东西！"

"别骂人家，介绍的婚姻也不见得就不会幸福……"

"不会！肯定不会！"赵天亮不由得将周萍抱紧了。

鱼儿跃水，河中"扑通"一声。

二人立刻分开，都不好意思起来。周萍在赵天亮脸上飞快一吻，拿起盆，跑了……

第 8 章

泥墙上的窗框已经安好，但油漆还没刷，玻璃也没镶。知青们用抹子往窗框上方几块儿裸坯上抹泥，抹得特别仔细，最终抹得平滑如镜。

新宿舍已基本建成。王凯站在架子上，一手抹子，一手托泥板，诗兴大发："我是建筑工人的儿子！我的理想，是某种高度！某种厚度！我的追求，是一千年的牢固，一万年也不倒！"

大家给他热烈的掌声。

男一班和女一班的知青站在那房子前，个个浑身是泥，但又个个显得特别兴奋。他们中，不见齐勇、二班长、黄伟、魏明、傅正等五名哈尔滨知青。

王凯在架子上行谢幕礼。他脸上、头发上、胳膊上尽是泥巴。

吴敏冷漠地说："吹牛！小资产阶级狂热病！"说完，便转身走到一堆干草那儿坐下，用干草擦手上的泥，刮鞋上的泥。可是，在所有人当中，她身上的泥是最少的。

北京女知青汤洋洋横她一眼，讽刺地："有大批判家在场，咱们以后最好都变哑巴得了！连谁开心一下，人家的耳朵都能听出按阶级分析出的思想！那谁还敢在这种人跟前开口说话呀！"

谢菲附和："就是！"

215

吴敏一下子站起，指斥谢菲："你帮的什么腔儿！尤其你们上海，更是小资产阶级尽情表演的舞台！"

上海女知青汪漩和薛艳不干了，与谢菲站一处，三个对一个，共同讨伐起吴敏来：

"上海是有光荣革命传统的地方，你侮辱上海是反动的！"

"中国共产党在上海开过代表大会！上海是无产阶级革命的大舞台！"

"上海是一二九师与日寇浴血奋战的英雄城市！"

"陈望道就是上海人！陈望道知道不？"

"鲁迅也逝世在上海！"

"侮辱上海，就是侮辱上海全体革命人民群众！"

一个哪里舌战得过三个？何况三个上海姑娘发起威风来，竟也一个个的伶牙俐齿，说的又是上海话，语速极快——那情形好比三英战吕布。吴敏听得半明白不明白，不时眨眼，张口结舌，再也说不出一句话来。

其他人一个个窃笑。

孙曼玲忍着笑，想上前制止。哈尔滨女知青高洁扯了她一下，小声地说："别管，替咱们哈尔滨的治治她挺好。"

"我不是班长嘛！"孙曼玲小声道，说完还是上前制止，"得啦得啦，一句话半句话的，你们这都是干什么呢！"

谢菲轻轻推开孙曼玲，不依不饶："我就问她一句话，陈望道是谁你知道不？耳东陈，希望的望，道路的道。不知道吧？那让我告诉你，第一个翻译《共产党宣言》的人，阿拉上海人！你连这一点都不知道，还整大装的什么革命家！"

谢菲一句普通话一句上海话的，将那一番话说得特好玩儿。

吴敏又一屁股坐在干草上。孙曼玲伸展双臂，将谢菲她们挡开了。

"小黄浦"冲谢菲们暗竖大拇指，小声地说："和你们同仇敌忾！"

谢菲没好气地推他："滚一边儿去！刚才你在哪儿？"

另外两个上海女知青也附和道：

"阿拉上海知青受攻击时，从来指望不上你！"

"白相客！银样镶枪头！"

"小黄浦"："这……我……不是好男不和女斗嘛！"

王凯不知何时已从踏板上跳下，这时也跨上前来，双手叉腰，向吴敏问罪："你刚才怎么说我来着？说我吹牛，小资产阶级狂热病是不是？我倒要虚心讨教了，'石油工人一声吼，地球也要抖三抖'，这也是吹牛，也是小资产阶级狂热病吗？！"

杨一凡："否！那叫革命的浪漫主义！革命的浪漫主义是以革命的理想主义为前提的，是革命的现实主义的诗性体现！"

吴敏突然大叫："孙曼玲，你瞎啦？！"

大家一时安静，吴敏起身跑了。

孙曼玲冲大家生气地说："你们几个轮番训她一个人，就不是欺负人了？"

王凯有点儿后悔："不是一连累了多少天，今天终于完工了，想要开开心嘛！"

回宿舍的路上，吴敏遇到了通讯员兼号手李鸣。李鸣将几封信交给她："吴敏，这都是你们女一班的信，也有你一封！"

吴敏回到女一班宿舍，留下自己那封信，将其他信随便往炕上一扔，呆坐在自己的铺位那儿生气。她气得掉下泪来，边抹泪边拆信看。

信是她父亲寄来的：

小敏女儿：

首先爸爸要提醒你，此信看过，立即毁掉，片刻勿留，更不可给任何人看，不管你认为那个人多么地值得你信任。

你在信中向爸爸提出的问题，现在爸爸如实地告诉你——所谓"上山下乡"运动，首先只不过是为了解决你们这样在城市里造过反的几届毕业学生的安置问题。你们既升不了学，也就不了业，对城市就是很大的压力，也可以说是很大的威胁。所以，你们必须离开城市到农村去，这是权宜之计。这就叫政治，但今后工厂还是会招工的，大学也还是会招生的。所以你必须表现为一个思想特别革命的人。这样的一个人有时确实会使别人反感，但这是你必须付出的代价。你根本不必为此而苦恼，你也根本不必在北大荒信任什么人，爱上什么人，和什么人成为好朋友！你只要继续表现为一个思想特别革命的人就行了。以后的出路，爸爸会尽量替你安排。

父亲内心是有很多说不出的苦闷的。我现在所做的一切，都是为了你。你是我们唯一的女儿，尽管你深深地伤害过爸爸妈妈，但我们依然爱你！不过，你也要学得聪明一点儿，没必要为了证明自己的革命性，非把和其他知青的关系搞得那么僵。以后招工或上大学，尤其上大学，一般是要经群众举手通过这一关的。

…………

慷慨激昂地在学校带头斗老师，率红卫兵踢开家门，将父母的合影摔在地上，喝令父母接过那一卷红纸的"决裂书"……自己所做的一幕幕又回到了她的眼前。

看完信，吴敏神经兮兮地朝门口瞟一眼，将信纸揉了。

她在火炕火口那儿蹲下——火口只剩灰烬；她又站起，找可以拨弄的东西。一时找不到，干脆倒拿笤帚，用笤帚把儿拨弄。终于拨出了一点点儿炭火，趴在地上一口口吹；吹起了火，将手中的纸团投入火口，将信封也撕碎投入，继续拨，吹。笤帚把儿着火了，她踩了几踩，以为踩灭了，其实没灭。

炕角有响动，接着是老鼠嗑箱子的声音和咬架的"吱吱"声。吴敏将笤帚甩过去，笤帚把儿落在两床被之间……

新盖的宿舍那儿，大家还在争论什么，只孙曼玲一人在默默收拾工具。

她蹲在水坑边，用干草一件件洗刷工具上的泥巴。

王凯："比较起来，我倒宁愿跟着咱们班长去抢大锤，采石头，那多来劲儿，也不会在这儿和一位批判家发生冲突了！"

沈力问杨一凡："哎，你刚才那几句话，理论水平怎么那么高啊？哪儿的膏药？"

杨一凡："我妈不是教马列主义文艺理论的嘛，我爸却是研究法国现代文学的，两个整天在家里辩来辩去的，我耳朵都磨出茧子来了。直到有一天我妈也被列在'臭老九'名单里了，才言归于好，像一对父母，也像一对夫妻了。"

"小地包"忽然说："我认为吴敏的话说得很对。"

贵人开口迟，语出惊人。大家的目光都集中在他身上。

连孙曼玲也停止刷洗，扭头看弟弟。

"小地包"一边"啪啪"摔泥团一边说："我这个人，不管是谁，不管别人如何看她，也不管她表达自己看法的话说得多么让人听了不高兴，只要她的基本看法是正确的，那我就站在她一边。"

"小地包"又指着新盖的宿舍，望着王凯说："那也算是一种高度？那也算是一种厚度？有多高？有多厚？那就能一千年巩固，一万年也不倒了？我知道你是在表演开心。啊，许你说开心的话，就不许人家对你开心的话认真一下了？在城市里，咱们都喊过这样的口号没有？解放伦敦！解放纽约！解放巴黎！还要解放莫斯科！细想想，是不是都是吹牛？我们怎么连开玩笑都带着在城市里那股吹牛的劲儿？我们怎么都变成这样了？"

孙曼玲站了起来："小弟，你给我住口！"

"小地包"："我说亲爱的、亲亲爱爱的姐，你要是不爱听我的话，那就请走开，或者把耳朵捂上。麦子没收回多少，现在连绿馒头都吃不上了，一天三顿煮黄豆了。什么浪漫主义、理想主义、革命英雄主义，我身上是一点儿都没有了，都随着一通通的响屁释放光了。所以呢，现在一听到谁说吹牛的话，即使是开玩笑逗乐儿，我都想跟谁急眼！"

孙曼玲："就你一个人累，一个人吃黄豆了吗？满嘴胡说八道！再瞎咧咧看我抽你大嘴巴子不！"孙曼玲又左转身右转身地对大家赔着笑说："都装没听到啊，是我当姐的平时教育得不好，我一定找机会好好教育他！"

"小地包"："唉，以前挺好的一个姐，一当上个小班长，变得这么……"

"小地包"说不下去了，因为吴敏又回来了。

吴敏一反常态地对谢菲她们说："三位上海的战友，我刚才跑回宿舍去独自反省了一番，已经认识到我的话是不对的了。谢菲、汪漩、薛艳，现在我正式向你们道歉，请原谅我的冒犯，行吗？"

她的表情和她的话语都特别真诚，谢菲等三人一时莫名其妙，反而都被她搞得不知所措了。

吴敏又对王凯说："王凯，你也别生我的气了。你明明是在逗乐，无非让大家开开心心而已。我的话起码显得太没有幽默感了，我也正式向你道歉，请原谅我刚才的无礼。在城市里，不是那样说话说惯了嘛，大家给我时间，我一定改正我的毛病。"

王凯同样被搞得丈二和尚摸不着头脑，窘窘地说："其实，我刚才那样对你，还是在开玩笑，没别的意思，你也别往心里去啊！"

孙曼玲高兴了："我觉得我们都应该向吴敏学习。毛主席教导我们说……"

远处传来一阵阵炸山的巨响。

而吴敏，已走到水坑那儿，蹲下去洗刷起工具来。

大家正全都有点儿发蒙，齐勇走来，看着新宿舍说："进度好快啊，我以为我们两位班长都不在，这儿就个个是大爷，谁也管不了谁了呢！"

高洁不满地说："你什么意思你？曼玲不算班长啊？"

孙曼玲也蹲到水坑那儿刷洗工具去了。齐勇看了她的背影一眼，没回应高洁的话，却问王凯："赵天亮呢？"

王凯："他不是让你点名要去采石头了吗？"

齐勇："可上午根本没见他人影儿！"

余莎莎半有意半无意地说："周萍也不知哪儿去了。"

谢菲立刻接了一句："别乱猜啊，周萍是班长给的假。"

林丽嗔怪余莎莎："你说那么一句干什么呀？"

孙曼玲问吴敏："你回宿舍的时候，周萍在干什么呀？"

"周萍没在宿舍里。"吴敏成心将话说得人人都能听到。

大家一时意味深长地沉默了。

齐勇自言自语："好，很好，很好……"

孙曼玲站起，瞪着齐勇严肃地说："齐勇，你作为班长，说话要注意影响。"

"我也没说什么影响不良的话呀。"

"那你好什么好？阴阳怪气的。"

远处突然传来喊声："女宿舍着火啦！救火呀！"

接着，一阵"当当"的敲犁片声响起……

女一班宿舍烧得一片狼藉。知青们和来救火的老战士、老职工以及家属们，满脸烟灰，望着塌了架的宿舍发呆。

孙曼玲等女一班的知青们在狼藉中寻找着破东烂西，吴敏也在寻找，但她显然已经明白了起火的原因，不时偷看自己班里的战友们。

汤洋洋翻到一听罐头，刚一拿起，又扔掉了，接着甩手、吹手。

孙曼玲："烫着了吧？"

汤洋洋流着眼泪："班长，我的东西，就剩下一听罐头了。"

孙曼玲搂抱她，轻轻拍她肩膀，想说什么安慰的话，却一句也说不出来。

薛艳一屁股坐在脏兮兮的炕上，哇哇大哭："我的工资！我的工资都烧光了！我还没往家里寄呢！"

指导员、连长、方婉之和尹排长也都来了，四人面对废墟神情凝重。

"嘿！千里迢迢接来这么些操心的东西干什么呢！"连长抱着头蹲在了地上。

赵天亮和周萍还不知道连队里发生了什么事儿。他们在公路上并肩走着。

赵天亮："我总觉得，你这么走了不太好。"

周萍："我也知道，可……我的自尊心再也不允许自己多留在七连一天了……"

"你这叫不辞而别。"

"我不是给你一封信了吗？交给我们班长就行。"

"七连也不是只有你们班长才对你好。"

"是啊，指导员、连长、方排长，还有我们女一班的大多数人，都对我挺好的。"周萍站住，看着赵天亮，含情脉脉地又说，"你对我也好。打饭的时候，我悄悄让你来送送我，你顾不上请假就来送我了。除了对你的感谢，我当面说给你听了，对其他人的感谢，我都一一写在信里了……"

一辆卡车从他们身后驶来，周萍向着卡车招手。

赵天亮："你别这么急啊！"

但是卡车已经停住，司机探出头说："驾驶室里有人了，要上也得坐后边了。"

赵天亮："那就再等一辆吧。"

司机有些不耐烦："到底上还是不上？"

"上！上！"周萍看着赵天亮小声说，"人家都停下了，我得上车了，帮我一下吧。"

赵天亮："今后有了什么困难，一定要给我写信，我是真心实意愿意帮助你的。"

"嗯。"

赵天亮只得帮周萍上了车。

卡车开动，周萍喊："借方排长的被褥我都拆洗过了，替我还给她！"

赵天亮追了几步，站住，惆怅地目送卡车绝尘而去。

赵天亮回到了男一班宿舍，见大家都在默默地吃黄豆。而且，谁也没洗脸。

赵天亮奇怪地："你们，这都怎么了？"

王凯："女一班宿舍着火了，她们的东西基本上都烧光了，损失惨了！"

沈力："新宿舍刚盖起来，炕面还没抹，要住人怎么也得是一个月以后的事儿，她们都被临时分散到老职工家里去住了。"

赵天亮由愕而呆。

齐勇："我们该说的，都说了。说说你自己吧，也没跟我打声招呼，一上午去哪儿了？"

赵天亮："我送周萍去了。"

齐勇："送她？送她干什么去？"

赵天亮："她走了。"

齐勇："走了？走了是什么意思？"

"她离开七连了，她已经知道自己的档案、户口都在哪儿了。"

"小黄浦"："山东屯儿？"

"她希望自己走时，能有一个人送送她。她跟我表达了这个意思，我就送她去了。"赵天亮顿了一下，又对齐勇说，"我没向你请假，违犯了纪律，你愿意把我怎么样就怎么样吧！"

齐勇："我能把你怎么样啊！"他将饭盒盖使劲儿一放，豆子弹了一地。随后掏出支烟吸起来。

赵天亮向齐勇伸出一只手，齐勇瞪赵天亮一眼，不情愿地给了赵天亮一支。赵天亮对着齐勇的烟头吸着了烟。

"小黄浦"极其失落地嘟囔："她有走的打算，预先都没向我透露一个字。"

赵天亮抢白他："她也没向谢菲她们透露一个字！哎，你们都这么看着我干什么？我和她之间什么故事都没有！我只不过有点儿同情她而已！"

王凯："别而已了。越'而已'，越等于此地无银三百两。"

黄伟拍拍他肩说："小兄弟，若论同情，我们也很同情她。你的同情，恐怕不只一点儿……而已。你得承认，这是有区别的。"

赵天亮："那又怎样？"

傅正："那就证明，这本身已经是故事了。"

"够了！"齐勇打断他们，"都有完没完？女一班那边失火了，她们人人都一无所有了，有的人工资还没来得及往家寄，结果变成灰了！你们在这儿呛呛些什么？有意思吗？"

傅正："班长，请允许我说最后几句话——本人认为，周萍这一走，对她是很不利的。也许，她将更值得同情了……"

齐勇："你还真没完了是不是？不许再说她。什么都不许再说了！都给我一声别吭地吃饭！"

"小地包"纠正地说："吃豆子。"

齐勇瞪他一眼接着说："吃完都给我一声别吭地躺下，睡觉！下午该干什么的，还干什么！"

黄伟："班长，你没听明白老傅的话。如果你是周萍，你千里迢迢地跟到了兵团，你什么苦活儿累活儿都干了，发服装却没你的份儿，发工资也没你的份儿，你还因为出身问题经常受某些人的欺负，你前脚一走，后脚你住过的宿舍失火了。那么这意味着什么呢？"

"你浑蛋！"赵天亮将齐勇饭盒里一个绿馒头朝黄伟投去。

黄伟双手接球似的接住，却一点儿也没生气，走过去，将馒头往饭盒里放。由于馒头黏手，放得很不顺利，黄伟边在饭盒边上细细地刮手，边说："我只不过说出了老傅想说却又没有明说的意思……而已。"

傅正："别强加于我啊！"

齐勇生气地将黄伟推开："你刮什么刮！那毕竟是馒头，不是屎橛子！"

王凯一副福尔摩斯的样子："本人认为，失火的原因不外乎两种情况。第一种情况，是自燃。比如炕面有塌陷或窟窿。但这一种情况，基本排除。

因为什么都烧光了，炕面却并无足以引起火灾的疑点。那么，也就只剩下了第二种情况——人为的。人为的，又分两种情况……"

有人放了一个很响很长的屁，像不会吹号的人在吹号。但没有一个人笑，气氛仍凝重。

王凯很有耐心地等待屁声结束，接着说："女一班也有人吸烟吗？没有。那么只剩下了一种情况，不但是人为的，而且是故意纵火。谁最有这种嫌疑呢？吴敏回到过宿舍一次，但如果假定是她，她的心理动机又是什么呢？"他煞有介事地环视着大家问，"谁能回答我的问题？"

沈力："她跑回宿舍之前，和大家吵了一架。"

杨一凡："假定这也是怀疑她的一个根据，那么与周萍比起来，可能性也只有百分之三十而已。"

赵天亮自言自语："不可能，不可能。你信口开河！"

王凯拍拍他肩，低声地："咱们捅破窗纸说亮话吧，我也喜欢周萍，她改变了我对上海知青，尤其是女知青的看法。所以，我此刻的心情，其实和你是一样的。"

赵天亮："如果是她，她还有必要让我转交给她们班长一封信吗？"

傅正："我提醒你，这屋里谁也没说过'是她'的话。"

王凯朝赵天亮伸出一只手，赵天亮不情愿地掏出信，交在王凯手上。王凯正反看看，信封无一字，他正欲抽出信纸，信又被赵天亮一把夺去。

齐勇："还不交到连部去！"

赵天亮抓起饭盒里的馒头咬了一口，向门外走去。齐勇忽又把赵天亮叫住，低声道："等等！把门关上。"

赵天亮将门关上后，缓缓转过身——他从大家的目光中看出了什么意思，一手按住衣兜，喃喃地说："我不能，我不能。"

黄伟又拍拍他肩："你只不过对一个人有道义，可大家在关心的是一个严峻的事件。"

"小地包"："这下我姐可摊上了，作为班长，她也推卸不掉责任了。"

"小黄浦"；"但愿不要变成一场阶级斗争。"

齐勇看着赵天亮说："没人逼迫你，但是你也看出来了，大家多么想知道她在信中都写了些什么。"

赵天亮掏出信，递给黄伟。

黄伟接过信看一眼，又递给傅正。傅正往后躲："信是受法律保护的，我父亲又当过邮电局局长，由我来读最不合适吧？"

黄伟又将信递给王凯。王凯也推脱："我也没说我想读啊。"

黄伟转身走到赵天亮和齐勇之间，看一眼这个，看一眼那个，最后将信递给齐勇。齐勇倒是接了过去，看看，望着赵天亮说："你觉得，是我读好，还是你读好？"

赵天亮一把从齐勇手中夺回信，往门框上一靠，抽出了信纸。他心里默默说："周萍，对不起。可由于失火事件，连我都迫切地想要知道，你究竟在信中写了些什么了。"

这时的周萍正坐在卡车上凝神沉思。在那封信中，她是这样写的：

亲爱的班长：

当你看到这封信的时候，我已经离开七连了。我首先希望你能原谅我这种不辞而别的选择。可是，既然我已经决定了离开七连，除了这一种选择，难道还有另外更好的选择吗？

班长，我十分感激你，十分感激女一班的知青战友们，十分感激方排长，十分感激连长和指导员。总而言之，我十分感激七连，七连对我竟是不弃不嫌的，这绝不是任何一个资本家的女儿在任何一个地方都能获得的对待。所以我认为我是幸运的。所以，我是满怀着感激之情离开七连的。班长，请一定要替我跟谢菲、汪漩、薛艳她们三个说，我不但感激她们并不歧视我这个资本家女儿的上海人，而且请求她们以后能经常去山东屯看看我这个上海老乡。而我，向你们大家保证，从此一定争取做一个可以教育好改造好的插队知青。

…………

卡车驶入县城，周萍下了车，茫然四顾。见有个女人担着些秋菜走在前边，周萍便紧跑几步追上了女人，竟是那个县城里的小饭馆老板。周萍向她问路，她刚指向一个方向，周萍已向她挥手告别，急急地朝那方向走去。就这样，周萍一路问询着，匆匆地向山东屯走去。

没等赵天亮吃完午饭，李鸣就推门走进了男一班的宿舍，说是指导员和连长叫赵大亮到连部去。赵大亮赶紧将信装进信封里。

赵天亮跟着李鸣往连部走，恰见吴敏正从连部出来；吴敏显然也看见他了，绕道而去。

李鸣说："这场火也着得太奇怪了，方排长初步统计了一下，女一班的损失总计不少于三四千元。光人家谢菲从上海带来的皮箱就值五六十元，这下咱们七连又得被通报了。"

连部里，韩指导员、张连长、方婉之和尹排长正在谈论失火事件。

"被通报倒也无所谓，关键是人家那么多女孩子的损失怎么算？总得给她们个说法吧？不赔，得讲出不赔的道理，可如果赔，连里又哪儿来这么一笔钱？"张连长越说越烦恼，激动得站了起来。

指导员还比较镇定："老张，你坐下，坐下。你往起一站，我心里就乱。我看，我们首先要做的是，了解了解原因，最好能初步掌握一些情况。要不，连向团里的汇报都没法儿写嘛。"

张连长这才乖乖地坐下了。

这时，门外传来赵天亮喊"报告"的声音。尹排长叫他进来，赵天亮走了进来。方婉之轻拍一只高腿凳的凳面："坐吧。"显然，吴敏曾坐过那凳子，它在四位支委之间。

赵天亮坐下后，指导员开口说："小赵，女一班宿舍临近中午的时候失火了，损失很严重，这件事儿你肯定已经知道了。找你来，是要向你核实几个问题。你不要有什么思想负担和顾虑，更不要当成是审问，只不过是询问。"

赵天亮："你们想怎么问就怎么问，随便。"

指导员问道："是你今天上午送周萍走的？"

"对。"

"送到哪儿？"

"送到公路上。"

"具体点儿，多远？"

"离连队七八里远，来了一辆卡车，她坐上去，就那么走了。"

"你几天前就知道她决定离开七连了？"

"对。那一天她在河边洗东西。她把方排长借给她的被褥拆了，洗被面被里。我去河边洗衣服，我们碰到了，她对我说了她的决定。"

"全连那么多人，她却单单只告诉了你，看来你们关系不错嘛。"

赵天亮硬邦邦地说："我们关系很正常。"

"为什么不及时向连里汇报？"连长嗔责道。

赵天亮腾地站了起来："我为什么非向连里汇报？她那么信任我，希望我在她走之前别告诉任何人，我能一转身就向你们汇报吗？那我成什么人了？她决定走，我完全理解她，这么一件事儿有什么值得汇报的？换了我是她，我也走，一天都不在七连多待了！"

张连长压着火："你！……你给我坐下！怎么什么麻烦事儿都会跟你赵天亮扯到一起呢？！"

赵天亮："我不就是没请假，去了趟陕北看我的哥哥吗？不是为那事儿处分我了吗？除了那件事儿，我究竟还给七连造成什么麻烦了？"

张连长被噎得愣住了。

方婉之："小赵，你坐下。老张，我也请你坐下！"

张连长不悦地走出去，站在门外吸烟。

尹排长也站起身来："指导员，嫂子，下午我还要带人到山上去放几炮，先走了啊。"

尹排长也走了出去，将张连长扯到一旁，小声数落："你训我的战士态度不好，你对嫂子的态度就好了？她让你坐下，你为什么反而出来了？指导员刚问了几句，你就一再地插问。也就指导员好脾气，要我，对你意见大了！"

屋里，指导员继续问赵天亮："小赵，你送周萍那一路上，她都跟你说了些什么呢？"

"她一路尽说感激你们、感激七连的话。她还有一封信，让我交给她们班长。"赵天亮掏出信，"她是想让班长交给你们的。"

方婉之："既然如此，我们现在就可以看的。"说着便接过信，转递给指导员。指导员正反看看，又递还给了方婉之，意思是让她先看。方婉之看时，指导员又问："你看过没有？"

"我没单独看过。"

"嗯？什么意思？"

"我在我们一班念了。"赵天亮情绪激动起来，"你们不就是怀疑是她放的火吗？不错，她前脚走，后脚她住过的宿舍失火了，这对她非常不利。她遭遇的情况，再加上她是资本家的女儿，都会使她成为最可疑的人。但是我赵天亮敢替周萍这个资本家的女儿打保票，女一班宿舍失火肯定另有原因，肯定与她毫无关系！"

指导员在沉思，方婉之默默地看信：

……指导员、连长、方排长，我悄悄地离开了七连，希望你们能够原谅我的做法。我走，不是因为对你们有什么怨气，而是因为不愿让你们为我的事儿大费周章了。我是资本家的女儿，户口和档案又明明被转到了我原本应该去插队的农村，我清楚自己要想成为一名兵团战士，在这种情况之下是多么地难。我真的不忍心再使你们为难了。今生今世，竟有机会叫你们指导员、连长、排长，我已经感到万分幸运了。能在兵团的一个连队生活了两个多月，参加了抢收麦子、豆子，和是兵团战士的知青们一起盖起了两幢知青宿舍，思想和身体都获得了很大的锻炼，我已经特别知足了……

此刻的周萍正在梁喜喜家。梁喜喜在擀面条，周萍站在她旁边，二人就那么一问一答地对话。

梁喜喜笑着说："今天是我四十四岁生日，明年就四十五了。以前我很少过生日，但是今年，快四十五了，忽然想过了……你把书包放屋里炕上，先替我烧水。"

周萍立刻取下书包，走入里屋，一边放书包，一边向四周打量。

"不是叫你替我烧水吗？"

"就来。"周萍回应着，退出里屋，默默蹲在灶口那儿往灶膛塞柴草。

梁喜喜："周萍，你今天能主动来到山东屯，这是正确的选择，我很替你高兴。如果你不主动来，我还要代表公社代表县知青办，到你们团去要你呢。我在县知青办也有点儿职务，挂名的一个副主任。如果你们团里不给，我们就会告到兵团司令部去。还不给，那我们就要告到中央去。"

周萍困惑不解地抬头看梁喜喜。

梁喜喜只管低着头，一边快速地切面，一边自说自话："其实我和你们团长是山东老乡，一个县的，关系那是相当地不错。按辈分，他还算是我五服以内的堂姐夫。但原则问题是掺杂不得半点儿个人感情的。你在我们县插队知青的花名册上。具体说，在我们公社。而且你的户口你的档案，都已经落在我们山东屯了。这是一个铁板钉钉的事实，也是一个必须坚持，绝不能退让的原则问题。"

周萍忘了续柴草，忍了几忍没忍住，终于问："我……对于山东屯，有那么重要吗？"

梁喜喜一边抖面一边说："重要，当然重要！别停了续火呀。"

周萍又开始续柴草，忍不住又问："可我……只不过是一个资本家的女儿……"

水开了，梁喜喜一边往锅里下面，一边又说："重要就重要在这一点！实话跟你说，姑娘，你要不是一个资本家的女儿，那一切反而好说了。可你偏偏是资本家的女儿，情况就不同了。资本家的女儿，想不挣工分，赖在兵团挣工资，反而如愿以偿了，那还成？那对我们全县的插队知青是多坏的影响？那我们号召插队知青扎根农村的工作还怎么做？但这只不过是问题的一方面，另一方面是，七连不放你，团长打电话来替你说情，证明你是一个不错的姑娘。我们山东屯呢，其实更愿意要家庭出身不好的知青。"

周萍困惑地．"为什么？"

梁喜喜将面条下在锅里，边搅边说："道理很简单。一名知青，家庭出身越不好，胆子就越小，胆子越小，就越听话。让往东，绝不敢往西；让往西，都不敢往东瞟一眼。这就好支使。不像那些'红五类'，自以为老子天下最革命，来到农村插队了，还整天寻思着怎么样革一下这个的命，造一下那个的反，调皮捣蛋，往往不服从管理。你刚说上句，他那儿不着调的下句在等着。背地里还常干些偷鸡摸狗的事儿，惹老乡们气恼。出身不好的知青，那是一点儿也不敢有这些毛病的。给一个好眼色，心里就暖暖的。给几句好话，就感动得掉眼泪……"

周萍听着，头越垂越低，一把把机械地往灶膛里塞草，都快将灶膛塞满了。

梁喜喜往盆里捞面，继续说："既然从我们了解的情况看，你确实是一个表现得不错的资本家的女儿，那我们岂有放弃不要的道理？公社也罢，县里也罢，正缺少一个'可以教育好的子女'的典型。一场伟大的运动，没有各级典型那还行？我十八岁就入党了，二十岁就当副县长了，论搞运动，我也不外行。没有典型，就没有轰轰烈烈的运动。我们有心把你树立成全公社、全县'可以教育好的子女'的典型，就看你自己是不是也努力争取了。"

周萍忽然抱头哭泣起来。她哭得百感交集，那么伤心，却又声音很小，那么压抑。正因为压抑，听来让人心碎。

梁喜喜愕然，扯起周萍，奇怪地问："你哭什么呀？我跟你说的都是大实话，你怎么反而哭起来了呢？啊，明白了，因为当不了兵团战士了，心里边怨恨我是不是？"

周萍不言语，只是哭泣。

梁喜喜："说话呀！怨恨就承认怨恨。如果心里明明有，又不说出来，那就是虚伪嘛！"

周萍点头。

梁喜喜嘎嘎地笑了。她的笑声特响亮，也可以说是豪爽："怨恨嘛，又不敢明说。逼着说，才点点头。我刚才说你们这类知青胆小，没说错嘛。这正是我欢迎你们这类知青的原因嘛。我欢迎你们，那就代表山东屯欢迎你们。你毕竟点头承认心里有怨恨了，这是诚实的表现。做人就是要诚实，我喜欢诚实的人。我允许你心里有怨恨，但是不允许长期有。长期有就不是对我怎么样的问题了，而是对一场伟大的运动怎么样的问题了。好啦好啦，别哭了。乖，要听话，啊？"

梁喜喜怜爱地拥抱周萍，因为双手沾着面，其实更像是用胳膊肘夹着周萍。而周萍感觉到慰藉地依偎在梁喜喜怀里。

梁喜喜又说："从今以后，你就是我主要关怀的一名知青。谁欺负你，告诉我，看我不收拾他。要树成典型的知青，那就得重点对待。某一天你真成了典型，我也跟着光荣！……哎呀，我锅里还有面！"

锅潽了。

没过多久，梁喜喜和周萍吃上了炸酱面。佐面的无非萝卜条、白菜心、葱蒜之类。

梁喜喜翻着碗里的面："可惜煮烂了。"

周萍："好吃！"

"再吃一碗？"

"不，饱了。"周萍满足地打了个饱嗝。

梁喜喜笑了："'解放'前，资本家的小姐如果在饭桌上打饱嗝，那是要遭人耻笑的。"

周萍也不好意思地笑了。

梁喜喜放下碗筷说："我也饱了，不吃了。"

"我洗碗筷！"周萍迅速收起碗筷，走到灶间去了。

梁喜喜看着她的背影，赞道："真懂事。"

天黑了，梁喜喜陪周萍往知青宿舍走。梁喜喜突然想起来什么，问道："刚才忘了问了，你被褥什么的呢？"

"从上海来的路上丢了。在七连，我们排长借了我一套。"

"那我明天也借你一套，以后再说。"

"谢谢……我该叫你什么呢？"

"当然要叫我支书。人前必须叫我支书。人后嘛，你在上海怎么叫我这个辈分的人？"

"叫阿姨。"

"姨就是姨，还'啊'的什么！你们上海人称呼别人就是嗲。嗲就是资产阶级，起码是小资产阶级太太小姐的酸臭毛病！记住，以后不许发嗲啊！"

周萍站住，点头。

梁喜喜见周萍有些发愣，笑道："我不喜欢你叫我阿姨，背后叫也不喜欢。按我们山东人的叫法，你叫我'婶儿'吧。叫一遍。"

"婶儿。"

梁喜喜诲人不倦："这听着就一点儿也不假了！以后，苦活儿、脏活儿、累活儿，包括危险的活儿，你都要抢在别人前头去干！有好处的事儿，你都要悄悄往后躲。即使别人把那种好事儿推到你面前了，你也要一让再让。还要和其他知青搞好团结。发生什么矛盾了，即使错在对方，你也要高姿态，主动做自我批评。总而言之，你要脱胎换骨！"

山东屯女知青宿舍共有五位姑娘。除了周萍在县城已经见过的三个上海姑娘，还有两个陌生的姑娘。她们也是从上海来的，受了父母这样或那样问题的牵连。

五个姑娘正在因周萍的到来而议论纷纷：

"老实说，上次你们三个说周萍终于留在兵团了，我心里老不是滋味了，半夜还偷偷哭了一鼻子呢。现在我心里平衡多了。"

"就是。都是家庭有问题的，凭什么她就可以穿兵团服，挣工资，我们就不可以？她父亲还是资本家呢，我父亲才是买办。"

徐燕燕："买办是什么人啊？咱们六六年才上的中学，入学不久就'文化大革命'了，名义上是初二学生，其实没正经上过几天课，还真不知道买办究竟是什么人。"

刘芳想了想问道："买办就是咱们上海人'解放'前说的'小开'吧？"

被问的姑娘生气地白了她一眼："你爸才是'小开'呢！"

"你别生气嘛，我不是不懂嘛。"

那姑娘叹气："其实我也不懂。红卫兵抄我家时，指着我父亲的鼻子，口口声声说'你这个资产阶级买办如何如何'的。长这么大，直到那一天，我才知道我父亲是什么'买办'。红卫兵走了，我父亲还低着头，都不敢抬头看我一眼，那样子特可怜，恨不得地上裂个缝一头钻进去。他头一回在自己女儿面前遭人羞辱。我当时真想对他说——爸，只要你'解放'以前没当过汉奸，那你就还是我爸……"

她鼻子一酸，终于不说了，仰躺下去，扯枕巾盖住了脸。

郝昕一直在织毛衣，这时问："哎，我记得我以前上你家时，遇到过市里派小车接你爸去开会的呀！"

那姑娘又一下子从脸上扯掉枕巾，坐了起来，情绪激烈地："那当然！那时候我父亲是著名的工商界人士！"

"以前被小车接去开几次会有什么了不起呀！这屋里的，谁的父亲'文革'前还没有点儿名呀？我父亲还当过两届市政协委员呢！"另一个姑娘指了指刘芳说道，"她父亲是著名诗人！"

刘芳："别提我父亲别提我父亲，他写的诗一点儿也不具有无产阶级的革命性，无非就是写了不少风花雪月罢了。'文革'前就没少被人批判，还不服气，非说自己是什么自然美的真淳的歌者。这下好，后悔也晚了，肯定遗臭万年了。连我也受他牵连，沦落到了这种地方！要在古代，这不就叫发配吗？"

徐燕燕："说话注意点儿啊！别一激动随嘴什么话都乱说。万一开你的批判会，叫我们多为难。不批你不行，批又不忍心，都是上海的。"

另一个姑娘半开玩笑半认真地说："我可没什么不忍心的，叫我批谁我批谁！要批就批倒批臭！那话怎么说的？——要像战场上拼刺刀一样，白刀子进去，红刀子出来，对吧？"

郝昕一下子将她推了个仰巴叉："你怎么学得这么坏？真想给你一针！"

大家都笑了。

门突然开了，梁喜喜像回到自己家一样，对门外说："进来吧，还怕见到她们呀？"

坐在炕沿的三名女知青立刻站了起来，而坐在炕上的两个，也慌忙地下了地，穿上鞋子。她们虽不是立正成排地站着，但可以说是肃立着。看得出，她们都有点儿怕梁喜喜。也显然，在她们心目中，梁喜喜是一个毫无疑问地主宰她们命运的人。而这一点，与兵团的干群关系是那么地不同，形成一种反差。

周萍走了进来，五名女知青的目光都望向周萍。有的目光亲善，有的目光冷漠，还有的目光似乎流露着掩饰不住的幸灾乐祸。周萍显得有些拘束，还显得有些自卑。

梁喜喜问周萍："她们你都认识吧？"

周萍指指徐燕燕她们："认识她们三个，我们是同校的，我和她还是同学。"

"不认识的两个，一会儿你们也就认识了。我不介绍了。现在，加上你，我们山东屯一共有六名女知青了，还都是上海的。以后，你们既要在生活和劳动中互相爱护，互相帮助，又要在思想上互相促进，共同进步，啊？"

周萍已不由自主地就与五个姑娘站到一起去了，她们连连点头。

梁喜喜发现了炕上的编织物，拿起来看，问："谁织的？"她脸上一点儿笑模样也没有。而这时的她，尤其使姑娘们感到无法亲近，拒人千里。

郝昕怯怯地："我……"

"织的什么？"

"毛背心。"

"给谁织的？"

"我外婆。她都快八十岁了，住乡下老屋子，冬天屋里又阴又冷……"

"那你这点儿线不够啊。"

"在上海没织完，也没来得及再买线，就带来了……打算写信让家里寄线来……"

"等家里收到你的信，等你收到家里寄来的线，织好了再寄回去，今年冬天还不过去一小半儿了呀？"

"那……那我不织了……"

"不织，你外婆白有你这么个外孙女了！我家还有两扎毛线，记着，明天到我家去取。颜色不一样，你织出花来也会挺好看的。"梁喜喜的这些话一直是板着脸说的。之后她又对大家说："周萍她暂时还没铺的盖的，今晚先和你们挤挤睡。不许聊得太晚。"她伸手摸摸炕，走了。走到门口，站住，回头望着郝昕又说："要是真能织出新花样儿来，以后教教我。"

门关上后，郝昕抚着心口窝说："以为她禁止我织，吓得我一颗心扑腾扑腾的！"

一名姑娘附和："我也那么以为。"

那个父亲是买办的姑娘说："我事先声明啊，我可不习惯和人挤着睡！从小就没和人挤着睡过。"

徐燕燕指着刘芳，说："我俩褥子挨着，你睡我俩中间。"

郝昕对周萍道："还不把书包放下！"

周萍刚将书包放下，刘芳拉着她一只手说："快脱鞋上炕，炕上可暖和了！"

周萍报以一笑，默默脱了鞋，坐到炕上。

刚才一直打听什么是买办的姑娘问："周萍，你父亲既然是资本家，那你一定知道买办是什么人吧？资本家和买办不总是被连在一起的吗？"

周萍看徐燕燕，不知该不该回答这样的问题。

徐燕燕解释道："刚才闲聊，聊到了这么一个话题。大家都不太清楚，你要知道你就说说。"

周萍想了想说："历史课本上标准的解释是——买办是资本主义国家的资本家在中国物色的经济利益代埋人。这是一个挺笼统的概念，区分起来，应该有为日本资本家剥削中国人效劳的买办，为美英法资本家剥削中国人效劳的买办。因为他们是外国资本家雇用的剥削工具，所以比中国的民族资本家还遭中国人恨……"

父亲是买办的姑娘说："周萍，你不要别有用心！照你的说法，我爸比你爸更遭人恨了？"

周萍吃惊地看着她。

刘芳息事宁人地说："你别发火嘛，毛主席教导我们说，知之为知之，不知为不知……"

"反动！胡编毛主席语录！是孔老二说的！打倒她打倒她！"

于是另外三个姑娘扑向她，四人在炕上闹成一团，笑得咯咯嘎嘎的。

宿舍里安静下来了，除了周萍和睡在她旁边的徐燕燕，其他姑娘都进入了梦乡。

周萍问徐燕燕："兵团的知青有班排长，咱们这儿呢？"

徐燕燕："这是农村大队，不是兵团的连队。非叫'班长'，老乡听着别扭，咱们这儿叫'集体'，我算是个召集人吧。"

"怎么咱们这儿，来的都是咱们这种。"

"据说，省里有指示，父母问题严重的知青，尽量往一块儿集中，咱们这地方，离边境太近，便于统一管理呗。"

"你是因为什么？"

徐燕燕沉默。

"如果不想说，就别说……我太需要知心朋友了。我想，那样的朋友关系，应该互相了解得多一点儿……"

徐燕燕："我父亲'文革'前是出版社的总编辑，现在定为上海市最反动的文艺'黑线'人物之一。但不管怎么批斗他，他就是不肯承认自己是反动的。我下乡之前劝过他，让他干脆承认算了。那不是可以少吃许多苦头吗？结果，他还骂了我一通，说再也不想见到我这样的女儿了。"徐燕燕快哭了，将身子转过去了。

周萍不由得从背后搂住了她。

周萍："咱们这儿什么活儿最脏最累最没人愿意干？"

徐燕燕："淘粪。昨天刚开始，要备冬肥了。"

"怎么淘？"

"挨家挨户去清猪圈，淘茅坑。清猪圈还没什么，淘茅坑太……太那个了。用长竿子的大勺，一勺勺地淘到桶里，再一担担挑到大队外的粪地那儿去。淘完了这家的淘那家的。累倒没什么，干一通那活儿，回宿舍来不想吃饭。"

"明天派我去干那活儿。"

"我是召集人，我不能不干那活儿。"徐燕燕又向周萍转过身来，小声地说，"你初来乍到，我不能让你去干那活儿。另外还有四个人呢，为什么非让你去？明天我派你去磨房推磨。咱们吃的米、面都要自己去壳，自己来磨。"

周萍固执地："不。我去淘粪。"

"你何必非赌这口志气呢？跟谁赌？一点儿意义都没有啊。"

"我不是跟谁赌气。我是在想，东北的农民也罢，咱们南方的农民也罢，不是一代又一代的，祖祖辈辈的都这么积肥吗？他们是人，我们也是人。

他们习以为常的活儿，轮到我们也干干，有什么干不了的呢？"

"那，你要非这么想，我就照顾不了你了。明天我给你找一套脏衣服。不过你得记住，回来时要脱在宿舍外边，千万别穿着就进来。昨天我忘了这一点，结果挨了大家一通骂！"

七连男一班宿舍里，或轻或重的鼾声夹杂或长或短的屁声，此起彼伏。不时有人在说梦话：

"救火……救火……"

"七连有坏人……一定有……"

"米饭，再来一碗……"

赵天亮趴在被窝里，胸口压着枕头，被头盖头，一手持手电筒，一手执笔，在微弱的手电筒光下写信——

哥：

上一封信，也不知你收到没有？我们已经发工资了。本来我想给你寄去五十元的，也许会帮你解决一点儿燃眉之急。但由于某种特殊原因，只能给你寄去二十元了。

…………

一个身影起夜，跌跌撞撞的，一脚踩翻了别人洗完脚懒得去倒的水盆，发出响声。

赵天亮停止写信，用手电替起夜的人照明——那人是"小黄浦"，虽有手电光照着，他还是撞在了门旁的墙上，瞎子似的用双手摸索着才推开门出去。

哗哗的撒尿声传来，显然是憋得很足的一泡尿。

齐勇一动未动，却分明醒了，生气地说："哪个浑小子！是畜生呀？在门口就撒是不是？！"

自然没人应声。

门开了，"小黄浦"进来了。赵天亮接着用手电筒为他照亮，即使如此，"小黄浦"还是又一脚踢在空盆上，发出响声。

齐勇他们一动未动地说："眼睛瞎了?！"

"小黄浦"跌跌撞撞地往炕上一扑，没扑在自己的被窝，却扑在旁边王凯身上了。王凯将他一掀，恼火地说："装什么死猪你！"

"小黄浦"终于归回自己的铺位，就那么脚朝外头朝里地睡了……

宿舍终于又恢复了平静，赵天亮继续写信——

哥，真希望你不是在坡底大队，而是在北大荒，在兵团。即使不能和我在一个连队，和我同在一个团也好啊，我心里有一些困惑，不知该向谁去诉说。除了我的班长齐勇，班里其他知青和我一样，思想简单又幼稚，明明简单，却都还要装出复杂的样子。明明幼稚，却还装出深刻的样子。而我的困惑和苦闷，是不能跟我们班长说的。他对我不错，人格也没什么毛病。我觉得他是那种特讲哥们儿义气，可以为哥们儿两肋插刀的人。但不是像你那样，善于用自己的思想去启发别人的思想的人。

…………

黄土高原的沟沟壑壑中，不时传来歌声。那是武红兵在唱信天游。

一对对喜鹊窑顶顶站，
一扑真心往你身上摊。
天天刮风天天雨，
天天见面说不上话。
喜鹊子飞高又飞低，
相思病就得在你身上。
大河的鲤鱼顺水水游，

好日子不知在哪年头？

哪年头日子过好哩，

哥请一抬花轿娶你在炕头。

…………

支书一家四口正在吃早饭，武红兵的歌声传到支书耳朵里。支书放下筷子，情绪抑郁地吸起烟来。

支书老伴儿劝他："你就当没听见不行吗？"

支书没好气地说："我明明是听到了嘛！让我装二傻子呀？我毕竟是一个大队的支书，不是天生的二傻子！"

翠花："那你就仗着你是支书，去禁止我王大爷嘛！"她分明是在挖苦。

支书："你以为我就没禁止过吗？他比我年长，他党龄比我长，他还是我的入党介绍人！是他把我栽培成支书的！我批评他一句，他那儿有十句等着对付我的！我好意思跟他翻脸吗？以往我都限制不了他，现在他病成那样，我更拿他没咒念了！"

支书老伴儿："那你就限制武红兵！你是支书，管不了一个在大队里插队的知青？"

支书："我要想硬管，当然管得了！可武红兵那小子，如今成了他正式收下的一个徒弟了，听说都下跪磕头了！我要是非不许武红兵唱，那还不等于扇他师傅的嘴巴子呀？唉，我这支书当的，我这支书当的啊，公社大队里，哪头儿都不落好。"

"爸，妈，翠花，你们慢慢吃，慢慢吃。"支书的女婿放下碗筷出去了。

支书瞪翠花："你把他怎么了？"

翠花不高兴地说："爸你这什么话啊？他是我丈夫，我能把他怎么的啊？你见他缺胳膊了，还是掉腿儿了？"

支书老伴儿："听听，听听，这就是你的好女儿！"

翠花也把碗筷重重一放，出去了。

"我怎么觉得，咱们女婿以前不这样啊！"支书重重地吸了一口烟，吐了出来。

支书老伴儿："倒插门女婿，和老丈人丈母娘一块儿过久了都这样。再说咱翠花厉害，日久天长的，可不背地里把他调教成现在这样了嘛。我觉得也没什么，女婿现在这样挺好。"

支书："好什么好，整天低眉垂眼的，好像三大棒打不出一个屁来！唉，我这哪像是有个女婿，倒像是养了一头羊子嘛，还像是母的！"

王大爷披衣从炕上坐起来，拖过盛烟叶的纸盒，吸起旱烟袋来，一边聚精会神地听武红兵的歌唱：

庄稼里数不过高粱高，
人里头数不过妹妹好。
白面糊糊没油盐也喝得香，
姻缘配对没钱有意也久长。
灯瓜瓜点灯半炕炕明，
找白了头也要选个中意的人。
…………

王大爷时而欣慰地点头，时而不满意地摇头。烟把他呛得咳嗽不止。

王大娘一手一碗走进屋，将两只碗都放在炕上，夺下了王大爷的烟袋锅，在炕洞那儿磕了磕，嗔怪地说："还抽！不想好啊！"

"我不是听着高兴嘛！小武那知青，越唱越上路了！以后不定他也能成一个歌王。"

"一碗汤药，小武亲自到县城给你抓的；一碗油炒面，晓兰托人去县城给你买回来的，你倒是先喝啥？"

"这一向，我喝那汤药，胃里烧得像要着火，还是先喝油炒面吧。甜丝丝的，香喷喷的，我喜欢喝。"

王大娘坐在炕边，端起那碗油炒面说："我喂你喝。要你自己喝，捧起碗一口气喝下去了，喝水似的。那么喝白瞎上好东西了！"

王大娘一勺勺喂王大爷炒面，说："我就不赞成你教小武唱那些，更不赞成你正式收他为徒。你这么做，多让支书为难啊！他可是你的发小，你就那么忍心难为他？"

王大爷："我不是成心难为他，是他成心难为自己。只在大队周围坡上唱唱，公社那帮杂种能听到？县里那帮杂种能听到？坡底大队又没有那多嘴多舌告密的人，他可是提心吊胆个什么劲儿呢？"

"万一知青中有人汇报呢？"

"你指李君婷？我想连她也不会。都是从北京一块儿来插队的知青，她不至于把事儿做得太绝了。那样，他们那伙知青也饶不了她。"

"这年头，引诱不少人做绝户事儿，我看还是多想想的好。"

"你呀你呀，都活了大半辈子了，怎么越活腹肚越小了呢？那么猜想人家一个北京女娃好吗？"

王大娘不高兴了，不喂王大爷了，把碗往炕上一放，争辩道："就是那些都不论了，你也得替咱们自己儿子想一想吧？武红兵自打成了你徒弟，整天唱得那么来劲儿，囤子他听了心里会是个什么滋味儿？"

王大爷："他自己哑了，不能不许别人唱。滋味儿再不好，那也只能苦水往肚里咽！自打武红兵成了我徒弟，对人有礼貌，干活儿更不惜力气了，和其他知青也团结了，就是支书，那也得承认他变好了！毛主席不是让他们来接受再教育的吗？我教育不好那许多，只教育好了一个，那也是我一份儿成绩，一份儿光荣！"

王大爷捧起汤药碗，咕嘟咕嘟一口气喝光，把碗一放，又躺下了。

武红兵的歌唱声继续：

你变成个蝴蝶前头头飞，

我变成个红蜻蜓后头头追。

羊肚肚手巾包脑袋，

我中意妹妹心眼好。

…………

王大娘轻叹一口气，正要拿起两只碗往屋外走。

王大爷把她叫住问："鸡蛋又攒下了几个？"

"十来个。"

"赶明儿，你去集上一次，全卖了。"

"为啥嘛？"

"那钱一分也不许干别的花，替我向支书把党费交了。"

"你啥时候拖延过党费？不月月按时交的吗？"

"这次一总交到年底。"

王大娘不解地看着王大爷，有些不情愿："那又图啥？"

王大爷一翻身，欠身瞪着她说："什么叫图啥？党员交党费，那能图个啥？万一我的病好不了呢？我哪天人一走不一定，所以党费得交在头里！"

"别说了！"王大娘转身，撩衣襟拭眼泪……

武红兵还在土坡上唱着信天游。他放牧的羊群中多了一只小羊，他怀里还抱着一只更小的。他一边唱，一边往一块大板石上撒盐末儿，于是羊只都聚过去舔盐。他头上还扎着白头巾，样子有点儿像陕北农民了——他的确自我感觉很不错。

囤子出现了，大声咳嗽一下。武红兵看到了他，亲密地笑。囤子也亲密地笑，朝武红兵招手。武红兵放下怀中的小羊，走到囤子跟前，想拍囤子的肩，被囤子挡住他的手，一下子将他推开了。

还没等他反应过来，已被囤子狠狠扇了一记耳光。这一记耳光真是扇得够狠的，武红兵后退几步，终于还是站立不稳，倒在地上。武红兵刚爬起来，囤子已走到他跟前。

武红兵捂着自己的脸，用手指着囤子："你？！"

囤子跨向武红兵，武红兵腰杆一挺，脖子一梗，一副再怎么打也不还手的样子。囤子却没再次扇他，反而拥抱住了他，拥抱得很紧很紧。

武红兵不明所以，愣在那里。囤子的手轻轻在武红兵背上拍了几下，从自己怀中掏出一卷纸，塞入武红兵衣兜。然后便头也不回地走了。

武红兵望着他背影，一抹嘴角，手上有血。他从兜里掏出那卷纸——是一卷极其粗糙的"马粪纸"，用纸钉订在一起，第一页上，用工整但是歪扭的字体写着"囤子收集整理"。

武红兵翻开看，一页页抄的竟都是信天游歌词。他再次望向囤子走去的方向，已不见了囤子的身影。他忽然仰躺下去，用那词谱捂住脸，双肩剧烈地耸动起来。

他低声抽泣着："囤子哥，我理解你的心声，我理解。可，如果不大声唱唱，我内心里空虚啊！"

大队中集体场院上，知青们、妇女们、支书都在编草绳子和草帘子。赵曙光操作着一台编草绳子的机器，因为过于破旧，那机器被用粗铁丝拧紧固定着——不那么拧紧，就会散架的。

刘江："唉，整天跟些妇女们扎堆儿干活儿，有时候我都忘了自己是个男人了。"

另一名知青："男女搭配，干活儿不累嘛。"

于是二人小声抬起杠来：

"那也得看怎么样的一种搭配，都是俩仨孩子的妈了，你不累我累。要是我有自主选择的权力，宁肯跟大队里那些男人们去下矿井。"

"你想怎么样啊？想像《红楼梦》里的贾宝玉似的，干活儿时身边围的也尽是薛宝钗、林黛玉、袭人、史湘云那样的美人啊？什么思想！别忘了你是来接受再教育的！"

"我倒没那么高的要求，但最起码得像《艳阳天》里的焦淑红那样一些亲爱的农村妇女吧？那干起活儿来才不累嘛。一边干活儿一边说说笑笑的，多有诗意啊！马克思说，'劳动是人的第一需要'，我想，导师指的一定是比较有诗意的劳动。"

冯晓兰听得窃笑。

发牢骚的青年又说："要是坡底大队多几个咱们冯晓兰这样的，不用栽扎根树我也肯扎根！"

马婶忽然指着大声训斥："小兔崽子！还不闭上你那嚼蛆的嘴！"

发牢骚的青年："我……我也没说什么啊！"

"没说什么？我忍气听了半天了！"马婶瞪着他，转身对妇女们揭发，"他刚才一直在说咱们坡底大队的女人都不好看，和咱们一起干活儿，辱没他的眼！"

妇女们七言八语：

"这还行！不能饶他！"

"我们再不好看，那也撑着坡底大队的半边天！"

"我们还都是坡底大队男人们心里的宝！哪个男人的老婆死了，哪个男人的日子那就没法儿过了！"

"都说这些干吗！马婶，替毛主席，也替我们大家教育教育他！"

于是马婶抢一束草绳抽那发牢骚的知青，那知青则抱头鼠窜。抽的与躲的，佯装而已，带有极夸张的表演色彩，实际上体现一种制造欢乐的本能。而其他妇女，则帮着马婶围追堵截。

于是众人皆开心得很，连一向表情忧郁难得愉快一笑的冯晓兰，也忍不住笑逐颜开。

支书嘟囔："这就是再教育他们了？也不知毛主席看见了会怎么说。"

那知青忽然叫道："不敢了不敢了，我投降，我迷眼了！"

马婶看看自己双手，问："我手笨，谁会翻眼皮，快给他吹吹！"

冯晓兰在衣襟上擦擦手，为那知青翻眼皮，吹他的眼。

绞草绳的机器发出不寻常的一声响，停了。赵曙光拉了电闸，检查问题。

支书走过去，说："曙光啊，我看，咱就别再弄草绳了。捡的一台破机器，又费电，弄一捆也挣不了几个钱，值得吗？只编点儿草帘子卖卖得啦！"

"支书，账不能像您这么算。编草帘子虽然不费电，可那不得咱们自己到集上去卖吗？集上卖草帘子的那么多，卖不出去，再搭人工，不是一分钱也变不成吗？这草绳是我好不容易联系上的一家单位，人家给咱们下了大批订单，咱编出多少，人家就收多少。咱有的是麦秸谷杆儿，那不一冬天都有份儿能挣现钱的活儿干了？我仔细核算过了，虽然费些电，但最终还是会挣下一笔钱的！"

"我是看它老坏，一坏你就急一头汗，修不好你就上火，我怪心疼你。"

赵曙光笑笑："没事儿。您别心疼我。鼓捣来鼓捣去的，我也大体上明白它的机械原理了。并不复杂，挺简单的。我这不也等于在实践中学了技能了嘛。将来咱大队肯定用得上我的技能……"

春梅跑来，气喘吁吁地："曙光哥哥，我天亮哥来信了！"

"哦？"赵曙光立刻将信接过，因那信是企盼已久的，他激动得双手发抖。

晒场上一时静下来了，所有人的目光都望向赵曙光，如同那是一封写给大家的信，内容也仿佛是大家企盼已久的福音似的。

支书问春梅："光是一封信？"

春梅点头。

支书："没有……那个那个，汇钱的单子？"

春梅摇头。

支书："真没有？"

春梅："是真没有嘛，有我还能昧下呀？"

知青们和妇女们一个个围过来。

赵曙光却将信一攥，揉成一团，塞入兜里。

大家明白了，那信中没带来什么他们企盼的福音。

冯晓兰伸出一只手，责备地："你揉它干什么呢？"

赵曙光："你没什么必要看。"

冯晓兰的手慢慢缩回，默默转身离开了。

春梅毕竟还是孩子，和大人们的企盼不同，急切地问："天亮哥哥提到我没有？"

赵曙光也不看她，目光茫然地望着远处，摇了摇头，接着又低下头修那编草绳的机器。春梅眼中顿时噙满泪水，呆愣片刻，一转身跑开了。

众人默默散去。

支书强掩失望，装出若无其事的样子，大声地："那什么，这不快到晌午了嘛，大家都早回吧，回吧。"

转眼间，晒场上只剩下了三个人——支书、赵曙光和冯晓兰。

赵曙光终于将机器修好，一声不响地又操作起来。

冯晓兰看看机器说："停了吧。"

赵曙光仿佛没听到。冯晓兰走过来关了电闸。赵曙光又将电闸合上，冯晓兰再次将电闸关了。

冯晓兰："天亮写给你的信，连我都不能看了？"

赵曙光："如果都不想给你看，我刚才就撕了，何必还往兜里揣！"

他发现支书蹲在一处，走过去，小声又内疚地说："支书，一块儿回吧。"

支书抬头看他，说："曙光，我……你别觉得有什么对不起坡底大队的。你们知青不欠坡底大队什么，倒是咱大队太穷，使你们吃也吃不好，住也住不好，起早贪黑地干，也挣不了几个工分，我和大伙都觉得挺对不起你们。"

"支书，别这么说，您这么说，我心里听了难受。"

冯晓兰也走了过来，劝道："支书，我们都觉得，您和乡亲们已经对我们很好了，穷也不是谁愿意的，不是你们的过错……"

武红兵的歌唱声传来：

手赶上牛车车怀抱鞭，

哎呀不由得我想起"解放"前。

喝半碗酸粥赶快走，

半夜五更到地头。

天上下雪地上白，

明明价糟心苦苦价挨。

…………

赵曙光和冯晓兰望着支书，都听得有点儿发呆。支书忽然双手抡扇自己嘴巴子，并说："我没出息！没出息！没能耐带着大家过上好日子，倒巴望着知青朝家里借钱来解决大队里的困难！我……我算个啥支书嘛！"

冯晓兰哭了："支书，您别这样啊！您也是我们知青的主心骨啊！"

赵曙光将支书拉起。

"曙光，我……我老了，累了，你……你就写份入党申请书吧！"

赵曙光忽然将支书干巴瘦小的身子紧紧搂抱住，像搂抱一个孩子。他也哭了，说："支书，我写！为了咱坡底大队，我一定写！"

武红兵的歌声还在：

为几口肚皮皮发不完的愁，

哎呀穷日子几时是个头儿？

羊羔羔吃奶双蹄蹄跪，

哎呀我庄稼人又该跪向谁？

…………

赵曙光和冯晓兰坐在向阳坡上。

冯晓兰手中拿着那封揉绉的信，她刚刚看完信的内容。

赵曙光："撕了吧。"

"当然得撕。"

"撕碎点儿。"

冯晓兰将撕成条的信纸又撕得更碎，一扬手，纸屑被风刮起。

赵曙光："没想到他还是看了我的信。而且，到现在也没转交给张敢峰不说，居然还保留着！他怎么就这么没头脑呢？"

"他信上写了那么多替你担心的事儿，证明他是有头脑的。我看，得赶紧给他回一封信，告诉他那封信也不必转交张敢峰了，更不许再保留。"

赵曙光沉默。

冯晓兰："你要是没心思写，我替你写？"

"替我狠狠训他几句！我看他就是一个中国病人！"

"为了你父母，为了天亮，也为了我，以后别再思想那些沉重的问题了，行吗？"

"总得有人来思想吧！"

"让别人思想去。"

赵曙光不高兴了，刚想又说什么，冯晓兰不愿让他说下去，双手捧住他的脸，热烈地吻他……

冯晓兰在王大爷家里吃午饭。她边吃边问王大娘："我大爷今天好些吗？"

"他说好些，刚刚喝了一碗油炒面，睡过去了。"

"我囤子哥怎么还不回来吃饭？"

"那泉就快干了。以往接一车水俩小时，现在接一车水得一上午。往后坡底大队可咋办呢！……春梅，还不吃饭！"

春梅赌气道："不饿！"

王大娘："这丫头，又生的什么气呢？"

春梅抱着枕头趴在炕上。冯晓兰走过去，柔声说："春梅，不许因一点儿小事儿就任性，快出来吃饭，啊？"

春梅起身了，瞥一眼那信封，忍不住拿起来看。觉得信封里还有信纸，一掏，果然掏出半页信纸，看一眼，顿时眉开眼笑，大声地："我曙光哥哥坏！骗我！天亮哥哥没把我忘了！"

她拿着半页纸出了屋，向母亲和冯晓兰炫耀。

冯晓兰笑道："你曙光哥哥肯定不是骗你，连我都没摸出来还有半页纸。"

王大娘也高兴地："快念给妈听听。"

春梅念起来：

亲爱的春梅小妹妹：

你还好吗？还那么活泼那么调皮吗？我们这儿已经发工资了，你一定要好好学习，以后我要供你上学。你想要什么，只管给我来信，我相信，你想要的我基本上可以凭工资买得起。

王大娘催促她："往下念！"

"没了！"春梅坐下狼吞虎咽地吃饭。

冯晓兰笑。

王大娘："就没提提我，提提你爸？"

春梅："你看，半页纸都写满了，再也没地方多写几个字了呀！我天亮哥叫我'亲爱的'！头一次有人叫我'亲爱的'！妈，你和我爸和我哥还没叫过我'亲爱的'呢！晓兰姐姐，我调皮吗？"

冯晓兰："活泼和调皮连一块儿，那是夸你的词。"

王大娘："别说了，饭也堵不住你的嘴！"

囤子忽然闯了进来，大张了几张嘴，憋红了脸，却只不过发出几声"啊"。他一手扯着母亲，一手扯着冯晓兰，往外便走。

第 9 章

乡亲们和知青们聚集在韩奶奶家的破窑屋外。大家表情皆肃然凝重，所谓无泪之悲。

囤子抱头蹲在一旁。

马婶："囤子自小就和韩奶奶有感情，总想把韩奶奶这破窑屋修一修，可老天偏偏不成全他，一年快过去了也没正经下过几场雨，他才脱下这么点儿坯……"

另一名妇女："唉，韩奶奶的命也太不济了，就在这么黑黢黢的破窑屋里过了大半辈子……"

囤子忽然跃起，接连捧起干的或半干不干的土坯往地上摔。武红兵搂抱住了他，囤子将头埋在武红兵肩上哭了起来。武红兵安慰他："囤子哥，别这样。大家心里都有数，你的心思尽到了……"

窑屋里，韩奶奶在昏迷中说胡话："桶……桶……"

冯晓兰用目光四下寻找，未见有桶，疑问地看王大娘。

韩奶奶："多清凉的水啊，大伙还不快接！别让白白流走呀！……"

"她说昏话呢。"王大娘眼圈红了。冯晓兰也背过身哭泣。

韩奶奶忽然睁开了眼，睁得大大的——那是回光返照——问："谁在那儿哭啊？"

冯晓兰赶紧擦擦眼，走上前，勉强一笑，说："韩奶奶，我没哭。大伙都来看您了，屋子小，都在窑外站着呢。"

韩奶奶握住冯晓兰一只手，感激地说："姑娘啊，自从你来在咱们坡底大队，没少为我的病费钱费心思，奶奶就是到了阴间，也会经常念你的好……"

冯晓兰忍不住哭出来："奶奶，别这么说，您这次也会好起来的……"

"这次，奶奶是挺不过去了。"韩奶奶放开冯晓兰的手，又握住王大娘的手，依依惜别地说，"我的好妹子，自从我成了五保户，坡底大队社员们对我的照顾挺周到。我要是今朝走了，你千万替我把心里的感激跟大伙说说……"

王大娘："老姐，你还有什么放心不下的事儿，就只管跟我交代吧。老姐你交代的，你老妹就当最高指示去办。"

冯晓兰听不下去，双手捂脸，哭着冲了出去。

人们立刻将她围住，纷纷问：

"情况到底怎么样啊？"

"嗨，你这姑娘！别光哭，说话呀！"

"韩奶奶命硬，兴许这次也不要紧吧？"

冯晓兰抱着春梅哭，边哭边说："春梅，从今往后，这里就……没人住了……"

春梅也哭了："晓兰姐你别吓我！我还要跟你学着为韩奶奶针灸呢！"

支书和赵曙光匆匆走来，分开众人，就要往窑屋进。马婶拦住他们："先让她们老姐妹多说一会儿。"

窑屋里，韩奶奶说："我的好妹子，全大队就数你王家为我操心最多，数你对我最好——好到连辈分都乱了。孩子们叫我奶奶，可咱俩处得像亲姐妹……"

王大娘终于也忍不住落下泪来，说："我的老姐，这是咱俩前世的缘分……"

"好妹子，抓紧再给囤子那孩子，娶上个媳妇吧，啊？起先多好个小伙子呀，后来我一看他那孤僻样子，心里边就替他难受……"

王大娘点头。

"曙光在外边吗？要是在，叫他进来，我也有几句话对他说……"

王大娘起身走到门口，朝赵曙光招手。赵曙光急忙进入。

韩奶奶拉住赵曙光一只手，寄以重托地说："曙光啊，你是知青，是肚子里有墨水，在北京学过十几年知识的人……你，你们，别那么急着就都走了……就算奶奶死前求你，帮帮坡底大队，帮帮这里几十户人家再……再走……"

赵曙光噙泪道："韩奶奶，我跟你发誓……我……我们一定……"

韩奶奶眼角也淌下泪来，浮现一丝欣慰笑容："我这褥子下，有几块儿板，是你王大爷当支书时，批给我预备做棺材的。你替我告诉支书，大队里拿去派点儿用场吧。我死后，挖个坑，随便埋……埋……哪儿……"

韩奶奶咽下了最后一口气。

"大娘！"赵曙光不由双膝缓缓跪下，握住韩奶奶一只手，将脸伏在韩奶奶手上。

王大娘走到窑屋外边，极其平静地说："大家伙儿，都进去看她最后一眼吧……"

女人们一片哭声，纷纷拥入窑屋。外面只剩下支书、男知青和囤子。

囤子不知为什么一转身猛跑而去。

支书："唉唉，怎么……怎么这样了呢？她都没说要见我吗？"

赵曙光："韩奶奶让我告诉您，有几块儿棺材板，她愿意捐给大队……"

支书："你跟我说棺材板干什么呢？我问她说没说要见我！"

赵曙光张张嘴，不知如何回答才好。

支书一蹲，失落地说："那就是没说喽？唉唉，死前跟我这支书都没句话说，我……我心里多别扭啊我！"

赵曙光将他扶起，劝慰："支书，人活人死一口气，韩奶奶那一口气，不是一下子没喘上来嘛！您那么想多像小孩儿啊！"

王大爷躺在屋里，囤子跑回来，翻箱倒柜找出一支唢呐，拿衣襟用力地擦着。王大爷见状，坐起，惊诧地看儿子："你翻出那东西干什么？"

囤子抬眼看父亲，嘴唇抖抖地说不出话，泪流满面。

王大爷："你……你韩奶奶……走了？"

囤子点头。

王大爷让囤子将桌上凉着的一碗汤药拿来，把药一饮而尽。

他庄严地说："儿子，不但你要送她，我也要送她。你为她吹，我也要为她唱。你韩奶奶生前最喜欢听我唱。她说过她来到这世上唯一的幸事，就是和一位歌王在一个村里住了几十年，能经常听我唱唱信天游……"

他一边说，一边穿衣下地。腿站不稳，摇晃了一下，被囤子一把扶住。

夜晚，皓月当空，星斗满天。

王大娘、冯晓兰、春梅坐在院子里，就着月光编扎花圈。

王大爷、支书、赵曙光在屋里开会。

支书对王大爷说："老哥，曙光已经在写入党申请书了。那么，咱们这就算开次支部扩大会吧。韩奶奶走了，咱们现在就研究研究，要不要体体面面地把她发送了？她毕竟是全大队岁数和辈分最大的人。如果草草埋了，谁心里都不是滋味，显得咱坡底大队社员们太没人情味儿。可要当成一件庄重的事儿来办呢，她又不是什么英烈，我担心公社和县里问罪，说咱们坡底大队带头搞'四旧'，起坏影响……"

王大爷："我先问你，指派人看护着点儿没有？"

支书："囤子守在她那窑屋里，知青们也都愿意轮班陪着。"

"那就好。要是让野猫野狗的坏了老人容颜，咱们罪过就大了。我的意思，当然要当成一件庄重的事儿来办。老人家自从'解放'前流浪到坡底村，人品那还不是有口皆碑的吗？再往前论，她还当过妇救队长的吧？还冒险掩护过地下党的吧？‘解放’后，五保前，可算是坡底村的模范村民吧？”

支书点头应和："那是，那是。"

王大爷："你甭担心什么，有人问罪，我顶着。"

赵曙光也说："我们郑郑重重地，全大队社员们怀着乡亲对乡亲的真情怀来发送韩奶奶，不但可以加深咱们坡底大队社员之间的友爱关系，而且也是符合毛泽东思想的。"

王大爷："把你的道理摆摆看？"

赵曙光："毛主席在《为人民服务》这一篇文章中说过——‘村上的人死了，开个追悼会，用这样的方法寄托我们的哀思，使整个民族团结起来’。我们照毛主席的话做，谁又凭什么向我们问罪？"

王大爷一拍腿："说得好！"

凄婉的唢呐声里，送丧的队伍走出了村子。

囤子在最前边，边走边吹唢呐。武红兵、赵曙光和另外两个知青用门板抬着韩奶奶的尸体，其后另有四名男知青，两人一组，每组肩扛两块厚木板。王大爷被春梅和冯晓兰一左一右搀扶着，王大娘、马婶等乡亲跟在后面。

李君婷拿着花圈。其上两条挽联，一条写的是"韩奶奶安息——坡底大队插队知青敬挽"，另一条写的是"长者韩氏桂芝入土为安——坡底大队乡亲共挽"。

下葬的土坑已经挖好，门板随着渐渐放长的绳索，徐徐坠下。

支书站在坑边，说："韩桂芝，老姐，乡亲，你就安息了吧。你去得太突然，也来不及给你做口棺材了，再说呢，就那几块木板也不够用。你呢，就多多体谅大家伙吧。我们支部的意见是，这几块木板，还是随你埋的好。做不成口棺材，起码可以挡挡土，免得让土直接盖了你的脸……"

支书悲伤起来，说不下去。他挥挥手，四块木板被坠下了坑。

武红兵将一把锨递给支书，支书往坑里填了一锨土，之后将锨递给王大爷。

王大爷接过锨，却没立即填土，望着坑说："我的老姐，昨夜里我一宿没睡，一直在想，为啥全大队的小字辈儿都一概地叫你韩奶奶，根本不细论他们的爸妈和你的辈分关系了？想来想去只想明白了一点，那就是，你是一个好人。你从'解放'前三十来岁就流落到了坡底村，往后五十多年里，就没为一丁点儿什么个人的好处跟谁红过脸。可如果有谁做了不公道的事儿，你又是那么爱打抱不平。我记得我刚当支书那一年，因为孩子他马婶跟我闹了几番别扭，我年底扣了她几十工分，你几乎跟我大翻脸。现而今，有些人不以人品来论人了，我王崇山瞧不起他们。老姐，你活着时，最爱听我唱，这刻，我就再唱几段给一个根子上的好人听。我已正式收了徒了，今儿为你唱过，我王崇山以后再就不开口唱了……"

王大爷仰起脸来望天空，天空万里无云。他又将目光放向远处。千沟万壑的黄土地，仿佛是大地纵横的皱纹。王大爷眼角淌下老泪，唱道：

> 黄土那个高坡上种庄稼，
> 种庄稼的是咱陕北人。
> 白羊肚手巾擦咱的汗珠珠，
> 种庄稼越种心越那个沉。
> …………

支书阻止他唱："老哥！"

王大爷生气了："滚！你给我住嘴！没你拦我的权力！"

马婶："哎呀，他都说他以后再也不开口唱了，你们这会儿就让他随便唱吧！"

王大爷接着唱：

> 黄土高坡那个坡连坡，

黄土下埋的是咱庄稼人。

红腰带带系的陕北情,

哎呀……哎呀……

王大爷不愧曾是歌王,尽管老了,尽管病着,但那充满感情的、苍凉遒劲的歌,听来令人动容。可他"哎呀"两声,却终究还是没有唱上去最后的高调。

赵曙光向冯晓兰使眼色,轻推她。冯晓兰会意,上前劝阻他:"大爷……"

王大爷看也不看她一眼,倔强地竖起一只手掌。他运足一口气,终于唱出了他一定非要唱出的那一句:

哎呀几辈还没累出个好光景!

突然,王大爷喷出一大口血来!他身子一晃,赵曙光和冯晓兰急上前扶住他。

春梅心疼地扑抱住他,哭叫:"爸!"

王大爷挥挥手:"埋……把这好人……埋了吧……"

一锨锨土扬起,填入坟坑中。

武红兵忍不住唱了起来:

黄土那个高坡上收庄稼,

我来在了这地场亲近了陕北人。

大雁雁飞来讨又飞去,

哎呀我一镰镰割下的是陕北情。

哎呀黄土高坡陕北情,

我哪辈辈和你结过缘?

…………

在歌声中，一座坟丘隆起了，木碑牌和花圈庄重地摆在坟前……

全体知青都待在宿舍里。大家情绪都很低沉。

一名知青自言自语："我搞不明白我自己了。我明明和她无亲无故，也不像曙光和晓兰，经常去看她。可刚才听了囤子他爸那番评价她的话，埋她的时候我心里好难受。到这会儿那股难受劲儿还过不去。"

另一名知青："我也是。'解放'二十年了，如果一个好人'解放'后也没过上几天好日子，这是无论如何也让人没法儿不难受的。"

于是议论纷纷：

"你最后那句话，怎么让人听着拐弯抹角的？"

"你什么意思？想抓我辫子？"

"囤子他爸那么一唱，我心里更难受了。"

"老歌王今儿那是不顾死活地在唱！"

李君婷小声地对赵曙光说："他不听别人的，能听你的。你劝劝他，以后可千万别再那么唱了，真的会惹来麻烦的。他不为自己着想，也得为他一家负责任啊！"

赵曙光似听未听，分明在思考什么。

李君婷表情不悦起来。

冯晓兰捅了赵曙光一下："君婷刚才跟你说话你没听到啊？"

"听到了。"

"君婷说的是好心话，而且说得也对。"

赵曙光："我比你们都了解王大爷的性格。红兵，别看你现在是他徒弟了，我也还是比你了解他。他说以后再也不开口唱了，那就肯定是那样了。"

武红兵点头。

赵曙光："我让大家都集合在一起，是因为有一件事儿，我得和大家说一下——韩奶奶咽气之前，攥着我一只手说，说咱们是北京知青，比起坡底大队人，有知识、有文化，求咱们尽量在坡底大队多待几年，帮帮坡底大队人改变贫穷落后的面貌。我……我对她，发誓了……"

一阵静默，每个人的目光都望向赵曙光，之后是接二连三的发问：

"是你自己对她发誓了，还是，也代表我们了？"

"我用了'我们'这个词。"

"你……发的什么誓？"

"我说，我……我和你们，我们会照她希望的那样……"

又是一阵静默，每个人的目光都不从赵曙光脸上移开。

突然有人恼火地吼道："我操，赵曙光，你凭什么代表我们大家发誓啊？你又代表我们大家保的什么证呢？我们是北京知青怎么的？是北京知青，就反而应该把我们原是北京人忘了吗？我根本没忘过！也他妈根本忘不了！我做梦都想早一天离开这鬼地方、穷地方！哪怕在北京扫马路我也心甘情愿！"

另一名知青冷笑地说："不错，咱们是叫知识青年，可是我倒要问问诸位了，咱们到底有多少'知'？有多少'识'？如果咱们在文化上但凡有一点点儿自信，至于把他赵曙光偷偷摸摸搞来的那几本书当成财宝吗？"

"还叫支书给没收了，估计当擦屁股纸了！"

"我可从没想过在坡底大队当一辈子农民！这么一个又穷又小的村子，耕地本就有限，如果咱们都在这儿扎根了，结婚了，将来每户再生一堆孩子，那不得分人家乡亲们的口粮吃？对人家有什么好处？"

"你干吗非学农民生一堆孩子呢？"

"咱们之间就晓兰和君婷两个女的，男女严重不成比例，她俩肯定眼里都没我，我将来跟谁结婚？弄不好打一辈子光棍！"

李君婷："你们又开始胡说八道了，我不在这儿了。"

赵曙光严肃地说："别走！谁也不许走！我认为你们几个不是在胡说八道，说的都是各自的真实思想。以前咱们都不聊各自的真实思想，今天在一起这么聊聊，挺好。"

武红兵一直在闷头吸烟，这时他将烟往地上一扔，踩一脚，走到屋子中央，旋转身子逐个看大家，最后将目光盯在赵曙光脸上："那台编草绳的机器，还能用吗？"

赵曙光答道："哪儿坏修哪儿，还能对付着用几年。"

"你修它在行了？"

"拆了装，装了拆，都修了六七次了。现在给我足够的部件，不看图纸我都能组装成一台。"

武红兵："刚才，谁说咱们没知识没文化来着？你小子说的是吧？"

被指着的知青支吾地说："我也不是说完全没有，我是说有也不多……"

武红兵："你小子这话以后还少给我说！别忘了这屋里不只住着你们这样没正经念过几天中学的，还住着两个老高三的！我俩可是北京四中的！而且我俩在学校里是尖子生！"

一阵静默中，有人小声嘟囔："四中有什么了不起？尖子生都是走白专道路的学生……"

武红兵狠狠瞪过去一眼，厉声地："再说一遍？！"

对方立刻噤若寒蝉。

武红兵走到赵曙光跟前，半挖苦半认真地说："亲爱的'赵克思'同志，刚才别人那话倒也没错，你向一个即将死去的好人发誓，保证什么，那完全是你自己的事儿，你没有权力把我们大家都捎带上。但当时那种情况下，我能理解你的心情，所以我一点儿也不怪你。现在，我把我的态度明确告诉你，也告诉你们大家——我武红兵，也是绝不甘心变成一个农民的。我不知道我离开坡底大队的机会在哪一年哪一月哪一天里猫着呢。如果明天这种机会冷不丁出现了，那么我会坚决离开的，最多再待三天！但话又说回来了，今天我武红兵受到教育了。我没想到在这个又穷又小又偏僻的农村大队里，人们之间的乡亲情是这样的。老实说，我武红兵心里受感动了。所以，刚才我扪心自问，为这么有情有义的一些中国农民，我能不能真的多做点儿什么？"

武红兵将手拍在赵曙光肩上，真挚地说："曙光，在学校时你就以认真出名，现在来插队了，你连当知青都当得非常认真。有时候，我心里特佩服你这股认真劲儿，有时候呢，又挺烦的。因为我是一个只对和自己命运有关的事儿认真的人。我也不知道我怎么就变成了一个思想挺自私的人。但是以后，只要我在坡底大队一天，只要你赵曙光做的事儿是对坡底大队有益的事儿，我无条件听你调遣！"

李君婷："这一点，我也能做到。"

冯晓兰："我和你们不一样，我父亲一天不解放，我就是'黑五类'子女中最黑的一类。坡底大队等于是我的庇护所，王大娘一家是我的恩人，我现在要对得起坡底大队，将来还要报答这里的乡亲们。"

赵曙光站了起来，真诚地说："红兵说我连当知青都当得非常认真，这我承认。因为我经常这么想，一个人，不管他到了什么地方，成了什么样的人，只要他还没有丧失掉基本的人生权力，那么就都应该自己回答自己一个问题——我是否只能消极地活着？如果我积极一点儿活着，是否反而比消极地活着更可悲？那些被支书查到的书中，有《怎么办》，有《十日谈》，有《悲惨世界》，有欧·亨利的短篇小说集。那些名著，都是人在监狱中或流放地写出来的。这是我当知青都当得非常认真的动力。我发了誓，我将对我的话同样认真。我当然没有权力代表你们，但我们同是从北京一节车厢拉来的，我起码有点儿资格请求你们吧？"

春梅突然闯进来，快要急哭了："曙光哥哥，快到我家去，我爸他又犯倔了！他非要到支书家去当面赔礼道歉，我哥和我娘都拦不住他，他还不许我们陪着。可他连站都站不稳……我娘说，只有你陪他他才会同意……"

赵曙光被春梅扯着离开了宿舍。

一名知青："他话也没说完。他想请求我们什么呀？"

冯晓兰："像红兵说的那样去做。"

另一名知青："红兵，你刚才说来说去不就是一个意思吗——有机会走，当然要走，但没走之前，尽量为坡底大队多做点儿事儿？"

武红兵："多做点儿也许能算得上是贡献的事儿。即使有朝一日离开了，也让坡底大队人提起我们时，念我们几句好。而不是反过来，让人家恨不得烧高香，说那几个北京来的坏小子，可他妈走了！"

几个知青郑重地点头：

"那我能做到。"

"人过留名，雁过留声嘛！"

李君婷也说："我刚才也表态了，扎根我确实还没想过，但像武红兵说的那么做，我也能做到。"

在男知青们怀疑的目光中，李君婷打算离开："那我走了啊！"

武红兵："我送送你。"说着跟她走了出去。

男知青们都觉奇怪，一时你看我，我看他，交换意味深长的目光。

一名知青自言自语："是啊，走是都想走的，但是肯定没人愿意留下骂名……"

武红兵和李君婷并肩走着。

李君婷："你什么意思？"

"我怎么了？"

"干吗当着大家的面，非要送我？"

"你别多想，我只不过有话跟你说。"

李君婷突然站住："我有什么可多想的？说呀！"

武红兵也停下脚步："你像我妹妹。"

"你跟我说不正经的话我可翻脸啊！"

"我什么时候跟你说过不正经的话？我比我妹妹大两岁。我爸打成'右派'以后，我妈和我爸离婚了。我妈带走了我妹妹，我和我爸相依为命。我妈不许我妹与我们父子俩来往，但我和我妹还是偷偷见过几次。我上中学以后，再没见着过她，也不知她和我妈搬到哪儿去了。直到'文革'开始，在一次偶然的情况下，我又见着了我妹，典型的红卫兵打扮，抡着皮带在抽一位作家。那作家的书我读过，挺崇拜的。当时我看呆了，暗想我妹怎么变得那么凶狠啊？我都没上前认她就转身走了。也不知她如今在哪儿，肯定和我们一样，也是知青。有时候想起了她，就联想到了你。看到了你，也会想起她，你和我妹确实有长得像的地方……"

李君婷感到受辱，生气地说："少跟我扯你那种妹妹！我又没用皮带抽过人！说完了吧？那请送到这儿为止吧。"说罢，拔步往前便走。

武红兵抢前一步拦住她："没说完。"

"你究竟想干什么？我不愿听你家那些破事儿！"李君婷毫不客气地瞪着他。

"破事儿？我跟你讲是抬举你！你以为你一个没正经念过几天中学的小丫头片子，在我心目中还会是个可爱的人物啊？想错了！我对我那样一个亲妹妹都反感了，对你还会有什么好感吗？不仅我，我们几个男的对你都没什么好印象！背后议论你的话跟议论二百五差不多！"

李君婷愕住。

武红兵："你对冯晓兰那样，我们甘当配角，你以为那是真的和你保持立场一致啊？否！那是由于空虚！由于无聊！由于……哎，你就从来没感觉到，我们那是当成活报剧来演的吗？从来没感觉到，刘海他是在学电影里的捷尔任斯基吗？我要当面告诉你一个真相，那就是——奉陪你演那种活报剧我们演腻了！今天我们都受到了触动——人家坡底大队人互相能有那份儿乡亲情，再空虚再无聊再烦闷，也不能再用批斗别人的方式来排解了！冯晓兰她毕竟也是知青！一句话，我们再不陪你玩了！我怕我不告诉你这个真相，你真真正正成了二百五！"

李君婷"啪"地扇了武红兵一耳光，拔步就跑。武红兵捂着脸愣了愣，跑到她前面，拉住了她。

李君婷泪流满面，说："你们卑鄙！"

武红兵："但我们开始忏悔了！小丫头片子，我知道你父亲正红得发紫，我知道你父亲跟县里打过招呼，要好好栽培你两年，然后通过权力把你名正言顺地弄回北京去！这我们不眼气，也不想阻挠，而且也阻挠不了。但是，如果以后你再敢向县里汇报我们坡底大队知青的言论什么的，我就带头饶不了你！你不要以为我是'右派'的儿子，就必定胆小怕事儿！你如果再那样，我……我敢把你活埋了你信不信？"

李君婷朝武红兵脸上啐了一口，跑了。

她一溜烟跑到马婶家，马婶和大小四个孩子在吃饭。她看也不看她们，冲入小屋里，扑在炕上哭。

马婶放下碗筷，走到门口，诧异地问："君婷，怎么了？"

"他说，他敢把我活埋了！"

马婶一愣，又问："谁啊？吃了熊心豹子胆了，竟敢对我们北京革命干部的女儿说这种疯话！"

"武红兵！"

马婶"扑哧"笑了："他是不是喜欢上你了？男子喜欢一个女子的时候，要么说爱死你，要么说恨死你。"

李君婷摇摇头："他对我的仇恨是政治仇恨那一种！"

支书盘腿坐在自家炕上吸烟锅儿。炕桌上摆着饭。家人都已吃过，唯有他一筷子也没动。

门帘一挑，赵曙光搀扶王大爷走了进来："支书，王大爷让我陪他来你家坐坐。"

支书将头一扭。

王大爷："我是来跟你赔礼道歉的。当着那么多乡亲，又在那么一种场面，我不该对你吼。"

支书装没听到，不理睬他。

赵曙光："大爷，您坐下说。"

支书猛转脸，瞪着赵曙光说："你让谁坐下呀？往哪儿坐呀？说什么呀？这是你家呀还是我家呀？我请谁来了呀？你那儿倒替我'您您''坐坐'的！曙光，你当你是谁了？"

赵曙光苦笑道:"支书,大爷他不是病着呢嘛,再说他上午那会儿还吐血了,您也亲眼看到了。"

支书:"我这心口窝还堵着呢,也要吐血,吐不出来,比吐出来了还难受,我还巴望有人心疼呢!不行,那难受劲儿又上来了,我得躺会儿!"

他磕磕烟锅,仍不看王大爷一眼,拖过只枕头,直挺挺地躺下,双手叠放胸前,闭上了眼睛。

王大爷也苦笑道:"错了嘛,赔礼道歉嘛,当然就不能指望着人家好脸色喽!人家不赐座,那咱就不可以坐。支书,我说我的老弟,你老哥确实不该那么对你吼,我这里给你三鞠躬了,行不行?"

他果然像江湖上人物似的,抱拳胸前,连鞠三躬。

支书:"我问你,你平常对我吼的时候还少吗?"

"确实不少。"

"我呢?我怎么样?"

王大爷想想,承认地说:"你从没生过气。你大度,你老哥该向你这老弟学习。"

"就别用那大度不大度、学习不学习的话哄我了,我又不是毛孩子。我再问你,你对我吼了句什么呀?"

王大爷:"这……老弟,老哥想不起来了……"

支书:"都想不起来了你赔的什么礼,道的什么歉?光对我吼了吼那是不用赔礼道歉的,往常你也没少对我吼嘛,那你就回去得了嘛!"

王大爷与赵曙光对视。王大爷小声问:"实说不?"

赵曙光点头。

王大爷小孩儿似的:"我不该对你吼那个'滚'字……"

支书:"到底还是想起来了?"

王大爷:"想起来了。"

支书一个鲤鱼打挺坐起,瞪着王大爷,一边说一边连连拍桌子:"你怎么就能对我吼出一个'滚'字来?我是谁?我在你眼里再没作为,再熊包,再草鸡，那我也终究是咱坡底大队的支书是不是？我的面子是我个人的？我的威望那是我个人的？那也是党的哎！你一个老党员，你咋能对我支书那样？冲着党把坡底大队交给咱俩了，你都不该对我那样！"

支书说得激动，眼角淌下泪来。

王大爷："我刚才已经三鞠躬了，曙光可以做证。你还要我咋样？难道，你还想让你老哥跪下不成？"

支书终于话软了："我敢吗？"

"谅你也不敢！"王大爷忽然一手捂胸，接着捂口，身子摇晃起来。赵曙光慌了，赶紧扶住他。

"老哥……"支书也赶紧下了炕，与赵曙光一起将土大爷拥上炕，让王大爷靠墙坐着。

支书将枕头垫在王大爷腰后，大叫："翠花！快冲碗鸡蛋！两个！加糖！"

一直在门外偷听的翠花探进头看一眼，立刻缩回头照办去了，她边寻鸡蛋边说："爹，咱家一年多没见着糖了！"

支书恼火地说："那你不说行不行？那就多打一个鸡蛋，仨！"

王大爷苦笑："老弟，你老哥……一次也吃不下仨鸡蛋了！……我这一病……恐怕……恐怕好不了喽……"

支书老泪纵横："老哥，好得了！我说好得了就好得了！今天我要看着你给我吃下去！没有鸡蛋治不了的农村病！"

赵曙光不忍再看下去、听下去，一转身冲出了支书家。

屋里，支书哽咽着："老哥，我这支书，真是越当越糊涂、越懵懂了呀！连地里种什么，上边都管得死紧死紧的，连农户人家院里栽棵果树，养几只鸡，都说是资本主义的苗头，今儿割，明儿割，后儿还割！我咋看不到咱坡底大队的前景了呢老哥？别人想不通，还可以发发牢骚，我能吗？我敢吗？这支书我真是不想干了呀我！"

"浑话！谁叫你当初入党来？想干得干，不想干也得干！没有人受不了的苦，没有国熬不过去的劫！再为难，冲着乡亲们，你也得扛住！你不扛谁扛？"

赵曙光返身又进了屋，说："支书，大爷，我希望尽快把我的组织关系正式恢复了……"

他话一说完，往外便走，不料与进屋来的翠花相撞。一碗鸡蛋花掉在地上，偌大粗瓷碗四分五裂。

黎明时分，一队身影离开坡底大队。支书带领男女知青们，挑着、抬着、背着成卷成捆的草帘、草绳，走在沟壑之间的蜿蜒小路上。

天光大亮时，每个人都已汗流浃背。支书干巴瘦小的身子被一大捆草帘压得弯着，冯晓兰和李君婷也抬着几捆草绳。

武红兵挑着担子想超过支书，却被支书叫住："想唱几句的话，这会儿，可以唱。"

武红兵没好气地说："这会儿我能唱出来吗？"说罢，超过支书往前走去。

支书紧跟几步，问："怎么近些个日子，你们知青，都对我有老大意见似的？"

武红兵站住，冷冷地看着支书："不是意见，是怨恨。"

支书："啥？怨恨？我是坏人？我怎么践害你们了？"

武红兵："你倒没践害我们。但你的确是刽子手！"

"什么手？"

"刽、子、手！你杀过我们一刀。"

"我？"支书有些莫名其妙，"杀过你们一刀？！"

武红兵："你好好想想吧你！"

农业用品收购站前，一个男人在验收草帘子、草绳子。他满意地拍着赵曙光肩说："不错，不错，看来你们坡底大队人还算信得过，全按甲等收了。"

大家都面有喜色，支书尤甚："站长，问一下啊，这个……这个，这活儿我们还能往下干不？"

赵曙光介绍："这是我们支书。"

站长将支书扯到一旁，机密地说："你们坡底大队人要感到光荣！你们编，我们收，都是为了满足部队上的需要。这属于军事机密，跟别人不能讲的。你是支书，才告诉你。要的不少，你们只管往下干！"

支书受宠若惊般连连点头。

站长又望着赵曙光说："你们那北京知青人不错，在山西那边矿上时，他救过我弟一命……"

支书："这倒没听他说起过。"

站长："那就更不错了嘛。"站长说道："他拿着我弟的信来找我，求我能不能给你们坡底大队点儿抓挠现钱的机会，那我还能不给嘛！一聊起来，他爸是当兵的，我也当过，更得给了……"

此时，赵曙光则将武红兵扯到了一台落满灰土、锈迹斑斑、破旧得不成样子的手扶拖拉机旁，那围拖拉机拖斗的铁皮，已经锈出了大大小小的窟窿。

赵曙光大为青睐地说："怎么样？"

武红兵："不怎么样。"

"咱俩能修好它不？"

"那可不敢打保票。"

赵曙光鼓捣鼓捣这儿，鼓捣鼓捣那儿，一时找不到什么可用之物，干脆摘下帽子擦擦驾座，之后将帽子在手上拍拍，又戴到头上。再之后坐到了驾驶座上，搬搬操纵杆，踩踩闸，蛮有信心地说："我觉得咱能把它修好。"

另一边，冯晓兰和李君婷在轮流压机井，用压上来的水痛快淋漓地洗脸洗手。

两人各自用围在脖子上的毛巾擦脸时，李君婷说："晓兰，对不起了啊。"

冯晓兰诧异地看她。

李君婷："说实在的，我以前对你那样，也是想在他们几个男知青面前自我表现表现，我挺烦他们把我当小女孩儿的！我以后再也不那样对你了。你父亲的问题，不管性质多么严重，那也只不过是你父亲的问题。但你是你，你的总体政治表现还是不错的，以后我会好好团结你的……"

冯晓兰笑笑，什么话也不说，默默伸手替李君婷摘去头发上的草。

李君婷看着武红兵说："但是对于有的人，我要给他些教训了，尤其是那种企图威胁和恐吓我的人！"

冯晓兰诧异地问："谁？谁会对你那样？"

李君婷收回目光，自知失言，掩饰地一笑："当然也没人敢对我那样。我只不过是表明我的一种做人态度，你可别当真啊！"

办公室里，支书不错眼珠地盯着站长点钱。

站长将钱交在支书手里，说："总共三十七元八角七分，你再点点。"

"错不了错不了，你点时，我盯着呢！"话一出口，支书觉得说得不妥，又纠正道，"倒也不是盯着。只不过就是……看着，看着罢了。俺们坡底大队人，习惯把看着说成盯着……"

然而，支书拿钱的手激动地抖着，往兜里揣了几次，竟没揣准兜口。

站长感慨地说："说心里话，你们挑着抬着背着的，走了三十几里给送来，够装一卡车的东西才付给你们这么点儿钱，我还挺不落忍呢！你们坡底大队就当成件拥军的事儿做吧！"

他向支书伸出了一只手，支书双手握着他那一只手，连连摇晃着，一迭声地说："不少不少，我们农民劳力本来就不值钱的，谢谢谢谢！"

支书刚一迈出门，被守在门口的赵曙光扯着就往手扶拖拉机那儿走。其他知青见状也相跟过去。

赵曙光："支书，咱把它买下吧！"

支书眼睛发亮地说："我做梦都梦见咱坡底大队有一台这东西，做那种梦做了十几年了！"

一名知青打趣道："支书，你梦见的肯定不是这样的吧？那你那梦的水平也太低了！"

"我梦见的当然是新的！就像光棍梦见新媳妇！"

李君婷"扑哧"笑了。

赵曙光："支书，我保证能把它修好！"

支书看武红兵，拿不定主意地说："那台编草绳的东西，是你和曙光一块儿修好的，这东西呢？"

武红兵："那台编草绳子的东西构造多简单！这东西构造可复杂多了！一堆废铜烂铁似的，我不掺和这一件事儿。"

赵曙光："支书，他不帮，那我一个人能修好它！而且我悄悄问过站长了，他说他可以做主，一百元就允许咱把它拖走！"

"一百元？！"支书下意识地用一只手按住衣兜，瞪着骗子似的瞪着赵曙光，"咱大队那么多人干了一个来月，才刚刚挣了三十几元！"

"有了它，咱可以靠它更快更多地挣现钱了呀！您的梦想不就成真了吗？"

"我刚才说了，我的梦想不是那样式的！"支书一挥手，"走吧！"

大伙离开了农业物资站。李君婷悄悄对冯晓兰说："别在工农兵大澡堂洗澡啊！那儿太不卫生，说不定会传染上什么病，我带你到县'革委会'的小浴池去洗。"

冯晓兰笑笑，既表示同意，也表示感激。

一名知青忽然说："哎，咱们怎么把党给丢了？"

大家站住，一齐回头，不见了支书的踪影。

再回头去找，原来支书又回到了农业物资站的院子里。只见他坐在手扶拖拉机上，搬这儿弄那儿，自言自语："什么样的汉子娶什么样的老婆，我要是指望大队里有台新的，那八成得等到共产主义了！"

赵曙光附和："只要还能让它跑起来，新旧又有什么关系呢？"

支书："可咱交不出一百元现金……"

"有多少先交多少啊,站长同意咱们以后用活儿顶。"赵曙光说着,向支书伸出一只手。

支书不情愿又不得已地掏出钱交在赵曙光手里,叹道:"唉,谁叫我为这东西都快得单相思了呢。"

支书坐在手扶拖拉机的驾座上,煞有介事地操纵方向盘。冯晓兰和李君婷以及另两名男知青坐在破斗里;赵曙光、武红兵和其余知青,有的用草绳拉着,有的从后猫腰推着,有的不无兴奋地跟着跑。

支书也情不自禁地唱起来:

一道道沟来一面面坡,

坡上沟里住人家。

没有女子哪有家?

哎呀穷光棍相中个猪八戒他姨!

…………

串串笑声在沟壑间回荡……

韩奶奶的破窑屋灯光微亮。

赵曙光在用麦秸团擦洗一些大大小小的零部件,但盆中却不是汽油,而是锈色的脏水,还泛着一层泡沫。清洗完毕,他又用块破布擦干那些零部件。

窑屋里东西还是那些东西,不过炕上的被褥枕头已与韩奶奶同时下葬了,只剩下残席。而油灯碗从墙窝窝那儿移到了离盆近的地方。

有风从窗纸的破洞蹿入,灯苗一阵摇晃。赵曙光同时也觉得身上一冷,不禁打了个寒战。

外边传来野猫的叫声。破窗纸被风吹得瑟瑟有声,拍得窗棂"啪啪"响。赵曙光忽然感到害怕,看窗看门,门扇也发出吱嘎吱嘎的响声。一阵风吹进来，将灯苗扑灭了。

赵曙光下意识地抓起一柄扳子，望着门，片刻又放下了。他在心里默念："韩奶奶，您如果还恋着您的窑屋，想回来待会儿，那就进来吧。我借您这儿，是想为咱大队修好一台拖拉机。您想干什么就干什么，您干您的，我干我的，我不怕。"

他掏出火柴，要重新点亮油灯。正在这时，半扇门"吱呀"一声开了。这一惊非同小可，火柴和灯碗同时掉在盆里。

赵曙光迅速操起扳子，猛转身，高举扳子大吼："谁！"

他面前的一个人影也被吓得"妈呀"一声。

是冯晓兰。

"晓兰？"赵曙光放下扳子，用手背抹一下额头，"吓出我一头冷汗来！"

冯晓兰："你也吓死我了！"

"火柴和灯碗都掉水盆里了，这下可好，连个亮儿也见不着了。半夜三更的，你不好好睡觉，到这儿来干什么？"

"我太知道你的性格了，要干完的事儿，不干完绝不罢休。怕你到天亮也干不完，怕你孤单，也怕你……忽然一时害怕……"

赵曙光笑笑："刚才心里是发毛了一阵。"

"那我不是来对了吗？"冯晓兰从兜里掏出些东西递给赵曙光，"火柴，蜡。"

"你想得还真周到。"赵曙光点亮了蜡。那是碗状的一块蜡，是用多块腊头儿硬捏成的，但光晕比油灯亮多了。

光晕中，冯晓兰深情地望着赵曙光。

赵曙光情不自禁地将她揽入怀中，低语："我手不脏，甚至可以说，超干净。"说罢，捧住冯晓兰脸，吻她。

冯晓兰忽然推开他，说："我看你手！"握着他双手，将他扯到蜡前，细看，心疼地："手怎么皱成这样？"

"哪儿也弄不到点儿汽油，在县城我不是去了一次碱厂吗？向他们要了点儿工业用的碱渣子，泡了那么一盆水去锈，作用也还行。"

"那多烧手啊！看把手搞成什么样儿了！"

赵曙光笑了："所以我说我手现在超干净嘛，估计大部分细菌都被烧死了。起初还觉得烧得有点儿疼，忙着忙着，也就不疼了。"

"现在呢？"

"现在有你来陪我了，心里高兴，更不觉得疼了。"赵曙光挽挽袖子，又要开始擦洗。

冯晓兰挡住他："不许再弄了！"

赵曙光："没事儿的，最多烧褪层表皮呗。听说大队长家有獾子油，天一亮我就去抹抹。"

冯晓兰坚决地说："反正不许再弄了！"

"那……那咱们别在这儿待着了。我先送你回去？"

冯晓兰却走到炕边，款款坐下，脉脉含情地望着赵曙光说："我替你给天亮写好了一封回信，趁现在念给你听听？"

赵曙光犹豫一下，点点头，也走到炕那儿，双脚垂地，仰躺在炕上。

冯晓兰起身，将蜡移近，掏出几页折叠的纸，展开念：

天亮，亲爱的弟弟：

当你收到此信时，一看便知，这不是我的字迹，是你晓兰姐的字迹，我这里一切都好，所以你没必要担心什么。此信是你晓兰姐主动代我写的，你更不要猜疑什么……

坡底大队知青宿舍里鼾声四起。武红兵翻来覆去睡不着，终于坐起，穿衣穿鞋。

刘江醒了，嘟囔着问："我说，你夜游啊？"

武红兵："我们全都呼呼大睡，让曙光一个人在韩奶奶那儿瞎忙活，我惭愧。"

刘江："你说过的，我们文化低，去陪也是干陪着，不懂，兴许还添乱。何况，我看他自己也是瞎忙活。"

武红兵："不去就不去，谁也没逼你去，这么多废话干吗！"他往下按一下趴着说话的刘江的头，离开了宿舍。

韩奶奶的破窑屋里，冯晓兰手拿着信纸，也躺在赵曙光身旁了，她问道："我写得行吗？"

"比我写得好。我还从没对天亮叫过亲爱的弟弟。听你念信，我有点儿想他了。"

冯晓兰往赵曙光怀里一偎，温柔地说："其实我也是想间接地给他写一封信。自从他来到坡底大队一次，我觉得他更像是我的一个亲弟弟了。"

"那么，我呢？我对你就……"

冯晓兰用一只手轻捂他嘴，伏在他身上，声音更温柔了："幸亏上帝没把你安排成我的亲哥哥……"

她动情地吻他。

赵曙光一翻身，将她压在身下。烛光下，冯晓兰的脸看去那么秀丽，那么妩媚，那么温柔！她的眼睁得大大的，眸子晶亮。

冯晓兰："曙光，除了你，我还能再爱上别人吗？如果我们真的是亲兄妹，那不是反而太不幸了吗？"

赵曙光轻轻将她拉起，也极为深情地凝视她。

冯晓兰："我是你的，永远……"

赵曙光凝视她，缓缓脱去外衣。

冯晓兰微微摇头："别……对死者太不敬了……"

赵曙光又一下子脱去了背心。赤裸着上身的赵曙光凝视着冯晓兰，胸膛剧烈起伏："韩奶奶跟我们亲，她会原谅我们的。"

冯晓兰伸出一只手，用指尖轻抚赵曙光的胸膛、肩、臂。赵曙光握住她的手，亲吻，之后将自己的双手伸向她，替她解衣扣。冯晓兰温柔地将他的手推开，凝视着他，自己缓慢地一颗颗地解。

赵曙光双膝跪在她面前，以极为赞美的目光看着她。当她接着脱里边的衬衣时，他迫不及待了，双手一扒，将她的衬衣撕开，几颗小扣子掉在席上。

赤裸着上身的赵曙光和冯晓兰，紧紧地拥抱在一起，炽烈而贪婪地互吻着……

武红兵来到了破窑前。手扶拖拉机停在门口，几乎拆卸得只剩骨架了，但能擦亮的地方却擦亮了。月辉下，被擦拭过的地方闪着朦胧的光。

只听破窑屋里传出一声响动，武红兵绕过拖拉机骨架，疑惑地向窑屋门走去。

剧烈的男女交织的喘息声，在寂静的夜晚，仿佛被放大了十倍……

武红兵呆站在门前，伸出手欲推门，却又缩回了。他当然明白里边正在发生什么事儿，但是显然并不能确定赵曙光在和谁。

他无声地走到窗前，侧身于旁，从破洞向内偷窥，看到了赵曙光赤裸的后背。这时，他清清楚楚地听到了冯晓兰的一句话："我会怀孕的……"

他倒退着离开窗前，转身无声地走开，回到了知青宿舍。上炕之前，他踢这儿碰那儿，弄出些响声。

刘江问他："怎么不陪着了？"

武红兵没好气地说："他不需要！"

"你也插不上手吧？"

"闭上你的臭嘴！"武红兵躺下了。

丈书家。翠花的房间里，她丈夫轻轻推她。她以为丈夫要跟她起腻，生气地将丈夫的手使劲儿一拨，嘟囔："我睡得正香呢，别讨厌啊！"

丈夫又推她："我不是……我是……"

翠花又将他的手使劲儿一拨："你不是什么你？我看你就是！少碰我，再纠缠我一脚把你踹地上去！"

276

丈夫："我怎么听着，刚才像有人敲门啊？"

果然，又是一阵轻轻的敲门声。

翠花："谁呀？"

"我，知青刘江！"门外的声音听来已很不耐烦。

翠花也不耐烦："半夜三更的，什么事儿？"

刘江："找支书，急事儿！"

翠花只得起身穿衣，一边掩怀系扣，一边看了丈夫一眼，见丈夫也正不满而又委屈地看她，笑道："对不起啊，刚才误会你了！瞧你那样儿，那么点儿委屈就受不了啦？得，犒赏你一下！"说罢，弯腰在丈夫脸上亲了一下。

不料她刚下地，丈夫拉住了她手，嬉皮笑脸地："多犒赏一下嘛，就多一下。"

翠花有些飘飘然地说："看，给脸就上鼻梁！"她装出一副无奈样子，又成心发声地亲了丈夫一下。

门外的刘江却躁了，不但将门拍得"啪啪"响，而且吼："开不开门啊！再不开门我可踹了啊！"

翠花："死刘江你敢！"急忙走出屋。

支书屋里，老伴儿也推醒支书："好像是知青找上门来了。"

翠花开了门，半真半假地说："你个死刘江，反了你了？半夜三更搅我们的梦，还要踹我家门！我先踹你几脚……"

刘江一边躲一边说："嫂子嫂子，没心思跟你闹，真有急事儿！"

支书已披衣出现，不失庄严地："既是急事儿，快说！"

"支书，武红兵他们，背赵曙光到县城去了……得把赵曙光送到县城医院去！他什么时候回的宿舍，我也不知道。当我听到他呻吟，他已躺在被窝里了。我点亮灯，见他那双手，不对劲儿了……"

翠花焦急地问："他手怎么了？"

刘江："又红又肿。手背肿得老高！起先我们以为他就是手的事儿，可接着，他吐了，再接着，出冷汗，发高烧，说胡话……"

支书："翠花，快去你王大爷家，借他家那辆带斗的独轮车！"

翠花的丈夫也出来了，说："我去！"说完已走出门去。

刘江："看病得花钱，主要是钱的问题。我们几个知青的钱凑一起才十几元，说不定曙光会住院，怕钱不够，要不也不来找您。"

"浑话！这么大的事儿，不找我找谁？翠花，你，那个那个……"支书也有点儿乱了方寸。

翠花比支书还急："说呀！那个那个什么呀！"

支书口中终于蹦出两个字："鸡蛋！……这还非用我说嘛！"

"这儿呢！知道就得靠鸡蛋了……"

支书老伴儿已不知何时站在支书背后，手中拎着装鸡蛋的篮子。

支书接过篮子，看一眼，里边才几个鸡蛋。

他将篮子朝翠花一递："这么几个够干什么的？你，你和刘江，你俩就用这篮子，挨家挨户去给我收鸡蛋！"

翠花："这时候？"

支书生气地说："不这时候还啥时候？"

刘江："支书让收的，那咱俩别耽误时间了呀！"说着接过篮子，和翠花双双离去。

门口只剩支书和老伴儿了，支书在发愣。老伴儿问他："你不去？"

支书："我在想家里还有什么值钱的东西！"

"家里除了那几个鸡蛋，再还有什么值钱的东西？……要不你把那炕桌扛上，不都说是件古董吗？"

支书："别人打哈哈的话你也信？真有好主意！"说完，跨出门大步而去。

天已微明。武红兵背着赵曙光跑在路上。其他几名男知青跟在后面跑。

赵曙光迷蒙地睁开眼睛："谁在背我？"

武红兵没好气地说："现在是我，刚才是别人！"

赵曙光："红兵，你要把我往哪儿背？"

武红兵不愿再跟他说什么，只管背着他飞快地跑。一名跟着跑的知青替武红兵回答："我们要把你送到县城医院去……"

赵曙光："我怎么了？"

跟着跑的知青随口答道："鬼知道！红兵，要不要换你？"

武红兵大口喘着气："不用，还能跑会儿！"

知青们、囤子和翠花的丈夫坐在医院走廊的两排长椅上，支书背着手，在两排长椅间烦躁地走来走去。

武红兵有点儿抗议地说："你也坐下行不行啊！"

支书："我往哪儿坐？你当我就没走累？"

的确，两排长椅再也挤不下一个人了。而坐着的人，似乎都在发愣，对支书的话充耳不闻。

武红兵并不让座，说："没地方坐你老老实实站那儿，走来走去晃得人头晕！我看就是没走累！"

一名知青似乎有点儿看不过去听不过去了，但也不让座，冲王川道："哎，王川，给你支书老丈人让座。"

王川站起，惴惴不安地说："爹，您请坐这儿，刚才我光发愣了，您别见怪。"

支书心烦意乱地一挥手："我不坐！"

正这时，冯晓兰来了，除了武红兵，其他的知青齐刷刷地站起来。武红兵却将头一扭，不看冯晓兰。

冯晓兰急切地问："曙光怎么样？"

刘江："在急诊室呢，做了几项血检，我们这儿正等着确诊结果。"

急诊室门一开，一位中年男医生走出来。

支书一步迎上去："他手怎么样？"

医生："手的问题挺严重，属于液态烧伤，如果不感染，十天半月就会好的。但是血检显示，他营养不良，低血糖，伴有神经紧张引起的暂时性昏迷症状。住几天院，打打点滴，补充些营养也就恢复了。他是你们大队什么人啊，你们这么重视？"

武红兵："不是什么了不起的人，知青！"

支书瞪武红兵一眼，将医生扯到一旁，小声地："不重视不行啊！北京知青，毛主席身边来的，有个三长两短，我哪儿担得起那责任！大夫您千万给认真治，怎么治我们都听您的。"

医生猜测："高干子弟？"

武红兵大声说："他爸是团长，而已！"

所有人都望向武红兵，都感到了他话中的不快情绪。

支书："你眼中还有我这个大队支书没有！"

医生："您是……"

冯晓兰："他是我们大队支书。"

医生："啊，啊，失敬了。我已经把住院单开好了，你们去交三百元押金，先住十天院吧！"说着，便将住院单递向支书。

支书伸伸手，没敢接。

"怎么？"医生见他不接，有些纳闷。

支书吞吞吐吐地说："大夫啊，是这样的……鸡蛋，一会儿就会送来的……"

有知青喊："来啦来啦！"

只见刘江和翠花合拎着满满一篮子鸡蛋急匆匆赶来。

支书高兴了，对医生说："看，看，我们坡底大队人办事儿那是绝不含糊的！先收下这一篮子，隔三岔五我们接着往这儿送……就是我们大队的母鸡来不及下那么多蛋，我们向别的大队借也借得来！"

医生误会了："哎呀，他十天里怎么吃得了这么多鸡蛋呢？"

支书："也不光是给他吃的……这是，这是……咱农村不是没现钱嘛，顶住院费行不？"

医生："哎呀，那我可做不了主！"

支书："您的意思是，得找院长？"

医生："我们现在不叫院长，叫院'革命委员会'主任、副主任。我看你找他们也没用。医院怎么能直接收鸡蛋呢？你们怎么也得自己去卖成钱吧？"

支书："说得也是说得也是……那，我打个欠条，先让我们的人住上院？"

医生："这我更做不了主了！"

忽然，一个穿白大褂并戴"革命造反派"袖章的人走来，对坡底大队人挥斥地说："哪儿的你们？把座位都占了，一会儿到点正式开门了，别人来了坐哪儿？"

大家都乖乖站起来。

医生："这是我们'革委会'副主任——他们是坡底大队的，六点来钟的时候送来一位急诊病人，正好是我在值急诊班。"

支书毕恭毕敬地说："请问主任贵姓？"

"用不着问我姓什么！送一个病人来这么多人干什么？这鸡蛋又怎么回事儿？"主任转头瞪着医生，"送给你的？"

医生慌了："不是不是，绝对不是！向毛主席发誓不是送给我的。他们想用鸡蛋顶住院费。"说罢，抽身而去。

主任："开什么玩笑！医院是大集？！"

支书："我刚才正说，我打欠条，先让我们的人住下……"

主任上下打量支书："大队干部？"

"对对，支书。"

"拥护县'革命委员会'不？"

"拥护拥护！那当然得拥护！"

主任白了支书一眼："谁知道你真拥护还是假拥护？休想！把病人带回去，凑齐了住院费再送来！"

一边的刘江忍不住了："他可是北京知青！"

主任："北京知青怎么了？北京知青就都是站在毛主席革命路线一边的？到本县插队的'黑五类'子女也不少！"

冯晓兰闻此言，默默将脸转向窗外。

武红兵刚想说什么，被王川扯到一旁。

王川："明摆着不顺，你就别插言了啊！"

忽然一个彬彬有礼的声音："请问，哪儿有公用电话啊？"

所有的人循声一看，来的是李君婷，她冲主任嫣然一笑。

主任指指放在不远处的电话，色眯眯地望着她走过去。

刘江小声对一名知青说："瞧他那眼神儿，真想揍他一顿！"

不料主任耳尖，听到了，又挥斥道："没事儿的都出去都出去！剩下一个人，赶快把你们送来的病人带走！"

李君婷这时已走到电话前，大声地说："穿白褂戴袖标那位，请您过来一下。"

主任自指道："我？"

李君婷点点头。主任颤颤地走过去。

李君婷："我们不能把病人带走。今天必须住院。非但必须住下，而且，还得免费！"

主任听得直眨巴眼睛，被李君婷的姿态镇住了。

李君婷："你们医院'革委会'，承认县'革委会'的领导不？"

主任连连点头。

"那么也肯定接受省'革委会'的领导喽？"

主任又一阵点头。

"那么，您是医院里的什么人物？"

不仅主任，包括支书在内的所有坡底大队来的人，也都被李君婷那自信足足、高所有人一等的优越感给镇住了。

主任吭吭哧哧，一时不愿说出自己身份。

刘江："他是医院'革命委员会'副主任！"

李君婷："那就好办了。现在请您注意听我的话，我有位叔叔，是县'革委会'副主任。我还有位叔叔，是市'革委会'副主任。省'革委会'里，也有我叫叔叔大爷的人！我们既是知青，当年也都是毛主席的红卫兵。怎样对待我们生了病的首都知青，这可是一个政治感情问题。既然您已经说了承认县'革委会'，那我就先给是县'革委会'副主任的叔叔打电话吧，您请听好……"

李君婷抓起电话拨号。

主任走也不是，不走也不是，尴尬不安，嗫嚅地说："你……你可千万别……"

"放心，我不会告你的状的。"

电话通了，李君婷对着电话："郝叔叔啊，我是君婷……"

另端传来男人的声音："君婷啊，又好久没见你啦，这么早给叔叔打电话，有事儿吗？"

李君婷的声音变娇了："叔叔，没多久嘛！我是在县医院里给您打电话。我们一名在坡底大队插队的北京知青病了，坡底大队是个特别特别穷的大队，这您也知道的。他现在已经在医院里了，医生说要住十来天医院，可大队里交不起住院押金，住不了院，打欠条也不行。叔叔，您看这件事儿可怎么办啊？对方是革命军人家庭的子弟，父亲是朝鲜战场上的英雄……"

李君婷打电话的声音也传到急诊室里。正在输液的赵曙光目光焦急地看着输液瓶，伸手欲拔针头："我不打了！"

年轻的女护士按住他："又犯急！外边不正在解决你的住院问题嘛，你看，再有一两分钟就滴完了……"

急诊室外，李君婷将话筒递向主任，一副大功告成的样子，甚至还可以说有那么点儿扬扬自得。

主任接过话筒，听着，诺诺连声："对，是的是的，您批评得完全正确，本人虚心接受，坚决落实……"

如此峰回路转的结果，使坡底大队来的人个个面有喜色。李君婷自然也将目光望向他们，当她的目光与冯晓兰的目光相对时，冯晓兰冲她感激地微微一笑。

主任放下话筒，对李君婷说："免费！小单间病房，您满意吗？"像下级在跟上级首长说话。

武红兵这时独自离开了，他表情复杂，有放心，也有别的。比如嫉妒，那是一种不屑式的嫉妒。既是对李君婷所拥有的特权背景的嫉妒，恐怕也是对赵曙光的嫉妒。

李君婷倒显得挺懂事，对主任说："满意不满意，您问我们支书吧。"

支书不待主任问，连说："满意满意，太满意了，这还能不满意吗？"

急诊室的门忽然一开，赵曙光出来了。他夹着双肘，缠了药布的双手半举胸前。护士跟出，劝说："这不问题都解决了嘛，接着你得听我的安排了呀！"

赵曙光："对不起，我不能听您的安排！"接着又对支书说："支书，我不住院。"

支书："你看，你这……劳师累众地来了这么多人，你不住院……那，那大家算怎么回事儿？"

李君婷往赵曙光跟前一站，说："谁的话也不听，总该听我的吧？"

赵曙光苦笑，笑中有感激的成分，也有惭愧的成分。为了表达感激，他想用手摸摸李君婷的头发，但手还没触到李君婷的头发，见自己手那样子，又将手缩回去了："你的也不听！"

冯晓兰："曙光，你这样多不好也不对。"

赵曙光转身望冯晓兰，欲言又止。他将目光望向了大家，坚决地："让大家操心了，我感激。但是要让我住院，那还莫如干脆杀了我！"说罢，径自走了，留下众人望着他背影发呆。

主任："这……这可不能怪我啊，我改正错误可是诚心诚意的！"

李君婷使劲儿跺一下脚，气出了泪。

疲劳和饥渴的知青们都回到了坡底大队的宿舍。累的往炕上仰面一躺，饥的找到土豆、地瓜、饼子之类的东西大口大口地吃，渴的守在桶边轮流用同一个缸子喝水。

刘江自言自语道："来回走了七十几里，部队拉练也不过如此。"

另一名知青："支书那话倒说对了，咱们这算怎么回子事儿？"

刘江："自讨没趣儿呗！"

武红兵："赵曙光人呢？"

刘江："我看到跟冯晓兰走了。大概到支书家去了吧。"

一个知青："到支书家去解释，有必要让冯晓兰陪着？"

刘江："那谁知道！也许还要向冯晓兰解释什么吧？我见支书一路上那种气哼哼的样子，心里直想笑！"

"说不定他心里还暗暗高兴呢，替大队里省下了一笔钱，岂不正中他下怀？"

"你忘了，李君婷一出现，不是免费了嘛！"

"以前以为李君婷故弄玄虚，看来她在陕北用得着的叔叔大爷什么的还真不少！"

在七言八语的议论中，武红兵喝了半缸子水，坐在门槛发呆。大家接下来的议论他仍句句听得分明：

"你们没看见李君婷快气哭了？"

"不是快气哭了，是已经哭了。掉眼泪了嘛！严格地讲，落泪就算哭。"

"免费还不住院，不知曙光怎么想的。"

"怎么想的都是傻瓜的想法。"

"我要是李君婷，我也会被气哭的！"

"我要是赵曙光，我幸福死了！知青点仅有的两个姑娘都为他忙前跑后的，那什么感觉啊？太他妈不公平了！"

刘江："你们不解吧，羡慕吧，气不过吧，我可不发牢骚！因为路上掉了五六个鸡蛋，掉了还不碎？碎了还能扔？那我呢，就掉一个，捡起一个，生喝一个！一个星期以内，我想我的营养差不多也够了……"

大家一拥而上："揍他！揍他！不能让这小子占那么大便宜！"

武红兵在大家哄闹时离开了。

他来到韩奶奶的破窑屋前，绕着手扶拖拉机的骨架转，蹲下站起地看，弄弄这儿，弄弄那儿。然后走到门前，站片刻，轻轻推开门，进入。

他在破窑屋中看那盆水，看那些部件，最后将目光望着残席陋掩的炕面。

他发现了从冯晓兰衬衣上掉下的两颗扣子。他把它们一一捡起，放在手心上凝视，小心地放到嘴边亲吻……

赵曙光和冯晓兰又来到他们幽会过的那破窑洞里。

不过这次他们没有亲昵地在一起，而是面对面地坐着。二人的表情都有些不同寻常，冯晓兰一脸庄肃，赵曙光则有些懊悔。

冯晓兰轻轻地说："想说什么，说吧。"

赵曙光往后一仰头："我要是还在医院住下去。那我就更瞧不起自己了。"

冯晓兰："'更'是什么意思？"

"因为大家推我去往医院的路上，我已经就很瞧不起我自己了。"

"因为自己是老高三，学了那么多化学知识，却没想到工业用碱会烧伤手？"

"我并没白学那么多化学知识，那点儿常识我是有的，也想到了。只不过怀有侥幸心理，没料到后果会那么严重。"

"疼不？"

"疼。但心里更疼。"

"别拐弯抹角的，直说。"

赵曙光："自从出生以来，我从没像今天这么感到羞耻过。在急诊室里，听着大家在外边说的话，听着支书低声下气求人家，我几次想拔掉输液针头，逃离医院……"

冯晓兰："如果你说你多么感动，那我特别理解。我也替你受感动，包括被李君婷感动。如果你还说你多么过意不去，我也特别理解。但，如果我没听错的话，你刚才说的是感到羞耻。这我就不明白你了，请解释给我听。"

赵曙光凝视冯晓兰，她也凝视他——仿佛都要运用读心术，读出对方的真实心码。

赵曙光低下头去，自责地说："我太缺乏克制力了……"

冯晓兰："我怎么听出，你说的是'我们'的意思？"

赵曙光摇头："你误解了，我绝对没有也埋怨你的意思……"

冯晓兰不禁有点儿激动了："可你又究竟能埋怨我什么？埋怨我昨天晚上太过于关心你，不去看看你就睡不着？埋怨我对你太多情了？埋怨我在你感情冲动之时，我居然没有显现出比你更大的克制力？"

赵曙光生气地说："我说过了我没有那种意思！我是男人！男人应该处处比女人强一些！如果我有足够的克制力，我们昨天夜里就不会那样！如果我们没有那样，我也许就不会发烧！如果我没有发烧，就不会拖累那么多人半夜三更轮番背着我，用独轮车推着我往医院跑！支书就不会因我低声下气在人前受屈辱！"

冯晓兰："那么你的手烧成那样就不必去医院了吗？"

赵曙光看着双手苦笑："支书家有獾油！医院也不过就是往我手上抹了一层獾油。"

冯晓兰："可医生的诊断是营养不良！是神经性胃痉挛！建议你住院也是因为这两个原因！"

赵曙光："你那么大声干吗？你那么激动干吗？坐下行吗？怎么，我内心充满了自责，就不该向亲爱者倾诉一下吗？"

冯晓兰："我不坐！用你的逻辑来说，倾诉也是缺乏克制力的表现！"

"你这是在抬杠！"赵曙光拍身下的草，却拍疼了手，皱眉，倒吸凉气。

"而你一开始就在侮辱我！"冯晓兰眼眶充满泪水。

赵曙光极度讶然地看她。

"赵曙光，你把自己想象成什么人了？人间圣徒？普罗米修斯？道德完美主义者？当你产生羞耻感的时候，亲爱者应该奉陪你一道忏悔？当你自责的时候，亲爱者也应该觉得罪过？这就是你紧急把我又约到这里来的原因对不对？那么我告诉你，冯晓兰偏不！我没什么可忏悔的！我认为我已经多次表现出了令自己很满意的克制力！我才不想象自己是圣徒！我也从没要求自己在道德上多么完美！凡间男女人人具有的七情六欲我都具有，也都要！而且一点儿也不因此就瞧不起自己，更不觉得羞耻！我只不过是一个不沮丧的插队知青，一个知道感恩的姑娘，如此而已，仅此而已！"

赵曙光看着冯晓兰，听着他的话，呆了。

"你继续因你的羞耻感而自我折磨吧！"冯晓兰环视一番，"这个地方，我再也不会来了！"

冯晓兰冲出窑屋。

赵曙光又用力拍了一下草，这一拍使他的手更疼。他将那只手缩于胸前，耸起肩弯下腰，口中丝丝有声地吸着凉气。

赵曙光在破窑洞里呆坐了一整天，晚上才回到知青宿舍。

桌上摆着些老乡们送来的土豆、红薯、玉米、倭瓜、烙饼、鸡蛋，还有一扎挂面。大家在等着他和武红兵回来开伙，做晚饭吃。

而此刻的武红兵正在县城里的一处停车场。他拎着大号塑料油桶，钻入一辆卡车下偷油。头上的单帽被刮掉，他竟未察觉。直到他背着塑料桶回到沟壑间，才发觉遗失了帽子。他回望来路，县城的灯光已在远处……

——第 10 章——

　　早上，支书来到麦场，见赵曙光已在操纵编草绳的机器，旁边放着已经编成了的三大捆草绳。赵曙光看见支书，合了闸，麦场上立刻安静了。

　　支书看着那三大捆草绳，关爱又批评地说："你像这样下去不行，我指望你接我班呢。你如果把身体搞垮了，那我还指望谁？公社指示过我的，培养不成接班人，坡底大队的支书我想不当都不行。"

　　赵曙光不无惭愧地说："支书，您真认为我就那么值得您培养？"

　　支书在几张草帘子上坐下，拍拍旁边，赵曙光走过去，也坐下。

　　支书："公社给每个大队都下指示了，要尽快发展一批知青党员。这是县里、省里，一级给一级布置的政治任务。在这方面，咱坡底大队又落后了，每次到公社去开会，我都挨批评。"

　　支书叹口气，惆怅起来，吸烟锅。

　　赵曙光："昨天，为我折腾那么多人到县医院去，还让您在那儿为难，我心里不是滋味儿。"

　　"别，就算不是你，是坡底大队的任何一个大人孩子，不都得那样？不过你昨天不住院我是不高兴的，他们都说免费了，你干吗不住？那不是犯傻吗？让人家李君婷怎么想？人家那不成了自讨没趣儿吗？"

　　赵曙光低了一下头，复抬起头望远处，没说话。

支书："趁这会儿没外人，我给你交个底。你接了我班以后，怎么也得为坡底大队好好干上个三年五载的，还要多发展几名党员。坡底大队的支部，不能总是个名存实亡的支部。到那时，如果有什么返城的机会，我亲自为你争取。"

赵曙光把话题岔开："支书，咱先不说那些，先说眼前的事儿。一会儿大家都来了，你得讲几句，这活儿要干到年底呢，我怕时间一长，大家烦了，到时候要质没质了，要量也没量了，那咱们岂不是辜负别人的好心了？"

支书："你为这件事儿有压力？"

赵曙光诚实地点头："有。"

支书："那台破拖拉机，你肯定能修好？"

赵曙光："其实，只有五六分把握。"

支书责备："那你当时一个劲儿撺掇我买！"

"您自己不是后来也动心了嘛。"

"反正是被你影响的！"

"世界上有两种机会，一种是绝好的机会，抓住不放准成功。这种机会不多，更多的时候，只有五六分把握的机会也值得抓住。因为毕竟，成功的可能比失败的可能还多一分。"

支书："这话也在理，一会儿就由你给大家讲几句吧。"

"还是您讲吧，我最近烦心事儿多，情绪不好。"

这时，知青们和社员们陆续来了，支书对他说："我讲就我讲。那你认真听，学着点儿。"

面对三个一堆五个一伙儿坐得很分散的知青和社员，支书干咳两声，一手背后，一手招呼道："大家往一起坐坐。干活儿前，我先说几句。毛主席教导咱们，这个民生方面嘛，古今中外，有两种机会……"

他止住话，目光望向赵曙光，分明是在默默地问——是毛主席说的吧？

赵曙光将脸转开。

支书只得硬说下去："一种机会，好比天上掉馅饼，一把抓住，等于白捡。这等好事儿，从来是不多的。还有一种机会，只有那么五六分成功的把握，好比草船借箭，很值得赌一把。不赌那么一把，就弄不来那么多箭嘛！人家诸葛亮为什么敢赌那么一把呢？还不是因为成功的可能比失败的可能多一分？但话又说回来了，万一诸葛亮没成功呢？那么周瑜肯定讽刺他。可如果俩人调个个呢？周瑜出的草船借箭的主意，还没成功，诸葛亮会讽刺他吗？……"

马婶对一妇女说："支书那满嘴扯什么呢？"

那妇女："谁知道，听不明白。"

刘江起哄地高喊："不会！"

知青和妇女们都笑了。

支书却严肃得很，一指刘江："说得对！诸葛亮那就是诸葛亮，周瑜就是周瑜，他俩之间的水平，估计也就一分之差。但那么一分，可就差出高下来了。我为什么要讲这些呢？因为我听到了些议论，埋怨钱没挣回来，却弄回来一台破破烂烂的拖拉机，万一修不好，大家白辛苦十几天了。我这儿先下点儿毛毛雨，不怕一万，就怕万一，还真有那修不好的可能。修好的可能是几分呢？五六分。当成六分，就比修不好的可能多一分。那这一分究竟有什么可图的呢？图往后再送活儿去，不必许多人挑着抬着背着来回走七十多里了。一个人开拖拉机，再跟着一个人就行了。图往后大队里谁家老人孩子病了，女人难产了，不必许多人轮番背，再不就是用独轮车推着，心急火燎地往县城奔了。咱开拖拉机把病人送去，不是快多了吗？所以呢，如果修好了，功劳归知青。修不好，过失全在我。即使全在我，那我也希望大家学诸葛亮，别学周瑜。《三国》的事儿我是知道一些的，诸葛亮这人是敢冒险的。人家空城计那么大的险都冒了，咱坡底大队人三十几元的风险就冒不起了吗？"

支书的话，越讲到后来，表情、语调、手势发挥得越好。那时的他，有点儿像演说家。而无论知青们还是妇女们，听得渐渐认真了，连赵曙光都在刮目相看地望着他了。

"知青们，乡亲们，咱坡底大队又穷，又小，集体底子太薄，有时一分钱掰两半花，还是个缺钱。戏文里不是每唱，一文钱难倒英雄汉吗？缺粮是天大的事儿，缺钱是地大的事儿。感谢老天，今年还算风调雨顺，咱不担心缺粮了。为什么说缺钱是地大的事儿呢？因为水在地下，打一口深井，咱坡底大队人再也不愁喝不上好水了！可那不得一千多元钱吗？咱拿不出！那怎么办？只能辛辛苦苦挣啊！所以，眼下这挣钱的活儿，大家可千万不能嫌挣得少，不能干烦了……"

马婶忽然喊："支书，别说了！"

支书："怎么？讨厌听了？"

"那倒不，挺爱听！"马婶站起来，大声问妇女们，"姐妹们，支书今儿讲得好不好啊？"

妇女们异口同声道："好！"

"咱干这活儿干烦了没有啊？"

"没！"

马婶转身看支书："还用讲下去？"

而知青这一边，忽然都鼓起掌来。

支书："那，干活儿！干活儿吧！"

中午，大家往大队里走时，赵曙光听到背后有人叫他："赵曙光！"回头一看，是双手叉腰的李君婷。

赵曙光闪到一旁，让别人先过，等路上没人了，才走到李君婷跟前。

赵曙光："咋天医院里的事儿，真对不起。"

李君婷："光说句对不起就行了？"

赵曙光："我承认当时我很情绪化。以后再向你解释，行吗？"

"'以后'是什么时候？"李君婷语气缓和了许多。

赵曙光心事重重地说："看情况吧。"

李君婷忽然一笑:"不难为你了,我成心逗你呢!就算是作为一种报答,陪我走一段总是可以的吧?"

赵曙光半听未听,心不在焉:"走多远?"

李君婷一嗔:"还能走多远?不就走到马婶家门口嘛!"

赵曙光:"当然行!"

二人并肩走着时,李君婷问:"你昨天是不是对我反而有不好的印象了?以为我整天热衷于走上层路线,到处拉关系?其实我并没那样。我父母都是延安抗大培养的干部,在陕北的上下级关系特别多,有些靠边站了,有些被'结合'了。我来插队前,父母嘱咐我代表他们分别看望看望……"

赵曙光:"是指那些被'结合'了的吧?"

李君婷:"胡说!我父母才不是势利眼呢!我代表他们去看望的,更多是那些靠边站了的人。我一看望,无论是那些靠边儿了的,还是那些'结合'了的,可不就都反过来对我表示关心嘛!但我从没求过他们什么事儿,我至今还留在坡底大队就是证明。昨天在医院里,是我第一次为你开口求他们中的一个。你偏不住院,我回来之后想了想,也不生你的气了。当时情况下,你不住院是符合你性格的。你如果心安理得地住下了,你反而不是你了……"

赵曙光站住,说:"我不能再陪你走了。这个星期我负责做饭,我怕那些懒鬼宁肯吃不上,也不自己动手,都在等我。我不能让他们吃不上午饭是不是?"

他边说边退,一转身跑了。

李君婷望着他背影,又生气地跺脚。

赵曙光跑回知青宿舍,见除了武红兵,大家已都在吃饭。

他挤出地方坐下,对刘江说:"劳驾盛碗粥。"

刘江替他盛粥时,他问:"谁做的?"

一名知青回答:"红兵。"

"他人呢？"

"一放下碗就走了。诡诡秘秘的，估计和你一样，也去鼓捣那台破拖拉机了吧。"

另一名知青："支书上午不是说了吗，成功了，功劳归知青。我们几个都插不上手，全指望你俩了，你俩可得争点儿气啊！"

刘江将一碗粥递给赵曙光，赵曙光喝了两口，现出一个煮荷包蛋。赵曙光问："人人有份儿？"

刘江："我们倒希望那样！"

赵曙光捞出鸡蛋，放在刘江碗里："昨天大家为我辛苦了，你替大家接受我的感谢吧。"

刘江乐了，学四川话："要得，要得，这样子的感谢，那还是特别要得的！"他怕别人抢那荷包蛋，端碗走开了。

一名知青不无恼火地说："他昨天路上已经喝了好几个生鸡蛋了！"

赵曙光遗憾地说："你的话说晚了。"

又一名知青端碗跟着刘江，央求："给一半儿，给一半儿，一小半儿，别那么不够哥们儿啊！"

另一名知青痛心疾首地说："唉，世风日下，世风日下！'八路的一个鸡蛋，就把你们搞成这个样子！'北京知青的尊严在哪里？你们啊，一个个还要解放全人类呢！"

赵曙光："还是为解放坡底大队的老乡做点儿力所能及的事儿吧。"

在座的都一愣，同时看赵曙光。在当时，这句话就可以定性为"反动言论"。

赵曙光意识到了，声明般地对自己的话加以纠正："我指的是从贫穷中解放，不是从……"他不知自己的话怎么说才好了。

那名痛心疾首的知青："我们也没说什么啊，你就别解释了！"

入夜，赵曙光在去韩奶奶家的路上碰到了支书。

赵曙光："支书，您哪儿去？"

支书："正想去找你，你哪儿去？"

赵曙光："武红兵在弄那台拖拉机，我去看看。您找我有事儿？"

支书："也没什么事儿，不过就是想问问你，我上午那番话讲得怎么样？"

赵曙光："讲得很好啊！大家都认为您讲得很好，您没看出来？"

支书："大家怎么认为，那就随他们的便喽。我更想知道的是，你怎么认为的？"

赵曙光："我当然也那么认为啦！"

支书："还算……那个……有点儿水平？"

赵曙光由衷地："有。"

支书研究地看着赵曙光，分明要从他的表情看出他说的是真话还是假话。

支书："连你也认为有点儿水平，那就是真有点儿水平了。跟农村群众说话，一点儿水平没有，他们会瞧不起你。水平太高了，他们听着云里雾里，又会觉得你在卖弄，他们不喜欢在他们面前卖弄的人，以后会躲你远远的。尽讲些大道理，他们也是不爱听的。不举例子，吸引不住他们。"

赵曙光："咱大队的妇女们，也都知道《三国》的故事？"

支书："岂止《三国》！《水浒》《杨家将》《包公传》《女侠十三妹》什么的，她们都知道一些的。'文革'前农闲了，会有说唱艺人，或者单枪独马，或者夫妻、兄妹、父女背着一两件伴器就来了，常是住我家，供吃、供喝，一说一唱那就是多日，临走时家家户户给凑半袋子粮食，打发得人家高高兴兴的。现在，没这乐事儿喽！你以为我不管听的人知道不知道，就瞎举例子呀？那还叫有水平吗？我那是动真格的了，看家的本事，为的是给你个学习的机会，明白？"

赵曙光："明白。"

支书："有收获？"

赵曙光点点头。

支书："总结总结，哪天去我那儿，向我汇报，啊？"

赵曙光点头。

支书："我去你们宿舍看看他们。自从没收了你们那些书以后，小子们一个个对我冷言冷语的，估计他们都在鬼扯闲篇呢。反正也是个不睡，我去和他们联络联络感情。这叫群众工作方法，以后你也要学。"

"明白。"

支书："至于那台破拖拉机，反正我已经上你们的当了，你们就死马当活马医吧，可别修不好它，还搭赔上了你们两个硬劳力的身子板儿！"

赵曙光点头。

支书："那，各走各的吧。"言罢，转身，背手，从容不迫地走了。

赵曙光："支书……"

支书回头。

"支书，关于'机会'的那些话，不是毛主席的话，是……我自己的话。您以后千万别再当成毛主席的话引用了，防止谁抓您小辫子。"

支书："你这话，也到此为止，再不要跟第二个人说起！"

赵曙光："记住了。"

赵曙光来到韩奶奶的破窑屋，只见窗台上、桌上、地上、炕上，到处摆着拖拉机的零部件。它们已被擦得更亮了。而武红兵仰躺在炕上。

赵曙光看盆，盆里自然已是半盆锈色的汽油，又看那盛汽油的塑料桶，问武红兵："哪儿搞的汽油？"

武红兵毫不掩饰："偷的。"

"桶呢？"

"也是偷的。"

"我问你正经话呢。"

"我回答的也不是开玩笑的话。"

"那么，哪儿偷的？"

武红兵："本来深夜进县城，是想踩踩点儿。见一家商店门外有几个塑料桶，心想不偷白不偷，就偷了一个。又见一个院子里停了几辆车，也不知是哪个单位的院子，也没人把门……"

赵曙光："'不偷白不偷'，就又这么想，对吧？"

"对。"武红兵干脆地回答。

"你就不怕惹来麻烦啊？"

"怕也晚了，已经做了。"

赵曙光生气地说："你给我起来你！"

武红兵半情愿半不情愿地坐起来，瞪着赵曙光。

"你还瞪我！你也是老高三，没有'文革'，咱俩都大二了！他们几个呢？刘江年龄最大，那也不过老初二，比咱俩小三岁呢！你就这么给他们做榜样啊你？！"

武红兵将头一扭："我没想给任何人做榜样。"

"你！……咱们来时，在北京车站，他们的爸妈怎么嘱托咱们的？难道没说让咱们多关心他们，给他做好榜样？！"

武红兵也转过脸来，瞪着赵曙光："他们那话，我认为主要是对你说的。"

赵曙光："你！……你认为你认为，明明是对我们两个人说的，你怎么能……"

武红兵也生气了："你有完没完！"

赵曙光挥一下手臂，也瞪着武红兵，一时不知再该说什么。

武红兵："你别指责起别人来振振有词的。县公安局的人是因为谁来的？"

"那只不过是因为书，再说我也不是偷的！"

"你坐下，早就想跟你聊聊心里话了，这会儿是个时候。"

赵曙光犹豫一下，虽怒气未消，却在武红兵身旁坐下了。

武红兵："说起来，咱俩的关系还真不一般，是吧？小时候在同一个幼儿园，后来一块儿上小学，分在同一个班，你学习好，我学习也不差，是吧？你哪一个学期平均分全班第一了，下一个学期全班第一的准是我，这你承认吧？可是呢，老师总表扬你，从不表扬我。直到上中学了我才明白，原来是由于咱俩的父亲不同。你父亲是军队里的战斗英雄，而我父亲是'右派'，因为写了几篇反映大跃进情况的负面内参，就由著名记者而变成了'右派'。可我父母已经在五七年离婚了，我的户口关系是和我母亲在一起的呀，我母亲还是区妇联的干部啊。那也不行，我父亲的'右派'影子还笼罩着我。何况还有咱们中学的同学向老师打小报告，说我还常去看我父亲，说我同情我父亲……"

赵曙光："我还不止一次陪你去看过你父亲呢，我打过那样的小报告吗？"

"那我就不清楚了。"

赵曙光扭武红兵的耳朵："再说一遍！"

"哎呀哎呀，没有没有！"

赵曙光却仍不放手："我也帮你警告过打小报告的同学，因此老师传过我父母，有没有这事儿？"

武红兵："有，有！我这不直说有嘛！"

赵曙光这才放开武红兵耳朵。

武红兵揉耳朵说："尽管你是那样的，但对于我改变不了什么。后来咱俩又成了高中同学，都是学生剧团的。排演《钢铁是怎样炼成的》，请来的话剧团的顾问认为，我的性格外貌更适合演保尔，你适合化了装演保尔的哥哥。可结果呢，还是你演了保尔，我连演谢廖莎的资格都没争取到，让我演的是瓦西里神父，还说爱演不演。就是从那时候起，我把你确定为一个竞争对手了，暗暗和你较劲儿。你好的方面强的方面我要比你更好，更强。结果更糟了，你好你强，那叫品学兼优，又红又专。我呢，叫野心意识，成了全校白专道路的反面典型。你认为没'文革'，我就能通过政审关，和你一样跨入大学校门吗？"

赵曙光扭头看武红兵，见武红兵也正看他，尽管武红兵说话的语气平平淡淡，但脸上已有泪水。

武红兵："说啊！"

赵曙光一下子搂抱住了他："红兵，你让我说什么？你让我怎么说？你如果非逼我说，那我只能说，从小到大，我一直把你看成是好同学，好朋友！你应该记得，初二期末考试时，作文题是《我的同学》，你写的是我，可我写的也是你呀！你竟到现在还耿耿于怀谁演保尔的事儿！当时为了你，我不是几乎罢演了吗？冯晓兰到陕北来插队，这对于她是没有选择的事儿。为了她，我才决定来陕北的。对于我的家庭，这是必须有人担当的道义。我告别的第一个人，就是你！那天晚上，我走在去你家的半路下起了大雨，敲你家门时，我淋得像落汤鸡！叫你呢，只在门里对我说了一句，'没想到你还来告诉我'。你连门都没让我进，我当时是含着泪离开你家门口的！"

武红兵推开赵曙光，仰起脸说："当时我父亲刚挨完批斗，正在我面前哭，我怎么让你进我家门？你在列车上与你父母、你弟弟告别时，我不是出现在你面前了吗？我当然明白我也必须走插队落户这一条路，但全国那么多农村大队，我非来陕北这个坡底大队不可吗？"

赵曙光站起来，也满腹怨言地说："我知道你是陪我而来的，这我很感动，也很感激！我原以为，有你在，我就有了一个可以经常交流思想的人！可我想错了，大错特错了！你三天像我的朋友，五天又像我的宿敌，我实在搞不明白你究竟是怎么回事儿了！"

武红兵嘲讽地说："交流思想？一帮——对红？你当然想错了！"

赵曙光："那你又为什么跟我一起来到这里？在这个又穷又小的农村大队，继续把我当成竞争对手？你要和我争什么？我们之间有什么可争的？"

武红兵："有时候，我自己也搞不明白我自己了。但现在我是明白自己的，起码明白自己要什么。"说着也站了起来。

赵曙光："你到底要什么？"

"给我一次机会。"

赵曙光困惑地看着武红兵。武红兵抓住他手腕，将他引领到窑屋外，指着手扶拖拉机说："让我把它修好。"

赵曙光："你不是认为根本修不好吗？"

"现在又认为可以修得好了。"

"那我们就应该一起来修！"

武红兵摇头："不，由我来修！"

"行，我帮你。"

"在我没请求你帮我之前，你不要主动来帮我！"

"就你一个人修？"

武红兵："你不帮我，当然也就没人帮得上我了。我，一个'右派'的儿子，在陕北一个又穷又小的大队插队时，单独一个人，使那里拥有了第一台拖拉机，尽管只不过是一台破旧的手扶拖拉机。对于那里的老乡，这是一件无可争议的好事，从而对改变那里贫穷落后的面貌起到了不容忽视的作用……无、可、争、议，不、容、忽、视！我迫切渴望这样一个机会！"

赵曙光愣愣地看了他良久，低声说："明白了。"

武红兵又说："我需要用更多的时间来修它。如果我因而没出工，你这个知青队长不得干涉。如果别人有非议，你要替我挡着。"

"可以。"

"有时候我也许还会住在这里。"

"不可以！绝对不可以！"

武红兵话里有音地说："怕我在这里犯作风错误？"

赵曙光没听出他的意思，只是说："怕你吸烟，引起火灾！"

"这里哪儿还有烧了让人心疼的东西？"

"你自己就是！"

武红兵将两个衣兜翻出来："看，我很自觉，到这里根本不带烟和火柴。"

"休想，我信不过你的自觉！如果你哪一晚上夜不归宿，我刚才所有的保证都取消！"

武红兵退让地："那，我收回最后的要求。"

赵曙光："我还会让刘江经常协助你。"

"监督我？以便你掌握情况？"

"以后你少再跟我说这类话！我还要给农业物资站的站长写封信——而你，要把需要的东西记在纸上，跟刘江再去他那儿一次，在那儿的废品堆里下工夫翻翻，用得上的都弄回来。需要花钱的话，不要再以大队里，要以我个人的名义打欠条。以大队里的名义打欠条不好赖账。我毕竟救过他弟弟一命，这种特殊关系赖账时会起点儿特殊的作用。"

"指示下达完毕？"

赵曙光严肃地："听明白了？"

武红兵表示同意地笑笑，从兜里掏出一个小小的纸包，递给赵曙光。

赵曙光："什么？"

"自己看。"

赵曙光接过纸包，打开，见包的是两颗小扣。

赵曙光下意识地将纸攥在手里。

武红兵："我在屋里炕上捡到的。如果让别人捡去了，会有闲话的。"

赵曙光心领神会地将一只手拍在武红兵肩上。

武红兵："我也爱冯晓兰。"

赵曙光的手像按在烧红的铁上，反应迅速地缩回去："如果你连这件事儿都想和我争，那我将肯定和你争到底！除非……"

"说下去。"

"除非某一天冯晓兰当面对我说，她不再爱我了，爱上你了。"

武红兵一笑："我有自知之明，我只不过告诉你一个我们三人之间的隐秘真相而已，作为……"

"谈判条件？"

"感激方式。我爱她，与她何干？我爱她，与你何干？当我的爱不做任何表示，那么爱是我的一种自由。"

武红兵和刘江从县农业物资站找到不少金属部件，两人用扁担担着，走在回大队的路上。他们的衣服后背都湿了，手中还各拿着锈迹斑斑的钢锯和虎头扳子。担着担着，扁担断了。他们只得各用半截扁担，将部件分成两部分，挑扛于肩，继续赶路。二人的身影，沐着晚霞，行走在坡崖之间。

日升日落，武红兵和刘江修拖拉机已经有一段时间了。转眼又到了往县城送草编物的时候。

送草编物的队伍中，支书问赵曙光："武红兵和刘江，他们到底什么时候能修好？"

赵曙光："听红兵说，快了。"

"你再就没去看过？"

"没有。"

"你也真是的！他说没修好前不许你去看，你就那么听他的？"

"我答应了。说话得算话。"

"他俩不会合起伙儿来，借幌子不出工吧？"

"不会。"

"你信武红兵一准儿能修好？"

"对。"说着，赵曙光加快脚步走到前边去了。

支书摇头："搞不明白这些知青间的事儿了！"

夜深了，知青宿舍里大部分知青都已睡下。

赵曙光坐在桌前的油灯光下给赵天亮写信——

天亮：

前一封回信不知你收到没有？是晓兰替我给你写的回信。自从收到你的信，我总在想，你虽然是弟弟，但对我的一些提醒是有必要的。晓兰已经替我在信中嘱咐你，把我写给张敢峰那封信撕了。如果你因为那封信不是我亲笔写的，居然还保留着，那么收到我这封亲笔信后，就立刻销毁吧！

我说的是立刻，再也不许多保留一天！

…………

刘江忽然慌慌张张地闯进来："可不得了了，武红兵一定是神经出问题了！"

赵曙光下意识地一捂信纸："他给你气受了？"

"那倒没有，我俩一直配合得好好的，也快大功告成了！可，剩车厢的问题没法解决了。他，他让我跟他去挖韩奶奶的坟！我当然不会跟他去，他扛上把锹自己去了！怎么拦也拦不住！"

赵曙光倏地站起，将信纸折几折，揣入兜里。他转身见知青们也已都醒了，便喊："都穿衣服起来！"

赵曙光率知青们跑向大队外。

韩奶奶的坟那儿，锹插于地，武红兵垂头肃立，自言自语："韩奶奶，我实在是想不出别的办法了，可我又是为咱坡底大队好，您肯定能够理解我这会儿的心情。我保证，日后有条件了，要选用上等木材，亲手为您打造一口刷漆棺材。"

他说完，转身拔锹，锹却被赵曙光抢先拔去。赵曙光背后站着其他男知青。

赵曙光将锹递给刘江，严厉地说："你疯啦！"

武红兵："我没疯！我也是迫不得已。你不是说过，韩奶奶临终前，自己也希望将那几块儿板子充公的吗？再说我刚才已经请韩奶奶原谅了……"

赵曙光："但是我们不能原谅你！全坡底大队的老乡，谁也不会原谅你！"

武红兵："我们是知青！我们就不能首先唯物主义地看问题吗？"

赵曙光："住口！别跟我在韩奶奶坟前争这个！不仅仅是唯物主义不唯物主义的问题！你给我跪下！"

武红兵不服气地将头一扭。

赵曙光更加严厉地说："跪下！否则我们几个在这儿跪到天亮！让全大队人都知道这里发生了什么事儿！"说罢，他自己先直挺挺地跪下了。其他知青也都直挺挺地跪下。

武红兵不得已地跪下了。

赵曙光对着坟说道："韩奶奶，红兵他一时冲动，但他的愿望，确实是为了咱坡底大队。以后，我们都会经常来为您的坟培土拔草，弥补他刚刚对您的冒犯……"

"哗啦"一声，几捆铝条落在地上。

知青宿舍里，赵曙光训斥武红兵："那手扶拖拉机才多少马力？一台新的也只不过八马力！再用厚木板做一个车斗，那车身会是多重？这么一个应该想到的问题你都没想到吗？我们去县里交活儿时，顺便为你带回了这些铝条，为了照顾你的自尊心，还不能主动给你送去！还得等着你主动跟我商量时才能向你提出我们的建议。可是左等右等，你就是没有那么一点儿主动性！你那自尊心怎么那么特殊？"

武红兵离开桌旁，走到那堆铝条跟前，捡起一根，试试硬度，对赵曙光说："你以为你的智商永远比我的智商高？问问刘江，你想到的，我想到了没有？"

刘江："用轻金属做一个框子，这一点红兵确实也是想到过的。但铝条和铝条之间的空当又怎么解决呢？不解决，那还不往下掉东西？"

赵曙光："用铁丝拦几道，再用草绳编严实！像编草袋子草帘子那样。"

武红兵："哈哈！你怎么不说像编鸡窝那样？"

赵曙光："你冷笑什么？有的老乡家的鸡窝编得很紧，还很美观！不成心破坏，两三年不坏！我们隔两三个月编一次行不行？不就是麻烦吗？别忘了，我们是在一个又穷又小的大队！在这里，连喝上口苦涩的水还很麻烦呢！"

刘江："倒也不妨试一试，马婶和翠花她们手可巧了，还编过草床垫偷偷卖给城里人家呢。"

武红兵叹息道："想不到，最后还是成了这样……"

赵曙光："成了怎样？"

武红兵环指大家："好好好，你们都是分母行了吧？"

　

麦场上，武红兵开着手扶拖拉机绕麦场兜圈子，支书和王大爷并坐在车斗里，腰板都挺得直溜溜的，俨然两位正在进行检阅的老将军。而拖斗是马婶和翠花用草绳编出来的，还刷上了油漆。拖斗的左右两边各画了一朵大红花，后边红字写的是"坡底大队一号"。围在四周观看的知青们和老乡们都啧啧称赞。

刘江解说员般地说："公元一千九百六十九年，在中国陕北，在一个叫坡底大队的又穷又小的村子里，一台早已报废的手扶拖拉机被修好了，它将人类古老的手工编结技能和工业时代的机械成果相当完美地结合在一起了……"

一名知青："我怎么看着，像只怀孕的刀螂？"

翠花："管它像啥，能拉东西就行。"

王大爷对春梅检阅者似的招手。春梅笑得合不拢嘴，也向王大爷招手。支书见王大爷招手，便也招起手来。

春梅走到赵曙光跟前，问："曙光哥哥，你修好的，你怎么不开？"

赵曙光笑着摸摸她的头："主要是你红兵哥修好的。记住，以后和别人说起，或别人问起，都要像我这么说。"

春梅困惑。

李君婷和冯晓兰站在一起。冯晓兰望赵曙光，正巧赵曙光也向她一望，冯晓兰立刻将脸转向别处。

李君婷却在冷冷地看着武红兵。武红兵将拖拉机停在她和冯晓兰跟前，看也不看李君婷一眼，只对冯晓兰一人话中有话地说："知青们，总得为农村贡献点儿知识。知识就是力量，对吧晓兰？"

冯晓兰没准备，一时不知说什么好。武红兵却已将拖拉机开走。

李君婷不屑地说："表现欲膨胀！"

武红兵停住拖拉机，春梅、翠花和妇女们上前，扶下王大爷和支书。

翠花问支书："爹，啥感觉？"

支书："倒也没啥不好的感觉。"

翠花："我是问有啥特殊的好感觉！"

支书："好感觉那就是，直想喊：坡底大队从此站起来啦！"

翠花："有这么好的感觉呀？那我也坐坐！"说着，要上拖拉机。

春梅、马婶一群妇女也都要上，被王大爷拦住："这是娇贵的东西！以后没有支书批准，谁也不许随便坐！"

武红兵笑着拍了拍拖拉机："其实，也谈不上有多娇贵。"

支书："我曾经在这儿说过的，修好了，功劳归知青。现在，修好了，咱坡底大队人，得为咱知青们鼓鼓掌吧？"

春梅、翠花和马婶带头鼓起掌来。

王大爷干咳一声，持有异议地对支书说："像你这么个说法，也太笼统了吧？谁起的作用更大一些，那就应该突出地表扬谁一下。我怎么听曙光说，主要是我徒弟修好的？"

赵曙光从旁说："是的。还有刘江，一直在协助红兵。"

支书转身看武红兵。

武红兵故作谦虚地说："我只不过是百折不挠而已……"

支书忽然握住武红兵手腕，拖着便走。走了两步，回头大声又说："知青们，都跟我来！"

支书把大家带到他和老伴儿睡觉那屋，让赵曙光和武红兵将墙角的一口箱子挪开。箱子后面的墙上一块抹了泥的地方和别处不太一样。

支书递给刘江一把斧头，让他把那块抹着泥的地方砍开。刘江一斧头砍下去，墙皮剥落，露出一个塑料布包。刘江把那塑料布包拖出来打开，里面里三层外三层包着的，竟是赵曙光冒着被抓的危险偷偷买来的那些书。

大家面面相觑。

支书挥挥手："你们拿回去吧。以后，可以偷偷看。但千万不要给我惹什么麻烦。给我惹了麻烦，就是给坡底大队惹了麻烦。没麻烦，咱们才好悄没声地抓挠点儿钱，是不是？"

夜晚的知青宿舍里，油灯蜡烛头儿、拧去了罩的手电和握在手里的手电又亮了起来，大家在各种各样的光下看书。炕沿上也有一小截蜡烛头儿，不，那已不能算是蜡烛头儿，因为已被捏成了半圆，靠蜡液牢牢地粘在炕沿上，烛泪顺着炕沿往下淌，滴在刘江的"解放"鞋上。而刘江坐在火炕的一个火口前，将一本厚厚的书放在膝上，全神贯注地看着。

刘江合上书，想了想，问："哥们儿，哪位告诉我，日基廖娃是谁？"问时，谁也不看，像是在自己问自己。

没有谁理他。

"怎么，都聋啦？没听到我在发问啊？"

一名知青白了他一眼："莫名其妙，谁知道你看的什么书啊！"

刘江："保尔的《暴风雨中所诞生的》———一半是小说，没写完的小说，一半是书信集，保尔写给日基廖娃的信最多，他称她'亲爱的'……"

武红兵的目光离开了自己所看的书，纠正地："亲爱的刘江斯基同志，首先嘛，我要纠正一下您的错误。如果我不，您可能一直不可救药地错下去。您的错误那就是——您看的是奥斯特洛夫斯基的第二部长篇小说，他没有写完这一部长篇小说他的生命就停止了，而日基廖娃是他的女友……"

武红兵故意将话说出《列宁在十月》中临时政府某部长的那种拿捏着股劲儿的腔调。

刘江："有女友真好啊！什么时候我也能有一位女友呢？"

一名知青："闭嘴！你讨厌不讨厌！"

刘江："这怎么能说讨厌呢？大家互相交流交流嘛！哥们儿请听这一

段。"刘江重新翻开书，大声念道："对这里的生活和工作我没有好印象。有些同学被专门拍马和谄媚的人所包围了。有些地方对待异己分子缺乏无产阶级的不妥协的仇视态度……凡有主张对资产阶级让步的人，都该打掉他的牙！……"

他合上书，又自言自语："我对这里的生活和工作也没有什么好印象，真他妈的想打掉某些人的牙。可是，我有权力打掉谁的牙呢？冯晓兰的父亲被划到了资产阶级司令部里，而且据说已经被打掉过牙齿了，腿被打断了，还被用只破筐抬着游街。让我再对这样的人出拳，我心太软。对冯晓兰那么好的姑娘，我更不忍心加以伤害了。和你们瞎起哄批斗过她几次，我都后悔得要命呢，一直想找个机会当面请求她的原谅。也许，只有赵曙光该被打掉牙。他身为革命军人的儿子，却处处庇护资产阶级司令部的人的女儿，肯定符合阶级异己分子的标签。可我又打不过他。"

"啪！"另一名知青狠狠拍了一下桌子，指着刘江，忍无可忍地说："你他妈再像个老太婆似的嘟嘟囔囔，我们几个把你卸巴了扔出去！"

"别发火嘛！刚才那段儿不喜欢听是不是？看来这屋里没有一位想向保尔学习的。罢，念段儿精彩的给你们听！"刘江第二次翻开书，大声念，"……安德烈忘掉了一切，他把一切委屈和责难都不顾了。只是希望有一个温柔的接触，或者至少也要听到这可爱的、美好的、亲热的姑娘说出来的温柔话……他拥抱着她的双膝，她不能够反抗他。怎么能够推开伤得这样厉害的双手呢？'安德烈'，她低声地警告说……"

大家的目光纷纷离开了自己的书，都望向他，都在听。

刘江津津有味地念："但是安德烈的嘴唇触到了奥来霞的膝部，实际上触到的却是粗涩的纺织品。他忘掉了一切，也不再感到疼痛了，用伤了的手把膝上的袜子拉下。现在，他是真的已经吻着她的膝部了，而她却无力来干涉他的这种举动。奥来霞被这猝不及防的热情所震动，竟至于完全不知所措，一点儿也不知道怎样来应付这冲动的青年人。等她镇定下来之后，安德烈已经自动地、谨慎地亲手替她遮起她那裸露的膝盖了……'奥来霞，我的美丽的彩霞。'心头乱跳的奥来霞猛然站起来，安德烈把她放开了，她一转身跑出屋子……"

刘江很得意自己的朗读水平，抬起头来，问："好吗？"

一名知青："也不过就是吻吻膝盖嘛！有什么呀？太小题大做了吧？"

刘江："有什么？小题大做？好像你吻过似的！"

对方："那当然，不止一次！"

所有的目光又全集中在这名知青身上了。

对方："在梦里。"

又一名知青："哎哎哎，诸位，肃静，肃静！请听我来一段儿，我这一段儿比他那一段儿精彩！《战斗的青春》，中国式的，革命者与革命者之间的……那个……"他站起，干咳一声，摆出要激情朗读的架势。

武红兵一拍桌子："坐下！"

那知青不情愿地坐下了。

武红兵环视大家："都给我别出声地看！谁他妈再敢念一行，我先打掉他的牙！"

刘江讷讷地："安德烈是一个保尔式的人物，奥来霞是值得他爱的姑娘……"

武红兵："我知道。因为我早就看过。"

刘江遇到了知音似的笑。

不料武红兵突然用书拍他的头，不停地拍，边拍边吼："还念不念了还念不念了！"

刘江抱头挨拍，未敢反抗。

一名知青大声地："别弄坏了书！我还没看过呢！"

武红兵这才停止了惩处，问："记住了？"

刘江点头。

武红兵将书还在刘江手里，摩挲了一下他的头，安抚地说："那我的目的就达到了。"

武红兵一转身，见赵曙光不知何时回来了，站在门口那儿朝他责备地摇头。

武红兵："别以为我是在欺负他，他刚才还跟大家说，想打掉你的牙呢！不信你问大家！"

赵曙光走到桌边坐下，顺手要过身旁一名知青的书，只见用牛皮纸后粘上的书皮上面写着"批判资料"四个字。

那名知青："《叶尔绍夫兄弟》，没什么意思。支书包的皮儿，支书写的字。"

赵曙光还了书，说："其实这是一部好小说。有的书不光要用眼睛看，还要用头脑。用头脑才能看出它的好来。"他望着刘江，"刘江，因为什么对我那么大的仇恨，要打掉我的牙？"

刘江："开玩笑的话你还当真啊？"

他将书塞入被子里，嗅嗅鼻子，问大家："什么味儿？"

武红兵："你不是往炕洞口塞土豆了吗？"说着弯腰拨拉炕洞里的火。

刘江："不是烤土豆的味儿！哎呀哎呀哎呀！"

他叫着，蹦跳着，蹿到桌边，挤出一处地方坐下，龇牙咧嘴地从脚上往下扒冒烟的鞋。

大家都笑起来。围着桌子吃烤土豆。

刘江："尔等听过我高水平的朗读，现在又吃着我烤的土豆，我一双刚上脚的鞋烧着了一只你们还幸灾乐祸，还抓住我一句开玩笑的话一致向曙光出卖我……唉，我的命啊，怎么偏偏跟你们几个成了插兄插弟？"

武红兵又摩挲了他的头一下："说心里话，我得谢谢你。没你这厮相助，洒家可能到现在还没修好那台破拖拉机。"

一名知青纠正地说："破手扶拖拉机。你老人家要分清概念，免得日后传开了，广大贫下中农产生误解。"

武红兵："手扶拖拉机就不是拖拉机了？你什么时候也修好一台给大家看看？"

赵曙光："打住，都别斗嘴玩儿了。支书把我找去，谈了两件事儿。第一件，他对这些书还是不放心，大队里没电，怕咱们晚上看入迷了，到头来看得把眼睛都毁了。还让我要求大家，各看各的，尽量别交流，别讨论，更不许辩论。他说他的经验是，有交流是因为想要证明自己的独立的思想，而有讨论就有思想分歧，有辩论就必定产生思想对立，这些都是不好的。"

武红兵反对地哼了一声。

刘江："看，有分歧了。"

赵曙光："我不跟你讨论，更不跟你辩论。我只负责传达支书的指示。我的记忆力还行，说的差不多就是支书的原话。支书还说，思想是最容易在政治上招惹是非的，而政治呢，它是这么一种东西，你招惹了它一次，它招惹你一辈子。支书以他自己为例，让我告诉大家，他就是因为在实行人民公社的初期，对当时的做法有些不同的思想，至今头上还戴着一顶看似没有，其实一直摘不下来的'右倾'帽子……"

刘江："'你招惹了它一次，它招惹你一辈子'，深刻呀！一位小小的农村大队党支部书记，总结出如此深刻的经验，证明他是很有思想的。冲这一点，我以后打心眼里尊敬他了。"

所有人的目光都盯在刘江脸上。

刘江："都瞪着我干什么呀？正因为有思想很吃亏，所以我尊敬有思想的人，怎么了？"

武红兵："请你以后别说打心眼里对一个人怎么怎么样。要说就说内心里，行不？打心眼里尊敬，听着这个别扭！"

除了赵曙光，其他人皆附和地点头。

刘江嘟囔："打心眼里尊敬怎么了？我妈常说，打心眼里喜欢邻居们的某个孩子，或者不喜欢……"

武红兵打断他："你妈是文盲！你妈不是知识青年，这会儿别提你妈！"

刘江不服气地看大家。除了赵曙光，其他人又都纷纷点头。

刘江生气了："这儿就有人被拍马和谄媚的人包围着！"说罢，起身欲离开。

赵曙光笑了，拽住刘江："都是些半认真半不认真的话，你特别认真干什么啊？坐下，我还没传达完呢！"

刘江悻悻地坐下。

又一名知青："等等。支书的话，听着倒是怪深刻的，可我怎么觉得，有点儿……和'突出政治'相违背呢？"

赵曙光："我觉得支书说的是掏心窝子的话。现在说掏心窝子的话的人不多了。而掏心窝子的话，总是不小心会违背什么的。"赵曙光苦笑着说道，所有人的目光又都望着他，"我刚才说的也是掏心窝子的话。哪儿说哪儿了啊！如果事后引起调查，无凭无据，更没有录音，本人概不承认。对你们，我是如实传达。既没贪污，也没篡改。如果真有人来调查，那对不起了，我只能坚决否认，根本就没有传达不传达那么一回事儿，谁打的小汇报谁自己了断。总而言之，支书要求，你们手中的书一本都不许流传到别的大队的知青们那里去。都能保证不？"

众人点头。

武红兵："听你的意思是，如果有谁不能保证，那还要把书从他手中收回去喽？"

赵曙光："对。支书给了我这个权力。"

武红兵："那么你呢？"

赵曙光："坚决执行。如果有一个人违禁了，那么别人也都不要再想看了。"

刘江抗议道："这叫连坐！"

"就是要实行连坐。支书那么相信咱们，什么方式能确保咱们对得起支书那一份难得的相信，我就采取什么方式！"

"明白了。"武红兵吸着一支烟，接着缓缓举起一只手，说，"我，理解支书，支持曙光，自我保证，还要监督你们。"

大家也纷纷举起了手。

赵曙光如释重负："那我明天就向支书汇报，请他一百个放心。现在说第二件事儿，红兵，第二件事儿，支书觉得实在对不起你，我也是。希望你能冷静对待，同样理解。"

武红兵手中的烟还没触到唇，僵在半空了。

赵曙光："不知你们是什么感觉，反正我的感觉是——自从来到坡底大队，今天是咱们和全大队人最高兴的一个日子。为什么呢？因为红兵在刘江的协助下，不辱使命，将那一台手扶拖拉机修好了。今天简直就像咱坡底大队的一个节。我从支书家往回走时，还碰到些孩子和女人往韩奶奶的破窑洞那儿去。她们去干什么呢？去就着月光再仔仔细细地观看那一台手扶拖拉机，她们白天都没看够。用支书的话说，红兵和刘江，不但为咱们几个北京知青长脸了，也为他这位支书长脸了，为坡底大队扬名了。但是，咱们不能用它为坡底大队服务。因为咱们都忘了，它是要喝饱了柴油才能动的。红兵，我和你，尤其是我，居然也忘了这一点，这是我特别内疚，特别觉得对不起你的事儿。咱们坡底大队根本买不起柴油那东西。"

刘江："汽油不是也照样跑得挺来劲儿吗？"

烟头烫了武红兵的手，掉在桌上。

赵曙光捡起烟头，扔在地上，踩一脚。

武红兵："那大半桶汽油是我偷的。"

赵曙光："不能指望红兵再去偷柴油吧？第一次侥幸没被抓住，二次三次还能那么侥幸？偷油料是要被判重刑的啊！支书算了一笔账——如果不用它，每次往县里送一批活儿，还能挣点儿钱。用了它呢，来回七十里，刨去油钱大家几乎白辛苦了。"

刘江："账是你当时头头是道地跟支书算的！"

赵曙光："所以我比支书心里还不是滋味。"

一名知青："最不是滋味的应该是红兵和刘江。"

"操，这是什么事儿！"刘江眼泪汪汪地起身离开，躺到炕上去了。

赵曙光："红兵，要发火的话，冲我来吧。"

武红兵："支书埋怨你没有？"

赵曙光摇头。

武红兵："支书没埋怨你，那就好。"

他说罢站起来，从屋里走了出去。

赵曙光和武红兵并肩坐在韩奶奶的破窑屋的门槛上，呆望着月光下的手扶拖拉机。

武红兵："它很漂亮，是吧？"

赵曙光："是的。"

"尽管是草绳编的拖斗。"

"对。尽管是草绳编的拖斗。"

武红兵："这会儿，我是越看越爱看了。"

赵曙光："我也是。"

武红兵："为了它，我差点儿把韩奶奶的坟给刨了。当初，我完全是为了给自己长脸，可修着修着，想法变了，一心指望它能为坡底大队派上大用场。"

武红兵的声调变了，他仰起脸，月光照亮了他脸上的眼泪。

赵曙光："支书说，两种处理方式，可以完全由你一个人来选择——要么，由咱们知青们来确定个地方，搭个棚，摆在里边，算件大队里的稀罕物，小孩子们可以坐上边玩玩，公社有领导来检查工作的话，可以让他们看看，能向他们证明点儿什么。要么，偷偷弄到集上去，卖了。卖一百，咱不亏，还长了技能。卖一百五，赚五十。支书说如果能卖到二百，给晓兰、李君婷和咱们宿舍，一边配一盏马灯，另外每边再备一支蜡烛。"

武红兵站起，走到手扶拖拉机跟前，摸摸这儿，抚抚那儿，恋恋不舍。

赵曙光跟了过去，默默看着。

武红兵："你知道吗？它发动机的状态还行，跑两三年没问题。"

赵曙光点头。

武红兵弯下腰去，闻草绳编的拖斗。他闭上眼睛，深吸一口气说："我敢肯定，世界上只有咱们这一台手扶拖拉机的拖斗，散发着农作物般的芳香气息。冲这一点上讲，它可以说是史无前例的。"

赵曙光："支书说咱们用不起它的时候，落泪了。"

武红兵单膝跪下，吻拖斗上编出的花。

赵曙光："哥儿几个如果长期那么看书，眼睛确实是会看坏的。我挺希望咱们的宿舍里有一盏崭新的马灯，发出比油灯和蜡烛的光加在一起还亮的光……"

武红兵站了起来，又仰脸望夜空。月亮好大好圆。

武红兵："什么都不必多说了，卖！明天就是县集，你负责全体总动员……"

冯晓兰和春梅站在熙攘的县集上，望着一名四十多岁、担着一对大筐的解放军在买菜。那军人挑着满满两筐菜离开时，卖菜的农妇亲热地说："事务长，谢谢啊，今儿亲自买了我这么多菜！"

军人："甭客气，我还应该谢谢你们呢！你们辛辛苦苦地赶到集上来卖菜，也方便了我们部队的人嘛。"

冯晓兰对春梅耳语，春梅似不情愿，扭晃身子。

冯晓兰眼睁睁看着军人从眼前走过，不高兴地："不帮忙，那你跟来干什么？"

春梅："我不会说嘛！"

"一路白教你那么多遍了？"

"姐别训我。那，我追上他问行了吧。"

春梅紧跑几步，边跑边叫："解放军叔叔，等等！"

军人站住，撂下筐，待春梅跑到跟前，和蔼地问："小姑娘，叫住我有什么事儿啊？"

"想……想问问你，有样好东西你买不买。"

"好东西？什么好东西啊？"

"拖拉机！"

军人吃惊地说："拖拉机？！你要卖给我一台拖拉机？！"

他研究地打量春梅，以为春梅神经有毛病，连说："不买，不买。别再追我叫我了，啊。如果来集上没什么事儿，那就快回家吧，啊？省得你爸爸妈妈找不着你怪担心的。"

他一弯腰，要重新担起担子。

春梅却拽住系筐绳不让他走，着急地说："你跟我去看看嘛！那台拖拉机可漂亮啦，手扶的！我姐说，最适合卖给你啦！你要是开着它来赶集，不是一次能买回去更多更多的东西吗？"

"小姑娘，别拽住我担子嘛！你姐在哪儿？找你姐来跟我说话！"

"我就是她姐。"

军人一扭头，冯晓兰已在他身旁。

集市的另一处，刘江也在寻找买家。他向每一个自认为值得推销一下的人贴近，面无表情，行为却神神秘秘地问："买拖拉机吗？手扶的，八马力，便宜，一手钱，一手货……"

被他所问的人，要么以为他神经有毛病，要么感觉他是个形迹可疑的家伙，躲传染疾病患者似的躲之唯恐不及。

刘江不管别人的白眼，从集市中念念有词地一路穿过。

两名知青也在市集的角落上推销拖拉机，他们好像在北京天桥说相声似的，你一言我一语，高声大嗓地宣传着他们的拖拉机：

"这位问啦，怎么个好法，是吧？"

"是啊，怎么个好法，说来听听啊！"

"这位，您听着啊！说咱们这一台，手扶拖拉机，谁买谁发财，才卖二百七！"

武红兵和刘江站在不远的地方，看着，听着。

武红兵低声骂道："这俩王八蛋，怎么这么明目张胆的！"

刘江却很是欣赏地看着傻笑，还说："他俩曾经是红卫兵宣传队的呀，说快板儿什么的是他俩的拿手好戏嘛！"

武红兵："没谁叫他俩卖二百七！一百五咱们都巴不得赶快出手！"

刘江："拖拉机，二百七，这么说不是押韵嘛！"

"你给我继续在这儿望风，有情况就喊'狼来了'！我得去管管他们。"

武红兵大步向两名说得正来劲儿的知青走去。

两名知青还在自我感觉良好地说着：

"要说二百七，真算白给他！"

"怎么就算是白给呢？"

"这个机，那个机，关键要看发动机！"

"对！"

"坡底大队，有知青。知青里边有能人，能人保养了发动机！"

"怎么保养的啊？"

"发动机，很复杂，要先把污垢仔细擦……"

两名站在高处的知青前边，聚了不少围观者，一个个仰脸看他俩，饶有兴趣地听着，议论着：

"他们那是干啥呢？"

"好像是卖拖拉机！"

"他们不是说自己是坡底大队的吗？坡底大队那么穷的一个大队，哪儿来的拖拉机可卖？八成不是正道来的吧？"

赵曙光在不远处打公用电话。他一边望着集市边上那一台拖拉机，一边对着电话大声问："妈，钱什么时候寄出来的呀？您大点儿声，我这儿听不清楚！"

他看到冯晓兰和春梅陪着那军人走到拖拉机那儿，又说："妈，我这儿有急事儿，不能再多说了！"他放下电话，也大步向拖拉机那儿走去。

军人绕着手扶拖拉机看，动心地说："这样的拖斗还真不赖，轻。我们部队上用来买菜什么的的确挺实用。可这草绳编的，终究不如铁皮的结实。"

赵曙光："你们部队上有条件，那你们就自己再改成铁皮的。我们这么做，其实也是没法子的事儿。"

军人："你说卖多少钱来？"

"卖给别人，对方怎么也得出二百，卖给了部队上，是我们高兴的事儿，您给一百八就行。"

刘江还在集市上行迹可疑地逛着，搭讪着。

几个人拦住了他，为首的是一个他搭讪过的人，其余的都是彪形大汉，人人戴红袖标，上写两行字是"社会主义红色市场——纠查队"。

为首的人一指刘江："就是他问我买不买拖拉机！"

不待刘江有所反应，已被两个大汉扭住双臂。

说相声似的两名知青也受到了和刘江差不多的待遇。武红兵登上了高处，从他俩背后，将两条手臂搭他俩肩上，紧紧搂住了他俩。

武红兵低声然而恼火地说："是办事儿呢，还是跑这儿表演来了？回去再跟你俩算账！"

其中一个意犹未尽："让我再来两段儿，就两段儿！我这儿还没过瘾呢！"

正在"望风"的那名知青，听到身后有人大声干咳，一转身，眼前也是几名"纠查队"的人，他的双臂也立刻被扭到了背后。他冲武红兵等三人大叫："红兵，你们快跑！"

武红兵和那两名说相声的知青循声望去，见是纠察队，立刻从高处跳下逃跑。纠查队的人紧追不舍。慌不择路的三个人跑进了死胡同。

一名知青："与其都被逮住，还不如跑一个算一个！"

另一名知青："对！红兵，我们帮你翻过墙去！你会开拖拉机，咱拖拉机不能也搭上！"

武红兵犹豫。

那名知青催促："快呀！"

武红兵在两名知青的帮助下，翻过了一面高墙，向停着拖拉机的地方跑去。

手扶拖拉机旁，军人正掏出一沓钱数着。赵曙光、冯晓兰、春梅眼睛一眨不眨地看着他手中的钱。

冯晓兰："大叔，您不需要向上级请示一下吗？"

军人实诚地："在连队里，事务长这点儿主那还是做得了的。"

冯晓兰又对赵曙光说："曙光，大叔既然这么实在地要买，快把该注意的毛病都跟大叔交代交代。"

赵曙光看了冯晓兰一眼，张一下嘴，不知说什么好。

军人却说："我是汽车团出身，开一回，自己就清楚哪儿有毛病哪儿没毛病了。"

冯晓兰还想说什么，春梅暗中拧了她的胳膊一下。

武红兵风风火火地跑了过来。

春梅高兴地说："红兵哥哥，我们三个卖成功了！"

武红兵："对不起，不卖了不卖了！春梅，快上去！"

赵曙光等四人皆愣。

武红兵将双手插入春梅腋下，把春梅举到拖斗里，看着冯晓兰又说："你也上去，快！"

冯晓兰犹豫地看赵曙光。

武红兵着急地说："看他干什么，上去呀！"

冯晓兰糊里糊涂地也上了拖斗。

军人："这……"

赵曙光："红兵，你搞什么名堂？"

武红兵："现在没工夫跟你解释了！"

赵曙光和军人，眼睁睁地看着拖拉机撞倒菜筐，"突突突"响着顺坡而去。

通往坡底大队的路上，冯晓兰坐在驾驶座上把握方向，武红兵在前边用绳拉，春梅在后边推，拖拉机摇头摆尾地向前行驶。

在一处上坡的地方，武红兵站住了，喘粗气："歇……歇会儿……"

冯晓兰跳下拖斗，向他要绳子："我来拉，你把握方向。"

武红兵："还是我吧，只不过歇会儿。"他蹲下，看着手扶拖拉机，"要怪就怪我，别怪它，它没油了。"

春梅走到二人跟前，问："曙光哥哥会不会也被抓住了啊？"

三人都满脸淌汗，衣服后背也全湿了。

武红兵瞪着春梅不悦地说："你心里就只有一个你曙光哥哥是吧？"

春梅委屈，快哭了。冯晓兰将春梅揽入怀中，轻轻搂着，问武红兵："你估计会把刘江他们四个怎么样？"

"估计也不能怎么样吧。恐怕，倒是会使支书受到些批评。我想，也就是批评批评而已。"

支书盘腿坐在自家炕上，面前站着一名县里来的年轻干部。

支书替知青们据理力争："知青们从废品堆中发现了那么一台东西，他们群策群力把它鼓捣得能动能用了，只因坡底大队穷买不起油，就想把它卖了。明明能用的东西，让能用得起它的人去用它，总比闲置在那儿又变成了废品好吧？我就不明白了，这怎么就成了一件破坏社会主义大厦的事情了呢？"

年轻干部："先不谈那几个知青的问题！我是要你先交代你自己的问题！"

支书看他一会儿，笑了，说："是啊是啊，你是这么说过的。交代我自己的问题。让我好好想一想……噢，我的问题严重了，你近前来，让我一桩桩一件件交代给你听。"

支书向年轻干部钩动手指。

年轻干部："我站这儿听得清，你就说你的吧！"

支书认真地说："我要交代的问题可不老少，你还是近前来，坐桌子这儿。总得记录吧？"

年轻干部不再犹豫，坐在炕边，掏出笔和小本儿，将小本儿煞有介事地摆在桌上，持笔在手，冷着张脸瞪支书。

"我可以开始交代啦？"

"开始吧。"

"啊呸！"

年轻干部受一大惊，往后一仰闪，身子失去平衡，跌坐于地。

支书俯身，继续一口接一口唾他："啊呸！呸！呸！呸！你算个老几？全公社哪个大队的支书不了解你的底细？你个今天沾花明天惹草的鸟人！你个今天揭发明天造反后天又控诉的变色龙！小丑！你个今天整别人黑材料明天带头抄别人家的王八蛋！你有什么资格跑坡底大队来训我，审我？我告诉你，我入党那是对着党旗举着拳头宣过誓的，你他妈是怎么入党的？"

翠花和马婶等几个妇女在窗外偷听。王川慌慌张张闯进屋，见年轻干部还坐在地上，赶紧将对方扶起。

支书："你别扶他，这儿没你的事儿，你给我出去！"

王川一边替年轻干部拍打屁股上的土，一边不安地说："爸，县'革委'也来人了，还带了民兵……"

尖厉的刹车声传来。

一辆吉普车在门外停下，一个内穿中山装、肩披呢大衣、体态发福的中年干部从车上下来，一副踌躇满志的大领导派头。

女人们都有些敬畏地从窗前闪开了。

中年干部一言不发地冲她们挥挥手，女人们都默默地走开了。

中年干部进了屋，王川敬畏地退了出去。

年轻干部仿佛见到了主子，受到极大屈辱地报告："徐主任，他刚才往我脸上啐唾沫，还以他的老资格训我！"

中年干部："是吗？"

年轻干部："真的！主任我没撒谎。"

"他是没撒谎。"支书说，"我是那样了。"

中年干部却笑了："论资格,他当然比你资格老,比我资格也老。不过呢,往年轻干部脸上啐唾沫,那肯定是不对的。再年轻,那也是上级'革委会'派来的。"

年轻干部训支书:"县'革委会'的副主任站在你面前了,还不下炕!"

支书白他一眼,一扭头:"腿疼,下不了炕。"

中年干部:"腿疼那就别下炕了嘛。你下炕,我往炕上坐,那还不是一回事儿嘛!"说罢,毫不客气地坐在了炕桌另一边。

年轻干部:"他不承认他们大队倒卖拖拉机是……"

中年干部竖起一只手,年轻干部的话戛然而止。中年干部又将那只手朝门外挥了挥,年轻干部没想到地愣愣神,识趣地退了出去。

中年干部向支书递烟。支书摇头,默默将烟盒放在炕桌上,拿起了自己的烟锅。二人吸起烟来。中年干部一边吸烟,一边研究地看着支书,支书则扭头看别处。

中年干部:"拖拉机的事儿,不算什么事儿。如果连那样的事儿都胡乱上纲上线,证明干部的眼里没大事儿了。"

支书:"你能这么看,我就不生气了。"

中年干部:"当前全国的大事是搞路线斗争,阶级斗争。继续地、深入地搞。这一点,我不说,你也应该明白。"

支书不吭声。

中年干部:"县武装部几辆车的汽油被盗了。偷点儿汽油也不过就是犯了一个偷字的罪,按说也算不上是多大的事儿。但偷的是武装部几辆车的汽油,性质可就不同喽!你说是吧?"

支书不由得看他,脸色不安起来。

中年干部:"可能和你们大队那台拖拉机有关。"

支书:"这要有人拿出证据来。"

中年干部:"那台破拖拉机里灌的什么油?"

支书一愣:"这……我没问过,事儿一多,忘了问了。"

年轻干部突然闯了进来,将拎在手里的塑料桶往地上一扔:"搜出来的,是武装部停车场的桶。"

支书看着桶呆住。

又有两人进屋,各捧一摞书,其中一人的腕上还吊着个黑皮革包。

中年干部:"书放桌上。"

二人将书放在桌上,退开,肃立一旁。

中年干部拿起一本,漫不经心地翻看了几页,放下:"封、资、修……"

年轻干部:"都是该一把火烧了的书。公安的同志来搜查过一次,没搜查出来。"

中年干部:"让这样一些书到处流传着,'文化大革命'不白搞了?"

支书张张嘴,半晌才挤出句话:"这事儿,我承担。"

中年干部嘲笑地说:"你哪儿来的?"

支书:"当然不是偷的。我逼问过我们大队那些知青,也不是他们谁偷的,是他们中有一个从县集上买的。但是,我后来允许他们看了。"

中年干部按灭烟灰:"你呀,你呀,出了名的老猪腰子!说到底是'老右'!历次政治运动你都'右'!'文革'以来,你更'右'!"

支书:"干脆把我撤了吧。"

年轻干部:"怎么说话呢?!"

支书把眼一瞪:"难道你还要教我说话不成?!"

中年干部伸出一只手:"把那帽子拿出来。"

腕上吊黑皮革包的人拉开包,掏出一顶军帽递了过去。中年干部看着写在帽里上的"武红兵"三字问:"你们大队有名知青叫武红兵?"

"对。"

"他父亲是'右派',他自己填的档案表上,写的却是知识分子。这个情况你掌握?"

"知道。坡底大队知青的档案我都去县知青办看过,小武的父母五七年离婚了,他的户口和他母亲落在一起了,所以他也可以那么填。"

"那也改变不了他父亲是'右派'的事实！"中年干部狠狠地拍了下桌子，厉色道，"说你是'老右'，一点儿也没说冤枉你！实话告诉你，今天我们要把武红兵带走！因为他有'现行反革命'性质的言论，也有'现行反革命'性质的行为！"

"这不可能，这不可能！你胡说！"支书大惊失色。

中年干部冷冷一笑："我？县'革委会'副主任，'胡说'？"

正在门外的翠花大惊失色，慌慌张张地往马婶家跑。马婶家里，一些女人正聚在一起议论纷纷。

马婶模仿着支书："支书就这样——啊呸！呸！呸！呸！呸得公社那小白脸儿屁股一歪坐地上了……"

女人们笑。

"有年头没看见支书发脾气了。"

"也难怪支书发脾气。那些公社'革委'、县'革委'的人不来，咱们的穷日子过得还消停点儿。他们一来，准没好事儿！"

"整天革啊，革啊，革他奶奶个腿啊！还不是越闹腾越穷？"

正在这时，翠花惶惶而入："武红兵闯祸了！县里的人要把他抓走！"

马婶停止了说笑："哦？他能闯什么大祸啊，值得来这么多人抓他？"

"他为那台拖拉机偷了油，人家都摆出证据了！"

"这孩子，可也真是的，没油，咱不用它就是了嘛！"

"还说他是'现行反革命'！"

女人们面面相觑。一个妇女问："不会吧？他整天在咱眼皮底下干活儿，一没听他喊过反动口号，二没见他贴过反动标语，现的什么行啊？"

翠花："我亲耳听到县'革委会'的家伙那么说的！具体他现的什么行，我没再往下听。"

马婶："这，这可咋办！你爹啥态度？"

翠花："我爹当然反对啦！可他一个小小的大队支书，人家县'革委'一位副主任亲自带着些民兵来抓人，他阻拦得了嘛！"

马婶："那，你啥主张？"

翠花："小武子自打来到咱坡底大队，干活儿从不耍奸偷懒，这是咱们大家都得承认的，是不？"

女人们纷纷点头。

翠花："现而今，冤枉人的事儿多了，咱也不能眼睁睁看着他被抓走啊！大家都到各路口去堵他，别让他进大队，让他到什么地方去躲一阵子，避过眼前这一劫再说！"

一妇女问："那，咱们不也逃不了干系啦？"

马婶沉吟地："咱都是贫下中农的老婆，法不责众，谅他们也不能把咱们怎么样。"

有妇女赞成："咱不仅都是贫下中农的老婆，咱们自己不也都是打贫下中农家里嫁出来的？"

马婶："别说那么多了，照翠花的话去做！"

武红兵他们拖着拖拉机刚进大队，就被几名持枪的民兵拦住了。

武红兵显然心里早有准备，镇定、主动地伸出了双手，说："油是我一个人偷的，不关任何别人的事儿！"

冰凉的手铐铐住了他的手。

冯晓兰、春梅束手无策。

马婶和翠花等一群妇女恰巧赶来，见状都呆在原地。

支书、县'革委'的中年干部、公社'革委'的年轻干部以及那两名随从也走了出来。支书手拿一大张对折着的大白纸。

中年干部对支书命令道："你说吧。"

支书看着众人和孩子们，艰难地说："他们预先写好的，要我亲自贴，还说小武是，是'现行反革命'……"

武红兵惊愕。

支书愤怒地把手中的纸撕了："我说不是，但我说没用。"

"你！"年轻干部想上前制止。

中年干部用手一拦："让他表演。"

支书对武红兵说："小武，坡底大队对不起你！我也对不起你！更对不起你爸妈……"

年轻干部："他爸是'右派'！"

支书横他一眼，接着对武红兵说："以后，只要你还能回到坡底大队，那你就还是咱坡底大队的知青！不管我以后是不是支书了，坡底大队人，是会把我今天这话当回事儿的。"

武红兵流泪了。在场的人也纷纷流泪了。

支书走到了中年干部跟前，二人眈眈对视。

"啊呸！"支书双手一背，一步步走了。

赵曙光走在回坡底大队的路上，见前方有吉普车和卡车开来，闪在路边。卡车从他眼前开过时，他看到了车上的武红兵。

"红兵！"赵曙光大喊。

卡车绝尘而去。

赵曙光追了几步，停下，转身向大队里跑去。

第 11 章

　　支书倒背着双手，在自家的窑屋里走来走去，有如困兽。赵曙光垂手站在一边，无奈地看着支书。翠花站在门口，同样无奈地看着屋里的两个人。

　　支书终于在赵曙光面前站住，问："你对李君婷，到底了解多少？"

　　赵曙光："我想，我还是了解她的……她绝不至于……"

　　支书："不至于、不至于？可是她已经把绝情之事做下了！我就不明白，同是半大孩子，同是北京知青，同样地离开了父母亲人，她怎么就会忍心把另一个往火炕里推？所以我才向你讨教！所以我才希望你给我说出个明白！"

　　赵曙光："可我还是觉得，李君婷她不至于因为红兵说了些气头上的话就……这其中一定是发生了什么误会！"

　　翠花："曙光，你就别替李君婷辩护了行不行啊！你越辩护，不是越等于火上浇油嘛！"

　　支书对着女儿大吼："滚出去！"

　　翠花看了父亲一眼，无奈地退了出去。

　　支书又问赵曙光："说啊！"

　　赵曙光也有些生气了："我能说什么啊我！现在三四十岁五六十岁的人之间，还动不动就做下把人往火炕里推的事儿呢！您叫我怎么说啊您？！"

这时，王大爷闯进屋里，看也不看赵曙光，厉声问支书："武红兵呢？"

支书愣愣地不知怎么回答才好。

王大爷："我问你我徒弟呢！"

赵曙光："大爷，支书这儿也正着急呢！"

王大爷质问支书："你怎么能眼看着一个挺好的知青就那么被他们给铐上手铐带走了？你还是个支书吗你？！"

支书一跺脚："我不配当，你倒是替我当啊你！"

王大爷举起了巴掌。支书眼都不眨一下，瞪着王大爷："扇吧！有人扇我大嘴巴子，倒省得我自己扇我自己了。"

翠花冲了进来，挡在了父亲跟前，落了泪。她冲赵曙光发火："你是木头人啊你？你怎么能在一边看着！"

赵曙光流着泪跪了下去："大爷，支书，你们两个，不能当着我们晚辈这样啊！你们可都是坡底大队的主心骨啊！"

王大爷的手缓缓垂下了。

翠花也哭着说："大爷，您太欠公平了！我爹一个小小的支书，他真能保护得了谁啊他？都是李君婷那个小野狐狸精做下的缺德事儿！是她因为武红兵的几句混话，就到县里去告小武的恶状！您要真是个有血性的人，找那小野狐狸精算账去！要不直接找县里要你徒弟去！"

王大爷愣了愣，猛一转身走了。

支书冲跪在地上的赵曙光又一跺脚："你还不去拦下他！他正在气头上，谁知会对李君婷怎么样！"

女人们仍在马婶家里，议论纷纷。

"自打她来到坡底大队，就没正经干过几天活儿！"

"这种阴损的知青，还能留在家里吗？把她东西都扔出去！她如果晚上回来了，不许她进你家门！……"

马婶叹口气："这些日子，她跟我的关系倒还比以前亲近多了，经常马婶马婶地叫我了。昨天她胃不舒服，我还给她冲了一个鸡蛋。背地里做下那么恶的事儿，嘴上却从没泄露过，确实够阴损的……"

王大爷一步跨进来，喝问："那个李什么来着，她在哪儿？"

马婶见是王大爷，便说："李君婷，她一大清早跟知青们进县城卖拖拉机了，到现在还没回来。"

王大爷："她是住你这儿不？"

马婶："是住我这儿。"

王大爷："她一回来，你要立刻告诉我！"

马婶："告诉你又能怎么样啊我的老哥！她一个小丫头片子，把恶事儿都做下了，你是位长辈人，还能跟她动武的吗？"

王大爷："我，我吓她！"

一名妇女说道："唉，咱坡底大队的大老爷们儿，也就这点儿张长了！"

另一名妇女说道："那不见得。咱坡底大队真有血性的大老爷们儿，不是都在山西矿上嘛！"

王大爷指点着两个女人，问："你们这话，是说给我听的喽？"

马婶："不是说给你听的，还是说给别人听的呀？因为些个鸡毛蒜皮的事儿，一次二次地到咱坡底大队来搜查，拿咱们老支书不当支书看，说逮走咱们喜欢的知青，就给逮走了。我觉得就是看咱们坡底大队的男人都在邻省，好欺负！"

王大爷："别说了！你们不用跟我念这套经！为了咱坡底大队的名声，为了我徒弟不受冤屈，我一定做出点儿有血性的样子给你们看！"说完转身便走，和正往屋里进的赵曙光撞了个满怀。

王大爷："你跟着我干什么？"

赵曙光："支书怕你见着了李君婷，做出什么过火的事儿来。"

王大爷："既然跟来了，那就继续跟着，我有话和你说。"

赵曙光默默跟在王大爷身后走了一段路，见王大娘、春梅、囤子三人匆匆走来。

王大爷转过身，惭愧地说："曙光，你多包涵吧。在支书家，你那一跪，让我心里难受。"

赵曙光："大爷，看见您和支书都为红兵那么着急，我心里也好难受。我是坡底大队的知青队长，红兵和李君婷之间闹出今天这种事儿，我预先竟然一点儿没有觉察，我有推卸不掉的责任。"

王大爷："你也不要太责怪自己了，谁都不是诸葛亮，能掐会算。红兵不但是我徒弟，更是你们北京知青。我听他说，他是冲着你才跟来坡底大队的，是不？"

赵曙光："是，李君婷也是冲着我来到坡底大队的。"

王大爷："我说的是红兵，你别提她！我问你，你是个有血性的人吗？"

赵曙光："这……我不知道，要看什么事儿了……"

王大爷："就红兵这件事儿。你要是还有半点儿血性，你要是还念着和红兵同是北京知青的情分，那你明天跟我一起去县里要人！"

赵曙光："不。我……"

王大爷又举起了巴掌，却被囤子在半空中擒住了手腕。王大娘和春梅也赶上前来。

春梅叫道："爹，你气糊涂了呀！你怎么能打我曙光哥哥呢？"

王大娘也说："就是！曙光有什么错呀！你怎么越上了把年纪，越分不清好歹人了呢？"

王大爷对囤子吼："放开我！"

囤子放开了他，却从后拦腰抱住他。王大爷只有一只胳膊还在囤子的臂抱之外，他指着赵曙光数落："我原以为你是好人，今天看来你也好不到哪儿去！你……你也是个见人有难冷眼旁观的东西！我真后悔我看错了人！"他扇不着赵曙光，扇起自己耳光来。

春梅哭叫道："爸，你这是干什么呀你！"

囤子重抱了一次，将他那只臂抱之外的胳膊也抱住了。

王大娘对赵曙光说："曙光，你大爷真是气糊涂了，你可千万别往心里去。"

赵曙光："大娘，我不会的。"

他走到王大爷跟前："大爷，您也不听我把话说完。我的意思是，您身体不好，不必咱俩一块儿到县里去。我一个人去就行。明天就去。争取先把情况了解得更多一些。我和您的看法一样，如果连红兵都成了'现行反革命'，中国不是'现行反革命'的人就不多了。"

听了赵曙光的话，王大爷不再挣动了。囤子松开了自己的手，王大爷呆看赵曙光片刻，默默转身走了。

赵曙光呆呆地望着王大爷的背影，对王大娘说："大娘，囤子哥，今天，我是更尊敬我王大爷了。你们，可要好好照顾他的身体……"

赵曙光回到知青宿舍，对扇门全开着。他走进宿舍，见桌倒凳翻，炕上的被褥也乱七八糟，几只鸡在宿舍里觅食，两只鸡还上了炕。他将鸡撵出去，掩了门，扶起桌子凳子，原样摆好。站在炕前，想要整理被子，却又无心整理。他转身坐在炕边，接着缓缓仰躺下去。

他想起当日知青下乡的专列中的情景——

赵曙光、冯晓兰、李君婷、刘江四人坐一处，都默默望窗外。

"曙光！"四人同时扭头，见过道走来了武红兵，扛着按部队标准打成的行李捆，拎着网兜，一脸汗。

赵曙光站了起来，诧异地说："怎么……"

武红兵："跟你去，你哪儿，我哪儿。找了好几节车厢才找到你……"

赵曙光接过他的行李，替他放到行李架上。刘江接过他网兜，替他塞到座位底下。

赵曙光和武红兵对视着，不由得都微笑了，彼此轻轻拥抱了一下。冯晓兰往座位里边靠了靠，赵曙光坐下后拍拍腾出的地方。

武红兵也坐下后，李君婷看着武红兵说："我认识你。你、我、曙光，咱们都是同校的。你和曙光一样，也高三，只不过你俩不同班。有一年学校搞文艺会演，曙光演保尔，你演瓦西里神父，对不对？"

武红兵淡淡一笑："你对我知道的还真不少，省得我自我介绍了。"

赵曙光、冯晓兰、刘江都笑了。

李君婷："亲爱的武红兵同志，我和你一样，也是赵曙光的铁杆追随者！也是他到哪儿，我到哪儿，无怨无悔！我爸妈舍不得我去插队，调动了一切关系，决心把我留在北京，可他们的努力有些眉目了，我也和他们吵翻了，坐上这次列车了。"

李君婷看着赵曙光笑，又说："我认为赵曙光是一个理想主义者。而我喜欢追求理想，追求理想有一个懒惰的办法，那就是，跟着理想主义者走，让他带领自己去到能实现理想的地方去。我这人天生比较懒，懒人有懒办法！"

赵曙光等三人又都笑了。

冯晓兰在赵曙光耳边低声说："她挺可爱的，我喜欢她。"

刘江笑着说："要我看啊，你只能算是理想主义者的同路人罢了。"

李君婷："去你的！咦，做理想主义者的同路人也不错啊！理想主义者们，要是连个同路人也没有，那不是太孤独了吗？孤独是会扼死理想的呀，懂不懂？"

武红兵："我也只不过是理想主义的同路人而已。但我们两个还是有很大的不同。我父母虽然也舍不得我离开北京，但他们没有任何办法留住我。反正得插队，比较起来，与自己欣赏的人为伴是明智的选择。我明智，所以比懒惰的你更加无悔！"

刘江拍手大笑："说得好！说得好！真是一针见血！"

李君婷："我打你！"

列车在大家的笑声中"哐当"一声驶入山洞。身在坡底大队的赵曙光思绪也被一阵踢门声拉回到了现实。

刘江率先踢门而入，身后是另外三名知青。刘江两只鼻孔都塞着纸，看样子是挨过打了。他们看着炕上乱七八糟的被褥发呆。赵曙光坐起来看他们一眼，又缓缓仰躺下去。

刘江大声问："炕上怎么回事儿？"

赵曙光不说话。

刘江跨到炕前，更大声地问："赵曙光，我问你炕上怎么回事儿！"

赵曙光还不说话。

刘江："你他妈聋了！"

一知青抽下桌子那块儿活动木板，隐蔽的桌膛里已空空如也。他一转身爬上炕，在被褥中乱翻乱找，还是一无所获，只不过将被褥翻得更乱了。

他跪在炕上，拍打着炕席："书呢？咱们那些书呢？"他拍了一手鸡屎，皱着眉下了地，在一堆玉米皮中拿起一些玉米皮，嫌恶地擦手。

另一名知青也一声不响地拿起些玉米皮，在落了鸡屎的地方擦着。

刘江看着满屋狼藉："我明白了，被搜过了是不是？赵曙光，赵曙光，哥儿几个可都是跟随你来到这儿的！你怎么遇事儿这么一副熊样子！从今往后，我瞧不起你了！瞧不起！"

第三名知青："别激动，别激动，一激动你鼻子又出血了！冲曙光嚷嚷有什么用啊？他和咱们也没什么两样啊，说到底不也是一名插队知青嘛！"

刘江终于坐在炕边，从兜里掏出些手纸，换鼻孔里带血的纸，恨恨道："我们做什么坏事儿了？还不是急贫下中农所急，想贫下中农所想吗？却给我们扣上倒卖紧缺农机具的大帽子，理论几句还扇我们嘴巴子！东风吹，战鼓擂，现在世界上谁怕谁？今天这仇，老子记下了！"

赵曙光一听此言，猛地坐了起来："他们打你了？"

刘江将头一扭，不理他。

赵曙光又问另外三名知青："也打你们了？"

另外三名知青也都扭头，不愿回答。

赵曙光站到了地上，大声地说："我问你们话呢！"

一名知青生气地说："刚才刘江问你话，你又为什么像死人似的？！"

这时，冯晓兰搀扶着支书，悄无声息地走了进来。冯晓兰扶支书坐在椅子上，自己站在背后。经历了上午那些事儿，支书也变得如病之人，目光黯淡，满面阴霾。

支书用目光一一扫视知青们，颇觉欣慰地说："都回来了就好。要不，我想死的心都有。刘江，你鼻子怎么了？"

刘江不回答。

赵曙光："挨打了。他们都挨打了。"

支书："我最怕的就是你们会挨打，果不其然。你们的前事儿，你们从不对我讲，那我也能猜得到几分。除了晓兰，都当过红卫兵，都当过造反派，都耀武扬威过。可能呢，除了曙光例外，其他都是打过人的。曙光，红兵也打过人吧？"

赵曙光："没有。他一直是逍遥派。"

支书："都说你们北京的红卫兵，是全国最凶的红卫兵。'文革'这两年，你们反啊斗啊批啊砸啊，现而今如何？得来接受再教育了吧？我们这儿的造反派，那也是一个个凶巴巴的。针尖对上麦芒了吧？我看呢，挨打也是一种再教育……"

刘江一字一顿道："不，爱，听！"

支书："不爱听？不爱听也得听！良药苦口利于病，忠言逆耳利于行。强龙压不过地头蛇，今天你们挨打了，我看也是件好事儿，能让你们反省反省自己以前的所作所为……"

一名知青一拍桌子："够了！你有完没完？"

支书瞪他一眼，宽容地说："今天你们确实受委屈了，又都在气头上，有些话我也就不再说了。红兵的事儿，你们谁都不许犯冲动，我就是豁出一切，那也是要替他理论到底的！"

刘江不由得看赵曙光，问："红兵怎么了？"

另外三名知青的目光，也都集中在赵曙光身上。赵曙光张张嘴，不知该不该说出实情，转头向支书看去。

支书："没必要瞒，想瞒也瞒不住，告诉他们几个吧。"

赵曙光："公社和县'革委'都来人了，把红兵带走了，他们说他是'现行反革命'。"

刘江："什么？！"

赵曙光："红兵偷了县武装部常用卡车的汽油，他们说那就不是一般性质的偷窃行为了。当然，他也成了倒卖农机具的主谋……"

冯晓兰："那都不是主要的罪名。"

刘江："那，那主要的是什么？"

赵曙光："那好，我来讲吧——红兵不知在什么情况下，对李君婷说了些气头上的话，有一句话被上纲上线了。"

冯晓兰："什么话？"

赵曙光："要把李君婷活埋了！"

冯晓兰："红兵究竟说没说过这样一句话，咱们谁也不清楚，所以得有人去县里想办法见到他，当面问问他。因为他是'右派'的儿子，因为李君婷的父亲是当前正红的革命干部，那句话很可能被利用来大做文章。"

另一名知青："那可就惨了！有些人整天琢磨的就是怎么找例子来证明阶级斗争！"

第三名知青："两个人之间的话，没有第三者做证，就是真说了那也可以咬定没说！"

刘江皱眉不解："问题是，两个人之间的话，县里那些家伙怎么知道了？"

支书："这个问题，就不用非得谁来回答了。大队里都是些女人孩子，我也只能来找你们了。我想问你们的是，你们谁县里有关系，能想办法见到红兵一面，问问他到底说了那句话没有？也有必要及时告诉他，咱们都不会对他摊上的事儿漠不关心的。也得有人去找到李君婷，跟她说谁也不会把她怎么样。让她只管放心大胆地回坡底大队来，只要求她当面跟咱们讲讲，她为什么非那么去做。"

没等支书说完，赵曙光挺身而出："我去见武红兵，我去找李君婷。"

支书："两件事儿，你都有把握？不会白往县里跑一次？"

赵曙光："没太大把握，我只能向您保证，到了县里我会见机行事，尽力而为。事不宜迟，我想明天一早就去。"

支书："你还能保证，不管自己遇到了什么情况，哪怕是受了天大的屈辱，也能往肚里忍，也不会再节外生枝吗？"

赵曙光："能。"

支书注视着他，信赖又倚重地说："那，就拜托你了。"说罢，他手撑桌沿站了起来，却似乎迈不了步子。

赵曙光："支书！"

赵曙光想上前搀扶，支书却摇了摇手："没什么，腿麻了。"

冯晓兰伸手扶住了支书，支书还想拒绝，却被她哄小孩似的劝道："支书，听话……"

冯晓兰把支书送走，赵曙光重新掩上宿舍门，一转身，见坐在炕边的刘江和其他三个知青，都抬起了头，瞪着他。

刘江："操！我还是那句话，东风吹战鼓擂，现在中国谁怕谁？咱们来到坡底大队，整天一扇门出入，一铺炕睡觉，一张破桌子吃饭，虽然也真真假假地闹过些别扭，但基本上来讲，还是算得上抱团儿的吧？"

他越说越激动，站起来，挥舞胳膊，转身问另外几名知青："你们说是不是？"

一名知青大声附和："是！"

刘江："如果红兵真被打成'现行反革命'，我们脸上光彩吗？我们还有什么颜面回北京探家？所以，我发誓，我一定要串联起全县的北京知青来！说我们中的一个是'现行反革命'？我们还要说他们捏造罪名，迫害咱们北京知青呢！把事情闹到中央去也不怕他们！不能让他们白打了咱们！这一次咱们是真的造反有理！要让他们领教领教咱们北京知青的厉害！要让他们付出代价！"说罢，伸出一只手。

一名知青看了看他的手，问："什么意思？"

刘江："敢于和我同仇敌忾的，把自己的手放在我的手上。"

另一名知青犹豫地伸出手："这不是红卫兵的方式。"

第三名知青也说："我见过北京胡同的小流氓们用这种方式发誓。"

刘江生气地翻翻白眼："胡说，这也是一种神圣的方式！"

赵曙光："而且是一种古老的方式！起源于西方的骑士年代，小人书里学来的吧？"

刘江只管瞪着唯一没有伸出手来的赵曙光："别管哪儿学来的，你到底加盟还是不加盟？"

赵曙光："不。"

刘江轻蔑地哼了一声："那么，少了你，我们的斗争意志反而会更坚定。但愿你不会堕落到李君婷那种卑鄙的地步，在我们没有采取行动之前出卖我们。"

赵曙光起身，搂着刘江的肩，嘴贴其耳，用另外三名知青完全听不到的声音说了几句话。刘江听愣了，默默放下了自己的手，其他三名知青的手也自然随之放下。

刘江一言不发地整理起自己的被褥来。

一名知青问他："哎，神圣的盟誓，还算不算数了呀？"

刘江看也不看他："暂时取消，从长计议。"

那名知青："也好也好，还是保持冷静为好。"

第三名知青问赵曙光："你对他说什么话了？"

赵曙光边整理被褥边搪塞道："只不过说了几句不便大声说的话。"

一时间，四人默默地打扫起屋子来。赵曙光扎起围裙，正戴套袖，准备做饭。刘江主动上前，殷勤地说："我来我来！谁都不用帮忙，今天这顿饭我一个就做了。"

赵曙光微微一笑，拍了他肩一下，摘下围裙套袖给他。

天黑了，另外几名知青已经熟睡。赵曙光却没有睡，只是一动不动地仰躺着，大睁着双眼想心事。他旁边辗转反侧的刘江也没睡。

　　刘江捅捅赵曙光，悄悄地："睡着了没有？"

　　赵曙光："不太困。"

　　刘江向他靠紧，又悄悄问："你没骗我吧？"

　　赵曙光："什么事儿？"

　　刘江："就是你悄悄告诉我的那事儿。"

　　赵曙光："没骗你。你想想吧，我是你们的知青队长，支书又拿我当党内的人看待，关于你们个人档案中的情况，某些连你们自己也不知道的，我肯定多少知道点儿。"

　　刘江："真希望你是在骗我啊！"

　　赵曙光："你也不要有太大的思想包袱。去看看，红兵小箱里是不是还藏着烟。想吸一支烟。"

　　刘江乖乖爬过去，从武红兵小箱里翻出半包烟，钻入被窝后，塞给赵曙光："还有四五盒呢。"

　　赵曙光吸着一支烟后，刘江也向他要了一支，吸起来："以前，我总以为自己是那样一个幸运的人——有一个红色的小匣子，一层套一层，至少有十八层。每一层外都上着锁，连锁也是红色的。在至少十八层红色保险之内，锁着关于我父母的，关于我祖父母外祖父母以及更上几代先人的家庭成分、政治经历。当然那也是直接和我的政治颜色有关的，是一红到底的。如果不是你白天悄悄告诉我，我怎么也不会想到，连自己的档案里也有严重的政治问题，这太令我震惊了。"

　　赵曙光："看来你比我还理想主义。有那么一种档案的人，除非像孙悟空似的，是从一块古怪石头里蹦出来的。"

　　刘江："曙光，求求你，干脆也告诉我——我家庭成分方面究竟有什么问题吧！"

　　赵曙光坚定地摇头："那不行，那我就犯了原则错误了。但是，以后你犯冲动的时候，我会像白天那样，提醒你想想后果的。"

　　刘江："没商量？"

赵曙光："没商量。"

刘江无奈地平躺回床上："那我以后也只得时时处处夹起尾巴做人了。一向自以为绝对红的'红五类'，又当过造反有理的红卫兵，居然要开始夹起尾巴做人了，心里这滋味太不好了。"

赵曙光："倒也不必时时处处夹起尾巴做人。只不过以后再情绪冲动的时候，应该有足够的理性使自己冷静下来。"赵曙光说罢，把烟按灭，起身穿起衣服来。

刘江愣愣地看着他："你要干什么？"

赵曙光："去完成我答应支书的事情。"

刘江："这是半夜啊！"

赵曙光："如果天亮了再去，到县城快中午了，也许就真的什么也没办成，白去一趟了。"

刘江："那，我陪你去？"

赵曙光摸了他的头一下："吸完烟，你还是给我好好睡觉吧。"

刘江一声不响地看着赵曙光穿好衣服，下了地，打开武红兵那口小箱，从里边一盒盒拿出烟揣入兜里，走出宿舍，从外将门掩上。

赵曙光在夜色中走出坡底大队，穿过黄土高原的沟沟壑壑。远远地，他已能看到县城星星点点的灯光了。

早晨，县农业物资回收站的站长刚上班，就看到被寒气冻得交抱双臂的赵曙光缩坐在门旁。站长带他走进了办公室，不容商量地说："曙光，你就别再苦苦求我了，求也没用。那台破拖拉机给我惹出的麻烦已经不小了，县里还派人审我，逼我签字画押地写证言。连编草袋子那活儿，我也不敢再派向坡底大队了。实话告诉你，我已经把那活儿派给别的大队了。"

赵曙光却还不放弃："那活儿派给别的大队就派给别的大队吧。但这一次忙，你无论如何得帮我！"

站长紧皱眉看他。

赵曙光："只要你帮了我这一次忙，我保证以后再也不麻烦你什么事儿了。不不，我这么发誓吧，保证以后再也不会出现在你面前了！"

站长猛地吸了两口烟："好，帮你最后一次。我估计，你们那小武，现在肯定和一些接受改造的'黑五类'关押在一起。我亲侄子是那儿的一名监管人员，我给你写个条，你去找他，向他探听探听情况……"

站长送赵曙光走出回收站大门，叮嘱他："如果又惹出什么是非来，可千万别出卖我和我侄子啊！"

赵曙光："绝不！"说罢，匆匆而去。

站长望着他背影，自言自语："这么仁义个青年，怎么忍心不帮他呢！"

一块白牌子上竖写着几个黑字——"黑五类学习班"，无非是有操场的一个大院子，内中有一排破房子而已。

赵曙光站在院门外，焦急地望着那排房子。

一名监管人员，匆匆从房子里走出来。他走出院门，对赵曙光说："我替你偷偷问他了，他说那话他确实是说过的，而且已经向审问他的人承认了。"

赵曙光："你没告诉他，坡底大队的乡亲们和知青们，绝不会对他的冤枉不管的？"

监管人员："我可不敢对他说你这种话！你快走吧，我只能帮你这么多了。这两盒烟还你，我要是收了，日后一旦受牵连，长十张嘴也说不清楚了。"

他将两盒烟硬塞入赵曙光兜里，转身就往那排房子走……

县"革命委员会"某办公室里，李君婷在后悔莫及地哭，并哀求："叔叔，您就把武红兵放了吧，我求求您了。怎么可以这样呢？"

坐在她对面的，正是到坡底大队去的那中年干部。他阴沉着脸对着李君婷，口吻严肃地说："别哭哭啼啼的嘛，别人进来看到了，影响多不好嘛！"

李君婷："我只不过让您吓唬吓唬他，没叫您动真的！"

中年干部大摇其头："孩子话！简直是孩子话嘛！一点儿政治头脑都没有嘛！是你郑重其事地向我反映情况的。是你自己强调为阶级斗争性质的现象的。当时听你反映情况的，不止我一个人，还有其他方方面面的同志，对不对？我们都是县'革命委员会'的成员，代表着一级红色政权。搞政治是我们的使命，关注阶级斗争的新动向是我们的责任。政治不是儿戏，是极其严肃的事情。有时必须采取极其严峻的方式来进行。怎么能大张旗鼓地抓了一个人，过几天又随随便便地放了呢？那还有红色政权的权威可言吗？"

他拉抽屉，拿出文件来，翻开，放桌上，推到桌边，又说："这是记录，你自己看，有你的签名。我们认真对待了，我们下指示侦察了，我们掌握证据了，昨天武红兵也都一一供认不讳了。事实证明，你反映的情况并无虚假捏造的成分嘛！你父亲是'红线'上的重要干部，你作为他的女儿，做得完全正确嘛！而且，据我看来，坡底大队的问题比你反映的情况还严重！那个支书，仗着自己党龄长，仗着当年掩护过某些老家伙，在他们被打倒后，拒不划清和他们的以往关系，对于'文革'有抵触情绪，对于县'革委'的各项政治指示，一向阳奉阴违，能敷衍就敷衍……"

李君婷打断他："别说啦！怎么会这样？怎么会这样？"

中年干部皱皱眉头："那应该是怎样的呢？这样吧，我这儿的电话能打长途，今天是星期日，你父亲也许在家，你往家里打电话，要是你父亲果然在家，你问问你父亲，我们该不该放人。如果他说该放，那我就当成北京的指示，立马放人。"

他起身抓起电话，拨了两下，朝李君婷递话筒："我已经替你拨通了区号，你来接着往家拨吧。"

李君婷抹了把泪，快速地拨号码，话筒那端传来拨通的音响，接着传来李父的声音："喂，哪位？"

李君婷又要哭了，一手捂嘴，流泪不止。

电话里，李父的声音显得很不耐烦："哪位同志，说话啊！"

李君婷捂嘴的手还是没放下，话筒里就传来电话挂断的声音。

中年干部从李君婷手中将话筒拿过去，放下，不无得意地说："为什么不说话呀？心里明白，你父亲那儿也不会主张立刻放人的，也怕把父亲牵连到不正确的事件中，是不是？能这么想，证明你还不是一点儿政治头脑也没有。小婷，也许，我们今天的做法的确是'左'了点儿。但'左'有什么可怕的呢？无非是使某些人受了点儿冤屈嘛！却可以警戒大多数人啊！将来某年某月，也许会纠正嘛！你们是红卫兵的时候就不'左'了？还不是'左'得一塌糊涂嘛！为你负责，我们认为你已经不适合继续在坡底大队插队了。叔叔亲自派了一个人，今天就陪你回去，帮你把你的东西取来，你先在县'革委'宣传部工作。这样不是挺好的吗？不要再因为这么一件小事儿跟叔叔闹别扭了，啊？"

他掏出手绢，要替李君婷擦眼泪，李君婷却猛地推开他："别碰我！"说着，冲出了办公室……

李君婷冲出县"革委会"的院子，马路对面，正在走来走去的赵曙光喊了一句："君婷！"

李君婷在人行道上奔跑着，跑到一处铁路路口，横杆正缓缓放下，她不得不站住，胸脯剧烈起伏，泪流满面。

赵曙光追上她："君婷……"

李君婷转身，见是赵曙光，忏悔地说："我没想到。我没想到事情会是这样的……"

赵曙光："所以，我要求你如实告诉我，事情究竟是怎样的！"

李君婷抽泣："我只想借助别人，吓唬吓唬武红兵……他总是把我看成一个头脑简单毫无思想的人，这让我的自尊心受不了！他还和刘江他们预先串通好了，拿我开心。他还动不动就当众训我……"

赵曙光："那你也不应该用政治的方式报复他！这好比在背后用刀子捅人！你跟我认识不是一天两天了，多少总该受我点儿影响吧？那叫卑鄙！

你连这么一点儿做人的常识都没有吗？"

李君婷扑到赵曙光身上，搂住他哭："我没想到是这么个结果，我没想到！"

列车从横杆后呼啸而过，赵曙光不禁将李君婷抱紧了……

马婶手拿一根黑不溜秋的长竿，站在自家门前坪场上，抽打着院里唯一的一棵瘦枣树。说它瘦，是因它明显营养不良，一年也结不了多少枣子。而马婶的小儿子正拎着篮子在拾枣，篮中拾起的枣也少得可怜。地上还落了一片变黄的叶子。

她的女儿，坐在门槛上，望着母亲："妈，别打它了。你那么不停地打它，我看着难受。"

马婶转头看着女儿："不打，枣子怎么掉下来？"

女儿："你仔细望望嘛，它枝上哪儿还有枣了？"

马婶抬头望去，叹气，问儿子："多少了？"

儿子把手中的篮子向她面前一伸，马婶伸头看了看："才这么点儿！你们姐俩平时都别吃了，晒干，留着春节做枣馃馃。"说得来气，转身又使劲儿抡了枣树一竿子："你也算是一棵枣树！白占我门前这地方！"

女儿却说："结的枣子少能怪它吗？今年下雨少，它都快干死了，你还怨它结的枣子少。"

马婶将竿子弃了，不满意地嘟囔："要死就干脆点儿死，也省得我再想枣子不枣子的事儿，心里倒干净了。"

一辆吉普车停在离坪场不远的地方。车上下来一名老司机，绕到另一扇车门前，开了车门，车上又下来了李君婷。李君婷和老司机一块儿往马婶这边走来。

马婶的注意力从枣树身上移开："哟，这不是昨天来抓人那辆车吗？停我家门前，是要抓我，还是抓我俩孩子？要不是一块儿抓？"

李君婷不敢看她，转过脸低着头。

老司机："老乡，我奉指示，来帮她取东西。"

马婶："取东西？好呀好呀，再不住我家了，那我可谢天谢地！再住下去，我这老娘们儿又没肝没肺的，整天胡说八道，万一哪天背地里搞我一家伙，我一儿一女不就可怜了吗？"

李君婷猛向她转脸，噙着泪说："马婶，我也是讲情义的人，今天就分别了，求您给我留点儿自尊吧！"

马婶："你也是个讲情义的人？没看出来。"

马婶转脸呵斥坐在门口的女儿："桂花，还不给我从门口滚开！"

桂花起身，走到一旁，冷眼看着李君婷，也不叫她一声。李君婷噙泪冲入门去。

老司机也要跟入，被马婶拦住："你不能进我家门，我家不欢迎陌生男人。"

老司机只得止步。

马婶的儿子拎着篮子进门，马婶顺手从篮子抓了几颗枣，朝老司机一伸手，问："吃枣不？"

老司机看出她不诚心，便摇了摇头。

马婶把枣攥在手里："你这男人岁数也不小了，给一个小丫头片子开车门，你臊不臊得慌啊？"

老司机："你这女人啊，嘴上还是积点儿德吧！他们再怎么不对，是孩子不对。咱们可是大人，不能以不对对不对。"

马婶刚想回敬什么话，听到身后有声音，情知是李君婷要出来，从门口闪开了。

李君婷一手将装了些小东西的盆卡在腰际，一于往外拖箱子。刚把箱子拖出门，箱盖开了，东西散乱一地。老司机赶紧上前帮着往箱子里装。马婶冷眼看着他们，嘎嘣咬了一口枣。李君婷将手中东西往箱里一摔，双手捂面跑向吉普车，坐进车里。

吉普车在女人们和孩子们冷漠的注视下离开了大队。吉普车里隐隐地传出压抑的哭声……

吉普车开到大队外，路边站着赵曙光和冯晓兰，吉普车在他们面前停住了。老司机回头善意地对李君婷说："我看是等在这儿送你的，下车跟人家说几句道别的话吧！"

李君婷含泪叫道："不！"

吉普车开走了。

赵曙光和冯晓兰相互看一眼，都用惆怅的目光望着吉普车绝尘而去……

晚上，支书和老伴儿在家中吃饭。少了翠花和王川，少了拌嘴和察言观色，气氛不同以往，显得那么地沉闷。再加上所发生的事情，老两口都心事重重。支书的老伴儿简直在小心翼翼地吃着，仿佛怕哪一个动作支书看不惯，就会掀翻桌子。

支书只喝了半碗粥就轻轻地放下了碗筷。

老伴儿："再给你盛碗？"

支书摇头："吃不下。"

老伴儿："要我看，你今天有件事儿做得不对。李君婷走时，你不该不露面儿。怎么说她也是在坡底大队插过队的一名知青，而你是支书……"

支书打断她："别说话！听！"

老伴儿收住话，侧耳聆听，外边一片寂静："听啥？"

支书："我怎么……好像听到武红兵在唱。"

老伴儿："我可没听到，你那叫幻听。"

支书："小武被铐走以后，我这耳朵里，一刻不停总好像听到他在唱。平时也不觉得他有什么好，被抓走了，倒想起他种种的好来。"

老伴儿："平时人家也挺好的。他马婶宝贝儿子生病那次，还不多亏了人家几个知青们轮流背着往公社医院跑？小武那天自己也肚子疼，可人家连眉都没皱一下，公社医院动不了手术，人家二话不说，又带头背起孩子往县里跑。要不是抢救及时，胃穿孔了，医生说那孩子小命也许就保不住了。"

支书："是啊，曙光不在的时候，按说小武在知青中还是处处能起到带头作用的……翠花两口子哪儿去了？怎么不一块儿吃饭？"

老伴儿："翠花觉得自己像是有孕，王川陪她去公社医院验验真假。"

支书拖过烟盒，一边往烟锅里按烟一边说："你那女儿，打小就没调教好。多亏咱们当年收留住了王川，要不，哼，我看只能一辈子老在家里，没什么男人愿娶她了。"

老伴儿反问："就不是你女儿了？怎么就没调教好？不就是嘴上不让人吗？我可清楚，人家小两口背地里腻乎着呢！再者说了，就算没调教好，那也不会做李君婷那么阴损的事儿吧？"

支书："我这心里刚消停片刻，别提她。"

老伴儿："我就不明白了，只不过是些半大孩子，怎么就学会了背地里整人呢？"

支书："还说！"

老伴儿："好好好，不说她了。还说咱翠花吧，我想当姥姥了，但愿她这次是真的怀上了。"

支书："怀上了也不许生！我这儿还没准备好呢！你看我有那当姥爷的心情吗？！家里再多个小娃崽子哭啊闹啊的，还叫不叫我活了？！"

老伴儿："那些人说你对'文革'不满，我看你也是！自打'文革'以来，你差不多就没高兴过……"

支书火了，大声吼道："我就是不满了！还敢把我五花大绑地枪毙了？"说着，用烟锅使劲儿往桌上敲，"啪"的一声，烟锅齐头断了。

老伴儿目瞪口呆。

这时，门外传来赵曙光的声音："支书，我能进吗？"

老伴儿小声地说："你也就是在家里敢偷说两句胆大包天的话！"接着，她又大声对外面说道："曙光啊，快进来吧！"

赵曙光走了进来："支书，我向您汇报汇报情况。"

支书一手烟锅，一手烟杆儿，看着，问："有人告诉我，你是和李君婷一块儿坐车回来的。"

赵曙光点点头："对，为的是在车上可以多问她些情况。"

支书："她怎么说？"

赵曙光："我刚一见着她时，她哭了，说她万没想到是那么个结果，说她只不过想借助别人吓唬吓唬武红兵。到了车上，再问她什么，她都不回答了，光流泪。我想，也许是不愿让司机听到吧。"

支书无奈地将烟锅烟杆放了，不悦地看着他："你倒挺会替她找理由，那你不白搭她的车了？"

赵曙光："也不能这么说。不搭那车，那我不得往回走三十几里？当时我累极了。"

支书老伴儿："对。没什么白搭不白搭的。不搭那才叫白不搭。别站着，快坐这儿。"她说着，起身收拾桌子。赵曙光坐在了她坐过的地方。

支书又问："见到红兵了吗？"

赵曙光："没见到。没人敢让见，都怕沾'现行'的边儿。但是有可靠的人替我问红兵了，并且带出了红兵的话——他被审过了，对李君婷说过那种气头儿上的话，他也承认了。"

支书一拍大腿："唉，干吗一审就承认呢？白纸黑字的，有记录，事情不就更难办了！"

赵曙光："支书，你也不要太着急上火的。我想好了，红兵这事儿，得向省知青办汇报。省里解决不了，就向周总理汇报。周总理特别关心各地知青的情况。这种万不得已的做法，您出头不好，但我可以出头做。"

支书："你要是肯出头的话，我当然要具名。必要时，咱俩都以党员的身份向总理反映情况，行不行？"

赵曙光点头。

支书："那，咱俩先这么一言为定了！你能把我这烟锅修好吗？"

赵曙光拿起看看，肯定地说："能。"

支书："你拿去给我修。早点儿修好，我离不了它。"

支书略停一下，又说："我不是自己修不好。没心思了。"

赵曙光接过烟锅："明早就给您送回来。"

这时，翠花突然惊慌失措地从外面跑了进来："爹，不好啦！"

她头发有些凌乱，衣服也破了一处，分明和什么人厮打过。支书和赵曙光见状都愣住了。

支书老伴儿见女儿回来了："别惊惊乍乍的！没看见曙光在这儿吗！慢慢说……呀，你衣服怎么破了？你两口子路上跟别人打架了？王川呢？"

翠花仿佛没听到她娘的话，也仿佛没看到赵曙光，只瞪着父亲一个人说："在公社卫生院，突然来了一伙人，为首的就是你昨天吃过的那小白脸儿！他说他们掌握证据，王川是东北逃窜过来的地主狗崽子。"

支书老伴儿闻听，大吃一惊："王川是从东北流浪过来的不假，可那时他是一个讨饭的少年呀！是你爹在县城里遇见了他，见他可怜，所以把他收养在家里了。这都是好多年前的事儿了呀！这情况当年的公社干部们是知道的呀！他们当年还表扬你爹做得对呀！"

支书："你别插嘴！当年是当年，现在是现在。现在在公社掌权的，没一个是当年的人了。"

支书转脸问翠花："那，王川自己怎么说？"

翠花眼睛直勾勾地说："王川哭了。他跟我说，他是地主家的狗崽子，他想不做地主家的狗崽子，所以就一路讨饭从东北流浪到了陕北，想在一个没人认得他的地方重新做人。"

支书闻听，瞪大了眼睛："这么说，他当年骗了我，骗了咱们全家。他可是一直说，他是孤儿，父母都过世了，在东北农村没有一个亲人了……"

支书老伴儿："哎呀，你就别在乎他当年骗没骗咱们了呀！他如今已经是咱们女婿，是翠花的丈夫了呀！你倒是想想怎么办呀！"

支书一拍桌子："还插嘴！他们要把他怎么发落？"

翠花："他们说，明天就把他押上火车，遣送回原籍……王川他让我回来说，他觉得对不起你们二老，更对不起我……"

翠花流泪了，直挺挺跪下，哀求道："爹！看在女儿分上，您千万想办法救王川啊！我俩其实是恩爱的呀！我已经怀了他的孩子，没有他，我也不想活了！"

支书："他们这是冲我来的，冲我来的！因为我昨天羞辱了他们！"

支书说着，要下炕，双脚却没探到鞋："我鞋呢，我鞋呢？我没办法，没办法！我得去问你王大伯！"

赵曙光替他拿起鞋递在他手上。支书弯腰穿鞋，却一头栽倒在地。

翠花和母亲同时扑了过去。

翠花："爹！"

支书老伴儿："她爹！"

赵曙光将支书揽在臂弯中，惊慌地喊："支书！支书！……"

支书已是不省人事。

深夜，支书家来了不少看望他的人。大家默默地站在屋子里，支书直挺挺躺在炕上，闭着双眼。翠花母女相拥而泣。

翠花："这可怎么办啊，娘，这可怎么办啊！"

听着女儿的一声声呼唤，支书老伴儿失去了主张，只是默默地落泪。

马婶叹息："要说支书，十几年来为大队里真是操了不少心，没有功劳，还有苦劳。"

一名妇女补充说："功劳也是有的，起码，有他经常调停着，咱坡底大队人之间是和睦的，不像有的大队里的人，分这派，分那派，恨不得人脑袋打出狗脑子来。"

刘江将赵曙光扯到一旁，悄声说："我认为还是得往县医院里送，不能这么干看着他昏迷不醒啊。"

赵曙光很无奈："我已经试了几次了，只要一把他背在背上，他就醒。只要一醒，就生气，说死也不浪费大队里的钱。"

刘江："怎么叫浪费大队里的钱呢！我来试试。"他分开众人，在另一名知青的帮助下，上前欲将支书背起来。

支书果然苏醒，虚弱地问："哪个背我？"

赵曙光在他耳边说："支书，是刘江。我们知青还是要轮流背你去医院。"

支书果然生起气来："刘江，是好知青……你……放下我……谁把我……往县城弄，我……死都不原谅他……"他在刘江背上挣扎扭动，刘江只得又把他放倒炕上了。

马婶眼圈红了："支书，你就依了他们吧！"

支书断断续续地说："我……没事儿……就是累了……再加上一气，一急，内火攻心……躺两天，就好……翠花，你王大伯来过没？……"

翠花上前道："他也病着，还没敢告诉他……"

"也对。"支书费了好大劲儿，抬起手，指着墙边的箱子道，"把那里边，小匣子取出来，给曙光……"

翠花开箱盖，取出一个小匣子，交给赵曙光。

"里边，是咱坡底大队……目前的，一点儿公基金……还有，近几年的账目。你王大爷，至今还替咱大队当着财务方面的半个家……钥匙，在他那儿。万一我真有个三长两短，让他打开……你把账目抄了，贴出去，可以证明我没贪污过，没……挪用……过……公款公物方面，是……一清二白的……"

老伴儿轻轻地抽泣着："他爹，别说这么多让人不安的了……"

支书把老伴儿唤到炕前："伸手给我。"

老伴儿向他伸出了一只手，支书把它握住，内疚道："老婆子，我有时心里烦躁，冲你耍脾气……这我，以后尽量改……你要，多原谅我……"

老伴儿强忍住哭声："我又哪回真生过你气了？"

"替我，拍拍枕头……我要，枕得舒服些……"

老伴儿抽出手，又从他手下抽出枕头，拍松拍软，重新给他枕在头下。支书慢慢地闭上眼睛，背朝大家，翻过身去："这就……舒服多了……我……困了，想睡……"

马婶家的五彩大公鸡引颈高啼，旭日东升，天已大亮。一个明朗的好天气。

支书家突然传来翠花悲怆的哭声："爹！爹呀！你怎么就这么走了呀！……"

知青宿舍里，赵曙光和一名中年女干部对坐桌前。女干部不屑地四处打量着："大小也是一个大队，连大队部都没有。仅这一点就证明，作为大队长的人，工作不怎么样。"

赵曙光冷冷地说："这里原本就是大队部，旁边是集体的农具仓库。因为我们知青来了，打通了。"

女干部："我们县'革委'得知情况后，开了一次临时会议。会上大家一致认为，县'革委'针对坡底大队采取的措施，桩桩件件都是正确的。坡底大队支书的死，与县'革委'没有任何关系。"

赵曙光："是吗？我可是目睹了我们老支书怎么从炕上栽到地上的人之一。"

女干部："那也不能证明县'革委'的做法有什么错误。只能证明……证明他自己革命修养不够。正因为革命修养不够，就不能正确对待县'革委'的做法。"

赵曙光极不爱听，强忍着愤怒，掏出烟来吸。女干部挥了一下眼前的烟雾，皱眉道："我在代表县'革委'，和你进行严肃的谈话，请你不要吸烟。"

"我在代表坡底大队知青严肃地听着，我烟瘾犯了，请你包涵点儿。"

女干部一下站了起来："那我不想和你谈下去了。"

赵曙光玩世不恭地又吐出一大口烟："那你就走。"

女干部愣了愣，又坐下，装出一副有修养的样子："赵曙光，大小只要是一个大队，那就得有支书。县'革委'派我来，还要我向你宣布，从今天起，你要代理起坡底大队党支部书记的职务来，直至新任的支书到来为止。"

春梅搀扶着王大爷向知青宿舍走来。冯晓兰和刘江见王大爷一脸怒气，急忙上前劝阻。

王大爷却执意要进去："别拦我，都别拦我！让我进去！"

知青宿舍里的那个女干部听到了外面的声音，问赵曙光："外边什么人？"

赵曙光："一个好人。"

女干部："好人也不许进来！"

赵曙光："他又没进来。"

女干部："当然，对你们老支书的死，县'革委'也很遗憾。但我们郑重声明，仅仅是遗憾而已。他一贯右倾，所以，你要向我，也就是向县'革委'保证，说服大队里的群众，不要集体发送了，更不许开什么追悼会，'老右'死了，尽快埋了就是了。"

赵曙光瞪着她，一言不发，将烟按灭在离她手不远的桌面上，起身便走。女干部叫住他："哎，你哪儿去？"

赵曙光回头道："既然任命我为代理支书了，我首先要遵循毛主席的教导，尊重群众，相信群众。坡底大队的群众，都是贫下中农，正宗的革命群众，究竟开不开追悼会，我要征求他们的意见。"说完，他便大步走了出去。

太阳已经落山了，火烧云却把天空染了个通红。

赵曙光的声音远远地传来，听似平静，但句句都包含着真挚的感情：

"此时此刻，我们坡底大队人，我们坡底大队所有在大队里的人——女人们，孩子们，知青们，还有两位远道而来的追悼者，我们大家，都在为这个大队党支部书记的死而流泪。我们为什么如此悲伤？因为我们人人都了解他是一个好人，我们在追悼他的这个时刻，几乎每一个人都能回忆起他对坡底大队的眷恋，他对我们大家的爱护。即使，他有时显得不近人情，显得没有主张，显得胆小怕事，但是我们都十分清楚，那也是由于他爱护我们，而又那么无能为力……"

躺在门板上的支书，手中握着修好的烟锅，身上盖着旧被子。门板被囤子、刘江和另外两名男知青抬起。送葬队伍一步步走进了晚霞。

支书的坟边，刘江手握酒瓶，往坟坑前洒酒。

王大爷把酒从他手中要了来："老弟，老哥陪你喝几口！"说罢，他便扬起脖子，咕嘟咕嘟饮酒不止。

春梅在一旁劝："爹！别那样，你病着呢。"

赵曙光从王大爷手中夺下了酒瓶，低声地说："大爷，我替你喝！"

囤子又从赵曙光手中将酒瓶夺去，一口气喝光了小半瓶酒。喝完酒，囤子抹一下嘴，仰脸望天。他张了一下嘴，想发出声音，却没能发出声音。又张了一下嘴，还是没能发出声音。他急了，双手捧着头，低垂下去。随后仰起，几乎往后仰平了脸，他腹部收缩，胸部隆起，嘴张得很大很大，终于发出了"啊"的一声。让人们万万没有想到的是，"啊"的一声过后，囤子居然唱出了两句信天游！

哎呀，天边边的那个晚霞哟噢，

烧呀就烧得那个半天价红呀……

他的声音沙哑，唱得声嘶力竭。一唱完，从刘江手中夺过锹，往葬坑里铲了一锹土，双膝跪下，磕了一个头，起身，迈着大步走远了。

人们填平葬坑后，纷纷离去了。只有王大伯还双手紧握锹柄，拄着锹站在原地。赵曙光觉得奇怪，走上前说："大伯，您也要珍重啊！"他想从王大伯手中拿过去锹，王大伯却不松手，他看王大伯脸，王大伯大睁双眼，眼珠定定的，却不动了。突然，一口鲜血从他的口中喷了出来。

赵曙光惊慌大叫："大伯！"

已走开去的人们闻声又跑了回来。

春梅的哭喊声："爹！"

天边的火烧云，仍烧得那么红，确如囤子所唱，烧红了半个天空！

雪夜的知青宿舍里，除了李君婷，其他知青都在。大家或坐或立或躺，人人表情凝重，气氛沉闷。

赵曙光坐在桌前，十指交叉，撑着下巴自说自话："现在，已经是十一月中旬了，大队里基本上没什么活儿可干了……"

刘江正呆呆站在窗子旁，抱臂望着窗外出神。外边的窗台，已经被雪覆盖白了。

蹲在炕洞那儿的知青，把兜在衣襟里的几个烤好的土豆放到桌上，小声问："谁吃土豆？"

没人吭声。

在安静中，赵曙光终于开口说："我前天去公社开了一次会。公社指示，今年冬天，要在全县农村掀起又一轮阶级斗争路线斗争的新高潮，每个大队都要进行阶级斗争路线斗争的再教育。我的想法是，大家还莫如都请假回家去过新年，过春节吧。我现在不仅是知青队长，还是代理支书了。只要大家给我一份请假条，理由写得充分点儿，那我就实行代理支书的职权，批准你们都回北京去，明年开春儿农忙时再回来。"

刘江问他："那你呢？"

赵曙光："我是支书了，我得留在大队里。再说我走得向公社请假，一般理由他们不会批假的。何况红兵还被关着，即使有人驱赶我走，我也不能走。"

一名知青问："我们的请假条上，写一般的理由你就批假吗？"

赵曙光："你总不至于写上比小学生逃学的理由还一般的理由吧？"

他将脸转向了冯晓兰，冯晓兰剥好一个土豆，正要递给他："你也得走。"

冯晓兰一愣，拿着土豆的手悬在半空。

赵曙光："首先是你，必须走。越早越好，别人有不走的权利，你没有。"他这种说话的方式，让冯晓兰感到压抑。

冯晓兰缩回递土豆的手，将土豆放桌上，逆反地说："这是农村大队，不是军队。我是知青，不是战士！"

赵曙光："那些我都不管。你最好像女兵一样，把我的话当成指挥员的命令。"

冯晓兰："你少对我发号施令！"说罢，她便猛地起身，从屋里冲出去了。宿舍门没有关上，一阵冷风夹着雪花扑了进来。赵曙光也站起来，追了出去。

赵曙光拦住快步往王家走的冯晓兰。

冯晓兰脸上淌着泪："你凭什么强迫我也回到北京去？我在北京都没有家了，你叫我回到哪儿去呀？"

赵曙光反问："难道我的家不是你可以回去住的另一个家吗？"

冯晓兰："我也曾经那么认为过，但是现在我不那么认为了！"

赵曙光双手按在她肩上："为什么？为什么现在你不那么认为了？"

冯晓兰一扭身子，摆脱了他的双手："以前我们之间像兄妹，后来我们之间发生了爱情，而再后来，我们之间的爱情出了问题……"

赵曙光："那不是问题，那纯粹是误解！"

冯晓兰："生活中根本就没有什么纯粹的误解！所以误解本身就是问题！所以现在，我不清楚我们之间的爱情还是不是爱情，不清楚我自己是否又仅仅是一个受保护的人了！而我认为自己完全保护得了自己，根本不需要一个你这样的保护人！"

赵曙光："你已经仅仅把我看成一个保护人了吗？"

冯晓兰："这种话你应该问你自己！"

二人不说话，只是彼此对视着。

赵曙光突然紧紧搂抱住她，热烈地吻她。冯晓兰起初抗拒他，却渐渐地温柔了起来，回吻起来。

他们在大雪中吻着，吻着。直到传来几声猫头鹰的呱叫声，二人才分开。

赵曙光轻轻问她："现在还认为我仅仅是保护人吗？"

冯晓兰有些害羞："爱情在猫头鹰的叫声中继续，似乎不怎么吉祥。"

赵曙光："我对猫头鹰没什么不好的印象。鲁迅还自比过猫头鹰。它刚才是在为我们亲吻喝彩，在我听来，它的叫声好像是——好，好，再来一次。"

冯晓兰忍不住一笑，打他，看着他说："这会儿跟我说话的你，怎么和刚才跟我说话的你那么不一样？"

赵曙光笑笑："刚才不是当着大家的面嘛！"

冯晓兰娇嗔地瞪了他一眼："变虚伪了吧？"

赵曙光又轻轻拥抱住她，辩解道："不是变虚伪了，的确是希望你服从我的话。我怕你留下来，成为某些专门整人的家伙的靶子。"

冯晓兰："可，你不回去，我一个人回去，见了伯父伯母怎么说呢？"

赵曙光："那还不好解释？就说我现在是代理支书了，职责在身，走不开。老支书不在了，王大伯也不在了，就剩我一个党员了，你说我能走吗？代理支书这件事儿，我本来不想担任的。但又一想，万一把坡底大队的支部给取消了，我被合并到别的大队的支部去，再摊上一个左得不得了的支书，那无论对于坡底大队的乡亲们，还是对于我们几个知青，不是很糟糕的事儿吗？尤其对于红兵，那就更不利了。我是代理支书了，就多少有点儿权力替红兵辩护了，是不是？"

冯晓兰："但愿吧。那我听你的行了吧？快回去吧！"她轻轻推着赵曙光走。

赵曙光走了两步，站住，转身，见冯晓兰还站在原地，走回去又拥抱她，吻她，并说："有你，我更多了一条不随波逐流的做人原则。"

给支书和韩奶奶扫完墓，知青们回到宿舍，拎起已经打包好的行李，踏上了回家的路。

一名知青边走边牢骚："我家人来信说，邻居家的二子去年下乡的，赶上东北兵团那一拨了，前儿大大包小包地回家了，又是带的白面，又是带的黄豆、豆油什么的。还有榛子啦、木耳猴头啦，更可气的是，为他爸妈一人捎回去一张狍皮！"

另一名知青："你气个什么劲儿啊？"

那名知青："都一样是知青，却两种截然不同的命运！人家兜里还揣回一百多元钱交给爸妈了呢！人家那是一种什么探家的感觉？看看咱们，没任何当地的东西能往家带的，能不气吗？"

第三名知青笑了笑："我劝你们带些小米，你们都不带嘛！"

"小米？拉倒吧！不稀罕！"

刘江："得啦得啦，都别说那些牢骚话了！轮到咱们下乡，人家兵团招过人了嘛！等咱们到陕北插队来了，人家兵团又招第二拨人了。什么叫命运？这就叫命运。寻思寻思吧，命运这个词，本身就带有不可抗拒的意味儿，所以人不能跟命运较劲儿。"

他转头问赵曙光："曙光，你可是自己放弃了去兵团的机会，听了他们三个的话，心里更不是滋味吧？"

赵曙光不由得看冯晓兰，冯晓兰也站住，深情地看着他。

一名知青插嘴："他现在成代理支书了，再后悔，那也只能是郁闷在内心里，说不出口呀！"

赵曙光微微一笑："情况各不相同。我丝毫也没有因为我的放弃后悔过。对于我，有比白面、豆油、狍皮和工资更值得重视的东西。"

刘江："那是什么？"

赵曙光："一种宝贵的东西。"

冯晓兰打断他们："好啦，别在这儿开人生讨论会了，让代理支书同志回去吧！"

赵曙光："我也送得够远了，不往前送你们了。我嘱咐的话，都记住了？"

刘江："不就是见了父母，要多说让他们放心的话，少说让他们替我们犯愁的话嘛！"

赵曙光："最担心你们做不到的就是这一点。刘江，你要去看看红兵的母亲。关于红兵现在的情况，一个字也不许说。只许说他一切都好，说他不回北京，是怕我一个人留在大队里孤独，所以留下陪伴我。还要想办法打听一下他父亲的情况，我想这是红兵最希望知道的。"

刘江点头。

赵曙光又问冯晓兰："信带好了？"

冯晓兰点头。

赵曙光将刘江扯到一旁，耳语："那天我骗你了——你档案里没有任何不良的家庭政治情况。我当时那么骗你，是因为一时也找不到什么好办法阻止你。"

刘江愣愣地看他片刻，一个绊子将他摔倒，接着抢书包打他。冯晓兰和其他的知青急忙上前将刘江扯开。

王大娘和支书老伴儿手拉手坐在支书家的炕上，翠花搂着春梅坐在炕边，马婶等几个女人或站或立，囤子蹲在二道门外吸纸卷的烟。

一个女人："唉，大家都陪着难过也没用，陪着愁也没用，日子总还是要过下去的，是不是？"

"这话对。"马婶看看翠花，看看囤子，"要依我，你们两家，不如合成一家过得了！"

支书老伴儿询问地看着马婶："怎么合啊？"

马婶快人快语地说："择个吉日，干脆让翠花改嫁给囤子嘛！"

翠花："我不！我要等王川！等到猴年马月也要等！"翠花低声哭了起来。囤子默默起身出去了。

马婶："哎，翠花，婶以前可是经常听你说自己多么多么喜欢囤子的！"

翠花："我那都是逗乐的话！"她哭着往外跑，与正往屋里进的赵曙光撞个满怀。

翠花瞪着赵曙光："赵曙光，你现在是支书了，以后我就跟你要我的丈夫了！"

赵曙光不知说什么好，怔怔地看着翠花从屋里跑出去。

支书老伴儿对他说："曙光啊，你翠花姐说话没轻重，别怪她，啊？"

"曙光不会的。"王大娘说，又对赵曙光解释，"是你马婶刚才几句好心好意的话，不想把她惹哭了。"

赵曙光："两位大娘，还有大家，我刚才把咱大队的知青送走了。今年冬天大队里也没什么重要的活儿，不如让他们回家去和父母团圆一次。我不回。我要在大队里和大家一块儿过年，过春节。你们如果有什么事儿要找我，那就去知青宿舍找。无论谁家的大事儿小事儿，我都会认真帮助解决的。我一定会像老支书那样为坡底大队尽力而为的……"

晚上，知青们离开后的宿舍里显得格外安静。炕上除了赵曙光的褥子还铺着，别人的被褥都打成了捆。赵曙光双膝跪在地上，趴炕洞口那儿一口接一口地吹火，炕洞口里的火终于燃了起来。

赵曙光一抬头，见拎着行李的冯晓兰不知何时已站在跟前，他望着冯晓兰站了起来。

冯晓兰："我不忍让我爱的人孤单单地留在这冷清的地方……"

赵曙光不说话，只是看着她。

冯晓兰："今晚我可以不回大娘家，反正没人知道我现在又回来了……"

赵曙光还是没说话。

冯晓兰："今天和以后几天里，是我不会怀孕的日子……"

赵曙光一下子将她紧紧搂抱住，狂热地吻。

炕洞口里，熊熊燃烧着的火焰，把赵曙光和冯晓兰放在炕洞口边烤着的两双鞋映得通红……

图书在版编目（CIP）数据

知青：全 3 册 / 梁晓声著 . — 长沙：湖南文艺出
版社，2019.1

ISBN 978-7-5404-8382-1

Ⅰ . ①知… Ⅱ . ①梁… Ⅲ . ①长篇小说—中国—当代
Ⅳ . ① I247.5

中国版本图书馆 CIP 数据核字（2017）第 274773 号

上架建议：经典·文学

ZHIQING: QUAN 3 CE

知青：全 3 册

作　　者：梁晓声
出 版 人：曾赛丰
责任编辑：薛　健　刘诗哲
监　　制：毛闽峰　李　娜
项目总监：石相杰
特约策划：张明慧
特约编辑：张明慧
营销编辑：杨　帆　周怡文　刘　珣
装帧设计：80 零·小贾
封面插画：三　乖
出版发行：湖南文艺出版社
　　　　　（长沙市雨花区东二环一段 508 号　邮编：410014）
网　　址：www.hnwy.net
印　　刷：北京鹏润伟业印刷有限公司
经　　销：新华书店
开　　本：787mm×1092mm　1/16
字　　数：1000 千字
印　　张：72.5
版　　次：2019 年 1 月第 1 版
印　　次：2019 年 1 月第 1 次印刷
书　　号：ISBN 978-7-5404-8382-1
定　　价：128.80 元（全 3 册）

若有质量问题，请致电质量监督电话：010-59096394
团购电话：010-59320018

知青

[全3册]2

ZHI QING

梁晓声

著

CMS
PUBLISHING & MEDIA
中南出版传媒

湖南文艺出版社
HUNAN LITERATURE AND ART PUBLISHING HOUSE

博集天卷
CS-BOOKY

人性先天具有的弱点和缺点，

倘无道德约束，膨胀而且变质，

那么谁都别想在人世间活得好些。

道德乃是为了使绝大多数人都活得好些的社会法则。

归根结底，人类的进步是人性的进步，人生的提升是人格的提升。

"文革"既反人性也反人格，因而是人类社会的"反动运动"。

CONTENTS
目录

CONTENTS

第 12 章

一白到底的墙上挂着一只被擦拭得一尘不染、闪着铜光的旧军号。军号喇叭口的地方被子弹击凹了一块儿。系在它上边的红绸布，因岁月的打磨而褪色，快变成黑色的了。还有几枚勋章，与军号挂在同一根钉子上。军号对面的墙上，挂着毛泽东的肖像。肖像下面，赵氏兄弟的父母正在接待晚饭后来访的刘江。

赵母拿起了暖瓶："阿姨再给你加点儿水？"

刘江赶紧摆摆手："阿姨，我不喝了。"

赵母："阿姨给你沏的可是好茶。"

刘江："喝出来了，好像是龙井。"

赵母："曙光他爸的一位老首长，托人从杭州捎来的。"

赵母往茶杯里加完水，放下暖瓶，小声对赵父说："你还有什么要问的没有？"

赵父犹豫了一下，问："曙光，他和晓兰的关系，还亲密吧？"

刘江抿了一口茶："亲密。亲密无间！我们几个知青都看出来了，他俩爱得很铁很铁！"

赵父脸色陡然一变："嗯？！"

刘江不由得看赵母，想知道自己是否说错了什么。赵母见状，对赵父说道："你皱什么眉头啊！他俩能那么相爱，不正是我们愿望中的事儿吗？"

赵父脸色沉了下来："是你愿望中的事儿，却从来不是我愿望中的事儿！"

他的话使刘江和赵母同时为之一愣。

赵母："你今天又哪儿不对劲儿了呀？当着人家刘江的面，你这是说的什么嘛！"

赵父："我说的是严肃的话！毛主席是部署他们去接受再教育的！是派他们知识青年去帮助广大农民群众战天斗地的！刚去插队没多久，就谈情说爱，这成什么话！"

气氛一时尴尬。

半天，刘江才支吾着说："我们也没都在谈情说爱……"

赵父一脸严肃地问道："刘江，你告诉我实话，你开始谈情说爱没有？"

刘江："我……我倒没有。"

赵父："听！听到了吧？人家刘江并没有，他为什么就那么急？"

赵父站了起来，挥舞手臂："亏他去时还是知青队长！现在还成了代理支书！他带的什么头，起的什么榜样作用？刘江，你回去告诉他，就说我说的，绝不允许！必须给我立即停止进行！"

刘江有些尴尬："我……我回去还早呢，要到明年开春儿。"

赵父对赵母说道："李淑芬同志，那你要立即给他写信！明天就寄出！"

赵母替儿子和冯晓兰辩解："刘江是初二生！曙光高三毕业都两年了！晓兰也是高三的，他俩谈恋爱，那也不能算太早嘛！"

赵父："早晚姑且不论。我的儿子赵曙光，他以后爱上什么样的姑娘都可以，但就是不许他爱冯晓兰！只要我一息尚存，绝不允许晓兰成为咱俩的儿媳妇！"

赵母一拍茶几："那我就偏要和你作这个对！我将来的儿媳妇如果不是冯晓兰，那我这个婆婆连儿媳妇的面都不见！"

赵父："你那叫封建！"

赵母："你那就不叫封建啦？刘江，你回去后告诉曙光，就说我说的，希望他和晓兰好好相爱，爱到地老天荒都不要散！"

刘江后悔地说："我刚才的话有点儿……有点儿夸大其词了。其实，那只是我个人的一种观察，也许，也许他俩之间，只不过是一种正常的友谊，男女知青之间的友爱……而已。"

赵母怔怔地看着刘江。赵父却松了一口气："要是这样嘛，那我没什么反对意见了。替我告诉曙光，他必须对晓兰友爱！多么友爱我都支持，都赞同，但绝不允许把友爱变成爱，这是个原则问题！"

刘江站起身来："伯父，伯母，时间不早了，我该走了。"

"这……"赵母瞪着赵父生气，"你看你，莫名其妙地嚷嚷了一通，让人家刘江都不好再待下去了！"她又转脸对刘江说，"那我就不强留了，我送送你！"

刘江："伯母不必送。往后，我们几个之中不管谁回北京了，都会常到没回来的人家里去的。"

"这对，应该这样。伯母不远送，就送你到门外，啊？"

刘江和赵母走到门口，赵父忽然大声喊道："小刘江，等一下！"

刘江和赵母同时回头望赵父，他也走了过来："小刘江，我喜欢你！我刚才有点儿失态了，别见笑啊！"

刘江笑了："伯父，哪儿能呢！我爸我妈也常这样，世上哪儿有没争过没吵过的父母呢！"

赵父："这话我爱听！争吵是为了形成统一的认识嘛。淑芬同志，把我那两样收藏送给刘江吧，收买收买他，那他回去后就更是咱们曙光领导的一名好知青了。"

刘江："伯父，不用收买了，我本来就是曙光倚重的人。"

赵母："你伯父跟你开玩笑呢。你等着，你伯父那两样收藏值得你接受。"

她转身走入另一房间，片刻出来，手捧大小两样东西走到刘江跟前——小的东西装在盒子里，大的东西在上边。

赵母先把小的东西递给刘江："打开看看。"

刘江打开一看，见是部队发的两枚"文革"纪念章——上件是中间有"八一"二字的金色五角星，下件是有"为人民服务"五字的横徽。赵母解释道："总理、林副统帅胸前戴的和这枚是同一批。这是刚发给你伯父的'四合一'，毛主席语录、最新指示、诗词和语录歌曲全编在一本里了。"

赵父大声问："刘江，喜欢吗？"

刘江忙不迭地点头："当然喜欢！可是伯父，这么宝贵的收藏品我不能……"

赵母："你伯父真心实意要送给你，你不肯收他会不高兴的。"

赵父："对，我会不高兴的。既然明年开春儿才回陕北去，这段日子里可要经常来玩儿，把你们在坡底大队插队的那几名知青也带来，我愿意听你们讲陕北农村的事儿。"

刘江感激地接过礼物："那谢谢伯父了，过几天我就带他们来玩儿！"

赵母将刘江送出门外，刘江忽然想起了一件事儿："我差点儿忘了，伯母，曙光他还让我带回来一封信。"

他从内衣兜掏出一封看上去装有不少页信纸的信封，递给赵母："这封信曙光原本是让晓兰捎给你们的。可晓兰跟我们走到半路，又回坡底大队去了。她怕曙光独自一人留在坡底大队那么长的日子，太寂寞了……"

赵母："刘江，曙光和晓兰之间，是爱情，不仅仅是友爱吧？"

刘江："这，我也说不太准，我和女孩子连友爱都没友爱过。也很可能，他俩那是友爱，我给误当成爱情了。伯母，晓兰是这么嘱咐的，让我一定亲口告诉您和伯父，现在不要拆开这封信看。等某一天曙光他觉得你们有必要看，并且让你们代为转寄某方面的时候，他会想方设法通知你们的。"

赵母不安起来："你不是说他现在是代理支书了吗？那这信……"

刘江："伯母放心，曙光他现在很好，在老乡中威信最高。我们知青，大家也都很团结，很服他管。但他在这一封信里究竟写了些什么，我确实一点儿也不清楚。晓兰说她也不清楚。她说曙光怎么嘱咐她的，她就原话

4

怎么嘱咐给我听了。"

赵母心里困惑,嘴上却说:"明白……"

赵母手拿信进入家门,插好门,在过道那儿看着信,疑惑,信封很厚,两面无字。她拿着信坐在沙发上,仍疑惑地翻过来调过去地看。

赵父:"同志,多包涵啊!刚才,我确实不该当着咱们小客人的面,和你那么大声嚷嚷。失态,失态。可我也不是完全没有冲动的理由,一听那小刘江说曙光和晓兰爱上了,而且还爱得很铁,我这心里'咯噔'一下,一股急火直蹿脑门儿。"

赵母:"别跟我说话,我这会儿不想理你!"她伸臂将信放在桌角,目光仍望着信。

赵父也坐在她坐的那张长沙发上了,摸索到了她一只手,握着又说:"连人家小刘江都说了,世上哪儿有没争吵过的父母呢?所以,你不接受我的道歉,还不想理我,那是不对的!"

赵母挣出了手,起身坐到另一张沙发上,气闷地说:"你这不是烦人吗你!我说不想理你,就是不想理你!我心里对你火透了!"

赵父:"同志,你还别得理不饶人。我请求原谅是因为我的修养问题。但我对于曙光和晓兰的关系,刚才的态度是不变的!怎么友爱都可以,就是不允许爱。这是原则问题。我这人,在原则问题上是从不让步的。明天,你还非得给曙光寄出一封信去不可!"

"如果我偏不呢?"

"那我就只得请别人代写。必要的时候,我要去陕北,去那个坡底大队,当面教训教训咱家老大!"

赵母瞪着他,慢言慢语然而句句有分量:"老赵,咱俩成为夫妻二十几年了,以前,我自以为是特别了解你的……"

赵父:"你当然是特别了解我的!"

赵母:"现在看起来,倒也未必。"

"未必?!你……"赵父手臂伸向赵母,不停地指点。

赵母:"把手放下。"

"不!你不实事求是!"

赵母严厉地说:"把手放下!我不但是你妻子,还是正营级军医,你别跟我在家里耍这套大男子主义,我才不惯你这坏毛病!"

赵父不得不把手放下了。

赵母:"我问你,如果你怕受什么政治牵连,当初又何必把晓兰接到家里来住?又何必说服曙光陪她去陕北插队?曙光本已做好了去黑龙江生产建设兵团的准备的!那天亮也就不必替哥哥去履行当年的誓言了!现在,咱们眼前起码还能留住一个儿子!"

赵父张张嘴说不出话。

赵母:"当初的正义冲动过去了?后悔了?我是个现役军官都不怕,都敢于担当,你一名残退军官倒是怕什么?我丈夫还是当年那位从枪林弹雨中过来的战斗英雄吗?"

赵父受辱地说:"我不是怕什么政治牵连,我是怕别的!"

"怕别的也是怕!如果真的连那个都不怕了,还有什么别的好怕?"

赵父:"我怕……你给我坐过来!"

"你先给我说清楚!"

赵父伸出双手,摸索着抓住沙发的左右扶手,一使劲儿,将赵母连同沙发拖到了自己跟前。

赵父几乎脸对脸地对赵母说:"你有权问我,我更有权问你!我问你,晓兰她是谁的女儿?是我老首长的女儿,对吧?我老首长又是什么人?曾是堂堂大军区的一位副司令,对吧?为什么我一说把晓兰接到咱们家保护起来,你毫不犹豫地就同意了?因为我们都是出于政治道义,对吧?可如果某一天,我老首长官复原职了,前来咱们家接她的独生女儿了,咱们却把他的宝贝独生女儿,变成了咱家的大儿媳妇,可能还有一个小孩子冲他叫外公,那么这算是怎么一档子事儿?"

赵母推开了他："那又有什么不好？你救过他的命，两家关系本来就不一般！"

赵父："不一般怎么了？我救过他命怎么了？在战场上，谁都可能救谁的命，这是军人之间的常事儿！但他毕竟是堂堂的副司令，我只不过是一名团级的残退军人！他不忘我这老部下，以前逢年过节总派人给我捎东西来，这是一回事儿；我去外省看望他，就住在他家里，和他一个饭桌上吃饭，都喝得脸红脖子粗，这也是同一回事儿！可是，在他落难的时期，我如果把他的宝贝女儿变成了我一个儿媳妇，这事儿不就变味儿了吗？！"

赵母怔怔地瞪着赵父，一时找不到话来反驳他。

赵父："十年河东，十年河西。现在不过是一些野心家当道，但我就不信，他们靠今天打倒一批明天打倒一批，自己的光景能长得了！等到我老首长复出那一天，他的地位肯定比以前还要高！即使他心里没什么不好的想法，他夫人会怎么想？即使他夫人心里也没什么不好的想法，别人会怎么看我赵力雄？会在背后怎么议论我？"

赵母："你不觉得你这种顾虑很自私吗？"

赵父一拍茶几："我从来就不是个自私的人！我也是为你的好名声、为咱们这个家的好名声着想！在这小人当道的年头，以及后来，我都要别人谈到咱们家时说，'这一家四口都很正义'！我认为这是咱们家共同的荣誉！我要纯纯粹粹的正义！纯粹才经得起别人评说，经得起指指点点！"

赵母垂下了目光。

赵父："再说，我也不能适应一位中将变成了我这名团级残退军人的亲家公！你替我想想，我，我我我怎么适应啊？你就适应吗？你，一名营级军医，能适应一位中将的夫人是自己的亲家母吗？咱们做父母的，不能让曙光那小子，把两家的关系搞得……搞得那个，那个变质了呀！"

赵母只是瞪赵父，不说话。

赵父："你在瞪我，对不对？我感觉得到你在瞪我！算我用词不当，行了吧？我是大老粗，但是话糙理不糙！我的意思无非就是说，我不愿两家的关系搞得太那个那个……不自然！我还是更喜欢将来有户普普通通的亲家！即使我们两个儿子中，有一个将来娶的是农村姑娘，那我也没什么意见！能回农村去当一位瞎眼的爷爷，也不错。强过在北京成了一废人。明明废人，人人还总拿我当英雄敬着，起初行，日久天长，那也烦心啊！"

赵母："天亮回家一次，让咱们给他哥寄一千元钱去，你没等他说上几句话，把他打跑了。曙光写来信，也是请求家里给寄钱去，可我一看存折，你不知什么时候都快把两千多元钱支取光了！"

赵父："当时怕你不同意，没敢跟你打招呼，这是我不对。可我老家遭了灾，两千多元钱能救许多人的命……"

赵母："我并不是在责怪你，我就单论这事儿。曙光那边急得火上房，专门从县城往我医院里打电话，孩子口口声声说妈我是向家里借，我可以写借据，我以后有能力的时候一定会还你们……你知道我听着心里边什么滋味吗？曙光那也是为了正事儿啊！是要为他们那个大队打成一口机井啊！怎么这样些事儿，都得我来出面应对呢？现在你又要阻止他对晓兰的爱情，你倒是让我这当母亲的信上怎么说呢？你刚才说那些，那能写在信里吗？你怎么也不想一想，爱是双方面的关系，如果晓兰特别爱曙光，你的阻止，不是也在伤害人家晓兰吗？"

赵父："晓兰性格很坚强，即使当时觉得伤害了一下，我看她也是经得住的。何况我们不是恶意的伤害，我们也是为她好。她那样家庭的独生女，更应该找一位门当户对的丈夫。"

赵父握住赵母一只手，又说："明天的信，我说，你写，以我的名义寄给曙光，行了吧？"

赵母挣出了手："明天的信，究竟应不应该写，有没有必要写，再议。眼前还有一封信的事儿，我必须现在就告诉你，要不我怕我今晚会失眠。"

赵父有些惊讶："还有一封信的事儿？"

赵母掏出刘江交给她的那封信："刘江刚才在门外交给我的。是曙光让晓兰捎给咱们，晓兰又让他捎给咱们的。"

赵父："刘江捎回曙光的信来，却要背着我在门外交给你？他小子怎么可以这样？我还说我喜欢他来着！我还送给他……"

赵母："你看你，我没把话说完，你就又打断，还疑心！你到底想不想听我把话说完啊？"

"好好好，你说，我洗耳恭听！"

"本来，信是要让晓兰捎回来的。可晓兰那孩子，跟刘江他们走在半道，又决定不回北京了。"

赵父："她回北京那也是回咱家，赵家的家门永远对她敞开。"

赵母："她不回来，是考虑到咱们曙光一个人留在那个大队里太孤独了。于是呢，她就又让刘江把信捎回来了。"

"不管谁捎回来的，反正是咱们儿子的信！你就念给我听听吧！"赵父急着想知道信中内容，不耐烦地说。

赵母："不能念给你听。非但不能念给你听，连我也不能拆开来看。曙光交代，信先由咱们保存着。等他认为必要的时候，会通知我们。那时我们才可以看，还要按照他的希望替他转寄给什么方面。晓兰呢，就把曙光的嘱咐，原话又嘱咐给了刘江。刚才咱俩一争吵，人家刘江那孩子忘了兜里揣着信了。我把他送出门，他才想起来，他把晓兰嘱咐他的话，对我嘱咐了一遍。要说人家刘江这孩子，还真是值得信托的孩子。"

二人一时沉默。在沉默中，赵父伸出了一只手。赵母一言不发，起身将信从桌上拿起，又看了看，递在赵父手上。赵父双手摸那封信的边缘，似乎想找到一点儿什么。

赵母："不必摸，封着口。信封两面，一个字都没有。"

赵父："很厚。牛皮纸的，中号的宽信封。估计里边至少有五六页稿纸……"

赵母："这信闹腾得我心里更乱了。如果我今晚对你发火，那可是有理由的。"

赵父："你觉得，刘江会不会有关于他们几个知青的什么事儿，瞒着我们，并没说吗？"

赵母点点头："他在门外交给我信的时候，我有这感觉了。"

"会是什么事儿呢？"赵父自言自语，又将脸转向赵母，"你猜，会是什么事儿？"

赵母猜想："会不会是，关于他自己和晓兰的事儿？"

赵父摇头："不会。那曙光没必要搞得这么神神秘秘的。"

"看看就知道了。"

"是啊，看看就知道了。"

赵父将信递向赵母，命令道："拆开，念给我听。"

赵母拿着信封，却并没有拆开："不好吧？对曙光是不是太不尊重了？"

赵父："是。但如果我们不知道这封信的内容，今晚都别想睡觉了。这对我们当父母的太不公平了！"

赵母接过信，犹犹豫豫的，还是没拆，又将信还在赵父手中："你拆，我念。"

"我拆就我拆！"说着，他毫不犹豫地撕开信封，抽出信纸，递给赵母。赵母接过信纸，念道：

亲爱的爸爸妈妈：

当妈妈念这封信给爸爸听的时候，那么肯定的，我已经失去了自由。而在这封信交给你们的时候，我的知青伙伴武红兵，被某些人打成了"现行反革命"分子……

赵母停止念，愕然地看赵父。

"别停！念！"

赵母念道：

爸爸妈妈，我对这一种几乎是任意将人打成反革命的做法，深恶痛绝。

如果说我在北京的时候，还只不过感觉到我们共和国的首都病了，那么我在大串联的时候，进一步深切地感觉到，我们的共和国总体上病了！而在陕北这个又穷又小的农村大队里，我更加确信我的感觉并没有错……

亲爱的爸爸妈妈，我不能不为武红兵与某些人进行斗争。这已经全然不是出于个人关系的感情冲动。许多现象都是不正确的，必须有人呐喊出这一事实。我深切地体会到，那些错误的事儿，也是多么严重地危害到了广大人民群众的利益，连许许多多善良的农民老乡都因此欲哭无泪。爸爸，您曾是英雄，而我很平凡，我认为我血管里并没有多少英雄的血液。也许弟弟身上倒是有些的，尽管他还分不清楚什么是英雄行为，什么只不过是青春情绪的宣泄。但平凡的我，毕竟是多少有些思想的。所以，为着我们的国家，我再也无法沉默……

赵父突然大吼："别念了！"

赵母骤然停止了念信，呆若木鸡。

赵父猛地站起，挥舞手臂，激动不已："反动！反动透顶！头脑里有这样的思想，那就是板上钉钉的'现行反革命'！"

赵母劝道："你小声点儿！"

赵父："满纸的胡说八道！什么事儿就单论什么具体的事儿！为什么要扯到中国怎么样了？毛主席他老人家的头脑里有些什么伟大的部署，他赵曙光懂个屁！我坚信中国是不会被某些野心家搞垮的！他如果还承认是我的儿子，他也得承认这一点！"

赵母哀求地说："你小声点儿行不行啊！"她双手捧脸，低声哭起来。

赵父把眼一瞪："你……你哭什么？"

"我……我觉得曙光的信，写得很真诚。可是……可是我太为他担心了啊！"

赵父又默默坐在沙发上了，自言自语："他，他为什么要想这么多？为什么要想这么多？！为什么？！"

赵母："咱们……咱们可该怎么办啊？天亮那儿，受了处分，曙光又……我从来也没为他们两个操过这么大的心啊！怎么一离开身边，就都变了呢？"

赵父："烧掉它，烧掉它！信在哪儿？给我，快给我！"赵父一把将信抢了过来，掏出打火机按出火苗。信纸、信封在赵父手中燃烧，烧痛了他的手，赵父将燃烧着的信丢到地上，信瞬间成为黑蝶般的纸灰。

赵母呆呆看着。

赵父："明天不要写信了，我看，咱俩一块儿去陕北一趟吧！"

赵母为难地说："我是主治医生，恐怕请不下假来……我不知道这个假怎么请。"

赵父却很坚决："那我就自己去！我必须去，不能不去。而且，得快！"

"你离开我都不敢一个人走到大院外去，交通又不方便，怎么去得成？"

"顾不了那么多了。曙光信上说的，是不是以前来过咱家几次的那个武红兵？"

赵母："肯定是。"

赵父："你觉得，他是怎么样的一个青年？"

"当年和咱们曙光一样，都是属于爱思考问题的高中生。他俩经常互相推荐书看。"

赵父咬牙狠狠地说："是书把他们害了！书不是什么好东西。"

"别忘了，你当年追求我，正因为我是一个喜欢读书的姑娘。"

"可你头脑里为什么就没有那些乱七八糟的危险的思想？"

赵母反问："你怎么知道我没有？"

赵父的脸转向赵母，僵直不动："如果你也有，说出来。"

"不想跟你说。"赵母用手绢擦鼻涕抹眼泪。

赵父强硬地命令："你必须说出来！我是你丈夫，我有权了解你的政治思想。"

"我不想被谁了解，你是我丈夫也不行。"

"怎么搞成了这样？连多年的恩爱夫妻都显得生分了。"

赵父正叹着气，敲门声响了起来。他赶紧对赵母说："快把地上弄干净，让外人看到了会起疑心的！"

赵母慌乱之下，从沙发背上扯下罩布，将地上的纸灰擦尽，将罩布卷几卷，塞到了沙发底下。赵父看了看她的脸："让外人看出你哭过也不好。"

"来了，等会儿。"赵母一边应答，一边急忙走入洗漱间，拧开水龙头洗了几把脸。她手拿毛巾，一边擦脸，一边开了家门。

来的是三位女性，都是当年知青母亲的年龄，其中一位还穿着军装。

穿着军装的女人对赵母说："李姐，她俩是街道居委会的。她俩的孩子和咱俩的孩子，都在黑龙江生产建设兵团。她俩听到了一些不太好的情况，想咱们四个做母亲的一块儿交流交流看法，否则不会这么晚了还来打扰。"

赵母强打笑脸："快到屋里坐下说。"

她引着三位母亲进客厅。赵父见来了人，正扶着家具，一步一挪地要离开客厅。

赵母问他："你要干什么去？"

赵父："回避啊。"

穿军装的母亲："老赵，我的声音还听不出来啊？你回避个什么劲儿啊？"

赵母瞥了丈夫一眼："就是，毛病！"

一位母亲说："我俩听到别的街道传着一个黑龙江生产建设兵团的消息，说有一个师的好几个团的知青，都得了一种眼病，有的连队，所有知青的眼睛集体失明了！"

赵母："是谣传吧，这也不太可能啊！"

另一位母亲："肯定不是谣传，有些当父母的，已经动身去东北了。"

穿军装的母亲："也没有什么不可能的。孩子们去的都是人烟稀少、特别荒凉的地方，什么古怪的地方病都有可能找到他们身上。"

"我想起来了。"赵母问赵父，"我记得，天亮上一封信里提到过，说连队里有些知青得了什么眼病，而他比较幸运，没得，和几名男知青组成了架线班。"

赵父也想起了这回事儿，忙说："对对，快去把信找来！念给她们三位当妈的听。"

赵母："是雀盲眼！"

她将信拿来，抽出信纸，找了一段字念起来："由于较长期吃不到带叶蔬菜，导致集体缺乏某些维生素，结果又导致了普遍的雀盲眼病发生。就是眼睛像麻雀一样，到了晚上什么也看不见了，跟瞎子差不多。但各团已在采取紧急措施……"

北风在东北的雪夜中呼号。风雪中，隐约能看见一溜还没架线的电话线杆，其中三根上，有人影在安装着什么。这个架线班要完成的任务很艰苦，要将电话线拉到所有的连队，工作范围在一百公里以内，离哪个连队近，就到哪个连队吃住。赵天亮他们已在严冬来临之前将几千根线杆竖牢了，只剩下安瓷葫芦和架线的任务了。

齐勇攀在一根线杆上，口中叼着线手套，一双棉手套吊在脖子上，垂在身体两旁，被北风吹得乱摆。他拧好一个瓷葫芦，从口中拿下线手套，一边往冻得红肿的手上戴，一边喊："天亮！好了没有？"

赵天亮："马上就好！"

齐勇又转问"小地包"："'小地包'，你那儿怎么样？"

"小地包"："我手弄破了，但也马上就好！"

齐勇溜着线杆往下滑，不知为什么，他忽然感到一阵头晕，眼前一黑，掉在地上。

赵天亮："班长！"

他飞速地下了杆，从鞋上蹬掉齿钩，跑到齐勇跟前，扶起齐勇的头连声叫："班长！班长！……"

齐勇昏迷不醒。

赵天亮冲"小地包"大喊："孙敬文，快下来！"

"小地包"慌乱地往下移动齿钩，快到地面时，也一个不慎跌落于雪地，他爬起来，原地转圈。

赵天亮生气地喊："你干什么呢？过来呀！"

"小地包"惊恐地在原地打转："我过哪儿去呀？！"

赵天亮："你他妈装什么装！到这儿来，班长摔昏了！"

"小地包"哭喊："我眼前一片黑！我看不见你俩！我眼睛瞎了！我眼睛瞎了！"

赵天亮背起齐勇，让"小地包"扯着他腰间的保险索，三人踏着深雪来到了避风的灌木丛后面。赵天亮放下齐勇，大口喘着粗气。

"小地包"一屁股坐下，哭咧咧地埋怨："我肯定也得了雀盲眼了！"

赵天亮："那么多人都得了雀盲眼，就你神圣啊？不能得啊？"

"小地包"："我刚才在杆上还能看得见，让你突然一喊给吓的！"

"小地包"踹了赵天亮一脚，又指着昏过去的齐勇说："都怨他！我说要起风了，早点儿收工，他偏不，非坚持要把这几根杆子也安装好！"

他又接连乱踹，前几脚落空了，最后一脚，差点儿踹中齐勇的头，多亏赵天亮将齐勇的头护住，"小地包"的脚踹在赵天亮身上。

赵天亮："再乱蹬乱踹的，我揍你！"

"小地包"拖着哭腔："现在可怎么办？离最近的九连也有三十来里！去不到九连，今晚非都冻死在这儿不可！"

赵天亮："你把班长扶在怀里！"

"小地包"："不！我恨他！他把我搞到这种地步的！"

赵天亮用棉手套扇"小地包"几下，"小地包"安静了，乖乖将齐勇扶在自己怀里。

赵天亮："坐这儿别动！"他说完，起身便走。

"小地包"慌张地："你哪儿去？！"

赵天亮："把咱们的大衣都找过来！"

"小地包"："你可别耍花招啊！"

赵天亮回头瞪他："你！"

赵天亮顺着线杆找去，只找到两件大衣。他抱着两件大衣回到灌木丛这边，将一件大衣铺在雪地上，对"小地包"说："旁边是大衣，坐上去！"

"小地包"伸手摸了摸铺在地上的大衣："谁的？"

赵天亮没好气地说："现在还问什么谁的？我分不清！"

"小地包"倒也听话，坐在了大衣上，赵天亮也将齐勇扶到大衣上，仍让"小地包"怀抱着，之后将另一件大衣盖他俩身上，自己坐他俩旁边，大口喘气。

"小地包"眼睛虽然看不见，却知道只有两件大衣，便问："另一件呢？"

赵天亮："没找到！"

"小地包"："就这么一块儿坐到天亮？"

赵天亮："那是找死！摸摸班长衣兜，看有打火机没有？"

"小地包"掏齐勇兜，说："还有烟！"

赵天亮："给我！"

"小地包"没给他，自己倒是先叼上了一支。他虽然按着了打火机，却对不准火苗。

赵天亮吹灭打火机火苗，夺过打火机和烟，点着后，塞在"小地包"嘴里，这才给自己又点着一支，放到嘴边吸着。暴风雪将烟头刮得通红，无数火星飞向远处。

"小地包"的眼泪和鼻涕都冻在一块儿了："天亮，求求你，快想办法，老坐这儿不是回事儿啊！"

赵天亮也没好气地说："正想呢！"

猛烈的风扫过来一阵雪，赵天亮身上，盖在齐勇身上的大衣，顿时一片白，赵天亮拂雪，齐勇呻吟了一声。赵天亮捧齐勇的头轻唤："班长，班长！"

齐勇睁开了眼睛："我……我怎么了？"

赵天亮："你从杆上摔下来了。怎么回事儿？"

齐勇茫然地看了看四周："当时，我的头忽然一晕。从今天下午开始，我觉得……我在发烧……"

赵天亮摸齐勇额头："你是在发烧。"

"小地包"将齐勇从怀里推开："苏醒了就别他妈再靠我怀里了！既然下午就开始发烧了，还非逞什么能啊！"

齐勇："我不是想早点儿完成咱们三个的任务嘛！"

"小地包"："早点儿完成又怎么样？回到连里，不是还得接着干别的活儿吗？你拖累了我你知道吗？"

齐勇："你少跟我说这种话啊！你就不想想整天看着你在我眼前晃过来晃过去的，我心里有多烦！"

赵天亮："都少说两句吧。他也患雀盲眼了，眼前一片黑了。"

齐勇："哼！那么现在，就明明是你在拖累我俩！扶我起来。"

赵天亮扶齐勇站起来，齐勇却"哎呀"一声，又一屁股坐下去。齐勇感到自己的左腿又痛又软，使不上劲儿："糟糕。我这左腿，怎么像骨折了似的？"

"小地包"："真他妈的赶上了！到底是谁拖谁？！我眼睛看不见了，可我毕竟还能走！天亮，咱俩走！我还像刚才那样，拽着你的安全索……"

赵天亮大叫："都他妈给我闭嘴！"

三人中片刻沉默后，齐勇掏自己的兜，却没掏到什么，问："我烟呢？"

"在我这儿。"赵天亮却只掏出了打火机，没找到烟，便问"小地包"，"他烟呢？"

"小地包"恼火地说："我等于是个瞎子！你问得着我吗？"

赵天亮抱歉地对齐勇说："我俩吸来着，我随手放大衣上了，肯定被风刮跑了。"

齐勇沮丧地说："算了，那我只有忍，打火机你揣着，千万别丢了。天亮，一个瞎子，一个瘸子，这事儿你摊上了，认倒霉吧！暴风雪一停，往往会更冷！你说怎么办吧？"

赵天亮："无非三种选择：一、我赶到九连去求援。三十几里，我尽量快，估计也得两个小时。他们会派辆马车来，三个多小时后会把你俩从这儿接走。二、用大衣当爬犁，我俩拖着你，一块儿去九连，那差不多也得三个来小时。三、像他说的，大衣你铺你盖，我俩一块儿离开。"

听到这里，齐勇挥挥手："你俩一块儿离开吧，我留这儿，不就是三个小时四个小时的事儿嘛，没问题的。"

赵天亮："万一狼来了怎么办？咱们三个白天在杆上，可都亲眼看到了一只狼。"

齐勇："刮这么大的风，连狼也会躲在窝里不出来。"

赵天亮："那可不一定！所以，首先在我这儿，第三种选择就 pass 了！与其那样，我倒宁肯陪你俩挨到天亮！"

"小地包"："这是北大荒！天亮了就冻不死人了吗？！如果没人来接，挨过了夜晚，那也肯定冻死在白天！"

赵天亮恼怒地说："那你说怎么办？！"

讨论终于有了结果，齐勇仰躺在大衣上，盖另一件大衣。赵天亮和"小地包"用各自的安全索拴住那件大衣的两只袖子，拖着齐勇顶风冒雪往前走。

齐勇躺在大衣上嘱咐："要顺着咱们竖的杆子走！大约二十里以后，向右转，过一片塔头甸，再走七八里就是九连！"

"小地包"："闭上你臭嘴！都到这份儿上了，还他妈指挥！"

赵天亮仿佛听到了什么："你也闭嘴！听！"

远处隐约传来了狼嚎。

齐勇也听到了狼嚎："别理！走你们的！"

赵天亮和"小地包"又耳听着狼嚎前行。赵天亮顶着牛吼似的风，大声喊道："万一遭遇了狼，都拿安全索当武器啊！可以用带卡的那一头抽，还可以勒！不管是脖子还是肚子，勒住了就别松劲儿！"

齐勇："放心，狼是在窝边上嚎呢，不会往远处走。"

顶风冒雪走着的赵天亮和两眼一抹黑的"小地包"不时撞在一起，或各向一旁而去，如同两匹瞎眼马。

二人又撞在一起时，"小地包"生气地说："这样不行，四个小时也到不了九连！我得解下一根鞋带儿来，两头系咱俩皮带上。"

赵天亮："那你那只鞋会掉的。"

"小地包"："你用打火机，把我另一根鞋带儿烧断！"他说着，弯腰解大头鞋的鞋带儿。

赵天亮："也是个办法。你省点儿事儿吧，我解我的。"

"小地包"一听，就真不解自己的鞋带儿了，一屁股坐下喘息不止。赵天亮蹲下，解下自己一根鞋带儿，揣兜里。又解下第二根鞋带儿，按着打火机烧。打火机火苗却烧不到鞋带儿。

在赵天亮的眼里看来，打火机的火苗小得像萤火虫屁股上的光，而且，似乎离得很远很远。他将双手凑得很近，才终于烧到了鞋带儿，也烧到了手指。他疼得一甩手，两根烧断了的鞋带儿甩在雪地上。他双手在雪地上摸了一阵，才终于摸到鞋带儿。

"小地包"催促道："你怎么这么磨蹭？"

赵天亮镇定地说："就好。"

二人又起身拉着齐勇往前走。因有一根鞋带儿互相拴着，不再各向一旁而去了，但仍不时撞在一起。"小地包"看不见，摸着黑往前走。而狂风暴雪让赵天亮也看不清前面的路，他们歪歪扭扭地走偏了道，走到了公路的边缘，却都没有注意到。而这公路，一边傍着山脚，另一边则是斜坡，他们正是走到了公路靠近斜坡的边缘上。就这样，三人一齐滚下公路，一直滚到坡底。

三名知青在坡底各自爬起，他们是滚到了冰封的河面上。由于赵天亮和"小地包"的皮带被系在一起，赵天亮压在"小地包"身上。而齐勇，则滚到了离他俩挺远的地方。

齐勇趴在地上大声喊着："天亮，天亮！你在哪儿？"

"小地包"从身上推开赵天亮，赵天亮应道："班长，我在这儿呢！你没事儿吧？"

齐勇忍住腿上的疼痛："还好，你们呢？"

赵天亮从地上爬起来："我没事儿。你别动，我俩过去！"

齐勇想挪动一下，他咬着牙，用手扳了一下左腿，剧烈的疼痛立刻沿着神经传遍全身。

赵天亮要去拉"小地包"，"小地包"生气地甩开他的手："要过去你自己过去！我不过去！我宁肯冻死在这儿啦！"

赵天亮也生气了："咱俩拴一块儿呢，你不过去，我怎么过去？！"

"小地包"："都他妈落这地步了，还拴一块儿干吗！"

赵天亮踢"小地包"一脚，厉声道："都落这地步了你还犯浑！"

"小地包"不情不愿地站了起来，赵天亮把手拢在嘴边："班长，再答应一声！"

齐勇："天亮，我，在，这儿！"

赵天亮和"小地包"循声走过去。摸着黑的"小地包"被齐勇的腿绊倒，三人这才聚到了一起。

"小地包"和赵天亮坐下，而齐勇手压住右腿，直吸冷气："孙敬文，你踩我腿上了，不想道声歉吗？"

"小地包"明知自己踩到了齐勇的腿，却一点儿歉意也没有："我瞎了，怎么能看见你腿在哪儿？"

齐勇："你们老孙家的人，说话都这德性吗？"

"小地包"："你们老齐家的人，都像扫帚星吗？"

齐勇："你再撮火，我修理你！"

"小地包"："放马过来。不，爬过来！平时不怕你，现在更不怕你！"

齐勇："不怕我，你姐俩一个接一个死乞白赖要调走？！"

"小地包"："那是因为我们孙家姐弟不愿和你这个齐家的扫帚星同在一个连队！"

齐勇循声挥过去一拳，却没打中"小地包"，自己反而扑倒在雪地上。

"小地包"觉察到了齐勇的攻击:"我警告你啊王八蛋,如果你敢碰我一下,我可就有机会反过来修理你了!"

齐勇一翻身,仰躺下去,不再有所动作。

在他俩又开始言来语去时,赵天亮早已仰躺了下去,他这时才说:"吵啊,打啊,平时没机会,现在不正是个机会吗?"

齐勇寻着赵天亮说话声音传来的方向转头说道:"天亮,半小时前,我眼也看不见了。要不,我怎么也会提醒你别往路边走。"

"小地包"呸了一声:"活该!"

齐勇:"你这是咒谁啊?你个是也落到同样地步了吗?"

"小地包":"你是自找的!我是被你这扫帚星拖累的!如果少安装那二十几根杆子,就不会都落到这地步!"

齐勇:"一人背着两大串剩下的瓷葫芦往九连返,那不累吗?都安装在杆子上了,回九连虽然晚了点儿,走得不也轻快吗?我怎么能料到天一黑就起暴风雪?我又不是诸葛亮!"

"小地包":"你再狡辩也没用!我孙敬文被你拖累了这是一个事实!如果我侥幸没冻死,我会更记恨你!如果我冻死了,我会在阴曹地府天天咒你!如果咱俩一块儿冻死了,那咱俩就是互相看着都不顺眼的两个敌视鬼!"

齐勇:"不可理喻!"

狼嚎在远处响起,二人一时缄口。

赵天亮:"掐呀!怎么不互相掐了?听到狼嚎,心里都有点儿发毛了是不是?"

齐勇一下子坐了起来:"天亮,现在可不是开这种玩笑的时候啊!"

"小地包"也缓缓坐了起来:"赵天亮,你心里究竟打的什么主意,干脆光明磊落地说出来,用不着耍花招!谁也没强求着谁陪自己一块儿冻死!我孙敬文这点儿志气还是有的!"

赵天亮默默地听着,大睁着看不见东西的双眼,任雪粉一阵阵覆盖脸上。

"小地包"见赵天亮不说话，便说："你如果自认为你有能耐带着他回到九连，你们请自便！留给我一件大衣，我听天由命了。你如果想自己走，我也绝不拦你。只不过你走后，我要离他远点儿，冻死也不愿和他就近冻死！"

赵天亮："说完了？"

"小地包"："我的话也是声明。你说你俩，啊，'班长、班长！''天亮、天亮！'口口声声那亲密劲儿的！你俩谁那么亲密地叫过我'敬文、敬文！'，我整天跟你俩一块儿早出晚归，在你们眼里，我根本不存在啊我……"

"够了！"赵天亮猛地坐起，愤怒地说，"那是因为你动不动就犯浑！我俩不是你姐！没责任哄着你！我耍什么花招我？你怎么就不想一想，为什么咱俩走着的时候总往一块儿撞？为什么我引路引出了这么个结果？我是闭着双眼瞎走的啊！"

"小地包"冲着赵天亮声音的方向愣了片刻，直挺挺地又仰躺下去了。赵天亮也又仰躺下去了。

齐勇捧起一把雪，用冰冷的雪搓冻得麻木的脸："我承认，是我的决定，使咱们落到了这种地步。我罪过。我该死。但是咱们都不能就这么冻死！谁也不愿被冻死是不是？所以，尽管我们三个的眼睛都看不见了，那也还是必须先有一个人去九连求援。我肯定不能是这个人了。孙敬文，我心平气和地问你一句，你也要好好回答我，你能吗？"

良久，孙敬文口中吐出一个字："不！"

齐勇："谢谢，你总算开始好好跟我说话了。"

他又问赵天亮："天亮，你听清楚了吗？"

赵天亮："听清楚了。"

齐勇："那么，那个人，只能是你了。你没有另外的选择。非提出什么另外的方案那也肯定是错的。对你，对我俩，都将是不利的。"

赵天亮又坐了起来："可我……"

齐勇打断他："摸摸兜，打火机还在不在兜里？"

赵天亮摸兜，低声道："在。"

齐勇："千万要揣好。你认真听我说啊，上边的路，左边是山，右边是坡。一会儿我俩帮你到达路面以后，你要贴左走。你手里要握着安全索。走几步，就用安全索抡一下，抡到山壁上了，就可以继续放心大胆地走下去。这样你就可以一直走出十几里……你应该还记得，白天咱们走过的路上，有辆团里运麻袋的卡车爆胎在路边上了。我当时爬上车厢看过，里边有两条破麻袋，还有一根扁担。我想，油箱里肯定还剩有汽油。如果你能找到它，你去九连就顺利多了。找到了车也不要先点燃什么，因为离九连还有十几里呢，点燃也没人会看到火光。而如果你没找到，千万不要慌，继续往前走五六里，向右转。九连有酒厂，有个大酒糟池。风是从九连那边刮过来的，你走一段路站住闻一闻，也许你能闻到酒糟味儿……"

叮嘱完赵天亮，齐勇又转而叫"小地包"："孙敬文，我在叫你，敬文，你听到了吗？"

"小地包"："在听呢，接着说！"

齐勇："一个小时以后，你也照我说的走法离开这里。"

"小地包"："如果我走错了呢？"

齐勇："那咱们三个的小命，今天夜里就都难保了。刚才我已经认过错了，现在我再郑重地对你俩说一句，对不起了。万一哥仨今晚都到了阴曹地府，但愿你俩都原谅我。能像古代的大侠们那样，相逢一笑泯恩仇。"

赵天亮："那，班长，我现在就走。"

齐勇拿出一把随身带的刀具："把我这把宝贝刀带上。"

赵天亮："不，你留着吧，也许你俩更用得上。"

"小地包"："天亮，还是你带上吧，你成功的希望比我大点儿……"

风雪夹着严寒凶猛地扑向赵天亮，他艰难地挪动着身体，贴着山壁向前走。每走几步，就抡一下安全索。寒冷让他的大脑又昏又涨，他强打精神，在心里暗暗地计算着路程。走了一阵，他似乎觉得卡车就应该在附近，却又不敢确定。他开始失去自信，走走停停地向路边靠，一小步一小步探着往前走。

突然，他脚下一滑，摔进了路边一条沟里。他从沟里爬出来，脑海里出现了这样的情形：由于轮胎爆裂，卡车急刹，在路面的雪上留下了两道光滑的轮痕。

他蹲下，从棉手套里抽出一只手，抚去路上的雪，摸着摸着，终于摸到了一道轮痕，接着，又摸到了第二道轮痕。他兴奋极了，仿佛摸到了珍宝。他跪着，沿着一道轮痕摸索着往前寻去。

果然，他的头撞到一处坚硬冰冷的金属尖角——卡车的后车厢。原来这辆被雪盖住的卡车，有一半车身落进了路边的沟里。他激动地爬到车厢里，摸遍车厢。然而，车厢里却没有破麻袋，也没有扁担。难道这辆卡车并不是他要找的那一辆？他颓坐下去。

忽然，他又站起来，仔细地摸着车厢。老式卡车车厢的最上边，有两组木条。他用力踹蹬一道木道，终于踹断了一根，接着，他又用尽全力，扳下了一道断木条。

他坐下喘息片刻，脱下棉袄铺展开，从鞘中拔出短刀，一刀一刀划割。

赵天亮只穿件秋衣，肩扛从车上扳下的木条——木条另一端，是他这个雀盲症患者所扎的不成样子的"火把"。

赵天亮拿着"火把"，在塔头甸中走着，狼的低吼声渐渐由远及近。没过多久，野兽粗重的喘息就围在他的身边了。黑暗中，他能感到，那些狼就从他身旁蹿过来，又蹿过去。

他将带鞘的刀咬在口中，额上渗出了点点冷汗。突然，两只狼爪从后搭在他肩上，他镇定地从鞘中抽出刀，反手狠狠一刀刺去。狼的哀嚎声在耳边响起。而刀也从赵天亮手中飞了出去，他口一张，刀鞘落在了雪地上。

他掏出打火机，点燃了手中的火把。然而，那火把头缠得太过大了，"轰"的一声，火把燃成大火球。赵天亮的脸颊顿时传来一阵炙烤的剧痛，他丢掉手中的火把，捧起一把雪捂在脸上，冰冷的雪让灼痛的脸镇定了下来。他的双手在地上摸，终于摸到了"火把"。

他抡起"火把"，在原地转圈，歇斯底里地大喊，仿佛把身上的疼痛都喊了出来："畜生！老子不怕你们，上啊，上啊！怎么不敢再把爪子搭我肩上了？"

而这时的齐勇和"小地包"还待在那个坡下。齐勇身下铺一件大衣，"小地包"也坐在上面，将齐勇抱在怀中，二人身上盖着另一件大衣。

齐勇叹着气自责："我忘了让天亮穿走一件大衣了。"

"小地包"也自责："我也忘了。"

齐勇："让他穿走一件他也不会的。"

"小地包"："我是他，我也不会，穿着大衣怎么能走快啊！"

齐勇："像瞎子似的，不穿大衣也走不快啊！"

"小地包"："我怎么这么困啊！"

齐勇："别睡过去啊！这种情况下睡过去可是危险的！"

远处的狼嚎一阵接着一阵，一阵近似一阵。"小地包"倾耳听着："被冻死，或者被狼吃掉，在这两种死法中，你更愿意选择哪一种死法？"

齐勇："哪一种都不愿意，我根本就不想死。"

"小地包"搓搓耳朵，再听："你不觉得狼嚎好像近了吗？"

齐勇："很怕，是吧？"

"小地包"："怕极了。"

齐勇："记住天亮的话了吗？"

"小地包"："什么话？"

齐勇："安全带就是武器，可以抽，也能把狼勒死。"

"小地包"扯了扯手里的安全带："我紧紧攥着呢。"

齐勇："我也是。"

他习惯性地掏出怀表来，看了一眼，这才想起自己的眼睛已经看不见了："看也白看。我觉得，你该走了。"

"小地包"："天亮离开还不到一小时。"

齐勇："肯定过了！"

"小地包"："肯定不到！"

齐勇猛一转身，双手揪住"小地包"衣领，生气地说："刚才表现好好的，怎么又犯浑？"

"小地包"甩开他的手："我没犯浑。"

齐勇口气很强硬："你怕狼我就不怕狼吗？再怕你也得给我走！"

"小地包"："也不只是因为怕。还因为，你这样，我不忍心离开你……"

齐勇慢慢放开了"小地包"衣领，两名谁也看不见谁的知青，互相"凝视"了一阵。"小地包"默默地站起身，倒退着离开。

齐勇："等等！敬文，如果我不死，回哈尔滨探家时，我一定去找法院……"

"小地包"大声地说："别他妈说了！"接着，他又小声地说："再叫我一声敬文……两家的事儿，在咱俩这儿，一笔勾销了……"

齐勇："敬文，我可是满心希望……你和天亮至少有一个，能到达九连……"

山东屯的女知青宿舍早已熄了灯，周萍及两名上海女知青趴在被窝里，听另一名上海女知青讲鬼故事。那讲故事的女知青坐在褥子上，煞有介事地用被子蒙头包身，声音阴森森的："那白面书生吓得浑身发抖，这时，就听一个女子在被子里说：'其实，你是认得我的。'"

被子缓缓展开，原来讲故事的，背对着三个听故事的，长头发披散在脑后。三个听故事的相视而笑。

讲故事的突然转过身，同时将头发甩得遮住了脸，张牙舞爪地怪叫："我要先吃人眼！哇哈哈哈……"

周萍等三人吓得一齐将头缩入被窝。讲故事的理理头发，若无其事地躺下，盖上被子，有功似的说："表演结束。该你们三个哪个去外边抱柴进来，我可就不掺和了。"

说着，便要自顾自地睡觉了。周萍等人从被子里探出头来。

一个胖姑娘："昨天是我，也没我事儿了。"她说着，拍拍枕头，头一挨枕，也闭上了眼睛。

瘦小的姑娘对周萍央求道："萍萍，求求你，替我去吧。我不是胆小，我是……我肚子疼……"

周萍："那……好吧……"她不得已地起身下地，穿好毛衣，披上棉袄，下地，往门口走。

胖姑娘："萍萍，小心点儿啊，说不定那女鬼正在门外候着你呢！"

周萍："讨厌！"她说着，却在门口站住了。风在门外呼啸，听来有点儿像鬼哭声。周萍犹豫一下，还是推门走了出去。

她抱了一大抱劈柴，转身时，望见对面塔头甸的方向，有火团在很远很远处出现，一会儿平行移动，一会儿形成火圈，一会儿似乎在蹿跃。她手里的劈柴噼里啪啦地落了地。她逃也似的跑进屋里，惊惶不安道："我看到了一团鬼火，这么大！"她双手比画出小盆口般大小的圆形。

瘦小的姑娘："不许耍赖啊！反正你已经答应了替我，说话得算数。"

胖姑娘不睡了，翻了个身，好奇地问："多大？"

周萍又做手势："这么大！"

讲鬼故事的也一翻身，看着周萍的手势说："骗人！不可能！鬼火最大也就乒乓球那么大。"

周萍蹬掉鞋，上了炕，爬到窗前，拉开窗帘，在窗户上哈了口气，用手使劲儿地擦着，在结满霜的玻璃上弄出一块儿无霜区，往外看看又说："还在那儿呢！"

胖姑娘挤开周萍，也往外看，惊讶地："真的哎，怎么会有那么大的鬼火？"

瘦小的姑娘和讲鬼故事的两个同时扑向另一扇窗，也从玻璃上弄出两块儿无霜区，各自贴眼外望。

瘦小的姑娘："听屯里的老辈人讲，那塔头甸从前是一处沼泽，陷没过不少人，鬼魂们会不会都趁着今晚……"

讲鬼故事的女知青："我看不是鬼火，说不定是一个暗藏的阶级敌人在摇联络信号！"

瘦小的姑娘："他发信号给谁啊？"

胖姑娘："给更多暗藏的阶级敌人，在这个风暴雪狂的夜晚，趁人们放松阶级斗争的警惕性，来个先下手为强！"

周萍："那，他们也得有针对的目标啊！"

讲鬼故事的："方圆几十里内，除了咱们山东屯，再就是兵团九连。信号发在离咱们山东屯近的地方，很可能是要冲着咱们山东屯来场突然袭击！"

周萍半信半疑，又趴在窗上，向外看着。

刚刚入睡的支书梁喜喜被一阵敲窗声惊醒，她从床上坐起来问道："谁呀？"

"支书，是我们！"

梁喜喜听出是周萍的声音，心里有些奇怪："你们？几个？"

"都来了。我们有情况要汇报，您快开门！"

梁喜喜嘟囔："这几个闺女，不好好睡觉，跑我这儿来胡搅什么！"她穿上鞋，开了门，周萍等几个女知青一拥而入。

梁喜喜叉腰道："用不着往里进了，就在这儿汇报吧！"

周萍捅捅讲鬼故事的姑娘，那姑娘说："支书，情况很紧急，我们发现有阶级敌人在塔头甸那儿发信号，可能已经发半天了！我们担心，他们是要集合起来，冲咱们山东屯搞什么破坏！"

梁喜喜瞪视她们，大声道："都给我滚回去！"

胖姑娘小声嘀咕："不骗你！"

梁喜喜："已经在骗了！"

周萍认真地说："支书，是不是阶级敌人我不敢肯定，但情况就发生在那儿是千真万确的！"

梁喜喜叫她们吸气，呼气，四个姑娘不明白梁喜喜的意思，却也都照着做了。梁喜喜凑近她们的嘴巴，逐一地闻过去，仿佛发现了什么似的："果然不出我所料，四个说起话来嗲声嗲气儿的上海丫头，竟一块儿偷酒喝！半醉不醉的跑我这儿来耍酒疯！"

周萍争辩："我们没偷酒喝！"

梁喜喜："还嘴硬！当我没长鼻子啊？我明明闻到了一股酒味儿！"

周萍："我们也闻到了，从您嘴里散出来的……"

梁喜喜瞪着眼睛："你是想说我醉了吗？我醉不醉的，都能肯定这方圆百里内没有阶级敌人！今晚儿其没有！"

讲鬼故事的姑娘："凡有人存在的地方就必定有阶级斗争！"

胖姑娘："没有阶级斗争也有思想斗争！"

瘦小的姑娘："思想斗争也是阶级斗争的一种表现！"

梁喜喜恼火地："胡、说、八、道！我要躺下了，立马都给我滚回去！要不，我拎你们脚一个个把你们撇出去！哼！一块儿来搅我的清静。"

她转身要往屋里进，讲鬼故事的姑娘使眼色，于是，周萍将门一开，另外三个将梁喜喜拖出了门。

周萍指着远处大声说："在那儿！"

可这时，塔头甸的方向，却不见了"鬼火"。

梁喜喜厉声问道："哪儿？哪儿？"

胖姑娘指着远处叫："又出现了！"

梁喜喜转身望去，但见"鬼火"慢慢离地，慢慢升高。火势比刚才弱，忽而又不见了，片刻又出现了，火势也强了，又抢成了环形。

梁喜喜晃晃头："老天爷，这可耽误不得！……"说着，她猛地转身进了屋，又饮一盅酒，匆慌戴狍皮帽子、棉手套，穿上毡靴、狍皮里子棉袄，用条红布带往腰间一扎，对跟进屋来的周萍她们说："有人迷路了，还兴许被鬼打墙困住了，不能见死不救！我去马号骑马，你们去找几个老乡，传我的话，让他们套辆大车往那个方向去！要套三匹马！车上要有被褥！还要快！去呀！"

周萍她们连忙跑了出去。

梁喜喜骑着马，向塔头甸方向飞奔而去。一辆马车也向同一方向驰去，车上的几个人中，有的举着手电晃动。

而塔头甸的方向"鬼火"暗了，小了，忽而直坠，消失在黑夜里。

天已微明，周萍等四个姑娘站在梁喜喜家屋外，拿着脸盆、簸箕等工具收集雪。一些山东屯的乡亲聚集在她家的窗前和门口。

门突然开了，几名男知青被推出门外，有的被梁喜喜推得跌倒在地。梁喜喜叉腰斥骂："再说些没人味儿的话，小心我扇你们！"

几名男知青慌慌张张地爬起来，逃开了。

一名老乡上前问："支书，我们还能帮上什么忙？"

梁喜喜："也用不上你们了，都回家补补回笼觉吧，今天你们不用出工了！"

一汉子："那，工分怎么算啊？"

梁喜喜："告诉记分员，都给你们记满分！"

老乡们满意而去，一妇女回头又说："支书，用得着就让人找我们啊！"

梁喜喜冲周萍她们喊："哎，你们几个，要收新雪，盐面子似的陈雪不行！"说完，便转身进了屋。

周萍等四个姑娘也端着雪进了屋。梁喜喜正坐在灶间往灶口续柴烧水，见她们端着雪进来了，便问："是新雪？"

周萍她们点点头。

梁喜喜吩咐："要用盐面子似的陈雪搓，还不都被搓下一层皮呀？现在你们四个听我说啊，要先搓心口窝和后心那儿，两处都搓热了，再搓手指、脚趾、手心手背和脚心脚背。都搓热了，再搓耳朵、鼻子。搓耳朵、鼻子的时候要特别小心，轻轻的，千万别给弄掉了！然后呢，搓胳膊、腿，全身各处。要哪儿都搓到，一处也不许落！要像给刚满月的婴娃洗澡那么耐心、细心，明白不？"

周萍她们又点点头。

讲鬼故事的姑娘小心地问："支书，咱们还能救活他们吗？"

梁喜喜叹口气："死马当活马医吧，看他们各人的造化了。"

周萍："支书，求求您，千万想办法把他们救活！我认识他们三个，我在七连时……他们对我都挺好的……"她说着，眼泪淌了下来。

梁喜喜："在北大荒，遇到这种事儿，也就这办法。我是没什么高招了，看你们的了。还不如我来说求求你们。快进去干活儿吧！"梁喜喜劝慰了几句，又蹲下续柴。

胖姑娘率先往里屋进，却将一盆雪扣在里屋地上，立刻退了出来："支书，你……你怎么把他们都弄得光溜溜的？"

梁喜喜却不以为意："废话！不替你们弄得光溜溜的，你们怎么搓？"

瘦小的姑娘探头往屋里看了一眼："那你也不应该把他们的短裤都扒掉了，对他们太不尊重了！"

梁喜喜摔掉一根木柴，猛地站起，手指戳着瘦小姑娘的额头："怎么这么多说道啊你！那地方也得给我好好搓！搓掉了还不行！谁搓掉的谁给人家赔！都给我乖乖进去！"

周萍犹豫一下，率先走了进去，胖姑娘和讲鬼故事的姑娘也跟了进去。瘦小的姑娘还有些不情愿，被梁喜喜一把推进去："你给我进去吧你！"

梁喜喜用背抵住门，掏出烟来点燃，深吸一大口，头往门板上一靠，缓缓吐出。

门被人从里往外用力推着，隔着门，瘦小的姑娘拖着哭腔哀求道："让我出去！他们都冻硬了，我怕……"

梁喜喜用力抵着门，不肯放她出来："搓热乎一个就放你出来。哎，你们再给我听着啊，干什么活儿，那都要讲究个方式方法。我建议你们一人包一个，另外那个当机动工，看谁更需要帮把手儿。搓热乎一个，就抬炕上去一个，焐被窝里！"

此起彼伏的鸡啼声迎来了一个阴沉的冬日，天上依然飘着雪花。几名男知青和男老乡在粪池里刨粪，用土篮担着往地里送。

一个男知青一镐下去，粪点子溅到了脸上，他嫌恶地急忙掏出手绢擦脸，连啐几口，怨气冲天："我就不明白，春天才开始种地，这大冬天的往地里送什么肥？"

旁边的一个老汉："要是等到春天，这粪池一化，往地里送起粪来不是更麻烦了吗？现在就送到地里，开春的大风，能替人把粪撒匀一半儿。剩下的粪里拌些土，不粘手，臭味儿也小，那不就省事儿多了吗？"

另一知青阴阳怪气地说："好好记着，这就叫贫下中农的再、教、育！"

那个怨气冲天的知青嘀咕："也不知兵团那些贵族知青，干不干这么下贱的活儿。"

老汉不高兴了："他们也得干！也是这么个干法。他们不往地里送肥，他们夏秋那会儿也吃不上菜。这世上只有下贱的事儿，下贱的人，没有下贱的活儿！如果说积肥送粪这等活儿下贱，我们年年都少不了干这活儿，干了几千年了，农民就都是祖祖辈辈下贱的了？"

男知青们沉默下去，没人再言语了。

两名挑着担子的男知青在路上遇到，撂下担子议论：

"听说举火把那个冻得最惨？"

"想想吧——他把棉袄、帽子、手套，都绑到半截车厢板上烧了，昨天夜里零下四十来度，能有好结果吗？"

又有两名男知青挑着担子走到了这儿，也撂下担子加入了议论：

"要说我倒也挺佩服他们之间那份儿义气的——其中一个走半道又回到了另一个身边。还幸亏他回去了，要不留在原地那个肯定喂了狼了。"

"是半道回去那个，用安全索把一头老狼活活勒死了。他把狼骑住，勒狼脖子，把老狼的眼睛都勒出来了。"

"听周萍说，留在原地那个，是另外两个的班长，那小子也够狠的，找到他俩时，他俩背靠背冻僵在那儿，他嘴里还咬着一大块儿狼皮！"

"你估计能把他们救活过来不？"

"难说。不过听老乡讲，有过这样的事儿——一个男人冻僵了，用雪搓，用酒搓，都没缓过气儿来。人人都说没救了，他媳妇却就是不放弃救他，自己也脱得光不出溜的，把他紧紧搂在被窝里又焐了大半天，猜怎么着，还真让他媳妇给焐活了！"

"如果周萍她们四个也像那媳妇那样了，以后我就一个也不正眼看她们了。我赞美救死扶伤的精神，但是……"

说这话的不说下去，把手里的烟放在嘴边吸着。

另一知青接过话头："但是分对谁是不是？"

"我没这么说。反正一想到他们挣工资，我们挣工分，我气不打一处来！"

"我也是。要不我们和他们一样，也挣工资。要不反过来，他们和我们一样，也挣工分。那我心里才比较平衡。"

又一名挑着担子的知青也在他们旁边停住，撂下担子，新闻发言人似的说："好消息！绝对是好消息——队里那头三百来斤重的大肥猪昨天夜里被冻死了，队长说今天分肉，咱们知青每人也能分到一斤多肉！"

梁喜喜家的里屋门开了一道缝，胖姑娘探出头惊喜地招呼梁喜喜："支书，缓过气儿来一个！"

而梁喜喜却已坐在灶口旁边，手拿一截木柴，头靠着泥墙睡着了。胖姑娘见状把头缩了回去，关严了门。屋里传来了几个女孩的交谈声。

胖姑娘："支书睡过去了。"

讲鬼故事的姑娘："我这个也出气儿了！我这个也出气儿了！"

周萍："你俩帮我把他也抬到炕上。"

瘦小的姑娘："他还没出气儿呢！"

周萍："他刚才出过一口气儿了！"

胖姑娘："萍萍，那可是你的幻觉。"

周萍哀求地说："求求你们，听我一句啊，行不行？"

胖姑娘："好好好，别急别急，我们都听你的！"

一阵搬放的响动之后，一个女知青吃惊道："萍萍，你，你自己脱衣服干什么？"

周萍带着哭声说道："你们别管……"

山东屯知青们的集体食堂里，周萍等四名女知青坐在一起默默吃包子。男知青们远离她们坐着，都在一边吃一边看她们。

胖姑娘忍无可忍，拍案而起："你们他妈的都用那种眼光瞪着我们干什么？我们做了见不得人的事儿啦？"

男知青们你看我，我看他，一个个默默起身走出去，最后走出去那个，探进头问："我们男知青包的包子好吃不好吃？"

胖姑娘："好吃个屁！"

那男知青的头立刻缩到外边去了。

瘦小的姑娘："你这话就太不客观了，好吃还蛮好吃的。"

讲鬼故事的姑娘："本来我吃得正香，你一说'好吃个屁'，我这儿吃着不对味儿了！"

四个姑娘一时你看我，我看她，忽然都忍俊不禁，一个个笑得伏在桌上……

天黑下来，韩指导员、张连长、方婉之三人都在七连连部里。指导员手里握着电话，连声感谢："十分感激，十分感激，我谨代表七连全体同志向山东屯的老乡们表达感激。也好，就照你们说的办。也请转告我们的三名知青，希望他们暂且安心在山东屯养伤。"

指导员放下电话，转身对连长和方婉之说："谢天谢地，山东屯的人把他们给救了。他们三个都有不同程度的冻伤，赵天亮的伤情更严重一些。好在山东屯的人有鄂伦春族亲戚，在用鄂伦春人的秘方为他们治疗冻伤，说那效果很好，让咱们只管放心。"

连长松了口气："这仨小子，都捡了条命！第二批搜救的人正准备出发，我得去把他们拦下来。"

连长走后，方婉之说："孙曼玲一白天不吃不喝，眼都哭肿了，我也得赶快去告诉她这个好消息。"

指导员点头，方婉之也往外走，她走到门口，转身又说："快向团里汇报，啊。"

指导员在炕沿坐下，掏出烟，顿着说："想先吸支烟。"

方婉之："担心团长骂你？"

指导员苦笑："有点儿。"他吸着了那支烟。

方婉之："骂什么都听着吧。他们三个脱险了，比起挨骂来，咱们心情还是好多了，是不？"

指导员点头，抓起了桌上的电话。

窗子玻璃内面的霜融化着，逐渐形成一些细微的水流往下淌。窗台上垫了几块儿抹布，还有一条看去比较新的毛巾，防止水流淌到炕上。屋里很暖和。

梁喜喜披着棉袄，站在炕前，俯视着被窝里的齐勇、赵天亮、"小地包"，三名知青或仰躺或侧睡，脸上都有细密的汗球，也都有皮肤发黑的冻伤。除了冻伤的部分，其余部分红扑扑的。

院子里传来咳嗽声，有个男人走进院子里来。

梁喜喜："别进！"

她将胳膊伸入棉袄袖子，掩着袄襟走出了屋。灶间站的男人正是山东屯的生产队长。他缩着颈耸着肩袖着手，冻得稀里哗啦的："冷得嘎嘎的！估计还得冷上四五天。那仨小子咋样？"

梁喜喜挺高兴地说："情况挺好。"

队长："我看看他们……"

队长说着就要往屋里进，却被梁喜喜拦住："你带一身凉气，闪了他们的汗！说吧，啥事儿？"

队长咂吧了一下嘴："咱们救了他们兵团三名知青的命，他们应该感激咱们，是吧？"

梁喜喜："那当然。"

队长："感激也不能光停留在口头上，信啊，锦旗啊，那些虚头巴脑的，不实在，是吧？"

梁喜喜："也不能那么说。依你，怎么样算实在？"

队长："你是支书，我是队长，我一向服从你领导。但这件事儿，我有个建议，咱们山东屯可以对他们提出点儿报答要求……"

梁喜喜："救人是应该的，提什么报答要求，风格方面，不太高吧？"

队长："你看你！山东屯在你的领导下，荣誉不少了，还缺风格呀？去年，咱们不是还在秋收互相支援活动中，被评为全县的风格标兵了吗？都是全县标兵了，另外还要多高的风格？"

梁喜喜："得啦得啦，别拐弯抹角的，单刀直入行不行？"

队长："单刀直入就单刀直入！咱们要求他们，也给咱们山东屯拉上电话线，安装一台电话。咱们如果有了电话，许多事儿那多么方便。"

梁喜喜："倒也是。还应该要求他们把电线也给咱们拉上，我早就盼着有一天用上电灯泡了。"

队长："那就更好了呀！他们团长是你堂姐夫，那就看你的了呀！"

梁喜喜点头道："就照队长你的建议办。"

周萍和另外三名上海女知青一溜地坐在山东屯男知青宿舍的炕沿上，似乎在接受集体审视。

白天那个对挑粪的事儿满腹怨气的上海男知青，在三个姑娘面前一边煞有介事地走来走去，一边语言暧昧地说："你们别误会啊，千万别误会。我们没别的意思，只不过都很想知道，你们……究竟把他们怎么了？"

瘦小的姑娘小声地："我们把他们救活了。"

满腹怨气的上海男知青点着头："是啊是啊，你们把他们救活了，这已经是一个无可争议的事实，我们都知道了……"

炕上一名男知青插嘴道："证明她们很伟大，是中国的南丁格尔！"

胖姑娘没听清："什么尔？"

另一男知青："而且，是活着的！"

胖姑娘："我们当然是活着的，二百五！"

满腹怨气的男知青："停止，停止！是什么尔，那不重要，总之我们承认你们都是很伟大的女性，但是呢，伟大往往是用代价换来的。你们都付出了什么代价？"

胖姑娘问瘦小的姑娘："什么代价？"

瘦小的姑娘也挺纳闷："没有啊！"

满腹怨气的男知青促狭道："坦率说说嘛，伟大都伟大了，还有什么不好意思的呢？满足一下我们集体的好奇心嘛！"

又有一名男知青插嘴："也不只是好奇心的问题。我们对你们，都……挺有好感的，说不定将来，你们中的谁和我们中的谁，会……会……"

三个姑娘一齐看他，他"会"不出口。

"明白了。"讲鬼故事的姑娘终于开口了。

满腹怨气的男知青挤挤眼："明白了？明白了你先说。"

"到跟前来，我小声告诉你。"她勾着一根手指，男知青凑到了她跟前。她忽然伸出双手一推，将他推倒在地，然后猛地往起一站，挥舞手臂，愤慨道，"逼供诱供呀！你们有什么权力？卑鄙！你们的好奇心是卑鄙无耻的好奇心！我们要告诉支书！"

第 13 章

周萍独自一人仰躺在被窝里，大睁着双眼。门开了，梁喜喜抱着些柴走进来，她将柴轻轻放在炕洞前，往里加柴。

躺在炕上的周萍一动不动。梁喜喜在她旁边的炕沿上坐下，脱了鞋。

周萍这才发现是谁："支书，我不知道是你……"

周萍说着便要坐起来，被梁喜喜用一只手按住："别起，起来干吗？"

梁喜喜一抬双腿上了炕，把双脚往周萍褥子底下塞，又说："你们炕烧得不太热呀。"

周萍侧躺着，看着她说："她们三个怕烧得太热，上火，早晨起来口干舌燥的。"

梁喜喜："她们三个哪儿去了？"

周萍："被男知青找去了，说是要跟她们谈谈。"

梁喜喜："嗯？谈什么？"

周萍："不晓得。"

梁喜喜："整天低头不见抬头见的，有什么好谈的？有那时间，不如躺在暖和被窝里美美地睡大觉。冬天炕还是烧得热一点儿好。要不后半夜炕凉了，还不越睡越冷？睡热炕不会得寒腿病，慢慢就习惯了。"

周萍："支书，赵天亮不会落残吧？"

梁喜喜："不会。但手脚、脸上肯定会落疤。"

周萍："脸会变得很难看？"

梁喜喜："那是免不了的。两三年后疤会褪平，就看鄂伦春人的秘方用在他身上灵验不灵验了。你在七连时，和他最好？"

周萍把脸埋在肘窝里："也不能说是和他最好。我们在七连时也没机会常在一起……不过我觉得，他好像挺喜欢我的……"

梁喜喜脱下袄来，边铺褥展被，边说："哪个小伙子又会不喜欢你呢！你也喜欢他吗？"

周萍点点头："嗯。"

梁喜喜不由得扭身看她："我听她们三个说，你用……别人不太会用的做法，才终于把他给救过来了？"

周萍害羞地将头缩进被窝。

梁喜喜："那，是真的了？"

她也躺入被窝，肩垫枕头，手撑着头，又说："那没什么可害羞的。要是谁敢拿那事儿羞你，我给他颜色看。你露出头来，咱俩说说话。"

周萍缓缓露出了头。

梁喜喜："闺女，你老老实实告诉我，你那想成为兵团战士的心，死彻底了没有？"

周萍摇头。

梁喜喜："我就知道没有。你还指望什么？指望七连有天会派人来山东屯，把你给要回去？"

周萍点头。

梁喜喜："那倒也说不定。你这样的闺女，在哪儿都能给人留下好印象。但是，如果我现在告诉你，即使他们有天来要你，我也不会同意的，你恨我吗？"

周萍表情很伤心，眼角淌下泪来。她又想将头缩进被子里，梁喜喜按住了被子："说话。"

周萍："不敢……"

梁喜喜："不敢？"她看着周萍那种可怜的样子，不由得缩回了手。周萍的头立刻也缩入被子，被子底下发出周萍压抑的泣声。

梁喜喜仰躺下去，长叹一声，说："闺女，不是我这人心肠狠，更不是我这人天生坏。如果你自己一直待在七连，不管遇到了什么情况，也不主动来山东屯，还则罢了。如果七连不把你硬送来，也还则罢了。如果你是什么高干女儿，又另当别论。那我们山东屯也犯不着非用胳膊的劲儿去拧大腿。偏那样干吗？可你不是什么高干女儿，而是……可你还主动来到了山东屯，你叫我如何是好？这屯子里也二十来名插队知青呢，七连一要，我们就给了，我这支书怎么对其他知青解释？即使我同意了，公社、县里，也会把你给卡住。全县两千几百名插队知青呢，不能因为你一个，一碗水端不平啊，是不？"

被子动了动，周萍在被子底下点了点头。

梁喜喜："所以，听我的，你还是趁早死心塌地争取做个'可以教育好的子女'吧。我答应你，为你，我要把赵天亮那小伙子留在山东屯的日子尽量延长，这样，我内心里也安泰些。"

门又忽然开了，另外三名姑娘跑进来。她们都没注意到梁喜喜躺在炕上。

讲鬼故事的姑娘一进门就大叫："气死我了，气死我了！"

胖姑娘坐在炕沿，噘着嘴嘟囔："就冲他们今天那样，谁追求我也没门儿！"

瘦小的姑娘则伏在炕上，委屈地哭着："我们救了别人的命，怎么反倒像做了不光彩的事儿？"

梁喜喜一下子坐了起来："怎么回事儿？"

冬日里一个阳光充足的日子，齐勇、赵天亮和"小地包"围坐在梁喜喜家小炕桌旁边，狼吞虎咽地吃面条。

赵天亮双手双脚都缠着药布条。"小地包"两只脚一只手缠着药布条。

齐勇只有一只脚缠着药布条——所以数他吃得最快,而赵天亮吃得最费事儿。

"小地包":"香!香!来人啊,再给我添一碗!要多加卤子!"

瘦小的上海姑娘应声而入,见了三人的吃相,一手接碗一手掩口笑。

齐勇:"哎,请问我们在山东屯休养了几天了呀?"

瘦小的上海姑娘想了想,说道:"都第八天了。"

齐勇:"这么多天了?!"

"小地包"摇头晃脑地说:"乐不思楚,乐不思楚!"

齐勇摸了他的头一下,纠正道:"记住,不是乐不思楚,是乐不思蜀。"

"小地包":"总之我觉得过了几天神仙般的日子!简直不想离开了。"

齐勇发现赵天亮吃得实在是费劲儿,从他手中拿过碗筷,夹一筷子面条喂赵天亮。

赵天亮有些不好意思:"我自己能行。"

齐勇:"别逞能,你救了我俩的命,我喂你吃几口面条,完全应该的。"

"小地包"也在一旁附和:"就是,从今往后,你就是我俩的救命大恩人!咱哥仨的关系,那就像刘、关、张一样,铁了去了!"

他说时,瘦小的姑娘端一盆卤,胖姑娘端一盆面,先后进入,放在炕桌上。瘦小的姑娘看着他们笑,胖姑娘默默往碗里捞面、兑卤。

胖姑娘将那碗面递给"小地包",二人一递一接时,胖姑娘说:"你刚才那话,我不爱听。"

"小地包"用筷子一指赵天亮:"我刚才说他是我俩的救命大恩人,这是一个事实,你有什么不爱听的啊?"

胖姑娘:"你们之间怎么回事儿,我们不清楚。我们清楚的是,是萍萍救了你们三个。如果不是萍萍发现了火把光,就那天晚上那冷劲儿,再加上两头几天没吃到什么的饿狼,你们还能活?这会儿还能在暖烘烘的炕上吃打卤面?"

齐勇:"萍萍是谁啊?"

瘦小的姑娘："就是差点儿也成了你们兵团战士的周萍！"

齐勇手里的面条悬在半空，赵天亮张大着嘴，"小地包"刚端起碗，又放下了。三人齐齐地愣住了。

胖姑娘心直口快："实话告诉你们，也是周萍和另外一个上海姑娘，加上我俩，我们四个插队的上海姑娘，救了你们三个兵团的。不告诉你们实情，我看你们还以为我俩是被派来服侍你们三个大英雄的呢！"

"小地包"："我们是都这么以为的……"

齐勇："你自己怎么以为的就光说你自己啊，别把我俩也捎上。我可一点儿也没有什么英雄的感觉，我这几天一直在深刻反省来着。"

赵天亮："周萍在哪儿？我们怎么一次也没见到她？"

胖姑娘："也不能因为你们三个，我们山东屯的人，连该干的农活儿都不干了。萍萍和我们中的另一个，这几天在往地里送肥呢。"

瘦小的姑娘："你们以为把你们在野外一个个找到后，用大车拉回来往火炕上齐头齐脚地一摆，厚被子一焐，你们自然而然就活过来了？没那事儿！你们一个个都冻成了冻萝卜似的，是萍萍和我们，用雪，用酒，把你们给搓得缓过气儿来的。当时我们搓得手腕子都酸了。"

她说着，一指赵天亮："尤其是他，刚出口气儿，一停，又不出气儿了。萍萍一急，自己也脱了衣服钻进被子，又把他紧紧搂在怀里暖了两个多小时……"

胖姑娘赶紧打断她："得啦得啦，别说得那么细了。你们吃饱了，把盆子碗放桌上，把桌子推一边，接着睡吧。"

她责备地暗捅了一下瘦小的姑娘，挽着她往外便走。

赵天亮："先别走……"

他叫住她们，却一时不知该怎么说："能不能……能不能……"

齐勇："他想说的是，能不能让周萍来看看我们。这是我们共同的愿望。我们毕竟曾是一个连队的。"

胖姑娘："这话我俩肯定能捎到，没问题。"

说完，她俩便走出去了，屋子里陷入沉默。

赵天亮低头看着放在炕桌上的碗筷："我们……该怎么办？"

"小地包"："还能怎么办！谁把我从冻萝卜变成了一个人，谁给了我第二次生命，我将来一定要娶她，只有这样才能算是报答！"

齐勇看他一眼："你太一厢情愿了。如果人家不愿意而你偏要那样，你不是等于恩将仇报？"

"小地包"反问齐勇："那你打算怎么办？"

齐勇："我打算认一个上海的插队知青妹妹，当成亲妹妹一样，以后经常来看她。"齐勇说着，转头看赵天亮："你呢？"

赵天亮摇了摇头："我不知道。我只是想……只是想，晚上能有个机会，单独和周萍说几句话。"

齐勇："就咱们目前的情况而言，单独太不现实了。"

他挑起一筷子面条递到赵天亮口边："你一碗还没吃完呢，吃饱了再说。"

"小地包"："对对，吃饱再说。"

赵天亮："我饱了。"他避开齐勇手里的面，重新躺下了。

齐勇："我也饱了。"他也放下碗筷，坐在角落，同情地看着赵天亮。

"小地包"："我还差点儿。哎，天亮，我已经有了一个二流办法了，等我解决了这一碗再跟你俩说……"说着，又端起碗狼吞虎咽起来。

"小地包"吃完饭，从内衣兜掏出一个小纸包，里面是一些白色的小药片，他用两个指头从数片药中捏起一片，变戏法似的让赵天亮和齐勇看："都猜不到什么药吧？安眠药。我一向的睡眠状态特别好，那也不是真好，是安眠药帮的忙，所以我总是随身带几片。临睡前只要服上半片，一会儿就会睡得像死猪似的。班长，今晚，估计周萍快来的时候，咱俩一人服上它一整片，怎么样？"

齐勇："那，会不会超量？"

"小地包"："不会！无非一觉多睡了几个小时罢了。"

齐勇:"我长这么大从没服过安眠药。"

"小地包"向齐勇挤眼睛:"对没吃过的人效果会更好。"

赵天亮:"这个办法很可笑。"

"小地包":"当然,最好的办法,是你离开,和周萍到一个什么地方去幽会。这明摆着,你做不到。我俩离开这间屋子呢,也是件困难重重的事儿。正如班长说的,都不现实。但是呢,我认为一个客观的人,在没有最好的办法的时候,那就应该尊重二流的办法。"

赵天亮:"多谢了。可我不会同意你俩为了成全我的一个愿望而服安眠药的。"

"小地包":"我理解,你过意不去。可毕竟,不是你起的重要作用,咱们断不会被救到这儿来。那么,我俩一人为你服一片安眠药有什么大不了的呀?何况,对我俩的睡眠质量也是一种保障。我俩一边儿睡得像死猪似的,周萍来了,你俩爱说什么说什么,爱亲热就亲热,我俩实际上等于不存在……我这明明是乙等甲级的一个切实可行的办法嘛!"

"反正我就是不能同意,那我宁可先不见她了!"赵天亮说罢翻身侧躺着,接着嘟囔,"我见她的愿望,倒也没有你俩以为的那么迫切,那么强烈……"

齐勇:"我认为,你还是今晚能见上她一面好。人家周萍为救你,那做法使我心里到现在还感动极了。我相信你更是。女人对男人有恩情,男人要及时做出反应。不及时都是缺少人味儿的表现。咱们三个已经是这种关系了,如果你显得缺少人味儿,我俩给别人的印象那也好不到哪儿去。你有保留自己态度的权力,我俩也有自行决定的权力。这事儿,咱们不争了。敬文,给我一片。"

"小地包":"班长别急,到时候再给你……"

夜色初降,团长那辆吉普车就停在山东屯队长家门前。梁喜喜坐在队长家里的小炕桌边,曲干事坐在另一边,队长则坐在箱盖上。

梁喜喜："我家成了你们那三名知青的临时病房了。队部呢，为了省柴，几天没生火了，太冷。在我们队长家接待你曲干事，也是着重的接待，别挑理。"

曲干事双手捧着冒热气的旧瓷缸子："哪儿能挑理呢，感激还感激不尽啊！团长派我来，主要有三项任务。一、当面向你们山东屯表达我们团里以及团长本人的感谢。不久七连还要来当面感激，会给你们送面大锦旗。二、我要代表团里的首长们，慰问慰问七连那三名知青。三、我还要和周萍谈次话，了解了解七连女知青宿舍失火的情况。"

梁喜喜："他们七连女知青宿舍失火了？周萍来到我们山东屯后，从没听她说起过。"

曲干事："她离开七连不到一小时，女知青宿舍就失火了。因为损失严重，团保卫股介入了调查。"

梁喜喜皱起眉头："和周萍有关？"

曲干事："现在还没有什么根据这么认为。但团保卫股收到了七连一名叫吴敏的哈尔滨女知青的信，举报周萍，说她因为不能顺利成为兵团战士，平时伪装得积极又可怜，其实内心里对于现实充满怨恨，所以应该列为最重要的嫌疑对象。"

梁喜喜："信我的，那叫吴敏的，肯定不是什么好东西！"

曲干事低头一笑。

梁喜喜轻拍桌子："你倒是信不信我的嘛！"

曲干事："这你叫我怎么说好呢？某些话，你说是一回事儿，我说就成问题了啊！"

梁喜喜："我可告诉你，周萍现在是我们山东屯的一名插队知青了，没凭没据的，你要是胡猜乱疑，我可对你曲干事不客气！"

曲干事又低头一笑，又抬头含蓄地说："一个人究竟是个怎么样的人，大多数人对他的印象是具有参考价值的。七连的干部、职工和大多数知青，对周萍的印象也是良好的……"

队长忍耐不住地说：“曲干事，支书，容我插一句啊，你那后两项任务，你想怎么完成就怎么完成，希望我们怎么配合我们就怎么配合。我单说你那第一项任务，锦旗那东西，替我们转告七连，大可不必了。我们心领了，他们也省了吧。我们支书认为，你们兵团方面如果真想表达表达，最好是能来点儿真格的”

曲干事不由得看梁喜喜，迟疑地问：“那，梁书记，你具体有什么要求呢？”

梁喜喜看队长，队长催促道：“支书，当面锣对面鼓，该提什么要求你就提什么要求。你提什么要求都代表我！”

梁喜喜身子一扭，双腿盘到了炕上，一拍腿：“那好，既然谈到感激不感激的事儿了，那我不客气了！我们请求，不，要求你们，把电线杆子也架到我们山东屯来，为我们扯上电话线，装上电话。你们兵团也属于军队性质，军民鱼水一家亲嘛，是吧？”

曲干事为难起来：“那我们可得多架出三十几里的杆子，多扯出三十几里的线。这我可做不了主。”

梁喜喜：“知道你做不了主，回去向我堂姐夫汇报，就说我讲的，让他来真格的！”

曲干事：“如果我没记错的话，去年我们刚援助了你们一台拖拉机，还配了大犁和收割机，我们全团上下都知道，团长对山东两个字感情深厚。”

梁喜喜：“那是台旧的，再说还让公社给征去了，等于你们援助给公社了。一码归一码。现在的事实是，我们救了你们的三名知青……”

队长：“三个大小伙子的命，那值多少电线杆子和多少线？干脆替我们把电线也拉上算了！”

梁喜喜：“对！干脆替我们把电线也拉上！”

曲干事：“这我更做不了主了！我们团里又没有发电厂，得用县发电厂的电，公平结算，年底是要收费的。我劝你们二位，还是考虑好了再提这类要求。电话费加上用电费，一年结算下来是不少钱呢，尤其电话费，拨没拨过的，每个月都得交固定的费用。我知道你们的底，一年到头攒不下多少公基金，何必的呢？"

队长："他们兵团要实行现代化，咱们是离他们最近的一个农村大队，不让咱们沾点儿他们现代化的光，那太不够意思了吧？正因为连电话都没有，咱们救了他们的人后，不能及时地、直接地通知他们，得派人骑上马专门到公社去报信儿，让公社再通知。"

梁喜喜："曲干事，听到了吧？"

曲干事无言地挠起头来。

梁喜喜家油灯的灯苗似乎挑得比哪一夜都长，屋里比哪一夜都亮。赵天亮披着大衣，靠墙坐在炕上。齐勇和"小地包"则只露着头躺在炕的另一边。

开关门的声音仿佛是一道命令，"小地包"听到立刻发出了鼾声，而赵天亮则挺直上身，尽量坐得端正，同时将两只缠了药布条的脚往"小地包"盖的被子底下伸，将同样缠了药布条的双手交叉隐蔽在披着的大衣下边。

周萍在第二道门外的声音："能进吗？"

"周萍，进来吧。"

第二道门开了，周萍侧身进入，随即将门关严。她穿上了一双崭新的黑色的条绒棉鞋，围着一条浅红色的围巾，一看便知，是为了来见三名七连的知青战友而特意穿戴的。她站在门边，望着赵天亮嫣然一笑。

赵天亮招呼她进来坐下，问："周萍，你好吗？"

周萍点点头："挺好的。你的手和脚，疼不疼？"

赵天亮："起初有点儿疼，这两天不太疼了，可是特别痒，总想解开药布挠一挠。"

周萍："那可不行。听说，由疼到痒是好事儿，死皮要脱落了，新皮要往外长了，就会那样的。"

她说完，看着躺在炕上的齐勇和"小地包"，纳闷道："他俩怎么睡得这么早？"

"小地包"配合地发出了几声鼾响。

赵天亮看了"小地包"一眼，支吾着："他俩……他俩爱睡觉。"

周萍听着"小地包"的鼾声笑了。她看了一眼小炕桌，又说："我替你们撤下去吧。屋里热，隔一夜，吃剩的东西会坏的。"

赵天亮："不会，就摆那儿吧。"

周萍却一声不响地将小炕桌上的盆、碗一件件地收拾了出去，又从外屋带进一块儿抹布将小炕桌擦干净，搬下炕，靠墙角放着。

赵天亮看她忙活着，有些不好意思："周萍，坐下说会儿话吧。"

周萍看着赵天亮又问："一天没喝水了吧？看你嘴唇干的！支书嘱咐，要让你们多喝开水。屋里这么热，又整天待在火炕上，眼睛、鼻子、嗓子、耳朵都会上火的，我倒杯水喂你喝。"

赵天亮："不用不用。我们都尽量少喝水，是……是怕……"

周萍微微一笑："明白了。"她一转身走了出去。传来开对面屋门的响声，开第一道屋门的响声。

"小地包"睁开眼睛，有些不好意思地自言自语："准是替咱们倒尿盆去了，我刚才还在里边屙了两厥。"他欠起身看着赵天亮埋怨："哎，你这人怎么回事儿啊？你怎么能让人家给咱们倒屎尿盆子呢。"

赵天亮："也不是我让她倒的啊！她忽然出去了，我怎么能猜到她是出去干什么啊。"

"小地包"："你不是要单独和她说说话嘛！正因为你有这种愿望，我和班长才服了安眠药！那你就应该把你内心里最想说的话，抓住个机会竹筒倒豆子，不管三七二十一地跟她全说了呀！"

齐勇也欠起身，奇怪地问"小地包"："你这安眠药效果也不行啊。"

赵天亮独自嘟囔："还竹筒倒豆子，我有那么多内心里最想说的话吗？"

"小地包"一指赵天亮："班长你听他！"

齐勇："先别管他，你先回答我的话，你那药过期没有？"

"小地包"："向毛主席保证，没过期！实话告诉你，在中华人民共和国的国境以内，那是药劲儿最大的安眠药！一片可以让一头大猪不吃不喝睡上一天一夜！你别抗着它的药劲儿，你要相信它的药劲儿！"

他话题一转，瞪着赵天亮又说："而你，要千言万语化成一句话！人最想说的话都是凝练的话！"

屋外又传来第一道门的开关声，齐勇和"小地包"立即躺倒如前。"小地包"压低声音说："要凝练，化成一句！"说罢，便发出鼾声。

周萍再次推门进入，看着齐勇和"小地包"又嫣然一笑："他俩平时睡觉也这么大动静？"

赵天亮只好实话实说："平时倒不。"

周萍坐在炕沿，眼还看着齐勇和"小地包"，又问："他俩，到底谁救的谁？"

赵天亮："我也不清楚。班长说是孙敬文救了他，孙敬文说是班长救了他。我觉得，他俩都够英勇的。"

周萍："老乡们也都这么夸他俩，都挺佩服他俩的。更佩服的是你。说你两眼一抹黑地走过来二十多里，太难以想象了。"周萍说着，起身走到油灯那儿，想把灯苗拨小。

赵天亮："别！"

周萍："挑这么长，太费支书家灯油了。"

赵天亮："我们三个都得了雀盲眼，全连好多人都得了雀盲眼。其实，我还看不太清你呢！"

周萍："那，就只好费点儿灯油喽。这屯子里以前也有不少人得了雀盲眼，白天没事儿，天一黑，像瞎子。"

赵天亮无奈地说："现在，我看到的你，也只不过是一个轮廓。你要是不说话，我绝不敢断定就是你。"

周萍端着油灯碗走近赵天亮："能看清了吧？"

赵天亮摇头："还是个轮廓。"

周萍将油灯碗举在自己脸旁，倾着上身，几乎和赵天亮脸对脸地问："这样呢？"

赵天亮："看清了，你在笑。"

周萍将油灯碗放回原处，坐在炕沿上，轻轻地叹了一口气："刚才我没笑……唉，你们三个，当天夜里可把人吓死了。你们都能捡回一条命，我真替你们高兴。"

赵天亮语调激动地说："周萍……"

周萍抬头看他。

赵天亮轻轻地说："我……我心里有好多好多的话想要跟你说。"

周萍又低下了头，小声说："我也是……"

赵天亮："你允许我说，我最想对你说的一句话吗？"

周萍扭头看一眼齐勇和"小地包"，点点头。

赵天亮："周萍，谢谢。不论是我，还是他俩，我们三个，内心里都对你充满了感谢。"

周萍一笑："是你们三个命大，感激我干什么啊？"

赵天亮觉得一时没什么话可说了，张了几次嘴，突然憋出一句话："女一班宿舍失火了。"

周萍吃惊地看着他："真的？！"

赵天亮："我送你走那天下午，一回到连队，女一班宿舍已烧成一片废墟了。有的女知青损失惨重，除了穿着的一身衣服，什么都没有了。"

周萍："怎么会发生这样的事儿？"

赵天亮："目前还是个谜。连里没调查出原因，团保卫股只得介入了，当成全团第一大案来侦察……"

"小地包"突然发作："赵天亮，你气死我了！"他猛一掀被子，坐了起来。

齐勇也坐了起来。

"小地包"一指赵天亮："班长，你说他怎么这样？我在没有办法可想的情况之下，创造出了办法成全他，他却牵着引着不上道，又跟人家周萍说起女一班宿舍失火的事儿来了！"

齐勇："我还是得先问你，老实交代，你那安眠药到底是怎么回事儿？我的头脑怎么越来越清醒？"

"小地包"："连你也是我那办法的一部分！根本就不是安眠药片，是酵母片。我采取的是现代心理战术，类似于空城计！"

齐勇："我……"他举起右手，因为手上缠着药布条，自知打下去疼的肯定是自己，缓缓放下手，悻悻作罢。

周萍已离开炕沿，站在地上，看着炕上的三个人，被他们搞糊涂了。

赵天亮："你俩神经病啊？！"

"小地包"："你才神经病呢！"

他又指着赵天亮对周萍说："他说他今天晚上想要单独和你说几句心里话，单独，那现实吗？所以，我就想出了一个锦囊妙计。"

周萍恍然大悟，"扑哧"笑了出来，竟一发而不可收，背转过身，笑弯了腰。

"别笑了，严肃点儿！""小地包"转脸对赵天亮说，"心里话是那些混账的话吗？！"

赵天亮把脸扭开，周萍见状，解围道："他刚才不是说了，他内心里对我充满了感激吗？"

"小地包"："顶数那句话是混账的话！"

赵天亮："孙敬文，你就这么成全我啊！"

齐勇捅了"小地包"一下："你别说了！他俩的事儿，不许你硬往里搅和！"

周萍："我俩……什么事儿啊？"她被他搞得更糊涂了。

"小地包"又一指赵天亮："他爱你！就这句最值得赶紧对你说的话，他磨磨叽叽地偏不肯直截了当对你说出口，我实在看不惯他这样子！"

周萍愕住，缓缓转脸看赵天亮。赵天亮狠瞪"小地包"一眼，低下了头。

周萍的目光又落在齐勇身上，齐勇支支吾吾："我想……是这样的吧……"

幸福的泪水溢出周萍的眼睛，她再看一眼赵天亮，双手一捂脸，转身跑出屋去。

赵天亮看着她的背影，冲"小地包"吼道："你看你！"

周萍在门口和正要往屋里走的梁喜喜撞了个满怀。

梁喜喜拉住她："周萍，别走，你也在这儿正好。"

曲干事跟她走进来，梁喜喜给他们相互介绍："曲干事，这就是周萍。这是一团保卫股的曲干事，他一会儿要向你了解点儿情况。"

曲干事点点头："我要了解的情况不回避他们三个，一块儿进屋聊聊吧。"

于是，周萍又随着梁、曲二人进到屋里。梁喜喜坐在炕沿边，她请曲干事坐在了唯一的一把旧椅子上，周萍则站在一处暗角里。

梁喜喜："周萍，别那儿站着，像要开你的批斗会似的，坐我边儿上来。"

周萍默默走过去，半靠着坐在梁喜喜边上，习惯地低着头。

梁喜喜对齐勇三人说："曲干事你们应该都见过，没见过也应该听说过。每次你们团来一批新知青，都是他负责保卫一路的安全。他是代表团里来慰问你们三个的。"

曲干事向齐勇三人亲切地微笑着："团首长都很关心你们，让我代他们嘱咐你们，都活着那就是天大的幸运，所以要安心在这里休养，不必急着回连队去。你们的雀盲眼怎么样了？"

齐勇："天一黑，还是看不见什么。"

曲干事："看得清我吗？"

齐勇："看见个人影。"

"小地包"担心地问："我们会渐渐失明吗？"

"那倒不至于。全团许许多多知青都患了雀盲眼，团首长集体表决心了，不让一例失明的病例发生。这是团首长让我给你们带来的药，各种维生素都有。"他将一个鼓鼓的牛皮纸袋放在炕上。

齐勇："请你转告团首长和我们连里，我们三个这次遭遇的事情，雀盲症是原因之一，但主要的责任在我，是我这个班长的错误决定，才导致……"

赵天亮："责任不能由班长一个人负，他的决定我当时也同意了。"

"小地包"："我们班长救了我一命。即使处分，那也应该将功折罪！"

梁喜喜笑着对曲干事说："你看，他们还都挺仗义的。我真想把他们留住，不还你们了。"转而又对齐勇三人说："如果你们谁愿意主动留下，那我就来做红娘，让周萍嫁给他。就我们周萍这小模样，俊俊秀秀文文静静的，在你们兵团肯定也是百里挑一。周萍，行不？"

周萍小声地说："支书，不能随便开这种玩笑的。"

梁喜喜："我可没开玩笑！还不迟早的事儿？"

她看了一眼在一旁默笑的曲干事："你关心你们的知青，我也得去关心一下我们的知青了，看他们晚上给自己胡乱对付了顿什么吃的。"说罢，起身便走，到门口回头望着曲干事又说："你谈完，走你的，甭跟我告辞了，我也不送了。别忘了我们山东屯对你们提的那些要求！"

门关上后，曲干事苦笑道："这女人，真有一套。"

齐勇："山东屯对咱们提什么要求？"

曲干事："还不是因为他们营救了你们，向咱们讲感激条件！要是九连营救了你们，就没这些啰唆事儿了。"

赵天亮："班长是指示我向九连去求救的，可在塔头甸那儿，我也遇上了狼，头脑中的方向感一乱，恰恰走反了方向……"

曲干事："好了，换个话题，不谈什么责任不责任的。团首长是让我来慰问你们的，不是让我来追究责任的。我来山东屯还有一项任务，周萍，那就是向你了解一下七连女一班宿舍失火的情况……"

周萍觉得奇怪："向我？我才知道……"

曲干事："你怎么知道的？"

赵天亮："我刚才告诉她的。"

曲干事看了看赵天亮："周萍离开七连，你送她了？"

赵天亮："对。"

曲干事又转脸问周萍："你让他送你的？"

周萍点头。

曲干事："你那天将要离开七连的决定，预先只告诉了赵天亮一个人？"

周萍看一眼赵天亮，点头。

曲干事："为什么只告诉他一个人呢？"

周萍不知该如何回答，低下了头。

曲干事："这个问题有点儿不好回答是吧？不回答也行，你离开女一班宿舍，是什么时间？"

周萍抬起头想了想，回答："八点半左右。"

曲干事："那肯定是别人都出工以后了。当时宿舍里就你一个人了？"

周萍愣了一下，点了点头。

赵天亮："你什么意思？"

"小地包"："我怎么听着，你像是在审问？"

齐勇："天亮，敬文，这是他的任务，配合一下。"

曲干事："我再声明一次，我可不是审问啊。了解情况不都得这么问嘛？周萍，当时你在宿舍里，发觉有什么异常情况吗？比如，烟味儿，炕洞口附近有没有什么易燃物？"

周萍想了想，摇头。

曲干事："周萍，对于我们团最终没能承认你是一名兵团战士，发服装、补工资，都没你的份儿，你内心里有没有怨气？"

曲干事边问，边掏出了小本，准备记录。

"小地包"在一旁摇头暗示她。

周萍却还是诚实地答道："有。"

不仅齐勇等三人，连曲干事对她的回答也颇感意外。

赵天亮终于忍不住了："不对！我送她走的时候，她说一点儿没有，完全是为了维护自己的自尊心……"

周萍打断他："我对你说谎了。其实，我内心里是有股怨气的，还有一种恨……"

"还有一种恨？恨……什么？"曲干事步步紧逼。

赵天亮叫喊起来："抗议！这是诱供！"

周萍："我恨我自己为什么出生在剥削阶级家庭！"

她一指赵天亮："如果我的出身和他一样，我想当一名兵团战士有那么难吗？！我什么都不知道！如果怀疑我和失火有什么关系，爱怎么怀疑随便好了！"说罢，她便哭着从屋子里冲了出去。

曲干事："我问了什么不该问的话吗？"

赵天亮："你浑蛋！"

"小地包"："滚！"他抓起一只枕头扔向曲干事，被曲干事接球似的一手接住，赵天亮也抓起一只枕头扔向曲干事，被曲干事用另一只手接住。

齐勇也压抑着情绪对曲干事说："不是她首先发现了赵天亮举着的火把，我想，您看不到活着的我们了。如果不是她用自己的体温暖过来了赵天亮，赵天亮他也没机会对您表示抗议了。这些情况，您是否已经了解到了？"

曲干事："当然了解到了。"想把枕头放在炕上，却怕赵天亮和"小地包"又用来扔向他，于是只得抱在怀里。

齐勇："那你也还是要怀疑她？"

曲干事也发火了："我没怀疑她！你们七连的干部中也没有怀疑她的！"

他指着赵天亮和"小地包"说："周萍的情况，我是掌握了一些的。她有理由有怨气。听她说她恨自己的出身，我心里难受！就她，那么好的一个姑娘，会因为有怨气就纵火吗？我神经有毛病啊我怀疑她？明年、后年、大后年，兵团还要从各大城市接来更多的知识青年。我不愿意看到不定期有像周萍这么好的姑娘，仅仅因为出身问题，连屯垦戍边的资格都丧失了！那么，就得有人向兵团司令部反映这个问题！"

他将怀中的枕头掷球似的掷向"小地包"："而我，想做那个反映问题的人，所以，我才要了解她内心的真实感受！"

曲干事又将另一只枕头掷向赵天亮，他站起身来，将笔夹在小本中，合上，揣入兜里："好人对好人应该具有本能的感应！难道我使你们产生的感应是相反的吗？你们两个，为什么火气那么大？看你们班长，他怎么不像你们似的，动不动就急赤白脸的？我认为你们要很好地向他学习！告诉你们实际情况，怀疑周萍有纵火嫌疑的，恰恰是你们知青自己，而不是别人！匿名信写给团保卫股了，我是团的保卫干事，我不郑重其事地对待一下行吗？那、行、吗？！哼！"

曲干事悻悻地往外便走。已走出门，又返身推开门说："我告诉了你们不该告诉你们的事情，如果你们对我还是没有我说的那一种感应，那你们就逢人便讲，四处传播好了，随你们的便！那就证明我对你们的感应欺骗了我，我自认倒霉就是了！"

曲干事摔门而去，门外传来吉普车发动的声音，接着，驶远了。屋里也静下来。

"小地包"望着门的方向，喃喃地说："曲干事要是向兵团司令部反映，那，周萍是不是就有希望重返七连了呀？"

赵天亮面对着他，答非所问地说："我的眼睛，又像瞎子似的了。"

齐勇："记住我的话，如果你俩以后再见到曲干事，都要对他尊敬着点儿。对于他本不该告诉我们而又告诉了我们的事儿，绝不逢人便讲，绝不四处传播。"

赵天亮和"小地包"没出声，却都点了点头。

周萍和其他几个女知青在宿舍前锯木段。一根笔直的盆口粗的松木，稳固在马架子上。而周萍在挥着大斧，将锯断下来的圆木劈开。瘦小的姑娘，则将劈开的木柴码成围墙。

周萍挥斧劈下的姿势，像男知青们一样准确、有力、利落，并且比男知青们的姿势优美。随着大斧一次次落下，木段一分为二，二分为四，越劈越细。

当瘦小的姑娘又将一截木段摆在周萍跟前，退开后，周萍拄斧看着那截木段发起呆来——木段的年轮一环又一环，特别清晰。

胖姑娘向讲鬼故事的姑娘使眼色，二人同时向周萍看去，瘦小的姑娘也在看周萍。

讲鬼故事的姑娘问道："萍萍，累了吧，咱俩换换？"

周萍摇摇头："不累。"

胖姑娘心直口快地问："那你怎么了？发什么呆啊？"

周萍："越劈越不忍心下斧头了。"

瘦小的姑娘瞥了那截木段一眼："人多愁善感了吧？这只不过是一棵义气松啊！"

讲鬼故事的姑娘在一旁插科打诨："正因为是一棵义气松，咱萍萍才不忍心了嘛！要是在蒲松龄笔下，义气松多半会变化成英武的男子，萍萍这么一联想，当然就不忍心下斧头喽！"

周萍："我没往那儿联想。一棵松子落地，从土里钻出一棵芽苗，再长成这么粗的一棵大树，起码需要二三十年，却被伐倒了，拖下山，锯锯劈劈，三天五天就烧光了。一冬又一冬，得多少这样的树，才供得上东北大炕啊！"

胖姑娘问她："你在七连的时候，他们就不这么干啦？"

周萍："他们当然也这样，从七连能望到的山头，差不多都被伐秃了。"

讲鬼故事的姑娘："那就得啦！他们烧得，我们也烧得，他们不愿挨冻，我也不愿挨冻！"

她说着，走到周萍跟前，从周萍手中拿过大斧，又说："既然你动了恻隐之心，下不去手了，让我来！"她拉开架势，高举斧，一斧落下，却劈歪了，只劈下了一小片儿。

瘦小的姑娘"扑哧"笑出来："你这是削土豆呀？"

她又落下了第二斧，倒是劈到了正中，但是力道不够，斧刃被夹住了。

瘦小的姑娘："得了吧你，还是让萍萍来吧！"

讲鬼故事的姑娘不得不放开斧把儿，无奈地耸耸肩。

　　周萍一脚蹬住木段，用巧劲儿猛一拔，拔出了斧头，接着一斧落下，木段分为两半。

　　讲鬼故事的姑娘看着周萍劈得这么好，不禁艳羡："萍萍，你这家伙以前在七连，是不是总干这活儿啊？"

　　周萍微微一笑："我在七连食堂那段日子，天天得劈木柴，生火也是我的事儿。"

　　胖姑娘边和瘦小的姑娘一起锯木段，边称赞："难怪的！这活儿，以前可都是由男知青们来替我们三个干的。"

　　周萍："以后就不用他们替咱们干了，又不是什么难活儿。"

　　梁喜喜不知何时出现在周萍身旁："这话我爱听。七连来接他们的知青了，那仨小伙子坚持非跟你们告别不可，不当面跟你们说几句告别的话，都不让马车赶走。"

　　几个姑娘愣愣地看着梁喜喜。梁喜喜笑道："都瞪着我干什么，快去呀！"

　　其他三个姑娘全笑了，转身跑远了。唯独周萍没跑，她摆正木段，继续劈。

　　梁喜喜推推她："你也去呀。"

　　周萍："不去。"

　　梁喜喜："为什么不？"

　　周萍："不为什么，就是不想去。"

　　梁喜喜从她手中夺下大斧，命令道："摘下一只手套，把手伸给我。"

　　周萍默默摘下手套，把手伸向梁喜喜。梁喜喜握了她的手一下，又说："戴上手套吧——你们常怎么说？滚一身泥巴，炼一颗红心，磨一手老茧，是吧？第一句是闲扯淡的话。滚一身泥巴干吗？俺们农村人也不愿从早到晚一身泥巴。有时候把自己搞成了那样，是因为没办法。但凡能不那样，谁又愿意偏那样？炼一颗红心这话，我不好评说什么。反正听着也别扭。总让我联想起大炼钢铁那会儿的瞎折腾。那会儿我被抽到县里去炼过，还得过不少奖状。炼到后来，没炼出铁，更没炼出钢，心是越炼越……知道我为什么跟你说这些吗？"

周萍戴上手套，愣睁着双眼，微微摇头。

梁喜喜："当年我只不过背地里说了几句不太积极的话，就被人打了小报告了。接着就组织人批斗我，那阵势，就差定我是一个反动的人了。人嘛，一辈子几十年，哪有不受点儿委屈的？扯远了，不说那些了，我想说的是，你们知青常挂在嘴边上那三句话，顶数'磨一手老茧'这句是句实在话，磨起了老茧，以后就不容易起泡了不是？"

周萍点头。

梁喜喜："你手上已经磨起了老茧，能不能成为'可以教育好的子女'的典型，手上有没有老茧太重要了。如果手上连老茧都没有，难以服人。"

周萍："支书，其实……其实我成不了那样的典型也没什么，我无所谓的。"

梁喜喜："你无所谓，我有所谓。你一个姑娘家，用自己的身体暖活了赵天亮那小伙子，这叫什么？这叫事迹！我要亲自把你这事迹汇报给公社，汇报给县里。我要要求他们大力宣传你的事迹！"

梁喜喜的话让周萍大吃一惊，她急忙央求道："支书，求求您，千万不要那样啊！"

梁喜喜："这我可不能听你的。我不那样，我会觉得自己的良心歪了，太没人味儿了。所以，你必须乖乖地去跟赵天亮他们告别，还得给我说出来几句将来好进行宣传的话。这也不能听你的，我陪你去。"梁喜喜弃了斧头，拉住周萍一只手。

如果说周萍起初只是有点儿不想去告别，那么听了梁喜喜的一番话以后，更是十二分的不情愿了。她挣手，都快急哭了，哀求地说："支书，她们三个去就行了，我就不必非去了。"

梁喜喜："听话！你这闺女，怎么犯起拧来了！"她硬拉着周萍往梁喜喜家走去。

一辆马车停在梁喜喜家门前，车上铺了褥子，齐勇他们三个坐在上面，

59

身上还盖着床大被子，都眼巴巴地望着同一个方向。

七连的老耿头和张连长一个在马车这边，一个在马车那边，相向地来回走着。老耿头有些不耐烦了："那仨姑娘，不是跟他们告别过了吗？"

张连长："还有一个没来告别。"

老耿头："那就别等了啊，都等半天了嘛，仨还代表不了一个呀？"

"小地包"："代表不了！那个不来，我们不走！"

张连长劝老耿头："再等等，再等等。"

而这时，山东屯的队长却在马车旁欣赏驾辕的"乌云"，摸在马背上的手不忍离开。他将张连长扯到一旁，小声说："你们这匹辕马真棒！我们有匹母马品种也不错，能不能让你们这辕马和我们的母马配配？"

张连长："行，行，但今天不行，以后再说好吧？"

早来了的三个女知青也因周萍的迟迟不现而有些着急。

胖姑娘急得跺脚："这萍萍，忽然又摆的什么架子啊！我们三个，告别的话都说了，走也不是，不走也不是，陪这儿干站着多尴尬呀！"

讲鬼故事的姑娘对瘦小的姑娘："就是！你快去找找她！"

瘦小的姑娘却一直看着齐勇三人，显然根本没听到她两在说什么。她自言自语："我还有几句告别的话要跟他们说！"

她跑到马车跟前，一往情深地说："心里边可要想念着我们啊！有时间一定要常到山东屯来看望我们。我们对你们可是有情有义的，你们也别做忘恩负义的人啊！"

"小地包"信誓旦旦地："那哪儿能呢！咱们的关系铁定了，要不然你们永远是我们的妹妹，要不然将来由妹妹变成了老婆！"

齐勇："别说得那么白好不好？"

瘦小的姑娘："说得白点儿好！说得白点儿就是说得明明白白，我喜欢听明明白白的话！"

她跑回另两个姑娘身边，欣慰地说："那个叫'小地包'的说，要不然我们永远是他们的妹妹，要不然将来我们由妹妹变成了他们的……"

胖姑娘："萍萍来了！"她兴奋地向着远处招手："周萍，快点儿！都等着你来告别呢！"

见梁喜喜与周萍来了，赵天亮顿时激动起来。齐勇小声嘱咐他："就照我教你的话说。"

连长快步迎上梁喜喜和周萍。

周萍："连长，女一班宿舍着火，不关我的事儿，真的……"

连长："不说那事儿，我……"他一挥手，把想说的话咽下去，推着周萍的肩往马车那儿走："他们优先，我的话后跟你说。"

周萍被连长推到马车跟前，连长退开去。

梁喜喜悄声对胖姑娘说："你也过去，听听周萍怎么说。"

看着胖姑娘诧异的眼神，梁喜喜解释道："不是叫你当特务！她的事儿，不久是要进行宣传的，事迹稿我说不定要让你来写，她说的什么要写进去，快去！"

梁喜喜推了胖姑娘一下，胖姑娘只得向马车走去。但是在离马车两步远的地方，她还是站住了。

周萍替车上的三人掖掖被了，主动开口说："按鄂伦春人秘方配的药，带车上了吧？"

三人点头。

周萍看着赵天亮说："数你伤重，回到连队也要安心养伤，千万不要性急。伟大领袖毛主席教导我们，对待疾病有两种态度。第一种态度是，既来之，则安之……希望你能像毛主席教导的那样，以革命的乐观主义对待冻伤。"

车上三人一时你看我，我看他。

赵天亮："周萍，十几天前那个晚上，他俩对我说出了我想要对你说，却又没有勇气说出口的话。"

周萍："伟大领袖毛主席又教导我们说，我们都是为了一个共同的革命目标，从五湖四海走到一起来的。我们的同志，在困难的时期，要看到成绩，要看到光明，要提高我们的勇气……"

61

赵天亮打断她:"周萍,你怎么了?"

周萍:"身体上的冻伤并不可怕,可怕的是思想上的冻伤。严寒仅仅冻伤了你们的身体,这一点,对于你们是值得庆幸的。赵天亮,至于我,只不过是用自己的体温恢复了你的体温。而你思想方面的革命温度,那还要靠你自己以后在三大革命实践中保持下去……"她说完,冲赵天亮一笑,从马车旁一步步退了开去,撞到了胖姑娘身上。

胖姑娘:"萍萍,你说得真好!以为你不会说革命的话,没想到你说起来一套一套的,而且越说越好。"

周萍小声地说:"那不难。"

连长走过来,内疚地说:"周萍,你最终没能留在七连,我觉得很对不起你。要是我当时为你的事儿多努努力,尽量争取一下,也许你的事儿,就不会是现在这一种结果了。"

周萍平静地说:"某些目的,即使实现了,带给人的愉快那也是一时的。因为它是个人主义的。现在我已经开始鄙视自己当初的目的了。我在这里一切都很好,请连长放心。我十分感激七连的同志们,在那些日子里对我思想上的帮助和正确引导……"

她向连长深深鞠了一躬,便转身跑开了,她不想让别人看见自己的眼泪。车上的三个男知青都呆呆地望着这个越跑越远的姑娘。尤其是赵天亮,他的目光一直停留在她身上,一直追随着她,直到再也看不见。

驾车的老耿头一挥鞭子:"驾!"

马车辚辚地向连队的方向驶去。马车下边的三个女知青对马车上的人挥手:"兵团的,再见!"

马车的车轮碾过路上的积雪,发出咯咯的声响。马车上的赵天亮哭了,他用缠了药布条的双手用力地拍打着被子:"他们把她怎么了?他们把周萍怎么了啊?"

连长:"别把双手露外边!"他用被子盖住赵天亮双手,训斥道:"许多人不都那么说话吗?她也那么说话就不对劲儿了?"

可是赵天亮却不依不饶："停车！我要回去！我要问她！"

老耿头"吁"了一声，马车停在路边。

连长恼火地对老耿头说："你停车干什么啊？你就那么听他的呀？！"

马车又行驶起来。

齐勇搂住了赵天亮的肩，低声安慰："我一定经常陪你去看她。"

"小地包"也低声说："还有我。"

连长却大声地说："你们都成了好人！就我，好像成了坏人！老耿头，我是坏人吗？"

老耿头在马屁股上重重地甩了一鞭子："谁说你是坏人了？"

连长气鼓鼓地说："那周萍那么对待我！那，那跟扇我大嘴巴子有什么区别？"

老耿头："那你叫人家姑娘怎么对待你？我看人家姑娘的话说得很得体。换我，也只有那么说。"

连长："那种话，它就不是真诚的话！"

老耿头："都对不起人家了，还嫌人家姑娘的话不真诚，太矫情了吧？"

连长："对不起她的是我吗？全中国，走到哪儿，那也得论出身，论成分！我有什么办法？"

赵天亮闭上了眼睛，喃喃地说："班长，我头疼，头疼得厉害……"

齐勇使劲儿搂了他一下，恳求地说："连长，请您不要再说什么了，行吗？"

这时，连长忽然发现三个小伙子的脸上都垂着热泪。他看看他们，心有难言之隐，张了几下嘴，却什么话也没说出来，将头扭转了方向。

马儿们小跑着，马铃哗哗——前方路旁，站着山东屯的几名男知青。

老耿头一勒缰，马儿们放慢了脚步，他回头对连长说："山东屯的男知青们好像也要在那儿和我们告别一下。"

连长："你代表七连跟他们说几句吧。"

老耿头："我？"

连长："你不是挺懂什么话得体，什么话不得体吗？就你！"

老耿头："我就我。什么态度！"

老耿头在山东屯那几名男知青身旁喝住马，干咳一声，庄重地说："小伙子们，等在这儿，想跟我们说几句告别的话是吧？"

为首的知青瞪着眼睛说："告别？告你妈的别啊！"

他一扬手，一个大雪团打在老耿头当胸。接着，其他知青一齐用雪团打七连的人。老耿头见势不妙，一催马，马儿们又跑起来。

山东屯的男知青们边追打着边喊：

"龟儿子下乡了还挣工资！"

"山东屯不欢迎贵族知青！"

"要想抢走我们的姑娘，那得流点儿血！"

"还得破点儿皮！"

连长也被几个雪团打中了，他抖了抖肩膀上的碎雪，生气地说："就这德性，还想让我们的'乌云'配他们的母马？没门儿！"

屋外天寒地冻，方婉之的家里却暖烘烘的。窗台上，菜心、萝卜花、蒜苗，或在碗中，或在盘中，为严冬的室内增添了几许悦目的翠绿……

孙曼玲和其他三名女知青坐在炕上，方婉之也脱了鞋，上了炕。

孙曼玲问方婉之："排长，我们都是响应'上山下乡'的伟大号召来到北大荒的，那您当年是怎么来到北大荒的啊？"

方婉之微微一笑："真想听？"

孙曼玲："想！"

方婉之："都睡一小觉吧，下午还要上班呢，以后再讲。"

孙曼玲央求道："排长，我们不困，现在就讲嘛！"

一名女知青也说："您在我们心中始终是个谜，今天我们就想知道谜底！"

方婉之："嚯，还成谜了！那，都给我乖乖躺下，躺着也是休息。"她仰躺了下去，三个女孩子也在她身边或躺或趴。

方婉之："我是资本家的女儿。但是我的父亲确实是位受人尊重的资本家。我这样说，你们肯定不理解。一九四九年后，陈毅元帅当过上海市长，在一次他主持召开的工商人士座谈会上，他握着我父亲的双手说：您这位资本家，一向拥护抗战，也一向同情我们共产党人的革命，暗中给予了我们很多帮助，您是我们共产党人的朋友啊！而我的小姨，十八岁从护士学校毕业以后，就参加了抗美援朝，她是我们家族的第一名共产党员，火线入党。回国以后，她成为北大荒开发者中的一个。那是一批转业官兵，有十万人之多。我的小姨，是一个理想主义者。是一个对于自己的理想，抱有火一样激情的人。而我，却一心想当女钢琴家，连考了三次上海音乐学院，都落榜了。极度沮丧的情况之下，给家里留了一封信，带了点儿钱和小姨的地址，只身离开上海来到东北。我想找到我小姨，向她倾诉心中的苦闷。可人生地不熟的，迷失在大荒原上了……"

方婉之追忆的叙述，变成了几个女知青脑海里电影镜头似的画面：夕阳如轮，黄昏时分的方婉之，身穿一袭白连衣裙，头戴花环，怀抱一大捧野花，却还在跑向这里跑向那里，不停地采啊采的。她将怀中的野花高高抛起，伸开双臂，旋转身体，陶醉在迷人的荒原上。

不久，夜幕降临了，远处传来了狼嚎，荒原迷人的景色被黑暗和恐怖代替。紧接着，雷声和闪电齐发，狂风和暴雨大作。方婉之被困在黑暗冰冷的雨夜里，惊慌失措。

正在这时，远处出现两道光束，方婉之如蒙大赦地朝光束跑去。跑近一看，才发现那是在雨夜中慢慢行驶的拖拉机。拖拉机在方婉之面前停住，一名英武的男人从上面走了下来。他惊愕地看着浑身湿透、面色苍白的方婉之。方婉之身子摇晃了几下，便昏倒在他怀里了……

孙曼玲："排长，这个男人就是咱们七连的第一任连长，后来成为您的丈夫，是吧？"

方婉之："你知道的还真不少！"

一名女知青："真浪漫！"

方婉之："是啊。第二天我醒过来之后，也觉得自己的北大荒之旅，真浪漫，真刺激……"

方婉之继续追忆着往事——

一顶帐篷中，身穿肥大转业军人军装的方婉之盘腿坐在一堆青草上，面前是用柳条编成的小饭桌。

帐篷帘一挑，方婉之未来的丈夫走了进来，将两只碗摆在小饭桌上。一只碗里是一个馒头，另一只碗里是一个很大的蛋。他退到一旁，抱臂研究地看着方婉之。

方婉之看到那只很大的蛋，有些吃惊地问："什么蛋？"

她未来的丈夫："不知道。也许是雁蛋，也许，还是天鹅蛋。"

"我可不吃大雁蛋，更不吃天鹅蛋！"方婉之郑重地说。

她未来的丈夫："小姐，你受到的可是贵宾级别的款待，不要冷对我们北大荒人的热忱和真诚。"

方婉之："那……既然你这么说……"她犹豫着拿起蛋，欣赏地看了看，轻轻磕破，蛋壳里竟呈现绒毛，方婉之尖叫一声，将蛋撇掉。

她未来的丈夫捡起那只蛋，立刻并拢双腿，竖掌胸前，垂头连说："罪过，罪过。"

忽而又有人闯入帐篷，那人正是七连现在的张连长，而那时，他还只是个战士。他慌张地说："连长，又有一台拖拉机要被陷没了！"

她未来的丈夫一指方婉之："你给我乖乖地待在这儿，哪儿也不许去！"说罢，便和当时还是战士的张连长转身冲出帐篷。

两个男人在前边跑，方婉之跟在后边跑。三人先后跑到一处沼泽边，但见沼泽中露出一截排气烟囱，分明是有一台拖拉机已被没顶，而另一台拖拉机也没了一半。

她未来的丈夫一边脱衣服一边大声说："必须保住那台拖拉机！再开过

来两台！我就不信弄不上来它！"说着，便开始往腰间系绳子。

方婉之捡起他脱下的衣服抱着。

张连长和他抢绳子："连长，牵引链脱钩了，我下去！"

她未来的丈夫推开当时还是战士的张连长，坚决地："别跟我争，我有经验！"

岸上的两台拖拉机齐声轰鸣。沼泽中，当时还是战士的张连长已坐在那台陷没一半的拖拉机里，一手握操纵杆，一边扭回头看。

沼泽的泥水面波动了几下，猛地蹿起一个人来，而那人正是方婉之未来的丈夫。他的上半身遍体是泥，头上脸上身上布满烂草。他把住排烟管大喊："都给我加挡！"渐渐地，那台没顶的拖拉机终于从沼泽里浮了出来……

岸上，方婉之和她未来的丈夫坐在一起。河中，几个男人在互相击水嬉戏。方婉之怀抱着他的衣服，手拿着他的鞋，而他只穿着裤衩。他自豪地对她说："我的兵，都是好样的。我们这批北大荒人，三个百分之九十五！"

方婉之问："什么叫三个百分之九十五？"

"百分之九十五当年是正副班长，百分之九十五是五好战士，百分之九十五是自愿来的！"

方婉之："你们到底想把这儿变成什么样啊？"

"变成中国最大的粮仓！让全中国人的吃饭问题，经过我们的艰苦奋斗而有永远的保障！"

"永远的？"

"对，永远的！"

"那……得需要多少年啊？"

"不知道。也许十年，也许二十年、三十年。反正，我们来了，就不走了，一辈子和北大荒打摽上了！"

河中，男人们喊："鱼！鱼！大鱼！"

"围住！别让它跑了！"

他也一下子站起，大喊道："我来啦！跑不了它！"

河中的男人们，有的用衣服兜，有的用双手逮，有的用树枝叉，用尽全身解数追捕那条鱼。方婉之望着他们，不禁笑出声来。忽然他双手一掐，欢呼道："我逮住了！我逮住了！"

然而，他的裤衩却不知哪里去了，赤身裸体地站在水里。

方婉之害羞地扭开头。

未来的张连长手里挑着一条裤衩问："谁的掉了？"

有人笑道："哈，连长的！"

他这才发觉自己不成体统，手一松，急捂羞处，而那大鱼却"扑通"一声，又掉进河中。

在男人们的哈哈大笑声中，方婉之笑着跑开了……

夜晚，帐篷间的篝火上飘出了烤鱼的香味。方婉之未来的丈夫在娴熟地拉手风琴，未来的张连长引吭高歌：

西边的太阳已经落山了，

蚊子和小咬一齐出动了。

拉起我心爱的手风琴，

唱起那我们自己编的歌谣。

…………

方婉之双手托腮，出神地听着，情不自禁地翩翩起舞，目光却留在了她未来的丈夫的身上……

方婉之："我被那一种艰苦而又充满乐观精神的生活迷住了。不料有一天，我小姨牺牲的消息传来。我们立刻赶到了农场场部。后来才知道，小姨是为了医治战友们的出血热，自己也感染上了。她才二十七岁，还没有爱过……我再回到上海的父母身边时，把这个噩耗也带了回去。后来，我对母亲说，我不想当钢琴家了，再也不想考音乐学院了！我要考农机学院……"

孙曼玲问方婉之："后来您就真考农机学院了？"

"是啊。"

孙曼玲："毕业了，就到北大荒来了？"

方婉之从炕上坐起，平静地说："对。"

一女知青："再后来，就和他结婚了？"

方婉之笑着点了点头。

另一名女知青翻了个身："排长，以后再给我讲一讲你俩之间的爱情吧？"

方婉之："刚才不是也讲了吗？"

孙曼玲："不解渴！"

方婉之摸了她的头一下："你这丫头，要求还挺高，听什么样的爱情经历才解渴呀？"

孙曼玲有些不好意思："排长别误会啊，我听连长讲，当年你们夫妻之间的爱情可那个了，够写一部小说，或者够拍一部电影的！你刚才只附带性地讲到了一点点儿……"

方婉之笑着打断她："谈恋爱了？"

孙曼玲："没有！向毛主席发誓，绝对没有！"

"开始向往爱情了？"

孙曼玲犹豫一下，诚实地笑了："有点儿。"

"你们三个呢？"

孙曼玲替她们回答："她们也没有。"

一女知青伏在方婉之身边："排长，如果我们现在就开始谈恋爱，是不是很可耻啊？"

孙曼玲："你多大？"

女知青："快十八了。"

方婉之微笑道："是早点儿。但即使早点儿，也不必认为那就是可耻的事儿。比如明天，忽然有爱情降临在你们头上了，那也不必惊慌失措。爱情又不是狼，为什么要防着爱情呢？但是，处在你们这样的年龄，自己究竟是不是爱上了对方，或者对方究竟是不是爱上了自己，这往往是件一时分辨不清的事儿。"

孙曼玲谨慎地问："那，不是会犯错误吗？"

这一问，把方婉之问得有些感慨："是啊。犯了错误，要么自己受伤，要么别人受伤。所以，爱情又是一件特别严肃的事情。既要本着对自己负责的态度，又要本着对对方负责的态度。"

先前发问的那名女知青："太复杂了。"

方婉之："如果仔细想想，成长本身也是一件很复杂的事情。一个人没有办法使自己不成长。成长的过程，人要经历很多烦恼，犯一些成长过程中难免会犯的错误。要是青年人在恋爱方面犯了所谓错误，那也应该看成是一种连上帝都肯于原谅的错误……"

孙曼玲："排长，你已经是党员了，还相信上帝吗？"

方婉之："不错，我是相信上帝的。我相信的上帝不是什么神明，而是时间。时间是毫不留情的一位上帝，它最终能使真善美和假丑恶各就各位，恢复原本的面目。我这样回答，你还觉得我相信的上帝，和我的党性之间，是相互难容的吗？"

孙曼玲又不好意思地笑了。

方婉之也摸了她的头一下，接着说："小孙啊，给你这当班长的提个建议啊，这个建议也希望你们三个能接受。那就是，在与人交谈，与人讨论问题的时候，要善于领会对方的主要意思，不必太计较字眼。现在，许多人与人之间，几乎都不能友善地说话了，似乎都成心拧巴着来听。"

孙曼玲："排长，对不起，我的话冒犯了你吗？"

方碗之："那怎么会呢！我只不过是不愿看到你们知青中现在的一种现象。我和连长、指导员，还有男排尹排长，我们时不时地会收到一些莫名其妙的小报告，检举某一个知青在什么时候什么地点，说了一句什么什么样的话，于是推测人家头脑中一定有什么什么样的思想，强烈要求连里严肃处理。这使我们都很为难啊！"

孙曼玲听到这里，从炕上坐了起来："排长，我可从没打过我班里战士的小报告，她们三个可以做证。"

其他三名女知青纷纷认真地说：

"我做证，绝对没有。"

"我们班长不是那样的人。"

"但吴敏就是排长说的那种人！不管谁跟她说什么话，她都要挑出人家话里的一两句不对，好像不那样她就哪儿哪儿都不舒服！"

"可不嘛，一挑出来了，就像中国第一革命批判家似的，一通追问，接着一通上纲上线，常常搞得人火冒三丈，真想扇她俩大嘴巴子！"

"周萍没走的时候，她把周萍当成眼中钉，使周萍都不太敢当着她的面说话了。现在周萍走了，她又像耳朵里装了窃听器似的，整天留意我们班长在说什么……"

三个姑娘议论时，方婉之开始起身穿衣服。她穿戴整齐后，站在门口对孙曼玲们说："姑娘们，背后这么议论人可不好啊。都是一个班的知青，有意见为什么不能在谈心会上坦率地提出来呢？"

孙曼玲："我一再压着，怕影响团结。"

方婉之："可你们的团结不还是出了问题？我还是觉得当面提出来比背后议论好。我先走了。"方婉之看了一眼手表："还有五分钟号就响了啊！"

她一推开门，立刻愣住了。吴敏不知何时站在了门外。

吴敏面无表情地递给方婉之一封电报："排长，我家来电报了，我母亲住院，我要请假回哈尔滨……"她边说，边向炕上的孙曼玲们投去冷冷的目光，仿佛在说，你们议论了些什么，我全听到了，等着瞧吧！

孙曼玲们一时惴惴不安地互相看看。

一阵喊声打破了尴尬的气氛：

"一班长他们回来啦!"

"七连的英雄们回来啦!"

"向英雄学习!"

"向英雄致敬!"

孙曼玲闻听,笑逐颜开:"我弟回来啦!"她赶忙穿着袜子,蹦到地上,顾不上穿鞋穿袄,一把将拦在门口的吴敏推开,往外便跑。

方婉之一把拽住了她:"你这丫头,没穿鞋!没穿袄!"

吴敏冷眼看着,嘴角浮一丝冷笑。

接回齐勇他们的马车停在一班宿舍门前。"小黄浦"、王凯、杨一凡、沈力等几名北京知青以及黄伟、魏明、傅正等三名哈尔滨知青围着马车,而连长正在训他们:"英雄在哪儿啊?在哪儿啊?谁是啊?我怎么没看见?学习!致敬!学的什么习?致的什么敬?谁逼迫着加劳动工时了吗?差一点儿酿成惨重的事故懂不懂?真那样了我们怎么对得起他们的爸妈,啊?"

指导员走来,小声地说:"发那么大脾气干什么?这不是说那些话的时候,他们能这样子回来了,毕竟是值得高兴的事儿嘛。"

"小地包":"我看他是有气没处撒。"

连长用手一指他:"你!"

孙曼玲跑来,分开众人,激动无比地搂抱住"小地包":"哎呀妈呀,你可让老姐担心死了!"说着,在"小地包"脸上就是一阵亲。接着,她又激动地掀开被子:"让老姐看看手脚是不是好的。都是真的吧?不是安上假的骗老姐的吧?"

"小地包"不胜其烦地叫道:"天啊,天啊,你们别都看着啊,谁帮帮忙,把她弄一边去啊!"

刚才尴尬的气氛被打破,车上车下的知青一个个忍不住笑了起来。

"小黄浦"走上前来:"来,哥们儿把你背宿舍去!"

看着"小黄浦"将"小地包"背往宿舍,孙曼玲一边抹着激动而出的眼泪,一边大声嘱咐:"'小黄浦',我弟就交给你了啊,你可一定要像我一样照顾他、爱护他！"

"小黄浦"："放心！"

"小地包"在他耳边小声道："你要敢像她那样，我就找机会害死你！"

指导员对大家说："其他人也别愣着了，快把你们班长和天亮也背回宿舍去啊！"

于是，王凯背起了赵天亮，黄伟背起了齐勇，其他人抱起了被子，大家七手八脚地背着人、拎着东西，走进了宿舍。

等大家都进了宿舍，指导员责备连长道："你刚才不对啊！"

指导员和连长进入连部，分别坐下。

连长："山东屯那边，要求也给他们拉上电线、电话线……"

指导员："团里刚才来电话了，让咱们七连来完成。这已经是团里交给的一项任务了，不但要完成，还要完成好。"

连长："还要求咱们尽快给他们送一爬犁木头去！"

指导员："人家不这么要求，咱们也应该有那点儿主动的表示。"

连长："还要求咱们的'乌云'去给他们的母马配种！"

指导员："那你就答应吧，这有什么啊？"

连长："半路上，他们山东屯的些个男知青还用雪团打我们！"

指导员："打就打了吧！咱们团周边，有农场，有生产大队，那就有农场知青、插队知青，待遇不一样，生产和生活条件不一样，他们有怨气不正常吗？我看，以上那些事儿，都不足以成为你刚才大发脾气的理由。一班长他们三个，能那么活着回到七连了，算英雄不算英雄的，大家一高兴，就那么喊了几句口号怎么了？在我这儿，他们能死里逃生，那就都很英雄！你心里就一点儿都不佩服他们？"

连长低下了头，掏出烟来点上，默默地吸着。

指导员又问："看到周萍没有？"

连长："看到了，我希望她原谅，她不跟我说人话。"

"不跟你说人话？怎么叫不说人话？"

"跟我说的那些话，像在背别人教她说的话。显得思想境界很高，很革命，可我听着就是别扭，比当面骂我还难受！"

"所以你就对一班战士大发其火？我们就是对不住周萍那姑娘嘛！"

"可我们没有权力啊！"

指导员叹了口气："别说了！如果我们更早一点儿，更积极一点儿替她争取，也许她就有希望留在七连了，我们现在心里就会都好受一点儿……"

电话突然响了起来，打断了他们的对话。指导员抓起话筒："对，我是。"听了一阵，他捂住话筒问连长："曲干事打来的，问齐勇的情况怎么样，三天之后能不能执行外出任务？"

齐勇他们三个已坐在一班宿舍的炕上了，大家围着他们三个七嘴八舌地说开了。

王凯："班长，现在咱们全班除'小黄浦'一个，都得了雀盲眼。白天倒还不太影响干活儿，到了晚上，一个个两眼一抹黑，看那儿，连里给每个宿舍发了一个尿桶。"

"小地包"："难怪我闻着屋里有一股尿臊味儿！"

黄伟："人家'小黄浦'还就是有先见之明，箱子里装来了各种各样的维生素，每天一把一把地偷着往嘴里塞！"

"小黄浦"："夸大其词，夸大其词！那吃的都是钱，我每天只舍得一样吃一片。"

齐勇亲昵地摸了他的头一下。

"小黄浦"："我还挺愿意和大家一样也得雀盲眼呢！没得可倒好，哪一个要是夜里解大便，我得扶着出去，还得扶着回来，成了我义不容辞的事儿了！昨天夜里，沈力这家伙一蹲就是半个多小时，我在茅坑外边都快冻僵了！"

大家都笑起来。

74

赵天亮却沉闷地躺在一旁，大睁双眼出神。

齐勇："我以为，我们一回来，就能住进新宿舍了呢。"

傅正："快了，快了。"

魏明："我俩在负责给新宿舍加温，炕面是都烧干了，就是墙面还没干透，一停火就挂霜。"

赵天亮忽然想到了什么，翻被褥，翻完自己的又翻别人的。大家莫名其妙地都看着他。

齐勇问他："天亮，找什么？"

赵天亮："我枕头呢？我枕头怎么不见了？谁把我行李打开的？"

别人的目光都望向王凯，不待王凯的话说完，赵天亮大声地吼："你随便打开我行李干什么？"

王凯辩解："九连的知青进山伐木，路过咱们连，在咱们连住了一晚上。有一个是咱们北京知青，和咱们是一个区的。我做主，让他睡你的被褥……"

赵天亮："我问我枕头呢！"

王凯："他忘带枕头了，他们一进山就得两个多月才下来，他觉得枕你的枕头挺合适，我做主，就借给他了。"

赵天亮呆住了。

王凯小声地说："我已经跟连队供销社说了，让他们从团里给买回来一个枕头瓤，我有多余的枕套……"

赵天亮："你做主你做主！你凭什么做主把我的枕头借给别人啊？"

王凯："我错我错，只得委屈你了，今晚先枕我的。"王凯将自己的枕头取过来，往赵天亮面前一放。

赵天亮抓起他的枕头扔开，指着他说："王凯，限你三天之内，必须把我的枕头要回来，而且得保证完好无损！"

王凯也指着他，对大家说："你们可都听到了，都看到了，刚才还是我把他背进来的！"

黄伟将王凯推走了。

齐勇劝道："天亮，你怎么能这样对王凯？心情再不好都要克制点儿。"

杨一凡、沈力、"小黄浦"、魏明、傅正五名知青分别将自己的枕头抱来，一一放在赵天亮面前。

赵天亮难以言表地抓着头发："我……我不是……你们不知道，没法跟你们说清楚。"

王凯又指着他，手指抖抖地说："赵天亮，看你现在这样，我不跟你一般见识！三天之内，我他妈一定把你的枕头给你要回来！但是以后咱俩的关系完了！不就一只枕头吗！跟我这样！"

赵天亮后悔地看着王凯。

二班长突然出现，不满地瞅着他们："你们一班都在这儿干吗呢？两个班一块儿干的活儿，打算让我们二班自己干完啊？"

第 14 章

晚上，男一班的知青们回到了宿舍，以各种姿势坐在自己的铺位上，眼睛却都望向门口。指导员侧身站在门旁，看着脚边的尿桶。尿桶周边的地面湿漉漉的，墙上也有山水画似的尿痕。连长走进屋来，也看着尿桶那里。

指导员指了指尿桶旁边的墙壁，问连长："是不是，应该撒点儿石灰？"

连长："一时哪儿找石灰去！"

指导员："那就垫点儿沙土。"他转身望着大家说："亲爱的同志们，希望你们白天，能往尿桶这儿垫点儿沙土。"

没人应声，只有齐勇应答："听到了，能做到。"

指导员指了指自己和连长，问大家："你们能看清我和连长不？"

"小地包"："看到两个高大的身影。"

王凯："我看到的是两个渺小的身影。"

连长瞪了王凯一眼："别贫嘴。"

指导员："让他们贫贫吧，还有情绪贫嘴，说明还保持着乐观精神。还能保持着乐观精神，说明还有一定的战斗力。"

指导员走到大家跟前，又对"小黄浦"说："徐进步，来到七连以后，你的进步很快，也很大。一到了晚上，你甘愿做班里每一个人的拐棍，这是难能可贵的。以后，连里会向你正式发奖状。"

"小黄浦":"应该的,应该的。"

指导员:"现在这种情况,轻易就不召开全体知青大会了,有什么该及时跟大家讲讲的事儿,我和连长会到宿舍里来跟大家讲的。老张,你先说?"

张连长:"那我就先说。白天,你们班长他们刚回来的时候,我对你们发了脾气。那脾气发得不应该,指导员已经批评过我了,我向你们道歉。指导员特别强调,一班长、孙敬文和赵天亮,他们一个个能够在那么险恶的境地中互相依持,不嫌不弃,最终活着回到连队,还是特别令人佩服的。其实,我也是打心眼里佩服的。最近连里令人烦恼的事儿接二连三,我心情不好,请大家体谅……"

黄伟:"连长,过去的事儿就过去了,你是连长,轻一句重一句的,我们不计较。但我心里一直有一种困惑,现在想要当面向你请教。"

连长看一眼指导员:"说。"

黄伟:"为什么得雀盲眼的都是我们知青,而老职工、老战士、连干部,一个都没有得的?"

连长:"这正是我要讲的第二件事儿。最近,在你们知青中有一种议论,听来似乎是在怀疑老职工、老战士和我们连干部,都在凭经验长期服某种中草药,而又没把这种经验及时告诉你们,所以……请大家相信,绝对没有那么一回事儿。事实是,雀盲症是在北大荒这个地方很容易得的一种眼病,主要是由于缺乏蔬菜维生素……"

指导员看他一时想不起维生素的名称来,便替他答:"具体说,就是缺乏维生素 A、维生素 E、维生素 B_2。"

连长:"对。几年前,许多老职工、老战士都得过。我和指导员也得过。那一年的情况和今年差不多,由于只重视了抓粮食,没有重视抓蔬菜,结果……"

王凯打断他:"原因就不必讲了,就说现在该拿我们怎么办吧!"

接着王凯的话,大家你一言我一语地讨论开来。

杨一凡:"快想办法搞那些维生素发给我们啊!"

魏明："说得简单！哈尔滨药厂的维生素片都快因而脱销了，从医院里开点儿维生素都要走后门、托关系，一般医生开的药方都不给……"

沈力："你们哈尔滨人怎么这样啊？毛主席不是号召抓革命、促生产吗？"

傅正："你们北京人就好好促生产了吗？天下大乱，还不是你们北京人先搞的？"

杨一凡："乱了敌人……"

"小地包"："现在乱到了我们头上！"

土凯："我给家里写信要过了，家里回信说，每种维生素寄来十几片还能办到。"

杨一凡："那顶屁用！"

"小黄浦"："我带来的也吃光了。家里也来信说，再多寄来点儿，那很难。"

指导员："同志们同志们，连长的话还没说完呢！"

连长："团里的解决办法是，从每个连抽调几名知青，由团长亲自带队，去往团长的山东老家搞一批海带，这几名知青，要求祖籍是山东的。"

齐勇："我是山东荣成的。"

黄伟："我是山东威海的。"

指导员转头问齐勇："一班长，你脚上的冻伤怎么样了？"

齐勇："基本好了。"

指导员："我还真对你有寄托呢。"

齐勇："指导员，从现在起，可以不把我当伤员看了。"齐勇立刻打起精神来，仿佛已经完全恢复了健康。

指导员："魏明、傅正，你俩也是山东人的后代，对吧？"

见魏明、傅正点头，指导员郑重地说："现在我正式宣布，你们三名哈尔滨知青，加上你们的班长，组成七连赴山东海带行动小组，明天就到团里去报到！"

王凯："这我就不明白了，为什么非挑山东籍的？"

"小地包"："有什么不明白的？老乡找老乡，办事好顺当嘛！"

第二天，马车停在一班宿舍门前，还是老耿头赶车，车上坐着黄伟、魏明、傅正和孙曼玲，他们都在焦急地等待着齐勇。

齐勇此时还在宿舍里，站在炕边，对坐在炕上的赵天亮、"小地包"和坐在炕沿上的"小黄浦"嘱咐道："天亮，我们几个一起，班里除了他俩，再就是你们四个北京的了。你们四个北京的，原本关系都很好。尤其你和王凯，关系更亲密一些。不要因为一点儿小事儿，就闹掰了。"

赵天亮嘟囔："那绝不是小事儿。"

"小地包"用胳膊肘拐了拐赵天亮。

齐勇："不就是一只枕头吗？偏往大了说，那又能夸大成什么事儿？连我都觉得是你不对。"

"小黄浦"："班长放心吧，我和敬文一定促使他俩和好如初。"

齐勇拍拍"小黄浦"的肩："你多费心，照顾好天亮和敬文。"

"小黄浦"值得信赖地点点头。

齐勇又看闷在一边的赵天亮："天亮，给我句让我放心的话，行不？"

赵天亮不但没开口，竟然干脆躺下了。

"小黄浦"推齐勇，小声道："没事儿的，你就别操这份儿心了！"

齐勇扭头望着赵天亮，被"小黄浦"推到了门口。

齐勇坐上老耿头的马车，指导员和连长又走来问了问他脚上的伤——已经基本痊愈了，这才安心地让他们一行人上了路。

齐勇他们走了以后，男一班宿舍只剩下赵天亮和"小地包"二人坐在炕上。

"小地包"问赵天亮："你那只枕头里到底藏着什么秘密？"

赵天亮："没什么秘密。"

"小地包"："那犯得着你急赤白脸的？简直都不像是你这个人了。周萍写给你的情书？"

赵天亮:"别胡扯!"

"小地包":"我要是你,我就要求和周萍结婚,把她娶到七连来!那样,她即使没当成兵团战士,也当成了兵团战士的家属。让连里批块儿地,咱一班哥儿几个,给你俩盖一间屋子,围个小院子,再弄上它几垄自留地,牛郎织女似的,不是也挺幸福的嘛!"

赵天亮似乎被说得神往起来。

"小地包":"咱们七连的家属,能干的每个月也挣三十几元呢!只不过不享受那九元多钱的寒带津贴罢了。你再攒钱买把双筒猎枪,养条猎犬,星期天上山打回几只野鸡一只狍子的。一进门,周萍往你怀里一偎,再给你几个温柔的吻,那啥情绪?往炕上一坐,小炕桌上,仨盘俩碗摆好了——土豆炖粉条,狍子肉炖猴头,清炒蘑菇,凉拌木耳。小酒壶呢,温在热水碗里了。再看周萍,人面桃花的,白里透红,红里透粉,笑盈盈那样儿,爱死个人儿……"

"小地包"说着说着,自己也陶醉起来,他酸溜溜地说:"扎根边疆那也不是不可以,关键得看谁陪着。如果有周萍那样的姑娘做老婆,我相信咱们男知青里边有一半是肯扎根的。怎么样?动心了吧?"

他又用胳膊肘拐了一下已听得入迷的赵天亮,赵天亮猛然从美好的想象中回到现实中,板起脸来:"你说什么?我一句没听到!以后跟我说到周萍时,不许专说那些乱七八糟的啊!"

"小地包":"一句没听到?乱七八糟的?此地无银三百两!咱俩什么关系啊?并肩和死神战斗过的哥们儿,还跟我装什么正经啊!我就不信,你想到周萍的时候,心里边不往那方面想!乱七八糟的?那叫对幸福的自然而然的憧憬!"

赵天亮:"我没憧憬过那些!"

"小地包":"所以哥们儿有责任启蒙你嘛!"

王凯踏着拖拉机和木爬犁在雪地上留下深深的碾痕,一步一喘地在山林中艰难行进着。走了很久，他才在一顶帐篷里找到了九连的伐木队，伐木队的知青们正在打牌，其中一个叫赵灿的知青认出了他，立刻迎了上来，把筋疲力尽的王凯扶住，给他水喝，让他坐下休息。

待王凯缓过劲儿来，赵灿问："王凯，你怎么到这儿来了？"

"为了那枕头。"

赵灿一皱眉："枕头？就是我从你们班借的那枕头？是谁的来着？"

"赵天亮！"

"你就为他那只枕头跑上山？"

"对。枕头呢？"

赵灿："这……我们住进了帐篷，我才发现枕头丢了。在爬犁上我一直抱着来的。爬犁差点儿翻了一次，肯定丢半道了。"

王凯："糟了，赵天亮限我三天之内还给他。"

"限你三天之内？"

王凯："要不然，大星期天的，我在宿舍里睡懒觉多好，干吗跑到山上来找你？我也得了雀盲眼，如果天黑前还找不到你们的帐篷，我小命不交待了？我是冒险而来，可你却把枕头丢了！"

赵灿："那赵天亮不是和你关系最好吗？这王八蛋！不就一只枕头嘛，怎么能这样！"

一名知青："是不是，他枕头里有什么秘密啊，比如情书？"

赵灿愤慨地说："就算是有情书，那也不该说翻脸就翻脸吧？是哥们儿友情重要，还是情书重要啊？我这儿有只新的，你拿去还他！"说着，就要翻箱子找枕头，却被王凯拦住了。

王凯："他就要他那只。我当着班里几个人的面把大话说出去了，三天之内保证还给他。"

赵灿："操！都是北京知青啊！北京知青中怎么会有他这种王八蛋？哥儿几个下山时，敢不敢跟我一块儿去揍'丫挺'的一顿？"

一名知青："敢！那样的王八蛋，非得教训教训他，他才能懂得该怎么做人！"

王凯："求你们哥儿几个了，明天，还是帮我一块儿去半道上找找吧。"

赵天亮卧在宿舍的炕上，看那半本《泰戈尔诗集》，一旁的"小地包"打着呼噜，睡得正香。

"小黄浦"悄无声息地进了屋，闷声不响地走过来，坐在对面炕的炕沿上，对赵天亮说："王凯出事儿了。"

赵天亮一听，立刻从炕上坐起来："出事儿了？怎么了？"

"小黄浦"："他腿被大树压断了。他不是上山去采木耳，他是去要你的枕头。"

赵天亮呆住，手里的《泰戈尔诗集》也掉在了炕上。

杨一凡和沈力也悄无声息地进入，也闷声不响地坐在对面炕的炕沿上，都以谴责的目光瞪着赵天亮。

赵天亮："他在哪儿？他在哪儿？带我去看他！"

杨一凡："三连的拖拉机把他送回连里，连里的马车赶紧把他送往县医院了……"

沈力："后悔了？后悔也晚了，看你以后怎么面对他！"

赵天亮疯狂般地撕扯《泰戈尔诗集》，边撕扯，边哭喊："哥，哥，哥呀！你怎么不在我身边呀！泰戈尔帮不了我，诗帮不了我！哥我可怎么办啊，我想你呀哥！"

"小地包"从梦里惊醒，坐起来连声问道："怎么了怎么了？天亮哭什么啊？"

"小黄浦"他们都不回答他，仍默默瞪着抱头哭泣的赵天亮。

三辆有帆布篷的卡车行驶在冰天雪地间的公路上。黄伟、魏明、傅正等十来名知青坐在一辆卡车后面的帆布篷里。虽然他们个个从头到脚都穿着棉的、皮毛的衣服，戴着棉手闷子甚至口罩，却还是冻得微微发抖。

黄伟问魏明："班长呢？"

魏明："享受特殊待遇，坐火车。"

黄伟："那，'小地包'他姐呢？"

魏明："也在火车上。"

黄伟："她又凭什么？"

魏明："凭她是女的呗。"

黄伟："她们女知青不是动不动就说，男知青能吃十分苦，她们就能吃十二分苦吗？这不也知道坐火车暖和、舒服吗？"

魏明："她自己倒是不太情愿，曲干事命令她必须坐火车，也得有个人一路上照顾班长嘛。"

黄伟："我有点儿不明白，为什么非得让班长也去呢？他脚上的冻伤刚好，数九寒天的，搞海带，船上水里的，他去了又能干什么？"

魏明："曲干事说不会让他干什么活儿的，他去，有他去的特殊作用。"

车突然停了下来，曲干事从第一辆卡车上下来，喊："都下来跺跺脚，方便方便！"

知青们纷纷从三辆卡车上跳下，总共三十来人，都是男的，有的在路旁站一排撒尿，有的蹦蹦跶跶地跺脚。正在这时，远处传来列车的汽笛声，所有人的目光都循声望去，只见一列火车如蟒蛇，喷着烟，疾驰而过。

有人看着火车感慨："但愿咱们回来的时候能坐火车。从白到黑，在卡车上挨几天几夜的冻，到山东还不都成东北冻梨了？"

就在这一列火车的车厢里，齐勇和孙曼玲靠窗对坐着。齐勇在望着窗外，孙曼玲在看着他。齐勇将脸转正，恰见孙曼玲在看自己，二人表情都有几分不自然。孙曼玲示好地微微一笑，齐勇便也还以一笑。

孙曼玲："感激你啊！"

齐勇："感激什么？"

孙曼玲："你救了我弟一命啊！"

齐勇："是他救了我一命，应该感激的是我。"

孙曼玲："那，他怎么非说是你救了他呢？"

齐勇："他照顾我这个班长的面子呗。你想想，他用我们爬杆用的安全带活活勒死了一只狼，那会是谁救谁？"

孙曼玲："可他说，那只狼先扑到了他身上，你把那只狼咬死了……"

齐勇苦笑："我只不过从那只狼身上咬下了一块儿皮，究竟咬它哪儿了，我也不知道。那么黑的夜，我俩又都瞎子似的，狼先扑到谁身上，后扑到谁身上，我是说不清楚的，估计他也说不清楚。"

孙曼玲想到自己的弟弟，又忍不住自豪地说道："你承认我弟够英勇吧？"

齐勇："不是够英勇，而是很英勇。我已经对他刮目相看了。"

孙曼玲："我也对他刮目相看了。我们大多数女知青都认为，你们三个的事迹，应该作为知青的英雄事迹来宣传。"

齐勇："要宣传也只能宣传你弟弟和赵天亮。我不配。恰恰相反，我应该受到处分。"

孙曼玲："处分？为什么？"

齐勇坦诚地说："那天，我们三个如果在天黑前按时收工，后来的事情就不会发生了。尽管我明明看出要变天，尽管你弟弟强烈反对，可我还是坚持要再安装好十几根杆子。因为第二天上午九连放电影，《列宁在十月》。我想把第二天上午的活儿干出一部分，那不是就可以名正言顺地看电影了嘛。"

孙曼玲诧异地问："你没看过《列宁在十月》？我在哈尔滨都看过两遍了。"

齐勇："我也看过好几遍了，我喜欢那些苏联演员，从列宁到瓦西里到捷尔仁斯基到高尔基，都演得多好啊！我想象中的高尔基，就是电影中那样的一个思想又单纯，心地又善良的老头儿。许多台词我都能背下来，可还是很爱看。"

孙曼玲："给高尔基配音的，是我一个舅舅。"

齐勇："真的？！"

孙曼玲："真的。亲舅。为好多外国电影配过音呢！"

齐勇抓住了孙曼玲放在台子上的一只手："等有机会，让我认识认识他行吗？"

孙曼玲垂下目光看自己的手，齐勇意识到自己的失态，立刻放开了手，低声道："对不起……"

孙曼玲将自己那只手从台子上放下了，夹在腋下，若无其事地继续说："他在干校呢，不过，总有机会的吧。"

"我也特别喜欢《列宁在十月》的配音，你舅舅为高尔基的配音也好极了。"齐勇模仿着电影里的配音，背诵台词，"可是，弗拉基米尔·列宁同志，那些科学家、作家、诗人，还有教授，他们正在挨饿，有的人，连一双像样的靴子也没有……"

孙曼玲笑了，这一次笑得自然多了。

两人聊了一会儿，齐勇就打起瞌睡来，孙曼玲在看一本纸页特别黄的书——他们都没注意到，他俩那两排座位中一个小干部模样的人起身离开了。他走到列车长室的门，敲开了门。

列车长问他："同志，有什么事儿？"

小干部模样的人："我找列车长。"

列车长："我就是。"

小干部模样的人看了看列车长的臂章，掏出工作证递给列车长："我是'三结合'干部。"

列车长看一眼工作证，还给他，又问："请说吧，什么事儿？"

小干部模样的人严肃地说："在这趟社会主义的红色列车上，有人明目张胆地看黄色书籍。"

列车长一愣："嗯？"

小干部模样的人："他们还散布对'文化大革命'不满的言论！"

列车长："说了些什么？"

小干部模样的人："说什么，那些科学家、作家、诗人，还有教授，正在挨饿。有的人，连一双像样的靴子也没有……请看我脚上。"

列车长低头看他的脚。

小干部模样的人："我是光荣的造反干部，我穿靴子了吗？西方的资产阶级贵族才穿靴子！"

列车长对站在身后的年轻乘警说："小许，跟这位光荣的造反干部同志去看看。"

小干部模样的人："具有光荣的造反资本的革命干部！"

乘警跟在小干部模样的人身后走到齐勇和孙曼玲坐着的地方。齐勇还在睡着，孙曼玲离开了自己的座位，站在过道上。她头垫着手臂，伏在座位靠背上，也打瞌睡，她的座位已经让给了一位怀抱小孩儿的老奶奶。

小干部模样的人一指孙曼玲："就是她。"

孙曼玲醒了，抬头诧异地看着小干部模样的人和乘警。

乘警问她："你刚才在看一本书吗？"

孙曼玲点头。

乘警："能让我看看那是一本什么样的书吗？"

孙曼玲犹豫一下，从棉袄兜里掏出书，递给乘警。这时，齐勇也醒来，不知道发生了什么事儿，只是看着他们。

乘警念着书名："黑面包干儿……"

孙曼玲看了看小干部模样的人，似乎感觉到了什么，对乘警解释道："这不是一本坏书。"

小干部模样的人："那么黄，还起一个黑色的书名，你还敢说你看的不是坏书！你还是一个女青年，可耻不可耻啊？"

孙曼玲生气地说："你才可耻呢！这是一本四九年以前出版的苏联小说！"

小干部模样的人："四九年以前出版的有好书吗？苏联的书那就是修正主义的书！"

车厢里的人都在默默看着这一幕，多半人面露鄙夷地看着孙曼玲。

齐勇在一旁平静地解释："那是一本列宁也很喜欢的书，写的是苏联卫国战争时期，前线将士的孩子们在后方的故事。"

乘警想了想，对孙曼玲说："你看这样行不行，请你把书交给我，我让列车长判断一下，他对于书籍很有判断的水平。"

齐勇站起来："我们自己也有判断水平！"

孙曼玲对齐勇摇头，顺从地将书交给了乘警。

乘警离开后，小干部模样的人又说："不在车厢里开你们的现场批斗会，我看就够便宜你们的了！"

齐勇朝他一指："你他妈再说一遍！"

小干部模样的人慑于齐勇的强壮，噤声坐下了。

孙曼玲示意齐勇离开，齐勇刚跨到过道，听到背后有一个小女人小声地说："一个大姑娘家，就那么在别人眼面前儿看那么黄的书，真不要脸！"

齐勇猛转过头去："谁说的！"

孙曼玲赶紧扯着齐勇走向车厢连接处。齐勇掏出烟来，大口大口地吸着。

孙曼玲劝他："犯不着生气，那样的人，哪儿没有呢！"

齐勇："应该把那样的家伙关到牛棚去！"

孙曼玲笑了："如果连那样的人也关到牛棚里了，已经关到牛棚里的人，命运不是更不好了？"

齐勇："我不想回到座位上去了，眼不见心不烦。"

孙曼玲："那，我也不回去坐了。车厢里那么多人没座位，一会儿我过去卜，把你的座位也让了，附带请人家替咱俩照看着东西。"

天黑了，一件大衣铺在车厢过道的地上，齐勇和孙曼玲坐在上面，身上共同盖着另一件大衣。孙曼玲的头靠着齐勇的肩，二人都闭着眼睛。孙曼玲睡得挺香，齐勇只是闭着眼睛想心事。孙曼玲动了一下，搂住齐勇一只胳膊，以使自己睡得更舒服一些。

齐勇睁开眼睛，缓缓扭头，见孙曼玲的帽子掉在了地上。他伸出另一只手够帽子，够不着。帽子被另一个人的手捡了起来，齐勇抬眼看去，只见年轻的乘警蹲在了他俩跟前。

年轻的乘警抚了抚帽子，小声问齐勇："给她戴上？"

齐勇点头。

乘警："这儿有风，把帽耳朵放下来吧。"说着，他便放下帽耳朵，轻轻往孙曼玲头上戴。

孙曼玲还是醒了，想站起来。

乘警："别动别动，就这么和你们蹲着说话挺好。"他说着，从兜里掏出那本书，递给孙曼玲，又说："书还给你。"

孙曼玲接过书，小声地说："谢谢。"

乘警："我们列车长翻看了一阵，他说这是一本好书，值得保留，不过，不要再在这趟车上看了，惹闲气，是不？"

孙曼玲："我们也没太生气。"

乘警："那就好。你们把座位让给别人了？"

齐勇："不想看到那种人了。"

乘警："那就还是有点儿生气。你俩是兵团的？"

孙曼玲和齐勇点头。

乘警："我弟弟妹妹也都在兵团。你们往哪儿去？"

齐勇："山东。为团里搞海带，我们团有不少知青得了雀盲眼。"

乘警："明白了。吃上两个月海带，比吃任何药都见效。你俩到我的铺位休息去吧。"

齐勇："不不不，那怎么行！"

"我夜里不能睡的，得在车厢里巡视。人这么多，万一发生点儿不好的事儿我就担责任了。我不能失职，反正空着也是空着。"

齐勇和孙曼玲对视，有点儿拿不定主意。

乘警："看见了你俩就像看见了我弟弟我妹妹，怪亲的。我可是诚心诚意的，就算给我个面子。"

乘务员休息的车厢里，孙曼玲身上盖着大衣，仰面躺着。为了让齐勇在同一个铺位上休息，她将腿蜷曲着，没有伸直。

齐勇："这么躺着不舒服吧？"

孙曼玲："还行。"

齐勇却将她双脚抱起，放在自己腿上。孙曼玲一下子坐了起来，有些吃惊地瞪着齐勇。

齐勇："我想让你躺得舒服一点儿。"

他用一只手轻推孙曼玲，孙曼玲只得又躺下了。齐勇扯扯大衣，盖严孙曼玲双脚："我决定，一回到连里，就给团里写一封信。我是应该受到处分的，因为我为了再看上一次电影，险些让你弟弟和赵天亮陪我白白搭上两条命。可你弟和赵天亮，他俩是应该受到称赞的。不写这样一封信，我心里不安。"

孙曼玲又坐了起来，目不转睛地看齐勇。

齐勇："你干吗又坐起来？"

孙曼玲："我想仔细看看你。"

"能看得清？"

"肯定比你看我看得清。不知为什么，我们班，就我这个班长没得雀盲眼。"

齐勇："这会儿，我连你的影儿都看不见。刚才，我也只不过能听到人家乘警说的话。"

孙曼玲："生活中还是好人多啊。"

齐勇："那当然。"

孙曼玲："如果受到一个好人的好对待，我常常想哭。"

齐勇："那叫感动。我听那乘警同志说话时，虽然看不见他，心里也是感动得暖乎乎的。"

孙曼玲深深地看着他："你也是一个好人。"

齐勇不由得转过脸，看着她。

孙曼玲低柔地说:"这会儿,你也让我心里暖乎乎的。说实在话,想不到你是这样一个人。"

齐勇又默默向她伸出一只手去,孙曼玲低头,看着齐勇的手触按在自己胸前:"别说话了,睡吧。"

列车一阵长鸣……

几艘渔船停在海边,齐勇、孙曼玲、黄伟、魏明、傅正等三十来名知青分为两列,对面站着,曲干事在他们之间走来走去,不放心地嘱咐:"一会儿,团长和他的爱人就来了,团长问你们话时,你们要按照我说的回答,要异口同声,不要想怎么回答就怎么回答,听明白没有?"

大家异口同声地说:"明白!"

孙曼玲向远处一指:"来了!"

果然,一辆吉普车从远处驶过来,在大家近前停下,团长和他的妻子从车上下来。

曲干事:"立正!敬礼!"

知青们倒也争气,随着口令,动作整齐得像正规军一样。

团长自豪地对他妻子说:"看,我的农垦兵,不赖吧?"

妻子一笑:"别让他们这样了,我又不是陪你来检阅的!"

团长:"都把手放下吧。"

知青们齐刷刷放下手,仍个个保持立正姿势。

团长:"同志们,老家都哪儿的?"

知青们逐个答道:"山东!山东!山东……"

团长:"我旁边这位,是我的爱人,也曾是一位县长。我们是真正的革命伴侣!大家说,她有没有风度啊?"

知青们却异口同声道:"看,不,见!"

妻子小声地问团长:"你不是说,他们只是到了晚上才看不见吗?"

团长:"我的同志,那是起初。现在,症状都重了!"

妻子走到孙曼玲跟前,亲切地问:"闺女,起码能看清我是男的女的吧?"

孙曼玲虽然没得雀盲症,可也煞有介事地摇头:"看不清。"

妻子又走到黄伟跟前,问:"小伙子,你呢?"

黄伟:"我只能看见您的身影,脑后有一大光圈儿,像神话中的神仙似的。对我而言,您周围就是一片黑暗了。"

她同情地拍拍他的肩膀:"可怜见的。"

团长指着齐勇说:"他更可怜。执行野外架线任务时,和另两名知青忽然都失明了,三个人差点儿都被冻死!说说你们的可怕经历!"

齐勇:"您这不是都说了嘛。"

曲干事:"听说多吃海带能治好雀盲症,他写了血书,强烈要求跟来。"

团长妻子对团长说:"那什么……你这个……带了你兵团的介绍信没有?"

团长:"那得打报告,得等兵团首长们开会、讨论、批准,我等不及了。"

妻子:"没带就干脆说没带。"

团长:"对,没带。"

妻子:"钱呢?"

团长:"没钱。我们不是来买,我是带着团里的山东子弟回老家来求援!反正我们来了,搞不到一批海带我们不走!"

妻子:"你,你这不是成心难为你老婆嘛!"

团长:"老婆就应该有时候被丈夫难为一下。"

曲干事:"其实,团长也不忍心太使您为难。等我们明年丰收了,可以给你们送麦子来,直接送面粉来也行!一定加倍补偿!"

团长妻子长叹:"唉,老白呀,你呀你呀,哪有你这么办事儿的!"

破败的龙王庙里,原有的案子加上了几张船板,临时搭成三张"桌子"。齐勇等知青们围"桌"而坐。破庙里没有门,也没有窗,从门窗口可以望到海,但已无任何神像和牌位。

孙曼玲四周打量了一圈："这是座什么庙？"

齐勇："龙王庙。"

孙曼玲："你怎么知道？"

齐勇："刚才听团长对曲干事说的。'文革'前，团长爱人当县长时，允许这个渔村的渔民保留这座龙王庙，还允许渔民们出海前烧香磕头。'文革'中，这成了她罪状之一。"

傅正："即使不以罪状而论，那也肯定是严重的错误！毛主席说过，重要的思想任务是教育农民，这一点对渔民也是适用的。身为县长，不引导群众破除迷信，那就是失职。"

团长："胡说！"

大家一回头，见团长不知何时站在大家身后，于是不由自主地都站了起来。

团长瞪着傅正说："别人都坐下，你给我站着。"

大家惴惴不安地坐下，傅正尤其显得忐忑。团长瞪着他："你懂什么？毛主席还说过：'政策和策略，是党的生命'，这条语录知道不？"

傅正："知道。"

团长："什么叫迷信？不从内心里信了很久的事儿，那就根本算不上是迷信，迷信那都是信了几百年几千年的事儿，一辈辈信了那么久，不许人渐渐地不信？我为你们千里迢迢来求助于我老婆，你却在背后胡说八道，指责我老婆的所谓罪状，你就对了？"

傅正："不对……"

齐勇、黄伟、魏明一脸严肃，其实都在强忍着笑。

孙曼玲替傅正辩解："他没说是罪状，他说的是错误……"

团长："你不用替他搭台阶！他怎么说的我全都听到了！严重的错误？你们的错误才严重呢！你们在城市里动不动就抄别人的家，就乱剪别人的头发，就往别人脸上涂墨汁，就打、砸、抢，对待自己的校长老师像对待仇人，中国人几千年来都没人像你们那样子对待教自己文化知识的人！这叫忘恩负义！下乡了，接受再教育了，一个个不好好反省，有什么资格指责别人？！"

大家的脸真的严肃起来。

正在这时，曲干事匆匆走进了破庙，对团长小声说："嫂子叫您去一下。"

团长一转身，悻悻而去。

曲干事："坐下吧坐下吧，一会儿就给你们上饭。今晚，我和你们一块儿住这儿。刚才团长那是些气话，大家别往心里去。咱们的事儿很不顺，大家一定要多理解团长的心情。"说完也匆匆走了。

魏明向："就住这儿？"

孙曼玲："那我怎么睡啊？"

齐勇："既然就睡这儿，吃完饭，得想办法把门窗挡一挡。"

黄伟劝在一边生闷气的傅正："得了，曲干事不是说了嘛，别往心里去……"

傅正："当着这么多人，狗血淋头地把我们训了一通，我能不往心里去吗！你做证，我参与过一次他说的那些事儿吗？"

齐勇对他说："在哈尔滨时，有次我们抄了一位作家的家，当别的红卫兵撤了的时候，我允许他从火堆里抢救出几本书，他对我特别感激，后来我们暗中成了朋友，他信任了我，有次对我说，凡是那种让人亢奋的，使人丧失理智的疯狂的事儿，都是不可持续的，也是要受到后来的批判的。从那以后……"

有名知青猛地站了起来，大声地说："反动！反动透顶！那些事儿我都干了，老子干了又怎么了？无产阶级对于自己的一切阶级敌人，就是要冷酷无情！反过来，资产阶级对于无产阶级，从来也是如此！谁不懂得这个起码的革命道理，他就不配是红卫兵！"

气氛一时凝重、严峻。

孙曼玲暗中扯扯齐勇衣服。齐勇冷冷地对那名知青说："对，你说得太对了，当时我就是这么回答的，还狠狠扇了他一耳光。从那以后，我就更加积极地投身于'文化大革命'了。"

发难的知青想不到齐勇这么回答，张张嘴，再无话可说，没趣地坐下了。

这时，几位渔民端着蒸屉、大盆走了进来。为首的渔民对知青们说："对不起大家了啊，让你们久等了，先对付着吃上这一顿吧！"

一位渔民嫂脸上带着歉意，真诚地说："俺这地方从没来这么多客人，条件又差，慌手慌脚的，简直就不知道该做点儿什么给你吃。"

知青们赶紧站起来，嘴里道着谢，接过渔民们手中的蒸屉和大盆。打开蒸屉和大盆的盖子，只见里面是热腾腾的窝头、蒸咸鱼和虾酱之类的海滨特产。

魏明："咸鱼！虾酱！"他将胳膊挽袖子，摩拳擦掌，准备大快朵颐。

黄伟也等不及了，用手指挑了些虾酱，往嘴里一抹，连声道："香！香！"

齐勇接过一大盆汤放在桌上，孙曼玲用筷子挑着盆里的食物问："这是什么面的面条汤啊？"

渔民嫂笑了："不是面条汤，是海带汤！"

大家一听，眼睛都瞪大了。说时迟，那时快，他们一个个拿起碗，舀起汤，边吹边喝。

一个渔民："先吃嘛，哪有先喝的！"

邻桌那名对齐勇发过难的知青又猛站起来，振臂高呼："老家人民万岁！"

却没有人响应地跟呼。在一片吃喝声、吧嗒嘴的响声中，他左顾右盼，显得尴尬。

魏明边吃边嘀咕道："小子还挺爱出风头的！班长，露一小手，压压他的气焰。"

黄伟："对，来段！"

齐勇站起来，学着电影里列宁的样子，手臂朝前一伸，高翘下巴，声音响亮地说："公民们！大家通常所说的，能治雀盲眼的海带，我们今天，终于是吃上了！难道为此，我们不该高呼乌拉吗？"

黄伟、傅正和魏明配合地说："乌拉！乌拉！"

吃得正香的知青们先是一愣，接着，便跟着喊起来："乌拉！乌拉！……"

一个渔民纳闷地说："他们喊啥呢？"

渔民嫂："喊什么煳了。"

渔民："不会呀，窝头是蒸的，又不是贴饼子，不会煳呀！"

离龙王庙不远处，一幢小石头屋的门旁，挂着块儿木牌，上面写着"胜利渔业生产大队党支部"。团长和曲干事在石头屋的门外踱来踱去，二人听到"乌拉"声，同时朝龙王庙望去。

曲干事看到团长皱眉，便说道："团长别管他们，只要他们高兴，随他们去吧。"

这时，团长妻子从屋里走了出来，她的脸上也是阴云密布。

团长妻子："干海带这里是有一些的，不多。但属于统购统销的任务量，一点儿都不能给你们。"

团长："再跟他们商量商量嘛！"

团长妻子："许他们先保命，后交纳，使我这个县没人饿死！我连这事儿都重提了！十年河东，十年河西，现在我虽然靠边站了，说不定以后还会当他们的县长，我连这种不怕挨批的话都说了，还让我怎么办？"

团长急了："我还是现役，他们叫兵团战士，那我就还是带兵的人！你是我老婆，他们是山东子弟，你不能看着我带的兵到了晚上都变成家雀儿！"

团长妻子也急了，指着他数落："就没你这么办事儿的！连封介绍信也不带！有能耐，你怎么不让你们兵团司令部出面，向省'革命委员会'求助？再说你们来了三辆大卡车，为什么只拉人，不带回些东北的好东西？就是你自己一个人回老家，那也没有空手的吧？总得带点儿土特产吧？"

团长被数落得无话可说，曲干事上前对团长妻子解释："起初团里以为患雀盲症的是个别现象，没太重视，不承想一下子多了起来，团长又是个急性子。手心手背，他都是心疼的。"

团长妻子愣了一下，仿佛想到了什么："把你最后的话，再说一遍。"

曲干事："我的意思是，您好比团长手心，战士们好比他手背。其实，他一路上也是不安的，明知等于是让手心去抓烧红了的铁块儿，可为了手背……"

团长妻子："我才不是他手心，我连他手背也不是，只不过是他手指甲。"

曲干事："我瞎比喻，我瞎比喻。"

团长妻子："从样板戏《龙江颂》里学来的，江水英的台词是不是？"

曲干事："是，是。"

团长妻子："会开车不？"

曲干事："那没问题！"

团长妻子："走，去县城！"说罢，团长妻子径自往吉普车那儿走去。

曲干事困惑地看着她的背影，又看看团长，不知该如何是好。

团长冲他的妻子喊道："你干什么去啊？"

"你别管！"团长妻子拉开车门，见曲干事仍然愣在原地，便对他喊道，"走啊！"

团长对曲干事挥挥手，曲干事也只得上了吉普车，跟团长妻子走了。

团长心烦意乱地掏出烟，刚要吸，孙曼玲走了过来，叫他去吃饭，团长本不想去吃，却被她的诚意打动，揣起了烟，随她往龙王庙那边走去。

团长刚进龙王庙，知青们就全体起立。团长却谁也不看，随孙曼玲走到一个座位，一声不响地坐下。那桌子已收拾过了，只给他留下了一份碗筷一份吃喝。团长拿起一个窝头，扫视大家，板着脸说："都瞪着我干什么？你们这么瞪着我，我还怎么吃？"

齐勇将傅正往团长跟前推，傅正虽然有些不情愿，却也鼓起勇气，"啪"地一个立正，敬礼道："报告团长，七连的五名战士要求我向团长保证，在这次特殊任务中，一定遵守纪律，服从命令，任劳任怨，吃苦在先，绝不给'兵团战士'四个字抹黑！"

团长看了看他："车上有麻袋，还不趁天没黑，赶快把门窗都挡好！"

傅正："是！"

那名向齐勇发过难的知青对身旁的知青小声嘟囔："真他妈的会表现！"

齐勇听到了，狠瞪对方。孙曼玲扯了扯齐勇的衣服，示意他不要计较。

天快黑了，团长伫立在海边，心事重重地凝视眼前的波涛翻涌，手拿一小片不知在哪儿捡到的新鲜海带，机械地撕着、吃着、咽着。

突然有人叫他："团长！"

团长闻声抬起头，见是曲干事跑了过来，便将手中的海带丢开，大步迎上去："她让你跟她去干什么？"

曲干事虽然大口地喘着粗气，却满是喜悦的神色："嫂子真不愧是当过县长的！她从一家电影院把《龙江颂》的电影拷贝找到了，今晚就放给这儿的渔民们看，为的是调动渔民们的援助精神。"

团长："这也值得你高兴？你太容易高兴了吧！"

曲干事："我和嫂子在县里获得了好消息，不止我们一个团有知青患了雀盲眼，几乎每个团每个连都有。兵团司令部因而通过沈阳军区向国务院打了求援报告，据说周总理都做了批示，山东方面已经接到了通知，这不就好办了嘛！"

团长一手握拳，往掌上一击，也高兴起来："嘿！你倒是先说这事儿啊！"

曲干事："所以，我们带来的人，已经不仅是为咱们一个团搞海带，也等于是为全兵团来到这里了！"

团长："快去替我告诉大家！"

曲干事："大好消息，还是您亲自去告诉大家吧！"

团长一边推他，一边说道："你去你去！我还没顾上回趟家呢，我开车接上你嫂子，一块儿回家啦！"

当天晚上，渔业生产大队里的社员们就看上了露天电影《龙江颂》。而这时，龙王庙里的知青们却都睡下了。在此起彼伏的鼾声中，隐约可以听到远处江水英的唱段。

一块儿塑料布将孙曼玲单独隔在龙王庙的某个角落里，而塑料布的另一边则是齐勇，齐勇旁边是曲干事。

孙曼玲隔着塑料布轻轻唤道："齐勇……"

齐勇："嗯？"

孙曼玲："再跟你说几句话行吧？最后几句。"

齐勇："说吧。"

孙曼玲停了一小会儿，便轻轻地诉起来："我父亲是铁路上的搬运工，这你知道的。记得我十来岁的时候，有一天我父亲下班回来，气得吃不下饭，我妈问他，他说他们那儿押送去了一个'右派'分子，是个女大学生。监督她劳动的人，逼她扛很重很重的东西，她扛不动，压倒在地，直哭。我父亲看不惯，就跟那个监督她劳动的人吵了起来，还动了手。结果呢，他们领导当场宣布，撤了他的班长职务，还降了他一级工资。我呢，就想去看一看，那个连累了我父亲的女大学生到底是什么样的。有一天，我去了我父亲干活儿的地方，看到了那个女大学生。别人都在休息，打扑克，只有她一个人还在干活儿，一边干一边流泪，我心里一下子对她同情极了。像我这种没有政治立场的感情，是不是很可怕呀？"

齐勇："为什么？"

孙曼玲犹豫道："我真怕我有一天，思想变得不够革命了。"

"睡觉吧，别胡思乱想。"

孙曼玲："睡不着，我又想到周萍了。我毕竟当过她的班长，我同情她，可是又觉得我太同情她是错误的。我已经写入党申请书了，我怎么才能克服掉这种种不正确的思想感情呢？"

齐勇："别问我，我回答不了。曲干事是党员，你明天问他吧。"

曲干事这会儿也没睡："明天也别问我，我现在是一脑子海带。你俩不许再聊了，睡觉！"

孙曼玲没想到曲干事也没睡着，大瞪着双眼愣住一会儿，忽然用被子蒙住了头……

第二天早晨风和日暖，海边的十几条渔船上，渔民们正在做升帆等出海前的准备工作。干海带是非常有限的，所以，知青们被曲干事分成了两部分，一部分人要跟着渔民们上船，到一处海湾去收起养殖着的海带。另一部分人，则将现有的干海带装上卡车，争取今天就往回运。曲干事叮嘱要上船的知青，一切听渔民的，要虚心学习，注意安全。

叮嘱完毕，准备妥当，十几条船就出海了。傅正和之前那位给他们送饭的渔民嫂一起摇橹。傅正问道："大嫂，打鱼的生活怎么样啊？"

渔民嫂摇摇头："不怎么样。这种船，根本不敢往深海去，近海又捕不到什么。靠养海带，才能勉强把日子过下去。"

傅正本以为渔业生产大队的生活不错，没料到会得到这样的答案，便问："都这样吗？"

渔民嫂："别处不敢说，这一带沿海的渔业生产大队，日子都差不多。你怎么成了东北人啊？"

傅正："我爸年轻时闯关东，我妈是哈尔滨人，我就出生在哈尔滨了。"

渔民嫂："真羡慕你爸爸他们那一辈山东人，一闯，就成了大城市里的人了。都说人挪活，树挪死，可现在，哪儿的人就得在哪儿老老实实待着，日子再穷再苦，也不许挪挪窝儿。大队里也有往城市里跑的，跑一个抓回一个，叫盲流，挨批挨斗。"

傅正："前几年，我们一家也饿得差点儿都回老家来。那几年，供应给我们哈尔滨人吃的地瓜干，就是从咱们山东一火车皮一火车皮运去的。"

正说着，一只小花猫从船尾里跑了出来，一个六七岁的男孩从船屋里追出来，抱起了小花猫。

傅正看他挺可爱，便问："几岁了？"

男孩瞪着傅正不说话。

渔民嫂："都七岁了，大队里也没小学，到现在还不认识一个字，就怕会跟他爸一样，成文盲。"

男孩目不转睛看着渔民嫂："妈，今天是出海去找爸爸吧？"

渔民嫂："快回船屋去，小心掉下海。"

男孩仍旧目不转睛地望着傅正："叔叔，你帮我妈把我爸找回来吧，我想他。"

渔民嫂："这孩子，真不听话！"她放开橹把儿，走过去，抱起孩子，钻进船屋。

傅正只好一个人摇着橹，可是他对摇橹并不在行，把橹摇得七歪八扭，越是摇得不顺，心里越是紧张，心里越是紧张，橹就越摇得不顺。渔民嫂钻出船屋，看到他又笨又慌的样子，"扑哧"一声笑了出来。

过了一会儿，载着知青的几条渔船就开进了海带养殖区。各条船上，知青们和渔民们共同起捞海带。

渔民嫂那条船上，渔民嫂一边和傅正捞起海带，一边说："我们的日子，主要就指望这些海带了，既然你们来了，上级也发指示了，那就只好让你们运走了，再说，我们也得向江水英学习啊，是不是？"

傅正："等明年秋天，我们兵团的麦子丰收了，一定成卡车成卡车地给你们运白面来！"

男孩在船屋里说："我不要白面，我要爸爸。"

傅正不由得向船屋看去，男孩抱着猫，眼望远处的海面。

渔船满载海带回了大队。傅正把渔民嫂和她的儿子送到了家门口。渔民嫂家的房子周围是一圈鹅卵石垒的小院墙，低矮的小屋子看起来潮湿阴暗。门楣上方贴着一条褪了色、边缘也已残破的红纸，上写"烈士之家"四字，墨写的字已被雨淋模糊，在红纸上淌下道道"墨泪"。

渔民嫂从傅正背上抱过去儿子，苦笑："自从他爸出了事儿，他总爱在船上待着。有时我出海，他也非跟着不可。"

傅正按捺不住自己的好奇心："大嫂，他爸爸……怎么出了不幸？"

渔民嫂："在海上遇到了风浪，救起了好几个人，自己却没回来。那年我们的儿子才两岁多，也幸亏他现在还不认识门上的字，要不我骗不了他了。大队里的大人们也都帮我骗他，我想等他十岁以后再告诉他实情。"她回头望一眼门上的红纸，又说："以后的几年，我就是靠着那一份光荣，才能带着孩子把穷日子苦熬下去。要是没有孩子，又没有那一份光荣，活得真是太没意思了。"

傅正不由得也望那红纸，心中又是沉痛，又是酸涩。

知青们在龙王庙的桌子旁吃饭，几乎人人一大碗海带丝，像吃面条似的吃得津津有味。

手拿窝头的孙曼玲走过来坐下，看着抱着碗吸溜海带丝的黄伟和魏明说："你俩别把海带当饭吃啊！"

黄伟一边大嚼嘴里的海带，一边说："不是当饭，是当灵丹妙药。"

魏明："但愿我今天晚上，能恢复视力。"

齐勇："天真幼稚！"瞥了他们一眼，对孙曼玲说："给他俩一人拿一个窝头来，你俩每顿至少要吃一个窝头，这是命令。"

孙曼玲起身去拿窝头，傅正走来坐下，却不动筷子，只是一个劲儿地发呆。

齐勇："还因为团长那些话不高兴？那也不是说给你一个人听的，别太小心眼儿。"

傅正两只眼睛还是直勾勾的："我没想那事儿。"

齐勇："那你这是怎么了？"

傅正："'欣欣向荣'是什么意思？"

齐勇和其他人不明所以地互相看看。孙曼玲走了回来，分给黄伟和魏明一人一个窝头，也分给傅正一个，说："心里有你，也替你拿了一个。"

傅正接过窝头，仍旧看着发呆。

孙曼玲："在兵团吃了一个多月的馒头，咽不下窝头了？"

黄伟："他在想'欣欣向荣'是什么意思。"

孙曼玲："语文没学好。"

齐勇拍了拍他的肩头："傅正，你让我有点儿担心你的神经了。"

傅正反而把窝头放下了，看着齐勇等四人，郑重地说道："今年、去年、前年，年年的元旦社论里都有这么一句话，我们伟大的社会主义祖国欣欣向荣。可我们从城市到北大荒，从北大荒又到山东，沿途所看到的，却是种种贫穷的现象，沿途所看到的人们，脸上都布满着愁容。"

那名向齐勇发过难的知青："反动！"他一拍桌子，站了起来，指着傅正大声说："我知道你是谁！你叫傅正对不对？你父亲是邮电局的头号'走资派'对不对？所以你这个'走资派'的狗崽子，一有机会就散布反动言论！"

齐勇低声然而严厉地说："谁也不许理他，都给我老老实实地吃饭。"

黄伟、魏明、孙曼玲，包括傅正，一个个听而不闻地吃饭。

那知青见状，反倒变本加厉起来："他们七连的几个，听到反动言论无动于衷，不批判不愤慨，一概听之任之。是可忍，孰不可忍，同志们，我认为我们应该对他们展开斗争和声讨！"说着，他指着傅正和齐勇，煽动大家道："不但要批判他，而且要连同他昨天的反动言论一起批判！"

有人响应地说："对！我都听到了，早就忍不住了！"

"七连的几个，必须低头认罪！"

团长和曲干事走了进来。团长看到气氛这样剑拔弩张，便厉声道："不好好吃午饭，吵吵巴火地干什么？"

那知青："七连的两个，一再散布反动言论！"

孙曼玲也霍地站起来："你扣帽子！"

那知青："不算反动言论，也是蛊言妄语！"

团长小声对曲干事说："怎么听着这么别扭，是成语典故？"

曲干事："我是大学中文系毕业，不记得有这么一个成语，胡说八道的意思吧。"

那知青继续说："那个叫傅正的刚才说……"

齐勇直伸一掌，打断他："等等！你知道蛊言妄语的'蛊'，指的是什么吗？"

那知青张口结舌，答不上来。齐勇冷笑道："'蛊'是古代传说中的一种小兽，最早出现在东方朔的异怪故事中。'蛊'比八哥鹦鹉还善于学人话，但善于学人话并不等于真的会说人话，东一句西一句的，所以对'蛊'言是根本不能当真的。哪个人当真了，哪个人就连'蛊'都不如了……"

团长刮目相看地对齐勇说："你还挺有学问。行，替你父母高兴，没白供你上到高中。"转头又对那知青说："连'蛊'是什么都不知道，就别生造一个词动不动批判别人了！生造的词，听起来就别扭。雷锋怎么说的？对同志要像春天般温暖。你们都是各连选派来的，你们之间的关系要温暖。动不动张三批判李四，李四批判王五，那样的同志关系，能像春天吗？幸亏我是团长，你不是。为了让大家之间的关系温暖温暖，今天晚上，咱们和渔民老乡开联欢会，你们都要好好给我准备节目！"

这时，曲干事为团长端来一份饭，放在案上，说道："吃饱了的，都躺下睡睡午觉吧，啊？"

知青们便纷纷散开了。

渔民嫂的船上，渔民嫂坐在船尾处缝皮革套袖。傅正在船屋里教男孩写字，他的本子是从孙曼玲那里借来的，在他们的环境下，就连笔和本子也都是稀缺资源。

傅正用一支钢笔在笔记本上画出"⋀"，指着问渔民嫂的儿子："涛涛，我画的什么？"

涛涛："山。"

男孩："对，把我画的'⋀'变成这样——'山'，就成了一个字，这个字，就念'山'。你写一个'山'给叔叔看看。"

男孩接过笔，写了一个山字。

傅正："你学得真快，这个山字写得也好。"

傅正摸摸他头，拿过笔，画出'~~'，又问："叔叔这画的是什么？"

男孩："水。"

"对。要是把它变成这样，就是'水'字了。"傅正画出"⊙"，再问，"这是什么？"

男孩眨着眼睛想了想："扣子。"

傅正："不是吧？扣子哪有一个眼的？"

男孩："那是什么？"

傅正："太阳。太阳也叫什么呢？叫'日'，把它变成这样，就是'日'字了。"

男孩："太阳也没有黑点儿呀？"

傅正："有，只不过我们离它太远，看不到，叫黑子。"

男孩双手遮在眼眶上方，望着太阳，看了一会儿，他对傅正摇头，固执地说："我不信，再说太阳也不是方的。"

渔民嫂："涛涛，不许跟叔叔争，叔叔叫你怎么写，你怎么写就是了。"

男孩："太阳就不是方的！"

傅正："那咱们先不写'日'了，咱们先学'月亮'的'月'，行吧？看，叔叔画出了一个月牙儿，对吧？把它变成这样，就是'月'字了。"傅正把笔和笔记本给男孩，又说："自己练着写这几个字吧。"

男孩抬起头，渴求地看着他："叔叔，笔和本儿能给我吗？要不你走了以后，我用什么写字呢？"

傅正犹豫一下，抚摸他的头："等叔叔走时，笔和本儿都是你的了。"

"不许要叔叔的东西。"渔民嫂批评道。

男孩："叔叔愿意给我，不信你看他的样子！"

渔民嫂抬头一看，傅正在笑，她也情不自禁地笑了，两人笑得都那么愉悦。

傅正钻出船屋，坐在渔民嫂身旁，望海，风平浪静，海天一色，令人心胸豁然。

海滩边架着一排晾杆，晾杆上挂晒着许多海带。团长在海带之间走着，看着，摸着。曲干事匆匆走到团长跟前，嗫嚅地说："团长，有个情况，我……不知该不该向您汇报。"

团长的注意力仍旧停留在海带上："既然是个情况，当然得向我汇报。"

曲干事："其实，也算不上是个情况，只不过，是一件事情……而且，可以说是一件小事儿。但虽然是一件小事儿，却挺让人不高兴的。"

团长："你看你这人，一会儿说是个情况，一会儿又说只不过是一件小事儿！别吞吞吐吐的，都跑这儿来找到我了，那就快说！"

曲干事："我的笔丢了。"

团长："你怎么了？觉得自己是孩子？不愿意让我省点儿心？我这才刚省下心来嘛！"

曲干事："我那可是支金笔，金星，名牌。我来兵团之前，部队战友凑钱买了送给我的，对我有纪念意义。"

团长："那我也不管！自己问，自己找，找不到算你倒霉！又不是我给你弄丢的，跑这儿找我干什么？难道还让我团长亲自替你找啊？真是的！"

曲干事："我倒不是那个意思。咱俩吃午饭的时候，我不是把棉衣脱下来搭在椅背上了吗？那会儿笔还别在上衣兜的，吃完饭，我又帮着刷碗来着，刷完碗，我穿上棉袄，发现笔不见了。"

团长转头，询问地看着他："你的意思是，咱们这批知青里，出了小偷了？"

曲干事："我是不愿这么想的，可这件事儿使我没法不这么想。对于我，再宝贵的笔，也不过就是一支笔，可一想到他们中有人行为不良……"

团长："先不要忙于下结论。也许是哪个小子看你这位大干事不顺眼，所以恶作剧吧？说不定你一声张笔丢了，它又出现在你上衣兜了，弄得你挺尴尬的。"

曲干事："我起初也是这么以为的，并且巧妙地问过他们了，没一个人理我的茬儿。恶作剧往往是几个人串通好了捉弄谁，我看他们那一个个的表情，不像是恶作剧。"

团长："他妈的，我可是要求各连选派好样的跟我来，不过，你还是不要声张吧，顾全一下大局吧，先用我的。"说着，团长从自己上衣兜里取下笔给了曲干事。

龙王庙里静悄悄的，知青们都在午睡。孙曼玲将塑料布掀起一角，小声地对齐勇说："哎，有件事儿得跟你说。"

齐勇："简单说，我困了。"

"困了也得跟你说。"

齐勇欠起身，四下看看，颇有顾虑地靠向了她一点儿。

孙曼玲："我是画皮鬼，能吃了你呀？再靠过来点儿！"

她不满地瞪了他一眼，主动靠近他，耳语道："刚才，吃完午饭那会儿，我要刷碗前，看见傅正把曲干事的笔偷走了！"

"嗯？"

"我可没开玩笑啊！"

"我不信！"

"我可没得雀盲症啊！再说这是大白天，我看得分分明明！"

"这……这我就太搞不懂他了。"齐勇有点儿摸不着头脑。

孙曼玲："是啊，他又要我的笔记本，又偷曲干事的笔，他可是究竟想干什么呢？你是他班长，我不能明明亲眼看到他做出了那么可耻的事儿，连你这个班长也不告诉。"

齐勇："既然已经告诉我了，就不要再告诉第二个人了，绝对不许！"

"你要包庇他？"

"我没这么说！"

"那你作为他班长，你打算怎么办？"

"我这不刚知道嘛，怎么办也得容我想一想啊！"

孙曼玲觉得很为难："那如果曲干事下午就追问起来，我该怎么办？"

"那也不许你主动揭发！我是他班长，你得替我想一想。"

"那我成什么人了？我从小就要求自己做一个正派的人，你也得为我想一想！"

齐勇："咱俩首先都得为傅正想一想。也许他是神经方面出了什么毛病。"

孙曼玲："我认为他神经很正常！"

一名其他连的知青发出了抗议："七连的，一男一女嘀嘀咕咕地有完没完啊！说悄悄话儿外边说去啊，烦人劲儿的！"

孙曼玲生气地把塑料布放下，转身睡觉去了。

晚饭后，先前放演露天电影的地方办起了晚会。一条底朝天的船算是舞台，瓦数很高的电灯泡吊在桅杆上，四周挂了些补充光亮的马灯和瓦斯灯。

渔民嫂穿一身新衣裤，站在船底唱《公社是棵常青藤》：

公社是棵常青藤，

社员都是藤上的瓜。

瓜儿连着藤，藤儿牵着瓜，

藤儿越肥瓜越甜，

藤儿越壮瓜越大。

…………

她嗓音脆亮，博得一阵掌声。

傅正抱着涛涛坐在人们之间，涛涛在他怀里使劲儿为妈妈鼓掌，而傅正却一脸沉思，毫无愉悦。他的表情被孙曼玲看在眼里，她用胳膊肘碰碰坐在她旁边的齐勇，示意他看傅正。齐勇也看到了傅正脸上严肃的表情。

黄伟和魏明登上了船底，用山东话说道："亲爱的山东老乡们，今晚，我和兵团的知青表演艺术家魏明同志，为大家伙表演河北梆子《列宁让烟》。让的什么烟呢，可不是咱们中国的更不是咱们山东的烟叶，是苏维埃共和国的烟叶。究竟怎么回子事儿呢？还是听魏明同志来说吧。"

魏明唱：

这一天莫斯科下大雪，
那真是大雪纷飞鹅毛翻，
普天雕成玉江山。

白：

远远地走来人一个，走到了克里姆林宫的大门前。
卫兵拦住了他："同志，您找谁？"

黄伟白：

俺找列宁同志。

魏明白：

你找列宁同志有什么事儿啊？

黄伟白：

俺要送给他几包烟。不是花钱买的，是俺自己种的。

魏明白：

可是，列宁同志从不收别人送给他的东西。

黄伟白：

可俺已经千里迢迢地来了，卫兵同志，行行好，替俺转交给列宁同志吧！

魏明唱：

人民对领袖的感情多深厚，
卫兵不得不收下了那包烟。
那边厢走来了列宁同志，

黄伟白：

卫兵同志，手里拿的什么呀？

魏明白：

列宁同志，一个农民千里迢迢来给您送几包香烟。

做交递状。
黄伟做接收状，闻，白：

好烟啊好烟！

黄伟唱：

这几包香烟我不要，

请把它送给捷尔仁斯基。

他为革命很辛苦，

他爱吸烟斗那是出了名的。

黄伟一不小心，险些从船底闪下去，魏明急忙拉住他……

魏明白：

列宁同志，当心点儿，掉下去可不是闹着玩的！

黄伟白：

卫兵同志，实不相瞒，俺最近视力不济了，可能是得了雀盲症了！

哄笑声……

傅正抱着涛涛起身便走，齐勇扯了他一下："别走啊。"

傅正："庸俗。"他撇下这句话，便走开了。齐勇和孙曼玲不禁对视。

欢笑声中，傅正背着涛涛与渔民嫂匆匆往家走。

涛涛："妈，没看够嘛！"

渔民嫂："那也得回家！妈妈穿的是单衣，快冻僵了。小傅，我得紧跑几步了啊！"渔民嫂抱着膀子缩着脖子往家跑。

傅正背着涛涛进到渔民嫂家徒四壁的屋子里，他把涛涛放在床上，点亮了油灯，渔民嫂也换上了往日补丁连补丁的那身衣服。

渔民嫂："刚才那身，是我和他爸结婚那年做的，我平时舍不得穿。"她脸上只有不好意思，却没有丝毫的幽怨。涛涛脸上却流下泪来。

傅正对母子俩说："大嫂，那我回去了。"

涛涛："叔叔别走嘛！"

傅正回头看着扯着他衣角的涛涛。

涛涛："妈不许我看戏，那你教我写字！"

渔民嫂："这孩子。不许纠缠叔叔！"

傅正："那，叔叔就再教你写几个字。"

涛涛赶紧从被子里翻出笔记本和笔，渔民嫂看着儿子既无奈，又心酸。她转身到灶间拉风匣烧水去了。

里屋只剩下傅正握着涛涛的小手，在床上以指写字。字的笔画写得很大，傅正握着涛涛的小手写着。

傅正："这叫一横，这叫一竖。竖在横上，再加一小横，就是'上边'的'上'，竖在横下，加一小撇，就是'下边'的'下'……"

涛涛："叔叔，你怎么不在本儿上写啊？"

傅正："省几页纸，你以后可以多写些字。再说，叔叔的眼，到了晚上连本儿也看不清呢。"

渔民嫂端一木盆热水进来，放在傅正脚旁，说："大嫂也不知该怎么谢你，只能给你烧盆热水，烫烫脚吧，回去会睡得香点儿。"

傅正："大嫂，不，我不……"

"你不，大嫂可不高兴了！明白了，你眼看不清，怕弄翻了盆是吧？那大嫂帮你脱鞋……"说着，渔民嫂便蹲了下去，要帮他解鞋带。

傅正赶紧弯下腰，慌乱地说："能看清能看清，我自己脱。"

盆中的水滚热，脚泡在里面舒服极了。

见傅正泡上了脚，渔民嫂拿起了针线，边低头做活儿边说："我想用破帆布给你缝个围裙，捞海带时就不湿衣服了，你可别嫌呀！俺涛涛跟你还真有缘，可惜你不是咱山东出生的，要不，你也许会下乡在俺这儿，住俺家里。那我就会拿你当亲弟弟一样照顾。涛，从明天起，别叫叔叔了，叫舅舅吧。小傅，让涛涛叫你舅舅也行吧？"

傅正："大嫂，行。"

一滴泪水掉在涛涛手背上,涛涛吃惊地抬头看傅正。傅正的脸上淌着泪,他勉强地笑了一下:"涛涛在看舅舅,是吧?舅舅患了雀盲眼嘛,一到晚上就流泪。"

傅正抹去脸上的泪,抚摸涛涛的头,又说:"别看舅舅了,在本儿上练着写我刚才教你的两个字吧。"

涛涛看着傅正:"叔叔……"

渔民嫂:"不是让你叫舅舅吗?"

涛涛:"舅舅,往后,晌午的时候,你都到船上去教我写字行吗?"

傅正:"行。"

"那,咱俩拉钩!"

涛涛伸出手指,傅正也伸出手指,与涛涛的手指勾在一起。

第 15 章

又是一个风和日丽的好天气。

渔民嫂在刷船板。涛涛坐在船屋口，小手握着曲干事的金笔（那支笔对他的小手来说未免显得粗大了些），在笔记本上认真而用力地写字，边写边喃喃自语："大、小、上、下……"

涛涛抬头望去，只见七连五名知青坐在另一条船的船板上。

涛涛："妈，舅舅他们在干什么？"

渔民嫂："在开会。"

"开什么会呀？"

"我哪儿知道，等会儿你问舅舅。"

"妈，他们走了以后，谁还教我写字呢？"

"那就只有妈教了呗，妈也是会写一些字的，够教你了。"

"妈，我不想让舅舅走。"

渔民嫂停手了，看着儿子，严肃地说："你给我记住，如果敢跟舅舅说刚才那句话，我罚你跪上三天三夜！"

另一条船上，作为班长的齐勇在主持会。

齐勇："傅正，这是咱们离开连队的第一次谈心会，我们四个刚才都坦诚地谈了自己的某些私心杂念，就你没谈了，你也谈谈吧。"

傅正："我承认我有不少私心杂念，我承认我的灵魂深处，有不少腌腌臜臜的东西，有比毛虫还丑陋的虫子，但我现在不想谈那些。"

孙曼玲："为什么？你有什么理由拒绝自我批判呢？"

傅正："你少教训我，你又不是我们男一班的班长！"

齐勇："傅正！"

黄伟："她是女一班班长，你起码也要拿她当咱们七连的一位班长看待嘛！再说，她还是女的，好男人要好好跟女人说话。"

孙曼玲不爱听了："你这纯粹是大男子主义的言论！男人女人都是人，男女平等。女人怎么了？我们女人不需要男人对我们伪装出彬彬有礼的样子！"

黄伟："你看你，我批评他对你态度不好，你怎么反而冲我来了呢？"

魏明："打住打住同志们，我理解傅正那话的意思，他是不想谈一般的私心杂念，而是有更重要的思想问题要向我们交代。"

齐勇："我和你有同样的理解，但是反对你用'交代'这个词。傅正，你要是确实没有什么想说的话，那咱们就散会。你要是觉得还是有些话想跟大家说，那就按你的想法，说你想说的话。总之，为了开会而开会，为了发言而发言，连我都认为是讨嫌的事儿。"

傅正："那好，我说我想说的话。'文革'一开始，我父亲就被打倒了，成了'走资派'，我也成了'黑五类''狗崽子'。我一直想不通，我父亲是赵尚志的抗联战友，当年为了拯救中国，脑袋挂在腰带上，出生入死地干革命。'解放'后，难道他这样的人，还没有资格当个局级干部吗？但是现在，我有了另一种想法，红卫兵抄我家时，指着一大堆玩具问：'谁的？'我说，我小时候玩儿过的。为首的一个，'啪'地扇了我一耳光，骂我：'你这个狗崽子！老百姓的儿女，往往连一双两三元钱的新鞋都买不起，你他妈从小就玩儿这么一大堆高级的玩具！'当时我心里只有恨。可是现在，当我离开城市，亲眼看到了生活在贫穷中的人民，我渐渐觉得我父亲那一代干部，确实也有太对不起人民的地方了。建国都整整二十年了，中国究竟还有多少地方的人民，过着比这里还贫穷的生活，是我根本无法知道的……"

孙曼玲打断他："你这叫'狠斗私字一闪念'啊？你的某些行为，恐怕不仅仅是'私'字问题吧？也许比'私'字更可耻吧？"

傅正："你看过雨果的《悲惨世界》吗？"

孙曼玲："你少跟我扯什么雨果！"

黄伟："小孙同志，这就是你的不对了吧？我觉得傅正说的是掏心窝子的话，对你的话我倒是感到莫名其妙。"

孙曼玲猛地站起，指着齐勇说："可是他清楚！齐勇，我问你，为什么开这次谈心会？既然开了，为什么不能刺刀见红？"她又指着傅正说："为什么不把他的事儿挑明了，让我们一起来帮助他？"

魏明："连我也糊涂了。齐勇，究竟怎么回事儿？"

齐勇瞪着孙曼玲说："你给我坐下，别指指点点的！我用不着你教我怎么当班长！"

"你，你就包庇他吧，有你后悔的时候！"孙曼玲赌气地跑下船。

齐勇："别理她！傅正，你的话没说完，你接着说。"

魏明："我先说两句啊。傅正，中国二十年前一穷二白，又是世界上人口最多的国家，贫穷现象不是一下子能全面消除的。你父亲只不过是邮电局长，应该说他对人民生活的贫穷不负太直接的责任。所以，我觉得，你也大可不必替你父亲感到罪过。"

傅正感激地握了魏明的手一下，又说："没有哪一个儿子，看到自己的父亲被揪斗、被剃鬼头、抹黑脸、挂牌子、戴高帽，被当成畜生似的用皮带抽，用棍棒打，被百般凌辱，丧失了任何分辩的权利，心里是不疼的。所以，我虽然认为我父亲是应该受到触及的，但对那些凶恶的、没有人性的、心狠手辣的造反派，我还是特别憎恨的。"他看着齐勇，苦笑着说："咱们刚来那一天，别的连那个说你反动的小子，在我看来就是一个可恨的家伙！当时我真想冲过去狠揍他一顿，却又没有那种勇气，不是因为我是'走资派'的儿子，而是因为我明知自己打不过他，我要是有你们三个这么壮，我当时就冲过去了。当晚梦里，我都在和他打架，可即使在梦里，我也还是没打过他。咱们开的这是一次谈心会，对吧？班长要求咱们要互相坦诚地交流活思想，对吧？我认为我已经做到了坦诚。至于其他一些鸡毛蒜皮的小事儿，证明不了我头脑里最隐秘的思想，所以我不想在这时候谈。"

齐勇对黄伟和魏明说："尽管孙曼玲跑了，但我还是觉得咱们这一次远离连队的谈心会开得很好。大家谈得都很诚恳，傅正谈得最诚恳。黄伟，正如你说的，他说的是掏心窝子的话。黄伟你和魏明先回去吧，我要和傅正在这儿再聊点儿别的事儿。"

待黄伟和魏明下船去了，齐勇拍拍身边的船板，让傅正坐到他身边。齐勇默默搂住傅正的肩膀，却被推开。

傅正有些不悦道："别拿我当知青小弟弟看，咱俩都是高中的，用不着这样表示亲密，有话直说！"

齐勇一笑，掏出半盒烟，叼上一支，将烟盒递向傅正。

傅正看了一眼烟盒："你还是在套近乎，所以我怀疑你转眼就可能跟我翻脸。"

齐勇："别那么多废话，我跟你翻脸还用先套近乎吗？"

傅正犹豫一下，抽出了一支烟，嘟囔："如果我上瘾了，是你的罪过。"

齐勇："吸烟并不可怕，上瘾也不等于无可救药。可怕的是欠缺意志力，想戒的时候戒不了。"

齐勇掏出火柴，划着，傅正双手拢住火苗。两人点着烟，开始对着吸起来。

齐勇："我这人不太欠缺意志力，哪天下决心戒，那就再也不吸了。你如果成瘾了，想戒又戒不了，不是我的罪过，只能怨你自己意志薄弱。"

傅正："知道吗？我近来特别想念一个人。"

"鸿雁传书，和远方的某姑娘谈情说爱了？"

"我想念张靖严。"

"我也常想他。师里的'反右倾'学习班快结束了，他该回连了。"

"你想他和我想他不一样，你想他是由于友情，我想他是由于思想。除了他，在咱们七连的男知青中，我连一个能交流思想的人都没有了……"

齐勇扭头看他片刻，突然一把将烟从他嘴角掠去，生气地扔到海里："吸着我的烟，却挖苦我没有思想。搂一下你的肩，就讽刺我跟你套近乎，你真他妈不是东西！"

傅正："我也没说你完全没有思想。你当然也是有思想的，但比起排长，表达思想的话语艺术差点儿劲儿。有次我和他闲聊，问他：'宁要社会主义的草，不要资本主义的苗，这种革命主张对吗？'他说：'有一种革命是要靠极其浪漫的想象力来策动的。想象全体中国人都变成食草动物，那么草就变得更重要了。对于食草动物，以粮为主则会由于消化不良而死掉。'这种话，你嘴里是说不出来的……"

齐勇更生气了，把自己的烟也扔到海里，站起身来，指着傅正说："好好好，就算我思想浅薄。在你眼里，把我齐勇看成一个白痴我也所谓。可我再浅薄，那也是你班长，那也知道什么行为是可耻的！"

傅正也站了起来，板着脸说："你激动什么？我对张靖严表示了几分敬意，你就这么难以忍受了？什么胸怀！亏你和他还是好哥们儿！他如果知道了，我看够他难过的。"

齐勇一挥手臂："别他妈扯他！我现在要问你，你为什么偷曲干事的笔？！"

傅正一愣。

齐勇："当着黄伟和魏明的面，我没好意思说出你的行为！你偷时，人家孙曼玲看见了。现在你必须给我这思想浅薄的班长一个解释！"

傅正却无所谓地笑了，之后一脸庄重地说，"就猜到有人看见了，就猜到了是因为我才煞有介事地开什么谈心会，就猜到了你把我留下是要问那件事儿。《悲惨世界》你也读过的，冉阿让偷了米里哀主教的一些银器，米里哀主教怎么说？说那本来就是属于人民的，又回到了人民手中而已……"

齐勇："胡说！那笔是人家曲干事的战友们赠送给他的，对他有纪念意义！"

傅正："我说那是他剥夺到手的东西了吗？那笔对他只不过有纪念意义，对于别人的意义却要大得多。他没了那支笔，还可以有第二支第三支第四支；而对于别人，那是做梦都梦不到的第一支。物及所需，符合共产主义原则。"

齐勇手指着傅正："你！"

"孙曼玲如果想告诉曲干事，随她的便。你如果想召开批判会，也随你的便。我一人做事儿一人担。而且，并不觉得有多么可耻。只不过在我特别需要一支笔的时候，偏巧看到的是曲干事那一支笔……"

一记响亮的耳光打断了傅正的话，傅正捂着脸，呆呆看着齐勇。

"你简直不可理喻了！"齐勇猛地转身下船去了。

傅正又缓缓坐下，望着远处帆影。

"排长，真想你……"

渔民嫂的渔歌声从不远处传来。

昼夜交替，日月轮转。海上船去帆远，船归人喜。时间在知青们日日翻晒、卷捆海带中一天天过去。

傅正与其他知青疏远了。可是他和渔民嫂、涛涛却越来越近。他常常到渔民嫂的船上教涛涛写字，而涛涛也进步得挺快。

一天中午，知青们在龙王庙里休息，齐勇和其他几名知青在打扑克，傅正在睡觉。破庙角落的一块儿小黑板上用粉笔写着两行字：可能有台风，下午不出海。

庙门突然被打开，一名知青从外面走进来。大风把几张扑克吹飞了，孙曼玲立刻起身去捡。

进来的知青夸张地说道："哎呀妈呀，咱可开了眼了，看到大海发怒的时候是什么样子了！"

包括齐勇在内的几名打扑克的知青，都丢下扑克聚到了门口，向外看去。灰蒙蒙的大海上波涛汹涌，泊在岸边的船只一次次被滔天的白浪高高托起，无力地互相碰撞着。

一块儿用木条钉在窗外的塑料布被吹开了，狂风扑了进来，一切能吹起的东西都被吹了起来，扑克像蝴蝶似的在空中飞舞。睡觉的知青们纷纷惊醒。

"快，找东西，把窗封上！"齐勇说着，急忙跑出去封窗，黄伟、魏明也随他跑出去。

孙曼玲四处寻找能用的东西，看见隔在她和齐勇铺位之间的那块儿塑料布，便一把扯了下来。一眼看见小黑板，也拿上，跑了出去。

一名知青诗兴大发地说："在天空与大海之间，海燕像黑色的闪电，高傲地飞翔。这勇敢的鸟儿高叫着——让暴风雨来得更猛烈些吧！"

傅正也醒了，他坐起身来，懵懂地揉着眼睛："发生什么事儿了？"

其他知青也都被突如其来的狂风搅得手忙脚乱。他们有的在忙着从庙里边帮齐勇他们堵窗子，有的捡起被吹得到处都是的毛巾、枕巾、牙具杯、扑克牌以及其他小东西，谁都没理会傅正的问话。

只有那诗兴大发的知青跨到傅正跟前，激情澎湃地说："大海在咆哮！海浪在汹涌！啊，我的兄弟，要知道究竟发生什么事儿了，请你到门口去瞧一瞧，请你到门口去看一看……"

傅正："现在什么时候了？"

对方看了一眼手表，表演性地说："陛下，现在是中午十二点二十三分，也许是因为您近来太疲劳了，我注意到您没吃午饭就躺下了，而台风就要来了，我们侵占了龙王的庙宇，他在向我们示威！……"

又一股大风将门吹开。

又一扇窗子外的塑料布被吹破。

傅正突然失声叫道："涛涛！"

他顾不上穿鞋，跳到地上，冲出门外，向海边跑去。

又一排大浪高墙似的朝岸边涌来。傅正的鞋子被打湿了，他却毫无感觉，只是一个劲儿地往海边跑。

巨浪汹涌中，泊在岸边的船只忽而撞在一起，忽而分开。

"涛涛！涛涛！"

"叔叔，快来救我！"渔民嫂那条船的船屋里传出涛涛的呼救声。

傅正跑到了岸边。没有踏板，他只能涉水爬上一条在波涛里摇摆不定的船，再从这条船跳到另一条船上，曲折迂回地接近渔民嫂那条船。

涛涛想从船屋爬出来，却又不敢，只爬出上身，伏在船舷上大叫："叔叔，我在这儿！"手中挥舞着笔记本和笔。

傅正大叫："涛涛，别动！"

渔民嫂、齐勇以及几名渔民也朝岸边跑来。渔民嫂边跑边喊："涛涛！涛涛！"

这时，傅正已经跳上船，将涛涛搂在怀中。曲干事也跑来，见已有知青在船上，舒了一口气，安慰渔民嫂："大嫂别担心了，我们的小伙子已经在船上，孩子就安全了！"

渔民嫂抹着眼泪，转惊为喜："那是傅正，我不担心，我不担心了……"

船上，傅正把涛涛脸蛋上的水珠轻轻擦去："涛涛别怕，来，趴舅舅背上，舅舅背你。"

涛涛举了举手里的笔和笔记本："我没法儿搂着你脖子。叔叔，抱着我吧，我不重，你抱得动我……"

傅正抱起涛涛，从一条船跳向另一条船，就这样渐渐地向岸边挨近。

岸边的黄伟喊："傅正，小心啊！"

魏明也大声喊："别抱着，背着！"

齐勇什么也没说，穿着鞋就下了水，跨过一条条摇动着的船，接近傅正。黄伟和魏明也跟着下了水，三人的身影跳跳跃跃，先后接近傅正。

正在这时，两条船的桅杆突然撞到了一起，一条船的桅杆当中折断，从半空向傅正倒下。

齐勇大喊："傅正，危险！"

傅正也看到了倒下的桅杆,却已来不及躲闪了。他抱着涛涛扑倒在船上,将涛涛的头护在身下。

大家眼睁睁地看着倒下的桅杆压在了傅正的后脑上。

浪在灰沉沉的海上翻腾着,船只随着汹涌的波涛上下起伏。傅正闭着双眼仰躺在海滩上,齐勇跪着,将他的头抱在怀里,魏明和孙曼玲跪在傅正身体左右,黄伟跪在傅正的脚边。他们的哭声被风声和浪声盖住。

黄伟将傅正一只脚上扎着的一片贝壳轻轻拔掉,伤口流血了。黄伟一边哭,一边去擦他脚上的血。

齐勇一脸泪水:"傅正,傅正,我不该扇你一耳光,我向你道歉!"

人们低头肃立在他们周围。渔民嫂在哭泣。

涛涛把手里的笔和笔记本递给渔民嫂,抽泣着说:"妈,把笔和本儿还给舅舅吧,我再也不缠着舅舅了……"

渔民嫂突然拉起涛涛的胳膊,抡起巴掌重重地打下去:"都怨你!不识字就不是人了?就活不成啊?"

孙曼玲上前阻止,涛涛手中的笔和笔记本掉在地上。孙曼玲将涛涛抱开。曲干事捡起了笔和笔记本。他翻开笔记本,看到里面稚气的字迹,流泪了。他把笔和笔记本交给渔民嫂:"别打孩子,孩子也没什么错……"

渔民嫂:"曲干事,小傅他……小傅他……他就没救了吗?"

曲干事噙泪摇头。

渔民嫂双手掩面,失声大哭。

龙王庙里,那名思想"极左"的知青还在与另外三名知青打扑克。一名知青从外跑了进来,气喘吁吁道:"你们别玩了,七连那个叫傅正的,出事儿了……"

打扑克的四人同时看他,其中一人问:"怎么了?"

从外进入的知青:"他为了救渔民嫂的儿子,被一根断了的桅杆砸在头上，牺牲了……"

思想"极左"的知青似笑非笑地晃着头："那叫牺牲？他那也配叫牺牲？他那点儿事儿我一清二楚。每天中午不睡觉，冒充《早春二月》里的萧剑秋，溜到船上教人家孩子写字。我跟踪过他，所以知道。要不是因为他，人家孩子也不会困在船上，死了就是死了，只不过叫事故，请别用牺牲那么崇高的词来说他的死！"

另外三名手拿扑克牌的知青被他给说愣了。思想"极左"的知青继续说："偏偏今天中午他还睡过去了，我估计会出事儿，但不愿提醒他。他满足着虚荣的启蒙心理，我提醒他能获得什么满足？对我有什么好处？哎，接着玩儿呀，该谁出牌了？"

另外三名知青都将牌甩在桌案上，穿上鞋，头也不回地往外走。

"哎，你们……"思想"极左"的知青见同伴们弃他而去，转头瞪着那名来报信的知青，"都他妈怪你，搅散了我们这一把牌！"

那知青已坐在自己铺位那儿，也瞪着他，冷冷地说："你他妈的！"

天黑了。龙王庙里，知青们在吃晚饭。与以往不同，这一顿晚饭，人人都吃得异常沉默。齐勇他们几个坐在一起，呆呆地看着饭和汤，不动筷子。齐勇手中夹着烟，但他已忘了吸。烟灰很长，也忘了弹。烟烧疼了他的手指，他手臂一抖，一小截烟掉到了地上。

黄伟替他把烟踩灭。

那名思想"极左"的知青自说自话："萧剑秋这种人物，只不过是个灰色人物而已。年轻寡妇、孩子和那些对革命心灰意冷的、长得又不难看的小知识分子，无论在现实生活中还是文学作品中，从来都是有微妙的关系的。萧剑秋是因为暗打文嫂的主意才对文嫂的孩子好的，那叫醉翁之意不在酒。"

齐勇他们冷冷瞪他。

一名知青一手端着碗走到他背后，用另一只手拍拍他肩，小声劝道："别胡说八道了，照顾一下七连那几个的情绪。"

思想"极左"的知青不但没收敛，反而提高了声音："我想说什么就说什么，谁的情绪也不照顾。不就是死了一个'走资派'的儿子吗？至于都这么没笑脸儿的吗？"

齐勇按捺不住，低声地说："我要教训教训他！"

黄伟也低声地说："你别。你是班长，我来。"

魏明道："公平对决，如果有人敢帮他，我上。"

黄伟离开座位，直瞪着思想"极左"的知青走过去，而对方也防范地站了起来。

黄伟朝对方勾了勾手指，对方不甘示弱地走到黄伟对面。

孙曼玲不安地问："黄伟能打过他吗？"

魏明："这一架，打不过也得打。"

黄伟对那名知青道："你有颈椎病？"

那知青："你他妈才有颈椎病呢！"

黄伟："别说脏话，没有颈椎病为什么总歪着头？我想给你治治。"

对方一时困惑，半信半疑。

黄伟趁机笑着走上前，双手将对方歪着的头扳正，退后一步看着对方："这样才正。正了反而有点儿憋着股劲儿似的，是不？"

对方不由自主地点了一下头。

"那我现在就开始治！"

黄伟话音一落，一记大耳光已扇在对方脸上。对方被扇蒙了，紧接着又挨了一耳光。

孙曼玲在一旁叫："好！"

对方这才发觉自己被耍弄了，发疯般地扑向黄伟，将黄伟扑倒在地。黄伟猛一翻身，反将对方压在身下。

对方向自己的同伴求救："是我哥们儿的，快帮我！"

有三名知青站了起来。

魏明也站了起来，拎着高脚凳的凳腿，走到他们吃饭的案子跟前，又脚而立。

那三名知青被他的架势震慑住，又都缓缓坐下。

黄伟和对方在地上翻滚，忽而这个占上风，忽而那个占上风，忽而站起，这个把那个再次摔倒，或那个把这个再次摔倒。

终于，黄伟将对方脸朝下压倒，用膝盖抵住对方的背，一脚踩住对方一只手，并用自己的双手反拧对方另一只手的腕子，把对方拧得"哎呀，哎呀"直叫。

黄伟："你他妈服不服？"

对方："服了，服了！"

黄伟："光服不行。说你自己才是狗崽子！"

对方不说。

黄伟："不说，我拧断你爪子！"

对方："哎呀，我说我说，我是狗崽子！"

这时，团长和曲干事走进来。曲干事喝道："你们干什么呢？"

地上的两人这才站起。

曲干事走到齐勇跟前，严厉地说："你班里的战士和别人打架，你为什么不制止？！"

齐勇："我看不见。"

孙曼玲："他海带吃得少。"

曲干事又质问魏明："你刚才拎着凳子干什么？！"

"想表演杂技来着。"魏明吹吹凳面，把凳子端到团长面前，毕恭毕敬，"团长，您请坐。"

团长没理他，低声然而语调冷冷地问黄伟："为什么打架？"

黄伟满不在乎地说："我们没打架，只不过闹着玩儿。"

团长的目光又瞪向那名思想"极左"的知青。

那知青也点头说："是……是闹着玩儿……"

团长劈面给了他一记耳光，一转身，又给了黄伟一记耳光。他愤怒地说：

"你们一名战友失去了生命，你们居然还有心情闹着玩儿吗？还有没有点儿人性了！在城里都变成狼崽子了？！你们几个都给我站起来！"

坐着的知青们，包括齐勇和孙曼玲，都乖乖站了起来。

团长："全体，立正！"

众知青齐刷刷地立正了。

团长："曲干事，你在这儿监视他们，全体罚站一小时！他、他，他俩罚站两小时！"

曲干事也立正道："是！"

团长往外便走，走到门口，猛转身又大声地："都给我把头低下，默哀式！"

吉普车发动起来，离去了。

"明天人人都要戴黑纱。本来应该我去县城买黑布的，现在团长亲自去了。"曲干事说着，走到齐勇跟前，"傅正的铺位在哪儿？"

齐勇默默一指。

曲干事："其实你看得见，就是不管，对吧？"

齐勇："对。有的人，应该被教训教训。"

曲干事不再说什么，默默去整理傅正的被褥，用行李带熟练而认真地扎捆。

孙曼玲哭了。

曲干事将傅正的被褥方方正正地捆好，低头看一眼手表，低声道："罚站解除。"

孙曼玲扑在自己褥子上，竭力克制着，不大声哭起来。众知青在她的哭声中，纷纷脱衣服，躺下去。

天亮了。臂戴黑纱的知青们、团长、曲干事、渔民嫂以及些个渔民在海滩卷捆海带。四面八方出现了许多人，他们挑的、背的、抬的、扛的都是海带。他们默默地放下海带，转身就走。很快，海滩上的海带堆成了小山。

北大荒积雪满山，拖拉机拖着木爬犁顺着山路下山，爬犁上坐着刘川他们几名三连的知青。

一名知青问赵灿："还到不到七连去？"

赵灿："当然去。"

此时，七连男一班的宿舍里，只有"小地包"一人坐在炕上，一边嗑瓜子，一边翻着赵天亮那半本《泰戈尔诗集》。他的冻伤已基本好了，只不过双手留下了发黑的死皮。

赵灿和其他两名知青背手闯入，"小地包"吃惊地看着他们。

赵灿："你就是赵天亮喽？"

"小地包"忐忑不安，表面上却强作镇定："你们找他有什么事儿？"

三人中的一个说："手被冻伤过，准是他！"

"还你枕头！"赵灿背着的手突然从后面伸出来，手上拿着的正是一只枕头，他二话不说，对着"小地包"劈头盖脸地打起来。

另外两人背着的手里拿的也是枕头，也用枕头朝"小地包"打来。三人边打边说：

"还你枕头！还你枕头！"

"替王凯还你！"

"还你三个够不够？"

"小地包"抱着头，一声不吭。

赵灿："够了！"

另外二人住手。

赵灿从腰间拔出一把小匕首，划破一只枕头，将里边的荞麦皮兜头倒在"小地包"身上，恨恨地说："让你知道，我们的枕头都是正宗荞麦皮的！"

另一名知青："呸！一只枕头你当成了宝贝！"

赵灿："走！"

三人一转身，愣住了。一个拄拐的人挡住了他们的去路，双手裹着新换的药布，一只脚上没穿鞋，也缠着药布。来人正是赵天亮。

赵天亮："你们几连的？为什么到我们七连来欺负人？"

三人中的一个对赵灿小声地说："搞错了，这小子才是赵天亮！"

赵灿回头看"小地包"。

"小地包"："没错！他不是赵天亮，我是！"

赵灿挥拳欲打赵天亮。赵天亮已经明白了，他们是冲自己来的，将脸一偏，宁愿挨打的样子。

三人中的一个挡住赵天亮，对赵灿劝说："算了，你看他这样！"

这时，"小黄浦"、杨一凡和沈力也风风火火地走了进来。见屋里有陌生人，都是一愣，围住了他们，打量着。

赵灿："咱们走。"

杨一凡往他跟前一站："说清楚再走！"

"没什么可跟你们说的。"赵灿朝赵天亮一摆下巴，"我们来还他枕头。"

赵天亮闪到了一旁："让他们走。"

杨一凡等三人这才也闪开，赵灿他们三人扬长而去。

"小黄浦"走到"小地包"跟前，问："怎么回事儿？"

"他们不是说了嘛。""小地包"把身上的衣服一件件脱下来，抖着荞麦皮。

赵天亮一蹦一蹦地走到"小地包"跟前，内疚地说："对不起，都是因为我。"

"没什么。""小地包"穿上背心，将两只枕头一只只扔向赵天亮的铺位，"是还你的，归你。"

沈力："班长他们回来了。"

杨一凡："我们一班，再也没有傅正了。"

"小地包"和赵天亮疑惑地看杨一凡。

"小黄浦"："傅正死了，埋在山东了。"

"小地包"和赵天亮又吃惊地看"小黄浦"。

齐勇、黄伟、魏明三人扛着行李走了进来。齐勇还拎着傅正的行李捆，他将傅正的行李摆正后，低头坐在炕沿。黄伟和魏明也低着头坐在自己铺位那儿。

"小地包""小黄浦"、赵天亮、杨一凡、沈力五个人，盯着齐勇三人臂上的黑纱发呆。

这时，张靖严走了进来，用目光往炕上寻找着什么。

魏明："排长，你什么时候回来的？"

张靖严没回答他，指着傅正的行李捆反问："傅正的？"

魏明、黄伟、齐勇点头。

张靖严走了过去，捧起傅正的行李捆，坐在炕边，轻轻地摸了一会儿，将脸伏在行李捆上，抱着行李捆无声痛哭。

夜晚。马号里。老耿头盘腿坐在炕上卷叶子烟。

马灯放在桌上，张靖严在灯旁写着什么，却总写不安稳。他揉了纸，起身走到窗前，向外望着。

老耿头看他背影一眼，问："雪还在下？"

张靖严头也不回地说："还在下。"

老耿头："写什么呢？写了撕，撕了写的。"

张靖严："写……写封家信。"

老耿头："不是吧？"

张靖严转身走到炕边坐下，一边帮老耿头搓烟叶，一边说："大爷，何必问呢？"

老耿头："我这儿，简直成了你们几个高中知青的秘密联络站，写点儿什么防着人看到的，说点儿什么不愿被人听到的事儿，都到我这儿来。我怕不定哪天，我这儿成了个有问题的地方……"

张靖严："大爷，你还信不过我们几个？"

老耿头："别写些惹是生非的，啊？"

张靖严："大爷放心，什么可以写，什么不可以写，我心里有数。"

老耿头卷好一支烟，刚要吸，张靖严说："大爷，我也想吸口"。

老耿头晃了晃手中的烟："这烟可冲。"

张靖严："就是想吸两口冲的。"

老耿头将烟递给张靖严。张靖严刚吸了两口，就呛得直咳嗽。

老耿头："看，吸不得吧。"

门一开，赵天亮拍着身上的雪走进来："靖严，想跟你聊聊。"

"看样儿，我又得躲出去喽。"耿大爷从炕上下来，往外走。

赵天亮抱歉道："大爷，对不起。"

老耿头在门口站住，扭头看张靖严，想说什么，张了张嘴，却没说出来。待他走后，赵天亮看桌上的纸和地上的纸团，问张靖严："我来得是不是不是时候？"

"十点停电，现在可是停电以后了。既然来了，就聊聊吧。"张靖严将地上的纸团一一捡起，扔入炕洞口，看着纸团烧起来。

赵天亮："写什么呢？"

"傅正由于他父亲的问题，不能被定为烈士。我觉得这不公平，想给兵团司令部写封信，替他争取一下。"张靖严在刚才坐过的凳子上坐下，对赵天亮说，"你也坐下啊。"

赵天亮在炕边坐下说："你写好，我签名。"

张靖严不语。

赵天亮："我敢保证，全连的人都愿签名。"

张靖严："那不好。以我一个人的名义，是一名党员对一件事儿的个人看法。有太多的人签名，性质就不同了，反而容易遭到误解。还是说你想说的事儿吧。"

赵天亮："契诃夫有部小说叫《第六病房》，你看过吗？"

张靖严点点头。

赵天亮："书里有一句话，'俄罗斯病了'。如果……如果有人在写给别

130

人的信中，对于咱们中国，也流露了那么一种看法，算不算反动？"

张靖严敏感又严肃地说："在谁给谁写的信中？"

赵天亮："你先回答我。"

张靖严："肯定算——你怎么知道的？"

赵天亮："那样一封信曾缝在我枕头里，现在我那只枕头丢了。"

张靖严："为什么把那样一封信缝在枕头里，而不是当即烧掉？！脑子呢？脑子长哪儿了？"

赵天亮："现在后悔也晚了，那封信是……"

"别说！我知道是谁写的了。让我想想该怎么办。"张靖严站起身来，踱到窗前，"还有谁知道？"

"我们一班都知道我因为枕头丢了对王凯大发脾气。"

张靖严："王凯的腿断了，也跟枕头有关？"

赵天亮点头。

"天亮，过来。"

赵天亮走到了张靖严跟前，张靖严将一只手轻轻放在他肩上，低声地说："你枕头里根本不曾有过那样一封信。你缝在枕头里的，只不过是一个姑娘写给你的情书。在任何情况下，都要死不改口地这么说，明白？"

赵天亮："可……至今没有姑娘给我写过情书。我写给别人的情书行不行？"

"不行，那解释不通。"张靖严放下了手，在屋里走来走去。

赵天亮："怎么解释不通？人就不会珍藏自己写给别人的情书了？"

张靖严："解释不通就是解释不通，除非那是个精神有毛病的人！"张靖严站住，又将手拍在赵天亮肩上："是二团一个叫张冬梅的哈尔滨姑娘写给你的。"

赵天亮苦着脸道："可我不认识那么一个姑娘。"

张靖严："是我亲妹妹。"

赵天亮："我连见都没见过你妹妹，她怎么会给我写情书？"

张靖严："我这个亲哥哥牵的线，搭的桥，明白？"

赵天亮："可我和周萍……我对她……如果周萍误以为我脚踩两只船……"

张靖严打断他："真那样了我替你解释！"

赵天亮："如果别人也误解了，把我看成一个不道德的人，那我怎么办？你总不能——替我去解释……"

张靖严："我才不替你——解释！真那样了你得给我默默承受着！记住了？！"

赵天亮："记住了！"

大雪纷纷扬扬，漫天遍野。七连的知青们在大雪中挥舞着镐刨，他们要在这冰天雪地里修筑一条新路。三轮手推车骨碌碌地运走冻土块儿，来来往往的土篮里挑运着铺路用的沙石。偶尔，几台拖拉机拖着铁碾子从路上碾过，闪在路两旁的知青又回到原来的位置，热火朝天地干起来。

一阵夹着雪片的狂风刮过，许多人背转过身去，避开那冷风的锋面。有的知青被吹得弯下了腰，几顶帽子顺势刮落在雪地上，球似的往前滚去。掉了帽子的知青不得不在几乎让人睁不开眼睛的风雪中，勉强地睁开眼睛，追赶那被风吹落的帽子。

天黑了，暴风雪却还没有停。列成长队的知青，一个个弯着腰，顶着暴风雪回连队。迎面驶来两辆马车，其中一辆的赶车座位上坐着张靖严，他大声喊道："女排的，上马车！"

没有人上马车。

张靖严："女排的都聋了？都给我上马车！"

孙曼玲："这时候不分男女！"

张靖严："胡说！这时候才分男女，你先给我上去！"

张靖严双手将孙曼玲叉起，放到了车上，一转身，拽住的是'小黄浦'。

"小黄浦"："我是男的，我帽子刮丢了……"

方婉之："姑娘们，我带头，都坐到车上来！咱们早点儿回到连队，马车就可以早点儿再来接男知青们！"

女知青们这才陆续地坐上马车。

马铃哗哗。马车在呼啸的暴风雪中奔驰。

有几名女知青轻轻哼起了《三套车》的曲调。

没过多久，孙曼玲等女知青站在了女一班的新宿舍门前。门被狂风刮到这里的雪埋住了半截。在孙曼玲的带动下，女知青们用双手扒雪，进了宿舍门。

孙曼玲坐在女一班宿舍的炕沿，看着手中饭盒里的海带汤发呆。高洁轻轻拍了拍她："怎么了？"

孙曼玲："想起了傅正，觉得这是他用生命换来的……"

吴敏夹起一筷子海带丝刚塞到嘴里，又吐进饭盒里了，用凶巴巴的目光瞪孙曼玲。

谢菲："班长又怎么惹你了？你那么瞪着班长干什么？"

吴敏放下饭盒往外跑，还没跑到门口，哇地吐了。

林丽："神经也太敏感了！"

连部里，指导员将一封打字信件交给站在他面前的方婉之，说："团政治处寄来的，咱们连有知青向团里反映，说你身为女知青排长，平时从不对女知青抓紧政治思想教育，反而大谈自己的恋爱史，热衷于向女知青传授恋爱经。"

方婉之看看信件，一笑，将信放在桌子上。

指导员："看上边批的几句话，政治处还真挺当回事儿呢！"

方婉之拉过一把椅子来坐下："随他们。"

指导员："是上边说的那样？"

方婉之："我是过来人。经常和她们谈谈爱情，我认为也是我的一种责任。"

指导员："会是一名什么样的知青向团里反映的呢？"

方婉之又一笑："你可真有意思。知道又怎么样？不知道又怎么样？"

指导员也笑了："是啊……可，这不是无事生非嘛。"

方婉之："该生就让它生吧，挡也挡不住啊，不往心里去就是了嘛！"

他们正说着，连长走了进来，问："谁家生小孩儿了？"

方婉之和指导员都笑起来，指导员朝那封信翘翘下巴。

连长拿起信看了看："讨厌！筑路的任务压得这么重，哪儿有工夫理这茬！"说罢，便把信撕了："看来，以后几天不会再刮大烟泡了！"

冬夏流转，野草盛衰。麦海由碧绿转成金黄。一台台拖拉机牵引着收割机游弋在麦海。在运麦子的卡车的隆隆响声中，又一年过去了。

知青们的汗水留在北大荒的黑土地上，黑土地也给予他们回报。荒凉的原野渐渐变得丰饶起来。粮仓满了，吃上了雪白的馒头和各类炒菜的知青们笑逐颜开。

转眼已是一九七二年冬天。

赵天亮来到连部门前："报告！"

连部里传出方婉之亲切的声音："小赵，快进来！"

赵天亮走了进来，见屋里除了方婉之，还有指导员、连长、尹排长，他们都看着他微笑。

赵天亮有预感似的问："我的探亲假批下来了？"

指导员："不仅你的探亲假批下来了，孙敬文、徐进步、齐勇、孙曼玲，你们十几名知青的探亲假都一块儿批下来了。你们都来兵团两年多了，该享受探亲假了。"

赵天亮听到这个消息，乐得合不拢嘴。

连长："还有更让你高兴的事儿呢！你小子呀，福音双至。你的处分也到期了，党支部刚才研究过了，恢复你男一班班长的职务。"

赵天亮："这可不行！"

指导员："嗯？还不行？"

赵天亮："我更愿意齐勇当班长，而我当他的战士。"

尹排长："还挺义气的！人各有志，齐勇想当咱们连的弼马温，党支部也满足他的要求了。"

指导员："小赵啊，希望你们一块儿离开连队，路上互相有个照应，啊？"

赵天亮点头。

男一班宿舍里，知青们有的在下棋，有的在打扑克，有的在睡觉。沈力在画一幅拖拉机牵引"康拜音"（脱粒机）在麦海中收割的油画。

赵天亮闯入，兴奋地说："弟兄们，咱们的探亲假批下来了！"

"小黄浦"把扑克一甩："乌拉！乌拉！"

"小地包"、沈力、杨一凡跟着手舞足蹈地喊："乌拉！乌拉！"

而正在下棋的黄伟和魏明却无动于衷。

黄伟撇了撇嘴："看把这几个小子乐得！"

魏明："你说了，冬天不探家，要等到夏天跟我一起回去的啊，可不许反悔！"说着，挪了棋盘上的一个棋子。

黄伟："那有什么可反悔的！该我走了，将！"

马棚里，齐勇铡马草，老耿头给他续草。马们在打盹儿。

齐勇边铡草边问："耿大爷，为什么马要夜里再吃一顿，而且料要精一点儿呢？"

老耿头："马是大牲口嘛。白天干许多活儿，消化快，转眼就变成马粪了。天黑了，马卸套入棚了，这时它累得只想休息，喂它，它也吃不下多少。到了半夜，马的胃肠就空了，也解过乏来了，可想吃到口好料了。这时候马的胃肠吸收功能最强，马吃得也最安闲，细嚼慢咽，所以长膘嘛。"

齐勇："那牛呢？"

老耿头："牛和马不同。你看牛多粗的腰身，它的胃大，夜里反刍。但是在它反刍的时候，给添点儿粮食，那也是必要的。咱俩休息一下，我得先喂喂我那老伙计。"老耿头说罢，起身去到料锅那儿，盛出半桶米汤，喂角落里的一匹老白马。

齐勇："这是什么米的米汤？"

老耿头："小米米汤，对了点儿白面，熬成糊糊。咱们北大荒不产小米，小米是我托人用白面从山西那边换来的。只喂它小米米汤，我还喂不起。"

齐勇："它有多老了？"

老耿头："可够老的喽。马最多能活三十几年，它已经活了二十七八年了，相比于人，八十多岁了，有今儿没明儿了。牙都快掉光了，吃不动草了。戏文里不是这么说的嘛：'老汉今天七十八，好比路旁草一棵，过了今年秋八月，不知来年活不活……'"

齐勇却早已不听他说了，走到"乌云"那儿，为"乌云"挠额心和耳根，还对着马耳悄语："乌云，咱俩终于能经常在一起了……"

老耿头一转身，见齐勇搂着"乌云"的头，在和"乌云"贴脸，很不高兴地说："你小子给我过来！"

齐勇走到他跟前，奇怪地看着他："大爷，怎么有点儿不高兴啊？"

老耿头："我当然不高兴，我看不惯你小子那么势利眼！"

齐勇摸不着头脑："我？势利眼？"

老耿头："那可不！你给我记着，你小子不许眼里只有'乌云'，没有这匹老白马！当年它也是'乌云'这样的一匹好马！连长他们那批老战士到北大荒来的时候，是这匹白马驾辕，我赶着车去接的。连人带行李，车上坐着连长、尹排长他们六七个人。那天下雨，马车从山上下来的时候，因为路滑，闸都不顶事儿了！车像辆坦克似的往山下冲，我一下子甩到车前边去了，那是眨眼间的事儿。眨眼间不但我的命交待了，连长他们那也得死的死，伤的伤。是这匹驾辕的白马，它当时一口叼起了我，它铆足了劲儿往后坐，马车到了平地上，才松口把我放下！血顺着马嘴角往下滴，我衣服上也都是血！自打那时候起，这白马一口牙松动了好几颗！……七连得好好养它的老，要不然就显得我们人太没良心！这是当年连长对我的嘱咐，明白？"

齐勇看一眼那匹不太起眼的老白马，肃然地说："明白，明白。"

老耿头："哼，势利眼！刚才我还没讲完你就去对'乌云'献殷勤！"老耿头悻悻地往外走，走到门口，转身又说："你要是不把老白马照顾好，不但我会跟你过不去，连长也饶不了你！"

老耿头走出去了。

齐勇转身又看老白马，虔诚地鞠了一躬，轻轻拍着马脖子说："白将军，白老将军，本帅有所不知，失敬失敬。从今往后，我保证你能享受到最优等的待遇！"

齐勇正跟马说着话，突然听到身后传来一阵笑声，他一回头，见是孙曼玲。

孙曼玲："我以为你一个人在这儿发神经呢，原来跟马说话！"

齐勇夸张地摘下帽子行骑士礼，不料帽子脱手，甩到了马蹄下。

孙曼玲笑道："还想耍活宝，出洋相了吧？"

齐勇捡起帽子扣在头上，大言不惭地说："刚才是预演，现在才是正式的。"说着，便第二次行骑士礼。"欢迎孙女士光临本帅府！这使本帅府蓬荜生辉，使本帅感到无比荣幸！"他直起腰，指着正在悠闲地嚼着料草的马说，"它们都是本帅的骁将，'乌云'是本帅的五虎上将。这匹老白马，本帅现已封它为至尊侯……"

孙曼玲："得啦得啦，我得抓紧时间跟你说正经的，你们男一班好几个人的探亲假批下来了，你知道不？"

齐勇得意地说："我比他们谁都知道得早。"

孙曼玲："我弟和你们一块儿走，我求你路上照顾他。"

齐勇："亲爱的同志，你别再把你弟当小孩儿了行不行？他烦你这样你知道不知道啊？"

孙曼玲："我当然知道！"

齐勇："那你还这样？"

孙曼玲："他烦归他烦，在我看来，他各方面很不成熟。我是他姐，我就是得这样。"

齐勇："还真没治了！那，你各方面就成熟？"

孙曼玲竟说："你看呢？"

齐勇一愣，不由得以研究的目光从头到脚，从脚到头地看孙曼玲，而孙曼玲并没有被看得不好意思，反而迎视着他的目光，挺胸引颈扬头。

齐勇自己反而不好意思了，嘟囔："我看不出来你成熟不成熟。"

孙曼玲："我觉得我相当成熟！"

齐勇："这很好啊。一个人能够特别自信地认为自己很成熟，那也许就表明他起码快成熟了。我一定会在路上照顾你弟弟的，还有别的事儿吗？"

孙曼玲回头看看，见门外没人影，腼腆又小声地说："还有……那就是咱俩的事儿了？"

齐勇又一愣："咱俩？咱俩什么事儿啊？"齐勇又是一愣。

孙曼玲："就是……咱俩的关系问题……"

齐勇吃惊地张着嘴："哎，亲爱的同志，等等等等，你说咱俩的关系问题是不是？"

孙曼玲点头。

齐勇："咱俩的关系怎么了？也没什么问题啊！"

孙曼玲："我和我弟刚到连队的时候，因为咱们两家那件事儿，你欺负我弟，看到我的时候，目光也凶巴巴的，你承认不？"

齐勇犹豫了一下，回答："那是事实，我承认。"

孙曼玲又说："咱俩一块儿去山东，在列车上，你对我的态度来了个一百八十度的大转弯，变得特别友好了，这也是事实吧？"

齐勇挠挠头："也不能说是一百八十度的大转弯吧？"

"你觉得我说过了？我减去三十度，一百五十度符合事实吗？"孙曼玲让步说道。

齐勇困惑地："这……"

孙曼玲："一百二十度呢？"

齐勇："亲爱的同志，你到底想说明什么啊？"

孙曼玲："你对我的态度变了。"

齐勇："不错，是变了，那是因为我和你弟的关系变了，所以我对你的态度也改变了。"

孙曼玲："在列车上，你搬起我的脚，往你腿上放来着，对不对？"

齐勇想了想，点头："对，有这么回事儿。那能说明什么问题？"

孙曼玲："这应该是我问你的话！"

齐勇无辜地说："你问我那也说明不了什么问题呀，当时我想让你躺得舒服点儿嘛！"

孙曼玲低下头："这就不是一般的对我好了。"

齐勇："也不是太不一般的对你好啊！"

孙曼玲："并且，我半睡没睡的时候，你还吻了我！"

齐勇吃惊地说："等等等等，亲爱的同志，这种玩笑可不是随便开的！"他走到门口，探出头，谨慎地向两边张望，接着掩上门，走到孙曼玲跟前，绕着她看。

孙曼玲纯洁无邪地瞪着双大眼睛，也旋转着身子，大胆地迎视着齐勇的目光。

齐勇："我没吻你。"

孙曼玲："吻了。"

齐勇："没吻！"

孙曼玲："吻了！"

齐勇被孙曼玲的肯定弄糊涂了，他拍着额头，竭力回忆，对自己的记忆力开始产生怀疑，自言自语："我怎么觉得……好像没吻呢？"

孙曼玲："一个人想要否认某种事实的时候，就往往说好像怎么样，而一个人说好像没怎么样的时候，恰恰可以反证他确实那样了。"

齐勇："这套逻辑针对不诚实的人才适用！"

"现在你给我的印象就已经接近是那样的人了。"孙曼玲大摇其头，显出对齐勇的品格有几分失望的样子。

齐勇有口难辩，摊开双手，急得走来走去的。

孙曼玲："刚才，你一直口口声声叫我亲爱的同志，这又表明什么？"

齐勇："这，这这这，在山东的时候，因为只有你一个是女的，大家不是都爱那么叫你嘛！"

孙曼玲："我觉得你叫我亲爱的同志的时候，语调和别人不一样，他们那么叫，是玩笑，你那么叫，另有一番意味。"

齐勇被她问得不知应该如何应对："你你你……那你究竟想要干什么呢？"

孙曼玲："看，咱俩的关系就是出现问题了吧？"

"嗨，这哪儿跟哪儿啊！"齐勇蹲下身，心烦意乱地掏出烟。

孙曼玲向四周看看："马棚里到处是草料，你现在又是这儿的负责人了，养成在马棚里吸烟的坏习惯可不好。"

齐勇仰脸看她，想说什么，张张嘴什么话也没说出来，但将烟又揣入兜里了。

孙曼玲见他不说话了，便道："齐勇同志，我不是来找你无理取闹的。我们从山东回到连队以后，我经常失眠，经常在思考我们的关系。如果说你对我的态度改变了，我们之间开始形成了一种我求之不得的，良好的兵团战友间的友谊的话，那么，在列车上你搬起我的双脚放在你腿上，就是比友谊更进一步的友爱了。如果我这么认为没有错的话，那么你在我半睡没睡的情况之下吻了我，就肯定是爱的表现了。"

齐勇生气地说："我究竟吻了你没有，我还没想清楚呢！"

孙曼玲毫不退让："你认为我是那种无中生有的人吗？"

齐勇呆呆看她，又无话可说。

孙曼玲见他不说话，脸色严肃起来："如果你是爱我的，那么你吻了我，就是一件自然而然的事儿。证明在我们之间，爱情开始发生了。如果你并不爱我，而又偷偷摸摸地吻我，那就只能证明，你这个人的品德大有问题。那么我们之间的关系问题，就成了你这个人单方面的品德问题！"

齐勇呆呆地看着她。

孙曼玲："如果你担心我们两家那件不好的事儿，没有足够的勇气当面承认你爱我，那么我现在庄严地告诉你，我们两家之间发生的那件不好的事儿，不应该造成两家永远的仇恨。古人云，化干戈为玉帛嘛，对不对？如果你怕恋爱这种事儿会在连里传开，影响我们俩在知青中的形象，那么我可以告诉你，我是不怕的，希望你能和我一样。连里这么多知青，毛主席没要求我们都当和尚、尼姑。如果你想明确知道我这方面对爱情的态度，那么……"

孙曼玲跨前一大步，踮起脚尖，在齐勇腮上迅速吻了一下，然后向后退了一步，略带紧张地看着他，好像报考演员的姑娘完成了一次表演动作，等待主考老师评论似的。

齐勇扬起手臂，手握成拳想搂她，却没有那样做，而是在半空放松了手，情不自禁地摸了一下自己的腮，之后又愣愣地瞪视着她。

孙曼玲："你究竟是第一个爱我的人，还是一个品德有问题的人？"

齐勇张张嘴，还是说不出话。

孙曼玲："你现在不好意思回答也没什么，我问得的确是太直接了。可以给你一段考虑的时间，探亲回来以后再回答也行。当面说不出口，写在纸条上也行……完毕！"

齐勇："什么完毕？"

孙曼玲："别装二百五，我到这儿来找你，该说的话都说完了，我走了！"说罢，转身欲走。

"等等！"齐勇叫住她。

孙曼玲停下脚步，转过身。

"我他妈干脆来真格的，要不我冤死了！"齐勇上前一步，搂抱住孙曼玲就吻。

孙曼玲扭动着身子挣扎，挣扎不开他的搂抱，挥拳在齐勇身上乱打，齐勇任凭她打，孙曼玲左右转脸不让齐勇吻到，但最终还是被齐勇吻到了。

起初，那是一方不达目的誓不罢休，一方百般不情愿的吻，渐渐的，齐勇的吻不再是气恼地、狠狠地吻了，他的吻温柔起来。孙曼玲也吻得主动了，投入了。

他们的帽子都掉在了地上……

"乌云"不知为什么咻咻叫起来。

齐勇和孙曼玲猛地分开，各自捡起帽子。但在慌乱中，二人捡起戴在头上的是对方的帽子。

孙曼玲退后一步，闭上双眼，一只手撑在额头上，面颊微红，似乎有些头晕。齐勇见状，想上前扶她，她却本能地摆手："别过来！"

孙曼玲的目光里又有激动，又有惊恐，看一眼齐勇，转身往外便跑。她一拉开门，撞在"小地包"身上。"小地包"后边跟着赵天亮、杨一凡、沈力、"小黄浦"。

"小地包"看她满脸通红，纳闷道："姐，你到这儿来干什么？"

"少管我！"孙曼玲窘态毕呈，转身飞快地跑开了。

"小地包"和其他几个知青望着她的背影，疑惑地互相看看。

"小黄浦"："说不定因为什么事儿，找到这儿来和齐勇吵架的。"

杨一凡："听那口气像是。"

齐勇的声音从屋里传了出来："你们到底进来不进来？"

"小地包"他们走进来时，齐勇已恢复了镇定，他背对着大家，若无其事地往槽里添料。

赵天亮："班长，敬文他姐，找到这儿来和你吵架了？"

齐勇："不许再叫我班长了，从今天起，你才是男一班班长！"

"小地包"："我姐那人，刀子嘴豆腐心，吵了你也别往心里去啊！"

齐勇这才转过身："你你你姐……我简直算服了她了！"

"小地包"："你现在才服她？我从小就服了她了！不看僧面看佛面，来来来，吸支烟，消消气，我们是来找你商量探家的事儿的。"

齐勇接过烟。

"小地包"："为了庆贺探亲假批下来，我特意买的。"

沈力："女一班里，三个上海的，要和咱们一起走。"

赵天亮："也没跟你商量，我就同意了。"

齐勇拍拍赵天亮肩："对，都是一个连的，当然一块儿走。"

杨一凡："天亮一答应，汪漩、薛艳、谢菲她们三个可高兴了！"

"小地包"划着火柴，替齐勇点上烟。

齐勇吸一口烟后，将手按在"小地包"肩上说："那咱俩责任可就大了。咱俩要负责替他们三个北京的、三个上海的，在哈尔滨买到车票，再把他们一一送上车。"

沈力凑上来说："我想往回带的东西不少，有你俩，我有依靠了，什么也不愁了。"

"你把烟给我掐了！"老耿头不知何时走了进来。

齐勇赶紧弯腰踩灭烟，不敢随便乱扔烟头，拿着走到门口，扔在雪堆上，复踩一脚。

齐勇尴尬地说："大爷，我保证以后不犯这种错了。"

老耿头指着槽子训斥："还有这种错！你往槽子里拌这么多黄豆干吗？想把马都撑死啊？！"

齐勇一使眼色，几个人赶紧溜之大吉。

公路两侧站着近百名知青，有穿兵团服的，也有穿便装的插队知青。看来有一阵没来长途汽车了。有人哈手，有人踩脚，有人跑圈儿。还有的人，居然在路沟里升起了小火堆，围蹲着吸烟，烤火。有人守着自己的大包小包，而有些人，则把东西堆在一起。那情形看起来，不说像是逃难，也跟准备迁徙的部落差不多。

"王晓东！王晓东你跑哪儿去了？过来看着东西！"

"杨晓芳，别拎着包了，放一块儿，丢不了的！"

"我的包呢？我的包怎么少了一个，谁拿错一只装面的帆布包了？"

男的、女的、天津的、上海的、北京的喊话声此起彼伏。

齐勇、赵天亮、杨一凡、沈力、"小地包""小黄浦"，还有女一班的三个上海姑娘汪漩、薛艳、谢菲，总共九人站在一起。他们带的东西堆成两堆。除了三个上海姑娘，齐勇等六名男知青，各背着狍皮卷，像背着小炮筒似的。

汪漩用上海话发愁地说："咱们这么多东西，一会儿怎么上得了车啊！"

赵天亮安慰她："放心，有我们呢，保证你们连人带东西，今天全都上得了长途！"

薛艳对"小黄浦"说："冻死我了，怎么还不来一辆车啊？"

"小黄浦"替她系上帽耳朵。

薛艳："我棉手套都冻透了！"

"小黄浦"："我给你搓搓。"

薛艳倒也大方，从棉手套中抽出双手，乖乖地让"小黄浦"又是哈又是搓的。

谢菲对沈力称赞道："你们男一班的真有孝心，人人都给父母带了狍皮。"

杨一凡拍了拍狍皮："我们预先向老战士们订好的，临时怎么能说买就买得到？"

谢菲："要不怎么说你们有孝心呢！"

杨一凡："你们三个上海姑娘也很有孝心啊！瞧你们，又是面又是油，还有黄豆、木耳、猴头、黄花菜、榛子……都想回去开店呀？"

谢菲羡慕地望着男知青们的狍皮："其实我最想带回去一张狍皮，我爸爸的腿有风湿病。"

沈力大方地说："既然你父亲有风湿病，我这张归你了！"

"那怎么行！"谢菲连忙摆手拒绝。

沈力一笑："有什么不行的，不就是一张狍皮嘛，下次探家我再往回带呗！"

杨一凡："别要他的，他家在北京住背阴的房子，父母也需要一张狍皮，我的归你，不过我先替你背着……"

谢菲笑了："那多谢了啊！"

一名插队男知青袖着手凑过来，用天津话搭讪："我用二斤木耳，换你们一张狍皮行不行？"

杨一凡、沈力同时摇头。

天津插队知青博取同情地说："我爷爷，他常年瘫痪在床上。"

沈力指着齐勇说："找他换去，他最仗义了！只要你说得再令人感动一点儿，估计能换成！"

这时，齐勇正在对赵天亮和"小地包"说："前几辆都不是空车，再来一辆也许是空车，你俩要守住车门，保证咱们连的几个都上得去车。别管东西，东西我和杨一凡负责往车顶上弄，保证一件不少地弄上去就是。"

那名天津插队知青真的走了过来，可怜兮兮地对齐勇说："把你的狍皮换给我吧，我给你二斤木耳，再加几个猴头……我爷爷长年瘫在床上，有张狍皮他能多活好几年。"

齐勇："不换！"

天津插队知青转身一指杨一凡："他叫我跟你换的。他说你为人最仗义，善良，富有同情心，急人之所急，一向助人为乐，就像活着的雷锋。"

齐勇："跟你说这话的小子是王八蛋！"他朝杨一凡望去，杨一凡坏笑着转过身去。

天津插队知青仍然不死心："我看他挺好的。他还说，即使你说不换，我也要坚持，坚持就是胜利。"

齐勇对赵天亮恼火地说："看见了吧？他还坏笑！"

赵天亮："你最仗义，那我这不仗义的，只好躲开了，要不影响你们做成交易……"说罢，真的走到一旁去了。

天津插队知青可怜兮兮地央求齐勇："我爷爷今年都七十八了，一张狍皮兴许能让他活到八十几岁！"

齐勇："别说了，快把你木耳拿来！"

"你等这儿别动！"天津插队知青高兴地转身跑了。

突然有人喊："来车啦来车啦，好几辆！"

三辆长途公共汽车开来，前边一辆的司机探出头喊："大家不要急，更不要挤！半个小时以后，还会开来两辆空车！"

可是，这会儿哪有人理会他的话呢。公路上顿时混乱如麻，每一辆车的车门口都挤成了人团。齐勇已经站到一辆车的车顶上，杨一凡和沈力在向他抛东西。赵天亮用背将"小黄浦"顶上了一辆车，他成了最后一个勉强挤上车的人。在车门缓缓关严的瞬间，他一眼看到了站在公路边的周萍。

"周萍！"

周萍也循声看到了他，但看到的只是门缝间赵天亮的脸。车门在他们相望的瞬间关严。

周萍没有探家的伴儿，也不善于挤车。她孤独一人站在路边，身上交叉背着两个书包，脚旁是一个大拎兜。

开动的车上传来赵天亮的声音："周萍！周萍！"

周萍眼睁睁看着那辆车渐行渐远，只是张着嘴，却没发出声音。

最后一辆车也开走了，车顶上有两个袋子开了或破了，流出的面粉将后车窗糊白了，还有黄豆不断地撒到公路上。

公路上只剩下了七八个知青和他们的东西。

周萍把她的拎兜拖到路沟里摆正，将已熄灭的小火堆重新吹出火苗，她把冻得有些麻木的手从手套里抽出来，凑近那微弱的火堆，慢慢地烤着……

第 16 章

隆镇列车站。

当年它是黑龙江最北地区的终端站，在它前方不再有铁轨了。

远远看去，冰天雪地中的铁路候车室那么寂静，似乎是一处无人之所。可走进去，里面却是一片嘈杂之声。

候车室的门突然被撞开，一名兵团知青被从里面推出来，跌坐在雪地上，是"小黄浦"。不待他爬起，又有几名兵团知青冲了出来，围住他，为首的人踢他一脚："你交不交出来？不交出来，今天废了你！"

"小黄浦"鼻子已经出血，刚一站起，又被推倒。这时，齐勇、赵天亮、"小地包"从候车室里冲出来，护住"小黄浦"。

"小地包"将"小黄浦"扶了起来，愤怒地质问对方："为什么打人？！"

对方中为首的那名知青也很愤怒地说："他不排队，夹楔！"

齐勇回头询问地看"小黄浦"。

"小黄浦"推开正用手绢给他擦鼻血的"小地包"，辩白道："我没夹楔，是他们买不到票，找人撒气！"

齐勇："没买到今天的，那就快去排队买明天的啊！听你口音是哈尔滨的，我也哈尔滨的，给我个面子，到此为止，啊？"

"我才不管你是不是哈尔滨的！这时候，老子六亲不认！"对方为首的

147

人朝身后同伙一伸手，"给我钱！"

同伙将一卷钱塞在他手里，他将那只手朝齐勇一伸："一手钱一手票，把四张票给我们，算你们发扬风格，否则，哼！"

赵天亮早已按捺不住，骂道："你他妈少来这套！"说着，他扑向对方，拦腰将对方抱起，摔在地上。对方翻滚而起，反扑向赵天亮。赵天亮一闪，对方扑了个空，赵天亮朝他后背踹一脚，将对方踹倒。

对方的同伙们扑上来，齐勇对付最凶猛的一个，挡住对方的一拳，一个大背，也将对方摔倒了。"小地包"和"小黄浦"解下了皮带，向对方们乱抽。

被摔倒在地上的两个爬起来，和同伙们退却了，其中一个跑到候车室门口，冲里边大喊："边境连的都出来，咱们的人受欺负了！"

又有五名对方的人冲了出来。这时的对方们，加起来总共十人了。

齐勇等四人见对方人多，退到了一根水泥电线杆那儿，分四角站立，防范着。

齐勇看到地上有半块儿砖，捡起给了赵天亮。

赵天亮："你拿着！"

齐勇摇头，将棉袄的扣子解开，一副要大打出手的样子。对方的人也一个个手抡皮带，步步围将上来。

"都给我站住！"极严厉的一声喝吼。正打算打一架的知青们纷纷回头。大步走过来一个人，不是别人，竟是曲干事。

曲干事瞪着对方那个为首的知青："马力，你老实说，怎么回事儿？"

马力一指"小黄浦"："本来我们至少可以买到三张票的，他不但夹楔，而且一下子买了四张票！那是今天最后的四张票，结果我们今天一个也走不成了！"

"小黄浦"："他胡说！是他哀求我，要夹在我前边！我没同意，他就找碴儿打架。"

曲干事又转脸看马力，马力表情尴尬地将脸一转。分明地，"小黄浦"

说的才是事实。

曲干事："都把武装带扎上！"

对方们纷纷扎武装带。

曲干事："别忘了你们是边境连的，是每天配备真枪实弹的，是纪律更严明的！一离开连队就打群架，像什么样子！都给我退一边去！"

边境连的那伙知青纷纷退后，散开了。

齐勇等九名七连的知青和马力等十名边境连的知青，总共十九个人，肩扛手拎大大小小的行李，鱼贯走进一家"大车店"。

所谓"大车店"，和知青们在连队的宿舍差不多，一间窄长的砖房，两铺对面的大通炕，中间过道摆两张黑不溜秋的方桌和几张条凳。

店主是一个五十多岁、半老不老的瘦小男人，他迎上前，抱歉地说："各位小将，你们看，本店实在太小，你们忽然闯来这多人，住不下呀！是不是，请到别处再看看，啊？"

显然，这么多知青的到来，不仅未使店主高兴，反而使他非常不安。

"小黄浦"没好气地说："我们哪儿也不去了，就看中你这儿了，不欢迎啊？"

店主："欢迎欢迎，哪儿敢不欢迎呢！"

"小黄浦"把行李往地上一扔："既然欢迎，那就别那么多废话了。"

店主："可这……"

沈力对"小黄浦"说："别那种口气，山大王下山啊？"

马力却将他们中一个胃疼的知青扶到炕边，让他躺下。

店主见他们一副要安营扎寨的样子，连忙上前道："小将们小将们，我已经说了，我们店小……"

马力狠狠瞪店主一眼，店主不敢再吭声了。

齐勇对店主说："大爷，我们不再是红卫兵了，我们是兵团战士了，所以，不要再叫我们小将了。"

店主："不敢当不敢当，我才五十几岁，不配你叫我大爷。"

"小地包"："你叫我们小将，那我们也是不敢当的。我们不造反已经快三年了，基本上是退出江湖了。"

齐勇："别耍贫嘴！"又转而好言对店主说："我们这些人中，一半儿今晚要上火车，不全住你这儿。我们只不过先在这儿开个会，你放心，保证不给您添太大的麻烦。"

店主："支持你们开会，全心全意地支持。不开会，中国要变颜色的。可，那也得……"他向齐勇捻动手指。

齐勇不解。赵天亮明白了店主的意思，将店主扯到一旁，小声问："说吧，多少钱？"

店主："得预付。怎么着，每个人也得两毛钱吧？"

"好说。"赵天亮掏出牛皮纸叠的钱包，往外取钱，"那，您起码得给弄点儿开水喝吧？"

店主："我后边煮了一锅大碴子，还放了芸豆，再加半桶水，等开了，给你们喝米汤行不行？"

赵天亮笑了："那更好啊！"

店主离去后，曲干事走进来，扫视着知青们说："我得赶短途车到师部去开会，没时间耽误在你们这儿。你们如果再打架，那就是往兵团脸上抹黑，我一定向团长汇报，严厉处分你们！尤其你们边境连的，都把你们调到别的连去！"

边境连的知青们既心虚又害怕，纷纷避开曲干事的目光。

胃疼的知青在炕上发出呻吟。曲干事朝他望了一眼，又说："既然他们中有一个病号，那你们七连的责无旁贷，起码得让出一张票来！齐勇，能不能保证？"

齐勇："我们商量商量……"

曲干事："我要听到的是保证！"

赵天亮应道："能！"

曲干事："你说不算，我要听他的！"说着一指齐勇。

齐勇朝赵天亮翘下巴："他现在又是一班长了。"

曲干事又一指赵天亮："你要对我负责任，也要对你的话负责任！"说完，"哼"一声，转身走了。

桌子上横七竖八放着几张车票。七连的知青们坐在桌子四周开会，边境连的知青坐在对面的火炕边默默看着。

赵天亮："他们胃疼的那个，我认为最好是今天晚上就能上火车。我因为有些个人的考虑，今天晚上不想上火车，那么，我把我的票让给他。"

赵天亮从一打票中拿起一张，放在另一边，接着说："他们中还有一个，收到了父亲病危的电报，这也是不能耽误时间的事儿。上不了今天晚上的火车，也许在哈尔滨就不能买到开往北京的票，在北京就不能及时买到开往上海的票，那可能一耽误就是两三天。"

齐勇："这你别多说了，我也因为有些个人的考虑，今天晚上不想上火车了，把我那张票也放一边吧。"

赵天亮看齐勇一眼，又从桌上的那些票中拿起一张，放在了另一边。

赵天亮看着边境连知青中唯一的一个姑娘说："她是他们边境连的文书，也是上海的。如果她今天晚上上不了车，以后一路上连个伴儿都没有了。"

"小黄浦"："那我明天走。"

赵天亮："你明天走不行，咱们连的三个上海姑娘，还得你一路上费心照顾。"

汪漩、薛艳、谢菲三个上海姑娘互视。

汪漩："那……我吧？"

齐勇："你们三个上海的，最好都跟'小黄浦'一路，不能把你们四个拆开。"

"小地包"："天亮，把我的票也放一边儿。"

赵天亮："他们四个上海的今晚都上火车，那么你今晚也得上火车。他们在哈尔滨转车时如果不顺利，你也好给予些帮助。"

杨一凡看了看沈力："听明白了？班长把主意打在咱俩身上了，咱俩来石头剪子布吧！"说着，伸出了手。

沈力："不跟你来，不就谁早走一天谁晚走一天吗？你今天走我明天走就得了嘛！"

杨一凡："那我多不好意思啊！"

赵天亮干咳一声，慢条斯理地说："他们连里，还特派一名男知青护送病号。当然，一凡如果你今天晚上走，途中也能和大家一起帮着照顾照顾病号，是吧？"

杨一凡："对对，我能，那肯定能。"

赵天亮："可，如果把人家连里特派的照顾病号的人和病号分开，那不太好吧？"

"你意思是……我的票也让出来？"杨一凡有些失望。

赵天亮："你的意思呢？"

杨一凡："那我没什么好说的了，一切由你班长决定吧。"

赵天亮又将两张票放一边："散会！今晚走的，都带上东西，回候车室，千万别误了车！今晚不走的，就住这店里，明天一早，分头买票！"

于是众人起身，要起程的纷纷找寻自己的东西。

杨一凡嘟囔："费了九牛二虎之力才买到票，自己却上不了火车。"

沈力搂着他肩说："别抱怨了，就当是为了和我在一起才晚走一天的吧！"

赵天亮指指马力，指指让出的四张票，什么话也没说，离开了大车店。

长途汽车站上，两辆长途车夹烟带尘地驶来，又有一批知青下车，互相招呼着，拖拽着大包小包，争先恐后地朝列车站的方向走。

赵天亮在他们之间寻找着周萍，他边找边喊："周萍！周萍！"

知青们走光了，原地只留下失望的赵天亮。他走到一辆长途汽车跟前，问司机："师傅，今天还有过来的车吗？"

司机："还有一辆，坏在半道了，一些人挤上了我们这两辆车，一些人没挤上来。"

赵天亮："估计那辆车什么时候会开过来？"

司机："哎呀，这可就说不好了。"

另一辆车的司机朝这边喊："哎，那小伙子！我这就回去接那辆车上的人，跟不跟我去？"

赵天亮跑到那辆长途汽车前，问："一去一回，得多长时间？"

"怎么也得四五个小时吧。我不过嫌路上闷得慌，想有个伴儿，要不我不搭你的茬儿。上不上？不上我这就走了！"

赵天亮犹豫一下，果断地说："开门，我上！"

长途汽车行驶在路上，赵天亮坐在司机旁的座位上。

司机："接好哥们儿？"

赵天亮："不……接我妹妹。"

"难怪着急上火的。你能肯定她在最后那辆车上？"

赵天亮："我挤上一辆车的时候，她没挤上来，应该就在最后一辆车上。"

"你这当哥的也是，怎么能光顾自己往上挤呢？别着急上火的了，喝我口水压压急吧。"

赵天亮看到了司机的水杯，拿起，咕嘟咕嘟喝掉一大半。

坏在公路上的那辆长途汽车仍旧停在路边，车上有几名知青一边跺脚取暖，一边翘首以待。见有车开过来，他们中有人兴奋地喊："来啦来啦！接咱们的车来啦！"

坏了的车车门一开，拎着东西扛着东西的知青，呼啦一下拥下车来。

赵天亮坐的那辆长途汽车停住，赵天亮刚一下车，知青们便围住了车门口，争先恐后往上挤。

赵天亮逆着拥挤的人群向下冲："周萍！周萍！"

无人应答。

赵天亮冲出人群，跑向那辆坏了的汽车，车上已空无一人。

赵天亮失望地回到他来时乘的那辆汽车上坐下。司机将汽车发动起来，驶离了那辆坏在半路的长途汽车。

赵天亮仍旧坐在司机旁的座位，表情沮丧，一言不发。

司机："你不是说你妹妹吗？怎么你姓赵，她姓周？"

赵天亮："她……她姓的是我妈的姓。"

赵天亮站起来，转身问："谁看见一个上海姑娘了？戴狗皮帽子，穿棉胶鞋的？"

有人反问："挺漂亮的，山东屯的插队知青对吧？"

赵天亮："对，对，她是我妹妹。"

那知青说："是不是你妹妹，你就不用声明了。你又不是上海的，怎么会有一个上海妹妹呢？这不是此地无银三百两嘛！"

有女知青不满："你知道什么情况就告诉人家什么情况嘛，说些不三不四的话干吗？"

赵天亮望着第一个知青，请求地问："她怎么了？为什么连你们刚才坐那辆车都没挤上去？"

对方却将头往后一靠，闭上眼睛，不理不睬了。

又有人说："我告诉你，你可别急啊，她钱包丢了，车票也丢了，只得又回山东屯了。"

赵天亮呆住，半天才缓缓落座。

司机安慰赵天亮："小伙了，知道她又回山东屯了，你也就放心吧。去财免灾，想开点儿，啊？"

赵天亮又拿起司机的水杯，咕嘟咕嘟将剩下的水全喝光了。

司机自言自语："要说这当父母的，能不离，就尽量凑合着往前过。这一离，一个还姓爸姓，一个却姓妈姓，一个是北京知青，一个却成了上海知青，搞得儿女多那个……"

天黑了。大车店里，齐勇、杨一凡、沈力在吃饭，窝头、咸菜、粥、豆腐乳、臭豆腐而已。

赵天亮走进来，径直走到桌前，闷闷坐下。

沈力："你接哪儿去了？我们轮番到长途汽车站找了你几次。"

赵天亮："她连最后一辆车也没挤上，她钱包丢了，票也丢了，又回山东屯了。"

众人一时沉默。

齐勇对赵天亮："我们三个去送送该上车的，你别去了，吃点儿东西，早点儿躺下休息吧！"

于是大家站起。

"我也去。"赵天亮也站起来，从桌上抓起一个窝头，掰开，往中间夹了一块儿臭豆腐，咬一大口。

送走了当晚上火车的知青，齐勇他们回到大车店。

齐勇趴在铺上吸烟。赵天亮仰躺着。

齐勇小声问赵天亮："你怎么打算的？"

赵天亮："我的票也要买，还要多买一张。"

齐勇："多买一张？"

赵天亮："替周萍把票买了，长途汽车下午四点钟到这儿，我预先去接她。"

齐勇："明天也接不到呢？"

赵天亮："退两张票，我一个人继续在这儿等她。"

齐勇："如果她改变了想法，不回上海了，你在这儿不是白等？"

赵天亮："我至少要在这儿等她两天，还等不到她，我也不探家了，去山东屯看她。"

"如果你往回返，她却又往这儿来了，结果你俩还是没碰到一起，那怎么办？"

"长途汽车站有广播，我请广播站的人帮我广播留言，他们一听我说找的是妹妹，挺痛快地就答应了。"

"那，想不想我也留下陪你？如果想，就老老实实说出来。"

赵天亮一翻身，对着齐勇侧躺着，感动地说："谢谢，又何必呢？不过有你这句话，我心情好多了。"

杨一凡也说梦话，说的竟是："周萍！周萍！我们在这儿呢！"

赵天亮不由得欠身看杨一凡。

齐勇学着电影里日本人的语调道："一个周萍妹妹，把你们搞成这个样子！"

二人都无声地笑了。

赵天亮躺下后，齐勇掐灭烟，问："哎，你说有没有这种情况，一个人做了的事情，成为事实了，可他自己却一点儿印象都没有？"

赵天亮："当然有了，患梦游症的人就那样。"

齐勇："可，你们发现我有过梦游现象吗？"

赵天亮又欠起了身，看着他："谁说你做过什么事儿了？"

齐勇自知失言，搪塞道："和我没关系，我说的是别人，我一个别的连的朋友摊上了这么一件事儿，有一个姑娘，言之凿凿地说他吻了人家，所以要跟他确立恋爱关系。可他想来想去，无论怎么努力地回忆，就是想不起来自己吻了人家。"

赵天亮："你建议他，走自己的路，让别人说去。"

齐勇："走自己的路，让别人说去……这算什么建议啊！"

赵天亮打了个大哈欠："睡觉吧，别操心别人的事儿了。"

"对，不操心别人的事儿了，睡觉睡觉！"齐勇抚了赵天亮的头一下，翻身背朝赵天亮，裹紧了被子。

天亮了，赵天亮还在炕上睡着，店主的女孩搂着男孩，坐在炕的另一端，而齐勇、杨一凡、沈力三个都已经穿戴梳洗完毕了。

沈力："但愿今天能顺利地买到票。"

杨一凡："昨天夜里，肯定已经有人在卖票窗口排队了，咱们也许对严峻的形势估计得太不足了。"

齐勇拍拍杨一凡的肩："带着希望去做事儿，成功才有希望嘛！"又对床上的两个孩子说："别大声吵闹，让叔叔安安静静地多睡会儿，啊！"

女孩男孩懂事地点头。

正如杨一凡所料，等他们来到车站时，买票的人确实已经排成了一条长龙。不过齐勇他们排了小半天的队之后，还是买到了车票。这天夜里，赵天亮就把他们送上了回家的列车。

列车又一次开走了，车头喷出的雾气由浓重化为淡薄，远去的汽笛由尖厉归于静寂。站台上只剩下了赵天亮一个人，水银般清洌的灯光将他的影子拉得很长。

赵天亮从检票口走出了列车站，走在通往大车店的路上。北方小镇郊外的路上没有灯，路的两旁，一边是厚雪覆盖的旷野，一边是些低矮的房屋。赵天亮一脚深一脚浅地在雪地上走着，雪在他的脚下吱吱作响。

狗叫声传来，赵天亮站住了。一条黑色的农家大狗拦住了他的去路。他与狗对峙着，突然大叫一声，狗夹着尾巴跑开了。赵天亮却还站在那儿，仰起头望夜空，星斗分明，皓月如盘。

赵天亮对着漫天的星月默默地念道："周萍，周萍，你为什么不回我的信呢？"

隔天下午，周萍拎着两个大拎兜随着拥挤的人流从长途车上下来，听到了火车站的广播声："知识青年周萍同志，在山东屯插队的上海知青周萍同志，你的哥哥在隆祥大车店等你一起探家，他已经等了你三天了……"

周萍听着，脑海中浮现出赵天亮温和的脸，她惊喜地微笑了。

而这时的赵天亮，正躺在大车店的炕上，额头上敷一条毛巾。他在发烧，还在说呓语："周萍，周萍，你在哪儿啊！"

店主在炕沿前烦乱地走来走去："这可怎么好，这可怎么好？"

店主的女人走来，换了一条毛巾敷在赵天亮额上。

店主："你昨天替他买药时，留了收据没有啊？"

店主女人："留了。"

店主："他这要是一病不起，我们可怎么办？"

店主女人不爱听地说："你这人，怎么这么想啊！身体这么棒的小伙子，不过就是感冒了，发烧了，能一病不起吗？一个离家千里的半大孩子，咱们多少也得对人家孩子有点儿善心！"

"好好好，你善良，听你的！他那烧，退点儿了没有？"

店主女人用手背触触赵天亮脸颊："我觉得退了点儿了。"

"如果高烧不退，会烧出肺炎的，那咱们可算摊上了！"

"放心，我担保，晚上再服两片药，喝一碗红糖姜水，把火炕烧热点儿，让他出身汗，明天一早肯定又精精神神的了。"

夫妻俩正着急，他们的女儿走了进来，说："爸妈，来人了！"

店主夫妇朝门口一看，一个知青样子的姑娘站在门口，脚旁是她的大拎兜。来的正是周萍。

周萍："我来找我哥哥。"

她走到炕前，看着赵天亮，温情地说："就是他。"

店主："谢天谢地！有你这当妹妹的在，我心里踏实多了！"

大车店外，周萍在往门旁贴一张报纸，纸上两行墨迹未干的字是：

本店已住有患传染性感冒的客人，敬请前来投宿者转往别店。

店主在一旁百般不高兴："你这么一来，不是明摆着影响我这儿的生意嘛！"

周萍恳求地说："大叔，就今儿一晚上，明天晚上我们可能就走，临走，我一定亲自撕下来。"说着，她从兜里掏出些钱塞给店主。

店主点了点头，还是不高兴地嘟囔："才五元……"

周萍沉吟一下，从颈上抽下了长围巾给店主："纯毛的，可以了吗？"

店主翻过来调过去地看，喜笑颜开了，连声道："可以了，可以了。哎，姑娘，你看过了没有啊，这张报两面可别有'最高指示'什么的，那叫别人发现了，会惹出大麻烦的。"

周萍："我小心着这一点儿呢，两面儿都仔仔细细地看过了，没有。"

因为知青返乡过年达到高峰，火车票越发难买了。幸好大车店的店主乐意帮忙。

天色刚擦黑，店主和周萍走在从车站回大车店的路上。

周萍："大叔，谢谢您啊，要不是你带着我求了几个人情，我恐怕买不到明天晚上的票。"

店主："甭谢，小事儿一桩。谁在一个地方住了几十年，还没些朋友呢。再说，你们两个半大孩子，都离家那么远，半道落脚在我这大车店里，那和我们也算有缘不是？我那儿，以前住过的都是些来来往往赶大车的，这一两年才开始接待你们知青。接待你们，也使我那儿经常显得有股子朝气，我们两口子不是心里也高兴嘛！"

"大叔，您心眼真好。"

"我那口子心眼更好。她不是本地人，是年轻时流落到这儿的。那时我老爹还活着，收留了她，后来她就成了我媳妇，所以她顶同情远离家乡亲人的人了。说起来我老父亲那也是有功之臣，当年靠开个大车店做幌子，掩护过不少抗联的人。这都'文革'了，还允许我这儿子开大车店，那也体现着共产党对我老父亲的一份报答。所以，我开店开得是很本分的，让交多少税，从没二话。"

"大叔，我一辈子都会记得这家大车店，记着你们的。"

二人说着话，回到了店门前。

店主看着那张报纸说："闺女，咱可以把它撕下来了吧？"

周萍撕下了那张报纸，揉成一团，欲远远地扔掉。

店主："别扔。既然没有'最高指示'什么的，留着引火也别扔了呀！"

店里，店主女人正端着碗走向赵天亮。周萍见步上前，接过了碗："大婶，我来。"

店主女人："这孩子，睡了一白天了。不过烧倒是退了，再把这碗红糖姜水给他喝了，明天一早准好。"

周萍先将碗放在炕上，再将赵天亮扶起，接着端起碗，将碗边触向赵天亮嘴唇。

赵天亮闭着眼睛将红糖姜水喝光。

店主夫妇看着他们笑了。

周萍刚一放下碗，赵天亮睁开了眼睛。

周萍冲他嫣然一笑，赵天亮难以置信地揉眼睛。

周萍含情脉脉地说："哥……"

"周萍！"赵天亮一下子紧紧将周萍抱住了。

店主："哎呀妈呀，烧刚退就露原形了！"

店主女人打了店主一巴掌："什么话！走走走，别看着了！"

店主女人推着店主离开了。

赵天亮仍紧紧搂抱着周萍不放。周萍发现坐在炕那一端的店主的一对儿女眼睛眨也不眨地看着他俩，难为情地轻轻推开了赵天亮。

赵天亮的目光一寸不离地留在周萍身上："以为你改变主意，不探家了呢。"

周萍："钱包丢了，票也丢了，一着急上火，是那么打算来着，可，又实在太想家了。毕竟离开父母两年多了啊。"

赵天亮："你怎么总丢东西？"

周萍苦笑："从小娇生惯养，自立能力差呗！我小时候，家里有两名阿姨，其中一个专门负责照顾我，所以我需要被脱胎换骨地改造嘛……"

赵天亮忍不住怜惜地摸了一下周萍的脸颊。周萍轻轻握住他那只手亲吻，见店主的一双儿女还在看他俩，立刻不好意思地将他的手放开了。

赵天亮柔声问："借钱了？"

周萍点头："我们支书可怜我，从队里的账上给我预支了一百元，足够回到上海了。"

赵天亮："路上不许再花你的钱了，花我的。我这两年多，基本上没往家里寄过钱，只每月给我哥哥寄十五元钱，我觉得我现在像财主，而你像贫雇农！"

周萍无邪地笑了。

赵天亮、周萍和店主一家同桌吃饭。赵天亮发现男孩的眼始终盯着自己胸前的毛主席像章，便将像章取下来，别在男孩身上。周萍也取下自己胸前的毛主席像章，别在了女孩身上。

店主女人对女孩道："哑巴了？你弟弟不说谢谢，你也不说呀？"

女孩很乖地对周萍说："谢谢姐姐。"

男孩看着放在屋子角落的行李问："你们的兜子里，都装的什么呀？"

周萍对他解释："白面，姐姐要带回上海，蒸馒头、烙饼、包包子。"

不料，男孩将半块儿窝头往桌上一放，对他妈妈说："妈妈，我也要吃馒头、烙饼。"

店主打了男孩一筷子："非年非节的，你想得倒美！"

男孩刚要哭，赵天亮将他抱在了膝上，哄："别哭别哭，叔叔走前留下一些面，过新年过春节的时候，让妈妈给你蒸好多好多馒头，烙好多好多油饼。"

吃罢饭，周萍抢着收拾碗筷，和店主女人一同走入厨房去了。

店主卷烟、吸烟，吞吞吐吐地说："小伙子，我看你烧一退，你妹一来，你变了个人儿似的。有件事儿，咱们可得有言在先，约法三章啊！"

赵天亮："大叔请讲。"

店主："她不是你妹，我们两口子都是过来人，一眼就看出你俩什么关系了。"

赵天亮不好意思地笑。

店主："等会儿，我们一家四口就都睡到里屋去了。这外间，一铺大炕，只剩你俩。你俩没结婚证，可不许做出那种摆不到桌面上说的事儿。万一把她肚子搞大了，不但你们兵团处分你，一传十，十传百，传来传去的，万一有天传到了我们这儿，我这店，不是也成了不光彩的地方吗？是吧？"

赵天亮严肃地说："大叔请相信我，我向毛主席他老人家保证，绝不会那样！"

店主也严肃地说："说话得算话，我墙上贴着毛主席像呢！"

赵天亮看一眼毛主席像，严肃的表情中又有了自尊："就是没贴着毛主席像，我也不那样！"

周萍的声音："你们说什么呢？不哪样啊？"

赵天亮回头，见周萍站在炕边儿，店主的女孩正坐在炕上抛布口袋玩儿。

赵天亮大声道："说我们男人之间的事儿，和你无关。"

店主小声地说："那我信你。"

周萍也盘腿坐到炕上，对女孩说："姐陪你玩会儿。"

女孩将布口袋给了周萍，周萍笨拙地抛接着。

女孩："姐，你没玩过？"

周萍："没玩过，姐小时候不太爱玩。"

"那你不闷？"

"闷了就弹弹钢琴。"

"钢琴是什么？"

周萍耐心地解释："乐器。跟你家一张桌子那么大。"

女孩仍然不明白："乐器又是什么？"

周萍："乐器就是……能发出好听的声音的东西。"

"明白了，喇叭那一类东西？"

"对，你真聪明。"

"我们管那类东西叫响器，像一张桌子那么大的响器，弄出动静还不震耳朵？"

店主女人的声音从里间屋传来："妞子，妞子，你弟屙了，快拿纸来给他擦屁股！"

女孩："听到啦！"

女孩掀起炕席一角，炕席底下现出一本硬皮的《唐诗三百首》，女孩拿起，翻开，要撕。周萍拦住："别，姐给你手纸。"

周萍赶紧蹦下炕，跑到屋角，拉开自己的大拎兜，从里面翻出一卷粗糙的黄色手纸，跑回来递给女孩。

女孩离开后，周萍拿起《唐诗三百首》，如获至宝地翻看。那书的中间，已被撕去了多页。

女孩抱着弟弟回来了，见周萍还在看那本书，便说："'十一'后有拨知青在这儿住过，走时忘这儿的。"

周萍："给姐吧。"

女孩点头。

周萍从兜里掏出钱，点了一元，往女孩兜里塞："收着，先别告诉你爸妈。"

女孩扭动身子不让周萍往兜里塞。

周萍把钱塞进女孩兜里："往火车站去的路边有家小卖部，那儿有手纸卖，姐走后，你去买手纸。"

女孩："谢谢姐姐。"

周萍一笑："抱小弟坐炕上，姐给你们背诗！"

屋子另一端，店主伏在桌上打瞌睡，发出轻微的鼾声。赵天亮坐在一旁，为店主卷烟，他的手边，放着许多已卷好了的烟。

周萍的声音传来："背几首了？"

女孩的声音："三首了。"

男孩学语地："三首了。"

周萍的声音："你俩都困了，再背一首短的，都去睡觉，啊？还是姐说一句，你俩说一句——鹅、鹅、鹅……"

男孩女孩共同的声音："鹅、鹅、鹅……"

赵天亮不禁回头，深情地望着周萍的身影。

周萍和孩子的背诗声，和着店主的鼾声，在夜晚的大车店里回荡：

鹅鹅鹅，

曲项向天歌。

白毛浮绿水，

红掌拨清波。

在周萍和两个孩子背诗的时候，那盏度数不大的电灯泡，竟渐渐地增强了光亮。背诗声戛然而止，周萍和两个孩子抬头瞪着电灯泡。赵天亮也抬头瞪着电灯泡。

店主女人走进来，抬头看了看电灯泡，自言自语："唉，又要……"

"啪"的一声，电灯灭了，屋里黑了。

没有灯，大家只好早早地上了炕。这一间的炕上只剩下赵天亮和周萍，他俩都已侧身躺下，脸对着脸，之间隔一尺多的距离。

赵天亮："为什么不回我的信呢？"

周萍："你给我写过信吗？"

赵天亮："我回到连队不久，就给你寄了一封信。"

"可我也没收到呀。"

"因为你没回信，我就……"

"就再也不给我写了？这么长的时间里，为什么不写第二封第三封第四封呢？你说你一回到连队就给我写信，我就天天盼，你说你一有机会就到山东屯看我，我也盼……"

周萍最后一句话，带着哭声了。

赵天亮："对不起，是我误会了，是我不好。"

黎明爬上窗子。屋里亮了起来。炕上，赵天亮和周萍的手握在一起。

店主劈木柴的声音从外面传进来。

赵天亮醒了，扭头朝里外间的门那儿看。门帘垂着，帘那边安安静静。

赵天亮凑到周萍身边，轻轻地吻她的手。

周萍眼睛闭着，睫毛却在动，嘴角浮现一抹笑意。

赵天亮欣赏地看着周萍的脸，她的脸越发显得秀美。

赵天亮又回头看里外间的门那儿，门帘仍垂着。他大胆起来，挨到周萍跟前，对着周萍的唇俯下头。

周萍忽然睁开了眼睛，双眼亮晶晶的，满是幸福。她嫣然一笑，笑得美极了。

赵天亮忍不住抱起她的头，深深地吻下去。

周萍的双臂也揽住赵天亮脖子。

他们互相热烈地吻着，吻着。

外间的门突然响动了。他们惊慌地分开来，背对背躺下。

店主抱着劈柴从外面走进来，将劈柴轻轻放在炉边，拍打着身上的雪花……

大雪纷飞，店主女人抱着男孩，身旁站着女孩，与赵天亮和周萍告别。

店主女人："闺女，探家回来，还住咱们这儿，啊？"

周萍真挚地点头。

店主扛起了周萍的大拎兜。

赵天亮："大叔，我扛。"

店主："谁扛不一样呢！"

赵天亮、周萍在店主的送行下，冒雪走了。

店主女人及两个孩子目送着他们雪中的身影。

男孩忽然大声地说："鹅鹅鹅，曲项向天歌……"

周萍分明听到了，转身挥手。

女孩："妈，我把姐的围巾还给姐！"不待店主女人反应，女孩已从颈上抽下围巾，一扭一扭地向周萍追去……

哈尔滨列车站。

夜深了。悬钟显示着时间：十一点二十分。

铁轨上没有列车停靠，站台上候车的旅客也寥寥无几。"小地包""小黄浦"、汪漩、薛艳、谢菲以及边境连的那名病号知青，负责护送病号的马力、女文书等一群人，站在四周静悄悄的站台上，焦急地议论着。

"小黄浦"："敬文，要不你先走吧，我和大家继续在这儿等。"

"小地包"："这是到了哈尔滨，只有我一个人是哈尔滨的，我拎上包一走了之，那像话吗！"

"小黄浦"："我们出站，到候车室去，连夜排队买明天开往北京开往上海的票。"

马力："我刚才到候车室看过了，挂出牌子来了，北京上海明天的票卖完了。再说人山人海，水泄不通……"

"那你说怎么办？""小黄浦"抢白道，又一指"小地包"，"这么多人，总不能全跟他到他家去吧？你路上没听说啊，他家除了厨房，只有一间住屋。"

马力把头一扭，不吭声了。

女文书："要不，你们七连的几个跟他走吧，别管我们三个了。你们让给我们票，我们已经很感激了。不能到了哈尔滨，还成你们的包袱……"她说得那么自哀自怜，说到后两句都带着哭腔了。

病号知青捂着胃蹲下了。

马力和女文书立刻一左一右地也蹲下，关切地问：

"怎么了蔡宁？是不是又疼得厉害了？"

"要不要我去给你找点儿热水喝？"

汪漩对"小黄浦"小声地说："咱们不能跟'小地包'走，咱们得留下陪着，你说呢？"

薛艳悄悄地对谢菲说："张靖严不是说他父亲肯定会来接的吗？为什么会出现这种情况？"

谢菲："我怎么晓得啊！"

一名站台女员工走了过来，催促道："你们都得出站了啊，最后一次列车归库了，我们一会儿该清站了。"

"小黄浦"赔笑地说："我们在等来接我们的人，再让我们等会儿。"

女员工："那也得都到站外等！"

马力："约好了在这儿等，不见不散。我们一出站，不是白约定了吗？"

女员工："那我可管不着！"

"小地包"生气地说："滚一边去！你们家没有下乡的是不是？"

女员工愣了愣，居然默默转身走了。

"小地包"："诸位，大家都不要急，再耐心等一会儿。如果还见不着张靖严的父亲，都跟我回我家，我自有安排，反正不会让大家流落街头。"

"啪！"一只看去极为有力的男人的大手掌使劲儿拍在桌上。

站台派出所里，张靖严的父亲站在一名青年铁路警察的面前，墙角里站着张靖严的弟弟。他的身旁有张桌子，上面放着一捆绳子，桌旁坐着两名年轻的警察，一名在看报，一名在捧着饭盒吃东西。听到张父拍桌子的声音，他们放下了报和饭盒，一齐向张父望去。

张父愤怒地说："儿子，跟我走！我看谁敢拦我！"

张弟从桌上抓起绳子，刚一迈步，桌旁那两名警察就跟着霍地站了起来，其中一名指着张弟威胁地说："敢动！把绳子放下！"

站在张父面前的警察："还敢对老子拍桌子！那你更别想走了。别站这儿，那边站着去！"说着，他双手推张父。

张弟："别碰我爸！"他一把抓起绳子，冲过去。

两名警察一起拦住他，三人扭打起来。张弟将一名警察的臂章撕掉，连衣袖也撕出了一个三角口子。

那名警察狠狠扇了张弟一耳光。

张父："你他妈敢打我儿子！儿子别动，老爸跟他来试试吧！"

张父正要上前，却被站在跟前那名警察从后面拦腰抱住。

张父挣扎着大声喊："老子豁出来十几年标兵不当了，今天非跟你们试试不可！"

门一开，所长走进来，大吼一声："干什么呢？"

从后抱住张父的警察松开了手臂，肃立一旁，抢理道："报告所长，事情是这样的……"

所长："你先别说！"所长制止他，转而问张父，"张师傅，您请说，怎么回事儿？"

张父："我大儿子连里有几名北京上海的知青探家，我和他弟来接他们。我和他弟从前边那道员工门进来的，碰上了他，要看票，要看工作证，我天天上班从那道门出出进进，我一再说我认识你，不但认识你，还认识站长、书记，可他们还是怀疑我和我小儿子想偷东西！你告诉他们，我和扒车团伙斗争的时候，他们还穿开裆裤呢！"

所长："老张师傅，是我们局十四五年的老标兵了，当列车司机的时候是标兵，后来因为腰疼病开不了车了，当装卸班长以后，还是标兵，他照片一年到头贴在光荣榜上啊，你们从没朝光荣榜看过一眼是不是?!"

站台上的知青们迟迟等不到张父。

"小黄浦"提议："我有一个建议啊，敬文你看这样行不？咱们大家一起，连喊三声张靖严，如果靖严的父亲确实来了，就在附近，那不准能听到吗？"

大家纷纷点头。

车站派出所里，张父问所长："我有资格教训他们几句不？"

所长："那有，当然有。"

张父："你们这儿的事儿，我也不是一点儿都没听说。你们中有的人，原先只不过是街头巷尾的小痞子，仗着父亲靠造反当上了官，就能逃避上山下乡运动，混上了一身警服，铁路警察的好些优良传统，都被你们这号的给破坏了！"

忽然从站台传来喊声："张靖严！"

张父："儿子，他们还在站台上，快去！"

张弟抓起绳子奔出屋子。

被撕掉臂章的警察："他把我臂章撕掉了！"

所长："那你又想怎么样？自己缝上，不会缝一会儿我替你缝！"

张父看着被撕掉臂章的警察："是你扇了我儿子一耳光对不对？他才十六，还未成年。而你、你，你俩都是人民警察！"他转脸问所长："所长，我有没有理由也扇这小子一耳光？"

所长一笑："张师傅，以后我经过光荣榜，要是看不见您的照片，我可是会觉得怪遗憾的啊！"

张父狠瞪对方一眼，猛地转身，朝外面走去。

所长带上两名警察跟出去，帮助张父张弟以及知青们离开站台，走到地下通道。

张父边走边对所长说："我替你训了他们几句，你不介意吧？"

所长："那介的什么意。正像你说的那样，后门进来了好几个，我这个小小的所长挡也挡不住。再说也不敢硬挡。"

站外，除了张父、张弟以及那一群知青，再无行人。城市已经入睡了。他们走到一棵树旁，那里用铁链拴着一辆平板车，平板车旁站着一个扎头巾的少女，她没戴手套，袖着双手，袖口很窄，露着腕部，脸上淌着泪。

少女："怎么这么半天才接出来啊，我都快冻僵了！"

马力默默脱下大衣帮少女穿上。

张父对知青们介绍："这是你们排长的小妹。车是借的，她不在这儿看着，用铁链锁住的车，那也可能被偷走。"

大家默默往车上放东西。

张弟替张妹擦泪，解释道："我和爸正往站台那儿走，碰到了站里一名警察，怀疑我和爸是扒贼，还扇了我一耳光。"

"别说那些了！"张父制止他，又转身问，"不是有个病号吗？病号也坐车上。"

马力扶那名病号知青坐到车上。

张父问马力："你是照顾病号的？"

马力点头。

张父："那你跟着我。刚才谁说自己是哈尔滨的来着？"

"小地包"："大叔，我是。"

"孩子，我家要是都能住下，那就让他们都到我家去了。可住不下这么多，你看你能领走几个？"

"小地包"："大叔，您再领走一个就行。"

张父痛快地说："没问题。"

"小地包"又对"小黄浦"说："你住大叔那儿吧，剩下汪漩她们三个，清一色女的，我家有二层铺，也好安排点儿。"

"小黄浦"点点头，站到了马力和女文书身旁。

原地只剩下了"小地包"和汪漩等三名女知青。他们望着张父蹬平板车的身影，张妹和女文书、"小黄浦"也坐在车上，张弟和马力，一个在车旁一个在车后帮着推。

平板车在哈尔滨著名的济虹桥的桥坡中段速度明显慢了下来。"小黄浦"和女文书跳下了车。

汪漩用上海话对谢菲和薛艳说："徐进步太不像话了，怎么好意思也坐到车上！"

"小地包"："张靖严这家伙啊，也没写明日期、车次，害得他爸和他弟弟妹妹，连续接了三天才接到咱们。"

谢菲："孙敬文，你这一路上表现老好了，等我们三个回到连队以后，一定向你姐汇报，让她替我们夸你！"

薛艳："对！听了我们的，你姐就不会再拿你当小弟弟看了。"

"小地包"："如果她真能那样，那可就多谢你们了！"

"小地包"和汪漩等三个女知青拎着东西走在哈尔滨的老街区。"小地包"肩扛一个旅行兜，一手还与汪漩合拎一个。

汪漩："总听你姐说，哈尔滨是天鹅项下的一颗明珠，是东方的小巴黎，这要是白天多好，咱们也算欣赏过哈尔滨的美丽了！"

薛艳："有像咱们这样，拎着大包背着小包欣赏的吗？我可没那么好的心情了，我现在归心似箭！"

谢菲："我现在困死了！哎，班长她弟，到了你家，先给我安排睡觉的地方啊！"

薛艳："真自私！我俩就不困了？"

"小地包"："先给你俩安排睡觉的地方，最后才给谢菲安排。"

谢菲："我说班长她弟，一路上我也没得罪过你啊！"

"小地包"："我没有名字吗？班长她弟就是我的名字吗？"

他们四人走的正是哈尔滨的穷人居住区，狭窄的坑坑洼洼的街道，两侧全是低矮的破房子。后半夜了，家家户户的窗子都黑着，也不见一盏路灯。

谢菲："班长她……"悄问薛艳："他叫什么来着？"

薛艳："不告诉你，问他自己嘛！"

"小地包"听到了，大声地说："孙、敬、文！敬祝的敬，文化的文。记住了，以后别再班长她弟班长她弟的！"

谢菲："哎敬文，咱们这是走在哪儿啊？你是在往你家走吧？"

"小地包"："不是往我家走是往哪儿走？这一片就叫哈尔滨的'地包区'，当年闯关东的山东农民来到哈尔滨，没挣下钱，买不起房子，就只好自己托坯，在这儿找个地方盖一间小土坯房。我就是出生在这里，长大在这里的。这一片儿在哈尔滨那儿也挺出名！"

汪漩："为什么？"

"小地包"："小偷多，坏小子多，流氓也多！"

薛艳："亲爱的敬文，你姐可首先是把我们三个托付给你的，你现在……可没起什么坏心眼吧？"

"小地包"："你这话问得，真让人恼火！我说多，那也不等于说全是！我就不是，所以我的名字叫敬文！我还能把你们骗到哪儿卖了呀？你当你们还多少值几个钱呀？买你们干吗？没有本市户口那就没有口粮，就是买得起你们，那也还是养不起！"

谢菲："对对，咱们一钱不值，打咱们的什么主意那不就成了傻瓜了！"

她忽然指着路旁说："看，厕所！"

大家循声看去，果然看到两间一体相连，用歪歪斜斜的木板搭成的小房子，门上写着同样歪斜的白灰大字"男""女"，门旁还竖着一根电线杆，悬着一盏灯泡，发着灰黄的光亮。

"我要上厕所！"薛艳放下包，拔腿就向厕所跑去，跑了几步，又跑回来拉开包，翻手纸。这时，谢菲已捷足先登。

薛艳跺着脚说："我先发现的，我都憋了一道了！"

汪漩也放下包说："我在列车上就憋着了！"

"小地包"从肩上放下了包："那你俩还等什么？那不还空着一边嘛！"

汪漩："那是男的！"

"小地包"："深更半夜的，男的怎么了？"

汪漩和薛艳一听，同时向男厕跑去，结果汪漩抢先一步冲了进去。

薛艳冲"小地包"嚷："你别看这边，转过身去！"

"小地包"转身，嘟囔："假斯文，真麻烦！"

"小地包"掏出烟来吸。过了一会儿，三个姑娘回到他身边。

汪漩说："抱歉啊，让你等了半天。其实我们也是为你好，如果到你家

172

了才说要方便方便，不是会搞得两方面都很不方便吗？"

"小地包"扔了烟，也不说话，径直往厕所大步走去。

谢菲："东方小巴黎的公共厕所，太可怕了！我脚底一滑，差点儿没掉下去！"

薛艳："掉下去也不会有多大危险，这就是北方冬季的好处之一。"

谢菲："好处个屁！要是摔断了我胳膊腿呢？"

薛艳："那也没什么嘛！我俩把你留在他家养着，日子一长，兴许还养出感情来了呢！"

"乌鸦嘴！"谢菲打了薛艳一拳。

"小地包"也不进厕所，就在外边撒起尿来，其声可闻。

三个姑娘都不好意思起来，一齐转身。

汪漩："太不文明了，也不预先让咱们转一下身，我看他身上还有那么点儿小流氓习气！"

薛艳："对！还吸上了烟！"

谢菲："这两条，回到连队都告诉他姐！"

"小地包"带着三个姑娘走入一个大杂院，敲一户人家的窗。

屋里传出孙母的问话声："谁呀？"

"我，'小地包'！"

孙母的声音里带着纳闷："'小地包'？没听说过，我们不认识这么个人！"

"小地包"郁闷地说："听到了吗？才两年多没回家，就不认识儿子了，这事儿闹的！"

汪漩踢了他一脚："笨蛋！绰号是你下乡半路上别人给你起的，说你名字！"

"小地包"又敲窗："妈，是我，我是敬文，你儿子回来了！"

屋里灯亮了。

孙母的声音："是小文？你等着，妈这就给你开门！"

一阵门响声后，最外一扇也就是北方百姓人家几乎都有的"门斗"的门开了一道缝。孙母探头一看，随即又将门关上了。

插闩声后，孙母隔门谨慎地问："你真是我儿子孙敬文吗？"

"小地包"不耐烦地说："妈，你这是干什么呀。连我的声音也听不出来了？"

孙母："是像我儿子的声音。你身后那几个男人是干什么的？"

"小地包"："什么叫像！我身后三个都是我战友！她们不是男的，全是女的。三个上海姑娘，今晚都得住咱家！"

一阵拉闩声响过，"小地包"一行人这才都进了屋。

"小地包"家的屋子不算小，总共有二十几平方米，同其他人家比起来，可算是一间大屋子了。屋子虽然大，却只有一间。家具摆放顺眼，墙壁不算脏，而且有墙线。墙线上下，还刷成了两种不同的颜色。火炕也算是比较宽敞的，能挤着睡四五个人。火炕上有木板搭的吊铺，半遮着布帘，干净体面。

孙父没起身，仍躺在炕上睡着。

汪漩她们三个姑娘四下打量，脸上露出满意的表情。

汪漩对薛艳耳语："还行。"

孙母看宝贝似的拉着"小地包"："自从你和你姐下乡以后，你爸更想你哥了，总是失眠，后来就不得不服安眠药了。今晚临睡前服了两片。"

"小地包"把母亲拉到知青同伴面前："妈，我先给你介绍一下。刚才我说了，她们都是上海的。她叫汪漩，她叫薛艳，她叫谢菲。我姐是她们班长。离开连队前，我姐嘱咐我一路要好好照顾她们。她们能买到哪天的票哪天离开咱家，今晚我爸已经睡下边了，那就先让她们睡吊铺。"

汪漩："当然是我们睡吊铺。如果明天走不了，也一样。怎么能让伯父伯母爬上爬下的呢。"

谢菲："是啊，这就够添麻烦的了。"

孙母："不麻烦。看到你们，跟看到他姐一样，心里高兴！"孙母打了孙敬文一下："你这孩子，预先也不来封信告诉一声！"

"小地包"："就没想到能批下我的假来！我先把她们的包拎到门斗去。"他说着，便拎起两只拎兜离开了屋子。

孙母看着汪漩三人，一一拉她们的手，微笑地抚摸着，真挚地说："都说你们上海姑娘长得白净俊气，这下大婶可有眼福了，眼面前一下子站着仨！大婶可是头一次见着上海姑娘！"

汪漩等三人不好意思地笑了。

厨房里，孙母在切面条，"小地包"在切酸菜。

孙母问"小地包"："打卤面，再来一个酸菜炖冻豆腐，先凑合一顿，行不？"

"行，她们不挑。"

孙母："她们是吃米长大的，就怕她们吃不惯面。"

"小地包"："哈尔滨人每月才二斤面，在中国，连面食都吃不惯的人，那还是人吗？"

孙母："小声点儿，说话还这么难听，让人家姑娘听到了多不好！"

"听到了也没什么不好的。她们都吃过三四个月黄豆了，北大荒早把她们只吃米不吃面的臭毛病改造掉了。"

孙母用一根手指戳了儿子额头一下，耳语道："悄悄告诉妈，哪个是你的？"

"小地包"："哪个什么呀？"

孙母："别装傻！她们三个，哪个是你对象？都说上海女人会体贴丈夫，妈对你找一个上海的没意见，给妈透个底……"

"哪个也不是。都不知道自己将来会怎么样呢，对的什么象啊！"

孙母将手中刀一放，嗓门忽然大了："你看你这孩子！你是痴呀还是呆呀？三个嫩黄瓜似的大姑娘，而且还都是上海的！你一块儿给我领回家来了，又说一个都不是你对象！你这不是让我当妈的心里白欢喜一场嘛！你姐也真是的！她是她们班长，怎么都不促成促成呢？看等她回来我不训她！"

"小地包"："你急赤白脸的干什么呀！请你也小声点儿行不行？你这些话让她们听到了就好吗？"

"小地包"和母亲端着盆盆碗碗从厨房里出来，进了屋，却不见了汪漩等三人。

母子二人将手中东西放在饭桌上，但见墙上一溜挂着汪漩们的三顶兵团帽，炕上一件压一件叠放着她们的三件棉衣，登上吊铺的小梯那儿，一双挨一双，摆着她们的三双大头鞋。而吊铺的拉帘却已经拉严了。

"小地包"蹑手蹑脚登上小梯，撩开帘看了一眼，冲孙母演双簧似的大张嘴轻发声地说："都，睡，着，了……"

孙母也小声说："还是得把帘儿拉开一半儿，要不她们越睡越憋闷。"

孙母让"小地包"把面条捞出来，放门斗去冻上。她自己留在屋里收拾桌子，在炕上铺好褥子，也上了炕。

"小地包"从屋外进来。

孙母："你也睡吧。洗不洗脚了？"

"不洗了，我也困极了！""小地包"坐在炕沿解鞋带，忽然想到了什么，扭头问母亲，"有笔和纸吗？"

孙母："有啊。你和你姐上学时用过的各种笔，包括画图画的笔和纸，都给你们保存在抽屉里呢。"

"按钉呢？"

"也有，我在抽屉里见着过。"

一张大白纸被"小地包"用四个图钉按在小梯旁的墙上，其上用各色蜡笔写的字是：

如果起夜，可在门斗解决问题。

下角还画了一只便盆。

写画完了，"小地包"怕女知青们看不见，也怕她们夜里迷迷糊糊摔下来，连灯也没关，就上炕睡了。

张靖严家。

屋里黑着灯。病号知青发出呻吟。

张父拉亮电灯，欠身看那名病号知青。张家里外两间小屋，这间屋子是里间，睡着张父、张弟、病号知青和马力。

睡在病号知青旁边的马力也醒了，他轻推病号知青，低声问："蔡宁，是不是又疼得厉害了？"

蔡宁蜷着身子，一副痛苦的样子，不说话，只是点头。

张父："看他这么忍着不行，得立刻送他上医院！"说着，他起身穿衣，下了地。

蔡宁："不去……哈尔滨的医院……咱们，快回北京，去我父亲……当副院长的医院……"

张父生气地说："怎么能听他的！你还不给我起来！"

马力不再说什么，也立刻穿衣服。

张父又推醒张弟。睡在外间的张母、张妹、女文书也走了进来，她们也都是被呻吟声惊醒的。

张父对张母说："你看这孩子疼成这样，不立刻送他去医院哪成？你快找出些钱我带上！"

"好，好，他爸你别急！"张母说着，转身开箱锁，掀箱盖。

张妹懂事地问："爸，要我也去不？如果要我去，我多穿点儿。"

张父摸了她头一下，说："不用你跟着了，去睡吧！"

马力："大婶您别找钱了，我们身上都有些钱。"

女文书："是啊，大叔，没想到会给你们添这么大麻烦……"

张父："闺女，别这么想，你们既然住在我家，这种情况下那就得听我的。"

张母将一卷钱交给张父，说："家里就这些，靖严上个月刚寄回来的。"

张父："我看这孩子也许得住院，天亮后，你再跟左邻右舍借借，预备下……"

夜色微微转淡，天将明未明。

大家上了平板车，车上铺着褥子，马力和女文书坐在褥子上，蔡宁盖着大衣，靠坐在马力怀里。

张父为了将车蹬快，屁股都离开了车座。

遇到一处上坡，张父蹬不动了，马力让文书扶着蔡宁，自己跳下车："大叔，我蹬！"

张父喘息地说："还是我来吧，我路熟，能抄近道。"

他们到哈尔滨市立医院的时候，天已经蒙蒙亮了。先行到达的张弟挂上了号。马力背着蔡宁冲进急诊室。

天光照亮了"小地包"家的窗户。汪漩从吊铺的小梯上下来，看到墙上那张图文并茂的纸，忍俊不禁。她起掉图钉，将纸拿在手里，朝吊铺上抖着说："哎哎哎，两位看看，两位看看！"

谢菲翻起身，睡眼惺忪地说："看什么呀？"

待她定眼看清楚，不禁生气地说："这家伙，不给我们留一点儿尊严！"说罢，一把将纸掠过去，打算撕掉。

薛艳也醒了，好奇地凑过来，阻止道："别撕别撕，我还没看呢！"

谢菲："有什么好看的，你看你看，喜欢的话留作纪念！"虽然嘴上不满，谢菲却并没有撕那纸，不动声色地将纸折起。

汪漩："还真留作纪念啊？"

谢菲："留作证据。回连队后交给班长，这等于是羞辱我们的小字报！"

门开了，孙父走了进来，见汪漩站在楼梯上，温和如对贵客般道："起来了？睡得好吗？"

汪漩下了小梯，一时拘谨地说："大叔，给你们添麻烦了。"

孙父："哪儿的话，你们肯住我们这儿，那是看得起我们。昨晚我服了两片安眠药，睡得早，你们光临了我一点儿都不知道，别挑理啊！"

汪漩："哪会挑理呢。如果不嫌烦，以后我们探家还住你们这儿！"

孙父："那欢迎啊，以后就拿这儿当你们哈尔滨的一个家吧。闺女，坐下说会儿话。"

"大叔先坐。"汪漩扶孙父坐下，自己坐其对面。

吊铺帘全拉开了。

谢菲："大叔，我俩先趴着和您说会儿话，不会认为我俩没礼貌吧？"

孙父："曼玲是你们班长，你们就也像我三个女儿一样嘛，高兴怎么着就怎么着，一点儿拘束都不要有！"

薛艳："大叔，敬文呢？"

孙父："他一清早就到火车站替你们买票去了。他妈听他说，你们爱吃豆腐脑，端盆买豆腐脑去了。现在我想问你们一句话，你们可都要如实回答我……"

汪漩们一起点头。

孙父："……我们曼玲，她会当班长吗？"

三个上海姑娘像幼儿园的小女孩似的，几乎异口同声地拖长音调说："会——"

孙父："我可是有点儿怀疑。她性子太直，说话也太直，随我。像她那样，自己还没觉得呢，往往就因为一句话两句话说得别人不爱听，结果把人给伤了。还有一点儿她也随我，如果别人哪句话说得她认为不在理，也不管什么场合，也不管对方是谁，当面就顶……她还那样？"

汪漩："大叔，您说的这几点，在我们这儿，都当成是她可爱的方面。她对我们可好了，我们也都服她管。要不，那我们宁肯在火车站蹲一夜，再挨一白天，也不会跟她弟来这儿住。"

　　谢菲："不过您说得倒也对。我们离开连队的前几天,她又顶撞过我们连长⋯⋯"

　　孙父："嗯?这孩子,这孩子,怎么就改不了呢?那连长哪天一发火,还不把她给撸了?"

　　薛艳："大叔放心,我们排长、连长、指导员,都挺喜欢她的。她顶撞了连长,连长过后还主动跟她赔不是呢!"

　　孙父："那是你们连长好,是人家宰相肚里能撑船,大人不计小人过,不跟她一般见识。你们回连队后,替我捎话给她,别一当上个小班长,就尾巴翘到天上去了。做人,还是对谁都和和气气的好,对人和气没亏吃嘛!"

　　孙母端一盆豆腐脑回来了,放下盆,搓着一双冻红了的手说:"街角那家早点铺的豆腐脑卖完了,走了三条街才买到。"

　　这时,外边传来一个女人的声音:"这是老孙家吗?"

　　"是!"孙母应答着,转身出去开了门。门外是一个中年女人和一个年轻的女孩子,来的不是别人,正是张靖严的母亲和妹妹。

　　张母:"你有个儿子叫孙敬文?"

　　孙母:"对啊,昨天后半夜刚从兵团探家回来。"

　　张母:"那我找对了,我儿子也在兵团,还当过你儿子的排长。昨天半夜,我家老头子到火车站接的他们⋯⋯"

　　孙母:"有事儿快进屋来说!"她亲热地拉着张母的手,把张母拉进了屋里。

　　孙母向张母介绍:"这是我家那口子,这是我女儿那个班的,上海姑娘,吊铺上还有俩,也是上海姑娘,我儿子　早给她们三个买票去了⋯⋯"

　　汪漩礼貌地扶张母在自己坐过的椅子上坐下,并说:"您儿子在我们连威信可高了!"

　　张母:"有个不好的情况,我没主意了,坐立不安的。想来想去,觉得应该跟你们来说说。昨天夜里我家那口子接到他们时,幸亏你儿子说了你家住哪条街,但是没说门牌号,我对这一片儿又不熟,靖严他妹在这儿有同学，对这一片儿比较熟，就领着我从街头第一号挨家挨户地打听……"

孙父："你们……没替住你们家那几个买到票？"

张母："还没顾上帮他们买票呢。我家那口子，昨天夜里接回家四个，可家里只能住下三个，有个叫'小黄浦'的，也是他们上海的，由我连夜领到靖严他姨家了，安排在那儿住下了……"

孙母："如果那个，住你儿子他姨家不方便，你就把他领这儿来住，就算我儿子没替她们三个姑娘买到今天的票，我这铺炕上，到了晚上还能再挤着睡下一个。"她转而问汪漩："对你们三个没什么不方便的吧？"

汪漩连连摇头："没事儿没事儿，我们和'小黄浦'很熟悉，大婶儿只要你们欢迎他，我们也欢迎。大叔大婶都不嫌麻烦，我们怎么会有意见呢！"

谢菲："两位大婶，就这么定了吧。敬文如果买到了票，正好我们四个一起走。"

薛艳小声地说："咱俩也该起了，还赖在别人家被窝里，多不像话。"

张母："我来不是为那几个住哪儿的事儿，那个'小黄浦'住靖严他姨那儿，也没什么不方便的。那四个里边，不是有个北京的，是病号吗？后半夜胃又疼得受不了啦，靖严他爸他弟，还有住我家的另外两个，就一块儿把他送到市立医院去了，又是抽血化验，又是拍片子。你们猜最后是怎么回事儿？"

谢菲和薛艳从吊铺上下来了，大家都默默地看着张母，静待她说下去。

张母叹口气道："那孩子可也真有主意，自己心里明镜似的，可就是宁肯忍着疼也不讲实话。最后是一位医生从片子上发现了疑点，原来，他用一根二胡弓上的马尾，一头拴了一块儿铅坨，一头拴在最后边一颗大牙上，把铅坨子吞到胃里去了。日子一长，那根马尾就断在食管里了，铅坨子呢，快长到胃里去了，医生说被一层胃膜包住了。食管里有半截马尾，胃里还一块儿铅坨子，把个胃搞得都有铅毒了。吞的时候，还把食管、胃都给划破了，里边先是发炎，现在形成了溃疡。"

孙敬文父母及汪漩等三人，一个个听得目瞪口呆。

孙父："那，那医生说该怎么办？"

张母："第一步，住院，这我们家，和那另外两名知青凑了凑钱，先把一部分住院费交上了，手续也办好了。第二步，得赶紧开刀，把铅铊子从胃里取出来。医生说，如果再迟，说不定铅毒会顺着划破了的毛细血管进入别的血管，进入动脉静脉，那生命就有危险了，不死也会落下残疾。可那孩子又贫血，医生说不预备下血浆，不敢动手术，医院的血库里，偏偏又没有储备的血了。"

汪漩："大婶，他……他什么血型？"

张母："这我也不清楚呀，靖严他弟从医院回到家里，就跟我说了这么多情况。我想，我家那口子，还有靖严他弟，还有他们边境连那另外两个，肯定是血型都不符了。要是行，他们不已经跟他输上了呀？那孩子再怎么不对，咱们和他有关系的人，该给他输血，那也都不会含糊的呀！我急死了！这可叫咱们哈尔滨这两个知青的爸妈怎么办啊！"

大家匆匆吃了早饭，立刻赶往哈尔滨市立医院。在医院门口，汪漩她们三个女知青遇到了"小黄浦"。

"小黄浦"："我到了张靖严家才知道了情况。这小子，怎么能对自己这么做得出来呢？"

薛艳："还不是企图早早地办个病返！"

谢菲："才下乡两年多啊！太没志气了，怎么也得坚持个四年五年的吧！"

汪漩："别说这些了，快进医院吧！"拉着她们向医院里面走去。

四人来到急救室门外。张父、张弟、马力、女文书一筹莫展地坐在长椅上。

汪漩问马力："有什么新情况？"

马力："我们四个都验过了血型，只有大叔一个人是 O 型，能给他输血。"

张父看着汪漩四人想笑一下，却没笑出来，无奈地说："医生看我这年龄，这身板，说等等再说。"

"我也是 O 型!"四人一回头,见"小地包"也来了。

"小地包"拍了一下"小黄浦"的肩:"你们四个的票我买到了。"

急救室内走出一位男医生,对张父说:"老同志,我说等等再说嘛,看,这不又来了他们五个嘛。今天上手术台,那还是很有希望的。"

医生又转而对所有焦急等待的人说:"医院里本来是不缺血的,但前几天,边境部队紧急调去了一批血浆,你们来得正好,都跟我走吧。"

"小地包":"我是 O 型,我不用去了吧?"

医生:"你自己说是 O 型不行,得验。"

"小地包"只得跟几个知青还有张父一块儿去了验血室。

抽血室内弥漫着消毒水味。一只粗大的针头刺入张父手臂,针管抽动,里面的颜色缓缓变红。

等在抽血室门口的汪漩和薛艳悄悄探头向里面看。

薛艳见那抽了血的针管,有些害怕:"我不是自私,我只不过是害怕。小时候我最怕打针了,抽血针那么长,那么粗的针管,我怕死了。"

汪漩:"好薛艳,别怕,啊?人家张靖严的父亲都献血了,咱们本身是兵团知青,怎么能含糊呢?轮到你的时候我陪你,太害怕就闭上眼睛。"

"小地包"早就挽好了袖子,露出一只胳膊来:"同志,至于怕成这样吗?不就每个人一百五十毫升血吗?一百五十毫升是个什么概念知道不?才半瓶子酱油那么多!听说我们有的小伙子,刚抽完二百毫升的血还上场打篮球呢!"

汪漩打断他:"得啦,你少说两句吧!"

这时,张父走了出来,室内传出护士的声音:"下一位,薛艳!"

汪漩陪薛艳进入抽血室后,张父问"小地包":"她怎么了?你们闹别扭了?"

"小地包":"没有啊。"

张父:"我看她有点儿受委屈的样子,这种时候,互相之间要多担待些,千万别闹什么别扭。你已经是到家了的人,人家姑娘们还在半道上,到家了的，要让着在半道上的。男的要让着女的，啊？"

"小地包"："大叔放心吧，这些起码的我还能做不到吗！"

张父："那我先去他们几个那边了，免得他们一个个怪着急的。"

张父走后，汪漩将欲昏未昏的薛艳扶出来，让薛艳坐在长椅上，朝"小地包"摇头。

护士也跟出来了："太紧张了，抽不了。你俩下一个谁来？别耽误时间，那边准备动手术了！"

汪漩："我！那我抽二百吧。"

"小地包"不禁对汪漩刮目相看。

汪漩走进抽血室后，"小地包"在薛艳身旁坐下，温柔地说："要是头实在晕，靠我肩上一会儿。"

薛艳将头轻轻靠"小地包"肩上。

"小地包"："给我只手。"

薛艳："干什么？"

"小地包"："还能干什么，数数你脉搏呗。"

薛艳略一犹豫，遂将一只手放在"小地包"膝上。"小地包"也不动她的手，仅将二指轻按其腕部。

片刻，薛艳闭着眼睛问："多少？"

"小地包"看了一眼自己手表："半分钟，六十一下。够快的。"

薛艳自感羞愧地哭了："我怎么这样啊，太丢人了！"

"小地包"："也别这么认为嘛。世上人，不分男女，几乎谁都有一怕。知道我怕什么吗？你猜都猜不到……"

还没等他说完，汪漩曲着一只手臂走出来。

她用棉签压住针眼，对薛艳说："你看我，抽完了，这不什么事儿也没有吗？"

她一大意，伸直了手臂，棉签掉地上了，血从针眼射出来，溅了"小地包"一脸。

　　一位护士恰巧出来，见状赶紧回到抽血室，取了几支棉签帮汪漩压住针眼："不是跟你说要压一会儿的嘛！"

　　汪漩不好意思地说："对不起……"

　　三人再看薛艳时，薛艳已经晕过去了。

第 17 章

哈尔滨开往上海的夜班列车就要发出了。站台上人头攒动，送行的人隔着车窗在与车上的人告别，他们的脸色有喜悦，也有离别的伤感。"小地包"和他的父亲，还有张靖严的弟弟在站台上，向一节车厢的窗子挥手。

车厢内的薛艳想把车窗打开，可是力气不够，无法打开向上提拉的车窗。站在站台上的"小地包"隔着玻璃挥手："打不开就别开了。"

车窗里传来薛艳的声音："我要跟孙敬文说几句话……"

坐在薛艳旁边的"小黄浦"起身帮她往上提窗，窗户还是纹丝不动。

"小黄浦"："大概是冻住了。"他在车窗四周敲了敲，再往上提，窗终于拉开了。

薛艳探出头喊："孙敬文！"

站台上的"小地包"让父亲和张靖严的弟弟在后面等，自己走到车窗前。

薛艳小声说："我的事儿，你回到连队以后，不许在你们男知青之间传播啊！你要是敢，我告诉你姐！"

"小地包"："什么事儿啊？"

薛艳："就是我没献成血的事儿！"

"我传播那事儿干什么呀？"

"现在告诉我，你怕什么？你当时话没说完。"

"小地包"向车窗内看了看："低头，只告诉你一个人，别让他们三个听到。"

薛艳低下了头。

"小地包"凑她耳朵悄语："我最怕女孩子当我面儿哭，尤其怕漂亮的女孩子当我面儿哭。"

薛艳笑了。

"小地包"望着"小黄浦"、汪漩、谢菲又说："回到连队以后，都不许说薛艳那事儿啊！谁还没有件连自己都懊丧的事儿呢，谁说谁小人！"

坐在车厢里的三人纷纷点头。

"小黄浦"对"小地包"感激地说："一切多谢了啊！你看大叔和靖严他弟弟还在那儿呢，天这么冷，你带头回去吧！"

"小地包"："你俗不俗啊，咱们之间还用说谢啊！"

列车缓缓地开动了。"小地包"的父亲和张靖严的弟弟走过来，一边向"小黄浦"他们招手，一边跟车走。

车上，薛艳捂着脸，无声地哭了。

"小黄浦"："我们不是都保证了，绝不说嘛！"

薛艳："我不是因为我那事儿，我是因为……因为，谢都不让谢，以后可怎么报答啊！"

汪漩："别哭，来日方长啊！"

"小地包"在自家的炕上蒙头大睡。

孙父正在穿戴出门的衣帽，孙母走进来，将装了两个饭盒的布兜放桌上。她看了一眼炕上的"小地包"，问孙父："你自己去？"

孙父："他献了血，昨晚又去送站，让他睡吧。"

孙母："那，我陪你去？"

"我自己去行。要不是因为生过肝炎，我也献血了。我等于什么事儿都没为咱儿子的战友们做，我总得做点儿什么。"

"我还是去吧。男孩子在外地的城市住院了，其实最想的是妈，这一点我心里有数。"

孙父和孙母来到医院病房。这是一间较大的病房，有五六张床位，病患们都向靠窗的一张床那儿看着，蔡宁正坐在那张床上，手里拿包子吃着，张靖严的母亲坐在床边的凳子上，端着碗，等着他咽下一口包子后喂他一勺粥。

"小地包"的母亲见旁边有一堆蔡宁的衣服，便过去翻看，打算把该洗的带回去洗。

坐在一边的女文书明白她的意图，忙上前阻止。

女文书："大婶儿，您真的不必这么热心地为他服务！怎么能让您替他洗袜子呢。快放下，我替他洗行了吧？我保证替他洗，搭病房暖气上，一会儿就干。"

孙母："那是干得快，可不是会惹别的病人有意见嘛！咱家有火炕，有火墙，干得也不慢。"

她看蔡宁一眼又说："现在也只能熬点儿鸡蛋小米粥给他喝，等过几天春节的副食票发下来了，就可以炖肉汤给他喝了。刚动完手术，他得补充点儿营养。"

"美得他！什么事儿呀！医生说算小手术，才切了一寸来长的刀口，不用心疼他！"女文书瞥了蔡宁一眼，训斥道，"你慢点儿吃行不行？饿死鬼托生的呀！"

孙母扯她一把，小声劝："别这么说他。当着我俩的面，他多下不来台。"

蔡宁却没什么下不来台的表情，咽下张母喂他的一口粥，理直气壮地说，"我不是十几天没吃饱过了嘛，换你试试？"

女文书白了他一眼："活该！"

"小地包"的父亲在病房外的长凳上与马力聊天。

孙父："是不是得表现特别好的，才能抽到你们边境连去呀？"

马力点头，之后补充："其实，政审更主要些，要求家庭成分、出身干干净净的，一点儿污点都不能有。"

孙父："成分、出身，不是一回事儿？"

马力耐心地解释："成分是指爷爷是什么人。出身是指父亲是什么人。比如爷爷是地主，父亲却可能参加了革命队伍，并且'解放'后当上了干部，那么填档案的时候，就得在成分那一栏写'地主'，在出身那一栏才能写'革命干部'。"

"只写出身就不行？"

"当然不行。档案表明明印着两栏，只填一栏是什么意思呢？要不怎么说，培养革命接班人，要选根红苗正的呢？一个人的家庭历史，只看父亲那一辈的情况，不是看不分明嘛！"

孙父："这……我们敬文，八成一辈子也抽调不到边境连去了。不瞒你说，虽然我是新中国的第一代建筑工人，有时候自己还觉得挺光荣的。可我的父亲，也就是孙敬文他爷，当年定的是富农。"

马力安慰他："大叔，比起地主资本家什么的，富农那也不能说是太不好的成分。敬文的出身虽然有点儿那个，但是毕竟沾了您的光，摊上了工人这么好的出身嘛。"

孙父："可毕竟对他的将来有影响啊，'地富反坏右''黑老二'呢！唉，我真希望我们敬文或者他姐姐，有天哪一个被抽到了边境连，寄回家一张照片，双手握枪，不是木头枪，是真枪。那我高兴死了，一定买个新相框单独镶起来。"

"你们聊什么呢？"张靖严的父亲不知何时站在跟前。二人立刻都站了起来。

马力："我在向孙大叔解释什么是出身，什么是成分。孙大叔就是孙敬文的父亲。孙大叔，这是张靖严的父亲张大叔。"

两位哈尔滨知青的父亲互相握手，很快就聊得很投机。

张父："那个闺女，姓什么来着？我忘了。"

马力："她姓孙，叫孙畅。"

张父从怀里掏出三张列车票："人家父亲不是也在住院嘛，我考虑把人家闺女耽误在哈尔滨不对，上午就去车站求了个人情，给她买到了今天晚上的票。你放心，让她走她的，有我们这两位大叔在，一定会帮你完成好你连里交给你的任务。"

孙父："对对，快进去把票给她，让她高兴高兴。"

马力接过票："我替小孙谢谢大叔了！"说着便跑进病房。

张父将剩下的两张票递向孙父："这两张票，你给敬文。我接到他们的时候，他说今天晚上还有两个北京的到哈尔滨，我想孩子们一个个回家心切，干脆别出站了，就也买了两张到北京的票。一停一开，两次车相差一个多小时，正好一下一上，咱们也不把他俩往家接了，你看行不？"

孙父接过票："太行了。我想那俩北京的也一定高兴，早到家早见上父母嘛！去上海不也得上北京这次车嘛！这么着，我让敬文送那姓孙的姑娘去火车站，与那两个北京的会合，再把他们三个都送上车……"

张父："我也是这么个意思，我觉着有点儿乏力，就只有辛苦你们敬文了，到时候，我让靖严他弟去你家，算是给你儿子派个小帮手。"

孙父："那不用那不用，说好了不用啊，我们敬文一个人行！哎，你也吸烟吧？"

张父按衣兜："还忘了带了。"

"我带着呢，咱俩出去冒两口？"

"好啊！"

两位哈尔滨知青的父亲，相见恨晚似的，在医际门前，吸着烟，你望着我笑，我望着你笑。

孙父："咱们两家，即使孩子们不在哈尔滨的时候，家长们也要经常走动啊，不能白认识了！"

张父："那是。"

孙父："哎，马力那小伙子告诉我，一个人的家庭成分是家庭成分，家庭出身是家庭出身。果真是这么回事儿吗？"

张父挠腮帮子："你还真问倒我了。这方面我也不是太明白。"

孙父："老哥，不怕你笑话，听小马那么一说，我倒添了心病了。我是工人阶级一员，但这只不过是敬文和他姐姐的'出身'呀。若论'成分'，他们的爷爷是富农，要是往后城市里又缺人了，偏按成分一批批往回招，他们不就……那得哪一年才能轮到他俩呀！"

他那样子，好像明天城市里就要往回招知青似的。

张父拍他肩，笑着安抚他："别太放在心里。不是有那么一句话嘛，'有成分论，但是不唯成分论'，几年后的事儿咱先不必去想它，到时候再说吧！"

张母和孙母一起从医院里出来了。

"看他们老哥俩那亲劲儿！"张母对孙母说，又问两位父亲，"你们聊什么呢？"

孙父："没聊什么太正经的事儿，东一句西一句聊家常呢！"

张父帮着遮掩："我俩都在说退休以后的打算呢！你们家这位说，他退休以后也想上山下乡。"

孙母："如果当家长的去了，能把儿女换回城里来，那我跟他去。听小马讲，他们兵团麦收以后，有的人半个月里能用耙子搂回家几麻袋机器割掉的麦穗。那咱们去了，勤快点儿，满地里搂巴搂巴，小半的口粮不就有了吗？"

张母："可不，退休金省下了。"

四位家长都笑了。

列车站上，又一次从北方铁路终端驶来的夜班列车停了下来。乘客们从每节车厢的车门上一拥而下，他们中大多是拎扛着大包小包的插队知青或兵团知青。

"小地包"在人群中匆匆而过，边走边寻找。然而，直到站台上人渐渐地少了，他要找的人也没有出现。正在"小地包"失望的时候，他忽然看到从一节车厢里走出了三个人，那不是别人，正是齐勇、杨一凡和沈力。

"小地包"："怎么才下车？"

齐勇："也没想到你会来接我们啊！"

"我明明知道你们三个今天晚上可能到，能不来接嘛！"

杨一凡："可能就是不一定啊。"

"小地包"："那我也得来碰碰运气！"

沈力："怎么不喊我们的名字？"

"小地包"："不能喊，能喊早喊了！"

齐勇他们几个一脸诧异，"小地包"将齐勇扯到了一旁，小声地说："有个不太好的情况，我老爸跟来了，所以你不能姓齐，我老爸对姓齐的人太敏感。"

齐勇："你让他来干什么啊？"

"小地包"："不让他来，他偏跟来了。"

二人合计了一番，走回杨一凡和沈力跟前。

齐勇发表声明般地说："你俩听着，两件事儿：第一件，从现在起，不许当着敬文他爸的面叫我齐勇，要叫我于英。"

杨一凡："这听起来像女人名字。"

齐勇："我愿意了，你就保留意见吧。"

沈力却左顾右盼，斯时站台上已经没有别人了，他奇怪地问"小地包"："你老爸在哪儿啊？"

齐勇："一会儿就见到了。注意听我的话，第二件事儿，你们两个的票，买到了，而且是今天晚上的，张靖严的父亲帮着买到的，一个半小时后从哈尔滨始发。"

杨一凡和沈力高兴地不禁互相擂了一拳。

齐勇见他俩高兴，也开心地说："和你俩一块儿上车的，还有边境连那个上海姑娘，你俩一路上要多照顾人家，啊？"

杨一凡和沈力值得依赖地点头。

齐勇："现在，咱们都跟敬文走。"

"等等！""小地包"指着齐勇问，"他叫什么名字？"

杨一凡和沈力异口同声："于英！"

齐勇他们三个人，跟着"小地包"走到车站内的一幢小房子跟前，门上挂着一块儿牌子，上面写着红字"装卸一班夜班休息室"。

"小地包"："这儿肯定暖暖和和的，我和齐勇陪着你俩在这儿等车。"

齐勇疑惑地说："行吗？"

"小地包"："靖严的父亲是这儿的班长，他已经打过招呼了。"他说罢，便推开门走了进去，齐勇等三人随后而入。

和外面比起来，休息室里暖和多了。一只大铁炉子上坐着一只黑不溜秋的铁壶，壶嘴冒着热气。

孙畅正坐在窗子那儿望着外边出神，孙父在和一名老装卸工下棋。屋里的人见"小地包"他们四个进了屋，都站了起来。

"小地包"："爸，他们三个都和我同一个班，杨一凡、沈力，他俩是北京的，他当过我们班长，叫齐……"

杨一凡："他还是我们连的象棋冠军，叫于英。"

"小地包"："对对对，叫于英，象棋下得好极了。"

齐勇矜持地说："干钩于，英雄的英。"

孙父："大小伙子，怎么起个女孩子的名字？"

齐勇："我爸妈和别人不太一样，我妈生我时，他们希望我是个女孩儿。"

孙父问装卸工："难怪的。听起来是像女孩的名字吧？"

老装卸工："写在纸上就有男人味儿了，是英雄的英，对吧？"

齐勇等三人几乎同时说："对。"

"小地包"又望着孙畅说："你们三个都见过她了，我就不介绍了。"

孙畅："那我也还是自我介绍一下吧，加深印象嘛，我叫孙畅。"

齐勇等三人向孙畅很绅士地点头。

老装卸工:"随便坐,别拘束,我家仨下乡的,两个在你们兵团,一个受照顾,在近郊插队。别说张师傅还跟我打过招呼了,就是没打过招呼,你们几个知青要进来暖和暖和,我也不会把你们挡在门外边。"他说着,也站了起来,从兜里掏出一串钥匙,打开一个柜门,从里面取出一个报纸包放在桌上。他打开报纸包,里面的瓜子散落出来。老装卸工笑着说:"你们也算我两个儿子的战友啊,都吃瓜子吧,别客气。"

"小地包"带头,大家各抓了一把瓜子,找地方坐下了。

老装卸工:"要不是你们,是别人进了这门,我还舍不出我这瓜子呢!站上在扩建仓库,装卸班放了几天假,往日这儿可没这么清静。"

老装卸工又对孙父说:"你下棋水平不行,不是我对手。"转而又对齐勇说:"你是象棋冠军,来来来,咱俩杀一盘。"

齐勇求助地看着"小地包":"其实……我水平也不高……"

孙父:"你谦虚个什么劲儿嘛!水平不高能当冠军吗?"

"只不过是连队的……"

"正规部队,一个连一百多人呢,你们兵团的连人更多,连队的冠军那也是冠军,快陪着下一盘。"他说罢,拉起齐勇,往棋盘那儿推。

齐勇:"我……我真下得很臭……"

老装卸工:"我还没跟什么冠军下过呢,给我个面子嘛!"

孙父将齐勇按在了自己坐过的凳子上,齐勇不知所措地望着"小地包"他们。

沈力悄声地说:"他确实下得很臭。"

"小地包":"咱哥仨得一块儿上,帮他支支招,二四步就露馅了,那多尴尬!"于是他们三人一起围了过去。

"出车!"

"别出车,跳马!"

"那不别着马腿呢嘛!"

"出车更惨,红棋一'将'怎么办?"

"唉，不叫你出车偏出车，臭棋！"

"小地包"推着自行车，齐勇和孙父跟在其后，三个人走在哈尔滨底层老百姓们住的社区街道。

"小地包"头也不回地说："连续两天，我迎来送往的，该尽的义务可都尽到了啊，接下来该你尽尽义务了！"

齐勇："那当然。"

"小地包"："医院里还躺着一个呢，就是边境连那个假病号，他在市立医院开了刀！"

齐勇："开了刀怎么还说人家是假病号？"

"小地包"："不是一句半句能说完的事儿，把靖严他爸妈和我爸妈都折腾得够呛！"

孙父："我和你妈没抱怨过啊，人家张靖严的爸妈也没抱怨过！"

"小地包"站住了，回头瞪着父亲，又意外又不高兴："爸，你怎么还一直跟着啊，不是一出站我就让你先回家的吗？"

"我怎么那么听你的？你是我爸还是我是你爸？凡是接站的，有不送到家门口的吗？这是最普通的道理，你小子给我记住！"

"爸，你……你自己就不觉得你一直跟着，很没意思吗？！"

孙父："你对我吼什么吼？怎么就有意思了？怎么就没意思了？你问于英，我要把他一直送到家门口，他是不是心里就特烦我？"

齐勇向"小地包"说："别跟大叔发火，大叔也是一片实心实意啊！"他转头又对孙父说："大叔，我心领了。可我家还挺远呢，今天晚上又这么冷，您看您是不是就……"

"小地包"："爸，你听明白了啊，他家可是住在正阳河区河图街上！接着送还是到此为止，你自己考虑吧！"

孙父愣了一下，遂问齐勇："你家真住那儿？"

齐勇点头。

孙父孩子般地："怎么非住那儿？"

齐勇："这……'解放'前就住在那条街上了，我从小是在那条街上长大的。"

孙父："那我还真不能送你到家门口了。实话跟你说，那条街上有一户人家恨我们家的人。我不是怕报复，恨归恨，我想那户人家也不会做什么报复的事儿。我是因为……总之我发过毒誓，这辈子再也不到那条街上去了。"

他看儿子一眼，问齐勇："你和我们敬文关系挺好的，是吧？"

齐勇抿着嘴，点头："是。我们像亲兄弟。"

孙父："那，我说的事儿，敬文没告诉过你？"

齐勇不由得看"小地包"，"小地包"正悄悄地朝他摇头。

齐勇："他没告诉我。"

"那让他以后告诉你吧。关系既然好，就没有什么事儿不能告诉你的。大叔不往前送你了，啊。"

齐勇："大叔快回家吧，您再往前送，我心里就太过意不去了。"

孙父转身走了，几步后，回头说："过几天来家里玩，教大叔几招棋，啊！"

齐勇笑着对他点头，挥手。

望着父亲的身影走远，"小地包"嘟囔："急出我一脊梁汗来！要是送到了家门口，你能不客气几句，请他进屋吗？我爸这人架不住别人客气，你一客气，他还真可能就往屋里进，那不就坏了菜了嘛！"

齐勇："是啊。其实我心里也暗暗着急，只不过他那么愿意把我送到家门口，我也不便多说什么啊！如果你爸知道我是谁，他会对我怎么样？"

"不知道。"

"会打我吗？"

"小地包"："我想不会吧。你失去了弟弟，他怎么会反过来打你呢？但是他肯定会感到非常难堪。我回到家以后，他也许会因为我使他难堪了，狠狠扇我几巴掌。"

"你爸常打你?"

"那倒不,我是老疙瘩,我爸从小挺宠我的。可自从咱们两家出了那样的事儿,我哥判了二十年,他脾气变坏了,一忽儿高兴,一忽儿不高兴的。"

齐勇望着夜空:"我真想不到……"

"小地包":"想不到什么?"

"想不到我和你,和你姐成了一个连的兵团战友,而且和你成了哥们儿。更想不到的是,你爸人这么好……"

"小地包":"我家五口人,你已经认识了三个。我也想不到,他对你的印象也那么好。"

齐勇苦笑了一下:"他是对于英印象好。"

"小地包":"是啊……你会到我家去玩儿吗?"

齐勇轻轻地摇头:"不知道,没想好。这次,还是不要去吧……"

"如果我爸妈非要我把你请到家里呢?再过几天就春节了,很可能的事儿。在家长眼里,我们又是孩子,又是大人了。过春节了,我们明明就在市里的朋友不到家里去吃顿饭,他们会觉得没面子的。"

"那就只得随你编个借口了。"

又走了一段时间,二人忽然站住了。

齐勇望着前面一片楼房说:"你看,前边十几步远就是我家了。那排最整齐的板障子就是我家的,我下乡前重修的。"

"小地包"明白了齐勇的意思,一蹬车架,停稳了车。

齐勇:"你在家好好歇两天。明天后天,我到火车站去碰碰运气,看能不能接到天亮和周萍。接到了再说,接不到,咱们都不要再接了。就那么十几天假,一晃就过去了,不能天天往火车站跑,心尽到了就行了。"

"小地包":"《十兄弟》的童话知道吧?真想变成那老八,顺风耳。天亮在隆镇那边小声一说他和周萍的情况,我这儿就什么都知道了。"

齐勇:"陪我吸支烟吧。一进家门,我就不敢吸了。"

"小地包":"一人吸半截吧,我姐千叮万嘱的,怕我吸上瘾。"

齐勇将一支烟一折为二。

二人吸着烟后，"小地包"说："真希望有人发明那么一种东西，不管它是长的方的圆的扁的，总之要不大，能揣在兜里，哪怕隔着百里千里，那边掏出来对着嘴一说，这边往耳旁一举，听得一清二楚。"

齐勇："也许百年后会有人发明那么个东西。哎，我问你个事儿啊，你姐，她有过夜游症的表现吗？"

"小地包"："我姐？夜游症？谁跟你造我姐这种谣言的？"

"你别生气，没有就拉倒，算我白问。"

"那不行，有人造我姐的谣言，你不跟我说清楚别想回家了！"

齐勇："那……说清楚就说清楚……就你姐那人啊，咱们离开连队前一天，她跑到马棚去，非说我俩一块儿到山东的时候，在火车上，我趁她闭着眼睛其实没睡着的时候，偷偷吻了她一下……"

"小地包"定定地看了齐勇片刻，笑了，狡黠地说："那是你俩之间的事儿，我不发表看法。"

齐勇："可是我没有！"

"小地包"："有，还是没有，跟夜游症扯得上吗？"

齐勇："天亮说，患夜游症的人，在夜游状态时，自己做了什么事儿，他是不知道的。"

"小地包"："你想让我相信，你只不过是在自己夜游状态的时候，偷偷摸摸吻了我姐一下？"

"可我没患过夜游症嘛！"齐勇也扔掉了烟，从车后架上拎起大包扛在肩上，"把车把上那小包给我。"

"小地包"看一眼车把上的小包，复瞪着齐勇说："所以你就想让我相信，是我姐患过夜游症，在你似睡非睡的情况下，偷偷摸摸地吻了你，自己又仅凭着留在头脑中的一点儿印象，反过来质问你？"

齐勇："你别这种口气好不好？我也没说得那么肯定嘛。连你都……唉，我跳进黄河也洗不清了。"

"小地包"："大丈夫做事，要敢作敢当！做了就是做了，你只不过吻了一个姑娘一下，而且还是一个好姑娘，还是我亲姐，就至于让你后悔得想跳黄河呀？那种事儿你老老实实地跟我姐承认了不就得了吗？还挖空心思编出夜游症这么低级的谎言洗个什么劲儿呀？"

齐勇自己从车把上取下了小包，郁闷地："得得得，不说那事儿了，我急着回家了。"

"小地包"却将自行车一横，挡住齐勇去路，板脸道："大冷的晚上，我和我老爸到火车站去接你，差几步就把你送到家门口了，你却自己做了事儿，反而企图反咬我姐一口，你这不等于当面侮辱我吗？"

齐勇："你看你，我要是忍着不告诉你，你姐反而告诉了你，那我多被动？也怕你对我有不好的看法。忍不住主动告诉了你吧，你又不让我回家！我可扛着这么沉一大包呢啊，心疼点儿我行不行？"

"小地包"一笑："不为难你，认个错儿，快点儿！"

齐勇："好好好，我认错，是我不对行了吧？"

"小地包"点点头："既然认错了，那就等于承认事实了。你肯定不好意思当面向我姐再承认，我找机会替你告诉她。"说罢，他将自行车一顺，掉转车头，骑上，朝来路蹬去。

他身后的齐勇喊道："哎，你别……"

"小地包"大声："应该的！"

齐勇望着他背影，低声嘟囔："这事儿闹的！"

"小地包"哼着小调骑车往回走。刚到街口，就听到父亲叫他："儿子！"

他猛地刹住车，见父亲站在街口一电线杆子那儿，戴棉手套的双手各拿着半块儿砖。

"小地包"被父亲吓了一跳，从自行车上翻身下来："爸，你还没回家？"

孙父手里依然举着砖头："你往河图街来送于英，我放心不下。"

"小地包"："拿两块儿砖干什么？"

孙父："怕忽然冒出齐家的人，或他家的亲戚，认出了你。听说他家老大下乡前在这一片儿打架挺出名。你哥已经在服刑了，我不能让你再有什么闪失。他们齐家只有两个儿子，我们孙家也只有两个儿子。"

"小地包"从父亲手中拿去那两块儿砖，见父亲冻得淌出了清鼻涕，忍不住搂抱父亲，并掏出手绢替父亲擦鼻涕。

"小地包"："爸，你这不是想得太多了嘛！"

"小地包"在前蹬着自行车，孙父坐在车后架上，顶着风往家走。

"小地包"："爸，我姐以前有过夜游症的表现吗？"

孙父："什么症？"

"夜游症！就是夜晚起来到处瞎转悠，做这做那，白天别人一问，自己一点儿不知道的那种病！"

"没有啊，你怎么这么问？"

"随便跟您聊几句家常嘛！"

"不对！你姐一定是摊上什么不好的事儿了，要不你不会问得这么稀奇古怪的！"

"小地包"："看，说你想得太多，你又多心了吧？我姐要是真摊上了什么不好的事儿，我还有情绪迎来送往的吗？我姐是摊上了她这一辈子最好的好事儿了。"

孙父："嗯？我不信。就咱们家，普普通通一工人家庭，世上的好事儿能摊到咱们家人的头上？"

"小地包"："那种天上掉下大馅饼的好事儿当然摊不到咱们家人的头上。我是说，我姐开始恋爱了，那还不是她一辈子最好的好事儿呀？"

孙父："恋爱？不会吧？你俩刚下乡两年多，她才十九岁多！"孙父又自言自语道："是啊，过完春节二十了，转眼是大姑娘了，也到该谈的时候了……对方是什么样的小伙子？"

"这我可无可奉告了。"

"比于英怎么样？"

"小地包"："要就是他，你什么态度？"

孙父："论长相，我没意见，估计你妈也能相中，论人品……"

"人品那肯定没问题。"

"家庭出身，对，还有家庭成分呢？"

"小地包"："那也没问题，'红五类'。"

孙父："那，就是于英了？"

"您别瞎猜，我可没说是人家于英啊！"说着，"小地包"忽然大声唱起歌来：

毛主席的战士最听党的话，

哪里需要到哪里去，

哪里艰苦哪儿安家。

祖国要我……

"小地包"仰面躺在床上，睡得婴儿般平静香甜。

孙父和孙母坐在他的两旁，微笑地看着儿子。孙母伸出手，想摸一摸儿子的脸，却被孙父阻止了。

孙父："你别碰他！他睡得好好的，你摸他干什么呢？"

孙母指着儿子的脸颊："你看，他开始刮胡子了，看鬓角这儿，下巴，是不是？"

"早注意到了。等他走时，我把我那安全刀架送给他。"

孙母："人家儿子一个月能挣四十多了，自己不会买呀，要你那使了十来年的刀架干什么？"

"那倒也是。"孙父忽然想起女儿，"哎，咱们玲儿，小时候得过夜游症吗？"

"夜游症？没得过呀。"

"就是那种睡着睡着起来了，自己做什么事儿自己不知道……"

孙母:"你别说了,听着倒怪吓人的。我明白夜游症是怎么回事儿,我敢肯定咱们玲儿没那毛病。"

孙父:"没那毛病就好。我不过随口一问,你别多想。告诉你个情况,咱们玲儿谈恋爱了。"

孙母笑了,欣然地说:"这我就放心了。我还时常暗想,就怕咱玲儿傻,长到了二十好几,还不懂恋爱怎么个谈法。"

"是儿子向我透露的。如果我没猜错,就是我和儿子今晚接回的一个咱哈尔滨知青。"

"是吗?模样好不好?"

孙父抑不住笑容:"模样没挑的,你见了他也一准会相中,像从前年画上的武松。"

孙母笑得合不上嘴:"那,春节咱请他家来吃饭!"

许多日子来的疲劳,让齐勇沉沉地睡了个好觉。第二天醒来,他伸了个懒腰,发现父母穿着要出门的衣服,坐在他一左一右。

齐勇翻身看着他们:"爸,妈,你们这是……"

齐母:"昨天不是说好了,今天你陪爸妈去看看你弟吗?"

齐父:"要是你还没解过乏来,明天去也行。"

齐母:"还是今天去吧,妈夜里梦见你弟了。你弟说知道你回来了,也希望你早点儿去看他……"

齐母落泪了。

齐勇从炕上坐起,轻轻地搂仕了母亲:"妈,这几天太冷,郊区更冷,我怕你们二老一去一回,路上会冻着。听说过几天会暖和点儿,那时咱们再一块儿去看弟弟行不?"他说着,向父亲使眼色。

父亲领会:"他妈,那就听勇子的,过几天再去吧。"

母亲用手背擦去眼角的泪:"可我觉得,快春节了,你弟肯定也怪想咱们的。"

齐勇："那，这几天内，我自己先去看他行不？"

齐母这才点了点头。

晚上，齐家的收音机播放着样板戏《海港》中老马师傅的唱段：

大吊车，真厉害！

成吨的钢铁，

它轻轻地一抓就起来！

…………

齐父齐母坐在饭桌旁，神情忧郁，似听非听。

厨房的门打开，齐勇端着两盘饺子走了出来。他把饺子放在桌上，拿起酱油瓶和醋瓶往父母面前的小盘里滴："爸，妈，你们先尝尝饺子咸淡……"

齐父齐母动筷夹起饺子，送进嘴里。

齐父："嗯，不咸不淡，挺香的。"

齐母："大儿子，你一个人又是剁馅又是包的，忙活半天了，也陪爸妈坐下吃吧。"

齐勇："还有一盖没下锅，我去煮出来就陪你们二老吃。"

他转身回厨房了。

齐父："毕竟是当过几天班长啊，出息了，对咱们'二老二老'的了。"

齐母："这要是他弟还在，多好个榜样啊！"

齐父："别动不动就提他弟了，免得让勇子听着伤心，啊？"

齐勇下完饺子，回到桌边坐下，同父母一块儿吃饺子。齐母剥了一瓣蒜放在齐勇的小盘里。

齐父："老大，你是不是犯了什么错啊？"

齐勇："没有啊。"

"那怎么不让你当班长了，让你喂马去了？"

"不是不让我当班长了，是我主动要求喂马的。"

齐父："那你何必的？"

齐勇："我喜欢马。爸，你是没喂过马，那马，你对它好，它心里是有数的。看着你那目光，都含情脉脉的。"

齐母："那，班长和喂马，哪个工资多点儿，哪个工资少点儿？"

"工资都一样。在我们兵团，只要你是一名知青，不管干什么，工资上没差别。"

齐父："这好这好，那你喜欢马，爸妈也就没什么意见了。"

吃完饭，齐勇自己收拾桌子，让父母坐着听收音机，齐母摇头道："唉，一打开收音机，整天播的是样板戏，听烦了。"

齐勇在围裙上擦了手，去拧收音机的旋钮，调频道。可是调来调去，不是《林海雪原》就是《红灯记》《杜鹃山》。终于调出了一首歌：

俺是个，公社的，

饲呀嘛饲养员哎嗨哟！

养活的，小猪崽，

一个一个直蹦跶……

齐母："儿啊，别调了，就听这歌吧！"

齐勇收拾完毕，跟父母打了招呼，便抱着碰运气的心态去列车站接赵天亮和周萍了。

列车站候车室人头攒动，其中半数是知青。齐勇在人群中穿来穿去，四处张望，仔细地寻找着。终于，他看见几名知青就地坐在一处靠暖气的地方，赵天亮和周萍就在他们之中。赵天亮低着头，周萍头靠赵天亮的肩，二人睡着了，脸上尽是疲惫。

齐勇叫醒他们，三人来到了一个小饭馆里。这个饭馆非常小，只有三四张桌子，另一张桌子上，也趴着二男二女四名插队知青。三人找了一张小桌子，围着坐下。

周萍坐定，笑着对齐勇说："我俩的行李已经寄存了。"

赵天亮："铁道部增加了两次开往北京、上海的知青专列，买票不那么难了，我俩买的是明天早上七点多的票。"

齐勇："既然这样，那我也就不强领你们回家去睡了。但是这顿饭，我无论如何是要请你们的。你们毕竟到的是哈尔滨，我毕竟是哈尔滨知青，而且咱们一个连，要不我心里太过意不去。"

赵天亮："听你的。"

一名女服务员从厨房走了出来，走到齐勇他们的邻桌旁，推了推那四个趴在桌上睡着的插队知青："哎哎哎，醒醒，醒醒，跟你们说过多少遍了，我们这是饭馆，不是旅馆！"

被推醒的男知青迷迷糊糊地抬起头来："车停了？到北京了还是到上海了？"

赵天亮和周萍同情地看着他们。

齐勇："服务员，先过来一下。"

服务员嘟嘟囔囔地说："也不能把这儿当旅馆啊！"

齐勇掏出五元钱塞给服务员："我可是咱哈尔滨知青，哈尔滨人更要给哈尔滨人点儿面子。你们关门之前，就让他们在那儿趴着吧，啊？给我们仨弄几样家常菜，土豆粥、冻豆腐、酸菜炖粉条什么的。有没有带肉的菜啊？"

服务员摇头。

"鸡蛋呢？"

服务员还是摇头。

"那，你叫厨师看着弄吧。再给上一瓶啤酒。"

菜上来了，齐勇三人端起了杯，他和赵天亮的杯中是啤酒，周萍的杯中是白开水。

赵天亮："为友谊。"

齐勇看了看他，也看了看周萍："也为爱情。"

周萍脸微微有些发红。酒杯发出清脆的碰撞声，三个年轻人将杯中物一干而尽。

齐勇："如果也把敬文找来就好了。但时间太晚了。我代表他了。"

他咂咂嘴，看着赵天亮又说："从今往后，你可要全心全意地爱周萍，否则，我和敬文都不答应。"

赵天亮庄严地点头。

周萍感动得红了眼圈。

齐勇看着周萍又说："没当成兵团战士的事儿，就认命吧。"

周萍轻轻地点了点头。

齐勇借着酒意小声道："听我给你俩背一首诗啊——比银子宝贵的，是金子。比金子宝贵的，是钻石。比钻石宝贵的，是好女人。比好女人更宝贵的，在这个世界上——还没有产生！小周，爱听不？"

"爱听。"

周萍内心幸福地笑了，笑得像花朵一样。

——第 18 章——

没有风。大雪便安然地、静静地飘落着。

哈尔滨郊区某墓园在雪中显得更加寂静。

齐勇站在弟弟的碑前。碑前放着的一个苹果、一个梨和几块儿蛋糕上，落了薄薄的一层雪。

忽然，他听到背后穿着棉鞋踏在雪地上的吱吱声。

转身看去，见是"小地包"在墓碑间走来走去。

他边走边仔细辨认每块儿墓碑上的字，并没发现齐勇。

"小地包"退行着，一不小心，撞在齐勇身上。他转身看是齐勇，表情一时很不自然。

齐勇："我以为这么大的雪，就我自己会来这种地方呢。"

"小地包"："我也这么以为。"

"你为谁来？"

"为你弟。"

齐勇朝弟弟的碑一翘下巴："就这儿，跟我弟说几句话吧。"

"小地包"："好吗？"

齐勇点头。

"说什么呀？"

"随便。"

"小地包"凝视着碑，动了几下嘴唇才说出话来："小弟，对不起。现在我说什么也是晚了。现在我和你哥成了好朋友……"

他看齐勇一眼，齐勇点一下头。

"小地包"脸上淌下泪来："那现在，你也就是我弟了……弟呀，春节快到了，我给你寄过去些钱、粮票、布票……别记我家人的仇，啊？往后你那边如果缺什么，梦里跟我说也行……"

他蹲下，解开书包，从里面掏出些花花绿绿的纸，打算把它们点着时，却发觉没带火柴。他抬头看齐勇。齐勇也在他身旁蹲下，拿过他手中那些纸，那是些画的钱、粮票、布票，而且面额都特大——人民币一万元、粮票一千斤、布票五百尺，还有肉票、豆类副食票。

齐勇："你画的？"

"小地包"："求人画的。画一张五分钱。本来在兵团时，想求沈力给画来着，那时我就决定了，如果探亲假批下来，一定到你弟的碑前来……"

齐勇打断他："沈力画得肯定比这像。"

"是啊。"

"你信这些？"

"有时候信，有时候不信，这时候，我挺信。"

齐勇默默掏出火柴，划着。"小地包"拢住火苗。齐勇将那些纸一张张地点燃，那些纸啦啦地烧了起来。

齐勇："一下子寄过去这么多，也不知我弟在那边会不会遭到嫉妒，挨批斗。"

"小地包"："不会吧，听说人到了那边，回想起这边做的一些错事儿、坏事儿，没有不后悔的。"

"但愿吧。"

二人烧完了纸，并肩离开墓园。雪花从天上静静落下来。

"小地包"："我有一个特别强烈的愿望……"

"讲。"

"那就是，希望有机会救你一命。"

齐勇："你已经救过我一命了。"

"小地包"："那次不算。那次究竟谁救谁，是说不清楚的事儿。"

"你就当是你救了我一命，不行吗？"

"我也常这么对自己说，可是不管事儿，那个愿望还是特别地强烈。"

齐勇站住，认真地瞪着"小地包"："不许你以后再有那种愿望！"

齐勇用力搂了一下"小地包"的肩，二人又并肩向前走去。雪地上留下两行亲密的脚印……

呼啸的列车在黑夜中穿梭。

两节车厢连接处的过道里，赵天亮和周萍守着他们的大包小包并肩坐在地上。

赵天亮："如果觉得这儿冷，咱们回座位上去。"

周萍："不，坐这儿挺好。"

赵天亮："坐这儿有什么好？"

"跟你说什么话，只有你能听到。"

赵天亮握住了周萍一只手。

一丝甜笑挂上周萍嘴角："你要是想握我手，我就敢让你随便握着，不怕被别人看到。"

赵天亮不由得轻轻亲吻她的手背。

周萍："要是坐在座位上，你不敢这样吧？"

赵天亮笑了一下，点头承认。

周萍吻赵天亮脸颊。

赵天亮看她，她眼睛亮亮的，幸福地微笑。

赵天亮："关于咱俩的事儿，孙敬文给我出过一个主意。想不想听？"

周萍点头。

赵天亮："他说，我还不如干脆把你娶到七连，那你就成了兵团战士的家属。还说咱俩的家要由我们男一班的知青亲自盖，要盖得高一点儿，开间大一点儿，还要亲自为咱俩围一块儿自留地。"

赵天亮又扭头看周萍，见周萍也正充满憧憬地注视着他。

周萍催促地："说呀。"

赵天亮："他就说了这些。只要你愿意，我就那么决定。《婚姻法》规定十八岁就可以结婚，咱俩都过二十岁了，何况还有班里的那帮哥们儿支持我。"赵天亮一转身，扳住周萍双肩，冲动道："你愿意不愿意？"

周萍却摇了摇头。

赵天亮："不愿意？撒谎！你刚才那么认真地听我说，证明你心里是愿意的！"

周萍："我是愿意听你那么说，可是并不愿意你那么决定！"

赵天亮："其实……你不爱我？"

"很爱。"周萍又在他脸上吻了一下。

赵天亮的双手从她肩上放下了，失望地说："如果我不那么决定，怎么能向你证明我是爱你的？"

周萍："你已经证明了。再说，我也完全感受到了。这就足够了呀。这已经使我觉得幸福了。"

"可是我要使你早日离开山东屯。"

"可是如果我同意了，你很快就会因为你的决定后悔的。"

赵天亮："我不会！"

周萍："你会的。想想吧，那你就不再像一个知识青年了。如果一两年后我生了孩子，你就当爸爸了，你就会每天每月每年都为咱们的小家庭操心不止，劳碌不止。即使你自己还认为自己是一个知识青年，别人也会渐渐不把你当知识青年看待了。"

"我不在乎！"

"你会很在乎的。你不像我。你成分好，出身好，你以后的人生，也许还有很多机会，我不想拖累你。"

赵天亮："别说了！"他有些生气了。

周萍："有些话，我现在必须跟你说明白。你不要把山东屯当成一个火坑，不要把我当成一个处在水深火热中的人，不要非要求自己充当一个拯救者。你在山东屯待过些日子的，那里不能算是火坑对吧？那里不止我一个插队知青对吧？那里的老乡从'解放'前就在那里生活着了对吧？我们这一代人中，绝大多数都是插队知青，而不是什么兵团战士，别人能吃得了的苦、受得了的累，我相信我也能吃能受。别人能经受的命运，我相信我也能经受，我不需要任何人为我做出牺牲自己利益的决定。"

赵天亮从地上站起来，走到过道另一边的窗子那儿去了。

周萍也站起来走过去，从背后温柔地搂住赵天亮的腰，将下颌放在他肩上，平静地说："我不能那么自私，我不能……"

赵天亮："那……我们现在这算怎么回事儿？"

"我们在爱。就目前来说，对于我，有爱已经使我感到很满足了。以后你要常给我写信，有机会了，就常到山东屯去看看我。我因为什么事儿伤心难过，你要好好安慰我。我不够坚强，软弱的时候，你要善于鼓励我，啊？"

赵天亮分开周萍手臂，缓缓转过身："你变了。"

周萍嫣然一笑："我也觉得我变了。"

赵天亮情不自禁地搂紧她，热烈地吻她。

赵天亮和周萍转头，只见一名年轻的列车乘警站在他们旁边，一脸严肃地挥着手。

另一名年轻的列车乘警出现，制止道："哎哎哎，干什么呢？这是列车，成什么样子！"

赵天亮大窘。

周萍却回头笑道："如果你肯走开，就没人看见我们在亲吻了。"说罢搂住赵天亮脖子，动情地吻他。

乘警生气地说："我不许……"

这时，女列车长走过来，小声对乘警说："别狗拿耗子多管闲事儿，注意力要放在可能是小偷的人身上。"说罢，便轻推着乘警走了。

北京的冬季没有东北那么冷，无雪的天空很是晴朗。微温的阳光远远照在赵天亮和周萍的身上。他们拎着行李，走到一个军队大院门前。

周萍望着站岗的门卫，怯怯地说："要不，我别去你家了，我还是回火车站去吧。"

赵天亮："说好了的，我负责给你买票，你在我家住一天，不许变！"他说着，便一个人走进传达室。

传达室里，一位老者正拿着茶缸喝水，见赵天亮进来，有些惊喜："嚯，我当谁呢，这不是天亮嘛！淘小子回来探家了？"他朝窗外一看："那姑娘是谁呀？"

赵天亮："战友。大爷，您跟门卫打声招呼，让我们进去。"

"战友？穿这么一身，你就以为你也是军人了？又没领章又没帽徽的，还战友！对象吧？"

"不是。真是战友。"

"不说实话，那我不替你打招呼。"

赵天亮无奈地说："好好好，是对象。"

赵天亮和周萍拎着行李走到赵家门前，赵父正在打太极拳。

他虽然看不见，却直觉地感到有人在看他，便立刻收住套路，转过身，腰板一挺问："哪位在看我？"

赵天亮："爸，是我。"

赵父惊喜地说："天亮？"

"对。"

赵父想起了什么，立刻收住脸上的笑容："等等，这次是怎么回来的？"

"爸，连里批准了我的探亲假……"

赵父："那好。你是兵团战士，我当过团长，要像部队里那样，正规点儿。"

"正规点儿？爸你什么意思？"

"在部队，战士见了团长，该怎么样？"

赵天亮看周萍，无奈苦笑，复看着父亲，不以为然地说："爸，那太可笑了吧？"

赵父："那有什么可笑的？快点儿快点儿，要不不让你进家门！"

赵天亮只得敷衍地说："报告父亲……"

"不行不行，太近了！退远点儿，要跑步到我跟前。"

赵天亮回头看了看看周萍，无奈地后退。

周萍掩住嘴，几乎要笑出声来。

赵父凭感觉"望"着十几步外的儿子，大声喊："来标准的啊，你小子是不是应付我，我凭感觉是会知道的。"

赵天亮跑步至父亲跟前，响亮地说："报告父亲同志，儿子赵天亮自黑龙江生产建设兵团归来探家，请允许迈入家门。"

赵父上前一步，紧紧拥抱儿子："哈哈，老子终于又找回点儿团长的感觉啦！儿子，你可两年多没回来了！我以为你记仇了，再也不回家了。"他边说边亲切地拍着赵天亮的背。

赵天亮："爸，我还带回来一位战友，她是上海的，我得让她住在咱们家里，替她买到哪天的票她哪天才能走。"

"哦，怎么不早说！"赵父推开儿子，伸出一只手，热情而真诚地说，"欢迎欢迎，握握手吧！"

周萍赶紧走上前，从棉手闷子中抽出小手，与赵父的大手握了一下，同时礼貌地说："伯父好……"

赵父立刻把手松开，皱起了眉，他走到一旁，低声然而严厉地说："天亮，过来！"

赵天亮走到父亲跟前。

赵父："女的！怎么回事儿？"

赵天亮："是啊，女战友，难道我们家只欢迎我的男战友，不欢迎我的女战友吗？"

赵父又扯着儿子走开几步，脸色阴沉下来："别狡辩！你小子给我坦白交代，是不是搞上对象了？"

"不是对象，是爱人。"

赵父急了，几乎吼起来："你小子还把人家搞怀孕了不成？！"

赵天亮也急了："爸，你小声点儿行不行？这不是在家里，是在外边，让别人听到，传开了好吗？"

赵父："嘿，你！"

周萍不安地看着站在远处的父子俩。

这时，赵母一手拿着脚垫，一手拿着笤帚，推开家门走了出来。她刚想清理一下脚垫，忽然看见儿子，丢下脚垫和笤帚，几步走过来搂住了儿子，激动地说："儿子，你可把妈想死了！"

赵父沉着脸。周萍低着头，不安地坐在椅子上。

赵母坐在赵天亮旁边，双手抓着儿子一只手，目光温柔地看着周萍："小周，父母做什么工作？"

周萍不知如何回答是好，抬头求助地看着赵天亮。

赵天亮："小周她妈妈也是医生，只不过不是军医，她爸爸……也在部队，只不过不是现役。妈你别老攥着我手，太不习惯了！"赵天亮从母亲手中抽出自己的手，转移话题地说："中午吃什么饭，我来做！"

赵母笑了："这才早上九点多钟，你俩都没吃早饭吧？我去给你俩弄点儿吃的，先垫一垫。"

周萍："伯母，别麻烦了，我不饿。天亮，我想……我还是走吧，我给你们带来太多的不方便了……"

周母："那怎么行？不能走！票的事儿，让天亮负责。屋里热，快把衣服脱了！"她说着，走进厨房去了。

赵天亮走到周萍跟前，拉住她的手恳求："听我妈的话，啊？今天是星期日，浴室晚上开放，你就不想好好洗一次澡吗？"

周萍被说服了，摘下围巾，开始脱棉袄。

赵父："小周啊，如果你走了，最不高兴的可不是天亮，也不是他妈妈，而是我。那我会以为，我说了什么你不爱听的话，你挑理了。"

周萍："伯父，那我就不走了。"

"这就对了嘛！"赵父变得热情起来，"刚才天亮也没说明白，你父亲具体在部队做什么工作？"

周萍又一愣，再次看赵天亮。

赵天亮："我刚才没说明白吗？那，我就替小周说明白点儿。爸，小周这人呢，她在生人面前不太爱说话，她父亲，那是上海鼎鼎大名的武术家，受聘于上海的特种部队，做擒拿教练，虽然不是现役，但享受正师级待遇呢！"

周萍对赵天亮不满地摇头。

赵父："哦？小周啊，那你……武术方面，是不是也会几手啊？"

赵天亮："爸，想跟她学两招是吧？"

"对对，学两招，没事儿练练，强身健体嘛！太极拳动作太缓慢了，像我这种急性子，打着总觉得不过瘾。"

赵天亮替周萍解围："您看不见，她就是想教，您也没法学呀！"

周萍："大伯，别听他的，我一招也不会。"

赵父："你不是谦虚吧？我常听人家说，武术界里，有家传真功夫的，轻易不显露。"

"伯父，我真的不会。"

"小周啊，到厨房来帮我一下。"幸好这时赵母的声音从厨房里传来，周萍借机起身走进厨房。

赵父让赵天亮坐到了他的身旁耳语："我喜欢武术人家的女儿，也能接受话不多的姑娘。既然已经处上了，那就继续处下去吧。但是，如果弄出了什么麻烦，必须老老实实地向你妈交代！她毕竟是医生，肯定能替你们排忧解难，明白？"

赵天亮："明白，明白。可是我发誓，我们根本没有什么可交代的……"

赵天亮拎着个小袋子，在大院里的公共洗浴门口等周萍。周萍头上包着毛巾从女浴室走了出来。

赵天亮："我拿着盆。"

周萍把盆递给他："不是叫你洗好了先回家嘛！"

赵天亮："不等你还行！这院子挺大，怕你找不到我家门了。"

"我还不至于那么不记道。我可跟你说啊，我真生你气了。"

赵天亮："我早看出来了，也知道为什么。"

周萍："你怎么可以编出那么一套不着边际的谎话骗你父亲呢？而且还使我当时似乎认可了你的谎话。"

"谎话都是不着边际的，否则还叫谎话吗？似乎是一个不确定的词，对我的谎话，你既没有附和，也没有点头，所以不必觉得心里不安。我父亲信了，母亲也信了，他们都开始喜欢你了，这是最主要的。"

周萍突然站住，凝视着赵天亮："反对！我虽然是'黑五类'的女儿，可我的父母从小就教育我，说谎骗人是可耻的行为之一。现在我都觉得我有点儿可耻了。"

"好好好，我向你承认错误，你别太往心里去了，行吗？"

赵天亮四顾无人，捧住周萍的脸吻了一下。

周萍这才微笑了。

赵天亮："替你买到明天晚上的票了，也不谢谢我？"

周萍也四下看了看，反过来捧住赵天亮的脸，吻了他一下。

"今晚美美地在我家睡上一大觉，明天白天我陪你在北京各处玩玩，啊？"

周萍微笑着点了点头。

周萍坐在赵家客厅的镜子前，赵母站在她身后，用吹风机为她吹头发。

赵母："这东西还是托人从上海给我买来的呢。可是成了自己的了，却很少用了。"

周萍："伯母，您对我真好。"

赵母将吹风机关了，放在桌上，拉着周萍坐到沙发上，语调暖暖地说："小周，我喜欢你。"

"伯母，我看出来了。"

"告诉我实话，你和天亮，你们不是一般的战友关系，对吧？"

周萍脸上微微发红，垂下目光，点了点头。

"天亮他对你好吗？有没有那种时候——他对你不讲道理，乱发脾气，明明委屈了你，伤了你的心还不肯主动认错？"

周萍微笑着摇头。

赵母："以后，你回上海探家，从上海回兵团，这儿就是你的另一个家，啊？"

周萍不由自主地偎入赵母怀里："伯母，我会的……"

赵母："天亮他爸性子不太好，一个带过兵，冲锋陷阵地打过仗的人，双目失明了，整天大闲人似的待在家里，还享受着部队里的种种光荣待遇，他感到内疚。所以呢，以后熟了，说不定他也有跟你发火的时候，千万别往心里去，啊？"

周萍："伯母，我记住了，您放心吧。"她眼睛里已经盈泪欲滴。赵母对她的这番爱护，让她更加不愿成为赵天亮人生的负累了。

房门开关的声音让周萍与赵母分开了，赵天亮和父亲先后走进来。

赵母问他们："你们到哪儿散步去了，这么半天？"

赵天亮手背在身后："我爸说走远点儿，为的是给小周买到一种她可能没吃过的东西。"

赵母："都是中国人，能有什么咱们吃过，人家没吃过的东西？"

赵天亮将背着的双手伸了出来，两只手各拿了一支大糖葫芦。他将一支递向周萍。

赵天亮问周萍："吃过我们北京的大糖葫芦吗？"

周萍："没吃过，但听说过。你怎么不给伯母也买一支？"

"给他妈买，那得花我钱，要不好人都让他做了。"赵父也将双手从背后伸了出来，他的两只手上也各拿一支大糖葫芦。

赵母："我想他们父子俩心里也不能没有我嘛！"

赵父："那不是忘恩负义吗？"说着，把手里的一支糖葫芦递了过去。

待赵母从赵父手中接过了一支糖葫芦，周萍才也从赵天亮手中接过一支。

赵天亮："过了北京，往南就见不着糖葫芦了。"

他待周萍咬下一颗，问："好吃吗？"

周萍幸福地笑着，微微点了点头。

夜深了。赵家的几间屋子都熄灯了，赵天亮在客厅沙发上酣实地睡着。赵父赵母也已上床，赵母在台灯下织毛衣。

赵父问赵母："那小周，长得怎么样啊？"

赵母："很秀气，挺漂亮的，性格也很文静。"

"那我能感觉出来。"

"没想到，咱们天亮这么有眼光。哎，你可不许给搅黄了啊！"

赵父："我是那么不好的父亲吗？"

赵母："你以为你是位好父亲啊？曙光和晓兰的事儿，你不是一直坚决反对吗？"

"两码事儿，不能混为一谈。可，你没觉得那姑娘，有什么不对劲儿的地方吗？"

"你这什么话！"

"我是说……"赵父迟疑道，"她……你没看出她怀孕的样子吧？"

赵母赶紧丢下手里的针线，捂住了赵父的嘴。

赵母："小声点儿！你胡说些什么呀你！"

等赵母的手放下了，赵父小声说："早上，你没出门的时候，我逼问天亮，小周是不是他对象，你猜天亮怎么说？"

"怎么说？"

"他说，'不是对象，是爱人'。这话什么意思？"

赵母："是啊，这话不是现在该说的话呀。"

赵父："就是嘛，未婚，那就不能叫爱人。既然都叫爱人了，那就证明他们……很可能已经有过那种关系了。"

赵母瞪大眼睛，不太愿意相信："不会吧？"

"以他们现在的情况，万一哪天小周真的肚子大了，纸包不住火了，瞒不过人眼了，那天亮又得受处分。他可刚解除了处分。"

赵母无心织毛衣了，把针线放枕旁，忧虑地说："依你，咱们该怎么办？反正我挺喜欢那姑娘的，即使出了那事儿，我也愿意她成了我的小儿媳妇！"

赵父："所以，你要及早关心他们嘛！该问的，那就得问。该掌握的情况，那就得做到心里有数。该及时加以指导，给出解决的办法，那就得当面锣，对面鼓，把利害关系给他们说清楚。总而言之，他们是孩子，有的事儿会不好意思。而我们是大人，是家长，你又是医生，那就没什么不好意思的。"

赵母眼睛定定地看着搁在枕边的毛线。

赵父："不知道他们兵团对知青有什么纪律约束，在正规部队，如果一个男兵把一个女兵肚子搞大了，那毫不留情，废话别说，立马脱军装，哪儿来的回哪儿去。即使就差几天该复员了，以前几年的兵也白当了。"

赵母："还真是不好问啊！"

"她可是明天晚上就走，要问就得抓紧问。"

"那也得有个机会不是吗？再说人家姑娘走了，我问咱们儿子不一样嘛！真那样了，又不是人家姑娘一个人做得了的事儿。"

赵父："我看你从天亮口中是掏不出什么真实情报的，我觉得他是越来越有蔫主意了。"

周萍在赵天亮的房间里也睡得正香。在梦里,她和赵天亮是芭蕾舞《天鹅湖》中的王子和天鹅公主。正在他们幸福地幽会之际,蝙蝠王出现了,他用魔法定住周萍,让她动弹不得。蝙蝠王将她推倒在地,步步向她逼近……

周萍猛然从梦中惊醒。她睁大双眼,喘着粗气,凝视着房间的天花板,难以入眠。听到客厅里传来了赵天亮的鼾声,她又坐起来,轻轻下了床,走到小屋门口,贴着墙,深情地望着沙发上的赵天亮。

她看了一会儿,转身回到小屋里,拉开抽屉,从里面取出了纸和笔,坐在桌边写起信来:

伯父,伯母:

我并不愿对你们隐瞒什么,可是看起来,我仿佛欺骗了你们……

第二天清早刚起来,赵母已经准备好早饭了。周萍来到桌边,赵天亮为她盛了一大碗豆浆,放在她面前。周萍看到豆浆,眉头微微地皱了起来。

周萍:"天亮,我不喝豆浆,这一碗你喝吧。"她轻轻将那一碗豆浆推至赵天亮面前。

赵天亮:"喝吧,甜的。"

周萍仍旧摇头。

赵母:"小周,真对不起,没想到你不喝豆浆。早上我一懒,也没煮粥,出去买了点儿现成的。"

"伯母,我喝点儿开水就行。"

周萍微微一笑,起身自己去倒开水。

赵家三口面面相觑,心里都挺疑惑。

周萍端一杯水回到桌旁坐下,也歉意地说:"伯母,别把我当客人。在家里的时候,早饭前我也习惯于喝一杯白开水。"

赵天亮:"那,就只有你喝你的白开水,我们喝我们的豆浆喽!"他端起碗,喝水似的,咕嘟有声地一饮而尽。

周萍看着他，脸色忽然一变，赶紧双手捂嘴跑入卫生间。卫生间传出她的呕吐声。

赵天亮赶紧放下碗，跑到卫生间门口，轻抚她的后背："怎么了？"

周萍却将他推开，把卫生间的门从里面反锁上。

赵天亮隔门焦急地问："周萍，没事儿吧？"

周萍背靠着门，喘息地："没事儿……真对不起……"话还没说完，一阵呕吐感又袭来，她急忙向着马桶弯下腰去。

周萍用水盆里的水猛洗了几把脸，她抬起头，镜子里的自己面色苍白，额上淌下冷汗，眼角挂着泪水。那些耻辱的往事并没有因为时间而消散，依旧历历在目。那些凶暴的男女青年的脸，仿佛还在她近前。那些粗鲁的吼声似乎从来就没有消失过——

"喝！喝！必须喝光！"

"一点儿都不许剩！"

"资本家的臭小姐，每天喝牛奶，还说什么喝不惯豆浆！今天非叫你习惯习惯不可！"

…………

周萍双手捂脸，无声地哭了。

赵母扶着赵父往卧室走去，丢给他一个复杂的眼神。赵天亮心里别扭，他端起父亲的半碗豆浆，一仰脖，喝了个精光。

卧室里，赵父背着手，一副愁容："连看到天亮喝豆浆都那么吐，这说明什么问题？"

赵母："是啊，这说明什么问题？"

赵父猛一转身："我问你，你问谁？别忘了你是医生！"

"别冲我吼！即使怀孕了，那表现也应该是吃不得腥荤的，喜欢吃酸的，我就从没听说过不能喝豆浆，也见不得别人喝豆浆这回事儿！"

赵父："所以，你有责任搞搞清楚，彻底打消我心中的怀疑！"

赵母："你还冲我吼！不听你的了，我得去上班了，你一个人在家里怀疑吧！"

她说罢，站起身朝外走去。走到门口回头又说："我可提醒你，怀疑归怀疑，你的怀疑还不能充分证明什么，所以他俩回来了，请你不要乱问！"

为豆浆的事儿烦恼的不只赵父和赵母。

赵天亮推着自行车走着，周萍走在自行车的另一边。他们身旁，是故宫长长的红墙。

赵天亮闷闷不乐。

周萍："你还在生我的气？"

"对。"

"别生我气了，我也不想那样啊！"

"吃素的人，看到别人津津有味地大吃肥肉，如果做出你那种反应，那是丝毫也不奇怪的。吃什么东西吃伤了，再看到别人吃那种东西，也会有像你那么一种反应，也可以理解。可是不喝豆浆，看到别人喝豆浆就要吐，这种情况我还是第一次遇到。"

周萍："所以你奇怪，我也能理解。"

赵天亮："世上奇怪的事儿都是必有原因的。我生气的是，你为什么就不肯告诉我那原因呢？你没看出来连我爸我妈也都感到奇怪了吗？"

"看出来了。可是我不想说原因，尤其不想对你说……"

"那就什么也别说了！"

不快的气氛弥漫在两人之间。

周萍终于打破沉默："那……我告诉你原因。"

赵天亮支下车，期待地看着周萍。

周萍："在我下乡之前那段日子里，不仅我们的家经常被抄查，我父亲几乎天天挨批斗，连我也无法幸免。一些学校里的红卫兵，不知怎么就知道了我天天早晨是喝牛奶的，这使他们非常气愤。有天在学校里，他们不知从哪儿搞了一小盆豆浆，逼我喝光。说对于我，思想改造，要先从胃的改造开始。我喝不光,就把我按倒在课桌上,有人掐我的腮,使我闭不上嘴。有人端起那小盆,往我嘴里倒豆浆。他们中,有的是我的同班同学,有的曾是我的好朋友。这也就是为什么我一心想成为兵团战士的原因。我想,如果我成了仅次于正规部队的兵团战士,以后就没有人那么歧视和凌辱我了吧……"

周萍说罢,笑着看赵天亮:"该告诉你的,都告诉你了,别生闷气了,啊?"

周萍的语调从始到终都很平静,仿佛在说很久很久以前的,别人的事情,仿佛那根本不是现实中发生的事情,只不过是一篇纯属虚构的小说中的一段情节。然而她的笑容尽管嫣然,却分明有凄惨的成分,那是想掩饰也掩饰不尽的。

赵天亮忽然隔着自行车将她搂在怀里,紧紧地搂着。

他发誓地说:"周萍,周萍,从今以后,如果我赵天亮保护不好你,我他妈的就不配是我爸爸的儿子!"

他俩走过天安门广场、人民大会堂、历史博物馆等许多景点,赵天亮以指为框给周萍照相,留影为念。周萍一直恬静地微笑着,可笑容中却总藏着一抹凄楚。

赵天亮:"这次太仓促了,下次如果还能一块儿探家,我一定买一台'海鸥'……"

"那得多少钱?"

"一百八十几元,攒一年工资足够了。为了以后能经常给你照相,我也非买不可!"

周萍:"不许!那么贵,太奢侈了!你以后还应该经常给你哥哥寄钱。我们插队知青和你们兵团知青比起来,每年挣那点儿工分太可怜了……还有,你也要经常给那个叫春梅的女孩寄一点儿钱,那她就可以买一些她那地方的女孩子喜欢的东西了。"

赵天亮:"也要想着他们,也要攒钱买照相机!"

周萍:"坚决反对!"

"好好好，听你的，一定听你的。来，在人民英雄纪念碑前照一张，最后一张，然后咱们滑冰去。"

周萍望望烈士纪念碑，自卑地摇摇头："我不想在人民英雄纪念碑前照。"

"为什么？"

"我想……我不配在人民英雄纪念碑前留影，那样，也许会使烈士们感到被亵渎了……"

赵天亮不由得也望望高耸的人民英雄纪念碑，又看看周萍，不知该说什么好。

"嚓！"速滑冰刀在冰面上铲出冰屑。

赵天亮和周萍手牵着手在后海冰面上尽情地享受滑冰的乐趣。

一个戴滑冰帽、穿速滑鞋的青年，将腰弯成九十度，倒背双手，运动员般绕着圈子滑，吸引了不少目光。

周萍羡慕地说："他滑得真快！"

赵天亮："我如果穿的是赛刀鞋，也会滑得那么快。"

"吹牛！"

"不信？露几招给你看看！"赵天亮放开周萍的手，来了一个腾空旋转，却没落稳，一屁股坐在了冰上。

周萍乐了："还露'几招'呢，露怯了吧？"

赵天亮："马失前蹄不算倒，刚才大意了！"他从冰上爬起来，快速地滑走。

周萍的目光追随着他的身影，可是，由于有太多的身影在眼前闪过来闪过去，她分不清哪一个才是赵天亮的身影了。

她分开双腿，扎煞着双手，弯着腰，不安地喊："天亮！天亮你在哪儿？我快站不稳了，天亮快回到我这儿来！"

那个戴滑冰帽、穿速滑鞋的青年在周萍面前刹住，他身后几个追随者也跟着滑过来，有人还握着冰球拍。

那戴滑冰帽的青年和他的追随者将周萍围住。周萍惊魂未定，一眼就将来人认了出来，竟是王凯。

周萍："你是七连的！你是天亮他们班的！"

王凯："正是鄙人，王凯。既然是你，那么赵天亮肯定也在这冰场上了。"

周萍觉出王凯的态度似乎不怎么友好，有些惧怕。

周萍："你们要干什么？"

"你不用怕，我和赵天亮之间有点儿个人恩怨，也两年没见着他了，只不过想和他说清楚当年的一档子事儿。"

赵天亮突然滑回来，掩护在周萍身前。

"王凯？！"看到王凯，赵天亮也吃了一惊。

"怎么？想不到吧？"王凯笑了，又对追随者们说，"就是因为这小子不够交情，我的腿才断过。"

追随者们欲动武，周萍反过来掩护在赵天亮身前："天亮，快跑！"

赵天亮又一次掩护在周萍身前，警告："王凯，不要乱来啊！咱俩那事儿，你只能跟我算账。谁敢动周萍一指头，那咱们就得拼个鱼死网破！"

王凯："当然跟她无关了，我刚才也是跟她这么说的嘛！天亮，我没什么恶意啊，咱俩找个地方说会儿话行不？"他朝赵天亮伸出一只手。

赵天亮回头看周萍，周萍担心地对他摇摇头。

王凯："放心，他们都是我们那大院的小哥们儿，让他们带周萍玩会儿。"他转而又对周萍说："周萍，还不相信我吗？两年前我也是同情你的人之一，不信你问天亮。"

赵天亮回头对周萍："那就别怕，我一会儿就回你身边。"说罢，他也伸出一只手，握住王凯的手，二人握着手往远处滑去。

二人滑至换鞋的长凳跟前，王凯趁赵天亮不备，用速滑刀一铲，把赵天亮铲倒在地。

赵天亮又惊又怒："你骗我？"

王凯："没有恶意，还没恨意吗？"

赵天亮并没急于爬起反击，就那么保持着倒地的姿势。

"你到底想怎么样？"

王凯："想怎么样？报复了你一小下，现在连恨意也没了，该说说话了。"

王凯上前扶起赵天亮，和赵天亮一起跨出冰场，坐在长凳上，望着远处那几个王凯的追随者。他们轮番拉着周萍的手，或挽着周萍的胳膊，滑出花样儿。

赵天亮一边关注着周萍和那几个少年一边说："王凯，那件事儿我特别内疚。我这次探家有一个雷打不动的决定，就是要登门向你道歉。当然，说道歉太轻了，那就说赔罪吧。既然在这儿碰上了，那么我当面向你赔罪。希望你能看在我们曾是同学的分上，从内心里原谅我。"

王凯："其实，我也挺感激你的。"

赵天亮向王凯转过脸，惊讶地看着他。

王凯："真的。经高人指点，我利用了腿被砸断那件事儿，装成一条腿长一条腿短的样子，泡在县医院就是不出院，强烈要求转到北京医院重新接骨。在北京的医院里，我继续那么装。结果呢，医院给我开出了残疾证明，从此，我不回北大荒了。我老爸老妈轮番到团里去闹了几次，还真把我的户口给闹回北京了，几个月前终于落上了。想不到吧？"

赵天亮："是啊，想不到。你一直没回连队，我的罪过感也就越来越大……"

王凯："这就叫因祸得福，坏事儿可以变成好事儿嘛！普通老百姓有普通老百姓的高招，说起来有点儿卑鄙可耻似的，但目的毕竟达到了。只不过工作安排得不好，分到了街道上。说我既然属于残疾人了，那就去街道办的残疾人小厂糊纸盒去吧。我只得先去了，每天还得在厂里装成一条腿长一条腿短的样子，那需要挺高的表演水平呢！我怕装得太像了，以后真他妈的不会好好走路了，所以今天跑到这儿来撒撒欢儿。"

他望着滑冰的人们又说："我知道，有一得必有一失。说不定，以后上山下乡会成为你们津津乐道的资本。你认为会吗？"

赵天亮："我不知道。对于以后，我很迷惘，所以也就不愿多想。我也当面赔罪了，你也表示原谅我了，如果你再没什么话说，我得走了啊，周萍今天晚上六点多的火车。"

"等等，你也得给我一个明白——你那只枕头里究竟藏着什么？是信，对吧？"

赵天亮点头。

"周萍写给你的信？"

赵天亮犹豫一下，又点一下头。

王凯："那你当时也不必那么一种样子嘛！不错，周萍是挺好看的，有时她那种可怜的小模样，连我也动心。"

赵天亮："她还有别的可爱的方面……"

王凯："可是你也不要忘了你的父母是什么人，她的父母是什么人。内心孤独，精神苦闷，玩玩感情游戏，消解一下，对于我们，那都是正常的。但如果动真感情，那可就傻了。成分、出身这两方面，比健康状况重要多了，不慎重考虑那就太不成熟了！那将来，连儿子孙子的前途都给耽误了。"

赵天亮："那我就不要儿子孙子，我宁肯断子绝孙！"说完，便站起来，跨到冰上，滑走了。

王凯不禁摇头："不听好人言，吃亏在眼前。"

---第 19 章---

　　赵天亮和周萍回到家的时候，赵父和赵母正在争吵。赵父拎着便包，一副要出远门的样子，赵母拦在门口，不让他出去。

　　赵天亮忙问："怎么吵起来了？吵什么啊？"

　　赵母："你哥那儿，一个叫刘江的插队知青刚才到家里来过，说你哥和你晓兰姐都不回来探家了。你爸一听大队里今年又只留下他们两个，这就急了。"

　　赵天亮："这有什么可急的啊，我哥当支书了，自然不能年年都回北京探家了，这很可以理解的嘛。我晓兰姐怕他孤单，愿意陪他留下，证明他俩感情好，你们应该高兴啊！"

　　赵父："我不高兴！我已经两年多没听到你晓兰姐的声音了！"

　　赵母："是啊，你晓兰姐两年多没进过咱们的家门了。你哥回来过两次，你晓兰姐没跟着一块儿回来过，可只要你哥在坡底大队，你晓兰姐就准陪他留在坡底大队。"

　　赵天亮："那又怎么样？如果周萍今年不回上海，那我也不回北京，肯定陪她过春节！"

　　赵父："你们是你们，他们是他们，情况不同，不能一概而论！"

　　周萍暗扯赵天亮，意思是希望他少说几句。

228

赵天亮忍不住又说："这我就不明白了，我哥和晓兰姐，怎么就情况不同了？"

赵父："我不许我的儿子和我老首长的女儿乱谈恋爱！那叫乘人之危！在我这儿，这是一个原则！我也不许我的儿子和'黑五类'的女儿谈恋爱！在我这儿，同样是原则！所以我要到那个坡底大队去，当面给他俩讲清楚这一点儿。如果必要，我就请求地方的党组织把他俩调开！"

周萍呆住了。

赵天亮："爸，如果你那么做，只能证明你是家里的一个封建魔头，那我和我哥哥，包括我晓兰姐，包括周萍，我们都会看不起你！而且，我们将永不踏入这个家门！"

"啪！"赵父一巴掌扇在儿子脸上，勃然大怒："我怎么就封建了？我做人讲原则是封建吗？！我作为党员，保持家庭政治面貌的纯洁性是封建吗？！"

赵天亮瞪了父亲一会儿，冲入小屋，用力地关上了门。

赵母："你！你怎么能当着小周的面打天亮？你气死我了你！"

她推着赵父进入卧室，关上了门。

卧室传出赵父的吼声："怎么就不能都替我想想？如果是在平常年月，他们互相爱上了，我也不管那么多了！可现在是什么情况？我老首长正落着难！是我主动要求照顾她女儿的！照顾来照顾去，照顾成了我儿媳妇，说不定我老首长哪一天官复原职了，叫我怎么跟他解释？"

赵母的声音："别嚷嚷了行不行啊？这种话你都说了多少遍了呀！你怎么就不替孩子们想一想呢？如果真心相爱的人不能做成夫妻，那他们内心里是什么滋味啊！你怎么就认定了你的老首长，他对孩子们的事儿会和你是一样的想法呢？"

争吵声渐渐小了下去，周萍依稀能听见赵母的抽泣声。

墙上的挂钟敲响了四下。周萍呆呆地望一眼挂钟，走到了小屋门前，轻轻敲了两下门。

周萍："天亮，开一下门，是我……"

赵天亮："现在我心烦，让我安静一会儿！"

周萍从门前退开，看到自己的拎包放在沙发旁，便走过去拎了起来。

她又从兜里掏出一张折着的纸，放在桌角。

周萍走到门口，转头回望了一下，轻轻地推开门，走了出去。

赵天亮跑进北京列车站，企图闯进一个检票口，却被正在检票的检票员一把拽住："你干什么你？排队去！"

赵天亮满脸是汗："对不起，我要送一个人。"

检票员："那也得买站台票。"

"可，我忘了买了。"

"所以不能让你进！"

后边有人冲他嚷嚷："这人，怎么一点儿自觉性都没有！"

"哎哎哎，让他一边儿去，别耽误别人进站！"

赵天亮还想说什么，还没等他开口，一名铁路警察赶了过来，把他带走了。

而这时，北京到上海的列车缓缓地开动了。周萍坐在车内望向站台上送行的人，泪水逐渐模糊了双眼。

此时，赵父赵母各坐沙发一角，赵母的手里拿着周萍留下的那页纸：

……伯父，伯母，我承认我爱上你们的儿子赵天亮了。我已经说不清楚这一种爱是怎样在我们之间渐渐发生的了，但是我发誓我从未骗他，说我不是资本家的女儿。我也曾经告诉过他，我父亲自杀未遂，所以罪加一等，所以我是"黑五类"子女中最黑的一类。事实上，我连兵团战士也不是，连兵团也不能要我，我现在只不过是东北某农村大队的一名插队知青……但我绝不是一个为了自己的个人幸福，不惜拖累别人一生的人。我知道我应该怎样做，才配是一个值得你们尊敬的姑娘，请相信，我会使天亮心里渐渐没有我的……

　　没等把信念完，赵母已经泣不成声。赵父连连拍着沙发扶手："唉，唉，咱们的两个儿子……这，这……"

　　赵母："你要把两个儿子的爱情都拆散？"

　　赵父心烦意乱地说："那你说，拆哪一对儿？不拆哪对儿？"

　　"两个姑娘都是好姑娘，我一个也舍不得！"

　　"可咱们家……可我……两个儿子的对象都是……那组织上也是要问咱们一个'为什么'的！"

　　"我是当妈的，我顾不了那么多了！"

　　赵父狠狠地拍了一下沙发扶手："可你还是党员，还是现役军人！"

　　开门声响起，赵母急忙将纸折起，揣入兜里，侧转身擦脸上的眼泪。赵天亮走进屋来，站在客厅门口，冷着脸看着父母。

　　赵母："没见着？"

　　赵天亮摇一下头，接着掏出一整盒在回家路上买的烟和一整盒火柴，用力地划着火柴，点燃烟，深吸一口，缓缓吐出。烟味立刻弥漫开来。

　　赵父："你在吸烟？"

　　"怎么？不许吗？还要扇我耳光？"

　　赵母："你爸他……后悔了……"她拉了他一下。

　　赵天亮："放心，我这次不会再赌气走了，我会在家里把探亲假住满的。"

　　赵父厉声问："你说你和小周不是对象，是爱人，这什么意思？"

　　赵天亮："对象总之是要谈婚论嫁的。既然你们肯定是不同意我们的关系了，这个时代也会认为我们之间的爱情是大逆不道的，那我们就一辈子不结婚好了。但我们要永远相爱，至死也不变心，所以，我们是爱人。爱人爱人，两个真心相爱的人，懂吗？"

　　赵父霍地站了起来："不结婚，就不许发生那种事儿！发生了，就是道德败坏！我宁可没有儿子，也不愿别人指着我的后背说，他有一个道德败坏的儿子！"

赵天亮火了："你把话说清楚！我和周萍，我们之间发生哪种事儿了？你说，说啊！"

赵父一指赵母："你跟他说！"

赵母："我跟儿子说什么呀我！"她起身将儿子推入了小屋，转身谴责地看着丈夫。

赵父感觉到了妻子责备的目光："你用不着看我！我知道你在看我！我……我今天没走成，明天还非去陕北不可了，我不能眼看着有的事儿生米做成熟饭！"

一辆破旧的公共汽车在陕北一条公路上缓行。所谓公路，无非坑坑洼洼的沙土路而已。车身铁皮上的漆全部剥落了，有几个车窗已经没了玻璃。

赵天亮和父亲坐着一个并坐座位，旁边正是一扇没玻璃的车窗。高原的风夹着沙土从窗外吹进来。赵天亮没穿他的兵团棉袄，只着一件中式棉袄，围着围脖。赵父则穿了厚厚的棉军装，但帽子上的红星和军装上的领章都已摘去，只留下隐约痕迹。

车上的乘客不多，后两排座位没有人坐，放着些乘客们随身携带的筐子、篮子、布包袱、背斗等杂物。一只公鸡从一个背斗里探出头来，东张西望。

赵天亮眼望另一边窗外，戴着墨镜的赵父正襟危坐。父子俩一路上交谈不多，话不投机地沉默着。在他们前边一排座位上，坐着一位老妪和一个年轻媳妇，媳妇怀抱着熟睡的孩子。冷风从没有玻璃的车窗里灌进来，赵父便将军大衣脱下来，递给了她们。

赵父侧耳听着车外的动静，问赵天亮："还有多远？"

赵天亮："再一个多小时就到县里了。"

"到了县里呢？"

"从县里到大队里，没公共汽车了，得走。"

"那你不想着让我带上手杖！"

"忘了。"

赵父："你整天都想什么？"

赵天亮："什么也不想，我是白痴。"

赵父猛地向他转过脸，以墨镜为目，用威严的"目光"气恼地瞪着赵天亮。赵天亮将头往后背一靠，干脆闭上了眼睛。

这时，车厢里响起公鸡的打鸣，有人低声嘟囔："谁家的鸡，傍晚了还打鸣，这不催着人杀它嘛！"

那公鸡似乎听明白了话里的意思，扑棱着翅膀从背斗里跳了出来，从窗口飞了出去。车厢里顿时一阵混乱。

一个青年农民大喊："停车！停车！我的鸡跑了！"

公共汽车停住，青年农民冲到门前，门却打不开了。

青年农民拍门，对司机着急地说："你快开门嘛！"

司机无奈地："我开了，门不灵了，使劲儿推！"

赵天亮起身帮青年农民推门。

司机："你怎么不捆上它的脚？"

青年农民："我捆上了！"

门终于被推开，青年农民跳下了车，赵天亮也跟着下了车，两人一道去逮那只公鸡。可他们哪里能逮得到，那公鸡三飞两蹿的，早已无影无踪了。

赵天亮和那青年只好回到了车上。

青年农民："我老丈人病了，我去看他，这叫我空着手还怎么好意思去！我那是一只八斤多的公鸡！"

司机："你给我闭嘴！哪位帮着把车门关上？"

赵天亮起身，试图拉上车门，可那车门却无论如何都无法关上。赵天亮白费了半天力气。

赵天亮："就这么开吧，我站门口，保证没人掉下去。"

长途公共汽车就这么开着门，颠簸地向前驶去。黄昏时分，长途公共汽车终于到了汽车站。这时车厢里的人已经下空了。先前抱孩子的那媳妇站在车下，她怀里抱的已不是孩子，而是赵父那件羊毛里子的军大衣。赵父下车时，她忘记将军大衣还给他了。所以，她就在这里望着公路，等着赵父回来找。

开那辆车的司机拎着饭盒从一间屋子里走出，看见那媳妇，走到她跟前："还在这儿傻等啊？再考虑考虑我的话怎么样？"

那媳妇："不考虑。"

司机："我再加五元，你把大衣给我，你也不用在这里傻等了，岂不两全其美？"他伸手欲摸大衣里子，媳妇打开了他的手："你这男人讨厌，我们不占解放军的便宜！"

司机羡慕地看着那大衣的里子："这里子还真好，要不我也不会动心。"

媳妇："我今天等不着，明天还来等！"她厌恶地看了他一眼，抱着大衣走了。

司机望着她背影，悻悻道："鬼才信嘛！"

赵天亮挽着父亲走进一家小旅店，将父亲扶坐在旅店门厅的长椅上。

赵父："这是哪儿？"

赵天亮："旅店。"

"你带我到旅店来干吗？"

"我说过了，到坡底大队还有三十几里，天说黑可就黑了。"

"不就三十几里吗？你在兵团，天一黑就不出宿舍门了？那你还叫的什么兵团战士？"

赵天亮："得得得，别扯那么多，我是陪您来的，一切听您的，您说怎么办就怎么办！"

女服务员走过来："两位打算住什么样的房间？"

赵父："我们立刻就走。"

女服务员一愣。

赵天亮："好，您明确表态就好。"

赵天亮无奈地看了父亲一眼，将女服务员扯到一旁，小声道："哪儿有卖竹竿儿的？不是竹的也行，总之是竿子就行……"

天已经黑透，赵天亮和父亲一前一后地在县城通往坡底大队的路上走着，父子二人的右手各握木棍一端。

赵父："你小子没买竹竿儿，买的是木棍，证明你还不是白痴。这准是一根晾衣竿……"

赵天亮："白痴就是白痴，我倒想买竹竿儿来着，在陕北那也得买得着！"

赵父的指头在木棍上摸着："木棍比竹竿儿好，握着还不细，遇到了野物，可以用竿子打它。"

"我可提醒啊，据说到了晚上，这一带有豹子出没。"

"有什么出没我也不怕，我是你老子，你是我儿子。你既然陪我来了，那就有责任保护我。"

"你这一来，真想把我哥和我晓兰姐拆散？"

"原则问题，毫不动摇。"

赵天亮突然站住不走了，赵父觉察到儿子停下了。

赵父："怎么不走了？"

"我在想，为了我哥和我晓兰姐的爱情，我是不是可以把你这样的父亲扔在这儿。"

"那肯定是不可以。我是部队英雄，我出了三长两短，部队必拿你是问。那就是政治事件，不管你是不是我儿子。所以你想也白想。"

坡底大队男知青宿舍里，此刻还亮着灯，支书赵曙光在主持全大队会议。屈指算来，从弟弟赵天亮来看过他那时候到现在，两年多的时间过去了，他变得更加成熟练达了。他穿了一件旧的紫色秋衣，披着套有外罩的中式袄坐在桌前。而坐在他旁边的冯晓兰看去也少了几分女学生气，多了几分女人味儿。

炕上坐满了人，地上凡是能坐人的地方也坐着人了。有人无处可坐，蹲着或站着。围在赵曙光和冯晓兰四周，似乎气氛有些异常。先前去山西的男人们也已经回来了，他们占了开会的人的大部分。

赵曙光："公社通知我，过几天要派一个调查组，到我们坡底大队来查我们的集体账目。这也没什么奇怪的，因为每年年底，公社都是要派人到各大队查账的，今年自然也不例外，但是，怎么说呢，我有一种担心，一种顾虑，或者说，是一种预感，所以……"

马婶的丈夫马平阳坐在离赵曙光不远的地方，大声地说："曙光，你别吞吞吐吐，想说明白又不敢说明白的！他们是来者不善，对不对？"

另一个男人："我听说，他们是猫儿闻到了腥，冲着咱大队账上那笔钱来的！他们早就想找借口把那笔钱收到公社去了！我们都听说他们这打算了，你支书反而不知道？"

马婶："他们就是来者不善嘛！借口早编好了，现成的，还不是给咱们坡底大队扣上一切向钱看、走资本主义农业的帽子！"

一个男人："资本主义农业发展的帽子！"

马婶："发展你个球！"

那男人："这娘们儿，怎么出口伤人啊！我说马平阳，你管管你老婆行不行？"

马平阳冲马婶喝道："哪儿都少不了你那张嘴，你给我家去！"

而这时，赵天亮和父亲已经到来宿舍门口，倾耳听着里面的谈话。宿舍门两边的窗子都放下了挡风的草帘子。草帘子编得并不严实，微弱的灯光从草帘子的缝隙里透出来。

赵天亮见里面的会还没开完，便对父亲说："你冷不？我先带您到王大伯家暖和着？"

赵父："不，我想听听。"

宿舍的桌上放着短得不能再短的蜡烛头，烛光一阵剧烈地闪烁，眼看蜡烛就要熄灭了。冯晓兰立刻拉开抽屉，取出一支新蜡烛打算点上，却被赵曙光阻止了。

赵曙光："别点这支。找找，我记得还有半支的。"

冯晓兰又从抽屉里找出了一支半截的蜡烛点上。

马平阳眼睛盯着冯晓兰手里的那支完整的蜡烛，对她说："晓兰，给我一支，窗台这支也快灭了。"

冯晓兰有点儿舍不得地将那整支的蜡烛递过去，马平阳点上那支蜡烛后，屋里顿时亮多了。

赵曙光："平阳叔，并没有通知你也来开这次会，所以，请你回家去吧。"

马平阳："怎么，我啥时候成了'黑五类'了？连全大队大会也没资格参加了？"

"你误会了，过后再向你解释，现在还是请你先离开。"

马婶："曙光叫你回去你就先回去，我在这儿还不是代表你？"

赵曙光："马婶，你也得离开，陪平阳叔一块儿回去吧。不通知你们也来，我肯定是有原因的。你们先回去，过后我到你们家去解释，啊？"

马婶："我们……我们两口子咋了我们？"

冯晓兰起身走到马婶跟前，将她拉到马平阳身边。

冯晓兰小声对他俩说："平阳叔是咱大队唯一的预备党员，曙光他不愿平阳叔也卷入这件事儿。情况太紧急，公社的人说不定明天就到，预先顾不上跟你们解释，你们得谅解他的难处。"

马平阳："那，曙光究竟打算怎么办？"

冯晓兰："他说他要先听听大家的意见，大家说怎么办，他就会怎么办。平阳叔，如果他犯了严重错误，你还是没犯错误的预备党员。有你在，坡底大队的支部就不会被合并啊！"

所有人的目光都聚到赵曙光身上。赵曙光慢慢地卷好一支烟，叼在嘴上，凑近烛火吸着。

赵曙光："大家都知道的，咱们坡底大队集体的账上，存着一千五百几十元钱。是咱大队男人们两年前去山西挖煤挣来的，也是女人们和知青们这两年偷偷摸摸搞各种副业挣来的，是血汗钱。为什么一直不动这笔血汗钱呢？是为了再多积攒一些，好给咱大队打出几口井来。现在看，井是肯定又打不成了。既然如此，我想，大家挣来的血汗钱，那还莫如再分到大家手里！这两年，我作为一名北京来插队的知青，亲眼看到了大家平时过的日子有多么穷苦。我希望看到今年的春节，大家能用自己挣的血汗钱，过得像点儿样子。简单说，咱们今天开一次民主大会，真正大家伙自己说了算的大会，少数服从多数的大会。那么，同意把钱分了的，请举起手来！"

大伙闻听，都高高地举起了手。马平阳和马婶见状，默默地离开了屋子。

赵曙光低声对冯晓兰说："那就开始分吧。"

冯晓兰打开了布包袱，一堆整钱零钱出现在大家面前，屋里瞬间鸦雀无声，空气仿佛凝固住了。所有人的眼睛都一动不动地盯着布包袱里的钱，好像被钱上的磁力吸住了似的。冯晓兰抖一下包袱皮儿，一枚硬币掉在桌上，发出清脆和桌面碰撞的清脆响声，接着，便沿着略微有些倾斜的桌面向一边滚动，赵曙光伸手拍住了它。

有个坐在桌旁的男人眼睛直愣愣地盯着那枚硬币，咽了口气，喉结娓娓地蠕动了一下。

这时，外边突然传入马平阳的喝问："你们是什么人？怎么敢在这里偷听我们大队开会！"

话音未落，门就被从外面打开了，马婶倒背着身子，双手拽住赵天亮往屋里拖，马平阳也将赵父推进屋里。冯晓兰见有人进来，立刻用包袱盖住了钱，并用上身护住了包袱。屋里的人纷纷转头往门口看，赵曙光分开众人，镇定地来到门边。

赵天亮："马婶！"

赵天亮抬起头，认出了拽他的人。

马婶也认出了赵天亮："天亮！"

赵曙光这时也已走到门口，看着被推搡进屋的、风尘仆仆的父亲，惊讶地愣了一下，半天才反应过来。

赵曙光："爸爸！"

马婶束缚赵天亮的手这时已经松开，赵天亮走到哥哥面前："爸非要我陪他来看你和晓兰姐……"

赵父摸索着拉住了大儿子的胳膊："曙光，咱俩先到外边说几句话！"

赵曙光转身望一眼面面相觑的社员们，对冯晓兰说："你开始你的！"说罢，便扶着父亲走出了门。

马婶向屋子里的男人们说："曙光就他这么一个弟弟，他去了东北的兵团，人家是挣工资的主儿！两年多前来咱坡底大队看他哥，跟我们妇女们可熟了！"

翠花、王大娘和囤子也聚到了赵天亮跟前。

翠花："天亮，你好像又长高了点儿。"

赵天亮："我自己也觉得是。老支书好吗？"

翠花鼻子一酸："我父亲不在了……"

王大娘拉住赵天亮的手："天亮啊，你大伯……也不在了，和翠花她爸……前后脚走的……"

愕然的表情凝固在赵天亮的脸上，这样突然的消息让他无法相信，他转头去看囤子，囤子也红着眼圈点了点头。

赵天亮："怎么会这样？"

囤子将一只手放在他肩上，轻轻地拍了拍。赵天亮忽然将斜背在肩上的书包扯到胸前，匆忙地解着带子："我给老支书和大伯都买了东西，还有春梅的……"

可是，不知为什么，那带子此刻却总也解不开，他的手却轻轻地颤抖起来。囤子默默地拥抱了他。

赵天亮："怎么会这样？怎么会这样？"他再抬头时，眼泪已经布满他的脸颊。

屋子里又重新安静了下来。外边传来赵父训斥赵曙光的声音："你不能引头分那些钱！"

赵曙光："爸，我为什么不能？"

"你是大队支书!"

"爸,我现在还是'代理'的。"

赵父:"那你就更不能引头分钱!公社直接管的正是你们这些大队干部,有正当理由也罢,没正当理由也罢,他们要收走那些钱,是他们的权力。他们收不犯错,你引头给分了,那你的错可就大了!私分集体钱财,弄不好是要判刑坐牢的!"

赵曙光笑了:"爸,那估计你在门口也听了一会儿了。集体还不是由人组成的?都是农民的血汗钱,如果全大队的社员们都主张分,就是集体的意愿。所以,这种意愿,是应该得到尊重的……"

赵父点指着他:"你这是强词夺理!这么做起码是无政府主义!"

赵曙光又笑了:"爸,想不到您也这么会扣帽子了。别替我担心,这是我们坡底大队社员们的事儿,您虽然是我父亲,那也毕竟是局外人。我不和你争,外边冷,先进屋找地方坐下,暖和暖和,啊?"

赵曙光挽着父亲走进屋来,他们贴着墙,径直走到炕前。坐在炕上的社员立刻往一边挤了挤,让出小半个炕的地方给赵父,并用崇敬的目光望着他。

赵天亮站在冯晓兰身边,对着桌上的小本子叫人名,冯晓兰则站在桌边给叫到名字的人发钱,接到钱的人,都要在小本子上按手印。

赵曙光扶着父亲在炕沿上坐下,低声对炕上的人们说:"大家不必太客气,该怎么坐还怎么坐。我父亲失明了,看不见你们,要不他会主动跟你们说话的。"

赵父还是抓着赵曙光的手臂站了起来,凭感觉把脸转向社员们,敬了一个军礼:"乡亲们好。"

赵父重新在炕上坐下,赵曙光从兜里掏出烟叶袋,像地道的陕北农民一样卷起烟来。

赵曙光卷好一支烟,碰碰父亲:"爸,吸不吸我们当地的叶子烟?"

赵父不快地将烟推开:"不吸。"

赵曙光将烟叼在了自己嘴里，在兜里掏火柴，却没摸着。

"支书……"炕上有人轻轻叫赵曙光。

赵曙光循声望去，一个老农将一盒火柴扔向了他。他接住火柴，吸着烟，慢慢地吸着。平静地听着弟弟叫人名，看着冯晓兰分钱给大伙。

赵天亮："王满囤，囤子哥！"

王大娘和囤子同时上前，王大娘看了一眼包袱里的钱，诚恳道："晓兰啊，够分的吗？要是不够，我家少分点儿也行。这钱，多数是人家下矿的男人们挣回来的，我家也没人到山西去下过矿……"

冯晓兰笑着对她说："大娘，够分的。曙光说除了几户最困难的人家多分点儿，其他人家还是平均的分法好。咱家虽然没人去下过矿，但囤子哥为大队里干活儿从来不惜力气，您别想那么多。"说罢，她将钱交在王大娘手里。

王大娘攥着手里的钱，小声地："不会给曙光惹什么麻烦？"

冯晓兰："您别担心，他想好了对策。"

王大娘与囤子离去。

赵天亮："下一个，翠花姐！"

翠花挤到桌前。

赵曙光走到桌前："等等，我有几句话要说。以前，翠花的丈夫王川担任大队会计，而翠花的父亲是咱们老支书。从关系上说，这确实不合适，但当年只有王川一个人懂财会，这也是没法子的事儿。今天，我要郑重地再向大家证明一次，王川留下的账目是一清二楚的，我还请别的大队的几个会计审看过，收入支出记得明明白白，王川他在这一点上是无愧于坡底大队的，他是清白的！"

屋里静了片刻，响起了热烈的掌声。翠花接过钱，眼含泪水，感激地望着赵曙光。大家领到了自己那一份的钱，纷纷地离开了。宿舍里只剩下赵家父子三人，冯晓兰、王大娘和囤子了。

王大娘握着赵父的手："曙光他爸，我很负责任地跟你说，你这儿子，他是你个好儿子。他在我们坡底大队是很得人心的。大家伙也都是很维护他的。"

赵父："谢谢，谢谢乡亲们抬举他。"

王大娘对冯晓兰说："晓兰，那你留下陪你叔说会儿话吧，我就先走了。"

赵天亮将王大娘和囤子送出门去，转身进屋时，听到赵父冷冷地对赵曙光说："哼，把集体的钱做主给分了，当然就能收买到一些人心了！"

赵天亮："爸，虽然我们是您儿子，但跟我们说话之前，先掂量掂量自己那话的分量行不行？"

赵曙光苦笑，朝弟弟摇头。

赵父："我掂量了！怎么，你觉得分量还重了吗？"

冯晓兰笑着走到赵父跟前："赵叔叔，您是不是怪我刚才没上前和您打招呼，生我的气了呀？我刚才不是没顾上嘛！来，我扶您坐下，这会儿咱们可以从从容容地聊了。您想坐桌子那儿，还是想坐炕上？"

赵父："桌子那儿。"

冯晓兰扶着赵父坐在了桌子旁边，赵曙光和赵天亮也走过来。赵父让赵曙光给自己卷了一支烟。

赵父："支书赵曙光同志，你召集的会散了，我借你一块儿宝地，开一次小会行不行？就算是会后会，是正确思想与错误思想究竟谁是谁非的讨论会吧。"

赵曙光："行。"

他将卷好的烟和火柴递给冯晓兰，冯晓兰将烟递在赵父手中，待他叼上，划着了火柴。

赵父吸一口烟，问冯晓兰："晓兰，你认为曙光的做法对吗？"

冯晓兰看赵曙光一眼，肯定地："对。曙光事先征求我的意见了，我支持他。"

"对？你还支持了他？那你说说，怎么个对法？"

冯晓兰："公社里，现在是些造反派掌权、当道。他们根本不关心农业生产和农民们的生活，今天开这些人的批斗会，明天开那些人的批斗会，还动不动就命令农民停止劳动，跟着他们把会开到县里去。为了开会，买彩旗，买喇叭，买鞭炮，买写大标语的红纸，那都需要钱。把公社每年的办公经费折腾光了，就挖空心思想出各种名目，四处派人，到各大队强行收缴农民们的集体生产基金。曙光说了，您也听到了，我们坡底大队那些钱是农民们的血汗钱，是为了打井用的。与其被他们派人来收走，折腾光，那还莫如干脆分给农民们过年花。那些钱也沾着我们知青的汗水，大家都放弃了分配权。"

赵曙光："爸，如果您是我，您能不像我这么做吗？"

赵父顾左右而言他："说到这个大队打井的事儿，曙光，爸很内疚……"

赵天亮："我哥但凡有别的办法，当初也不会开口向……"

赵天亮还没说完，就被坐在赵天亮旁边的冯晓兰反手捂住了他的嘴。

赵曙光："爸，我妈来信向我解释过了，过去了的事儿就不说它了吧。"

赵父："那……就算你做得对，如果公社那些人向你问罪，你怎么办？"

赵曙光："我只能说，他们来晚了。"

赵父："可他们无所谓来早来晚，而你做主把大队里的钱给分了，那肯定是严重的错误。"

"究竟是不是错，我要和他们辩论一番。'集体'两个字不能像虎口似的，每个'集体'中的人，如果只有往虎口里塞自己的血汗钱的义务，没有分得自己血汗钱的权利，那么这根本不是什么'集体主义'，而是……而是打着'集体'旗号的剥夺。"

赵天亮霍地站起来："说得对，哥我支持你！"

赵父喝止："你住口！"

冯晓兰见赵父动了气，便劝："赵叔叔，曙光还可以说自己没有多少工作经验，只想到了自己应该关心群众生活，不知道做主分了是不对的。"

赵父："听到晓兰怎么说了吗？"

赵曙光："听到了。"

赵父："要像晓兰那么说,不许像你刚才那么说。什么'虎口',什么'血汗钱',什么'权利',什么'剥夺',都是当支书的人了,你那是满嘴胡说些什么?一旦龁龁起来,你那张嘴里再蹦出几句不合时宜的话,打你个'现行反革命',那你还和谁辩论去?我这都是为你好,明白不?"

赵曙光："明白。"

赵父见儿子服软,继续教训:"幸亏我从北京来了,碰到了这件事儿,能及时警告你一下,但是我想,你即使像晓兰么说,他们也未见得会善罢甘休。万一他们再逼你把分了的钱一一收回来呢?"

赵曙光："我就说我收不上来了。"

赵父："他们要把你这支书给撤了呢?"

"随他们的便。"

"开除你的党籍呢?"他说出了最担心的事儿。

赵曙光："爸,即使开除我党籍,那我也认了。"

冯晓兰："赵叔叔,曙光既然那么做了,自然也想到了一切可能的后果。我们并不是都没估计到最坏的情况。"

赵父："你们?……你俩这么一致?"

冯晓兰："是的。我和曙光,我们都想按自己的良心原则来决定做什么事儿,不做什么事儿,该怎么做,不该怎么做。我们都是大人了,都认为自己该懂得良心对人一生的重要性了。"

赵曙光隔着桌子,握住了冯晓兰的一只手,而冯晓兰在赵曙光那只手上,又加上了自己的另一只手。

赵父："天亮,你出去一下。我要单独和他俩说几句话。"

"出去就出去!"赵天亮说罢,走到门口,将门用力开了一下,随即关上,人却仍然在屋里。

"不许耍我!给我出去!"赵父似乎感觉到了赵天亮在骗他,转而问冯晓兰,"出去没有?"

赵曙光和冯晓兰都看了看赵天亮。

冯晓兰："叔叔别生气，他出去了。"

赵父这才放了心，向冯晓兰："晓兰啊，叔叔要跟你俩说的话，不愿让天亮听到。叔叔先问你啊，叔叔有什么做得不对的地方，使你对叔叔有意见了吗？"

"没有啊。赵叔叔，你怎么会这么想？"

赵父："那，两年多以来，你怎么就回过叔叔家一次？"

"叔叔，两年多以来，我也就离开坡底大队两次，第二次是去甘肃一个劳改的地方看我父母去了，只有曙光一人知道，不敢跟任何人说。"

赵父戴着大墨镜的脸上现出伤心的表情："连叔叔也不例外？"

冯晓兰放开赵曙光的手，双手搂住了赵父的胳膊。

她亲昵地说："叔叔和阿姨当然例外了！现在，除了你们一家四口，坡底大队王大娘家的人，也像是我的亲人一样。我除了经常想爸爸妈妈，还经常想您和阿姨，经常想天亮弟弟……"

赵曙光："爸，要怪也不能怪晓兰，应该怪我，我忘了在家信中添上一笔。"

赵父："可你回北京探家也没说起过！"

赵曙光："你和我妈也没主动问啊！"

赵父："别辩解了！不对就是不对，辩解个什么劲儿！"

赵父转而问冯晓兰："那，你爸妈现在情况怎么样？"

冯晓兰示意让赵曙光说。

赵曙光："爸，赵伯伯的情况是这样的——多亏北京几位老帅联名力保，性质有所改变，不再是反党反社会主义反'文化大革命'的了，也不必再接受劳动改造了，恢复了一些人身自由。"

赵父一拍桌子："好，好，太好了！曙光，这么好的消息，你为什么不及时告诉我，对我搞封锁？"

赵曙光："我和晓兰也是几天前才知道。"

冯晓兰有些迟疑："他们要求我父亲写一份深刻的检查，可他拒绝写……"

赵父："那不行！晓兰，你要赶快写信劝你爸爸，要写！一定要写！当然要写！就说我也是这个意思，先把问题解决了再说嘛！你爸爸这个人啊，性子太偏了，让表态支持'文化大革命'，那就先表个态再说嘛，当初何必非顶着来呢！"

冯晓兰："叔叔放心，我听您的。"

赵曙光："爸，还有更好的消息，晓兰要参军入伍了。赵伯伯军内的一位老部下，得到了刚才那个好消息以后，派了两名干部来接晓兰，让晓兰跟他们到西藏军区去，先在军区接受培训，然后根据实际情况，或者当护士，或者当医生……"

冯晓兰："他们事先已经征求我父母的意见了，我父母赞同，他们又亲自来到坡底大队，问我愿不愿意。我和曙光商议，曙光认为机会难得，所以我也就表示了愿意的态度。"

赵父："机会难得，机会难得，当然要表示愿意！尽管西藏那儿离内地是远了点儿，但哪儿的部队都是一所大学校，艰苦能够使人成熟得更快，进步得更快嘛！一下子听到两个大好消息，我都高兴得有点儿发蒙了！晓兰呀，我来之前，你阿姨也阻拦，天亮那小子也不愿陪伴我，看来我坚持要来，那还是来对了！要不哪儿能一下子听到两个这么好的消息！"

冯晓兰："叔叔，可是我后天一早就得离开坡底大队了。那两名部队的干部，人家一直住在县招待所里等着和我一起上路，怕夜长梦多。而我对这里已经有了感情了，我舍不得离开这里的乡亲们了，更舍不得离开曙光……"她说着，声音哽咽了起来。

赵父伸出一只手臂搂住她，轻轻拍拍她的肩，抚摸着她的头："同志，不要这样嘛！这里对你好的乡亲们，你要永远记住他们的好！至于曙光嘛，他爱护你是应该的，否则我不答应。现在，可以这么说，他已经替我完成了我对你尽不到的义务。他完成得挺好，理应受到表扬，你和他分开以后，能早点儿把他忘了，你就给我把他忘了……"

冯晓兰："叔叔，这是根本不可能的。"

赵父："不可能？为什么不可能？不要这么小资产阶级情调嘛，我让他帮着你做到！"

赵曙光默默地笑了，冯晓兰也噙着泪笑了，她有点儿调皮地问："让曙光帮着我，忘掉他？"

赵父："对！这种感情上的事儿，他一个男人，应该更善于快刀斩乱麻！想当年，我和他妈结婚前，一位军内首长的妹妹喜欢上了我，我有一阵子也五迷三道的。后来冷静了一想，我怎么可以爱我首长的妹妹呢？于是就编了一个谎话，说我欺骗了她，说我在老家已经有媳妇了。首长后来了解了情况以后，别提对我有多好了！"

赵曙光隔着桌子握住了冯晓兰的一只手，他庄重地说："爸，我永远也不会编谎话欺骗晓兰的。"

赵父："对，你说得也对！我也没叫你非以我那一种方式！"

冯晓兰："曙光，讲实话吧。"

赵曙光："爸，晓兰已经是我合法的妻子，是您的儿媳妇了。"

赵父把烟举到嘴边，正要吸，听他这么一说，当场愣住了。而站在门口的赵天亮却已掩饰不住满脸的喜悦，他双手握成拳发力，就像射进了关键球的足球运动员似的，他拼命忍着，这才没高兴地喊出声来。

赵曙光："在为晓兰办户口关系的同时，我批准我俩，也把结婚证一块儿办下来了……"

赵父猛地往起一站，狠狠将烟拧灭在桌面上，转身便走。他转身时用力过猛，把凳子带倒在地。

赵曙光和冯晓兰两手紧紧相握，他们转头惴惴不安地看着赵父。赵父因为不熟悉屋里的情况，不小心撞到了墙上。他手摸着墙，往门口走。赵天亮抢前一步，给他推开了门。赵父摸到了门框，走出了屋子。

"曙光，给我滚出来！"门外响起赵父的吼声。

第 20 章

赵曙光和赵天亮兄弟俩站在知青宿舍门前，面对着暴跳如雷的赵父。

赵父点指着大儿子："赵曙光，你那么做是滥用职权！"

赵天亮："爸，你这么说是乱扣帽子！"

赵父："滚一边去！再多嘴我揍你！"

赵曙光："爸，你为什么要发这么大的火呢？我是大队支书，大队里谁要领结婚证，当然第一道手续得我签名盖章，我和晓兰也得按这么一种过程来啊！"

"你！你怎么敢不和我打一声招呼，就跟晓兰把结婚证办了？！"

"事情不是来得太突然了嘛！使我们的关系合法化，这是我和晓兰面临突然情况时的共同愿望啊！"

赵父："我今天把话搁在这儿，我不同意，你们就是领了结婚证，那也是白领！"

赵曙光："爸，现在我们的关系是合法的，您要是非破坏我们的关系，那您可是非法的。"

赵父挥手就向赵曙光打过来，赵天亮上前一步，擒住了赵父腕子。赵父想甩开儿子的手，没挣得脱，声音里带着难过："曙光，你不能像你弟一样对待我，你比他懂事啊！"

赵天亮："爸，不让你的巴掌扇在脸上的儿子，就是不懂事的儿子啦？"

赵父听出是赵天亮的声音，这才反应过来赵天亮一直在旁边，他伸手用力一推，把赵天亮推倒在地上。赵曙光将弟弟扶起来，赵父已经生气地摔门进屋了。

赵天亮："哥，祝贺你们！"他不由得拥抱了哥哥一下。

赵曙光："你真不该带爸来这里。"

赵天亮："他非要来，我能不陪着吗？"赵曙光伸手拥住了他。

冯晓兰见赵父走进宿舍门，摸着墙壁向前走，便起身走过去，扶他到桌子边坐下。

冯晓兰："赵叔叔，您觉得，我不配做您和阿姨的儿媳妇？"

赵父拉着她的手："晓兰啊，不是的。我先问你一句，你和曙光的事儿，你爸妈知道吗？"

冯晓兰："还从没跟他们说过。不久前，他们的问题还那么严重，不想跟他们说自己的事儿。不过，自从他们知道有曙光和我在一起插队以后，他们不再担心我的情况了。"

赵父："那，叔叔再问你一句，咱们中国，有一出老戏，叫《赵氏孤儿》，内容知道一点儿吗？"

"知道。"

"叔叔喜欢看那戏，喜欢戏里程婴这个人。还有一出戏，叫《柳毅传书》……"

"我也知道。"

"那也是叔叔喜欢看的戏。程婴、柳毅够得上是这份儿的男人！"

赵父竖了一下大拇指，又说："在叔叔我心目中，你父亲是国家的良将，忠臣！以古比今，你就好比是赵氏孤儿，好比是落难的小龙女。叔叔我呢，我想做程婴，曙光呢，他怎么也应该做柳毅。柳毅对小龙女，那是纯粹的一种义，没有什么其他乱七八糟的掺和进来！"

冯晓兰："叔叔，我想，我的命运，再怎么严峻，也绝不会惨到需要别人用命来换命的地步。其实我爸妈早已做好过最坏的打算，大不了也和我一样，回老家当农民。您刚才还说到柳毅，柳毅后来也和小龙女成了夫妻呀！"

赵父："晓兰，你听叔叔说啊。别看叔叔是个瞎子，但我耳朵没聋，我这儿还有思想。"赵父指指自己太阳穴，"我不信中国一直会这样下去！最多再过十年，谁想再折腾下去，人民绝不会答应了。所以呢，我也就坚信，你最终的身份，那必然还是一位将军的女儿！做你丈夫的，要么也应该是将军的儿子，要么就应该是省长、部长们的儿子！曙光他哪儿配成为你的丈夫呢？"

"叔叔，您头脑中也有门当户对的思想？"

"对，但不是封建的，而是革命的门当户对。"

冯晓兰忍不住"扑哧"笑出了声。

赵父："所以呢，尽管你和曙光已经领了那东西，但希望你还是要听叔叔的劝，再慎重地考虑考虑，考虑考虑。那东西，两个人一块儿领了，也是可以两个人一块儿废了的嘛！"

冯晓兰："叔叔，那不是太随便了？我和曙光，我们可都是对爱情很严肃的人。叔叔，您就别再坚持您那种'革命'的门当户对了，也别再想象着要做什么当代的程婴了！至于曙光，就由他像柳毅那样，最终还是成了小龙女的丈夫吧！"

她站起身来，从后搂住赵父的脖子，做小女儿状撒娇道："太晚了，明天再陪您聊天，我得回王大娘家睡觉去了。不许跟曙光发脾气，我知道了会生气的！"

冯晓兰说罢，便转身走了出去，留下赵父独自一人在宿舍里发呆。赵天亮推门进屋。

赵父："谁？"

赵天亮："我。"

"你小子幸灾乐祸是不是？"

"我就不明白了，怎么我哥和我晓兰姐领了结婚证，在你那儿就成了灾了？"

"你扳着指头算算，团长和中将，这之间差着多少级呢！"

赵天亮："我没事儿卖呆不行啊，为什么要扳着指头算那个？"

赵父一拍桌子："那我们当父母的，今后这两亲家，究竟按什么礼数来走动？连我们以前的良好关系，都可能被改变了！我不高兴我以前习惯的事儿被改变了！"

赵天亮："高不高兴你都得重新开始习惯！"

他冲到桌前，双手撑桌边俯下身，脸凑近父亲的脸，低声嘲弄地说："你刚才那都是跟我晓兰姐胡扯了些什么？想不到我从小崇敬的父亲，满脑子封建意识！"

赵父："革命的！革命的封建意识！"

"可笑！我替你脸红！"赵天亮离开桌子，闪身绕着桌子走，忽然喊口号似的振臂高呼，"爱情万岁！爱情万岁！要扫除一切爱情阻力，踢开一切爱情绊脚石！"

冯晓兰挽着赵曙光的手臂走在往王大娘家去的大队路上。冯晓兰忽然"扑哧"笑了。

赵曙光："还笑！我说不要急着办什么结婚证嘛，你非坚持！"

"你不急我急！赵叔叔今天可真逗！跟我讲《赵氏孤儿》，还讲《柳毅传书》！"

赵曙光收住脚步："同志，你要注意了，以后不能当着我的面笑话我父亲。他从小没读过一天书，放牛娃出身，苦孩子，是部队这所大学校使他摘掉文盲帽子的。他克服艰难困苦的意志力比我们要强许多倍，但是他的自尊心却是特别脆弱的，差不多可以用弹指可破来形容。也正因为这样，他极其敏感地爱护他的尊严，希望自己的尊严与日俱增。面对许多事儿，他的第一反应往往是别人会怎样看他，如何评论他的所作所为。但是我不会因为他有这些弱点就不像以前那么爱他了。晓兰，你已经是我的妻子了，我也是有不少弱点的。既然你爱我，就请你接受一位我父亲那样的公公吧！"

冯晓兰深情地望着赵曙光："曙光，我觉得你谈你的父亲，反倒更像一位父亲在谈论自己唯一的儿子。"

赵曙光："'唯一'，说得好。本来我们每个人都只有一个父亲。当我们开始谈论父亲们弱点的时候，我们才算长大了。当我们学会原谅父辈们的弱点时，我们才算刚开始成熟啊！"

冯晓兰："我还从没有像你这样分析过自己的父亲。"

"因为女儿们看待父亲们的眼光一向是特别感性的。"

"我认为你和你父亲有着同样脆弱的自尊心。你忘了你被从县医院里接回来，在那破窑洞里对我发脾气的事儿了吗？"

赵曙光："同志，别歪曲了事实啊，那更应该是我对自己发脾气。"

冯晓兰："那也还是因为自尊心在作怪！"

"当妻子开始当面谈丈夫的弱点时，她对她丈夫的爱，就有了理性的成分。爱情中有了理性，好比沙土中加入了水泥。"

冯晓兰扑到赵曙光怀中，双臂搂住他脖子，温柔地说："爱听你说话！"说罢，便踮起脚跟，欲吻赵曙光。

赵曙光轻轻推开她："别，现在不行。"

冯晓兰意识到了什么，扭头一看，只见春梅站在路前方。

春梅："晓兰姐，我娘让我接接你。"

冯晓兰："先回去，我和你曙光哥再说会儿话。"

春梅："你不是想跟他说话，你是想等我走了以后，和他亲嘴。"

冯晓兰不禁一愣，转脸看赵曙光。赵曙光脸上现出窘色。

冯晓兰对春梅笑道："春梅，你说得对，晓兰姐是想那样，因为晓兰姐后天上午就得离开你曙光哥哥了呀。这一离别，什么时候再能相见，我们心里都没数。所以你不先走，我怎么好意思当着你的面和他亲嘴呢？"

春梅："晓兰姐，我……就想看着你和曙光哥哥亲嘴。"

赵曙光不由得惊讶地看着春梅。

春梅一脸庄严："你俩偷偷亲嘴的时候，我也不是没发现过。你俩都是我喜欢的人，我喜欢看见你俩亲嘴，就是你们城里人说的吻……吻好美，看了让春梅心里好感动……你们知道，我不是坏心思的女孩子，只不过我心里特别想要看到美的、感动我的事儿。你们就当着我的面，再好好美一次，再让我好好感动一次吧！"

赵曙光一下子将冯晓兰拥入自己的怀抱，一只手揽住她腰，用另一只手臂斜抱她肩，俯下头深深地吻她。

陡然，他们的深吻被春梅的哭声打断了。冯晓兰离开赵曙光怀抱，走到双手掩面而泣的春梅跟前。

春梅扑进冯晓兰怀里，哭着说："晓兰姐姐，以后谁来爱我呢？谁会像……曙光哥哥爱你……那么爱我呢？"

冯晓兰情不自禁地搂抱住了春梅。

知青宿舍的炕上已经铺好了三套被褥，赵天亮已经蒙头躺下，赵父坐在炕沿一角，兀自生着闷气。赵曙光在一旁接蜡烛头，他将摆在屋子各处的蜡烛头收集起来，用蜡泪粘在一起。

赵曙光走到炕前，把蜡团放在炕沿上，接着走到炉子边，拎起铁壶，倒了一盆开水，拧了一条热毛巾递给父亲。

赵父接过，问："给我条热毛巾干什么？"

"擦擦脚，睡得舒服点儿。"

"你是我一个当大队支书的儿子，我从北京来到你这儿看你，你就不能为我烧盆热水让我烫烫脚？在你这儿我就只能用条热毛巾擦脚吗？"

赵曙光："爸，这儿不是缺水嘛。全大队的人，一年到头洗不上几次脚，平时都只能用湿毛巾擦擦脚。"

赵父："那我连擦也不擦了！"他随手将毛巾放在炕上。

赵曙光又问父亲："那儿，一处是我的被褥，一处是别的知青的被褥，您睡哪儿？"

赵父已脱掉了鞋，将脚缩到炕上，边脱棉袄边没好气地说："我就睡这儿，枕我自己的袄，盖我自己的大衣！天亮，我大衣呢？"

赵天亮一掀被子坐起："可能忘公共汽车上了……"

赵父："你，你脑子里整天都想什么了！"

"你不是听一个女人说孩子冷，脱下来借给她们了吗？你自己下车的时候怎么不想着？"

"赵曙光，你听到了吧？这就是你弟，现在这么跟我说话了，都是跟你学的！"

赵天亮："我和我哥，一个东北，一个陕北，我怎么跟他学的？"

赵曙光喝止弟弟："天亮你住嘴！"

赵天亮只好乖乖躺下了。

王大娘家里还闪着幽幽烛光，冯晓兰大睁着双眼仰躺在炕上想心事。门帘一挑，春梅走了进来，上了炕就往她被窝里钻。

冯晓兰让了让身子和枕头，侧身问春梅："大娘睡着没有？"

"睡着了。"

冯晓兰："那你怎么还不睡？溜过来干什么？"

春梅往她身上偎了偎："想跟你说会儿话。晓兰姐，你以后会想着我们坡底大队这个穷地方吗？"

冯晓兰："会。"

"会常回来看看我们家人吗？"

"常回来肯定是做不到的。但只要一有机会就会回来一次，看你们一家人，看坡底大队的乡亲们。"

"那，你还会领我到北京去玩儿吗？"

"当然。不过，那也得看机会。"

"你骗我！"

"晓兰姐没骗你,我什么时候骗过你呢?"

春梅:"人一说'等有机会',那就是说'恐怕没机会了'。这我懂。你们知青和我们坡底大队人,五服不连,六亲不沾,你们一旦离开了,不管和我们的关系怎么亲过,都是会忘了的。人都是这样的,这我也懂。可我春梅,肯定是忘不了你晓兰姐的,到多咱我也会记着,我家住过一个北京来的女知青叫冯晓兰,我会永永远远想你的!"

她说得伤心,一转身,背对冯晓兰,双手捂脸哭了。

冯晓兰从后搂住她,真挚地:"好春梅,别哭,看哭醒你娘……人不都是你说的那样儿。有的人是有良心的。良心会提醒人,使人不能忘记那些对自己好过的人。姐也是有良心的人,所以姐绝不会忘了你们一家人,绝不会忘了坡底大队的乡亲们。姐来之前并没有想到,这个又穷又小的坡底大队里的男人女人和孩子,居然没有一个歧视我的。非但不歧视,还尽量保护我。姐怎么能忘了坡底大队,忘了你们家的人呢?"

春梅又向冯晓兰转过了身,内疚地:"姐,别在意我刚才说的话。"

冯晓兰在她的额角轻轻地吻了一下。

冯晓兰:"姐走以后,晚上你还要过你娘那屋去陪她睡,要不她会觉得孤单的,会更想你爹了。能记住姐的嘱咐吗?"

春梅:"能。"

赵曙光在宿舍中摸着黑替赵父往下脱棉裤,赵父睡得很死,浑然不觉。

赵天亮醒了,问:"哥,你折腾什么呢?"

赵曙光:"怎么能让爸这么睡一个晚上!给爸垫个枕头。"

他一边说,一边将父亲脱下来的棉袄、棉裤叠好。

赵天亮钻出被窝,拖过一只枕头,塞在父亲头下,又拉过一床被子来,盖在父亲身上。

赵曙光也仰躺下了。

赵天亮:"哥,想跟你说说我的事儿。"

赵曙光："先告诉我,那封信后来找到没有?"

"没找到,连我那只枕头也没找到。因为我生了气,我们班的王凯上山去找我那只枕头,结果腿还被砸断了。"

赵曙光不由得欠起身。

赵天亮："不过他腿恢复得挺好,都能滑冰了,我在后海溜冰场上碰到了他。他倒也不恨我。他假装骨头没接好,居然把户口办回北京了。"

赵曙光这才又躺下,接着问:"你觉得那封信,会落在什么人手里?"

"这我猜想不到。因为那封信,有一个时期我都快神经衰弱了。"

赵曙光："我也是。我自己倒没什么好怕的。但是我怕因为我,牵连了爸妈,牵连了你,牵连了晓兰。有时候,好怕,还做过噩梦,梦到自己被逮捕了。"

赵天亮："后悔当初写过那么一封信了吧?"

"后悔极了。你还记得武红兵吗?"

"记得。"

赵曙光："当年确实不是他给你拍的那封电报,而是李君婷。红兵后来跟我关系很好,也可以说是我在坡底大队最好的朋友。可他现在,由知青成了犯人。随随便便就给人扣上'现行反革命'的帽子,使一个人失去人身自由,这样的时代,说它病了,难道还说错了?"

"对也不许那么说!"赵父的声音突然响起。

兄弟二人同时欠起身,转头看父亲。赵父不知何时已经从炕上坐起来了:"就是到咱家来过的那个武红兵?"

赵曙光没想到父亲刚才听到了他们的话,尴尬地:"爸……你什么时候醒了?"

赵父:"先回答我的话!"

赵曙光:"对,就是他。"

"他因为什么事儿?"

"爸,你就别问了。他成了犯人都两年多了,他已经习惯了,还挺乐观的。

我经常去看他，见了我，他还总爱跟我开玩笑。也不是正式宣判的那种'现行反革命'，不过是由一些掌权的造反派定性的。他们互相之间，还动不动就将对方打成'现行反革命'呢！"

赵父："是这样啊……你俩过来点儿。"

兄弟俩往父亲跟前坐了坐。

赵父将一只手按在赵曙光肩上，将另一只手按在赵天亮肩上，严肃地说："曙光，天亮，你们得学会保护自己啊！只有这样，在别人需要咱们赵家人的同情和保护的时候，咱们才能尽力而为！要是连自己都被打入另册了，那不是连一个善良的人都做不成了吗？记住我的话没有？"

兄弟俩互相看了一眼，异口同声地说："记住了。"

"大声点儿！"

"记住了！"

早晨，赵父在宿舍门前打太极拳。赵曙光和赵天亮兄弟俩在不远处刷牙。

冯晓兰跑来："曙光，咱大队的些个男人，和别的大队的些个男人，在大队外边要打起来了！"

赵曙光："为什么？"

冯晓兰："这几天冷，河面不是冻冰了嘛，各个大队都出动了人去起冰块儿，好储在窖里留待以后饮用，有一个大队的男人们说咱大队的男人们抢了他们起的冰块儿。"

赵曙光将漱口缸子递给赵天亮，拔腿就跑。赵天亮也将两只漱口缸子递向冯晓兰："嫂子，替我放屋去。"

冯晓兰刚接过缸子，赵天亮拔腿想跑，却被赵父厉声喝住："你给我站住！"

赵天亮收住脚，瞪着父亲。

赵父："你哥是支书，他去应该的。你是兵团来的一个人，你去，想干什么？"

赵天亮一边听着父亲说话，一边默默地往后退，退到远处，还是转身跑了。

赵父感觉到了儿子在耍滑头："晓兰，他没进屋是不是？"

冯晓兰："叔叔，天亮不是怕他哥吃亏嘛。"

"他那性子，去了只会火上浇油，你领我去！"

"叔叔，您别去了，曙光既然已经去了，您就放心吧，他现在可善于平息冲突了。"

"别啰唆！"

冯晓兰犹豫一下，只得将两只缸子放在窗台，上前搀起赵父的手臂。

一条小河夹在高原丘壑之间，冰封的河面被凿开了几处，被撬起的大大小小的冰块儿三五成堆地散布在河岸上。

坡底大队的一群男人和其他大队的一些男人对面相峙。他们个个手持镐头、二齿钩、抬冰块儿用的扁担等凿冰运冰的器物，对峙双方气氛紧张，冲突一触即发。

赵曙光："大冷的天，都拿着挨一下就会受伤流血的家把式，又都在气头上，一个个想干什么啊？再过几天就是春节了，谁没有妻儿老小、父母高堂？哪个想在医院里过春节？哪个又想在拘留所里过春节？"他从马平阳手中夺过一把二齿钩，掂了掂："不想的，退后。想的，站着别动。我是坡底大队的支书，我和他单挑独斗！"

对方的人被镇住了。

赵曙光："不过就是为了几块儿冰，谁还非要把谁置于死地不成吗？所以用不着操家伙吧？"他又把二齿钩还给了马平阳："你们大队的，选个人出来吧，我和他动拳脚，两边可都不许帮。我打服了对方，今天这事儿拉倒。对方打服了我这支书，以后我们坡底大队的人见了你们大队的人，人人把头低，你们看行不行？"他活动着膀子，一副准备大打出手的样子。

对方中站出了一位老农，走到赵曙光跟前，看着他大摇其头。

赵曙光："大爷，您摇头，是反对喽？"

老农抬眼看看他："早就听说你们坡底大队的新支书是个北京来的知青，那么就是你啦？"

赵曙光江湖义士般地一抱拳："正是在下。在下姓赵名曙光，行不更名，坐不改姓。您老人家有何见教？"

马平阳对身旁的男人低语："曙光怎么了？那是在胡扯些什么？"

那男人也低声道："我也不明白，怎么像早年间在县城里摆地摊卖假药的？"

老农："赵书记，见教不敢当，可是我对你有意见。"

赵曙光又一抱拳："前辈请讲。"

老农："怎么着你也是一位支书，你来是干什么的呢？有你这么解决矛盾的吗？"

老农身后的男人们嚷嚷起来了：

"就是！来了也不问问哪大队有理，哪大队没理！"

"还要单挑独斗！我陪他练练！"一个棒小伙捋胳膊挽袖子。

也有人喊："哎，别别别，他毕竟是位支书，身份代表着党呢！他打伤了你，是工作作风问题，你打伤了他，那可就是政治事件！"

棒小伙呆呆地望着赵曙光，眨巴眨巴眼睛，不敢出头了。他嘟囔："怎么公社给坡底大队任命了这么一个二乎吧唧的知青当支书。"

又有人小声说："我看他样子一点儿都不二虎，也许成心设下个圈套，诱引咱们上前和他动手呢，都别中他的计！"

一个脸上有血的中年农民走上前来，推开老农，指着赵曙光说："我们才不跟你这支书打架，我们偏要跟你讲理！你们大队的人，把我们大队辛辛苦苦起的冰，搬到你们大队的车上了，还把我鼻子打出血了！你今天不给评出个是非对错来，那就连你也别想走了！"

赵天亮跑了过来，将中年农民推得连连后退："谁要敢动我哥一指头，我今天和他拼了！"

说着，他欲从马平阳手中夺二齿钩，马平阳没给他。他又想从囤子手中夺扁担，囤子将扁担给了别人，并将他拦腰抱住。

对方又群情激愤，乱嚷嚷起来。

赵曙光大喝一声："别吵吵！"他转头问马平阳："人家说咱们没理，是人家说的那样吗？"

马平阳："河面上到处是冰块儿，谁能分得清哪些是哪大队的？也许囤子是把他们大队起的冰块儿往咱们大队的车上放了几块儿，可他们大队的人，张口就骂咱们囤子，囤子说不出话来，起先忍着。可他们还要把咱们整车的冰都归了他们。咱们的人不依，他们大队的人就又骂，这就把咱们大队的人都骂急了！"

赵曙光对老农说："大爷，这不正是公说公有理，婆说婆有理，清官也难断清的理吗？依您，该怎么解决呢？"

老农："我又不是当支书的，没资格解决。我今天就单要看你这当支书的怎么解决！你解决不好的话，我带我们大队这些人上公社告你去！"

这时，冯晓兰挽着赵父来了，站在坡底大队男人们的旁边。

冯晓兰对赵父说："大叔，您千万别激动，曙光他绝对能把事情平息了。"

赵父不吭声，只是倾耳听着。

赵曙光："那好，我就试着换一种方式解决。要我看呢，今天这事儿，第一怨天。老天爷不长眼，咱们这地方吃水用水这么困难，他今年又不舍得给咱们多下几场雨。第二要怨地，老天爷已然不长眼了，土地爷总该体恤体恤咱们吧？可他也不！他要是在咱们这周围弄出条大河来，各大队把水往各大队一引，咱们今天至于为几块儿冰闹得这么伤和气吗？咱们中国人自古就讲的是和为贵，咱们今天撕破了脸，那还不是天地逼得好人不让着好人吗？"

赵曙光走到脸上有血的那个农民跟前："我们大队的人，肯定也有被你们大队的人打了的，只不过你鼻子被打出血了，你觉得吃了大亏了。你们大队的人都想为你出气，否则他们觉得没面子。我是坡底大队的支书，我的脸这会儿代表我们坡底大队的面子！"

赵曙光终于看到了父亲。他顿了一下，指着立在一旁的父亲说："那是我父亲，朝鲜战场上立过功的人。从小我挨过他几次打，但是连他也没打过我脸。现在，我把我脸偏给你打。如果你觉得非把我鼻子也打出血了才解恨，那也随便。可我得有言在先，他打过了我，今天这事儿，咱们算过去了，行不行？都不吭声了？都不吭声那就是都同意了！那您这位大叔，动手吧！"赵曙光说罢，将脸一偏，把脸颊露给脸上有血的那个中年农民。

中年农民朝赵父望一眼，朝赵曙光举一下手，又放下了。他看着那位老农说："要不，你替我扇他一巴掌吧！"

老农："胡说！这种事儿能随便替的吗？"

赵天亮走上前，往哥哥身旁一站，平静地："你们谁打都行，我替我哥哥挨着。"

囤子也走上前，往赵天亮身旁一站，竖起大拇指，向自己胸膛点了几点。

马平阳也走上前，对中年农民说："双方都谁打了谁我不清楚，但你鼻子肯定是我打出血的，你打我吧。"

中年农民回头望了望和他同大队的人："看，看这事儿搞的！他们坡底大队人怎么……怎么这么搞啊？这我还好意思打吗？"

老农："都是你撺闹起来的火儿！不好意思就滚旁边去，丢人现眼的玩意儿！"

赵曙光："你们都不好意思打了，我们也不好意思就这么拉倒啊！起因不就是为几块儿冰嘛，咱们干脆别冲人找理，冲冰吧。平阳叔，囤子哥，你们把那一车冰，送到他们坡后大队去！"

众目睽睽之下，马平阳与囤子一个驾起车，一个把绳索套上肩，两人二话不说，拉起车就走。

赵曙光："乡亲们，大家都是农民，这大队望得见那大队，地头连着地尾，我就都看成是乡亲们了啊！那河里连小鱼小虾都没有，证明河水一向有问题。"

对方有人大声地说："县城里边，什么脏水都往河里排，能没问题嘛！"

赵曙光："所以这冰化的水，只能用，千万不能喝，也不能用来做饭！即使用，那也要放些明矾，消消毒。这一点，大家千万听我的！"

赵父悄悄对冯晓兰说："扶我回去。"

冯晓兰扶他离开了。

妇女们在冰封的河面上砸冰。木锤、石锤、铁锤、斧头……各种各样的工具砸在冰面上，将大冰块儿砸小，小冰块儿砸碎。碎冰被用铁锹铲进篮子。

冰运回大队里，人们再将碎冰用篮子装着，用绳索吊着，落到大地窖里去。

赵父也夹在妇女中干着，他身旁是春梅和冯晓兰。马婶和翠花在离他们不远的地方一边干活儿，一边说话。

翠花抡起手中的大木锤用力地砸了一下冰。

翠花："反正我觉得曙光他太软了，凭什么咱大队男人辛辛苦苦起的一车冰，要让咱大队的人拉着给他们坡后大队送去？"

马婶："就是！我听我家那口子回去一说，心里也怪来气的！就为几块儿冰，他们坡后大队有必要那么较真吗！"

王大娘："唉，软又怎么样？硬又怎么样？能把事儿好歹压下去了，没使双方真打起来，我看就算解决得好。'解放'前，坡底村和坡后村，为了冰发生械斗，还闹出了人命。土改那阵子，为了几亩地究竟应该划归哪个村，又闹得仇人似的。公社化以后，都归了集体了，两个大队的人总算渐渐和气相处了，没想到又闹'文革'，你大队这个派，我大队那个派，又掰生了。双方今天这要打起来，都是些大老爷们儿，气头上下手没轻没重的，互相打伤了几个，那得哪年再重新和好？"

翠花："唉，我前辈子也不知作了什么孽了，送子观音让我托生在这地方。下辈子宁肯托生为一个好地方的牛马，也不托生为坡底大队的人了！"

马婶："你以为你想托生成牛马就能托生成牛马吗？送子观音一般都让

男人托生成牛马，你只能托生成猫狗鸡鸭！"

翠花："那我也认命了！喵！汪汪！汪汪！咯咯咯！呱呱呱！"她学起猫狗鸡鸭的叫声来，逗得女人们呵呵地笑。

赵父问春梅："春梅呀，你们这儿，地底下究竟有没有水呢？"

春梅肯定地说："有。"

赵父："那为什么不组织人力挖几口井呢？"

春梅："我曙光哥磕头作揖，请来了一位省里的地质专家，和专家一块儿点灯熬夜地查资料。最后专家的结论是，水层在一百来米以下呢！世上哪有那么深的井？非得请专业钻井队的人来下铁管子，打机井不可了！"

"那，知道打一口机井得多少钱吗？"

"也不能说指哪儿钻哪儿就咕嘟咕嘟地出水呀！听曙光哥说，得预备下三千多元才敢去请钻井队，全大队要再攒下三千多元，怎么也得十年以后……"

春梅话没说完，忽然"哎呀"一声。她光顾着说话，不小心砸手了。

冯晓兰闻声赶过来："春梅，要不要紧？"

春梅咬紧牙，眉头拧成疙瘩，攥着手指，疼出了泪。

赵父："怪我，怪我，我不跟她说话就好了。"

冯晓兰："让姐姐看看。"她心疼地轻轻地抚着春梅手指："指甲青了。"

赵父："要不要带她去卫生所啊？"

冯晓兰摇头道："大队里哪儿有卫生所呢？也就我来了，自己置办了个医药箱。可也没有什么药。"

春梅偎入冯晓兰怀里，哭道："姐，你跟我娘说说，明天把我也带西藏去吧！"

晚上，赵父、马平阳、囤子三人围坐在王大娘家的小炕桌边饮酒。桌上摆着几样比平日丰盛的菜，算是赵父的接风宴。

赵父感激地说："我空着双手就来了，还劳你们破费，真是过意不去。"

马平阳："话不能这么说，曙光是我们坡底大队支书，您是曙光他父亲，那当然是我们坡底大队的贵客。何况您还是解放军，是部队首长，我们简单招待您一下，那还不是完全应该的嘛！"

翠花端一盘菜走进来，接言道："就是，军民鱼水情啊！大叔，尝尝我炒的土豆丝怎么样？"说着，她便夹了一筷子土豆丝放进赵父碗里。

赵父吃一口，连声称赞："好吃，好吃，炒得脆口！"

翠花见赵父的酒盅空着，埋怨道："你俩怎么陪的客呀，大叔酒盅里都没酒了，怎么不给满上？大叔，我翠花亲自给您满上。大叔我敬您一盅，这一盅您一定得喝！"说着，她把赵父的酒盅斟满。

二人碰了一下酒盅，将杯中之物一饮而尽。

翠花指点马平阳和囤子："你俩别蔫不叽地自己喝，得把大叔陪好。"

厨房里，王大娘在炒菜，赵天亮站在旁边看。

赵天亮："大娘，随便弄两个菜，意思意思就行了。"

王大娘："怎么也得弄四五个菜。受全大队人的委托呢，太不像样还行？只管把心放肚里吧，你囤子哥和你平阳叔，他俩酒量还行。"

翠花走了出来，小声地说："行个屁，你爸还没咋样呢，我看他俩都晕头晕脑的了！"

赵天亮："我爸酒量可大。"

翠花："有我呢，最后放倒你爸的任务，包我身上了！"翠花不知什么时候走进厨房，她接过王大娘炒好的一盘菜，转身又进屋去了。

赵天亮："那，今晚这事儿，可就拜托你们了。"他一转身，见春梅从小屋门帘内探头看了他一眼，见被他发现，旋即又将头缩了回去。

赵天亮对王大娘说："大娘，春梅好像生我气了。"

王大娘："可不，怪你没给她写过信。"

赵天亮走到小屋门帘前，低声问："春梅，我能进吗？"

春梅不回答。

王大娘："春梅，你天亮哥跟你说话，没听见啊！这丫头，扎起架子来了。天亮你进吧，好好跟她解释解释，哄她个高兴。要不，你走了，我可不知该怎么哄她。"

赵天亮犹豫一下，挑门帘，进入了小屋。春梅正手背抵着下颌，趴在桌子上，大睁两眼看他。

赵天亮在桌子另一端的椅子上坐下，挠挠头说："我怎么记着，我给你写过信呢？"

春梅："没有。"

赵天亮："我哥也没代我问过你好？"

"问好只不过一两句话，和收到一封信不一样。"

"是啊，是不太一样——已经既成事实了，那怎么办呢？"

"你说话不算话，我不想理你了。"

赵天亮："别，那可不对。冲我哥和我嫂子的面子，你也得理我。我也不经常给我哥写信，两三个月才写一封信，这不能证明我不想念他吧？我也从没给我嫂子写过信，一向是在写给我哥的信里问她好，那不证明我心里没她的位置吧？"

春梅瞪着赵天亮，却双手捂上了耳朵。

赵天亮："再说，我这两年多里，经历了一些从没经历的事儿，有时不安，有时苦闷，有时生气，有时想哭，还得过雀盲眼，还冻伤过一次，那次几乎把命丢了。有的人，越是自己情况不好的时候，越想给亲人写信。有的人相反，只有在自己情况好转的时候，才愿意给亲人写信。"

春梅将手放下，问："那，你现在情况好转了吗？"

赵天亮："现在情况是好转了，处分取消了，又当班长了。班里以前和我关系紧张的两个人成了我最好的两个知青朋友。"

春梅："你哥和晓兰姐，都把我家人和我当成亲人，你呢？"

"我？当然也是喽！你是你家一口人，那还用问？"

春梅终于露出了笑容："好吧，我原谅你了。"

赵天亮也笑了："使你说出这句话，还真是有点儿不容易。"

春梅："那是！原谅一个人，不能太简单了。太简单了，原谅没原谅的，那个人就不当一回事儿了。"

她向赵天亮伸出了一只手："更正式点儿，握握手吧。"

赵天亮将因为冻伤未愈依然乌黑着的手伸给她，春梅一见，吃了一惊："你手怎么了？"

"我不是说了嘛，冻伤过。"

春梅难以置信："两年多了还这样？"

赵天亮："医生说，也许再过两年就看不出来了，也许永远这样了。"他缩回手，从衣服里面掏出一个文具盒递给春梅："给你的。"

春梅接过文具盒，在手里摸着："都热乎了。夹胳膊窝了？"

"是啊，你要是不原谅我，我都不好意思往外掏了。"

春梅打开文具盒，里边有一支自动铅笔和一支双色圆珠笔，还有些备用的笔芯。她的脸上露出纯真的笑："这是什么笔？真漂亮。"

"一支是自动铅笔，按一下上边，铅芯就自动伸出来。铅芯用完了，可以再往里续，另一支是圆珠笔，红蓝双色的。"

春梅逐个拿起试试，每一支笔都书写流畅。春梅放下这些稀罕玩意儿，脸上的喜色逐渐被遗憾替代："可我都念完初中了，一年多没上学了，如果我继续读高中，那就得到县城去读，还得住宿，花费太大了。家里就哥一个男劳力，供不起我。"

赵天亮听得神色也黯然起来："那，你现在……"

"在大队里和妇女们一块儿干活儿，顶半个劳力。等明年我过了十八岁，就有资格挣全工分了。"

赵天亮默默地望着她，目光中充满怜惜。

春梅从他的目光中读出了对自己的怜惜，笑了。她装出特别快乐的样子："那我也喜欢这两种笔！"说完拿着文具盒跑进了厨房。

赵天亮也跟着走进厨房。王大娘已经关了火，在收拾厨房。

春梅将文具盒往王大娘面前一举："娘，看我天亮哥给我买的文具盒，还有两支高级的笔！"

王大娘对赵天亮说："天亮啊，大娘这家，随时欢迎你来，可是再不许为大娘家花钱了，啊？你们挣钱也怪不容易的，大娘不落忍。"

赵天亮笑了笑："那花不了几个钱。"

王大娘又对春梅说："谢过天亮哥哥了吗？"

春梅："谢谢天亮哥哥。"

这时，大屋的门帘一挑，翠花扶着门框走了出来，脚步不稳，脸上带着浓浓的醉意。

翠花看着赵天亮，醉醺醺地说："最后，还……还是我……上阵了……到底，把你老爸，放……放倒……了……"说罢，双腿一软，险些瘫倒，幸好被赵天亮和王大娘一左一右扶住。

王大娘把翠花扶到一边坐下，对赵天亮说："天亮，看到了吧？这就是坡底大队人，一个个实诚得发傻。陪你爸一个眼睛看不见的人喝酒，还喝倒了两个男人加一个女人。"

春梅扇着翠花嘴里呼出的酒气："我看他们也是自己馋酒！"

王大娘："别胡说！去，告诉你曙光哥和你晓兰姐，就说你赵叔叔和你天亮哥在咱家睡下了，叫他俩也早点儿安歇吧。"

蜡团在桌角发出蒙蒙的光，照亮了知青宿舍里的两个年轻人。赵曙光和冯晓兰面对面坐在桌子两边，赵曙光双手握着冯晓兰一只手，二人含情脉脉地对望着。

冯晓兰："曙光，我还是挺担心分钱那件事儿的。从立场上，我不可能不支持你的做法，从个人利益考虑，我又真不希望我的丈夫被扣上什么罪名。"

赵曙光："做都做了，也就别后悔了。就当没有那么一件事儿发生过吧。"

"怎么可能呢。何况我们明天上午就要长期分离了，两个人可能惹出的麻烦，将由你一个人来面对了……"

"不说那事儿行吗？晓兰，我问你，你真的不为自己的决定后悔吗？"

"后悔什么呢？"她扬起脸，脸上尽是柔情。

赵曙光："我父亲劝你的话，也不是一点儿道理都没有。"

冯晓兰："你呀，我看你们父子俩，包括天亮在内，你们父子三人，个个都多少有点儿大男子主义。父亲想当现代的程婴，儿子要当现代的柳毅，但是将我的独立精神置于何地了呢？难道我决定和你去办结婚证的时候，还是一个未成年少女？"

赵曙光："可以后，我们就像牛郎织女了。"

"两心相许，又岂在朝朝暮暮。"

赵曙光情不自禁地低下头，轻吻握在掌中的冯晓兰的手。

这时，门突然开了，春梅闯了进来。赵曙光立刻放开了冯晓兰，可是已经迟了，他们柔情蜜意的一幕早已被春梅看在了眼里。屋里的三个人都有些不好意思。

春梅："我娘让我来告诉你们，赵叔叔和天亮哥在我家睡了。就这话！"她说完，就转身跑掉了。

赵曙光与冯晓兰相视而笑。冯晓兰起身去插上了门，转身背靠着门看赵曙光。赵曙光拉开抽屉，将所有的蜡都取出，一一点燃，放在桌子、炕桌、矮橱上。

冯晓兰问他："你那是干什么？"

"为爱创造光明。"

冯晓兰："太铺张浪费了吧？"

"今天晚上，只谈情说爱，不算经济账。"

冯晓兰走到赵曙光身边，两人紧紧地拥在一起，深深地亲吻着。长长短短、形状各异的蜡烛燃烧着，照亮了他们混放在炕头的衣服。

"晓兰，我不想使你怀孕。"

冯晓兰轻轻地笑："我也不想刚穿上军装不久，肚子就大了呀。"

"那，这可太考验人的意志了。"

"傻瓜，今天晚上我不会的。也许，以后很长一个时期，我们都无法要孩子了。"

"无怨无悔。"

"你父亲会怎么想呢？"

"这是咱们两个的事儿，不管他怎么想。"

那块儿捏成团的蜡烛燃灭了……

——第 21 章——

雄鸡在坡底大队某处高啼。天亮了。

赵父在王大娘家大屋的炕上醒来，他身旁的赵天亮和囤子还在沉沉地睡着。赵父坐起来，摸了摸枕头、炕席和炕沿，发觉自己睡的不是知青宿舍。他把身边的赵天亮推醒。

赵父："天亮，天亮！"

赵天亮醒了，没睡够地："爸，起这么早干什么？"

赵父："我眼镜呢？"

赵天亮在炕上爬着东找西找，终于找到，递向父亲："这儿……"

赵父接过眼镜，戴上后又问："我这是睡在哪儿？"

赵天亮："睡在王大娘家。"

赵父小声地说："我怎么会睡在这儿？"

"您昨晚喝多了。"

赵父深思。

赵天亮："明白了？"

赵父："我明白了。我中计了！"

他一伸手，抓向赵天亮，正抓在赵天亮头上，揪着赵天亮头发，将赵天亮拽到了跟前。

赵父嘴对着他耳朵，几乎是咬牙切齿地说：“谁设的计？是你哥，还是你？”

“爸，爸你别这样，什么计不计的，从何说起嘛！囤子还睡在炕上呢，让人家看见多不好！”

门外传入春梅的声音：“天亮哥，我娘说你们该起了，上午晓兰姐就走，咱们不都得送她嘛！”

赵父这才放开赵天亮的头发。

赵氏父子走到灶间的时候，王大娘已经准备好了早饭，见他们过来，招呼道：“他叔，睡得还好？”

赵父：“好，好，睡得很好。”

王大娘：“晓兰那么好的姑娘，终于和曙光把结婚证领了，我们坡底大队所有人都跟着高兴，怎么看着你这当爸的，倒好像不太高兴似的呢？”

赵父：“我……高兴，高兴……”

王大娘：“高兴就好。本来乡亲们主张给他俩办一办，跟着一块儿乐和乐和。可晓兰走得太仓促，搞得大家伙措手不及。春梅，给你叔夹鸡蛋吃。”

春梅夹了一筷子鸡蛋放在赵父碗里，也说：“叔，我们大队好多人都想跟您说话，可是看您戴副黑眼镜，样子挺厉害的，又都不敢。这您可就显得脱离群众了！”

赵父咽下一口粥，问：“是啊，这我也知道。可那怎么办呢？”

春梅：“一会儿我搀着您走，遇见人了，我小声说笑一笑，您立刻就笑……”

赵父：“行。”

囤子用筷子敲了春梅的碗一下，瞪了她一眼。

王大娘：“别那么多话了，让你叔好好吃饭吧！”

五人正默默吃着饭，翠花来了。

翠花：“你们才吃啊？”

王大娘："我是早早就起来把饭做得了，天亮他们起得晚了点儿。"

翠花："大叔，昨晚喝好了吗？"

赵父："喝好了喝好了。你这位女同志，酒量也不小啊，我还是第一次被一个女同志喝倒了。"

翠花："我那好比是穆桂英挂帅，没法子。要是不把您灌醉了，对天亮没法儿交代呀！"

她意识到说漏了嘴，掩住口，歉意地看着赵天亮。

赵父的"目光"也瞪向赵天亮。

春梅："我天亮哥私底下跟我们说，大叔好久没痛痛快快地喝过了，肯定想要在坡底大队醉一场，留给以后一种回忆，是吧大叔？"

赵父违心地说："是啊，是啊……"

马婶也来了，穿一身新衣服，进了门就数落翠花："你这个翠花，让你来叫人，你怎么跑这儿说起话儿来了呢？"

翠花一拍双手："哎呀我给忘了，快都去知青宿舍吧！有两位解放军，从县里开辆车来了，车停在知青宿舍门口了。"

马婶却问王大娘："老姐，我穿这身还行吗？我可是特意为送晓兰才穿的。"

王大娘："行，好看。"

"那我也回家换身衣服去。"翠花匆匆走出门，"可千万叫晓兰等我啊！"

王大娘："那我也该换身衣服。春梅，你跟你大叔他们先走，别等我。"

她起身匆匆进到小屋去了。

一辆吉普车停在知青宿舍外。

车窗内夹一张白纸，印着"警备司令部"五个红字。

不远处，两名军人背朝宿舍站着，望着对面的沟壑。他们一个五十来岁，一个四十来岁。

马平阳等几个男人走过来。

五十来岁的军人对马平阳他们和蔼地说："都在屋里告别呢，快进去吧。"

四十来岁的军人说："请告诉冯晓兰，她还有半个小时的时间。"

马平阳他们进入宿舍以后，五十来岁的军人说："想不到，农民们会对知青这么有感情。"

四十来岁的军人："那也得看是什么样的知青。有那种知青，在城市里是造反派，没闹腾够，把无法无天的那一套带到农村来了，今天挖阶级敌人，明天开批斗大会，白天以农民的革命启蒙者自居，夜晚专干偷鸡摸狗的勾当，纯粹就是祸害农村，祸害农民。那样的知青要是离开了，才没农民送他！"

五十来岁的军人："像冯晓兰这样的知青，那也算值得部队派咱们俩来把她接走。"

四十来岁的军人："听说她父亲是位中将，严格来讲，她是走后门入伍。"

五十来岁的军人："后门前门的，咱们就无权过问了。总之亲眼看到几乎全大队人都来送她，我相信她是一名好知青了。那么，我完成这一次特殊任务，心情也愉快了不少。"

没过多久，马婶、囤子、赵天亮、赵父还有春梅也来了。

两位军人见赵父也一身军装，都"啪"地来了个立正，但见赵父的军装没有领章帽徽，想敬礼却又不知应不应当敬，互相困惑地看着。

春梅小声对赵父说："笑笑。"

赵父便笑了笑。

两位军人也冲他笑了笑。

马婶热情地说："哎呀，两位同志，外边怪冷的，一块儿进去吧。"

四十多岁的军人："不了，再等会儿该走了。"

马婶："晓兰这一走，我们不知哪年还能见到她，谁都舍不得她走呢，多给我们点儿告别的时间不行？"

五十多岁的军人看一眼手表，爱莫能助地说："最多也就二十几分钟吧，要赶火车啊！"

马婶："那我来介绍一下啊。这位是我们支书的父亲，晓兰的公公。他也是位军人呢，还是位团长，朝鲜战场上的战斗英雄。"

两位军人一听，"啪"地又立正了，同时敬礼。

春梅也小声对赵父说："接晓兰姐姐的两位解放军叔叔在向您敬礼。"

赵父也立刻立正敬礼。

两位军人上前与赵父握手。

赵父："谢谢你们一路辛苦地来接晓兰啊。"

五十多岁的军人："请您放心，路上我们会照顾好她的。"

"快走！一会儿有你好瞧的！"忽然传来一声呵斥。

大家循声望去，但见五个人朝这里走来。为首的是那名公社"革委会"的副主任，他后边是武红兵，穿件缺了扣子的破棉袄，腰间扎根草绳，头发长而蓬乱，胡子拉碴的。武红兵两边各一名肩背长枪的民兵，最后边是一个知青模样的青年，穿得齐齐整整的，夹着个黑色办公包。

公社"革委会"副主任看着两位军人站住了。

知青模样的青年跑上前，对两位军人说："你们是想来接走冯晓兰的吧？我们公社'革委会'牛主任有话跟你们说。"

四十多岁的军人："那就说吧。"

知青模样的青年："能不能和我们牛主任到一旁去说？"

四十多岁的军人看五十多岁的军人，五十多岁的军人点一下头。

于是四十多岁的军人走开了几步，牛副主任跟了过去。

牛副主任："你们部队不能把冯晓兰接走！"

四十多岁的军人："这你可说了不算。"

牛副主任："那谁说了算？！"

四十多岁的军人："这还用问？当然是我们说了算。"

牛副主任蛮横地说："我可警告你们，冯晓兰她父亲的问题那可是'黑线'上的问题！我们掌握的情况是，她从没和她的父亲划清过界限！她连可以改造好的子女都还算不上！无论她到了哪里，我们都会把关于她抵触改造的材料寄到哪里！”

四十多岁的军人：“随你的便。”

五十多岁的军人问四十多岁的军人：“我刚才听说，他姓牛是不是？”

四十多岁的军人：“对，公社‘革委会’副主任。”

五十多岁的军人问牛副主任：“牛主任姓的是哪一个‘牛’？”

抽调到公社的那名北京知青凑过来了，替牛副主任回答：“‘牛鬼蛇神’的‘牛’！”

牛副主任一瞪眼：“胡说！”

北京知青赶紧纠正：“我说错了，是‘牛魔王’的‘牛’！”

五十多岁的军人：“这姓很厉害。我姓孙，‘孙悟空’的‘孙’！在《西游记》里，我们前辈子打过一番交道的，是不是？我说牛主任，您别太牛。我们这可是执行中国人民解放军一个军区司令部下达给我们的接人任务，您最好别找我们的麻烦。否则，您这位牛主任，恐怕再就当不成主任了！”

另一边，马婶、囤子、赵天亮围住了武红兵。

赵天亮、囤子分别与武红兵拥抱。

武红兵给了赵天亮肩胛一拳，若无其事地说：“你小子，这一次不是又开小差儿来的吧？”

赵天亮：“我放探亲假了。我晓兰姐入伍了，那两位是部队上派来接她的，一会儿就走。”

武红兵：“哦？好事儿，好事儿！”

赵天亮：“她现在是我嫂子了，已经和我哥领了结婚证。”

“你们赵家双喜临门呀，真让人嫉妒！”武红兵又望着马婶，“马婶，怎么不过来跟我说句话？要跟我划清界限啊？”

马婶这才上前，拉住武红兵手，潸然泪下地说：“红兵，他们怎么把你造成了这样？坡底大队人保护不了你，对不起你这孩子啊！”

武红兵：“也不是什么太坏的事儿，我在劳改队还交了些新朋友。”

他朝两名民兵瞥了一眼，又小声对马婶说“连那俩民兵背地里都是我朋友了，看我的人格魅力有多么大！"

那名知青模样的青年正站在窗前往宿舍里看，一转身，见马婶和武红兵亲密的样子，从嘴上取下烟，冲过来训斥："干什么呢？不许你跟他这样！"

马婶放开武红兵手，愣愣地看他。

武红兵："别忘了你也是知青，干吗那么凶？"

赵天亮问武红兵："那家伙，北京的？"

武红兵点头："公社刚树的革命典型。抽到公社了，脱产了，找不着北了。"

囤子掏出烟，递给武红兵一支，自己也叼上一支。武红兵叼上烟后，囤子从那北京知青手中掠去烟，对着自己嘴上的烟，将对方的烟往地上一扔，还踩了一脚，使劲儿碾一下，接着将自己的烟递给武红兵对火。

那北京知青看着囤子和武红兵，呆若木鸡。

赵天亮走到他身旁，搂着他肩小声地说："不管怎么着，人都得学着善良点儿。要不，我在北京碰到你一次，修理你一次。"

两名民兵朝他俩望一眼，转过头去，装没看见。

赵父左转头，右转头，侧耳聆听，并问春梅："怎么回事儿？"

春梅："没什么事儿，他们在聊天。"

赵父："骗我！我怎么觉着要有不好的事儿发生？"

春梅："叔叔，咱们还是先进屋去吧。"

赵父："不！快告诉我究竟怎么回事儿！"

武红兵望着赵父问赵天亮："那不是伯父吗？"

赵天亮点头："他让我陪他来看看我哥和我晓兰姐。"

马婶纠正道："你嫂子！"

武红兵："不早说，那我得过去和伯父打个招呼！"

赵天亮："哎，你……"

他没扯住武红兵，武红兵走到了赵父跟前。

武红兵："伯父，我是武红兵，曙光同校的同学。在北京我到您家去过，您还记得我不？"

赵父："记得，记得。昨天晚上，曙光和天亮还说到过你。"

他主动伸出了一只手。

武红兵立刻用双手握住了赵父那只手。

赵父小声地说："你的事儿，我昨天晚上听到了几句。现在情况怎么样？叔叔能帮你做点儿什么不？"

武红兵无所谓地笑了："谢谢叔叔关心，我已经适应了。叔叔不必为我担忧，我就当成是在一场剧中演一种角色。不会演，瞎演，属于性格演员那么一种演法，大龙套的角色，演着玩儿呗！"

牛副主任气哼哼地走了过来，后边紧跟着那名北京知青。

牛副主任对武红兵呵斥："武红兵，不许你随便和人说话！"

他又呵斥两名民兵："你们眼睛瞎了！怎么不禁止他！"

一名民兵："他在和赵书记的父亲说话。"

牛副主任："我不管他在和谁说话，总之是不许他随便和别人说话！"

赵天亮听了恼火，想走过去，被马婶扯住。

马婶小声地："你嫂子一会儿走，忍着点儿。"

马平阳和囤子也向赵天亮摇头。

牛副主任又呵斥武红兵："武红兵，你不要死猪不怕开水烫！"

这时，知青宿舍的门开了，人们簇拥着赵曙光和冯晓兰走出。

牛副主任视而不见，旁若无人地说："我告诉你武红兵，搞阶级斗争我是新人老手！是在'文革'风口浪尖上冲杀过来的人，我有办法把你制得服服帖帖的！一会儿，我要先在坡底大队把你搞臭！"

赵曙光和冯晓兰对视，皱眉按捺着不说话。

武红兵："牛主任，请问您可知道，'死猪不怕开水烫'这一句话，最早是我们哪一位中国人说的？"

牛副主任一怔。

武红兵："《史记》这部书知道吗？司马迁最早说的，不知道吧？毛主

277

席教导我们，没有文化的军队，是愚蠢的军队。而愚蠢的军队，是不能战胜敌人的。同理，没有文化的干部，也是愚蠢的干部，在群众中是不能有什么威信的。而没有威信的干部，那是不能……"

牛副主任气急败坏地："你你你，你给我住口！"

他瞪着赵曙光又说："赵曙光！你身为坡底大队的代理支书，听着，看着，为什么不开口制止他！你的政治立场到哪里去了！"

赵曙光平静地说："牛主任，他曾经是我们坡底大队的插队知青，可现在不是成了劳改犯了吗？不是成了你们公社劳改队直接监管的人了吗？我不敢冒犯公社的权力呀！"

牛副主任："你别说的比唱的还好听！现在我命令你，立刻召开全大队大会！已经在这儿的人，谁也不许离开！"

四十多岁的军人走到了冯晓兰跟前，指指自己的手表，朝吉普车摆一下头。

冯晓兰低声对赵曙光说："曙光，我得走了。"

赵曙光望着她点一下头。

二人四目相对，各自腹中还有千言万语，但是都已经明白，没时间多说什么了，或者是都认为，其实也无须再说什么了。肯定地，如果没有那么多人在看着他们，他们是会拥抱的，是会亲吻的。但，毕竟有那么多人在看着他们啊！在当年，那是连最具有个性的知青也不太可能那么做的，何况赵曙光还是支书！

因而，那一时刻，他们互相的爱，以及他们对互相的爱的信念，是全都充满在眼睛里，流露在目光中了。

翠花扶着王大娘匆匆走来。

翠花："晓兰，怎么这就走啊？你看，我特意回家换了件衣服……"

王大娘："晓兰……"她因不舍之情而说不出话来。

冯晓兰走到了王大娘和翠花跟前。

冯晓兰："大娘……我……我觉得，我像逃兵……"

王大娘："快别这么想，你是到部队上去，又等于是去援藏了，以后别忘了咱坡底大队就是了。"

四十多岁的军人走向冯晓兰，低声道："走吧，要不会误了车次。"

王大娘："把这篮子带上，里边没什么好的，也就是几个煮鸡蛋、几个地瓜，还有几块儿南瓜。"

冯晓兰接过篮子，依依不舍地与王大娘分开。

赵父："晓兰……"

冯晓兰这才想到了赵父，走到他跟前。

赵父："跟谁都告别过了，就不跟我说句告别的话？我在你心里就那么不好了？"

冯晓兰扑入赵父怀中，哭了。

赵父："你和曙光的事儿，从今往后，我也不干涉了。你们能爱多久，就好好爱多久吧。"

冯晓兰："爸，我会常给您写信的……"

春梅："晓兰姐，也常给我写信……"说着流下泪来。

冯晓兰看着春梅噙泪一笑，点头，说："别忘了昨晚姐嘱咐你的话，啊？"

马平阳："乡亲们，让晓兰走吧，两位部队的同志都着急了，他们担心误了车……"

冯晓兰摘下长围巾，刚一转身想跑向吉普车，被牛副主任拦住了。

牛副主任："冯晓兰，你可以躲到部队去，但是我既然来了，起码你今天休想走成！"

五十来岁的军人走过来，板着脸对牛副主任说："牛主任，在这当地，你可以挺牛，但是你别牛得太过分了，请躲开！"

牛副主任："赵曙光私分了队里的公基金，冯晓兰参与了这一犯罪行为，她必须把交代材料留下来！"

他又对两名民兵大声地说："你们过来，把她押进屋去！"

两名民兵极不情愿，却又不敢违抗，犹犹豫豫地走上前。

四十多岁的军人："放肆！谁敢阻拦，我们对谁不客气！"

他拉着冯晓兰的手大步走向吉普车。

吉普车行驶在土路上。

"晓兰姐！晓兰姐！"春梅的喊声在沟壑之间回荡。

吉普车靠路边停住了。冯晓兰下了车，两位军人也跳下车。

冯晓兰循声望去，一处黄土高坡的坡崖上站立着众多身影。站在前排的是赵曙光、王大娘、囤子、春梅、马婶、翠花、马平阳等。

春梅唱起了信天游：

一座座的那个坡来哟，

一道道的那个沟。

哎呀今日格送走的人儿呀，

你何年月何年月再回来？

坡上的谷子哟哎沉甸甸地垂下着头，

蒸的那个饭饭儿香呀香在那锅里边。

哎呀沟里的人儿情意意真呀，

送你就直送到崖畔畔前。

…………

冯晓兰不由自主地双膝跪下了，双手捂脸，无声恸哭。

五十多岁的军人转过身去。

四十多岁的军人搀起了冯晓兰。

冯晓兰泪流满面，一步三回头地又上了车。

吉普车又朝前行驶。

武红兵的歌声传来：

一座座的那个坡来哟,

一道道的那个沟。

沟沟里的那个乡亲哟,

人穷可就那个人心暖呀!

…………

"啪!"牛副主任一掌拍在知青宿舍的桌子上。那名催巴儿似的北京知青坐在他旁边。他们二人对面坐着赵曙光,面前放着翻开的小本儿,摆弄着手中的笔。

那两名民兵,一个蹲在门口那儿,抱着枪打盹儿,一个站在窗口那儿,无聊地望着窗外,又手拿小镜照着自己,试图用舌尖舔到鼻尖。

武红兵站在他旁边卷烟。

坡底大队的人们,或坐或蹲或站,王大娘、马婶、翠花、春梅在炕沿坐了一溜。炕沿另一边坐着赵父、赵天亮、囤子和马平阳。

牛副主任:"赵曙光,你好大的胆!你自己说,你犯下的是什么性质的罪?"

赵曙光:"牛主任,我们所分的那一份钱,是从每家每户集资上来的钱。我们集资,是为了打井,现在请人来打机井的条件太不成熟了,把钱先退还给各家各户,我怎么就犯了罪了呢?"

牛副主任:"你是明明知道我今天可能来收钱,所以昨天晚上才秘密把钱分了!你成心使我空手而返,这难道还不是罪?!"

赵曙光:"你来了,我二话不说就把乡亲们的血汗钱拱手相送,我认为那才是犯罪。"

牛副主任又拍了一下桌子:"现在我指示你,限你三天之内,再把钱给我收上来,一分钱都不许少!否则,让你赵曙光吃不了兜着走!"

赵曙光:"那不成挨家挨户地抢了?"

侯三:"牛主任,我说两句——你呀,要命容易,想收走我们的钱,没门儿！"

翠花小声问马婶："怎么咱们昨天晚上分的钱，他今天来之前就知道了？"

马婶："他们也不傻啊，估计到了呗！"

翠花又大声说："报告支书，退还给我家那笔钱谁都别想再收回去了，已经没有了！"

牛副主任："哪儿去了？"

翠花："可能被耗子叼窝里去了。"

马婶："我家分回去那笔钱已经还债了，昨晚我堂妹夫的表二姨从大老远的别的大队来了，一直坐我家等着。"

"我家退回的钱今儿一早上让儿子带县城办年货去了！"

"我家的也是。快到春节了，谁家还不办点儿年货。"

"我家的倒还放在箱子里，但谁敢去硬收，我一门杠砸断他腿！"

赵曙光看着牛副主任说："听到了吧？不是我不想执行您的指示，确实是收不上来了。"

牛副主任环视众人，厉声地说："刚才那话，谁说的？"

异口同声地回答："我！"

牛副主任第三次拍桌子："我指刚才最后那句话！最后那句话谁说的？谁？！"

一片肃静。

赵天亮小声对马平阳说："我想揍他！"

马平阳："我比你更想。别给你哥再惹麻烦，坡底大队需要你哥这么一名支书。"

牛副主任问赵曙光："最后那句话，你听到了？"

赵曙光平静地说："听到了。"

牛副主任："谁说的？"

赵曙光："我一直目不转睛地看您来着，没注意到是谁说的。"

牛副主任：“那你听口音也应该听出是谁说的！”

赵曙光：“对于大队支书，这种要求太高了吧？我又没受过专门训练，听不出来。”

牛副主任又问坐他旁边那北京知青：“你注意到谁说的没有？”

那北京知青摇头。

牛副主任：“那让你跟来干什么的？！”

他又环视着众人说：“那是一句狠话，怀着阶级仇恨说出来的！你们坡底大队，庙小妖风大，池浅……”

他意识到自己说了不应该说的话，张嘴呆愣在那儿。

所有坡底大队社员的目光，都愤怒地瞪着他，他不知所措了，忐忑了。

武红兵冷冷地观望着局面，口中吐出一缕烟。

马平阳和囤子先后站了起来。

马平阳：“牛主任，把话说完，说完。”

赵曙光：“牛主任的话，说的不是他的本意。他其实是想说，咱们坡底大队庙小香火旺，水浅鱼虾肥。是这么个意思吧，牛主任？”

牛副主任：“对对对，我这人文化程度不高。在资产阶级教育路线的长期统治下，我只读到小学三年级就……”

他做悲哀状，忽然举臂高呼：“打倒资产阶级教育路线！”

仍一片肃静，人们仍怒视着他。

牛副主任：“武红兵呢？把武红兵押过来！”

那名试图用舌尖舔到鼻尖的民兵赶紧揣起小镜，踢了打盹儿的民兵一脚，后者站起，懵懂地说：“怎么了？干什么？”

武红兵丢掉烟，走到牛副主任跟前。

牛副主任：“他，武红兵，就是资产阶级教育路线培养的黑苗子！知识倒是不少了，连‘死猪不怕开水烫’最早是出自哪儿的话都记得清清楚楚，可思想却反动得很！所以，宁要社会主义的草，不要资本主义的苗！像我这种社会主义的草，毕竟还可以当公社‘革委会’副主任！像他这种资本主义的苗子又能有什么用呢！"

武红兵平静地说："不能说一点儿用处也没有吧，这不是可以当成你批判的靶子了吗？没有我这种人，你这种人不是也毫无用处了吗？"

牛副主任："虽然你知道'死猪不怕开水烫'出在《史记》里，而我不知道……"

武红兵："对不起，打断您一下。在《史记》里，刚才那句话是这么说的——'亡豕不畏沸水'，请记住了。"

牛副主任冷笑："算你有学问。你们知识青年嘛，当然是有点儿知识的喽，这我很佩服……"

他看着那名是他部下的北京知青又说："拿出来。"

那北京知青拉开黑革包，取出一本书页发黄的书——契诃夫的《第六病房》。

牛副主任接过《第六病房》，翻到折角的一页，看着说："这是一本修正主义的书，这本书里有一句话——'俄罗斯病了'。当年的俄国病了没有，咱们中国人也不必去管那么多，但是，有人在读这本书时，注意，我指的是中国人，这个人就是你们坡底大队知青中的一个。他在这句话的下边，用钢笔画了一道，并且在书边上加了这样两句话——'中国分明也病了，我们该怎么办？'"

他又扫视众人，目光变得凶恶了，几乎是吼叫着说："中国什么时候就病了？！中国怎么就病了？！谁敢说这不是两句反动透顶的话？！我们起初怀疑是你们大队支书写的，但一对你们大队支书工作汇报的笔记，可以断定不是他。你武红兵承认是你写的，叮我们让你当场写了多少遍，你却写不出那么一种字体。明明不是你，你却要替别人担罪名，证明你完全清楚那个'别人'是谁。我们目前虽然还不知道那个'别人'是谁，但一眼就可以看出，是女性字体。武红兵，现在我不仅代表公社'革委会'，而且还代表县'革委会'正告你，就凭那句话，即使宽大处理，不杀头，那也该坐一辈子牢！只要你今天当着大家的面说出那个'别人'是谁，就算你检举有功，立功赎罪，几天后就恢复你的自由！"

所有人的目光都望向了武红兵。

牛副主任："你不必立刻回答，给你三分钟考虑，想好了再说。"

又是一阵异常的肃静。

赵父站了起来，小声说："谁也不许扶我。"

他向桌子那儿走去，挡住他方向的人，纷纷闪让开来。

牛副主任困惑地看着赵父走向自己。

赵曙光站了起来："爸，你干什么？"

赵父："我觉得憋闷，出去透透气。"

他说时，已走到牛副主任跟前，脚下一绊，用肩一撞，牛副主任跌坐地上。

赵父："我撞着谁了？"

两名民兵和那北京知青，连忙上前将牛副主任扶起。

牛副主任冒火地说："你，真是的！"

赵父："对不起，我是瞎子。"

武红兵扶着他走向门口，将他送出门后，又走回到桌子这儿。

牛副主任："书呢？那本书呢？！"

那名北京知青弯腰看桌下，仰起脸冲牛副主任摇头。

牛副主任瞪武红兵，威胁地说："武红兵，你！你乖乖地把书交出来！"

武红兵："书？什么书啊？我也没看到你拿着书啊？乡亲们，他刚才手里拿着书来吗？"

马婶等女人们齐声地说："没有！"

春梅："我只听他说他有什么病来着？"

侯三伸胳膊打了个大哈欠："这会还有完没完，我可困了，昨晚没睡好，再不散我抽签了啊！"

那北京知青对牛副主任说："会不会，被刚才那个瞎子趁乱……"

赵天亮："你小子诬蔑我父亲，我今天非揍你不可！"

他起身向对方冲过去。

对方吓得往牛副主任身后躲，牛副主任对来势汹汹的赵天亮同样害怕。

两名民兵上前阻挡赵天亮。

武红兵往一旁推那两名民兵，吼："他妈的你们拿枪的滚一边去，别走火！"

赵天亮伸手揪住那名北京知青，按倒便揍。赵曙光和马平阳拼命拉扯他。屋里一片混乱。

赵曙光急得大喊："天亮，你给我住手！"

没等他话音落地，"啪！"一支枪走火了。

天黑了，知青宿舍里，桌上点着一支蜡烛，赵天亮在给齐勇和"小地包"写信，旁边有不少揉成团的信纸。

齐勇、敬文：

你们好。首先祝你们与家人过一次愉快的春节。你们都不会想到，我是在我哥哥插队的这个地方给你们写信。我跟你们说过，这个大队又穷又小，就好像是在黄土高坡的褶皱里。这儿和我们兵团很不一样。在我们兵团，连长指导员都是退伍军人，而且他们在部队里就曾是连长指导员。团里的干部又差不多都是现役军人，是些经历过枪林弹雨的人……

一阵拍门声打断了赵天亮的思路。

"进来。"赵天亮对着门喊了一声。

门开了，进来的竟是李君婷。

今日的李君婷，似乎与两年多前那个李君婷不是一个人了，脸上没了两年多以前的自信又优越的神气，表情看去很是阴郁愁苦。

她见只有赵天亮一个人，站在门口，意外而又拘束，讷讷地说："我……我是来找你哥哥的……"

赵天亮："他送一个姓牛的王八蛋回公社去了。"

他说完，又低下头写信——

在坡底大队这儿，公社、县里掌权的一些人，基本上是夺了权的一些造反派，也基本上可以说是一些浑蛋。上午，在我哥他们宿舍里，我揍了我们北京的一名插队知青，因为他充当浑蛋的走狗。这会儿，又来了一名在坡底大队插队的北京女知青，我不愿理她，成心晾着她，使她难堪……

李君婷："天亮，你哥什么时候回来？"
赵天亮头也不抬地说："不知道。"
李君婷："我能等他一会儿吗？"
赵天亮："随便。"
李君婷犹豫一下，走到炕前，坐炕沿上，望着赵天亮背影。
李君婷："天亮……"
赵天亮："别跟我说话，我在写信。"
李君婷自尊心受到伤害，低下了头。
赵天亮自顾自地写信——

以前，我们在小学和中学的课本上，在毛主席著作和报上广播里读到听到"人民"两个字的时候，其实只不过是接受了一个文字概念而已。而坡底大队的农民，却是真真实实的人民的一部分。他们是那么地吃苦耐劳，本性又是那么地善良。他们对于贫穷和对于那些王八蛋的忍耐，既令我尊敬，又使我难过……

他背后响起李君婷的抽泣声。
他停下手里的笔，转过身去。
赵天亮："请问，你在我背后哭，我还怎么写信？"
李君婷停止抽泣，掏出手绢擦眼泪，擤鼻涕。

赵天亮见她那样子，干脆不写信了，背转身，面对李君婷，靠着桌沿坐在长凳上。

赵天亮："请回答，两年半以前，为什么要背着我哥，给我拍了那么一封混账的电报？"

李君婷诚实得像小学生："我嫉妒冯晓兰。"

赵天亮："她父亲都被划到'黑线'上了，你父亲春风得意，红得发紫，你倒有什么可嫉妒她的呢？"

口气像法官审问少年犯。

李君婷："当年你哥哥要去北大荒的时候，我是冲着你哥哥报的名。后来你哥哥改变决定了，我也随着改变决定了。要不我和你一样，现在也是兵团战士，也挣工资了。再后来你哥哥到陕北来插队，我也是冲着你哥哥跟来的。因为我崇拜他，爱他。可半道杀出了个程咬金，你哥哥心里就只有冯晓兰了！"

赵天亮："打住打住，请问，我哥他也曾爱过你吗？"

李君婷："他虽然从没表示也爱我，但他以前肯定是喜欢我的！"

两人的话有点儿像是法庭上的辩论了。

赵天亮："喜欢归喜欢，爱是爱，两码事儿！你连这么简单的道理都不懂？由于你那一封电报，当年我的班长被撤了，我档案里记了一次处分，我当年的排长还受我牵连，你的做法道德吗？"

李君婷："我已经向你哥哥当面忏悔过了。"

赵天亮："那，以往的事儿就不提了。现在，冯晓兰已经是我嫂子了，希望你以后不要再纠缠我哥哥，行吗？"

李君婷："不行。除非你哥哥还能像以前那么喜欢我！"

赵天亮："你！荒唐！简直荒唐透顶！"

李君婷："要不是因为冯晓兰的出现，是你嫂子的肯定是我！喜欢就是喜爱！喜爱和爱只差半步！"

赵天亮："你？你肯定是我嫂子？可笑！太可笑了！"

赵天亮从长凳上站了起来，走到李君婷跟前，双手叉腰瞪着她，气呼呼地说："武红兵也主要是由于你才落到那种地步！我哥还能再喜欢你这种人吗？再说我哥他现在已经是有妇之夫了！"

李君婷也站了起来，更大声地说："我不管！我不管他是不是有妇之夫！反正我是冲他才来到这个鬼地方的！我现在走走不成，待待不下去！他有责任继续喜欢我！我也不指望他和冯晓兰怎么样，我只要他也给我一点点温暖的感情！我……我现在更需要他喜欢我！更需要一点点温暖！"

最后两句话，她几乎是叫喊出来的，双手捂脸哭了。

赵天亮一挥手臂，也几乎是叫喊："我讨厌你！瞧不起你这么贱的人！我一定要求我哥哥，半点儿温暖都不给你！"

李君婷定眼看了赵天亮几秒钟，跑了出去。

赵天亮嘟囔："德行！"

他又坐到桌子那儿，拿起笔接着写信，然而思路不但中断而且心绪繁乱，无法继续，将那一页写满字的信纸也揉了。

他起身四处翻找，希望发现一支烟，却一无所获。

赵曙光回来了。

赵曙光："找什么呢？"

赵天亮伸出一只手："给支烟。"

赵曙光皱眉道："别吸了，不是好习惯。"

赵天亮："你可以吸我就不可以？人也不能要求自己有的都是好习惯。"

赵曙光不再说什么，走到桌旁坐下，默默掏出烟包卷烟。

赵天亮也走到桌旁，坐在哥哥对面，像期待着大人给削水果吃的小孩子。

赵天亮："怎么这时候才回来？"

赵曙光："你是我弟弟，你打了人家公社的人，一个民兵的枪还走火了，我能回来得早吗？幸亏没伤着人，要是再死一个，我今天肯定就回不来了。"

赵天亮："他们怎么难为你了？"

赵曙光："也没太难为我。牛主任也后怕了，反而替我解释了几句。公

289

社的干部也不全像他那样，有人出面和和稀泥，让我当场写份检查，估计事情也就搁置不提了。"

他卷好一支烟，递给赵天亮，提醒地："劲儿可大，你小点儿口。"他接着为自己卷烟。

赵天亮点着烟，吸一口，呛得咳嗽。

赵曙光："告诉你劲儿大了嘛！你写什么来？"

赵天亮："想给两个同班的战友写封信。"

赵曙光："那也至于浪费这么多信纸？"

赵天亮："现在终于感受到了，什么叫不知从何说起，什么又叫欲语还休。"

赵曙光也吸着了烟，又说："既然不知从何说起，那就别写了。这不是一个畅所欲言的时代，所以，你要吸取我的教训。"

赵天亮："是啊，听你的。哥，你说契诃夫那本书，会不会让爸给……"

赵曙光："你看见了？"

赵天亮摇头。

赵曙光："没看见就不要乱猜，更不要乱讲。如果你这当儿子的都对别人这么说，传开了对爸意味着什么？那本书上的话不是坡底大队知青写上去的，一到我们手就有那么一句话的，我大意了，想撕掉那一页的，后来忘了。"

赵天亮："我不是就对你说说嘛。哥，我想，要不你别当这儿的支书了，都代理了两年了，明摆着不信任你嘛！现在嫂子已到部队上去了，我替你求一下爸，干脆把你也弄到部队去算了。凭你，老高三，党员，当过大队支书，爸又是战斗英雄，在部队还不很快就提干部？"

赵曙光："老支书、王大爷、坡底大队的乡亲们都对我寄托着一种大的希望，我一走了之？亏你想得出来！……我希望，这支烟是你吸的最后一支烟……"

赵天亮："你戒我就戒。"

赵曙光严厉地说："我戒不了！起码现在戒不了！能戒我早戒了！你有什么戒不了的理由？"

赵天亮苦笑道："那我也只能说，试试看。"

赵曙光搂起桌上的纸团，走到炕洞那儿，将纸团扔进炕洞里，捅火，加柴。

赵天亮看着他说："刚才李君婷来找你。"

赵曙光站起，问："什么事儿？"

赵天亮："我把她训了一顿，她哭着走了。"

赵曙光："你！你算老几？你凭什么训我们坡底大队的知青？"

赵天亮："她使我档案里记下了一条处分！哥你也不要瞎给她什么温暖！别忘了你现在已经是有妇之夫了！"

赵曙光："那又怎么样？"

赵天亮："不会给，瞎给，会给出问题的！"

赵曙光又走到桌子那儿坐下了，问："什么问题？"

赵天亮："男女问题！作风问题！我都不怕你有一天被打成'现行反革命'了，但是怕你有一天在男女问题上犯错误！那你就太对不起我嫂子了，我和爸妈也跟你丢不起那个脸！"

赵曙光抬起手臂，一指赵天亮，又一指桌子对面。

赵天亮悻悻地走过去坐下。

赵曙光："你怎么知道我不会给，瞎给？你根据什么认为我做了丈夫以后，就不能再给别的女性一点儿温暖了？一给就会出什么男女问题，作风问题？"

赵天亮："一般规律如此！"

赵曙光："哪儿那么多'一般规律'！你给我好好记住我今天说的话——人活一世，尽量活得正直、坚毅、善良，对自己的角色有责任感和使命感，对时事尽量保持独立的思考，能恪守这些基本原则就可以了。至于别的什么规律，根本不要让它束缚了自己的活法。如果感觉到它和你以上的做人原则相违背，那就让它通通见鬼去！明白？"

赵天亮："你又来理想主义那一套！"

赵曙光："我说的根本就是做人底线！"

赵天亮不爱听，站起欲走。

赵曙光："坐下！"

赵天亮怏怏地又坐下。

赵曙光："你是我弟弟！我有责任跟你说这番话。我不跟你说，估计没人会跟你说这些。而你如果不记住，老了的时候，你会觉得自己这一辈子活得很没劲儿！"

赵天亮将头一扭。

赵曙光语调平和了一些："李君婷的父亲也被划入'黑线'了。"

赵天亮不禁愣愣地看着哥哥。

赵曙光："坡底大队的知青，就她一个女的，她的年龄最小，今年刚满十九周岁，她是跟随我来插队的，我现在又是支书，除了比以往更加温暖地对待她，你说我还该怎么对待她？"

赵天亮无言以对。

"赵曙光！"

门外传来李君婷的声音，兄弟二人同时向门口望去。

李君婷的声音："赵支书！"

赵曙光站了起来。

第 22 章

赵曙光打开门，对门外的李君婷说："君婷，有话进来说吧。"

李君婷摇头。

赵曙光迈出去，关上了门。

李君婷："支书……"

赵曙光："还像以前一样，叫我曙光。要不我叫你李君婷同志。"

"曙光，咱们大队分钱的事儿，不是我对外说的……"

"我也从没往你身上想。我要替你解释，如果谁说是你告的密，我要严厉地批评他！"

宿舍里，赵天亮伏门倾听。

李君婷："天亮就当我面说了！"

赵曙光："我已经训过他了。"

李君婷哭着说："我……我不能再住在马婶家了，他们两口子不给我好脸色看……"

赵曙光："马婶和平阳叔都是性格像直筒子的人，你别太往心里去，啊？不过，我也考虑了，你最好是换一户人家住，如果让你住王大娘家，你愿意吗？"

李君婷止住哭说："支书，我愿意。"

赵曙光一本正经地说："那么，李君婷同志，咱们就这么说定了？"

李君婷破涕一笑。

赵曙光："你先回去，对马婶什么都不要说。她不给你好脸色看，你就装没看见，啊？我过会儿就到王大娘家去谈你的事儿，好不？"

他的话温暖得像是在哄小孩。

李君婷点头离去。

赵曙光："君婷……"

李君婷站住，回头看他。

赵曙光："你是冲着我才到坡底大队来插队的，这一点，我一直是记在心里的。所以，你以后再有了什么愁苦的事儿，一定要告诉我才对。"

李君婷又点头。

宿舍里，赵天亮躲开不及，被赵曙光推开的门撞了头。

赵曙光看着捂头的弟弟说："偷听别人的谈话，你这是什么行为？这不像奸细吗？"

赵天亮："你怎么从不跟我说，有了什么愁苦的事儿，一定要告诉你？"

赵曙光："你是我弟弟，对你我还用那么说吗？抱点儿柴，把炕烧热点儿。等爸回来，给爸烫一条洗脚巾，让他今晚睡个好觉。"

王大娘、赵曙光、马平阳盘腿坐在王大娘家炕上说话。

王大娘："我倒是没什么意见，平阳，就怕你媳妇心里有想法。她会不会这么以为，'啊，敢情在曙光这位支书心里，我不如囤子他娘善良啊'？"

马平阳："她那女人，有时候特小心眼儿，肯定会那么以为。"

王大娘："那就不好了吧？别为李君婷这么一名知青住谁家，我俩心里也结了疙瘩。"

赵曙光："大娘的担心也不是完全多余，所以平阳叔，马婶心里可能有的想法，那还是得你替我把它消除了。第一，你得保证马婶不会认为李君婷向我告了她的状，第二得保证她对大娘、对我都不会心里结疙瘩。"

马平阳："李君婷如果没向你告她的状，咱们这会儿三头对面地说这事儿？"

赵曙光："你看你，你自己的想法就不对嘛！"

马平阳一拍腿："好，曙光你要求的两条，我保证做到！"

赵曙光笑了："这多痛快！"

王大娘也笑了："那，明天就让李君婷搬过来住吧。"

赵曙光："大娘，希望你能像对待晓兰那么对待她，也把她当成亲闺女。"

王大娘肃然地说："曙光，这一点你放心。在我眼里，她们还不一样都是远离父母的孩子嘛！那父母是大官的，有权势的，我们王家的宅门还不愿朝他开呢。坡底大队人都知道，我们一向是一户喜欢清静的人家。可那父母失势落难、自己变得可怜的孩子，只要他不嫌弃我们破院低舍，我们愿意把他迎入宅门，拿他当我们家的一口人看待。"

马平阳："我们家那口子，对李君婷也不是因为她别的。她父亲没失势的时候，她太傲气了，还做了些对不起别人的事儿。人家武红兵至今没有自由，老支书和囤子他爸的死，她都有脱不开的干系，可至今我就没听她说过一句悔过的话！"

王大娘："她那么样一个女孩子，自尊心强。心里悔过，恐怕也不懂得该怎么跟人道歉。咱们作为长辈的，就不计较那些了吧。"

赵曙光："大娘说得对。其实，她也是跟我表达了悔过的，还让我有机会替她在全大队人面前说说。"

马平阳："曙光，不说她了吧。你不是说还有别的事儿要和我商议吗？"

赵曙光："我想，今年的春节，咱们能不能过得热闹点儿？比如，请县城的放映队来放一场电影，再请说书的在我们知青宿舍说上三天书。当然，得要求说革命的。我看说《岳飞传》应该没什么问题，精忠报国的思想是符合革命思想的。"

马平阳又一拍腿："好啊！你思想认识水平高，你认为没问题，那咱们就当它没问题。如果什么人批判咱们有问题，他妈的咱们全大队人跟他大辩论。好几年的春节都过得死气沉沉的，今年家家户户分了钱了，过他一个傻乐傻乐的春节！"

王大娘："我看说岳飞也没什么问题，岳飞如果活在抗日那年代，肯定是抗日英雄。再让家家户户多炒些花生瓜子，蒸些地瓜南瓜土豆，到时候都带你们知青宿舍去！"

门外，在偷听的春梅悄然离开。

知青宿舍里，赵天亮在里面扫地，一抬头，见春梅站在门口。

赵天亮："吓我一跳，怎么悄没声地就进来了？"

"天亮哥，我想跟你说会儿话。"

"好啊。你先坐桌子那儿，等我扫完地。"

春梅："你坐那儿，我扫。"

她从赵天亮手中夺过笤帚，认认真真地扫起来。

赵天亮坐在桌子那儿，有点儿奇怪地看她。

春梅扫完地，顺条笔直地站到赵天亮跟前，目不转睛地看他。

赵天亮："有什么话，说吧。"

春梅："你和叔叔，明天上午就走？"

赵天亮："是啊。"

"再有两天就过春节了，不能待到初四初五再走？"

"那可不行。我们一家四口，三口人都在坡底大队这儿，把我妈一个人撇在家里，那我们不对啊。"

"曙光哥说，春节大队里要放电影，还请说书的来说《岳飞传》。"

赵天亮："那我也不能留下看、留下听啊。我们兵团两年一次探亲假，才十二天，我又是班长了，没有特殊理由是不能超假的。所以，我哥既然不回去了，那我就应该在北京陪父母过春节，是吧？"

他往旁边挪了挪，拍一下长凳，意思是让春梅也坐下。

春梅摇头，问："再隔两年，下一次探亲假，你还能来坡底大队吗？"

赵天亮："难说啊，只能看情况了。"

春梅："再两年后，我可就二十多了……你来之前，已经有人跟我娘……跟我娘找婆家了……"

"提亲？"赵天亮有些吃惊，"太早了吧？现在你还不满十八岁……"

"过完春节就十八了。在我们这儿，二十岁是大姑娘，二十三岁以后就是老姑娘了。我娘肯定会在我二十左右就做主把我嫁出去，要不我会成她的一块儿心病。我不想成她的一块儿心病……"

赵天亮看着春梅，不由得站了起来。

赵天亮："你……你自己就不能为自己做主？"

春梅："我也没法儿为自己做主呀。我们这儿的小伙子里，没有我相中了的。那就干脆让我娘做主，让我嫁谁就嫁谁……算了……"

赵天亮张张嘴，说不出话来。

春梅："天亮哥哥，你是喜欢我的，对吧？"

赵天亮空咽一口，点头。

春梅："不骗我，真的是吧？"

赵天亮点头。

春梅向赵天亮靠近，眼睛一眨不眨地看着他，渴望地说："那，你亲我一下吧！"

赵天亮愕然。

春梅："你明天一走，不知哪年哪月咱俩才能再见到。那时，我肯定已经是别人家的媳妇了。肯定的，也当娘了。也许你看到我的时候，我怀里抱着一个孩子，身边还有个孩子扯着我的衣襟。你再看到的我，肯定和现在不一样了。我们农村的女人，只要一结婚，一有了孩子，一年年老得快着呢，趁我还没变老，亲我一下吧！"

她脸上淌下泪来。

赵天亮："春梅，我不能……"

春梅："你现在不亲我一下，我就一辈子也没机会让你亲我了！我想让你亲我一下，那我就可以一辈子记住，一辈子在心里感觉着。等我成了别人的媳妇，就不行了。那就是……伤风败俗了……"

"春梅，我……我已经和一个上海姑娘……谈恋爱了……"

"那……那我以后天天祝福你们，一辈子相亲相爱……我用我的祝福，换你一个你们说的吻，还……不行吗？"

春梅双手捂脸，哭了。

赵天亮情不自禁地将春梅紧紧搂在怀里，他脸上也淌下泪来。

赵天亮喃喃地说："春梅，好小妹，别哭，我亲你，我可愿意亲你了……"他将春梅的手从脸上放下，注视着她的脸。

春梅仰着有泪痕的脸，闭上了眼睛。

赵天亮在她额头印下了轻轻的一吻。

春梅："我感觉到了，再吻一下吧。"

赵天亮又在她额头吻了一下。

门忽然开了，赵曙光进来了。

赵天亮一下子推开春梅，春梅害羞地跑出屋去。

赵曙光走到赵天亮跟前，瞪着弟弟。

赵天亮："我……是春梅让我……"

赵曙光狠狠扇了他一耳光。

赵曙光："浑蛋！你方才还在振振有词地说我！你这又是怎么回事儿？春梅她是囤子的妹妹！是王大爷和王大娘的女儿！她还是个不懂事的孩子！你那么做对得起王大娘和囤子吗？王大爷如果在天有灵……"

赵天亮："我不认为我很卑鄙，春梅她也懂事了！"

赵曙光又扇了他一耳光。

赵曙光激怒地说："从今往后，我禁止你再到坡底大队来！"

赵天亮弯腰向哥哥扑过去，抱住哥哥的腰，将哥哥摔倒在地。

赵曙光一跃而起，以其人之道还治其人之身，也将赵天亮摔倒在地。

赵天亮也一跃而起，再次扑向哥哥，赵曙光已有准备，于是兄弟二人像两名蒙古摔跤手似的，互相揪住对方的肩膀在宿舍里角力。

门忽然又开了，囤子挽着赵父进来。

赵曙光使劲儿推开了赵天亮。

赵天亮："赵曙光，我再也不会给你写信了！"

赵父："你们两个，怎么回事儿？"

赵曙光："爸，我们闹着玩儿……闹着闹着，天亮急了……"

赵父："你怎么还会有心思跟他闹着玩？！"

囤子将赵天亮轻轻推坐在炕沿，对他摇摇头，转身拍拍赵曙光的肩，走了。

夜晚，赵氏父子三人睡在火炕上，赵曙光躺在父亲和弟弟中间。

赵曙光推赵天亮，压低声说："告诉我你和那个上海姑娘的事儿。"

赵天亮一翻身，背对他。

赵曙光又推他，并说："哥向你认错，我今天心理压力太大了。我知道，我那是发泄。可我当时克制不住自己了，你现在不告诉我，走前可就没机会了。"

赵天亮反手使劲儿一拨拉，将哥哥的手拨开。

翌晨，王大娘、囤子、春梅、翠花、马婶、马平阳和一些乡亲聚集在坡底大队村口，为赵父和赵天亮送行。

挽着王大娘的春梅，以忧郁的目光望着赵天亮。

赵天亮却似乎没有勇气看她一眼，目光故意望向别处。

赵曙光小声对赵天亮说："那，你以后就写信告诉我吧。"

赵天亮装没听到，把身一背。

春梅："天亮哥哥，曙光哥哥跟你说话呢！"

赵天亮反而走开了。

赵父挥挥手："乡亲们，不要再送了，大家请回吧。"

王大娘："你也放心回北京吧。曙光他是我们老支书选的接班人，是我们坡底大队人信得过的孩子。他工作上如果没经验，我们会指点他。如果有人为难他，我们会替他分担郁闷。如果有人整他，那我们会想方设法保护他……"

赵父张了张嘴，没说出话来，只是摘下帽子，恭恭敬敬地、深深地向王大娘他们鞠了一躬。

赵天亮和父亲走在通往县城的路上，像来时一样，用同一只手握着那长木棍。

赵天亮情不自禁地一回头，但见在一处坡崖上，伫立着春梅的身影。

天地间静悄悄的，春梅并没唱信天游。

赵天亮站住了。

赵父："站住干什么？"

赵天亮一边引导着父亲继续往前走，一边依依不舍地扭回头，望向春梅所立的崖畔。

赵天亮和父亲边走边说话。

赵父："昨晚上，你和你哥，到底怎么回事儿？"

赵天亮："是他心里烦，找碴儿对我发泄。"

"那你就不该对他说那句话。"

"我不想跟你说昨晚的事儿。"

赵父："可是我想说！你可以少给我和你妈写信，但你必须经常给你哥写信！至少每个月给他写一封信！你不顺心了，苦闷了，遇到烦恼了，都要如实向你哥汇报！我和你妈开导不了你的事儿，你哥一定能开导得了你。听到没有？"

赵天亮拖长声音地说："听——到——了。"

赵父："你站住。"

赵天亮站住了。

赵父："天亮，你和我脱离父子关系吧。"

赵天亮愕然，放开手中长竿，转身呆望父亲。

赵父："你和我脱离了关系，也就等于和你妈脱离了关系，也就等于和我们这个家庭脱离关系。"

"爸，你是认真的？"

"我当然是认真的。你这次走前，最好能留下一封和我们脱离关系的声明信。那样，你就可以爱小周了。你妈也认为她是个值得你爱的好姑娘，我呢，其实是完全相信你妈的感觉的。何况，她救过你的命。如果她并不爱你，救命的事儿可以单论，但是你妈觉得，她也是特别特别爱你的。"

赵天亮走到父亲跟前，搂抱住了父亲。

赵父："我们赵家的人，绝不能做对不起救命恩人的事儿。如果我硬要拆散你们，那就不仅对不起救命恩人，简直还是伤害人家了，那爸成什么人了？可我和你妈都是现役军人，我们对于部队的阶级纯洁性，那也是有着政治责任的。以后呢，这个家，你们还是可以偷偷回来的。在我和你妈心里，你和小周，你们照样是我们的两个好孩子……"

赵父脸上淌下泪来。

赵天亮哭了，他说："不，爸，我不想那样！我们不必那样，我和小周，我们只相爱，一辈子也不结婚不就行了吗？"

县城长途汽车站里，赵天亮正扶着父亲上车，听到一个女子的喊声："当兵的，请等一等！"

赵天亮回头一看，见来时那辆长途汽车上抱孩子的小媳妇，怀抱着父亲的军大衣跑来。

小媳妇："可算又看见你们了，还你们大衣。"

赵天亮接过大衣，还没来得及说什么，正要上车的司机说话了："人家为还你们这件大衣，昨天差不多在这儿等了一天！有人纠缠着要买，人家就是不卖，相信一定能等到你们！"

小媳妇："这位解放军同志好心好意把大衣借给我，我怎么能卖了呢？

这不等到了嘛！"

赵父："谢谢，谢谢。"

小媳妇："应该说谢谢的是我呀！好啦，终于还给你们了，不耽误你们上车了，一路顺风啊！"

她一转身跑了。

长途汽车行驶在公路上。

赵父："你刚才哑巴了？连句谢谢都不会说啊？"

赵天亮："我正想说，您先说了啊。"

赵父："中国不会垮。"

赵天亮："您这是哪儿跟哪儿啊。"

赵父朗朗其声地又说了遍："中国不会垮！"

坐在他们前边座位上的乘客纷纷回过头看赵父。

赵父："我们应该相信群众，我们应该相信党。中国什么风雨都闯过来了，人民不会……"

赵天亮制止道："爸，您说这些奇怪的话干什么啊！谁也别对他的话认真啊！"

他向回头看他们的人指指自己太阳穴，摇摇头，意思是父亲精神不太正常。

回到北京的家里，赵天亮舒舒服服洗了个澡。洗完澡，他端着盆从外边进来，放下盆，一边用毛巾擦头发，一边走入小屋。

赵父坐在床边上，赵母坐在桌前，正往一个信封上粘邮票。

赵母："你去洗澡，怎么也不戴上棉帽子，要冻着呢？"

赵天亮："那不把棉帽子弄湿了！怎么，你们双双坐我屋里，又要对我进行什么教诲了？"

赵母："我和你爸的意思是，你要给小周写一封信，告诉她，我和你爸，我们都是喜欢她的。她返回东北的时候，路过北京，我们欢迎她再到家里来。"

赵父："她走那天，当着她的面，我这做父亲的，是有些失态了，你替我捎一笔，请她别见怪。"

赵天亮高兴地笑了。

这时，有人一边敲门一边在门口问："天亮在家吗？"

赵天亮在先，父母随后，三人走出小屋，见来人是传达室那位老大爷。

"天亮，兵团给你拍来了一封电报，我怕有什么急事儿给耽误了，立马给你送来。"

赵天亮："大爷，谢谢啊！"

赵母："进屋坐会儿吧。"

"不行啊，我那儿值着班呢，改天再来和老赵下棋。"

传达室的老大爷出门后，赵天亮急切地拆开了电报信封。只见上面写着：

团里将组织边防巡逻班，我一班大有希望，此大光荣，不可错过，盼速归，共同争取——黄伟、魏明。

赵天亮收起电报："爸、妈，我最多只能在家里待到初二，初三一定得往回返！"

初二晚上，鞭炮声阵阵。"小地包"家所住那条街的街角，"小地包"和齐勇站在那儿说话。些个拎灯笼的孩子，放小鞭、抢嘀嗒花的孩子跑来跑去。

齐勇："当小孩儿真好啊。"

"小地包"："是啊，我们怎么一眨眼似的就长大了呢？黄伟和魏明给我拍了一封电报，让我赶快回连队去，估计也给天亮拍了同样的电报。团里要从咱们连抽一个班，执行较长期的边防巡逻任务，配备真枪实弹。他俩电报上说，一班大有希望，需要全班人共同争取。"

齐勇："这俩小子，我毕竟当过一班班长，电报不拍给我，却拍给你！"

"小地包"："你已经不是一班的人了嘛。谁叫你放着班长不当，偏要去当马倌呢，后悔了吧？"

"不当班长我倒不后悔，我后悔没有机会摆弄真枪了。要是发给我一支真枪，我一天擦它十遍。"

"小地包"笑了："晚上还搂着枪睡觉？"

"那倒不至于。那你哪天回去呢？"

"小地包"："我已经买了初四的票。没想到我把情况一说，我爸妈还都挺高兴，支持我提前回连队。"

有一个男孩走来，手拿一枚"二踢脚"，说："敬文哥，我不敢放这大家伙，你替我放了吧。"

"小地包"："这大家伙可厉害，你们小孩子放太危险了。从家里偷拿出来的吧？"

男孩："不是偷着拿出来的，我爸到邻居家拜年去了。"

齐勇笑了，吸着一支烟，递给"小地包"。

"小地包"接过烟，将"二踢脚"捏在指间，男孩大呼小叫道："快来看快来看，他敢拿着放！"

孩子们都围了过来，佩服地观看。

齐勇："都躲远点儿，千万不许学他啊！他缺心眼儿，谁学他谁也缺心眼儿。"

"小地包"点燃了"二踢脚"。

两响之后，孩子们散去。

"小地包"："咱俩别站这儿说起来没完啦，走吧？"

齐勇："你觉得，我到你家去肯定是对的吗？"

"怎么叫对，怎么又叫不对呢？我爸妈把你当成了我姐在连队搞上的对象，非叫我把你请到我家里。你要不去，我面子往哪儿搁？"

齐勇："我再一次郑重声明，那根本就是莫须有的事儿！"

"小地包"："等等，等等。我记得中学语文老师可是这么教导我们的——'莫须有'那就是可能有，也可能没有。首先是可能有。"

齐勇："你给我住嘴！都是你这张不负责任的破嘴，在你爸妈面前胡说八道的结果！我和你姐，往更明白了说那是无中生有的事儿！我说'莫须有'是想给你留点儿面子！"

"小地包"："好好好，我领情。既然给面子，那就给到底吧！"

齐勇："我觉得我还是不去你家的好！"

"小地包"："不论你和我姐的事儿，单论咱俩是生死与共过的战友，我爸妈诚心诚意让我往家里请你，那你也不能让我跟他们说我请不动你吧？走吧走吧。"

他拉扯着齐勇往家走。

齐勇身不由己地说："唉，怎么搞成了这样？"

齐勇被"小地包"拉扯着，不情愿地走到了"小地包"家门前。

"小地包"提醒地："别忘了，你叫于英。"

"小地包"家，孙母坐炕沿上，满心欢喜地看着齐勇，看得齐勇极不好意思，不知该将目光望向哪里才是。

孙母："喝口红糖水，先暖暖胃，一会儿就吃饭。"

齐勇端起杯喝了一口红糖水。

孙母："唉，这年头，哪儿哪儿都买不到一点儿茶叶，也就只能用红糖水待客了。"

齐勇："大婶别把我当成客人。"

孙母："初次来，不是客人也是客嘛。"

"小地包"端一盘炒花生进入，放桌上，抓了一颗吃。

孙母："你看你，你于英哥还没上炕呢，你就动了手了。"

"小地包"："我尝尝脆不脆。"

孙母："那什么，你把你姐从小到大那相册找出来！"

"小地包"："找那干什么？"

孙母："给你于英哥看看嘛！"

"小地包"："莫名其妙，那又不是小人书，有什么好看的！"

他说罢走了出去。

孙母："这孩子，下乡回来，自以为是大人了，支使不动了。"

厨房传来孙父的声音："在桌帘下边那纸盒箱上。"

孙母找到相册，对齐勇说："小于，坐过来，我翻给你看。"

齐勇犹豫一下，不得不起身走过去，坐在孙母身边。

孙母翻相册，指点着说："这是曼玲百天时的照片，可爱吧？"

齐勇装模作样，言不由衷地说："是挺可爱的。"

孙母："她哥百天的时候，市中心才有照相馆，我和她爸嫌麻烦，没抱她哥去照，她弟弟百天的时候，仨孩子了，日子紧巴，没那份心情了。就她运气好，留下了张百日照。这张是她小学毕业时照的，瞧这副小大人神气，更可爱了吧？"

齐勇："嗯，是更可爱了。"

孙母："我们曼玲可爱照相了，一攒下点儿零花钱，就偷偷去照一张相。这相册，也是她攒零花钱买的。咱们劳动人民家庭，孩子一年能有多少零花钱呀？每年春节亲戚给个三角五角的压岁钱，她平时舍不得花。"

厨房里传来孙父的声音："你那是跟小于子乱叨叨些什么呢？说点儿女儿的优点好不好？"

孙母："你别管！说女儿爱照相，那就是说缺点了？只有模样好的姑娘才爱照相呢！"

她问齐勇·"干英你说是不是？"

"是啊是啊！"

孙母："看这是曼玲下乡前照的，大姑娘样儿了吧？"

那是一张二寸照，黑白的，着了颜色。照片上的孙曼玲，显得表情呆板，样子令人实在难以恭维。

齐勇端详着，敷衍地说："很好，又漂亮，又严肃。"

"对对，你说得对。我们曼玲，不但漂亮，还严肃。上了中学以后，就很少再到男同学家去玩了。这么严肃的姑娘哪儿找去呀！结了婚以后，那肯定是让丈夫省心的妻子！"

厨房又传来孙父的声音，语气极为不满地说："叫你别乱叨叨了，你怎么还叨叨起来没完呢？你那是说的些什么话！"

传入"小地包"的声音："妈，你要是不会夸我姐，那就别夸了！"

孙母："我怎么不会夸了？你们会夸你们不夸？我的意思是，你姐要是结了婚，那一准是贤妻良母！"

她又对齐勇小声说："你挑一张保留着吧！喜欢哪张挑哪张，别不好意思挑。挑曼玲百日那张吧，那张珍贵。"

"我……这……不好吧？"

"有什么不好的？好！你挑一张保留着，我心里高兴。"

"那……还是下乡前这张吧。"

孙母："行，归你了！"

她取下照片，起身走到桌前，拉开抽屉，撕一页信纸，将照片包好，给了齐勇。

齐勇不得不接过，一边往牛皮纸叠的钱夹里放，一边违心地说："谢谢大婶啊，我会好好保存的。"

孙母笑了："这谢什么呢，以后人还不都是你小于的啦！"

齐勇一愕，苦笑了一下。

"小地包"和父亲一先一后进了屋，四只手上各一盘菜。孙父将菜放在桌上，对齐勇郑重地说："我们曼玲，那是个勤劳、节俭、善良、正派的姑娘！她没下乡前，街道检查卫生，我们家门上月月贴红旗！她从小到大，就没让我和她妈操过一点儿心！"

"小地包"表扬道："听，我爸多会夸，句句夸在很节上！"

他又对齐勇说："尊贵的客人，请脱鞋上炕吧！"

"小地包"搀扶着齐勇往齐勇家走,齐勇醉得已站不稳,"小地包"醉的程度比他强点儿,但也强不到哪儿去。

齐勇大声地说:"无……无中生有!……你们家……你们家不能……不能牛不喝水强按头……"

"小地包":"谁……谁强迫你喝……喝了?是你自己……见了……酒,就……就搂不住闸了……"

齐勇:"我说的,是……是你姐!"

"小地包":"我姐没……没回来!你怪……怪不着她……"

二人站住了,他们对面站着齐勇的父亲和母亲。

齐父皱眉道:"齐勇,你怎么喝成这样?"

齐勇:"我……我不是齐勇!我叫于……于英!"

齐母对齐父说:"当着他战友面儿,别说他了。"

"小地包"歉意:"婶儿,对,对不起。他是……喝高了点儿,可,喝得心里……痛快……"

齐母对"小地包"说:"我和他爸,正是要出来迎迎他。真巧,还迎到了,那我们扶他回去吧,替我们谢谢你爸妈请他啊!"

"小地包":"应……应该的……我们,是患难之交嘛……"

齐父:"明后天,我们也让他接你到家里来啊!"

"小地包"晃了几晃,站稳,望着齐勇被父母一左一右扶走了。

齐勇仍大叫:"不……不痛快!喝得……不痛快!"

"小地包"醉笑,自言自语:"伟大领袖毛主席教……教导我们……凡属人民内……内部矛盾,要,要以民主的……协商的……办法来……解决!"

厚厚的雪覆盖着北大荒的山野。一架放着大包小包的爬犁从山路上滑下来,大包小包散落在山路两旁,爬犁翻在山路底部。

"小地包"和其他几名知青从山路上跑下来,捡起大包小包,将爬犁掀正。

"小地包"："对不起各位啊，是我大意了。"

一女知青："没什么，你能搞到这么一架爬犁，功劳已经大大的了。"

一名男知青问："哎，我们可都是超假了才回来的，你提前回连队究竟是为什么啊？"

"小地包"："无可奉告。"他拉起爬犁便走。

另一男知青："这家伙，故弄玄虚！"

起风了。几名探家回来的不同连队的知青，皆弯腰或侧身，迎风雪前行。有人从爬犁上拎下包扛在身上，以减轻拉爬犁的"小地包"的力气。

"小地包"背转身，拉着爬犁倒行，同时大声地说："回家是一堆东西，回来还是一堆东西，咱们这简直像游民嘛！"

一名女知青用天津话也大声地说："那怎么办啊？谁家让往回带东西都不能不带啊！"

一名男知青竟扯着嗓子唱了起来：

你看吧！这匹可怜的老马，它跟我走遍天涯……

"小地包"接着唱：

可恨那财主要把它买了去，今后苦难在等着它……

另一名男知青："哎，我始终不明白，财主要是把一匹老马买了去，喂的草料不是更好吗？怎么就是苦难在等着一匹老马了呢？"

那名天津女知青："我听说，是翻译错了。俄文的原歌词是'你看吧这个可怜的姑娘……'"

"翻译错了？你听谁说的？"

"你们可别不信，她的话具有权威性。她父亲可是著名的俄文翻译家！"

天津女知青："现在是反动权威了！"

"既然翻译错了，怎么没人指出来，纠正过来呀？"

"大家那么唱都唱习惯了，谁要是非纠正，广大革命群众不答应啊，只有将错就错喽！"

"世界上将错就错的事儿多了，谁非要纠正是要付出代价的！"

"小地包"："比起被财主买去的姑娘，我还是更愿做一匹可怜的老马！"

"听到了吧？眼前就是一个例子嘛。既然你更愿做一匹可怜的老马，那就得同时习惯吃鞭子！驾！驾！驾！"

在一阵"驾、驾、驾"声中，空着手的知青攥雪球打在"小地包"身上。

呼啸的风雪掩不住知青们朗朗的笑声。青春是如此美好，即使在茫茫荒原上，在凛冽寒风中，也散发着快乐的本性。

天黑了。在他们的前方，可以望到星星点点的灯光了。

"小地包"："弟兄们，姐妹们，和大家结伴同行，我很开心，真的很开心。前边就是我们七连了，要不，今晚大家干脆住到我们连去算了。"

一名男知青："谢了，我们再有一个多小时也到自己连队了。"

"小地包"："那我不勉强了，帮我把包搭肩上吧。"

于是有两名知青将两只系在一起的旅行包搭在"小地包"肩上，"小地包"又一手拎起了一只包。

天津女知青："你可真能带。"

"小地包"："用你的话说，没法子啊！我恨不得真的变成一匹马。再见了！"

那些知青，目送着他的身影向七连走去。

七连男一班宿舍里，黄伟和魏明各自披着被子在玩扑克。

黄伟放下三张牌："三个五！"

魏明："还三个五？哪儿那么多五！"他将三张牌翻过来，果然是三个五。

"四个K。"

魏明又翻，又果然是，只得收为自己的牌。

"三个八,三个二,两个尖。"

魏明一次次翻,牌面果然皆是。

魏明:"哎,你干什么你?玩的就是撒谎啊!你怎么老不撒谎?真没劲儿!不玩啦!"他将手中牌全部一扔。

黄伟:"我不撒谎,我能赢你?撒谎那要讲技巧,该撒谎的时候撒谎,不该撒谎的时候,绝不能撒谎。"

魏明往褥子上一躺:"你还不如干脆说,你天生比我狡猾,将来你死了,我要请人在你的墓碑上刻下这样几句话——长眠于此者乃吾好友,彼留给世上的忠告是:该撒谎的时候撒谎,不该撒谎的时候,绝不撒谎。"

黄伟一笑:"说不定你死在我前边,那我为你写的墓志铭就是——埋在这里的家伙死不瞑目的原因只有一个,那就是一心想成为撒谎高手,却由于天分不足而失意终生!"

门突然开了,确切地说是被撞开的,一只旅行包抛入屋里,另一只落在门槛上,卡住了门,使门关不严。"小地包"迈进屋,就近往炕上四仰八叉地一倒。

黄伟:"班长?!"

"小地包":"滚你们的蛋。是老子!"

魏明一下子坐了起来:"敬文!"

他和黄伟对视一眼,几乎同时蹦下地,都顾不上穿鞋,光着脚丫子将两只旅行包拎到炕上,一人拉开一只,将里边的衣物扔得满炕都是,却没翻出他俩所希望翻出的食物。

黄伟:"吃的呢?怎么什么吃的都没有?"

"小地包"一动不动地说:"外边还有两包呢!"

魏明披上棉袄,光着两条腿,踩着鞋跟就出去了。

黄伟:"你怎么尽往回带些多余的啊!"

"小地包"仍一动不动地说:"没一件是我的,都是你俩的。我一再说你俩不缺什么穿的戴的,你们老爸老妈非求我带,我有什么办法。"

魏明拎着两只包从外边进来了，把包往炕上一放，立刻缩入被窝，用被子裹住身体，连说："好冷！"

"小地包"："别翻那小包啊，小包里全是给我姐带的东西。"

黄伟拉开另一只包，惊喜地："饺子！"

他抓起一个就往嘴里塞。

"小地包"："生的！"

黄伟却已将饺子吐在手里，看着说："还他妈冻得像石头，硌松我两颗牙！"

魏明裹着被子凑过去，继续翻；翻出一包杂拌儿糖，抓了一把就往嘴里塞，嚼得嘎嘣嘎嘣的。他接着翻出了蛋糕等各种点心，瓶装的、盒装的罐头，还有各种各样的豆制品。

黄伟抓起一块儿蛋糕塞入口中。

"小地包"："饭盒里是肉皮冻啊，别放炕上，那一会儿就化成汤了……"

门忽然又开了，闯入几名披着大衣、棉袄、被子的"强盗"，不由分说，一个个蹦上炕就开始抢夺。

黄伟和魏明将一些东西拢入被窝，用被子连自己都罩入。

一名"强盗"高叫："绝不能让他俩独占，还有给咱们二班的人带回来的东西！"

于是几名"强盗"掀黄伟和魏明的被子。

胡闹了一会儿，宿舍里都安静下来。黄伟、魏明和"强盗"们，在炕上围坐一圈，各自披着大衣、棉袄、被子，他们中间是一只洗脸盆，煮熟的饺子泡在水里，其他食物乱摆着。文明点儿的用筷子，有的则用手，一个个大快朵颐。

"小地包"双腿垂地，还四仰八叉地躺那儿，但已发出鼾声。

男一班宿舍里，赵天亮、"小地包""小黄浦"、杨一凡、沈力、黄伟、魏明，总共七人，立正站成一排。

指导员站在他们对面，连长和尹排长坐在他们对面的炕沿上。

指导员："团里为什么把这个任务交给咱们七连呢？那是因为，在山东搞海带的时候，团长对咱们七连的战士印象深刻。连里为什么把这个任务交给你们一班呢，那是因为，黄伟和魏明，代表你们一班写了申请血书。还因为，你们一班的人，一个不少地都提前回来了。这证明你们争取这个任务的决心是一致的。那么，就请连长给你们讲讲注意事项吧。"

指导员坐到炕沿那儿了。

连长站起来，扫视着大家说："有边，就得有防。有防，就得有人驻守。根据情况需要……"

门一开，方婉之出现在门外，向指导员招手，指导员起身走了出去，方婉之在门外对指导员小声说什么，神情颇为不安。

连长："你们注意听我的话行不行？"

众知青及尹排长收回了目光。

连长："根据情况需要……"

指导员："老张，你先出来一下。"

连长只得转身往外走。

指导员："老尹，你也出来一下。"

尹排长也起身走到了外边。

指导员将门关上了。

众知青疑惑地望着门。

"小黄浦"溜到门那儿，倾听他们的谈话。

指导员等四人匆匆从窗外走过。

"小黄浦"向大家通报："是和张靖严有关的事儿！"

连部里，通讯员李鸣卫兵似的站在门旁，对指导员们歉意地："总司令部来的人说，谁也不许打扰……"

远处，赵天亮们站在一起，望着，谈论着。

　　魏明："不知靖严惹了什么麻烦，大家先都不要过去。"

　　齐勇跑来，问："谁想把靖严怎么样？"

　　赵天亮自言自语地说："我估计到了会有这么一天。"

　　大家的目光便都集中在他身上。

　　齐勇："你知道些什么？快说！"

　　赵天亮张张嘴，接着摇头。

　　齐勇："你！你敢不说！"他举拳相胁，黄伟横在了二人之间。

　　黄伟："他不说肯定有不说的理由。"

　　赵天亮："该说的时候我再说。"

　　连部的门打开，出来一位现役军人，与指导员等四人一一握手，之后上了吉普车。

　　吉普车从大家身旁驶过。

　　大家再向连部望去，见指导员等四人进了连部。

　　大家不约而同向连部跑去，却被李鸣拦在连部门口。

　　李鸣："指导员交代，不让你们进去。"

　　赵天亮："是兵团总司令部来的人？"

　　李鸣点头。

　　魏明："因为什么事儿？"

　　李鸣："没敢偷听。"

　　齐勇对赵天亮发火："你还不说是不是！"

　　赵天亮："你别冲我嚷嚷！说与不说，我得替靖严考虑，对他有好处还是没好处！"

　　连部的门开了，张靖严走了出来，看着大家亲切地微笑。大家围住了他。

　　魏明："哥儿几个正替你担心。"

　　赵天亮："我什么都没跟他们说。"

　　齐勇："靖严，你究竟摊上了什么麻烦，没必要瞒着弟兄们吧？"

　　张靖严拍拍齐勇的肩，小声地说："今晚，你想办法搞点儿酒。"

齐勇："酒？"

张靖严："兵团总司令部的人表态了，咱们的傅正，可以被追认为烈士了。"

夜晚，马号里，沈力将傅正的油画像挂在柱子上。地上铺着草帘子、麻袋，众知青站在画像前，人人手中一只碗。

沈力："也没张照片参考着，全凭记忆，画得不太像。"

黄伟："像。尤其是眼睛。是咱们傅正的眼睛，忧忧郁郁的一双眼睛。"

魏明向齐勇："你哪儿搞的酒？"

齐勇："我能哪儿搞去？自从一连醉死了一名知青，非年非节，不是禁止小卖部向知青卖酒了吗？耿大爷的小半瓶酒，我兑了些水。不过请大家放心，兑的凉开水。"

"小地包"："怎么还发黄？"

齐勇："也兑了些醋，算是鸡尾酒吧。"

杨一凡："你可真能糊弄我们。"

张靖严："来，让我们大家，为了咱们的傅正，干！"

于是大家碰碗，之后都眼望傅正的画像，一饮而尽。

大家都坐下了，各自抓起盘中的咸菜片吃着。

张靖严眼望着傅正的画像，回忆道："中学时，我母亲害了严重的眼病，舍不得花钱买药，每天用盐水洗洗，却总也不见好。而傅正呢，就偷偷用辣椒把自己眼睛辣红，对他父亲撒谎，说自己得了眼病，让他父亲从高干病房里开出很贵的、特效的眼药，一次次地给我……这是不能忘记的。一个人如果不牢记朋友对自己的友爱，那也是背叛。背叛的是友谊。友谊和爱情一样，是值得珍惜的。"

魏明："靖严，那事儿我知道，傅正的父亲发觉上当了以后，特别生气，命令傅正写检讨书。傅正不写，跟他父亲闹翻了，跑我家住了好几天。"

齐勇："我提议，再干一次，为友谊！"

　　大家异口同声地："为友谊！"

　　于是又碰碗，又一饮而尽。

　　张靖严："天亮，过几天，你们几个就要到黑龙江边上去了。虽然你是班长，但遇事儿不要独断专行，要多跟魏明和黄伟商量，啊？"

　　赵天亮点头。

　　张靖严："大家一定要互相友爱，啊？如果我们连互相友爱都做不到，将来就谁都不想回忆自己这一段经历了。"

　　大家皆点头。

　　张靖严站了起来，对赵天亮说："天亮，跟我出去一下。"

　　赵天亮起身跟着张靖严走到了外边。

　　外边下起了雪。

　　张靖严："不要再因为那封信而不安了。我妹妹来信了，她说一切照我嘱咐的办。以后你会收到她的信，写得像情书的信。你至少要保留她的一封信，有备无患，啊？"

　　赵天亮点头，两人都笑了。

　　赵天亮发自内心地说："有时候，真想叫你一声哥……"

　　在风雪中，两辆拖拉机牵引的大爬犁一前一后行驶着。前边的爬犁上，坐着尹排长和一班的战士们。后边的爬犁，载的却是圆木、木板、木梁，最上边是一顶帐篷。

　　他们要去的是中苏边境。

　　出发前，连长告诉他们："正规边防部队认为，在我国黑龙江沿岸的某些地带，完全可以由我们兵团战士来担负起巡逻任务。你们到达以后，起初只能住帐篷，住帐篷不是长事儿，所以你们要自己搭房子。搭房子你们没经验，派尹排长帮你们，一搭完他就得回连队。连队离不开他。"

　　天黑了，两辆爬犁还在行驶……

第 23 章

　　旭日东升。黑龙江像玉带一般界分开中苏两国。苏联那一边，可见木结构的瞭望台和刷成绿色的边防木屋。远处，隐现着一些房顶，和一座教堂的尖顶。而中方这一边，则是一片白桦林。可以想象，到了春夏秋之季，这里一定会是一处美丽的地方。

　　一根圆木像炮一样架在一米多高的木马上。赵天亮站在圆木上，"小黄浦"坐在雪地上，二人奋力地拉扯着大锯锯圆木。

　　另一边，黄伟在开拖拉机。拴在拖拉机后边的钢丝绳，通过单杠似的木架子，将一根圆木牵拉得悬了起来。杨一凡在拖拉机前边吹哨子，每吹一下，拖拉机向前动一下，圆木就又悬高了一点儿。

　　尹排长和沈力，将悬起的圆木向预先刨出的地坑靠近。

　　杨一凡吹哨，做手势。拖拉机向后退，圆木落于坑中。那是竖起的第一根圆木。

　　只穿绒衣的"小地包"站在另一个坑里继续挥镐刨着。

　　帐篷支在不远的地方，帐篷外燃着一堆火，火上悬着大铁锅；扎着围裙的魏明用长把儿铁勺从锅里舀起汤，吹了吹，呷一口，吧嗒着嘴品滋味。

　　魏明自言自语："好汤，好汤。"

　　杨一凡叼着哨子跑来，冲魏明呜呜呀呀，哨子同时也发出声音。

魏明："什么事儿？你别叼着哨子跟我说话呀！"

杨一凡继续呜呜呀呀，看样子特急。

魏明："是不是哨子粘嘴上了？"

杨一凡点头。

魏明："这……别急别急哥们儿，让我想想办法。"

他东瞅西瞅，目光落在火堆上，从火堆里拿起一根带火的木柴，伸向杨一凡的脸，自以为高明地说："来，给你点儿热度。"

杨一凡闪躲着脸，生气地推开魏明，木柴落地。

魏明："除了这法子，那你叫我怎么办啊？"

杨一凡指指锅。

魏明："喝口热汤？对对，这法子更好点儿。"

他舀起一勺汤，递到杨一凡嘴边。

杨一凡退一步，指勺里的汤，指魏明。

魏明恍然大悟地说："啊，明白了明白了。"他朝勺里的汤吹两口，喝干，一只胳膊搂住杨一凡，接吻似的，嘴对嘴地将一口汤哺给杨一凡。

"小地包"停止拉锯，扭头望着杨一凡和魏明说："班长，你看他俩，那干什么呢那是？那也是作风问题吧？还搞起同性恋来了！"

赵天亮站在圆木上，指喝："杨一凡，你俩干什么呢？！"

杨一凡推开魏明，弯腰咳嗽，哨子吐在地上，他捂一下嘴，手心有血。

杨一凡冲魏明发火："你想呛死我呀？！"

魏明："你还冲我发火！为你我烫舌头了！"

一只只手从炭灰里扒出烤得黑乎乎的馒头。

帐篷里，大家在吃饭。杨一凡和魏明，每人都是右手馒头，左手雪团，咬一口馒头，啃一口雪团。其他人则吃着馒头，喝着饭盒里或缸子里的汤。

黄伟："这汤味道真不错，多谢排长想得周到，替咱们从家里带了些蘑菇来。"

沈力："我发现桦树林里也有干蘑菇，哪天咱们一块儿采点儿。"

魏明瞪着杨一凡抱怨："都是因为你，我忙了半天煮的汤，自己却喝不上！"

"小黄浦"："太娇气了吧！嘴唇破了点儿，舌尖烫了一下，就连汤都喝不了啦？"

赵天亮："别说风凉话，一沾热再沾咸肯定痛嘛！"

尹排长："是我让他俩吃雪团的。小杨，尤其你的嘴唇，没事儿就用雪团冰一冰，毛细血管收缩，止血快，好得快。不要老用舌尖舔，那容易发炎。"

杨一凡："唉，这下亏了。排长，几天能好啊？"

尹排长："听我的，两天以后就没事儿了。小魏，既然你要求跟来为大家做饭，那就得想方设法把饭做好。以后天天喝汤可不行。过会儿我们干活儿的时候，你到江上去凿个窟窿，如果有耐心肯定能钓上鱼的。"

魏明："什么钓鱼的东西都没有啊，怎么钓？"

尹排长看赵天亮。

赵天亮："我……我忘了……"

尹排长不满地说："嘱咐过你，你还忘了。"

他从内衣兜里掏出一个纸包扔给魏明："我备了一副线和钩，鱼竿你自己想办法！"

他拍拍赵天亮的肩，和赵天亮到一旁蹲下，严肃地说："小杨就是个例子。这儿离连队五六十里，你作为班长，心要细点儿。一个想不到，那就可能会出问题。刚才小沈说到采蘑菇了是不是？我走前要采到几种留给你们熟悉熟悉，和我采的不一样的，绝对不许你们采了吃！还有，你把你想到了又不太明白的事儿写下来，我好一条条告诉你。"

赵天亮态度认真地点头。

"小地包"凑到了魏明和杨一凡跟前，不好意思地说："向你俩认个错啊，看到你俩搂搂抱抱还嘴对嘴的样子，我以为你俩……班长也信了我的话，要不不会对你俩那么大声嚷嚷。"

魏明没好气地说："滚！"

"小黄浦"忽然大惊大愕地说："狼！狼！"

帐篷口，蹲着一条红色卷毛的漂亮的苏联猎犬，好奇地看着帐篷里的中国人。

赵天亮、黄伟、尹排长将操在手里的家把式都放下了。

黄伟对"小黄浦"训斥："瞎咋呼！连狼和狗都分不清啊！有那种毛色的狼吗？"

"小地包"："这狗真漂亮！哪儿来的？"

杨一凡："还能哪儿来的，准是从江那边跑过来的。"

"小黄浦"："可别身上绑着炸药什么的。"

魏明："你真有想象力！"

他掰了一块儿馒头扔向那狗，狗歪头看看，不吃。

"小地包"："敢进来吗？敢就请进吧。"

他一边说，一边向帐篷口接近。

狗跑了。

"小地包"转身遗憾地说："咱们要是从连里带条狗来多好，那我就犯不着喜欢人家的狗了。"

"小黄浦"："它又回来了！"

"小地包"扭头一看，那狗果然又蹲在帐篷口了。

尹排长："记住，都不许伤害那边跑过来的狗。那边的人，喜欢狗像喜欢亲人和孩子。政治上、外交上的事儿，那就是政治上、外交上的事儿，和狗没什么关系，狗又没有什么国界概念。如果伤害了人家那边老百姓养的狗，那人家那边的老百姓，会把我们中国人的心肠看恶了的，那也等于往咱们全体中国人脸上抹黑。"

赵天亮们纷纷点头。

冰封的黑龙江，靠近江心的冰面上，有一个穿大衣的五十来岁的苏联男人，看样子是那边村子里的农民，坐在一冰窟窿边耐心垂钓，像中国的道家弟子在打坐。

他朝江这边望一望，又转过头去了。魏明把白桦树枝当作鱼竿，扛着走了过来，一手还拎着一米多长的钎子。

魏明也发现了那个苏联人，站住了。

那苏联人回过头去。

魏明犹豫一下，接着往前走。那苏联人又看他。

魏明在距那苏联人十几步远的地方站住，用手中的铁钎在冰面上划出一道线，朝线一指，接着将手从手套里抽出，跷着大拇指向身后比画，意思是——我们之间可有道界线，我没越界。

那苏联人不再看他，赶紧站起，后退，拽线。他钓上了一条一尺多长的鱼，在冰面上扑腾。

魏明羡慕地看着。那苏联人逮住鱼，从钩上摘下，双手掐牢，高举着，连连吻那条鱼，乐得合不拢嘴。

魏明嘟囔："长得不咋样，运气倒不错！"

魏明开始用钎子穿冰。然后也坐在冰窟窿旁垂钓了。他从兜里掏出烟，吸着一支。

一个雪团打在他身上，他扭头看去，见那苏联人也叼上了一支烟，向他做手势，意思是没带火柴，借火柴。

魏明侧身一坐，不理他。

一条冰得硬邦邦的，两寸多长的小鱼扔了过来，魏明看着那条小鱼，想了想，掏出火柴，把火柴倒在手中，使火柴盒里只剩了两根。他将手中的火柴揣入兜里，头也不回，往后一扬手，抛出了火柴盒。

火柴盒没扔到那苏联人跟前，苏联人用鱼竿将火柴盒渐渐拨到了自己跟前。

他划着一根火柴，却被一阵风吹灭；划第二根火柴，断了；用半截火柴接着划，烧了手，结果没吸成烟。

雪团又打在魏明身上。

魏明扭头看去，那苏联人向他耸肩，做手势，意思是还需要火柴。

魏明："真他妈笨！"他想了想，从嘴上取下烟，插在桦树枝前端的小枝刺上，将桦树枝伸了过去。

那苏联人赶紧握住桦树枝对着烟，用俄语说"谢谢"。

魏明收回桦树枝，复将那截烟叼在嘴上，苏联人对他举了举火柴盒，竟用中国话说："我，喜欢！"

他遂将火柴盒揣入兜里，火柴盒上印的是毛主席语录：

人不犯我，我不犯人。人若犯我，我必犯人！

魏明自言自语："少拉近乎。我俄语还说得溜着呢，不愿跟你说罢了。"

他又安坐下去等着鱼上钩，不一会儿就钓起了一条半大不小的鱼。过了一会儿，他又钓起了一条半大不小的鱼。

那苏联人却钓起了一条比刚才更大的鱼。大鱼脱了钩，在冰面上一蹦挺高。他逮了几逮，没逮着，大鱼又一蹦，蹦过了魏明在冰面上用铁钎子画出的那条钱。苏联人傻眼了。

魏明不由自主地起身扑按那条蹦到了眼前的大鱼，按住后，抓起欣赏般地看，又扭头瞧自己钓的那两条小鱼，冲那条大鱼说："向修正主义靠拢是没有好下场的！"

他转过身，见那苏联人呆呆看他。

他用俄语说："接住！"将大鱼向对方扔过去。

苏联人接住，用中国话连连说："谢谢，谢谢！"

忽然，魏明放在冰窟窿旁的桦树枝被拖动了。那苏联人首先发现，用俄语大叫："快！快！"

魏明抓起桦树枝一挑，断了。他后退几步，跌坐于地上。

连着线的一小截桦树枝被拖向冰窟窿，眼看就要被拖下水去。

一只穿靴子的脚踩住了那一小截桦树枝，苏联人越过了魏明在冰面上画出的界线。他紧接着抓起那一小截桦树枝，迅速地将线绕在自己胳膊上。

魏明爬起，直接拽钓线。幸而他戴着棉手套，那倒也不费太大的力气。

一条大鱼从冰窟窿里被拖上来了。

魏明喜笑颜开。

那苏联人显然也替他高兴，连连用俄语说："好运气！好运气！"

魏明却忽然意识到了什么，指着自己画的界，也用俄语连连说："退回去！退回去！"

苏联人赶紧从手臂上扯下钓线，退回原处坐下，继续垂钓。

这边，魏明也继续垂钓。因为钓到了一条大鱼，心里高兴，吹起了口哨，吹的是《三套车》。

魏明的口哨声中，加入了那苏联人的口哨声。

魏明立刻不吹口哨了。他的口哨声一停，苏联人的口哨声也停了。

那条苏联猎犬不知什么时候出现了，叼起魏明钓到的大鱼，跑过江那边去了。

魏明一跃而起，跺足大叫："强盗！浑蛋狗！"

那苏联人却哈哈大笑。

那狗似乎成心气魏明，叼着鱼又溜达回来，在界线那边，歪着头看魏明。

魏明朝狗走过去，大声道："放下！把我的鱼放下！"

苏联人指魏明画出的界线。

魏明用俄语大声说："是你的狗！"

苏联人用俄语大声说："不是！"

魏明："肯定是你的狗！"

苏联人："绝对不是！"

魏明气恼之下，不钓了，收了线，将两条小鱼扔进桶里，拎起便走。

他背后苏联人的声音："等一下！"

魏明站住，转身；苏联人像投手球似的，将自己钓到的两条小鱼准确地投进魏明拎着的小桶里。

夕阳西下，桦树林后边，木房子的框架已经搭起。框架旁，尹排长在推刨子，临时性的木工案旁，他已做好一扇窗框了。

沈力背着一捆桦树皮从桦林中走出。

尹排长："小沈！"

沈力站住。

尹排长："扒这么多桦皮干什么？"

沈力："引火用啊。"

尹排长："引火用不了这么多吧？"

沈力："大家还想做桦皮灯罩，探家时带回去，那不是挺特别的嘛。"

尹排长："但是你得知道，人活一张脸，树活一身皮，尽量选那病树、倒树的皮来剥。树这东西，你剥下它哪里一块儿皮，哪里就再也长不出皮来了。"

沈力："这么大一片桦林，扒点儿……"

尹排长："别犟嘴，先听我说。"

他放下刨子，走到了沈力跟前，看着他背上的那捆桦皮，又说："你看你，一剥就剥这么大一块儿，被你剥下皮的那棵树，它还能活多久呢？"

魏明站在帐篷口喊："排长，歇会儿吧，吃饭了！"

帐篷里，地上放着几卷桦皮。尹排长看完这卷，接着看那卷。

大家拿着馒头，端着饭盒、缸子，一个个惴惴不安地看着尹排长。

尹排长转身望着大家说："团部对面那座山坡，我们那一批转业兵六六年来的时候，也是一片白桦林，春夏秋冬，一年四季，哪个季节看着，哪个季节好看。当年的我们，也都年轻啊。有几个一带头，团部的，附近连队的，就纷纷去到那座山坡扒桦皮。几天工夫，一片林子，几乎全部剥成了没皮的树。树这东西，伐倒时扒光了皮那是一根木料，站着的时候把它的皮都扒光了，那就很难看！而且必死无疑。团长一生气，下令把那片林子全伐了，而且处分了那几个带头扒桦皮的人。我就是其中一个受处分的。"

"小黄浦"："团部是团部，这儿是这儿嘛！"

黄伟："别找理！城市里什么灯罩没有卖的？非得用桦皮做？"

他指着"小地包"、杨一凡、沈力数落："一个个小资情调！"

他又一指赵天亮："你这班长还支持，说要给连队每个知青做一个！"

赵天亮惭愧地说："我正式声明，收回我那句话。"

尹排长："我知道你们心里怎么想的，这儿又不常有人来，就是死几棵树又有什么大不了的呢。可我是这么想的，咱们盖房子要伐树，咱们烧火做饭取暖，也要伐树。做架爬犁造辆车，那还得伐树。肯定来说，你们撤离这里的时候，这里会留下许许多多树桩子。这儿的风景，和现在就不一样了。咱们向北大荒要的太多了，北大荒给咱们的也很慷慨，所以咱们要爱北大荒。真爱它那就应该是——没有必要不取，多一分，也不取。在这一点上，咱们要向鄂伦春人学习……"

"小黄浦"大声地说："那狗又来了！"

果然，狗又蹲在帐篷口。魏明向狗掷去一块儿劈柴，狗跑了。

魏明："它叼走了我钓的一条大鱼！要不这会儿咱们不仅能喝上鱼汤，还能美美地吃上炖鱼！哪天我逮住它，非教训它不可！"

尹排长："别都端着汤看我呀，喝汤喝汤！小魏熬了这么鲜的一锅汤，咱们不喝光了对不起他！小魏，给我来碗汤！"

"小黄浦"直接用碗从盆里舀了一碗汤递给尹排长，尹排长嗔道："你看你，叫你盛碗汤嘛，也不用勺子！"

"小黄浦"："反正你也没洗手。"

尹排长接过碗，喝一口，连道："不错，不错。"

他看着大家又说："我刚才那些话，并不算批评你们啊，只不过是跟你们讲了讲我的一种心情，你们听也可，不听也可。如果一个个表面装出听了的样子，心里却认为我婆婆妈妈的，那可就不好了。"

夜晚，月光皎洁，尹排长还在刨木方子，那条苏联狗蹲在他跟前，看着他。

帐篷里，"小地包"跟睡在旁边的"小黄浦"悄悄说话。

"小地包"："我确实觉得排长有点儿婆婆妈妈的。"

"小黄浦"："岂止婆婆妈妈的，简直还莫明其妙！所以我直接用碗给他舀汤。"

"小地包"："我认为他看出你对他的话有不满情绪来了。"

"小黄浦"："看出来就看出来吧，盼他早点儿走，咱们就是这儿的封疆大吏，自由了。"

"小地包"："咱们都躺下了，他一个人还在那儿干，干给谁看啊？"

黄伟："你们两个小子背后这么议论排长不对啊！他是急着帮咱们把房子盖起来，好早点儿回到连里去，机务排等着他回连里办维修保养班呢！"

赵天亮一声不响地坐了起来，穿衣服，穿鞋。

躺在他左右的杨一凡和沈力欠身看他。

赵天亮系好鞋带，一声不响地走了出去。

尹排长一抬头看到赵天亮，奇怪地说："你怎么不睡？"

赵天亮："那你呢？"

尹排长："我这人，天生觉少，又天生恨活儿。门窗可不是你们自己做得了安得了的，我少睡点儿，你们能早点儿住到房子里。住房子比住帐篷暖和多了呀！"

赵天亮："排长，让我照量两下。"

尹排长将刨子递给赵天亮。赵天亮刚一推，卡住了。

尹排长："使刨子要轻按快推，要像从怀里往外掷排球那样。你掷得慢，还不让对方的球员给抢去了？"

赵天亮重又推了一下，顺利多了。

他一抬头，发现全班人都来了。

尹排长："你看你们，怎么都不睡了？"

黄伟："要睡都睡，要干都干。"

他操起斧子，开始削一根圆木的树皮。

"小黄浦"："看这狗，它怎么不过那边去了呢？"

"小地包"："想跟咱们交朋友吧？"

赵天亮："别管它，既然都起来了，那就一块儿干吧。"

尹排长："听我的，两个小时后，我带头回去睡觉！"

江的那边，传来苏联老妪的呼唤声："娜嘉！……娜嘉！……"

接着传来苏联老爷子的呼唤声："娜嘉！"

老妪和老爷子的声音听来挺远，在寂静的夜晚，听来又异常清晰。老妪的声音绵软，老爷子的声音粗洪，相互交替。

那狗"汪汪"叫两声，倏地站起，箭一般消失了。

天亮了，木房子的顶盖已盖好了，更具形状了。

冰封的黑龙江上，昨天凿开的窟窿又结了一层冰，魏明又在用钎子穿冰。

尹排长、赵天亮带着全班人在继续盖房子。

魏明从冰窟窿中收起了钓线，他脚旁有几个烟头，证明他钓的时候不短了，却又分明的，他一无所获。

魏明不禁向那苏联人凿的冰窟窿望去，他眼前出现了幻觉，仿佛从那冰窟窿里，接二连三地往外蹦着大鱼小鱼。

他有点儿身不由己地向那冰窟窿走去。

"站住！"一句俄语的警喝。

他抬头望去，苏联那边的瞭望台上，有两名边防军的身影。一名站立着，向他伸出一只手；另一名将枪架在瞭望台的栏杆上，伏身瞄准着他。

站立着的那名苏联边防军又用俄语警喝了一句："再向前，开枪了！"

魏明："瞎他妈咋呼什么呀！"他往地上啐一口，转身快快而去。

冰封的黑龙江上——那苏联人凿的冰窟窿已经快要重新冻严了。而相对应的这一边，却凿出了六七个冰窟窿。

木房子盖成了。尹排长吸着烟，和赵天亮、黄伟、杨一凡、沈力、"小地包"并肩站着，脸上皆洋溢着成就感，欣赏地望着他们的搭建成果。

尹排长："还不赖，是不是？"

黄伟："那是。哎，天亮，你说要是正式通过考核评级的话，咱们全班能不能全达到二级木工的水平啊？"

赵天亮仿佛没听到，在出神。

黄伟给了他一拳："想什么呢！跟你说话没听到啊？"

赵天亮憧憬地说："我在想，如果这房子，就是你们说要为我和周萍盖的，那我俩美死了。在近处再开片荒，种粮食，种蔬菜，养鸡，养鸭，养猪，再养两匹马，自己做一辆大车，神仙过的日子，不发我工资我都高兴一辈子！"

黄伟："那你们完全成了一对天高皇帝远，谁也管不着的边农，当然就没人发工资啦！"

杨一凡："那你们穿的、用的，哪儿来钱买？都不探家了？探家哪儿来的钱做路费？"

赵天亮："我打鱼，到七连去卖给你们。还卖给你们鸡蛋、鸭蛋、鹅蛋、猪肉。感情关系，我不出价，你们看着给点儿就行。"

沈力："养猪太煞风景了，要养鹿，在这儿逐渐办个鹿场。鹿浑身都是宝，比养猪值钱多了，而且富有诗意。大家想象一下，如果周萍骑着一头七岔角的雄鹿放牧鹿群，要像外国电影里的女人那样，侧身横坐鹿背上，头戴花环，那什么感觉？"

黄伟："那，天亮，你干脆发扬发扬风格，让我陪周萍待这儿一辈子算了！我把我父母和周萍的父母接来，我们也就都不用探家了。我们也不多要孩子，一儿一女足矣。四位老人帮我们照看两个孩子，那还不玩儿似的？"

"小地包"："不管谁陪周萍在这儿过一辈子我都不管，我只要求一种特权——什么东西都得经我手卖，价格由我来定。我也不能白尽义务，多少得吃点儿回扣。"

尹排长："那七连不就成了资本主义的温床了？那连长指导员麻烦大

了，我这排长也得受你们牵连！"

赵天亮却仍在望着房子出神。

赵天亮的心声："周萍，周萍，你从北京到上海一路顺利吗？春节过得好吗？你爸爸妈妈都好吗？收到我的信了吗？……"

"小黄浦"走来，一手拿一盒油漆，一手拿一柄新刷子，腋下还夹一盒油漆。

"小黄浦"："一盒绿的，一盒橘黄的，你们说刷哪种颜色的吧，我主张门刷成绿色的，窗框刷成橘黄色的。"

沈力："怎么刷你别瞎搅和，得听我的！"

"等等，等等。"尹排长将赵天亮扯到一旁，小声说，"天亮，冬天刷漆不行的，干不了，一刷就冻，天暖和了非掉皮不可，白费了两盒油漆，也白费了那工夫。"

赵天亮："那就天暖和了再刷。"

尹排长："你没懂我的意思。我的意思是……我……那两盒油漆……"

赵天亮："排长，你直说。你怎么说，我们怎么做。"

尹排长："是这么回事儿，我家新打了两口箱子，我家那张破桌子也该刷刷漆了。这房子，哪天你们一撤走，那就等于扔这儿，门窗还刷它干什么呀，是不是？"

赵天亮："排长想要那两盒油漆？"

尹排长笑了："你跟他们几个商议商议。如果大家同意，我带走；如果不同意呢，就当我没说。"

赵天亮沉吟地说："我想，应该没什么问题吧。"

他听到脚步声，一转身，见魏明垂头丧气地走来。

赵天亮："怎么了？"

魏明："真邪了门儿了，那天有那个老毛子和我同时钓，他运气好，我运气也不错。这几天那老毛子没出现，我又凿了五六个窟窿，却连条小鱼也钓不着了。"

赵天亮搂他肩，安慰："没关系，别为这事儿影响情绪。看咱们房子盖成了，今晚就可以搬进去住了，高兴点儿！"

尹排长："就是。钓鱼本来就是碰运气的事儿，兴许过几天你就时来运转了。你当炊事员当得尽职尽责，这是大家都看在眼里的。"

沈力在喊："都过来，合影留念啦！"

尹排长居中，大家站在他左右，他们背后是木房子。

沈力煞有介事地以四指框成"镜头"，单膝跪在大家对面说："看我这儿，都笑一笑！"

于是大家煞有介事地笑。

沈力："好，拍下一张了。再来一张再来一张，别站一排了，太呆板，分散开坐在门前边……"

木房子盖得挺美观，房盖外探成檐，门前有廊，还有台阶，于是大家分散地坐在门前。

沈力更加煞有介事地移动脚步选角度。

杨一凡："哎，别那么认真了，对付一张得啦！"

"小黄浦"："人家沈力是有艺术细胞的人，哪能对付嘛！"

沈力："'小黄浦'别说话，注意，这一次表情随便，一、二、三，成功！"

傍晚，大家目送尹排长驾驶的拖拉机拖着爬犁远去。

赵天亮："敬文、'小黄浦'，你俩扎把扫帚，把帐篷那儿扫扫。本班长宣布第一条纪律，以后，谁都不许做破坏这里美好环境的事儿，咱们要把这儿当成一处公园来住。"

晚上，木房子里，一盏马灯挂在柱上，赵天亮他们围成一圈儿，坐在木地板上。

"小黄浦"："天亮，虽然你是班长，但凡事儿也得跟我们商量商量吧？你凭什么自己就做了主了？"

沈力："我们扒了些桦树皮，就受了他一顿批评，还引出他那么一大套理论。他可好，贪污了我们两盒油漆！"

杨一凡："就是，太虚伪了嘛！"

赵天亮："别用贪污别用虚伪这类词行不行？排长他毕竟跟我说了，我也同意了。"

沈力："那你就是假公济私，用公物换取排长对你的好感！"

赵天亮："你！"

不快的气氛一时弥漫在大家之间。

"小地包"："老黄，你说说你的看法。"

黄伟："我说说？既然是开第一次班务会，人人都得说两句是不是，那我就说说。沈力，我是尊重艺术的，哈尔滨的红卫兵到处砸那些俄国人留下的雕塑时，我公开贴大字报谴责过他们的行径，因此还挨了顿臭揍，魏明可以证明有过这件事儿。你呢，是我们之中最有艺术细胞的人，所以，我对你也一向是尊重的，这你得承认吧？"

沈力点头。

黄伟："那么我问你，还有'小黄浦'、一凡你们俩，如果班长征求我们的看法，你们三个，是同意呢，还是不同意呢？"

沈力、"小黄浦"、杨一凡三人互相看看。

沈力："那我同意。"

杨一凡："我也会同意。"

黄伟："那，你们两个，就不是对排长有意见，而是对班长有意见。因为班长独断专行，缺乏民主意识，你们别把自己究竟对谁有意见搞混了！"

"小黄浦"："即使班长征求咱们的意见，那我也反对。'宁为公字前进半步死，不为私字后退半步生'，他身为排长，应该比我们更懂得这一革命原则！"

黄伟："放你妈的臭屁！"

"你凭什么骂人！""小黄浦"向黄伟扑去。

黄伟一脚将"小黄浦"蹬开。

"小黄浦"再次向黄伟扑去，被赵天亮等人拉开。

大家全站起来了。赵天亮伸开双臂，一手挡在黄伟胸前，一手挡在"小黄浦"胸前。

赵天亮："都他妈不许动手！排长刚走你们就……"

"小黄浦"："老子不再承认他是排长了！我瞧不起虚伪的人！"

赵天亮："那你想怎么办？回连队时，给他往大食堂贴一张大字报？！让他在全连抬不起头来，那你心里就痛快了？！"

"小黄浦"把头一扭，不吭声了。

黄伟："你要是敢那样，我……"

"小黄浦"立刻又不甘示弱地说："我还非那样不可了！你敢弄死我？！"

这时，有爪子挠门的声音。

大家顿时安静，各自操起可以自卫的东西，一齐将目光望向门。

爪子挠门声分明。

大家悄悄向门走去，分散两旁。

赵天亮猛地推开门，那条苏联狗蹲在门外。

黄伟一跺脚："滚！"

狗蹿下台阶，又蹲着，望着门内的大家。

"小黄浦"："癞皮狗！"

他将手中的劈柴向狗投去，未击中。狗这才跑了。

赵天亮舒一口气，关上门，将手中斧子放在炉旁，又坐在地上。

大家见他坐下了，也都纷纷坐下了。

魏明却没坐下，他说："我也说两句吧。关于桦树皮的事儿，排长批评了咱们，我心里也不痛快，也认为他小题大做，婆婆妈妈的。因为我扒的最多，还打算带回哈尔滨去，供我老妈引火用。在咱们城市，花钱都买不到那么好的引火木柴。所以呢，我对排长心里也有情绪。但排长的那番议论，我听了心里还是挺感动的。我认为他的话是真诚的。对于北大荒的一草一木，他们老战士比我们知青感情深，这恐怕是一个无可争辩的事实，我们应该向他们学习。至于那两盒油漆，该怎么说呢，有一点你们后来的是不知道的，不但咱们团长当年是奇袭白虎团的英雄排长，咱们尹排长，当年那也是紧随在团长身后冲进白虎团团部的人。这是指导员向我、黄伟、齐勇那一批知青介绍他时讲的，后来他自己一再要求我们，绝不许对你们这一批知青说。他老家在农村，老父亲常年生病，还有一个半精不傻的老哥哥，他每个月都得往老家寄钱，他的工资只不过比我们多五元……他想使他在咱们七连的那小家美观一点儿，所以他打起了那两盒油漆的主意。我能想象得到，他那么一个人，对天亮开口要时，一定不好意思极了。天亮是这样吧？"

赵天亮点头。

魏明："那么，这就是我们的排长了。他的一点儿小私心，被我们抓住把柄了。所以呢，有的人什么难听的话就都说出来了——私心严重啊，虚伪啊，说一套做一套啊，连贪污这种词都说出来了。我听着，心里对排长的意见倒是渐渐没了，渐渐替他难过了，渐渐同情他了。为我们早一天住进这房子，他可是磨出了两手泡！他下午刚走，我们晚上就在这房子里这么议论他，似乎他成了一个多么不好的人，我们太不厚道了吧？"

一时肃静。

黄伟："我就是你这意思！自从来到这里，我就想，可他妈的趁了我心愿了，耳根子终于可以清静了，再也不必整天听别人说，自己也说什么'灵魂深处爆发革命''狠斗私字一闪念''对他人六亲不认''对自己刺刀见红''座谈会也是思想战场''一帮一要帮在心灵最见不得人的地方'这类屁话了！我说得自己都嫌恶自己了！我听得耳膜都起茧子了！我们是人啊，干吗不把自己也不把别人当人对待？既然都是人，谁没点儿缺点、毛病，谁没有点儿私心杂念？你们心里是不是也这么想过？我怎么从没听你们这么说过？你们他妈的就不虚伪了吗？"

仍是一片肃静，坐着的人似乎一个个被训呆了。

魏明："但我劝你还是把你那个毛病改一改，别一激动就他妈的他妈的。即使你的话再有理，那么说出来别人也不爱听！"

黄伟："你也经常和我一样，别乌鸦落在猪身上！"

赵天亮往起一站，低着头说："我保证，以后凡事儿和大家商量，尊重大多数人的意见，绝不自己做主！散会！"

他一转身，目光落在月份牌上。月份牌挂在另一根柱子上，那一页月份纸显示，时间已是一九七二年二月了。

山东屯的梁喜喜家里，刚从外边劳动回来的梁喜喜从里屋走到灶间，摘下扎在脖子上的毛巾抚衣服，接着将毛巾包在头上，弯腰捅灶火、往灶内加柴、坐下拉风箱；等灶内升起火苗，又刷锅，往锅里续新水，放蒸笼，一通忙活。

有敲门声——确切地说是有人用脚踢门的声音。

梁喜喜头也不回地说："进来！"

进来的竟是齐勇。

梁喜喜："是你呀，稀客！"

齐勇假装恭敬地说："梁书记好。"

梁喜喜一边往锅里放剩菜和凉窝头，一边没好气地说："好什么好！干了一上午活儿，赶回家吃顿午饭，还得自己现动手热！在农村，单身女人的日子能好吗？"

齐勇："所以，我说的是'梁书记'好，重点是在表达对山东屯党支部书记的敬意。同样是单身女人，是不是书记，那可太不一样了。"

梁喜喜盖上锅盖，一边往里屋进，一边说："是书记顶屁用！是书记也改变不了还是单身女人！何况还是一个小屯子里的书记，连生产队长都算上才领导仨党员！"

她拿起暖瓶，为自己倒了大半缸子热水。那暖瓶已经很旧很旧了，显然倒出的水也不是太热。她喝一口，把缸子往桌上使劲儿一放，又说："想喝口热水，都是乌了巴秃的！"

她坐在炕沿，瞪着齐勇。

齐勇："那，我们团长亲自为您介绍一位站长，您为什么不和人家处处看呢？听说那老头挺好的……"

"站长？一人住小铁道边一小木头房里，来了小火车挥挥信号旗，那也叫站长？怎么，你们兵团一破老头也值了钱了？你们团长一保媒，我就该咧嘴笑着嫁给他呀？"

齐勇："领导仨党员的支书，嫁给单枪匹马的站长，那不正般配嘛！"

梁喜喜把脸一板："别跟我蛤蟆吊嘴儿的！你们三个兵团的小子，没一个有良心的！我们山东屯救了你们仨的命，两年多了，没一个再到我们山东屯来看看的，害得我们那四个插队的上海姑娘，有三个得单相思的。周萍还好点儿，相思也不说，那两个，都快魔怔了……"

齐勇："我这不是来了嘛。"

梁喜喜："你来了我一点儿都不欢迎！你们三个中，赵天亮应该说是个好青年，人家说话郑郑重重的。那个小什么包贫点儿，但也只不过就是贫点儿。顶数你，心里总有一定之规，却装出嘴贫的样子，想让人不拿你当回事儿，其实你比谁都拿你自己当回事儿！"

齐勇就低下头四处看。

梁喜喜："你满地趸摸什么？我地上又没有金子！"

齐勇："我看有没有缝儿，我好钻进去。"

梁喜喜："说你胖，还立刻就喘了。别耽误我工夫。"

齐勇："梁书记，今天星期六，明天星期日。我想，把周萍带走两天，星期一下午保证送她回来。"

梁喜喜："你？把周萍带走两天？你安的什么心？我审过周萍了，她承认她和赵天亮对着象呢！这我不反对。那我作为支书就有责任保护她。你，休想！"她一边说，一边走到外屋，掀开锅盖，往外拿蒸着的东西。

齐勇也跟到了外屋，继续说："您误会了，我跟赵天亮是朋友，我怎么能对周萍动坏心思呢？您把我想得也太卑鄙了嘛！是这么回事儿，赵天亮又是我们七连男一班的班长了，他们班接团里的任务，调黑龙江边儿上执行边境巡逻任务去了。我呢，今天为他们送粮食和菜，马车绕了个弯儿，就来到了你们山东屯，想捎上周萍，让她和赵天亮会晤会晤。恋爱要谈成，那双方不是得经常会晤会晤嘛！"

梁喜喜烫了手，一边嘘着手指，一边瞪着齐勇问："真话？"

"向毛主席保证。"

"你有这么好？"

"我这人确实好。"

梁喜喜："那周萍怎么不亲自跟我说？"

齐勇："她哪儿敢啊，她就站在门外等结果呢！"

"嗯？"梁喜喜开了门，见周萍果然站在门外。

周萍怯怯地说："支书……"

梁喜喜撑着门说："进来。"

周萍进门后，梁喜喜又对齐勇说："你出去。"

齐勇出去后，梁喜喜才将门关上，拉着周萍的手，将周萍拉入里屋，坐在炕沿上，问周萍："是他说的那么回事儿吗？"

周萍立正般站在梁喜喜跟前，其怯有加，点一下头。

梁喜喜："他那么好？"

周萍又点一下头。

梁喜喜："他赶车，你坐车，一路三十几里，四野荒无人烟，你不怕？"

周萍："怕什么呢？"

梁喜喜用手指戳周萍额头："真傻，怕什么还用我明说啊？"

周萍想了想，肯定地："他说天黑前就到了，白天不会碰上狼。"

梁喜喜："我指的不是狼！"

外屋也就是灶间，齐勇的头从外边探入，偷听。

周萍的话声："坐齐勇赶的车，我什么都不用怕。不管发生了什么事儿，他都会像赵天亮一样保护我。"

齐勇的头缩出去，门无声地关上了。

梁喜喜："既然你这么信任他,那我也就没话说了。我也是从你们这种年龄过来的,不准你假,显得我这书记当得也太没人味儿了。但是你给我记住,千万别和赵天亮做出那种事儿!"

周萍眨眨眼："支书,哪种事儿?"

梁喜喜："就是……"

她压低了声音："你们这种年龄,干柴烈火的,你千万不能让他把肚子搞大了!你是我要树立的典型,你想想,你如果那样了,你咋办?我咋办?"

周萍害羞地用双手捂上了脸："支书,我只不过想见见他,有些话跟他说,也想知道知道,他们在边境是怎么巡逻的……"

梁喜喜将周萍的双手从脸上拉了下来,诲人不倦地说:"你手握他手,他手握你手,这都没什么,很正常。搂搂抱抱的,我这儿也批准了。大冬天的,你一身棉,他一身棉,搂抱不出什么问题来。但是你可绝不能和他亲嘴,他非和你亲也不行!越求你越不能让他亲,跪下求也不行。婚前亲嘴这种行为,绝不是革命青年的行为。严肃地讲,完全是资产阶级传染给我们无产阶级的坏习气!尤其对我们女人来讲,一亲嘴,第一道革命防线就被突破了。"

周萍听得直眨眼。

梁喜喜："明白没有?"

周萍低下了头："明白。"

梁喜喜站起,手放周萍肩上,将周萍推到了毛主席像前,异常严肃地说:"向毛主席保证。"

"支书,保证什么啊?"

"保证绝不会和赵天亮发生那种事儿!"

"不亲嘴?"

"不亲嘴是次要的,重要的是不能怀孕!"

周萍望着毛主席像,张张嘴,说不出话。她一转身,又双手捂脸,快急哭了:"支书,我说不出口。"

梁喜喜："有什么说不出口的？"

周萍："我和赵天亮一块儿探家时，坐在大车店里，那店主让我们向毛主席像保证过一次！"

梁喜喜："你们同炕睡过了？！"

周萍："就那样……我们也没那样！"她真的哭了。

梁喜喜看着她，沉吟片刻，恻隐道："那好吧，我相信你。别哭了，不难为你了，你得明白，我是为你好，是爱护你呀！"

周萍哭着点头。

周萍坐在马车上了，车前身盖着齐勇的大衣，大衣一动一动的，底下分明有活物。

齐勇持鞭欲赶车。梁喜喜站在齐勇跟前。

梁喜喜："我和你们兵团那老头儿的事儿，你怎么知道的？"

齐勇："这，团长亲自为您做媒，我们团里，你们山东屯，好多人都知道啊。"

梁喜喜："可八字还没一撇呢！我这一撇根本就没往那事儿上撇！那么就是谣言，散布一名党的干部的谣言，是极其错误的！"

周萍："支书，我没散布过。"

齐勇："我也没散布过，只不过今天跟您随口说了一句，我发誓，以后跟任何人都不说了。"

梁喜喜："还有，你如果再踢我家门，那我就先操斧头后开门，开门先剁你那只脚！山东屯党支部书记家的门，不是谁都可以随便踢的！"

齐勇："再不敢了。"

梁喜喜这才往旁一闪："你得负责把周萍给我完好无损地送回来！"

齐勇："那没问题，驾！"

"乌云"和一匹红马奔驰向前……

第 24 章

齐勇驾驭的马车行驶在路上，周萍忽然笑了。

齐勇头也不回地说："笑什么？"

周萍："笑我们书记跟我说的话。"

"她怎么说？"

"不跟你学。"

"既然那么好笑，学学嘛。"

周萍："她是我们山东屯的党代表，我觉得她的话可笑已经不对了，再背后学给别人听，那更不对了。"

齐勇："你认为党支部书记代表党？"

周萍："那当然啦！"

齐勇："你们屯那老娘们儿，她人怎么样啊？"

周萍："讨厌！不许那么说我们支书啊。她人挺好的，正派、善良，对人对事儿，一碗水端得挺平。而且，可有劲儿了，干起活儿来像男人似的，就是有时候厉害了点儿。"

齐勇："我关心的是她对你究竟怎么样。"

"你也关心我？"

"天亮关心你，我当然也得替他关心你。"

周萍感动地说："你们放心吧，她对我挺好的，在公社开知青工作会的时候，总表扬我。她要把我树立成可以教育好的子女的典型，我还到公社去开了一次知青代表大会呢！"

一只鹿崽的头从大衣底下探出，她亲了它一下，用大衣将它的头盖住。

齐勇："你很想当那种典型？"

周萍："也想也不想。为了我在政治上配得上天亮一点儿，为了我父母的处境好一点儿，我想。但是就我自己的本愿来说，不想。一旦成了典型，很多人的眼睛会经常盯着你的一言一行，我不希望那样活着……"

在他们说着话的过程中，马车经过冰封的河流，经过一片树林。也许昨天刚下过雪，树枝上积着雪，使树林看去像是在童话中那么神秘，美丽。

马车上了一座山坡。

马车从山坡驶下来。

周萍："齐勇，我给你唱支歌听吧！"

齐勇高兴地说："好啊。"

周萍："我用粤语给你唱《采红菱》。这是资产阶级的靡靡之音，不过挺好听的。反正除了你，也没别的人听到。"

于是她唱了起来，其声悦耳。

"吁！"齐勇突然勒住了马。意想不到的事情发生了！在前方，在路旁，出现了一头黑熊，一动不动地注视着马车。

两匹马不安地尥蹄、嘶叫。

"吁！吁！"齐勇一再勒缰绳，控制住马。

齐勇另一只手从麻袋底下摸出了一把镰刀，紧握着。

齐勇："你坐稳，我吆喝马冲过去。经过它跟前时，你把小鹿扔下去。"

周萍坚决地说："不！"

齐勇回过了头，看着周萍说："要不，即使我们冲过去了，它也会在后边追。"

周萍撩开大衣，看一眼小鹿，立刻又将它盖上，用一只胳膊搂紧了。

周萍："熊跑不过马车的。"

齐勇："那可不一定。"

周萍："咱们别让车动，兴许过会儿它自己就走开了。"

齐勇："但愿吧。"

周萍："把镰刀给我。它要是真扑咱们，我和你一块儿拼，那我手里不能什么都没有。"

齐勇又回头看她，把镰刀递向她，周萍接过镰刀时，齐勇说："别怕，我会像天亮一样舍命保护你。"

周萍信赖地点头。

黑熊居然朝这里走过来了。

齐勇："别抱着那小东西了，放下它，你来握住缰绳。情况不好，你赶着马车往前冲，能赶多快赶多快，别管我，由我对付它一阵。"

他说罢，持鞭跳下了马车，迎着黑熊走去。

周萍又怕又急，哭了，喊："齐勇，你别过去，上车来！我听你的，让它把小鹿吃掉吧！"

齐勇仿佛聋了，没停脚步。

黑熊反倒首先站住了。齐勇也站住了。

人和熊互相瞪视着，黑熊又向前走，齐勇甩了一记响鞭，黑熊咆哮起来。齐勇又接连甩了几记响鞭。人和熊又互瞪了一会儿。黑熊居然横穿过路去，走掉了。

齐勇抹了一下脸，袖子明显地湿了。

他夹住鞭子，掏出烟，吸着一支烟，回头向马车望去，却发现周萍紧紧握着镰刀，已不知何时站在他身后，她脸上淌着泪。

周萍："真想亲你！"

齐勇摘下了帽子，笑道："那太应该了啊！"

周萍："可那样不好。"她也回头向马车望去，发现小鹿已蹦下了车，在盲目地跑。

"小东西，别跑！"周萍追小鹿去了。

齐勇望着她背影笑了："不好？有什么不好的？"

黑龙江边，一班哨所那片白桦林中，建起了一座瞭望台。由于白桦林遮挡的原因，它高于林梢一些，否则便无法瞭望到对岸的情况。但是它又不能建得太高，那样便完全暴露了。而它的高度恰到好处，四角伪装着树枝。

"小地包"和"小黄浦"站在上边，"小地包"正用望远镜向对岸窥望，"小黄浦"则在无聊地举枪东瞄瞄西瞄瞄，口中发出"嗒，嗒嗒"的声音。

望远镜中，对方的瞭望台上，一名脸庞稚气的苏联士兵，也在举着望远镜，缓缓扭转身体向江这边瞭望。当他的身体正对着江这边时，似乎发现了白桦林后的瞭望台。他放下望远镜，摇电话，抓起听筒，汇报了些什么。

他放下听筒，又举起望远镜，朝我方的瞭望台瞭望；他竟笑了，分明是从望远镜中看到了"小地包"。

他举起一只手，以手作手枪，射击。

"小地包"立刻放下望远镜，对"小黄浦"说："他用望远镜发现了我！"

"小黄浦"："你整天观察他，腻歪不腻歪啊？要是名漂亮的女兵，还值得。可他是男的！"

"小地包"："那小子挺帅的！人家的大衣样式也好，还是呢子的！"

"小黄浦"："你单恋上他了呀？"

"我恋上了他那呢子大衣！人家的瞭望台上还有电话！"

"小黄浦"从"小地包"手中夺过望远镜，挖苦地说："打起仗来呢子大衣也挡不住子弹，一颗炮弹有电话的瞭望台也得飞上天！"

他举着望远镜朝别处瞭望，又说："还不如用望远镜欣赏欣赏风景！"

"小地包"："听黄伟说，苏联的光学水平很高，他们的望远镜有红外线功能，再黑的夜晚……"

"小黄浦"："别说了！他们的大衣好，他们的瞭望台有电话，他们的望远镜高级。你什么意思？我该不该向班长汇报，提防你哪天跑过去？"

"小地包"："要打不打，要和不和，我在这儿都待烦了！依我，不如两国各派十个人，从元帅到士兵，一个对一个，决斗！要么决出胜负来，要么打个平手，从此不再为敌，签订永远和好条约！"

"小黄浦"："连队的马车来了！"

"小地包"也从"小黄浦"手中夺去望远镜，望着说："是齐勇赶的车，车上还一个老头。"

"小黄浦"："马号的老耿头？"

"小地包"："不像。"

马车停在木房子前，赵天亮、魏明、杨一凡踏下台阶。

齐勇依次与他们三人拥抱。

唇上、下巴上贴了胡子的周萍，侧身站在马车旁，她假胡子上挂了霜，帽脸上和眉毛上也挂了霜，看上去完全像一个老头。

赵天亮等三人疑惑地看着她。

齐勇："一凡，把这位大爷扶屋去。"

杨一凡扶着周萍进了木房子，魏明从车上拎起一只麻袋，扛在肩上，也进了木房子。

赵天亮将齐勇扯到一旁，问："那大爷是谁？"

齐勇："装不认识？"

赵天亮："真不认识。"

齐勇："那是你老丈爷呵，人家可是找你找到了团里，找到了连队。连长指导员不知如何是好，让我把他拉来，在边境上和你谈判。"

赵天亮困惑地说："我老丈爷？谈判？"

齐勇："老丈爷，不懂？就是岳父呀！"

赵天亮："周萍她父亲？！"

魏明和杨一凡出来，都对赵天亮幸灾乐祸地笑，各自扛起一只麻袋，又进入了木房子。

齐勇："要是周萍的父亲我倒替你高兴了。问题就在于，不是周萍的父亲，可人家说，千真万确是你老丈爷，你也千真万确是人家女婿，人家女儿恨死你了，说你是陈世美。"

赵天亮："这……这无中生有嘛！"

齐勇："你说无，人家一口咬定有，所以你们得当面对质嘛！"他也扛起一只麻袋进入了木房子。

赵天亮困惑地皱眉回忆着什么。

"小地包"走来，问："班长，怎么不进屋？"

赵天亮："待会儿再进。"

"小地包"扛起车上最后一只麻袋进入了木房子。

赵天亮踏上台阶，在门前犹豫一下，推门进去。

木房子里，有一张大床和一张单独的小床。单独的小床是赵天亮的床。还有一处门口垂着麻袋缝成的门帘，后边的小屋是厨房。齐勇、"小地包"、魏明和杨一凡四人一溜坐在大床的床沿，都望着赵天亮。周萍一人坐在小床的床沿，仍戴着狗皮帽子。

赵天亮看周萍一眼，向大床走去，坐"小地包"旁边。

"小地包"推他一下，小声地说："别坐我们这儿，坐你老丈爷那儿去呀。"

赵天亮："别管我，就坐这儿！"

他望着周萍说："大爷，把帽子摘了吧。"

周萍摇头。

赵天亮："大爷，咱们之间，发生什么误会了吧？"

周萍摇头。

"您肯定，您是我岳父？"

周萍点头。

赵天亮又一下子站了起来，看着齐勇。

齐勇小声地说："听说你和周萍恋上爱了，人家能不生气嘛。不说话，是不愿搭理你！跟我一路上话可多了，至少把你骂了一百多遍！"

"小地包"、魏明、杨一凡几乎同声地说:"哇,骂那么多遍呀!"

赵天亮生气地说:"可我只爱过周萍!今生今世只爱她一个!老爷子,我根本就没见过你,这里是一处边境哨所,你不要跑这儿来胡搅蛮缠,影响我们的巡逻任务!"

齐勇:"听听,听听,陈世美们不但绝情绝义,而且都是这么大言不惭!"

周萍终于抬起了头,也望着赵天亮,她缓缓摘掉狗皮帽子,露出了一头秀发。

赵天亮望着她呆住。

周萍又缓缓从唇上、下巴上摘下胡子,放在床上,不好意思又感觉幸福快乐地望着赵天亮微笑。

"萍萍!"赵天亮发呆的脸上也渐渐呈现出了笑容。

周萍:"齐勇非让我逗逗你。"

赵天亮一转身便将齐勇按倒在床,挥拳便打,并说:"气死我了!你怎么教她学坏啊你!"

"小地包"、魏明、杨一凡哈哈大笑。

周萍:"天亮,我们在路上可险了!遇到了一头大黑瞎子……"

"小地包"等三人立刻止住笑,一齐惊讶地看她。

赵天亮停止"惩罚"齐勇,也不由得扭头看她。

周萍:"齐勇当时为了保护我,绝对说得上是奋不顾身了,要不你可能见不着我了,你得替我好好谢谢他。"

赵天亮又转身看齐勇,感激之情溢于言表,"小地包"等三人也都肃然起敬地看齐勇。

齐勇:"在北大荒,又是在森林地带,遇到熊有什么大惊小怪的呀?难道你们就都没看出周萍她有什么变化?"

赵天亮和"小地包"等三人,又一齐将目光投在周萍身上。

周萍一时也被看得困惑起来。

齐勇将赵天亮扯到门帘旁,小声地说:"玩笑归玩笑啊,可是你看周萍那身子……"

赵天亮："刚才就注意到了，她胖了。"

齐勇："傻帽儿，那不是胖了，是有了！……都三个多月了。她自己不知道怎么办才好了，找到我，所以我才把她带来了，所以她进屋这么半天了还不脱大衣。"

赵天亮不由得又看周萍。

周萍纯洁地笑。

赵天亮走到"小地包"等三人跟前，低声道："你们三个，跟齐勇先出去一下。"

齐勇朝"小地包"等三人使了一个眼色，他们一起出去了。

在木房子外，"小地包"问齐勇："你跟天亮嘀咕了些什么啊？"

齐勇："我说周萍怀孕了。"

魏明："啊？这下天亮麻烦大了！"

杨一凡："难怪她一坐那儿就不动地方，也不脱大衣。"

齐勇："你们啊，一点儿幽默感都没有，我骗你们班长呢！"

他走到窗子旁，向"小地包"等三人招手："过来，有戏看！"

于是"小地包"等三人走过去，分散窗子两边，向屋里偷窥。

木房子里，赵天亮将一只高脚凳搬到周萍跟前，坐下去，问周萍："说说吧，怎么回事儿？"

周萍眨眨眼，不明所以地说："说什么啊？"

赵天亮严肃地说："萍萍，在隆镇，在大车店，我吻过你，对不对？"

周萍点头。

赵天亮："那是我的初吻。"

周萍："也是我的初吻。"

赵天亮："在火车上，我们也吻过。"

周萍："是我主动吻你的，而且是当着一名乘警的面……"

赵天亮："我们除了吻过，并没有……我的意思是，我们之间没发生过那种事儿，对不？"

周萍点头。

赵天亮："那你还不该说清楚吗？我把他们都请出去了……相信我，只要那原因是应该原谅的，我保证原谅你。"

周萍："你到底让我说什么事儿呀？"

赵天亮："齐勇说，你怀孕了，都三个多月了！"

周萍叫起来："他胡说！这家伙坏死了，你怎么能信他的？他一路都在琢磨着怎么拿你开心！"

赵天亮的目光落在了周萍腹部："那你这儿，又怎么解释呢？"

周萍低头看看自己腹部，笑了："这里有个小生命。"

赵天亮一下子站了起来，跺脚，挥舞胳膊，又急又气地说："你看你，这不话又说回来了嘛！我问了半天，要你回答的就是，那小生命它究竟怎么来的！"

周萍："别人给的。"

"什么？！别人？！"

周萍解开大衣扣子。小鹿崽在她怀里睡着了。

周萍将小鹿崽放在地上，接着说："我们山东屯一个打猎的，他老婆有腰腿疼的病，我经常去他家为他老婆按摩按摩，他老婆觉得轻了一点儿，他就挺感激我的。他从山上逮回了这只小鹿，见我喜欢，送给我了。我们宿舍里的几个上海姑娘不许我养，嫌有味儿，我一想，你们养着它，那不是很好吗？养大了，它如果想回归山林，那就让它回归呗。"

赵天亮："萍萍，对不起……"

"你看你刚才，像审问似的！"

赵天亮一掌推开门，迈出去大叫："齐勇！"

齐勇们从窗前散开，哄笑起来。

赵天亮向齐勇他们冲去，一会儿想抓住这个，一会儿想抓住那个，东抓抓西抓抓，结果是哪个也抓不着，只有从地上一次次抓起雪，攥成雪团打齐勇他们。

周萍也从房子里走出来了，抱着小鹿，望着赵天亮他们幸福地笑。

小伙子们开怀的笑声在边境上空回荡。

一声尖厉的口哨声，接着又是一声。

周萍抱着小鹿，循声走入桦树林，发现了瞭望台上的"小黄浦"，仰头看他。

"小黄浦""啪"地立正，居高临下对周萍敬了一个礼，问："你抱的什么呀？"

"小鹿。"

"你逮的？"

"我哪儿那么大能耐啊。猎户给的。"

"小黄浦"："留我们这儿，让我们养着吧。"

周萍："我正是这么想的！"

"小黄浦"："哎，我用望远镜看到一个老头的呀，他是谁？"

周萍："是你们班长他老丈爷！不跟你多说了啊，这小鹿冷，冻得直哆嗦！"

她转身走了。

"小黄浦"："对天亮说，该有人换岗了，我在上边也开始哆嗦了！"

周萍："听到了！"

天黑了，木房子里，周萍在桌子那儿刷碗，赵天亮、黄伟、沈力、"小黄浦"围坐在火炉旁嗑瓜子。由于是地板地，魏明干脆躺在地上。

魏明："周萍，谢了啊。"

周萍："谢什么呀？"

魏明："做饭、刷碗，本来都是我的事儿，你是客人，抢着替我做了，所以我应该谢你啊。"

周萍："你们都发真枪了，而且担负的是巡逻边境的神圣使命，我能为你们做顿饭还觉得光荣呢！我做得好吃不好吃呀？"

沈力大声地说："好吃！"

"小黄浦"："好久没吃到肉了，感谢连里还给我们带了条猪腿来，我撑着了！"说罢，打了一个响嗝。

赵天亮笑了。显然，听到战友说周萍做的饭好吃，他是特别高兴的。

黄伟："周萍，我听说，你一来，给他们带来了许多欢乐，那我和沈力没分享到，怎么办啊？"

周萍："我一会儿给你们唱歌行不？"

黄伟："好啊。听齐勇说，你唱歌很好听啊！"

周萍谦虚地说："一般般。"

魏明坐了起来，认真地说："周萍，我有个问题一直想要当面问问你——你说你吧，一心想成为兵团战士，结果没成，我以为你一定会从此变成了一个满脸愁苦样子的人，怎么你还变得比以前更快乐了似的呢？"

周萍端着刷好的碗、盘子往厨房走，边说："不是似的，就是比以前更快乐了！"

沈力："因为有爱情了，对吧？"

麻袋门帘后传出周萍肯定的声音："对！"

黄伟捋了赵天亮的头发一下："听到了吧？"

赵天亮幸福地笑，简直可以说是接近幸福地傻笑。

周萍从厨房里出来，一边擦桌子一边说："不仅因为有爱情，还因为有你们对我的友情！"

赵天亮："你们听到了吧？"

黄伟："周萍，歇会儿，过来。"

周萍："就来。"

她在盆里洗抹布，拧，搭起，接着端盆出去，把水泼了。她这么做时，赵天亮他们都在看她。哪个姑娘被他们那么一种充满爱情和友情的目光看着，心里不感到幸福才怪了呢！

周萍回到屋里，放下盆后，赵天亮扭头看看她说："没把水泼门口吧？"

周萍："我能泼门口吗？冰天冻地的，谁一出门滑倒，摔坏了呢？"

黄伟："天亮，别拿人家周萍当不懂事的小孩儿啊！我越来越觉得，人家各方面都有值得我们学习的地方。"

周萍眨着眼睛，天真地说："真的？"

黄伟："没活儿了，坐我这儿吧。"

周萍就走过去，坐在了黄伟和沈力之间，也是坐在了赵天亮对面。

周萍："我带来的瓜子好吧？"

"小黄浦"："好，又大又香！"

黄伟："天亮，你是不是还审了小周一通？"

赵天亮挠头，不好意思地说："那也不能叫审。那只不过是……询问……齐勇捉弄我，连魏明、敬文、一凡他们三个都信了，我能不问吗？"——看得出来，虽然他是班长，但黄伟是高二知青，他在黄伟、魏明二人面前心理上是会表现出自愧弗如的。

周萍："那就是审！我见到他，心里光顾高兴了，一时根本反应不过来他为什么审我那些话！"

也看得出来，一处在一班男知青这个群体中，周萍就会变成一个快乐的、无拘无束的姑娘。

黄伟："看过《钢铁是怎样炼成的》举手。"

除了"小黄浦"，都举了一下手。

"小黄浦"："我只看过电影。"

黄伟看着周萍问："书里有这么一段情节，保尔送一个叫安娜的女同志回住处。那是夜里，他们被两名歹徒拦劫住了，其中一个用枪逼着保尔的太阳穴，另一个将安娜拖走了。当然，保尔最终解救了安娜，击毙了一个歹徒。安娜的男友找到了保尔，劈头第一句话就是——'请你以革命同志的名义诚实地回答，安娜是不是被强奸了？'安娜受到了何等严重的惊吓他不太关心,他最在乎的却是那样一点。所以保尔只说了两个字——'卑鄙'。"

赵天亮一下子站了起来,反应强烈地说:"抗议,我提出严重抗议!哎,黄伟,你这可等于是挑拨离间啊!"

黄伟:"你激动什么,我又不是含沙射影地攻击你。坐下!"

他扯住赵天亮衣襟一拽,赵天亮又坐下了。

黄伟看着周萍问:"天亮审了你以后,你心里生没生他气?"

周萍:"有点儿生气。几秒钟的事儿。换了我是男的,那也得问啊。不过肯定不是他那么一种问法。他当时,太……那个了……"

魏明:"我们都从窗外偷偷看到了,那纯粹是一种大男子主义的问法!"

周萍点头。

黄伟:"天亮,承认不?"

赵天亮又挠头,诚恳地说:"承认,以后改行了吧!"

黄伟又捋了他的头一下:"老弟,这才是好同志。还说《钢铁是怎样炼成的》那部小说。咱们都佩服保尔的顽强意志,对吧?"

众人点头。

黄伟:"但是我认为,保尔又是一个典型的大男子主义者。他对冬妮娅是多么地无情无义!人家冬妮娅还冒着危险帮助他出逃过呢,他凭什么一再伤害人家羞辱人家啊?人家穿件漂亮点儿的连衣裙和他一块儿去参加了一次团的活动,那又怎么了啊?他在修铁路的时候碰到了冬妮娅,对人家那是种什么态度啊!说来说去,我其实是想提议,咱们一班全体,作为天亮和小周的爱情的见证人,不但都要祝福他俩,而且还要监督天亮,如果他以后居然也像保尔对待冬妮娅那样对待小周,咱们就都不和他来往了,同意我的提议的人举手!"

魏明、"小黄浦"、沈力都举起了手。

魏明:"我想,我们三个,也能代表孙敬文和杨一凡。"

周萍纯洁地笑着说:"今天晚上,我的幸福真多呀,心里都快装不下了!"

赵天亮:"今天晚上,我觉得自己有点儿威信扫地了,明明是在开我的批判会嘛，而且是突然袭击式的。"

黄伟："不是开你的批判会。话题转到了你和小周身上，是因为我最近内心里忽然产生了一种很大的冲动。如果，将来我们中出了一位画家，那肯定是沈力了。但我还希望我们之间出一位作家，更希望那个人就是我。从明天起，我要开始写了，你们都会成为我小说里的人物，尤其天亮和小周之间的爱情，肯定是我小说里的重要内容。但愿无论实际情况还是在我笔下，都是美好的，能让人读着心里特别温暖的那一种……"

赵天亮抬起了头，看看沈力，又看看"小黄浦"，问："如果我提议，从明天起，在时间上给黄伟一些照顾，你们认为敬文和一凡会是什么态度？"

魏明："那还用问吗？他俩肯定同意啊！"

齐勇从外边进来了。

魏明："怎么喂马喂这么半天？草料扔地上，让马吃去就是了嘛！"

齐勇："外边太冷，我怕这一夜，把马冻坏了。"

赵天亮："给它们身上都盖床被子？"

"小黄浦"："给马盖一晚上，人还怎么盖呀？"

赵天亮："盖我的。"

黄伟："还有我的。"

魏明："天亮和我挤一被窝，黄伟你先盖一凡的被子。"

周萍："如果你俩也嫌有味儿，我走前给你们拆洗了。"

齐勇："恐怕盖被子都不顶事儿，今晚外边有零下四十来度。"

黄伟："那你说怎么办？"

齐勇："求求你们，让我把马牵屋来吧。屋里地方不小，能牵进两匹马来。"

"小黄浦"："可你不能保证，它们夜里不会屙在屋里，尿在屋里！"

齐勇："那我不能保证。只要不把马冻坏了，我宁肯走前替你们刷一遍地板。"

周萍："我帮你！"

赵天亮看黄伟，黄伟点头。

于是二人几乎同时站起，将桌子从地中央搬开。

魏明、周萍也站起，将凳子移到一边。

"小黄浦"不情愿地站起，抱劈柴，嘟囔："别让马屁股冲着我的铺位啊！"

在黑龙江边这个寒冷的夜晚，木房子的窗，透出马灯幽黄又温暖的光。屋里传出周萍的歌声，她唱的是《喀秋莎》，齐勇的口琴声为她的歌声伴奏。

木房子里，赵天亮悄悄爬起来，穿好衣服和鞋。

他站在"小黄浦"的被窝跟前，伸手想推醒"小黄浦"，可见"小黄浦"睡得那么香，又不忍心。

两匹马安静地站立着。

赵天亮从枪架上拿起一支枪，绕过马头，走了出去。

赵天亮走在冰封的黑龙江边。

"天亮！"周萍的喊声传来。赵天亮站住，转身，望着周萍向自己跑来。

赵天亮："你跟来干什么？"

周萍："陪陪你。"

赵天亮："连大衣都不穿！"

周萍："没顾上，不觉得冷。"

赵天亮："那是你刚出来。听话，陪我走走就回去，啊？"

周萍点头，请求地说："把枪给我一会儿，行不？"

赵天亮犹豫一下，摘下枪，替周萍挂胸前，提醒地："别乱动它，弹夹里满满一夹子弹。"

周萍又一点头，接着将胸一挺，问："精神吗？"

赵天亮也点了一下头。

二人向前走去。

周萍："你们来后，有什么感觉？"

赵天亮："寂寞。"

周萍："寂寞？"

赵天亮："从没感受过的寂寞。张靖严你还记得吧？"

周萍："记得，你们男知青排的第一任排长。"

赵天亮："他现在是边境战备连的排长了。团长在他陪同下，亲自来给我们授的枪。开始几天，大家个个都觉得特光荣，对周围的一切都感到新奇。现在，新奇劲儿过去了，人人内心里都感到空前寂寞了。在这儿和在连队太不一样了。连队人多，热闹，活儿也多。干活儿一累，不知什么叫寂寞了。这儿倒是没什么活儿，但我们负责巡逻三十里的边境，一天二十四小时，俩俩一班，不间断地就这么走，觉得这一路上，对每一棵草都熟悉了。来时又不许带象棋，不许带扑克。最近几天，相互间都快没话说了。因为你和齐勇到了，大家才都那么多话。"

周萍："那，以后你们怎么忍受寂寞呢？"

"不知道。我觉得在这儿，我这个班长不好当了。面对大家那种一个个寂寞的样子，我看在心里，干着急，却不知道怎么办才好。"

"以后我常来看你们。"

赵天亮："一个星期就休息一天，这儿离山东屯四十几里，你来一次那么容易？"

周萍："我星期六晚上来，快步三个多小时就到了。星期日可以在这儿待一白天，为你们唱歌，为你们做顿好吃的饭，为你们洗洗衣服。天黑往回走，半夜前就回到屯里了。"

赵天亮站住了，极其严肃地说："绝对不许！那太让我担心了。大家也会和我一样担心，你和齐勇今天不就遇到熊了吗？"

周萍："那，让齐勇每次来给你们送东西的时候，一定从山东屯绕一下，带上我。"

赵天亮："那行。"

他望着黑龙江对岸，又说："其实我能猜到，大家心里都巴不得早点儿……发生什么事儿。"

"什么事儿？"

赵天亮仍望着江对岸，不说话。

周萍："战争？"

赵天亮点头。

周萍："真那样，枪林弹雨的，你们就都不怕？"

赵天亮："嘴上都说不怕，但心里，连我都有些怕。子弹毕竟不长眼睛，如果那边坦克、骑兵步兵一起冲过来，炮弹在这边炸成一片，那我们几个也不能做孬种！既然都暗下了决心不做孬种，就都这么想了——如果战争不可避免，那早点儿发生吧，早发生，早完事儿。"

周萍："那，你要是牺牲了呢？"

赵天亮："你以后就嫁给别人。如果你心里能一直怀念着我，那我也不反对。"

周萍："都牺牲了，还有什么反对不反对的！"

赵天亮："是啊。"

他一回头，见周萍已是泪流满面。

周萍："我恨战争！"

赵天亮从手套里抽出一只手，替周萍抹眼泪，温柔地说："是人，谁又喜欢战争呢。"

突然，在他们后边，从苏军瞭望台那儿，传来了俄语喝问声："站住！举起手来！"

接着传来了一梭子枪声。

再接着是军犬的吠声，苏联人叽里呱啦的呼喊声。

苏方瞭望台上的探照灯亮了，朝江这边扫过来又扫过去。

赵天亮："把枪给我！"

他刚一接过枪，拉着周萍就朝回跑。

赵天亮拉着周萍跑回到白桦林所在的那一段江边，"小地包"和杨一凡从相反的方向跑过来。

赵天亮："怎么回事儿？"

"小地包"："不知道。"

杨一凡："我俩也是听到枪声才跑过来。"

黄伟、魏明、沈力、"小黄浦"、齐勇都跑出来了。"小黄浦"连帽子手套也没顾上戴，齐勇因为没有枪，拎了一把大斧头。

江对岸，却又寂静了。

探照灯的光束又向这边扫了一个来回，也熄灭了。

赵天亮："不巡逻了。都集中在屋里，轮流站瞭望台，一人一小时。我站第一班。"

他说罢，一转身走入白桦林。

周萍想跟去，黄伟拉住她，冲她摇头。

木房子里，黄伟他们在大木床沿坐一溜，"小地包"擦枪。

周萍坐小床沿上望着他们。

"小地包"将擦枪布递给"小黄浦"，"小黄浦"也擦起自己的枪来。

总之，有枪的一班的战士，人人穿戴整齐，枪在手中，随时准备冲出去投入战斗。

"沙！沙！沙！"齐勇用砂石磨斧刃，用手指拭了拭，认为够锋利了，放在脚旁，从兜里掏出了口琴。

魏明："如果今天夜里非拼不可了，我提议，咱们都要豁出命来保卫两个人，周萍和黄伟。保卫女人是男人的责任。保卫黄伟的原因是，即使咱们都死了，还能活在他的小说里。"

却没人接他的话。

黄伟："就不说小说了行不行？最好今天夜里平安无事。"

沈力："保卫周萍和班长吧，保卫女人就应该同时保卫她的爱人。"

周萍抓起狗皮帽子冲了出去。

黄伟："周萍！"

齐勇："找天亮去了。让她去吧。"

他吹起了口琴，吹的是《一条小路》。

黄伟："别吹了！"

齐勇扭头看他。

黄伟："你只会吹苏联歌曲啊？一首中国歌曲都不会吹呀？！"

齐勇："那倒不是，我只会吹抒情的，也只喜欢吹抒情的。"

赵天亮在瞭望台上用望远镜向江对岸瞭望，他发现周萍在向瞭望台上爬，就将周萍拽上了瞭望台。

赵天亮："怎么不听话！"

周萍："就是想和你多待会儿。你估计，今天夜里，真会发生你说的那种事儿吗？"

赵天亮："不知道。估计不会。但肯定是有什么不太寻常的事儿使他们那边反应过敏了。萍萍，原谅我……"

"为什么啊？"

"黄伟批评得对，我是不该以那种态度问你。"

周萍："我也没真生气啊！那也是由于我傻，怎么能一坐下看着你，别的什么事儿就都忘了呢。"

她主动吻了赵天亮一下。

木房子里传出齐勇的口琴声，这一次吹的是《敖包相会》。

赵天亮用一只手臂搂住周萍，两人静静地听。

周萍抬头望夜空，月亮又大又圆。

周萍："今晚月亮真好，像十五的月亮。"

赵天亮："冲这么好的月亮，今晚也不会发生那种事儿的。"

天明了，站在瞭望台上的已不是赵天亮和周萍，而是沈力了。他系着帽耳朵，戴着口罩，帽子的绒毛和他的眉毛都结了霜。

他看到木房子的门开了，齐勇牵着"乌云"走出来，周萍牵着枣红马随后走出来。

沈力摘下口罩喊："平安无事喽！"

齐勇和周萍抬头望着他笑。

周萍向他立正敬礼。

齐勇："我夜里做了一个梦，梦见一个妖丽的狐仙迷你！"一边给马刷毛。

沈力："要是中国狐仙，那我甘愿被她迷。要是苏联狐仙可就对不起了，只得把她押送到边防指挥部去！"

周萍："要是她哀求你别那样呢？"

沈力："那……那我就只能劝她再变回一只漂亮的苏联蓝狐喽，我还要向她保证，一定好好养着她。就我一个人的时候，她愿意再变成人形我也不禁止。"

齐勇："美得你！"

沈力："美事儿人人都可以想嘛！"

周萍咯咯地笑。

黄伟和赵天亮也先后走了出来。黄伟刷牙，赵天亮用盆盛雪，他只穿着绒衣。

周萍对齐勇说："我想骑马。"

齐勇："吃完饭再骑。"

周萍小孩儿般地说："现在就想骑！"

齐勇："你没骑过，自己骑不行。"

周萍："你骑前边，我骑后边。要不我骑前边也行！"

"真那么想骑？"

"嗯！"

齐勇："天亮，过来！"

赵天亮正端着一盆雪往屋里进，听到齐勇叫他，将盆放廊外地板上，踏下了台阶。

赵天亮："昨天晚上那么冷，想不到今天早晨太阳这么好，还怪暖和的。"

齐勇："冷不了几天了。你这位想骑马，而且就现在。"

赵天亮毫无留情："坚决不许！"

黄伟："听听，什么口气！有些人的大男子主义是很难改的！"

赵天亮："你们会把她宠坏的！"

齐勇将赵天亮扯到一旁，小声地说："爱情像小孩，有时候是需要宠一宠的，该宠不宠也不对。"

赵天亮："谬论！"

齐勇："别忘了，爱神丘比特就是个光屁股小孩，人类的神话这么想象爱神肯定是有道理的！"

赵天亮犹豫片刻，走到"乌云"跟前，单膝跪下，朝周萍一摆头。

周萍乐了，跑过去，踏着赵天亮的膝，跨上了马背。

赵天亮也跃上马背，对齐勇说："把她宠坏了你们负责！"

周萍："才宠不坏呢！"

齐勇："陪你们骑一圈！"他也跃上了枣红马。

一黑一红两匹马在黑龙江畔奔驰。

黄伟拿着牙缸，微笑地望着。

"小地包""小黄浦"、魏明、杨一凡也站在廊上望着。

杨一凡："初恋真好啊。"

魏明："不管发生在什么时代，都好。"

"小地包"："在这个时代，发生在这个地方，好得特别。"

"小黄浦"："说反了吧？该说'特别好'吧？"

"小地包"："没说反，就是好得特别。"

魏明拍拍"小地包"的肩："老弟开始成熟了，终于听到你说了一句有点儿水平的话。"

沈力在瞭望台上喊："老魏，饭做好了没有啊？我饿了！"

木房子里安安静静的，黄伟坐在桌前写着什么。小鹿卧在铺位上，沈力在画它。窗台上摆着栽在盘中的白菜心，那么绿。玻璃上的霜开始融化，明媚的阳光洒在屋里；水壶在炉上吱吱地冒着热气，屋里看起来很温暖。

黄伟在本子上写道：

我们七连的两匹马特争气，夜里没在屋里屙也没在屋里尿。大家一致同意，解除班长赵天亮一天职务，给他一项特殊的工作，那就是和周萍去采蘑菇，由齐勇临时代理班长。其他人的任务照常。

我、齐勇和魏明，我们三个哈尔滨老高二的知青，挺喜欢赵天亮这个北京的初二知青。如果不是这样，他这个年龄比我们都小的班长一天也别想当好。而我们逐渐开始喜欢他了，是因为受我们第一任排长张靖严的影响。

张靖严特别尊敬赵天亮的父母和哥哥，尽管他没见过他们。这个时代，正义太宝贵了，张靖严他是对正义肃然起敬。而我们三个尊敬张靖严，不仅因为他比我们高一届，是高三，更因为他是一个使人感到温暖的人。他常对我们三个说，如果我们表达正义的能力实在太渺小，那就尽量像严冬季节的炭盆一样，使靠近我们的人获得一些温暖吧！

我能写些什么，又绝对不能写些什么呢？我知道，连爱情都是被禁止书写的，但是管他们的呢，让那些禁止爱情的人见鬼去吧！美好的爱情就发生在我身边，像我的弟弟妹妹开始恋爱了一样，令我也感到心情愉快，那么我一定要把它记录下来……

第 25 章

　　白桦林里，赵天亮轻轻将周萍拉入怀中，问："如果我们住的那房子就是咱们的家，你愿意和我在这里生活一辈子吗？"

　　周萍轻轻地点点头。

　　赵天亮："无怨无悔？"

　　周萍："那我们就像生活在童话里了，有什么怨的有什么悔的呢？"

　　"那就得过牛郎织女起初过的那么一种生活了。"

　　"那么一种生活不好吗？"

　　周萍轻轻唱了起来："你耕田来我织布，你担水来我浇园……"

　　赵天亮："他们住的是小泥草房，哪儿有咱们的房子这么大这么结实这么美观！"

　　周萍："如果再把齐勇赶来的两匹马和那辆车归了咱们，就美死了！"

　　赵天亮笑了："听你这么一说，好像梦想已经成真了！我陪我父亲到陕北去看我哥回来的路上，我父亲让我跟他脱离关系。他是为咱们好，说那样咱们就可以……"

　　周萍用一只手捂住赵天亮的嘴，摇头道："不许！如果你真很爱我，如果我们这一辈子也没有条件结婚，那就让我们这么相爱一辈子吧！"

　　没等周萍说完，赵天亮忽然推开周萍，周萍一转身，见魏明拎着篮子站在不远处。

魏明："对不起,请继续,我回避!"他摘下帽子,行了一个夸张的绅士礼,转身而去。

周萍和赵天亮都不好意思地相视一笑。赵天亮拉着周萍的手朝相反的方向走。他们来到一片桦树林中的雪地上,手拉着手仰躺下。

赵天亮:"北大荒的冰雪,经常使我想到我哥插队的那个坡底大队。"

"为什么?"

"那个陕北的农村大队,又小,又穷,还缺水,特别特别缺水。那大队里的人,估计从生到死,一辈子洗不了几次痛痛快快的澡。为了省水,淘米水都舍不得倒,澄清了以后洗菜、洗脸。他们很少洗脚,睡前把脚巾弄湿,擦擦脚就算讲究的人了。我哥已经是那个大队的代理支书了,为了解决水的问题,他愁得脾气都变坏了。"

周萍:"那,我们能不能帮他们做点儿什么呢?"

赵天亮一翻身,伏在周萍身上,俯视着她说:"如果你真是仙女多好,那我就命你把北大荒的冰雪转移到坡底大队那地方去,他们可以储存在水窖里。"

周萍:"命我?又大男子主义!得求我。"

赵天亮:"对对,说错了,得求你。"

周萍:"可惜我不是什么仙女。如果我真是,才不在乎你大男子主义不大男子主义呢,也不在乎什么玉皇大帝啦、王母娘娘啦会多么严厉地惩罚我,一定就像你希望的那么做。"

赵天亮:"是啊,你又不是仙女。"他又躺倒了下去:"萍萍,你说,一个恋爱中的男人,他如果除了他恋爱着的姑娘,还吻了别的姑娘,是不是就意味着,他对爱情不忠呢?"

周萍像是被什么刺到了似的,一下子坐了起来:"那当然!你吻别的姑娘了?"

赵天亮诚实地说:"对。已经吻了,再不向你主动坦白,那我更不对了。"

周萍突然一下子站了起来，难以置信地瞪着赵天亮。

赵天亮也站了起来，讷讷地说："她……她还不满十八岁呢。我和她……我也不是……"

周萍没等他说完，猛地转身就走。

赵天亮拽住她："你听我解释嘛！你这就不对了吧，怎么能不给我解释的机会呢？"

周萍将自己的手臂从赵天亮的手里挣脱出来，双手使劲儿一推，赵天亮脚下被什么绊了一下，摔了个仰巴叉。赵天亮双手捂着头，居然一动不动了。

周萍慌张地坐下，将赵天亮的头放在自己膝上："天亮，天亮你没事儿吧？"

赵天亮闭着双眼说："我初次到坡底大队去的时候，她是我见到的第一个坡底大队的人，叫春梅。她一家对我哥、对我晓兰姐可好了。我在写给你的信中告诉你了，冯晓兰已经是我嫂子了。我春节前去坡底大队的时候，有天晚上春梅对我说，已经有人向她家提亲了，说我再见到她的时候，她就是别人家的媳妇了。她说：'天亮哥，趁我还没嫁给别人的时候，亲我一下吧！'当时，我心里好难受，我觉得她似乎不应该小小年纪就成了农妇……"

头枕在周萍膝上的赵天亮睁开了眼睛，他笑了一下，说："不吓唬吓唬你，你不给我解释的机会。现在我解释完了，要打要骂，随你便吧。"

周萍："我要是你，我也吻春梅。"

赵天亮从她的腿上坐了起来："真这么想的？"

周萍微笑着点头。

赵天亮情不自禁地搂抱住周萍，四目相对，两唇将吻之际，周萍竟一转身，咯咯笑个不止。

赵天亮被笑得丈二和尚摸不着头脑，问："笑什么？"

周萍仍笑个不止。

赵天亮："严肃点儿。"

周萍止住笑："又想起了我们支书叮嘱我的话。她说，咱俩拉拉手是可以的，搂搂抱抱也情有可谅，但是不许咱俩亲吻，还说对于女人，亲吻是危险的。"

赵天亮："咱俩又不是没亲过，你感觉危险吗？"

周萍："我喜欢那种感觉。你吻我的时候，我觉得整个世界都变得温暖了，在冬天也像是在春天了……"

赵天亮："可是，我还真的有种冒险似的感觉。现在，我请求允许我冒险……"

周萍偎入了他的怀抱，两人深深地吻着……

"小地包"站在瞭望台上举着望远镜朝白桦林里望，一旁的"小黄浦"着急地问："看到没有？看到没有？"

"小地包"不急不慢地说："看是看到了，有树挡着，看不分明。"

"小黄浦"上来抢夺望远镜："让我看看！"

"小地包"哪里肯给，他换一个角度边看边说："你急个什么劲儿！我还没看到最想看到的呢！"

黄伟："你俩干什么呢？"

二人往下一看，黄伟站在木房子前边指着他俩，沈力在用雪雕塑动物。

黄伟仰着头问他俩："望远镜是用来望哪边儿的？啊？"

"小地包"趴在栏杆上对他们说："那边没什么情况，这边有好看的！"

"小黄浦"："我俩望到了什么，都会一五一十地告诉你！没有点儿原汁原味的真实素材，你那小说能写好吗？"

黄伟："少为我操心！不许再往林子里望，再望，等你俩下来我修理你们！"黄伟转身走到沈力那儿，欣赏着沈力用雪雕塑成的一头大鹿和一头小鹿。

黄伟问他："鹿，还是狍子？"

沈力:"看着像什么是什么吧,其实母鹿和母狍子样子差不多。"

"为什么不雕一只东北虎?"

"我不喜欢凶猛的动物。"

这会儿,齐勇和杨一凡也背着枪走过来。

黄伟招呼齐勇:"又巡逻了一番?代理班长当得还挺负责任!"

齐勇卸下肩上的枪:"代理那也得代理好啊。你认为昨天夜里有可能是怎么回事儿?"

黄伟:"没根没据的,不好猜。自从我们来到这里,那边还是第一次搞出昨天夜里那么大动静。"

"会不会是那边有什么人想投诚过来,结果又被抓回去了?"杨一凡揣测道。

"我只听说过有咱们这边人往那边跑的事儿。是猎人追一只受伤的狐狸,一犯糊涂追过去了,成了那边的俘虏,被那边移交过来,又成了这边的'特嫌'……"

魏明背着小山般的一大捆草走回来,放下草对齐勇说:"今天夜里不会太冷,别让马进屋了。我这割的可一多半是乌拉草,两匹马卧上边,为它们盖上麻袋,冻不着。再让马进屋,我怕把炉子给踢翻了。"

齐勇:"辛苦你,听你的。"

杨一凡:"北京有消息说,大学还是要招生的。"

沈力:"百里挑一,轮不到咱们啊。"

"那可不一定。要是中央美术学院又招生了,我就动员咱们一班都推荐你。学艺术专业,总得推荐有艺术细胞的人吧?"

"谢了。不过我不指望那种好命运能降临我头上,能使自己的人生多一种情趣,也挺好。"沈力退后几步,看看自己的成果,对杨一凡说,"给命个名。"

杨一凡:"母与子。"

齐勇和黄伟也走了过来。

齐勇欣赏着雪塑:"你怎么能说那小狍子肯定是公的?"

黄伟："母爱吧。"

沈力："太一般。"

"就叫'偎'吧。"

众人循声回头，见赵天亮和周萍站在身后了。周萍笑着说："'依偎'的'偎'。"

众人纷纷赞赏地点头。

齐勇："什么叫秀外慧中？咱们周萍就是！"

周萍："想怎么夸就怎么夸吧，我经夸！"她说罢，便跑进木房子去了。

赵天亮："大家真不能这样！又夸她，又宠她，给我造成多大压力啊！"

大家都笑了。

晚上，沈力和杨一凡在巡逻。沈力忽然有所发现，指着江对岸说："看那儿！"

杨一凡顺着他手指的方向看去，见几名苏联士兵的身影和一匹马拉的小型爬犁向冰封的江中心地带而来。

杨一凡咕哝："那边又搞什么名堂？"

沈力："快趴下，别让他们发现咱俩！"他说着，拉着杨一凡迅速卧倒，做出射击准备。

几名苏联士兵的身影返回江那边去了，马拉着爬犁沿江心地带行进。

沈力看清了对方的状况："上边只有一个人，拉着些东西。"

杨一凡："看样子是想找段江面窄的地方过来。"

他俩爬起来，猫着腰，隐蔽在几丛灌木后。那匹马果然拉着爬犁越过了江中心地带，坐在爬犁上的人连连挥鞭，马奔驰起来。

而这时，赵天亮、周萍、齐勇、魏明、"小地包"和"小黄浦"正坐在木房子里听黄伟讲故事。

黄伟娓娓道来："这是一个苏联故事。可以肯定地说，在咱们中国，知道这个故事的人少而又少，大概不超过三五人，我是其中一人。我家旁边的院子里，有一户收破烂儿的。'文革'一开始，他可发了。每天成车成车地往回拉书、报、刊、大学教授们的讲义、出版社没来得及出版的校样……等等吧。有天我从那样一些纸堆里翻到了一篇译稿，没有题目，第一句话就是——这是一个真实的故事……"

齐勇："你刚才那些话就算引子，再别啰唆了啊，言归正传吧！"

黄伟："好，言归正传。话说德国进攻苏联之前的某天晚上，一位画家乘地铁回家，坐在他对面的一位中年男人，膝上放着一架鸟笼子，笼子里是一只漂亮的鹦鹉。二人一聊，对方是一位乐团指挥。指挥说鹦鹉是自己刚买的，扯一下鹦鹉左脚的链子，它用俄语说'先生您好'，扯一下它右脚的链子，它用法语说'女士您好'。这时到了一站，指挥拎着笼子下车了。画家忽然想问，如果同时扯两条链子，那鹦鹉会说什么呢？这个想法折磨得他一晚上没睡好。他希望再碰到那指挥，能获得一种答案。可再也没碰上。对答案的渴望，就更加折磨他了。不久战争爆发了，在战壕里，画家意外地见到了指挥家。国家兴亡，匹夫有责，这话在人家那边，当年也是爱国原则，大学教授也罢，艺术家也罢，能作战的，几乎都上前线了。二人互通姓名之后，画家赶紧问指挥家那个把自己折磨得好苦的问题。可紧接着炮声不停，苏军这边吹起了冲锋号……"

门突然开了，沈力走进门来闪在一旁。接着，杨一凡将一个穿皮袄、戴皮帽子的人推了进来。

沈力："进去！"

众人立刻全都站了起来。

沈力对赵天亮说："报告班长，我们巡逻的时候，发现这家伙坐在爬犁上，赶着一匹马从江那边过来了，被我们给逮了个正着。"

"嗯！"赵天亮上下打量那"俘虏"。

"俘虏"："误会，误会，我不是……"

杨一凡："你敢说你不是从江那边过来的？！"

"我是从江那边过来的不假，可难道你们看不出来我也是中国人吗？"

沈力："正因为你也是中国人，所以你的问题严重啦！比你是苏联人还严重！"

赵天亮："马和爬犁呢？"

沈力向门口一指："就在门外！"

赵天亮走到了外边，众人推搡着"俘虏"也来到了外边。

拉爬犁的马显然又累又饥又渴，在舔沈力的雪塑。

沈力："我的作品！"他想冲下台阶，被赵天亮阻拦住了。

赵天亮问"俘虏"："爬犁上是什么？"

"俘虏"："我是红星公社的电影放映员，爬犁上是电影片子、放映机和一台小型发电机……"

赵天亮："你把马卸下来，把爬犁拉林子里去！"

"首长，您听我解释……"

赵天亮厉声道："快去！"

"俘虏"刚下一级台阶，魏明开口道："等等！"

魏明对赵天亮耳语："马肚子里也可能吃进去了定时炸弹啊，得连马一块儿赶到林子里去，离咱们这房子越远越好。"

赵天亮："连马一块儿赶林子里去！你们都不许离开这儿，我一个人跟着就行。"

赵天亮把马和爬犁送进了白桦林，又回到了木房子里。他坐在桌子后边，杨一凡坐他旁边，手里握着笔，准备记录。"俘虏"坐在赵天亮和杨一凡对面。其他人或坐炕沿边，或靠墙、靠柱子站着。

"小黄浦"持枪守卫在门口。

"俘虏"似乎还来了倔劲儿，梗着脖子说："给我支烟我就说实话，要不什么都不说！"

赵天亮朝齐勇示意，齐勇给了"俘虏"一支烟，还替他划着了火柴。

"俘虏"吸一口烟后，倔强地说："我过去了，那也不能怪我，以前那边我过去多少趟了，早就不稀罕过去了。"

大家互相交换意味深长的眼色。

杨一凡："好吧，那你就从以前说起。"

"俘虏"："以前……那时候他们不是老大哥嘛！他们那边搞什么庆祝活动，都派船派车过来拉咱们这边的大姑娘小伙子到他们那边去，和他们一块儿唱歌、跳舞。以前我是大队里的团支部书记，组织大家过去是我的工作，公社、县里还发给过我奖状……"

赵天亮："不用说以前的事儿了，直接说这一次。为什么过去，怎么过去的？过去又见到了些什么人，做了些什么事儿？"

"俘虏"："这次……嗨，这次都怪那匹马！都说老马识途，谁承想这话也没谱呀！那匹马可把我害惨了，这下我完了，放映员肯定是当不成了，还不知道要隔离审查多久。"说着，那"俘虏"竟呜呜地哭了。

赵天亮："别哭！哭是没用的！坦白从宽，抗拒从严，老老实实回答问题才是可取的态度！"

放映员："好，好，我说，我说……"

原来是这么回事儿——

"俘虏"的电影放映员在某大队被几名大队干部轮番劝酒，于是便多喝了几杯。出来之后，放映员坐爬犁上，搂抱着拷贝箱昏昏而睡，不知不觉就过了江心。

苏军瞭望台上，一名士兵通过红外望远镜，发现马拉着爬犁越过了江面中心线，发出禁止的喊声。老马自然并没拉着爬犁拐回去。苏联士兵朝天鸣枪示警。老马还是没有什么反应。苏联士兵朝马和爬犁射击，子弹打在冰上，溅起冰雪之屑。马受了惊，朝苏军哨所狂奔而去。

马被苏军拦住了，放映员被拖下爬犁，按在雪地上。他醉醺醺地："别……别闹……"

两名苏联士兵将影片盒拖远，怀疑里边是炸弹，小心翼翼地用什么仪器测查。

一个片盒开了，片轮掉出，两名士兵吓坏了，往前跑，卧倒在地，双手抱头。苏军哨所里，放映员被审问，他头朝后仰，醉劲儿还没过去。审他的军官走到他跟前，低头看他。他忽然吐了对方一身，对方嫌恶至极，扇了他一耳光。

他酒终于醒了一些，见面前是苏联军官，奇怪地问："这他妈是哪儿？我怎么在这儿？！"

他要往起站，背后两名士兵，一人一只手按着他双肩，使他又坐了下去。

放映员大声说："我抗议！中国人不是好惹的！我强烈抗议！"结果他就又挨了一耳光。

赵天亮问那放映员："他们都审问了你些什么？"

放映员想了想，说道："问你们兵团总共有多少人。这我哪儿知道！我连你们一团总共多少人都不知道！全兵团一共多少人？"

杨一凡一拍桌子："不许反问！只许回答！"

"还审问了你些什么？"

"问是不是所有兵团的人都发枪，什么枪。咱一想，这是军事秘密呀，别说我不清楚，就是清楚也不能告诉他们呀！所以我就说，你们兵团有自己的放映队，我没给你们放过电影，没到过你们任何一个连队，对你们的情况一点儿不了解。我这么回答没犯什么错误吧？"

"接着说。"

"他们又问你们兵团的人都挣多少钱，我说一般战士每月一百多元，干部三百元五百元不等……"

"小黄浦"向他跨近一步，生气地说："胡说！毛主席才三百多元的工资，我们团长每月的工资还不到一百元！我们的工资才四十多元！"

放映员："毛主席……每月才那么点儿工资？你们每月挣四十多元还少啊？烧包！我们农民，辛辛苦苦干一天，满分才几毛钱！"

"小地包"喝止道："住口！现在你已经没资格对我们进行再教育了！"

赵天亮一竖手掌，"小黄浦"和"小地包"气呼呼地退回原处去了。

放映员嘟囔："我不是成心把咱们这边的工资说得高一点儿，生活说得

好一点儿嘛。他们修了，咱们可还是社会主义，要不怎么能显出社会主义
比修正主义好来呢？"

赵天亮："还有要说的吗？"

放映员似乎说得来了情绪："有！当然有！这才刚开个头儿。再给支烟
行不？那边昨天审了我一夜，今天又给他们放了一场电影，现在你们又审我，
我困死了，得用烟顶一下。"

齐勇又给他一支烟，仍替他划火柴点烟。

放映员接过烟："谢谢，谢谢。简单地说吧。他们又问咱们这边土豆多
少钱一斤、洋柿子多少钱一斤、能不能经常喝到牛奶吃到肉。我说咱们这
边，家家都有窖，一到秋天，谁家不土豆堆满窖啊！就是洋柿子少，夏季
短，长不好嘛。说咱们这边，天天吃土豆烧牛肉，那都吃腻歪了。总而言之，
后来他们说，为了进一步证明我千真万确是放映员，那我得给他们放一场
电影。"

杨一凡："打住！什么电影？"

放映员："《列宁在十月》呗！这不是咱们这边最受欢迎的片子吗？人
们百看不厌啊！"

杨一凡小声对赵天亮说："班长，他也得给咱们放一场电影，要不咱们
也没法儿证明他千真万确是放映员啊，是吧？"

不待赵天亮表示出什么态度，"小黄浦"和"小地包"同声道："对！"

黄伟向赵天亮做手势，赵天亮起身跟黄伟走了出去。

门外，赵天亮跟黄伟走到了门廊尽头。

黄伟问赵天亮："你怎么看？"

"我看就是他说的那么回事儿。"

"周萍刚才小声告诉我，她回忆了半天终于回忆起来了，她在山东屯
她们那女支书家里见过这人，这人管她们支书叫表姐，是亲表弟和表姐的
关系。"

"既然是这样，咱们今晚也叫他放《列宁在十月》给咱们看，明天一早

把他移交到边防站去。"

"我看甭浪费大家情绪了，审不成个特务间谍的，他长的那样就不够资格！"

赵天亮转身进屋，对放映员说："为了证明你的确是放映员，给我们放《列宁在十月》，其他事儿明天再说。"

放映员有些纳闷："你们还想看啊！那片子就是从你们团借来的！"

"小黄浦"反驳道："胡说！我们不是为了看电影，是本着对你政治上负责的态度进一步取证！"

放映员："好好好，放吧放吧。我可有言在先，那小发电机有毛病了！"他捂嘴打了个大哈欠。

魏明对他说："出了故障不关你的事儿，我们这儿有能人，小小不然的毛病有人修！"

不知谁的被子被当成了电影屏幕，白被里朝外，绳子拴着两角，挂在了一面木墙上。白色的被里上，列宁在说："这样的书只能垫脚！"

大家发出笑声。

门外，发电机隆隆地响着。

放映员发牢骚："就你们几个人看，你们说我放得有劲儿吗？今天白天给他们那边放时，人家是有军有民，三百多人，都以为能白看场中国电影，一打出他们莫斯科电影制片厂的厂标，那叫一个失望。咱们翻成中国话了，人家还听不懂了。找了个会中国话的现场翻译，又被跺脚声吹哨声赶跑了。放完后，都冲我跷大拇指说'喝啦哨'，人家都服气咱们这边译音译得好……"

"小地包"烦躁地说："闭嘴！再人家人家的，用抹布把你嘴堵上！"

由于放映灯光线不足，影像模糊，然而大家看得都挺专注。

齐勇却守在炉旁，看着一盆雪渐渐化成水。他用手指试了试水温，端着盆走到了外边。他端着盆踏下台阶，让放映员那匹拉爬犁的马饮水。

看着马饮水，齐勇同情地说："看你瘦得，不知是哪个王八蛋负责喂你的。刚才你也吃了些上等好料了，这会儿再喝点儿温水吧。"

木房子里的临时电影屏幕上，瓦西里搂抱着妻子，安慰道："面包会有的，牛奶也会有的，一切都会有的……"

周萍："我喜欢瓦西里，做他妻子的女人是幸福的女人。"

坐在他旁边的赵天亮也用一只手臂搂住了她，望着"银幕"，嘴唇吻她头发。

门外，齐勇将放映员那匹马牵到了拴自己那两匹马的地方，拴好后，拍着马脖子说："你们都是马，所以我得一样对待。这儿避风，地上又有草，累了可以卧一会儿。"

齐勇端着空盆进屋时，"银幕"上捷尔任斯基正在审副卫队长。

"小黄浦"指着屏幕大声说："我从骨头里就感到他是敌人！"

杨一凡也大声地说："骨头里？你从什么时候开始用骨头思想了？判断一个人究竟是不是敌人，要用头脑！"

而放映员却在靠着柱子打鼾。齐勇听在耳中，看在眼里，不禁无声一笑。

小房子外，三匹马在发电机的响声中安详地吃着草料。

在那一片寂静中，天明了，又一天开始了。红星公社那一匹马已经和爬犁套在一起了。包括放映员在内，所有的人都站在爬犁周围。

放映员大喊大叫："我给他们那边放了一场电影，连他们那边都相信我是放映员，不把我移交给边防站！我白给你们放一场电影了？你们就不能让我自己回去吗？！"

赵天亮不动声色地说："不是不相信你是放映员，是不能不按纪律要求去做。"他对沈力和杨一凡说："把他弄到爬犁上。"

沈力和杨一凡一左一右拽着放映员两条胳膊，往爬犁那儿拖他。

放映员挣开手，哀求周萍："姑娘，好姑娘，你说你见过我的是吧？你知道梁喜喜是我表姐是吧？你替我求求情，一把我押到边防站，那就非我们公社派人往回领我不可了！我的事儿一由公社来处理，那我麻烦大了去了！"

周萍见他可怜，便向赵天亮央求："天亮……"

赵天亮恼火地说："没你什么事儿！"

周萍愣了愣，一转身冲上台阶，进入房子，戴上狗皮帽子，抓起自己的棉手套，立刻又走了出来。

放映员紧抱着木房子的廊柱不放，沈力和杨一凡站在他一左一右，不知如何是好。

周萍同情地看放映员一眼，冲下台阶，大步走到赵天亮跟前，瞪着他说："我再说一遍，他没什么可怀疑的！"她说完，转身就走。

赵天亮喝住她："你给我站住！如果你走，再也不要来了！"

周萍又一步步走回到赵天亮跟前，一字一句地说："赵天亮，我的确是爱你的，但绝不是离开了你就没法活！"

她猛转身跑了。赵天亮望着她背影，张一下嘴说不出话。

沈力对杨一凡小声说："早知如此，咱俩昨晚不逮他了。"

杨一凡："不是以为可算抓了个特务，能立一大功嘛。"

齐勇对魏明使了个眼色，魏明向周萍追去。

"小地包"："班长，我从骨头里觉得……"

赵天亮正气不打一处来："我揍你！"

"小地包"吓得往后一退。

赵天亮发泄地说："那你们说我该怎么办？我是班长！日后追究起来，罪名都会落在我一个人身上，你们都他妈是站着说话不嫌腰疼！"

黄伟走到了齐勇跟前，低声说："咱俩谁跟他说几句？"

齐勇反问："如果需要你担一份责任，你敢不？"

"我已经有了一个想法，都不会担什么责任。"

齐勇："那我去跟他说，谁叫我面子最大呢。"

赵天亮正望着放映员生气，齐勇的手拍在他肩上，示意赵天亮跟他往白桦林那边走。

白桦林里，齐勇递给赵天亮一支烟。

二人都吸烟时，齐勇对赵天亮说："天亮，我很少嫉妒谁，但是我得承认，我嫉妒你。"

赵天亮不解地看他。

齐勇："周萍好啊。她是个还能凭自己感性活着的人，而我们都快变成了仅仅凭理性活着的人。我不是说理性不好，但我们头脑中的理性不是我们自己的，是别人塞入我们头脑里的。"

赵天亮："别绕弯子，我听不明白。你直截了当地说，如果你是我，会怎么做？"

齐勇："放人家走啊。'从骨头里觉得'，其实这种说法并不那么可笑。有时候，我们对有些人，有些事儿，不但心里明镜似的，就是连我们的骨头似乎都在告诉我们——就是那么回事儿！那我们为什么不但要违背我们的心，还要扭曲我们的骨头呢？"

"我不是为我自己才那么决定。我怕我做错了，拖累了咱们一班全体！"

"这我猜到了。别人不了解你，我还不了解你？但你反过来想想没有？那放映员的表姐是山东屯的支书，连咱们团长和山东屯的支书也有亲戚关系。如果他们公社的造反派小题大做，借着他这件事儿整人；如果他再是个经不住一整的人，胡乱咬，那会牵连多少人？就咱们一个团，一搞'挖特嫌'，不是一个咬几个，咬出了一百多号人吗？最后一落实，哪个都不是！眼前这事儿，像你那么办，是一种做法，可就没有另外的做法了吗？"

赵天亮吸着烟，沉思着。

木房子外，齐勇和放映员站在台阶上。放映员哭着，用力擤了一把鼻涕，要往台阶扶手上抹。

齐勇："啧啧，太不文明了吧？"

放映员将鼻涕抹在了自己鞋底上，对齐勇说："要不你装没看见，我赶马就逃？"

齐勇："你让他们多难办啊，再耐心等会儿。"

木房子里，大家一个个神情肃穆，桌子中央放着些纸片。

黄伟对大家说："大家都应该记得，在这里，咱们开第一次班务会时，班长保证过，以后凡重要的事儿要和大家商议，做决定要民主。今天这件事儿，咱们采取的就是民主表决的方式。班长，你来看结果吧！"

周萍抱着小鹿，坐在铺位上望着他们。

赵天亮一张张翻看纸片，像翻看扣着的扑克牌，最后宣布："一票弃权，六票主张让他走。"

"小黄浦"："弃权那一票是我的。有些事儿，说简单也简单，说复杂也复杂，我搞不大清楚，只好弃权。"

黄伟起身走到了外边，齐勇和放映员立刻站起。

黄伟："记住，如果有人问起你昨天夜里的事儿，你就说喝醉了，迷路了，碰到我们巡逻的人，在我们这儿过了一夜。走吧。"

放映员刚要往台阶下冲，又被齐勇拽住："你那匹马喂养得太不好了，我给它上等草料它都不怎么爱吃，可能肚子里有虫。你要找兽医为它治治病。"

放映员挣脱手，冲下台阶，坐上爬犁，一抖缰绳，随着一声"驾"，爬犁渐渐远去。

齐勇和黄伟目送着爬犁拐弯消失。

黄伟："我连边防日记都替天亮想好了——前夜对岸有不明情况骚乱。昨日红星公社一放映员迷路，宿我哨所，为我班友好放映《列宁在十月》，今晨由我班指点离去。此外无显然异常情况。"

齐勇："我觉得，你想当作家的想法，也许有门儿。"

天又黑了，木房子里气氛有些沉闷。"小黄浦"在铺被窝，预备躺下。周萍抱着小鹿，坐在赵天亮的单人铺位上闷闷不乐地发呆。黄伟在看边防日记。

"小地包"从外边端入半盆雪，直接用壶里的热水一浇。雪化成水，他用手指试了试，将盆放在周萍脚旁。"小地包"对她笑了笑："洗脚。"

周萍："不想洗了。"

"小地包"："天亮让我照顾你洗脚。你要是耍小姐脾气，那还真证明我们把你宠坏了。""小地包"又对黄伟说："哎，你昨晚那故事可没讲完啊！"

黄伟："没人想听了呀。"

周萍："我想听。"

"小黄浦"："我也想听。"

黄伟放下边防日记，掏出了烟。"小地包"夺去火柴，替他划着。

黄伟吸一口烟，娓娓道来："那一次战斗结束以后，指挥受了重伤，被送到了后方的军医院，从此画家再没见到过他。等二战也结束了，画家便又脱下军装，再当他的画家。有次他为乐团画演出海报，从演出名单上发现了指挥的名字，但框在黑框中。原来那指挥伤好后又上前线了，壮烈牺牲，成了英雄。那是乐团为纪念他搞的一次专场演出。画家去听了那场音乐会，他想从此他应该忘记关于那只鹦鹉的好奇心了，却还是忘不掉。他晚年时，移居到了一个小城。某次逛街，发现一家鸟店的窗后，挂着那只他梦到过多次的笼子。他进去问开鸟店的老头，笼子里关的是不是一只会用俄、法两种语言说话的鹦鹉，老头说正是。他立刻将手指伸入笼子，同时扯两条链子，鹦鹉在笼子里乱扑一阵，重新在站棍上站定，理理羽毛，用英语说：'友好待我，和平万岁。'那画家听了，顿时泪如泉涌……"

一阵安静。

只有周萍的脚，在盆中弄出轻微的水声。

"瞎编！""小黄浦"一转身，打个大哈欠，蒙头睡了。

周萍回味着故事，赞叹道："我喜欢听这样的故事。黄伟，你以后如果真当了作家，多写这样的故事吧。"

"小地包"问黄伟："你的小说，究竟打算怎么写呢？"

黄伟："我相信，每个人的内心里都有一种夙愿，那就是希望在自己的一生中，起码有机会做一次特别善良的、值得别人感动一下的事儿，就像我们经常希望住得好一点儿，吃得好一点儿，穿得好一点儿，别人都对我们很友好那样。我想告诉以后的人，我们原本便是那样的……"

第二天傍晚，齐勇和周萍已坐在马车上，赵天亮和其他知青在送他俩。

赵天亮想为周萍系上狗皮帽子，周萍将头一扭。

齐勇一抖鞭子，大喊一声："驾！"

二马齐奔，马车离去。赵天亮怅然若失地望着。

沈力追马车，喊："要是同时扯两条链子，鹦鹉说什么？"

齐勇头也不回地说道："问黄伟！"

马车远去。

转眼夏天到了。不再冰封的黑龙江江水滔滔。白桦林看去更迷人了。木房子前那片平地的两边，一边生长着金灿灿的向日葵，一边开着五彩缤纷的扫帚梅。而它的窗子，擦得明明亮亮的，并被喇叭花围绕着。

木房子里，内务整洁，沈力和杨一凡坐在桌子那儿下棋。棋子挺大，棋盘是可以折叠成盒的那一种。小鹿长大了，项系铃铛，卧在沈力脚旁。

屋里摆放着许多用桦树皮做成的形状不同的花盆，其中栽着这样那样的花。

黄伟站在瞭望台上，伏在瞭望台的栏杆上，若有所思地望着黑龙江。望了一会儿，他回到屋里，拿起笔写起日记来：

周萍已经很久没来过了，她说她们山东屯那位女支书对她的要求更严格了。全班谁都看得出来，赵天亮特别想她。团长却在张靖严的陪同下前来视察了一次，认真地看了我的边防日记，表扬了我们，奖给了我们一副象棋和一副扑克，还特别奖给了沈力一盒油画色彩。张靖严说，奖品是团长用自己的钱买的。我和魏明都认为，团长他是知道了放映员那一件事儿的。那么，他的视察，便肯定带有几分个人感激的色彩了，只是他不便说出口而已。团长走后不久，边防部队给我们送来了一艘机动巡逻艇，据说是团长代表团里亲自打报告要求的……

黑龙江开江时分,冰排互撞。

吉普车开到木房子前停住,团长和张靖严一左一右下了车。正在门前清雪的赵天亮放下手里的活儿,向团长敬礼,与张靖严拥抱。

赵天亮陪团长和张靖严进入木房子,团长看见小鹿,问什么赵天亮答什么。团长蹲下,摸摸小鹿。团长起身时,睡着的杨一凡坐了起来,赵天亮介绍杨一凡,团长主动与杨一凡握手。

赵天亮将边防日记呈递给团长,团长坐下认真看。赵天亮和杨一凡交换不安的眼神。他俩将不安的目光望向张靖严,张靖严却向他俩欣然地笑着。

吉普车开在黑龙江边,遇到"小地包"和"小黄浦"。团长、张靖严、赵天亮下了车。"小地包"和"小黄浦"向团长敬礼。团长还礼,之后与他们二人握手。五人都望着江对岸,赵天亮在向他们汇报工作。

沈力和杨一凡从房子里跑出来。

沈力对黄伟说:"老黄,快用望远镜望望江上,我俩从窗口看去好像有情况!"

黄伟立刻举起了望远镜。望远镜中看过去,江中心一只插着五星红旗的小艇,与一条苏联小渔船并靠在一起。小艇上是赵天亮和魏明,对方的小渔船上是四个苏联女人,有的二十来岁,有的三十几岁。赵天亮、魏明和那四个苏联女人的衣服全都湿淋淋的,双方互相指手画脚地嚷嚷。

插有苏联国旗的一艘大许多的巡逻艇快速开来,绕着双方的船转一圈又转一圈,接着将我方小艇夹在中间。

赵天亮拎着一把斧头跃到了对方的小渔船上,挥斧一下下猛砍着什么。四个苏联女人躲闪着。

黄伟放下望远镜,大惊失色地说:"不好了,出大事儿了!天亮和那边动斧头了!"

沈力和杨一凡一听,拔腿就往江边跑。黄伟也赶紧从瞭望台上下来,没踩稳,摔在地上。他挣扎着爬起来,一瘸一拐地往江边跑去。

图书在版编目（CIP）数据

知青：全 3 册 / 梁晓声著 . — 长沙：湖南文艺出
版社，2019.1
ISBN 978-7-5404-8382-1

Ⅰ . ①知… Ⅱ . ①梁… Ⅲ . ①长篇小说—中国—当代
Ⅳ . ① I247.5

中国版本图书馆 CIP 数据核字（2017）第 274773 号

上架建议：经典·文学

ZHIQING: QUAN 3 CE
知青：全 3 册

作　　者：梁晓声
出 版 人：曾赛丰
责任编辑：薛　健　刘诗哲
监　　制：毛闽峰　李　娜
项目总监：石相杰
特约策划：张明慧
特约编辑：张明慧
营销编辑：杨　帆　周怡文　刘　珣
装帧设计：80 零·小贾
封面插画：三　乖
出版发行：湖南文艺出版社
　　　　　（长沙市雨花区东二环一段 508 号　邮编：410014）
网　　址：www.hnwy.net
印　　刷：北京鹏润伟业印刷有限公司
经　　销：新华书店
开　　本：787mm×1092mm　1/16
字　　数：1000 千字
印　　张：72.5
版　　次：2019 年 1 月第 1 版
印　　次：2019 年 1 月第 1 次印刷
书　　号：ISBN 978-7-5404-8382-1
定　　价：128.80 元（全 3 册）

若有质量问题，请致电质量监督电话：010-59096394
团购电话：010-59320018

知青

[全3册] 3

ZHI QING

梁晓声 著

湖南文艺出版社
HUNAN LITERATURE AND ART PUBLISHING HOUSE

博集天卷
CS-BOOKY

如果说"民间"二字可敬畏的话，

那么乃是因为，正义在民间终究会得到体现。

而青年并不是独立于民间之外的群体，

他们从来都是民间的一部分。

也可以这样说，大多数青年是通过对民间的了解和融入，

才开始真正了解自己的国家和人民，并逐渐成熟起来的。

目录

齐勇举叉在手中，大叫着向群狼冲过去……

CONTENTS

第 26 章

沈力、杨一凡在前，黄伟在后，三人往江边跑去。江上，小艇已向岸边驶来。待沈力、杨一凡跑到江边，小艇已靠岸。赵天亮和魏明坐在艇上，优哉游哉地吸烟。

沈力："发生了什么事儿？"

魏明得意地一指船舱："自己过来看。"

杨一凡走到小艇前，看一眼立即后退："那是什么？"

赵天亮："鱼啊。"

沈力也吃惊地说："半条鱼那么大？鲨鱼？！"

魏明："江里哪有什么鲨鱼，是鳇鱼。"

沈力和杨一凡显然第一次听说"鳇鱼"二字，大开眼界地对视。沈力不由得啧啧称奇："我看，起码二百多斤！"

杨一凡："半条鱼比一头大肥猪还大！"

黄伟一瘸一拐地也跑到了，急切地问赵天亮和魏明："是误会还是成心欺负咱们，你俩受伤没有？"

赵天亮："伤是都受了一点儿，不过太值了。"

魏明："不是误会，谁也没向谁挑衅，双方来了次齐心协力的合作！"

沈力将黄伟推进小艇，黄伟朝艇看一眼，乐得合不拢嘴，摩拳擦掌地说：

"难怪在望远镜中望见天亮动斧子。谁也别跟我争啊，今晚我上灶，今晚一定得我亲自上灶！做鱼老魏不行，今晚你们就瞧我的好吧！"

大家都笑了。

木房子里，一班全体知青都在，人人捧着一只大号碗，人人一满碗大块儿鱼肉，人人随处而坐，吃得聚精会神，大快朵颐。

"小地包"盘腿坐在炕上，放下空空如也的碗，摸着肚子说："不吃了不吃了，谁再给我盛到跟前我也不吃了！从没这么一大碗一大碗地吃过鱼肉！"说完，像是吃得累坏了，四仰八叉地往炕上一倒。

"小黄浦"："哎，我有个问题。大黄鱼小黄鱼，我们上海人以前那是没少吃的，可我们吃的那种黄鱼，再大也大不过一尺多长，今天咱们吃的是不是黄鱼精啊？"

黄伟："你们上海人吃的那叫什么黄鱼？那是'黄颜色'的'黄'，跟我的姓是一个字。咱们吃的这种鳇鱼，是一个'鱼'字旁边加一个'皇帝'的'皇'！"

杨一凡："这么说咱们把黑龙江里的鱼皇帝给吃了？"

魏明："你小子恐怕这辈子也没那么大的福！咱们吃的只能算是皇太子。"他又对"小黄浦"说："至于你们上海人吃的那种大黄鱼，与这种鳇鱼比起来，那就只能算是鱼苗。"他放下碗，摆出权威的架势："据本人所知，这种鳇鱼，只存在于黑龙江入海口处那一片海域，而且一向生活在深水区，胎生，一生几十年最多只生几次小鱼，一次又最多只生两条。大的能长到一千多斤。近百年里，从黑龙江只捕到过八九百斤重的大鳇鱼。它游到黑龙江里，常常是由于方向感出了问题，所谓误入歧途……"

沈力："大家光顾了忙活这顿鳇鱼宴了，都忘了问了——你们怎么和那边分起鱼来了？"

黄伟："对对对，都忘了这茬儿了。到底怎么回事儿？"

魏明："天亮，我撑着了，你说。"

赵天亮："也是赶巧了。我俩驾着咱们那小艇，正在咱们这边儿巡驶，就见他们那边儿的小渔船扭起秧歌来，眼瞧着就要翻。又看见船后边拖着网，有什么大家伙在网里折腾。我们俩本不想管的，因为一管就越过了江界呀，可小船上那几个苏联姑娘，朝我们挥手，朝我们喊叫。我听不懂俄语，老魏听明白了，说是她们在朝我俩求救。"

魏明："不都是苏联大姑娘啊，还有苏联小媳妇！"

赵天亮："这我可没顾上分辨。我一想，不管两国怎么着了，那也毕竟是几个女人在向咱们求救呀，但凡是个男人，绝不能听而不闻视而不见啊，所以我就把咱们的小艇靠过去了。这么一来，她们的小船儿不就翻不了啦。老魏来了莽劲儿，跳上她们的小船，夺过一支桨就拍鱼。拍断了一支桨，用第二支桨才把鱼拍昏，拖进了她们的小船里。鱼太大，又太沉，小船要进水，老魏就让她们都上到了咱们的小艇上……"

黄伟："不用讲了，我一听就明白了——她们的渔网缠住了咱们的螺旋桨，船和艇一时半会儿分不开了，对不？"

魏明："真聪明。"

黄伟自鸣得意地说："没点儿起码的想象力，那也不敢开始写小说。何况听来听去也没什么悬念。我讲的那个关于鹦鹉的故事，那才叫有悬念！"

魏明用白眼看看他说："不过你是自作聪明！估计你写出来的小说也好不到哪儿去。"

黄伟："再说一遍！"说着便伸手拧魏明耳朵。

赵天亮："别闹行不行？既然要求我讲，那就得安安静静听我讲完，否则我不讲了。"

于是黄伟和魏明安静下来。

赵天亮："老黄，根本不是你说的那样。她们的渔网并没缠住咱们小艇的螺旋桨。等危险情况过去了以后，她们都不下咱们的小艇了……"

"小地包"："耍赖？想讹你俩？"

"小黄浦"："你俩……没对人家大姑娘小媳妇们，有什么无礼的举动吧？"

3

"什么话！天亮和老魏，他俩是那种人吗？"沈力不平道。

杨一凡："听班长自己交代，听班长自己交代！"

赵天亮挥拳威胁了杨一凡一下："老魏告诉我，人家主动提出，要分半条鱼给咱们。我一想，咱们做的完全是应该做的，末了分人家半条鱼，那咱们中国人助人为乐的形象不就被半条鱼抵消了嘛，好像咱们帮人家一下，动机就是冲着能分半条鱼似的，所以我就没同意。人家还真心诚。我不同意，人家就不下船。都不下船，我俩也不能把人家几个大姑娘小媳妇给载过来呀！正让老魏翻译过来翻译过去的，人家的巡逻艇开了过来。倒多亏老魏把工具箱放船上了，我一急，拎着斧头跳她们小船上，把那条鱼剁成了两段。没想到那条鱼只昏没死，尾巴扫了我腿一下，红印子到现在没消下去。"

"小地包"："干吗不要后半段？后半段肉才多呢！"

"小黄浦"："前半段也行，鱼头营养更丰富！"

魏明："人家倒是挺大方，随咱们挑。"

赵天亮："我也知道后半段肉多，可人家挺大方，咱们也不能太贪啊……"

黄伟起身离开，走到窗前，推开窗，坐在窗台上，望着江对岸出神。大家的目光便落在他身上。

江对岸传来教堂的钟声。

魏明自言自语："我对那边的钟声，已经比较习惯了。"

杨一凡问黄伟："老黄，想什么呢？"

黄伟："想点儿事儿而已。"他扭头朝赵天亮望去，见魏明向赵天亮们讲了一句什么笑话，大家都开怀大笑。赵天亮自然也笑了，但笑得有几分勉强。

黄伟临窗写起日记来：

除了天亮，我们几个过得倒都挺快活，因为有鱼肉可吃了。我们还让齐勇往连队带回了一些鱼肉干，给二班的知青们分享分享。对了，在那段快活的日子里，连队爆出了一个大新闻——齐勇居然也闹起恋爱来了，而且他的恋爱对象竟是"小地包"的姐姐孙曼玲。这一新闻，是沈力从连队带回来的……

秋季的树林里，地上也铺满了金灿灿的黄叶，置身林中的孙曼玲，像是在一个色彩华丽的童话世界里。她分明在期待着谁。齐勇向她跑来，距她几步远时站住，胸脯由于激动而起伏。孙曼玲幸福而又有点儿害羞地向他微笑。齐勇几步跨到她跟前，一把将她拉入怀中，不管不顾地便开始热吻她。闭着双眼的孙曼玲，情不自禁地用双臂揽住齐勇脖子。

正在这时，突然有一个黑影自空而降——是《天鹅湖》中邪恶的披黑斗篷的猫头鹰……

七连女一班的宿舍里，孙曼玲发出一声惊叫，从梦中醒来，猛地坐起。睡在她左右的哈尔滨女知青高洁和北京女知青汤洋洋也醒了。

高洁："班长，怎么了？"

孙曼玲："我明白了……"

汤洋洋："班长，做噩梦了吧？"

孙曼玲躺下，自言自语："不止一次做同一种梦了。我终于明白了……"

都欠起身来的高洁和汤洋洋，隔着孙曼玲，相互狐疑地看着，不明白她指的是什么。

方婉之在猪舍前面喂猪，孙曼玲走到她身边："排长……"

方婉之转身见是孙曼玲，奇怪地看着她："今天休息，怎么不在宿舍睡懒觉？我去过你们宿舍一趟了，她们还都在睡懒觉，唯独你的被褥叠起来了。"

孙曼玲："我到河边洗衣服去了，后来又到您家去找您，别人说您来这儿了，我就也来了……"

方婉之一边喂猪，一边说："耿大爷闹情绪了，说喂不好猪，还想回马号去喂马，所以我临时来替替他。有事儿？"

"也没什么大不了的事儿，就是想跟您聊聊。"

方婉之在围裙上擦擦手："好啊！我正要到地里拉一车猪菜回来，跟我一块儿去吧。"

孙曼玲点头。

老牛拉着的车行在从连队到菜地的一条路上，秋季中午的阳光很明媚。方婉之和孙曼玲坐在车板前的左右角。

孙曼玲："排长，我想跟您说的是一个秘密。"

方婉之："哦？什么样的秘密呢？"

"关于我自己的……当然，也关系到另一个人。除了您，我不会再告诉第二个人。"

方婉之想了想，看着她问："你已经考虑再三，认为告诉我是特别必要的吗？"

孙曼玲也转脸看她，点头。

"不会后悔？"

孙曼玲摇头。

"需要我严格保密的那一种秘密？"

孙曼玲点头。

方婉之："小孙，我可有言在先啊，我是你排长，又是党员，还是连党支部的支委，如果你告诉我的秘密和我对你们知青的责任相冲突，恐怕我还不能像你希望的那样严格保密。该向党支部汇报的话，我肯定是要汇报的。"

孙曼玲："不是那种您非向支部汇报不可的秘密。"

"那么，我向你保证，绝不对另外任何人说。"

方婉之："排长，我现在，开始有点儿瞧不起我自己了。"

"为什么？"

"我觉得……自己很不好……"

方婉之："这不符合事实吧？无论男女知青，还是老战士、老职工，包括他们的家属以及连长指导员们，大家都觉得你很好啊。尤其这一年来，你各方面的进步都很大，党支部希望你今年还能被评上五好战士呢！"

孙曼玲："我不够格，我太不够格了。排长，我认为，自己的心灵其实挺肮脏的，就像毛主席语录中说的那样，有些腌腌膳膳的东西……"

"吁！"

方婉之将牛车勒住了，不解地望着孙曼玲："小孙，为什么这么贬损自己呢？"

孙曼玲脸红了起来："排长，我做了特别不好的梦！"

方婉之"扑哧"笑了："梦当然也有好坏之分。谁也不愿意经常做噩梦呀。你最近经常做噩梦？"

孙曼玲："排长，我经常梦到和人幽会，那人还亲吻我……我……我怎么做这么下流的梦啊！"她竟双手捂脸，羞耻地呜呜哭了。

方婉之："那属于挺好的梦啊！总比经常做噩梦，半夜里吓醒了好吧？我像你这种年龄的时候，也经常做同样的梦。"

孙曼玲立刻止住哭，缓缓放下手，不相信地瞪着方婉之。

方婉之回忆道："事实上，我十六七岁的时候，就开始做那样的梦了。当年上海有一位电影男演员，形象俊朗，儒雅，我将他的电影剧照剪下来，到处贴在我自己小房间的墙上，我父母也从没因此批评过我。那时的我，经常梦见他……"

孙曼玲不哭了，她瞪大眼睛："梦到和他幽会？"

方婉之点头。

"还梦到和他亲吻？"

方婉之点头。

孙曼玲顿觉陌生地看着方婉之。

方婉之："后来，正像连长跟你们讲过的那样，我十八岁那一年，因为考上海音乐学院钢琴专业落榜，自尊心受到了打击，一冲动，到北大荒来找我小姨。没找到我小姨，却认识了咱们七连的第一任连长。回到上海以后，我就经常梦到他，醒了我就一个人无声地笑。回忆那样的梦，我一点儿也不觉得我做的梦下流，更不认为自己可耻。我明白，我是爱上他了。我爱上他了这件事儿，我得告诉他。于是我就给他写了一封信。"

孙曼玲："在信中告诉他您梦到他了？"

"对呀。他又没对象，我干吗不及时告诉他？万一告诉晚了，结果他和别人对上了象呢？"

孙曼玲"扑哧"笑了。

方婉之问她："你每次梦到的是一个人还是不同的人？"

孙曼玲更加不好意思了："排长，看你说的什么呀！"

"那么，是每次梦到同一个人了？"

孙曼玲难为情地点头。

"那证明你也爱上一个人了嘛！"方婉之笑了，她拍一下牛，牛又开始走了。

孙曼玲低头沉思。一阵沉默后，孙曼玲忍不住问："排长，您怎么不再问我了？"

"还问你什么啊？"

"难道您就不想知道那个人是谁吗？"

方婉之："是不想知道。知道你只不过是开始恋爱了，使你明白，你一点儿也不必因为做过那样的梦就觉得自己可耻，对得起你告诉我的秘密了呀。"

孙曼玲不满地说："排长……"

方婉之："好好好，我想知道，很想知道。他是谁？"

孙曼玲小声地说："齐勇。"

"吁！"方婉之又让牛车停住。

方婉之："齐勇是个好小伙子啊！那我简直应该向你祝贺了呀！据我所知，他还没对象呢。你俩要能谈成了，我作为你排长，心里都会替你们高兴。"

孙曼玲："可是女知青都说他在县城里搞过一个！"

"那是猜传。那件事儿对于他，算不上是恋爱。对于县城里那姑娘，也不是。"

孙曼玲："可……可我冤枉过他！因为……因为我自己做过那样的梦，我就以为是他真的吻过我。明明吻过我，见到我还带搭不理的，我就以为他虚伪，不道德，所以有一次我就当面质问他，把他质问得挺恼火的。排长，您说我现在可该怎么办啊？"

方婉之又笑了，推了孙曼玲的肩一下："你呀你呀，你这个小孙呀！你可真是可笑可爱又可怜！那就找机会去向他认个错吧，也是一次接触的机会啊，没有哪一个小伙子，会拒绝一个姑娘向自己认错的。"

孙曼玲蹦下车，往回便跑。

方婉之在车上叫他："哪儿去？"

孙曼玲头也不回："找他去！"

"回来，先帮我到地里弄菜去！"

"您自己弄吧，我的事儿更重要！"

"乌云"刚洗过澡，它站在小河边，身上水淋淋的，也没被拴住，在安闲地吃草。

齐勇坐在河边，望着河面吹口琴。孙曼玲悄悄走到他背后，不自然地咳嗽。

齐勇站起来："知道什么叫'干咳一声'吗？你刚才就是。"

孙曼玲："我家来信了。我爸爸妈妈，他们都对你感觉很好……"

齐勇玩世不恭地说："我在乎我爸妈对我的感觉，不在乎你爸妈对我的感觉。"

孙曼玲望着他，咬着下唇，沉默片刻又说："我不是来找别扭的，我是来向你认错的。"

齐勇就绕着她转，用嘲讽的目光上下审视她，不明白她又搞什么鬼花样儿。齐勇绕着她转时，孙曼玲自己也原地旋转身子。她诚恳地说："我真是向你来认错的。"

齐勇："你，向我认错？这是真的？那好啊，本着惩前毖后、治病救人的原则，我欢迎一切人勇于主动向我承认错误。说吧。"

"那件事儿，是我冤枉你了。"

"说明白了，哪件事儿？"

孙曼玲："就是……我认为你偷偷吻过我，而你不肯承认那件事儿……"

齐勇："我根本没做过的事儿，当然不能承认！"

孙曼玲："所以我说我冤枉了你。事实是，记不得从哪一天开始的，我经常做那么一种梦，在这种季节，在一片树叶金灿灿的树林中，我和你，咱俩一次次幽会，就像牧羊女和她恋爱的王子在童话里幽会似的。在梦里，你吻我的次数多了，我就以为那是发生在现实中的事儿了。而在现实中，你又不太理我，所以我生你的气，所以就发生了我当面质问你那件事儿……"

齐勇听呆了。

孙曼玲苦笑："我真可笑。"

"你刚才说，在你的梦里，我像王子？"

孙曼玲点头。

"那，我穿什么衣服？"

"就这一身衣服。"

齐勇有些失望："就这一身啊，那就不能说是像王子。"

"我是那么形容。"

齐勇又问："我佩宝剑了吗？"

"不记得了。"孙曼玲回想了一下，"好像没有。"

"我是骑着'乌云'吗？"

孙曼玲摇头。

"那么，你的梦，太一般化了。"

孙曼玲大声地说："不一般化！因为你一见到我，就把我拉到你怀里，接着就不管不顾地吻我！这样的梦一般化吗？！"

"哎……小声点儿，小声点儿嘛！"齐勇赶紧阻止她，左右看看，"既然是承认错误，何必那么大声嚷嚷呢！"

孙曼玲："既然我有勇气当面向你认错，我就不怕被人听到！齐勇，你听着，女知青们都挺怕你的，认为你是全连最大男子主义的一个！你在我们女知青面前，总是下巴颏翘得高高的，一副了不起的样子似的。你究竟有什么了不起的啊？你是男的就了不起啦？"

齐勇："我在你们女知青眼里，是那样的吗？"

孙曼玲："就是！而我孙曼玲，也不像你以为的那么，那么……总之我现在当面向你澄清事实，向你认错，起码能证明我比你想象的要好得多！不是哪一个女知青都有勇气向一个男知青认这种错的！我做到了！在你面前，我现在很骄傲！"

齐勇的确对她刮目相看："不错，你是挺不一般的。而且，也确实有理由骄傲。但，你在我的印象里，那也不错啊。"

孙曼玲："撒谎！骗人！"

齐勇："在去山东的火车上，我不是就对你挺友好的吗？到了山东，我对你也不错啊。"

孙曼玲："即使你对我挺友好的时候，那种友好也是大男子主义的！而且一回到连里，你对我的态度就变了！如果你还觉得我配得上你，咱们以后好好继续。如果相反，那往后我再也不做那样的梦了！中国的小伙子多了，我才不把自己的初恋吊死在你这棵歪脖子树上！"她说完转身便走。

齐勇把她叫住："等等！"

孙曼玲扭回了头。

"想……骑马吗？"

孙曼玲："不会！想也白想。"

齐勇："如果……我教你呢？"

孙曼玲就又站住，缓缓转身。

齐勇诱惑地说:"骑马的感觉,那真是太来劲儿了!尤其是骑'乌云'这匹马,它奔驰起来,人像腾云驾雾!"

孙曼玲大步走到"乌云"跟前,对齐勇命令般地说:"教吧!"

齐勇也走到"乌云"跟前,十指相扣,以双手为镫,恭敬地说道:"牧羊女,请上马。"

孙曼玲反而胆怯了,她犹豫地看着齐勇。

齐勇:"有我在,不必怕!"

孙曼玲不再犹豫,踏齐勇双手,一纵身跨上了马背,那跨姿倒也称得上敏捷。齐勇也紧接着纵身跨上了马背。

"驾!"

齐勇双手一抖缰,"乌云"奔驰起来。

齐勇和孙曼玲骑着"乌云"的身影在蓝天与碧草间飞快向前。马蹄踏过浅河,"乌云"向一片树林奔去。在秋日阳光的照耀下,树林金灿灿的叶子闪烁不止。马蹄踏在铺满黄叶的林间之地。孙曼玲闭上双眼,头靠齐勇肩上。

齐勇仰脸看看前后左右金灿灿的叶子,那时的那一片树林,正与孙曼玲的梦境相似。

齐勇跳下马背。

孙曼玲睁开了双眼,讶然道:"怎么到这儿来了?"

齐勇朝她伸出双手:"下马吧。"

孙曼玲:"不用你接。"她自己跳下了马。

齐勇:"你主动向我认错了,我也应该有某种正确的表示是不是?"

孙曼玲也笑了:"随你便,我不强求。"

齐勇一把将孙曼玲拉入怀,捧住她脸,在她额上亲了一下:"这是为了惩前!"又在她脸颊上亲了一下:"这是为了毖后!"接着说:"这是为了治病救人!"他不由分说地吻她的唇。孙曼玲由被动而主动,伸出双臂揽住了他的脖子。

一切似乎发生得自然而然，并且正像孙曼玲的梦境那般……

夕阳西下，马儿缓缓向连队走回去。马背上，孙曼玲又闭着双眼，头靠齐勇肩："我喜欢听你说——有我在，不必怕。"

齐勇："当男人对女人这么说时，是典型的大男子主义者说的话。"

孙曼玲："不，是典型的大男子说的话。女人还是希望她们爱的男人有点儿大男子气的，只要别太'主义'了。不管什么事儿，什么人，一'主义'了，就不好了，就讨厌了。"

齐勇低头吻了她的头发一下。

孙曼玲："咱俩以前那一页，事实我已经主动向你澄清过了，就作为历史，翻过去了啊。现在，咱们之间，崭新的一页开始了，这一页可是你主动翻开的，这一次，可千真万确是你主动吻我的，你可要对我们之间的初恋郑重啊！"

齐勇："那是。我吻你那会儿，肯定是态度郑重的。"

"我说的不只是你吻我那会儿！"

"有一位作家在他的小说中说，由初恋到成为爱人，实现率不足三成。"

孙曼玲大叫："那样的作家该死！"

"他早已经死了！不好，有人看见咱们了，快下马！"

在齐勇的帮助下，孙曼玲跳下了马，她发现以男二班班长为首的几名二班男知青，正一溜儿站在不远处望着她。窘急的她，一转身向连队跑去。

齐勇策马走向那几名二班的男知青，搭讪道："采什么呢？"

二班长见他问，便说："采蓝莓呢。你采什么呢？"

其他几名男知青望着齐勇坏笑。

齐勇板着脸："都笑什么！"

一名男知青："哎，他是不是更应该问咱们，都看见什么了呀？"

另几名男知青同声地说："什么都看见了！"

齐勇："那也要装成什么都没看见！谁散布，我可对谁不客气！"

二班班长走到了马跟前，从小篮子里抓一把蓝莓递给齐勇："吃蓝莓。"

齐勇没有接："不吃！你们要为人家考虑。她是班长，成为全连第一个谈恋爱的女知青，她会感到舆论压力的！"

二班长将蓝莓放回小篮，刁钻地说："如此说来，你承认，你是在跟她谈恋爱喽？"

齐勇支支吾吾地说："这……我们……我不是……"

又一名男知青更刁钻地说："不是在谈恋爱那你是在干吗？耍流氓？"

"乌云"显得很不耐烦，被齐勇用缰绳勒得原地直兜圈子。

齐勇："二班长，刚才那话太难听了啊，管管你的手下啊！"

二班长高高举起一只手，二班那几个小子安静了。二班长对齐勇说："让我们装没看见，那也可以。不过，不能用威胁的方式，你得用绥靖之策略。"

齐勇："别绕弯子，往明白里说！"

有人说道："就是收买！"

二班长："谁说的？人家刚批评你们说话太难听了，怎么还把话说得这么难听？"他望着齐勇又说："我给你面子，你也得给我点儿面子是吧？不难为你，意思意思——小卖部新来了罐头，水果的也罢，鱼的肉的也罢，给我们每人买一听罐头，那我们就权当刚才什么也没看见！"

齐勇："这是讹诈！我让马踏死你！"他一勒缰绳，"乌云"竖起前蹄。

二班长惊慌而逃，同时大声地说："那减少一听，四听！四听！"

齐勇继续勒马踏二班长："不！"

二班长倒退着，躲闪着，近乎恳求道："三听！三听是底线！一听水果的，一听鱼的，一听肉的，否则，你让马踢死我吧！"

他站住不动，闭上了眼睛。

齐勇将"乌云"勒住在他跟前，无奈地说："怎么让你们这几个小子看见了，好吧，就按你说的，三听！"

齐勇虽然给二班那些个小子买了三听罐头，但是他和孙曼玲的关系，后来还是在连队渐渐传开了。然而孙曼玲并没像齐勇以为的那么觉得抬不起头来。恰恰相反，她还动不动就说："现在有了爱情，艰苦和劳累都变得没什么了"。

  冬天又来了。这一年的冬天来得特别早，也特别寒冷和多雪。

  木房子的门开了，一阵冷风夹着雪花扑入，只穿绒衣的黄伟打了一个冷战。魏明垂头丧气地进入，走到炉子那儿，蹲下烤火。

  黄伟："没找到？"

  魏明摇头。

  黄伟："一会儿他们几个回来了，看你怎么说！"

  魏明："实话实说呗。"

  黄伟也起身走到炉子那儿，往炉中添了几块儿柴后，埋怨道："叫你别带它出去，你偏带它出去……"

  魏明："别埋怨了行不？它是活物，而且咱们都把它养熟了，它也喜欢每天都有人带它到林子里去玩玩，撒撒欢儿。我哪承想在林子里碰到了那边儿那条狗？那狗如果不追着它叫，它根本不会一跑就跑没影了！"

  黄伟："那你倒是顺着脚印找啊！"

  "找着找着天黑了，你还让我怎么找？"

  黄伟不再说什么，走回到桌子那儿，合上笔记本，将笔和笔记本一起塞入被子。之后，他戴上帽子，从挂在墙上的书包里掏出手电，一言不发地走了出去。

  听到关门声，魏明拿起一块儿劈柴，往地上狠狠一摔，憎恨地说："可恶的狗！哪天逮住它，非杀了它吃肉不可！"

  手电光照射在桦树林的雪地上，终于照射到了小鹿被一层新雪覆盖的蹄印。

  黄伟循着蹄印走，同时呼唤着："黄黄！黄黄！"

  黑龙江边，"小地包"和"小黄浦"肩扛着枪在巡逻，二人身上都落了一层雪。"小黄浦"系着帽耳朵，"小地包"没系帽耳朵。

二人走着走着，"小地包"站住了，"小黄浦"奇怪地看他。

"小地包"突然说："听。"

"小黄浦"解开了帽耳朵，听到了一阵铃铛的响声："好像是黄黄的铃铛响声。"

"小地包"："没错，肯定是！"

二人一起转身，四处张望。

"看那儿！"

"小黄浦"顺着"小地包"手指的方向看去，但见远处的江面上，那条苏联狗在追逐小鹿，小鹿站住不动，狗也站住不动，小鹿一跑，狗又追逐。在狗的追逐下，小鹿向江那边跑去。

"黄黄！黄黄！""小地包"朝狗和小鹿跑去，边跑边从肩上取下了枪。

"小黄浦"也跟着他跑起来，边跑边说："别开枪！千万别开枪！"

"小地包"已站定，举起枪，瞄向狗。"小黄浦"及时赶到，将枪按下。

"小地包"愤怒地说："我打死那狗！"

"小黄浦"："它是那边的狗！"

"正因为是那边的狗！它他妈的越境多少次了?！"

"你看它在江界一带，万一子弹射到那边去，交涉起来咱们理亏，那不是给正规边防找麻烦嘛！"

"小地包"气呼呼地瞪着"小黄浦"："那，那就眼看着它把咱们的黄黄给追过去啊?！"

狗叫声阵阵传来。

"小地包"："这样，你快去把狗吓跑，我争取把咱们的黄黄带回来！"

"小黄浦"点了点头，跑开去追那条狗。

"小地包"在向小鹿接近，继续呼唤："黄黄，黄黄，过来，我带你回家……"

小鹿站在那儿不动，似有返意。

江中心线那边，有数名苏联士兵的身影往这一带跑，边跑还边用俄语喊：

"退回去！退回去！"

"再往前走就开枪啦！"

鹿受惊，反而朝江那边跑去。

"啪"的一声枪响，鹿应声倒下。

"小地包"吼道："浑蛋！"他从肩上取下了枪。

一名苏联士兵走过去，将鹿拖走。另外几个苏联士兵立刻卧倒，几只乌黑的枪口瞄向"小地包"。

"小地包"举着枪僵住了。

赵天亮的声音从身后传来："敬文！不要开枪！"

"小地包"回头看去，赵天亮、沈力、杨一凡向这边跑来。

赵天亮三人也一齐卧倒，枪口瞄向对方的人。

情况一触即发，"小地包"伫立在双方的枪口之间，处境十分危险。

卧倒的苏联士兵中有人吹口哨。狗跑过江那边去了。

"小黄浦"已顾不上理睬那狗，也立即卧倒，将枪口瞄向对方的人。

赵天亮："敬文，不要怕，镇定，转过身来，往回走。"

"小地包"双手握着枪，缓缓转过身，一步步往回走。

赵天亮："别站住，一直走，走到我们后边去。"

"小地包"走到赵天亮们身后没几步，双腿一软，倒下去了。

对面的几名苏联士兵站了起来。赵天亮、"小黄浦"、沈力、杨一凡也站了起来。他们眼望着对方中有人扛起死鹿，与另外几名苏联士兵一起走远了。

大家都长长地出了一口气。他们转身时，自然不见了"小地包"。

赵天亮大叫："敬文！敬文！"

"小地包"虚弱地说："这儿呢……"

大家这才发现"小地包"躺在地上。

赵天亮立刻将"小地包"扶坐起来，问："伤着哪儿了吗？"

"小地包"指指胸口："心脏。"

赵天亮急忙解开"小地包"祆扣，将一只手伸进去，到处摸，边摸边大声喊："手电照过来！"

"小黄浦"将手电光照在他手上，他手上没有丝毫血迹。

"小地包"："心脏倒没中弹，可是……我……我觉得我的心脏，刚才好像从我嗓子眼里蹦出去了，不在我胸膛里了。"

对于他这番听来有点儿好笑的话，谁也没笑。

赵天亮架着"小地包"，大家一起往回走。

"小地包"回头望了一眼，恨恨地说："那条狗，它早晚必死我手！否则我誓不为人！"

木房子里，一双手在给小闹钟上弦。那小闹钟底座上，连着一条用两条后腿站立着的瓷狗。小闹钟显示的时间快到七点半了。

扎着做饭围裙的黄伟，将小闹钟放回原处，那是搭在赵天亮床头的一块儿木板。之后他进入厨房，端出一大盆疙瘩汤放在桌上，接着又转身进入厨房，用蒸帘端出些一切两半的馒头。他刚把帘子放在桌上，门猝然被踢开，"小地包"为首，一行人皆阴沉着脸走了进来。

他们都默默将枪放在枪架上，一个个闷声不响地挂起帽子，在自己铺位上或坐或躺。

赵天亮冷峻地问："谁让黄黄跑出去的？"

魏明低声道："我。"

赵天亮刚要发作，黄伟及时捂住他嘴，用另一只手指指蒙头躺在床上的魏明，对赵天亮耳语："他已经后悔得要命了，别埋怨他了。"

赵天亮强作镇定地说："吃饭。"说罢便同大家在桌边坐下。

"咔嚓！咔嚓！"刚上满了弦的闹钟，响声特别清晰。杨一凡扭头看那小闹钟，一时心头火起，走过去抓起小闹钟，狠狠摔在地上。

"小地包"："我还没拿什么东西出气呢，你发这么大火干什么？"

杨一凡生气地喝道："你住口！没你说话的份。因为你，我们今天可能都回不来了！"

"小地包"："你！我又因为什么？！双方那要是开火了，第一个死的肯定是我！"

赵天亮一拍桌子："我说吃饭！都聋啦！"

黄伟将杨一凡推到了桌旁，接着又将"小地包"推到了桌旁；再接着，捡起摔散的小闹钟，看看，放到板上。捡起摔碎的瓷狗，看也不看，投入炉中。

他最后一个坐在桌旁，息事宁人地说："吃饭吃饭，再不吃都凉了。"

"小黄浦"显然有意缓和一下气氛："其实，也可以这么说——刚才咱们都差点儿成为英雄，或者烈士。"

沈力："成为英雄固然光荣，但是成为烈士的话，老实说，我还完全没有思想准备。"

黄伟："能不能都装一会儿哑巴？"他看看赵天亮，自己却说："咱们的面和菜，都不多了。所以从今天晚上起，大家每顿只能吃半个馒头。但愿齐勇明后天能到……"

"小地包""小黄浦"、沈力和杨一凡四人，一时面面相觑。

赵天亮："都放心，齐勇会按时来的，晚也晚不了一两天。老魏，起来，吃点儿。"

魏明一动不动，也不回答。

赵天亮小声问黄伟："睡着了？"

黄伟摇头，也小声地说："别勉强他。"

沈力和杨一凡顶着风雪在江边巡逻，雪厚已及膝部，每迈进一步都很吃力，并且留下深深的足迹。

沈力气喘吁吁地说："有一句反动的话，我……早就想说。"

杨一凡也喘着粗气："明知反动，那就别说。说给我听了，我不汇报，那我不也成问题了吗？"

"相信你不会汇报，所以，才想跟你说。要是相邻的两国都很和睦，那这世界不是才美好吗？"

"这也不能算反动的话吧？如果，连这样的话都成了反动的话，那不反动的话还剩多少了呢？"

二人站住，不由得都向江那边望。远处有两名苏联士兵，也在顶风冒雪与他们并行。

赵天亮和黄伟在相反的方向巡逻着。

赵天亮背转身，退着走，并问黄伟："如果周萍哪天来了，问起小鹿，我该怎么对她说？"

黄伟："你就说，让你放生了，这么说她心里会好受点儿。"

"小地包"在木房子前用推雪板推雪。

瞭望架上，雪人也似的"小黄浦"向"小地包"喊："孙敬文，你该上来换我啦！我脚都快冻僵了！"

"小地包"也喊："再坚持一会儿！我把雪推推，他们几个回来的时候，也有处地方跺跺鞋啊！"

全班人在围着桌子吃晚饭。照例是一大盘疙瘩汤和馒头——但馒头已由原来的一分为二变成了每个切成了四小块儿。

"小黄浦"喝了一口疙瘩汤，对魏明说："老魏，疙瘩汤可太稀了啊！"

赵天亮："你把我那块儿馒头也吃了吧。我不太饿，只想喝点儿汤。"

"小地包"正伸手抓馒头，听了赵天亮的话，放下："我胃不太舒服，也只想喝碗疙瘩汤……"

大家离开了的饭桌。盛疙瘩汤的盆已见了底，可是切成小块儿的馒头却几乎没见少。

———— 第 27 章 ————

夜深了。除了黄伟，全班其他人都躺下了，鼾声此起彼伏。马灯放在桌上，黄伟坐桌前，在小本上创作着他的小说。

赵天亮翻过身来，伏在枕上，望着黄伟，压低声音说："同志，你也该睡了。"

黄伟头也不抬地："马上。"

赵天亮："我支持你写小说，可是必须禁止你过分耗费我们的马灯油。"

黄伟："明白。"

他放下笔，看自己密密麻麻写了一整页的文字：

将来，值得我们这一代人回忆的事儿肯定很多，但是最值得我们回忆的，必然是我们每一个人的心路历程。它不仅包含爱情、友情和一切温暖我们的情愫，还将包含着思想。呵，我们头脑里是非对错混沌一片的思想啊，我应该怎样记录，才算是较为真实地记录了呢？我不知道，所以我渐觉痛苦……

黄伟对自己写下的这段话感到挺满意，将笔夹在笔记本中，合上了笔记本。他起身走到炉前，通了通火，加了些柴。他拧灭马灯，走到赵天亮铺位前，对赵天亮耳语道："我觉得我具有写作天才！"也不待赵天亮说什么，一转身走到自己的铺位那儿，坐下脱鞋。已躺在被窝里的黄伟还是不能入睡，仰躺着，大睁双眼继续想着："齐勇的马车，两天前就应该到来的。如果明天他还没来，那我们可就断粮了……"

窗子亮了，赵天亮已经穿好衣服站在屋子中央了。

赵天亮："各位，该起了啊！"赵天亮拉开门闩，却推不开门，他用肩膀顶门，将门顶开一道缝，挤了出去。

门外，小木房子虽然有门廊，但门还是被堆成小丘的雪堆堵住了。台阶已不可见，雪将台阶埋成一道坡。

赵天亮试探着往台阶下迈出步子，但还是滑下了台阶，摔在地上。他揉揉后脑勺，捡起帽子，走到木房子后曾作为马棚的地方——扫帚、铁锹、推雪板、钢钎、大锤等工具放在那儿。赵天亮拿起铁锹，回到房门前，清除那小丘似的一堆雪。

魏明从木房子里走出，一声不响地踏下台阶。

赵天亮叫住他："老魏，哪儿去？"

魏明头也不回地说："到林子里转转去。"

赵天亮："这么厚的雪，你一个蘑菇也采不到的。"

魏明不再回答，只是默默地往前走了。赵天亮困惑地望着魏明的背影。

大家围着桌子吃早饭，黄伟将一盆面糊糊端到桌上。

"小黄浦"瞅了一眼面糊："老黄，请教一下，这算什么？糨糊？"

黄伟："怎么能说是糨糊呢！我把剩下的一点儿面炒了一下，所以说是冲的炒面。我还放了盐呢，挺好喝的。"

赵天亮先盛了一碗，喝了一口，咂咂嘴："是挺好喝的。在连队，咱们连一天两顿黄豆的日子都熬过来了，还怕喝几顿炒面吗？喝，都喝！"

赵天亮见没人拿碗，便一碗一碗地盛满。

昨天晚上剩下的馒头块儿烤在炉盖子上，黄伟一堆堆拿起，用围裙兜着倒在桌上。

杨一凡："班长，这是咱们最后的早餐吧？"

赵天亮："是咱们今天最后的早餐！"

"如果明天齐勇还没来呢？"

"那咱们就盼着他后天来。"

"如果他后天还没来呢？"

赵天亮把脸一板："一凡，如果你的意思是——连队会把我们一班忘了吗？那我的回答是特别肯定的——当然不会！"

杨一凡："我只不过随便问问，你何必那么严肃地瞪着我？"

黄伟："班长说得对，连队怎么会把咱们忘了呢！但一凡问的话也可以理解，都对挨两三天饿有充分点儿的心理准备，那也是必要的。班长为大家盛在碗里了，大家喝炒面呀！喝呀！"

门开了，魏明走了进来，将一副夹子"当"的一声扔在地上，恼火地说："套住了！"

正在吃饭的知青们停下来，愣愣地看着他。

魏明："我下在林子里的夹子，套住了一只野兔！可我只看到了野兔的一只脚，身子被那边的狗给叼走了！"

黄伟："也有可能是狼给叼走的吧？"

魏明："这我分得清！那狗比狼小多了，夹子周围都是小爪印！再说我研究过那条狗的爪印，熟悉得不能再熟悉！"

赵天亮起身将他往桌边推："叼走就叼走吧，不过一只野兔。消消气，也坐下把饭吃了，啊？"

魏明悻悻地坐了下去。

梁喜喜坐在家中的高凳上捣蒜，周萍低头坐在炕沿。梁喜喜看着周萍问："知道我为什么把你找来吗？"

周萍抬起头，惝惝地摇一下。

梁喜喜："公社那放映员，就是我那表弟，直到前几天，才把他一年前那件事儿告诉我。你不知道我在说什么事儿？"

周萍茫然地摇头。

梁喜喜："就是，去年冬天，他被赵天亮他们扣押了一夜那件事儿。"

周萍立刻站了起来，分辩道："支书，我做证，他们起先不知道他是……他们也没怎么难为他。您千万别生他们的气，要怪，就怪我吧！"

"怪你？怪你什么呀？"

周萍："怪我……怪我……"她实在也说不清该怪自己什么，就又低下了头，恳求般地小声说："反正请您千万别生他们的气，原谅他们。都是我不好，您心里要是有气，就生在我身上吧。"

梁喜喜："在那件事儿上，你怎么就'不好了'呢？"

"我……我……"

梁喜喜："别'我我'的，说明白，你怎么就'不好了'？"

周萍便又抬头望梁喜喜，眼中都急出了泪："我……我现在还认识不深刻。支书，我回去想。过几天，交您一份书面检查……"

梁喜喜放下捣罐："你过来。"

周萍走到到梁喜喜跟前。梁喜喜拉住她双手，仰视着她，目光和语调怜爱交加。

梁喜喜："小周萍啊，你呀，你呀，你可叫我说什么好呢！别说你出身还不好，自己还是'黑五类'子女，就是你出身再好，根红苗正，那也不能什么黑锅都自己往自己身上扣。有些事儿，那可不是闹着玩儿的。没人声张，也就过去了。一旦有人较真儿，说大就大，沾边儿的就倒霉。"

听着梁喜喜的话，周萍心中更不安了，眼泪流下来了。

周萍无怨无悔地说："支书，求求您，反正我已经是'黑五类'了，再加一层黑我也无所谓了。如果您有权做结论，您就尽量替赵天亮他们开脱，把罪名都加在我一个人身上吧。属实的，不属实的，我都认……"

梁喜喜："别说了，我明白你的意思了。我生你的气也就生在这一点上。

你呀你呀，你怎么是这样的一个姑娘呢？这是什么时代？你不是中国人呀？那件事儿，我也根本就不生赵天亮他们的气！我有什么道理生他们的气呢？恰恰相反，我感激他们！通过那件事儿，证明赵天亮、齐勇，还有那个小什么……"

"'小地包'。他大名叫孙敬文。"

"对，孙敬文。那件事儿，证明他们三个，还都是不忘本的小伙子。我那表弟，他特别感激的是你。我特别感激的也是你。赵天亮他们团长，也让我跟你说，他也认为你是个好姑娘。对你没当成兵团战士，他现在更内疚了。那件事儿只错在一个人身上，就是我那表弟！"

周萍听了不好意思，一扭头笑出了声。

梁喜喜出气地说："我已经狠狠地训了他一通，警告他，要么戒酒，要么别当放映员了！深更半夜去了那边一次，第二天还给那边放了场电影，这是跳进黄河都洗不清的事儿！这是能把自己也把亲朋好友都坑一辈子都坑惨了的事儿！"

周萍："支书，您放心，我和天亮他们，我们都一致认为，根本就没发生过那么一件事儿。天亮他们的边防日记上，只写着有名公社的放映员迷路了，在他们那儿住了一夜，还给他们放了一场电影，增强了兵团和农村大队之间的友好关系。"

梁喜喜很受感动："小周啊，说吧。我应该怎么感谢你？"

"支书，我……我不……您已经对我很好了呀！"

梁喜喜："从今往后，我要对你更好！当然啦，也不是特别偏向你。那样，其他知青该有意见了，你的感觉反而会不好了。我的意思是，背地里，不违反我支书党性原则的情况之下，该关照你的时候，不显山不露水地关照关照。明白了？那，说吧，说吧。"

周萍犹豫地点点头，鼓起勇气说："支书，那我求您一件事儿……别再非把我当典型培养了！我不想当那种……'可以教育好的子女'的典型！"

周萍挣脱了梁喜喜的双手，捂自己的脸，转身哭了。

梁喜喜愣住了，她缓缓站起，走到周萍对面，看着周萍，又顿生怜意，一下子将周萍搂入怀里。

周萍："我什么典型也不想当！我就想当一个普通的插队女知青……"她哭得委屈极了。

梁喜喜哄她："好好好，别哭了别哭了，不把你当典型树了！你今天要是不说出来，我还想不到你不愿意。不树你当典型，对我这支书来说很可惜，可是你自己既然不愿意，那我就依你。"

屋子外面，一个男人用鞭竿敲窗，那是一个鄂伦春族男子。正是他捡到了赵天亮的枕头。梁喜喜和周萍都朝窗外望去，鄂伦春男人挥了一下手。

梁喜喜："光说我那表弟的事儿了，把另一件事儿忘了。你很久没见到赵天亮了是不是？"

周萍点头。

"想不想见他？"

周萍渴望而诚实地说："想。"

梁喜喜一指窗外："窗外那个鄂伦春人，他们夫妇都是咱们山东屯的朋友。论起来，山东屯最老的几个人，和他们的父辈就是朋友了。今天又是星期天，我准你假去看赵天亮。你回宿舍带上想带的东西，跟他走。人家不能把你一直送到赵天亮跟前，还有十来里地，那就得你一个人走了。"

"谢谢支书！"

兴高采烈的周萍转身就要跑，被梁喜喜拽住："你就对你们宿舍那几个姑娘说，是我让你到鄂伦春人的住地去，为我取回些治胃病的鄂伦春草药。还有，星期一不要自己回来，要等到齐勇的车也去了，让齐勇的马车把你送回来。"

"要是齐勇的车明后天没去呢？"

"那就一直等。总之不许你姑娘家的一个人往回走！"

"支书……"周萍感激得两眼泪汪汪的，不知说什么好。

梁喜喜往门外推她："快去吧，快去吧！"

鄂伦春夫妇和周萍骑着马在山林中走。另外还有四匹马，驮着小帐篷之类的东西。一条大黑狗在后面跟着跑。

周萍问鄂伦春男人："咱们为什么一直穿着林子走啊？"

鄂伦春男人："林子里雪薄。"

鄂伦春女人："路上雪太厚了。马和人一样，雪没膝部，每走一步也吃力。"

周萍："听说鄂伦春马，饿急了渴急了，也可以吃动物的肉，也可以喝动物的血？"

鄂伦春男人："是那样，但只有我们鄂伦春人喂它们，它们才吃。它们绝对相信主人。所以当主人喂它们动物的肉和血时，它们能够知道，那实在是因为主人弄不到草料喂它们了。它们肯和主人共患难，不喜欢吃，也只有吃。"

周萍："它们真好。"

鄂伦春男人高兴地说："你夸我们鄂伦春人的马，就等于夸我们最忠诚的朋友。马和狗，都是我们忠诚的朋友。夸我们的朋友，也就等于夸我们鄂伦春人。"

男人看着他的妻子说："哎，你给这位姑娘唱支歌吧！"

于是，鄂伦春女人轻轻唱了起来：

威拉参哥哥，我有点儿小米，给你做点儿小米饭，那依呀！
韦丽艳姐姐，我来不是为吃你的小米饭，而是来找你的好意，那哈依呀！
威拉参哥哥，我做点儿松鸡肉给你吃吧，那依呀！
韦丽艳姐姐，我来不是为吃你的松鸡肉，我是来向你求婚的，那哈依呀！
威拉参哥哥，你如果真是爱我的，咱们就到大兴安岭去安家吧，那依呀！
韦丽艳姐姐，那正是我的心思，咱们赶快跨上马儿，咱们领上忠实的猎狗，大兴安岭在向咱们招手呢！

　　骏马啊，奔驰吧，猎狗啊，跟上吧！

　　那依呀，那依呀，那哈依呀！

　　三个人的身影和马匹在林间行进。突然，鄂伦春夫妇的狗狂吠起来。隐约有两只狍子一前一后从树木的间隙中闪过。

　　鄂伦春男人："狍子！"他敏捷地取下枪，一夹马，追赶而去。

　　鄂伦春女人对周萍说："你在这儿等！"她也取下枪夹马而去。

　　狗吠声渐远，树林安静下来。周萍也下了马，循着狗吠声走去。

　　周萍走出了树林，见远处有雪坡，雪坡的尽头是悬崖。一大一小两只狍子已被追到了悬崖边上。鄂伦春夫妇也都已下了马，提枪在手，一步步左右包抄过去。

　　狗跟随着他们，吠叫着。

　　悬崖边上，体形小些的狍子向体形大些的狍子走去，横站在体形大些的狍子身前。显然，它是准备用自己的身体挡住射来的子弹，保护体形大些的狍子。

　　它们就那样一动不动，凝视着一步步逼近的猎人。前边是悬崖，后边是一心要射杀它们的猎人，它们已无生路。它们一动不动，是那么地镇定，仿佛不失尊严地听天由命了。

　　狗居然不吠了。

　　周萍跑了过来，呆呆地望着那两只狍子。

　　鄂伦春男人举起了枪。

　　鄂伦春女人也举起了枪。

　　周萍张了张嘴，想阻止，但是并没说出什么阻止的话。她默默地转过身去，闭上了眼睛。

　　过了很久，她都没听到枪声。周萍转过身来，见鄂伦春夫妇在对视。他们已经将举着的枪放了下去。

　　周萍和鄂伦春夫妇重新骑上马。没过多久，树林就已在他们身后了。

他们的马行进在一条冰封的小河边。

周萍看着小河上的冰，突然说道："连队给他们送东西的马车，从没这样走过。"

鄂伦春男人："在冬天，一个鄂伦春人，他如果不知道哪儿的雪厚，哪儿的雪薄，那么他就算不上是真正的鄂伦春人了。"

周萍："只听说过大动物保护小动物的事儿，刚才那只小狍子，怎么反而保护大狍子呢？"

鄂伦春男人："你说的小狍子，其实不小，它是公的。你说的大狍子，其实也不大，它是母的，只不过它怀孕了。春天一来，它就该生小狍子了。因为它怀孕了，所以看上去大些。"

"那，你们怎么没开枪？"

鄂伦春男人："我们鄂伦春人从来不猎杀怀孕的母兽。我们的森林之神使我们明白，那是不对的。如果我们非要那么做，他就会惩罚我们。我们愿意服从他的神示，我们不愿意做不对的事情。"

鄂伦春女人又唱了起来：

小鹿说，妈妈，妈妈，你肩膀上挂着什么东西？
母鹿说，我的小女儿，那是一片树叶子。
小鹿说，妈妈，妈妈，你骗我，树叶子不是那样的！
母鹿说，我的小女儿啊，是猎人把我打伤了。
小鹿说，妈妈，妈妈，让我舔你的伤口止疼吧。
母鹿说，孩子啊，那是没用的，血还是会从伤口往外流啊！你快去那边的高山上找你的爸爸！快走吧，人又要来了，让妈妈把它们引开啊。

在一条大路和一条小路的岔口，周萍下了马。她拎着一只布袋子，与鄂伦春夫妇告别。骑在马上的鄂伦春男人指着大路前方，告诉了周萍她应该继续走的方向。说完，鄂伦春夫妇及其马匹拐向小路，向山林走去了。

周萍将袋子往肩上一扛，继续向前。

在深雪中前行的周萍已满脸汗水，她喘息一会儿，接着往前走。

日才落，天未黑。站在瞭望台上的赵天亮发现了远远走来的周萍，他迅速走下瞭望台，迎着周萍跑去。

赵天亮惊喜地喊：“萍萍！”

周萍听出是赵天亮的声音，脸笑得像花朵一般。尽管已经很累很累了，但也奋力向赵天亮跑去。

周萍跑到赵天亮面前，双腿一软，偎倒在赵天亮怀里：“雪太深了，累死我了。”

赵天亮搂抱着她：“我想死你了！”

周萍：“你想我我高兴，但是千万别往死了想！”

“许多人不喜欢冬天的理由是各式各样的，我不喜欢冬天的原因只有一个……”

“什么原因？”

赵天亮：“冬天你来看我一次太不容易了！而且，我拥抱你的时候，没有拥抱住了的感觉，而且还没法对人说。”

周萍仰起了脸：“那还不吻我！”

赵天亮笑了，俯下头正欲吻她，她反而将头扭开了。赵天亮困惑地看着她。

周萍：“接吻好比潜水，要有预备动作！”她深深吸气，煞有介事地说：“预备完毕，可以正式开始了！”

赵天亮又吻她，嘴唇刚碰到嘴唇，看着周萍的模样，想想她刚才说的话，忍不住笑了。

周萍故作严肃：“我们在进行恋爱的仪式，严肃点儿啊！”

赵天亮更忍不住笑。

周萍：“在不该笑的时候笑，是可笑的。在即将接吻的时候笑，是最可笑的。"

赵天亮："你也严肃点儿行不行？"

周萍："谁不严肃了？你笑什么呀你，浪费人家感情！"她将赵天亮推倒在地，自己也被赵天亮扯倒了。他们在雪地上翻滚，嬉闹。

他们的笑声在林中回荡。

赵天亮将周萍压在身下了，深情地俯视着她的脸。周萍也凝眸注视赵天亮，目光中充满幸福和信赖。

周萍甜蜜地笑着："恋爱真好。"

赵天亮："我爱你……"他给她一个长长的吻。

赵天亮带周萍回了木房子。"小黄浦"从被窝里一下子坐了起来，急迫地问："带什么吃的没有？"

周萍将拎在手中的袋子放在桌上，大家一下子将桌子围住。

黄伟将袋子兜底一倒，堆了一桌黏豆包。所有围在桌旁的人都伸出双手，防止黏豆包滚落地上。

黄伟："都把爪子缩回去。"

大家便都很绅士地将手背到身后。

"小黄浦"忘了自己只穿裤衩，光着脚丫蹦到地上，冲到桌前，伸手便抓。"小地包"将他的手打开了。

沈力："你看你什么样子！文明点儿好不好？"

"小黄浦"这才意识到自己太不成体统，一转身又蹦到床上匆匆穿衣服。

他大声地说："平均分配！平均分配啊！"

周萍"扑哧"笑了，转身走到赵天亮那儿，和赵天亮并肩坐在床沿。

黄伟抻着袋口，魏明点数着，重新往袋子里装豆包："一五，一十，十五，二十……"

黄伟将袋口一拧，交给魏明。

魏明："总共四十个，咱们七个人。一人六个少俩儿，一人五个多五个。"

杨一凡："不能按七个人分吧？周萍带来的，不能咱们吃，她看着吧？"

魏明："对对，糊涂了。那就是八个人，五八四十，正好每人五个。"

周萍："不用算我。这个冬天我吃了不少黏豆包。把我那份儿分给特别爱吃的人吧，我吃什么都行。"

"小地包"："除了你带来这四十个黏豆包，我们这儿什么吃的都没有了。今天早上，我们每人只吃了四分之一个馒头。之后，就一直饿到现在。"

周萍不由得转脸看赵天亮，赵天亮对她点了点头。

周萍一一看大家的脸，她忽然怀疑起什么来，用目光四处寻找，之后起身叫："黄黄，黄黄，黄黄……"

没有小鹿的回应。

周萍大惊失色："黄黄呢？黄黄在哪儿？你们是不是把黄黄给吃了？！"

大家你看我，我看他，都不知如何回答才好。

黄伟："周萍，我可以肯定地告诉你，黄黄不是被我们吃了。我用我的人格担保。"

周萍的目光望定赵天亮的脸，眼泪在眼眶里打转。

赵天亮起身抱着周萍："我们怎么能把它给吃了呢。它长得挺快，也长得挺大了。它身上有寄生虫，也许还会带有传染病，我是班长，这些事儿我不能不考虑。所以有一天，我就把它带到林子里，放生了。我觉得它挺愿意获得自由的。"

周萍将信将疑地看着他："你发誓，没骗我！"

"我发誓，没骗你。"

"小地包"埋怨黄伟："你刚才那是说的什么鸟话啊？你要是也像天亮这么说，周萍她能不相信吗？还自称是语言天才呢！"

黄伟回嘴："你会说，你刚才怎么不回答？"

周萍将目光望向沈力："沈力，你最不善于说谎。你回答我，真是天亮说的那样吗？"

沈力："我也用人格保证，我们班长没骗你。"

周萍："要是放生了还行，要是被你们吃了，那我再也不来看你们了！"

"小黄浦"："你也不是来看我们啊！如果你的心上人不在这儿，你能一次次往这儿来吗？"他说着，对赵天亮挤挤眼。

周萍："我打你！"她从脖子上扯下围巾，追着"小黄浦"抽打。"小黄浦"绕着桌子躲，撞在柱子上。

大家都笑了。

外面传来狗的哀嚎声。大家止住笑，侧耳听着。

魏明突然亢奋地喊："套住了！"他也顾不上戴帽子，第一个冲了出去。

桦树林里，那条苏联狗被魏明下的套子套住了。大家围着它看，它不再叫，只是瞪着大家，害怕地缩卧着，目光中充满了恐惧和哀怜。

魏明："这就叫不是不报，时候未到。时候一到，一切都报。"

"小地包"给了魏明一拳："哥们儿，你可算立了大功了！"

狗被牵在木房子外的门廊柱子上，周萍见它恐惧地瑟缩着，便轻轻抚摸它："别怕，我不会允许他们伤害你的。让我看看你的腿是不是夹伤了……"

木房子里，"小地包"在霍霍地磨刀。他试试刀锋，自言自语："报仇雪恨的时候到了！"

沈力："我觉得，那狗挺可怜的。"

杨一凡也举着手说："我预先声明啊，我是绝不会吃狗肉的。我从小养过狗，对狗有感情。"

黄伟和魏明在一旁吸烟。黄伟小声埋怨："你也是，干吗非下套子套它呢？"

魏明："我是想套住野兔什么的。谁叫它好几次把套住的野兔叼跑了。"

赵天亮坐在床沿，平静地说："敬文，这狗究竟该不该杀，可不是由你一个人决定的事儿啊！"

"小地包"将刀往桌上一掷，刀插在桌上，指着赵天亮。

"小地包"："少来这套！怎么？你们现在都菩萨心肠了？都忘了那天晚上的事儿了？就是因为那狗，我差点儿成了那边好几支枪口的活靶子！除了魏明，那天晚上你们几个也有可能都玩完！双方真一开火，谁敢说谁的棉袄是子弹打不透的？你，你，还是你？！……"他挨个指着沈力、杨一凡和"小黄浦"大声问。

沈力等三人被问得哑口无言。

魏明对黄伟小声说："听到了吧？我恨那条狗，不仅仅因为一两只套住的野兔。对人我没那么小心眼，对狗也一样。可是一想到那天晚上的事儿，我做梦都想杀了它。如果敬文说的成了事实，那我非因为自责而疯了不可！"

"小地包"又一指赵天亮，强硬地说："别的事儿，你怎么说，我怎么做，支持，服从，绝不含糊！这件事儿，谁拦我那都是休想！我不仅要吃它的肉，啃它的骨，还要铺它的皮！单等那边钟一响，我就开杀戒！"说罢，他气哼哼地往桌旁一坐，强硬到底地瞪着赵天亮。

赵天亮也默默瞪着他，表情越来越严冷，看去就要发作了。黄伟走到赵天亮跟前，对赵天亮耳语了几句。赵天亮猛地站起，踢门走了出去。

门外的周萍被赵天亮的踢门声吓了一跳，从地上站了起来。

赵天亮："孙敬文坚决要杀这狗。"

周萍："为什么？他为什么那么恨这狗？"

"因为这狗经常过界，有天晚上，双方几乎开起枪来。"

"狗有什么边界意识！人不能按人性来要求狗，但人得按人性来要求人，首先按人性来要求自己吧？"

赵天亮："你进去，把你刚才的话对他说一遍。"

周萍："你是班长，你就阻止不了他？"

"他在气头上，还说了些惹我生气的话。我怕我俩争吵起来，我会跟他动手。有时候我的火气那也挺大的……"

周萍呆呆地看着赵天亮。

赵天亮："就算我求你……"

周萍转身进屋,她一眼就看到了插在桌上的刀,问屋里的人:"谁的刀?"

魏明:"我的。"

周萍:"这么锋利的刀,一定有刀鞘。"

魏明将刀鞘扔向周萍,周萍一把接住,赞赏地看着:"做得真好。老魏,这刀我喜欢,送给我吧。"

魏明一愣,"小地包"也一愣,众人也都愣住了,目光全都望向周萍。魏明问她:"你一个女孩子,要把刀干什么?"

"以后我再来看你们时,身上带着它,心里觉得安全些。"

"那,归你了。"

周萍从桌上拔下刀,插入鞘中,看着"小地包"说:"现在,这把刀是我的了。你如果想用,得向我借。"

门外,赵天亮低头看着那狗,狗也乞怜地看着他,发出悲哀的呜咽。赵天亮掏出烟,望着江那边,吸着一支,走到门旁,侧耳倾听。

屋内的周萍向大家招手:"过来过来,听听我讲我今天路上遇到的事儿。不过来听的,不许吃我带来的黏豆包。"

于是坐在别处的,也都坐到了桌子周围。

周萍:"我是骑着鄂伦春人的马,在一对鄂伦春夫妇的陪同下往这儿来的。他们告诉我,马和狗,是他们鄂伦春人忠实的朋友。"

"小地包"突然怪笑起来。

周萍:"你笑什么?"

"小地包":"想进行说教?我们可都不是鄂伦春人,门外那条狗也不是鄂伦春人的猎狗。"

沈力:"那也是一条猎狗。"

"小地包":"是修正主义的走狗!"

黄伟:"都住嘴!听周萍讲。"

周萍:"我们走在林子里的时候,有两只狍子窜了过去,他们就骑着马追,他们的狗也跟着追。雪深,马、狗、狍子,都跑不快。最后,狍子被追到一处悬崖边上了。那是一对夫妻狍子，母狍子怀孕了，春天就该生小狍子了。所以它比公狍子的体形还显得大……"

周萍将自己的经历给大家讲述一遍。

"小地包"抵触地问周萍："你想说明什么？"

周萍平静地说："不想说明什么呀。讲给你们听，解我自己的闷儿，也解你们的闷儿嘛。"

"小地包"又看着别人问："都感动了？谁感动了谁傻帽儿！咱们多久没吃到肉了？今天早饭以后就断了粮了，明摆着，大雪封了路，不知齐勇哪天才会来！别的暂且不论，这种情况下，杀一条狗吃就罪过了？何况还是一条那边跑过来的狗！"

周萍也抢白道："如果现在是世界末日，你们几个就人吃人？我是女的，是弱者，先吃我？"

其他人都默默离开桌子，回到自己刚才坐的地方去了。

门开了，赵天亮却并不进屋，他推开门对大家说："都出来！"

于是大家先后走到外边，站在门廊上。江那边闪动着十几支火把，一阵阵俄语的呼唤声传过来："娜嘉！娜嘉！"

杨一凡问魏明："学过俄语吗？'娜嘉'是什么意思？"

魏明："希望。"

黄伟："许多女孩子也叫娜嘉。"

他们脚边的狗站了起来，挣着绳子，朝江那边哀嚎。那边教堂的钟声也响了起来。

一时钟声、唤狗声、狗吠声响成一片。连那边瞭望台上的探照灯，也开始在江面扫来扫去了。赵天亮解开绳子，往犀甲牵狗。狗害怕，后挣，不肯进。周萍将狗抱起，率先进屋。大家便都进到屋里了。

周萍将狗放在赵天亮床上，坐在床沿，守护神般守护着狗。

赵天亮从墙上摘下医药箱放在床上，对周萍说："给它腿上药，好好包扎一下。"他转脸又对魏明说："老魏，准备好笔和纸，坐桌子那儿。"

沈力从褥子底下抽出信纸放在桌上，杨一凡将笔递给魏明。魏明默默地，有几分不情愿地坐在桌前。

赵天亮对魏明说："我说，你写，要用俄文。"

"小地包"："慢！"他一步跨到赵天亮跟前："你要把它放了？"

赵天亮："对。"

"小地包"："如果我不同意呢？"

"我还是你班长吗？！"

"小地包"把头一扭。

赵天亮大喊："说！"

"小地包"也大喊："是！"

赵天亮大吼："那你给我滚一边儿去！"

"小地包"："我还是你哥们儿吗？你亲眼看到的，它差点儿使我丧命！"

赵天亮："你耳朵聋啦？刚才什么都没听到吗？！"

"小地包"："你要是放了它，以后就不再是我哥们儿！"

赵天亮挥手欲扇"小地包"耳光，却被沈力和杨一凡拉开了。

黄伟对魏明说："我说，你写——我们无意伤害你们的娜嘉，是它自己经常过界，在我方领土到处乱跑，被套野兔的套子套住。我们替它敷了药，进行了包扎，希望你们以后管好自己的狗……"

魏明写好，将纸递给黄伟。黄伟将纸折成纸条，走到周萍那儿，将纸条缠在狗的项圈上，接着，解开了拴在项圈上的绳子。

周萍抱狗站起，向门口走去。"小地包"抢前一步，挡在门口。

二人互不相让地瞪着。

黄伟对"小地包"说："敬文，别太过分啊，人家周萍可救过你的命。"

这句话起了作用，"小地包"默默闪开了。

周萍抱着狗走到了门外。"小黄浦"、沈力、杨一凡、黄伟和魏明都跟到了外边。

钟声已止，呼唤声继续。

周萍放下了狗，狗飞快地向对岸跑去。

"小黄浦"小声地说："其实我挺能理解孙敬文的。那天晚上，他都吓尿裤子了，他不好意思说罢了。毕竟，咱们谁也没经历过那情形。"

"小地包"坐在桌子那儿，赵天亮坐在自己的床沿上，主动地对他说："我既是你哥们儿，也是你班长吧？你怎么能那么不给我面子？"

"小地包"："你怎么就那么不给我台阶下？你以为我就真能下得去手杀那狗啊？你要是说，'敬文，给哥们儿个面子，我求你放了那条狗吧'，我能一犟到底吗？"

赵天亮："我怎么知道你是这么想的！"

"小地包"："我多顾面子你还不清楚吗？亏咱俩还是哥们儿！"

第 28 章

早晨，赵天亮他们围坐在桌子四周，魏明在往每人的餐具里分黏豆包。黏豆包比乒乓球大不了多少。

魏明："昨天晚上说好的，每人两个。吃不了的，让给别人。"

"小地包"："吃不了？"他用筷子夹起一个，一口就吞了下去。接着，又一口吞下了第二个。然后，一一看着大家问："谁吃不了？让给我。"

"小黄浦"赶紧用手护住了餐具里的两个黏豆包。

"小地包"又问别人："没人发扬风格吗？那我可就站瞭望台去了。班长说得对，挨饿归挨饿，该巡逻还得巡逻，该瞭望还得瞭望。"

门开了，周萍从外面进来。

赵天亮问她："干什么去了？"

"到林子里去转了转，满以为能碰到黄黄。都先别急着吃。"周萍走到墙边的书包旁，从书包里掏出纸包，走到桌旁坐下，打开纸包，里面是白糖，"我凭票买的，二两，对插队知青特供的。不是就要过春节了嘛……"

除了赵天亮，其他人用筷子夹着的、用手捏着的黏豆包立刻向白糖蘸去。

"小地包"心理不平衡地说："你倒是早进屋一步嘛！"

周萍白他一眼，不接他的话。

"小地包"："我知道，在有的同志看来，你们都是心地善良之人，就我

39

成了恶魔心肠的人了！"他自觉没趣地向外走去。

魏明将放着两个黏豆包的小盘推向周萍："这两个是你的。"

周萍："我不饿，我这份儿给我班长的弟弟了。"

魏明一时没反应过来，问："你班长的弟弟？"

"小地包"已走到门口，他反应快速地说："是我！是我！"他冲回到桌旁，左右开弓，一手一个，抓起赵天亮碗里的两个黏豆包，在白糖里滚了又滚，同时塞入口中。

大家看得目瞪口呆。

"小地包"咽下豆包，对周萍笑道："我都忘了我老姐曾经是你班长，那你也不必拐弯抹角的啊，干脆说你那份让给我吃多明白啊！"

赵天亮苦笑："你吃的是我那份儿。"

"小地包"："是吗？那我可得纠正错误！"他向另外两个黏豆包伸出手去。

周萍赶紧双手护住小盘儿里的两个黏豆包，对赵天亮嚷："你们这个班太成问题了，把我班长的弟弟给惯坏了！"

黄伟推了"小地包"一把："脸皮别这么厚啊，也不怕人家周萍笑话！站瞭望台去！"

窗外响起马嘶声。大家朝窗外一看，见"乌云"拉着马车已出现在门前。所有人全都拥出门外，见车上麻袋、草袋、桶、坛子等载着很多东西。

齐勇摘下帽子向大家行骑士礼："女士们，先生们，我想象得到你们是如何地思念我……"

魏明："揍他！"

于是"小地包"带头，"小黄浦"、沈力、杨一凡等四人冲下台阶，将齐勇团团围住，笑闹着拳打脚踢起来。

"小地包"站在瞭望台上了，用望远镜望江对岸。周萍在往瞭望台上攀。

"小地包"将周萍拉上了瞭望台："为什么不叫我'敬文'了？"

周萍："谁叫你昨晚那么凶巴巴地瞪我来着！"

"小地包"："那你叫我'小地包'，也比叫'我班长的弟弟'强啊！实

40

话跟你说，对于我，在这儿的另一个好处那就是——听不到我那老姐的声音了，有一种孙悟空摆脱了唐僧的感觉。"

周萍打了他一下："你姐对你那么好，你真就一点儿都不想她？"

"想。""小地包"说罢又小声地叮嘱，"不许告诉别人啊！"

周萍："我也经常想她。她好吗？"

"好着呢，当个小破班长，当得可来劲儿了！我上次回连队，她还问起过你。你离开七连那天，她因为同情你，还偷偷哭过呢！"

周萍："你们班的人对我好，是不是也都觉得我怪可怜的呀？"

"小地包"："起初是那样。当然，还因为你和天亮的关系。后来，渐渐地，不觉得你可怜了。因为我们都感到，你自己不觉得自己可怜了。"

"起初我也觉得自己太可怜了，后来想开了，反而觉得自己挺幸运的。"

"想开了什么？"

周萍："你说，人将死的时候，都对自己这一辈子活得满意不满意，是怎么认为的呢？"

"小地包"："从没想过。怎么认为的？"

周萍："我利用自己上次探家的时候，偷偷去看望过我父亲的一位老朋友。他前一天刚被批斗过，可是见了我，高高兴兴的。他一只眼瞎了，我问怎么瞎的，他平静地说，有次挨斗的时候被红卫兵用皮带抽瞎的。我一听，当时就哭了。猜他当时摸着我的头说什么？他说，'小萍萍啊，不要替伯伯难过。伯伯这一辈子，有情人终成眷属，即使落到现在这种地步，老伴儿对我依然不离不弃，相反关爱倍增。这是一大幸运啊。儿女们呢，虽然个个受我牵连，但没有一个给我贴过大字报，没有一个声明和我断绝关系的，相反，都更加尊敬我这个死不认罪的倔老头子了。他们都经常给我写信，在信中一再告诉我，爸爸妈妈永远是他们最爱的人。老朋友们呢，没有一个出卖我的，没有一个揭发我，去讨好某些人的。有的时候，在批斗会上互相见着了，瞥我一眼，目光暖暖的，能一直暖到我心里。他们都在用眼神鼓励我，一定要坚强地活下去。爱情、亲情、友情，体现在我身上饱饱满满的。即使明天就死，伯伯对自己的一辈子也很知足'。从那以后我就想我自己。爱情，我有。友情，我也有。我也没给父母贴过大字报。在上海的时候，学校里的造反派逼我公开声明和父母脱离关系，说只要我那样做了，也批准我加入红卫兵。我就不那样做。我没在别人伤害了我父母之后，也伤害他们。我也经常在写给父母的信中告诉他们，他们永远是我最爱的人。我只不过没像你们一样成为兵团战士，那我死心就是了。我这样一个爱情、亲情、友情也饱饱满满的人，为什么要觉得自己可怜呢？"

"小地包"目不转睛地看着周萍，听呆了："第一次有人跟我说这样的话。看来，我以后也不能傻吃茶睡的了，也该想点儿事儿了。"

车上的东西已搬入屋里了，赵天亮和齐勇面对面坐在桌子两边。

赵天亮对齐勇说："你再不来，我就不知怎么办了。"

齐勇："连里倒是督促我早点儿来，是我有意拖了几天。我想，快到春节了，我最好把你们的家信、包裹也都给捎来。这么一拖，就下大雪了。你们这边，雪还小点儿。连队那边，雪那叫大，真是白茫茫一片大地好干净，也分不清哪儿是路，哪儿是沟，哪儿是塔头甸了。我是出发过一次的，才走二三里又回去了。雪没车轮，马怎么拉？昨天是连里为我出动了一台拖拉机在前边推雪，结果我赶着马车单独再往这儿来时，车还是歪到沟里了，差点儿没翻。幸亏遇到了鄂伦春人的猎队。"

齐勇说着一拍头："差点儿忘了。给你带来了一个惊喜！"他起身走到一只麻袋前，从里边取出一只枕头。

赵天亮："我的枕头！"他夺过枕头，将枕套撕破，把手伸进枕套，摸来摸去，却没摸到那封一直令他思想不安的信。

齐勇吃惊地看他。

赵天亮："枕头怎么会到你手里的？"

齐勇："这枕头被人家鄂伦春猎人捡到了。人家判断是咱们兵团的人在伐木途中丢掉的。可那么多连队，人家也不能带着只枕头逐个连队找失主啊。

人家有次路过九连，就留给九连了。九连没人认领，又转到了三连，三连又转到了五连，我来之前转到了咱们连。这期间，肯定有人枕过，也有学雷锋的人给拆洗过。"

赵天亮一声不吭地将枕头塞入大铁炉中。

齐勇："每个人都有属于自己的秘密，即使再好的朋友都不相告。有时候，甚至也不愿让恋人、兄弟姐妹和父母知道。这一点儿，我是完全能理解的。我毕竟是老高二，是除了语文课本之外，多少还读过一些文学名著之类的书的。所以，生逢这样一个特殊的时代，我也越来越尊重这一点儿。但是天亮，咱们毕竟是哥们儿，你为一只枕头经常处于惶恐的状态，使我每次看到心里都挺难受。"

赵天亮苦笑一下："因为一只枕头，我给过你那么一种印象吗？我刚才，也使你看出惶恐的样子了吗？"

齐勇点头。

赵天亮："那么，忘记它。对谁也不要说起我那只枕头的事儿。一会儿他们回来了，你一个字也不要提。"

齐勇："你自己呢？"

"啊？我丢过一只枕头吗？我什么时候丢过一只枕头？"

赵天亮走到齐勇跟前，将一只手搭在他肩上，低下头说："如果我自己能够首先忘记，那就好了。可是我做不到，根本做不到。我经常胡思乱想，如果你，或者敬文，你们两个我最好的朋友中的一个，是医术最高明的脑外科医生的话，那有多好。那我就请你们为我开颅，检查我的每一部分脑区，把关于那只枕头的记忆，用镊子夹出来。不知为什么，我觉得那种记忆，像是我大脑中的一个瘤。"

齐勇不由得拥抱他，一手轻拍他后背，安慰道："我理解，我理解，以后我再也不问，再也不提。一会儿他们回来了，我一个字也不说。"

门开了，沈力和杨一凡走了进来。

杨一凡："再哥们儿也别那样啊！看着让人心里起疑。"

齐勇:"怎么?连教授的儿子也学贫了?跟谁学的?"

杨一凡烤着手说:"无师自通。是教授的儿子的时候,得装斯文。是'臭老九'的儿子的时候,得贫点儿。用贫抵消臭,这是一种自我保护的策略。"

沈力:"班长,我俩刚才又看到那条狗了。有点儿怕我们,又有点儿想跟我们亲热。叫它,居然还跟我们走了一段。它不记仇,我开始有点儿喜欢它了。"

齐勇:"就是我也见到过的那条狗吗?"

赵天亮:"对。昨天晚上我们套住了它,敬文还想杀了它吃它的肉。"

齐勇:"那可是条好狗。狗通几分人性,你注视它的眼睛就知道了。"

"再碰到它时,绝对不许伤害它。但也别和它太近乎。毕竟是那边的狗,太近乎了,万一有人质问起来,说不清楚。"

门又开了,周萍走进来,小女孩儿般高兴地说:"我在瞭望台上看到小松鼠了,用望远镜看到的,看得可清楚啦!"说着,她吸了吸鼻子:"什么味儿?"

杨一凡:"是有股怪味儿。"

沈力:"谁把衣服塞炉子里烧了吧?"他想掀开炉盖看。

赵天亮挡住了他:"别看了。"

周萍、沈力、杨一凡都疑问地望赵天亮。

齐勇:"是我的棉手套烤着了,干脆,就烧了。"

杨一凡指着桌上问:"那不是你的棉手套吗?"

齐勇:"那就是把别人的棉手套烧了。烧了谁的,算谁倒霉吧!来来来,找棋盘来,咱俩杀一盘。"他把杨一凡推走了。

沈力也跟到一边去了:"我观战。"

周萍看着赵天亮说:"我觉得,你有心事。"

赵天亮:"心事?没有啊!我哪儿来那么多心事啊!"

晚上,大家围着桌子共进晚餐。那可算是一顿丰盛的晚餐了,而且主食不是馒头,是大米饭。

"小黄浦"俯身闻着桌子中央一大盆米饭，闭上双眼，陶醉地说："啊，大米饭，大米饭，总算吃到一顿大米饭了！"

齐勇："事务长用面粉从外地换的。就换了两袋，当成宝似的，说就别给你们带了。我说那可不行！硬逼着他给了十来斤。差点儿忘了，还有更大的惊喜！"说着，从墙上摘下了军用壶，往桌上一放。众人目光都盯在壶上。齐勇让赵天亮拧开了壶盖。

"小地包"猛吸了一下鼻子，大叫："酒！"

魏明又上来一道菜，家长般地说："猪肉炖粉条，一大锅！娃们，可劲儿造吧！"

包括周萍在内，大家用各种各样的盛物碰杯。

赵天亮："这酒劲儿太大，我多一口也不能喝了。"他将碗放下，醉眼乜斜，甘拜下风地望着大家。

杨一凡也有点儿醉了，大叫："不行不行，弟兄们，能……能答应吗？"

其他人齐声道："不能！"

"小黄浦"红着脸叫："喝！喝！不喝我可硬灌了啊！"

周萍坐在齐勇和赵天亮之间，用胳膊肘拐一下齐勇，小声地说："爱护一下他嘛。"

齐勇一副事不关己高高挂起的样子："这种事儿我可不能拦。"

黄伟笑道："说得好。你要拦，我都不答应！爱护也得分时候。"

"小地包"双手端起赵天亮那只碗，离座单膝往赵天亮跟前一跪，举碗过头，念京剧道白似的："大哥！你就，把它，喝下去吧！"

赵天亮不知如何是好。

周萍往起一站："别难为他，我替他！"

不待大家做出反应，周萍接过那碗，一仰头将半碗酒饮了个精光，之后亮碗底。大家目瞪口呆。

周萍放下那碗，又端起自己的碗，像古代义士一般，一手护着碗边，将碗画了一道弧，又一饮而尽。

齐勇一拍桌子，高叫："好！"

"小黄浦"吃惊地说："我的妈，佩服，佩服！"

"小地包"又向齐勇发起攻势，一边往齐勇碗里倒酒，一边说："姐……姐夫……从今天起，以后我叫你姐……姐夫了！我也要，敬姐夫……一杯！"

齐勇："不许叫我姐夫！"

"你……你本来就是我姐夫了嘛！他们……他们……都知道嘛！"

大家齐声道："知道！"

周萍忽然大叫："安静！"

一时无声，大家都看她。

周萍依然大叫："我要唱歌！我要唱歌！"

赵天亮苦笑了一下："看，她……她也醉了吧。"

周萍："没醉！就没醉！还能喝！……"

"小地包"："我……我给嫂子倒上！"

沈力从"小地包"手中夺去壶，斥责道："一会儿姐夫，一会儿嫂子的，出什么洋相！老老实实待一会儿！"

周萍："我来的路上，鄂伦春大嫂教会了我一首歌，关于爱情的。一个鄂伦春小伙上一个鄂伦春姑娘家串门，姑娘要给他做小米饭，还要给他炖松鸡，小伙子说不是来吃饭的……"

魏明："弟妹别多说了，都懂了，唱吧唱吧！好好唱，我给你削冻梨吃！"他开始削一个冻萝卜。

沈力："那不是冻梨，那是冻萝卜！"

魏明语言混乱地说："冻萝卜不是冻梨是什么？"

周萍："安静！第一段是姑娘唱的，我唱完，你们要接'那依呀'！"

大家附和着唱："那依呀！"

周萍不耐烦地说："第二段是小伙子唱的，我唱完，你们要接'那哈依呀'！"

异口同声："那哈依呀！"

于是周萍用鄂伦春语唱起了那首鄂伦春情歌。那是一首需要用高亢嘹亮的音调来唱的歌，而周萍的嗓音令大家意想不到地嘹亮和高亢。大家的眼睛都望着她，都被她的歌声所感染。也可以这么说，在那时，每一个人的目光中都流露着对她的爱。

周萍离开桌子，边唱边旋转，像激情洋溢的吉卜赛女郎。

黄伟对齐勇说："想不到她有这么一副好嗓子！"

齐勇："要是团长今晚也在这儿，肯定后悔死了。"

周萍唱罢，大家也接完最后一句"那哈依呀"之后，她搂住一根柱子，举臂高呼："青春万岁！爱情万岁！友谊万岁！快乐万岁！"

她的声音刚落，门外传入狗叫声。

沈力放下手里的杯子："又是那条狗！"

魏明："它又来干什么？这不成了纠缠冤家了嘛！"

周萍开了门，但见那狗蹲在台阶下，身上套着绳索，拖来了一辆小爬犁，爬犁上绑着一个小布包。

周萍奔下台阶，抚摸狗，跟狗说话："又是你呀，你来干什么呢？刚才听到我唱歌没有呀？"

狗亲热地用前爪扑她，舔她。

周萍："是不是想让我给你换药呀？了不起，还拉过来东西了呢，让我看看是什么……"她出了门，大家也都跟着她到了屋外。

周萍往下解那小布包，赵天亮却制止了她："不可不防！我……来……"但是他喝得太多了，脚步一踉跄，坐在了台阶上。

只有沈力最清醒，他踏下台阶，将周萍拖开："你们几个都醉了，谁也不许过来！"他说着，将狗从绳套上解下。周萍抱着狗抚摸，仍一味跟狗说着："你腿疼不疼了？放心吧，这儿的人再也不会对你不好了……"

沈力将小爬犁拖远，打开了布包，再分开一层纸，里边是小馅饼。他拿起一个，看一会儿，闻闻，咬了一口，觉得好吃，又咬了一大口。

齐勇："沈力，什么呀？"

沈力："馅饼！果酱的，好吃！"

"小地包"瞪大眼睛："果酱的？我只吃过大酱、豆瓣酱，没吃过什么果酱。"

"小黄浦"："果酱馅饼那是西餐的做法！"他奔下台阶，跑到沈力身边，也抓起一个就吃："果然好吃！果然好吃！"

杨一凡对大家说："哥儿几个还傻站在这儿干什么呀！"

台阶上的几个发一声喊，一齐奔下，向小爬犁跑去。赵天亮仍坐在台阶上，声音软软的："小心……上当……"

木房子里，周萍在为狗重新包扎腿。赵天亮他们坐在桌子那儿，他看着大家在狼吞虎咽地吃馅饼。

杨一凡拿起一块儿来递给赵天亮："班长，你也尝一个嘛！"

赵天亮："真的什么也吃不下了。"

"小黄浦"突然想起什么，大声地："停！……据我所知，炸弹也可以做成果酱式的……"

"小地包"打了他一巴掌："那你不早说，还抢着吃！"

"小黄浦"："我……我不是刚想到嘛！"

大家一个个放下手里的馅饼，一个个低头看自己的肚子。

黄伟发现了纸条，打开看，见是俄文，递给魏明："快念念……"

魏明拿着纸条念道：

亲爱的孩子们，我们这边的士兵都很年轻，他们都是我们的孩子。所以我们想，你们也必定是些孩子。我们是两个无儿无女的老人。娜嘉就是我们的孩子。谢谢你们对我们的孩子那么好。我和老伴儿让娜嘉带过去这些馅饼，表达我们对你们的感谢，愿上帝保佑你们……

沈力瞪着"小黄浦"说："还胡扯什么果酱炸弹！不担心肚子爆炸了吧？"

"小地包"："来而不往非礼也！我包裹呢？我包裹呢？也得让狗捎过去

点儿什么，要不显得咱们太小气了！"他起身走到一只麻袋那儿翻麻袋。

赵天亮起身走到自己床铺前，见周萍已醉着睡着了，狗卧在她旁边。他将狗抱下，替周萍脱鞋、脱棉袄、棉裤、袜子。周萍的小脚那么白，他朝大家看一眼，见没人注意他，迅速吻了一下周萍的脚，之后给她的头垫好枕头，为她盖上被子。

看着周萍那张美丽的脸，他忍不住又吻了一下她的唇。他回到桌子那儿，魏明已在扎麻袋口，里边装了半麻袋东西。

赵天亮看了看："太多了吧？都什么呀？"

魏明："什么都有，吃的、穿的、用的。'不能显得太小气'的意思，那就是要显得大方嘛！"

赵天亮："那我太尴尬了，你们都收到了包裹，就我还没收到包裹，没法表达意思了。"

齐勇："谁的东西都能代表你班长的一份儿心意嘛！"

大家站在门外，望着那狗在月光下拖着爬犁跑向江那边……

第二天早晨，周萍醒来，自言自语："我昨天晚上好像醉了。"

她一抬头，见齐勇和赵天亮面对面坐在桌子那儿，黄伟等六人一溜儿坐在大床铺的床沿，"小地包"和"小黄浦"手中都拿着信纸。

周萍隐隐约约地回忆起了昨天的事儿，问大家："我昨晚是不是醉了？出丑了吧？"

没人回答她的话，气氛异常。

周萍："都怎么了？发生什么事儿了？"

赵天亮："他们昨晚，让狗也往那边儿拖过去一些东西，今早一起来，又都后悔了。"

黄伟："我没后悔啊！"

魏明："我也没后悔。"

"小地包"一下子站起来，指着魏明生气地说："你有什么可后悔的？

你又没贡献什么！"

魏明不服气地说："你既然说是贡献，那就不应该后悔。"

"小地包"拍着信纸："我不应该后悔？我爸写来的信上说，包裹里有我妈织的两双毛袜子，有二斤红糖。红糖啊，同志！在哈尔滨，那只有坐月子的女人才配给，凭特供票！那是我妈白给一户人家带了一个多月的孩子，人托人走了好几道后门才弄到的票！"

他又指着赵天亮和齐勇大发脾气："你俩别没事人似的！我连包裹都没打开，整个儿就塞麻袋里去了！还有两块儿檀香皂！檀香皂！两块儿！哈尔滨名牌，凭票平时也买不到！"

"小黄浦"："檀香皂不是你们哈尔滨的名牌啊，是我们上海产的。"

"小地包"："住口！我控诉完你再控诉！"

齐勇瞪着"小地包"："听听，'控诉'这种词儿都用上了！关我什么事儿？我有什么责任？"

"小地包"："你怎么没责任？为什么红糖二斤袜子两双檀香皂两块儿？有我姐一份！你是我未来的姐夫！我的损失也是我姐的损失，那也等于是你的一部分损失！"

齐勇一拍桌子："禁止你再跟我'姐夫''姐夫'的！叫得我浑身起鸡皮疙瘩！未来怎么回事儿，未来再论！"

赵天亮："我当时可不是视而不见啊，我说过太多了嘛，没人理我啊！"

沈力："我也说，给点儿意思意思就行了，他们不听嘛，抢过我一整盒虾酥糖就往麻袋里塞，接着把我推一边儿去。"

"小黄浦"站起来拍着信纸："一盒虾酥糖算什么呀！我那一盒麦乳精、一盒乐口福值多少钱？哎，我往麻袋里放的时候，你们怎么就眼睁睁地看着，没一个人拦我一下呢？我不扯什么姐夫关系、哥们儿关系，仅仅冲我们是革命同志这一层最普通的关系，那也不应该眼睁睁地看着我割自己的肉来显大方吧？"

杨一凡："我的包裹也没打开就塞麻袋里去了。而且，我还没收到家里的信，连包裹里究竟是些什么都不知道！要是半麻袋好东西都给了咱们中国人，那也算雷锋精神！可这算什么事儿？敢对别的人说吗？说了不挨一顿狠批才怪！唉，结伙当了一回二百五！"他懊丧地仰躺下去了。

周萍忍俊不禁，咯咯笑将起来。

众人的目光便都望向周萍。

周萍强忍住笑，挖苦地说："没羞！说刚才那些话的人，都没羞！谁叫你们昨晚都逞能，往醉了喝的？喝醉了，比着显大方；酒醒了，又后悔，丢人不丢人。既成事实了，那就大方到底吧，再说那么多可笑的话干吗？"

齐勇："小周说出了我想说的话。酒是我带来的，没有酒，大家就不会醉。大家都不醉，昨晚的事儿肯定就不是那个样子。都不许埋怨你们班长了啊，都怪我，我向大家道歉！"他一一向大家抱拳鞠躬，接着对周萍说："穿好衣服，咱们该走了。"

木房子门前，马车已套好，齐勇已经坐在车上。

赵天亮走出，对齐勇低声说："能不能多待两天？你多待两天，她也能多待两天。"

齐勇："我倒是也这么想，可连里等着出这辆车的活儿挺多啊！"

周萍快快乐乐地跑出，坐上了马车。大家跟出来，都站台阶上。周萍笑道："不许再后悔了啊，都高兴点儿，向我学习，保持快乐心情！"

大家不好意思地笑。

周萍看着赵天亮说："过来。"

赵天亮走到了他跟前。

周萍："看着我的眼睛。"

赵天亮就迎视着她的目光。

周萍："遇到什么不好的事儿，不许闷在心里一个人发愁。要告诉我，让我和你分担忧虑，行吗？"

赵天亮："行。"他点点头，退后两步。

齐勇一抖缰绳:"驾!"

大家目送着马车离开。

沈力和杨一凡在江边巡逻,狗出现在江那边。杨一凡将手指伸入口中,吹了一声响亮的口哨,狗飞快地朝他俩跑来。

站在瞭望台上的"小黄浦"用望远镜观望着那狗。在望远镜中,狗跑到沈力和杨一凡跟前,绕着他俩欢蹦欢跳,往他俩身上扑。黄伟也上了瞭望台。"小黄浦"将望远镜递给黄伟,指极远处沈力、杨一凡和狗的身影。

黄伟举起望远镜观望。望远镜中,杨一凡从狗项圈上取下了纸条。上面是狗主人对所赠礼物的感谢。

晚上,木房子里,大家随意坐在各处,魏明手拿展开的纸条,一边走来走去,一边大声念:

亲爱的孩子们,我和我的老伴儿,我们简直没法用语言来形容我们的震惊。是的,起初是震惊,接着是充满我们内心的欢喜。再接着,我们都深深地被感动了。我们内心里充满温暖,那种温暖快把我们的心融化了。因为,从没有人一次送给过我们那么多好东西!而且每一样东西都是我们需要和渴望的。我们觉得,我们一下子成了财主。你们太慷慨了,慷慨得使我们不知说什么好……

冰雪融化,黑龙江解冻了,江面浮满冰排。有时,大家站在黑龙江边遥望对岸会禁不住念叨:"娜嘉,只有明年冬天再见了……"

夜晚,木房子里,一群人在下棋、打扑克,只有"小黄浦"一个人在做着特别的事情。他站在马灯那儿,一手举小镜,一手用两枚一分的硬币夹胡子。

在与赵天亮下棋的黄伟斥责道:"哎,你躲开点儿,别挡住马灯光!长出了几根绒毛还添了心病了!"

"小黄浦":"胡子!"

魏明："你那也配叫胡子？"

杨一凡："没听说过啊，开始用刮脸刀了，那才算是男人了！——还'调'？我这三个二保着大小王呢，你太不自量力了吧？"

"小地包"忽然说："都别说话！"

"啪！"黄伟将一枚棋子拍在棋盘上，之后一阵肃静。

门外传来狗叫声，很低微，像在呻吟。还有狗爪挠门声，很轻，软弱无力。

沈力："娜嘉！"他一下子从床上跳到地上，也不穿鞋就跑到了外边。

大家都一齐跟到了外边。娜嘉伏在地上，看上去它连站起来的力气都没有了。沈力将它抱起回到屋里，大家又都跟入屋里："它浑身都是湿的！"

杨一凡："快放炉子这儿！"

沈力将娜嘉放到炉边，他的衣服湿了一片，伏在炉边的娜嘉瑟瑟发抖。

杨一凡将炉火捅旺，往里加柴。

魏明从绳上扯下一条干毛巾，擦娜嘉身上的毛。

"小黄浦"："肯定是游过来的！"

魏明："它身上绑了个袋子！"他将袋子从狗身上解下来。那是一只扎口的、不大不小的皮袋子。他将袋中东西倒在桌上，是手镯、戒指、耳环、几颗扣子，还有一小块儿白布。

黄伟拿起袋子，一拧，拧了一地水，伸开又放在桌上。

赵天亮拿起那一小块儿白布，见其上写满俄文，朝魏明一递："快念。"

魏明接过辨认着模糊的字迹，缓慢地念道：

亲爱的孩子们，我不得不向你们求救，我老伴儿的心脏病更重了。我们这边的人说，也许，只有你们那边的偏方能救她一命了。那偏方就是鹿心血，而你们那边有养鹿场。娜嘉带过去的，是我们全部值些钱的东西，都是银的……

大家一个个转身看娜嘉。它伏在炉旁，一种刚从死亡之境过来的样子，看上去精疲力竭。它一动也不动。沈力拿着一块儿馒头蹲下喂它，它也不吃。

黄伟："三连才养鹿。"

赵天亮问众人："谁认识三连的人？"

一阵沉默后，"小地包"低声道："我……我去年冬天探家回来，和几个三连的知青结伴儿走了几十里。"

赵天亮搂着"小地包"的肩，同"小地包"走到一旁，问："敬文，你看这事儿……"

"小地包"："别说了。你想让我去一趟三连？"

赵天亮点点头。

"小地包"侧转身看狗。狗眼似人眼，仿佛在乞求。"小地包"又看看大家，大家也在看他，目光中所表达的都是同一个意思——你得去。

"小地包"："那，我现在就去？"他走到墙那儿，摘下帽子。

赵天亮望望窗外："现在天都黑了，明天一早去吧。你先到山东屯去借一匹马，路上也许会碰到狼、熊什么的，我允许你带枪，以防万一。"他脱下披在身上的棉袄，盖狗身上，又对大家说："敬文明天起得早，大家都早点儿睡吧。"

中午时分，"小地包"来到山东屯女知青宿舍前，将纸条交给周萍看。

赵天亮在纸条上写着：

萍萍，无论敬文请你帮什么忙，都要尽量帮他……

窗口内，几个姑娘的头聚拢着，在看他俩。

山东屯马棚里，喂马的老头打量着"小地包"说："认识，当然认识。我们山东屯的人救过你小命嘛！"

"小地包"请求地说："大爷，我从边境上来，有急事儿，要借一匹马。"

喂马的老头："急事儿？那也得分是公事儿私事儿。"

周萍："大爷，他要赶到他们兵团三连去，那就肯定是公事儿嘛！"

喂马的老头转过头："是公事儿，那也得支书或者队长批准，我不能做主随便借一匹马呀！"

周萍："这……"

她灵机一动，掏出了赵天亮写给她的纸条，将老头扯到一旁，煞有介事地说："大爷，您看这是支书批准的条子，我念给您听啊……"

没等他反应过来，"小地包"已经解开一匹马的马缰，将马牵出了马棚。

喂马的老头发现，追出马棚："哎，你……"

"小地包"已跃身上马，催马而去。

三连鹿圈旁的一间小屋里，与"小地包"结伴步行过的一名男知青为难地说："哥们儿，你当鹿心血是杀猪时用盆接的猪血呀？那是鹿刚死，直接剖开鹿心一滴滴聚起来的一点儿血！我们养的鹿那是不能随便杀的呀！去年春天，两头公鹿发情，一头将另一头顶死了，我才见过什么叫鹿心血！"

"小地包"："就把那点儿给我。"

对方："给你？说得轻巧，当时就让我们连一名老职工用两个月的工资买去了。"

"小地包"："那，带我去见他！"

到了老职工家，老职工将一个小药瓶递给"小地包"。"小地包"朝窗举着，见里边有几块儿红糖块儿似的东西。"小地包"怀疑地看陪他来的那知青。

那知青："放心，我替他担保，绝对是真的。"

老职工："本来我也是为朋友买的，可你大老远来了，而我们三连养着那么多鹿，我还会有机会弄到的。"

"小地包"："那多谢了！"他将小瓶揣入内衣兜，又对陪他来的知青说："请你也替我担保，过几天我把钱送来！"

老职工一把拽住了他腕子："哎哎哎，那可不行。不是信不过你，珍贵之物，没你这么办事儿的！"

"小地包"看腕子，看到了自己的手表："我又不会抢走你的，先松手。"

老职工放开了他的腕子。

"小地包"撸下了手表，往桌上一放："这表归你了，去年才买的。"

老职工拿起表看时，"小地包"已大步走出门去。

"小地包"带着鹿心血回到木房子。赵天亮将那些银器和装着鹿心血的小瓶，一并放入小皮袋里，系在娜嘉身上。

大家带着娜嘉来到黑龙江边。正是日落时分，黑龙江上的冰排皆被落日的余晖染红。

沈力："要是咱们的小艇有油就好了。"

杨一凡："那不等开到江心，就得被撞散了。"

赵天亮看一眼怀中的狗，对黄伟说："不行，我做不到，还是你来吧。"他将狗送在黄伟怀里。

黄伟："这……老魏，你来！"他把狗送在了魏明怀里。

魏明也想将狗送到别人怀里，沈力、杨一凡、"小地包"和"小黄浦"皆后退。魏明只好抱着狗往前走，眼望着满江冰排说："娜嘉，真对不起……"

在冰排与冰排之间，娜嘉奋力地向对岸游去。

沈力第一个不忍望下去，噙泪转过了身。赵天亮也噙泪转过了身，拍一下沈力的肩说："娜嘉，会成功的！"

"小黄浦"对着奋力游向对岸的狗小声地说："娜嘉！小心啊！"

杨一凡："娜嘉！前进啊！"

他俩搂抱在一起，都无声地哭了

江彼岸也传来了喊声："娜嘉！娜嘉！……"

赵天亮、沈力、"小黄浦"、杨一凡一齐朝黑龙江转过身去。狗奋力爬上江心的一块儿冰排，冰排顺流而下。

一班七人，皆望那块儿冰排，齐沿江岸奔跑，喊："娜嘉！娜嘉！"

彼岸也有人影奔跑，也有喊声："娜嘉！娜嘉！……"

两岸喊声交杂。载着那狗的冰排，越漂越远。

落日更红，仿佛要滴血。冰排也被映得更红，仿佛着了颜色。

知青们并立江边，望着江水，望着彼岸。他们不知道娜嘉是否游过了江去，但是，他们多希望它是游了过去啊！

赵天亮心里默默念道："娜嘉，再见了，后会有期……"

木房子里，一幅娜嘉的油画挂在墙上。团长和张靖严站在油画前欣赏着。

团长点着头赞叹道："画得不错。"

张靖严："他们中，还有一个在写小说。"

团长满意地说："哦？好啊。很好嘛！兵团总司令部已经开始举办文学、文艺和美术培训班，你记着，以团里的名义，向总司令部推荐他们去参加。"

"是！"

团长："我们的知青中，人才济济啊！一个国家要是没了艺术苗子，那叫什么主义都是在全世界抬不起头来的事儿！将来，要是我们兵团出了一批画家、作家、诗人、歌唱家，那是我们兵团的光荣，也是北大荒的光荣。兵团和北大荒的历史，都是要记上一笔的！"

窗外传来赵天亮的声音："立正！"

木房子里，团长和张靖严踱到了敞开的窗口前。知青们列成一排，在向对面七名兵团战士移交武器。

一交一接之后，赵天亮和对方班长齐喊："敬礼！"

双方礼毕，赵天亮对对方班长说："如果冬天来了，那边有一条狗跑过来，你们要善待它。"

对方班长问："狗？什么样的狗？"

赵天亮说："屋里墙上有一幅画，画的就是它。"

一班七人都坐在了卡车上，卡车开走。

对方班长从屋里跑出，追着喊："看见那画了，狗叫什么名字？"

"娜嘉！'希望'的意思！"

第 29 章

知青们坐满大食堂。食堂前面的一面大黑板上，横向写着齐勇、黄伟、魏明、沈力、孙曼玲等几人的名字，他们名字下边竖写着"正"字。

杨一凡在唱票，女一班的吴敏在监票。吴敏的名字也在黑板上，但是名字下仅有的一个正字还缺一笔，因此，她表情难看极了。女一班的上海姑娘薛艳在往黑板上写"正"字。

杨一凡："最后一票，注意，最后一票……"他从票箱里取出最后一张票："最后一票上会是谁的名字呢？"

他看了吴敏一眼，把手里的票递给她："咱们的监票人陪我站半天了，最后一票还是让她来念吧！"

知青们的目光都落在吴敏身上。指导员、连长、尹排长和方婉之并坐在第一排，他们也都望着吴敏。

吴敏极不情愿地说："孙曼玲、沈力……"

薛艳在孙曼玲和沈力名字下又加了一横。这样一来，黑板上黄伟、魏明、孙曼玲和沈力的票数都明显多出了。

吴敏看了一眼黑板，将手中那张票往票箱上一放，扭身跑了。

指导员站起来："上大学的机会，原则上是人人平等的。党支部也采纳了你们大多数知青的意见，实行公开推荐的方式。结果是在你们眼前产生的，你们回答，有没有舞弊现象啊？"

众人异口同声："没有！"

孙曼玲低着头坐在女知青中，坐在男知青中的"小地包"看着他姐，笑得合不拢嘴。

指导员："团里按人数比例给了我们连四个可以参加考试的名额。小薛，现在你将得票最多的前四人的名字留在黑板上，将其余的名字擦掉吧。"

于是薛艳首先将吴敏的名字擦掉了，接着一个个擦票数少的名字。当她也擦掉齐勇的名字时，男知青中发出一片惋惜之声。齐勇的票数太接近黄伟等四人了。

赵天亮不由得扭头看齐勇，坐在最后一排的齐勇阴沉着脸，起身从窗口跳出了食堂。

黑板上只剩下了黄伟、魏明、孙曼玲、沈力四人的名字，而孙曼玲的得票最高。

连长、尹排长、方婉之也起身和指导员站到了一起，为取得资格的知青鼓掌，知青们也都跟着鼓起掌来。

指导员："我们的掌声，代表了我们向他们四人的祝贺，也代表了我们对一种公平结果的认可。当然了，他们中谁最后能跨入大学校门，那还要经过几天以后的考试。考试也是公平原则的一部分。按照团里的规定，他们都有三天的复习时间。让我们再一次用掌声预祝他们都能考出好成绩！"

大家又都鼓起掌来。

男一班知青宿舍里，"小地包"向大家抱拳鞠躬，连连说："多谢多谢，多谢各位弟兄都投了我老姐一票！"

杨一凡："打住，别来这套。我们都投了你姐一票，那是出于公心，她各方面本来在女知青中表现就很突出嘛！你说刚才那些话，让别人听到了，还以为我们进行了什么交易呢！"

"小黄浦"："四个名额中的三个，都出在我们男一班，估计男二班没几个心里痛快的。他们班长在大食堂门口看我那种眼神，好像是要把我瞪死！"

赵天亮："不痛快也没办法。被推荐了还要经过考试，齐勇、黄伟、魏明，全连三名老高二知青都在咱们一班，表现又都很好，票数自然会往咱们一班集中啦！招生文件上强调不要忽视了有艺术培养前途的知青，沈力恰恰又在咱们班，这都是咱们一班的幸运嘛！"

黄伟问赵天亮："天亮，你怎么不报名？"

赵天亮惭愧地说："我不是才初二嘛，再说我当年在班里学习也不怎么样，成绩一直处在中下游水平，一考还不把我'烤煳'了呀。人是应该有点儿自知之明的，我当你们三个老高二的班长，已经倍感荣幸了。如果你和老魏跨入了大学校门，那是咱们一班的莫大光荣，更是我这个班长的莫大光荣！"

"小黄浦"问"小地包"："哎，你老姐也是初二啊，她会不会也一'烤'就'煳'啊？"

"小地包"："我姐老初三！我姐的学习成绩在班里一向是前几名，考试对她来说那根本就不是个问题。我可以骄傲地替她这么说，她必将对得起推荐她的每一票！"

杨一凡："那，如果你姐真上大学了，和你姐夫，就是和齐勇，他俩以后的关系不就难说了吗？"

"小地包"被问得一愣，他光顾为姐姐高兴，根本就没想到这个问题。

魏明见"小地包"愣在那里，便责备地对杨一凡说："你别瞎操心行不行？"

正在这时，齐勇回来了，闷声不响地坐在自己的铺位上。他一抬头，见大家都在望着自己，老大不高兴地说："都这么看着我干什么？同情啊？"

大家一时不知说什么好。

齐勇："我是那种动不动就需要点儿同情的人吗？"

"小地包"嗫嚅道："姐夫，我……"

齐勇："浑蛋！谁是你姐夫？再信口胡叫我抽你！"

"小地包"："我投了你一票！'小黄浦'就坐我旁边，不信你问他。"

"小黄浦"："他是投了你一票，我也投了你一票。"

杨一凡："老齐，事先班长和我们几个初中的都打过招呼，每票只许写六个人的名字，你们三个的名字我们几个可都按班长的交代写在票上了。我是唱票的，我清楚是怎么回事儿。你在男知青这边的威望那是没说的，你丢票主要丢在女知青那边了。她们女知青，似乎……都觉得你有点儿大男子主义，平常见了她们，连个笑脸儿都很少给她们。"

黄伟走到了齐勇跟前，一只手按齐勇肩上，真诚地说："有些人投自己的票了，我和老魏可没有，我俩都投了你一票。"

齐勇将黄伟的手一拨拉，苦闷道："我不在乎上不上大学，主要是面子问题！全连就咱们三个老高二，当众就那么把我的名字一擦，我当时恨不得地上裂道缝，一头钻地里再也不出来了。"

魏明："你得这么想，你和我们，其实不就差几票的事儿嘛！"

齐勇："差那几票，也许就决定了我们之间以后完全不同的命运！"

魏明："听，说来说去，你还是特别在乎上大学这件事儿的嘛！"

齐勇猛地站了起来，瞪魏明一眼，又冲了出去。

黄伟也责备魏明："你怎么那么说！"

赵天亮一转身追了出去。

女一班宿舍里，姑娘们都围着孙曼玲叽叽喳喳，七嘴八舌地讨论着：

"要不考试嘛，阿拉肯定也报名，可考试，那勿是闹着玩儿的。要是考个不及格，面孔上勿来赛的！"

"班长，你平时对我们那么好，所以我们都推荐你。关键时候，人得显出几分良心！"

"班长，你可一定要认真复习啊，别辜负了我们大家！"

薛艳："班长，真上了大学，以后比我们都有出息了，可千万别把我们给忘了啊！"

余莎莎："班长，大学毕业了，光荣返城了，如果我们还待在这儿挪不了窝，你可要经常来看我们啊！"

她俩说得伤感起来，眼泪汪汪的。

坐在炕沿的孙曼玲站了起来，伸开双臂，大动感情地将她俩搂住。

"啪！啪！啪！"几声闷响打断了刚才的气氛。大家循声望去，只见吴敏独自待在一个角落里，旁若无人地用毛巾抽打着窗子。

薛艳喝道："哎，你干什么呢！别把玻璃抽碎了！"

吴敏："讨厌的苍蝇，哪儿有难闻的气味儿就往哪儿扎堆儿！"

谢菲用上海话骂吴敏："侬才是苍蝇呢！侬是大只的绿头麻身子苍蝇！"

吴敏挥舞着毛巾冲了过来："你骂谁，你骂谁?！"

孙曼玲推开薛艳和余莎莎，叉着腰挡住了吴敏："吴敏，我想了多少次也想不明白，为什么我能团结许多人，却就是怎么也团结不了你？"

吴敏："因为咱俩是两股道上跑的车，走的不是同一条路。"

孙曼玲双手交抱胸前，平静地说："说来听听，你走的是什么路？"

吴敏理直气壮地说："我走的是'与人奋斗其乐无穷'的路，是以路线斗争、阶级斗争、思想斗争为纲的路！"

孙曼玲："我们这个宿舍里，有走资派？有阶级敌人？有毒害人灵魂的思想?"

吴敏："用你刚才的话说，你，团结她们；用她们刚才的话说，你平时对她们好，所以她们一致推荐你上大学。这叫什么关系？这叫相互利用的关系，你虚伪，她们可悲！"

薛艳往旁边拉孙曼玲，嫌恶地说："班长，别理她了。"

孙曼玲一甩胳膊，严肃地说："吴敏，我告诉你，我还非争取考出好成绩来不可！我要争取学农科，我毕了业还要回北大荒来！我要用事实教育你——有人讲团结的目的不像你污蔑的那样是为了利用别人，上大学也不是为了堂而皇之地返城！"

正在这时，外边传来"小地包"呼唤孙曼玲的声音，孙曼玲"哼"了一声，转身出去了。

　　站在女一班宿舍外的"小地包"见孙曼玲走出来，便问："老姐，你刚才哇啦哇啦地吵吵什么啊？"

　　孙曼玲："谁哇啦哇啦的了！说，什么事儿？"

　　"小地包"将背在身后的一只手伸向姐姐，手里拿着一团用毛巾包卷着的东西。

　　孙曼玲："什么？"

　　"小地包"："齐勇让我给你的，'文革'前的高考习题资料。"

　　孙曼玲接过资料："我才是老初三，能看得懂'文革'前那么深的资料吗？"

　　"小地包"见她犯愁："别打开了。反正这证明人家是有心人，不但保存下来了，还带到了北大荒。也证明人家是无私的人，要不会主动让我送给你？他说了，临阵磨枪，不快也光，如果有什么不懂的地方，尽管去找他，问他。"

　　孙曼玲："替我谢谢他。就说这三天里，我免不了会向他请教的。"说罢便转身往宿舍走。她走到宿舍门口，又站住了，转过身来，虎着脸对"小地包"说："以后再叫我的时候，不许加那个老字！我老了吗？！"

　　"小地包"一反常态，毕恭毕敬地说："再也不了，再也不了！姐当然没老！姐年轻得像花骨朵似的。不是那些不起眼的小花骨朵，是牡丹朵、大丽花那一类花的骨朵！"

　　孙曼玲"扑哧"笑了出来："贫！"

　　齐勇扛着两块儿豆饼向马号走来，他将豆饼放在马号旁边的一辆马车上，揉揉肩，走入马棚。见身形像孙曼玲的人正背对着他，出神地看着一顶挂在墙上的草帽，那草帽上插着些用麦秸编的蝴蝶、蜻蜓、蚂蚱、螳螂之类的装饰。

　　齐勇从后轻轻搂住了她的腰："祝你心想事成。"

被抱住的人冷冷地说："你搂错人了。"

齐勇大惊，放开双手，倒退两步。那看起来像是孙曼玲的人转过身来，竟然是吴敏。

齐勇："你来干什么？"

吴敏："孙曼玲来得，我就来不得？"

齐勇："谁都可以来。来的人都是找我有事儿，请问你找我有什么事儿？"

吴敏指着插在草帽上那些草编昆虫问："你编的？"

齐勇没吭声。

吴敏："等着孙曼玲来送给她？"

"对。"

吴敏做出一副恍然大悟的样子："难怪在她抵脚的那面墙上，也挂着些这类小玩意儿。想不到你手还真巧。"

齐勇："我再问一遍，你有何贵干？"

吴敏："我是来找同志的。"

"不明白你的话，别拐弯抹角，直说。"

"你既然也报名了，证明你也想上大学，对不？"

"对。"

吴敏："如果能和我们班长一块儿上大学，你高兴不高兴？"

齐勇："高兴。"

"那好，那咱俩就有成为同志的思想基础了。"

齐勇研究地看了吴敏片刻，若有所思地说："我明白了。"

"明白什么？"

齐勇："明白你的意思了。我的名字被当众从黑板上擦掉了，我心里很失落，也觉得太没面子。投你票的才四个人，你名字下连一个正字还没写完整，你的心里比我更失落。如果说我觉得没面子，那么你可就该说是觉得丢脸了。所以你来找我，想跟我联合起来，颠覆上午进行的那次公开推荐，是这样吧？"

吴敏笑了："现在，该我说'对'了。"

齐勇："那是在许多双眼睛盯着的情况下进行的推荐，也是方法公正的推荐，凭什么就能把它的结果颠覆了？"

吴敏极端自负地说："别看你是老高二，我是初二知青，还是女知青，但是你政治见解方面并不比我高明多少。方法并不说明什么，说明问题的是大方向。我认为，我们七连这次推荐工农兵大学生，犯了方向性的错误。总共产生了四个将要参加考试的人，除了我们班长的家庭历史一清二白，其他三个人的家庭历史都有污点。黄伟的父亲是出版社的编辑，'文革'前编过不少坏书、'毒草'；魏明的父亲'解放'前开过餐馆，成分是小业主；沈力的父亲是大学里的美术教师，'文革'刚一开始就被划在资产阶级教育'黑线'一边了。而像你这样两代工人阶级家庭出身的人，我这样根红苗正的革命干部的女儿，却遭到了意想不到的排挤！更为严重的是，连里的干部们在动员时，只强调劳动表现如何，吃苦精神怎样，就是不提政治表现，不看一个人的思想斗争能力。比如我在女知青中提出'二十四个不'，女知青们嘲笑我，连里也不表态支持我……"

齐勇："'二十四个不'？我们男知青这边从没听说过。都'不'什么？"

吴敏："不照镜子，不擦护肤霜，下雨天出工不穿雨衣雨鞋，劳动时不戴手套、套袖、草帽，小病不吃药，例假不请假，不讲笑话，不穿颜色鲜艳的衣服，等等。不像我说的那样，怎么能算是'滚一身泥巴，炼一颗红心，磨双手老茧'？又怎么能脱胎换骨？不错，我得票是太少了。可是提出'二十四个不'的知青才得那么几票，难道不恰恰说明了问题所在吗？我认为七连不突出政治是一贯的，上午的推荐结果，也是不看政治表现的一种结果，要有人勇敢地站出来把它反掉，使真正配上大学的人，挺胸昂首地跨入大学校门，去为无产阶级占领大学这一重要阵地！"

齐勇："也就是你这样的人喽？"

吴敏："还有你这样的人。"

"我在你眼里，也是像你那么革命的人吗？"

"只要你肯和我并肩战斗，那就有可能成为像我一样的人。"

齐勇挠挠腮帮子，像男性哥们儿似的将一只手搭在吴敏肩上，语调庄重地说："亲爱的同志，承蒙你看得起，我十分荣幸。不过呢，你也真是得庆幸自己是女的。"

吴敏歪着头不解地看他。

齐勇边把她往门口推："如果你是男的，我就几脚把你踹出去了！"

吴敏一下子把他推开。

齐勇："请离开吧。"他还朝门外做了一个"请"的手势。

吴敏板起了脸："你不要这么不开窍！"

齐勇："我是老高二，用得着你来点拨我开窍不开窍？滚！"

吴敏冷笑："真是不可救药！"她转身就往外走，与孙曼玲撞了个满怀。

二人互相冷冷地对视了几秒。

吴敏："祝你好运。"

孙曼玲："用不着。"

看着吴敏走远了，孙曼玲才进了马棚，坐在齐勇那小炕的炕沿上，奇怪地问："她来干什么？"

齐勇："来找同志。"

孙曼玲："找同志？你什么时候和她成了同志了？"

齐勇："我一直和她是同志啊，现在也是啊。即使她再令人反感，那也是人民内部矛盾啊。是人民内部矛盾，就是同志关系，所以她来找我，就是找同志。"

"别给我上政治课，说清楚啊，要不我走。"

"真小心眼，还怀疑我脚踩两只船啊？她对推荐结果有意见，想说服我和她一起反对。"

孙曼玲："推荐方法是全体知青一致同意的，结果是公开产生的，她还争着当了监票人，她有什么理由反对？"

齐勇："这年头，谁要反对什么，看起来根本没有理由，也还是能找出不少理由来。咱们不说她了行不？"

"我后悔了。"

"后悔什么了？"

孙曼玲："起初，我是不想报名的，可班里的几个姑娘一怂恿，我心活了，我想，通过票数了解一下自己在男女知青中的印象也好啊。没料到结果是那样。"

齐勇："那结果对你也不是坏事儿呀。"

孙曼玲："可我看了看你让我弟送给我的那些资料，许多数学题、几何题根本看不懂！我要是考得一塌糊涂，那多丢人啊！我……我现在可怎么办啊？"她一扭身子，哭了起来。

齐勇："那都是'文革'前的高考复习题，你才是初三毕业生，有些知识根本还没学到过，当然看不懂了。你能做出三分之一就不错了。"

孙曼玲听了这话，更急了："那我怎么能有信心去参加考试？我……我想放弃资格！"

齐勇在孙曼玲身旁坐下："你是四个人中得票最高的，如果你放弃，不是又给吴敏那种人提供反对的理由了吗？"

"所以我来找你嘛！反正你得给我出主意，出不了好主意就不行！"

齐勇："没什么好主意。听我说啊，我认为你们将要参加的考试，不会太难的。肯定考的是某些基础知识。再说又只考语文和数学两门。语文你没问题，不必复习。数学嘛，参加考试的初中生少不了，我再抽空儿辅导你懂点儿高中的知识，那你考得就会比别的初中生强点儿。所以，还是要有信心。"

齐勇从草帽上取下一只麦秸编的螳螂逗孙曼玲，终于将孙曼玲逗笑了。

夜晚，魏明披着大衣，守着大食堂的铁炉子，在一盏自制的小油灯的光照下看书。黄伟抱着一大抱劈柴走了进来，往炉子里加了些柴，然后也坐了下去。他搓搓手，拿起了条案上的笔，看小本儿上写满的字。

魏明看看炉子里噼噼啪啪地烧着的柴火，说："咱俩坐这儿，不烧炉子会冻僵的，烧食堂的柴吧，又觉得实在是浪费。别人不会提意见吧？"

黄伟："我想不会吧，连里批准的。"

魏明："咱俩看的可都是齐勇带来的高中课本，心里的感觉怪怪的。"

"怎么怪？"

魏明："好像是跟好哥们儿一块儿往一辆开往好地方的车上挤，自己把哥们儿挤下去了，还把哥们儿的钱包也掏在自己手里了。"

黄伟："我也有你那种感觉，所以我根本复习不下去。再说也挺自信，认为自己不用复习就能考得不错。"

"那你在写什么？"

黄伟："我在写我的小说。来这儿主要是陪你复习。"

魏明："你以为我不复习就考不好了？三中的老高二就这么瞧不起一中的老高二？别忘了我们一中和你们三中是齐名的重点中学！"

黄伟："没那个意思。听我给你念一段啊——'没有人能够选择自己生逢什么样的时代，如果说人和祖国的关系如同儿女和父母的关系，那么人和时代的关系就像演员和舞台的关系。演员首先是人，所以要像人那样在时代的舞台上有所表现，而不要像演员那样在生活中做人。我和我的知青伙伴们，正在逐渐懂得这样的人生道理……'"

魏明："别念了。"他向门口看一眼，朝黄伟伸出手："给我，我自己看。"

黄伟将小本给了魏明，魏明看一会儿，将那一页撕了下来。

黄伟急道："哎，你……"

魏明已将那页纸投入炉中："胡乱写。记住我的话，劳动、爱情、艰苦、收获，都可以写在这小本儿上。思想暂时储存在头脑里。"

马棚的墙上挂着一块儿小黑板，其上画着如下一个几何图形：

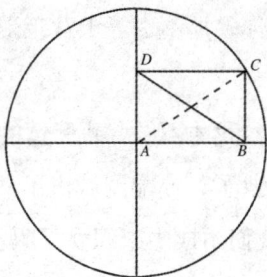

齐勇手拿着一截粉笔在给孙曼玲上课。孙曼玲坐在他跟前的小凳子上，双手捧腮目不转睛地望着齐勇。

"已知圆的直径是 10cm，求线段 BD 的长度。这是一道高三几何题。但实际上呢，应用的是初一几何知识。乍一看，会发蒙，不知该怎么解。但是如果这样连一条辅助线呢……"齐勇在那图形的 A 点和 C 点之间画出了虚线，"看，现在就一目了然了。AC 是圆的半径，那么是 5cm。它又是长方形的对角线。长方形两条对角线相等，小学五六年级的学生都应该知道。那么，线段 BD 的长度自然也等于 5cm，就这么简单，懂了？"

孙曼玲点了点头。

齐勇放下了粉笔："下课。"

孙曼玲站起，问："说实话，你是希望我能去上大学，还是并不希望？"

齐勇："我当然是希望了。"

孙曼玲："如果我真去上大学了，毕业后分配到城市，你就不怕我变心吗？"

"记住，该变心，你就变心。该变不变也不对。"

"说这话？你这不是等于鼓励我把你甩了吗？"

齐勇："该甩就得甩啊，我不愿意你为难你自己。"

孙曼玲："那我成了什么人了？我不是等于背叛你了吗？"

"该背叛就背叛吧，我经得住你背叛。"

"你根本拿我不当一回事儿？"

齐勇："现在，挺当一回事儿的。"

孙曼玲："我如果甩了你，那不也等于背叛爱情了吗？"

"背叛爱情怎么了？"

孙曼玲大叫："怎么了？我才不做背叛爱情的女人！"

齐勇："如果你大学毕业了，分配到城市了，还非要做我妻子不可，而我将永远留在北大荒，那我们不成牛郎织女了吗？"

孙曼玲："中国像牛郎织女的夫妻多了！"

齐勇："那都是不得已嘛！能不那样，干吗一方非得为另一方那样？那样对女方尤其是不公平的。"

孙曼玲："说来说去，你就是根本不把我当一回事儿！我看出来了，你巴不得顺水推舟，让我离开七连，也就远远地离开了你！"

齐勇一下子将孙曼玲拖入怀中，一只手臂紧紧搂住她的腰，用另一只手理了一下她的鬓发，注视着她说："你看错了。"

"那你说……"

齐勇用手指压住她唇，温柔地说："我爱你。我越来越爱你了。如果你远远地离开了我，我的心会一下子空落一大块儿的。但我还是要说，我绝不能让你为我做任何人生的牺牲。我和你，我们既然爱过了，这就足够了。人在不得不面对现实的时候，不能说那个人就背叛了什么……"

孙曼玲："那是你的原则，不是我的原则。在爱情方面，我宁可做一个封建的女人，始终不渝，从一而终，肯于牺牲，无怨无悔……"孙曼玲拨开齐勇压在自己唇上的手指，双手搂抱住齐勇的脖子，踮起脚尖，热烈地吻他。

齐勇不由得将孙曼玲拥抱得更紧，不由得也热烈地吻她。

沈力坐在河边的石头上，面前支着画架，聚精会神地描画对岸的风景。这时，河上游突然传来喊声："救命啊！救命啊！"

沈力立刻抛下画笔，循声跑去。连长的儿子和尹排长的儿子不知怎的落了水，在河中心乱扑腾着，拍起一片片水花。

沈力："别慌！叔叔来救你们！"他也不脱鞋，蹚向河中心。

两个孩子见沈力过来，立刻不叫了，也停止了扑腾。原来，水才深及他俩胸部。

一个孩子讷讷地说："沈力叔叔，我俩是在闹着玩儿。"

沈力拍了一下那孩子的头："你是尹排长的儿子对不对？有你们这么闹的吗？非告诉你们的爸爸不可！"

吴敏端着一盆衣服来到河边，她在石头上坐了一会儿，左顾右盼了一阵，从衣服底下摸出一个比扣子大不了多少的盒子。她拧开盒盖，用手指从里面抹了些雪花膏，在左脸上点一个白点儿，又在右脸上点一个白点儿。接着，她从衣服下边摸出一面小圆镜，照着，细细地将脸上的白点儿涂匀。这时，她从镜子里发现了沈力的画架。

她收起镜子和雪花膏，走到画架旁边，翻看放在画架旁边的画夹。画夹中夹着些铅笔速写画和油画：黑龙江边秋季的白桦林、冬季的木房子、马匹、小狍子，还有给"小地包""小黄浦"、齐勇画的油画肖像。

她继续翻着，居然翻到了一幅女性的裸体画。那是背身裸体，是对某幅西方油画的临摹。但画上那女子回眸一笑，凡是见过周萍的人都看得出来，那女子的脸是周萍的脸。

而这时，沈力正在河的上游，用力地拧干刚才弄湿的裤子。

连长的儿子埋怨尹排长的儿子："看，我说沈力叔叔一定会跑过来的嘛，现在把他裤子弄湿了，你说怎么办吧？"

尹排长的儿子："沈力叔叔，你怎么这么容易上当啊？"

沈力苦笑地说："叔叔傻呗。狼来了的故事，你们听说过没有？"

两个孩子摇头。

沈力一边穿湿裤子，一边说："有一个小孩，总是爱骗人上当，多次喊'狼来了，救命啊'。看到别人慌慌张张地跑过来，他就很开心，把骗人当成好玩儿的事儿。有一次他真的碰到了狼，再怎么喊，却没有一个听到的人来救他的命了。结果呢，他被狼吃掉了。你们都要记住啊，乱开'救命啊'这样的玩笑，是一种坏玩笑，有时候后果是严重的，明白吗？"

两个孩子认真地点头。

沈力："既然知道错了，我就原谅你们这一次，不告诉你们的爸爸了。"沈力摸了摸两个孩子的头，转身回到自己作画的地方。他忽然发现画夹子被人翻过，他急忙整理画夹子，发现少了那幅裸体画。他站起身来，朝四下张望着。

吴敏端着那盆并没有洗的衣服回到女一班宿舍，在门口刚好撞上了从宿舍里走出来的薛艳。吴敏的盆掉在地上，小镜子掉在地上。

吴敏刚要伸手捡，薛艳一脚将小镜子踏住。吴敏仰脸看薛艳，薛艳鄙视地瞪她。吴敏胡乱将衣服放入盆里，站了起来。

薛艳："你提出的'二十四个不'，第一条不就是'不照镜子'吗？"

吴敏："是有人成心陷害我。"她"哼"一声，用肩膀撞开薛艳，走进宿舍。

薛艳移开脚，低头看地上的小镜子。她突然一脚踏下，小镜子碎了。

进入宿舍的吴敏，从衣襟底下抽出那幅裸体画，匆匆卷起。她朝门口看了一眼，爬上炕，将画塞入书包里。

沈力回到男一班宿舍，坐在自己铺位那儿，看着摆在一个角落的画架发呆。

黄伟进了屋，端起小肥皂箱上的缸子喝水。他边喝水，边欣赏画架上的画，不由得称赞道："画得越来越好。"他转身见沈力在发呆，问："发什么呆啊？"

沈力不安地说："班长他们上午干什么活儿？"

黄伟："修马棚。马棚屋顶有好几处漏雨了，齐勇要求连里给再加一层麦秸。"

沈力心事重重地说："我在河边画画时，离开了一会儿，丢了一幅画，不知被谁偷去了。"

黄伟又从饭盒里拿出半个馒头，蹲在炕洞边，扒出些炭火烤："也别用'偷'这么难听的字来说嘛，那是因为喜欢你的画啊！"

沈力："可是……那幅画是不应该被人看到的。一旦被人偷去了，恐怕就会生出事儿来。即使暂时没有生出什么事儿来，那我也会像班长丢了他的枕头一样，从此忐忑不安。我不知道该不该向天亮汇报这件事儿……"

黄伟不由得扭头看他。沈力脸色凝重，眉头都皱成了一个疙瘩。

三连小学校的一间教室的门上贴着一张白纸，上写"三连集中考场"六个墨字。被各连推荐前来考试的男女知青坐满了一间教室，黄伟、魏明、孙曼玲和沈力也在各自的座位上奋笔疾书。教室里一片安静，每一个人都在看考卷、思考答题。三连的指导员——一个中年男人背着双手，一脸严肃地在桌椅间走来走去。

门突然开了，吴敏闯了进来。

三连指导员喝住她："来晚了怎么不敲门？哪连的？"

吴敏大声地："我不是来考试的，我是来抗议的！"

三连指导员："捣乱！出去！"说着，就把她往外推。

所有应试知青的目光都落在吴敏身上，黄伟等四人惊讶地看着她。

吴敏："应该出去的不是我，而是我们七连前来考试的四个人！七连推荐工作的政治方向是完全错误的！"吴敏用手一指孙曼玲："她，身为班长，很少在班里组织政治学习，惯于对家庭出身不好的人施以小恩小惠，收买人心。"她又指着沈力："他……请看这个被认为有艺术细胞的人画了些什么！"

她一甩袖子，将藏在身后的画甩了出来，展开在大家面前——那正是沈力丢失的那张裸体画。

一阵哗然之后，紧接着是一阵死寂。

三连指导员问沈力："真是……你画的？"

沈力呆若木鸡，一声不吭。

吴敏："并且，他画的还是一个现实生活中的人，一个上海资本家的小姐！我们七连坐在这里的四个人，都认识画上的她！"

一名知青突然站起来，一拍桌子："咱们不考了！和这样的人一起考是我们的羞耻！"

一名女知青也站了起来，指着沈力大叫一声："流氓！"

沈力离开座位，冲到吴敏跟前，夺去她手里那幅画。另一名男知青也跟着站了起来，指着沈力大叫："揍他！"

一些男知青冲向沈力，对他拳脚相加。沈力被打得抱头蹲了下去。

孙曼玲大喝："不许打人！"说罢，便冲上前去拉架。

黄伟和魏明对视一眼，也冲上去，与那些殴打沈力的人对打起来。

三连指导员见事态失控，便用黑板擦用力敲击着黑板，大吼："住手！都给我住手！"

齐勇在七连马棚里清扫马粪，孙曼玲突然跑了进来，噙着眼泪瞪着齐勇。齐勇上前，问："怎么这么早就回来了？考砸了？"

孙曼玲气哼哼地质问："我问你，他们男一班驻守江边的时候，周萍是不是常去？"

齐勇："你问这干吗？"

孙曼玲发疯似的大喊："回答我！"

齐勇："平均下来，大约半个月二十天去一次。你又不是不知道她和赵天亮的关系，那有什么不正常的吗？他俩的事儿，和你有什么相干？"

孙曼玲抹了一把眼泪："正常？就因为他俩的事儿，我们在三连的考点儿被吴敏搅散了！周萍脱得一丝不挂被沈力画在了纸上，这正常吗？她是我们班战士时，我这个班长一向维护她的尊严！可是她……她怎么能脱光了衣服……"

齐勇也吃了一惊："你胡说些什么你！周萍只自己去看过赵天亮一次，

其余每次都是我绕山东屯接上她，与她同去同返，根本就没发生过你说的那种事儿！"

孙曼玲："但是我亲眼看到了那样一幅裸体的画，而且确凿无疑就是沈力画的，画的就是周萍！咱们七连知青的脸今天算是被丢尽了！你和赵天亮他们班，你们在黑龙江边，是不是一块儿做了不少见不得人的事儿?！"

齐勇生气地吼："住口！"

孙曼玲一扭身，跑出了马棚。

齐勇将铁锨扔在了地上，愣了一会儿，也冲出了马棚。

男一班宿舍气氛凝重，男知青们个个脸上布满阴云。沈力眼圈青着，呆呆坐在自己铺位的炕沿边。

魏明低沉地问沈力："那幅画呢?"

沈力没回答他，只是自言自语道："我画的是青春胴体，是美！"

黄伟："可你为什么非要把周萍的脸画上去?"

沈力："她的脸美。"

赵天亮猛地推开门，走了进来，径直走到沈力跟前。

沈力见赵天亮走到近前，才支支吾吾地说："班长，我料到了会出事儿的……"

赵天亮不由分说，狠狠扇了他一记耳光。

沈力捂着脸："我没有什么不好的想法，我本打算……"

赵天亮又扇了他一耳光，而且还要继续打。黄伟和魏明及时赶上来，将赵天亮拖开。

赵天亮冲着沈力大吼："你怎么能那样对待周萍！你那是侮辱她！你还不如直接侮辱我！"

这时，齐勇从外面走进来，见屋子里乱作一团，大叫："都他妈冷静点儿！"

大家的目光望向齐勇时，沈力趁机走了出去。

沈力扛着一把大钐刀失魂落魄地来到河边，连长的儿子和尹排长的儿子在钓鱼。连长的儿子发现了沈力，便站起来喊："沈力叔叔，快来看，小刚哥哥钓到半桶小鱼了！"

沈力朝他走过来，看了一眼桶里的小鱼，对他说："告诉你的连长爸爸，就说沈力叔叔说的，觉得对不起七连。"说罢，又继续朝前走。

尹排长的儿子问连长的儿子："他怎么让你告诉你爸爸那种话？"

连长的儿子困惑地摇头："不知道。"

尹排长的儿子也站起，喊着问："沈力叔叔，你扛着钐刀干什么去呀？"

沈力站住，回头问："叔叔想过河那边去。哪里的河面窄？"

尹排长的儿子指着远处："再往前走一会儿。"他又问连长的儿子："他到河那边干什么去呢？"

连长的儿子没注意他的话，只是指着鱼漂说："快，又咬钩了，又咬钩了！"

两个孩子手忙脚乱地扯上一条大鱼来。他们刚将大鱼放入桶里，就发现齐勇、赵天亮他们一群男知青慌慌张张地朝这边跑来。

齐勇见两个孩子坐在河边，便赶紧上来问："看到沈力叔叔没有？"

"他往前走了，说想到河那边去。"

大家又慌慌张张沿河边向前跑，边跑边喊："沈力！沈力！"

齐勇他们在一处河岸边忽然站住，目瞪口呆地看着河对岸。那里的水面与河岸的落差较大，而沈力还站在一块儿突出在岸边的大石头上，一手握着钐刀刀柄，呆望河面。他正高高举起钐刀，用力地朝下一插。

河水顿时变成了血红色。

众人隔着河大喊："沈力！"

沈力茫然地抬头望望他们。

魏明："沈力，千万不要做傻事儿啊！"

黄伟："沈力，虽然我俩失去了考试的机会，可是我俩也没说一句责怪你的话呀！"

齐勇："沈力，人可只有一条命，你要想清楚了！"

沈力："我想清楚了，我不愿再活在一个容不得美的世上了。够哥们儿的，就替我收尸，把我埋这儿，免得让我爸妈看到我身首两处的惨状。"

赵天亮缓缓跪下了，泪流满面地说："沈力，沈力，我那是在气头上，你就不能原谅我打你那两耳光吗？你就不能想想哥儿几个曾经多么好吗？亲兄弟也互相打过的呀！"

沈力眼中也淌下泪来："班长，那幅画，是我凭着记忆仿画安格尔的《泉》，那是世界名画。我之所以要画成周萍的脸，原本是打算画好了送给你的。那是我画得最用心的一幅画，可我一直觉得不满意，也就一直想要再修改，一直没有送给你……"

赵天亮双手扯断了满把青草，他朝齐勇们绝望地哭喊："你们他妈的傻愣着干什么呀！"

杨一凡、"小地包""小黄浦"跳入河中，蹚着冰冷的水，向对岸奔去。

"都别过来！谁不听我的，谁后悔一辈子。"沈力说着，又举起了手中的钐刀。

杨一凡等三人赶紧退回到岸上去。

杨一凡也哭了："沈力，咱们两家可是老街坊，你如果……你叫我见了你爸妈怎么说啊！"

大家都流下泪来，他们望着沈力，跪了下去。

赵天亮举着握了两手草的拳头，仰天大叫："天啊，天啊，老天爷，求你阻止我班里的哥们儿呀！"

"救命！救命！"连长儿子的呼救声再次传来。沈力循声望去，只见连长的儿子在河水里拼命挣扎着。穿着裤衩的尹排长的儿子跑来，大喊："沈力叔叔！小张猴沉到河里去了，快去救他！"

沈力举着钐刀一动未动。

尹排长的儿子小刚跑到了沈力跟前，气喘吁吁地说："沈力叔叔！这次不是骗你！我要救他差点儿也被他拖到深水里！你可不能见死不救啊！"

沈力手中的钐刀被深深插入泥土中。他跟在小刚身后跑着。连长儿子的头猛地冒出水面，大口大口地呼着气，以熟练的狗刨泳姿向岸边游去。

沈力站在岸边呆呆地看他。

尹排长的儿子脸上露出调皮的歉意："沈力叔叔，对不起，这一次我们又骗你了。"

沈力扭头朝自己站过的地方看，杨一凡已过了河，拔起了钐刀。其他人正朝这里跑来……

第 30 章

男一班宿舍里，沈力面无表情地坐在自己的铺位上，大家围在他的周围，担心地看着他。

杨一凡："沈力，沈力，你心情好点儿了吧？"

沈力摇了摇头。

齐勇转身揪住了赵天亮衣领，把他拽到沈力面前："沈力，他不是打了你两耳光吗？他是班长，你不好意思还手是不是？我也替你扇他两耳光，为你消气！"说着，他抬手"啪"地扇了赵天亮一记耳光。

杨一凡："现在心情好点儿了吗？"

沈力还是摇摇头。

齐勇又"啪"地扇了赵天亮一耳光。

沈力制止他："别闹了，你们听……都没听到？教堂的钟声，还有娜嘉在叫……你们都围着我干什么？为什么都不去巡逻了？"

大家侧耳聆听，面面相觑。

沈力："一凡，咱俩该去巡逻了。我的枪呢？"他起身找枪。大家心里难受地看着他。

沈力没找到自己的枪，便问："班长，我的枪呢？为什么把我的枪藏起来了？我没有资格再拿枪了吗？"

赵天亮："沈力,咱们……不是已经离开边境了吗……"

沈力把食指放在唇边："都别说话。听,周萍在门外哭。"

大家又侧耳聆听,门外果然有女子在哭。

"小地包"听出是孙曼玲的声音："是我老姐!"他走出去,门外的孙曼玲哭着问他："沈力是不是疯了?"

一个"疯"字,把"小地包"问呆了。赵天亮也被齐勇和黄伟一个推着一个扯着走了出来。

齐勇问孙曼玲："你来干什么?"

孙曼玲："沈力想自杀的事儿让两个孩子传开了,连里都炸了锅了。我离开马棚后,在路上碰到了沈力,我扇了他一耳光,我来向他道歉……"她说不下去了。

黄伟："唉,我宁可没有过上大学的机会……"

忽然有几名别的连的男知青走到门口,正是考场上那几个。为首的就是那名在考试时第一个站起来声讨沈力的男知青。

那人趾高气扬地大喊："沈力,滚出来!"

齐勇挡在他们面前："你们要干什么!"

那人："'干什么'?由于他,考场被搅了,我们的大学梦流产了,我们都要找他算账!"

黄伟："胡说!我也在三连的考场上,那能说是被他搅的吗?!"

对方顺势将黄伟推到一边："滚开,我们跟你说不着!沈力,有种你就出来!"

赵天亮一言不发,冲上去就狠狠地给了对方一拳。那知青被打了个马趴,他踉跄地爬起来,发疯似的扑向赵天亮。另外几个人也围住赵天亮,动起手来。

齐勇："还他妈欺负到门口了,上!"说着,便和黄伟、"小地包"一起加入了战斗。

又有几名外连的男知青跑来。魏明、杨一凡、"小黄浦"也从宿舍里冲出来。双方也不说话，冲到一起就打作一团。屋里的沈力也要冲出来，被孙曼玲挡在了门口。

孙曼玲流着泪："沈力，别出去。"

沈力茫然地看着外面打斗的知青们："他们为什么要打架呢？"

孙曼玲不知对他说什么好，将门从外面关上了。沈力在屋里推门，孙曼玲用背抵住门，大叫："别打啦！"

连长、指导员、尹排长和方婉之匆匆赶来。连长和尹排长上前揪住知青们的后衣领，三下五除二将双方分开。

指导员对外连的知青们喝道："是哪个连的回哪个连去，都走！"

那些知青一个个悻悻的，似乎不肯罢休。

尹排长见他们不肯散去，生气地大吼："还不快滚！"

待那些知青一个个转身离去，指导员和方婉之这才走进宿舍，见满地是撕碎的画稿，画架子、画夹子也散了，画笔横七竖八地丢在地上，沈力低垂着头坐在炕沿边。

方婉之："沈力，为什么把画都撕了呀？"

沈力只是低着头，没出声。

方婉之："指导员来了，连头都不抬一下，不礼貌吧？"

沈力仍不回答，也不抬头。

连长、尹排长和众知青也走进了宿舍。方婉之走到沈力跟前，将一只手放在他肩上，轻推他一下："连大姐都不愿理了？"

沈力这才缓缓抬起头。他的脸上胡乱地涂着五颜六色的油彩，看着众人，露出怪异的笑。

方婉之的手不由得一下子缩了回去，孙曼玲忍不住双手捂脸，哭着跑了出去。在场的每一个人都目瞪口呆地看着沈力。

连长一一指着赵天亮们，半天才憋出一句话："嗨！你们！"

指导员呆望着沈力，低声对方婉之说："快到女一班宿舍去，防止小孙再做什么冲动的事儿。"

方婉之转身匆匆而去。

女一班宿舍里，吴敏在她的铺位那儿收拾箱子，薛艳等其他姑娘在一旁冷冷地望着她。吴敏一件件将衣服放入箱中，收拾得从容不迫。孙曼玲冲进来，直扑吴敏而去，二话不说，上前揪住她的头发，挥手便打。

其他的女知青冷眼旁观，没有人劝解。

方婉之恰在这时赶了过来，见吴敏和孙曼玲在打架，立即喝止："小孙，住手！"

孙曼玲被叫得一愣，吴敏趁机打了她两下，将她推倒在地。孙曼玲从地上爬起来，再次扑向吴敏。吴敏知道自己不是她的对手，便赶紧躲到方婉之身后。

余怒未消的孙曼玲抓住吴敏行李箱的箱盖，将那箱子拖到地上，箱子里的衣服散落了一地。孙曼玲发泄地将衣物踢得东一件西一件。

吴敏想上去抢救自己的衣服，又害怕挨打，只得躲在方婉之身后大喊："泼妇！"

孙曼玲双手叉腰："吴敏，你不是什么狗屁革命干部的女儿吗？我也是根红苗正的'红五类'！从今天起，我还就和你势不两立了，看谁最终斗得过谁！"

方婉之见孙曼玲闹得不像话，便对旁边的知青说："把她拖出去！"

薛艳和另一个姑娘一左一右将孙曼玲拖了出去。

方婉之对另外几名姑娘说："你们也先出去一下。"

另外几名女知青也都默默出去了，宿舍里只剩下吴敏和方婉之二人。吴敏坐到了炕沿上，看着自己的箱子和满地衣服，摆出一副惹不起的样子："排长，怎么回事儿您可都亲眼看到了，反正我是不会收起来的，就那么样好了。"

方婉之把箱子搬起来放在炕上，默默捡起一件件衣服，拍了拍上面的土，将衣服搭在箱子上，问吴敏："你为什么要那么做？"

吴敏理直气壮地："觉悟。"

方婉之："什么觉悟？"

吴敏："政治觉悟。"

方婉之："沈力精神失常了，你们同是知青，你一点儿都不觉得罪过？"

吴敏："你是党员，是知青排长，我认为我都有的觉悟，你比我更应该具有。难道沈力画那样的画，是可以容忍的吗？"

"先别问我，先回答我问你的话。"

"我认为我已经回答了，政治本来就应该是冷酷无情的。"

方婉之："你懂什么政治？谁教你的这一套？"

吴敏："我认为我比某些人懂，革命的时代赋予我革命的思想。"

方婉之定定地看她片刻，不屑于再跟她说什么，起身往外便走。

吴敏把她叫住："排长……你这人不错，我对你没什么太不好的印象，这就算和你道别了啊。"

方婉之回过头，问："你什么意思？"

吴敏："我预感，我不久就要离开七连，离开北大荒了。后会有期。"

方婉之沉思一下，不再问什么，跨出门去。她对等在门外的孙曼玲严厉地说："不许你们任何人再招惹她！号一响，都到菜地干活儿去！"

孙曼玲不言语，半天才说了一句："明白！"

天黑了，团长办公室依旧亮着灯。团长朝曲干事一拍桌子："你给我向七连传达下去——那个吴什么……"

曲干事："吴敏！"

团长："他们七连那四个人的推荐资格全部作废！尤其那个吴敏，永远也不得再被推荐！"

电话铃声打断了团长的话。

曲干事接电话："是……是团长办公室。团长刚刚出去，有什么事儿我可以转告团长，我是团部的曲干事……哦？明白，明白，记住了，请放心，保证做到！"曲干事放下电话，对团长说："兵团总司令部的电话——看来，我们必须让吴敏走……"

团长一惊："让她走？让她上哪儿去？"

曲干事："让她去上大学。在她上大学之前，要确保她平安无事。"

团长："总司令部什么人这么浑蛋？！"

曲干事："这也不是总司令部做得了主的事儿。那个吴敏，她不知怎么早就知道了今年将要从兵团招收大学生的消息，一个月前往北京寄了一封信，信是寄给那位伟大的样板戏总导演和文艺旗手的。她的信获得了旗手的重要批示，也许，她还将在北京受到接见……"

团长呆愣良久，一气之下，将桌上的茶杯、报纸、文件全都扫落在地。

齐勇和赵天亮正在马房铡草，黄伟匆匆走来，也不跟他们二人说话，进了马棚，往外便牵"乌云"。

齐勇叫住他，问："你牵出'乌云'干什么？"

黄伟："卡车把吴敏接走了，我要送送她。"说完，跨上马背，疾驰而去。

齐勇纳闷地看着赵天亮："'要送送'？"

赵天亮："他话里有话。"

齐勇："不好！"他也冲进马棚牵马。赵天亮也跟着慌慌张张牵另一匹马。

一辆大卡车行驶在公路上，车里载着十几名知青和他们的行李、箱子。每一名男女知青的胸前都戴着大红花，吴敏也在他们之中。车厢一侧，贴着写在方块儿红纸上的标语，组成的一句话是"为革命而学"。

卡车减慢了行速，前方路中央，一个人骑着马如同石雕般挡在路中间——那正是黄伟骑着"乌云"。司机拼命地按喇叭，黄伟和"乌云"依然一动不动。

卡车不得不停住了，车头与马头仅距几步。司机探出头生气地大喊："聋了？想打劫呀？！"

黄伟高声说："让吴敏下来，我有几句送别的话要跟她说。"

车上的几名知青站了起来，一名女知青对吴敏说："你男朋友有几句送别的话要跟你说，你下去一下吧。"

吴敏也站起来瞥了一眼："他不是我男朋友！"

一名男知青："这不好吧你？还没离开北大荒的地界呢，就一翻眼睛连男朋友都不想认了？"

另一名女知青鄙夷地看着她："不是你男朋友会骑着马来拦车？如果是我男朋友这样，我早就跳下车了！"

吴敏："他确实不是我男朋友！他肯定是来找碴儿的！"她拍驾驶室顶盖，大叫："你停下干吗呀？开车呀！"

司机又探出头，回望着她说："他拦在路中央了我怎么开车？飞过去呀还是把他连人带马都撞死？你下去跟他说几句告别的话不就得了嘛！"

吴敏："他没安好心，我就不！"说罢，又坐了下去。

车上的男女知青，开始对她不满了，也开始同情黄伟了。

一名男知青点指着吴敏："都看到了吧？原来女人中也有陈世美！"

另一名男知青冲黄伟大喊："哥们儿，她不承认你是她男朋友，何苦的呢？趁早让开吧！"

黄伟策马向前，对司机说："师傅，给我两分钟，就几句话。"

司机对他点头。黄伟拨马绕过车头，瞪视车上的吴敏。

吴敏起初还迎视着黄伟的目光，终于有些抵挡不住黄伟那犀利的目光，渐渐低下头去。车上的知青们，有的望着黄伟，有的看着吴敏，气氛尴尬又凝重。

齐勇和赵天亮也骑马奔驰而来。齐勇催马接近黄伟，一扭腰将"乌云"的缰绳夺了过去。而赵天亮闪于路旁，对司机大声说："师傅，对不起，请把车开走吧！"

司机纳闷地看了看他们，卡车便继续向前开去。

齐勇问黄伟："你究竟想干什么？还嫌一班发生的事儿少吗？你还让不让天亮继续当一班的班长了！"

黄伟看着远去的卡车:"我只不过想跟她说几句话。"

赵天亮:"你跟她又有什么话可说?"

黄伟:"我要当面告诉她,我写在笔记本上的一行行文字,总有一天是会印成小说的。而她这样一个人的所作所为,将会重现在我写的小说里。"

齐勇:"她听了之后什么表情?"

黄伟苦笑:"我压根儿就没跟她说。"

赵天亮:"那你还把卡车拦住!"

黄伟:"不知为什么,当我瞪着她的时候,忽然什么话都不想跟她说了。倒是在心里跟自己说,黄伟你这是何必呢?跟她那么一种人你又有什么话值得一说呢?何况,我也不清楚,我写在笔记本上的那一行行文字,是否真的有一天会被印成小说。我不愿意将来在什么地方偶然碰到了她,她嘲笑地问我——你写的小说出版了吗?而我无言以对……"

三位同班战友并马而行。

黄伟:"我想了几种拦住车跟她说话的方式,我最喜欢的一种那就是,在衣服里边,往身上绑几包炸药,当然是假的。拦住车以后,让别人先都下车,我上车,紧紧抓住她手坐在她对面,让她承认她的做法是卑鄙的,让她因沈力的疯癫而忏悔,还要让她招,她们女一班老宿舍失火的真相。"

齐勇:"写在小说里我不反对。但是如果你真想在现实中那么去做,我就要亲自把你捆在马车上,快马加鞭把马车赶往精神病院。"

赵天亮:"她给团保卫股写信,想使周萍成为头号纵火嫌疑对象,冲这一点儿我也怀疑,失火的真相可能反而和她有关系。"

黄伟:"也许,真相将永远不被人知了。"

齐勇问黄伟:"你认为,她会为她的所作所为忏悔吗?"

黄伟:"现在肯定不会。她认为自己最革命这种想法,和哈尔滨市的小流氓头子认为自己最勇敢是一样偏执的。"

赵天亮:"将来呢?"

黄伟:"将来我就说不好了。有的人,多少有些忏悔心,而有的人,天生一点儿都没有。谁知道她属于哪一种人呢？"

赵天亮："我现在，内心里充满了忏悔，却不知道该向谁去忏悔。"

齐勇："你有什么可忏悔的？"

赵天亮神色凄然地说："我不该扇沈力两记耳光。如果他疯得不可救药，那么我觉得我就是罪魁祸首。"

齐勇劝慰道："你也别那么想了。我不是也扇了你两耳光，替他出气了嘛。"

夜幕降临，知青们一起坐在大食堂里，指导员、连长、尹排长和方婉之坐在他们对面。

指导员对方婉之说："嫂子，请你把咱们党支部的决定跟他们讲讲吧。"

方婉之也不推辞，庄重又严肃地说："党支部向团部医院的医生请教过了。他们认为，像沈力这一种情况，往精神病院去送是不明智的，那反而会使他的病情立刻加重。派人把他护送回北京，护送回家里，和往精神病院送的结果差不太多。最良好的办法，就是仍让他生活在你们一班这个集体里。这，就要求你们每一个人，都对他多一份兄弟般的义务、责任和爱心。不把他当成一个精神已经不正常的人是不妥的，把他看成一个精神病患者又是不行的，因为他现在的自尊心比正常人更敏感，也更脆弱。你们要像呵护一个残疾的孩子一样呵护他，要照常和他一起劳动，说笑，甚至打闹。像沈力这种情况，白天要服镇定药，睡前要服安眠药。但像他那么心细的人，一旦知道了自己服的是什么药，肯定会猜到他在你们眼里是什么人的。所以，你们都得陪他服药……"

赵天亮问："我们也服镇定药和安眠药？"

方婉之："那当然不是。给你们服的，是维生素片，对你们有益无害的药片，明白？"

赵天亮他们皆一脸困惑地看着方婉之。这些年轻人，直到那时，似乎才真正意识到，自己将要扮演的角色是多么难以胜任。

连长大声说："问你们明白没有！"

大家异口同声地说："明白了！"

尹排长："老张，别急，这么大声干什么？坐下坐下。"他将连长扯坐下，又对大家说："你们也坐下，都坐下。别怪连长犯急啊，咱们得共同面对的事儿，别说你们发蒙了，我们四人也发蒙啊。可咱们都同样希望沈力的精神早点儿恢复正常，是不是？"

大家都点点头。

尹排长双手伸入衣兜，左右手各掏出几瓶药，一一摆在条案上："这两瓶，是给沈力服的，这三瓶，是你们陪他服的。一班长，药每天由你来发，同样的药瓶，你可不要搞混了，发错了。"

"错不了。"赵天亮将药瓶分装在两个衣兜里。

方婉之："指导员，你还有什么嘱咐他们的？"

指导员："同志们，我相信你们都能做得很好。麦收是一种责任，一种大责任。让我们和你们，都尽量来拯救沈力吧，这也是一种责任。这一种责任，对咱们来说也不能算小。想想吧，如果一个有才华的青年，他的人生从此折断了，他的父母会多么悲伤，是不是？咱们七连，已经对不起傅正的父母了，不能再对不起沈力的父母。你们能理解我说这番话的心情吗？"

赵天亮们表情肃穆地点头。

大家走在回宿舍的路上。赵天亮忽然想起了什么："糟糕，我忘了哪一个兜的药是我们的，哪一个兜的药是沈力的。"

"小黄浦"："我陪你找排长去，得让他再给分清楚，都吃错了可怎么办？"

魏明："那就真是都吃错了药了。"

杨一凡："一样的药瓶，估计排长自己也分不清了。"

黄伟："都别说话，让我回忆一下当时的情形……想起来了，当时排长说，两瓶是沈力要服的……"

赵天亮将一只手伸入兜里："这个兜里有两瓶，那么肯定是沈力的了？"

黄伟肯定地点头。大家相视苦笑。

赵天亮率先进入宿舍，见沈力在磨镰刀。已经磨好的镰刀摆放了一排。

赵天亮："沈力，磨镰刀干什么呀？"

沈力："你们都哪儿去了，把我一个人撇在宿舍里！"他边说，边用手指试刀锋。

赵天亮："我们一块儿到马棚找齐勇吹牛去了。"

沈力："为什么不叫上我？成心孤立我是不是？"

赵天亮一时不知该怎样回答。

黄伟："你当时不是睡觉来着嘛。"

沈力站起，用指甲弹着刀刃，望着大家问："我当时睡觉来着？"

"小黄浦"本能地闪在魏明身后，不无怯意地说："对啊，你当时睡得直打呼，都不忍心弄醒你嘛！"

沈力用镰刀头点着大家："如果是这样，那我不计较了。如果你们成心孤立我，我就把你们通通杀了，一个都不饶！"

大家不由得躲闪。

杨一凡："班长问你磨镰刀干什么，你还没回答呢。"

沈力放下手中的镰刀："麦子收完了，不是要开始收豆子了吗？"

赵天亮："连里给了咱们一班另外的任务，从明天起，咱们帮女一班收菜。"他从沈力手中夺下了镰刀。

沈力："那我白磨了？"

魏明："也不能说白磨嘛，给别的班用呀。"

魏明的话提醒了赵天亮。

赵天亮转身将镰刀递给"小地包"，使个眼色说："把镰刀都给二班送去吧，要告诉他们，是沈力磨的。"

沈力："那倒不必。"

"小地包"却一时没反应过来，还愣着。

"小黄浦"推了他一下："快去呀！"

"小地包"："我去我去！"他这才抱起镰刀离开宿舍。

大家都暗舒一口气。

黄伟在记着日记：

从那一天起，我们每个人夜里要值一小时班，为了沈力不出意外，也为了我们自身的安全。恐怕很少有人像我们那么值过班——在那一个小时里，静静地躺着，假装在睡，实际上侧耳聆听，暗中关注着沈力的一举一动，也如同贴身保镖寸步不离。

…………

"小黄浦"仰躺着，大睁双眼，用火柴棍掏耳朵。

沈力在黑暗中坐起。"小黄浦"也立刻坐起，披上衣服，扭头看沈力。沈力闭着双眼，腿往炕沿下一垂，以脚探鞋。

"小黄浦"已抢先下地，趿着鞋，轻而迅速地走到沈力跟前，低声问："哥们儿，干什么去？"

沈力："撒尿。"他终于探到了鞋，晃晃悠悠地站起来。"小黄浦"赶紧扶住他："我也憋着一泡呢，一块儿去。"

"小黄浦"扶着脚步不稳的沈力往宿舍外面走。沈力勉强站住在宿舍门口，便想"方便"。

"小黄浦"仍低声道："哎哎哎，这多不文明，撒尿，咱们应该到厕所去，起码也应该走远点儿，是不是？"

沈力："不能在这儿？"

"小黄浦"："也不是不能在这儿，最好别在这儿。在这儿不是不文明嘛。"

沈力："那就……听你的，我头怎么这么迷糊啊，眼睛也睁不开……"

"小黄浦"："我也是。半夜三更的，谁起来都会这样儿。"他扶着沈力往厕所走。

沈力走着走着，突然站住，问"小黄浦"："你刚才说，起码走远点儿，对吧？"

"对。"

"这儿不是门口了，那咱们就在这儿把问题解决了吧，行不？"

"小黄浦"往前看，厕所已离他俩不远。

沈力："我憋不住了。"

"小黄浦"："那，行吧。"

沈力哗哗地撒了一大泡长尿。"小黄浦"从旁怜悯地看着他。沈力撒完尿，仰头望夜空——圆月当头。

沈力："现在我能睁开眼睛，头脑也清醒一些了。"

"小黄浦"："夜里憋尿，头脑就容易迷糊，都这样。撒完尿，一般也就头脑清楚了。"

"有科学道理吗？"

"肯定有。"

沈力较真地说："你怎么知道？"

"小黄浦"："我从一本书中看到的。"

"什么书？"

"老早以前的事儿，想不起来了。"

沈力又仰头望天，问："今晚是八月十五吗？"

"小黄浦"："哥们儿，你过糊涂了，八月十五是上个月的事儿了。"

沈力："那月亮怎么这么圆？"

"小黄浦"："一年三百六十多天，不只八月十五月亮才圆嘛。哥们儿，你撒完了，咱们回宿舍吧？我觉得有点儿冷了，你看咱俩都光着腿呢，你也得小心着凉啊，是不是？"

沈力："等等……请再坚持一两分钟……"他开始前仰后合地摇晃，眯起眼睛回想什么事儿。"小黄浦"又赶紧扶住他，哆哆嗦嗦地说："哥们儿，快点儿，快点儿，我冷得起鸡皮疙瘩了。"

沈力抑扬顿挫地念："明月几时有？把酒问青天。不知天上宫阙，今夕是何年。我欲乘风归去，又恐琼楼玉宇，高处不胜寒……哎，这是谁的词来着？就在嘴边上，我怎么一时想不起来了呢？"

"小黄浦"："爱是谁是谁，这会儿想不起来，以后有几十年的活头呢，可以慢慢想。听话，咱们回宿舍去，啊？"

沈力又仰头望天："可是，今晚的月亮究竟为什么这么圆呢？"

"小黄浦"："不关咱的事儿。圆总归是好事儿。哥们儿，听话啊，半夜三更的，咱不在这儿讨论月亮的问题，啊？"

"小黄浦"连哄带劝地，终于使沈力转身，肯于跟着他往回走了。

"小黄浦"一低头，发现沈力脚上少了一只鞋："哎，哥们儿，你怎么少了一只鞋？"

沈力："不关咱们的事儿，咱们今晚不讨论鞋的事儿。"

"小黄浦"："站这儿别动。"他往回走，发现了沈力的鞋，捡起跑回到沈力跟前，替沈力拂去脚底板上的土，穿上鞋，扶沈力继续往宿舍走。

沈力又站住了："你为什么对我这么好啊？"

"小黄浦"："我对你好吗？"

"反正比以前对我好。以前咱俩的关系，那也就只能说是一般般，对吧？"

"对，对。以后我会对你更好的。"

沈力眯着眼，研究地看他："所以，我要问一个'为什么'。"

"小黄浦"："不为什么。一个班的嘛，日久天长，感情自然就加深喽！哥们儿，再往前走十几步，咱们就回到宿舍了。咱们现在的首要问题是，都尽快回到宿舍去，听话，啊？"

沈力："你跟我说话，像妈哄孩子似的。除了小时候我妈这么跟我说过话，再没有别人跟我这么温柔地说过话，我好感动……"

"小黄浦"拉着沈力往前走："哥们儿嘛，说什么感动不感动啊，走，走……"

"我特想拥抱你一下。"

"小黄浦"："那就不必了……"

"很有必要。"沈力忽然紧紧拥抱住了他。"小黄浦"一时只有一动不动，愣愣地任其拥抱而已。

沈力："人对他人的好意和关爱，不可以无动于衷。否则，那样的人是不值得别人友善地对待他的。"

"哥们儿，你不是那样的人。"

"我知道你觉得冷了，可是，咱们现在还不能回宿舍……"

"为……为什么？"

沈力推开了他，孩子般地说："我的尿撒完了，你的尿还没撒啊！"

"小黄浦"装糊涂："是吗？我也撒过了吧？"

沈力："肯定没有，这一点儿我是绝对不会搞错的。哥们儿，你是让一泡尿给憋糊涂了啊？"他推了"小黄浦"的肩一下："快把尿撒了，憋着多难受啊！"

"怎么这会儿……我又觉得没尿了呢？走吧，走吧，再来了再说……"

"那不好，刚钻被窝里暖和过来，不又得往外跑一次？原地把问题解决了吧，我等你……"

"小黄浦"愣愣地看他，不知如何是好。

轮到沈力催促他了："哥们儿，快点儿快点儿，我也觉得冷了……"

沈力交抱着肩膀了。

"小黄浦"："可……你这么看着我，我也尿不出来啊！"

沈力："那我转过身子去。"

沈力转过了身。"小黄浦"却还是尿不出来，气得做刺杀状，将沈力的后背当草人靶。

沈力："还是尿不出来是不是？别急，我冷我也等你，不等你把那泡尿尿出来，我绝不回宿舍……"

"小黄浦"又气得朝沈力的背影做鞭打状。

沈力："哥们儿，有尿，那还是尿出来的好。你也要听话，啊？你慢慢进入情况，我接着给你背刚才那一首诗词。刚才背到哪儿了呢？对了，想起来了——转朱阁，低绮户，照无眠。不应有恨，何事长向别时圆？人有悲欢离合，月有阴晴圆缺，此事古难全。但愿人长久，千里共婵娟！"

沈力："但愿人长久，千里共婵娟！"他仰头望月，双臂上举，大声重复着。他的姿势，定格一般，就那么一动也不动了。那时的他，光着两条瘦长的腿，样子显得十分怪异。

"小黄浦"呆看着他，赔着小心地："沈力，沈力！"

沈力放下手臂，缓缓向他转过身，摇晃了一下。"小黄浦"赶紧扶住他。沈力扶着自己的头："我的头好晕……这是夜晚对不对？"

"对，对。"

沈力忽然想起来："那咱俩不在被窝里睡着，在这儿干吗？"

"小黄浦"："哥们儿，是这么回事儿，咱俩一块儿出来撒尿来了。"

沈力："想起来……我记得我撒完了，你呢？"

"我也撒完了。"

"肯定？"

"肯定，肯定。"

沈力："我怎么没听到你撒尿的声音？"

"小黄浦"："我撒尿的时候，你背诗词来着。我尿少，声音就小，就几滴。你刚才朗诵得太投入，所以没听到。"

"那咱俩还傻站在这儿说来说去的干什么啊，半夜三更的，这不缺心眼儿嘛！"

"对对对，可不嘛！快回宿舍吧。""小黄浦"终于可以扶着沈力往宿舍走去了。

二人走进宿舍，"小黄浦"看着沈力钻入被窝，替沈力摆正枕头，掖好被角，接着弯腰摆正沈力的鞋，这才走向自己的铺位。

"小黄浦"刚钻入被窝，沈力跨过别人的身子，也钻入了他的被窝。"小黄浦"推他："哥们儿，你不好好睡觉，钻我被窝干什么呀？"

沈力小声地说："我实在是忍不住了，觉得必须……"

"小黄浦"惊诧，然而也尽量小声地说："刚躺下就又有尿了？你睡前也没喝多少水啊！"

沈力："不是忍不住尿了，是忍不住有话跟你说……你的问题，近期还是要向连里请一次假，到团部医院去检查检查。如果你自己不好意思请假，那我替你请。"

"小黄浦"困惑地问："我？我什么问题？检查什么？"

沈力："明明有尿，却尿不出来，这不是好现象，肯定是泌尿系统出了问题，起码有炎症。身体是革命的本钱，大意不得，应该防微杜渐，是不是？"

"小黄浦"哭笑不得地说："对对，我一定听你的。快回自己被窝睡觉去吧。"

沈力："我的话没说完呢。还有，刚才在外边，我背的那首词的作者不是苏轼，是柳宗元……"

"小黄浦"："我也没说是苏轼啊。咱不管那事儿行不？睡觉去睡觉去。"他往被窝外推沈力，忍不住打了个大哈欠。

沈力："你没说是苏轼吗？那就是我自己说的了。知识方面的事儿，最需要的是'认真'二字。在别人面前说错了，那要及时纠正。苏轼最著名的词是《赤壁怀古》——大江东去，浪淘尽，千古风流人物。故垒西边，人道是、三国周郎赤壁。乱石穿空，惊涛拍岸，卷起千堆雪……"他的声音越背越小，终于无声。

"小黄浦"轻轻推他："沈力，哎，哥们儿！"

沈力发出了鼾声。

"小黄浦"徒自无奈地叹气，只得自己离开自己被窝，也从别人身上一一跨过，钻入到沈力的被窝里。他受风着凉了，接连打了几个大喷嚏之后，推睡在旁边的"小地包"："哎，醒醒，醒醒。"

"小地包"一下子坐了起来，揉揉眼睛，懵懂地问："轮到我了？"

"小黄浦"从枕下摸出手表，看一眼说："还差半小时。"

"小地包"不高兴地说："那你弄醒我干吗？"说罢，又僵尸一般躺下。

"小黄浦"向他耳语："你没觉得不对劲儿吗？我现在睡在沈力被窝里，沈力睡在我被窝里了，下一班就是你，所以我要把这个特殊的情况告诉你，一个一个往下传，谁搞错了别埋怨我不负责任。"他说完，打一个大哈欠，一翻身，心安理得地睡去。

"小地包"推醒旁边的魏明耳语："沈力睡在我被窝里了，一个一个往下传，谁搞错了别埋怨我不负责任……"

魏明迷里迷糊地推醒黄伟，低声道："沈力睡在我被窝里了，一个一个往下传……"

黄伟咕哝："沈力睡在你被窝里了？那你是谁？"

魏明不再出声，已又入梦乡。

黄伟坐起，抓过上衣，掏出打火机，按着，照着魏明的脸，自言自语："没见过这么说梦话的。"他没再弄醒别人，躺下又睡过去。

天快亮了，"小黄浦"起身下地，披衣趿鞋跑了出去，门声惊醒了赵天亮。赵天亮坐起，发现沈力的被窝空着，大声喊："嗨！谁的班？"

黄伟醒了，推杨一凡："一凡，醒醒，你的班！"

杨一凡一下子坐起来。

赵天亮责备他："你怎么值的班！沈力出去了你不知道？！"

杨一凡二话不说，披着衣服趿着鞋往外便跑。他跑出宿舍，恰见"小黄浦"的身影闪入厕所。杨一凡走到厕所外，从衣兜里掏出烟和打火机，吸起烟来。厕所前边是大草甸子，黎明时分浓重的雾气从草甸子上漫过来，渐渐将杨一凡的身影包围在雾气之中。

杨一凡的声音在雾气中叫："沈力！沈力！"

"小黄浦"的声音从雾气中传来："我不是沈力，我是进步！"

杨一凡："怎么是你？"

"小黄浦"："沈力睡我被窝里了，我只得睡他被窝里。我把这一特殊的情况告诉了'小地包',让他一个个往下传。我该尽到的责任我可都尽到了,你不知道怨不着我。"

杨一凡转身便朝宿舍跑,跑得一身雾气。

雾气里,"小黄浦"独自在发牢骚:"唉,我这一小时的班可算摊上了,叫沈力把我折腾苦了。他一个小时内往外跑了两次,第一次撒尿,还给我背诗词。第二次没屎没尿,只不过想出来看看,月亮是不是还那么圆。哎,一凡,在听着呢吗?"

早晨,沈力和"小黄浦"仍躺在被窝里,赵天亮们却已坐在各自的铺位上吃饭。"小地包"用筷子从饭盒里挑起海带丝:"谁要海带,我只喝汤。"

赵天亮:"不许扔啊!扔了对不起山东老乡,更对不起傅正。"

魏明:"班长说得对。没想到,自从傅正他们去了那一次以后,当地的山东老乡们,年年让咱们团去拉海带,为了不再得雀盲眼,吃腻了也得吃!"

"小地包":"山东老乡万岁!"他举起筷子,魔术师要变魔术似的给大家看,之后塞满一口,受苦受难似的嚼着。

赵天亮拿着馒头端着饭盒走到"小黄浦"的铺位前,催促他:"哎,你这位爷也该起了吧?"

"小黄浦"一翻身,趴在被窝里,愁眉苦脸地:"班长,行行好,给我半天假吧。"

赵天亮:"给你半天假?什么理由?"

"小黄浦":"沈力把我折腾苦了,我后半夜基本就睡不着了。"

赵天亮不由得看沈力,沈力仰躺着,睡得很香甜。

黄伟:"给他半天假吧,我做证,确实是他说的那样。"

魏明:"我睡在他边儿上,我也可以做证。"

杨一凡:"还有我。他夜里着凉了,拉肚子。"

"小地包":"嗨嗨嗨,这都吃着饭呢,可以省略不说的,那就别说了好不好?"

赵天亮对"小黄浦"说:"你看你多有人缘儿,该为你说话的时候,谁都不装哑巴。好,准你半天假。等沈力醒了,和他一块儿,把宿舍内外的卫生打扫打扫。"

"小黄浦"在被窝里抱拳道:"多谢班长体恤,多谢各位兄弟主持公道。"

大家吃完了饭,准备出工去了。他们一溜儿站在沈力的铺位前,默默地也是目光怜惜地看着仰躺且熟睡中的沈力。"小黄浦"也朝沈力侧着身,望着他。

沈力的一条腿一只胳膊露在被子外面。

赵天亮吩咐:"把他腿放被子里。胳膊可以露在被外,脚和腿不能露在被外。天开始凉了,早上火炕也不太热了,露在外边容易受寒,以后哥儿几个都要注意这一点儿。"

黄伟等默默点头,看着"小黄浦"搬起沈力那条腿往被窝里放。

"小地包":"轻点儿,别弄醒他。"

"小黄浦"一边掖好沈力的被子一边说:"这会儿安眠药的后劲儿上来了,轻易弄不醒他。"

魏明:"不知服了安眠药的人做不做梦,但愿他此时正做着好梦。"

杨一凡:"这会儿的沈力,使我多少有那么点儿羡慕了。"

这一天,黄伟在他的日记里写道:

杨一凡的话,说出了我们内心里共同的一种想法,那就是——谁都希望也能像沈力似的,受到班里其他人的暗中关爱,哪怕仅仅几天,最好也不是由于精神受刺激的原因。这个原因给共同生活的人带来的麻烦真是一言难尽……

又是一个夜晚,男一班宿舍一片安静。沈力起身穿衣服,穿裤子。杨一凡醒了,推黄伟,黄伟没什么反应。

杨一凡对黄伟耳语道:"老黄,沈力起来了,在穿裤子,这个小时是你的班……"

黄伟睡得像死了一样，仍无反应。而沈力，已在系鞋带。

杨一凡："沈力，穿那么整齐，干什么去呀？"

沈力也不看他，一边系鞋带一边说："睡不着，想出去走走。"

杨一凡坐了起来，也急忙穿上衣服，并说："等我一会儿，我也睡不着，也想出去走走……"

沈力阻拦他："半夜三更的，你跟一个疯子一块儿出去走什么？老老实实睡你的。"

杨一凡急忙穿裤子，一边说："胡说！你听谁说你是疯子了？诬蔑你的人罪该万死！"

沈力不再说什么，站在地上，东瞧瞧，西看看，借着月光和炕洞映出的火光，从炉旁拿起二尺多长的捅火的铁钎子走了出去。

杨一凡也赶紧穿上鞋，几步走到赵天亮跟前，推了推赵天亮："班长，醒醒，醒醒！"

赵天亮同样没有反应。

杨一凡又推魏明、"小地包"和"小黄浦"，他们三人也没有任何反应。杨一凡一摊双手，接着朝两胯一拍，没了主意。他朝宿舍门看一眼，顾不上再多想什么，冲了出去。

宿舍外，沈力拿着铁钎子朝河边走去。杨一凡犹豫一下，追了上去……

——第 31 章——

沈力听到杨一凡叫他,手拄着捅火钎子转身看着他,像从前的绅士拄"文明棍"那样。

杨一凡走到离他两三步远的地方,也站住,不再轻易地接近他,犹疑地打量他。沈力穿得着实齐整,不但戴了单帽,系了鞋带,连领口挂钩也钩上了,仿佛要赶赴什么庄重的场合,参与什么庄重的活动。

杨一凡:"沈力,想去哪儿?"

沈力:"河边,我打算自杀过的地方。"

杨一凡:"又胡说,你什么时候打算自杀过啊!"

沈力:"那是一个事实,拍在我记忆的胶卷上了,谁企图说服我没有发生过那样一个事实,是根本不可能的。"

杨一凡愣愣地望着他,一时不知说什么好。

沈力冷笑:"还跟着我吗?"

杨一凡点头,又问:"深更半夜的,去那儿干什么啊?"

"思考。"

"思……考什么?"

"思考人和生命的关系。"

"沈力,你并不想当哲学家,对不对?"

沈力肯定地说："对"。

杨一凡："那咱不思考人和生命的关系行不？"

"不行。"

杨一凡极力劝说他："行的。怎么不行呢？我就不。估计咱们全连知青都不。人一思考那种问题，会走火入魔的。原本不想当哲学家的，也变得和哲学家差不多了。哲学家那都是些怪怪的人，整天尽钻牛角尖儿想些怪怪的问题。你不想成为一个怪怪的人是不是？再说，咱们都这么年轻，都能活好几十年呢，用不着急着想和生命的关系……"

沈力朗朗道："多少事，从来急。天地转，光阴迫，一万年太久，只争朝夕！"他念罢，转身而去，捅火钎子向前一挥一挥的，走得特有派。

杨一凡在他身后喊："沈力，咱们回宿舍也能思考！"

沈力："有些思考要在特定的地点！"他没回头，继续往前走了。望着沈力的背影渐去渐远，杨一凡回头朝宿舍看一眼，有几分不得已地又朝沈力追去。

河边，沈力用捅火钎子拨着野草，从容不迫走在前；杨一凡跟在后，仍与之保持两三步远的距离。沈力突然站住，猛转身，向前跨一大步，一手后举，另一只手中的铁钎子直指杨一凡。

杨一凡猛地站住，盯着捅火钎子尖端。月光下，捅火钎子的尖端闪亮。沈力表演西式击剑法似的，一步接一步跨向杨一凡，而杨一凡一步接一步后退。

杨一凡脚下一绊，坐倒在地。沈力上前一步，捅火钎子的尖端直指杨一凡颈窝。杨一凡惊恐地瞪着沈力说不出话。

沈力指着杨一凡："你说，这捅火钎子，能取人性命吗？"

杨一凡点头，小声地说："能。"

沈力脸上显出一点儿得意的神色："怕不怕？"

"怕。"

"怕你还非跟着我！"

"对。怕也非跟着你不可。反正今天夜里我豁出去了，你走哪儿，我跟哪儿。你就是走向地狱，我也跟向地狱。"

沈力呆愣片刻，收回捅火钎子，拉起杨一凡："一凡，你这是何苦嘛！"

杨一凡脸上已淌下泪来，说："咱俩不但都是北京知青，而且两家住在同一条街上，从小在一起玩儿，从小学到中学一直是同班同学，一块儿上学，一块儿放学，你家是我家，我家是你家。你的爸妈就像是我的父母，我的爸妈就像是你的父母。如果我半夜三更地不睡觉，梦游似的往河边走，你跟不跟着？！"

沈力："那，我也得跟着。你流泪了？为什么？"

杨一凡："因为你刚才那么对待我！"

沈力窘道："我……我那不是跟你闹着玩儿嘛。"

"有你那么闹着玩儿的吗？！"

"生气了？怎么才能使你消气？扇我一个大嘴巴子？"

杨一凡："扇你就扇你！"话音一落，居然真的扇了沈力一记耳光。

沈力一手捂脸，瞪着杨一凡。杨一凡有些后悔，也有些怯惧，防范地后退，嘟囔："你让我扇你的……"

"消气了？"

杨一凡点头。

沈力笑了。

杨一凡："你把捅火钎子带出来干什么？"

沈力："你忘了？方大姐、尹排长、连长指导员，还有许多老战士和老职工，他们都提醒过咱们，夜里出门一定要带把镰刀。咱们班一人一把镰刀，也不知都哪儿去了，所以我就只有随身带着捅火钎子喽，以防万一嘛！"

杨一凡伸出一只手："给我。"

沈力孩子似的将捅火钎子往身后一背："不给。"

杨一凡强硬地："给我！"

沈力："我拿着它，是为了保护自己。你非跟着我不可，那我就有责任也保护你。你要，你也能负起保护咱俩的责任吗？"

"比你能！"

"好大的口气。"

"你不给，我可要夺了！"

沈力犹豫一下，不情愿地将捅火钎子伸向杨一凡："那，给你吧。你这家伙小心眼儿，不给你又生气。"

杨一凡并不马上接："你有点儿起码的常识没有？现在这东西是武器，有你这么向朋友递武器的吗？"

沈力只得将捅火钎子前后调了一下，自己握着尖端，将手柄那一端递向杨一凡。杨一凡这才接过了捅火钎子。

沈力："那么，你想不跟着我也不行了，因为你负有保护我的责任了。"

杨一凡："放心吧，前边带路。"

齐勇给马加完夜料，就回到了一班宿舍。他沿着炕沿走，低头看每一个人的脸。他发现沈力和杨一凡的被窝空着，不安起来，又逐个将每个人的脸细看一番。"小黄浦"在趴着睡，齐勇在他身边蹲下，一手拎他头发，一手托他下巴，见不是沈力，一松双手，"小黄浦"的脸又歪伏在枕上。

齐勇几步跨到门口，拉亮了灯，大声地说："起来！起来！全都起来！"

睡在被窝里的人都没什么反应。

齐勇一掀赵天亮的被子，连推带晃，终于弄醒了赵天亮。

齐勇："还睡得这么死！沈力不在被窝里！杨一凡也不在被窝里！他俩什么时候出去的，出去了多久，估计你是一概不知！你这个班长太失职了！"

赵天亮一下子坐了起来，喃喃地说："我这是怎么了？我从没睡得这么死过。"

齐勇又把其他人也都叫醒，恼怒地说："沈力呢？你们都他妈怎么值的班？！"

大家匆忙穿好衣服，出去寻找。

而这时，沈力和杨一凡正一前一后地沿着河边走。沈力突然站住，望着对岸。对岸有块儿大石头，那正是几天前沈力企图自杀的地方。

杨一凡也站住了，也望着那块儿大石头，问："难道你还打算过去吗？"

沈力扭头看杨一凡一眼，蹲下了。杨一凡将捅火钎子往地上一插，也蹲下了。

沈力问杨一凡："我要是过去，你也过去？"

杨一凡坚决地说："对！"

"我要是连衣服都不脱呢？"

"我也连衣服都不脱。"

"那半个小时以后，咱俩就会冻得说不出话来的。"

"肯定是那样。"

沈力扭头看他，不解地问："我那样，自有我的理由。你那样，为什么？"

杨一凡也扭头看沈力，平静地说："你把班里战友折腾了个遍，就是还没太折腾我。今天夜里我奉陪到底，任你折腾个够，否则显得不公平。你连我也折腾过了，我在大家面前就不惭愧了。"

沈力："惭愧？惭愧什么？"

杨一凡："你明知故问！要疯，你小子就干脆疯得大发点儿！那也算你沈力发了慈悲了，那连里就会捆绑着把你送到精神病院去，哥儿几个也算解脱了，不再被你折腾了！明白吗？"

沈力被他这么一说，有些吃惊："想不到你这么说。"

"也该有人对你这么说了！"

沈力不再看着杨一凡，坐下了，又呆望着那块儿大石头。杨一凡也坐下了，也呆望着那块儿大石头。

沉默了一会儿，沈力对他说："对不起。对不起你，对不起全班的哥们儿。"

杨一凡不禁又扭头看他，想要判断他的话是明白话还是糊涂话。

沈力："我知道，过去的几天里，全班都在陪我吃药。我吃的肯定是镇定啊、安眠啊之类的药，你们吃的是什么药我就不清楚了。什么药？"

杨一凡："起先是维生素，后来是酵母片、小苏打。卫生所没那么多维生素给我们吃。"

沈力："也太难为你们了，太难为连里了。可你招了，不等于出卖了他们哥儿几个了吗？"

杨一凡："招什么招？你审我呢？我是精神正常的人，你是精神不正常的人，你有资格审我吗？不错，是等于出卖！但我的出发点是良好的，我认为你的情况并不严重，在你比较清醒的时候，应该有人告诉你一些真相，应该有人对你说一些可以说的话！而我，正应该是那样一个人！"

沈力："我也认为，我的情况并不严重。自从我在这里想自杀那天以后，我觉得河对面那块儿大石头，就好像压在我的背上了。有时候我觉得我的大脑，我的心，也好像变成石质的了，没法思想。对自己，对他人，好像没了什么感情。今天夜里，我来到这儿，是要对那块儿大石头发誓。既然你陪我来了，那么我也要对你发誓，我永远也不会起自杀的念头了！我要向我父亲学习，否则我不配是他的儿子。"

杨一凡："对。你是应该向你父亲学习。下乡前，你跟我讲过你父亲的事儿，每次被造反派押出家门的时候，他总是偷偷将半截小木梳、一个针线包、几颗扣子藏在身上。挨斗以后，找个有水的地方，把造反派涂在他脸上的墨汁洗干净，把被揪乱的头发梳梳好，把被扯掉的扣子补上一颗。一边那么做，还一边哼歌，或者一边吹口哨，为的是平复自己的心情，使自己脸上的表情看起来不是受尽凌辱的样子，为的是进家门的时候，不把自己经受作践的痕迹也带回家里去。你记不记得，有一次，咱俩一块儿发现了你父亲正那么做着，你一转身跑了，我陪着你跑到了一间公共厕所里，你大哭一场，我陪着你哭。记不记得？"

"记得。咱俩进的是女厕所，让几名街道妇女堵在厕所里，当成小流氓给臭骂了一通。"

二人相视一笑。

杨一凡："咱俩走在回家路上的时候，你还记得我对你说了一句什么话吗？"

沈力："你说了好些劝我的话，提示一下。"

杨一凡："其中一句，使你特别感动。"

"想起来了。你说——从今以后，我父亲在你心目中是一个极其可敬的男人了……"

"对。我指的就是那句话。那是我的心里话。那天以后，我再到你家去，见了你父亲，叫他叔叔叫得更有感情了，你承认不？"

沈力："承认。"

杨一凡："而且，你父亲改变了我对某些人、某些事儿的看法。就是某些被别人批来斗去，扣上种种罪名，有人企图使他们尊严扫地、身败名裂的人。当他们的命运不论多么悲惨，却还是能够镇定面对的时候，我不认为他们是什么牛鬼蛇神，反而认为他们是些品质优上的人了。'批倒批臭'这话，在我这儿恰恰起到了相反的效果！于是我心里就常想，一个把那样一些人不当人的时代，一场把那样一些人不当人的运动，配是革命的时代吗？配是革命的运动吗？"

"一凡，刚才那些话，千万不要再对任何人说！答应我！"沈力表情严肃地抓住了杨一凡的双肩。

"我当然不会那么傻！放开我，我还有话，你给我老老实实听着！"

沈力乖乖地垂下了手。

杨一凡："可你是怎么回事儿？你算什么玩意儿？别怪我站着说话不嫌腰疼……"

沈力："你坐着说话呢。"

杨一凡站了起来，激动地说："你不就在考场上挨了一顿打吗？你也个想一想，那些人为什么打你！"

"因为那幅画。"

杨一凡："那是一方面的原因。仅仅因为那幅画打你的人，你应该原谅他们。你是画家的儿子,他们都不是。你认为你画的是美,画美是艺术行为,他们认为你画的是丑,那么画是可耻行为,是道德败坏的证明。这难道不是很正常的事儿吗?而另一方面的原因是,有些打你的人,一面对考卷就发蒙了,头脑里一盆糨糊!同是知青,他们其实是谈不上有什么知识的青年!比起老高三老高二知青来,他们只比文盲强那么一丁点儿!所以他们虽然有幸坐在考场上了,内心里却自卑得要命。自卑有时候产生愤怒,你成了他们的出气筒。他们也怪可悲的嘛!如果你能想通这两点儿,你还值得因为那天考场上的事儿变得神经兮兮的吗?"

杨一凡说话时,沈力一直仰脸看着他,像学生看着对自己进行辅导的导师。他折服地对杨一凡说:"幸亏你跟来了,要不,就我一个人坐在这儿,望着那块儿大石头,恐怕想来想去,有些事儿还是想不透。一凡,你什么时候变得这么成熟了?"

杨一凡:"少来这套!用不着你阿谀奉承!我也是比文盲强那么一丁点儿的知青中的一个。只不过我有自知之明,所以连名都不报……"

连队里,大家在分头寻找沈力和杨一凡。赵天亮焦急地四处张望着:"他俩会到哪儿去呢?"

黄伟:"别急。一急就乱了方寸了。"他掏出烟,递给赵天亮一支,自己也叼上一支。

二人吸着烟后,赵天亮吐了一口烟说:"要不,及时通知连里,吹号,动员全连的人一起找?"

"那是下策,对沈力不好。没到万不得已的时候,先别那样。"

远处传来"小地包"和齐勇的低声呼唤:

"沈力!……沈力!……"

"一凡!……沈力!……"

"小黄浦"走过来:"我也去砖窑找过了,没有。唉,这种受折腾的日子,哪天是个头啊!"

赵天亮厉声打断他:"你住口!"

"小黄浦"："又不是我值班的时候不见了，冲我来什么劲儿啊！"

黄伟："少说两句，少说两句。"他赶紧又掏出烟，也递给"小黄浦"一支，替他把烟点着。

这时，齐勇也走回来，向三人摇了摇头，他从黄伟嘴上掠去烟，接着吸。

"小黄浦"："他俩会不会去马号了？"

齐勇："连马号我也又回去看了一次。"

"小地包"也走回来了，焦虑地说："几口井里都认真查看过了，投井的情况肯定是可以排除的。唉，偏偏出在我值班这一小时……他俩真出了不好的事儿，我心里的罪过感一辈子也去不掉了。"

齐勇拍拍他肩，安慰道："别尽往坏处想，有一凡跟着，估计不会出什么太不好的事儿。"

"小黄浦"："正因为有一凡跟着，才更叫人担心。只怕一出事儿，也许就是两败俱伤的事儿了。"

黄伟呵斥："不是叫你少说两句吗？！"

魏明回来了，一一扫视大家的表情，慢条斯理地说："既然是这样，那我们就可以得出两个结论：一，他俩根本不在连里的任何地方。二，还没有任何迹象证明他俩已经出了什么不好的事儿，只不过在一个我们目前还没发现他俩的地方。"

齐勇："问题是，那个地方究竟是哪儿？"

魏明："现在看来，除了河边，不会再是别的地方了。"

黄伟："同意老魏的判断。沈力最爱坐在河边画画，或者发发呆了。"

赵天亮："都到河边去。我、齐勇、老魏，咱们三个游过河去；老黄，敬文他俩听你的。我们往东，你们往西，在两岸分头找。半小时以后还找不到，那我就通报连里。"

杨一凡和沈力在河边并肩坐着。

沈力："我最受不了的是，班长也扇我耳光，'小地包'他姐也扇我耳光。"

杨一凡："你要是因为这个小心眼儿，那你也太小心眼儿了，更不配是你爸的儿子了。好人打好人，是误会。生活中，好人和好人发生误会的时候太多了。再说，'小地包'他姐都后悔得哭了几次了，班长后悔得肠子都发青了。"

沈力："骗人。"

"不骗你。他俩多么后悔，那也不想当着你的面，后悔给你看啊！"

"后悔的人肠子发不发青，这从没被科学证明过。即使是符合科学的，那你也看不到。"

杨一凡："你这叫抬杠。"

"一凡。"沈力低下头，"我的情况，真的并不怎么严重，我只不过从没经历过。我没疯，你相信吗？"

杨一凡表情庄严地说："完全相信。"

沈力："你能使班里的哥们儿，也都相信吗？"

"能。当然能。"

"我害怕某一天被送进精神病院，怕极了。"

杨一凡："我保证，只要你以后听我的，我绝不许任何人把你往精神病院里送。如果你想听我发誓，那我可以立刻发誓。"

沈力一下子抱住杨一凡，边哭边说："一凡，不用发誓了，我相信你。如果连你都不相信了，那我还能相信谁呢？如果我谁都不相信了，那不是只剩进精神病院一条路了吗？"

杨一凡："沈力，哥们儿，别哭，咱不哭！你不是说，要向你父亲学习吗？记住我刚才对你的要求了吗？以后要听我的，能不能做到？"

沈力孩子般地："能。以后我听你的……听你的就可以不被送到精神病院去……"

杨一凡："对。听我的就不会被送到精神病院去。我以我的人格，向你父亲发誓。"说完，杨一凡一抬头，发现赵天亮、齐勇、魏明站在河对岸，正呆呆地望着他俩。

杨一凡举起一只手朝他们三个比画，意思是让他们三个赶紧离开，免得被沈力发现。河对岸的三人会意，立刻转身离开。

沈力和杨一凡已经站了起来，在小河边慢慢地走着。

沈力："我喜欢这个小河边。"

杨一凡："我也喜欢。"

"我会记住这个夜晚的。"

"我也会。"

"说不定哪天夜里，我还会来。"

"那你得叫上我，能保证吗？"

沈力："能。"他看一眼插在地上的铁钎子，想拔起，手刚触到把柄，又缩回，望着杨一凡问："我可以拿着它吗？"

杨一凡："当然可以。但是绝不许再用它指着我脖子，也不许和别人开同样的玩笑，能做到吗？"

"能。"沈力孩子般笑了，拔起了捅火钎子。

一班宿舍里，魏明围被坐着，一条腿伸出在被外，"小黄浦"在用棉团擦他腿上的伤口。

魏明："还没过'十一'，想不到河边就结冰碴儿了，还把我腿划了个口子。"

齐勇已换上了一条干的短裤，光着上身和双腿，站在炉前快速地擦身。

赵天亮仍穿一身湿衣服，滴了满地水。他往炉子里加了两块儿劈柴，找捅火钎子，奇怪地说："捅火钎子哪去了？谁看见捅火钎子了？"

齐勇："你别弄火了，快把湿衣服换下来，别冻着了！"他冲门口喊："敬文！站门口干什么呢？过来把火弄旺点儿！"

"小地包"和"小黄浦"正站在门里朝外望着。他们走过来，"小地包"耸耸肩道："找不着捅火钎子，我有什么办法。闷一会儿自己就起火苗了。"又推着赵天亮说："别这副样子了，嘴唇都快青了，钻被窝去暖和着吧！"

赵天亮走到自己铺位那儿，直接将衣服裤子脱在地上，钻进被窝，一卷被，猛抖了几抖。

黄伟已躺在被窝里了，自言自语："想想那些有精神病人的人家，真让人同情啊！"

"小地包"已在大口大口地吹火，同时接了一句："这会儿还是同情同情咱们自己吧！"

齐勇走到黄伟的铺位前，抓过黄伟的衣服裤子就穿。黄伟赶紧制止道："哎，你穿我裤衩的时候我可没说同意啊！"

齐勇："那没法子，谁叫我穿你的合适呢！总不能让我这样子回马号吧？"他穿好便往外走："敬文，明天抽空儿把我那套湿的洗出来晾上，包括裤衩和鞋，不许马马虎虎地对付我！"

"小地包"："唉，瞧我这命！"

赵天亮对齐勇说："快走吧，你不在，马号那边别又出什么岔子。"

齐勇："如果又有了什么新的情况，派个人到马号去找我，毕竟我也曾是一班的一员。"说罢匆匆而去。

赵天亮对"小地包"说："敬文，你过来一下。"

"小地包"终于将炉火吹旺，大功告成地"嘿"了一声，走到了赵天亮的铺位前。

赵天亮斜着眼睛看他："知道吗？我想扇你几耳光！我去开一次班长会，交代你那么一点儿事儿，你就使大家都吃错了药！你怎么这么没用啊你！"

"小地包"："明天再指责行不行？刚才一急，我都忘了我自己也吃错了药的事儿了，这会儿又开始晕乎了。"他摇摇晃晃地往自己铺位那儿走。

"小黄浦"："弟兄们，一凡和沈力回来了！"

黄伟："快把他们仁的湿衣服收一块儿，放盆里，关灯！"

"小黄浦"迅速将地上的湿衣服、鞋捡起，放在两个盆里，并用另外两个盆盖上，之后拉灭灯，跳上炕，钻进被窝。

沈力和杨一凡走进来的时候，屋里已是一片鼾声。

沈力和杨一凡在平整连队的篮球场地，沈力挑来沙子，杨一凡又是铲，又是填。汗水从沈力的脸上流下来，杨一凡掏出手绢给他擦汗。

这时，孙曼玲赶着牛车从球场旁经过，车上坐着北京女知青汤洋洋。

孙曼玲勒住牛，和汤洋洋望着沈力。沈力发现她俩在望自己，将脸转向别处。

孙曼玲把沈力叫住："沈力！还生我气呀？"

沈力："没有啊！"

"你俩好好平一下，'十一'连里要进行篮球比赛！"

"没问题！"

汤洋洋突然招呼沈力："沈力，过来一下。"

沈力犹豫了一下，走向牛车。

"接着！"汤洋洋从自己坐着的麻袋上拿起一个大青萝卜抛给沈力，"洗干净了，不用削皮。"

孙曼玲："透露透露，'十一'你们男一班出什么节目呀？"

沈力："保密。"

孙曼玲和汤洋洋相视一笑。

汤洋洋："到时候看你们出彩了，最好能给我们一份惊喜！"

沈力："我们争取。"

孙曼玲："驾！"一抖缰绳，驾着牛车走远了。

杨一凡走到了沈力跟前，沈力将青萝卜一掰两截，递给杨一凡一半。

二人吃着萝卜时，沈力问杨一凡："给我萝卜的，她叫什么来着？"

杨一凡："我一时也想不起来，好像姓汤。"

沈力："对，汤洋洋。她向我要过画，我得给她一幅。哎，我的画笔、油彩、画架子什么的怎么都不见了？"

杨一凡："是吗？肯定是班里哪个小子给藏起来了，成心让你着急。甭找，过几天它们自己就会出现的。"

大食堂坐满了人。一条横幅悬挂在大食堂里，上写"国庆联欢晚会"六个字。连长、指导员、方婉之、尹排长坐在第一排。台上，赵天亮、齐勇、黄伟、魏明、"小地包""小黄浦"在表演舞蹈《抬大木》。这是兵团各级宣传队都少不了的保留节目，简单而动作整齐，好看。

《抬大木》获得了一阵掌声，大幕从两边拉上，汤洋洋走到大幕正中报幕："下一个节目，《智取威虎山》'深入虎穴'片断……杨一凡饰杨子荣，沈力饰座山雕……"

指导员带头鼓掌，掌声格外热烈。大幕缓缓拉开，台上只有杨一凡和沈力二人。沈力坐在由一把椅子、两张凳子组成的"宝座上"。

沈力煞有介事地念白：

"你说，你是从许旅长那里来？"

杨一凡也有腔有调地说：

"对。走了三天三夜，才终于来到威虎山。"

"许旅长有两件宝物，你可知道那是什么？"

"好马快刀！"

"马是什么马？"

"卷毛青鬃马！"

"刀是什么刀？"

"日本指挥刀！"

"脸红什么？"

"精神焕发！"

"怎么又黄了？"

"防冷涂的蜡！"

"莫哈，莫哈！"

"正晌午时说话，谁也没有家！"

沈力不再说什么，像是忘词了，其实是精神游走别处了。

杨一凡小声提醒："接台词'拿酒来'。"

沈力喃喃道："不对……"

杨一凡向台下看了一眼，急道："对，就是'拿酒来'，快说啊！"

沈力摇头，喃喃自语："家……我们有家……一凡，咱们的家在北京啊！咱们的家，在西城区的同一个胡同里，难道你忘了吗？咱们的家里，都有父亲、母亲……"

沈力边说边离开"宝座"，走到了杨一凡跟前。

杨一凡不知所措地拦住他："沈力，你又犯糊涂了，咱们正在演戏啊。"

沈力流泪了："我没犯糊涂，我不想演戏了。"

他忽然搂抱住杨一凡，哭着说："一凡，我想家了，我想我父亲母亲了，你陪我回家吧。"

站在舞台一侧的汤洋洋和赵天亮他们，脸上都流下了泪。台下，包括指导员们在内的观众们，皆表情肃穆。孙曼玲等一班女知青们，也都流泪了。

指导员登上了舞台，轻轻拍着沈力肩说："沈力，冷静点儿。既然你这么想家，连队批准你假。你希望杨一凡陪你回家，连队也同意……"

马车停在一班宿舍门前，齐勇、杨一凡、沈力已坐车上。赵天亮他们在车旁送行。

赵天亮把折叠画架、画夹以及一盒画笔、一盒油彩给沈力："沈力，这是咱们一班哥儿几个凑钱，托人从县城买回来的，算是大家对你的一份儿心意。希望你在北京画画的时候，心里能想着北大荒，想着七连，想着咱们一班……"

沈力点头，默默接过大家送给他的东西。

孙曼玲和汤洋洋跑来，汤洋洋欲上前跟沈力说话，却又不好意思，孙曼玲将她推到了沈力面前。沈力默默看着汤洋洋，汤洋洋也默默看着沈力。

孙曼玲催促："洋洋，说话呀！"

汤洋洋将用一张《兵团战士报》包着的东西往沈力手里一塞，转身跑了。

沈力打开报纸，里面是用蓝毛线织的脖套。

赵天亮："一凡，常来信，别让大家牵挂着。"

杨一凡对他点点头。

沈力："班长，我不会在家住太久的，我只不过……一时想家了……"

赵天亮他们听了他这话，都欣慰地笑了。孙曼玲张张嘴，想说什么，没说出口，反而退后一步。

齐勇："我们走了啊。驾！"他驾着马车离去。

赵天亮们目送马车驶远，一个个转身进入宿舍。宿舍门前只留下了孙曼玲和"小地包"。

孙曼玲内疚地说："如果沈力的情况好不了了，我这一辈子都会有罪过感。"

"小地包"没有接她的话，反而问："姐，你觉得我有虐待狂的心理倾向吗？"

孙曼玲："你这是什么话！你的精神也错乱了？！"

"小地包"："我不知道。也许吧。最近，我夜里总做同样的梦，梦见吴敏戴着枚大学校徽，自鸣得意地站我面前，指手画脚，哇啦哇啦她那一套革命的屁话，而我手里握着皮鞭，她哇啦一句，我狠狠抽她一鞭子，直抽得她不再哇啦了，跪我面前求饶了，承认她根本不是什么革命青年，只不过是一个卑鄙的投机分子……"

孙曼玲吃惊地说："你！不许你再做那样的梦！她走了，我们把她那么一个人忘了，就算了。以前发生的事儿，我们就当它没有发生。"

"小地包"："就算了？就当它没有发生？黄伟、魏明，今年肯定是可以上大学的！沈力原本是会被培养成画家的！你也有可能成为咱们家几代以来的第一位大学生！我都把那事儿写信告诉爸妈了！"

孙曼玲："黄伟、魏明明年还可以报名！我相信沈力的精神会彻底恢复正常！咱们家没出一个大学生，爸妈也不会认为白抚养大了咱们！"

"小地包"："黄伟、魏明明年就过年龄线了，他们以后再也没有上大学的机会了！你又听说过几个精神病人彻底病好了的？爸妈从喜出望外到被浇了一盆凉水，他们会是一种什么心情？！"

孙曼玲："那我也不许你再做那样的梦！你再做那样的梦就是地地道道的虐待狂心理！虐待狂离精神病也差不了多远了！"

"小地包"："姐，如果我也疯了，只求你一件事儿，不管在什么时候，什么地点，再见到吴敏，你起码要替我，替沈力，替黄伟和魏明，替我们一班狠狠抽她几个大嘴巴子！"

孙曼玲："现而今，她不算是最坏的人！我们也不算是被害得多么惨的人！"

"小地包"突然乱腔乱调地大唱：

咬住仇，咬住恨，仇恨入心要发芽，植入心田开火花！万丈怒火燃烧起，要把昏天黑地来烧塌！

…………

他一边唱着，一边迈着夸张的方步，也扬扬长长地进入了宿舍。

孙曼玲望着他背影，惊愕得睁大了眼睛张大了嘴，她甚至怀疑自己的弟弟也精神失常了。

连部里，指导员手拿一页纸在看，赵天亮站在他面前。

指导员将那页纸放桌上，问："你只表达了希望辞掉班长职务的意愿，但是没有说明理由，所以不能批准你的请求。"

赵天亮："最初，我们一班是十个人。现在，傅正牺牲了，王凯返城了，沈力精神失常了，杨一凡也陪他回北京了，而齐勇，负责马号的工作了。我们班只剩五个人了，五个人还算是一个班吗？"

指导员："是啊，某些事儿，偏偏都发生在你们一班。五个人只能算是半个班了。人员减少了一半，觉得这个班长，当得没什么劲儿了，是不是？"

赵天亮坦率地说："有这个原因。"

"另外的原因呢？"

"我怕给连里惹麻烦。"

指导员不解地问："你？给连里惹麻烦？你能给连里惹什么麻烦？"

赵天亮："比如……有一天我要是成了'现行反革命'，您、连长、尹排长、方大姐，你们会不会因为对我挺信任的，一个个都受政治牵连呢？"

"那肯定是会的。起码都是用人不当的罪名。"指导员用小手指挠腮，凝视赵天亮，"你不会已经做了什么蠢事儿吧？"

赵天亮："没有。"

指导员："那就好。你给我记住，千万别做什么政治方面的蠢事儿。如果你做了，想不给我们几个找麻烦都是不可能的！别的师别的团，有一个连里的几名知青，暗地里组成了一个什么'经典革命理论学习小组'，被其中一个告了秘，结果除了告密者，另外几个确实都成了'现行反革命'，连干部们也都因为在思想教育方面严重失职，一个个一撸到底。"

赵天亮："学习经典革命理论，怎么还会成为'现行反革命'？"

指导员："问题是，他们不但认真学习，还认真提出疑问，还用书信的方式散布他们的疑问！你向我发誓，不，向党支部发誓，永远不参与这一类蠢事！"

"他们平时都很愚蠢吗，还是越学越变得愚蠢了？"

指导员一拍桌子："我又不认识他们，我怎么知道！你到底发不发誓？！不发誓就给我出去！"

赵天亮："如果我说，我主观上永远不想给连里、给我的父母和哥哥惹什么麻烦，这算不算是发誓了？"

指导员瞪着转身就走的赵天亮，皱着眉，咀嚼着他的话，把他叫住："坐下！"

赵天亮不情愿地坐下。

指导员严肃地说："听着，暂且不论你做了蠢事，我、连长、尹排长和大姐会怎样，你刚才还说你永远不想给你的父母和哥哥惹什么麻烦，对不对？"

赵天亮默然地点点头。

指导员："那，就等于你发了誓了吧。等于你对你的父母和哥哥间接发了誓，我是你间接对他们发誓的见证人。现在，我不答复你辞职的要求，我代表连里，交给你一项特殊任务！"

山东屯的女知青宿舍里，周萍正在织毛衣。那名爱讲鬼故事的女知青又在讲鬼故事，胖姑娘和瘦小的姑娘坐在她对面，聚精会神地听着。

讲鬼故事的女知青绘声绘色地说："那小伙子从照相师傅手中接过照片一看，照片上，跟他合影的女朋友是一具骷髅。照相师傅对他说，年轻人，你女朋友她肯定是个女鬼呀……"

一声响亮的咳嗽。包括讲鬼故事的女知青自己在内，三名女知青都吓得"妈呀"一声，缩在一起。

周萍"扑哧"笑了。原来，咳嗽的是梁喜喜，她正坐在箱子旁的暗影里。

胖姑娘拍着胸口："支书，你什么时候进来的呀，吓死我了！"

周萍："支书都坐那儿听了半天了。"

瘦小的姑娘打周萍："你真坏，明明看见支书进来了，也不吱一声！"

"支书朝我摆手，不许我出声嘛！"

讲鬼故事的姑娘对梁喜喜认错："支书，我错了，以后再也不讲鬼故事了！"

梁喜喜起身坐了过去，看了看周萍手里织的东西，问她："给小赵织的？"

周萍不好意思地点头。

梁喜喜又对讲鬼故事的姑娘说："讲鬼故事，原则上我是不反对的。白古以来的贫下中农都爱听鬼故事，我也爱听，娱乐娱乐嘛！但你刚才不但讲了鬼的故事，还讲了些男欢女爱的情节，这是要受到严肃批评的。仨大姑娘，一个讲，两个竖着耳朵听，什么'把她紧紧地拥抱在怀里'呀，什么'姑娘温柔地吻着小伙子'呀,乱七八糟的,像话吗! 大姑娘讲这些听这些,那是会乱性的! 乱性了就会整天胡思乱想! 记住,以后只许讲鬼,不许讲爱! 爱是俩人背着别人谈的事儿,不是一个人讲给几个人听的事儿,记住没有?"

讲鬼故事的姑娘连连点头。

梁喜喜:"现在,有这么一件事儿,你们四个中谁想参加,可以民主表示一下。一团要派几个人到新疆去买一批细毛羊,答应也给咱们山东屯带回几十只来。条件是,咱们得派出一名女知青,一路上为他们兵团的几名男知青做饭、洗衣服、当卫生员,尽量从生活方面把他们照顾好……"

讲鬼故事的姑娘等不及梁喜喜把话说完,抢着说:"新疆值得去一次,到处是异国情调。我去我去!"

梁喜喜:"估计,来回得一个月,有时要跟羊群一起挤在列车的闷罐子车厢里,有时要赶着羊群走,差不多有一半的日子,夜里要露宿野外。"

讲鬼故事的姑娘闻听,立刻取消了去新疆的意思:"那……看看她们三个谁去吧!"

胖姑娘:"要是路上不顺利,回到东北的时候,不就冬天了吗? 那,我也愿意把机会让给别人。"

瘦小的姑娘:"支书,我体格这么弱,要是非让我去,半路会折腾病了的。"

梁喜喜的目光望在了周萍脸上。

周萍:"支书,您要是觉得我行,那我去。我不会给咱山东屯丢人的。"

梁喜喜高兴地说:"那我就派你了。我可把民主给你们了啊,周萍去,是民主协商的结果。而且,证明我从不偏向她! 偏向她还能让她去吃一个多月的苦吗?"

另外三个姑娘皆点头。

梁喜喜转而对周萍说:"周萍,送送我。刚刚听了鬼的故事,黑灯瞎火的,我一个人往家走心里也发毛。"

周萍就放下毛活儿，跟在梁喜喜身后离开了宿舍。

梁喜喜和周萍一前一后走在大队路上。

梁喜喜忽然问周萍："周萍，你以为我真怕鬼吗？"

"支书，我不知道。你刚才自己说你怕鬼的。"

梁喜喜："我是使鬼害怕的女人。要是真见了鬼，我就和他喝酒。把鬼灌醉，用斧头给他来个大卸八块！瘦的当柴烧，肥的熬成灯油。"

周萍"扑哧"笑了。

梁喜喜站住，看着周萍说："我就猜到了她们三个会怕苦，都不去。也猜到了她们三个都不去，那你就一定会去。"

周萍："支书，你对我好，吃苦的事儿，我不能也往后缩。"

梁喜喜："这话我爱听。我让你送我，是要单独告诉你——你肯去那就对了，因为，一团那边的人出在七连，七连派赵天亮带队。怎么样？高兴吧？"

周萍："高兴！高兴！支书，太谢谢你了！"她的脸笑成了一朵花。

梁喜喜："快回去吧。回去了不许显出高兴的样子。嘴紧点儿，更不许道出实情，免得又给她们三个我偏向你的印象，那你们之间就该闹不团结了。"

"明白。支书，我送您到家门口。"

"甭溜须我。我就站这儿，看着你进到宿舍里。要不，一个夜游鬼把你逮去，我这支书没法交代了。听话，快走！"

周萍望着她，倒退几步。梁喜喜挥挥手，周萍一转身回了宿舍。

周萍回到宿舍，三个姑娘立刻围住她。

讲鬼故事的姑娘："哎，支书真怕鬼吗？"

周萍："有那么点儿。"

胖姑娘："想不到一位党支部书记也怕鬼！"

瘦小的姑娘："还是一个单身女人，半夜做鬼梦吓醒了，都没谁爱抚爱抚，压压惊，想想也有挺可怜的一面。"

讲鬼故事的姑娘："人啊，谁没有可怜的一面呢？只不过有人可怜的一面表现在外，有人可怜的一面藏在心里。"

胖姑娘："像咱们亲爱的萍萍，可怜的小模样让多少人心疼啊。连咱们三个都愿意呵护她，是不是？"

周萍："怎么扯到我身上了呢？不早了，三位姑奶奶都睡吧，啊？"她卷起毛活儿，塞入书包。

大家熄灯睡下了。仰躺在黑暗中的周萍一脸幸福的微笑，也许梦到了高兴的事情，也许她根本没睡着……

第 32 章

　　一列运货的火车行驶在戈壁滩上。最后一节车厢的门完全敞开着，赵天亮坐在车厢里，周萍和他并肩坐着，幸福地将头歪在他肩上。

　　在动身去新疆之前，赵天亮做梦也没有想到周萍会与他同行，先前指导员在连部里找他谈话，提到让他去新疆的时候，他还满心不情愿："如果非让我去不可，那得让齐勇和孙敬文跟我去。"

　　指导员："别讲条件！什么叫非让你去不可？七连没人了？你以为你是谁啊？缺了你这么一个鸡蛋，七连就连块儿槽子糕都做不成了？"

　　赵天亮："那您就把任务交给别人好喽！"

　　指导员："行啊，那你走吧，去把二班长给我叫来。告诉他，山东屯也派一名女知青和咱们连的人一同去，叫周萍。"

　　正要转身走开的赵天亮忽然愣住了，问指导员："周萍？哪个周萍？"

　　指导员："就是一心想成为咱们七连的战士，最终也没能实现愿望的那个周萍啊，山东屯还有第二个周萍吗？"

　　赵天亮脸上的表情变了，热切地说："指导员，我改变想法了，那还是让我去吧。把黄伟和徐进步派给我，我们保证完成好连里交给我们的任务。"

　　指导员："改变想法了？什么条件都不讲了？"

　　"对，完全无条件的。"

指导员："问题是，我也改变想法了。而且我这人有个做决定的习惯，通常只改变一次想法。你快去把二班长找来吧！"

赵天亮："指导员，我刚才那是在跟您闹着玩儿。"

"我是指导员，你是一名班长，我在跟你谈正经事儿，你跟我闹着玩儿？"

"指导员，我错了，就算我求您了。您要是不让我去，我就不走！"赵天亮又坐在凳子上了。

"好嘛，刚才跟我闹着玩儿，现在居然耍起赖皮来了！"指导员笑了，他拉开抽屉，取出一份折着的报纸递给赵天亮。

赵天亮接过，见是一份《兵团战士报》，其上一行醒目的大标题："邓小平副总理主持召开全国第四次农业学大寨会议"。

指导员已吸着一支烟，沉思："上边没要求认真学习，所以连里也就没组织学习。要求学习而没组织学习，犯错误。没要求学习而组织学习了，犯严重错误。政治就是这么又简单又深奥，明白吗？"

赵天亮似明白非明白地点头。

指导员："但是我个人认真学习了。兵团总司令部按照这次全国农业学大寨会议的精神，提出了农业、牧业、副业全面发展的长远目标，所以，要求咱们团从新疆引进一批细毛羊，还要求咱们团从内蒙古引进一批良马，办马场。为什么把这种任务交给咱们团了呢？因为咱们团占地辽阔，水草丰盛，最适宜发展牧业。齐勇不久要去内蒙古学习马群放牧的经验，还要负责赶回来第一群马。他提出要孙敬文跟他去，所以他俩不能跟你去新疆。为什么去新疆的任务非交给你们一班的人呢？因为你们曾长期离开连队，在黑龙江边上驻守过，巡逻过，各方面表现很好，有处理较复杂情况的经验，也十分清楚配备武器的种种纪律。不但连里信任你们一班的人，团里也信任你们一班的人。"

赵天亮："允许我们带枪？"

指导员："你们三个人，带两支步枪，总共六十发子弹。近万里途程，一个多月的时间，几百只羊，艰苦和困难是可想而知的。某些事儿是无法预知的，带两支枪很有必要。当然，我希望你们完璧归赵，回来的时候一弹未发。"

赵天亮有所顾虑地说："指导员，我认为……不，我觉得……总之我的想法是，这样一次任务，不应该只交给我们三名知青去完成。希望连里能考虑，让尹排长带队，或者，派一名老战士……"

指导员忽然打断他："今年是哪一年？"

"一九七五。"

指导员："你哪年到七连的？"

赵天亮："一九六九年六月。黄伟和齐勇他们那批，比我们早一年。"

指导员："都到兵团六七年了。要是在正规部队，是超期服役的老兵了。从现在起，你们应该将自己看成七连的老战士了。"

赵天亮低下头不言语了。

指导员："如果尹排长能做你们的带队，那连里当然最放心了。可是，连里不能派他去。他患胃癌了。"

赵天亮抬起头，吃惊地望着他。

"晚期了，扩散了。医生们估计，最长再活半年了……连里怎么忍心也派他去呢？"

赵天亮大受震动，仰脸望着指导员，愕然地半张着嘴，说不出话，也闭不上。

指导员将一只手按在他肩上，语气凝重地："如果你非要求派一名老战士和你们同去，完全可以。你点谁，连里派谁。但连里的想法，是要你们再经受一次锻炼。兵团还要发展，还要开荒，还要建新连队，需要一批更年轻的连队干部。我和张连长，我们都是二十几岁就当连长指导员了。我们能，你们何以不能？三天后起程，给你一天时间，你还来得及再改变一次想法……"

赵天亮踏上了西去的列车。

他和周萍并肩坐在车厢里，看着外面茫茫的戈壁滩。黄伟坐在一个角落，竖着双膝，膝上放着小本。从那小本翻开的情况看，没写字的页数已经不多了。他在看着赵天亮和周萍出神。"小黄浦"则仰躺在黄伟旁边，身下铺条麻袋，架着二郎腿，悬着的那只脚随着列车行驶的声音晃动着。

周萍："为什么这儿遍地石头呢？"

赵天亮："我听人讲过，戈壁的意思，就是'遍地只生长石头的地方'。"赵天亮扭头发现黄伟在看着他和周萍，问："你那么看着我俩干什么？"

黄伟："我在想一个问题。"

周萍："什么问题？"

黄伟："我在想的问题，只能单独对'小黄浦'说，也只有他能解我的惑。现在当着你俩的面，我不便问。即使问了，他也肯定不好意思回答。"

"小黄浦"满不在乎地说："问吧，他俩又不是外人，是自己人，我没什么不好意思回答的问题。"

黄伟笑道："还是不问的好。"

赵天亮站起来，将车门拉上一半，走到一面车壁那儿重新坐下，看着黄伟又说："这我就奇怪了，你想问他问题，刚才为什么看着我俩发呆啊？"

周萍走到赵天亮身旁，坐下后又像刚才那么将头偏靠在赵天亮肩上，也望着黄伟，期待着黄伟的回答。尽管车厢外情景荒蛮，但只要和赵天亮在一起，她的心情就是快乐的。

黄伟："因为我要问'小黄浦'的问题，和你俩有关。在你俩之间，同周萍的关系更直接。"

周萍诧异地瞪大了眼睛："骗人！"

"小黄浦"则一翻身坐起，有点儿亢奋地说："和周萍有关？快问快问，我百分之百地愿意回答，而且保证百分之百诚实地回答！"

黄伟："同意我问的请举手。"

"小黄浦"第一个高高地举起了手，赵天亮紧接着举起了手，周萍犹豫一下，也举起了手。

黄伟："我看，你们是都觉得寂寞了。"

"小黄浦"："对对，你说得完全正确。列车往前开了大半天了，眼前除了遍地石头，还是遍地石头，除了灰色，还是灰色。我最看不惯灰色了，快问快问！"

黄伟翻了一下膝上的本子："我已经写到了天亮和周萍之间的爱情……"

赵天亮："等等，你的小说中写到我俩的爱情我并不反对。这点儿创作自由，我是肯给你的。"说着，不禁看了周萍一眼。

周萍："那我也给。"

赵天亮："但是，你不会写的是我俩的真名实姓吧？"

黄伟："我写的正是你俩的真名实姓。"

赵天亮："同志，这我可就要提出严正抗议了。"

周萍轻轻推了赵天亮一下："别抗议。你一抗议，黄伟写作的好情绪就受影响了。"她转而又对黄伟笑着说："你写我俩的真名实姓也没关系，就按你自己的想法写吧。将来某一天，如果真能印出书，书中出现的是我和天亮的真名实姓，我觉得也挺好的。那时候我一定买好多好多本，送给我俩的亲人和朋友。"

赵天亮："干吗买呀，那时候得让他签了名赠送咱们！"

黄伟："一定一定，我还要写上——敬请批评指正。"

"小黄浦"："哎哎哎，诸位，扯远了扯远了啊。将来的事儿，那就等将来再说。你俩一打岔，他想问我的问题，还一直没问呢！"他转而对黄伟说："我们三个都举手表决了，问吧。"

黄伟："你，徐进步，上海人也。她，周萍，亦上海人也。按说，你徐进步在从上海到北大荒的路上就认识了周萍，比大亮认识周萍的时间还早了好多天呢。像周萍这么好的姑娘，你怎么就一直没追求她呢？"

"小黄浦"不由得挠头，发窘地说："这……你这不是哪壶不开提哪壶嘛！"

"我写你，写着写着，这个问题自然而然就冒了出来。好的小说家，那得预想到将来的读者肯定会提出什么问题，所以要尽可能向读者交代清楚。可我左思右想，替你想不出令人信服的原因来，所以只得当面请教你，请坦诚地给个说法吧。"

"小黄浦"抓耳挠腮，欲言又止。

周萍："他不好意思回答，我替他说——我在七连的时候，有天在河边洗衣服，他忽然出现在我面前，对我一个劲儿说，如果我不是资本家的女儿就好了……"

"小黄浦"："她父亲不但是资本家，而且还与一些国民党的高官关系密切，而且她家还有好多亲属在美国。当时我就料定，不管她个人的表现多么良好，那也是根本不可能成为兵团战士的。"

黄伟审问似的盯着"小黄浦"："所以你就干脆放弃了追求周萍的机会？"

"小黄浦"："对。我承认我当时不敢追求她。"

"现在，后悔不？"

"小黄浦"："不后悔。"

周萍伸手拍了他一下："你这家伙！你怎么到现在还不后悔？我就不能成为可以教育好的子女了？！"

"小黄浦"："我是不后悔嘛！"

正说着，列车突然"咣当"一声停住了。

赵天亮："估计又停半天，我得下去活动活动！"他站了起来，伸展胳膊，晃腰。

"小黄浦"也站了起来，抢前一步，跨到车门那儿，又盘腿坐了下去，板着脸说："谁也不许下车！怎么，这个审问似的审我，那个谴责我，你赵天亮嘛，估计心里是春风得意，幸灾乐祸的！"

赵天亮含情脉脉地看一眼周萍："春风得意是有那么一点儿的，幸灾乐祸却谈不上。谁没追求谁，那也不能算是什么灾祸，只不过是一种遗憾，对不对？可话说回来，如果你说你后悔了，我和周萍多不自在？所以，我俩应该感谢你没说'后悔了'！"他看一眼周萍，问："对不对？"

周萍默契地微笑点头。

"小黄浦"："你俩合伙气我是不是？我还没说我为什么不后悔呢，给我老老实实坐下听着！"

黄伟扯赵天亮衣襟："那你就坐下，坐下。外边遍地石头，还不如待在车上，坐下听他说，兴许我的小说里用得着他说的话。"

赵天亮不情愿地坐下了。

"小黄浦"："那是'文革'以前的事儿。那时我还是小孩儿。我堂兄弟多，有次，我伯父和两个堂兄一块儿到家里来。我伯父是我父亲他们兄弟几个里边最有学问的，留过洋，在英国剑桥大学读过心理学。心理学嘛，是资产阶级唯心主义的，反动的学问。所以'解放'后他就没正经工作可干了，在街道小厂里，和些街道妇女糊纸盒。那天他喝了几盅酒以后，醉意醺醺地向我和两个堂兄提出了一个问题，让我们诚实地回答。他问的是——如果我们迷失在森林里，遇到一个同样迷失在森林里的可爱的女子，还有一条大猎狗，狗嘴里叼着一把镰刀。这时上帝出现了，告诉我们只能在女人、狗和镰刀之间选择两者，那我们都选什么。"

黄伟："如果是我，就选择女人和镰刀。女人，我所欲也。镰刀，可以用来保护我和那个女人。"

"小黄浦"："我一个堂兄也是这么选择的。我伯父夸他，说这么选择的孩子，将来会是一个忠于爱情，对爱人有责任感的人。"

赵天亮："那我选择女人和狗。虽然放弃了镰刀，但我可以折断一截够粗的树枝，照样可以作为保护我和那女人的武器！"

"小黄浦"："我另一个堂兄也是这么选的。我伯父夸他，说这么选择的孩子，日后不但会是一个忠于爱情，对爱人有责任感的人，还会是一个珍惜友情的人。"

周萍问"小黄浦"："那，你怎么选择的呢？"

"小黄浦"："我说，'我选择镰刀和狗'。"

周萍瞪大了眼睛："你！你这家伙怎么可以那么选择！"

"小黄浦"："我伯父有言在先，让我们必须诚实地回答嘛！再说我当时还是个孩子，我想我要是也选择了那女人，我就得负起保护她的责任。可是我觉得我连自己还保护不好呢，不论在弄堂里还是在小学校里，我总受欺负。我也不知道别的孩子为什么总欺负我。现在回想起来，有些事儿也不能算是欺负，只不过他们是喜欢拿我取笑、开心。但在当年，我觉得那就是欺负我。一个连自己都保护不好的孩子，他怎么还能担负起保护别人的责任呢？光有镰刀，我觉得在大森林里还是不够安全，所以我还需要那条大猎狗。遇到了什么野兽，狗可以先替我抵挡一下，甚至可以为我做出牺牲。"

赵天亮、黄伟、周萍，不由得你看我，我看他。

周萍愤愤地说："你这家伙！你怎么可以那么自私自利！你把镰刀和狗都占有了，却根本不顾一个女人的安危，亏你还说她是一个可爱的女人！你还算是男人吗你？！"

赵天亮："别当真！别激动，这不是听他说着玩儿呢嘛！"

周萍："就当真！我来气！我不许他是那么样一个让人瞧不起的上海男人！踹你！踹你！以后不理你了！"她坐着移动身子，企图踹到"小黄浦"。

赵天亮扯住了她："对诚实的人不许这样！"

黄伟表情庄严地说："他还有话要说，让他把话说完。"

"小黄浦"："当时呢，我伯父听了我的回答，和我那么选择的理由以后，看着我父亲直摇头，什么夸我的话也没说。"

周萍："呸！还想听到夸你的话啊？！"

"小黄浦"："长大了几岁以后，我时常想起我当时的选择，不用别人指责，自己也觉得自己未免太自私自利了。我下乡前，有天想去我伯父家，告诉他我不再那么自私自利了。如果让我重新选择，那我会这么决定——放弃选择权，把镰刀和狗都留给那个女人，诚恳地告诉她，我是一个懦弱的人，如果要求我对别人负起保护的责任，那对我是巨大的压力。而且，几乎肯定保护不好。但是，我已经开始自我反省了，意识到一个人太自私自利是不好的，所以我作为一个男人，理应把镰刀和狗都留给她。之后，我要将一个男人自我保护的起码常识传授给她。再之后，我祝她能幸运地走出大森林，于是转身而去……"

周萍："迷失在大森林里了，你去往何方呢？"

"小黄浦"："迷失的意思，那就是完全丧失了正确地辨别方向的能力，那就只能盲目地走了呀，不分前后左右，走一步算一步，走哪儿算哪儿。走出去了，感谢老天爷；始终没走出去，也认命了。不是说人贵有自知之明吗？像我这么一个人，越可爱的姑娘，我越要告诫自己，万不可以追求她啊！明知一个姑娘是需要保护的，明知自己对人家负不起保护的责任，却要去追求，这不是很不道德吗？而这一种男人起码的道德，我'小黄浦'还是有的。所以我看着你俩这么幸福地相爱，一点儿也不后悔，更不嫉妒，心里只有祝福，真的。当然，免不了还有几分惭愧。""小黄浦"说完，径自苦笑。

赵天亮和周萍一时无语，只是用友好又温柔的目光看着"小黄浦"。

黄伟："原来如此。你不说，我还真不知道接着该怎么往下写了。我要把你刚才的话写到小说里……"

"小黄浦"："哎，你笔下积德啊。念在咱们是同班战友的分上，别把我写成一个讨厌的人物！"

黄伟问赵天亮和周萍："他讨厌吗？"

赵天亮摇头。周萍温和地看着"小黄浦"说："不，你可爱。"

赵天亮："不是一般地可爱，非常可爱。咱们一班的哥们儿，都认为你非常可爱。"他转而问黄伟："老黄，是不是？"

黄伟："这个问题嘛，要客观地来说。起初，有过些令人不喜欢的言行。后来，渐渐变得可爱了。再回过头去看他那些令人不喜欢的言行，觉得好笑而已了。从今天起……"他看着"小黄浦"说："我发自内心地告诉你，我真的觉得你非常可爱了。"

"小黄浦"欣然地笑了。

正在这时，车厢门忽然被拉开了一些，一个满脸煤灰的中年男人站在车下，他是车头的烧炉工袁师傅。

袁师傅："车在这小站加水，加煤，我见你们几个没下来，有点儿不放心，就过来看看你们，捎带给你们送点儿水来。"他说着，将一个大铁壶放入车厢。

赵天亮："袁师傅，太谢谢你们了，一路处处关照我们。我们完成任务后，一定要写一封感谢信寄到你们铁路局！"

袁师傅："别写，千万别写。货车宁肯空着车厢，也不许随便载人。你们一写感谢信，我和司机都得挨批评。哎，你们怎么认识哈尔滨局那位劳模张师傅的呀？"

黄伟："他儿子曾经当过我们排长。"

袁师傅："这弯儿绕得！你们知道吗？你们四个能坐在这节车厢里，人托人，中间托了七八个人，人家张师傅为你们欠下的人情大了！为什么不坐客车？"

"小黄浦"："为了省钱呗。再说客车票也太难买，耽误时间……"他的话被一阵哨声打断了。

袁师傅："我得回车头去了，有什么需要帮助的，下站跟我说！"他将车门拉回到原先的状态，走了。

在车厢的一个角落，放着四人打着捆的行李，以及几个装东西的篮子。

黄伟起身从一个篮子里拿起一只大碗，从壶里倒出一碗凉水，一饮而尽。他举着碗问："谁喝？"

赵天亮等三人都摇了摇头。

黄伟坐回原处，拿起自己小本儿，自豪地说："这已经是我用的第四个笔记本了。念一段给你们听听？"

"小黄浦"："早该主动点儿了，要不谁知道你胡编乱造了些什么啊！"

黄伟："闭嘴！听了再讽刺。"他拿起小本儿，像准备朗诵诗歌似的，酝酿了一下感情，读道：

现在，这四名黑龙江生产建设兵团的知青，坐在一节货车车厢里。而这一列有十几节车厢的货运列车，行驶在内地到新疆的大戈壁上，遍地除了石头，还是石头……

"小黄浦"："白开水，连一个好句子都没有。"

周萍推了"小黄浦"一下："哎，你这就又不可爱了吧？"

列车"咣当"一声开动了。红日偏西，戈壁上除了向前行驶的列车，了无生气，仿佛是别的没有生命现象的星球上的景象。

黄伟在晃动的车厢中念着：

今年，已经是他们成为兵团战士的第六个年头了。"十一"已过，这第六个年头，也只剩两个多月了。他们这个班，有一名知青成为烈士了。有一名知青以"残退"的名义回到北京了。他们虽然觉得那是不光彩的，但有时候还是挺怀想他的。不论谁提到他，说的总是他和大家在一起时那些有意思的事儿。另一名知青，疯了。他们都尽量不提他，不想他，因为那对于他们，实在是一件心疼的事情。他们宁愿他是以不光彩的方式返城了，甚至，宁愿他以烈士的形象活在他们内心里，也不愿看到他最终成为一个医治不好的疯子……

天黑了，车厢里的赵天亮、周萍、"小黄浦"吃起了馕和咸菜疙瘩。这就是他们的晚饭。马灯在他们身边发出暗淡的光。

黄伟还在读：

这三名兵团战士，不坐客车而坐这种闷罐式货车的真正原因，正如"小黄浦"说的，是为了省下一笔路费。他们计算了一下，省下的路费加上他们每天八角钱的公差补助，差不多能省下四百多元，这无疑是一笔数目不小的钱。四百多元，能买几十只羊。他们想在回来的路上，将那几十只羊赶到陕北一个叫坡底大队的又穷又小的村子里去，送给那里的农民们。因为班长赵天亮的哥哥和几名北京知青在那里插队，所以那个小村似乎也和另外两人发生了关系。班长一说，另外两人就都同意了。而那个叫周萍的好姑娘，她因为是插队知青，队里除了每天给她记工分，一分钱补助也不会发给她。但一路上，她却显得最快乐。因为有爱情相伴，有友情相伴。似乎，只要有爱情和友情，对于她的人生就已经足够了……

赵天亮："别读了，你也吃点儿东西吧。"

黄伟合上了小本，端起一只碗，喝了一口水。"小黄浦"掰了半块儿馕递给他。他接过馕，咬了一大口。

"小黄浦"："还是没听到一个好的句子。但是文字朴实无华，也算是一种风格吧。"

周萍忽然问："沈力，他究竟因为什么事儿啊？"

赵天亮等三人互相看着，愣了一会儿。

黄伟："我们也都不太清楚。"

"小黄浦"："哎，班长，再到站，如果有卖烟的地方，是不是应该买两条烟送给袁师傅和司机啊？"

赵天亮应和道："应该，买。"

周萍扭头看一眼赵天亮，发现了他脸上有泪，想问什么，张一下嘴却没问，低下头，默默咬了一小口馕。

列车又在一个小站上停下了，赵天亮和黄伟听袁师傅说前边的铁路出了点儿问题，列车要停靠一个来小时，所以他俩便从火车上下来，打算去小站附近的杂货铺买点儿东西。

车门没关严，敞开处有一米来宽，月光从车门的缝隙里洒进来。车厢里的周萍和"小黄浦"都沉沉地睡着。他们不知道，车下面，三个人影贴着后几节车厢向这一节车厢接近。他们见车门没关严，其中一个猫着腰走到了车门另一边，另外两个探头往车厢里看。

他们互相做着准备行动的手势，一人交叉双手，助另一人跃上了车厢，接着助第二人也跃上了车厢。两名跃上车厢的歹徒都将匕首叼在口中，看着熟睡中的周萍和"小黄浦"，他们的目光落在周萍的被子底下露出的书包带上。

一名歹徒蹲下，轻轻掀开周萍的被角，睡着的周萍将书包紧紧地搂在怀里。两名歹徒有点儿不知如何是好。一名歹徒拽着书包带扯了一下，周萍反而将书包搂得更紧了。另一名歹徒也蹲下，用肩膀一撞同伙，意思是嫌同伙不够果断，他自己打算来蛮的。不料他那一撞，将同伙撞得压倒在"小黄浦"身上了，叼在口中的刀也掉了。

"小黄浦"被惊醒了，喝问："干什么的？！"

那名歹徒一手用力捂住"小黄浦"的嘴，不容"小黄浦"起身。"小黄浦"张开嘴在对方的手上狠狠地咬了一口，那歹徒疼得"哎呀哎呀"直叫。

另一名歹徒转身去帮同伙制服"小黄浦"，而周萍这时也惊醒了，紧搂书包站起，躲向一个角落，惊吓得呆住了。

"小黄浦"变得像野兽一般凶猛，两名歹徒按不住他。口中叼着刀的那名歹徒拿刀在手，狠狠一刀朝"小黄浦"扎下去。"小黄浦"机灵地一翻身，刀扎在另一名歹徒腿上。"小黄浦"趁机坐下，抬起脚，将那名受伤的歹徒蹬出老远。

"小黄浦"对周萍喊："周萍快跑！"

另一名歹徒扑向"小黄浦"，又将"小黄浦"压倒。周萍从慌乱中反应过来，搂抱着书包跳下车厢，喊："来……"

没等她喊完，留在车下那名歹徒就从后面捂住了她的嘴，同时将匕首压在她的脖子上。

车厢里，那名受伤的歹徒在撕自己的衣襟，勒扎自己的腿。

持刀的歹徒扭头看一眼同伙，对已然站起的"小黄浦"凶恶地骂："操你妈，我今天非宰了你不可！"

"小黄浦"从土篮子里拿起一只大碗向对方砸去，对方一偏头，碗从耳旁飞过，砸在那名受伤的歹徒头上。受伤的歹徒眼睛一翻，背靠车壁昏了过去。持刀的歹徒向"小黄浦"刺去一刀，"小黄浦"扯起被子抵挡。但是他被持刀的歹徒扑倒，被子也蒙在他身上。持刀的歹徒一刀接一刀隔着被子向"小黄浦"身上扎去。

车厢下，用刀逼住周萍颈子的歹徒小声催促："完事儿没有？你俩快来！"

车厢里的两名歹徒跳下了车，那名受了伤又被大碗砸中了头的歹徒脸上淌血，瞪着周萍恨恨道："大哥，书包里肯定有钱！咱只要书包不要人，把她杀了算了！"

被叫作"大哥"的歹徒问另一名歹徒："你拎的什么？"

那名歹徒："医药箱。三弟受伤了，用得着！"

被叫作"大哥"的歹徒瞥了一眼周萍："还不能杀这女的，可以当人质！没用了，哥儿几个玩够了再杀也不迟！"

拎医药箱的歹徒挥手："那快走！"

三名歹徒隐在车厢的暗影里，迅速逃窜，两名在前，一左一右挟持着周萍，那名受伤的一瘸一拐跟随在后。

车厢里已是一片狼藉，"小黄浦"被子一掀，右手捂着左肩站了起来。他发现了歹徒掉在地上的一把匕首，目光接着落在长方形木箱上。他捡起匕首，撬木箱上的锁。匕首断了，他扔掉匕首，略微想了一下，将木箱拖到车门那儿，推下去，接着自己也跳下去。他从地上捡起大卵石，将木箱上的锁砸掉，打开木箱，里边是两支冲锋枪和子弹。他取出一支枪，迅速压上子弹夹，站了起来。

"小黄浦"拿着枪，底气也足了，他无畏地四处张望，很快就发现了三名歹徒。他们由于挟持着周萍并且有一名受了伤，并没逃窜多远。挟持周萍的两名歹徒中的一个依然挟持着周萍，而另一名歹徒背起了受伤的歹徒。

"小黄浦"猛追过去，大声喊："站住！再不站住开枪啦！"

两名歹徒猛然站住了。

受伤的歹徒："大哥，别带着那女的了，宰了她！"

被叫作"大哥"的歹徒："哪儿来的枪，别听他瞎咋呼！"

于是两名歹徒接着向前跑去。

火车头里，袁师傅正和司机对火吸烟。

袁师傅："我好像听到有人喊'站住，开枪'……"

司机："不是好像，我也听到了。"

没等他们说完，一串枪声从外面传来。

袁师傅："不好，别是那几名兵团的知青遇上情况了！"他将手里的烟丢在地上，拎着大铁锹，司机握着把榔头，二人跳下车头，朝传来枪声的方向跑去。

小站值班室里，一名铁路公安人员和两名铁路员工正打扑克，听到枪声，也愣了一下，接着，他们扔了扑克冲出值班室。

站在小杂货铺门外的赵天亮和黄伟也听到了从车站方向传来的枪声，二人转身拔腿就往枪声的方向跑。

戈壁滩上，两名歹徒听到枪声已经站住了。受伤的歹徒从他同伙的背上滑下来，拽着同伙的胳膊站着。被叫作"大哥"的歹徒，仍将刀压在周萍的脖子上。

拎着医药箱的歹徒："那小子命怎么那么大？我一连扎了他五六刀啊！"

受伤的歹徒："看来，是老天爷非让咱们今天夜里栽在这儿。"

他们呆呆地望着"小黄浦"持枪跑过来。

"小黄浦"跑到距离他们几步远处站住，尽量用平静的语调说："放了她。书包你们可以拿走，里边有几百元钱。"

三名歹徒犹豫起来。

"小黄浦"："放了她，我也放你们走，绝不朝你们背后开枪。"

三名歹徒互相看看，依旧不信"小黄浦"的话。

"小黄浦"恳求地说："她……她是我妻子，而且，她怀孕了。你们不就是为了钱吗？那又何必非伤害她呢？就算我求你们行行好，日后还能见到的话，我不但不记恨你们，还要谢你们。"

匕首从周萍颈上垂了下来。周萍趁机挣脱歹徒的束缚。她反身夺书包，书包却被歹徒紧紧地抓着。她又夺医药箱，歹徒一失手，药箱被她夺了过去。

"小黄浦"："周萍，快过来！"

周萍跑向"小黄浦"，闪在他身后。

被叫作"大哥"的歹徒忽然发出一阵狂笑，问"小黄浦"："你刚才说的，日后还能见到我们的话，不但不记恨我们，还要谢我们，对吧？"

"小黄浦"被对方笑得困惑，但还是以保证的语气说："对。我是个说话算话的人。"

对方竟将书包扔向了他："钱也还给你们吧。对于我们，现在钱没用了！"

周萍立刻捡起了书包。

赵天亮："周萍别怕，我们来了！"

周萍和"小黄浦"的背后传来赵天亮的喊声，二人扭头看去，赵天亮、黄伟、袁师傅、司机和三名铁路工作人员，分散成扇形，向这里包围着跑过来。赵天亮手中也提着枪，其他人手中各拿可以当成武器的东西。

被叫作"大哥"的歹徒问"小黄浦"："你们是什么人？能告诉我们你的姓名吗？"

周萍小声对他说："别告诉他们。"

"小黄浦"犹豫一下，实话实说："我们都是从北大荒来的知识青年。我叫徐进步，上海人。"

被叫作"大哥"的歹徒问两名同伙："听说过那么一个地方吗？"

另外两名歹徒摇头。

被叫作"大哥"的歹徒："徐进步，我记住你这个上海人了。看来是老天爷让我们栽在今天夜里的，所以我们恨你也没用。记住，你欠我一份人情，将来另外一个世界碰见了，你得加倍还我们。"

"小黄浦"愣愣地听着，没有明白他们的意思。

说话间，众人已经赶到近前，将三名歹徒团团围住。

被叫作"大哥"的歹徒对另外两名歹徒耸耸肩，苦笑道："这情形，拼也没用了，是不是？咱哥仨发过誓，不能同年同月同日生，但愿同年同月同日死。就当是老天爷成全咱们吧，大哥先走一步，你俩互相解决吧。"他说罢，双手紧握匕首，朝心脏部位扎下去。鲜血流出来，他缓缓跪下，躺倒在地。

那名铁路警察双手握手枪，指着另外两名歹徒，大声喝止："不许互相残杀！"

受伤的歹徒跪下了，镇定地说："二哥，咱们做那些事儿，早晚不得好死，快动手吧！"

另一名歹徒就将自己的匕首给了那名受伤的歹徒，接着从被叫作"大哥"的歹徒胸口拔出匕首，抚上了"大哥"的双眼。赵天亮一下子将周萍搂在怀里，不使她看到互相杀戮的场面。

铁路警察大声喝道："都放下凶器！"他警告地朝天开一枪。

在枪声中，两名相向跪着的歹徒将匕首插向对方胸口。大家看着眼前的情景，愣住了。

这时，一边的"小黄浦"也昏倒了，幸亏被黄伟及时扶住，才没有倒下。黄伟这才发现"小黄浦"衣肩那儿，已被血湿透了一大片，自己一只手上也沾了血。

某医院的小小的单间病房里，输液瓶在滴着药液。"小黄浦"闭着双眼躺在病床上，周萍坐在病床边。

"小黄浦"缓缓睁开双眼，看到的是周萍微笑的脸。

"小黄浦"："好久没睡过这么舒服的一大觉了。这是哪儿？"

周萍："这是铁路医院，在一个县城里。"

"小黄浦"："在一个县城里？怎么会在一个县城里？"

周萍："你忘了昨天夜里发生的那件事儿了？你救了我。"

"我还以为做了一场噩梦呢。天亮和老黄呢？"

"他俩在县城公安局接受审问呢。"

"审问？"

周萍："也不能算是审问吧，问情况，记录，按手印儿。一会儿我也得去被问。主要是因为你们带了枪支，可又没有带允许携带枪支的证明。"

"小黄浦"："没带证明，那天亮作为班长太失职了！最可气的是，他和黄伟离开，都不告诉我一声！多亏我命大，要不这会儿都在阎王爷那儿了！"

"他说他见你睡得那么实，不忍心弄醒你。你原谅他吧！"

"别的事儿可以原谅，昨天夜里的事儿不能原谅！"

"看我面子……"

"小黄浦"："那，得有条件。"

周萍："什么条件我都答应你。"

"不见得吧？"

"你说，只要是我能做到的。"

"小黄浦"钩了钩手指："附耳过来，徐某人低声相告。"

周萍就向他俯过耳去……

"小黄浦"："吻我一下，那我就原谅他。"

周萍立刻坐正了，庄严地看着"小黄浦"，显出有点儿生气的样子。

"小黄浦"："这么容易做到的条件如果你都不同意的话，那我为什么要给你一个大大的面子啊！"

他的话刚一说完，周萍已飞快地在他脸颊上吻了一下。

"小黄浦"："这不能算这不能算！也太快了嘛！简直是迅雷不及掩耳之吻，没有这么吻的！"

周萍："算！就算！有这么吻的！我得去接受审问了。"她一起身跑出了病房。

"小黄浦"在她身后大喊："哎，我可不能原谅赵天亮啊！"

县城公安局的一间审讯室里，只剩下赵天亮和黄伟二人了。

黄伟责备赵天亮："你怎么能连携枪证明都忘了带了？"

赵天亮："指导员和连长是叮嘱我千万到团部去领的，可沈力的情况，搞得我那几天六神无主的。"

黄伟："说送给人家袁师傅和司机两条烟，结果也没送成。临分手时，我心里真过意不去。"

赵天亮："我也是啊！只有回去经过哈尔滨时，对张靖严他老父亲多多表示感谢了！"

黄伟："人家调团里去了，早就不是咱们排长，也早就不是咱们七连的人了。可凡是咱们七连知青的事儿，只要求到人家头上了，人家哪一次都尽心尽意地帮忙。"

"是啊，最近我常想，大概，因为生活里有好人，人才不愿死吧？舍不得永远离开好人啊。比如我就是这样。沈力的事儿，给了我一种教育。"

"什么教育？"

赵天亮："也可以说是自己对自己的要求吧，不论遇到多么不好的事儿，第一不疯，第二绝不自杀。因为我总体上来说是幸运的，我疯了，或者自杀了，是会使对我好的好人们难过的。一个人生总体上幸运的人，尤其不可以活得太娇气，对不对？"

黄伟："对。只纠正你一点儿——张靖严，他不仅仅是一个一般意义上的好人。"

赵天亮有些不解地看着黄伟。

黄伟："靖严他父亲，曾经是全国铁路系统的劳模，群英会代表，和刘少奇握过手、合过影的。'文革'一开始，造反派逼他写大字报，批判刘少奇。他成心喝醉了酒，把一个造反派头头揍了一顿，结果他自己也被关押了半年，也就没人逼他写那种大字报了。你当年擅自离开连队，跑陕北去看你哥，靖严却把责任都揽到自己身上了。咱们在黑龙江边上的那些做法，后来鹿场有人写揭发信了，也是他暗中替咱们左撑右挡。否则咱们不但不会受表彰，人人档案里还肯定被记一大过。他那么做，不是'好人'两个字能解释得了的……"

没等黄伟说完，赵天亮突然打断他："有人来了，快别说了！"

走廊里一阵脚步声后，门开了，一名公安人员站在门口，面无表情地对他俩说："你们俩，跟我来一下。"

赵天亮和黄伟跟在那名公安人员身后，走进一个挂有"物证室"牌子的房间。房间里已有另一名公安人员，桌上展放着"小黄浦"被刀划破了多处地方的被子。

那另一名公安人员指着被子问："这是你们那位受伤的同志的被子，对不对？"

赵天亮和黄伟点头。

公安人员："这被子有问题。"

黄伟："被子会有什么问题？"

公安人员："我们认为有问题，那就肯定有问题。所以要当着你俩的面撕开看看。"

赵天亮："被罩撕破了，我们战友一路上再盖什么啊？"

公安人员："都划成这样了，换床新的吧。"他说罢，便将被罩撕开，扯下，扔在地上。桌上只剩下一堆手工制作的、一块块儿棉花做成的棉絮。

两名公安人员一个站在桌子这边，一个站在桌子那边，研究天外坠物似的看着棉絮。一名公安人员从棉絮的一角，轻轻将棉絮揭分为新旧两片。

赵天亮、黄伟和两名公安人员顿时都瞪大了眼睛——在底下那半层旧棉絮上，横成行竖成列，紧紧密密地别满了毛主席像章，最大的竟有小盘子那么大！

一名公安人员惊叹道："可以防弹了！"

第 33 章

　　一间窗明几净、不大不小的房间里，并排摆着两张床，床上铺着雪白的刚换过的床单和被罩。黄伟和周萍坐在一张床上，赵天亮坐在另一张床上。

　　周萍："从来也没敢想，有一天我这个资本家的女儿，会住在公安局的招待所里，而且住的还是单间，还受到热情尊敬的对待。"

　　黄伟："你享受的是干部待遇。在公安系统，一般县级的副局级以上干部才有资格住单间。在部队，是团以上干部，在地方，是处以上干部才有资格住单间。天亮，是这样吧？"

　　赵天亮："这要是接连住几天，咱们的车票钱不是白省下了？"

　　周萍："那咱们别住了，接着往前赶路吧。我问过医生了，医生说，'小黄浦'的伤是轻伤，他只不过受到了过度的惊吓，以后几天里，每天服消炎药和镇定药就行。"

　　黄伟："亏他还是男的，还不如你。看你，现在不是跟没经历过那么一件事儿似的嘛！"

　　周萍："不许这么说他，他昨天夜里很英勇。我已经开始对他刮目相看了！你们两个怎么不反省反省自己？离开车厢的时候连声招呼也不打，而且就让车厢门那么半开着。"

　　赵天亮愧疚地说："应该反省的是我，不关老黄的事儿。我急着买到两条烟，好向袁师傅和司机表达谢意，怎么也想不到会出那样的事儿。多亏毛主席像章保护了'小黄浦'，否则，被捅了那么多刀，必死无疑。那咱们现在，也就都只有痛哭流涕的份儿了。"

黄伟："是啊，想想都后怕。也不能说完全不关我的事儿，买两条烟谢谢袁师傅和司机，是我提出的想法。但已经那时候了还非去买，也确实太急了点儿。我没反对，是因为有私心杂念。我当时睡不着，正好趁机溜达溜达……"

他们正说着，门忽然开了，一位穿警服的维吾尔族姑娘端着托盘进入，托盘上放着切开的西瓜和哈密瓜。

屋里的三人见状立刻站起来，维吾尔族姑娘微笑着说："请坐吧，请坐吧。我们领导嘱咐，一定要请你们尝尝我们新疆的瓜。我们领导还嘱咐，要尽量让你们吃好，睡好。总而言之，就是要让你们在我们这儿住好。"

黄伟馋涎欲滴地看着红黄两种瓜，直咽口水："新疆这个时候怎么还有西瓜？"

维吾尔族姑娘："在我们这儿，西瓜、哈密瓜收获以后，大的、好的要存放在窖里，可以一直吃到春节以后呢！"

赵天亮问："你们这儿每张床铺多少钱啊？"

"你们住的这种只有两张床的房间是比较贵的，可能每张床住一夜要五六元钱吧！"

赵天亮："请你跟你们领导说说，我们希望尽快允许我们离开。这么高规格的房间，我们是没有资格住的。拿回住宿费收据去，我们连队的会计是会大吃一惊的，根本不敢违犯财务规定给我们报销。"

维吾尔族姑娘笑了："放心，一分钱都不收你们的。因为你们是我们的贵客，而且是英雄。新疆生产建设兵团在我们新疆名气是很大的！但是我刚刚知道还有黑龙江生产建设兵团。长到这么大，也是头一次见到从咱们中国最北边来的小伙子和姑娘。能为你们服务，我觉得很开心！"

黄伟："你是维吾尔族姑娘对吧？"

维吾尔族姑娘点点头。

黄伟："我也是第一次见到一位维吾尔族姑娘，我也很开心。你很漂亮！"

维吾尔族姑娘指着周萍说："她更漂亮。"

周萍不好意思地笑了。

赵天亮："其实我们不能算是真正的东北人。我是北京知青，他是哈尔滨知青，她是上海知青。"

维吾尔族姑娘："新疆生产建设兵团的上海姑娘可多了！我们不少维吾尔族的小伙子，都愿意娶一位上海姑娘为妻，认为她们性格温柔。"

周萍："那你们维吾尔族姑娘不生他们的气吗？"

维吾尔族姑娘："不生气。我们维吾尔族姑娘也不一定非得嫁给维吾尔族小伙子呀！我不打扰你们了。中午，我们领导要陪你们吃饭。"她说着就要往外走。

黄伟把她叫住："等等！能不能，替我买一个笔记本？"

"没问题！"

维吾尔族姑娘刚一走出去，三个人立刻围向托盘，拿起西瓜、哈密瓜，吃得啧啧有声。

一辆中型轿车行驶在笔直的柏油路上。车内不仅坐着赵天亮等四人，还坐着尹排长。尹排长看上去清瘦了许多，面容倦怠。

黄伟在自己的笔记本上写道：

我们只在那个县的公安招待所住了两天。是为了等团里派人亲自给我们带来允许携带枪支的证明。那两天给我们留下的印象几乎是终生难忘的。因为此前，我们谁也没住过每天五六元钱一张床的招待所，那对我们实在是太高级的待遇了。我们也从没受到过那么热情周到的服务，所以周萍一高兴就唱《新疆是个好地方》。

令我们没想到的是，团里派来的人竟是尹排长。一见到尹排长，我们四个人就再也高兴不起来了。为了不使他看出我们是多么因他而难过，偶尔我们也装出笑脸，或讲几句笑话。

…………

天快黑了。大雪纷飞，白茫茫一片大地好干净。

赵天亮他们赶拢几百只一大群的细毛羊远远地走来。

赵天亮大声地说："排长，咱们没走错方向吧？"

尹排长也大声地说："没错，只不过雪太大，把路面盖住了。注意别丢了羊！"

"小黄浦"焦急地向前张望："怎么还看不到什么村子的影儿啊？"

黄伟："那就是离着还远啊。眼睛都睁大点儿啊，天一黑可就容易丢羊了！"

有几只羊懒得往前走了，雪厚得几乎没羊腿了。周萍双手握住羊角，一只只将它们从深雪中拖出，推向前去。一头大公羊扭着脑袋一顶，将气喘吁吁的周萍顶倒在地。周萍索性坐在地上，懒得起来。

赵天亮走过来，把她拉了起来："后悔来了吧？"

周萍："才没呢！和你在一起，不带后悔的！"

几名骑者的身影和几条狗迎着他们而来。

黄伟将此刻的所见所闻都记录在了本子里：

新疆生产建设兵团像选模范一样，为我们挑选的每一只羊都是健壮优良的。他们还为我们制定了详细的返程路线。羊群不可以像货物一样塞满闷罐车厢，然后将门用铁丝一拧，一直运往北大荒。它们必须经常下车，在地上走走跑跑，否则它们会中途集体病倒。新疆生产建设兵团替我们想得很周到，当我们不得不赶着羊群前行时，在什么地方住宿、吃饭，他们都预先替我们安排好了……

几名骑者和几条狗与赵天亮他们会合了。是几名维吾尔族汉子。他们跳下马，与赵天亮他们或握手，或拥抱。

雪依然下着。有了接应，尤其是有了几条狗，羊群行进的速度加快了。

天黑时分，双方的人将羊群赶入了一个小小的村子。在村口，有打着灯笼的孩子和拿着手电筒的女人迎接。羊群被赶入预先腾空的，有一部分棚盖的羊圈。

赵天亮等五人已围着桌子坐于炕上。一位头戴瓜皮帽的白须维吾尔族老人坐在他们中间。老人对面是老人的儿子，接应赵天亮他们的维吾尔族汉子之一。摆在他们面前的是一桌丰盛的维吾尔族饭食。

老人低声对儿子说了几句维吾尔语，之后端起了盛奶子酒的碗。

老人的儿子笑着对赵天亮他们说："我们这个大队是一个维吾尔族大队，我老父亲汉语说得不好，他让我代表我们全家和全大队，欢迎你们这几位远方的客人。让我们干了这一碗吧！"

赵天亮低声问尹排长："排长，你能行吧？"

尹排长双手端起碗，豪爽地说："行，没问题。主人这么盛情款待我们，当然要干！"

黄伟也端起碗："为了维吾尔族人民与汉族人民的友谊！"

于是几只碗碰在一起，大家各自一饮而尽。

老人做着手势说："请、请……"

赵天亮他们便不再客气，大快朵颐起来。

正吃着，一名十四五岁的维吾尔族少女进了屋，向赵天亮们行维吾尔族鞠躬礼。维吾尔族汉子介绍道："这是我的女儿。按照我们维吾尔族的习惯，家里来了远方的客人，是要有家人献歌的。我的女儿想为你们唱一首歌。我女儿唱的是：'我的歌喉虽然不够嘹亮，但是我的情谊是真的，我把我的真情献给远方来的客人；我的舞姿虽然不够优美，但是我们的家是温暖的，我用我家的温暖，消除你们路上的疲劳……'"

少女用维吾尔语唱了起来，边唱边舞。

一曲歌罢，尹排长为自己倒满一碗酒，端举着对维吾尔族老人说："老人家，你们对我们的情谊，把我们的心都装满了，你们的家确实是温暖的，我们已经不觉得多么疲劳了。我代表他们几个，用这碗酒祝您老人家福如东海，寿比南山！"

维吾尔族汉子向他的老父亲用维吾尔语解说。老人家高兴了，也将自己的碗里斟满了酒，并说："你们像祝福毛主席一样祝福我，太谢谢你们了。"

这时维吾尔族汉子已为赵天亮们斟满了酒，于是大家都举起了碗。几只碗又碰在一起，大家又各自一饮而尽。

赵天亮他们已经睡在炕上了，赵天亮与尹排长紧挨着，他俩的旁边是黄伟和"小黄浦"，"小黄浦"已发出轻微的鼾声。

门上方有小窗，小窗透亮着外间的灯光，屋里半明半暗。

赵天亮推推尹排长，小声说："排长，没事儿吧？"

尹排长："什么意思？"

"我怕你喝酒了，胃里不舒服。"

尹排长："没事儿，喝得挺高兴。我是咱们中年龄最大的，主人那么热情，我如果喝得不实在点儿，那多不带劲儿。"

"我不明白。"

"什么明白不明白的？"

"在连里的时候，指导员跟我讲了你的情况，为什么又偏偏派你来？七连没人了吗？"

尹排长反问："你对他们几个讲了没有？"

"还……没讲……"

尹排长："千万别讲。起码这一路先别讲。一讲，那还不影响咱们这一路的情绪？你怪不得连里，是我自己再三要求来的。"

赵天亮："那我就更不明白了。"

"凭什么你想明白的事儿，别人就一定得让你明白？不明白就不明白吧，别说了，睡觉！"

赵天亮："只怕你不说个明白，我今天晚上是睡不着了。"他睁大双眼看尹排长。

尹排长与赵天亮脸对脸地问："真睡不着，还是假睡不着？"

"真睡不着。"

尹排长："我是为每天八角钱的补助才坚持要来的。自从我生病以后，往家里寄钱寄得少了。我家日子过得穷，以前我每月往家寄那十几块钱，家里挺指靠的。我知道我的日子不多了，以后家里根本指靠不上了。因为生病，我这边的小家欠了不少债。债我是还得差不多了，我绝不能自己死了以后，给老婆留下一屁股债。而且我还曾答应我弟，一定给他买辆自行车。哥哥答应弟弟的事儿，生前要尽量做到。他今年十八了，虽然我家在农村，但他希望有辆自行车的想法也不算过分，是吧？他和我老爸老妈还不知道我得了治不好的病。我呢，希望在自己活着的时候，帮我弟圆了他那个梦。我写信告诉他，一辆新自行车，我肯定是不能帮他买上了。他回信说，哥，能帮我买辆旧自行车也行啊。在我们那儿的集上，一辆最便宜的旧自行车，才三十几元。我这一趟差坚持下来，再添几个钱，那就够给我弟买辆旧自行车了。明白了？"

赵天亮低声道："明白了。"

尹排长："能睡着了？"

"能睡着了。"赵天亮扯被角盖住了脸。

尹排长却仰躺着了，说："不许告诉他们三个啊，怎么也得给我这排长留点儿面子不是？"

"我不告诉他们。"赵天亮一翻身，背对着尹排长，"排长，你也睡吧。"说着，他便用被子蒙上了头。

躺在尹排长旁边的黄伟微闭双眼，脸上清清楚楚淌下一行泪。

另一个房间的小火炕上，周萍和那维吾尔族少女已都在梦乡之中。

睡梦中的周萍笑了。她梦到自己和赵天亮又回到了黑龙江畔，站在那木房子前。那正是夏季，木阶两边的扫帚梅开着，喇叭花也开着。

梦中的赵天亮笑着对她说："它真的成了我们的家了，团里将它批给我了！"

周萍的脸顿时也笑成了一朵花，她兴奋地扑到赵天亮身上，双臂揽着他脖子，吊在他怀里。赵天亮将她横抱胸前，绕到了木房子一侧。在为"乌云"搭的临时马棚里，拴着一头老黄牛，在悠闲地吃草。

赵天亮在她耳边说："它也是我们的！"

周萍微笑道："我们太幸福了！"

"以后会更幸福。"

二人深深地亲吻着……

第二天早晨，赵天亮、黄伟和周萍将羊只从圈里赶出来。尹排长与维吾尔族父子拥抱告别。"小黄浦"将一个手绢包悄悄塞给维吾尔族少女。

维吾尔族少女好奇地问："什么？"

"小黄浦"："我们的谢意。等我们走了再打开看。"

"我不能收你们的东西，爸爸和爷爷会训我的。"

"你放心，绝对不会的。"

赵天亮他们又赶着羊群行进在路上了。

周萍大声问"小黄浦"："徐进步，你给那维吾尔族少女的是什么呀？"

"小黄浦"："还能有什么可给的？毛主席像章呗！"

黄伟："怎么变得主动大方了？"

"小黄浦"："舍不得也应该奉献啊！吃了喝了住了，搅扰了人家一番，只说几句谢谢就走了，不像话吧？"

赵天亮："做得对。你这一路表现特好，回到连队我要让连里表扬你！"

"小黄浦"："你班长不能现在就表扬我几句啊？"

赵天亮："我的表扬不是太没分量了嘛！"他说着，忽然发现尹排长一手拄赶羊铲，一手顶着胃部。

黄伟、"小黄浦"和周萍也看见了，大家望着尹排长都愣住了。

尹排长勉强一笑，说："岔气儿了。别赶闷路嘛，谁唱首歌呀？"

谁也没唱，都仍愣愣地看他。

尹排长："那我可献丑，自己唱了啊。我唱一段秦腔给你们听！"

尹排长勉强地笑了笑，高声唱了几句秦腔。

一列货车停在某小站里，三节闷罐车厢的门敞开着，门边都搭着踏板。赵天亮他们分头将羊只往车厢里赶。羊们并不情愿上踏板，于是有人站在踏板上，抓住羊角往上拖，或推着羊屁股硬将羊推入车厢里。终于，所有的羊只都被弄入车厢了，赵天亮和黄伟将两节车厢的车门拉严，用粗铁丝拧上。

一名铁路信号工吹着哨子，手持小绿旗从列车最后边走过来，看着满脸是汗的赵天亮他们说："你们的行动还真够快的！"

尹排长："说好了二十分钟内完事儿的嘛，说到就得做到。"

信号工："不是我这人不好说话，开车时间不能随便耽误的。你们也都赶紧上车吧，车马上要开了"他说着，吹着哨，挥着小绿旗走了。

赵天亮他们相帮着都上了第三节闷罐车。这一节车厢里羊只不多，挤在一起，只占了车厢的一半地方，另一半地方放着他们的行李捆和东西。他们靠在各自的行李捆上，互相传递着毛巾擦汗。

列车行驶在新疆大地的雪原上，有一名骑者的身影在追赶列车。

赵天亮他们的行李已经打开了，褥子已经铺在地上。行李绳在车厢内来回拉了几道，来挡住乱窜的羊。

大家都不说话，看起来是都有些累了。也许还都在担心，下一段路途中会不会出现什么困难。

尹排长对赵天亮说："一班长，门敞一会儿吧！"

"小黄浦"："就是。要不羊臊味儿太大了，我宁肯冷点儿。"

赵天亮："听你们的。只是都要小心点儿，千万别掉下去一个！"他推开了车门。

"快看!"周萍忽然指着车厢外大喊。大家向车厢外望去,但见马头一闪,转眼又被列车抛在了后边。

赵天亮:"肯定是维吾尔族老乡在追赶咱们的车!"他站了起来,走到门边,将门又推开了一些。外面催马追赶这一节车厢的,果然是那维吾尔族汉子。他一手握长竿,一手高举着医药箱给车厢里的人看。

赵天亮回头狠瞪周萍:"你怎么搞的!自己负责什么东西都忘了?!"

周萍低下了头:"我……对不起……"

维吾尔族汉子已将医药箱的拎带绕在长竿上,催马与车厢并驰,试图用长竿将医药箱递送到车厢里。

赵天亮一手扳着门框,向外伸出另一只手臂。

尹排长连忙阻止:"太危险了!别那样,宁肯不要了!"

赵天亮没理他的话。

尹排长、黄伟和"小黄浦"立刻都站了起来,但是看着维吾尔族汉子在外边一心想递送成功,赵天亮也一心想接到手中,制止不是,帮又不知如何帮,都有点儿不知怎样才好。

倒是周萍反应够快,赶紧从自己被子底下拿出行李绳递给尹排长。尹排长迅速用行李绳将赵天亮的腰一拦,四人分别拽住了绳子两端。

维吾尔族汉子再一次催马靠近车厢,再一次用长竿递送。赵天亮终于抓住了医药箱,但也将维吾尔族汉子的长竿拽脱手了,大家都倒在车厢里,也眼见维吾尔族汉子跌下马去。

等大家站起,见维吾尔族汉子已站在原地向列车招手,看上去并没摔伤。

"小黄浦"将长竿也顺到了车厢里,并说:"得,还让人家搭上了一根竿子。"

黄伟将车门又关上了一些。

尹排长坐下,用拳顶着胃部,皱着眉,看着赵天亮说:"我都说宁肯不要了,你还偏不听!都给我记住,人比任何东西都宝贵,以后谁也不许再干那么危险的事儿！为一个医药箱，万一有什么闪失，那值得吗？"

赵天亮："别讲这些大道理！人家都骑着马追来了，我能冲人家喊'不要了'吗？"他瞪着周萍又说："不管我和对方谁出了闪失都怨你！真想扇你一耳光，你添多大麻烦你！"

周萍眼中涌出了泪水，呆望赵天亮，忽然将双膝一拢，将脸埋了下去。

尹排长受到顶撞，默默卷一支烟。

"小黄浦"："你别对周萍大喊大叫行不行？她不是小孩子！觉得我们上海姑娘好欺负啊！"

赵天亮猛一转身："你给我住嘴！我是为你考虑！没了医药箱，你一路都没法换药！"

"小黄浦"把头一扭，气闷地坐下，不吭声了。

黄伟劝赵天亮："班长，你对我们谁发脾气都无所谓，但是你刚才顶撞排长我可看不过去！排长不该那么提醒大家吗？如果你再对排长那样，可别怪连我也对你急。"

赵天亮意识到自己不对了，也坐下去不吭声了。

车厢剧烈地一晃，尹排长的烟没卷成，烟丝全掉了。赵天亮掏出烟包，向尹排长丢去一支烟。尹排长捡起，头也不抬地扔还给赵天亮，重新卷。

赵天亮尴尬地捡起烟，叼在自己嘴上，正准备划火柴吸着。黄伟又说："我提议，为了安全，还是谁也不要在车厢里吸烟为好！"

赵天亮白了黄伟一眼，将烟从嘴角拿下，塞入烟盒。

尹排长："我赞成你的提议，但我做不到，我只能确保安全！"他起身坐到了门那儿，吸着卷好的烟。

黄伟："那，排长例外，咱们三个互相监督。"

"小黄浦"："我才吸过几次烟。我做到不难，你俩互相监督吧。"

黄伟："可也是。"

又一阵沉默中，周萍枕着被子躺下了。

黄伟："我卡住了，想听听诸位的意见。"

尹排长向他转过了脸："哦？乱吃什么了？"

黄伟："我是说我正在写的小说，写到了我自己，却不知该怎么往下写了。"

尹排长不感兴趣地又将目光望向外边。

"小黄浦"："说来听听。"

黄伟读道：

最近几天我一直在思考毛主席的一段语录，就是那一段——"一些阶级胜利了，一些阶级失败了，这就是历史，这就是几千年来的文明史。拿这个观点解释历史的，是历史唯物主义。站在这个观点反面的，是历史唯心主义。"可是我想，哪一个阶级最终能消除自己国家贫穷落后的现象，哪一个阶级才值得为自己夺权斗争的胜利而骄傲。否则，那种胜利的意义究竟有多大呢？我想把这种疑惑写进我的小说里，可又不知我疑惑得有没有道理。

赵天亮和"小黄浦"不由得互相看着。尹排长又一次将脸转向黄伟，表情极为严肃。周萍也缓缓坐了起来。

"小黄浦"警告地说："我看，你的思想离反动不远了！"

尹排长对黄伟说："把你写了的，给我看看。"

黄伟从书包里掏出新旧两本笔记本，走到尹排长身旁，坐下，双手恭敬地呈递："只带在身边这么两部分，另外几本，在连队里。我写得很有信心……"

尹排长接过去，竟看也不看就扔到车外去了。

黄伟惊呆了。赵天亮、"小黄浦"、周萍也惊呆了。

尹排长训斥："你的思想不是离反动不远了，而是已经很反动了！如果你的话不是对我们几个说的，是对别人说的，并且还被打了密报，那有你的好吗？你以为你是谁啊，连毛主席的话你都敢质疑，你是狗胆包天了吗？！"

黄伟终于反应过来，后悔莫及。他生气地说："可……可我不是就那么说说嘛！我也没真往本上写呀！你怎么可以给我扔了呢？！"说着，黄伟如丧宝物，直用头撞车壁。

周萍起身将他拖开，小声地说："排长是为你好……"

尹排长将烟蒂也扔出车厢外，瞪着赵天亮又说："你听着，并且给我牢牢记住！回到连队以后，查看他那另外几本，凡是写到'思想'两个字的，都替他撕掉！写有'毛泽东思想'几个字的除外！胡写乱写，还想当作家！作家还剩几个不反动的？起先也许还都不反动，多数写着写着就反动了！你也想成为一个反动的人吗？沈力因为一幅画变成那样子，你想某一天也让大家替你难受啊？！"

黄伟气得语塞："你！……你岂有此理！"

赵天亮喝止："老黄！"

尹排长又对赵天亮吼："你给我记住没有？！"

"记住了！"赵天亮起身将车门拉严，"我看，咱们谁也别再说什么了，还是都在黑暗中睡上一觉吧。多睡点儿觉好。"

仿佛是为了回应他的话，车厢里的一只羊咩咩叫了几声。

列车又停在那个他们遭遇到歹徒的小站。车门又打开了一半。一名之前帮助赵天亮他们捉拿过歹徒的铁路警察拎着大铁壶站在车下，壶嘴冒出热气来。他问："怎么样？顺利吗？"

赵天亮："挺顺利的。"

铁路警察向车厢里望了望："这闷罐车厢，够冷的吧？还扛得住吗？"

赵天亮："扛得住。扛不住也得硬扛啊，要不咋办呢！"

铁路警察："快把你们水壶拿下来，我都给你们灌满开水！"

周萍见尹排长、黄伟和"小黄浦"都脸朝里躺着没动，自己将几只水壶拎在一起跳下了车。然而开水却灌不到军用壶里去。

铁路警察："不行啊，里边今天早晨都灌满了水吧？全都冻实心儿了啊！"他对周萍说："这样，你跟我去，我们站上旧暖瓶挺多，拿一个来用着吧！"

赵天亮："那太不好意思了！"

铁路警察："经历了那一晚上的事儿，你们跟我们这个小站也不是一般关系了。走吧！"

赵天亮点一下头，周萍跟随铁路警察来到小站值班室。室内无人，铁路警察指着地上一溜六七只旧暖瓶说："那些也都刚灌满开水，我们这儿，差不多一人一只暖瓶了，你随便拎去两只吧。"

周萍感激地说："太感谢了，车开前我一定送回来。"

铁路警察："不用谢，更不用送回来，给你们了！其实，我们还应该感谢你们呢！我们小站沾了你们的光，受到了嘉奖。尤其我本人，还获了个三等功……别拎那两只太旧的嘛，说给，怎么也得半新不旧的才给得出手啊！"

他替周萍挑选了两只暖瓶，将周萍送到门外又说："车还有四十几分钟才开呢，也可以让你们那几位同志来烤烤火，暖和暖和嘛！"

周萍："您进屋吧，我一定把您的话带到。"

周萍左手一只暖瓶，右手一只暖瓶，高高兴兴地来到他们几个人当作"家"的那节车厢前，却见赵天亮等四人已都站在雪地上。黄伟背着尹排长，尹排长一手握拳，擂打黄伟的肩，赵天亮和"小黄浦"只是在一边看着，也都束手无策。周萍愣住了。

尹排长："放我下来！你放我下来！我咬你耳朵了啊！"他张嘴就咬黄伟的耳朵。黄伟"哎呀"叫着，不再强背尹排长了。

尹排长一脸汗，双脚落地后，指着黄伟、赵天亮和"小黄浦"，恼怒地说："你们！……你们还当不当我是你们排长了？都敢强迫我了是不是？！"

"小黄浦"："癌症疼起来得打止疼针！我们能眼睁睁看你疼得满脸冷汗不管吗？想轮番背你到公社的卫生院打止疼针有什么错！"

尹排长指点着赵天亮数落："你骗我！你不是说没告诉他俩吗？"

赵天亮："我只对他俩说过你的病情，别的再什么都没说过！"

尹排长："我就不去打什么止疼针！那不是白浪费那一针的钱吗！"

赵天亮："怎么能说是浪费钱呢！我不是向你保证了，绝不花你自己一分钱吗？连里如果不给报，我们谁都为你出得起！"

尹排长："花连里的钱是浪费，花你们的钱也是浪费！当我没打过吗？止癌疼的药贵得很！这公社的卫生院有没有还两说着！别的止疼针根本不起作用！那我为什么要折腾你们？要是打一针能让我多活一年，那再贵的针我自己也舍得打！可是不能！不能我还非打它干什么？疼，我咬紧牙关忍着就是！我也不是忍了一天两天了！你们要是还拿我当排长，不拿我当累赘，那谁也不许再强迫我！谁强迫我我跟谁急眼！"

赵天亮等三人愣愣地看着尹排长，都说不出话来。周萍这时已将两只暖瓶放到地上，她突然大叫："都别吵了！"

四个男人的目光望向了她。

周萍："你们……你们四个男人，怎么都变得这样了啊！"她说着，一扭身，双手捂住脸，一跺脚，哭了起来。

尹排长默默走向车门，想上到车厢里，由于力气不支，竟没上去，坐在雪地上。赵天亮和黄伟赶紧上前扶他。"小黄浦"跃上车，三人拉的拉，托的托，总算将尹排长弄上了车厢，之后黄伟也跃上了车。

赵天亮走到周萍跟前，拎起两只暖瓶，低声对周萍说："因为医药箱的事儿，我不该对你发火，别往心里去。"

周萍将身子一扭，背对他。

赵天亮凑近她，又说："尹排长的家在甘肃农村，很穷，指靠着他每月往家里寄十几元钱，他弟弟连一辆三十几元的旧自行车都没钱买。可他的病又到晚期了……昨天夜里他和我聊到这些事儿以后，我一夜没睡，心情怎么也好不起来了。所以，我请你原谅我，理解我的坏心情。"

周萍的双手从脸上放下了，缓缓向赵天亮转过了身，看着他。

赵天亮:"我还要求你,一路上尽量找些有意思的,能使大家心情好的话题,引着聊聊。多点儿笑声,尹排长的疼也许会轻点儿。否则,看着他那么痛苦的样子,谁心情也好不了,是不是?"

周萍对他点了点头。

天黑了。车厢里,手电筒扭去了罩,倒吊在车壁上照亮。大家正在吃晚饭,他们的晚饭不过是开水泡馒头,碗边一些萝卜丝咸菜而已。

尹排长看着周萍在用小刀往碗里削馒头,突然说道:"小周……"

周萍停下了手里的动作:"嗯?"

"你那么削冻馒头,使我联想到了我们陕甘宁三省的人都爱吃的刀削面!"

周萍又在一块儿小木板上切萝卜丝咸菜,一边切成细碎的丁,一边说:"是吗?如果车厢里有炉火,再有一块儿大大的面板,再有油盐酱醋花椒大料什么的,给你们好好做一顿刀削面有什么难的呀!"

黄伟:"说你胖,你还喘起来了!"

"小黄浦":"你还莫如说,你想有一整节车厢,专门作为你的厨房,好让你大显身手!"

周萍:"是这么想过来着!"她将切好的咸菜丁收碗里,接着用暖瓶里的开水冲。

赵天亮只是闷头吃饭,不说话。

周萍双手将一碗泡馒头端给尹排长:"就这条件,英雄无用武之地。您尝尝,也许能咽得下几口。"

尹排长接过碗,吃了一口,啧啧称赞:"不错不错。哎,小周,想不到你这资本家的女儿,还挺会弄吃的啊。以前在家做过饭吗?"

因为由他口中说出了"资本家的女儿"六个字,气氛一时凝重。他意识到自己说了不该说的话,连忙补充一句:"别生气啊小周,我可是跟你开玩笑!"

周萍："这我生什么气呀，我本来就是资本家的女儿嘛！我从小可爱进厨房了，最崇拜的是我家老厨师，经常仔细看他的双手，心想一双能做出那么多那么多种好饭菜的手，真是一双宝贵的手啊！可我妈妈一发现我往厨房溜就训我，按她的想法，大家闺秀的手是不应该碰锅碗瓢勺的，只应该弹钢琴啦，拉小提琴啦，或者捧一本文学名著安安静静地看。"

她见大家都在望着自己，个个听得很认真的样子，惭愧地说："我是不是等于在宣扬资产阶级生活方式呀？"她忽然举臂高呼："打倒资产阶级！"

四个男人都笑了。

赵天亮："你要是自己不喊，我差点儿就忍不住要喊了！"

周萍："我们家也是有路线斗争的，真的。我妈妈希望我将来成为越剧演员，或者昆曲演员。我爸爸主张让我的个性自由发展，不为我确定任何人生方向。我爸爸不但不反对我进厨房，还鼓励我向老厨师学几手。他常说：'女人不会做饭还是女人吗？'"

"小黄浦"用四川话音说："对头对头，这话对头！"

黄伟问她："那，你父亲怎么评说你母亲的呢？"

周萍："我父亲常说，他一生最失败的事情之一，就是娶了我母亲。因为只等于娶了半个女人。可我母亲反驳他说，女人太善于烹饪，渐渐地就会被男人忽视了。因为到头来，男人关注的重点，已经不是她作为女人如何，而是她做的饭菜如何了！"

尹排长放下碗，思索："你母亲的话也是有些道理的。比如我那口子，就不是太善于做饭做菜，我们家的情况是，她做什么，我和儿子吃什么。她怎么做，我和儿子怎么吃，从没挑剔过。所以呢，我一直关注的是，哪一阵子她胖了点儿，哪一阵子又瘦了，头发留长点儿好看，还是剪短点儿精神……"

周萍虽然在听着，可是目光一直落在碗上，那一碗她精心炮制的"美食"，尹排长没怎么吃，这让她有些不安，又有些失望。

尹排长强打精神参与话题，他用拳抵着胃又说："我诊断出这种没法治的病以后，她心疼极了。四处淘弄偏方，还经常上山为我采药。有次她背着孩子，哭着问我——是不是我让你吃得太凑合，你才得了胃癌啊。我说，绝对不是啊，老婆，我小时候得过胃溃疡，一个农村孩子，也没好好治过。入伍后，整天吃高粱米，溃疡病又犯了多次……"

周萍忽然打断他："排长，听说你跟排长嫂子感情可好了，给我们讲讲你们恋爱经历呗！"

尹排长摇摇头："我们那种恋爱，有什么好讲的。从小一个村子里长大的，小学中学都是同学。我接到入伍通知后，她送我一本小小的纪念本，上边写着'亲爱的尹洪波同学留念'。我入伍后，给她写信，也称她'亲爱的蔡珍同学'。信来信往的，也记不得是谁先开始的了，'同学'两个字就省略了，接着名字也省略了，只写'亲爱的'三个字了。事情到了这一步，那也就不用什么介绍人瞎掺和了。再后来，我到了北大荒，她有天就找来了。"

黄伟："就这么简单？"

"是啊，就这么简单啊。谈恋爱找对象，又不是想当作家的人挖空心思瞎编的事儿，成心搞那么复杂干什么？"

黄伟："话里有话！扔了我的创作，这会儿还讽刺我，那我可就非抖落抖落你和嫂子当年那件说不清道不明的事儿不可了！"

尹排长："我们有什么说不清道不明的事儿？抖落吧，如果真有，不怕你抖落！"

黄伟："嘴硬！敢说没有？话说咱们七连当年，只有两处可以住的地方，一处是排长他们那一批复员兵的光棍宿舍，另一处就是老连部。当年指导员还没上任，老连部左右两间屋，一间连长住，另一间……"

尹排长急了："那事儿不许讲！那事儿太丢人！"

"小黄浦"也听出了兴趣："哎哎哎，排长，不带这样的啊！不许讲就是压制言论自由，而压制言论自由是不对的！"

尹排长："好好好，那也别他讲，我自己讲。这小子内心对我不满，由他的嘴一讲，肯定讲走样了！老连部另一间，我们都叫它'鸳鸯舍'，是专为来探亲的媳妇和丈夫临时住几天的。你们排长嫂子，偏偏那一年来看我。当然了，我俩就住进了鸳鸯舍。她半夜起来，而我睡过去了。她回来的时候，进错了屋……不就这么一件事儿吗？你小子怎么什么事儿都知道！"

黄伟促狭地说："进错了屋意味着什么？意味着上错了炕。上错了炕意味着什么？意味着钻错了被窝！也不知过了多长时间，接下来都发生了些什么事儿……"

尹排长瞪了他一眼："没多长时间！接下来什么事儿也没发生！"

赵天亮和"小黄浦"齐声怂恿："讲！讲！"

周萍站起，走到车门那儿，将车门拉开一道缝儿，从怀里掏出一只军用水壶，再将里边的水倒于车厢外，接着将军用水壶举在耳边晃了晃，确定里边没有冰块儿了，然后又往军用水壶里灌满了热水。

黄伟："话说那天晚上，连长睡前还喝了点儿酒。简而言之吧，一段时间以后，排长觉得，媳妇终于又回到了自己被窝。可一搂一摸，不对了，怎么遍身毛扎扎的了！诸位可想而知，当时的尹排长，一定以为宝贝媳妇被北大荒的什么怪兽给吃掉了，而那怪兽又胸有成竹地企图对他进行迷惑。于是怒从心头起，恶向胆边生，一翻身骑住'怪兽'，同时用双手掐住了'怪兽'脖子。但听'怪兽'断断续续地说：'别，别误会，我是连长。我睡这边，你那屋睡去！'尹排长虽然听出了是连长的声音，但是更火了，心想这是什么话，你是连长，你也没权力霸占别人的老婆啊！"

星高地白，明月当空，行驶在黑夜中的列车中，响起了一阵笑声。

赵天亮和"小黄浦"笑得趴倒在车厢里。

黄伟问尹排长："排长，我没添油加醋、篡改事实吧？"

尹排长假装生气："还没添油加醋？我心里当时根本就不是那么想的。我跟连长是哥们儿，我理解媳妇不在身边的男人的苦衷。所以我小声对连长说：'老张，就算我没意见，你弟妹那也不一定情愿啊！一会儿她回来了，一入被窝，如果觉出不对劲儿，要是大闹起来，咱俩多没面子啊！'连长就说：'别啰唆！你再不滚那屋去，她才可能大闹起来！她进错屋，上错炕，把我当成你啦！'"

赵天亮、黄伟、"小黄浦"三人又笑得滚作一团。

"小黄浦"对黄伟道："老黄，写到你小说里！一定要写到你小说里！要后边的版本！后边的版本更能体现出人物性格！"

尹排长也不由得笑了，自嘲地说："那不成黄色小说了？那黄伟不成黄色作家了？"

周萍小声问他："感觉好点儿了？"

尹排长："好多了，不太疼了。你怎么把冰化出来的？"

"保密。"周萍一笑，转而对黄伟说，"你讲人家排长那件事儿，讲得绘声绘色，怎么不讲讲你自己恋爱方面的事儿？我不信你直到现在还没恋爱过。"

黄伟表情逐渐庄严，语气凝重地说："我当然恋爱过，可是……"

赵天亮朝黄伟一指："没什么可是不可是的，讲！要不排长会对你有看法的，是不是排长？"

尹排长："对。拿我排长和你们排长嫂子当年那么一件事儿逗大家笑了半天，却不坦白坦白自己的恋爱经过，我排长是不会答应的！"

黄伟坐正，索性说："好，那就讲给你们听！对人讲讲，我心里也好受些。我初一的时候，每天上学，都要经过一条坡度很长的街道……"

第 34 章

那是许多年前冬季的哈尔滨。在一条坡度很长的街道上，初一学生黄伟一只鞋上绑着滑板，一只脚蹬地，从坡道上端快速滑下来。一位围红围巾的姑娘，推着自行车，正横过坡道。

停不下来的黄伟冲她挥手大喊："让开！让开！"

那姑娘一抬头，这才发现从坡上冲下来的黄伟，却已躲闪不及。黄伟和那姑娘撞在一起，两人都倒下了，姑娘的自行车滑出去很远。

黄伟摔晕了头，闭着眼睛仰面倒在冰雪上，一动不动。

姑娘："小弟弟，还能睁开眼睛吗？"

黄伟睁开了眼睛，他看到的是一张被红围巾裹着的、白皙又秀丽的脸和别在她胸前的校徽——"哈尔滨市第三中学"。

黄伟抱歉地说："我，我不是成心的。"

姑娘："我也没说你是成心的呀。"

眼前这个姑娘看起来比黄伟大五六岁，她将黄伟从地上扶起来，替他拍去身上的雪。

黄伟："我没事儿，头晕劲儿过去了。"他跑向自行车，将自行车扶起来。那自行车是新的，前轮盖摔扭了，掉了一大片漆。

黄伟对走过来的姑娘惴惴不安地："对不起，别让我赔，也千万别找我家，我爸妈会生气的。"

姑娘又笑了一下，替他戴上棉帽子，温和地说："怎么会让你赔呢，车摔坏了可以修，你没摔伤就好。替我扶稳把。"

黄伟扶稳车把，姑娘扳正了前轮盖。

姑娘："把前轮托起来。"

黄伟将车把举高，姑娘转动前轮。

姑娘满不在乎地说："车也没事儿，照骑。"

黄伟笑了，看着自行车羡慕地说："'飞鸽'是名牌儿！"

姑娘看了看他，问："上学去？"

黄伟点头。

姑娘："上中学了吧？哪所中学？"

黄伟："二十九中，我刚初一。不让我赔我可走了啊，我上学快迟到了！"他说罢，也不待姑娘做何表示，转身就跑，结果又摔了个腚墩儿，龇牙咧嘴。

姑娘推着自行车来到他跟前，架稳车，又将他扶起，又替他拍雪，叮嘱道："绑着滑板，要当心点儿。"

黄伟感激地看着她："你真好。"

姑娘笑了："是吗？那我就好人做到底吧。我也去学校，正好路过你们二十九中门前。上车，我带你。"

黄伟坐在自行车后托架上，受宠若惊的样子。姑娘向前蹬着自行车，对他说："搂住我的腰。搂紧。注意，我要转弯了。"

黄伟双手搂紧了姑娘的腰。

二十九中门前，姑娘和黄伟都下了车。

姑娘问黄伟："那页纸揣好了吗？回到家里，如果觉得哪儿疼，千万按地址到我家去找我，可不能忍着。我爸爸妈妈都是市立医院的医生，他们一定会为你认真检查的，明白了？"

黄伟点点头。

"那我走了。"

黄伟看着姑娘的背影，情不自禁地说："姐姐再见！"

姑娘刚推着自行车走了两步，听到黄伟的话，扭头朝他一笑，挥了挥手。正在这时，魏明、齐勇和几名男生走过来。黄伟向他们招呼道："魏明！齐勇！"

魏明看了看那姑娘的背影："和你摆手儿的是谁呀？"

黄伟支吾道："是……我姐……"他一边说着话，一边和魏明他们往校园里走。

齐勇："你姐？你不是你家独苗儿吗？"

黄伟："那你就别管了，反正是我姐。"

魏明："你表姐还是堂姐？"

黄伟："哪个关系更亲？"

魏明："这我可就说不好了，大概是堂姐吧。"

黄伟："那就是我堂姐。"

齐勇终于忍不住了："他撒谎，我越听越觉得他在撒谎！能看人家漂亮，背后就说人家是你姐吗？真不知道害臊！"

黄伟："就是我堂姐！你才不知道害臊呢！"

黄伟扑向齐勇，二人相互拳打脚踢起来。

魏明："别打别打，犯不着打架啊！"他上前劝阻，却不能将二人拉开。

"齐勇！"一名女教师从远处走了过来，二人这才停住了手。

女教师不高兴地说："齐勇，又和同学打架！你怎么总是改不了爱动手的毛病啊，批评你多少次了！"

齐勇："这次是他先动的手，不信你问魏明。偏向！"说罢，气哼哼扬长而去。

女教师问魏明："他俩究竟谁先动的手？"

魏明吞吞吐吐地说："这……我也没看清……"

女教师："魏明，你呀你呀，就会充当老好人，一点儿是非观念都没有！"

黄伟放学往家走着，走到那条坡道那里，不由自主地站住，望着自己和那位姑娘撞在一起的冰面。他听父母说，自己曾有一个姐姐，比他大五六岁，又漂亮，又懂事，人见人爱。当年哈尔滨俄国侨民挺多，有一位俄国"玛达姆"在他们那条街上卖牛奶，每次见了他姐姐，一抱起来就舍不得放下。可是，黄伟的妈妈正怀着他的那一年，姐姐病死了。所以他出生以后，并没看到过这个姐姐。家里只有一张姐姐的小小的黑白照片。那一天，被他撞倒的那个姑娘，使他有了一种她是他的姐姐的感觉。他觉得姐姐如果活着，就该是她那样的一个漂亮的大姑娘。

黄伟胡思乱想着，进了家门。母亲正在厨房往锅里贴饼子，他也不和母亲打声招呼，直入里屋，把书包往炕上一甩，从墙上摘下相框，凝视相框中姐姐那张小小的黑白照片。

照片上的五六岁的姐姐，幻化为被他撞倒过的姑娘，亲和地冲他微笑。

母亲在厨房里高声问："小伟，你怎么了？"

"没怎么啊。"

母亲的头探入里屋："你捧着相框傻看什么呀！"

黄伟没抬头："看看怎么了？不许捧着看呀？"

黄家一家三口在吃晚饭时，黄伟也还是一副心不在焉的样子。他随便扒了几口饭，就放下碗筷："爸、妈，我吃完了。我得出去一下。"说完便往外走。

黄父在他身后问："哪儿去？"

"上同学家去。"话音落地，黄伟已经出了门。

黄母："这孩子，今天也不知怎么了，一进屋就捧着相框傻看半天。"

黄父不由得看一眼墙上的相框，若有所思地说："我知道咱儿子的心思，他是想有个姐……"

黄母："那可能吗？有那种心思，跟傻有什么区别？就是我再为他怀一次，那也不见得就是女孩。就算是个女孩儿，那也只能是他的一个妹妹，当不成他一个姐！"

北风呼啸，呵气成霜。

黄伟瑟缩地走着，他没戴帽子，只好用双手捂住耳朵。

这天晚上，他首先要做的事儿不是完成作业，而是亲自证实一下，看那个姑娘留给他的是不是真实住址。因为他总觉得，她留下的住址肯定是假的。她为什么要把自己家的真实住址留下呢？那不是明摆着对她一点儿好处也没有吗？

黄伟捂着双耳走到一幢临街的小俄式房子前，那房子的门有窄窄的木台阶，门上方有带罩的灯，窗子两边有可以对掩的俄式窗板。

黄伟从兜里掏出折起的纸，展开看，再看门旁的街号牌。

黄伟闪到窗子旁，向屋里偷窥。那是一间二十几平方米的房间，一个中年男人在看报，一位中年妇女在看书，而那个被他撞倒过的那姑娘，正端坐在一张桌子前在写什么。

黄伟一认出她，便忘了自己是在偷窥，将脸贴近窗子，看得呆住了。

屋里的女人一抬头，发现了窗外的黄伟，对那男人说了几句。而那姑娘也发现了窗外的黄伟，放下笔，站了起来。

黄伟这才回过神来，从窗前倒退回去。他刚欲转身跑，门开了，姑娘出现在台阶上。

姑娘叫住他："别跑呀。"

她踏下台阶，走到他跟前，温和地问："觉得有什么地方疼了？"

黄伟尴尬地摇头："不，没有。哪儿也不疼，我就是想来告诉你这一点儿，怕你不放心……"

姑娘神情严肃起来了，凝视他片刻，由衷地说："你这小孩也真好。"

黄伟有些不服气："我不是小孩了。我初一，你说你高二，我只比你小五岁！"

姑娘见他耳朵冻得通红，便说："怎么不戴帽子就出来了？快进我家暖和暖和吧！"

黄伟："不了，我得回家写作业了！"说罢，一转身飞快地跑掉了。

后来，黄伟又去过一次这个姑娘家。

黄伟的母亲是街道委员会的主任。有一个星期天，她带着黄伟挨家挨户发豆腐票。发着发着，就走进了黄伟心目中那一位"姐姐"家的家门。

在姑娘的家里，姑娘从黄母手中接过几联票券。

黄母嘱咐道："点点。"

姑娘莞尔一笑："不用点，大婶儿，您点过了那就错不了。"

黄母轻轻推了推黄伟："跟伯父、伯母告辞吧。"

黄伟小绅士般彬彬有礼地说："伯父再见，伯母再见。"

姑娘的母亲夸奖他："这孩子真文气。"

姑娘的父亲也笑着说："他和我女儿认识。"

黄母有些惊讶："是吗，那以后更得叫姐姐啦！"

黄伟偷偷看了姑娘一眼："姐姐再见！"

姑娘摸了他头一下："再见。"

从姑娘家出来，黄伟和母亲走在回家的路上，黄母见儿子挺兴奋，纳闷地问："怎么这么高兴？"

黄伟："高兴都不行啊！"

黄母："怎么和那家姐姐认识的？"

"偶然。"

"偶然也得有个经过！"

黄伟不耐烦了："哎呀，你别刨根问底儿了！"他撇下母亲朝前跑去，跳起来够树枝。

自那时起，替母亲分发票券，就成了黄伟乐此不疲的事儿。因为那样他就可以经常去那姑娘家，与她说话。后来，黄伟从母亲口中得知，她的父母不但都是医生，而且还是从北京下放到哈尔滨的"右派"。但是，这一点儿却无法改变黄伟对她以及她父母的好感。母亲有时也不解地说，那么好的一对夫妇，怎么就会成了"右派"呢？

转眼到了夏天，黄伟又来到姑娘家中。只有姑娘一个人在家。她穿着一件短袖的粉色连衣裙，正在擦窗子。

黄伟给了她票券，让她在几页纸上签字。

桌边地上放着一盆水，黄伟趁她不注意，成心失手，一些票券落在盆里。

黄伟大叫："哎呀！"

姑娘："别急！"她蹲下，替黄伟捡起被水浸湿的票券，小心地分揭开，一一摆在压着玻璃板的桌面上："来，咱俩把桌子抬到有阳光的地方。"

二人移动了桌子以后，姑娘说："耐心等会儿，一会儿就晒干了。"

黄伟："等着也是等着，姐，我帮你擦窗吧。"他说完，抓起窗台上的抹布就往水盆里按。

姑娘拦住他："等一下，别把袖子弄湿了，姐替你挽挽。"

黄伟伸出湿漉漉的双手让姑娘挽袖子。

二人在擦同一扇窗。一个擦里边，一个擦外边。姑娘发觉黄伟在目不转睛地看她，隔着玻璃弹了他一下。他不好意思地笑了。

黄伟站在三中校门口等着"姐"出现。

姑娘推着自行车与几名同学一起走出来。黄伟迎上前去："姐！"

姑娘吃惊地看着他："咦，你在这儿干吗？"

黄伟："在等你。"

姑娘让同学们走后，问黄伟："有事儿？"

黄伟表情严峻地说："姐，你得拯救我！"

姑娘一愣："拯救你？"

黄伟："我说我有你这么一个姐，我的一些同学，包括我的两个好朋友都不相信。"

姑娘："那又怎么样？那就成了一件很严重的事儿了？"

"当然啦！我不能老让他们认为我撒谎啊！他们对我的错误看法必须被纠正过来！"

姑娘的表情也严肃起来了："可我能帮你做什么呢？"

黄伟："姐，我不拿你做不到的事儿难为你。明天中午，你从学校回家时,在我们校门口接我一下,那我的良好名誉就恢复了。"

"这么简单?"

黄伟:"对,就这么简单。再说,再说我前天上体育课时,把脚崴了一下。"

"好吧,我答应你。"

"谢谢姐姐!"黄伟说完,转身就跑。

二十九中门口,魏明把一只走动的小闹钟捧在手中,齐勇等数名男生围着看。

魏明对黄伟说:"为了证明你没撒谎,我把家里的闹钟都偷出来了!"

齐勇:"又过去了一分钟!十二点半还不见你那个姐的影儿,我们可就不奉陪了啊!"

黄伟引颈张望,一脸焦急。

齐勇:"又快过去了一分钟!"

黄伟恼火地说:"一分钟这么短吗?!"

齐勇:"我说'快过去了'!"

姑娘的声音传来:"小弟!"

他们抬头看时,姑娘已扶着自行车,站在离他们不远的地方。

姑娘满面笑容:"小弟,姐接你来了!"

黄伟大摇大摆地走过去,坐在车后的托架上,得意扬扬地仰脸望天。

姑娘对他说:"坐稳,搂住我腰。"

黄伟搂住她的腰,她轻盈地跨上自行车,骑走了。

同学们羡慕地望着他们的背影。

魏明把闹钟收起来:"事实证明,他并没撒谎。"

齐勇:"明天,我当着你们几个的面向他道歉。"

后来,黄伟升上了初二,那姑娘已经高三。黄伟考高中时,她考大学了。黄伟听母亲说,她考的分数很高,但是因为父母都是"右派",没被任何一所大学录取。那分明是她早有心理准备的事儿,所以她并没显得太沮丧。

一年后,黄伟和魏明、齐勇成了同班高中生,而她成了新华书店的售书员。她挺热爱那份工作，不久，开始用"文音"的笔名在报刊上发表一些介绍新书、好书的书评。差不多是因为她，黄伟喜欢上了书，喜欢上了书店，喜欢上了文学。

于是，黄伟常常光顾书店。这天，背着书包的黄伟徜徉在书店中，站在告示板前，看"姐"写的书评。

有人轻轻碰了他一下。他回头一看，见是"姐"，她一只手背在身后。

姑娘笑着问他："喜欢《怎么办》？"

黄伟点头。成为高中生的他，已是兵团战士时的样子了。他有些矜持地说："等攒够了钱再买。"

姑娘背在身后的手伸到了前边，手中拿的正是一部《怎么办》："我替你交钱了。"

黄伟不肯接："这可不行！"

"行。我不是已经有工资了嘛！"

车厢里，包括尹排长在内的四人，都在看着黄伟，沉浸在他的讲述之中。尹排长表情舒展了些，似乎黄伟的讲述对他起到了止疼药的作用。连挤在一起的羊们都变得安静了。

尹排长问黄伟："她大你几岁？"

"五岁。"

尹排长："女大三，抱金砖。五岁嘛，大得多了一点儿。"

赵天亮却老夫子般地说："我认为，五岁不应该成为什么障碍。你们那样的爱，很美好。"

"小黄浦"："老黄，我怎么听着，像是你在单恋呢？"

周萍："别打断。"她对黄伟说："你讲下去呀！"

黄伟继续回忆道："我承认，当我还是初一小男生时，那是我的单恋。甚至，那都不能算是在恋爱。只不过是一个少年，希望有一位长姐的凤愿表现。可是，当我上高中后，我觉得情况在起变化。我无数次问自己，我是不是爱上她了。无数次我对自己的回答都是肯定的——我确实爱上她了。而且我看得出来，她渐渐明白我爱上她了。像她那样的姑娘，虽然家庭有政治问题，但追求者还是很多的。可她找各种各样的借口，迟迟不谈恋爱。我知道，她明明是在等我，等我再大几岁，等我成为一个成熟的男人。我呢，恨不得一年能长三岁，那两年以后，我不是就反而大她一岁了吗？我不打算考大学了，也想高中一毕业就参加工作。都参加工作了，不就有资格恋爱了吗？”

周萍："后来呢？"

黄伟脸上现出痛苦的神色："后来，天下大乱了。她曾经介绍过、评论过的那些书，全部成了'毒草'，她也挨批、挨斗，被剪鬼头，涂黑脸，挂牌子，游街示众。有一天，我无意中在闹市区看到了她。她在一辆游街车上，一脸墨汁，头发被剪得乱七八糟的，脖子上挂着的牌子很大，看上去也很沉。她也发现了我，目光一直在盯着我。由于脸上涂了墨汁，她的眼睛显得更大，更明澈。那是我最后一次看到她。第二天，她自杀了。"

周萍一下子将额头压在膝盖上。

雪原上奔驰的列车一阵悲鸣。

车厢里的五个人都躺下了。周萍睡在最里边，她和四个男人之间挡着几条草袋子。周萍旁边是赵天亮，赵天亮旁边是尹排长，尹排长旁边是"小黄浦"，"小黄浦"旁边是黄伟。

穿着绒衣绒裤的"小黄浦"钻出被窝，趿着鞋，嘴里咝咝哈哈地走到门那儿，推开门撒尿。

黄伟小声道："'小黄浦'，又是你吧？你非这么解决问题啊？不是有尿盆吗！"

"小黄浦"："怕臊味儿熏得你们睡不着！"

黄伟用手挡住脸："还开那么大门空儿！哎哎哎，尿都溅我脸上了！"

尹排长："别说了，让小周听着多不雅。"

周萍的声音从旁边传来："排长，我都习惯了。"

门那儿却已没了"小黄浦"的身影！

风将草袋子吹得直抖。

黄伟："这家伙，完事儿了也不关门！"他钻出被窝，将门关严，再往被窝里钻时，借着手电筒的光亮，发现"小黄浦"的被窝是空的！

黄伟大叫："不好！都快起来！快！快！"

赵天亮揉着眼睛不满地说："别一惊一乍的行不行！"

黄伟用力推着赵天亮："天亮，'小黄浦'掉车下去了！"

四个人都立刻坐了起来。赵天亮下意识地拍"小黄浦"被窝，自然并没拍出一个"小黄浦"来。

周萍吓哭了："他会摔死吗？"

赵天亮着急地说："不摔死也得冻死！"

黄伟已迅速穿上了棉袄、棉裤，蹬上了大头鞋。

尹排长急中生智："快，枪！开枪！也许司机能听到！"

赵天亮慌慌张张打开木箱子，取出一支枪，压上子弹夹，将车门拉开一道缝，朝外开了一枪。反作用力使他往后一坐，几乎倒下，周萍及时扶住了他。

尹排长："再开！这关头，别舍不得子弹！"

赵天亮又朝外连开数枪。

然而列车并没减速。

赵大亮束手无策地看着尹排长他们，尹排长也已穿上了棉袄棉裤，也开始穿鞋。

黄伟戴上棉帽子，用"小黄浦"的褥子将枕头被子一卷，抱在怀里。

赵天亮睁大眼睛看着他："你？"

黄伟坚定地："我跳下去。"

尹排长："是得有人跳下去，不是你，是我！"他说着，便上前争夺黄伟怀里的被褥。

黄伟自然不肯给："你逞什么能呀你！想想清楚，是你下去顶事儿还是我下去顶事儿?！"

尹排长："嫌我没用啦？是废物啦？我命令你给我！"

赵天亮将车门一拉，背靠车门大喊："谁也不许下去！让我冷静想想。"

周萍："把枪放一边，别走火！"

赵天亮弯腰放枪时，黄伟将他推到一边，趁机拉开车门，却不料被周萍伸展双臂挡住了。

黄伟焦急万分地说："你们都是怎么啦！不想救他一命了是不是！"

周萍也大叫："别冲我嚷嚷！"

尹排长、赵天亮、黄伟一时吃惊于她的失态，呆呆看着她。

周萍："谁也不许说话！我，我觉得车速好像慢下来了……"

列车"咣当"一声，三人都被晃得趔趄了一下。

列车果然慢慢停住了。

赵天亮："老黄，车上的事儿交给你了！"他说完，迅速拉开车门跳了下去。

列车又动了，但不是向前开，而是缓缓朝后倒。

黄伟："'小黄浦'有救！"他抱起被褥也跟着跳了下去。

穿着绒衣绒裤呈"大"字形躺在雪地上的"小黄浦"，大睁的双眼一眨不眨地望着夜空。他身旁的雪地上有他滚过的痕迹。

"徐进步！小徐你在哪儿？"

"'小黄浦'！'小黄浦'！"

赵天亮和黄伟的身影一前一后朝"小黄浦"这儿踏着深雪奔来。

列车也向这里倒来，徐徐停住。

赵天亮发现了"小黄浦"，转身朝黄伟喊："他在这儿！"

他们几乎同时奔到"小黄浦"身边。"小黄浦"仍一动不动望着夜空。

赵天亮轻轻推了推他："进步！进步！能说话吧？"

黄伟已迅速将被子铺在雪地上，被子上边再铺褥子，摆好了枕头。他对赵天亮说："先别问他话了，还活着就万幸！快，先别让他躺在雪上！"

于是二人一个抬头，一个抬脚，将"小黄浦"抬起，轻轻放在被褥上。接着，像给婴儿打包似的，将"小黄浦"包得只露着脸了。

周萍也扶着尹排长奔了过来。

"小黄浦"终于开口了："我怎么躺在雪地上？"

黄伟："你从车上掉下来了。"

"小黄浦"："胡说。我怎么会从车上掉下来呢？"

尹排长："你问我们，我们问谁！你小子半夜起来拉开车门撒尿，结果就掉下来了。"

"小黄浦"："噢，我的妈呀！"他拳捣脚踹，三下两下就将被子弄开了，坐起在被子上，摸胳膊摸腿，摸手摸脚，接着摸耳朵和鼻子。

周萍忍不住"扑哧"笑了。

"小黄浦"生气地说："你还笑！幸灾乐祸呀？！都快仔细看看，我被轧掉了哪儿没有？"

于是大家上前围住他，一边给他抻胳膊搬腿，摸这儿按那儿，一边问：

"这儿疼吗？"

"这儿有感觉吗？"

"胳膊看来没事儿。"

"腿脚也没事儿！"

车头内的烧炉工大声喊："哎，你们在下边干什么呢？"

赵天亮大声地说："我们有一个战友不小心掉下来了！"

烧炉工和司机对视一眼，也都下了车，朝他们跑来，帮他们把"小黄浦"抬上了车。

车厢里，"小黄浦"靠着别人的被子，帝王似的半坐半躺。其他四人，一边两个，给他搓手搓脚。

"小黄浦"亢奋地说："我命怎么这么大！你们说我命怎么这么大！遭遇了歹徒，被捅了五六刀，可我只肩膀那儿受了点儿轻伤！从开着的火车上掉下去了，却哪儿都没事儿！我的命也太大了呀！肯定是毛主席他老人家在暗中保佑我……"

周萍打断他："是因为接连下了几天雪，路基两边雪厚！"

"小黄浦"："你说的不对，我说的对！"他拉开自己被边的拉锁，伸手进被套内，拽出几枚毛主席像章给赵天亮他们："戴上！都戴上！听我的，保证咱们以后处处顺利！"

站在一旁看着他们的司机说："哎，还不如背他到车头去，让他烤烤火呢！"

"小黄浦"："好，好，不用背！我自己就能去！"

烧炉工摆摆手，热心地说："你们都别动了。干脆，我弄盆火来，咱们有福同享，有难同当吧。"

一张大铁板上，一堆煤炭火烧得正红。

赵天亮等五人和司机、烧炉工在火车头旁边的雪地上，围着火堆烤火。

司机瞅了一眼车厢："没风的时候，你们那车厢里边和这露天地，冷劲儿其实也差不到哪儿去，还莫如大家一块儿烤火，聊聊天。"

尹排长对赵天亮说："天亮，给两位师傅上烟！"

赵天亮："我都忘了这茬儿了！"他掏出烟敬给司机和烧炉工。

周萍从尹排长手中接过柴油打火机一手拢着，一一为两位师傅点火。

烧炉工对大家说："谁困了，冷了，上车头去，守着炉子眯一觉！不困不冷的，咱们就摆它一宿龙门阵！多咱回想起来，也觉得是种缘分！"

众人纷纷皆点头。

在这样一个夜晚，在一列火车的车头旁，在新疆大地的雪原上，炭火是那么红，人和人之间的关系是那么亲。司机在比比画画地讲着什么，大家一阵笑声接着一阵笑声……

由于接连下了两三天雪，再加上风向的原因，起码有二三十里长的一段铁轨被厚雪覆盖住了。他们被困住了，无法前进。这使他们只有两种选择，要么随列车退回原站，要么赶着羊群继续向前，到了下一站与别的货车联系。

列车在渐明的天光中倒行着。

雪原上，留下了背着行李、手持羊鞭的赵天亮等五人和羊群。他们向司机和烧炉工挥手告别后，便驱赶着羊群，沿铁路向前进发。

也许是因为全中国知青的家长和亲人太多，当赵天亮他们说自己是黑龙江生产建设兵团的战士的时候，大多数人表现出的是讶异，因为他们的样子实在不像正规军的战士。而当赵天亮他们说自己也是知青时，他们的讶异就变成了令人感动的亲切和热情。不过，赵天亮他们也真够幸运，居然联系上了一列客货双挂的列车。

赵天亮他们将羊群赶上货车车厢后，便去了客车餐厅用餐。

"小黄浦"望着桌上热气腾腾的饭菜，摩拳擦掌地说："没想到，进入甘肃省的地界，终于能吃上一顿热乎饭菜了！"

周萍用胳膊肘碰他，他这才发现，尹排长望着窗外发呆，仍用拳头顶着胃部，另一只手不停地擦窗上的霜。

赵天亮和黄伟也在看着尹排长。大家一时沉默，都没了胃口。

赵天亮低声问："排长，想吃点儿什么？你想吃什么，咱们就添什么！"

尹排长把脸转向他们："我吃什么都行啊，这不点了不少了吗！"

周萍："排长，我想吃面了，你陪我吃碗面吧？"

尹排长勉强一笑："好啊，能陪咱小周吃碗面，是我莫大荣幸！"

黄伟叫住服务员："请给上两碗精粉细面，要西红柿鸡蛋打卤！"

女服务员："首长专列的餐厅才有精粉细面，咱这车上没有。咱这车只有'粗粮细做'的面条，也没西红柿。这是什么季节你想吃西红柿？更没有鸡蛋。"

尹排长刚要说什么，被赵天亮制止。

赵天亮和气地问："'粗粮细做'怎么做？"

服务员一指桌上的馒头："就像给你们上的馒头，三分之二苞谷面，三分之一白面。我们可以剁点儿咸菜做卤。"

尹排长没等她说完便说："好好好，就上那种面条！我爱吃那么做的。"

五人酒足饭饱，起身离开了餐厅。餐厅的桌子上，除了一只碗里还剩半碗两掺面的面条，其他饭菜被吃得精光。

五人坐在紧靠车门的六人座位上，最外边的一个座位坐着一名看上去刚入伍不久的小兵。

尹排长又用拳顶着胃部望窗外，但霜太厚，看不清楚窗外的景物。坐在他对面的赵天亮便用棉手套替他擦窗上的霜。

尹排长对赵天亮道："天亮，过会儿，我要把窗打开。"

赵天亮哄小孩儿似的："排长，那会往里灌风，别人该对咱们有意见了。"

尹排长："那我也要把窗打开，我家就在铁路边上，我想看到家……"

赵天亮无话可说了。

黄伟问那名小兵："同意吗？就开一会儿。"

小兵痛快地说："那咋不同意。要是我，也想把窗打开！"

于是赵天亮和尹排长共同往上提窗，却怎么也提不上去。黄伟替换了赵天亮，还是不行。

就在大家一筹莫展的时候，小兵突然站了起来，大声说："同志们，我有话要说！"

顿时前边站起了许多人，在这一节车厢里的，除了赵天亮他们五人，其余的乘客都是军人。

小兵对大家说："我这儿的一位乘客，他家就在铁路边上。列车一会儿经过他的家，他要打开窗，望到家。可我们这儿的窗大概坏了，怎么也打不开。他也是当过兵的人，他转业到了东北的最北边，是生产建设兵团的排长。他说，他已经多年没回过家了！"

车厢里的其他战士顿时都明白了他的意思，纷纷尝试打开与自己相邻的车窗。顿时，车厢里一片用拳头擂窗框的声音。

突然有人喊："这扇窗打开了！"

尹排长坐到了那个窗户打开的座位上，脸朝向打开窗子的窗口。赵天亮和一些兵站在过道，默默望着尹排长。

铁路附近，静静地坐落着一幢泥草房，门前是泥土坪，有一棵掉光了叶子的柿子树，树上还挂着几颗柿子。柿子树下，放着一辆一点儿原漆也没有了的旧自行车。在这甘肃农民的小小家园的后边，坡上坡下，也散布着一些农家院落。

一位头上包着蓝布巾的老妪迈出家门，双手拿簸箕，簸着什么。

列车的汽笛声响起，老妪循声望去。一节车厢的窗开着，探出尹排长没戴帽子的头。

车厢内的尹排长大喊："娘！娘！娘你身体好吗？我是尹洪波！"

赵天亮他们和其他的战士都肃然地看着这一幕。

老妪又低下头抖簸箕，显然没听到尹排长的喊声。

尹排长扭过头，脸上已淌下泪，失望地说："我娘在家门口，她听不到……"

先前帮助过他们的那个小兵急了，扑到窗口，替尹排长大喊："娘！娘！"

所有的人都扑到窗口，向着外面大喊："娘！娘！我是尹洪波！"

列车将尹排长的家抛在后边，也抛下了"娘""娘"的喊声。

尹排长抹了把泪，激动地说："我娘听到了，肯定听到了！她朝这窗口望了半天！"他想笑，可是却伏在小案桌上，呜呜哭了。

列车钻入山洞，车厢顿时一暗，尹排长边哭边说："可我弟，他为什么不等我寄钱，就把自行车买了啊！我答应的事儿，我就一定能做到啊！"

周萍哼唱着信天游曲子，同赵天亮驱赶着八只羊走向坡底大队。

周萍突然停住了哼唱："天亮！"

赵天亮回头看她："嗯？"

"我喜欢信天游，一唱起来，好像全世界都在听。"

赵天亮心事重重地说："我也喜欢。"

周萍："知道我现在有种什么感觉？"

"什么感觉？"

"整个人要飘起来！"

赵天亮："我也有那么一种感觉。自从开始往回返，只要是走在地上，不但要赶着羊，还一直都得背着行李，拎着东西。从前很难体会当年红军长征的艰苦，现在总算体会到一点点了。"

周萍打断他："你这叫大言不惭！长征那是什么样的艰苦！红军当年哪有火车坐？吃的是草根、皮带、棉花团！后有追兵，前有堵截！根本不能相提并论！"

赵天亮："所以我说体会到一点点嘛！这会儿，不用背着行李拎着东西了，每一步都变轻了。赶着羊，听你哼着唱着的，反而觉得挺浪漫的了！"

周萍忽然微微低下头："那，我见了你哥，该叫他什么呀？"

"当然也叫他哥啦。"

"其他人呢？"

"我怎么叫，你怎么叫。"

周萍："那，春梅呢？"

赵天亮："跟我一样，叫她春梅就行。"

"她好看吗？"

赵天亮："应该说，是一个好看的姑娘。"

周萍："跟我比呢？"

赵天亮看也不看她一眼，只管撵着羊往前走，一边敷衍地说："跟你一样好看。"

"哼！"周萍站住了。

赵天亮没听到她那一声不满的"哼"，继续往前走，待发现周萍不见了才站住，转身喊着问："站那儿干什么？别耽误时间，快走！"

周萍闷闷地说："我不去了。"

赵天亮："那你就回去！"他有些不高兴，又赶着羊往前走。

周萍望着他背影愣一会儿，只好追了上来。

赵天亮知道她追上来了，仍不看她一眼，也不满地问："小心眼儿就那么好？"

周萍："你的话让人不高兴嘛！"

"我也不能总说让你高兴的话。一个正派的男人，回答什么问题，都应该实事求是。"

"那也要看谁问的。完全可以撒一个小谎的时候，不撒谎就是愚蠢！"

赵天亮："诚实就是愚蠢？那我宁愿做一个愚蠢的人。男人在自己心爱的女人面前表现得有点儿愚蠢，我觉得那种感觉也不错。"

周萍忽然丢掉赶羊鞭，双手搂住赵天亮脖子，深情而快乐地说："再说一遍！"

赵天亮不明所以地问："再说什么？"

"最后那句话，我爱听！"

而周萍没等到赵天亮的话。他的目光正望向远处——在一处崖畔，三坟并在，埋着韩奶奶、老支书和王大爷。有一个小女子的身影跪在那儿，分明在哭，尽管听不到她的哭声。

是春梅。

第 35 章

春梅跪在三座坟前边哭边说："爸、三奶、支书大叔，春梅好想你们！咱坡底大队的光景越来越不济了，人心散了，大家对好日子都不抱指望了……"

赵天亮走到春梅身后轻轻地说："春梅……"

春梅止住哭泣，回头见竟是赵天亮，悲喜交集。她倏地站起，扑向赵天亮，双手搂住他脖子，哭出了声，边哭边说："天亮哥哥，你这次把我带走吧，求求你啦，我在坡底大队已经没脸见人了……"

屈指算来，赵天亮第一次到坡底大队时，春梅是十四岁的少女。而这一年，赵天亮到北大荒已是第五个年头的年尾了，那么春梅虚岁已经十九了。

周萍完全没有想到眼前会出现这么一种情形，她转过了身。

赵天亮看一眼周萍，柔声细语地说："好春梅，别这样，我……我战友在看着呢！"

周萍背着身大声说："我没看！"

春梅这才发现了周萍，立刻放开赵天亮，退后一步，也背过了身，害羞地双手捂脸。

赵天亮走到周萍跟前，小声说："千万别这样，啊？"

周萍委屈地说："那我该咋样？"

"你得自然点儿，大方点儿，主动点儿，要不我找不到感觉了……"

周萍反问："什么感觉？"

"你看你，我可真生气了啊！"

周萍不再说什么，走到春梅背后，也轻轻叫了一声："春梅……"

春梅缓缓转过身。

"来，认识一下，我叫周萍，正如他刚才说的，是他知青战友……"她说着伸出一只手，春梅又不好意思又矜持地握周萍的手。

周萍对春梅说："我还是他女朋友，关系不一般的那种女朋友……"

春梅反应敏感地缩回了手。

赵天亮："对对，我们关系确实不太一般……因为，我是兵团的，叫战士；她是插队的，只能叫插队女知青，也没工资……"

周萍有些不满，冷冷地说："而且我还是上海资本家的女儿！"

春梅不禁上下打量周萍，好像周萍忽然变了一个人，不是刚才和她握手的那个周萍了。

赵天亮对周萍语无伦次地说："我不是那个意思……我从来也没认为兵团战士就比插队知青高一等，这一点儿你明明知道嘛！我的意思是，只不过是想说……不一般，不一般就是与一般不太一样嘛……"

春梅听他越解释越解释不清，"扑哧"笑了。

周萍掏出手绢递给春梅，关爱地说："快擦擦脸，别让泪水把脸皱了。"

春梅犹豫一下，接过手绢，转身擦脸。赵天亮对周萍耳语："谢谢。"

周萍用肩头将他撞开。

春梅："谢谢姐姐。你是我天亮哥哥不一般的朋友，那也就是我不一般的朋友！"她把手绢还给周萍，又问赵天亮："天亮哥，这些羊子是怎么回事儿呀？"

"送给你们坡底大队的，我俩这不是正往你们大队赶嘛！"

刚才三人间的尴尬，此时已然消除。

春梅惊喜地："白送？"

赵天亮："不白送，还图跟你们大队做桩买卖赚笔钱啊？"

春梅又像刚才那样，搂住赵天亮脖子，发出响声地亲了他一下。她接着同样亲了周萍一下，之后搂住一只只羊的脖子，边亲边说："我们坡底大队又有羊了！又有羊了！一定好好喂你们，绝不亏待你们！"

赵天亮和周萍相视一笑。

赵天亮对春梅说："春梅，你和你周萍姐赶着羊先走，我得到你爸他们的坟那儿，跟他们打个招呼。"

春梅点头。

赵天亮走到三座坟前，摘下帽子，垂头肃立，心里默默说："三奶、支书大叔、王大爷，赵天亮又来坡底大队了。你们对我哥那么好，我却帮不上坡底大队一点儿忙，也没什么东西可谢你们的。这次，顺路给坡底大队赶来了几只羊，是我和班里的两名战友节省下路费，贴上出差补助费买的……我总是担心我哥犯政治错误，希望你们保佑他，在政治上，能顺利避开那些风口浪尖的事儿……"

他转身时，发现周萍并没跟春梅先走，而是站在几步远处望着他。

赵天亮走到周萍跟前，周萍由衷地说："别生我气，我小心眼儿的时候你也千万别认真。女人在爱自己的男人面前表现小心眼儿的时候，那感觉有时候也挺好的……"

"同志，你千万掌握好火候，啊？我这一路感到的压力太大了，容易发火。可我是班长，动不动就发火多不好？如果我有时候又冲你发火了，你就担待着点儿，啊？"

周萍点头。

赵天亮又说："其实，我最不愿意把火发在你身上，明白吗？"

周萍顿了一下，对他说："其实，我看出来了，春梅爱上你了，你明白吗？"

赵天亮严肃地说："我有多么爱你，你不明白？你刚才那种话，在我们之间可以说，开玩笑地说，认真地说，半真半假地说，都行，但是在坡底大队不可以说。我们此次来，是要带给每个坡底大队人高兴和惊喜，当然也包括春梅在内。"

他停顿片刻，又强调地补充："尤其是要让春梅高兴！能做到不？"

周萍理解地点点头。

扫完墓，二人并肩向坡底大队走去，看到春梅在等他们。

二人才到春梅跟前，春梅就问："天亮哥哥，这一次，你除了给我们大队送羊，还有别的事儿吗？"

赵天亮："倒也没什么别的事儿了，看看我哥，看看你妈和你哥，看看马婶和翠花姐，每人说上几句话，就得赶回火车站。我们的羊都在车上呢，后半夜就发车，时间一分钟也耽误不得。"

春梅："既然你们的时间那么宝贵，就别非到大队里去了吧！"

赵天亮不由得一愣。

春梅："你肯定看不到你哥了，他在公社开会，要开几天呢！"

赵天亮："我都走到这儿了，怎么也得进大队去，看看乡亲们也好。"

春梅依然阻拦："可你也看不到我妈和我哥，我哥陪我妈到邻大队串亲戚去了。马婶回娘家去了，翠花姐也和她娘串亲戚去了。"

春梅边说边左顾右盼，尽量不看赵天亮。

赵天亮发现了春梅好像在故意躲避自己的目光："春梅，看着我。"

春梅只得将脸转向赵天亮，但看他一眼，立刻又侧着脸，把头低下。

赵天亮有些担心："我哥没摊上什么不好的事儿吧？"

"没有啊，他一切一切都挺好的呀！"

"那你妈和你哥呢？他们也都好吗？"

"好，都好着呢。马婶一家也好，翠花姐和她娘也好。坡底大队的一切一切，全都好着呢，可好啦！你和我周萍姐快往回走吧，等天黑再往回走，不小心会掉沟里的……"

赵天亮大声制止："别说了！"

春梅身子一抖，缄口不言。

周萍："你嚷嚷什么呀，吓着春梅！"她说着，走到春梅身旁，搂住春梅的肩，谴责地望着赵天亮。

赵天亮："你刚才在你爸他们的坟前，哭什么？"

"我……我想他们了呗。"

赵天亮："你一边哭一边说，'坡底大队的日子越来越不济了，人心散了'。还说你自己……你没说那些话吗？"

"我……我那是些随口一说的话，究竟说了些什么，我自己也不知道。"

"撒谎！"赵天亮瞪了春梅片刻，拔腿往前跑。

春梅扑入周萍怀里，哭道："姐，你快叫住他。不想让他知道那些添堵的事儿……"

周萍望着赵天亮背影，张张嘴，没发出声。

赵天亮跑进坡底大队，在大队路上碰到了背着一大捆苞谷秸的李君婷。李君婷极意外，想喊住他："天亮……"

赵天亮没理她，绕过她继续向前跑。

赵天亮跑到了知青宿舍。但见宿舍的墙上，用白灰黑墨，刷写着"坚决反击右倾翻案风""文化大革命就是好"等标语。门上和窗户上都贴着纸，纸上写着"赵曙光必须低头认罪""赵曙光不老实，就叫他灭亡""赵曙光必须老实交代问题，争取宽大处理"。

门旁站着一名陌生的持枪民兵，见赵天亮跑来，往门口一站，把枪一横，挡住赵天亮。

赵天亮吼："你滚开！"

民兵也瞪着眼睛吼："你滚开！"

"我是赵曙光的弟弟，我要见我哥！"

"他正反省，任何人不许见他！"

宿舍内的赵曙光坐在桌边看一册学习批判材料，听到外面的说话声，放下小册子站起来。那白皮小册子的封面只印一行黑体字"反击右倾翻案风材料汇编"。

"哥！哥！我是天亮！"

听到赵天亮的喊声，赵曙光大为惊诧，想向外走。

"你别动！"宿舍的一个角落里，竟还站着一名持枪民兵。而这名民兵正是先前赵天亮陪父亲来坡底大队那次遇到的那个民兵。

他对赵曙光说："你坐下，我替你看看究竟是不是你那个弟弟，如果是，我能认出他。"

赵曙光："肯定是我弟弟！我弟弟的声音我还听不出来吗？"他也朝窗外喊："天亮，别乱来！乱来咱俩更见不上面了！"

这时，宿舍外的赵天亮已操起一根粗木棍，双手握着，与另一民兵互相瞪着。听到哥哥的喊声，他迟疑了一下，将举得半高的木棍垂下了。

门一开，屋里的民兵走了出来，只朝赵天亮看一眼，立刻便认出了赵天亮。

从屋里走出来的民兵低声对站在门口的民兵警告道："你可别来你以往那套啊，我见过他，他可确实是赵曙光的弟弟，而且是东北特种兵团的一名班长，咱俩和他可是人民内部矛盾。人民内部矛盾，那就得按毛主席的教导，用解决人民内部矛盾的方式方法来解决问题……"

门外那家伙恼火地说："他硬要往里闯嘛！"

从屋里走出那民兵解释："大老远从东北来到陕北，人家为啥？还不是为了见他哥一面！将心比心，这也是可以理解的。"说罢，将枪交给另一个，朝赵天亮举了一下双手，向赵天亮走过去。

赵天亮也将棍子扔到柴草堆上。

那民兵走到赵天亮跟前，将赵天亮带到远处，竟主动掏出烟盒，抽出一支递向赵天亮，语气尽量平和地说："来，先吸支烟，压压火儿。那小子二乎吧唧的，就那种政策水平，其实根本没资格当民兵。可他姐夫是公社'革委会'的副头儿，他非当不可，什么人能不许他当？是吧？"

赵天亮犹豫一下，接过了烟。

他掏出火柴，替赵天亮燃着烟，自己也吸上一支："我们执行看管任务的，也有我们的难处。我们是工具嘛，'无产阶级专政'的辅助工具，那也还是工具。是工具就得像工具的样子。像工具的样子，那首要一条，就得绝对服从指示……"

赵天亮："难道我哥的问题，已经是敌我矛盾的性质了？就算是敌我矛盾了，就算是已经把这儿当成关押他的监狱了，那也得允许亲人探监吧？"

那民兵安抚道："放心，你哥的问题，现在肯定还不是敌我矛盾的性质。但是他目前不肯检讨，以后性质会不会变，我也不敢瞎说。本来按他的问题，应该到公社去进学习班。自己学习一段时间，被批判几次，性子再拧的人，十有八九也就转弯子了。可是县'革委会'有人生气他在坡底大队的威望高，偏要让我俩在这里看守着他反省，为的是灭灭他在群众中的威望……"

"你别说了！我是出差路过这个县。"赵天亮看一眼手表，"最多再过一个小时，我就得赶回火车站去。谁阻挡我见我哥，不让我跟我哥说上几句话，我今天就跟谁鱼死网破！我也是那种政策水平不高的人，有时候我也二乎吧唧的，你俩掂量着办吧！"

说罢，他将烟往地上一扔，狠踩一脚。

那民兵："我没说偏不许你见你哥。见，那得有个允许见的好理由。好理由就是那种不管谁听了都没话可说的理由。别急，你好好想想，也许能想出这种理由来。我也帮你想。别急，千万别急……"

赵天亮望着宿舍，急得走来走去。

武红兵、李君婷、王大娘、马婶及马平阳、翠花……老老少少的乡亲们来了。

王大娘喊："天亮……"

"大娘！"赵天亮走向王大娘。王大娘攥住他一只手，二人都流下泪来。

王大娘内疚地说："天亮，真不愿你看到这种情形。坡底大队的人太对不起你哥了，可乡亲们也没办法啊！"

赵天亮屈辱地说："我只不过想见上我哥一面，说上几句话，他们都不许！"

"羊！羊！"

"坡底大队又有羊子啦！"

"都来看羊啊！"

随着孩子们的喊声，周萍和春梅赶着羊只也来到了宿舍前。周萍望着标语，呆住。

春梅走到母亲跟前说："妈，我天亮哥是从新疆那边过来的，他和他战友用他们自己省下的钱，为咱们坡底大队买了这些羊……我想让天亮哥别来了，可是我拦不住他……"

人们的目光，有的被羊群吸引，有的亲切地望着赵天亮，有的憎恨地瞪着两名民兵。无忧无虑的孩子们不解大人的心情，都围着羊群，欢喜得不行。

宿舍里传出赵曙光的声音，他平静地对屋外的赵天亮说："天亮，如果非不许你进来，你就别进来了，何必让别人为难呢！我的事儿自己能处理好，没什么大不了的。不过，你要是路过北京，回到家里，千万别告诉爸妈，免得他们着急上火……"

赵天亮隔着窗说："哥，我可能没时间回家看了……我给坡底大队赶来了八只羊！"

武红兵却已在搂着那较好说话的民兵的肩，跟他在说什么了，而对方一个劲儿点头。

赵曙光："你们在外边说的话我都听到了，谢谢你啊，天亮……"

赵天亮："哥，我赶来的是四只公羊，四只母羊，都是品种优良的细毛羊！只要你们养得好，几年后能繁殖一大群……"

在兄弟二人的对话声中，武红兵又走到李君婷跟前小声说什么。而李君婷从兜里掏出崭新的、开本很小的《毛主席语录》给了武红兵。

武红兵拿着《毛主席语录》走到赵天亮跟前："天亮，拿着。"

赵天亮烦躁地说："这会儿我不想学毛主席语录！"

"叫你拿着你就拿着，拿着才能见到你哥！"

赵天亮只好接了过去。

武红兵握住赵天亮腕子，将赵天亮拖到门口，扭头朝那二乎吧唧的民兵喊："你也过来！"

那家伙也走到了门口。

武红兵一脸严肃，大声地说："他手里拿的什么，你们一看都知道吧？这可不是常见的那种语录。这是最新的一本儿，里面印的都是'文革'以来毛主席的最高指示，也包括关于'反击右倾翻案风'的最高指示。赵曙光犯的是什么错误呢？是紧密配合'右倾翻案风'的错误。所以，他最需要好好学习这一本语录……"

那家伙看看他俩，一本正经地说："语录可以送给赵曙光，但人不能进。上一次头头来检查，发现你们坡底大队有人在屋里，把我俩好一顿训！我俩挨训你们知道的！"

武红兵："上次是上次，这次是这次。"他一指赵天亮："黑龙江生产建设兵团那是毛主席批准组建的生产建设兵团！他不但是黑龙江生产建设兵团的一名班长，还是全兵团学习毛主席著作的积极分子！"武红兵从赵天亮手中夺去《毛主席语录》，翻开语录皮儿在那家伙面前一晃："看到了吗？印着奖励的红字！对于'反击右倾翻案风'，他有好多深刻的学习体会！让是学习'毛著'积极分子的弟弟教育哥哥，最有利于赵曙光的思想转变！你如果非加以阻拦的话，你倒是什么居心？"

好说话那个连连点头："就是就是，这咱们加以阻拦就不对了。如果往纲上线上说，不成了对革命大方向的态度问题了？"

二乎吧唧那个犹豫不决。

马婶的丈夫马平阳早已按捺不住，挣脱马婶的拉扯，几步跨将过来，指着那家伙的鼻子吼斥："你小子还不让开，我扇扁了你！别忘了你爸姓马我也姓马！按五服内的家谱排，你得管我叫四大爷！滚开！要不你四大爷给你好看！"

说罢，他高高举起了大巴掌。

"四大爷别发火，先别发火嘛！"那家伙终于拎着两支枪从门口闪开了。

虽然是挺好笑的一幕，但是看着那一幕的男人和女人、老人和孩子，却没有一个发笑的。他们的表情都异常忧郁和凝重。

一个五六岁的小女孩儿不知何时走到了门口，双手往门内推赵天亮："叔叔，快进去快进去吧，一会儿又该不让你进了！"

武红兵替赵天亮将门推开，赵天亮迫不及待地一步迈了进去。武红兵随即将门带严，望着乡亲们，长舒了一口气。他将马平阳扯到一旁，望着羊说："得先把羊藏起来，你说呢？"

那些羊已经各有了"主人"。孩子们过起了"家家"。几个女孩还将头巾扎到了羊脖子上。

孩子们互相嚷嚷着：

"我家的羊妹妹已经和他家的羊哥哥定了亲了，不能再接你家的彩礼了！"

"不是我家先求媒人上你家说好的吗？你家怎么临时又变卦了呢？真是的！"

"唉，我不是当不了家主不了事儿嘛！"

"闹半天你怕老婆呀？！"

于是些个男孩子指着一个男孩子起哄：

"噢！噢！他怕老婆哟！"

"大公鸡，喔喔喔，谁家男人怕老婆？他家！他家！"

孩子们的快乐，与大人们脸上的阴云密布，形成鲜明对比。

马平阳对武红兵点点头："我同意。要不，公社那帮坏东西发现了，又成咱坡底大队一项罪名，天亮的一番心思那也就白搭了……"

宿舍内的赵氏兄弟已紧紧拥抱在一起。

赵天亮噙泪说："哥，我好想你！有时，想你超过了想爸爸妈妈……"

赵曙光双手扳着弟弟的肩，摇头笑道："那可不对。"

"真的。"

赵曙光拍了弟弟的脸颊一下，亲情浓浓地说："我也想你。但是，无论我多么想你，你多么想我，肯定都比不上爸妈想我们想得厉害。老话说——儿想父母扁担长，爹娘想儿想女比长城长啊……"

赵氏兄弟彼此倾诉过了思念，便面对面坐在桌子两旁，说起现状来。

赵天亮问："哥，怎么会这样？"

赵曙光竟无所谓地说："这种事儿你见的还少？当成严肃的闹剧就是了。"

"你是我哥！以前是摊在别人身上，现在是摊在你身上了！哥快抓紧时间说！"

赵曙光苦笑道："全国农业学大寨会议以后，农村基层干部都很兴奋，以为终于盼到了农民可以在土地上自由耕种的一天了。当然，我也很兴奋，坡底大队社员也很兴奋。我就根据自己对会议精神的领会，把队上些边边角角的零散地按人口分给了各家各户，为的是扩大他们的自留地，让他们多点儿个人收益，日子过得好点儿。我又把整地划了片儿，包干给种庄稼经验丰富的人，把女人们组织在一起，提倡多养猪，养鸡。并且保证，在不是灾年的前提下交的公粮只多不少。我这么做，是向公社、县里打过正式报告的，原则上，他们也没意见。可谁能想到，这么快就搞起了'反击右倾翻案风'。公社、县里那些头头脑脑都赶紧撇清，当然，我就成了'走资本主义回头路'的急先锋喽！"

赵天亮想起水井的事儿："大队里的井打上没有？"

赵曙光："我插队在坡底大队六年，唯一觉得安慰的是，为坡底大队打出了两口机井。否则，即使哪一天我离开这里，走出大队都会不忍心回头看一眼……"赵曙光说着站起，绕到桌子这边，也将弟弟拉起，牵着弟弟的手走到水缸前，掀开缸盖，但见几乎满满一缸清水。他拿起瓢，舀了半瓢水，递给弟弟。

赵天亮先喝一小口，接着咕嘟咕嘟一饮而尽。

"好喝不？"

赵天亮由衷地说："这水，甜。"

赵曙光："起初我不放心，怕水里有什么不好的物质，求省化验所给化验了一下，结果是优质饮用水。现在，别的大队的人，办红白喜事的时候，有赶着毛驴拉着水车到坡底大队来的，请求让他们接一车水。乡亲们一开始觉得吃亏，主张收费，我反复做了些工作，大家也就都听我的劝了，来者不拒，分文不取……"

"哪儿来的钱？"

赵曙光："每到冬闲，全大队男人女人，都偷偷出去打短工，能挣钱的挣钱，挣不着钱的，换回东西也行。平阳叔带着些青壮年，连续两个冬天帮省打井队盖家属宿舍，任劳任怨，第一年不给工钱，第二年照去，终于把他们感动了。爸爸妈妈也给寄了一千二百元钱来，他们肯定借了不少。我给打回去一张借条，妈来信生气了，说爸把借条撕了……"

兄弟二人又回到桌子那儿坐下。赵曙光若无其事地说："讲点儿高兴的事儿，见着武红兵和李君婷了吧？"

赵天亮点头。

赵曙光："他俩相爱了，想不到吧？自从君婷她父亲也被划到'黑线'上以后，她又变回到'文革'前的样子了。武红兵不是被抓起来了一段日子吗？我替他四处奔走也没能把他保释出来。不管押着哪些人，另外就有些人吃饭不香，睡觉不实。君婷她父亲冒着政治风险，通过在位的和不在位的老同志的关系，以武红兵的事儿为例，向中央反映了些知青的命运，武红兵这才被放了，县里公社还煞有介事地处理了几个人。"

赵天亮向炕上望一眼，见只有一个被褥卷，又问："其他知青呢？我怎么没看到刘江？"

赵曙光："你不问，我不愿告诉你。既然你问了，那我就实话实说——上个月县文工团招人，春梅去报考，凭着好嗓子，前两关都通过了。过第三关之前，主考的人要亲自对她面试，一关上门，就动手动脚，警告说如果春梅不从，那就别想成为剧团的人。春梅咬了他的手才算逃离虎口，连衣服都被那浑蛋撕破了。囤子那脾气，听了妹妹的哭诉，怎么能忍气吞声？拔腿就到县城去了，刘江他们怕他吃亏，也追去了。当时我不在大队里，红兵也不在大队里。红兵如果在大队里，也跟去了，那后果不知会怎样。"

赵天亮着急地问："他们把那王八蛋揍了一顿？"

赵曙光："听说打得不轻。"他掏出了卷烟包。

赵天亮这才忽然想起地掏兜，左兜掏出三盒烟，右兜掏出两盒烟，四盒往哥哥面前一推，打开了手中的一盒。

赵曙光吸着烟以后，赵天亮问："所以囤子哥和刘江他们就都被抓起来了？"

赵曙光一笑："我让他们连夜回北京了，他们也把囤子带去了北京。那浑蛋也是个造反派，认识县里很多曾是造反头头的干部。第二天公安局来抓人，我说，他们都是长腿的，我也不知他们都躲哪儿去了。"

赵天亮也笑了。

门一开，那二乎吧唧的民兵探进头来，大声说："还有什么思想抓紧交流啊，说的工夫不短了！"

门一关上，赵天亮的笑容顿时消失，表情忧郁地问："哥，那你以后有什么打算？总待在坡底大队不挪地方了？"

赵曙光："怎么挪？往哪儿挪啊？"

赵天亮："让嫂子替你想想办法啊，她父亲现在应该有这个能力了呀。嫂子在西藏，你在陕北，总分开两地，那也不是长久的事儿啊！就不能她离开西藏，你离开陕北，调到同一个地方？"

赵曙光吐一口烟，又笑了："那当然好啊，做梦都想那样！可你嫂子将要去西藏之前说，怎么也得在西藏工作三至五年再考虑调动问题。到了西藏在写给我的信中说，西藏太需要医生了，部队将她培养为军医，她也要对得起部队，决定十至十五年之后再考虑调动问题。"

赵天亮愣了一下，忧虑地说："你俩的关系有裂痕了？"

"没有啊！"

"那你俩就不打算在某个地方有家了？"

"十至十五年间，坡底大队就应该是我们的家啊。"

"哥，人生有几个十至十五年啊？再过那么长时间，你都多大岁数了？你怎么能对自己的人生这么不负责任？！"

赵曙光："什么意思？"

赵天亮："你是老高三！你曾是北京重点中学的老高三！你本来应该是清华北大的大学生！我不愿十几年后再见到你时，你已满面沧桑，变成了陕北一个贫穷小村的老农！这里的人才四十几岁就被贫穷榨干巴了，你没看到啊？而且你继续留在这里无论对这里还是对你自己都毫无意义！"

赵曙光沉默了一会儿，问："天亮，那你呢？"

"我和你不一样！我是兵团的人！我们有工资，我们的工资以后还会涨！我们工资最高的老职工老战士，每月可以开到七八十元，相当于城市里六七级技工的工资！我们看病，各连有卫生所，各团有医院，各师的医院差不多都是楼房，医生的水平都是正式军医的水平！我们全兵团拉出一支文艺演出队，可以和各省歌舞团的水平一比高下……"

赵曙光打断他："别说啦！你好不容易来看我一次，就为的跟我说这些？兵团再好，我不是已经在坡底大队插队多年了吗？"

赵天亮："所以，你做的一切，对得起这地方和这地方的人了！这里根本不是你久留之地！你看你现在的处境，让我当弟弟的心里什么滋味？爸妈如果知道了，他们心里又会是什么滋味？我们连长指导员，我们团长对我印象都不错，我回去要请求他们把你招到兵团去，兵团有这方面的先例……"

此时，屋外除了两名民兵，已经只剩下周萍和李君婷了。周萍在帮李君婷往公羊脖子上拴草绳，羊将李君婷顶倒，跑开了。

周萍赶紧将李君婷扶起，关心地问："顶疼哪儿没有？"

两名民兵望着她俩嘿嘿地笑。

李君婷：“羊不都很老实吗？它怎么这么不乖？”

周萍：“它是只头羊，从没被牵过，再说你对它是生人……”

李君婷：“你别管了，我就不信，我不能把它赶到王大娘家去！”说罢，追羊去了。

“她俩哪个好看？”

“都好看。”

“让你挑一个当老婆，你挑哪个？”

“都想要。可咱没有那福气呀！”

两名民兵正说些不三不四的话，宿舍里忽然传出赵曙光的声音：“不听了，天亮，再说刚才那种话，你给我走！”

周萍一愣，不安地望着宿舍。两名民兵也互看一眼。

宿舍里，兄弟俩谈得不太愉快，他们正互相对视着。

赵曙光被弟弟气红了脸：“你，你简直一派胡言！红兵他们当年都是跟我来的，这么多年了，他们是跟我一块儿挺过来的！红兵有被招工的机会，他放弃了！刘江有参军的机会，他也放弃了！我能把他们撇这儿，自己说走就走？乡亲们待我天高地厚，我还没为他们做出过什么回报！你哥是人，是感情动物！”

赵天亮站了起来，冷冷地说：“听你这话，好像我就不是人了！”他狠狠瞪了哥哥一眼，转身便往外走。

赵曙光生气地说：“站住！”

正在这时，门开了。一民兵探进头，看着赵曙光训斥道：“赵曙光，你不许高声大嗓的！你要端正态度，虚心接受你弟正确思想的引导！”

门关上后，赵曙光低声而严厉地说：“你给我坐下！”

赵天亮又悻悻地坐下。

赵曙光拉开抽屉，取出硬皮笔记本，从里面抽出一张黑白照片递给弟弟。

赵天亮接过看，那是一张放大成六寸的照片，一张在夏季里拍摄的照片，照片上的冯晓兰穿着一身军装，与赵曙光坐在宿舍门槛上。

赵曙光解释："你嫂子利用假期来看过我。她说,我在哪儿,我们未来的家就在哪儿……"

赵天亮无言地将照片还给哥哥。赵曙光往笔记本里夹照片时,赵天亮再次起身,走到门口,推开门喊:"周萍,进来一下!"

周萍犹犹豫豫地走到门口,好说话的民兵拦住她,不悦地说:"你看你们,怎么能连她也进去?"

赵天亮从自己兜里掏出那包打开的烟,往他兜里一塞,接着将周萍一把拽入屋里。

赵曙光也已经站了起来,目光亲热地望着羞怯的周萍。

"哥,她就是周萍。"

赵曙光看了弟弟一眼,温和地问周萍:"天亮对你好吗?"

周萍点头。

"如果他对你不好了,你要写信告诉我,我会亲自赶到北大荒去,当面批评他。"

周萍点头。

赵曙光:"你替我担心?"

周萍仍旧只是点头。

赵天亮催促周萍:"别只点头,也说句话!"

"哥……"周萍侧转身,无声地哭了。

赵天亮被周萍的举动搞得莫名其妙:"你哭什么嘛!"

赵曙光瞪了弟弟一眼,挖苦道:"你爱的姑娘,应该是从不流泪的吗?"说罢,走到周萍跟前,将一只手轻放她肩上。

周萍擦了擦眼泪,问赵曙光:"哥,他们以后还会对你怎么样?"

"你也不要为我担心。最严重的结果,无非就是再开除我出党,不让我当坡底大队的支书。不过就是那样,还敢把我怎么样?这一次,我是铁了心不再写检查了。我可以说一些假话,但我不愿总说假话,更不愿总说假话还彻底丧失了人格羞耻感……"

赵天亮对哥哥说："你跟她说那些，她不懂的！"

周萍生气地瞥了他一眼："我懂！"

"好好好，你懂，你懂！"赵天亮看一眼手表，又说，"哥，我们得走了……"

赵曙光走到弟弟跟前，凝视着弟弟，缓缓张开了双臂。

赵天亮却视而不见似的，走到周萍跟前，拉着周萍的手往外便走。周萍回头望赵曙光。

"等等……"

赵天亮站住，然而既没转身，也没回头。

赵曙光："天亮，不要再给我寄钱。我不缺钱，你嫂子经常给我寄。你的工资能攒就攒下点儿，你们将来会需要的……"

赵天亮："还有话吗？"

"你们要好好相爱。人生只有少数几件事儿是值得珍惜的——生命、自由、思想的权利。还有，那就是亲情、友情和真挚的爱情……"

赵天亮打断他："教诲完了吗？"

赵曙光突然大发脾气："走吧！快走！再也不要来看我这个哥啦！"

赵天亮拉着周萍几步走出门去。

王大娘在自家屋里寻找春梅，她从一间屋走到另一间屋，没找到。

她走到院子里，叫："春梅！春梅！"

春梅没找到，却看到赵天亮拉着周萍的手走来。赵天亮对她说："大娘，我们要走了，来跟您打声招呼。"

王大娘双手拉着赵天亮的手，依依不舍地说："天亮啊，要是但凡能挤出时间，今晚就住下吧，这天都快黑了。大老远赶来些羊，人人心里都挺感激，哪家都想招待招待你俩呢！"

赵天亮摇摇头："大娘，不行啊，我们包的车皮后半夜就发车。"

王大娘看着周萍又说："闺女，天亮跟他哥一样，那可是个好后生，你命好啊！以后他要来，你就跟上一块儿来，啊？"

周萍不好意思地点头。

赵天亮四下看了看，没见到春梅的影子："春梅呢？"

"这丫头，刚才我也在找她呢。我明明见她赶着只羊回来了，一转身又不见影了。"王大娘说完，朝村子里喊，"春梅！春梅！"

赵天亮："大娘，别喊她了。她回来您告诉她，我俩来您家告别过了！"

王大娘将赵天亮和周萍送出院，回来时，见春梅正从院子角落的菜窖里往上爬。王大娘嗔怪道："你这丫头，下菜窖干什么？"

春梅拍了拍身上的尘土："我往菜窖里铺了厚厚的草，把羊子藏窖里了！"

"菜窖能是久藏着一只羊的地方吗？"

"那往哪儿藏？让那些坏东西发现，还不给牵走啊？以前我爹养那些羊子，不都被他们牵走了吗？"

"我刚才喊你没听到？我和你天亮哥说话你也没听到？"

春梅一边拍身上的土一边说："听到了。"

"听到了你不应一声？！"

春梅却不再说什么，一低头跑入屋里去了。

王大娘跟她进了屋，数落坐在炕边的春梅："你说你，越大越不听话了！你忽然心生一出，考的什么剧团呢？害得你自己受欺辱，害得你哥有家不能回！"

春梅泪如泉涌了，起身跑出去。

大队路上——赵天亮仍拉着周萍的手，在往马婶家走，前后左右跟着些孩子。

赵天亮看上去更加心事重重了，周萍也一脸忧郁。

一个男孩，就是那个被别的男孩起哄说"怕老婆"的男孩，以大人般的口气问："天亮叔叔，她是你老婆吗？"

赵天亮无心回答。

一个女孩接过话头："还用问？不是老婆，男人能牵女人的手？"

那男孩又说："天亮叔叔，你老婆挺好看的，等我长大了，也要讨一个她那么好看的老婆！"

女孩："就你？你有那福气吗！"

男孩："就有！"

周萍冲男孩笑笑，想抽出自己的手。赵天亮反而将她的手握得更紧了。

周萍小声说："放开我手。"

赵天亮："快走！跟马婶和翠花姐她们打声招呼，咱俩就得往回返！"

"我叫你放开我手！"周萍挣脱了赵天亮的手，站住了，"有必要非得手拉手吗？！"

赵天亮却二话不说，搂住她就亲。

一旁的孩子们看得目瞪口呆。

一个男孩忽然带头起哄：

"哦！哦！亲嘴喽！亲嘴喽！"

"看，这才叫不怕老婆！"

"天亮叔叔，再来一次！天亮叔叔，再来一次！"

周萍使劲儿推开赵天亮，赵天亮却重新抓住她手，几乎是大步腾腾地拖着她往前走。

一公一母两只羊拉着马婶家的旧摇篮，马婶最小的孩子坐在摇篮里。李君婷赶着两只羊绕着门前的平场走。马婶和丈夫马平阳、翠花和武红兵则坐在门槛周围在说话。

翠花抬头望了望："天亮来了。"

于是四人都站起来，李君婷也停止赶羊。

赵天亮仍紧握周萍的手不放，对翠花说："翠花姐也在呀。"

翠花："我们几个正商议，怎么样能把羊喂得好，又藏得好。"

马婶对武红兵说："你看人家两个，从宿舍走到这儿都手牵着手！这才叫甜蜜的爱！就从没见你和君婷这么黏过，学着点儿！"

李君婷不好意思地低下头。

武红兵反问："那您和平阳叔，当年也走到哪儿都手拉着手吗？"

马平阳："当年我倒也想那样，她不许。现在她倒愿意了，我没那情绪了。"

翠花、马婶、武红兵和李君婷都笑了。

赵天亮放开周萍的手，无奈地："马婶、平阳叔、翠花姐，我俩来打声招呼，这就得走了，一会儿也不能耽误了。"

大家静默了，用留恋的目光望着赵天亮和周萍。

马婶他们将赵天亮和周萍送到村口的时候，暮色已降，武红兵手中拎根棍子，与李君婷继续陪赵天亮和周萍往前走。

赵天亮回望身后熟悉的崖畔，那崖畔伫立着的熟悉身影，分明是春梅。然而，他却没有听到熟悉的信天游。天地间似乎由于夜幕的降临而显得格外寂静。

武红兵无不内疚地对赵天亮说："天亮，你哥现在的处境，多少也是因为受我牵连。因为我的事儿，他四处写信替我申诉，结果公社、县里都有人受了处分，有的还一撸到底。和他们势力一致的人当然怀恨在心，所以抓住个机会就对他进行报复。不过你放心，你哥那人乐观，想得开。那两个民兵只不过在你们面前装装样子，其实已经和我们处得不错了。有的晚上，还和我一起陪你哥打打扑克呢！"

赵天亮淡淡地说："那就好。"

武红兵："我、刘江、我们哥儿几个，还有君婷，我们互相都发过誓了，只要你哥在坡底大队一天，我们谁也不离开坡底大队！既然摊上了眼下这么个时代，我们成了'插兄插妹'的关系，那我们也就都愿对得起这种天定的缘分！"

赵天亮站住了，看着武红兵和李君婷说："红兵，君婷，你们俩，也一定要好好相爱啊！如果我们连真爱都没了，我们这一代人的青春，那还能剩下多少真实的东西呢？"

武红兵和李君婷微微点头。

崖畔上，春梅的身影还伫立在那儿……

第 36 章

天已经黑了，两对青年的身影在通往县城的路上慢慢走着。他们已经能看到些县城的灯光了，远处隐约传来了几声列车的汽笛。

赵天亮站住，对武红兵说："路上讲好的，最远送到这儿。你俩再往前送，我和周萍不走了。"

周萍也对李君婷说："回去吧，这一送，都送出两个多小时的路了！"

"好，不往前送了。"武红兵将棍子朝赵天亮一递，"拿着。"

赵天亮却不肯收："还是你拿着吧。你们回去的路，比我俩远多了。"

"真不需要？"

"真不需要，我俩再有半个多小时就走到地方了。"

武红兵对李君婷说："那我们走吧。"

李君婷对赵天亮和周萍摆了摆手："天亮，周萍，再见了。"

没有依依不舍的拥抱，没有热血衷肠的话语，就这么淡淡的，两对青年分手了。

赵天亮和周萍望着武红兵和李君婷走远，又想拉住周萍的手，周萍把手一甩，径自快步往前走。

赵天亮愣了愣，追上周萍，非拉住她手不可。周萍甩了几次手，见赵天亮不达目的不罢休，一时火起，猛推了赵天亮一下。赵天亮退后两步，愣愣地瞪着周萍。

周萍生气地说："你凭什么那么不尊重我？"

赵天亮："我怎么不尊重你了？"

"不管在什么地方，什么场合，当着些什么人，你要拉着我的手，我就得高高兴兴让你拉着吗？"

"那就是不尊重你了？"

"你凭什么不管我心情好不好，大白天，在大队路上，被些孩子看着，就那么不管三七二十一地吻我？"

"你心情不好，我心情就好了吗？！"

周萍又委屈又愤怒："正因为你心情不好，你那不是吻我，你那等于是在拿我发泄！等于是在羞辱我！"

赵天亮："有你说得那么严重嘛！"

"就因为你和你哥谈得不高兴了，你就连我和他说几句话的工夫都不给！想让我进屋，一把就把我拖进屋。自己想立刻离开，拽着我就走！我是人！不是一只羊！"

赵天亮烦躁地说："越说越不着调了，警告你，别跟我要资本家小姐的脾气啊！把我的脾气惹上来，你的脾气可就不算脾气了！"

周萍："警告我？你凭什么警告我？在你看来，我终究还是一个资本家的女儿，政治上永远低你一等，所以就该特别自觉地对你百依百顺是不是？！"

"你……"赵天亮举起了巴掌。

"你敢！"此时的周萍，判若两人。表情、目光，都显得凛然不可侵犯。

赵天亮只好垂下了手。

周萍猛一转身，又径自向前走。

赵天亮呆呆地望着她背影。此时的赵天亮，是那么郁闷，那么孤独，那么沮丧，那么无助，那么可怜。

而周萍却头也不回。

赵天亮追上了周萍，拦住她，低声道："我认错，行了吧？"

周萍的眼泪流了下来："我问你，和你们在一起的过程中，我表现得怎么样？你们都是有工资的，我只不过记一般工分，每天才合三角多钱！你们都有补助，我有吗？你们吃的苦，我都吃了！就我一个女的，一天二十四小时和你们四个男的形影不离，你知道我有多不方便吗？你们有尿了，走远几步，一转身，也不管我看得见看不见，哗哗哗就尿上了！我能那样吗？有时候我憋尿憋得都迈不开腿了，有几次都快尿裤子了！我现在来例假了你知道吗？"

赵天亮："你又没告诉我，我怎么能知道？"

周萍："对，我不说，你当然不知道。可我为什么不说？我怕，怕你这带队的把我看得太娇气了！我是资本家的女儿嘛，是你赵天亮爱的人嘛，显得太娇气了，那不是给你赵天亮丢脸了吗？而且我料到，即使说了，你也不会太当回事儿。我也体恤你的压力大，所以我不说。所以我得强装笑脸，腰酸、肚子疼，还生怕你们看出来。你让我为大家唱歌，我得照唱。你让我跟你一块儿把羊赶到坡底大队去，我行动稍微慢了一点儿你就不高兴，脸不是脸鼻子不是鼻子地训'到底去不去'。最让我暗自伤心的是，发生了遭遇歹徒那么凶险的事儿之后，你都没背着人偷偷安抚我几句！歹徒把冰凉的刀刃压在我喉咙上时，我在担心的是'小黄浦'的安危！我心里对自己说的话是——'天亮，可能我们要永别了，我爱你！愿你以后再遇到一个比我更好的姑娘，尽快把我周萍忘了吧！'……"

"别说了！"赵天亮打断周萍，也流泪了，"没有了，周萍，没有比你更好的姑娘了！我早看出来你想听到些什么话了，我也知道我应该对你说些那样的话，可那也得有咱俩单独在一起的机会啊！除了今天，十几天里我有过一次那样的机会吗？"

"白天咱俩赶着羊到坡底大队的路上你就可以对我说！"

"可我一路上都在想别的事儿！我在想，排长一天接一天吃不下饭，天越来越冷，前边不知还会遇到什么困难，排长他能活着回到连队吗？我在想，羊群经常闷在车厢里，万一发生了什么传染病怎么办？我们经常和羊一块儿闷在车厢里，万一我们中哪一个突然病了怎么办？我在想，让你陪着我到坡底大队，究竟是对还是错？我想让我哥见到你，可又不想让春梅见到你！我不是傻瓜，上一次我陪着我父亲到坡底大队，就看出春梅对我的感情是怎么回事儿了，让我怎么办？我非拉着你的手在大队里走，我当着些孩子的面吻你，那都是想让春梅间接明白，我已经有了你这个所爱的人了！我看到我哥的处境心里多不是滋味儿那还用我说吗？当时我心里已经只剩下了想法完全没有了温情！我……我实在没有能力把每件事情都考虑周到同时做得让人人满意啊！"

二人流着泪，互相望着。

赵天亮轻轻地说："过来。"

周萍走到了赵天亮跟前。

赵天亮："对我说，你原谅我了……"

周萍扑入赵天亮怀中，搂着他哭了："天亮，原谅我……"

"我从来也没有像现在这样，觉得我这个班长当得责任好大，觉得我这个弟弟当得好操心，觉得我这个爱你的人，都顾不上多关心你了！"赵天亮像个孩子似的，呜呜哭出了声。

周萍也哄小孩儿似的："好天亮，不哭了，不哭了，都把话说开了，心里就都痛快了，我保证再也不对你发资本家小姐的坏脾气了。"

这时，一阵咳嗽声突然传来。二人吓了一跳，顿时分开。赵天亮下意识地挡在周萍前边，但见两步远的地方，站着一个背枪的人影。

那人影尴尬地说："是我，黄伟。"

赵天亮和周萍的神经这才放松下来。

黄伟："不得不打断你们啊，排长不放心了，'小黄浦'急得骂娘了，所以，我来迎迎你俩，离发车的时间已经很近了！"

赵天亮和周萍都擦了擦眼泪，与黄伟大步腾腾往前走。

"周萍……"黄伟朝周萍竖起大拇指。

周萍："别假模假样的！"

黄伟表白："你看，怎么是假模假样的呢，明明是发自内心的嘛！"

赵天亮提醒黄伟："你别什么都往你那破小说里写啊！"

黄伟一笑："我写什么，不写什么，那可不是你班长管得了的啦！"

周萍："某一天如果能出版了，出版之前先给我看看，我希望你哪里改改，怎么改，你就虚心接受我的意见那么改改，行吧？"

黄伟："这我可以考虑。二位，给你们讲讲，我的写作天才是如何被伯乐发现的啊——我这人，作文马虎，写完了既不看，也不改，错别字那是满篇都是啊！初一的时候，老师让我在课堂上读我的作文，主题是《国庆游行》。我觉得受宠若惊啊，以为自己的作文被当成了范文嘛！作文中有一句话是——'游行队伍中走来了穿花衣服的姑娘们。'可是呢，我少写了那个'花'字，当然就大声念成'游行队伍中走来了穿衣服的姑娘们'，我听到有同学'扑哧'笑出了声，自己还纳闷，不明白人家笑什么。老师说，'把那句再读一遍！'我更纳闷了，这一句也没什么用词出彩之处啊，于是又读了一遍。笑的同学更多了！老师严肃地说，'黄伟同学，请读第三遍！'我就瞪大了双眼，一字一顿，大声地读'游行队伍中，走来了，穿衣服的姑娘们'，全班同学笑得前仰后合……"

周萍伸出脚去踢黄伟："老黄你坏死了！"

黄伟向旁边一躲，周萍没踢着。

赵天亮假装严肃地说："如果往纲上线上说，你这犯的也是政治错误！是对我们伟大祖国的妇女们的严重侮辱！难道我们的姑娘们，只有在国庆游行的时候才穿衣服吗？"

黄伟："是啊。等同学们笑够了，老师板着脸说，'什么叫一字之差，谬之千里呢？这就是一例！'接着，就开始像你那么上纲上线地批评我了。我这才明白，敢情是拿我的作文当反面教材啊，下课后，我跑到一个没人的角落蹲下，抱着头一通哭。我正哭着，听到有人说，别哭了，站起来，擦擦眼泪。我觉得那声音好温柔好熟悉啊，抬头一看，猜是谁？"

赵天亮："你初一时候的事儿，我生在北京长在北京的人，那怎么能猜到？"

周萍敏感地猜到："你那个……姐？"

黄伟站住了，又向周萍竖起大拇指。

"她猜对了？"赵天亮有些吃惊。

黄伟点头。

赵天亮看周萍："你怎么能猜到的？"

周萍："不是猜到的，是心里边，一下子就感觉到了。"

赵天亮纳闷道："怎么会，是你那个姐？"

黄伟边走边对他俩解释："我们班的语文老师，女的，是从三中高中毕业以后，直接就被选到我们中学去了。而且，很快就成了一位优秀教师。所以，三中想当中学老师的学生，不论男生女生，经常有到我们学校听她课的。平心而论，她的语文课讲得还真好。而我那个姐，那堂课偏巧坐在最后一排，我进教室的时候没注意到。她对我说，依她听来，我的作文的开头还是不错的。她让我晚上带着作文到她家去。从那一天起，她成了我的作文辅导老师。她也曾想高中毕业之后当老师，哪怕当小学老师都心满意足，可是，她的父母是那样的人，又怎么能让她给学生上课呢？我是她唯一教过的学生……"

三人已经走入火车站里了，正向一列货车走去。

列车呜咽般的长鸣声划破夜空。

武红兵和李君婷也并肩走在路上，武红兵肩扛木棍，一脸沉思，走得像武士。

李君婷偷看他一眼，怯怯地问："你在想什么？"

武红兵也不看她，直视前方说："我在想马婶说过的话。"

"什么话？"

"就是赵天亮和周萍去马婶家告别时，马婶看着他俩对我说的那句话——你当时不好意思了，证明你也听到了，是吧？"

李君婷声音极小地说："是……"

"那，你把马婶的话说一遍。"

"我不……"

武红兵："那我说。马婶这么说的——你看人家两个，从宿舍走到这儿都手牵着手！这才叫甜蜜的爱！就从没见你跟君婷这么黏过，学着点儿。马婶是这么说的，对吧？"他站住，看着李君婷。

李君婷点点头，随即将头低下。

武红兵："我觉得马婶说得对，我们爱得不甜蜜。"

"我都给你写过六封信了，还怎么甜蜜啊？"

"信里没有我要的东西。"他向李君婷伸出一只手。

李君婷："那你要什么？"

"现在，我要你的手。"

李君婷迟疑地将一只手伸给他——不是人们正常握手的那一种伸法，而是手心朝下地伸出，即使武红兵站着不动，尽量把胳膊伸长，那也是够不着她的手的。

武红兵上前一步，抓住了她的手。那一瞬间，李君婷的身子竟像受到电击似的抖了一下——在那个年代，渴望爱情而又初次被恋爱对象抓住手的姑娘，十之八九会有那么一种本能的反应。

武红兵将自己那只手也将李君婷那只手揣入了棉衣兜里小声说："走吧。"

于是他们又向前走。远远看去，仿佛武红兵是便衣警察，李君婷是女罪犯，他们的手铐在了一起，隐藏在他兜里似的。

武红兵问低头不语的李君婷："不愿意？说话呀。"

李君婷娇羞地小声说："不说嘛……"

"靠近我。"

李君婷却抽出了手，武红兵不解地看她。

李君婷将手从武红兵的胳膊底下交叉过去，重新伸入他衣兜。这样，她就可以挽着他的手臂走了。

武红兵笑了："这才对嘛！"

二人又向前走时，武红兵说："小手冻得冰凉，刚才为什么不揣自己的兜里？"

"忘了……"

武红兵又一笑："'忘了'，好幽默的回答。你手指根磨出茧子来了，食指根的茧子最厚——大拇指甲劈了，怎么搞的？"

"帮马婶搓苞米的时候，不小心搓着了。"

"要再剪剪，不然还会往里劈，啊？"

"嗯。"

武红兵："这样，我们才像一对恋爱中的人，才有点儿甜蜜的意思了。在东三省的城市里，这叫轧马路；在上海，这叫轧马路；有的城市也叫转街角，在咱们北京……"

"老北京人叫逛胡同。"李君婷一说完，自己也忍不住笑了。

"而在西北，叫'走感情'。比起来，数西北人的说法意味深长，听说，在四川，谈恋爱又叫耍朋友。"说到这里，武红兵唱了起来，"耍啊耍啊耍朋友，耍到一个好朋友，亲个嘴，握握手，你是我的好朋友……"

李君婷吃吃地笑。像她这样的姑娘，当年很多，虽然被极左政治洗脑过，自认为也算是半个政治活动家，但在爱和性方面，仍单纯得如白纸一般。

武红兵唱得来了情绪，引吭高歌：

我们轧在大路上，手拉手儿爱情荡漾，我来指引幸福的方向，姑娘快乐我也快乐……

李君婷笑罢，请求道："给我唱段信天游吧。"

"好啊，想听大声唱的，还是小声唱的？"

"就唱给我一个人听，小声就行。"

武红兵边走边唱：

山丹丹的那个开花儿哟，

红艳艳。

小妹子的那个俏模样，

赛过那红牡丹。

一眨眨的那个大眼睛，

迷住了哥的心。

两片片的那个红唇唇，

咋就，咋就亲起来没够够。

哎呀小妹子那个听哥说，

你是，你是哥的心肝肝。

…………

在武红兵的歌声中，李君婷依偎着武红兵一直走至村口。天光已现微明。

武红兵："我把你送到春梅家门口？"

李君婷低着头不说话，也不抽出自己的手。

"不想这时候回去？"

李君婷低声道："怕搅了春梅的觉……"

武红兵明白了她是不愿意和他就这么分开，也低声说："走……"

二人走在沟壑间，走到了一孔荒弃的窑洞前。正是赵曙光和冯晓兰曾度过亲密时光的那孔窑洞。武红兵拉着李君婷的手，李君婷有些犹豫，又有些害羞地跟着他走了进去。

窑洞的地上垛着厚厚的稻草，武红兵指着稻草对李君婷说："这些草，是我一次次偷偷抱来的。自从我们之间开始通信了，我就总在想，有一天我一定把你带到这儿来，尽情地吻你。"

李君婷先是讶异地看着他，而后又害羞地低下了头。

"君婷……"

李君婷刚一抬头，武红兵已紧紧地将她搂抱住，凝视她。她垂下目光，继而又撩起目光，动情地迎视李君婷的凝视。

两人久久地吻在了一起。李君婷闭着眼睛，像是被吻晕了，被吻软了。

他们坐在了草堆上。李君婷坐得稍靠后些，双手重叠放在武红兵肩头，下颏也担在他肩头。她的眼睛亮晶晶的，那是被初吻"擦"亮的。武红兵从兜里揣出几页折起的纸，慢慢撕着。

李君婷惊讶地看着武红兵："你撕的什么？"

"写给你的第六封信。"

"为什么不给我看，反而撕了？"

"不用给你看了。我在纸上大发牢骚，抱怨我们没拥抱过，没亲吻过，甚至连手都没拉过。现在，我心里已经没有那种抱怨了。我刚才在路上怎么说的？我说，自从我们开始通信以后，对吧？"

"对。"

"多可笑啊，都是北京知青，在同一个农村插队，只不过住在两户不同的人家里，用老百姓话说，每天低头不见抬头见的，却要用笔和纸，通过些个孩子传递感情。"

李君婷满足地说："也挺浪漫啊，外国小说里，恋人之间都是通过情书表达爱情的。"

武红兵："还浪漫？你写给我的，那都不叫情书，只能当成一封又一封的检讨书来看。因为你满纸写的是检讨话语，我满纸写的也只能是对你的思想点评。我们不禁要问一句——爱情哪里去了？长此以往，爱将无地可容，有情将变无情！这难道是我们能够答应的吗？不能！不能！绝对不能！"

李君婷推了他肩头一下："贫劲儿的！"

武红兵："当然，继续保持通信的方式那也是可以的。但是爱情不是仅仅在纸上就足以进行的事情，而要靠实际行动促进！以行动为主，以通信为辅。李君婷同志啊，让我们赶快行动起来吧！一万年太久，只争朝夕！

今年都是我们插队的第五个年头了！过了年，我都二十七周岁了。"

李君婷："我也二十三岁了。刚来那年，我还不满十八岁。"

"以后你如果要给我写信，绝对不许写以前那些内容了。可以写你累了，你想家了，你哪天躺在被窝里不愿意起来，不打算出工了。如果你心情不好，有发愁的事儿或伤心的事儿了，让我及时知道为什么，啊？"

"嗯……一个男人，真的会爱上一个伤害过他的女人吗？"

武红兵一扭身子，将李君婷搂抱在怀里了："听我给你讲讲我父亲和我母亲的事儿——我母亲比我父亲小七八岁，她为了证明自己思想进步，把我父亲和她在家里讨论时事时说的一些话，在政治运动学习班上说了。结果我父亲成了'右派'。为了我和我妹以后的前途着想，他们离婚了。而我母亲，忏悔了一个时期之后，经不住有人追求，又和别人结婚了。可我每次偷偷跑去看我父亲，几句话之后，他必然问我：'你妈妈还好吗？她快乐吗？'下乡前，我去跟我父亲告别，忍不住问他：'爸，你恨我妈吗？'他发了一会儿呆，叹口气说：'一回忆我们曾那么相爱过，就不忍恨她了。'你对我那点儿小伤害，比我母亲对我父亲的伤害轻多了。"

李君婷听着，眼角不禁淌下泪来。她抓起武红兵一只手，亲了一下，信誓旦旦地说："以后，谁把刀架在我脖子上，我也不会再伤害你了！"

武红兵也低头亲了她的额一下。

李君婷天真地问："中国以后会怎么样？"

"不知道。"

"我们以后会怎么样？"

"也不知道。"

"有时候，我心里好怕。总担心还会有什么不好的事情忽然降临在我们头上。"

武红兵不禁将她搂紧，安慰道："不要总担心。现在的我们，是在民间。是在和土地密不可分的民间。这样的民间，是人性最纯朴的民间。你看王大爷、王大娘一家，你看马婶和平阳叔，你看翠花姐一家，都是多么善良的人啊！我们在这样的民间，是幸运的，也是比较安全的。何况，从今往后，我有了你，你有了我……"

李君婷："你也不在乎……我曾经暗恋过赵曙光？"

武红兵坦白地说："我也暗恋过冯晓兰啊！"

"我真后悔，为什么不当初就爱上你，还要伤害你这么好的人呢？"

武红兵一笑："当初我也没有现在这么多情嘛！"

李君婷也笑了。

他们再次深深地亲吻。

王大娘和春梅正在家里吃早饭，李君婷进了屋。

王大娘见她回来，连忙放下碗筷问："闺女，怎么这时候才回来？我和春梅都担心得一宿没睡着。"

李君婷敷衍："一直把他俩送到了火车站，接着又帮忙干了不少活儿。"

王大娘："趁粥还热，先坐下把饭吃了吧。"

李君婷在桌旁坐下，抓起窝头就吃。

王大娘笑了："这闺女，饿成这样！干活儿了，还是得把手洗洗。"

李君婷一笑，走到水盆那儿，舀水洗手。

王大娘自言自语："要是在以前，我还不敢说刚才那话。如果干点儿活儿就洗一次手，可心疼水啦。现在变了，连我自己也是，一从外边回来，第一件儿就是想洗手。春梅也变了，动不动就舀半盆水，弄湿块儿抹布擦这儿擦那儿。衣服没穿两天就洗！"说罢，她又对春梅说："以后衣服不许洗得那么勤，水不稀罕了那也得节省着用。"

春梅却望着君婷的背影说："君婷姐，你头发后边衣服后边粘了些草。"

李君婷掩饰："是吗？帮着你天亮哥他们往火车上抱草来的，有就有吧，反正不影响吃饭！"

她再次在桌旁坐下，抓起窝头吃着。

春梅："今天，又得挨过一个晦气的上午。"

李君婷一愣。

王大娘："昨天，你和红兵送天亮他俩刚走，公社来人了，通知今天上午开会，听曙光自我批判，还说，也要求邻近的大队来人听。大伙有意见，说会开得太勤了。他们说，农闲农闲，不经常召集你们开开会，都把你们头脑闲空了。政治觉悟不是天上掉下来的，是开会开出来的。有啥法？"

春梅愤愤地说："讨厌死他们了！"

王大娘："这话不许当着他们面说！想听听，就去。不想听，在家补补觉。"

春梅："听他们批判我曙光哥？我才不去给他们捧人气！"

王大娘对李君婷说："君婷，会前你得抽空去嘱咐红兵，叫他别乱放炮。如果他们不过分，曙光就当是对自己的修炼吧。乡亲们呢，场面上应付应付，应付得他们没意思了，他们也就会早早走了。如果他们对曙光太过分了，我、马婶两口子，还有你翠花姐，我们也不会答应。"

李君婷点头。

乡亲们三三两两地走在大队路上。

马婶扯着嗓子喊："开会喽！都到知青宿舍开会喽！出门前，可把羊子安顿好啊，小心被狼窜来叼了去！"

从马婶身旁走过的人，都"别有用心"地笑。马婶有点儿被笑糊涂了，又大声地说："都笑什么笑？！不明白我的话啊！"

王大娘也走过来，冲马婶使眼色，小声说："别喊了，路边有人瞪你呢！"

马婶一转身，见几步远的路边，站着披了件棉军大衣的县"革委"副主任，他身后是公社"革委会"照例挟黑皮包的年轻干部。

县"革委"的副主任："我们来了，你喊狼来了，什么意思啊？"

年轻干部小声地说："还喊把羊子安顿好了。"

县"革委"的副主任："对，把羊子安顿好了，又是什么意思啊？"

马婶一笑："您听差了吧？我喊的是把孩子安顿好了。这几天，咱大队的人经常听到狼嚎，怕是要闹狼，那当然咱们就担心孩子！"

年轻干部："别咱们咱们的！尤主任是县'革委'第二把手，怎么就跟你成了咱们？"

马婶："滚一边去！我跟尤主任说话，你搭的什么腔！哎呀，尤主任，你又胖了哎，脸色也好得没比，红扑扑的，油亮油亮的，比刚刷完漆的红棺材还耐看……"

尤主任一时被"夸"得乐也不是，恼也不是。马婶却将目光一收，扶着王大娘扬长而去。

年轻干部小心翼翼地提示："主任，她那是耍笑你呢！"

尤主任生气地说："我自己听不出来啊？还用你说吗？！"

年轻干部诺诺地低下头去。

尤主任恶狠狠地说："这娘们儿！"

知青宿舍坐满了人，赵曙光坐在桌旁，尤主任站他对面。

尤主任看看屋里的乡亲，哼了一声："有的人嘛，对我们的到来心怀不满，站在路当间喊那种含沙射影的话……"

翠花装糊涂："不明白！尤主任，我们坡底大队社员听不明白你的话！谁含口沙子干吗？又射什么的影了？"

乡亲们纷纷应和翠花：

"对对，是不明白！"

"你县'革委'的干部，要句句说我们贫下中农能听明白的话！"

"不明白不能就那么糊涂着，给解释解释！"

尤主任一个劲儿地眨巴眼睛，他根本不知"含沙射影"的出处。

马婶挤到尤主任对面，指着尤主任不依了："哎哎哎，尤主任，你方才那是不点名地说我呢吧？你问问大伙儿，我多咱有过那往嘴里含沙子的毛病？我在路上含口沙子喷你的影了？今儿大阴天，又要下雪，走走走，咱俩都到外边站着去，看你尤主任有人影还是没人影？！"说罢，隔着桌子拉扯尤主任，尤主任又羞又恼，直往后躲闪。

赵曙光："马婶儿，不要这样，这多不好……"

武红兵也挤到桌前劝阻："马婶儿，尤主任是干部，贫下中农对县里的干部要有礼貌嘛！"说着，将马婶儿推开，拍拍手，大声说："安静！大伙请安静！人家尤主任既然说了那么四个字，人家当然就知道是什么意思。人家不解释，那是人家谦虚。大伙非要明白是什么意思，那我就替尤主任解释解释。我是知识青年嘛，这种场合，有这份义务。当然啦，我的知识不多。虽然不多，总归也是有一点儿的啦。'含沙射影'是什么意思呢？是说古时候，那种看去就挺不祥的水里，隐藏着一类怪物，说是鱼吧，它不是鱼，说是兽吧，它又不是兽。总而言之，那是个邪性的东西。据古时候的书里说，人影要是映在水面，它就含了沙子专射人影。谁的人影要是被它射中了，谁呢，轻则大病一场，重则一命呜呼……"

人们听得一片肃静，渐渐地，都将目光集中在马婶身上。

马婶真的恼了，又冲尤主任发威："哎，我说姓尤的，你可真不是玩意儿！我路上还夸你脸色好，你却把我比成那么邪性的东西！我们大队别的大队的人都在，你问问，我有那么邪性吗？我，我今天非扇你大嘴巴子不可！"

赵曙光起身挡住了她："马婶，这就更不好了，一句话半句话的，何必那么认真呢？"

马平阳却拦住了赵曙光："赵曙光，你这个想拽我们走资本主义回头路的人，你没资格挡横！那么贬损我女人，她依我还不依呢！"

翠花也大声地说："我们都不依！这也是对我们全体坡底大队贫下中农的污蔑！"

屋里一片附和声：

"我们邻大队的也不依！"

"尤主任必须检讨！"

"太不像话了，哪儿有那么贬损贫下中农的！"

尤主任一指武红兵："不是我说的，是他那么说的！"

武红兵："怎么，我好心好意帮你下台阶，你拿我当替罪羊啊？"

李君婷强忍着笑低下头去。

赵曙光见他们闹得有些过分了，便对大家挥了挥手："乡亲们，尤主任是来听我当众检讨的。我经过许多天的学习、反省，确实有了一些思想认识。我替尤主任给大家鞠个躬，大家呢，请给我个机会，让我把我的检讨当众说说行不行？"

说罢，他真的向四面鞠起躬来。人们看着他，屋里顿时安静了下来。

赵曙光见大家安静下来，赶紧接着说："通过学习、反省，我又一次认识到资本主义道路肯定是有的！如果有一条道路明明就在眼前，走上那样一条道路，明明能使我们贫下中农的日子好过一些，而谁们偏偏不许我们往那一条路上走，那毫无疑问，就是要把我们往'解放'前的穷苦道路上逼！"

人们都用力地鼓起掌来。掌声中，尤主任的表情难看极了。

公社那名年轻干部进了屋，挤到尤主任跟前，伸出一只手。只见他手中攥着烟盒纸，烟盒纸白色的一面上，有几个黑球球。

尤主任皱眉看着年轻干部手里的东西，问："这是什么？"

"羊粪球。"年轻干部诡秘地对他耳语。

"让我看它干什么？"尤主任嫌恶地看了他一眼。

年轻干部仿佛得了重大发现似的："在宿舍外边的地上发现的，大队路上也有。发现了羊粪球，证明大队里有羊！"

尤主任这才反应过来："放桌上！"

年轻干部将纸放桌上，立了大功似的退到一旁。

尤主任对赵曙光说："你先坐下吧。你的检讨，以后再说。你们坡底大队啊，真是庙小……"话说了一半，他犹豫了一下，下半句没敢说出口。

年轻干部："庙小妖风大，水浅……"

尤主任喝住他："你给我住嘴！"

坡底大队人恨恨地瞪着年轻干部，眼里却又露出不安。

尤主任一指桌上的羊粪球："大家说，这是什么？"

武红兵凑上前，弯腰细看，还闻了闻，摇着头说："是啊，这是什么呢？

有股草味儿——中草药丸？"

尤主任："不认识就闪一边去，你，过来看看，然后大声说它是什么？！"他指了一个青年，叫他过来看："你本大队的还是邻大队的？"

"邻大队的。"被指的青年走上前，装模作样细看。

尤主任满意地说："我就是要听你这邻大队的怎么说。别有什么顾虑，大胆说吧！"

青年农民眼瞧着羊粪球："我祖上十八代都是贫下中农，在您'尤革主'面前……"

尤主任："我名不叫'尤革主'，别瞎叫。"

青年农民一本正经地说："我没叫错您。您姓尤的'革命委员会'副主任，叫您'尤革主'叫错您啦？那几个东西嘛，我看着是很眼熟的，太眼熟了，以前再熟悉不过的东西了，可怎么一时就想不起来它是什么了呢？"

尤主任："撒谎！羊粪球你都看不出来？！"

"羊粪球？"青年农民又细看了一番，连声说，"对对，想起来了，羊粪球嘛！哎呀，我这个从小天天放羊的人，可有年头没见着过羊子了，你们'尤革主'们不许养了嘛，自然就有点儿忘了羊粪球什么样啦。可我倒奇怪了，既然你'尤革主'一眼就看出了是羊粪球，直接说就是了嘛，还考我们干什么呢？要显得您比我们贫下中农更是农民啊？"

尤主任生气地说："一边去！"

青年农民："这人，耍弄人呢嘛这不是……"

尤主任环指着屋里的人，脸上露出一副忧患万分、痛心疾首的模样："你们，你们这是串通一气，成心出我的洋相。可是呢，我不怕。我们费了那么多时间、精力、人力，一遍又一遍地要把资本主义的尾巴也从农村连根铲除！又是思想教育，又是突击搜查，怕的就是前脚铲除了，随后立刻就生出来了！果不其然，果不其然啊！社会主义的千秋大业，一定得有人来保住它！"

他激愤地拍了一下桌子。

年轻干部立刻凑上前，忠心耿耿地说："主任，该怎么办，您就发话吧。"

尤主任："我是实在不想那么办，可是两条道路的明争暗斗摆在眼前了，树欲静而风不止啊，有什么办法，有什么办法啊！传我的话，让咱们来的那些人，给我挨家挨户地搜！"

尤主任、年轻干部、两民兵在前边大步走着，马婶、马平阳、王大娘、翠花、春梅、武红兵和李君婷等在后边默默跟着。

前后两伙人路过马婶家时，马婶家屋里传出"咩咩"的羊叫。

尤主任站住，转身向："这谁家？"

马平阳应道："我家。"

尤主任上下打量着他："你叫马平阳，对吧？"

马平阳点头，马婶则快步进了屋。

"你们是两口子。我耳朵不聋，刚才从你家传出羊叫声了。你看我怎么拿你们两口子当反面典型来批！"尤主任大步向马婶家走去，年轻干部和两个民兵紧紧跟在后面。

等众人走进马婶家，马婶已盘着一条腿，稳稳地坐在一只黑色大木箱的箱盖上了。她见尤主任们进来，强硬地喝问："你们想干啥？"

尤主任冷冷哼了一声："难怪你会前喊，把羊子安顿好了，现在还说不说我听差了？"

木箱子里发出"咩咩"声，箱盖还一拱一拱的，差点儿把马婶拱下去。

尤主任转脸对马平阳说："马平阳，我了解过，知道你们两口子确实都是贫下中农。我不愿发话对你女人动粗，那多不成体统？你劝她下去，就算给我个面子。"

马平阳无奈地走到马婶跟前，劝道："别胡闹了，下去吧。"

马婶无奈地望了翠花她们一眼，不再发威，满脸悲怆，默默起身走开了。

尤主任吩咐两民兵："把羊弄出来。"

两民兵上前打开箱盖，箱中蹦出的却是马婶的老大老二两个孩子。

"上当喽！上当喽！骗你们玩的哟！"两个孩子欢呼着跑了出去。

尤主任跨前一步，亲自朝箱子里看，但见除了几件破衣服，别无他物。

一个跟随者赶来汇报："主任，我没搜出羊来。"

另一个跟随者也赶来，冲尤主任摇头。

赵曙光走进来，对尤主任解释道："主任，我也了解了一下，是这么回事儿——我弟负责替他们黑龙江生产建设兵团往回运羊，他们从新疆买的，路过陕北，昨天来看我，也赶了两只羊来，为的是给大队里的孩子添点儿高兴。人家买的羊是有数的，又赶回去了，哪能留下呢。"

尤主任顿觉尴尬，强争面子地说："那什么，你的检讨还行。不要背包袱，支书你还得当着，大队里的事儿，还是要管起来！"说罢，头也不回地走了。

大家都长长地出了口气。

赵天亮送来的八只羊都到哪里去了呢？原来，乡亲们把羊藏在大队外的那孔破窑洞里了，让大队里的孩子们在那里守着。可是，以后这些羊该怎么办呢？大家没了主意，聚在马婶家商议对策。

马婶发愁地说："以后怎么办啊！躲过了初一，也躲不过十五啊！"

李君婷问马平阳："平阳叔，你说要是今天被他们把羊搜出来了，他们敢回去杀了吃肉吗？"

马平阳叹口气："怎么不敢？些个造反上来的干部，什么事儿都做得出来！"

赵曙光："咱们还是把羊分了吧。八只，咱们自己留下一对。另外三对，分给别的大队吧。一个大队只秘密地养两只，容易蒙过他们的眼。即使都繁殖多了，都被发现了，那也是法不责众的事儿。兴许几个大队联合起来，一坚持，他们那极左的政策，也会让步些。"

王大娘："我赞成。什么事儿都有变的一天。什么人也有听得进点儿道理的时候。我看今天那尤主任，表现得还不太浑。你们那么耍笑他，他不是忍了？你们当他就真信了曙光的话了？我看他才没信呢。只不过，他不想像以前那么凶了，这也是变啊！"

武红兵："我赞成曙光的主张。"

马平阳双手一摊："我更没意见。曙光，你怎么说，咱们怎么做。"

马婶、翠花、李君婷她们也都纷纷点头……

第 37 章

列车在西北大地上奔驰。

赵天亮他们又和羊只待在同一节闷罐车厢里，都还盖了被子。

"小黄浦"醒了，从枕下摸出表看一眼，推推身旁的赵天亮："班长，天亮了。"

"知道。"赵天亮翻了个身，背对着"小黄浦"。

"小黄浦"也在被窝里扭了扭身子："怎么睡在木板上好像睡在冰上啊，睡得我腰酸腿疼的。真想咱们连队的大火炕了。"

黄伟也醒了："列车一开，寒风飕飕地从车底下过，当然像睡在冰上了。咱们也真是的，出发前怎么谁也没想到互相提醒提醒，都带张狗皮。"

"小黄浦"："就是！也没有谁想到在褥子底下铺层厚草，那也挺顶事儿啊！"

赵天亮背着身说："我想是想到了，可羊们一路还挺能吃，草越来越少，就打消那想法了。"

尹排长听到他们的说话声，醒过来："天亮，咱们肯定已经进入山西界内了。"

周萍也醒了，问："徐进步，伤口还疼不疼了？要不要再换一次药？"

"小黄浦"嘿嘿笑道："不用了，结痂了，就是开始痒了。多谢你这位护理医生一路为我换药啊！"

周萍也笑了笑："应该的。痒可忍着点儿啊，千万不能挠。弄破了痂，感染了，再得破伤风，那可不是闹着玩儿的。"

尹排长故作严肃地问"小黄浦"："记住周萍的话没有？"

"小黄浦"拖长音调说："记住了！"

大家就这样在被窝里聊着天，谁也不愿先起来。即使这样，也都感觉到侵骨的冷气，一个个翻过来转过去的，尽量把被子裹紧，把身子蜷得像只虾。

列车缓缓停住了。

黄伟站了起来，说："我开一下车门，透透新鲜空气。"

"小黄浦"大声反对："别开！想冻死我们啊！"

黄伟："冻死比熏死强！一夜的羊粪尿味儿，熏得我脑仁儿都疼了！"他将车门拉开，不料车下站着十几个人，一看便知都是男女插队知青。

车上车下，双方愣愣地彼此看着。

黄伟刚想将车门拉上，一名戴"坦克帽"的男知青已在别人的托举下跃进了车厢，将黄伟一推。黄伟倒在地上。

赵天亮们吃惊地坐了起来。

"我们是插队知青，都要回北京过春节。几次都没挤上客车，只得上你们这种车厢了！""坦克帽"解释了几句，便冲车下喊，"快！快！都上来！"

于是车下的知青一个个都上了车。

赵天亮一跃而起："我们这是执行押运任务的车！"

"坦克帽"都不再看他一眼："那就连我们一块儿押运了吧！"

黄伟、"小黄浦"一起将"入侵者"们往车厢下面推。

周萍拥着被子坐起来，吃惊地看着眼前的变故。

尹排长大声喝止："不许来硬的！双方都要冷静！"

列车又开动了，刚才车下面的知青全都挤了上来。车厢里，由于一下子多了十几个人，顿时变得拥挤了，连坐的地方都没有了。周萍和一个姑娘面对面、胸贴胸地站着。

姑娘满怀歉意："对不起……"

周萍微微苦笑。

姑娘看着周萍上衣的扣子："你扣子扣错了。"

周萍低头一看，果然有一枚扣子进错了扣眼。她想重扣，双臂却因为被挤住了，动弹不得。

姑娘默默替她将扣子重扣一遍："坐客车我们也没钱买票啊！我们怎么能和你们兵团的比？你们每月有工资！"

周萍："我也是插队的。"

姑娘："那你就别讨厌我们了，啊？"

周萍点点头。

车厢的另一边，赵天亮、黄伟、"小黄浦"和尹排长都在穿裤子，穿袄。

"小黄浦"不安地东张西望："我的鞋！都他妈因为你们！把我一只鞋搞没了！"

"在这儿！"一只大头鞋从人们头顶上被一只只手传到了"小黄浦"手里。

"都这么挤着我怎么穿鞋？往后去往后去！""小黄浦"推开挡在他前面的人，往后退着，一不留神，跌坐到羊群中去了。

赵天亮在勒皮带，用力过猛，皮带竟然断了。赵天亮抽下断为两截的皮带，看了一眼，抬头瞪着"坦克帽"，恼火地说："春节还早呢！晚几天回北京，你们就都会死啊！"

"坦克帽"揉了一下鼻子："大家都想家了嘛！冬天队上没活儿，待在农村也是个无聊。无聊就有可能干些偷鸡摸狗的事儿。与其让老乡嫌恶我们，还莫如早点儿回北京！"

"坦克帽"一边说，一边从腰间抽下自己的皮带，递给赵天亮："扎着吧，我的裤腰有松紧。"

天黑了，赵天亮的父母坐在沙发上，他们面前的茶几上摆着"半导体"

收音机,正传出男播音员极具战斗性的话语:"是否坚决反击目前这一场'右倾翻案风',关系到能否将'文化大革命'进行到底的重大问题!'文化大革命'的成果一旦付之东流……"

门忽然一响,有人进了屋,是赵家所在的部队大院传达室的老大爷。

赵母关上了收音机,问:"大爷,有事儿?"

传达室的老大爷:"敲了几下门,你们肯定没听到。天亮在永定门火车站,把电话打到了传达室。"

赵父吃惊地:"他……他怎么会在永定门火车站?"

传达室的老大爷:"他说,他是为他们兵团从新疆往北大荒运一批羊,说他和班里的几个人,还有羊,都等着换车皮,不能离开,更不能回家。"

老大爷看着赵母又说:"天亮叫你赶快到医院门口去,说会有人到那儿去找你,有紧急的事儿希望你务必办到……"

医院门口,"坦克帽"扶一辆自行车引颈张望,见赵母骑自行车过来,迎上前去:"是赵阿姨吧?"

赵母下了自行车问他:"是天亮的战友?"

"坦克帽":"不是,我在山西插队。我们十几个人硬挤上天亮他们的闷罐车厢才回到北京的。我还没往家里去,借了辆自行车就赶来了,生怕误了他托付的事儿。他有纸条带给您。"

赵母锁好自行车,一边和"塔克帽"往医院里走,一边看那张纸条。

纸条上是赵天亮的笔迹:

妈:

和我们一起执行任务的我们的排长患了晚期胃癌,又没带任何止疼药。我们前边的路途还很远,不能眼看着他天天受病痛的折磨。他说他曾打过一种叫"杜冷丁"的止痛药。妈,儿子请求你务必给搞到几支,还有针头针管什么的,交给去找你的人。十万火急,务必务必。

…………

赵母看着赵天亮的字条，皱起了眉头："'杜冷丁'这种药医生是不能随便开的。这是只限于为住院患者使用的药，医生更不能随便从药房领出来交给与患者不相干的人……"

"坦克帽"见赵母在为难，便说："阿姨，天亮是为他们排长，我是受天亮他们重托，也不能说与患者毫不相干啊！天亮的一个战友悄悄告诉我，夜里，曾经发现他们排长疼得实在受不了，就偷偷吸着一支烟，用烟头烫自己胳膊、胸膛……"

赵母听得吃惊，犹豫了一下，毅然道："你等这儿，我不来千万别离开！"说罢，转身匆匆向药房走去。

一名是现役军人的年轻女护士伏在药房里的桌子上睡觉。赵母走到小窗口前，敲了敲玻璃。

女护士抬起头，见是赵母，起身给她打开门："宋大夫，有事儿？"

赵母走进药房，问女护士："小曲，咱们有'杜冷丁'吧？"

"有啊，必备药嘛，不能缺的啊。"

"有多少？"

"不少，一箱多。"

"我得拿走十几支，明天交钱，还要拿走些针头、针管、碘酒什么的……"

女护士："可，不是有规定，'杜冷丁'得院领导们批吗？"

赵母："顾不上先找他们批了。这样，你给我预备个空盒，我自己拿，你别拦我。告诉我在哪儿？"

女护士看着她不说话。

赵母急了："说话呀！"

女护士扬手向旁边的架子上指了指："在最后一排药架上有小盒的。"

赵母立刻向女护士所指的药品架走去，边找药边解释："有一名晚期胃癌患者急需。你也知道，那要疼起来，再坚强的人也难以忍受……"

赵母从药架后闪了出来，怀里捧着些药品。女护士默默地拿出一个空纸盒放桌上。赵母将药品放入盒中，拿起往外便走。

女护士在她身后说："宋大夫，也许你会受处分的。"

赵母在门前停了一下，还是头也不回地走出去了。

赵母匆匆走到"坦克帽"跟前，将药盒交给他。"坦克帽"接过药盒，却双眼直勾勾地发呆："阿姨，我忘锁车了，自行车丢了。"

赵母从兜里掏出了自行车钥匙："阿姨替你赔，骑我的。把药盒放车筐里。"

"坦克帽"骑上自行车，对赵母说："有个叫周萍的姑娘让我代她问您好！"

"请你也代我问她好！"赵母目送着"坦克帽"离去。月光下，赵母眼中有泪光在闪动。

永定门火车站的货车停车场，赵天亮他们在将羊只赶上车厢。第一节至第三节车厢的门被依次关好，只有第四节车厢的门还敞开着。

赵天亮站在第一节车厢下望着某个方向发呆，一只手突然拍他肩上，他回头一看，是黄伟。

黄伟问他："你母亲他们医院肯定有那种药？"

"肯定有。我听我母亲讲过，不少晚期癌症患者经常到他们医院打'杜冷丁'。"

"那，你母亲肯定会认真对待你的要求？"

"应该会吧。我纸上写的是'请求'。"

"就算你妈认真对待了，那小子会把咱们托嘱他的事儿当件事儿办吗？"

赵天亮："不知道，那就全在他说话算不算话了。"

一阵哨声响起，火车要开了。"小黄浦"站在第四节车厢上大喊："班长，马上要开车了！别抱希望了！"

赵天亮失望地转过身，与黄伟往第四节车厢走。两人刚走几步，忽听有人喊："赵天亮！我来了！"

二人回头，见"坦克帽"跨着一道道铁轨跑来。

赵天亮也几步跨上前去，与"坦克帽"跑到了一起。

"坦克帽"将纸盒朝赵天亮一递，气喘吁吁地说："你所要的……全在里边了。"

赵天亮刚接过盒子，就听黄伟在身后喊："天亮！车开了！"

赵天亮回头一看，列车果然已经缓缓开动。他又回头看"坦克帽"，分明想说一句感激的话，却不知说什么好。

"坦克帽"推他一把："看我干什么呀，快追火车呀！"

赵天亮拔腿向火车的方向跑去。

站在车厢门边接应他的黄伟和"小黄浦"各伸出一只手，将他拽上车去。

"坦克帽"在远处与列车并行着跑，大喊："赵天亮！你妈让我代问周萍好！"

墙上的圆形悬钟嘀嗒地走着，时针指着下午两点半。张靖严的父亲张师傅定定地望着那只钟。

"小地包"的父亲："张师傅，我们到了。"

他们身边还站着另外两个人。一个穿着机械工人的工作服；一个文质彬彬，看上去像是知识分子。

"小地包"的父亲向张父介绍："这是魏明他爸，'哈一机'的。这是黄伟他爸，在报社当过高级记者呢！"

黄伟的父亲不卑不亢地说："不提从前的事儿，现在我在魏师傅手底下改造。"

魏明的父亲微笑着说："你看你，这么说不就让张师傅误会了？你明明是我的重点保护对象嘛！"

张父："你俩说的不一样，我还真犯疑惑了！"

魏父："他归我管不假，说来都好几年了。当时我收到魏明一封信，说他高中的同班同学也是兵团同班战友的父亲在'哈一机'改造，叫黄启明，让我暗中多加关照。他儿子我是认识的，我儿子信中也没提他儿子的名字，我也就没往一块儿想。但儿子写信求我的事儿，那也等于是领导指示啊！儿子每两个月往家寄三十元钱呢，不重视不好啊！我们厂也大，今天这派掌权，明天那派夺权的。我就四处找人问，几天后就见着他了。我说，'我们班组缺人，这个臭老九，我要了'。造反派头头问我，'魏师傅，这臭老九特笨，什么活儿都干不好，为什么单要他呀'。猜我怎么回答？我说，'我聪明啊，所以我要是把笨人都调教聪明了，那不是证明我更聪明啦'。"

四位哈尔滨知青的父亲都笑了起来。

说笑了一阵，四位哈尔滨知青的父亲来到铁轨旁，往同一个方向眺望着。

张父："我打听清楚了，肯定会停在这条道线上。如果正点，快到达了。"

孙父："魏师傅，刚才的话说了一半啊！怪有意思的，接着说。"

魏父："接着我就没什么可说的了，问他吧。"他说着，指了指黄父。

黄父："我到了魏师傅班组以后，心里又纳闷又害怕呀，心想这人怎么单单就看着我不顺眼呢，我的命运是不是雪上加霜了呀！跟他走在半道，他掏出魏明的信给我看了，我当时心里那个热乎！想不到通过孩子们的关系，我们父亲和父亲之间，还建立起了特殊的感情。从那以后，再有人要批斗我，魏师傅就说，'我还有活儿让他干呢'，一句话就给挡回去了。他在厂里人缘好，不少造反派头头是他徒弟，给他面子，所以还真能保护得了我！"

张父真诚地说："既然咱们孩子之间的关系处得那么好，亲兄乃弟似的，那咱们当父亲的，以后就是知近的人了。这叫缘分。咱们都得看重这种缘分，要不，不是对不起孩子们那种关系了？"

另外三位父亲频频点头。这时，列车的汽笛声从远处传来。四位父亲同时望去，车头已经出现在大家的视线里了。

张父对大家挥了挥胳膊："还真准时。都靠后，都靠后。"

四位父亲像迎接专列似的，伫立在铁道旁。

列车从他们面前经过，站在车门口的黄伟向车下大声喊道："爸！"

列车停住，黄伟第一个从车上跳下来，赵天亮他们也都跳下来。四位父亲都跑了过去。

魏父拍了黄伟的后脑勺一下："你看你这小子，怎么搞的，胡子拉碴的！你看你爸那张脸，人家弄得多清楚！"

黄伟走到父亲跟前："路上连口热水都喝不上，哪儿还顾得上脸啊！爸，一切还好吧？"

黄父："有你魏叔关照，还好，还好。"

"小地包"的父亲："孩子们，我给你们介绍一下啊。他不用介绍了，黄伟都叫爸了嘛。这是魏明他爸，这是张靖严他爸，我是孙敬文和孙曼玲姐弟俩的爸。"

黄伟："爸，你还真能耐，另外调谴了三位爸来！"

"我哪有那权威啊！接到你的信，我也不知道自己该帮些什么啊，就跟你魏叔说了。你魏叔就出面找了你张叔和你孙叔。"

黄伟对家长们说："我来介绍介绍我方人员啊！这是我们尹排长，这是我们班长赵天亮，北京知青。这是我的同班战友徐进步，上海知青。这漂亮姑娘叫周萍，也是上海知青。"

"孩子们，现在听我说啊。一会儿就让黄伟带你们离开，什么都不用管了，都交给我们了。这车明天早上换了车头才继续往前开，这一段时间里，你们只管好好休息。"张父说着，从兜里掏出工作证，将夹着的票券一一分给赵天亮他们，"这是澡票，黄伟可以带你们到铁路职工浴堂洗澡，一人一张，自己拿好。"

分到尹排长时，张父仔细打量了他一番："听靖严说起过您，您脸色可太不好了，尤其要好好休息一下。有我们在，你只管放心。"

尹排长笑着点头："放心，放心。"

张父又把一些票券交给黄伟："这是我们铁路小食堂的饭票，二十四小时营业，你先要带他们饱饱地去吃上一顿。饱不剃头，饿不洗澡嘛！"

浴室中，赵天亮和尹排长泡在水中。赵天亮见尹排长气色恢复了许多，便问："排长，那药还起点儿作用？"

尹排长："那是。天亮，吃饭后，找个地方，还得让周萍给我来一针。今晚不知睡谁家，万一哼出声来，怕让人家着急。"

黄伟和"小黄浦"趴在长凳上，两位搓澡师傅分别给他俩搓澡。

给"小黄浦"搓澡的师傅一抖毛巾："这小伙子，个头不大，身上干货不少。好嘞，冲冲去吧！"

"小黄浦"却仍然趴在长凳上，一动不动，搓澡师傅不安地看了看他。"小黄浦"忽然发出一声猪般的响鼾，搓澡师傅这才一笑："我以为我今天还搓出人命来了！"

另一位搓澡师傅也看着"小黄浦"说："都睡出哈喇子了！"

黄伟："甭管他，让他睡会儿吧。"

大家洗完澡，回到列车站内。尹排长坐在车站一个僻静的角落里，一手掐着自己胳膊上方，周萍在给他注射"杜冷丁"。而赵天亮、"小黄浦"、黄伟并肩挡成人墙。

周萍拔出针头："排长，夹住棉球……"

有人的手在黄伟肩上拍了一下，黄伟回头看去，拍他的人是名铁路警察。

铁路警察探头看了看："干什么呢？"

黄伟解释道："我们是兵团的，在给我们排长打止疼针。"

周萍扶尹排长站起。

铁路警察看看脸色苍白的尹排长，又看看地上的医药箱，热心地问："有没有事儿？要不要帮他找个地方躺躺？"

尹排长："不用不用，不是什么大病，只不过有时疼得厉害……"

火车站里，魏父从最后一节车厢里叉起草，举给站在另一节车厢门口的黄父，而黄父将草分散给羊只。张父和孙父在清扫赵天亮他们住过的那一节车厢。黄父突然喊道："羊跑了！羊跑了！"

张父和孙父急到车厢门口看，见一只羊正跑过来，黄父跳下车厢边追边喊："不许乱跑，站住！站住！"

孙父也跳下车厢，拦住他："别追！你别追它！"

黄父站住了，羊又跑了几步，也站住了，正好站在孙父眼前。孙父将羊扑住。羊一挣，又跑脱了，但随即被拦住它的人握住了双角。

孙父再一次从后抱住了羊，连说："多谢多谢……"

二人四目相对时，都愣住了——握住羊角的人正是齐勇的父亲。

魏父赶上来，对齐父说："以为你有事儿不来了呢！"他转头又对黄父说："'老九'让开吧。学着点儿，看我们的吧！"

魏父于是和齐父一个抱前，一个抱后，将那只羊举到了车上。

齐父对魏父说："魏明他妈通知了齐勇他妈，那我就当然得来。来了，证明我把孩子们的事儿当成回事儿了。可我现在又后悔来了。"

齐父说罢，转身离去，留下魏父和孙父怔怔地看他的背影。

魏父叫他："齐勇他爸，你把话说明白！"

齐父转身，指着孙父说："他来了，我不得不走。我见不得他孙家的每一个人！"说罢，又转身大步往前走。

魏父看着孙父问："他，他不等于说恨你们孙家的人吗？"

孙父："唉，我们两家的事儿，一言难尽啊。"

张父在车上大声说："来都来了，走什么啊！我就差和齐勇他爸还不熟了，谁去把他拽回来？"

"我试试吧。"黄父朝齐父追去。

黄父追上齐父的时候，两人已经到了车站外一条僻静的小街上。黄父在齐父面前倒退着走，边走边说："你不回去，不仅是不给我面子的问题，也等于不给魏明他爸面子，不给张靖严他爸面子。孩子们可都是自小一块儿长大的，现在是亲如兄弟的关系……"他只顾说话，没留心路面，脚下一滑，仰面摔倒。

齐父将他拉起，替他拍抚身上的雪："冲孩子们的关系，我是不应该转身就走……"

黄父挣扎着站起来:"就是嘛!"

"可我们齐家和他们孙家,是有人命冤结的,那事儿你肯定不知道,我也不愿跟别人说。但冤结就是冤结,淤在这儿……"齐父指了指心窝,"化解不开了!"

黄父一脸了解:"你们两家的事儿我不仅知道,还一清二楚。"

齐父:"你知道?怎么知道的?"

"黄伟告诉我的。我问你啊,老孙家的小儿子也在兵团,和我儿子、你儿子,还有魏明是一个班的,这情况你知道吗?"

齐父:"也不能因为他儿子和我儿子偏偏在一个班,我心里的冤结就不是冤结了。那是那么容易的事儿吗!"

黄父:"老孙家的小儿子叫孙敬文,和齐勇有过要么同生、要么共死的经历,齐勇现在把孙敬文当成一个弟弟那么爱护着,这情况你也知道吗?"

齐父没听齐勇说过,他愣愣地看着黄父。

黄父:"老孙家还有个女儿叫孙曼玲,也和齐勇他们一个连,是女班班长,各方面都很不错的个姑娘,齐勇和她正恋爱呢,这情况你更不知道吧?"

齐父简直不敢相信自己的耳朵:"不可能!根本不可能!"

黄父对齐父的表现并不吃惊:"齐勇探家刚回去,对吧?"

齐父点头。

黄父继续说:"孙曼玲和他一块儿探的家。他俩双双到我家去看过我们两口子,还在我家吃了一顿饭,我觉得他俩爱得挺幸福。"

"当真?"齐父瞪大眼睛看着黄父。

"你们齐勇,已经到人家孙家去过两次了,人家孙曼玲的爸妈对你们齐勇可满意了。每次他去,人家老孙都陪他喝两盅,拿他当事实上的女婿一样看待了……"

齐父:"走,回去!"

黄父笑了:"这才对嘛!"

张父、孙父、魏父在赵天亮他们住的那节车厢里忙碌着，他们往地上铺了三层草袋子，又将褥子整整齐齐地铺下。

张父边铺褥子边对孙父说："你们两家那事儿，说到底，是意外造成的不幸啊！"

魏父："以后找机会，我和张师傅替你们两家说和说和。"

孙父："估计很难说和得了啊。我们两口子也能理解人家齐勇父母的心情。虽说我们老大至今还在以刑抵过，但毕竟有刑满回家那一天。人家的小儿子，可是再也回不了家了。所以呢，不说和也罢，两家人避免见到最好……"

正说着，车下响起咳嗽声。三人扭头一看，见黄父已经站在车下了。

黄父："我把齐勇他父亲劝回来了！"他对孙父招招手："你下来，他有话单独跟你说。"

孙父犹豫了一下。

魏父轻轻推他一下："快下去吧，也是个和好的机会啊！"

孙父这才跳下了车。

张父坐在褥子上感叹道："'老九'还真有点儿说服能力。"

魏父不无自豪地说："经我这工人师傅调教过的嘛！"

齐父背着身，站在离车门口挺远的地方。刚下车的孙父犹豫地看黄父。

黄父低声说："主动过去啊！"

孙父走到齐父背后，也低声说："齐勇他爸……"

齐父转过了身，一把从头上扯下了帽子。

"你想让我们孙家怎么做，你们才能原谅我们孙家的孩子，你只管说……"

没等孙父说完，齐父突然挥舞帽子抽打起孙父来，而孙父双手抱头挨着。

黄父冲车上大叫："不好了，打起来了！"说罢，跑过去，挡在齐父和孙父中间。齐父猛地一推，将他推倒在地。

张父和魏父也都跳下车，跑了过来。

魏父扶起黄父，张父挡在了齐父跟前："齐师傅，大家可都是为了孩子们的事儿才来的，谁家和谁家即使有再大的冤结，动手就打总是不对的吧！"

齐父气愤地一指孙父："他欺人太甚！我总共两个儿子，小儿子已经因为他们家的儿子死了，他现在又让他女儿勾引我大儿子，我们齐勇都快成了他们家的女婿了！每次齐勇去他们家，他还有脸陪着齐勇喝酒！现在我想起来了，齐勇第一次探家，有天晚上回家时醉醺醺的，那肯定就是让他灌的！可我和齐勇他妈至今蒙在鼓里！他也太不拿我们两口子当回事儿了吧！"

魏父低声埋怨黄父："你倒是怎么劝的嘛！真是成事不足，败事有余！"

张父回头看孙父，孙父却平静地说："齐勇他爸，你那可纯粹是胡说八道啊！我女儿在兵团谈恋爱了不假，但是我女儿看上的小伙子人家叫于英！至于你们齐勇，我从没见过！你放心，即使我女儿的恋爱不成功，即使全中国只剩下了你们家齐勇一个小伙子，我也不许我女儿爱他！"

他又对张父他们说："让你们三位父亲见笑了，我觉得，我还是走吧。"说完，便转身走了。

齐父却迁怒于黄父："我说的可都是你刚才告诉我的！如果我打错了，那我也不跟他认错！你跟他认错好了！你还得跟我认错！"他说完，也转身走了。

魏父两边看看两位父亲的背影，不知如何是好："这……这……"

张父："让他俩都走吧，哪一个也甭往回叫。该干的活儿都干完了，接下来就只剩下守着车了，用不着五个人。"

魏父又埋怨黄父："你也是，瞎逞能，劝不回来就算了，编出那些没影儿的事儿干什么啊！"

黄父双手一摊："我……我也没编啊！我说的都是齐勇亲口告诉我的呀。"

张父："得啦，你也甭解释了。我现在也想起来了，我第一次接站时，是见过那么一个叫于英的小伙子，也确实是个不错的小伙子，给我留下的印象还挺深，肯定是你张冠李戴了。"他也转身回到车上去了。

魏父不满地看一眼黄父，跟着张父回到了车上。

黄父独自站在那儿发愣，喃喃地说："我冤枉，我冤枉……"

黄父在铁路职工浴池门口，看着写有"男浴"二字的布帘，踱来踱去。坐在对面两张长椅上的男人和女人纳闷地看他。

女售票员："你看你这个人，要洗，就买票。早排着，早洗上。不洗就出去，别在我眼前走来走去的，晃得我眼乱。"

黄父："我不洗，我想进去找个人。"

女售票员："叫什么名字，说。我通知里边，让他出来。"

黄父："那倒不必。我只不过想进去，跟他聊一会儿。"

女售票员："那你就得买票了。"她低下头不再理他。

浴池内的堂倌喊道："下一位！"

黄父应声而入。

堂倌手往前一伸："里边请，二十八床。"

黄父对他笑了一下："我不洗，你再叫一位进来吧。我只想找个好久没见的朋友，跟他说几句话。"

"那……"堂倌挠了挠头，又朝外喊，"再下一位！"

黄父在浴床与浴床之间寻找着，他终于看到了赵天亮和尹排长，他的儿子黄伟和"小黄浦"趴在对面浴床上。四个人全都睡着了，而且睡得那么香。

黄父缓缓坐在了床边，双手拿着棉帽子，深情地看着儿子。他伸手欲摸儿子脸上的胡楂，却又缩回了手。他发现儿子的一只手上，有两个指甲都青了，他俯下头细细察看儿子受伤的手指。心疼和无奈交织在他心里。也许因为心情太复杂，他脸上的表情反而看起来很平静，只有他柔情似水的目光透露了他的心事。

黄父走出浴堂的时候，天已黑透，街道两旁的路灯亮了起来。

按照浴堂的规定，只要多交两元钱，便可以在那里过夜。因为浴堂离车站近，大家就一致决定住在那里了。

第二天一早，赵天亮他们就上了车，只黄伟一个人还站在地上，跟父亲说话。

黄伟愧疚地说："爸，对不起，昨天大家不想给别人添麻烦，就一致决定住在那儿了。我怕我一回家住，他们都人生地不熟的，有什么急事儿找不到我。"

黄父："那有什么对不起的，个人服从集体，是正确的。"

"我妈还好吗？"

"还好。她挺想你的，非要跟来，我没让她来。啊，对了，告诉你个喜讯，你妈从干校抽回报社了，还没让她当编辑，暂时在校对室做校对……"

魏父催促道："摇绿旗了，黄伟，快上车吧！"

黄伟依依不舍地上了车，黄父仰视着他又说："劳动中小心点儿，啊。"

车厢从三位父亲面前缓缓向前移动，三位父亲目送着列车远去。

列车走远了，张父告辞先走了。

魏父对黄父说："'老九'，咱俩最好不一块儿进厂，我先走，十分钟后你再走。"

黄父点头同意。

魏父也转身匆匆走了，原地只留下了黄父。他摘掉棉帽子，望着列车消失的方向，伏在雪地上，将耳朵贴在铁轨上……

晃动的车厢中，大家都坐在各自的褥子上，若有所思。

尹排长按按褥子，批评赵天亮："一班长，就这么简单，大家睡着就不那么凉了，可你当班长的硬是想不到。"

赵天亮无奈地辩解："后来想到了，不过想到也晚了。一路上哪里也搞不到草袋子了。"

"小黄浦"拍着松软的褥子："人不管多大，还是有父母好啊！"

一挂鞭炮在炸响，一双双鼓槌敲在大鼓上。拉在两树之间的横幅上写着："热烈欢迎战友长征归来！"

团部的人夹道欢迎赵天亮他们的归来。羊只已经载在卡车上了，十来辆卡车从两旁的人墙间缓缓通过，每辆卡车都披红挂花，赵天亮等人也都披红挂花，坐在第一辆卡车的驾驶室里。

第一辆卡车停住，团长、曲干事和另一位中年军人走上前。

赵天亮他们从卡车上跳下来，黄伟和"小黄浦"快步走到赵天亮身边，自然而然地站成一排。

赵天亮腰板一挺："报告团长，我们顺利完成任务，羊一只不少！"

团长："我还以为损失惨重呢！你们辛苦了，我代表团里谢谢你们！向你们介绍一下，咱们团终于有政委了，这是田政委。"

赵天亮等三人又向田政委敬礼。田政委还礼之后，指着周萍问："那是谁？"

周萍站在一辆卡车的车头旁，没披红，也没挂花。

团长："嘿，把她给忘了。"他对政委小声说："就是我跟你说的那姑娘。"

他朝周萍招手："过来，握握手。"

周萍怯怯地走过去，伸出手与团长、政委握手："团长好，政委好。"

政委看着赵天亮他们，说："怎么你们又是披红又是挂花的，人家没有？"

赵天亮解释："别人给我们弄身上的，一听说她不是兵团的，就没往她身上弄……"

团长严肃地说："谁负责这事儿的？怎么这么小心眼儿？曲干事，过后你给我查出那个人来！"

周萍："团长，政委，别查了，我都习惯了。看他们披红挂花的，我也挺高兴啊！"

团长、政委相视一笑。

政委问周萍："小周，听说你唱歌唱得好啊？"

"小黄浦"插嘴道:"不是一般好,是非常好。"

周萍害羞地低下了头:"没他夸得那么好。"

政委笑着对曲干事说:"曲干事,记着,替我和团长专门听她唱唱,然后汇报一下印象。"

"明白!"曲干事转而问赵天亮,"尹排长呢?"

赵天亮向四周张望着:"他……还在车上吧?"

团长嗔怪道:"你看你这班长当得,一回到家,就把排长撇下不管了!"

赵天亮向一辆卡车的驾驶室跑去。披红挂花的尹排长低垂着头仍坐在驾驶室里。

赵天亮拉开车门,轻推尹排长:"排长,排长……"

尹排长向一旁倒下去。

团长、政委、曲干事及黄伟他们见状围拢过来。

曲干事摸尹排长手腕,对团长和政委摇头:"没脉搏了……"

"排长!"赵天亮的喊声划破晴空。

第 38 章

在一班的新宿舍，"小黄浦"把一枚漂在水里的邮票捞起来，按在一张白纸上。"小黄浦"的手缓缓移开，白纸上留下他的湿手印和那张邮票。魏明手持电烙铁在修理"半导体"收音机。"小地包"在擦穿在脚上的半高腰靴子，吹着口哨。赵天亮往棉袄外套一件绿军衣。而黄伟却站在盆边，用梳子蘸着水梳头发。

齐勇进来，大声地说："弟兄们，磨蹭什么啊？"

他也穿了一双半高腰靴子，上身没穿棉袄，穿了一件黑色的高领厚毛衣，外穿棉大衣，不扣扣子，头戴羊剪绒军帽。

"小地包"继续擦着靴子："半年多才看一场电影，总得认真对待嘛！"

黄伟一手抚弄头发，另一只手继续梳着，同时打量着齐勇："什么时候有了这么一件漂亮的毛衣？"

齐勇："某人他姐给织的。"

赵天亮："敬文，不嫉妒啊？"

"小地包"："嫉妒也没用啊，但总的来看对我还是利大于弊。第一，我姐现在黏某人了，不太用关怀的方式折磨我了。第二，某人也比较懂得'来而无往非礼也'的规矩，人家给自己买靴子的时候，没忘了给我也买一双。"

赵天亮、黄伟，包括齐勇自己都笑了。

齐勇："这小舅子，跟姐夫没大没小的！"他拍了"小地包"的屁股一下，走到"小黄浦"那儿，看着"小黄浦"用火柴烤纸上的邮票，问："听说你从新疆回来的路上损失惨重？"

"小黄浦"："那是啊。需要感谢什么人了，班长就说，'进步，贡献几枚毛主席像章'，数量上损失了一大半。但精品珍品我还是保留下来了！"

齐勇："又藏被套里了？"

"小黄浦"白了他一眼："我傻啊！等着某些贼偷啊！"

"棉袄里？"

"不告诉你。"

齐勇看了看那张邮票："这张邮票很珍贵？"

"小黄浦"："算不上珍贵，但毕竟是一九七六年我收集的第一张邮票。""小黄浦"边跟齐勇说话，边将邮票往邮册中夹。他合上邮册，双手合十，闭上了眼睛，念念有词："财神爷，关圣帝，恳请将来赐我好运，让我的收集价值连城。"

齐勇看着他哑然失笑。

"小地包"："我们收到信了都把邮票揭下来给他，他说算我们投资。"

齐勇："唉，这长在心上的'资本主义尾巴'，谁有办法把他割掉呢？我真同情那些虔诚无比的共产主义信徒啊！"说着，又走到魏明旁边问："这次是给谁家修的？"

魏明没抬头："尹排长家。"

大家都不说话，气氛凝重起来。

齐勇："大家凑那笔钱寄走了没有？"

赵天亮："我亲自寄的，元旦前我就寄走了。"

魏明依旧没抬头，只是说："你们几个先去，给我占个地儿，我一会儿就修好！"

在新来的政委、团长和老红军站长杨秉奎的共同努力下，周萍终于被以"需要特殊文艺人才"为理由正式调到了七连。然而，赵天亮和周萍接触的机会并没增加多少，更多的时候是知你眼中含甚意，遥遥相望锁唇舌。

赵天亮、齐勇、黄伟、"小地包"和"小黄浦"往食堂走去。他们走到大食堂门口，恰遇孙曼玲带领女一班的姑娘们走来。周萍与赵天亮的目光一对，立刻低下了头。

孙曼玲对身后的姑娘们说："你们先进去，我和赵天亮说几句话。"

齐勇看看她："不跟我说几句话？"

孙曼玲："你以为我跟你有说不完的话啊？太自作多情了吧！"

齐勇："嘿，这面子卷得。"他说着，只好与黄伟、"小地包"和"小黄浦"先进了食堂。

孙曼玲将一个纸条递给了赵天亮，低声说："让你高兴的事儿。她嘱咐你先不要到处说！"说罢，转身进了食堂。

赵天亮站在食堂门旁，展开了纸条。纸条上是周萍的字迹：

天亮：

我父亲给周总理写了一封信，历经两年多的时间，据说已经转到周总理手中了。又据冒险帮助我父亲的人说，总理看后说知道我父亲这个人，还说在上海解放前后我父亲为共产党做了不少有益的事儿，应该按照党的政策给予一些关照。

…………

"嘿！"赵天亮用拳连擂食堂的土坯墙，然后将头抵在墙上，一动不动，以平复自己心中的兴奋。

"一班长，这是干什么？想把食堂拱倒啊？"赵天亮一转身，见连长和指导员站在跟前。

赵天亮："是那么想的，没那么大劲儿。"他笑着走进了食堂。

连长："这小子，发什么神经！"

指导员："爱情是一种病嘛！"

窗口的草帘子已经放下了，食堂里的光线很暗，电影开始放映。当银幕上出现《海港》片头时，"小地包"对"小黄浦"耳语："不是两部吗？"

"小黄浦"低声："另一部是阿尔巴尼亚的《宁死不屈》。"

"小地包"："都没看过。鼓掌！"

"那也用不着现在啊。"

"叫你鼓你就鼓！我先，你跟着。"

于是"小地包"用力地鼓起掌来，"小黄浦"虽然有些莫名其妙，但还是跟着鼓了掌。

其他知青也都跟着鼓起掌来，还有不少人跺脚。二班长将手指放入口中，吹了一串尖厉的口哨。

放映机停转了，不知谁将灯拉亮。放映员交抱双臂，望着连长和指导员说："看这意思，是要撵我走啊？"

指导员的鞋碰碰连长的鞋，连长起身走到了放映员眼前。

放映员有些不高兴："我怎么得罪你们七连了？这么不欢迎我？"

连长连声解释："误会了误会了，哪个连队敢不欢迎你啊！他们是想……让你先放《宁死不屈》……"

放映员："我在哪个连队都是先放样板戏的，这是原则问题。"

"我知道是原则问题。但是太原则了，不就成教条主义了？照顾一下大家的情绪，我晚上陪你喝两盅！"

"韩指导员也得陪！"

"那没问题，他巴不得的！"

魏明也不穿棉袄，手举"半导体"收音机冲出了宿舍。一出门就滑了跤，"半导体"从手中飞出，幸而落在雪堆上，在雪堆中发出音量轻微的哀乐。他顾不得拍掉身上的雪，捡起"半导体"冲向食堂。

大家正安静地看《宁死不屈》，银幕上，老大喝醉了，回到家里对父母和弟弟发脾气。

门突然开了，魏明大叫："停止！"

灯亮了，所有人的目光都望着魏明。

魏明颤抖着声音说："周总理……逝世了……"

人们像是都没听明白他的话。

"周总理逝世了！"魏明大喊着，高高举起了手中的"半导体"，像高尔基小说中的丹柯高举着自己的心。然而"半导体"却不发声了。

指导员站了起来，表情和语调都尽量平静地说："一班长，陪魏明回宿舍去。"

赵天亮刚要往起站，被齐勇一下子按住了肩。魏明用力地拍着手中的"半导体"，由于悲痛和着急，他已经流下了眼泪。

齐勇走到魏明跟前，低声却严厉地说："你也疯了？！跟我走！"

魏明："滚开！"他向"半导体"砸了一拳。这一砸，"半导体"反而出声了。哀乐声从"半导体"里传出来。魏明将音量调到最大，又像刚才那样高举起了"半导体"。人们都仰起脸望着他手中的"半导体"，哀乐声响彻食堂。

哀乐声后，是男播音员悲痛沉重的声音："中华人民共和国，中央人民广播电台，现在向全中国人民发布讣告。我们以万分悲痛的心情告知全国人民，我们敬爱的周恩来总理，于昨日夜里，在北京医院不幸逝世……"

周萍猛地站起冲出了食堂。

放映员的身子摇晃一下，昏倒在地，食堂里一片混乱。

食堂外，连长的儿子和尹排长的儿子相互望着，听着食堂里传出的集体哭声。

周萍伏在宿舍的铺位上，头钻在被卷上下之间，被卷中传出难以抑制的、听来令人揪心的哭声。周萍痛哭了一阵，坐起身来，两眼红肿，手中拿着毛巾。

门开了，孙曼玲和一班的其他姑娘走了进来，每个人的脸上都流着泪。大家都默默坐在自己的铺位上。孙曼玲却走到了周萍跟前，看着周萍。孙曼玲眼中除了悲痛还有担忧——周萍父亲给周总理写的那封信，会不会给周萍也给周萍的父母带来什么命运的灾难？

周萍抬起头对她说："班长，我哭过了。"

孙曼玲不禁与周萍搂抱在一起，周萍又忍不住放声大哭。

孙曼玲喃喃道："我们都这么哭过了。别怕，别怕，我们都年轻，什么事儿都会过去的……"

男一班的小伙子们和女一班的姑娘们在山上采石，姑娘们握钎，小伙子们抡锤。"小黄浦"和周萍一组，"小黄浦"抡圆大锤，接连几锤，一块儿大石裂下。

"小黄浦"赞赏地说："以为你握不稳，还行。"

周萍冲他笑笑，然而眼中有泪光。

"小黄浦"见周萍这样，不禁道："不管多大的心事儿，这时候都不能去想，精力一定得集中，要不会出事故的。"

周萍郑重地点点头。

休息的时候，赵天亮用目光怜爱地望着周萍。周萍却悲情地一笑，将脸转向别处。

"小黄浦"将这一幕看在眼里，起身走到周萍跟前说："跟我来一下，我有话对你说。"

周萍犹豫地站起，望一眼赵天亮，跟"小黄浦"走了。

大家都纳闷地望着他俩离开的背影。"小地包"挠了挠头："这小子，搞什么名堂？"

"小黄浦"走到远点儿的地方站住，对周萍说："求你件事儿，希望你一定帮忙。"

周萍有些吃惊："求我？什么事儿？"

"你先说你帮不帮。"

"一定帮，只要我能做到的。"

"小黄浦"："我的探亲假批下来了。可我改变主意了，不想这种不冷不热的时候回上海了。但如果我不回去，就等于自动放弃了。你要是能替我享受这一次探亲假，那可就等于成全了我。"

周萍凝视着他，流下泪来："你骗我……"

"小黄浦"笑了笑："求你帮一次忙，你哭什么嘛！方大姐也回上海探家，她希望一路有个伴儿。你不愿和她一块儿回上海？"

周萍忽然抱住"小黄浦"，飞快地在他脸颊上亲了一下，转身跑掉了。

赵天亮家里，戴黑眼镜、缠黑纱的赵父大发脾气。他"啪"的一声将一只杯子蹾在茶几上，杯子顿时碎成几块儿，茶几的玻璃板也裂纹四射。

赵母："你看你！不告诉你吧，我辜负了领导的叮嘱；告诉你吧，你又这样！"一边说，一边将杯子碎片收入纸篓，用抹布擦茶几上的茶叶和水。

赵父气得浑身颤抖："我戴黑纱怎么了！他们凭什么到部队来调查我！"

赵母："总理逝世两个月了，你还戴着黑纱，逢人一问，还非说是为总理戴的。传到他们那儿，能不来部队调查吗？"

赵父："你住口！不许你在思想上跟着他们走！"他指着赵母，手上的血滴在茶几上。

赵母默默取来药布，为赵父包扎手上的伤口。

赵父："他们不会有好下场的！"他虽然依旧愤怒，但是比刚才顺从多了。

赵母为赵父包扎好手。赵父说："把周总理像给我。"

赵母扭头朝墙上望了望，挂在毛主席像旁边的周恩来遗像被黑色的挽花、挽布装饰着。

赵母默默起身，从墙上摘下周恩来像，默默递在赵父手中。

赵父摸到了布，放心了，把遗像递给赵母："挂回去吧。"

赵母往墙上挂时，赵父说："没有我同意，不管谁说什么，都不许把黑布去了！"

正在这时，一阵敲门声传入。赵母愣了愣，去开了门，只见周萍站在门外。

赵母惊讶地看着她:"萍萍!"

周萍微笑道:"阿姨好!"

赵母将周萍拉进门,刚一关上门,就将周萍搂入怀中,低声哭了起来。

赵父闻声赶过来:"是周萍吗?"

周萍沙哑着嗓子说:"叔叔,是我。"

赵父冲着门的方向招手:"快进来!怎么一进门就哭啊?"

赵母忙替周萍解释:"她没哭,是我哭!"

赵父:"你哭是错误的,无缘无故哭什么嘛!"

赵母拉着周萍坐在沙发上,瞪着赵父说:"错误的?无缘无故?你整天欺负我,还不许我哭啊?太专制了吧!"

"你这么说更是错误的!因为会给周萍错误的印象!周萍,过来,坐我旁边。"赵父拍了拍身边的椅子。

周萍刚一起身,被赵母扯了一下,又坐下了。

赵母:"就坐阿姨旁边,不坐他那儿。看手冻得这个凉!"她用自己的双手焐周萍的手。

周萍笑了一下:"我以为北京的天气已经暖和了呢。"

赵父:"刚暖和了几天,又开始了倒春寒。"

赵母将身子一背:"周萍没跟你说!萍萍,你跟天亮的关系……你们……一直还好着吧?"

赵父不服气地说:"我怎么听着,你说的不是没头没脑的气话就是完全多余的废话呢。不好的话,她能来看咱们吗!"

周萍脸上露出甜蜜的笑:"叔叔,阿姨,天亮一直很爱我,我也一直很爱他……我享受兵团战士的第一次探亲假了。这套兵团服还是连里补发给我的呢,离开连队那天才穿身上,好让我爸妈看着高兴,也让叔叔阿姨看着高兴。"

"那你更得坐叔叔这儿了,我看不见,双手摸,也能摸出你穿兵团服的样子有多精神嘛!"赵父说着,又拍了拍身边的椅子。

周萍又一起身，再次被赵母扯得坐了下去。她对赵父大声说："你等会儿行不行?!"

"好，那我就进屋去，那我就耐心等! 等你说够了我再出来……"赵父起身用手杖点着地面，走向屋门。周萍赶紧也起身，将他扶入屋内。

"把门关上!"赵母说，"听我的，要不他总打断咱们!"

周萍笑着将门关上。

屋里传出赵父抗议的声音："你这才叫欺负人! 你这才叫专制……"

赵母也不由得笑了："哪里有压迫,哪里就有反抗!"她又握住周萍的手，急切地："天亮一个多月没来信了，他那班长当得还好吧?"

周萍："他们男一班人不多了。有一个因公牺牲了，有一个病退回北京了，有一个喜欢马的当马倌了。有一个精神受了些刺激，回北京疗养来了，他父亲在外地的干校，他母亲有心脏病，连里就派男一班另一名北京知青在北京照顾他。现在男一班就五个人了，他们五个人之间的关系可铁了。估计这一冬天，他们男一班的主要任务就是上山采石头，为团里修公路备料……"

赵母："采石头，那不是挺危险的活儿吗?"

周萍："是挺危险的。除了用钢钎、大锤，每天还要炸十几次。出现了哑炮的情况，天亮总是争着去排除险情……"

赵母将脸一扭，眼泪又流了下来。

周萍："阿姨，别担心，我们女班也和他们男班一起上山采过石头。我们都不是孩子了，都有一些在劳动中处理危险情况的教训和经验了。当初，我们有的知青，由于想家心切，带上干粮和水，偷偷爬上拉木材的火车，结果被活活冻硬了；有的因为苦闷，饮酒过量醉死了；有的因为大意，麦收时睡着在麦堆中，被拖拉机碾死了；有的伐木时被砸死了；有的在救山火时被烧死了；还有的，为了达到返城目的不惜自残，结果也死了……可是阿姨，我们现在真的都不再是孩子了，我们都理解生命是宝贵的这句话了，从前那样一些不幸的事儿已经很少很少发生了。阿姨，您放心吧!"

周萍的话说得干净而又成熟。赵母凝视着她，不禁理了理她的鬓发，摸了摸她的脸颊："萍萍，阿姨和你叔叔，我们都已经在内心里，把你当成我们的儿媳妇了。天亮，他也没有看错你。现在你也是兵团战士了，如果你们以后决定在北大荒扎根落户，阿姨和你叔叔，我们也没什么意见。"

周萍微微一笑，笑得既欣慰又苦涩："天亮本来想写一封信，让我捎回来。可直到我离开连队时，他的信刚开了个头儿。他让我一定到家来，当面汇报个平安无事。现在，我得走了。"说罢，她便站了起来。

赵母也站了起来，愕然地："这就走？"

周萍："我们女排排长也是上海人，这次我和她一块儿探家，再不走就误了开往上海的列车了，我怕排长等着急了。"

屋门开了，赵父从里屋出来，埋怨道："你看你！把我禁闭在屋里，到现在我还没跟周萍说上几句话！"

周萍笑了："叔叔，就算阿姨代表您了吧！我可以给您提个意见吗？"

赵父："当然能了，提吧提吧！"

周萍："以后，您不许再惹阿姨伤心了。"

"别听她的不实之词！"赵父不耐烦道，"哎，你可千万别把她的话当真啊！她有时候掉几滴眼泪，那纯粹是跟我撒娇！回到连队你要这么告诉天亮，就说我整天像谈恋爱的时候那样爱着他妈！"

赵母："你这就叫实事求是的话啦？"她又对周萍说："不敢多耽误你工夫了，阿姨送送你！"

赵母把周萍送出军队大院的大门，来到北京的大街上，在路灯的银辉下走着。

周萍站住："阿姨，别往前送了。"

赵母也站住，依依不舍地拉着她的手："萍萍，上海不比别的地方，时时处处说话要当心，啊？"

周萍点头，又说："阿姨，如果……如果有一天我和天亮分开了，那您一定要明白，绝不是因为我不爱天亮了，也绝不是因为我对您和叔叔有什么不满……"

赵母一愕。

周萍："阿姨,您和叔叔保重!"

"周萍!"周萍身后传来赵母的呼唤声。

方婉之坐在北京站的长椅上,朝候车室入口的方向张望。周萍的身影忽入她的眼帘,她连忙向周萍招手:"周萍!"

周萍匆匆走到方婉之跟前,问:"排长,等急了吧?"

方婉之:"没急,我知道你会及时赶回来的。你坐这儿别动,我去买样东西。"

周萍猜到她指的是什么:"烟?"

方婉之点点头。

周萍一笑:"回来的路上,我替你买了一盒。"

方婉之也笑了,坐到周萍身边,认真地说:"不许对你们女知青说我吸烟啊。"

"她们都知道。"

方婉之有些吃惊:"她们发现过?"

周萍:"我们班长第一个发现的。她大惊小怪地一说,后来就都留意了,也就都发现了。"

"这小孙,我回去要找她算账!"

"可我们都觉得你吸烟的样子特迷我们。"

"还'特迷'?你们……"方婉之无奈地看了她一眼。

周萍:"像苏联电影《保尔·柯察金》里的州团委书记丽达。排长,你年轻的时候是不是那样式的啊?"

方婉之:"哪样式的?"

周萍腾出一只手,手心朝上高高一举:"共青团员同志们!……"一些人扭头看她。她赶紧放下了手,不好意思地吐了一下舌头。

方婉之自嘲地笑了一下："那是你们联想太丰富了。我到北大荒的时候，很像几年前的你，纤纤弱弱的，在陌生人面前羞羞答答的。第一天上厕所，见只有两块儿板，生怕掉下去，吓哭了。以后接连几天都不敢上厕所，宁肯远远地跑到野地里去。我什么时候有过丽达那种革命风度啊！"

正说着，广播声响起："旅客同志们请注意，旅客同志们请注意，从北京开往上海的客车，已经开始检票了……"

深夜，方婉之和周萍在上海的街道上走着。整条街寂静无人。

她们在一处院子的铁栅门外停下。院中有幢小小的二层楼房，二楼的几扇窗子亮着灯。

周萍吃惊地看着眼前的楼房："你家？"

方婉之："是过，也不是过。不知为什么，现在居然又是了。"她望着二楼的窗子又说："幸亏列车还算准时，否则我老父亲会一直等到天亮的。我想先吸一支烟。"

周萍点点头。

方婉之放下拎包，掏出了烟。她特男人地叼上烟，特男人地按着像块儿旧铁似的打火机，特男人地吸了一大口，吐出之后自言自语："见着我老父亲就不能吸了，他不知道他女儿已经变成一个吸烟的女人了。"

周萍呆呆地看着方婉之，不无崇拜地说："我多想也变成你这样的女人……"

方婉之收回目光，看着周萍苦笑："不许学我啊，我已经是一个粗粗拉拉的女人了。"

周萍赶紧摇头："排长，你不是一个粗粗拉拉的女人。"

"其实我吸烟很有限。已经三年多没见到老父亲了，而且又是回到了从前的家，有点儿激动。"

方家二楼的客厅里，一位七十五六岁的老人坐在罩着白布罩的简易沙发上，身穿灰色"的卡"中山装，脚着布鞋。他就是方父。一对和他年纪差不多的美国老夫妇坐在他旁边的双人沙发上。美国老夫妇的对面，一对和方婉之年龄差不多的男女坐在椅子上。茶几上摆着茶杯、糖、瓜子和一盒"中华"烟。

方父望一眼大立钟，已经九点过五分了。他对那一男一女说："要不，就别让史密斯先生和夫人再等下去了？"

男人："叔父，等到九点半再说吧。"

方父有些犹豫："我是考虑，史密斯先生和夫人在上海的访问活动安排得挺满的，怕他们感到倦了。所以，应该早点儿送他们回宾馆休息……"

女人："叔父，还是再等会儿吧，我们知道什么时候还可以等，什么时候没必要等了。"

方父便不说什么了，望着史密斯歉意地笑着。

史密斯用半生不熟的中国话说："方，没关系！我想看到，我当年在美国抱过的小女孩，现在成为什么样的女人了。我对北大……什么来着？"

方父："北大荒。"

史密斯："啊，北大荒，我感兴趣！我的夫人，同样很感兴趣。"

史密斯夫人也微笑着点头。外面的楼梯上传来脚步声。

沙发上的男人："堂妹回来了！"他起身拉开客厅的门，门外站的正是方婉之和周萍。

男人："婉之，你可回来了，这是你堂嫂！"他向方婉之介绍随后出现在他身边的女人。

方婉之愣愣地看着他俩，对男人的热情一时没有任何反应。因为她根本没有什么堂兄，自然也就没有什么堂嫂。

方父与史密斯夫妇也走到了客厅门口，方父走到女儿面前："婉之……"

"爸爸……"

父女二人拥抱在一起，确切地说，应该是方婉之搂抱住了父亲。年逾七旬的父亲身材变得矮小了，而方婉之却身材颀长，再加上戴着帽耳系起的貉皮帽子，更是显得比父亲高出半头。

史密斯夫妇和自称是堂兄堂嫂的那对男女，都用温暖的目光看着父女二人重逢的感人场景。史密斯突然想到了什么，举起了挂在胸前的照相机，想要拍下这一幕。他的夫人却朝他摇了摇头。他理解了她的意思，放下了照相机。

方婉之也放开了父亲。

方父笑道："婉之，我给你介绍一下。这位是史密斯先生，这位是他的夫人。他们都是我当年在哈佛的同学。"

方婉之热情大方地与史密斯夫妇握手，然后转身介绍周萍："她是我们连女知青排的战士周萍。"

史密斯夫妇都对周萍友好地微笑点头。

"堂嫂"对方父说："叔父，我先带婉之和小周到她俩睡的房间去。"说罢，不待方父有所反应，就转身对方婉之和周萍说："跟我来。"

方婉之疑惑地看了看父亲，方父竟然对她点了点头。

于是方婉之拎起了地上的拎包，和周萍一道，跟着"堂嫂"走出房间。她们穿过走廊，"堂嫂"推开一扇门，里边两张床，床具整齐。方婉之和周萍跟了进去。二人放下拎包，各坐在一张床上，互相望望，又都将目光移向"堂嫂"。

方婉之对"堂嫂"说："我听我父亲讲起过史密斯夫妇。"

"堂嫂"笑着说："你父亲是他们到中国来特别想见的人之一。"

"可我没有伯父，所以也就没有什么堂兄和堂嫂。"

"规定是堂兄堂嫂了，不能改称别的关系了。你也是共产党员，在这种特殊的情况下，要顾全大局。"

方婉之冷冷地说："你以为，只有你们这样的人才爱我们中国吗？"

"堂嫂"并没正面回应她，只是说："这里曾是你自己的家，你应该比我更熟悉。赶快去洗漱一下，回到客厅去。史密斯夫妇都那么大年纪的人了，确实应该早点儿送他们回宾馆休息。"

洗漱过的方婉之回到客厅，与史密斯夫人并坐在长沙发上。史密斯则和方父各坐一张单人沙发，那个身份不明的男人仍坐椅子上。

史密斯微笑着回忆道："当年，在哈佛，我攻读中国古典文学研究，你的父亲给了我很大的帮助，使我的博士论文非常顺利地通过了。如果不是那样，我也许不能成为教授，我也许，就错过了认识我夫人的机会。那对我就比较遗憾。所以，你父亲是我经常怀念的人。"

方父对方婉之说："婉之，当年爸爸还在史密斯先生家中住过。史密斯先生夫妇见证了我和你妈妈的婚礼。你小的时候，史密斯先生还抱过你。"

方婉之："史密斯先生，尊敬的夫人，如果你们愿意的话，就请把我当成你们的女儿一样看待吧。我高兴回答你们关于北大荒的任何问题。"

史密斯问起周萍来："为什么，对刚才那位漂亮的小姐，你又叫她女知青，又叫她战士？"

方婉之："因为，她们虽然也是女知青，却叫我排长。我虽然没有军衔，却有责任像要求战士一样要求他们……"

史密斯夫人在记录本上飞快地记录着他们的谈话。

史密斯："你后悔过吗？"

方婉之沉默片刻，诚实地说："后悔过。"

"为什么？"

"那里，冬季太漫长了，太冷了，作为上海人，我至今仍不习惯。而且，麦收的时候，人人都得手握镰刀、钐刀，配合收割机抢收。那时候，我们每一个人都成了马拉松运动员，跟季节赛跑。我们的收获，好比在规定时间里让你取走你用汗水换来的东西。时间一过，麦粒脱穗无法收获，人就只能看着麦子唉声叹气了。而建立一个新连队的时候，我们的拓荒队员过的又差不多是野人的生活……"

方父心疼地望着方婉之，静静地听着。

这时，一直坐在旁边没说话的"堂兄"说："史密斯先生，夫人，时间太晚了，考虑到你们这几天太辛苦了，我们是不是今天就谈到这儿？"

史密斯先生和夫人望一眼大立钟，已经十点半了。

史密斯抱歉地说："对不起，我们太自私了，你刚刚回到家里……"

史密斯夫人却面带遗憾："女儿，我还是希望听到你为我们弹钢琴。"

方婉之坐到了钢琴前，翻开乐谱弹奏起来。方父、史密斯夫妇、"堂兄"都站在她身后，望着她背影倾听。琴键上，缠着黑白胶布的十指轻巧地弹跃着，速度随着乐章节奏而变换。

周萍站在浴室的老式喷头下沐浴着。客厅里传来的钢琴声依稀可闻。周萍闭上眼睛，仰起了脸，仿佛站在北大荒冰冷的雨中，同七连战士们一起，在大雨中抢收。

而这时的方婉之，则想起了那个荒原上的雨夜。两台拖拉机的四束灯光，照在了少女时期的、穿白连衣裙的方婉之身上。她全身已被淋湿，用手臂遮挡刺眼的光束。一台拖拉机上跳下后来成为她丈夫的郭振毅。他跑向她，她昏倒在他臂弯中……

一处闪着刺眼白光的雪丘上，雪下伸出郭振毅的手。郭振毅艰难地从雪中爬出，接着从雪中拖出了穿一件高领红色毛衣的方婉之。两人一起奋力地扒雪，雪下显现出了贴着大红喜字的窗子。而当年的战士、现在的张连长也跑了过来，帮二人扒着厚厚的积雪，扒出了同样贴着大红喜字的家门。三人相视而笑……

张连长与郭振毅在往连队拉一爬犁木柴，爬犁却陷住了。方婉之挥着手跑过来，三人合力将爬犁拽出雪坑，由于用力过猛，三人都仰倒在地……

在北大荒的家里，张连长与郭振毅坐在炕上喝酒、划拳。方婉之反坐在炕前一把自制的椅子上，双臂重叠在椅背上，下颌担在手臂上，幸福地看着两个男人……

周萍在卧室睡着了。客厅里只剩下了方婉之和父亲。父亲坐在一张沙发上，方婉之屈腿坐在地上，双手放在父亲膝上。父女二人一个俯视对方，一个仰视对方。

方婉之："爸爸，能让我们在这儿住几天？"

方父苦笑着摇头："不知道。接待的事儿已经结束了，我想，咱们明天就应该离开。"

方婉之点头。

方父："以前，我们家的生活，确实也离老百姓太远了。现在，知道还有许多上海人家三代几口挤住在一起，回到这里，内心反而生出不安来了。我和你妈妈，在乡下的老屋里住得也挺习惯了……"

方婉之："爸爸，这次我一定陪您和妈妈在乡下多住些日子。"

方父声音颤抖着说："女儿，如果……如果你真的后悔了，就……就回到爸爸妈妈身边吧！我和你妈妈，总想你啊！统战部门的一些老朋友，会帮助你办手续的。"

方父流下了泪。

"爸，我也想过回来。可我小姨、我丈夫的尸骨都埋在了北大荒。我对那儿的感情，不是一般那种一个人和一个地方的感情啊！"方婉之也流下了泪，"爸，您和妈妈，一定要健康长寿地活下去……等再过几年，我也快老了，对北大荒没什么大用了，我一定回到乡下，尽心尽意地服侍你们二老……"

她伏在父亲膝上哭了。父亲的一只老手，轻轻抚摸着她的头发……

第 39 章

　　周萍在方家小卧室里正睡得香,方婉之用手轻轻地推她。周萍扬了扬手:
"天亮,别闹,别闹嘛!"

　　方婉之无声地笑了。她"哗"地一下拉开窗帘,双手叉腰看着周萍。
天已大亮,窗外明媚的阳光骤然照进来。周萍一下坐起来,揉揉眼,懵懂
地望着方婉之:"排长,咱们这是在哪儿?"

　　方婉之:"在上海,在我以前的家。快起来,吃点儿东西,该离开了。"

　　方婉之、方父和周萍三人走到院门口,传达室里走出一个三十几岁的
瘦男人拦住了他们:"你们哪儿去?"

　　方婉之:"我和我父亲回宝山。"她看一眼周萍又说:"她回川沙。"

　　瘦男人并没有让开的意思:"我们处长指示,先不能让你们走,得等她
来了再说。"

　　方婉之有些生气:"怎么,我们被软禁了吗?"

　　瘦男人:"别急,等等,等等。坐那儿等会儿。"他指了指院中的石桌石椅。

　　周萍也急了:"可我们要赶开往郊县的汽车。"

　　瘦男人:"那也得等等。跟我说这些没用。"

　　方婉之:"岂有此理!"

　　方父轻轻拍拍她的肩膀:"婉之,顺其自然,服从吧。"

方婉之还要再说什么生气的话，周萍扯了扯她的衣服。只见栅栏外，昨天晚上那个自称"堂嫂"的女干部匆匆朝院门走来。

女干部进了院门，问方婉之："要走？"

方婉之冷冷地反问："不可以吗？"

女干部："何必呢！"

方婉之等三人不禁面面相觑。

方父："您……什么意思？"

女干部："她过来一下。"她对方婉之示意了一下，径自走到一旁去。方婉之犹豫一下，只好跟过去。

女干部："我替你们父女争取了一下，你和你父亲可以在这里再住十天半个月的。"

方婉之不卑不亢地问："领导同意了？"

女干部："对。我那么做，倒并不是想图你们父女的感激。我原先对你的经历掌握得不怎么全面，昨天又看了一遍关于你的材料，感到你虽然出身于剥削阶级家庭，但是你对人生道路的选择，你坚持下去的精神，那还是使我多少受到了些感动的。"

方婉之："说完了？"

女干部："希望你正确理解我的良苦用心。"

"谢谢。可是，虽然你和你的领导同意了，我和我父亲并没同意。我们还是要回宝山去，因为我母亲在宝山县，肯定正盼着见到我呢。"

"你可以把你母亲也接来呀。还有那名姓周的女知青，她如果愿意，也可以住在这儿的。"

方婉之："我想，她不会愿意的。她肯定也急于见到她的父母。"她环视院子，望着小楼说："这儿虽好，可我们千里迢迢从北大荒回来，都不是为了要在这么一个地方享几天福。对于我们，父母在哪里，哪里才是家。我们探的是家。"

方婉之、方父、周萍三人走在人行道上。

方父语重心长地对方婉之说："人与人，要以诚相待。你敬我一尺，我敬你一丈，这叫知礼。否则便是无礼。人家那是好心好意，而你那么冷言冷语的，你不对。"

方婉之拖长音调说："好好好，我认错。本人正式向您承认，我那一种表现，是完全错误的！"她故意将最后六个字说出大首长批评别人的腔调。

方父对周萍说："你听，她这是认错呢，还是在演话剧呢？"

周萍："伯父，您就别要求太高了。给我个面子，快走吧。"

"给你个面子行。但是我有言在先，保留对她继续批评的权利。"方父瞥了女儿一眼，边走边说，"人类的祖先，都是原始人嘛。原始人就像孩子，难言其好，也难言其坏。但是孩子有本能，要吃，要喝，要人抱，谁尽量满足他，他就有一种好感觉。自从始祖们开始需要这种好感觉，他们就满世界地去寻找。寻来觅去，发现原来是在大家的内心里。于是呢，善的观念就产生了。善又分为大善和小善。大善造福于百千万人，小善也很重要，人对人的好意使人心温暖嘛。所以先贤说，'勿以善小而不为'。人家那位女同志对我们表达的完全是一番好意，所以我不像你们两个，我这会儿内心里挺温暖。"

周萍："伯父，我内心里也挺温暖啊！"

方父："这就对了！我这一生，可以说经历过各种各样的时代了。我对于我们这个国家的希望那就在于，看民间还有没有善的种子。若有，不好的时代终究就会过去。若少，就应该加以珍惜，使它多起来。若无，那才是最令人悲哀的，那就连神仙也拿一个国家没办法了……"

方婉之："爸，不兴逮着一个批评别人的机会就批评起来没完啊！"

方父又拄杖站住了，正色道："咱们各走各的吧，我不与不知悔改的人为伍。"

周萍给方婉之使了个眼色："排长，你不接话不行啊！"

方婉之："好好好，我再说一遍，我错了，不该对人家那样！行了吧？"

上海早春的阳光洒在三个人的后背上，温暖的光辉将他们笼罩。

阳光照耀在河面，岸边柳树已经发出青翠的嫩芽了。河两岸都是破败老旧的木房子。周萍沿河边走来，左顾右盼，寻寻觅觅。在她前方，有一座小拱桥，桥端有位老者在打太极拳。老者微闭双眼，戴无檐毛线软帽，穿中式薄袄，外罩灰布衣，一招一式，从容不迫。

从老者身旁走过的周萍忽然站住，转身看那老者："爸爸！"

老者收住招式，睁开眼睛，惊喜地说："萍萍！"

久别的父女紧紧拥抱在一起。

周父激动地看着周萍："萍萍，是你吗？真的是你吗？我不是在做梦吧？"

周萍："爸爸，真的是我。很意外的一次探家机会，所以离开连队之前没来得及给您和妈妈写信。您和妈妈怎么又换地方住了？"

周父："是和你姐姐一块儿插队的些个知青，非让我和你妈妈住到这儿来不可。这儿是县城边上，离你姐插队那个大队很近。"

周萍："都不再是红卫兵了，是下乡知识青年了，他们还不肯放过您和妈妈呀？有完没完啊！"

周父："也不是你说的那么回事儿。走，咱们回家去！"说着，牵女儿手走过小桥。

父女二人走到一幢歪斜的二层老木房前，门旁贴着一张大红纸，上面写着几行字："住在这里的'老黑'们，归朝霞大队插队知青大批判小组监督，未经许可，不得擅自揪斗。"

周萍看着那些字，咬牙切齿道："真想撕了它！"

周父却笑了，风趣地说："对于我和你妈，这可等于是御匾圣书啊！"

他推开对扇门，拉着周萍的手进了屋。屋子面积还不小，有三十几平方米。然而除了一张旧双人床，一张方桌，几把竹椅，再就没什么东西了。

床上的蚊帐也已被烟熏黑了。

周萍打量着屋子，在一把竹椅上坐下，问："爸，你和我妈在哪儿做饭啊？"

周父向旁边一指："那儿不有个煤球炉子嘛，做饭前搬到外边去生火，煤球烧红了再搬屋里来。反正两个人的饭，省事儿，凑合凑合就是一顿。哎，萍萍啊，你爸爸长劲儿了。就那煤球炉子，搬进搬出的，对我来说轻而易举了。不信我搬给你看！"

由于见到了女儿，周父特别兴奋，一边说一边走到煤球炉子那儿，捋胳膊挽袖子，跃跃欲试。

"爸爸，我信我信。"周萍边说边起身走到父亲跟前，将父亲扶坐到椅上。

"萍萍，把椅子搬过来，坐我跟前！"

周萍将椅子搬到父亲跟前，与父亲各坐一个桌角左右。

周父不无自豪地说："萍萍，听爸爸汇报汇报啊。现在你的爸爸，那是今非昔比啦！我不但长劲儿了，生活能力也大有进步啊！我现在都快成煤球专家了！你说，一百斤煤，掺几分之几的泥，做出来的煤球那才好烧？你没有实践经验，你肯定不知道！多几锨煤，少几锨煤，那做出来的煤球差别可就大了！有的火硬，有的火软！你爸爸做出来的煤球，经烧！所以呢，这一片儿的人家要做煤球了，常找我去给看看泥多泥少，和得干和得稀……"

周萍："爸，咱先不说煤球的事儿好不？我妈妈呢？"

周父："你妈妈呀，今天是星期日，县里各处地方都有'黑集'，就是被认为非法的那一种。你妈揣上十来元钱，逛'黑集'去了，希望能买到点儿什么平时见不着的东西。"

周萍："爸，你说门旁贴那张红纸，似乎还对你和妈妈有好处，真的？"

周父朝女儿俯过头去，神秘兮兮地说："当然真的！没那张红纸的时候，我和你妈的日子难得消停几天。自从有了那张红纸，情况大不一样了。别人再想来揪啊斗啊，面对那张红纸，就得犹豫犹豫了。你姐他们大队里那些知青组成的大批判小组，在县里还挺有权威的。他们实际上是用那么一张红纸在暗中保护我和你妈。纸被风刮破了，字被雨淋模糊了，他们就及时换一张新的。为了不使别人看出什么不对劲儿来，隔两三个月，就像模像样地将我和你妈批斗一次。我和你妈呢，理解他们那是不得已，都好好地配合。戏一演完，他们有时候就在这儿打扑克、下棋，或者一块儿弄点儿好吃的解解馋。还有的时候，男女一对儿没什么更理想的地方谈情说爱，就把咱们这个家当成他们幽会的地方。有意思吧？"

周父孩子般地笑了，一副生活得称心如意、自得其乐的样子。

周萍忧伤地看着父亲的手，轻轻地抚摸着："爸，您手上的老人斑多了。"

周父："都什么年龄了嘛，手背上还能没几处老人斑？这就更应该想开点儿了！是不？"

周萍望着父亲的脸："爸，您瘦了。"

周父："我瘦了你应该高兴呀，女儿！有钱难买老来瘦嘛！瘦没什么，健康就好。"他拍了几下胸脯："我现在这身板，好着呢！"

他无意中往窗外望了一眼，表情顿时一变："快起来，蹲那儿！我不咳嗽，你别出声。我不发话，你不许往起站！"

周萍不明所以，但还是犹犹豫豫地站起来，不安地蹲到了父亲身旁。

周母旋即跨入家门。她年龄在五十四五岁，面色白皙，慈眉善目，空着双手，除了一双旧皮鞋，全身的穿戴与农妇已无两样。那气质看去却仍是一个"资产阶级气味十足"的女性。

周父见她空着手，问："怎么，一无所获？"

"还没逛多一会儿呢，纠查队来了，买的卖的，就都作鸟兽散了。不过，我也不能算白去一趟。"周母说着，从兜里掏出一块儿香皂放在桌上，"看，檀香皂。"

"你呀，资产阶级的本性就是难改。没香皂用就不行？"

"也不是不行。可连工农大众一年都发给几张香皂票，偏偏我们这种人连用香皂的权利也给剥夺了，我心理不平衡。"周母一边说，一边打开了包装，将香皂拿在鼻子底下闻。

周父见状摇摇头："唉，对于你，脱胎换骨可真难啊。"

周母不服气地说："对你就容易了？谁说做梦喝鸡汤了？工农大众一向才不做你那种梦！"

"你看你，不谦虚吧？我批评了你一句，你就非得反过来批评我一句不可吗？"

周母："那当然！要不我心里更不平衡了！"她重新将香皂包上。

周父诡秘一笑："你先放下那块儿香皂。我问你，如果我把萍萍变在你眼前了，你怎么谢我？"

不待周父说完，周母已经呆呆地望着周父的身后。周父扭头一看，周萍不知何时站了起来。

周父："你这孩子，真不听话！你这么一来，不是就一点儿意思都没有了嘛！"

周母不敢相信地说："萍萍，是你吗？"

周萍："妈妈，是我回来探家了！"

周母上前一步，将女儿紧紧搂在怀里，泪潸潸下："萍萍，妈妈好想你……"

周萍在母亲怀里泣道："妈妈，我也好想你！"

周父摇头叹气："看，看，明明应该是喜剧性的见面嘛，却偏偏搞成了悲剧性的！你们母女呀，怎么都变得一点儿幽默感也没有了！"

母女俩却谁也没在听他的话。周母坐在椅子上，双手拉着周萍的双手，上下打量着周萍说："让我好好看看我小女儿。我小女儿胖了。萍萍，这一身就是你们的兵团服？"

周萍脸上露出笑容："是的，妈妈。我们连队的仓库里还剩几套，补发给了我一套。"

周母赞赏地："我小女儿穿上兵团服真精神。可，在咱们南方，穿这一套棉的，太热了……"

"我想到了。就为的是让爸爸妈妈看看我精神的样子，心里边高兴高兴！"

周父把手伸向周萍："萍萍，把帽子给我。"

周萍摘下帽子，递给父亲。周父接过帽子，戴在头上，问："你们看我，像杨子荣不？"

周母白了他一眼："大言不惭！人家杨子荣牺牲时才三十几岁！"

周父："我指的是那么一种精气神儿！"

周萍鼓掌道："爸爸戴着比我戴着还精神！"

周父："这话我爱听。还是我小女儿会哄我！"他转脸看看周母："夫人，你要虚心学着点儿！"

周母娇嗔："我还需要哄呢，谁哄我啊？"

周父："我嘛！如果别人想哄你，我会跟他决斗的！为了用实际行动证明我是多么善于哄你，夫人，我现在就给你唱一段《打虎上山》……"他说着站起来，走到屋中央，背对妻子和女儿，猛转身，一个要彩儿的亮相。

周萍开心地笑起来："从不知道爸爸还有这一手儿！"

周母笑道："你爸，那也算是上海有名的票友之一。"

周父声情并茂，动作几近专业地唱了起来：

穿林海，跨雪原，
气冲霄汉！
望飞雪，漫天舞，
巍巍群山披银装，
好一派北国风光！
…………

周母的手在桌上轻轻打着拍子。周萍拍手："好！"

然而最后的高音，周父竭力想要唱上去，却怎么也唱不上去了。周萍和母亲笑得特别开心。

周父以京剧道白的腔调说："老了，老了，献丑，献丑！……"

那一刻小木屋里其乐融融的气氛，对于那样的时代，对于他们这个家庭的命运，具有精神抵抗的意味儿。

气氛恢复了平静，周父和周母坐在凳子上。周萍背着双手站在父亲跟前："爸，您还吸烟吗？"

周父："这个坏毛病，恐怕一辈子戒不掉喽！"

"能答应我少吸吗？"

"我现在是吸得很少啊！不信你问你妈妈。"

周母："这倒是真的，你爸爸现在一天也就吸五六支。我也不要求他咔嚓一下就戒了，那岂不是等于虐待他了？"

周萍将一条烟放在桌上："爸，这是我在哈尔滨特意给您买的。听哈尔滨知青说，这种牌子的烟在哈尔滨算是不错的了……"

周父大动感情地看着女儿，眼眶湿润了起来。

周母轻轻推了推他："你看你，那么呆呆地瞪着女儿干什么呀！女儿一番心意，你怎么连句话都不说呢？"

周父喃喃地说："说什么，你叫我可是说什么？"他撕开外包装，将一盒"哈尔滨"烟拿在手中，取出一支，细细地闻了闻，看着女儿问："多少钱一盒？"

"三角二一盒。爸，烟味还行吗？"

"不错，不错。萍萍，你记住，再也不要给爸爸买烟了。爸爸想象得到，你每月那份工资，来之不易，来之不易啊！"周父说着，眼泪流了出来。

周萍："爸爸，尽管我们兵团知青的劳动强度比插队知青大多了，但我们毕竟月月发工资，所以比插队知青们的境况好得多。自从成为兵团战士以后，我觉得自己是个很幸运的人。再说，爸爸从小爱我疼我，我为爸爸买条烟吸，心里高兴。"

"爸爸也高兴，高兴！"周父从兜里掏出了火柴盒。

周萍讨过去火柴盒，替父亲划着一支火柴。

周父看着燃烧的火柴，摇了一下头，将火柴吹灭。他站了起来，用目光四下寻找。

周母指着说："在门旁边呢。"

周父走过去，从门旁边拿起了一根长竿。

周萍不解地问母亲："爸爸要干什么？"

"要请一位客人来。"

周父双手举着竹竿，捅屋顶，捅出有节奏的声音：

"咚咚，咚咚，咚咚咚……"

周父将竹竿放回原处，对周萍说："萍萍，把帽子再戴上。"

周母提醒道："帽子在你头上呢。"

"惭愧，惭愧。"周父从头上摘下帽子，替周萍戴在头上。他拉着周萍一只手，将周萍拉到了门口："萍萍啊，一会儿会有一位朋友来。他的年龄和父亲差不多，所以，你是要叫他伯伯的。你给爸爸买的烟，爸爸分给他一半，你同意吗？"

周萍："那他肯定是爸爸的老朋友，我当然同意。"

周母："倒也不是什么老朋友，是位复旦大学教哲学的老教授，在美国留过学的，还是什么杜鲁门的弟子，那当然就被看成不可救药了！搬到这里才认识的。"

周萍惊讶地看着母亲："杜鲁门？"

周母："啊，不对不对，我记错了。我这人的头脑里装不进一点儿政治去，怎么办啊！"她又问周父："是杜什么来着？杜鲁斯吧？"

周父笑道："既不是杜鲁门，也不是什么杜鲁斯。如果和杜鲁门有关系，即使德行再好，我也只能避而远之。人家的老师叫杜威，在美国那是没有任何政治色彩，纯而又纯的哲学动物……"

正说着，门外传入咳嗽声。周父对门外的人说："严先生，甭咳嗽，进来吧。"

一位胖墩墩的老者走进了屋子："老周头，向我发出见面暗号，所为何事？"

周父笑道："当然有事儿喽！首先我得向你介绍一下，这是我的小女儿周萍，黑龙江生产建设兵团的战士！也就是中国人民解放军的准战士！萍萍，给严伯伯敬个军礼！"

周萍"啪"地敬了一个标准的军礼："严伯伯好！"

严教授："免礼免礼！明白了，你老周头，这是要迫不及待地向我炫耀女儿呀！"严教授打量周萍："经常听你爸妈夸你，我耳朵都快起茧子啦！今日一见，真个是秀气与英气俱在，精神与容貌皆佳，果然是一品女儿，值得炫耀，值得炫耀！"

周萍拉过一张椅子："严伯伯，请坐。"

严教授坐下后，周萍看着他，一转身"扑哧"笑了。

周母责怪地看了她一眼："这孩子，真不经夸！笑什么呀？"

周萍却忍俊不禁，笑出了声。

周父："萍萍，你这种表现可不好啊！与严伯伯初次相见，要庄重。"

周萍却笑着对严教授说："严伯伯，有一句话，如果我说了，您可别生气啊！"

周父："萍萍，不许说任何对严伯伯不敬的话啊。严伯伯现在是我的患难之交。用民间的话说，那是'过心'的朋友。如果你说的是对他不敬的话，即使他不生气，我也会生气的。"

严教授已经猜到了周萍心里的想法："萍萍，让严伯伯来替你说吧。你想说的是，你严伯伯的样子，怎么看起来一点儿都不像一位哲学教授啊！对不对？"

周萍笑着点头，心里暗暗佩服严教授猜得准。

严教授微笑着说："相貌天定，这是没法子的事儿啊。其实呢，我的父亲是位风流倜傥的儒雅之士，我的母亲，那是很具有中国古典美的女性。上帝老儿不知犯了什么粗枝大叶的错误，把我设计成了这么其貌不扬的一个人。'文革'一开始，各大学的'反动学术权威'集体挨斗，有一派的红卫兵头头指着我呵斥，'你这副德性，充的什么权威，滚下台去'。这正中老夫下怀啊。我连说'我滚我滚'，刚要往台下蹦，另一派的红卫兵头头不干了，呵斥我，'休想逃避批斗！典型的'反动学术权威'正应该是你这样的'。结果呢，一派坚持我必须滚下台去，说我像相声演员马季，如果让我也站在'反动学术权威'们之间，势必冲淡批斗会的严肃性。另一派却坚持，我不但要在台上，而且要站在第一排正中显眼的位置，说那样能使革命群众认清所谓权威其实都是冒牌货。结果呢，两派争来论去，打了起来。事后，那些'臭老九'都感激我，因为我的样子使大家免遭了一次规模很大的批斗……"

严教授讲得声情并茂，如同是在讲一段自己的逸事。而周萍和她的父母都默默听着，谁也笑不起来。

严教授见气氛凝重，问道："怎么，我讲得没意思吗？不是我瞎编的，是百分之百的真事儿啊！"

周萍和父母这才都微微笑了一下。

周父："严先生，劳驾您下来一次，不但是要您见见我小女儿，还要和您平分我小女儿给我买的一条烟。'哈尔滨'烟，您肯定没吸过。"说着，将一条烟一折为二，递了一半给严教授。

严教授却把烟挡了回去："哎呀，这我不能收！萍萍千里迢迢给您带回来一条烟，您留着自己慢慢吸嘛！"

周父硬是把烟塞给他："拿着拿着，烟酒不分家。再说咱们两家，屋里搭个梯子，楼上楼下的，那还不跟一家人一样！"

周母站起来："你们先聊着，我找几件衣服，让萍萍换下她那身棉的。"

严教授建议："那你就带萍萍到我家去换，正好也让我老伴儿见见萍萍。"

于是周母走到床边，打开床边的旧皮箱为周萍翻找衣服。

严教授又对周萍说："萍萍，我和你伯母，真是沾了你爸妈的大光了。自从被勒令住到你家上面的阁楼上，日子平静多了！"

周萍真诚地看着严教授:"伯父,愿我爸爸妈妈、您和伯母,以后能一直平平静静地过日子。"

严教授笑着对周父说:"但愿萍萍的吉言会成为现实,那咱们就算是老来得福了,对吧?"

"对对。来来来,咱俩先吸上一支。"周父从烟盒里拿出两支烟来。

二人吸着烟后,严教授享受地吞吐着烟雾:"好烟,好烟。从哲学的观点来讲,任何一个时代,都好比咱俩手中的烟。点着之时,即一个时代的开始,吸的过程,即一个时代行将结束的过程。这世界上没有一支烟是越吸越长的,是吧?"

周父应和道:"那是那是,烟怎么会越吸越长呢!"

严教授苦笑一下:"如果隔墙有耳,我的话,又成了反动言论了。"

周萍认真地问他们:"那,要我到门外去看看吗?"

两位老人望着周萍,忽然哈哈大笑起来。周萍自己也笑了。

落霞满天。

洗得雪白的蚊帐晾在周萍家门对面的两棵树之间。周萍正在擦自家的窗。

周父走到窗前,对周萍说:"我已经求人捎话给你姐了。她明天晚上偷偷回来,咱们全家吃顿团圆饭。"

周母腰扎围裙,从窗口向外探出身来,手拿一把青菜:"那我明天一早还得到'黑集'上去买点儿东西。"

周萍自告奋勇:"妈,明天我去。"

周母有些顾虑:"你去不好。要是让纠查抓住了,没收了买的东西是小事儿,玷污了你兵团战士的光荣是大事儿。"

周萍调皮地一笑:"我机灵着呢,那还能让他们抓着!"

周父周母都笑了。

夜深了,月光碎银般从窗口洒进来。周父周母都睡了,周萍独自坐在桌前写信：

亲爱的天亮：

这是我第一次在信中称呼你"亲爱的"。我们之间，以前只在信中写过"我爱你"三个字是吧？当面就更没说过"亲爱的"了。不知为什么，我现在写下这三个字的时候，觉得自己好酸，好嗲，资产阶级味道好浓！可是，为什么我们彼此间说了那么多"我爱你"，就不可以再进一步相互叫"亲爱的"呢？爱得深，不就亲了吗？本来，我暗下决心，回到连队之后，要坚决地和你断绝关系。因为我预感，我父亲写给周总理那一封信，将会使我们全家人面临更严峻的政治风暴。父亲告诉我，那一封信，总理看过后，当时就还给了转信人，已被转信人烧掉了。这会儿，我心里的一块儿石头也落了地。我的父母他们生活得都很乐观，他们好像已经对于自己的处境习以为常了，这使我感到特别地欣慰。而且，我还要向他们学习呢！我的亲亲爱爱的爱人啊，我是不会把这一封信寄出去的。因为，你还没收到信，我可能已经出现在你面前了。但我还是忍不住半夜爬起来，把我满心怀的幸福感倾诉纸上！我们如此相爱，这使我的人生阳光明媚！爱情万岁！

……………

川沙县早市上人头攒动。买东西的人和卖东西的人，一边谈斤论价，一边东张西望，随时准备四散而逃。

周萍混在他们中间，小声地问卖主们："有没有鸡？有没有鸡？"

被问的人皆摇头。她问了半天，终于有一个被问的人机警地反问："真要？真要明天这时候来找我，保证给你带一只鸡来。童子鸡，为你褪好了……"

周萍摇摇头："明天可不行。"

周萍继续向前走，有人悄悄跟上来，低声问："想买鸡是吧？"

周萍点头。

那人警惕地向四周看了看："跟我来。"

周萍跟在他身后。

那人边走边说："准备好六元钱。"

周萍一听，吃惊地说："这么贵，能买两只了！"

"就是两只。一手钱一手货。当时别看，路上也别看。用草绳编在篮子里了，你要拿上哪儿也别去，一路往家走。万一咱俩同时让纠查发现，你的钱也没了，我的鸡也没了！"

周萍叹息："为什么连鸡也不许卖呢？"

那人愤恨地说："以前还是可以的。自从张春桥、姚文元两个狗头军师发表了两篇什么狗屁文章，鸡鸭鱼蟹，尤其是猪肉，都不许买卖了。谁买卖谁是'挖社会主义墙角'。那罪名是闹着玩儿的？"

二人走到一处僻静无人的河边，河中有条傍岸的小船，船上坐一名农妇。

那人对农妇说："递给我。"

农妇将篮子递给他，篮子果然用细草绳横竖拦了几道。

周萍看看篮子，又看看那人："你不会骗我吧？"

"拎回家去你就会知道，我要的钱不多，吃亏的是我，占大便宜的是你。"

那人把篮子塞给周萍，跳上小船划走了。

周萍扒开草绳看，只看到些青菜而已，她掂了掂篮子，分量是够的，便也转身走了。

周萍拎着篮子，顺河边匆匆走着，不时回头望一眼身后，害怕有人盯梢。走到了家门前，左顾右盼一番，才跨进家门，随即将门掩上。

屋里的周父周母正用木板和凳子加宽床的面积。

周萍得意地扬了扬手中的篮子："爸，妈，我买到鸡了，两只！"

周父周母对视一眼，一个去插门，一个拉上了窗帘。周萍用剪刀剪断篮子上的细草绳，将青菜扒开。出乎意料的是，青菜下边不是鸡，而是一个收拾得相当干净的大猪头。

周萍生气地跺脚："那人骗了我！"

周父周母走过去看篮子，也都惊讶万分。

周萍嘟着嘴，气恼地说："他跟我说的是六元钱买他两只鸡，不是一个猪头！"

周母扯了扯她的衣服："小声点儿！这些人胆子也忒大了，私宰私卖一头猪可是犯法的！"

周父翻了翻那只猪头："收拾得倒真干净。女儿，也别生气，这猪头应该值七八元钱，他还吃了点儿亏呢！"

周母望着猪头发愁："这下可有事儿干了，怎么弄啊，我可不会弄。"

周萍也无可奈何地说："我也不会。"

周父对一筹莫展的娘俩说："有我呢。一会儿烧一炉子好火，把炉子搬屋来，整个儿炖上它！"

周萍："爸，妈，要是香味飘出去，会不会惹来什么麻烦啊？"

"可也是……"周父想了想，"这样，待会儿我拎楼上去，让严先生家给炖上。他家在二楼，香味儿往上飘，散开在空中，街面上的人就不容易闻到了。"

周萍郁闷地问父亲："爸，说是晚上会吃炖鸡，结果变成了炖猪头，您没失望吧？"

周父和蔼地笑着："我怎么会失望呢！你严伯伯家还有半瓶老米酒，我俩今晚得喝两盅，美死了！"

周萍笑了。

第40章

夜幕降临，周萍站在窗口拉窗帘，但她却无法将左右两边的窗帘拉严，两块儿窗帘中间有一寸多宽的缝隙。

周萍大声问："妈，窗帘洗过吧？"

周母的声音传来："洗过好几次了。"

"缩水了，拉不严，没事儿吧？"

周母的声音里带着担忧："还是拉严的好。要不，非年非节的，晚上八点多了，咱们'黑帮'人物的一家在吃猪头肉，有人认真起来就是个事儿。"

周父："有办法了，我记得一只枕头上别了一排别针……"

周父抱着一只枕头来到窗前。

周萍又用力一拉，一边的窗帘被扯下了一半。周萍吐了一下舌头："爸，这咋办？"

"放心，不会让你赔的。搬来后，你妈撕一条旧床单做成了两扇窗的窗帘，早该淘汰了！"

周母也走了过来，反对道："淘汰？说得轻巧！我也知道用新布做窗帘结实，可一年每人十几尺布票，用谁的？"

周父一边从枕上往下取别针，一边说："用我的，用我的，怎么能用你的呢！"

"用你的我也舍不得！"周母说着，从周父手中接过别针，"你真是的，还连枕头也抱过来了！一边去，别在这儿碍事儿！"

周父退开。周萍笑问："爸，妈妈数落你，你是不是心里其实挺幸福的呀？"

周父也笑道："那是！成了'黑帮'人物以后，被批来斗去的，那可都是厉声厉色地对待。所以呢，在家里听你妈的数落，怎么听怎么都是亲爱的意味儿，你说心里能不幸福吗？"

周萍和母亲别好了窗帘，周母转身笑道："你就当着萍萍的面贫吧你！还抱着枕头干什么啊，放床上呀！"

周父转身往床边走去时，周萍忽然问母亲："妈，我姐要是回不来了呢？"

周母放心地说："捎去话儿了，就准能回来。他们插队知青管得松。"

三人坐到桌旁后，周父对周母说："报报。"

周母纳闷道："报什么啊？"

周父："你和萍萍忙了小半天，先汇报汇报成果嘛！"

"有什么好汇报的，还能做出七盘子八碗一大桌席来呀！"

"爸，我汇报给您听。"周萍凑到父亲跟前，"那大猪头还真出肉，剔下来满满一小盆儿！一会儿蘸酱油吃，肯定香极了。严伯伯送下来六个鸡蛋，炒了一大盘子！还有米饭和青菜豆腐汤。够丰盛的吧？"

周父满意地连连点头："丰盛！太丰盛了！你姐也好几个月没吃过肉了，这下能解次馋了！猪舌头归我，一会儿单独给我切一盘……"

门开了，周萍的姐姐周梅进了屋。

"姐！"周萍起身迎过去，抱住姐姐，却又忽地推开姐姐，娇嗔地对周母说，"妈，姐咬我耳朵！"

周梅："当然要咬你！我写信让你把那个赵天亮的照片寄给我看看，你为什么不理我的茬？"

周母惊诧地看着周萍："赵天亮？赵天亮是谁？"

周父也敏感地问："萍萍，你处朋友了？"

周梅拍了妹妹一下："你连爸爸妈妈都瞒着，该当何罪？"

周萍："又吹了嘛！"

周母："怎么……唉，你怎么终身大事都不跟爸爸妈妈商量啊！"

周萍："骗你们呢！"她走到母亲身后，搂着母亲说："我俩好着呢。我把他的照片带回来了！"

周父催促她："快拿来看！"

几下敲窗声使周萍和父亲母亲紧张起来，向窗外望去。

周梅："爸，妈，我不是自己回来的。也没经你们同意，就带了几个一块儿插队的知青朋友……"

周父不待她解释完便说："那快让大家进来呀！"

周梅将门推开一条缝，知青们一个个鱼贯而入。转眼，屋里已多了六七人。

周萍和父亲母亲看得发呆。

周梅调皮地一笑："还有两个，马上就到。"

一名男知青问："伯父，伯母，能叫出我名字了吧？"

周父认出了他："咱们一家子，你叫周海涛嘛！你写的批判稿，相当有水平！"

周海涛有些尴尬："伯父这是讽刺我吧？"

周父拍了拍他的肩膀："哎，我可不是讽刺你。你写的批判稿，那套革命大道理能不能讲得通是另外一回事儿，但措词很有气势。能从气势上把人唬住，那也算是一种水平嘛！"

知青们都笑了起来。

周母招呼道："大家都别站着了，哪儿能坐，都找地方坐吧。"

另一名男知青："坐不坐的无所谓了。周梅对我们说，凡是跟她来的，都能打打牙祭。"

周父："啊，是啊是啊，是她说的那样。"

周梅催促周萍："萍萍，别愣着啊。有什么好吃的，快往桌上端吧！"

周母起身离开桌子："萍萍，你陪大家说话，我去端。"

周父："我也得替你们服务服务！"说着也起身离开了桌子。

周梅忽然想起什么，对知青们说："忘了介绍了，这是我妹妹周萍！"

大家的目光集中在周萍身上，周萍不自然地对大家微笑。

一名女知青问周萍："听说你们兵团不许谈恋爱，被揭发了要批判，真的？"

周萍："起初有的连队有过那样的事儿，那也是知青们自己非那样。现在，谈恋爱的挺多了……"

周海涛将周梅扯到一边，悄声问："哎，你妹有对象没有？要是没有，我可以让家里托托关系，把她办到上海近郊来！"

周梅："你想什么你！我妹好不容易才由插队知青转成了兵团战士！她是准革命军人，是我们全家的光荣！"她将周海涛一把推开。

大家又是一阵哄笑。

周父和周母将一小盆猪头肉和一盘炒鸡蛋摆到了桌上。

笑声戛然而止，知青们看着桌上的菜肴，眼睛都直了。

周母对大家说："东西不多，别见外，每人摊上几口算几口吧……"

周海涛咽了口唾沫，说："不少不少，一人能摊上好几口呢！哎，大家都别急啊，这种时候都应该体现出点儿革命的绅士风度。我先替大家尝尝炖得烂不烂。"他走到桌前，抓起块儿肉便往嘴里塞。

另一名男知青也凑到桌边："我也替大家尝尝。"

于是男知青们都拥到了桌前，一个个抓起肉便吃。

一名女知青急了："周梅，你看他们！"

周梅："哎哎哎，没你们这样的啊！这算哪门子风度啊！"她将男知青们推开。可是他们人太多，刚推开了这个，那个又凑了上来。

一名女知青大叫："姐妹们，咱们各自为战吧！"于是女知青们也一拥而上。

周萍姐妹和周父周母闪在一旁，看着如狼似虎的知青们，面面相觑，对视苦笑。

客人们离去了，周家安静下来。桌上的盘子和碗都空了，只剩下一些零星的碎骨。姐妹俩和周父周母呆望着桌面。

周母叹息："这些孩子，这些孩子……"

周梅："爸，妈，对不起，我没想到会这样。"她说着，突然忍不住笑了。

周萍瞥了她一眼："你笑什么啊你！"

周父也对周梅说："是啊，你笑什么啊你？'对不起'三个字，你不应该对我们说，回去后要对他们说。因为，按他们的战斗力来看，能解决掉一整头猪，而不仅仅是一个猪头。太对不起他们了，太对不起他们了！"

周梅听了父亲的话，更加笑得弯下腰去。

周萍挥拳打姐姐："都怨你！爸爸一心想吃的猪舌头，连看都没看上一眼！"

周梅边躲边说："我也料不到他们一见着肉都变成了狼啊！不过你们也得这么想，有一失必有一得。起码一个月内，他们人人都会对我心存感激。所以，贡献一个猪头那也是值得的！"

楼上传下咳嗽声，接着是严教授的声音："能下来吗？"

周梅止住笑，礼貌地说："严伯伯请下来吧。"

严教授在楼上已经听到了刚才发生的事儿，下楼后说："一顿好饭，你们自己都没吃上一口吧？都到楼上去吧。我一听你们下边这么热闹，做好的饭菜就没动筷子。猪耳朵猪鼻子都送我那儿去了不是？我那儿稀的有粥，干的有烧饼，还有梅干菜。走，走！"

周母："太晚了，就不了吧。"

严教授却坚持："可你们明摆着都没吃上晚饭啊。走吧，走吧，咱们两家还客气什么呢！"

周父见盛情难却，便说："那，听你们严伯伯的，都上去吧。"

周梅："我就不去了。我胡乱中抢到了几口吃的。我收拾桌子，萍萍你陪爸爸妈妈上楼去吧！"说着，推了推周萍。

周萍余气未消："我也吃不下饭了，气都气饱了！"

周梅对父母说："那，爸妈就你俩去吧。严伯伯家有两张床，干脆你们吃完饭也别下来了，今晚就睡严伯伯家吧。我呢，要跟萍萍好好聊一宿！"

周萍："才不跟你聊呢！"转身走到床边坐下。

严教授对周父周母笑道："你们二位听到了吧，周梅可从没把我这伯伯当外人啊，请吧！"

周父周母互相看看，彼此挽着胳膊上楼了。

周母走到门口，停了下来，回头说："梅梅，问问你妹那事儿啊！"

周梅一边收拾桌子一边反问："哪事儿啊？"

周父认真地说："别装糊涂，还有哪事儿？"

周梅笑嘻嘻地说："明白了明白了！爸妈放心，我一定替你们审个水落石出，过后如实向你们汇报！"

待屋里只剩姐妹俩了，周梅对妹妹说："听到了吧？"

周萍一扭身子："哼！"

生气归生气，没过多久，姐妹俩就又亲热起来。她们仰躺床上，聊私密话。

周梅对妹妹说："他的家庭情况就不必说了，拿照片来让姐看看吧。"

"你火眼金睛呀！灯光这么暗，看得清吗！"

周梅探手枕下，摸出一支手电筒，握在手中一晃："有这个。"

周萍从枕头底下摸出一个笔记本，却没马上给姐姐："也把你那位的给我看！"

周梅理直气壮地说："别讲条件，爸妈的话你也听到了，要不我抢了！"

周萍坚持："同时交换，要不没门儿。"

周梅坐起来，从盖在被上的衣兜里掏出一个小纸包，交换了周萍手中的二寸照片。

她端详着照片上的赵天亮，笑着说："二寸的还怕我看不清呀？挺帅气的。"

　　周萍："他特意为我放大成二寸的。"她打开纸包,里边是张一寸的照片,也坐起端详。

　　周梅问妹妹："他家是革命军人,他爸妈同意吗?"

　　"现在看,是同意的。姐,可我自己,有时候有种罪过感,认为自己不顾成分的差别,那就是爱得太自私了……"

　　周梅："咱家是黑色的,他家是红色的。本应该黑找黑,红找红,你俩偏反着爱。唉,但愿老天成全你们吧!"

　　周萍："天亮常说,我俩应该反潮流,誓将我们的'红与黑'之恋,进行到底……给我手电筒。"

　　周梅却把手电筒往旁边一藏："得啦!你的给你,我的还我,睡觉!"

　　"那不行,我也得看清楚!"

　　于是姐妹二人抢起手电筒来。周萍趁姐姐不备,将手电筒一把夺过来,缩在墙角,照着照片仔细端详。而周梅把赵天亮的照片往周萍脚旁一拍："收好。"说罢,便又仰躺了下去。

　　周萍瞪大眼睛盯着照片："姐,你开什么玩笑!"

　　"没开玩笑。"周梅平静地说。

　　"你搞错了。"

　　"没错。"

　　"错了!"

　　周梅："我说没错就没错。"

　　周萍把照片往姐姐面前一伸："你自己看,明明是女的!"

　　周梅再次坐起来,一把夺过照片,重新用纸包好,揣入衣兜。

　　姐妹二人对视良久。周梅又缓缓地仰躺了下去,而周萍仍呆呆地坐在床角。

　　周萍声音有些颤抖："姐,跟我说,你是在开玩笑。"

　　周梅严肃地说："我刚才说过了,没开玩笑。"

　　周萍情绪激动起来："可,可你怎么能那样!"

周梅一翻身下了地，趿着鞋走到桌前，焦躁地拉开一个个抽屉翻找。找到烟，叼上一支，一手拿着火柴和烟包，一手端着烟灰缸。她放下烟灰缸，坐在妹妹对面。

周萍难以置信地望着姐姐："你，你还吸烟？！"

周梅"嚓"地划着火柴，深吸一大口，老烟民似的缓缓吐出一缕青烟。

周萍："你们那样是不正常的！"

周梅："我也没说是正常的。"

周萍："你还这么玩世不恭地回答我！"

周梅却笑了："玩世不恭也是一种生存方式。"

"你堕落了！"

"我认为没有。我认为我成熟多了，也更善良了。"

周萍扬起手，"啪"地扇了姐姐一记耳光。

周梅看看气得发抖的妹妹，苦笑道："不问青红皂白地打人，你这是还不成熟的表现。"

周萍赌气要躺下，周梅抢先将周萍的枕头拖过去，抱在怀里，命令道："坐那儿别动，听姐说。不跟你说说，姐快疯了……"

周萍捂住耳朵大叫："我不听！"

周梅："必须听！因为你是我妹！"她大叫着按灭手中的烟，接着又吸着一支。

周萍呆呆地瞪着姐姐，不禁流下泪来。

周梅缓吐一口烟："你是妹妹，从小全家都宠着你，娇惯着你。你想远走高飞，不顾父母的反对，说走就走了。可我是姐，我不能像你那么任性。虽然只比你大一岁多点儿，可我也毕竟是姐。所以呢，为了能经常照顾到爸爸妈妈，我才决定插队在川沙县的农村。在上海的时候，有名同济大学的大学生爱上了我，我也爱上了他。他是学建筑的，分配到四川去了，流着泪求我跟他到四川去。可是考虑到爸爸妈妈，我坚决地拒绝了他，一线希望都不留给他。我刚插队的时候，听到哪一个知青说了句脏话都脸红，刷牙洗脚被男知青看到了都不好意思。结果呢，一年后在知青中还没一个知心朋友。后来我想我得变变。一变就变得敢说脏话了，敢又着腰和别人对骂了，敢用洗脚水泼男知青了，敢因为我们女知青的工分被评得低了，振臂一呼，闯到生产队长的家里去大闹一场了……这么一变，不但没人再敢欺负我了，知青们也都愿意跟我交心了。连贫下中农都喜欢我了，经常夸我是大队里的李双双。电影《李双双》咱俩一块儿看的，记得不？"

周萍泪流满面地点点头。

周梅："现在你姐比李双双还泼辣。你从前那个淑女型的姐姐自然消亡了。"她又从烟包里抽出了一支烟。

周萍哀求道："姐，别吸了，都第三支了！"

周梅漫不经心地看了看烟包："'哈尔滨'烟？我没吸过。你给爸买的？"

周萍讷讷地点头。

周梅："那我得带走两包……最后一支。"她又点着了一支烟，接着说："照片上的女知青叫赵晓楠，插队时才十五岁。父亲是上海公安系统的一名老干部，不知怎么被安上了一个'特务'的罪名，'文革'一开始就从家里被带走了，下落不明。母亲自杀了，两个哥哥一个姐姐，到现在东一个西一个的。大家都看出她精神上是有毛病了。她先是要认我姐，我说行啊，就叫她小妹了。这一姐妹相称，问题接着就来了。我俩每天晚上枕头挨着枕头睡，她还经常给我写信。一封又一封的，后来的信，就有情书的味道了。再后来，我跟哪个男知青多说几句话，她就会偷偷哭一场。我能怎么办？我还敢处男朋友吗？知青们都认为，如果哪天她知道我有男朋友了，她会自杀的……"

周萍小心翼翼地问："爸爸妈妈知道你和她的事儿吗？"

"不敢让妈妈知道，只告诉了爸爸。"

"爸爸怎么说？"

"爸爸说，'女儿啊，那你就晚几年再考虑个人问题吧，事关一命，儿戏不得。就当你是戏里的一个角儿，情愿不情愿的，暂且演几年再说吧'。"

周萍："像爸爸说的话。"

"不是'像'。爸爸就这么说的。"

"那，你怎么打算？"

"我能有什么打算？没打算。我觉得爸爸的话有道理，我要好好爱护她这个精神有毛病的小可怜……"周梅话淡淡的，她将烟蒂拧灭在烟灰缸里。

一阵敲窗声打断了姐妹俩的对话。

周海涛在窗外叫："周梅，周梅你出来一下！"

姐妹俩对视一眼，周梅大声地斥道："周海涛你别找骂啊！"

周海涛焦急地说："快开一下门，大队里出了不好的事儿。"

周梅拿着烟灰缸下了地，趿着鞋去开门。

门外的周海涛已经等不及了："赵晓楠投河了，大家正在抢救她！"

周梅一愣："这……为什么？！"

周海涛急道："咱们都来你家的时候，她可能以为咱们成心不告诉她，成心孤立她，心里起疑了，就想不开了……"

烟灰缸掉在地上，摔了个粉碎。

周梅、周萍和周海涛三人一口气跑到了知青宿舍前。

大队长愤怒地点指着周梅："都是你惹出来的事儿！你说你把大家偷偷带你爸妈那儿去干什么呢？！宁落一屯，不落一人，这么个道理你都不懂啊！"

周梅后悔万分："我……我们不是成心……我们当时没找到她……"

一名女知青搂抱住周梅哭了。

一名男知青哽咽着说："发现得太晚了……大家轮番做了半天人工呼吸……"

周梅推开搂着自己哭的女知青，表情僵硬地走入知青宿舍。

宿舍里传出周梅悲痛的哭声："晓楠，晓楠，你怎么这样啊！我没告诉你也不是成心的啊，我当时也没想那么多啊！晓楠，你这不是惩罚我嘛……"

周海涛对周萍小声说："人死不能复活。也只有你进去劝劝你姐了。"

周萍走进了宿舍，看见两张桌子对在一起，上面放着赵晓楠的尸体，尸体上罩着花褥单，周梅伏尸恸哭不已。

周萍的目光落在褥单外的一双脚上，一只脚上湿漉漉的袜子仍在滴水，另一只脚上没有鞋袜，脚白而秀小。

周萍忽然一掩面，跑了出去。

周海涛向另一名男知青使了个眼色，二人默默走入宿舍，将周梅搀架了出来。

周萍哭叫："姐！"

周梅甩开两名搀架她的男知青，走到妹妹跟前，指着她喊："也是你害死了她！你不回来，今天就没有这种事儿发生！你为了能穿上一套兵团服，不管父母，把父母撇给我一个人来照顾，你自私！我不想再见到你！你走！"

周萍愣了片刻，一转身跑了。她跑过田地，跑过小桥，跑到了河边，筋疲力尽地坐在河边一块儿洗衣石上，放声痛哭。

"别哭了……你姐让我来跟你说，别生她的气……"一个男声在身后说。

周萍止住哭，站起来转过身，见是周海涛。

周海涛："你姐还让我告诉你，赵晓楠的事儿，先不要对你爸爸说……我陪你到你家门口吧……"

周海涛将周萍送到家门口，对她说："也算赵晓楠把你姐姐解放了吧。她精神不太正常，觉得人人都在监视她的每一言每一行，你姐是唯一使她感到温暖的人，也是她唯一信赖的人。可是，像以前那样长期下去，也不是个事儿啊……"

他说着，替周萍推开了家门。

第二天，周萍独自坐在家中写信。她抬起头，凝思地望着窗外。春雨潇潇，河边的一棵柳树已经发出了翠绿的新芽。

她低下头，在信纸上写起来：

亲爱的:

　　七天以后,我和方排长就该一同返回北大荒了。短短的几天里,南方的树已经绿了。方排长到我家来过一次,当着我爸爸妈妈的面,大大地将我表扬了一番。那时我爸爸妈妈笑得像孩子一样。我觉得,我确实带给了他们一份光荣,这是我最大的欣慰。今天一早,他们被带到什么地方去了,说是要对他们集体训话,无非是不许他们乱说乱动那一套。我真不明白,他们都是一些老人了,有什么必要非将一些老人当成可怕的敌人呢?

　　…………

　　隐隐的雷声从窗外传来。

　　周萍拿笔在横格信纸上画着,一下下将最后几行字涂黑。

　　笔将信纸划破了。周萍烦躁地干脆将那页纸扯下来,揉成一团。

　　北大荒广袤辽阔的黑土地上,几台拖拉机在播种。黑土地上,依稀还可以看到残雪的痕迹。

　　两台拖拉机在交错之际停了下来。赵天亮从一台拖拉机里跳下来,大声问另一台拖拉机里的"小黄浦":"你那儿还有种子吗?"

　　"小黄浦"也跳下了拖拉机:"快没了。"

　　两人都戴着单帽,竖着衣领,腰里扎着细麻绳。他们的脸已经变成了土色,他们身上的土,更是厚得可以称斤论两了。他们摘下单帽,用单帽互相拍打对方身上的土。

　　远处传来喊声:"天亮!天亮!"

　　他们循声望去,只见"乌云"拉着一辆马车奔驰而来。

　　"小黄浦":"是老魏送种子来了!"

　　马车跑到近前,魏明勒住"乌云"。赵天亮和"小黄浦"这才发现,马车上空无一物。

赵天亮奇怪地看了看马车："你怎么赶来辆空车？"

魏明满脸的焦急和不安："我不是送种子来的。靖严出事儿了！"

赵天亮和"小黄浦"都吃了一惊："受伤了？！"

"小黄浦"急道："快说明白呀！"

黄伟远远地看见魏明，也走了过来："你怎么不拉种子来？"

魏明一口气把事情的经过说了出来："靖严正在和我还有二班的几个人装种子，忽然走来两名公安，一句话也不说，掏出铐子就往他手上铐。大家当然不依，差点儿和两名公安人员厮打起来。他们这才不得不说明理由，是因为靖严写了几首悼念周总理的诗，不知怎么一流传，被几名探家的北京知青抄回北京了。结果，就在天安门广场悼念周总理的集会上出现了……"

赵天亮、"小黄浦"、黄伟三人你看我，我看你，一时都怔愣不已。

魏明："一会儿公安的吉普车肯定会经过这里，我提前来报个信儿，咱们怎么也得和靖严告个别对不对？要不，再见他一面可就难了……"

黄伟："他……他可是团春播督察小组的成员啊！"他一时不知该说什么好。

魏明愤愤地说："他们公安公事儿公办，才不管那些！"

赵天亮骂道："妈的！"

"小黄浦"眼尖，指着远方路上泛起的尘土说："看，来了！"

大家向他所指的方向看去，果然，一辆公安吉普卷土驶来。

赵天亮和"小黄浦"把两台拖拉机开来挡在路中央，拦住了吉普车的去路。两名公安人员下了车，不满地看着赵天亮、"小黄浦"、魏明和黄伟。

赵天亮上前一步："张靖严当过我们排长，我们要和他告别。"

两名公安交换了一下眼色，其中一名打开车门，摆了一下头。

张靖严跳下车，望着战友们苦笑。

魏明对另一名公安人员说："行个方便，把他铐子去了，给我们十几分钟时间，让我们陪他吸支烟，说会儿话，求求您啦。"

那名公安犹豫了一下，其中一个掏出钥匙，为张靖严开了手铐。大家簇拥着张靖严往路边走。

一名公安严厉地喝住他们："哪儿去？！"

"小黄浦"急忙解释："不走远。我们到马车那儿去。"

另一名公安小声地对同伴说："给他们个方便吧。"

大家来到马车前，张靖严拍拍"乌云"的脖子问："齐勇和'小地包'快回来了吧？"

赵天亮看着他："快了。有人捎信儿说，他俩在内蒙古认了一位蒙古族干妈，骑马和套马都被训练得很有水平了。"

张靖严："等他们赶着几百匹马回来，咱们团就有马场了。"

黄伟难过地说："是啊，鹿场、马场、貂场、细毛羊，都是咱们来了之后才有的……"

"别说那些了！"魏明从兜里掏出几盒烟塞入张靖严兜里。

赵天亮问张靖严："排长，有什么需要我们替你办的事儿没有？"

张靖严："替我互相告诉一下，哈尔滨的、探家路过哈尔滨的，如果到我家去，就跟我爸妈说我一切都好，千万别跟他们说实话……"

赵天亮流泪了，拥抱张靖严。黄伟、魏明、"小黄浦"也都拥抱张靖严。

赵天亮和"小黄浦"把拖拉机从路中央移开，吉普车载着张靖严向前驶去。站在路上的四人，默默地目送着越驶越远的吉普车。

全体知青被召集在七连食堂里，每个人的脸上都挂着肃穆的表情。

连长板着脸说："指导员到团里开会去了，由我来向你们宣布几条纪律。近两个月，小道消息很多，谣言也很多。关于张靖严，有一种说法就是——他被三个神秘之人劫持到深山老林去了……"

赵天亮："我们听到的说法，不是劫持，是解救……"

连长勃然大怒："你不插言行不行！没人要把你当哑巴卖了！总而言之，不许传谣！不许信谣！听到谣言，应及时汇报。散会！"

大家都往食堂外走时，连长把赵天亮叫住了。食堂里只剩下赵天亮和连长两个人眈眈对视着。

连长怒气冲冲地说："你不用那么瞪着我！我知道你们晚上在宿舍里都叽叽咕咕议论些什么！不议论那些会生病吗？！"

赵天亮冷冷地说："我们议论什么了？"

连长："你们……不许跟我顶嘴！我说话时你给我老老实实听着！不许议论张靖严的事儿！更不许议论北京发生的事儿！"

有人在食堂外大声地说："报告！"

连长也大声地说："进来！"

杨一凡进入，见连长和赵天亮表情不太寻常，一愣。

赵天亮："莫名其妙！"他嘟囔着往外走，与杨一凡擦肩而过时，在他的肩上拍了一下："回头聊 。"

看着赵天亮走出，连长的目光转向杨一凡："刚回来？"

杨一凡："东西一放在宿舍，就来向您报到。"

"好。表扬你。坐下。"

两人间隔着吃饭的条案，面对面坐下。连长对杨一凡说："在这里，我刚刚向全连知青宣布了一条纪律，不许传谣，不许信谣，明白？"

杨一凡："连长，老实说我不太明白。连里起什么谣言了？"

连长："连里本身能起什么谣言？还不是你们知青从南南北北带回来一些小道消息！小道消息就是谣言！别的连，因为传谣抓走好几个了。追来查去，你们北京知青带回来的谣言最多。你不愿意也被抓走吧？"

"那当然。"

连长："不管谁，也不管怎么问你，只要和政治沾一点儿边的事儿，你都要给我回答'不知道'。记住了？"

杨一凡："记住了。可是……"

"'可是'什么？！"

杨一凡："回答'不清楚''不了解''没听说'，也行吗？"

连长一拍案子："'不清楚'就等于说你还是知道一点儿什么的！'不

了解'就说明你还是了解一点儿什么的！不行！'没听说'可以。最好说'不知道'！"

杨一凡见连长有些动气，忙说："连长放心，我听您的。"

"沈力的情况怎么样？"

"他的情况好多了。他想连队了，让我问问连里，他可不可以回来。"

"当然可以！随时可以！写信告诉他，七连永远欢迎他回来！"

连长走到窗前，推开一扇窗朝外望了望，又关上了窗，重新坐回到杨一凡对面，小声问："四月五号那天，究竟怎么回事儿？"

杨一凡一本正经地说："不知道。"

连长不甘心，又问："听说花圈像海洋一样？"

"不知道。"

"还整天有人朗诵悼念诗？"

"不知道。"

"你……你怎么一问三不知呢？"连长有些气恼。

"不知道就是不知道。"杨一凡神态自若。

两人对视了一会儿，连长见他不肯说，只好挥挥手："去吧去吧！"

连长看着杨一凡离去的背影，自言自语："不知道？撒谎！"

晚上，赵天亮、黄伟、魏明、"小黄浦"、杨一凡五人趴在被窝里交谈。

魏明回忆道："我、齐勇、黄伟、张靖严，我们四个到北大荒的第一年冬天，和尹排长等几名老战士进山伐木。十几天后，尹排长他们被连里抽回来进行机械维修，我们四个继续留在山上。有天傍晚，我们听到狗叫声，叫声很惨。靖严说，'不好，肯定有人出事了，咱们得出去看看'。于是我们四个钻出了帐篷。齐勇最后一个，他倒想得周到，随手拎上了大斧……"

黄伟："哎哎哎，记错了吧？"

魏明："我记错了？你记得清楚，那你说。"

黄伟："我说就我说，你当然记错了。最后一个离开帐篷的不是老齐，是我老黄。想得周到，随手拎上了大斧的也是我老黄。狗叫声是从帐篷后传来的。哥儿几个绕到帐篷后，一个个都呆了——首先看到的是一匹鄂伦春猎马。那马呢，像头猪一样坐在地上，两条前腿蹬得笔直，看样子是想往起站，却怎么也站不起来……"

魏明对黄伟说："你先省省，大家关心的是和靖严有关的事儿。简洁地说，是一名鄂伦春猎人遇到了一只大黑熊。那熊太大了，估计有七八百斤，肥肥实实的。那马肯定挨了黑熊一掌，后腰哪节骨头断了。鄂伦春猎人脸朝下趴在地上，黑瞎子在拨拉他，意思是要把他翻过来。他穿的狍皮袄已被撕得稀巴烂。那狗真好，个儿不大，绕着黑瞎子又转又叫。显然也挨了一掌，身上不知哪儿滴滴答答地往下掉血珠子。伤得那么重还尽力救主人呢，得机会就咬黑瞎子一口。哥儿几个全看傻了，靖严第一个反应过来，冲我们三个说……"

黄伟默契地："他说，快去取枪！"

魏明："老齐转身就往帐篷里跑。靖严呢，见老黄手里拎着大斧，就夺斧子。可我们这位伟大的小说家呢，握着斧子不松手。"

黄伟："我当时吓傻了，真吓傻了。"

魏明继续讲："靖严给了他一拳，这才把大斧夺了过去。他握着大斧，一步一步向那熊走去。熊呢，站了起来，冲他龇牙咧嘴，吼。他站住一会儿，等熊前爪刚一落地，又往前走。就那么走走停停，走到了离熊几步远的地方，又站住，看着熊。熊也又站立起来，怒吼。这时老齐拎着枪跑出来了，却着急地说，没找着子弹。我想这下坏了，靖严的命悬乎了。老齐说，都别傻看着了，一块儿上，拼吧！忽然那熊前掌一落地，掉头跑了。就这么着，我们把那鄂伦春猎人救回了帐篷。他有经验，趴着装死。倒也没受什么重伤，不过看着他的马，搂着他的狗，掉了泪……"

一阵沉默后，"小黄浦"突然发问："黑瞎子冬天里不是冬眠吗？"

黄伟："是啊。伐木队惊醒了它，所以它生气。正巧碰到了那个没防备的鄂伦春猎人，就拿他出气。"

"那马呢？"

黄伟："确实是后腰骨断了，没救了。鄂伦春猎人含着泪，用猎枪将马打死了。当晚他只得在我们帐篷里住下了。他对靖严说，'你救了我一条命，还救了我的狗一条命，我非和你拜兄弟不可'。又指着我、老魏和老齐说，'你们三个得做证'。人家马鞍上拴着个装酒的皮酒囊子，于是呢，我们三个就看着他和靖严跪在帐篷口，对月盟誓，豪饮起来。他在我们的帐篷里住了五六天呢。"

魏明："六天。 第六天，狗的伤养好了。鄂伦春猎队找来了，他才依依不舍地走了。也多亏他走得早，要不我们的面不够吃了。他那才叫饭量大，一眨眼三四个馒头下肚了，再给他一个，他还吃。"

杨一凡问："他叫什么名字？"

魏明被问得一愣："你问名字干什么？"

"随口一问嘛。"

"不知道。"

杨一凡将头扭向黄伟，黄伟避开他的目光："别看我，我也不知道。"

杨一凡："怎么可能？"

魏明："几年前的事儿了，忘了。"

黄伟："对。忘了。"

"小黄浦"想了想，问："你俩的意思是，靖严现在和当年那个鄂伦春猎人在一起？"

魏明："别胡说八道啊！天亮，你是班长，你得做证，我有这个意思吗？"

黄伟也郑重地说："我也没有那个意思啊！你们三个刚才瞎猜，才引得我和老魏讲起来的！"

赵天亮："你俩怎么以前一直没讲过？"

黄伟反问："齐勇就讲过吗？也没讲过啊！当年团报道组要采访和报道那件事儿，我们都拒绝了。靖严和我们约法三章，不许我们宣扬那件事儿。他是我们哥们儿，后来又是咱们排长，我们当然听他的。"

赵天亮："哪儿说哪儿了，那你俩以后也别讲了。"他问杨一凡："一凡，你说实话，在北京，你参与了没有？"

杨一凡假装不明白他的意思："参与了什么没有？"

赵天亮："别揣着明白装糊涂。"

杨一凡沉吟片刻，坦率地说："参与了。"

"交代，参与到什么程度？"

"我今天可刚回连队，连里都不审我，你班长审我？"

赵天亮："别废话。不是审你，是为你好。万一哪天来人也要把你带走，我们有点儿替你解脱的思想准备。"

杨一凡："不用你们担心，沈力已经替我解脱了。其实我也没做什么出格的事儿，只不过连续几天抄诗来着，最后那天被搂进去了，但第二天中午前就把我给放出来了。沈力在外边接的我，他说他叫杨一凡，我叫沈力。我有精神病，他是连里派回北京照顾我的，还给对方看街道的证明信。对方一时也搞不清我俩究竟谁是杨一凡、谁是沈力，嘱咐了他几句要认真负起看管责任的话以后，就让我走了。我呢，当时不得不装精神有毛病的样子。而沈力看去，精神正常得不能再正常。他对我说，'你回连队吧'。我说，'我走了你怎么办'。他说，'我已经能照顾好自己了，但是你在北京让我太不放心了'。第二天他替我买好了一张车票，第三天他把我送上了车。"

赵天亮："你的事儿也哪儿说哪儿了吧。如果连长和指导员让你汇报在北京的情况，没必要说刚才那些多余的。"

杨一凡点点头。

忽然，外边响起一阵骚动，马群从连队的路上奔驰而过。百蹄擂地，宿舍里都引起了震动，盆架上的脸盆发出轻微的震荡声。

马嘶声、吆喝声响过后，一切归于平静。

"小黄浦"往窗外望了望："闹的什么鬼？"

黄伟："我想是齐勇和'小地包'回来了。"

门外又传入有人绊倒在地的声音。

赵天亮拉灭了灯。

门开了。齐勇和"小地包"的身影一前一后走了进来。他俩一个手里拿着条凳，一个手里拿着脸盆。

齐勇大声地说："开灯！关灯干什么？不愿意我俩回来呀？"

赵天亮将灯拉亮。

齐勇将条凳放在地上，"小地包"将脸盆放在盆架上。他俩各穿了一身蒙古族服装，享受着大家惊奇的目光。

"小地包"抱怨："为什么在门外设机关？"

"小黄浦"嘻嘻一笑："不是对付你俩的。哥儿几个想聊点儿特殊话题，怕连长或指导员偷听。"

齐勇看了他一眼："特殊话题？这年头有什么特殊话题？"

赵天亮打岔道："看起来，你俩的任务完成了？"

齐勇："没听到马群过去？本来想在团里住一宿的，可团里没地方圈二百匹马，我俩呢，归心似箭，和马场连那几个哥们儿一合计，干脆走吧！他们赶着马群回马场了，我俩迫不及待地回宿舍来了。"

他突然觉得有些不对劲儿："咦，靖严呢？他不是团里派到咱们连的什么员吗？"

"小黄浦"提示："春播工作督察员。"

"那他怎么不睡在这儿？"

大家被齐勇问得一时不知该说什么好，互相看着。

黄伟编了一个理由："他……今晚睡二班那边去了。"

"我找他去！"齐勇一转身就要往外走。

赵天亮光着脚跳下了地，挡在门口："太晚了，别到二班去折腾了。"

齐勇："不折腾他们了？听你的！"

赵天亮上炕后，齐勇问他："我俩的蒙古族服装怎么样？"

大家都点头表示欣赏。

"小黄浦"伸手摸着蒙古族服装："蒙古朋友给你们的？"

"给也不能要啊！这么上下一整套，不少钱呢！""小地包"拍了拍蒙古族服装，"我俩一咬牙一跺脚，买的。老齐还为靖严买了把蒙古刀！"

齐勇从腰间取下蒙古刀递给赵天亮："我俩的钱都花光了，要不给你们一人买一把！"

魏明怕齐勇再提起张靖严，连忙打岔："哎，你俩眼睛长脑瓜顶了？人家一凡也回来了没看见呀？"

"小地包"："一凡？哪儿呢？哪儿呢？嗨，这小子，你怎么蔫了吧唧的一声不吭啊！"

杨一凡："你俩心里哪儿有我啊！"

齐勇走到杨一凡跟前说："挑理了？你把沈力照顾得怎么样啊？"

杨一凡自豪地说："看不出有什么不正常的了。"

齐勇向"小地包"使个眼色，两人突然掀开杨一凡的被子，四只手在他身上乱摸。

齐勇笑闹道："按住按住！今天我非摸他老二一下不可，看他还挑理不挑理！"

杨一凡在床上左躲右闪："下流！"

齐勇得逞地笑着："哈哈，摸着了！"

赵天亮见杨一凡被他们折腾得招架不住，大声地说："你俩别欺负老实人！赶快睡吧。"

齐勇正在兴头上："睡？不许到二班去折腾，那就得折腾你们一宿！我俩要给你们唱蒙古长调！"

黄伟打个哈欠："哎哎哎，忍着点儿，明天吧！"

"小地包"亢奋地说："明天没这会儿的情绪了！"说着，推了齐勇一下："姐夫，先露一手。"

于是齐勇煞有介事地唱起了蒙古长调，"小地包"跳起了蒙古族鹰舞。

蒙古长调飞出宿舍，飘荡在静静的夜间……

——第41章——

　　清晨，赵天亮等还在梦乡之中，齐勇已把蒙古族服装穿在身上，从枕旁拿起蒙古刀插在腰间了。他走到"小黄浦"铺位前转了转，终于在小箱盖上发现了一面小镜子。他拿起左照右看，抻抻衣领，正正帽子，放下，脚步轻轻地离开宿舍。

　　连队里静悄悄的，知青们还都没起来。

　　他来到马棚，见老耿头也还没起来，便走到"乌云"那儿，冲"乌云"耳边说话："'乌云'，认出是我了吗？我穿这身怎么样？有蒙古汉子那种彪悍劲儿没有？过几天我带你到马场去，看你能不能相中一个对象。回来了嘛，先跟你打个招呼，接着我得去看一个好哥们儿……"

　　他又走到老白马那儿，跟老白马说话："白大爷，牙口还好不？还能嚼得动草料吧？"

　　他蹲下查看地上的马粪，用小棍扒拉了几下："看你这粪还成形，那就证明消化可以。牙口好，消化可以，身体就好。"站起，拍拍马脖子："你是有功之臣，为北大荒劳苦一辈子了，我一定会好好照顾你。你呢，也要好好活……"

　　看完马匹，他离开马棚，来到男二班宿舍门前，轻轻推开门，闪身进入。

　　男二班的知青们也都在酣睡，他从两排炕铺的炕头走到炕尾。有的人用被子蒙住头，他就轻轻掀开一点儿被角，使人家的头露出来。有的人侧身睡，他就弯下腰，偏着头看人家的脸。

他在找张靖严。自然，他不会找到。

他觉得纳闷，推睡得正香的二班长："醒醒，醒醒……"

二班长："谁呀，真讨厌，别烦我！"

齐勇用手指捏住了二班长鼻子，把二班长给憋醒了。

二班长坐起来生气地骂："你哪个王八蛋啊！"他揉了揉眼睛，认出了齐勇，惊讶地说："你小子啊！啥时候回来的？"

齐勇："昨天半夜。没听到马群从连里过？"

二班长："昨天半夜我们班都在跟播种机。"他打个哈欠又躺下了，嘟囔："大清早的，你不折腾一班，来我们二班折腾我干什么？"

齐勇俯身问："张靖严呢？"

"张靖严"三字使二班长睁大了眼睛，仰瞪着他，一时不知怎么回答才好。

齐勇："问你话呢！"

二班长只好说："你回一班问去！"

"他们说睡在你们二班！"

"胡扯！他……你还是问天亮他们去吧！"

齐勇："他怎么了？！"

"你缠着我干什么呀！我不是说了嘛，问天亮他们去！"二班长翻过身去，不看他。

齐勇将他被子一掀，大声地说："我偏问你！张靖严怎么了？快说！"

二班长猛地坐了起来，恼火地说："他被带走了！实话告诉你了，行了吧？！"

二班长这一喊，其他知青也醒了，纷纷坐起来，愣愣地看他们。

齐勇转身冲到了另一名知青跟前，一手拽住人家一只脚，一手指着人家鼻子："你替你们班长回答！谁把张靖严带走了？到底怎么回事儿？不说话我把你拖地上！"

被齐勇捉住的知青挣扎着:"老齐别别,我说我说。他被公安带走了,因为写了几首反诗,说是……和'四·五'有关系……"

齐勇放开了对方的脚,大叫:"反诗?他反谁?反谁?!他曾是七连唯一的一名党员知青!他曾是全团最早的知青排长!他是团里重点培养的干部苗子!"

二班长见齐勇这样,更加恼火:"你冲我们瞎嚷嚷什么呀!他当时正跟我们一块儿播种子,还跟我开玩笑来着!"

齐勇指着二班的人:"你们……你们一个个眼看着他被带走的,是不是?!"

二班长翻了脸:"我们有什么办法!滚!滚出去!别搅我们的觉!"

齐勇将盆架扳倒,悻悻而去。

齐勇怒气冲冲地回到一班宿舍,一脚把门踹开,大家仍在熟睡。他几步跨到盆架前,拿起一只铝盆,又随手拿起一只鞋,敲了起来。赵天亮们从梦中惊醒,吃惊地瞪着他。

齐勇指着赵天亮说:"你昨晚骗我!为什么骗我?为什么昨晚没一个人跟我说实话?!"

赵天亮也大声喊起来:"因为不愿意昨晚就看到你这种样子!你以为我们心里就好受吗?!"

黄伟也小声说:"你回来前,我们一直在说靖严的事儿。"

魏明:"你以为我们是谁?都应该充当绿林好汉?能那么做吗?那么做是爱他还是害他?!"

"小地包"下了炕,趿着鞋,走到齐勇跟前:"冷静点儿,冷静点儿。"

齐勇将盆扔地上,抬起脚用力地踏着。

"小黄浦"心疼地看着地上的盆:"那是我的盆。"

"小地包"拉了拉齐勇:"炕边坐会儿,炕边坐会儿。"

齐勇猛一推,将"小地包"推得倒退数步,跌坐地上。

连长正在连部里吃早饭，门"嘭"的一声被踹开了，连长吓了一大跳。身上还穿着那身蒙古族服装的齐勇怒气冲冲，倒背一只手大步迈入。

连长上下打量着他："倒是没白去一趟内蒙古，搞了这么一身，挺有派头的。明明有宽敞的公路，昨晚非在连里搞出那么大动静干吗？"

齐勇瞪着连长不说话。

连长："脸怎么那么红？"他吸吸鼻子："一大早就喝酒了？"

齐勇把背着的手拿到了前边，手握一瓶白酒，举起，猛灌了一大口。

连长脸色一沉："别喝了！这是连部，我是连长，立了点儿功也不许这么放肆！"

齐勇冷笑一声："你眼看着张靖严被带走的？"

连长一拍桌子："把酒瓶子放下！"

齐勇倒也听话，把酒瓶子放在了桌上。

连长："不想让我吃成这顿早饭是不是！"他放下筷子，将饭盒一推，拿起酒瓶子喝了一口。

齐勇瞪着眼睛："我只问你刚才那一句话！"

连长又一拍桌子："我现在不想回答你！"

"那你就是承认了！"

连长猛地站了起来，一指门："给我出去！"

"张靖严是什么样的人你还不了解吗？"

连长大吼："出去！"

二人互相瞪了一会儿，齐勇猛转身走了出去。

连长也喝一大口酒，缓缓坐下，屁股刚一沾凳子，就看见齐勇还站在窗外瞪他。

连长又一下子站了起来，将窗推开半扇，喝问："你想干什么你？"

"我能干什么我？我敢干什么我？"齐勇冷笑了两声，从窗口退开。他看见窗旁有一把没修完的旧椅子，顺手抓了起来，朝窗砸去。

齐勇一转身，见几步外站着团长、指导员、曲干事，还有一名警卫员。

他们看着齐勇的举动，都呆住了。

团长等四人走到了齐勇跟前。

团长问指导员："这不是齐勇吗？"

指导员点头："对，是他。"

团长对曲干事说："去问问张连长，出了什么事儿。"

连长呆呆地看着曲干事朝连部走来。

团长绕着齐勇走，自言自语："浑身酒气，你可真没出息！我正打算发给你奖状，你却耍酒疯。"

齐勇冷静地说："我没耍酒疯。"

指导员瞪他一眼："还有话说！快向团长认错！"

齐勇："我没错！"他一梗脖子，忽然弯下腰，一副要呕吐的样子。团长和指导员赶紧向后退，而齐勇却什么也没吐出来。

团长见齐勇欲吐又止的样子，摇头道："他没错，那就是咱们错了嘛！谁叫咱们来的不是时候，偏巧碰上了呢？"

曲干事走了回来，对团长小声说："因为张靖严的事儿。他跟小张关系亲密……"

团长挥挥手："把奖状给他看。"

曲干事从文件包里取出卷成卷的奖状，将文件包递给指导员，展开奖状给齐勇看。

指导员对齐勇说："因为你们引进马群的任务完成得好，团长建议要在全连大会上表扬你和孙敬文。"

齐勇将头一扭。

团长见齐勇这样，生气地对曲干事说："撕了吧。"

曲干事犹豫了一下。

团长见曲干事没动，生气了："没听明白？"

曲干事只得将奖状撕了。

团长问指导员："连里有没有什么空闲的屋子？"

指导员想了想回答："猪号旁有个小破屋。"

团长转身吩咐曲干事："把他捆上，押猪号旁那小破屋去关禁闭。没我的话，不许放他出来。"

指导员将团长扯到一旁，小声说："团长，兵团总部下发过文件，不得对知青擅自进行体罚或者关禁闭。"

团长："是吗？你记忆倒不错，但是我想不起来了。"说罢，往连部走去。

指导员看了曲干事和齐勇一眼，跟在团长后面走去。

曲干事叫住团长："团长！没绳子。"

团长："那我不管。实在找不着绳子，用你鞋带。"他头也没回，继续往前走。

曲干事问齐勇："你看这事儿怎么办吧！你要是不跑，那我就得解鞋带了。"

齐勇："我跑什么啊！再说又能往哪儿跑！"

曲干事："那好，你带路，去猪号。"

连长坐在连部里吸着烟，团长和指导员走了进来。指导员拿起笤帚清扫房间里的碎玻璃。

指导员给团长让了座。团长坐下，对连长不满地说："五八年转业的老兵了，当连长也有年头了，一名战士敢当着你面砸窗子，你权威哪儿去了？"

连长："那你把我撤了。"

指导员："老张，别这么跟团长说话！"

连长："我该怎么说？张靖严触犯了什么国法？不就是写了几首悼念周总理的诗吗？你团长都不替他说句公道话，使他被铐上手铐，当着我的面被带走，我怎么保持权威？"他不耐烦地弹着烟灰。

指导员拍了一下桌子："你怎么知道团长没替小张说话！"

"别打断他，让他把怨气发泄出来吧。"团长也掏出烟来，递给指导员一支。

三人沉默下来，静静地吸着烟。

而此时，齐勇已经带着曲干事和警卫员走进了猪号，猪号里只有一名老职工在喂猪。

齐勇走到他身边对他说："老关，把放饲料那小屋的钥匙给他们。"

老职工看了看他，问："干吗？"

齐勇："叫你给他们就给他们。"

老职工从腰间取下钥匙递给曲干事。

齐勇带曲干事和警卫员走到小破屋前，翘翘下巴："就这儿。"

曲干事用那钥匙开锁，却没打开。

老职工："得用寸劲儿。"他接过钥匙，轻巧地打开了锁。

他们身后传来孙曼玲的声音："齐勇！"

他们回头看去，见孙曼玲和上海女知青谢菲站在跟前。

孙曼玲："曲干事好。"

曲干事："小孙啊，我陪团长视察各连的春播工作……"他主动伸出手和孙曼玲握了握。

谢菲看着齐勇笑道："你是不是又爱上了一个蒙古族姑娘啊？要不回连了还穿这么一身？"

齐勇看着孙曼玲微微一笑："穿给她看的。"此时，他的酒意已经退了一些，打了个嗝。

谢菲扇着手后退一步："班长，他喝酒了！"

孙曼玲没好气地说："你怎么这么没记性？批评你多少次了，平常日子不许喝酒！"

齐勇没搭茬，只是问："你俩来干什么？"

孙曼玲："老关一个人忙不过来了，我俩来帮了好几天了。你们来干什么？"

齐勇无所谓地说："他俩要关我禁闭。"

孙曼玲瞪他一眼："别开玩笑。"

"没开玩笑，真的。"

孙曼玲和谢菲不由得诧异地看曲干事和警卫员。

曲干事："他把连部窗子砸了，团长、指导员和我，我们正巧看见了。"

孙曼玲冲齐勇犯急："你！你那不是耍酒疯嘛！"

齐勇："也可以这么说。"

警卫员打开了小破屋的门，对齐勇一摆手，示意让他进去。齐勇刚进去，又退出来了。小破屋里到处堆放着麻袋，几头半大小猪惊慌地往角落里缩。

老职工见状对齐勇说："哎，齐勇，你进去可不行。那几头小猪胆儿小，怕生人。"

齐勇往身后指了指："这话你得跟他俩说。"

老职工面露难色："曲干事，你看这……那几头小猪太淘，我这是关它们禁闭呢，扳扳它们的性子。齐勇要是进去了，怕吓着它们。一吓着了，那可就会生病的。"

曲干事："是团长的命令，我们也没办法。"

齐勇脱下蒙古袍："把我送这么个脏地方，别弄脏了我这件袍子。"

曲干事："齐勇，快点儿，我怕团长又有什么事儿吩咐我。"

齐勇托着蒙古袍、蒙古帽、蒙古刀朝孙曼玲一递："替我保管着。"

孙曼玲："去你的！懒得理你。"她不但没接，反而一转身赌气走掉了。

"那求你交给赵天亮，孙敬文也行，让他们替我保管着。"齐勇只好把衣服递给谢菲，谢菲刚接过，齐勇便进了小屋。

警卫员把门锁上，将钥匙还给老职工。老职工却不肯接："这……万一我一开门喂猪，他跑了，谁的责任？"

齐勇在屋里听到了他们的谈话："老关放心，我不跑。"

老职工不太信任地看着他："你这会儿是不想跑，说不定关上一天就想跑了。"

谢菲对警卫员说："那把钥匙给我吧。"

警卫员有些犹豫，曲干事将钥匙夺过来，交给谢菲，推着警卫员说："走，走，咱俩的任务完成了，有些事儿别太认真。"

男一班的知青听说了齐勇被关禁闭的事儿，全来到小破屋前。谢菲将齐勇的衣物交给赵天亮："他让你们好好替他保管着。"

"小地包"脱下棉袄，登高够到小窗口，把棉袄塞了进去。

魏明问"小地包"："他在里边干吗呢？"

"在面壁，像和尚打坐。"

赵天亮："哎，还要什么不？"

齐勇的声音从里面传出："烟。"

黄伟掏出了两盒烟："替你想到了！"

黄伟刚想把烟扔给"小地包"，孙曼玲挡在了他面前："敢给他烟！谁给他烟我跟谁急！关禁闭还想吸烟，美得他！"

"小地包"一咧嘴，恳求地说："姐……"

孙曼玲："滚一边儿去！他现在还不是你姐夫呢，你心疼的哪门子？！"

"小地包"："你看你，这什么话啊！"

赵天亮将孙曼玲扯到一旁，魏明趁机从黄伟手中夺去烟，塞给了"小地包"。

赵天亮对孙曼玲说："你也别太生他的气，他是因为张靖严的事儿窝了股火。"

孙曼玲："那件事儿谁都有看法，难道人人都该去买酒吗？都该喝醉了耍酒疯吗？"

大家默默望着他俩，只见赵天亮又将孙曼玲扯远几步，对她耳语了些什么，说得孙曼玲连连点头。

赵天亮走回到"小地包"们跟前，对大家说："走，都干活儿去吧。"

小破屋里传出齐勇的声音："哎，等等，一班现在干什么活儿？"

魏明大声冲里面喊："播种！"

"差多少啦？"

"再有两天播完了。"

大家离开小破屋，"小地包"问赵天亮："你后来跟我姐又说什么了？"

赵天亮一笑："我说咱们都觉得齐勇的精神也有点儿不正常了，这时候你姐对他的爱护显得格外重要。"

杨一凡："这么说好。对老齐有好处，对咱们也有好处。起码老齐被关禁闭这几天，你姐会替咱们多操心点儿。"

黄伟瞪大眼睛："几天？"

魏明对黄伟解释："听说，团长命令关他五天。"

"小地包"："不好，对我姐不好。我姐会着急上火的！"他强烈抗议，可惜已没人再理会他的话，大家都往前走远了，只剩下他一个人留在原地。

拖拉机牵引着播种机在广袤的黑土地上播种，牵引着石碾子在碾压。北大荒春季的风从袒裸而松软的黑土地上扫过，形成了一阵迷漫的黑雾。

魏明赶着"乌云"驾驶的马车出现在地边，赵天亮和几个人逆着风，侧着身向马车走去。他们就这样在风沙漫天的黑土地上劳动着。等到吃饭时分，一个个都成了土人。知青们在一台拖拉机旁铺了两条麻袋，摆上饭菜。一阵风过后，菜和汤里都覆上了一层土。大家傻了眼。

"小地包"骂道："真他妈邪门儿，这风怎么成心似的！"

杨一凡端起汤碗，吹了吹，眼一闭，喝了下去。

夕阳西下时分，拖拉机继续在地里作业。远远看去，广袤的黑土地上的几台拖拉机显得那么小。蓝天、黑土、浴血夕阳组成了一副庄严而凝重的景象。连队的方向，隐隐传来悠长的号声。

孙曼玲和谢菲在清理猪圈，老关走来说："小孙，别干了。食堂开饭了，你俩走吧。"

孙曼玲却说："老关，你先走。谢菲，你也走，我把这点儿活儿干完。"

老关："你俩不走，我怎么好意思走啊。"

孙曼玲："叫你们走，你们就走！"

谢菲对老关使了个眼色，二人默默离开了。

孙曼玲认真地清理着猪圈，又是用铁锹刮，又是用笤帚扫，把猪圈清理得特别干净。二班长端着一份儿饭出现在猪圈外，咳嗽一声，孙曼玲抬起了头。

二班长走近她说："一班的人都在地里呢，连长嘱咐我给齐勇送饭来……"

孙曼玲朝小破屋指指，二班长走到小破屋跟前，又咳嗽了几声。

齐勇的声音从里面传出："谁？"

"我，二班长。连长让我给你送饭。"

"我还真饿了。给我开门。"

二班长："你等会儿。"他问孙曼玲："钥匙在谁那儿？"

孙曼玲小声地说："在我这儿，不能给他开门。"

二班长也压低了声音："既然在你这儿，给他开一下门有什么呢！"

"赵天亮说，他精神也有点儿不好似的。"

二班长吃惊道："不会吧？"

孙曼玲："他还说，他们一班全都这么觉得。"她一脸忧郁，眼泪在眼眶里打转。

二班长想起早上的事儿，说："可也是的，想想他今天一大早到我们二班去折腾我们的样子，是有点儿反常。"

孙曼玲忧伤地说："如果我开了门，他胡闹起来呢？他倒不会对我怎么样，就怕对你怎么样……"

"可，那也得让他吃饭啊。"

"从门上方的小窗口给他送进去吧。"

二班长又回到门前，登高够到小窗口，望着里边说："抱歉啊，钥匙老关带走了，只得从这儿把饭送给你了。"

小窗口出现了齐勇的脸，他笑了一下，二班长也赶紧笑了一下。

齐勇含酸带刺地问："你是不是挺解气的呀？"

二班长："没有没有，千万别这么想，哪能呢！"他将饭盒和用筷子串着的两个馒头递了进去，从高处下来，隔着门问："两个馒头够不够？不够现在就说，我再给你去买。"

齐勇："谢谢。不干活儿，吃两个够了。"

二班长："那我走了啊。"说着，从门口退开。他见孙曼玲从猪圈里出来，将她扯到一旁，小声说："他刚才冲我笑，那种笑就不太对劲儿。"

孙曼玲一脸难过："赵天亮是严肃的人，他不会骗我的。"

二班长嘱咐道："他吃完了，你让他从小窗口把饭盒递出来。接饭盒时，别把手伸进窗口，头要闪在窗口旁边。如果他让你给他开一下门，千万别听他的。无论他怎么央求都不能给他开门，啊？"

孙曼玲："明白。你先走吧。"

二班长还是有些担心："你肯定，你一个人留在这儿是安全的？"

"没事儿，走吧，我收拾收拾也走。"

二班长一步三回头地走了。孙曼玲扫猪圈外边的地，听到小破屋里齐勇喝汤呛着的声音，朝门望了一眼。

她擦了脸，洗了手，悄悄走到小破屋门前，从门缝向屋里窥望。齐勇已经吃完了饭，空饭盒放在一旁，坐着一袋子饲料，靠着一袋子饲料，怀抱一头小猪，给小猪挠痒痒。小猪舒服地闭着眼睛，他也闭着眼睛。

孙曼玲想了想，轻轻咳嗽一声。

齐勇睁开眼睛："甭咳嗽，我知道外边就剩你自己了。"

"吃完了把饭盒递出来。"

齐勇把饭盒和筷子从小窗口里递了出来，孙曼玲登高将饭盒、筷子接了过去。齐勇透过小窗对孙曼玲苦笑，孙曼玲也苦笑，从高处蹦下，在门旁木墩上坐下。

齐勇从小窗口看下去，见孙曼玲还没走，问："你怎么不去吃饭？"

孙曼玲："不饿。"

"干了一天活儿不饿？"

"饿也不想吃，班里她们会给我打了留着。"

"想我没有？"

"想了。夜里一听到马群从连里过，我就猜到你回来了。"

齐勇："我在内蒙古也经常想你，不信你可以问敬文。我一想你，就跟敬文念叨你……"

孙曼玲："你要是真想我，今天早上就应该在食堂门口等着见到我，而不是喝醉了去砸连部的窗子！"

齐勇满怀歉疚："对不起，丢你的人了。家里来信说，我母亲住院了，是人家张靖严他父母，还有他弟弟，一有空就去医院帮着照顾我母亲，否则我父亲也得累病了。要是我弟弟在那还好点儿，可惜我弟弟不在了……"

孙曼玲打断他："咱俩不是互相发过誓，谁也不再提当年那件事儿了吗？"

"我忘了，说点儿别的吧。"齐勇赶紧岔开话题，"哎，我给你唱蒙古族长调吧，连蒙古族人都说我学得不错……"

齐勇在小破屋里唱起歌来，孙曼玲坐在外边默默地流泪。齐勇唱罢，灵机一动道："哎，你把手从门缝伸进来。"

孙曼玲："干什么？"

"我看看你的手相。"

"不让你看，我不迷信。"

齐勇："看着玩儿嘛！你坐门外边不回宿舍去，还不是为了怕我寂寞，陪陪我？你陪我，我也要尽量让你陪得开心嘛！"

"你自作多情！我坐这儿不是为你！"

齐勇佯装生气："别嘴硬！我落这么个地步，你不心疼我是不对的。快把手伸进来，要不我可生气了啊！"

孙曼玲迟疑着站起来，将门推开一道缝，犹犹豫豫把一只手伸了进去。

齐勇看着孙曼玲小心翼翼伸进来的半只手说："我是狼啊？还能把你手一口吃了啊？不情愿就算了！"

孙曼玲只好将手全伸了进去。

齐勇："这还差不多！"他一只手握住孙曼玲腕子，另一只手攥住她手指，煞有介事地看她掌心纹，接着又把她的手翻过来看手背和手指。

孙曼玲："看手相有看手背的吗？"

"蒙古族看法。我跟他们学的。"

"胡扯！"

孙曼玲欲把手缩回去，却被齐勇用力拉住："别动，刚看出点儿门道……大拇指甲怎么劈了？"

"干活儿弄的。"

齐勇："也不小心点儿。嘱咐过你多少次了，只要是干拿工具的活儿，那就应该戴手套！要养成习惯！女人的手是女人的第二副面容，也最能体现女人对男人的吸引力。所以女人不但要为自己，也要为爱她的男人善于保护自己的手别受伤，更别留下疤痕……"

孙曼玲："只有资产阶级的女人才有那种臭毛病！只有资产阶级的男人才有你那种臭思想！人长一双手就是为了劳动的！劳动者光荣！因为劳动而受伤的手，留下疤痕的手，是劳动者的骄傲！手上的疤痕是劳动者的奖章！"

齐勇："咱不要那样的奖章！奖章还是能别在胸前的好。"他忽然俯下头吻孙曼玲的手。

孙曼玲的身子一颤，想把手抽回去，却被齐勇攥得更紧。

齐勇忘情地吻孙曼玲的手心、手背、手腕、手指尖儿，并使她的手贴在自己脸上。

孙曼玲挣扎着，想摆脱齐勇："你干什么呀你？"

"好想你的小手，终于又握住了。"

"放开我手！"

齐勇轻轻笑道："亲够了就放开了。"

"你疯了？！"

孙曼玲用力把手抽了出来，只听刺啦一声，她的袖子被划破了。

"你可耻！"孙曼玲气哭了，一扭身从小破屋门口跑开了。

孙曼玲跑到猪圈旁一棵大树下站住，抽泣。扛着行李卷的"小地包"远远看见姐姐，走了过来。

"小地包"奇怪地问："姐，你站这儿哭什么？"

孙曼玲抹抹泪，反问："谁让你送来的？"

"小地包"："这还用谁让啊？曾经一个班的嘛，我们都想到了。老关说钥匙在你这儿，给我。"他向她伸出手。

孙曼玲嘟着嘴："不给！从小窗口塞进去！"

"小地包"有些为难地看了看行李卷："那么小的窗口，能塞进去吗！"

孙曼玲这才不情愿地将钥匙给了弟弟，问："他怎么了？"

"小地包"："你说他怎么了？不就是因为张靖严的事儿一时想不通，喝酒了，砸了连部窗子吗？"

"他离开连队的时候好好的，怎么就像沈力一样，精神变得不正常了？"

"小地包"："嗨！你别信天亮的。他那是骗你！当然他也是好意，想通过你散布一种假相，使我姐夫的行为变得性质单纯点儿。"

孙曼玲凶巴巴地说："别'姐夫姐夫'的！我再说一遍，我和他没结婚前，不许你傻了吧唧地叫他姐夫！赵天亮从不编瞎话骗人，更不会骗我！快告诉我实情，姐扛得住。"

"小地包"："我还告诉你什么实情呀我！我倒是觉得你有点儿不正常了，怎么分不清真假话了呢！"

孙曼玲愣愣地瞪了弟弟片刻，将他一推，转身跑了。

"小地包"走到小破屋门前，问："在里边呢？"

齐勇的声音里带着怨气："废话，我还能变成只苍蝇飞出去呀！"

"小地包"拍拍被褥："我来给你送被褥。"

"我以为你们把我忘了呢。"

"小地包"开锁进屋，问齐勇："你打算怎么睡？"

齐勇摆平装饲料的麻袋，说："放这儿吧。"

"小地包"放下行李卷，又问："你把我姐怎么了？"

齐勇："这话问得！"他指着门说："隔着一扇门，门上锁着锁，我就是想把她怎么样，又能把她怎么样？"

"小地包"一脸不相信："那她哭了？你还是老实交代的好。"

齐勇："我只不过亲了亲她的手嘛！"他拍拍饲料袋，意思是让"小地包"也坐下。

"小地包"瞪大眼睛："隔着门？！"

"我骗她，让她把手伸进来，说要为她看手相……"

"打住。""小地包"明白是怎么回事儿了，"往下我就明白了，那我姐更加相信了……"

齐勇："更加相信了？相信什么？"

"天亮跟她说，你也像沈力一样，精神有点儿不正常了。"

齐勇急了，一下子站了起来："这小子！他这不是破坏我和你姐的关系嘛！我找他算账去！"

他欲往外走，被"小地包"拦在了门口："哎哎哎，团长他们还在连里呢！如果哪个多事儿的王八蛋看见了你，汇报给团长，大家面子上不是都不好看了嘛！"

齐勇又郁闷地坐了下去。

"小地包"看了看他："你再没什么事儿我走了。"

齐勇却拽住他："坐下，陪我聊会儿！"

"关禁闭是为了促使你反省，你还是好好反省吧！"

"连你也认为我应该反省？"

"小地包"："那当然！哥儿几个都劝你要冷静，要理智，你偏不听，就这一点儿你还不应该反省啊？"他挣脱了他，走了出去，把门关上，并且上了锁。

齐勇拍着门对"小地包"说："那把钥匙给我！"

"钥匙怎么能给你呢？"

"不给我，让我在里边屙，在里边尿啊？"

"小地包"犹豫了一下，决定道："给你就给你！可要自觉啊，不许半夜三更地打开门，鬼似的到处乱逛，再弄到了点儿酒，再喝醉了，再惹是生非的！"说着，便将钥匙从门缝递了进去。

齐勇隔门保证："姐夫不害小舅子担责任。"

"记着，明天我姐来了，主动把钥匙交给她！""小地包"说完就走了。

赵天亮和黄伟在男一班宿舍门外刷牙。"小地包"走来，二话不说，一个绊子将赵天亮绊倒在地。倒在地上的赵天亮和满嘴牙膏沫的黄伟愣愣地瞪着"小地包"。

"小地包"叉腰对赵天亮吼："我老姐相信了你的话，你说怎么办吧？"

黄伟抹抹嘴，劝道："别生气别生气，何必动这么大肝火呢！刚才我和天亮还在讨论，他当时那么对你老姐说，究竟是利大于弊还是弊大于利？我俩都觉得，即使你老姐暂时相信了，从长远看，放出那么一种烟幕弹那也是有必要的……"

"小地包"愤愤地说："我老姐都哭了！她一哭，我心疼！"

黄伟："你老姐又不是以前没哭过。"

赵天亮这时已经站了起来，拍拍"小地包"肩："你的心情我理解……"

"小地包"将他一推："你理解个屁！"说罢，便转身进了宿舍。

赵天亮看着黄伟："你还认为利大于弊吗？"

黄伟："我从不轻易改变看法。"

寂静的连队的夜晚。

齐勇盖被卷躺在小破屋子里，两只半大小猪居然也上了饲料袋，睡在他旁边。

外面突然传来一阵喊声："来人啊！狼群进攻马棚啦！操家伙打狼啊……"

"乌云!"齐勇一掀被子坐了起来。两只小猪掉在地上,吱哇叫着跑向角落。他急忙穿好衣服鞋子,伸手在兜里翻门钥匙。钥匙却不知哪儿去了!

屋外的喊声继续。齐勇用肩头将门撞开,向马棚跑去。

半路上,齐勇与光着上身的老耿头相撞。老耿头抬头见是齐勇,着急地说:"大事不好,五六只狼扑进了马棚,我去连里,让吹号……"

齐勇:"你晕头了,连部在那边!"他将老耿头往连部的方向一推,继续往马棚跑。

夜幕中的马棚传出马匹的嘶叫声。

齐勇操起门旁的一把叉子,冲进马棚。一只狼朝他扑来,他向旁边一闪,躲过了那一扑。他见狼已落地,大叫一声,一叉子叉下去。他一转身,见几只狼正在进攻老白马,而老白马已躺倒在地上。"乌云"惊恐地嘶叫,企图挣开缰绳。

齐勇举叉在手中,大叫着向群狼冲过去……

外面,紧急集合号声响起,人们从四面八方跑向马棚。

狼或被打死,或逃跑了。

马棚外伫立着不少人,老职工、老战士、男知青、女知青。赵天亮、孙曼玲和二班长也站在人群中。

老耿头不知披着谁的袄,蹲在地上悲痛不已地哭着:"我对不起老白马,对不起老白马!它是北大荒的有功之臣,它不应该死得这么惨啊!"

指导员也蹲下,拍拍他肩:"耿大爷,不是你的错……"

杨一凡:"好几年没闹狼了,怎么忽然来了五六只?"

"小地包":"我想,是我们从内蒙古引过来的,一路都有一拨又一拨的狼群尾随着我们的马群。因为我们保护得上心,狼群才没得逞。"

连长生气地质问:"怎么不汇报?!"

"小地包":"我怎么知道那也应该汇报!"

团长和曲干事也匆匆走来了,团长问连长:"损失大不大?"

连长指了指地上:"咬死了一匹,有几匹受伤了,我们最好的马受了最重的伤……"

齐勇从马棚内走出来，身上的衣服因打斗碎得一条一条的。团长上下打量着他，大家目光也都望向他。

孙曼玲想走到他身边，却被他伸出一掌制止住，孙曼玲只得站住。齐勇收回那只伸出的手，抹一把泪，突然大叫："都看我干什么啊？找兽医！"

团长对曲干事说："快，开车去九连，把兽医所的医生都给我拉来！"

清晨，男女知青分成两个方阵，在赵天亮和孙曼玲的带领下跑步。团长、曲干事、连长和指导员走来。赵天亮、孙曼玲发布口令后，男女知青的队列面向团长他们站住。

指导员对大家说："宣布一项任命：根据工作需要，从今天起，任命齐勇为男知青排排长，任命魏明为司务长。宣布完毕。下面，请团长讲话。"

团长清了清嗓子："我不是一个情绪化的人。当然，有时候也比较情绪化。要不，官比现在还大些。我的意思是，指导员刚才宣布的任命，与我无关。那是你们七连党支部几天以前就决定了的事儿。我只不过尊重他们的决定，不予以反对。今年是一九七六年了。你们中下乡最早的，已经来到北大荒八年了，和抗日战争的时间一样长了。你们都知道的，全中国的城里人，吃饭那都是有口粮定量的。如果北大荒多向国家交一些粮食，有些城市里的人，粮本上的口粮定量也许就会多几斤！所以，我不愿意任何事情干扰我们种粮食，收粮食！干扰了，我就会生气……"

团长激动地说完之后，取消了对齐勇的禁闭。团宣传队来到连里演出了一场，团放映队也为连里放了两部电影。然而，知青们的心里，却似乎再也不能产生以前曾有过的种种真快乐了，似乎每一个人的精神年龄，都一下子变老了许多。

灰头土脸的男一班知青正往宿舍走，谢菲跑了过来，对他们说："方大姐和周萍回来了！赵天亮，周萍让我来找你，叫你快去看看你们儿子！"

她说完就转身跑掉了。

大家面面相觑，不知道她所说的"儿子"是指谁，皆向女一班宿舍匆匆走去。

齐勇边走边问赵天亮："天亮，怎么回事儿？"

赵天亮也丈二和尚摸不着头脑："我怎么知道！"

杨一凡窃笑："天亮，这你可就做得欠妥了点儿吧？"

赵天亮："我抽你！"

大家来到女一班宿舍，孙曼玲闻声而出，一只手撑着门笑道："哈，不但当爸的来了，当叔叔的当伯伯的也来了！都进来吧！"

宿舍里，坐在床上的余莎莎抱着孩子，女知青们在逗孩子笑，周萍则在一旁洗脸。她们见赵天亮他们来了，一时安静。

谢菲对孩子拍拍手："宝贝儿，来，阿姨抱累了，让妈妈抱抱吧！"

余莎莎推她一把："别大言不惭啊，人家周萍才是孩子妈，你算老几！"

谢菲："算老几？冲我和周萍的姐妹关系，当干妈总是有资格的吧？"她把孩子抱过来，发现了门口的赵天亮，笑道："还在门口站着干什么呀，快进来逗逗儿子呀！"

女知青们笑作一团。赵天亮大窘，站在门外进也不是，退也不是。

齐勇犹豫地问孙曼玲："我们进去不太方便吧？"

孙曼玲白他一眼："要进快进，不进就滚。"

于是男知青们一拥而入。

周萍挂了毛巾，看到赵天亮，不好意思地说："我刚进宿舍。"

谢菲抱着孩子走到赵天亮跟前，问："看，像你不？"

杨一凡在一旁嬉笑地附和："像，哪儿都像！"

"像你！"赵天亮不满地瞥了杨一凡一眼，转而问周萍，"哪儿来的？"

周萍反问："你说呢？"

孙曼玲："问得好！"

女知青们又嘎嘎地笑起来。

赵天亮："我在严肃地问!"

周萍："孩子都是女人生的,还能是哪儿来的?你不是明知故问吗,明知故问就严肃啦?"

面对大家的哄笑,赵天亮有些不知所措:"我是清白的。当着你们班的人,当着我们班的人,你得还我清白。"

孙曼玲："嚯,嚯,你原先哪儿清了?哪儿白了?现在怎么就不清不白了?"

"小孙,别那么厉害!"大家一转身,方婉之走到了孩子跟前,从怀里拿出奶瓶递给周萍。

周萍接过奶瓶,抱过孩子,坐炕沿上喂孩子喝奶。

赵天亮如逢救星:"大姐,这孩子和我无关!"

方婉之愣了愣,恍然大悟,指着孙曼玲说:"你们呀,贫死了!"

孙曼玲："我报一箭之仇!谁叫他骗我,说齐勇精神有毛病来着!"

齐勇无奈地说:"怎么又把我扯上了!"

余莎莎："赵天亮你认的什么真啊!有没有点儿幽默感啊!小周,冲他这样,跟他吹!"

女知青们齐嚷:"吹!吹!"

赵天亮更尴尬了。

魏明扎着围裙,用块儿板端碗面条进入,放周萍旁边,说:"我亲自做的。"

他转身看见呆呆站在那里的赵天亮,问:"抱过儿子了?"

女知青们又一阵嘎嘎大笑。

周萍对窘迫的赵天亮解释:"我和排长路上捡回来的孩子。一名插队的上海女知青让排长替她抱会儿,可一走就再见不着影了。"

赵天亮不由得从周萍怀中抱过去孩子,心情复杂地看着。其他男知青纷纷围拢。

"小黄浦"："可惜我还没老婆。要有,我养着了……"

第 42 章

傍晚，"小黄浦"在马棚里给"乌云"换药。可是无论他怎么安抚，"乌云"都不肯安静下来，情绪非常焦躁。这时，齐勇走来，见状轻轻地抚摸着"乌云"，跟它说话，"乌云"渐渐安静。

"小黄浦"一边换药，一边不痛快地说："你和老魏都当官了，却把我调到了马号！"

齐勇："别发牢骚，我向连里推荐你的。不久连里会送你去学兽医。"

"小黄浦"："我没想过要当兽医！"

"真不识好歹！学兽医要进大学的。"

"一进大学我就要求改学别的。"

"改不改得成，那就看你的造化了。"

"小黄浦"为"乌云"涂罢药，问齐勇："都当官了，还来这儿干什么？"

齐勇抚摸着"乌云"的鬃毛："排长就是官了？比你多挣一分钱吗？我放心不下'乌云'，身不由己地就来了。"

"小黄浦"："三连最权威的兽医说，'乌云'身上的伤容易好，精神上的伤却较难好，也许根本就好不了。那就只能把它处理了，否则它很危险。"

齐勇瞪着"小黄浦"问："什么意思？"

"小黄浦"以手作枪，瞄准"乌云"脑门，口中发出"啪"的一声，说道：

314

"使它毫无痛苦。"

齐勇："谁敢那么做，除非先把我处理了。"

他继续抚摸着"乌云"脖子，内疚地说："'乌云''乌云'，也许我根本就不该把你和老白马单独拴在这儿，眼看着老白马死得那么惨，你又怎么能不受惊呢？对不起，别怪我……"

"小黄浦"送齐勇走出马棚，经过老白马的坟，坟前有块儿木牌，上写"白马之墓"，木牌上还套着马脖圈。

二人不禁站住。

"小黄浦"对齐勇说："指导员亲笔写的这四个字。"

齐勇将马脖圈拿在手中："别套着这个，烧了。它当了一辈子劳役马，还它自由，让它托生为野马吧。"

"那就不能烧。按咱们人世间的说法，烧了反而等于又给它套上了。"

齐勇："那就拆了，拜托。"他将脖圈交给"小黄浦"，拍拍他肩膀，走了。

四季更迭，时节替换，黑土地变成了一望无边的绿毯，菜地里的秧苗也长了起来。

一天，男女知青们在黑土地上劳作。

周萍："班长，我到连长家去看看孩子！"说罢，朝连长家跑去。

孙曼玲："等等！今天不在连长家。应该轮到尹排长家了！"

谢菲："那都去吧！好几天没看见了，也想他了。"

"小地包"对赵天亮说："我也想大侄子啦。"

齐勇看了赵天亮一眼，对"小地包"说："走，看咱们侄子去。"

于是，男知青跟着女知青，向尹排长家走去。

赵天亮他们站在尹排长家窗外朝屋里看着。而女知青们已经全在屋里了，周萍举着孩子给外边的男知青看。尹排长的妻子将一奶瓶水递给周萍，周萍喂孩子喝水。

外边，齐勇碰碰赵天亮："叫过你'爸'没有？"

赵天亮："叫也不能让你们听到啊。"

"小地包"冲赵天亮挤挤眼："那是，只能教儿子叫给周萍听。"

黄伟："天亮，你没结婚就开始享受天伦之乐了，没几个人有这等福气，你知足吧你。"

赵天亮："我也没说有什么不知足的啊！"

"小黄浦"匆匆跑来，对齐勇说："老齐，我到处找你，急死我了！'乌云'挣断缰绳跑出马棚一次，在连里横冲直撞，差点儿踏着连里的几个孩子，连长拎把猎枪到马棚去了！"

齐勇拔腿便跑，赵天亮们追他而去。

"乌云"被拴在马棚外的马桩上，连长站在几步外，举枪瞄准。此时的"乌云"反而镇静，一副从容就义的样子。连长见它这副样子，不忍地放下了枪，听到脚步声，转身，看见赵天亮们跑了过来。

黄伟拉住连长的手，哀求："连长，求求你饶它一次，许多马都有过它那种时候……"

赵天亮上前几步，将枪从连长手中夺了过去。

连长看见齐勇默默地站在后面，对他说："那你自己来。兽医说，它是定时炸弹……"

齐勇一言不发走到马桩边，拍拍"乌云"脖子，解开缰绳，牵着它走了。

天渐渐黑下来，齐勇依然坐在河边发呆，"乌云"在他旁边安闲地吃草。

赵天亮他们走了过来。

赵天亮："老齐，在咱们班宿舍旁边，哥儿几个为'乌云'搭了个临时马棚，就像咱们在黑龙江边那样的马棚。"

齐勇眼睛依然望着前面："如果可能，我真想连探家都牵着它回哈尔滨……"

正说着，远处的天边传来了滚滚的雷声。

黄伟望了望阴沉沉的天空："别说那种不着边际的话了。没听见雷声啊？快走！"

杨一凡拉起了坐在地上的齐勇。

大雨说下就下。众人冒着雨，在男一班宿舍旁忙活着，有人往临时马棚上苫草，有人用木板将马棚四周钉严。好容易把临时马棚整理好，大家跑入宿舍，一个个落汤鸡似的，哆哆嗦嗦地脱衣服。

"小地包"脱得赤条条的蹦上炕，钻进被窝。

杨一凡只着裤衩，一边用干毛巾擦身一边说："这第一场春雨真他妈凉！"

"小黄浦"打了个大喷嚏。

齐勇看大家冻成这样，感激地说："哥儿几个，多谢了啊！"

黄伟拧着衣服上的水说："'乌云'的伤还没完全愈合，如果再让雨淋了，感染了，那对它可就是雪上加霜了。"

魏明穿着雨衣拎着空桶进入，对赵天亮说："你们那马棚搭得不错。"

赵天亮问他："食堂完事儿了？"

"完事儿了。正好有半桶热米汤，我拎过来，喂'乌云'喝了……"

一声霹雳，大家都朝窗外看去。

杨一凡："按迷信的说法，春雷是闷雷，夏天才有惊雷。这霹雳打得让人发毛。"

杨一凡话音未落，紧接着，又是几声霹雳。大雨哗哗地下起来，知青们伴着雨声进入梦乡。

经过了一夜的狂风暴雨，第二天早晨，黑土地上草木青翠，处处新绿。

男一班和女一班又出现在半山腰的采石场地。石壁、石头皆湿漉漉的。齐勇和赵天亮手拿钢钎、铁锹，这里捅捅，那里捅捅，仔细查看情况。

齐勇问赵天亮："还安全吧？"

赵天亮："我看先打一个炮眼，放一炮，震一家伙，松动的地方都震下来了，才更安全。"

齐勇："有道理。"

他对远处的人喊："都别过来，我和天亮打个炮眼，先放一炮！"

赵天亮扶钎，齐勇抡圆了大锤，一锤一锤地砸下去。

其他知青在离他们挺远的地方闲聊。

"小地包"对周萍说："你和天亮都是板上钉钉的关系了，还坚持个什么劲儿呀，干脆把事儿办了吧！你俩带头，我老姐和齐勇紧接着办。那我姐夫也有了，嫂子也有了，侄子也有了，也算是上山下乡的一大个人收获！"

周萍："这话你得对天亮说啊，我没意见呀！"

杨一凡捅捅"小地包"："敬文，你的话好有一比，叫作住持不急和尚急。"

周萍："谁说我不急啦？我心里猴急猴急的，谁急谁知道！"

谢菲："哎哎哎，周萍，话要说明白，光承认急不行，还得承认急什么！"

周萍："急着做赵天亮的老婆呗！扎根落户，不就是要结婚生孩子吗？从此更有人疼爱了，晚上睡觉也有人搂着了，想一想都挺美的，我可愿意带这个头啦！"

余莎莎："哎呀妈呀，哎呀妈呀，周萍，你怎么变得什么话都敢拿过来就说了呀！"

周萍："以前活得太压抑了，以后我要做咱们七连的李双双！"

薛艳向男知青们笑道："你们男一班的都听到了吧？你们可要赶快敦促赵天亮和我们萍萍结婚！要不，萍萍哪天等不及，也许就嫁给别人了！"

大家都笑了起来。确实，大家都感觉到了周萍的变化。自从探家回来，她好像变了个人似的，活泼多了，也爱开玩笑了。

"小地包"走到黄伟跟前，要了支烟，点上吸了一口，望着山顶说："再过半个多月，又可以上山采鲜蘑了。"他的目光注意到了山顶上的几块儿大石头。

齐勇还在和赵天亮在原处打炮眼。

赵天亮看着炮眼问："够深了吧？"

齐勇："再深点儿，多塞些药。"说着，又抡起了大锤。

"小地包"向他俩大喊："老齐，你俩停会儿！"

齐勇听见了他的喊声，对他摆摆手："耐心点儿，一会儿就可以放炮了！"

"小地包"没有理他，拔腿向他俩跑去，边跑边喊："危险！快闪开！"

碎小的石块儿从齐勇和赵天亮头上掉下来，齐勇抬头向上望去，并没觉得异常。

赵天亮也仰望着石壁说："也没什么问题啊。"

说时迟，那时快，"小地包"冲到他前面，用力一推，将赵天亮推下石堆去，接着又用力将齐勇也推下石堆。

远处的知青目瞪口呆地望着，几块儿大石滚落下来，其中一块儿砸倒了"小地包"。

男女知青们呼喊着奔向倒在血泊里的"小地包"。

谁也没想到，下了一整夜的雨，山上的泥土完全松软了，山上的几块儿巨大的石头会从山顶滚落下来。

知青们扑到了"小地包"跟前，"小地包"的下半身被磨盘般大的石块儿压住，齐勇用自己的腿垫住"小地包"的头。赵天亮、黄伟、杨一凡齐心协力撬着、搬着、推着压住"小地包"的石块儿。女知青们则跪在"小地包"周围放声大哭。

齐勇抱着"小地包"的头哭道："敬文，敬文，别怕，撑住，一定要撑住啊！"

"小地包"："你看我……像怕了吗？……"他虚弱地笑了一下，鲜血从他的口中涌出来。

周萍哭泣着用手绢擦"小地包"嘴边的血。

赵天亮们将石头从"小地包"身上推下去。黄伟对赵天亮说："我回连队去套车！不要轻易挪动他，等我把马车赶来。一凡，这里离三连近，你快去三连找他们的医生！"说罢拔腿向连队跑去。

杨一凡也朝另一个方向跑。赵天亮跪在了"小地包"身旁，他和周萍各在"小地包"的身体左右。

齐勇完全乱了方寸，哭道："天亮，怎么办啊，怎么办啊！不能让敬文这么硬撑着啊！"

赵天亮倒显得异常镇定，他用自己的双手握住"小地包"的一只手，低俯下头，看着"小地包"的眼睛对他说："老黄说，这会儿不能乱动你，他跑回连去了，他很快就会把马车赶来的。一凡去三连找医生去了，他们那位医生是哈医大的……"

"小地包"额上冒出冷汗珠。赵天亮腾出一只手，擦"小地包"额上的汗，继续说："我们敬文是好样的，从来都是好样的，你能撑住的，是不是？"

"没……问题……""小地包"虚弱地抓住了周萍的一只手，把周萍的手和赵天亮的手放在一起。他看看周萍，看看赵天亮，又说："你俩结婚吧！都下乡八年了，二十六七岁了，等到哪一天是个头呢？中国人死都不怕，还怕结婚吗？你俩一带头，老齐和我老姐，那也就不好意思，再等着了……"

周萍流着泪点头。

赵天亮也红着眼圈说："我答应你。你说'五一'就'五一'，你说'十一'就'十一'，到时候由你来主持……"

"小地包"仰望着齐勇说："老齐，给哥们儿……来段蒙古长调吧！你来一段，他们就不哭了……我最难忘的时期……有三个阶段——在哈尔滨度过的童年，在北大荒这八年，还有到内蒙古去接马群的……经历……马群奔驰起来真壮观啊，蒙古长调真好听啊！穿蒙古袍的小孩子……真可爱啊……"

齐勇："别说了，我唱给你听……"他流着泪哼唱起了蒙古长调。

在蒙古长调声中，"小地包"仿佛又回到了内蒙古大草原。

他仿佛看到了蒙古包上方飘着炊烟，大狗和小狗在嬉闹。两个蒙古族男孩在蒙古包前摔跤。一名蒙古族汉子在拉马头琴，齐勇和自己静静地坐在蒙古族汉子对面倾听。在他俩目光的前方，一位蒙古族姑娘骑在马上，牧放着羊群。蒙古族老额吉和蒙古族少女各端一碗奶茶走出帐篷，递给齐勇和"小地包"。

他仿佛看到了几名蒙古族汉子和齐勇、也和他自己骑在马上，仕马啸声中奔驰，赶着马群冲下一处高坡。他摔下了马，马跑掉了，齐勇策马朝那匹马追去，蒙古族汉子们望着躺在地上的他爽朗地笑。

他仿佛看到了日落时分，穿蒙古袍的齐勇、他自己以及几名兵团知青与蒙古族汉子们告别的场景，那名拉过马头琴的汉子用蒙古语喊了句"一路平安"，他们便策马奔驰而去。齐勇和他自己齐声喊着："哦嗬！上路喽！回家喽……"

他俩与那几名兵团战士撵着马群在大草原上疾驰，辽阔的旷野上响起悠长的马头琴声，奔驰的马群在茫茫的绿海中渐渐模糊……

"小地包"闭上了眼睛。

路上停着马车和拖拉机，医生的手从"小地包"腕上放了下来，连长、指导员、孙曼玲都来了，大家站在"小地包"周围。医生也站了起来，向连长和指导员轻轻摇头。

孙曼玲浑身一软，跪倒在地，伏在"小地包"身上放声大哭。

赵天亮拎起大锤，走到那块儿砸死"小地包"的大石前，狠狠地瞪着它，突然抡起大锤朝石块儿砸去。黄伟从背后搂住了他。

"啊！"赵天亮仰天大叫。

黄伟搂紧他，流泪不止。

女一班宿舍里，只有孙曼玲和齐勇两个人。孙曼玲坐在炕沿，齐勇站在她跟前。

齐勇内疚地说："说到底还是怨我，我是排长，我怎么就忘了观察观察山顶上的情况……"

孙曼玲："不是你的错。老白马被狼咬死那天，我听到指导员对耿大爷说——'不是你的错。'有些事儿，谁也想不到的。我弟他，也算替我们孙家，偿还了你们齐家一命……"说着，又哭了起来。

齐勇不由得搂住她，也又流下泪来，悲痛地说："你怎么这么说？你这么说，不等于用刀子扎我的心嘛！"

　　此时的男一班宿舍也是愁云惨雾。黄伟、魏明、"小黄浦"和杨一凡默默站在宿舍外，谁也不看谁，谁也不跟谁说话。

　　宿舍里只有赵天亮和周萍二人，他俩面对面地站着。

　　赵天亮平静地说："想到为什么让老黄把你找来了吗？"

　　周萍茫然地望着他，摇摇头。

　　"萍萍，咱们结婚吧！行吗？"

　　周萍平静地点头。

　　赵天亮："那，一会儿，咱俩一块儿跟连里说去。"说着，脸上流下泪来："我……我……"

　　周萍流着泪轻轻点头："什么都别说了，我听你的。"

　　连长、指导员和方婉之在连部里商议着什么事儿。

　　指导员低头叹道："不让当父母的最后看一眼他们的儿子，我们会落埋怨的。"

　　方婉之吸了吸鼻子："小孙的想法是，暂时瞒她爸爸妈妈一段时间。怕立刻就通知了，她爸爸妈妈受不了。"

　　连长问她："小孙怎么样？"

　　方婉之："她表现得很让人尊敬。"

　　他们正说着，门突然开了，赵天亮和周萍走进来，屋里的三人站了起来。赵天亮将一页折着的纸交给指导员，说："我俩要结婚，这是我们的申请。"

　　门又开了，齐勇和孙曼玲也走了进来。

　　孙曼玲的眼睛还肿着，但是脸上的表情很镇定："连长、指导员、方大姐，请连里，批准我和齐勇结婚。"

　　指导员对他们说："小赵和小周也来申请结婚，你们四个可都想好了……"

　　两对恋人互相看看。

　　赵天亮坚定地说："反正我俩想好了。"

孙曼玲说：“我俩更想好了。”

连长看了看指导员和方婉之，语调沉郁地说：“批准。什么时候要求连里出具证明都可以。”

指导员想了想，说：“连长的话代表支部。可是呢，结婚那就得有房子住。我们连现在抢修的这一段公路，关系到十几个连队今年的麦收成果能不能顺利地运出去。估计，到时候将会有几十辆卡车，近百辆马车，日夜不停地从各连队往外运粮食，没有一条好路那是不行的。等修好路了，第一件事儿就是为你们盖房子。而且，要为你们选好的房址……”

接下来的日子，七连的知青们开始了艰苦的修路工程。他们砸石头、挑土、扬沙，轰隆隆的拖拉机拉着石碾子从路上压过。

收工后，孙曼玲、周萍和谢菲等女知青们分散在野地里采花。“小地包”的坟就在山坡上，从那儿可以望到连队的全貌。知青们将采来的一束束鲜花放在他的坟前，默默悼念他。

孙曼玲依偎着齐勇说：“小弟的二十几年，也只有他说的那三个阶段……”

齐勇望着墓碑：“他以前总是想再救我一命，现在他如愿以偿了……”

山下的麦地里，麦子已经长得很高了，碧绿碧绿的一直连到天边，而一条很长很长的公路上，已经有行驶着的卡车了。

知青们在连队里建起了一幢两户连体的房子。赵天亮和周萍、齐勇和孙曼玲两对新人的婚礼订在“八一”建军节那一天，这既是为了纪念朱德委员长，也因为他们都把自己当作准战士。

月圆更静。

新房里点着蜡烛。屋里的家具无非是一张桌子、两把椅子、两只箱子而已，都是新做的，还没上漆。炕上放着新被子和新枕头。桌上有一只带“喜”字的暖瓶。

周萍低头坐在炕沿，赵天亮背朝周萍面朝窗，摸了摸窗边——窗四边抹了光滑的水泥。

周萍："天亮……"

赵天亮转身看周萍。周萍穿一件洗得发白的黄上衣，胸前的毛主席像章非常显眼。她微微一笑："我们终于是夫妻了……"

赵天亮默默走到她身旁，也坐在炕沿，一只手臂轻搂着周萍。他俩打量新房。

周萍："全连只有我们两家的窗台、窗边是抹了水泥的，连长说以后盖房子都要这样。指导员说，家具不要钱。以后知青结婚，都要送这么一套家具。因为不知道咱们喜欢什么颜色，就没刷油……"

赵天亮问她："新被子和新褥子，还有枕套、床单，都是谁出的布票，你心里有数吗？"

周萍点点头。

"以后要尽量还人家，你说呢？"

周萍又点点头，开始铺被褥。她只铺了一套被褥，并摆下两只枕头，然后就默默走到了外屋也就是厨房。赵天亮站了起来，望着床上的被褥和枕头。

周萍端一盆热水进入，放下后问："咱俩用一盆洗脚水吧。你先洗我先洗？"

赵天亮轻轻将她拉入怀里，温柔地说："以后，这件事儿要由我来做，啊？"

周萍将头一侧，羞涩地笑着点头。

赵天亮双手捧住她脸，凝视着："我爱你。我是那么爱你！我一直在盼着这一天……"

周萍微笑："我知道，我也一直在盼着这一天……"

赵天亮深情地吻她，周萍轻轻把他推开："听话，你先洗吧，一会儿水凉了……"

"你先洗……"赵天亮说着，将周萍轻轻按坐在炕沿，蹲下，替她脱鞋。

"别，我自己……"

赵天亮却已将她的鞋脱掉，将她的一双小脚按入水中洗起来。

周萍抚弄着他头发说："你呀，真要把我当资产阶级小姐宠惯着呀？"

赵天亮在擦周萍的脚，忽然搂住她的腰，将头伏在她膝上，哭了。

周萍奇怪地问："天亮，怎么了？"

赵天亮仰起了脸，问："你说，敬文的死，我该担几分责任？"

周萍也伤感起来，低声道："我不知道，我真的说不好……"

赵天亮站了起来，内疚地说："齐勇才当排长没几天，而我带着大家采石头的时间最长。头一天夜里下那么大的雨，我应该也到山上去察看一下情况……"

周萍摇头："不要总这样想。即使你有天大的责任，敬文不是也没埋怨你吗？"

"可他死了……可我，我们……萍萍，我不能……不能……"

"不能什么？"

赵天亮往门口那儿退，站在了门口，语无伦次地说："我还想回宿舍去睡……我……时间，再给我些时间……总会过去的，行吗？"

周萍点头，也流下泪来。

赵天亮一转身，推门而出……

男一班宿舍里只剩下了黄伟、魏明、"小黄浦"和杨一凡。四个人睡对面炕，宿舍里显得空荡荡的。

黄伟伏在小箱上写他的小说，魏明盘腿坐在炕上，拨拉着置于膝上的算盘，旁边放着翻开的账册。"小黄浦"趴在被窝里在扳手指。

杨一凡趴在被窝里看着对面的"小黄浦"："你干什么呢？"

"小黄浦"："想当年，咱们可是十兄弟。傅正和敬文离开我们了，少了两个。王凯那小子返回北京了,沈力能不能回来还两说着，又少了两个。现在，天亮和老齐当丈夫了，有了自己的小家了。"

魏明头也不抬地说："过几天我也要搬到食堂旁边的小屋去住。"

大家不由得看着他。

黄伟半真半假地说："老魏，不许啊。如果只剩下了哥儿仨，更寂寞了，打扑克都缺一个了。"

魏明："那你们玩'争上游'的，或者玩'俩打一'，三个人的玩法多了，两个人还能玩儿呢。"

"我跟你说认真的！"

"我也在说认真的啊！连里又不给我配保险柜，我得对我掌管的现金和饭票负起司务长的责任来。"

正说着，门开了，赵天亮走进来。包括魏明在内，四人都奇怪地看他。

赵天亮朝两边炕上看看，问："哪两个愿意和我挤挤睡？"

黄伟吃惊地说："你什么意思？"

赵天亮将黄伟的被窝拖近杨一凡的被窝，自说自话："我就挤这儿了。"

魏明放下算盘，合上账本，穿起鞋来。赵天亮却已坐在炕沿，开始解鞋带。

魏明："慢。"他站到了赵天亮跟前，赵天亮垂下解开了鞋带的一只脚，看着魏明。

魏明蹲下，替他系上鞋带，直起腰又对黄伟说："老黄，你也穿鞋，下地。"

黄伟默默穿上鞋，站到魏明身旁。

赵天亮纳闷地看着他们，不知他们葫芦里卖的什么药："老魏，什么意思？"

魏明："老黄先这么问你的，你先回答他。"

赵天亮："我还想在宿舍里睡几天……"

魏明："以后行，今天晚上不行。"

"周萍同意了。"

魏明："我不同意。"他又问黄伟："你呢？"

黄伟摇头，问"小黄浦"和杨一凡："你俩呢？"

"小黄浦"一本正经地摇头："不同意。"

杨一凡："当然不同意。这算什么事儿？"

魏明看着赵天亮："听到了？那请回吧。"

"你们不能这样……"

魏明："你才不能这样！"他对黄伟说："把他弄出去。"

于是魏明、黄伟一人拽赵天亮一条胳膊，把他往外拖。

赵天亮使劲儿往后仰身子："你们听我说……"

魏明哪管他那一套："不听！你一进屋，心里怎么想的，我就从你脸上看出来了，不用再听你说。"

黄伟："我也看出来了。想法可以理解，做法完全错误！"

杨一凡爬起来，从后面推赵天亮："有你这样的吗！滚！滚！"

魏明和黄伟硬是将赵天亮拖出了宿舍。他俩返身进入宿舍后，赵天亮从外拉门。魏明也从里边双手拉严门，对黄伟说："快，找东西把门别上！"

黄伟随身拿起门旁的钢钎，迅速将门别上。

门外赵天亮拍着门大声喊："让我进去！"

魏明在屋里抵着门："你应该回去向周萍认错！"

"我有什么错啊我？"

魏明对黄伟说："我现在满脑子的数字在打架，一时说不清楚，你告诉他他有什么错。"

黄伟："就你的心情是心情啊？别人的心情会怎么样就可以不管不顾啦？掰开了揉碎了说，你这是另一种自私！另一种大男子主义的表现！你和老齐都有这臭毛病！你俩要从做丈夫的第一天就开始改改！"

"小黄浦"举臂高呼："打倒大男子主义！"

而此时，齐勇和孙曼玲正在他们的新房里，他们屋里的家具与赵天亮和周萍新房里的几乎一模一样。

齐勇坐在炕沿上望着孙曼玲，孙曼玲双手背在身后，靠墙站着，严肃地对齐勇说："我最反感大男子主义。"

齐勇指指自己："我身上有吗？"

孙曼玲："不但有，还极严重。所以，以后你如果在我面前表现出大男子主义，我就会及时批评你。我批评你时，你要虚心接受，能做到吗？"

齐勇老老实实地回答："能。"

"以后不许吸那么多烟，我要对你进行限制供给，不但省钱，对身体也有好处。"

"服从。"

孙曼玲："怎么不生气？"她对他顺从的态度感到惊讶。

齐勇："你说得都对，我生什么气啊！提个建议行吗？"

"提吧。只要你说的对，我也无条件服从。"

"咱俩是不是应该过那边看看去？我觉得，你应该把那句话对天亮也当面说一次……"

孙曼玲猜到了他指的是哪一句——"不是你的错"。

齐勇默契地点头。

孙曼玲向他伸出了一只手，温柔地说："走。"

周萍独自坐在新房里，她正往相框里镶"小地包"的黑白照片，那是一张放到书本那么大的照片。敲窗声传入，周萍将镶入相框里的照片摆在桌上，开了门，齐勇和孙曼玲手拉着手迈了进来。

齐勇向四周打量着："天亮呢？"

周萍支支吾吾："他……他说他还想在宿舍住几天……"她见齐勇皱眉，赶紧补充道："我同意了的……"

孙曼玲发现了桌上的照片，问周萍："哪儿来的？"

周萍："敬文生前给天亮的，天亮求人在县城放大了。"

那是一张"小地包"穿蒙古袍、手持套马杆骑在马上的照片。孙曼玲轻轻抚摸着照片上弟弟的笑脸，脸上满是哀伤："我还没有他这么一张照片……"

周萍立刻说："那，你拿过去吧。"

孙曼玲将相框捧在胸前，平静地说："我倒不是非想要这么一张照片，而是……你们过些日子再摆吧。跟天亮说，我先替你们保存着。"

周萍点头同意。

孙曼玲对齐勇说："你去把天亮找回来。"

周萍阻拦道："别，我能理解他的心情……"

孙曼玲对周萍说："我也能理解。能理解他，并不说明他的做法就是对的。"

齐勇转身刚要出门，赵天亮进来了。

齐勇对赵天亮说："我正要去找你。"

赵天亮无奈地说："他们不留我。老魏和老黄，硬把我拖了出去……"

孙曼玲："那他们做对了。这照片，我先替你们保存着，以后再还你们。"她拿起相框，对齐勇说："走吧。"

齐勇："你还没说那句话。"

孙曼玲："啊，差点儿忘了。"她庄重地注视着赵天亮："敬文的事儿，那不是你的错。也不是齐勇的错。总之不是你俩哪一个的错。那是我小弟自己的选择。你俩都是他的好朋友，你俩也应该最理解他的选择。所以，我不希望你俩再在自己身上找原因。还记得马棚里出事儿那一天的情形吗？耿大爷因为老白马的死，哭得多伤心啊。全连谁都知道，耿大爷是非常爱护老白马的。指导员当时怎么说的？指导员说，'耿大爷，不是你的错'。有些话是值得咱们记一辈子的，也是应该在必要的时候对别人说的。我觉得指导员的话就是这样的话。还没给咱们两家接上电线，却也正应了'洞房花烛夜'的说法。早点儿睡，啊！"

说罢，她拉着齐勇的手走了出去。

赵天亮仍呆立在原地。周萍依偎在他胸前，赵天亮情不自禁地抱住她："他们让我，向你承认错误。"

周萍微微一笑："别，我理解你。"

烛苗晃了几晃，燃灭了。

赵天亮和周萍面对面躺在同一个被窝里，赵天亮轻轻理了理她的鬓发，手指顺着她美丽的脸颊滑动。

周萍："一晃似的，八年过去了。再不做你的妻子，只怕就一年年老了。"

赵天亮一翻身，伏在周萍身上，凝视着她："记不清有多少次了，我梦到过，我们这样的情形。"

周萍："我也梦到过我们这样的情形……我感觉到你的心跳了……"

赵天亮将一只手臂伸到周萍颈下，另一只手抚摸着她的头发，如饥似渴地吻她……

菜园子被侍弄得井井有条，茄子、豆角、黄瓜、辣椒、西红柿，果实丰硕喜人。黄伟站在黄瓜架前，选中一根黄瓜，拧了下来。

周萍："老黄！"

黄伟一转身，见周萍挎着小篮站在后面。

黄伟一笑："以为你家没人呢，溜进来摘根黄瓜吃。"

"刚才是没人……"

黄伟把黄瓜在衣服上擦了擦，问："你们今天干什么活儿？"

周萍："班长带我们到三连去了，三连的菜地闹虫灾了，帮他们灭虫去了。"她将篮子朝黄伟一递，又说："'小黄浦'和杨一凡他俩想吃生黄瓜生辣椒了，正好你给他俩捎回去一筐子。告诉他俩，柿子还不太熟。过几天熟了让天亮给他俩送去。"

黄伟一边摘黄瓜和辣椒，一边问："天亮哪天回来？"

周萍："后天晚上就能回来。也不知团里办这次机械改造研讨班，在今年麦收前能不能拿出点儿成果来。"

黄伟："我想能吧。如果又遇到了雨季，咱们连那种改造拖拉机双履带的方法，也许就能起作用。尹排长在世的时候，为那一方法花费了不少心血。天亮在那基础上又动了番脑筋，我和老魏老齐也都参与了意见，我们认为在没有更好方法的情况下，那不失为一种可行的方法……"

周萍打断他："老黄，我遇到为难的事儿了。"

黄伟不由得看着周萍。

周萍脸色陡变："很不好的事儿，太惨了……"

"嗯？"

周萍从兜里掏出一封信递给他。信封已经破损不堪，上写着"赵天亮亲收"五个字。黄伟疑惑地接过了信。

周萍："别人给我时就这样了。所以，我忍不住看了。看了就两夜没合眼，不知道该不该给天亮看这封信。你们都知道的，敬文的死，对他打击很大。你帮我拿下主意。"

黄伟放下篮子，抽出信纸看，表情渐渐变得凝重："不能给他看这封信！"

周萍担心地问："如果我瞒着他，对吗？"

"马上就要开始麦收了，等麦收后再给他看吧。"

周萍有些不知所措："可，我不知该把这封信藏哪儿。"

黄伟："信任我不？"

周萍点点头。

"那先放我这儿！怎么也得等麦收之后再给他看。到时候如果他生气，我来承担！"

周萍点头同意。

黄伟走到了山上，在"小地包"的坟旁坐下，从口袋里掏出烟盒，抽出两支烟，一支吸着，另一支放坟前。中午的阳光照耀在他身上，远处的麦海翻涌着金色的波浪。

黄伟在心里默默地说："敬文，因为一封写给天亮的信，我今天中午睡不着了，到这儿来陪陪你。"

他从兜里掏出周萍给他的那封信，抽出信纸，又一次认真看起来。那封信是春梅寄来的：

天亮哥哥：

我们坡底大队遭遇了大不幸。全大队大部分人都没家了！武红兵和李君婷姐姐惨死了！曙光哥哥这一次真被打成了"反革命"，而且是"现行"的。那些坏人昧着良心各大队游斗他。他们是想把责任推在曙光哥哥身上。那些坏人不许我们坡底大队人把真相说出去，但是我想，我起码可以写信告诉你。

…………

春梅的信，写在这些事情发生之后——

沟壑纵横、坡坎重叠的陕北高原上空乌云密布。赵曙光和武红兵站在一处崖畔，将裤腿挽至膝部。赵曙光穿着军用雨衣，武红兵披着麻袋，头戴一顶旧草帽。从他们脚下的崖边望下去，可以看到湍急的河流，还有在沟壑间从高往低流淌的雨水。

雨不徐不疾地下着。

赵曙光望了一眼天，问武红兵："你有什么看法？"

武红兵："不祥。"

"是啊，这两天不祥的感觉一直笼罩在我心头。可是，公社'革委会'和县'革委会'那些人，根本不听我的汇报和主张。"

武红兵摇头苦笑："我早把那帮家伙看透了，他们是些只顾自己当官、掌权、作威作福，根本不顾老百姓死活的人。曙光，我支持你的决定，就那么开会吧。宜早不宜迟，万一夜里再来一场大雨，那情况怎么样可真难说了。"

赵曙光向武红兵转过了身："全大队一行动起来，消息就会传到那些人耳中。他们在邻大队布置了人，监视咱们坡底大队的动静。那我很快就会被带走。"

"放心，你被带走了还有我，还有平阳叔和刘江他们。"

赵曙光拍拍武红兵的肩："回去开会！"

赵曙光和武红兵一步一滑地走在回坡底大队的路上。二人经过老支书、韩奶奶、王大爷的坟，不约而同地站住。

赵曙光："当年下乡的时候，我怎么也没想到，自己会成为中国一个又穷又小的农村大队的党支部书记。更想不到，有一天要由咱们两个知青为一百几十口人的生命负起责任来。"

"不负起这种责任，我们对不起躺在这里的三位老人，他们都是对我们那么好的人。"

二人说罢，又继续往前走。一阵刹车声让二人急忙站住。溅满了泥点子的吉普车停在二人前方，车门一开，年轻的公社"革委会"副主任探出头来。

副主任对赵曙光不阴不阳地说："赵支书，正巧遇到你了，快上车。"

赵曙光冷冷问："哪儿去？"

"公社让我接你去开紧急会议。"

"什么紧急会议？"

"我也不太清楚。反正交代我务必亲自把你接到公社去。"

武红兵："你是'革委会'副主任，你不知道开什么紧急会议？"

副主任："可能是跟秋收有关的会吧，是县'革委'领导要主持的。你到底上不上车？！"

赵曙光对武红兵小声说："我想起来了，今天是有这么个会，我给忘了。"他转而又对副主任大声说："总得让我回大队带上毛巾什么的吧？"

副主任："就开半天会，你带毛巾干什么？快上车！"

赵曙光对武红兵小声地说："照咱们说的做。"说完他便脱了雨衣，搭在臂弯，上了吉普车。

武红兵望着吉普车开走，在路上留下两道深深的轮沟。

吉普车在公社院子里停住。赵曙光跳下车，大步走进会议室。牛主任正在对着麦克风讲话。他背后的会标上写着"秋收紧急动员大会"。

牛主任见赵曙光来了，不满地说："说曹操，曹操到。你快坐下。我刚才正点名批判你！这雨一下就是十几天，到今天还没个转晴的意思。二三十年没遇到这种情况了，粮食都还竖在地里，只能冒雨抢收了。霉在家里总比烂在地里好！霉在家里还有口发霉的粮食吃，总比向国家伸手要救济粮好！要救济粮是可耻的！可你！身为一名大队支书，却偏偏在这时候危言耸听，要求让你们坡底大队搬迁！往哪儿迁，啊？往哪儿迁！"

赵曙光冷静地说："从坡沟里迁到坡上边，在我们坡底大队的地里重建大队。"

牛主任一拍桌子："胡说！这时候搬迁，那你们不抢收了？！"

"如果你认为吃救济粮是可耻的，我们坡底大队人宁肯做可耻的人。"

赵曙光身后一片哗然。

牛主任又一拍桌子："你们大队的土地本来就不多，那得占多少农耕地？！"

赵曙光："三分之一。我们可以建得集中一些……"

"那也不允许！占了三分之一的耕地，每年少收多少粮食你计算过吗？！"

赵曙光冷冷地说："人的生命比粮食宝贵，比土地也宝贵。"

牛主任："赵曙光！你别以为你是老高三，读了点儿书，就有什么了不起！更别在这儿贩卖你那套资产阶级人道主义！大学生、教授，那也得服从无产阶级的革命思想！人死了，人还可以生出人来！哪种人能生出粮食？哪种人又能生出土地？"

赵曙光站起来，走到牛主任对面，瞪着牛主任，突然抓起话筒砸他："去你妈的！王八蛋！我结果了你！"

牛主任抱头大叫："来人！来人！"

从外面冲进来几个人，将赵曙光拖开……

第 43 章

雨无休无止地下着，赵曙光在泥泞的小路上三步一滑地往坡底大队走。他走得很急，脸上聚满愤怒。

有人在他背后大喝："站住！"

赵曙光回头，见两名扛着枪的民兵朝他追来。他迈开步子向前奔跑。

后面的人大声喊道："站住！再不站住开枪了！"

赵曙光没有停止奔跑。

"啪"的一声，赵曙光身后传来枪响。他站住了，脸上的表情更加愤怒，双拳紧紧握了起来。

听到背后脚步声近了，他猛地转过身。跟在他身后那两名提着枪的民兵也气喘吁吁地站住，其中民兵甲浑身是泥，在追赶时摔倒过。这两名民兵就是之前曾经和赵曙光打过交道的那两名民兵。

赵曙光向前跨了一步，喝问："谁开的枪？谁朝我开的枪？"

民兵乙不无歉意地说："没……赵支书……我们哪能朝你开枪呢！"

赵曙光："当我耳朵聋吗？！"他狠狠扇了民兵乙一记耳光。这一耳光扇得很重，民兵乙身子一晃，脚下一滑，竟跌倒在地，枪也落进烂泥里。

赵曙光捡起枪，拉开枪栓看，见枪膛里的子弹并没少。民兵乙这时爬起，赵曙光将枪还给他。

赵曙光又喝问民兵甲："那么是你啦？再开枪呀！一枪打死我呀！"

民兵甲神色慌乱："没……"

赵曙光："你敢说你没开枪！"

民兵甲结结巴巴地说："你……你不站住嘛……"

赵曙光怒不可遏，又挥起了拳头："你浑蛋！你不是人，是条狗吗?！"

民兵乙上前劝解："赵支书，别生气，千万别生气！你扇了我一大耳光我都不生气，希望你也能听我俩解释几句……"

民兵甲也生气地大喊："派我俩把你押回去，我俩不执行命令能行吗?！"

民兵乙替同伴分辩："是啊，那能行吗？他真不是朝你开枪。你看他一身泥，他是滑倒了，枪走火了。"

民兵甲瞪着赵曙光："谁都只有一条命，粮食可以年年种，年年收。什么宝贵，这还用争吗？但你也得跟我俩回去啊！"

民兵乙语气也软下来："赵支书，你是明白人，跟我们回去吧，你不能不给我俩面子啊！"

天黑之后，雨更大了。公社的院子里，灯光全都熄灭了。民兵甲和民兵乙披着雨衣查看门窗。

民兵甲对同伴说："都关严了，走吧。"

民兵乙满腹委屈："我大槽牙都被他扇松动了，冤死了！"

二人说着，朝公社大门走去。

赵曙光的声音从他们的身后传来："别走！放我出去！"

他被关在一间小屋里，小屋的外墙上依稀可见白粉刷着："坦白从宽，抗拒从严；顽固到底，死路一条！"这间小屋子经常关人。它有窗口，却没窗扇。窗口插着几根铁条，很像监牢的窗户。

赵曙光的脸出现在铁条后，他哀求地说："求求你俩，放我出去！全大队人等着我回去拿主意呢！人命关天的事儿，你俩要积德！"

民兵甲小声地说："别听他的，心软不得。"

民兵乙犹豫地望望窗口。

民兵甲见他犹豫，提醒道："我可警告你，谁心软谁犯错误！犯了错误，吃不了兜着走！你刚才还说，他把你后槽牙都扇松动了。"

民兵乙："他这人不错。我给他几支烟。"他大步向小屋走去。

民兵乙走到窗口前，低声说："别喊。什么也别说，先听我说。"他从兜里掏出烟和火柴送在铁条内："没几支了，拿着。"

赵曙光默默将烟和火柴接了过去。

民兵乙："这几根铁条结实着呢，你就根本别打窗口的主意了。但也不是完全没法子出去，有人就出去过。你是聪明人，动动脑筋，啊？"说完，转身走了。

赵曙光离开小屋的窗口，退到床边。那是一张光板床。小屋里除了那一张床，再没有别的东西。他闷闷地仰躺在床上，大口大口吸烟。

窗外电闪雷鸣，大雨倾盆而下。

赵曙光忽然想到了什么，猛地从床上坐起来，把烟扔在地上，一脚踏灭。他望了望窗口，又看了看门，步量了一下从床到门的距离。然后拖动那床，将床竖摆着。他站在床的一端，将床缓缓推到门口。床比门宽，被门框挡住了。他寻思一番，将床侧立起来，这样，床可以撞到门了。他将床向后拖，接着猛地推向门。床撞到了门上。这样撞了几次以后，门朝外倒下了。赵曙光从小屋里逃了出来。

赵曙光冒着大雨，跑回坡底大队。他一回大队，便在大队中大喊："有人吗？大队里还有人吗？"

马平阳从某窑屋出来，手中拎个书包。见了赵曙光，他非常吃惊："曙光，你怎么才回来？"

赵曙光："一言难尽，以后再说。咱大队的人呢？"

马平阳："雨下得这么大，咱大队四周轰隆轰隆地往下塌泥土，前后两条沟里一阵阵过泥浆，有几户的窑已经坍倒了！"

赵曙光着急地问："伤着人没有？"

马平阳："我和红兵动员得及时，大人孩子都转移到坡顶上去了，没伤着的。红兵和君婷在坡顶上安抚着大家呢，我不放心，正挨家挨户查看有没有落下的人。"

赵曙光："我也是挨家挨户从那头查看过来的。咱俩快上坡顶去吧。"

一只小狗不知从何处跑来，他们认出那是侯三的狗。赵曙光抱起小狗，二人顺着一条小路向坡顶上走。

坡底大队的人们聚在一处黄土高坡顶上，女人们三三五五地搂抱在一起。大雨淋浇着每一个人，孩子的哭泣隐隐地从雨中传来。

赵曙光和马平阳匆匆走来。男人们见赵曙光回来了，纷纷将他围住。

赵曙光没看到孩子们，问："孩子们呢？！"

搂抱一处的女人们分开。她们搂抱在一起，是为了能用衣襟为孩子们挡挡雨。

马平阳在人群中张望着："侯三哥呢？"

翠花："他回大队找狗去了。"她从赵曙光怀中把小狗抱过去，交给一个孩子抱着。

马平阳生气地跺脚："嗨，你们！怎么就没谁拦他！"

王大娘："别埋怨了，都拦了，谁也拦不住啊！"

马婶同情地说："那小狗就好比他小媳妇，他说找不着狗他也不活了。"

赵曙光没看见武红兵和李君婷，问："红兵和君婷呢？"

马平阳问妻子："咱们老大呢？"

马婶后悔道："咱家老大忽然想起羊还在地窖里关着，我一把没扯住，老大回大队找羊去了。君婷听说了，回大队找咱们老大去了。红兵知道后，又回大队找他俩……"

马平阳："你真没用，以后再跟你算账！"他脱下衣服，光着上身，将衣服披在一个哭泣着的孩子头上，转身就跑。

赵曙光拽住了他："平阳叔，让大家这样淋着可不行！你带男人们到公社去，找间空屋子挨过这一晚。马婶，翠花姐，你俩带女人和孩子们到坡后大队去，找他们大队支书，让他们安排你们住，再动员他们的人贡献些干衣服。你们老大包在我身上了，我现在就回大队找他们三个去！"赵曙光说罢，跃下高处。

赵曙光刚跑到进大队的那条小路的路口，可怕的事儿在他面前发生了。泥洪骤现，由他所面对的方向汹涌而下，转眼间将一排排窑屋摧垮。

赵曙光惊呆，身不由己地跪在泥泞中。片刻后，他连双手也撑在泥泞中，望着眼前可怕的情形大喊："红兵！君婷！胖墩！……"

胖墩哭喊："曙光叔叔，我在这儿！"

赵曙光一扭头，见胖墩就在身旁。他双手抓住胖墩双肩，急问："你红兵叔叔呢？你君婷阿姨呢？"

胖墩哭着说："红兵叔叔下我家地窖时，腿摔坏了。他帮我和君婷阿姨上来，自己怎么也上不来了，就催君婷阿姨带着我快走，说别管他了。君婷阿姨把我送到安全的地方，又跑回我家去了。后来……后来我迷路了……"

赵曙光一下子紧紧搂抱住胖墩，哭了起来。他的哭声听来更像是呻吟。

"曙光叔叔，你打我吧。都是我不好，我不该回家去找羊……"胖墩也哭了。

七连附近那座山坡上，黄伟仍坐在"小地包"坟旁，手中仍拿着春梅写给赵天亮那封信。中午的阳光那么明媚，鸟儿在远远近近一声应和一声地叫着，而黄伟放在"小地包"坟前那支烟已快燃尽。他继续看着那封信：

天亮哥哥，我们是在三天后才找到红兵哥和君婷姐的尸体的。他俩都变成了泥人，紧紧搂在一起。公社和县"革委会"那些掌权的人却宣布，他俩是因为"资本主义复辟"而死的，你和周萍姐赶到我们大队那几头羊，就是"资本主义复辟"的活证。我们坡底大队，成了"资本主义复辟"的典型。曙光哥哥成了"还在走"的农村"走资派"。他们说红兵哥哥和君婷姐姐，也等于是被他这个"走资派"害死的。他已经被这大队那大队地游斗过好几次了。还说，要上报省里，争取把曙光哥哥给枪毙了。说只有那样，才能更好地教育农民不走资本主义道路。平阳叔两口子和翠花姐差不多每次都得陪斗。我妈气得病倒了，她已经几天不开口说话了。

…………

黄伟将信折起，揣入兜里。他看着孙敬文的墓碑，心里默默地说："敬文，这封信能给天亮看吗？别说周萍不知怎么办才好，连我也是啊！如果你也同意先不给天亮看，那，你就招来一阵风，让咱俩眼前这株野百合晃几晃吧！"

黄伟的目光注视着绿草丛中一株紫红的野百合。野百合纹丝未动。

连队的方向传来号声。黄伟站了起来，自言自语："你也没了主意，是吧？那这事儿，咱们明天再说。"

他正要走，山坡上却忽然平地生风，将他的帽子吹落在地。他捡起帽子，不禁再看那株野百合，但见它在草丛中摇摆不止。

傍晚，周萍正在家中写信，孙曼玲推门而入，问："给谁写信？"

周萍本能地将信纸一扣，说谎道："给爸妈。"

"吃了没有？"

"还没生火呢，不太饿。班长，坐。"

孙曼玲摇头："不坐了。你别生火，到我家吃去吧。"

周萍："班长，不了，我真的不太饿。"

孙曼玲："现在不饿，过会儿还能不饿？走吧，我家那边儿都摆好了。"她将周萍拖到了自己家吃饭。

便饭过后，三人都放下了筷子。

孙曼玲问周萍："饱了？"

"饱了。班长，你做的茄子炖土豆真好吃。"

孙曼玲笑着指指齐勇："不是我，是他。他爱做饭，总和我抢着做。"

齐勇得意地一笑："倒也不是多么爱做饭，是为了用事实证明，你嫁给我是会获得幸福的。"

孙曼玲："丈夫抢着做饭妻子就幸福啦？我对幸福的要求就那么低呀！"她一边说，一边收拾碗筷。

周萍也站起来："班长，我来。"

孙曼玲："你坐着别动，他有话问你。"她擦擦桌子，端着碗筷到厨房去了。

周萍猜测地，默默地看着齐勇。

齐勇对周萍说："下午我们修麦场的时候，黄伟一副心事重重的样子。我看出来了，问他有什么心事，他说根本没心事。我不信，把他扯到没人的地方再三追问，他却说，他的心事也是你的心事。他已经向你发誓了，不告诉任何人。如果我非想知道不可，那只有当面问你。"

孙曼玲进了屋，一边在围裙上擦手，一边坐在小凳上，看着周萍问："周萍，我可是你班长，齐勇跟天亮的关系非同一般。现在，咱们又成了仅隔一堵墙的邻居。什么事儿不能先跟我俩说，却让黄伟替你愁眉不展的？"

周萍支吾道："班长，别怪我……"

孙曼玲看出分明有事儿："我不是怪你。他纳闷。回家跟我一说，我也纳闷。我俩怕你和天亮遇到了什么难事儿，只跟黄伟一个人说，而他又根本帮不上忙。"

齐勇真诚地说："小周，千万别误会啊。我俩可不是在审你。你觉得也可以跟我俩说，那就说说。说出来总比憋闷在心里好，也许我俩比老黄更能替你和天亮排忧解难。"

周萍沉吟了一会儿，讷讷地说："那，我就说。班长，我没首先告诉你俩，不是因为别的，而是因为……因为咱们两家的人太亲密了，怕天亮从你们脸上看出什么来……"

赵天亮从团里回到了家里。他肩上像搭着钱褡子似的，前后搭着两串大大小小的拖拉机零部件。他将拖拉机零部件放在家门口，撩衣襟擦擦汗，进了家门，在厨房拿起一只大碗，掀开水缸盖，舀一碗水，咕嘟咕嘟一饮而尽。他走入里屋，发现桌上反扣着的信纸，拿起，坐在炕沿看。信纸上是周萍的字：

春梅妹妹：

　　你的来信收到了。亲爱的小妹，我左思右想，决定……

赵天亮看着那几行字沉吟起来。这时，他看见周萍从窗外走过。他照原样将信纸反扣桌上，起身闪在里屋门旁。

周萍走进里屋，赵天亮从后轻轻将她抱住。周萍吃了一惊，但一看到是赵天亮的双手，立刻变得温软了，将头朝后靠在赵天亮肩上："不是后天晚上才回来吗？"

赵天亮："想你了，等不及结束了。"

"真的呀？那可不对。就不怕团里通报批评啊？"

赵天亮将周萍的身子一转，使她面对自己，注视着她说："骗你呢！那么难得的学习机会，隔天吃一顿猪肉炖粉条，全团最优秀的几位机务排长给上课，我要是偷偷溜回来，那也太不识抬举了吧！是提前两天结束了。"

周萍轻轻挣扎："放开我，我给你弄点儿吃的。"

赵天亮："放开还行？先得解解馋！"他揽住周萍脖子，深情又贪婪地吻她……

赵天亮在小院里光着上身洗脸、洗头，周萍在用水瓢往他头上浇水。

周萍惊讶地看着他的脊背："怎么搞的？肩上勒出一道血印子！"

赵天亮："我把连里缺的一些机车部件给捎回来了，省得再派人去领了。"他一边说，一边擦身。

周萍用手指抚摸她肩上的血印子，心疼地问："疼不？"

赵天亮："当然疼。现在好了，你一摸，不疼了。"他左右看看，见没人，又在周萍脸上亲了一下。

周萍推他一把："你庄重点儿！"

"亲自己老婆一下能说不庄重吗？"

"这是在外边！"

"我不怕让人看见。幸福的感觉有时候需要让别人发现，那才更幸福！"

周萍轻轻打了他一下："贫！我去给你找件干净衣服。"说完，转身进屋去了。

赵天亮用盆里的水浇小院里的花、树苗，同时大喊："老齐！老齐！嫂子！"

孙曼玲从她家走出，大声说："喊什么喊！显你嗓门大呀？老齐到马号去了，你过来吃吧！"

赵天亮笑道："周萍没生火，我也是这么想的，马上过去……"

周萍坐在自家里屋的炕沿上发呆，桌上的信纸已不见了。赵天亮走进来，周萍从身旁拿起叠着的一套衣服默默递给他。

赵天亮一边穿一边说："有老婆真好啊！"

周萍默默一笑，笑得有几分勉强。

赵天亮问她："春梅来信了？"

周萍佯装不知："没有呀。"

"那我看你桌上的信纸上，写着收到了她的来信。"

周萍搪塞道："那是指她几个月前给咱们的来信……"

赵天亮："当时我不是回信了吗？以咱们两个人的名义回的信呀，封上前给你看过的嘛！"

"是吗？我倒忘了……所以，想给她写一封信。刚写了两行，不知往下写什么好了……"

赵天亮："什么事儿还让你左思右想的？你又打算决定什么呢？"

周萍："哎呀，你怎么刨根问底的！我给你做饭去了。"

周萍起身往屋外走，赵天亮却拽住了她："别弄了，我过那边吃去！"

外边传来孙曼玲的喊声："天亮，你到底过不过来呀？不过来我可到我班里去了啊！"

赵天亮推开一扇窗，也冲外边喊："这就过去，给我热上吧！"

周萍小声说："我刚才也是在那边吃的，别又麻烦我班长了！"

赵天亮："蹭顿饭吃麻烦她什么，谁跟谁嘛！"他转身往外走。到了门口，一脚门里一脚门外，又跨回周萍跟前，双手捧着她脸，凝视着她问："萍萍，真的没有什么事儿瞒着我吧？"

周萍轻轻推他："真的没有！催你了，快去吧。"

待赵天亮走出家门，周萍又坐在炕沿发呆。她忽然往起一站，走到厨房，蹲在灶口，掏出那几页信纸，划火柴将信纸烧了。

齐勇、黄伟、魏明、"小黄浦"、杨一凡五人在小河边或坐或站。"乌云"在一旁安闲地吃草，它脖子上、背上的伤口已痊愈，但留下了明显的疤痕。

魏明在看春梅写给赵天亮那一封信，他高挽着袖子，双手和胳膊上都是面粉。魏明将信还给黄伟。人人脸上都是一副凝重的表情。

齐勇问他们："都看过了吧？"

魏明、杨一凡、"小黄浦"三个默默点头。魏明走到河边，洗手，洗胳膊。

齐勇："周萍同意咱们几个看这封信。她不知该不该给天亮看，黄伟当时说不给天亮看，现在又怕受到天亮的谴责。老实说，我也不知如何是好。所以紧急把哥儿几个召集到这儿，大家一块儿替周萍商议商议，看究竟该怎么办。"

魏明问齐勇："除了周萍和咱们几个，还有谁看过信？"

"再就只有曼玲看过。"

魏明拍齐勇的肩："你得嘱咐她，不能跟任何人说。"

齐勇："放心，她嘴严实。"

魏明："我的态度非常明确，现在绝不能给天亮看。东北西北，两地遥遥，给他看了，他又能怎么样？老黄，你不要有什么顾虑。如果大家都同意我的态度，那就是哥儿几个的共同决定。以后天亮知道了，恼火了，那也不是生你一个人的气，是生大家的气。咱们是怕他莽撞行事，为他好，别在乎他生气不生气。"

齐勇："我同意老魏的意见。你们三个，同意的举手。"

黄伟、杨一凡、"小黄浦"都举起了手。

事情就这么决定了。讨论完后，杨一凡和"小黄浦"先走了，只留下魏明、齐勇和黄伟。

魏明问他俩："《南京之歌》，你俩都知道吧？"

齐勇和黄伟点头。

魏明："我很负责任地告诉你俩，那南京知青不久就被关进了监狱，判的是死刑。"

齐勇、黄伟对视无言。

魏明："手抄本《第二次握手》，你俩也知道吧？写那手抄本的湖南知青是一名老高三，也被关进了监狱，判的是无期。到今年，我们已经下乡八年了。这八年中，仅我们这个团，已经有三四个知青被打成'现行反革命'了吧？"

黄伟补充道："我听说有一个后来自杀了。"

齐勇警告黄伟："所以我反对你写什么狗屁小说，警告你不要再往下写了，你还总不听！"

魏明对黄伟说："烧了！"

齐勇推推他："你听到没有？！"

黄伟情绪低落下来："行，听你俩的。"

魏明："靖严的例子就不说了，估计全国打成'现行反革命'的知青为数不少。所以，从春梅那封信的内容来看，天亮他哥哥的命运，实在是太让人担心了。咱们不能只瞒着他，不替他做点儿什么。"

齐勇："做点儿什么？我们又能做什么？"

黄伟："是啊。不是不想做，是什么都做不了。"

魏明："起码有一件事儿我们可以做。咱们三个人中，得有一个人替天亮到陕北去一次，尽量打听清楚，他哥哥的情况到底会是一个什么结果。必要的时候，可以把了解到的情况写成一封信，想办法反映到北京去。"

齐勇："周总理逝世了，朱老总也逝世了，毛主席肯定在病中，邓大人又被打倒了……"

魏明建议道："给叶剑英等老帅写信。不仅为天亮的哥哥，也为许许多多受政治迫害的知青。这是一件冒政治风险的事儿，所以我把一凡和进步支开，免得日后牵连他俩。"

齐勇自告奋勇："那我去一次陕北。"

魏明："马上就要开始麦收了，你是排长，一般理由连里不会准假。我是事务长，连里肯定也不会准我假。"

黄伟："你的意思是……我？"

魏明："只有你。你比老齐稳。老齐容易冲动，你遇事冷静。如果你替天亮去陕北一次，我一百个放心。"

黄伟义无反顾地说："那我明天向连里请假，正好今年我该有假。"

魏明："你先不要交请假条，我明天要到县里去为食堂采购，趁机会给我父亲挂一次长途。他是车间主任，他们车间有电话，找他一找一个准。你父亲在我父亲那个车间接受改造，让你父亲装病，让我父亲证明你父亲是真病。等你收到医院诊断和我父亲那个车间的证明，再连同请假条一并交给连里。老齐，那时候就看你的了，你要催着连里，使黄伟的假早点儿批下来。"

齐勇："包我身上了。"

黄伟："可我父亲那种人，他也不会装病啊！他从来也没装过病，再说，有没有病，什么病，光装也不行啊！"

魏明："我姐夫是市立医院的医生，让我父亲带着你父亲，找我姐夫去看病。心照不宣的事儿，让我姐夫成心误诊一次就是了。"

齐勇笑道："不知道将来的人们如何评说我们策划的这件事儿，哥们儿义气？"

魏明："将来的事儿我们就不去管它了吧。眼前我们这么做了，起码天亮指责我们隐瞒他的时候，哥儿几个那也有说的。否则，我们将被指责得哑口无言。因为不论周萍还是我们，从道理上讲，隐瞒着他那都是不对的。不多说了，食堂里忙着呢，我先走了。"说完，匆匆离开。

黄伟望着他的背影，坚定地说："就照老魏说的办吧。但为情义共喜悲，管它将来是与非。"

夜幕降临，周萍和赵天亮小两口已经躺在炕上了。周萍的背靠着赵天亮的胸，赵天亮的手搭在她身上。

赵天亮轻抚着她："有一件事儿，我还从没跟任何人说过，包括我的父母。现在，你已经是我亲爱的妻子了，我觉得不能连你也瞒着。我必须告诉你了，你应该和我一样，有充分的心理准备。你知道我当年是因为什么受处分的，对不对？"

周萍点头。

赵天亮："当年从陕北回来，我哥让我捎回一封信，嘱咐我要亲手交给一个人。那个人和我哥哥一样，也是'文革'前在学校就入了党的老高三，他是我哥最好的朋友。我回到连队没几天，得知那个人牺牲在北大荒了。而我呢，就看了我哥写给他的那一封信。一看之下，我出了一身冷汗……"

周萍敏感地问："反动？"

"不但反动，而且反动透顶。当时我是这么认为的。白纸黑字，我哥在信中说——中国病了……"

周萍回忆道："契诃夫的小说《第六病房》中，也有类似的话。'文革'前，我家的俄国名著很多，我几乎都读过。列宁特别喜欢《第六病房》……"

赵天亮打断她，继续说："'文革'前我是没看过几本小说的，现在想看也看不到了。正像你说的，我哥在信中也提到了《第六病房》。他不但认为中国病了，还认为整个中国就如同契诃夫笔下的《第六病房》，思想正常的人成了病人或反动的人，形形色色的野心家倒成了医生或最革命的人。没有比发现自己的亲人思想反动更痛苦的事儿了。何况我对我哥哥的感情，其实超过我对父母的感情。我从小就把我哥哥当成一个有思想的人来敬爱着，万万没有想到，他头脑里装着那么反动的思想。我当时的确就是这么认为的。按理说，我应该把那封信偷偷烧掉。可是我却没有。我把那封信缝在枕头里了。"

周萍："为什么？"

赵天亮："我当时的想法是，探家时应该把那封反动透顶的信带回去，让我妈妈读给我爸爸听。我毕竟只不过是弟弟，父母都是忠诚的共产党员，他们肯定更具有对我哥哥进行严厉教育的责任和政治水平。可是，万万没想到，枕头被别的连进山伐木的知青带上山了，而且丢了。为找回我的枕头，王凯被大树砸断了腿……从那以后，我多次做梦，梦到我发现了自己的枕头。也多次梦到我的枕头以及那一封信落在了别人手中。咱俩结婚前，我常梦到警车开到了我们男一班宿舍门口。咱俩结婚后，梦到警车开到了咱们的家门口。或者，梦到我哥哥在陕北那边，被当成'反革命'逮捕了。后来，有好长时间终于不做那样的梦了。但自从老排长张靖严出事儿以后，我又经常做那样的梦了……"

周萍捧住了赵天亮的脸，吻他，不让他说下去："没事儿的，没事儿的，都好几年平安无事地过去了，那只枕头、那封信，肯定早就腐烂在山林中的某个地方了。"

赵天亮："问题是，连我现在也觉得，中国确确实实是病了。我不愿自己的头脑中也有这种思想。可是，却已经不知不觉地就有了。要不是敬文他临死前拉着咱俩的手，口中吐着血沫跟咱俩说，希望咱俩结婚，我是不会和你结婚的。你怕因为你的家庭成分牵连了我，我也怕因为那封信、因为我头脑里的思想牵连了你啊！其实，我曾暗下决心，要做一个一辈子不结婚的男人。那样，如果哪一天我的哥哥出了问题，不管他的命运有多么糟糕，我都去陪他。什么兵团战士，什么四十一元多的工资，我都可以不在乎。可是现在……"赵天亮流泪了，说不下去了。

周萍将他的头搂抱在怀里："天亮，天亮，亲爱的人，不会发生那么不好的事儿的。你听我说，咱们中国，好比咱们北大荒的土地。即使有几年荒了，野蒿丛生了，那也只不过是表面现象啊！三尺以下，还是沃土啊！哪怕发生了你说的那种事儿，我也不会成为你的累赘。咱俩一块儿去陪曙光哥哥，不是比你一个人去陪更好吗？"

周萍也流泪了。

而此时，男一班宿舍里，"小黄浦"正在和杨一凡下棋。

杨一凡发现"小黄浦"心不在焉，精神根本没集中："你怎么了？能不能用点儿心思下完这一盘啊？"

"小黄浦"摸着手里的棋子："老实说，不太能。"

"认输就干脆点儿啊！"

"小黄浦"："行，算我输。"他将棋盘一抚，枕双手躺下了。

杨一凡不满地瞥他一眼："这人，真没劲儿！"

"小黄浦"眼睛直勾勾地望着房梁："过几天就麦收了，我一想到一望无际的麦海，心里就发毛。"

杨一凡一边整理棋子一边说："这话可反动啊！迎来了一个大丰收，你却说你心里发毛，什么意思啊！"

"小黄浦"："没什么不好的意思。我想，我大概是得了麦收恐惧症了吧。'一望无际'是个好词儿，可如果收割一望无际的麦海，那就太惨了点儿吧？相比起来，我宁可掏一个月厕所，也不割两个多月麦子。"

二人正说着，门开了，黄伟拿着一盒彩色粉笔走了进来。杨一凡问他："板报出完了？"

黄伟把粉笔盒往桌上一放："都是口号，快。"

"小黄浦"坐了起来，问："听说没有？今年怎么个收法？"

黄伟："今年不提小镰刀战胜机械化了……"

"小黄浦"一拍腿:"嘿,这我放心了!"

黄伟苦笑:"今年的口号是——小镰刀配合机械化。"

"小黄浦"刚刚露出的笑容僵在脸上:"那……那不还是得人下地吗?"

黄伟:"大丰收嘛,不那么样怎么办?连长说,初步估算,今年的总产量将比去年增加三成。"

"小黄浦"遭到严重的心理打击似的,直挺挺地又躺在床上。

远处传来凄厉的猪叫声。

黄伟对他俩说:"食堂今晚要杀两口猪。"

杨一凡倒是挺高兴:"那从明天起,两个月里天天有肉吃了?"

黄伟:"老魏说,麦收期间,食堂保证三天一顿红烧肉!"

"小黄浦"一扯被子,蒙住了头。

外边大喇叭又响了起来,一名女知青热情奔放的声音:"喜看稻菽千层浪,遍地英雄下夕烟!铁牛奋力战麦海,银镰翻飞比高低!亲爱的同志们,兵团战友们,一年一次的麦收大会战,从今天起正式开始了!听……"

广播声戛然而止。

"小黄浦"一掀被子又坐了起来,激动地说:"有这样的吗?都快半夜了,预先也没打招呼,镰刀也没磨快,能说开始就开始吗?我不去!我抗议!"

黄伟笑了:"你叫歪个什么劲儿啊!人家广播员在试喇叭,团里要求,麦收期间,每个连队都要保证天天能收到团里的广播。"

"小黄浦"这才又直挺挺躺下了。

"听……"

"喜看稻菽……"

"遍地英雄……"

广播声又响三次,每次都戛然而止。可没过多会儿,广播里传出了这样的话:"电工同志,电工同志,请马上……"接着是一阵刺耳的噪音。

"小黄浦"又用被子蒙上了头。

黄伟见"小黄浦"情绪不对,问杨一凡:"你惹他了?"

杨一凡："我没事儿惹他干什么呀！宿舍里就剩咱们哥儿三个了，我整天哄他还怕他不高兴呢！来来来，老黄，咱俩杀一盘。"他又摆开了棋盘。

骄阳当空，麦海无边，拖拉机牵引着收割机在麦海中移动。

"小黄浦"将镰刀往地上一砍，双手撑着膝盖，缓慢而艰难地直起了腰。他与割在前边的人之间，拉开了很远很远的距离。他低头看看右手，手心已经磨起了水泡。他龇着牙咬碎那个水泡，吮了几下，啐出血水，掏出手绢缠手心。

"小黄浦！""小黄浦"听到有人叫他，回头看，见是割在最后的谢菲。

谢菲："我……我……头晕……"她身子一晃倒在麦地里。

"小黄浦"奔过去，把她扶起来，大叫："来人啊！卫生员！有人昏倒了！"可是无人回应，麦场上寂静无声，只有被风吹拂着的麦海在翻涌。

"小黄浦"背起谢菲朝前跑，仍喊："卫生员！卫生员！"

孙曼玲挎着医药箱跑过来，镇定地说："卫生员也晕倒了，我现在就是卫生员。先把她放地上，轻点儿。"

孙曼玲帮"小黄浦"扶谢菲靠麦垛坐下，用军壶喂谢菲水喝。

孙曼玲看了看面色苍白的谢菲："她低血糖，这壶里是加了蜂蜜的葡萄糖水。指导员的先见之明。"

谢菲睁开了眼睛，不好意思地说："班长，我可不是装的。刚才一直腰，天旋地转的……"

孙曼玲："谁敢说你装的我扇他。别猛地就往起直腰，累了先坐下歇会儿，然后再慢慢往起站。"

谢菲虚弱地说："当然也明白这些，可一落后，心急……"

孙曼玲："甭急。急也没用。"她转而对"小黄浦"说："你一边割一边照顾她点儿，该歇会儿就歇会儿。"

"小黄浦"烦躁地说："我心里也急啊！"

孙曼玲："那你他妈就别急了啊！"

"小黄浦"被孙曼玲带粗口的话说得愣住了。恰在这时，齐勇走过来，右手攥着左手大拇指。

孙曼玲："怎么了？"

齐勇："割手了。"

孙曼玲白了他一眼："你也添乱。刚下乡啊？！"

"小黄浦"："别数落了，快给处理处理吧！"

孙曼玲从医药箱中取出一瓶药水，拧开盖，对齐勇说："得先消消毒。这是碘酒，你干脆把拇指伸里头泡一会儿。"

齐勇将拇指伸入药瓶，钻心的疼痛使他龇牙咧嘴。

孙曼玲："也不小心点儿！"

"小黄浦"对她眨眨眼："心疼了吧？"

"滚一边去！"孙曼玲替齐勇包扎拇指，"今天起，我做饭。"

"还做什么饭啊，咱俩都在食堂吃算了！"

"自己做，咱俩每月能省十几元。"

"小黄浦"对谢菲说："听到没有？多会过。学着点儿！当老婆就得这么个当法。"

谢菲："等你有了老婆，跟自己老婆这么说去！"

远处响起了休息的哨声。

"咱俩找个地方躺会儿去。"孙曼玲扶着谢菲走到一堆麦秸边，将麦秸踢散，和谢菲并排躺下了，两人都用单帽盖着脸。

谢菲问孙曼玲："班长，结婚什么感觉？"

孙曼玲："除了要忍受老齐打呼噜，其他感觉都不错。"

"那我以后要找个不打呼噜的。"

孙曼玲悄声说："我告诉你个秘密——凡是那脖子短粗，喉结不明显的男人，不分年龄，累点儿就打呼噜。尹排长家属跟我说的，可惜说晚了。"

谢菲："你家老齐脖子也不短也不粗啊。"

"可他喉结不明显。"

"这倒没注意过。"谢菲有些迟疑地问,"'小黄浦'喉结明不明显?"

孙曼玲从脸上抓下单帽,兴奋地坐起来:"你对他有意思了?要不要我过个话?"

谢菲连忙阻止:"别别,我对他那点儿意思还不成熟……"

另一边,黄伟走过来对齐勇说:"刚才连里告诉我,我的假批下来了。我干脆下午搭运粮的车走吧?"

齐勇:"对。事不宜迟,早一天是一天。"

"小黄浦":"哎,排长,不是麦收期间不批假吗?"

"老黄他父亲病了。连里特殊情况特殊对待。"

"小黄浦":"老黄,弄虚作假,逃避麦收会战,对吧?"

赵天亮:"哥儿几个说什么呢?"赵天亮和杨一凡也走过来。

"小黄浦"一指黄伟:"老黄蔫了吧唧地把探亲假请下来了!班长,那我也要请探亲假,让家里拍封电报来就是理由嘛!"

赵天亮诧异:"老黄,你可没跟我说过你要请探亲假。"

黄伟故作不知:"是吗?我记得我好像说过的。"

"肯定没有。"

齐勇训斥"小黄浦":"不许你跟着瞎搅和!"然后,搂着赵天亮肩膀走到一旁,小声说:"别挑老黄的理,啊?"

赵天亮:"这话说得,我是爱挑理的人吗?"

齐勇:"那就好。他一会儿就走。"

赵天亮扭头大声说:"老黄,缺钱不?要是缺,哥儿几个帮你凑凑!"

黄伟默默地摇了摇头。

夜晚,男一班宿舍里,"小黄浦"和杨一凡各自睡在对面炕上。杨一凡重重地打着呼噜,他的褥子旁是一盘没下完的棋。

"小黄浦"一翻身,轻轻叫他:"一凡,一凡……"

杨一凡没反应。"小黄浦"悄悄坐起来,穿上衣服,拿起镰刀试了试刀锋，朝杨一凡望一眼，轻轻推开门闪了出去。

夜幕笼罩着的麦地里，有一个人影在割麦子。那不是别人，正是谢菲。她机械般地只管往前割着，过了一会儿，就双手撑膝，慢慢直起腰，拿起背在身上的军壶，咕嘟咕嘟地喝几口水。

忽然，她听到背后有声响，猛转身惊问："谁?！"

离她几步远的地方，有一个手握镰刀割麦子的人，正是"小黄浦"。

谢菲手抚胸口："吓我一跳!"

"小黄浦"一笑："想不到你也来了，我有伴了。"

谢菲问："带磨石没有? 我镰刀钝了。"

"小黄浦"："那还能不带? 愿意效劳。"

谢菲从地上拿起镰刀递给"小黄浦"。"小黄浦"从腰间解下磨石，替谢菲磨镰刀。

正磨着，"小黄浦"听到哭声，他抬起头，温柔地问双手捂面的谢菲："哭什么?"

谢菲边哭边说："每年一到麦收，我心里就发毛。"

"小黄浦"笑了："我也是，连说的话都跟你一样。"

"那怎么办?"

"你得这么想——咱们在北大荒辛苦点儿，全上海人的购粮本上，每家的口粮都会增加点儿……"

谢菲打断他："胡说! 八年了，我家粮本上一两口粮也没增加过! 去年我爸妈都从纱厂退休了，口粮反而减少了! 再说咱们上海吃不到北大荒种的粮食，吃的是郊区收的大米。"

"你看你! 你要是这么想，那不就只有哭了?"

谢菲提醒道："不许跟别人说这事儿啊!"

"小黄浦"将镰刀递给她，庄重地说："这事儿也没什么好说的啊!"

谢菲破涕为笑。

夜幕笼罩之下的麦地里，"小黄浦"和谢菲的身影又向前割去……

第 44 章

天边微微露出曙光，"小黄浦"和谢菲睡在一堆麦秸间。联合收割机收割过的麦地里，到处是一大堆一大堆脱了粒的麦秸。在北大荒，那基本是没用的东西，麦收一完，便会放火烧掉。几乎可以说，"小黄浦"和谢菲是钻在其中，只露出头和脸。

谢菲动了动，从麦秸堆里伸出一只手，手里抓着什么东西。但见一条长长的尾巴垂下，竟然是一只老鼠。她缓缓睁开眼睛，怪叫一声，扔掉手中的老鼠，紧紧搂抱住"小黄浦"。

"小黄浦"惊醒，急问："怎么了？别怕，别怕……"

谢菲："老鼠刚才咬我了……"

说到这儿，二人忽然都愣住了，他们跟前已经站了一圈人。连长居中，一边是齐勇、赵天亮、杨一凡、二班长等男知青，另一边是孙曼玲、周萍等女知青。

"小黄浦"和谢菲不由得从麦秸堆里站起来。

连长转身对齐勇生气地说："再有人半夜三更到地里来，唯你是问！"

齐勇："即使不表扬，也不至于发这么大火吧？"

连长："表扬？表扬个屁！"

谢菲大声说："我抗议！"

连长："不许抗议！"

他转身训斥孙曼玲："把你班里的人管严点儿！麦收期间，你给我睡到班里去！"接着又训斥赵天亮："还有你，也给我睡到班里去，要不都别当班长了！"说完，便气呼呼地走了。

"小黄浦"看着连长的背影，不服气地说："他发什么神经啊！"

孙曼玲埋怨他们："你俩也真是！争的什么强，好的什么胜啊！让大家好一阵担心，到处找你们。后来发现你俩镰刀不在，才找到地里来。"

杨一凡拍"小黄浦"的肩："怪我。我后半夜醒来，见对面炕上没了你，左等不见你回来，右等也不见你回来，就向连里汇报了。"

"小黄浦"生气地将杨一凡的手一拨拉："你贱不贱啊！我能跑到苏联那边去啊？！"

赵天亮："行啦行啦，既然都带着镰刀来了，那就开始割吧！"

于是大家各自散开。

"小黄浦"问谢菲："没受表扬，反而挨了顿批评，后悔不？"

谢菲微笑道："那也不后悔！根本就没图表扬，图的是感觉！"

"小黄浦"望着一名往回走的知青背影说："能把最后边的落出二里地去，估计今天是没谁能超在咱俩前边了。"

谢菲满足地说："这感觉就是好！"

太阳升起来了。一把把飞快收割着的镰刀在金黄的麦地里闪着耀眼的光。联合收割机在麦海中行驶，吐粒筒不断向卡车上吐着麦粒。一辆接一辆的运粮卡车行驶在七连战士们修筑的公路上。

"小黄浦"直起腰向前望了望，见已离地头不远了，便又弯下腰去，用更快的速度割起来。他缓慢割倒地头的最后一片麦子，累得趴倒在地边。他趴着看手中的镰刀把儿，缠了白布条的镰刀把儿和包扎着手绢的手心都染上了血。他撑着双膝站起，突然高举镰刀仰天大叫："老子割到头了！老子第一个割到头了！徐进步万岁！万万岁！"

谢菲直起腰，望着他笑。见他开始接应自己，立刻又弯下腰飞快地割。二人割到一起，都撑着膝盖，相视而笑。

谢菲捶了捶腰："腰酸腿疼……"

"小黄浦"接过她手中的镰刀："坐地头去歇着。"

"一步也不想走……"

"小黄浦"一笑："抱你？"

谢菲："你还有那劲儿？"

"小黄浦"："试试呗。"他还真将谢菲横抱了起来，谢菲笑盈盈地瞧着他。

"小黄浦"在地头将谢菲放下，二人并肩而坐，望着远处、更远处收割着的人影。

谢菲："下乡八年了，第一次第一个割到了地头……"

"小黄浦"："这块儿地咱们割几天了？"

"好像是，四天半了吧？"

"今天九月几号了？"

"好像是……九号了吧？"

"如果割下一块儿地又落后了，还半夜割不？"

谢菲手里搓弄着一截麦秸："当然得半夜超到前边！要不，哪有这会儿的好心情？"

"小黄浦"："那我陪你。反正有了这一次，第二次别人就不会找咱们了！"

谢菲伸出手指："拉钩。""小黄浦"也伸出手指，钩住了她的手指。

"小黄浦"拽谢菲起来："接接别人，一直坐这儿不好。"

谢菲赖着不起："再歇会儿嘛，也该让别人体会体会落在最后边的急劲儿了！"

"乌云"驾着的马车来到麦地里，车上坐着一男一女两名炊事员知青。男知青勒住马，喊："开饭喽！中午吃大肉包子喽！猪肉白菜馅的大包子啊！"

男女知青的身影从四面八方走向马车。

知青们或单独、或三三两两吃饭。女炊事员知青分发信件，她将一封信交给正与齐勇、杨一凡、"小黄浦"在一起的赵天亮。赵天亮看信是从北京寄出的，便叼着包子走到一堆麦秸后。

赵天亮重新坐下，将包子三口两口吞下，撕开信封，抽出信纸看起来：

赵天亮：

我是和你哥哥赵曙光一起在坡底大队插队的北京知青刘江。你第一次来到坡底大队的时候，我们见过。请你相信，这封信的内容是完全真实的。坡底大队出了大事件，听说春梅已经给你写过信了，我们怕那一封信你没收到，所以我代表几个在坡底大队插队的知青，再给你写一封信。

…………

赵天亮手中的信纸共三页，每一页的字都密密麻麻的。他一目十行地看着，表情由震惊变为愤怒。他猛地站起，也不把信纸叠一叠便胡乱往兜里一揣，大步离开麦秸堆，用目光四下寻找。

齐勇、杨一凡、"小黄浦"停止吃东西，一齐看着他。

赵天亮大叫："周萍！周萍！"

周萍端着饭盒从一台拖拉机后闪现，应声道："这儿呢！"

赵天亮大步腾腾走到周萍跟前，喝问："你再说一次！"

周萍懵懂地问："什么事儿呀？"

赵天亮："春梅那封信！"

"我……"

"你为什么骗我？！那么严重的事儿你怎么敢骗我！"

孙曼玲、谢菲等几名女知青出现在周萍身后，齐勇、杨一凡、"小黄浦"也走过来。其他知青也都惊愕地向这边望着。

周萍惴惴地说："不是我一个人的决定……"

"啪！"赵天亮的巴掌扇在周萍脸上，饭盒从周萍手中掉在地上，汤泼湿了周萍的衣服。

齐勇大声喝道："天亮！"

赵天亮猛转身冲齐勇大叫："你别管！"

孙曼玲跨前一步，也指着赵天亮厉喝："你动手打人，谁都有权力管！"

赵天亮："滚开！"他一掌将孙曼玲推倒，抓住周萍一只手，拖着她便走。

赵天亮拖着周萍来到家门口，一脚将家门踢开，接着将周萍拖入屋里。赵天亮一抡，周萍撞到墙上。她表情冷静地瞪着赵天亮。

赵天亮挥舞手臂，大喊大叫："那天晚上我跟你说什么了？都白说了吗？！"

周萍平静地看着他："你冷静一点儿行不行？"

"住口！"赵天亮又举起了巴掌。

周萍眼中涌出泪来。

门突然开了，魏明、齐勇、杨一凡、"小黄浦"、孙曼玲都走进屋里。赵天亮的手垂下了。他这才发现，窗外也站着些知青。

孙曼玲向前一步，站在他面前："她不只是你老婆，还是我班里的战士！你再敢碰她一指头，那我也扇你！"

齐勇往后扯她："你这不是火上浇油嘛！"

魏明是扎着围裙挽着袖子来的，手中还拿着一支小擀面杖。他将擀面杖交在杨一凡手里，走到赵天亮跟前："你不能怪周萍。起码不能只怪她一个。那封信我们几个都看了，瞒着你，是哥儿几个的共同决定。"

赵天亮狠狠地瞪着他："那我也恨你们几个！"

周萍冲到炕前，抱起被子和枕头。

孙曼玲："对！这个家你没法住了！还睡回咱们班的宿舍去！"她推开赵天亮，护着周萍走了出去。

赵天亮气得火冒三丈："那你就永远别回来！"

魏明扬手扇了赵天亮一耳光，赵天亮捂脸呆住。

魏明对齐勇说："你告诉他，我们为他怎么做的。"

齐勇瞪着赵天亮说："老黄是为你才请探亲假的。现在能请下假来多不容易你知道。医院的诊断是假的，是老魏在电话里央求他姐夫给开的。老黄临走时说，他在家里只住一天就会到陕北去，是老魏的主意，让他替你去了解一下你哥的情况。如果情况确实很紧急，老黄会从陕北拍回电报来……"

魏明对杨一凡和"小黄浦"说："当时把你俩支开，是怕你俩受牵连。我们三个的策划要是败露了，谁都得背严重处分！"

齐勇："那是轻的。"

赵天亮默默退到床前，缓缓坐下。他一一望着魏明等四人，决断道："那我也得走。我也得到陕北去。"

"小黄浦"上前劝道："那，那你不是让老魏他们三个白费心机了吗！"

"我谢了！"赵天亮站起来，从墙上摘下书包，拉开抽屉，往书包里塞东西。

杨一凡拦住他："天亮，你的心情大家都能理解，但是既然老黄已经替你去了……"

赵天亮转头不看他："我不听！"

二班长进入屋里，谨慎地说："天亮，指导员和连长让你立刻到连部去。"

指导员坐在连部里，看赵天亮带去的信。赵天亮站在他跟前，连长在他俩身旁踱来踱去："赵天亮，你这是在给我和指导员出难题！"

赵天亮面无表情地说："批我假，我走。不批我假，我也走。一会儿就走。"

连长一瞪眼："不批你假你敢走？！"

赵天亮："走。"

连长指着他，威严地说："那我关你禁闭！"

"那我破门而走！"

连长一拍桌子："我派人看守在门外！"

"不管你派谁，都会被我说服，最后放我走。"

"我派一个班！我就不信你能说服得了一个班！"

指导员："老张，你这不是抬杠嘛！"他把信还给赵天亮。赵天亮接过信，直视着指导员，一下下将信撕了。他推开窗，将撕碎的信纸往外一扬，纸片被一阵风刮走。

他刚要关窗，指导员说："别关了。敞着吧，透透气。"

"指导员……"赵天亮的眼泪流下来。

指导员温和地说："不会关你禁闭，更不会派人整天看着你。麦收期间，那是对劳动力的浪费。我问你，如果你到了陕北，你哥哥的处境确实像信上写的那样，你会做些什么？"

赵天亮："我什么冲动的事儿也不做。"

方婉之也走了进来，坐在炕沿，看着赵天亮。

指导员问："你保证？"

赵天亮："保证。我只不过要及时赶到我哥哥身边，让我哥哥体会到，我是多么爱他。如果他需要，我会在他身边留很久，连里再任命别人当班长吧。如果我觉得必要，那我也许就不回兵团了……"

方婉之："替周萍考虑过吗？"

赵天亮："我们早都有心理准备，她知道该怎么做。"

方婉之："可你别忘了，你打了她。"

"我会向她认错。我相信，她也会照她向我说过的话去做。"

连长提醒道："如果你不回来了，你就成了一个没有户籍的人！"

赵天亮："我不在乎。"

连长："总司令部决定，所有下乡年满八年的兵团知青，工资涨一级，加五元。"

指导员对他摆了摆手："老张，就不提工资了吧。小赵，你先回宿舍去。你的事儿，我们商量商量，过会儿派人告诉你结果。"

赵天亮转身走了出去。

指导员："我们能不阻拦他吗？"

面对指导员的问题，连长和方婉之都不出声。

指导员又问："我们能批准他假吗？"

连长无奈地说："我们批准有什么用？得团里最后批准才有效！"

方婉之："特殊情况下，连里当然也有权批假的。但是如果我们竟因这件事儿批准了小赵的假，那我们七连这个支部肯定就拉倒了。虽然我并不认为我们对于七连是多么重要的人物。可我们都受处分，一块儿被免职了，恐怕七连要进工作组了，全团都不得不又搞一次教育运动了。现在的人们，一听'运动'两个字，神经都快受不了啦。"

连长赞同道："肯定是你说的那样。"

指导员对方婉之说："嫂子，把你的意思说明白。"

方婉之："连里许多人都知道他因什么请假了，又是在麦收会战期间，我们不能批他假。非但不能，还要通告从我们七连开走的运粮车司机，不得让赵天亮搭顺路车。为全连、全团人考虑，我们只能这么表明我们的态度。"

连长："还要通告全连的人，谁也不许送他。"

方婉之："同意。这些决定，不妨当面告诉他。"

指导员："也只有如此了。可这样的决定，真叫人难以启齿啊！"

方婉之站起身来："我去对他说。"

赵天亮背着书包在公路上走着——他只背了一个书包，包里没装多少东西。魏明扎白色长围裙站在公路边，拎着旅行兜。赵天亮站住，魏明走到他跟前，将旅行兜递给他："老齐告诉我，说你只背了一个书包……"

赵天亮接过旅行兜，问："里边什么？"

"馒头、糖三角，还有块儿熟猪肝和几包烟。没给你带包子，容易坏。"

赵天亮点点头，说："替我跟周萍说，家里的钱我都带走了，给她留了拾元，夹在记事本里。"

魏明："差点儿忘了，哥儿几个给你凑了七十元钱，还有几斤全国粮票，你也带上。穷家富路，有备无患。"他掏出一个信封交给赵天亮。

"那我不客气了。"赵天亮接过信封，揣进兜里。

"别揣兜里，放书包里。在人多的地方，书包要转到前边。"

"明白。"

"路上别拦车了。拦也白拦，没有司机会带上你。"

赵天亮早料到了，无所谓地说："知道。"

魏明："别去团里了。你走的事儿已经传开了，我怕你在团里会被扣住。你要去林区小火车站，听说老站长在那儿办了一个招待所。今天晚上可以住那儿，明天搭运木材的卡车去北安，或者隆镇。"

赵天亮："我也这么打算的。"

魏明："你别怪连里。"

"没怪。我理解，我等于给他们出了一个大难题。"

"还给周萍捎什么话不？"

赵天亮迟疑了一下："替我，请求她原谅。"

魏明："这我替不了。我只负责捎话。你要是诚心请求她原谅，那就说能让她原谅的话吧。"

赵天亮："告诉她，我说的——如果她不肯原谅我，那我就是世界上最不幸的人了。千万别使我成为世界上最不幸的人。"

"这话有点儿水平，起码是老黄的水平，我一定说给周萍听。还有，你到了你哥那儿，老黄也肯定到了。老黄是考虑事情周到的人，遇事儿你要多听听他的看法。"

赵天亮点头。

"你走吧。我食堂里忙着呢，不往前送你了。"

赵天亮拥抱魏明一下，转身大步走了。魏明目送着他远去。

漆黑的夜里，白桦林小火车站的窗透出温暖的光。屋里，杨秉奎和梁喜喜面对面坐在小炕桌两侧吃饭，梁喜喜往两只酒盅里斟酒。地上放一只大筐，里面装一只白白的小猪，大狼狗卧在筐旁，以稀罕的眼神看着小猪。

杨秉奎放下酒杯："刚才那么喝没劲儿。"

梁喜喜："怎么喝？"

杨秉奎："划几拳嘛！"

"行啊！你说来什么拳吧，哪种拳我都奉陪！"

"你是客，你说。"

"两只螃蟹八只爪？"

"中！"

于是二人划了一阵拳。梁喜喜输了，把酒一饮而尽，咂着嘴说："我知道你老家伙打的什么主意！"

杨秉奎："我没打什么主意啊。"

梁喜喜醉态微微地说："打了！想把我灌醉，然后占我便宜。"

杨秉奎一脸严肃："你这是污蔑好同志。你也不是第一次在我这儿过夜了，我哪一次占过你便宜？"

梁喜喜笑道："以前都是你先醉了，白想了。"

"那么，你先醉一次，让事实来证明？"

梁喜喜："我……已经有点儿醉了……你看我给你送来那头小猪，再看你那条老狗，它俩不是很像咱俩吗？你那条老狗不是正在打我那头小猪的主意吗？"

杨秉奎朝狗和猪看一眼，郑重地："我看不出来。不过，你说我像我那条老狗，这话倒说得也不错。它忠诚，有责任感，不计较待遇，还懂规矩，这几方面我都像它。但你说你像那头小猪，太夸奖自己了吧？"

梁喜喜："我还夸奖自己了？在你眼里，我连头猪都不如了？"

杨秉奎："起码你没它那么白吧？"

梁喜喜："我是黑在脸上！整天风吹日晒的，脸能不黑吗？哪一个劳动妇女脸白白的？我白在身上……"

"是不是白在身上，那谁知道？"

梁喜喜解着衣扣："不信？看看？"

"信信，先不忙让我看！"杨秉奎往两只酒盅里斟满酒，"喝酒喝酒，再划一轮。我这一辈子，除了你，再就没遇到过能先把我喝醉了的女人。我太中意你这一点儿了！"

于是二人又划起拳来，这次杨秉奎输了，只得饮酒。

不料梁喜喜主动拿起酒杯："干脆别分输赢了，我陪你这一盅！"

"好啊！"

杨秉奎话音未落，梁喜喜已一饮而尽，乜斜着眼睛看着杨秉奎问："你觉得我作为女人哪点儿好？"

"这你问住我了，说不上来。"

"说不上来？我打你！"梁喜喜醉了——一半真醉，一半佯醉。

杨秉奎："毛主席他老人家教导我们，想要知道梨子的滋味，那就要亲口尝一尝……"

梁喜喜："今晚就给你尝，省得你总在心里打蔫主意！"

杨秉奎目光定定地看了梁喜喜片刻，忽然说："不喝了！睡觉，睡觉！这么爱喝酒不好，把点儿革命意志都喝消沉了！你先躺会儿，等我把桌子撤了，服侍你舒舒服服地睡。"

于是他站到地上，蹲下，为梁喜喜脱去了鞋。

梁喜喜嬉笑："还有袜子呢！"

杨秉奎犹豫一下，也为她脱去了袜子。

"我脚白不白？"

杨秉奎："白，是白。"他抱着梁喜喜双脚，替她将腿放到了炕上，接着急急忙忙收拾桌子。

梁喜喜的目光一直脉脉含情地看着杨秉奎。

大狼狗忽然警觉地站了起来，冲着门低吠。杨秉奎放下手中盘碗，开了门。赵天亮站在门外。

赵天亮抱歉地说："老站长，打扰了，我今晚得住您这儿。还认识我吧？"

杨秉奎酒醒了一半："你七连的，叫赵……赵什么来着……"

梁喜喜急用枕头压住脚，接言道："赵天亮！"

赵天亮这才发现梁喜喜，不自然地一笑："梁支书也在这儿啊。"

梁喜喜有点儿尴尬："坐吧。"

由于有梁喜喜在，赵天亮显得挺拘束，在炕边坐下了，将旅行兜放地上。大狼狗在他脚边嗅那只旅行兜。

杨秉奎喝狗："干什么呢！那边去！"

大狼狗乖乖躲开。

梁喜喜："我来给老站长送头小猪。本来想给你和周萍送去的，但一想到你们兵团不许连队人家养猪，就送这儿来了。我们屯子里也限制资本主义，头数多了要被没收，还得受批判，那就莫如到处送了。"她又对杨秉奎说："就是他和周萍结婚了。"

杨秉奎打量着赵天亮说："我对小周那姑娘印象深。她现在也终于是兵团的人了，我替她高兴。你嘛，看外表还算勉强配得上她。"

梁喜喜："小赵人也不错。他和周萍做了小两口，俩人一准幸福。小周萍怎么样？"

赵天亮："她挺好的，现在稍微胖了点儿。"

杨秉奎问他："你怎么到这儿来了？"

赵天亮支吾："我……探家……"

老站长狐疑地看着他："探家？记得你第一次到我这儿，也是在麦收时节，也说探家。可你骗了我，没请假，擅自逃离连队。现在可又是麦收时节，你不会又和上次一样吧？"

"那哪儿能呢。"赵天亮忽然想起了什么，"差点儿忘了，我经过林子时，在树枝上发现了这个……"

他拉开旅行兜，取出"半导体"放在桌上。

杨秉奎高兴了："多谢多谢！今儿一天把我找得，怎么也想不起来丢哪儿了！"

梁喜喜："到林子里去转，你还非带它干吗？"

杨秉奎："我不是离不开它嘛！"

"那你就跟它结婚，甭惦记着我！"

杨秉奎："你俩哪个对我都重要！"他笑了笑，又问赵天亮："这次不骗我？"

梁喜喜："这次他肯定不会了。人家现在又是班长了，是团长都多次表扬过的人了。"

杨秉奎拍拍额头："我想起来了，你们团长也跟我夸过你——从新疆辛辛苦苦赶回细毛羊的，就是你和你那个班，对吧？"

赵天亮发窘地说："那都两年多以前的事儿了。"

杨秉奎招呼他："肯定还没吃晚饭。别嫌是我俩剩的，坐这儿，就着这案子吃吧。"

赵天亮："我不饿，兜里带了不少干粮。听说您这儿办了个招待所，我想早点儿休息……"

杨秉奎："那好，这就带你去。"他从墙上摘下手电，带着赵天亮走了出去。

梁喜喜："来得也真是个时候！"一边自言自语，一边开始铺褥子。

杨秉奎把赵天亮带到大仓库里。大仓库里隔了一道泥墙，泥墙那边有几张没刷油漆的木床。

杨秉奎将手电筒的罩拧下，放在桌上说："这就是灯，刚换的电池，留给你。睡前要关上，不许费电池。"

赵天亮点头，坐在一张床上。

杨秉奎伸出一只手："烟和火柴给我，这是招待所的规章。"

赵天亮只好掏出烟和火柴递给老站长。

杨秉奎又问："旅行兜里有没有？"

赵天亮："我不吸还不行吗？"

杨秉奎严肃地："信不过。交出来。"

赵天亮只得拉开旅行兜，取出一条烟交给老站长。

杨秉奎又伸出手："准假证明。"

赵天亮："没有。"

"没有？"杨秉奎瞪大眼睛，"咱们这儿可属于边境地区，公出要有证明，探亲假也要有准假证明，你怎么会没有？不是探亲假？"

赵天亮点头。

杨秉奎："你刚才可说是！公出？"

赵天亮摇摇头。

杨秉奎眉毛皱成一团："既不是探亲假，也不是公出，那你究竟怎么回事儿？"

"特殊的事儿。"

"特殊的事儿？……绝密的外调任务？"

赵天亮不知如何回答是好。

杨秉奎有些急："问你呢，说呀。"

赵天亮犹豫片刻，竟然点了一下头。

杨秉奎还不放心："点头不算，我得听到你正式的回答。"

赵天亮："就算是吧。"

杨秉奎脸色沉下来："这什么话！'就算是'，听起来那就是不敢肯定地说'是'！"

赵天亮的口气变得非常肯定："是！"

"这可是你亲口说的！"

"当然是我亲口说的！"

杨秉奎拉开一张旧桌子的抽屉，取出一册小本，郑重地翻开："把你说的写在上边。"

赵天亮又犹豫一下，拿起用线绳拴在小本上的圆珠笔，写了几行字。

杨秉奎从兜里掏出眼镜盒，戴上花镜，拿起小本认真看了看，合上，放回抽屉。他摘下眼镜，放进镜盒，揣入兜里。

赵天亮问："没事儿了吧？"

杨秉奎反问："你入党了？"

赵天亮抬头看老站长，诚实地说："没有。"

"这我就不太明白了，你又不是党员，你们连会派你执行绝密的外调任务？"

赵天亮只好勉强应付："我……快入党了……"

杨秉奎："已经是……预备的了？"

赵天亮有些不耐烦了，强忍着搪塞："那倒也不是……但，我思想上，已经差不多够党员标准了……"

杨秉奎不满意他的回答："又说'差不多'！有些事儿，'是'就是'是'，'不是'就是'不是'，不能用'差不多'来说。"

赵天亮心烦起来："你有完没完啊？！"

杨秉奎："嚯，还不耐烦了。我这儿耐心着呢，你有什么不耐烦的？冲你这种不耐烦的态度，我更得耐心地多问问了。"

他在赵天亮对面的床上坐下了，又问："不管执行什么特殊任务，都得随身带封介绍信。不带介绍信，那在咱们中国就寸步难行！尤其在咱们边境地区，遇上警惕性高的人，很可能把你当成可疑分子抓起来。这常识你不懂？就算你不懂，你们七连也没一个懂的？"

赵天亮："我……"

他见杨秉奎将没收他的烟和火柴放桌上了，不由得伸手去抓。

杨秉奎用手压住了烟和火柴，朝一面墙翘了翘下巴。赵天亮扭头看去，见那面白墙上用红油漆写着"严禁烟火"四个醒目的字。

由于被问得心烦意乱，赵天亮烟瘾上来了，他抓耳挠腮地请求道："老爷子，让我先出去吸支烟行不行？"

"不行。这是最后一个问题，你一回答完，我就不烦你了。"

赵天亮现编现说："老爷子，你听我解释啊，它是这么一回事儿……连里已经有一位老战士党员，他昨天到北安了。介绍信，证明信，当然都由他带着。他给连里打电话，说还需要一个可靠的同志协助他，比如外调过程中抄什么了，记什么了……所以呢，虽然我是一班之长，虽然我们一班是主要劳力，虽然是在麦收大会战的时节，连里还是把我抽出来了，让我及时到北安去找他……"

杨秉奎："你主动点儿，早这么一五一十地说，我不是就不烦你了嘛！"

他站起来："你不要怪我刨根问底。这儿不是正式的招待所，你们东西南北的知青，往往返返地探家，图近便，都愿意搭小火车先到我这儿，住我这儿。多时我这儿一次来七八个人，我自己就住那么一间小屋，就睡那么一铺小炕，人多了怎么住？怎么睡？我根本没法招待啊！所以呢，就自作主张，自己动手，在这大仓库里隔出了这么一处简简单单的地方。你们愿意往我这儿来，那是看得起我。大家看得起我，我心里高兴，也愿意招待你们。起码，到我这儿来，确实能近不少路。而且，我这儿吃住都不要钱，往返省十来元钱，是不？十来元钱干点儿什么不好？给父母买糕点买罐头的话，能买不少呢，是不？"

赵天亮站了起来，由衷地感谢道："老站长，你是好人，许多知青都打心眼里尊敬您。我这次又给您添麻烦了，真过意不去。时候不早了，您早点儿歇着去吧！"

杨秉奎："你们觉得我是好人，我更高兴。"他指指太阳穴，又指指心窝："在我这儿，这儿，好人和好党员是都要做的。有那号人，嘴上一向说要做好党员，可到后来，连个老百姓说的好人都算不上是了，甚至根本就成了专打小报告、专善于整人，落井下石、见风使舵的小人、坏人，那他娘的算哪路的好党员？"

赵天亮张张嘴，没说出话来。

杨秉奎："可话又说回来，你们来到北大荒已经八年了，对大多数而言，当初那点子豪情，那点子新鲜感，还有每月拿到四十多元工资那点子高兴，快没有了。精神疲沓了，纪律自觉性松懈了，越来越难管理了。你们越来越不安心了，擅自往城市里跑的越来越多了，我这里不能变成一个自由分子们的窝点，对不对？"

赵天亮点头。

杨秉奎："好啦，不多说了。我看出来了，我再多说几句，你小子要发作了。走啦！"他揪了揪赵天亮耳朵，终于离去。

赵天亮长出一口气，仰面朝天躺倒在床上。

杨秉奎回到他的小屋里，梁喜喜已下了炕，坐在小凳上洗脚。

梁喜喜见他在看自己，便说："不许看，看别处！"

杨秉奎就默默将赵天亮的烟和火柴放桌上，坐在桌旁椅上摆弄"半导体"，自言自语："新电池换上没两天，怎么没声儿？"

梁喜喜："往树枝上挂的时候没关吧？"

杨秉奎一拍脑门："可不。"他随即拉开抽屉，取出两节电池换上。

梁喜喜警告他："今晚不许开啊，我想清静一晚上！"

杨秉奎："好，不开。听你的。"

"麦收时节批他假，肯定是他爸妈有一个病得很严重吧？"

"不是。"

梁喜喜一愕："两个都病了？"

"他说，连里派他配合一名老战士执行特殊任务。"

"我心替他'咯噔'一下！我要是成你老婆了，你再别说半截话行不行？"

"行。"

梁喜喜一边擦脚，一边又问："能派他执行什么特殊任务？他骗你吧？"

杨秉奎："谁知道呢。他说是机密的外调任务。"

梁喜喜："那也许是真的。我听你们团长说，麦收一结束，你们全兵团又要搞运动，清查像张靖严那样的人。张靖严是什么人？"

杨秉奎："我熟悉他，那是名好知青，学生时候就是党员了，老高三。他父亲还是铁路上的老劳模。有些人要把他打成'现行反革命'。我真就不明白，那么一名好知青，第一批来到北大荒的，连续三年评上过优秀党员，他会成为这国家的敌人？这时局，我是越来越糊涂了，就这么'运'啊'动'啊的，哪天是个头呢？"

梁喜喜严肃地说："你可是老红军，说这话思想不对头啊！多'运动运动'对老百姓是有好处的，省得农闲的时候他们闷得慌。搞运动，其实也等于丰富了人民大众的业余生活……"

杨秉奎笑道："你酒劲儿过去得倒快。"

临时招待所里，赵天亮已抱着被子和衣仰躺床上，大睁双眼，望着仓库黑乎乎的天花板。

他回忆起北京的后海：一只风筝飘在蓝天上，放风筝的是孩提时期的自己和是少年的哥哥。风筝线断了，扎到后海里。他哭了，哥哥在一旁好言好语地哄他，可是无论怎么哄，他还是哭。哥哥脱下衣服，跃入水中，以漂亮的泳姿游向风筝，不一会儿，举着风筝上了岸，结上风筝线。兄弟二人又将风筝高高地放飞起来。他笑了，哥哥摸了他的头一下，一边穿衣服，一边快意地看着他……

他也回忆起：

哥哥骑着自行车，他坐在车后架上，双手搂着哥哥的腰。兄弟俩来到一条小河边钓鱼。他见鱼线动了，扯着鱼线，欢喜地大呼小叫。哥哥帮他扯，结果钓上来的是一只破鞋子。兄弟二人相视大笑……

他还回忆起：

军队大院里，一些红卫兵在抄某军队首长的家。鱼缸被摔在地上，金鱼在地上蹦着。已是中学生的他看着，心生恻隐，摘下头上的军帽放在地上，双手往军帽里捧金鱼。一只脚正要往军帽上踏，一双手十指相扣，托住了那只脚——是哥哥的手，他单膝跪在地上。那名红卫兵使劲儿往下踏自己的脚，哥哥仰视对方，竭力不使对方的脚踏下去。

他愣愣地看着那情形。哥哥猛地一掀双手，对方倒在地上，他趁机捧起了帽子。

几名红卫兵围住了兄弟俩，一副大打出手的样子。哥哥将他掩在身后，厉声道："那是正规军帽，他想用脚踩该当何罪？！"

他们就这样救下了金鱼。金鱼被兄弟俩放入了脸盆，又在水中欢畅地游……

　　杨秉奎那间小屋里，马灯已熄灭了。炕上，杨秉奎搂着梁喜喜，发出沉沉的鼾声。梁喜喜含情脉脉地看着杨秉奎的脸，用手轻触他的胡楂。

　　一阵敲门声传来，大狼狗一跃而起，低低地吠着。

　　梁喜喜欠身小声问："谁？"

　　门外赵天亮的声音同样很小："我……我想，吸一支烟……"

　　梁喜喜："什么时候了还想吸烟？不给！"

　　赵天亮："求求你了，我实在睡不着，就给一支行不？"他头抵着门，执拗道："不给我就一直待在门外！"

　　片刻，门开了一道缝，梁喜喜手拿着烟和火柴，披衣闪出，给了赵天亮。

　　赵天亮接过烟："谢谢。"

　　梁喜喜瞥他一眼："你自己的烟，谢什么！"

　　赵天亮坐在木台阶上，将烟点着，慢慢地吸着。

　　梁喜喜与他并肩坐下，不满地说："你这一搅，我接着还能睡着吗？"

　　赵天亮："对不起。"

　　梁喜喜向他一伸手："给我一支！"

　　赵天亮给她一支烟，接着将自己吸着的烟也给了她。她对着烟，问："你和周萍，小日子过得怎么样？"

　　赵天亮："挺好。"

　　梁喜喜："打算什么时候要孩子？"

　　"还没那打算。"

　　梁喜喜："早晚得当爸妈，那就早点儿要吧。情深婴美，懂不？北京也算北方。你是北方小伙子，她是南方小女子，你俩的孩子，不论男女，那一定漂亮。你小子得感激我。"

　　赵天亮不禁转脸看她。

　　梁喜喜："瞪着我干什么？周萍到我们山东屯的时候，我这支书罩过她。你在边境上的时候，我经常给她方便去看你。你到新疆去弄羊，我又有心派去了她。你还不该感激我？"

赵天亮："该。"

梁喜喜："光嘴上一说？"

赵天亮将手中烟和火柴往梁喜喜身旁一放，踏灭自己吸短了的烟，默默站起，跨到梁喜喜对面，深深向她鞠了一躬。

不待梁喜喜有什么反应，他已经转身而去。

梁喜喜望着他背影，嘟囔道："哪儿学的？来了这么一套……"

天亮了，阳光照耀宁静又美丽的白桦林，小屋子的烟筒升起了炊烟。杨秉奎带着狗在林子里采蘑菇，新鲜的蘑菇已经采了小半篮。

杨秉奎对狗说："老伴儿，走，回去啦。"大狼狗跟随他走出林子，他望到梁喜喜站在门前。

杨秉奎走到梁喜喜跟前，见她泪流满面，诧异地问："怎么了，赵天亮那小子气你了？"

梁喜喜抖动着嘴唇："毛主席……是昨天……"

哀乐声由屋里的"半导体"传出来。

杨秉奎手中的篮子掉在地上，蘑菇撒了一地。

"啪！啪！"连续的枪声打破了清晨的宁静，躺在临时招待所床上的赵天亮被枪声惊醒，猛地坐了起来。

小屋子前，杨秉奎举着猎枪朝空而放，地上已有不少弹壳。梁喜喜站在他身旁，双手捧着装子弹的弹带，像捧着哈达。二人臂上都已戴上了黑纱。

"半导体"挂在树枝上，仍播放着哀乐和悼词。同一棵树的另一根树枝上，排着一张印在薄金属板上的毛主席像，相框里的毛主席戴着红军八角帽，相框上也垂着黑纱。

梁喜喜劝阻道："别放了，你都放了也不够八十几颗，毛主席最反对浪费。"

杨秉奎又默默从弹带上取下一颗子弹，压入枪膛。这时他看到了赵天亮。

赵天亮的目光从杨秉奎身上转移，望向树干上的毛主席像。

杨秉奎又朝空举起了枪——"啪！"

梁喜喜从一件已经撕破的黑布衣服上又撕下一块儿，用针线往赵天亮衣袖上缝。缝好之后，三人肃立在毛主席像前默哀。

杨秉奎望着毛主席像，喃喃道："毛主席，我曾经是你的一个兵，一个跟随你长征过来的兵。虽然，我早已经脱下军装了，但我还是认为我是你的一个兵。刚才，我用兵的方式，用一把猎枪，表达了我对你的敬意，你听到了？"

眼泪从他的脸上流下来："我对你诚实。坦白讲，你领导着发生的一些事儿，有的我理解，有的半理解不理解，有的一点儿都不理解。我说我坚决拥护，那是骗别人啊，也等于是骗你啊！我居然连你都骗过了，我心里不是滋味啊……"

赵天亮却没流泪。他仰起脸，呆望着天空。阳光使他微微闭上了眼睛。

他没去陕北，而是回到了连队。

七连的麦地里着起了大火，人们在奋力扑火。由于缺少工具，大多数人在用上衣扑火。

赵天亮也在用上衣扑火。他跑到一只大桶前，将上衣按在桶里的水中浸湿，这时他看到周萍的身影在一道火墙后挥舞着衣服。

杨一凡也跑来浸衣服，二人的挎肩背心烧出了洞。

杨一凡问赵天亮："知道了？"

赵天亮："知道了。麦地里怎么起火了？"

"是一场山火烧过来的……"

赵天亮一转身，周萍的身影不见了，而那道火墙更高了。

赵天亮："周萍！"

远处有人喊："这边的桶里还有水！"

赵天亮用湿衣服一包头，冲过了火墙。周萍已经倒在了地上，火焰向她烧过去，赵天亮扑在她身上，用湿衣服罩住她的头。

火扑灭了。原本金黄的麦海，变成了大片黑色的焦土。

赵天亮横抱着周萍，伫立在焦土中央。他几乎变成了黑人。

他又仰头望天，天空有雁阵飞过。

雁鸣凄凉，让人肝肠寸断。

赵天亮在心里默默地发问："毛主席，中国怎么办啊？我们怎么办啊……"

第 45 章

列车奔驰在盛夏的东北平原上。时间已经是三年后了。

这是一趟从北京开往哈尔滨的列车。某节车厢里，面对面地坐着赵曙光和冯晓兰、赵天亮和周萍。周萍抱着那个被遗弃的上海知青的孩子。孩子已经四岁多了，赵天亮和周萍为他起名赵顾。车厢里人不多，人人有座。

赵顾问周萍："妈妈，那个会画画的叔叔叫什么名字来着？"

周萍："沈力。记住啊，再问不告诉了！"

赵顾："那，咱们为什么要去看他的画呢？"

周萍："这孩子，问起来就没完。问你爸。"

"爸爸，妈妈说问你。"

赵天亮往后仰着头，闭着双眼，装没听见。

冯晓兰微笑着对赵顾说："因为他要通过画画找到工作不容易，需要当年的知青伙伴们的支持和帮助。"

赵顾又问："什么叫知青伙伴啊？"

冯晓兰和周萍相视苦笑。

赵曙光："让大爷抱会儿，别总赖在你妈怀里。"他将赵顾抱过去："小孩子一次不能明白太多事儿，以后再解释给你听。乖乖眯一会儿，啊？"

赵顾听话地闭上了眼睛。

冯晓兰笑道："你别总自己说自己是大爷，听着让人想跟你急。"

赵曙光："急也没用啊！我倒是想让他叫我叔叔，可那不是自欺欺人嘛！"

四个大人都笑了起来。

这时，列车员走到他们所在的这节车厢售卖报刊："《人民文学》《中国青年》，有买杂志的旅客没有？"

赵天亮睁开眼睛说："都要。"

他将买到手的《人民文学》递给冯晓兰，自己看起《中国青年》来。

冯晓兰翻着手里的杂志："这三年里，复刊的文学刊物真不少啊！"

赵曙光看看怀里的孩子说："他们这一代，再也不必偷偷看手抄本了！"

赵天亮翻开了杂志的某一页，一行醒目的黑体标题赫然出现在他眼里——"一封特殊年代的'反动'信件"。

赵天亮看着看着，表情起了变化，由诧异而激动，由回忆而浮想联翩。他一下子合上了杂志。他的表情引起了赵曙光的注意。

赵天亮又将杂志翻开，翻到了刚才那一页，递给哥哥，低声说："哥，你看！"

赵曙光将怀里的孩子交给冯晓兰，接过杂志翻看，抱着孩子的冯晓兰也偏着头看他手里的杂志。

周萍奇怪地问赵天亮："你让哥看什么文章？"

赵天亮握着她一只手说："那封信！"

周萍："你当年缝在枕头里那封信？"

赵天亮点头。

"登在杂志上了？"周萍看到赵天亮脸上肯定的表情，有些不安，"好事还是坏事？"

"我想，不会再是坏事了。"

"我心里又怕了一下。"

赵天亮用手搂着她肩，轻吻她额角。周萍将孩子从冯晓兰怀中抱了过去。

冯晓兰："如果当年没有人有过这样一些想法，那中国就太可悲了，我们这一代人也太可悲了……"她搂着赵曙光一条胳膊，斜睨着他，眼睛却看着杂志。

杂志上写着：

以下发表的这封信，曾在我们连引起轩然大波，使我们连的知青人心惶惶，也使一些知青蒙受了不白之冤。它是由一只枕头引起的，枕头是由一名鄂伦春猎人送到我们连的。又有好心的知青把枕套拆下来洗了，结果那一封缝在枕头中的信就被发现了，并且信的内容在我们连的知青中流传开了。因而，成为"反革命"事件必不可免了。但是查来查去，因为"名不具"三个字，无果而终。当年我是连里的文书，这封"反革命"信件就具体由我来保管。而我返城时，把它带回了天津。我之所以要把它发表出来，为的是要以这一封信来证明，我们当年的知青的经历，不仅仅是劳动加恋爱的经历。我们的头脑里还有思想产生过。而那些思想，曾和国家的命运联系在一起。我们并不全都是头脑里空空如也，被"运动"一下就狂热不已的白痴。起码，这封信能多少证明这点儿。从这个意义上讲，我感激我这位"名不具"的同代人，因为他使我们不至于整体看起来像是怪胎。

…………

赵曙光和冯晓兰抬起了头，欣慰地默默望着赵天亮。

赵天亮激动地："哥，你应该给《中国青年》写一封信。"

赵曙光："为什么？"

赵天亮："应该使人们知道，你就是当年写那封信的人。"

赵曙光淡淡一笑，摇了摇头。

赵天亮："要不我写。"

赵曙光依旧摇头不语。

赵天亮有些着急："怕人们不信？不管你写还是我写，我们连队的许多知青都可以证明，'名不具'一定是你，你一定是'名不具'！"

赵曙光反问："干吗非要证明这一点儿？"

赵天亮张张嘴，无言以对。

赵曙光提醒他："记住，你不要那样做。"

"为什么？"

"我不喜欢你那样做。"

"可，我当年因为那封信常做噩梦！"

"那是一点儿小委屈，微小到根本没有资格说道。"赵曙光见周萍向他伸手，将杂志递给了周萍，"包括我后来遭遇的事儿也是那样。"

冯晓兰："天亮，要听你哥哥的，啊？"

赵天亮不说话了，但他还是有点儿想不通。

冯晓兰对赵天亮解释："该保持沉默而不保持沉默，某些事儿本身就会变得可笑。我理解你哥哥的意思是，不要使那件事儿蒙上故事色彩。一蒙上故事色彩，就会流于茶余饭后的闲谈。何况咱们中国人，又那么爱把许多事儿变成故事……"

赵天亮还是不服气："那也没什么不好。"

赵曙光严厉地说："争什么争！我再说一遍，绝不许你那么做！如果你做了，别再见我和你嫂子！"

周萍："天亮，别说了……"她正说着，忽然站起来，冲前边打招呼："嗨，'小黄浦'！"

车厢过道中，"小黄浦"和谢菲正往这边走。他俩也看到了周萍，高兴地笑起来。"小黄浦"上身穿一件很时髦的米色夹克衫，脚上蹬着一双样式老派、半新不旧、擦得锃亮的皮鞋。他留起了头发，身上一点儿当年知青的影子都没有了。谢菲则身穿连衣裙，外面套一件钩出空心花样的小毛衣。

赵天亮站起时，"小黄浦"和谢菲已走到跟前了。赵曙光和冯晓兰也站了起来。

"小黄浦"兴奋地说："没想到在同一次车上！"

赵天亮向他介绍："这是我哥哥,这是我嫂子。"

赵曙光和冯晓兰向"小黄浦"伸出手,"小黄浦"握着赵曙光手说:"哥,正是因为你,当年我们全班才知道了陕北有个坡底大队啊!"

赵曙光笑着说:"常听天亮说到你。"

"小黄浦"与冯晓兰握手时,冯晓兰问:"你们也去参加画展?"

"小黄浦":"是啊,同班战友的事儿,能不去捧场嘛!也许沈力将来成了位大画家,那也等于替我增光了啊!"

大家都笑了起来。

周萍抱着孩子,指着谢菲对孩子说:"叫姨。"

孩子听话地叫了一声:"姨!"

谢菲笑问:"起名没有?"

周萍也笑着说:"叫赵顾。'顾得了东顾不了西'的'顾'。"

"小黄浦"摇摇头:"这什么名字啊,起得太随便了吧?"

周萍看着赵天亮说:"他起的。"

赵天亮挠挠头:"咱不是没多少文化嘛!"

"小黄浦"看一眼手表说:"到点儿了,都吃饭去吧?"

冯晓兰热情地说:"我请,我工资最高嘛!"

谢菲从"小黄浦"背后拍着他肩说:"我这口子请!退还他家古董时,少了好几件,说是要赔给他家两万元。他老爸说,那笔钱归他。我和他结婚,可算是抱住了一个大金娃娃!"

大家便又笑了,先后往餐车走。

夜幕下的哈尔滨列车站人来人往,热闹非常。张靖严、齐勇站在两辆三轮平板车前,赵曙光等六人站在他俩对面。

赵天亮向赵曙光和冯晓兰介绍张靖严、齐勇:"这是我当年的第一任排长张靖严,'文革'前的老高三,现在是哈尔滨锅炉厂的党委副书记;这是我后来的排长齐勇,是老高二,刚考上哈工大。"

齐勇纠正道："哈军工。"

赵天亮拍了拍额头："那我记错了，老了，脑子不够用了。啊，忘了告诉你俩，我哥留在陕北了，当公社书记。我嫂子还在西藏，过几年才能转业。他俩正巧都在北京探家，听说沈力要办画展，就也跟我和周萍来了。"

赵曙光由衷地说："我父亲和我母亲嘱咐我，一定要替他们当面对你们说，特别感激你们四位哈尔滨知青老大哥当年对我弟弟的种种爱护。"

张靖严笑着说："不说那些。初次见面，是不是应该拥抱一下啊？"

于是赵曙光情不自禁地与张靖严，与齐勇拥抱。

"上车！"齐勇招呼大家坐到了两辆三轮平板车上。

两辆三轮平板车穿过市中心，驶入一条灯光稀少的僻静街道，在一处院落前刹住。车上的人都下了车。

齐勇对大家说："这儿是靖严他们厂的老俱乐部。新俱乐部盖起来了，椅子都搬走了，宽宽敞敞的，正适合办画展。再说，冲靖严的面子，分文不收，算赞助。"

"小黄浦"问他："到时候会有人来吗？"

齐勇："老黄负责宣传，他说每天几百人参观不成问题。"

张靖严引着大家往里走："他们都在地下室呢，跟我来，先去见过他们。"

大家都跟在张靖严身后，走向地下室。

张靖严在出入口前回头嘱咐周萍："小周，你抱着孩子下台阶时小心点儿啊！"

赵天亮就将孩子从周萍怀中抱过去了。

这间地下室变成了木工车间，到处放着木条、木板和油漆桶，遍地刨花。张靖严、齐勇、黄伟、魏明、孙曼玲的五位父亲，都成了木匠和油漆匠。他们有的在锯木头，有的在刨木头，有的在刷油漆，有的在量尺寸。

齐勇站在敞开的双扇门口，像是参观引领者似的，别人站在他身后，看着干活儿的父亲们。

齐勇："那是我们的父亲，他们在帮忙赶做画框，木条都是哈尔滨知青捐助的。走吧，这儿没什么可看的。"说罢，转身要走。

孙曼玲的父亲叫住他："你给我站住！怎么，我们白天上班，晚上到这儿加班，都不值得你向他们介绍介绍我们吗？"

齐勇一笑："我介绍了呀。您没太注意听，我刚才很郑重地对他们说，你们是我们的父亲……"

孙父："有你们这么介绍的吗！谁是谁的父亲啊，你问他们能分得清吗？他们又都叫什么名字，你起码也应该向我们介绍介绍吧！"孙父转过头对齐勇的父亲说："你们老齐家就教育出来这等儿子啊！都三十出头的人了，大学生了，还这么不懂规矩！要是我儿子，我早一撇子扇过去了！"

齐父慢条斯理地说："现在不也是你女婿了吗？女婿半个儿，你要是看不惯，替我扇嘛！"

黄父对孙父笑道："可别真扇啊，真扇齐师傅会跟你打起来的！"

齐勇："好好好，都别说了，那我就详细介绍！这位要扇我的是孙曼玲的父亲，我的岳父。这位是老黄的父亲，这位是老魏的父亲，这位是靖严的父亲……嗨，这不多余嘛！"他将赵天亮、"小黄浦"、周萍一一扯到父亲们跟前，不耐烦地说："他们从新疆接羊群路过哈尔滨那一年，你们都见过的呀！"

"小黄浦"也将谢菲扯到了身旁，主动介绍："几位大爷大叔，这是我媳妇，叫谢菲。"

赵天亮也主动向他们介绍："这是我哥，这是我嫂子，我抱的是我儿子。"

齐勇笑望着几位长辈："几位父亲大人，现在满意了没有？满意了就赶快表个态！"

孙父对张靖严的父亲说："你看他，他怎么跟咱们说话就这么没耐心呢！你看你们靖严多沉稳，从来不多说一句不少说一句的。"

张靖严玩笑道："大叔，实在看齐勇不顺眼，让小孙和他离。正好我还单身呢，愿意给您当女婿！"

孙父张张嘴，一时没说出话来。大家都忍不住笑了。

孙曼玲匆匆走来，着急道："都快去看看吧，沈力又不对劲儿了！"

刚才的轻松一下子消失了，气氛沉闷起来。

张靖严焦急地问："他怎么了？"

孙曼玲："他把自己反锁在他画画那间屋里，也不开门，也不吃饭，叫他也不答应，不知在里边干什么呢！"

张靖严："多久了？"

"快三个小时了！"

"小黄浦"问她："没从窗子看他在干什么？"

孙曼玲急得直跺脚："这是地下室，哪儿有窗啊！"

赵天亮也觉得纳闷："他从北京来时，我送他上的车，那时他精神挺正常啊！"

齐勇："唉，咱们哥儿几个这操心的命！"他转身便走，众人默默地跟了过去。

众人来到地下室某一房间门前。黄伟、魏明、杨一凡站在门旁，魏明对众人摇头道："看你们的了。"

那门是严实的铁皮门。张靖严上前拍门，大声地问："沈力，天亮、周萍、'小黄浦'也为你画展的事儿来了，你都不出来见见？"

门内寂静无声。张靖严从门前退开，向齐勇摇摇头。

齐勇便也上前拍门，大声说："沈力，你这样太不对了吧，太让哥儿几个寒心了吧。"

门内依旧没有声音。

魏父对众人说："看来，得找东西撬门了。"

张父阻拦道："先别急，还不到那一步。"

"这是又犯病了呀……"齐父皱着眉，一脸担心。

黄父摇头叹息："唉，画画得那么好，可惜一个人才了！"

赵天亮背着的儿子突然尖声大叫："沈力叔叔出来！再不出来你就是坏叔叔！"

他的声音特别尖厉，以至谢菲捂上了双耳，吃惊地看着那孩子。

门内还是毫无动静。

赵顾从赵天亮背上溜下地，走到门前，握着小拳头，用力地拍门尖叫："坏叔叔坏叔叔坏叔叔！"

周萍赶紧上前抱起他，阻止道："儿子，别叫别叫，会叫坏嗓子的！"

赵顾流泪说："妈妈，他是坏叔叔，我不想看坏叔叔的画了……"

门内终于发出了抽开门闩的响声，众人都目不转睛地望着门。门终于打开了，沈力从里面闪了出来，奇怪地问众人："班长，你们几个怎么也来了？"

张靖严对他说："他们也来帮你办画展。"

沈力呆呆地望着大家："为什么都来凑热闹？为什么？谁能告诉我，为什么？"

众人都默默望着他，谁也不知说什么好。

沈力走到周萍跟前，细看赵顾片刻，转身问赵天亮："哪儿来这么一个孩子？"

赵天亮："是我和周萍，我们的儿子。"

沈力高兴地笑了，从周萍怀里抱过去赵顾，问："你叫赵什么？"

赵顾赌气地一扭头："不告诉你！"

赵天亮解释："赵顾。我起的，图叫起来顺口。"

沈力："哪个顾？"

"就是'互相照顾'的'顾'。"

沈力连声道："好名字！很艺术。"

众人一时面面相觑，不知他说的是明白话还是糊涂话。

沈力："百家姓中各姓，双字名也罢，单字名也罢，如果统计一下，重复的多了去了。"

沈力大师授课似的说着，一手抱孩子，一手指点赵天亮、周萍、"小黄浦"、齐勇等："你的名字、你的名字、你的名字、你们大家的名字、还有我的名字，在中国都至少能找到几百个。可是赵顾这个名字，也许是唯一的。不是唯一的也肯定很少。知道为什么吗？知道吗？"

众人皆摇头。

沈力："我也不知道。但是我知道，艺术创作追求唯一性。唯一性就是排他性。不能成为'唯一'，起码不能成为'一堆'。'一堆'就没了艺术价值。你们同意不？"

他见众人纷纷点头，继续说道："同意是那么回事儿，不同意也是那么回事儿。某种规律，不管某些人如何反对，它也还是规律。"

周萍柔声说："沈力，我们都不反对……"

沈力："都不反对？那你们这么多人围着我、瞪着我干什么？"

众人都被他突如其来的反问问愣了。

"啪！"赵顾的小手扇了沈力一个耳光。

众人都被孩子这突然的举动弄蒙了。

沈力吃了一惊："为什么打我？"

赵顾认真地说："因为你是坏叔叔！因为你让大家着急！因为你胡说八道还不许别人反对！"

沈力也愣愣地看着小赵顾。

赵天亮生气地说："赵顾，你怎么敢打叔叔！快向叔叔……"

沈力向赵天亮竖起一只手掌，赵天亮只好把说了一半的话收住。

沈力却抱着小赵顾突然一转身，两步就跨入房间去了，同时将门关上。

众人不约而同扑向铁皮门。

周萍拍门大声说："沈力！沈力！他可是个孩子呀，你千万别把他怎么样啊！"

门内悄无声息。

周萍反身背靠在门上，双手捂住脸，蹲下哭了起来。

赵天亮急道："快去找工具，撬门！"

张父挥了挥手中的锤子："都闪开，我手里有锤子！"

众人两边闪开，张父将羊角锤的锤角卡向门边。

"小黄浦"问张靖严："他这样，还有必要替他办画展吗？"

齐勇斥道："住嘴！没劲儿的话以后再说！"

张靖严拍拍"小黄浦"的肩，小声地说："先别泄气。看情况，啊？"

张父双手用力一撬，门轻而易举地打开了。原来门并没从里边插上。众人进入，惊讶地看着里面的情景。小赵顾坐在一只高腿凳上，沈力一手调色板一手画笔，在往小赵顾额头写"王"字，孩子的小脸已被画成一只老虎脸。

沈力大功告成，放下调色板和画笔，转身对赵天亮说："班长，你这儿子，应该送杂技团去，让驯虎师调教调教！"

小赵顾做龇牙咧嘴状，口中模仿老虎的叫声，发出"哇呜"的声音。周萍破涕为笑，赶紧上前抱起他。

众人长出了一口气，都互相看着，笑了起来。

一位扎围裙的胖胖的食堂老师傅走来，对张靖严尊敬地说："张书记，按您的指示，食堂给大家做了顿便饭……"

张靖严："韩师傅，以后千万不能说什么指示不指示的了。是我求您的事儿。多谢了！"他又对大家说："走，都去吃点儿。"

众人在食堂里分两桌坐下。赵曙光、冯晓兰、齐勇、张靖严陪几位父亲坐一桌。黄伟、魏明、孙曼玲与赵天亮、沈力等人坐一桌。沈力左边是黄伟，右边是魏明。饭菜并不特别，一盆包子、一盆粥和几小盘咸菜而已。

沈力双膝夹着双手说："酱油。"

黄伟赶紧拿起酱油瓶，往沈力的小盘里倒酱油。

沈力："醋。"

魏明赶紧拿起醋瓶，往沈力的小盘里兑醋。

沈力："我想先喝粥。"

赵天亮赶紧拿起碗，盛一碗粥双手放在沈力面前。

谢菲笑道："哎呀妈呀，沈力你可算是个爷了！"

沈力突然正经地说："我不是爷。我只不过精神有点儿病。一会儿正常，一会儿不正常，这我知道。精神有毛病的人，专爱欺负亲人。除了我老爸、老妈、老姐，你们也是我亲人。我让你们都操了不少心，我只能用我的画来谢你们……"

满座戚然。

黄伟拍拍沈力后脑勺："放心，大家一定帮你把画展办好。"

沈力忽然一指赵曙光和冯晓兰，问："他俩是谁？"

赵天亮向他解释："我哥，我嫂子。也专程来看你的画。"

"我猜到了。"沈力点点头，"我这会儿不糊涂。今晚我要和你哥谈谈……"

赵天亮："行，行。我跟他说，没问题。"

魏明笑着对他俩说："打住。都先吃饭，吃饭。"

于是大家吃起饭来。

"小黄浦"边大口嚼着包子边问："老魏，今晚我们睡哪儿啊？"

"靖严厂里有招待所，闲着不少床位呢，他都安排好了。"

地下室一间大屋子里有一块儿一米多高、三米多宽的胶合板，上面裱着大白纸。赵曙光和沈力并肩站在胶合板前。

沈力问赵曙光："看到了吗？"

赵曙光："看到了。"

沈力："看到什么了？"

"白纸，胶合板。"

"仔细看。我希望，你能看到你插队的那个坡底大队，然后把你看到的，——讲给我听。"

赵曙光又望着胶合板，陷入对往事的回忆。

信天游的调子回旋在陕北沟沟壑壑的高原上。

老支书和支书老伴儿，王大爷和王大娘，韩奶奶、翠花、马婶、马平阳、囤子、武红兵、李君婷、刘江，孩子们和羊、手扶拖拉机和书……这一切仿佛肖像画般，缓缓在他脑际移过。

赵曙光低声地说："我看到了……"

第二天，在大家的努力下，画展开幕了。而那块儿裱着白纸的胶合板也成了知青们的"签名簿"。方婉之用毛笔在白纸上写下"方婉之"三个秀丽的字。她放下笔，紧紧地拥抱了站在桌旁的孙曼玲。

孙曼玲深情地说："排长，我好想你。"

方婉之："我也想你们。"

"没想到你会来。连长和指导员都好吗？"

"都好。他们都是那种要将人生全部奉献给北大荒的人。可是我，不久以后也要离开北大荒回上海了，我父母身体都不太好了……"

"排长，你已经奉献了很多。"

方婉之温婉一笑："你们也一样。北大荒会永远承认这一点儿的。"

剪彩的剪刀挥动，红绸缓缓落下。油画《离离原上草》映入众人眼帘。

张靖严走到话筒前，庄重地说："今天，我们一名知青伙伴的画展，在这个简陋的地方开幕了。这为我们提供了一次相聚的机会。人人都可以到话筒前来介绍介绍自己现在的情况，说说自己内心里想说的话。而我要说的话只有一句——'上山下乡'运动是我思想的摇篮。"

在展厅的一个无人的角落里，沈力和小赵顾坐在地上，置身事外地拍手唱歌：

你拍一，我拍一，
黄雀落在大门西。
你拍二，我拍二，
黄雀落在树当间。
你拍三，我拍三，
三三建成九连环。
你拍四，我拍四，

四个小孩写大字。

…………

赵曙光在话筒前说："我是当年北京到陕北插队的知青。现在我留在那里了，当公社书记。我选择留下，是因为我决心开始我一个人在那里的'上山下乡'运动……"

赵天亮走到了话筒前："我叫赵天亮，现在是北京一家印刷厂的印刷工人。知青友情万岁！我建议编各地知青通讯录，以便于我们在以后的人生中互相照顾……"

周萍走到了话筒前："我叫周萍，现在在北京某街道托儿所工作。我给了北大荒我最好的东西——青春；北大荒也给了我最好的东西——我的丈夫赵天亮和我们的儿子赵顾……"

孙曼玲走到了话筒前："我弟弟埋在北大荒了……我……我会常回北大荒的……"

黄伟在话筒前说："我叫黄伟。我现在在哈尔滨某建筑工程队。我想，我如果参加高考，凭我老高二的底子，考上一所大学是没什么问题的。但是我不打算考了。家里需要我挣钱赡养父母。我还在写小说，我相信我将来能成为作家……"

魏明在话筒前说："大家都知道的，张靖严现在是锅炉厂的党委副书记了。我沾他的光，在锅炉厂食堂当管理员。我不想多说我自己，我想起了我们的一位知青伙伴傅正……我……我真的常常想起他……"

"小黄浦"、谢菲、杨一凡依次在裱着白纸的胶合板上写下自己的名字和职业：

徐进步：上海浦东造船厂电焊工

谢菲：上海纺纱厂女工

杨一凡：北京公交公司司机

待大家都写得差不多了之后，一个穿着体面，戴墨镜的女子走到桌前，拿起了笔。她似乎想写点儿什么，但犹豫片刻，又放下了笔。

那不是别人，正是吴敏。

她转身避开人多的地方，走到角落里，独自看画。一幅女知青的肖像画吸引了她的注意，看了一会儿，一转身，发现仍坐在一个角落里的沈力。沈力盘着腿，腿上放一本翻开的书，目光也在定定地望她。

吴敏急忙转身离开。沈力一跃而起，拿着书挡在她面前。

沈力语气肯定地说："我知道你是谁。"

吴敏："你认错人了。"她绕过沈力，无心再看画，匆匆而去。

沈力愣了愣，加快脚步跟了过去。

赵曙光、冯小兰、张靖严、齐勇、黄伟和魏明在看一幅画。画上画的是武红兵和李君婷，二人在泥浆流中尽量挣扎出上半身，竭力互相够着手。

冯晓兰一转身，双手放于赵曙光一肩，俯下头去，陷入悲痛。

孙曼玲匆匆走来，说："我看见沈力紧跟着一个女人走出去了。那个女人好像是吴敏。"

几个人互相看看，都跟着孙曼玲匆匆往外走。

大家走到楼外台阶上，见沈力在人行道边的一棵树下，同那个女人说话。

张靖严拦住大家："我们先不要过去。"

吴敏站在树下冷冷地问沈力："你究竟想怎么样？"

沈力孩子般地说："不想怎么样啊。只不过想，看看你摘下墨镜的样子。"

吴敏将手举起，犹豫几秒，摘下了墨镜。

沈力看着她，孩子般笑了，无憎无恨地说："还那样儿，你也没太变。"

吴敏立刻又戴上墨镜，不无内疚地说："我承认我过去做了对不起你的事儿，我现在当面向你道歉……"

沈力："你也做了对不起周萍的事儿。那场火和她无关，和你有关。"

吴敏："你揭发我了？"

沈力摇头："起先我没往你身上想。后来，等我断定和你有关的时候，我已经被视为一个疯子了，没人相信我的话了。"

吴敏低头道："我知道你现在的处境不太好……"

沈力："很不好。没有哪一个单位愿意要一个有精神病的知青。"

吴敏："如果你愿意，我可以说服我父亲，帮你在哈尔滨解决一份工作，将来能享受正式退休待遇的那一种。我对诗啦画啦，一点儿也不感兴趣……"

沈力："那不对。没有诗和画，人类社会将缺少很多美好，变得没意思。"

"我来看你的画展，主要是为了考察一下你画画的水平。以我外行的眼光看，你的水平还真不低。所以，我对于帮助你有信心……"

"帮助我什么？"

"就是我刚才说的，你认真考虑考虑。"

沈力："谢了。我们班的人都是为了帮助我，才齐心协力为我举办了这次画展。有他们，人不少了，够了。一个人精神有毛病并不影响他成为大画家，凡·高就是一个例子。为了不辜负他们几个，我也要努力成为中国的凡·高。"

吴敏不明白他的意思："那……那你还跟着我，一次次拦住我干什么？"

"是啊，我这是干什么呢？"沈力一笑，"你把我问糊涂了……要不，我送给你这本书吧！"

吴敏困惑地看着他。

沈力郑重地将书交给她："请收下。否则，我不白跟着你了？"

吴敏犹豫地接过来，见书包了皮，上面写着"美学原理"四个字。

吴敏微微皱眉："这么专业的书，我不会翻的，看不懂。"

沈力："你一定要看。人人都应该明白什么是美，什么是丑。我精神有毛病的人都能看懂，你精神正常的人更能看懂了。我不跟着你了，再见。"他说完，转身走了，吴敏呆呆望着他背影。

沈力走了两步，站住，转身嘱咐："过马路时别低着头想事儿，当心点儿车。"

沈力走上台阶，齐勇问："那个女的是谁？"

沈力回头，原地已不见了吴敏，他一摊手："不认识。"

孙曼玲疑惑种种地看着他："不认识她，你给她一本书？"

沈力："书也不见得非给认识的人啊！"

大家一时哭笑不得。

这时，楼内传出异口同声的喊声："方大姐，说几句！方大姐，说几句！"

张靖严搂着沈力，和大家一起往楼里走。

方婉之已站在话筒前，她扫视着男女知青一张张充满期待的脸，自己的表情也渐渐严肃起来了，目光中流露着凝重的亲切。

她发自内心地说："你们叫我大姐，你们当然就如同我的弟弟、妹妹。能有你们这样一些弟弟、妹妹，我感到很荣幸，也是我一生中最宝贵的缘分。而我相信，你们之间，也早已形成一种值得永远珍惜的友情了。事实上，我一向认为，我也是一名'上山下乡'的知青，只不过与你们相比，我在那样一条路上早走了十年而已。我首先要告诉你们的是，不久以后，我将和你们一样，离开北大荒，回到上海去了。而老几代北大荒人，对我的选择，是既尊重，又十分理解的。我还要告诉你们，他们对你们的返城，也是既尊重，又理解的。他们让我捎话给你们，他们不抱怨你们，他们会永远想念你们！他们祝愿你们每一个人，都能在城市里，走好你以后的人生道路！"

大家热烈地鼓起掌来。掌声中，知青们泪流满面。

方婉之继续说道："我个人认为，'上山下乡'这一方向，对于处在'文革'时期的中国，实在是权宜之策。而世界上的一切权宜之策，都肯定是问题多多的。而且它是'文革'中的运动，所以，使你们某些人身上，留下了这样或者那样的伤痕。但是，受过伤的人，应该更具有对于疼痛的承受力，应该更坚强！应该，在那伤口愈合的过程中，不但生长出新的肌肤，而且生长出对于我们祖国前途的新的思想！新的情怀！新的态度！"

众人纷纷起立鼓掌，只有沈力没鼓掌，他手拿速写册，在画着方婉之。

"我了解到，你们中，不仅有黑龙江生产建设兵团的知青，还有在东北插过队的知青，还有在陕北插过队的知青，还有些人，他们的知青岁月是在内蒙古度过的。全中国所有的知青，命运千差万别，但有一点儿是相同的，那就是，我们的知青岁月，毕竟是和人民同甘共苦过的岁月！毕竟是在黑土地、黄土地、红土地上洒下过汗水，辛劳播种和收获过的岁月！毕竟是为我们祖国命运多思少眠的岁月！毕竟是使我们更成熟、更坚韧、更宽容、更善良、更具有责任感的岁月！"

开幕仪式结束后，知青们在油画前合影，方婉之居中，其他人站在她左右。他们在镜头前，留下了历尽沧桑却终含希望的笑容。

流水东逝，时光荏苒，匆匆的岁月将这幅合影变成了泛黄的老照片。

一幅幅知青老照片，带着岁月的印痕，从过去到今天，正像黑龙江农垦总局展馆里那幅铜版浮雕。他们那一代人的青春就这样在蹉跎和奉献中过去了。而关于青春的回忆，却让他们终生难忘。那些岁月镌刻了他们的青春，他们用青春祭奠了那个不寻常的时代……

图书在版编目（CIP）数据

知青：全3册/梁晓声著.—长沙：湖南文艺出
版社，2019.1
ISBN 978-7-5404-8382-1

Ⅰ.①知… Ⅱ.①梁… Ⅲ.①长篇小说—中国—当代
Ⅳ.①I247.5

中国版本图书馆CIP数据核字（2017）第274773号

上架建议：经典·文学

ZHIQING: QUAN 3 CE
知青：全3册

作　　者：梁晓声
出 版 人：曾赛丰
责任编辑：薛　健　刘诗哲
监　　制：毛闽峰　李　娜
项目总监：石相杰
特约策划：张明慧
特约编辑：张明慧
营销编辑：杨　帆　周怡文　刘　珣
装帧设计：80零·小贾
封面插画：三　乖
出版发行：湖南文艺出版社
　　　　　（长沙市雨花区东二环一段508号　邮编：410014）
网　　址：www.hnwy.net
印　　刷：北京鹏润伟业印刷有限公司
经　　销：新华书店
开　　本：787mm×1092mm　1/16
字　　数：1000千字
印　　张：72.5
版　　次：2019年1月第1版
印　　次：2019年1月第1次印刷
书　　号：ISBN 978-7-5404-8382-1
定　　价：128.80元（全3册）

若有质量问题，请致电质量监督电话：010-59096394
团购电话：010-59320018